J R FAMILY OF COMPANIES

JR FAMILY OF COMPANIES

ウィリアム・ギャディス
木原善彦 訳

JR

WILLIAM GADDIS

国書刊行会

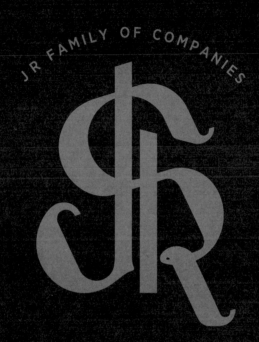

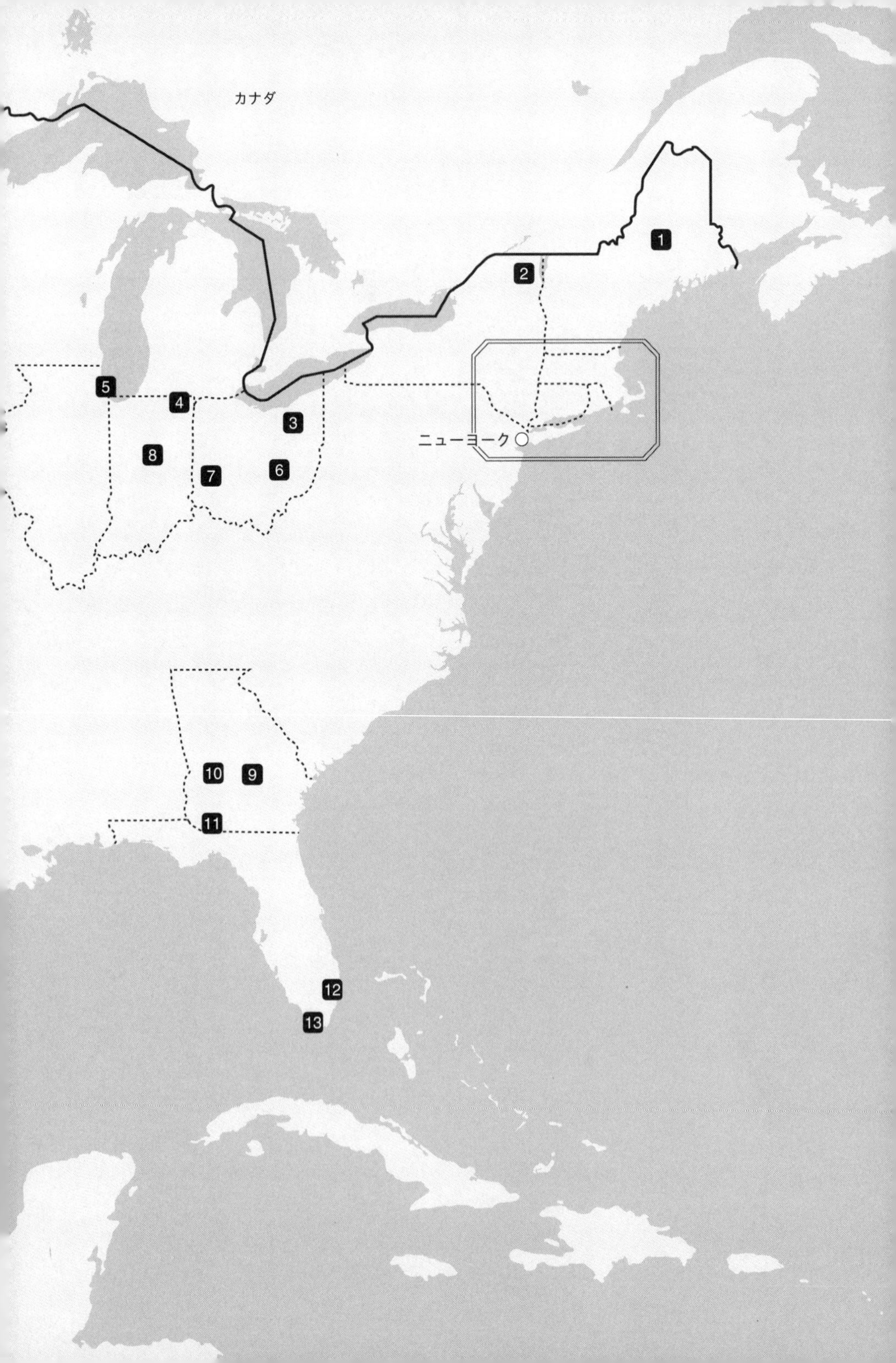
カナダ
1
2
3
4
5
6
7
8
9
10
11
12
13
ニューヨーク

舞台地図1：アメリカ大陸広域

1 **メイン州**　遠隔移動《テレトラベル》実験の受信予定地。

2 **ユニオンフォールズ**　イーグル紡績の所在地。JR たちが暮らすのと同じニューヨーク州にあるが、南北に 500 キロメートル以上離れている。

3 **アクロン**　エドワードが出張で出掛ける町。

4 **シェイディーヌーク**　同じ地名はアメリカ国内にいくつかあるが、デビドフの頭にあるのはここかもしれない。

5 **ソルジャー・フィールド**　イリノイ州シカゴにある球技場。

6 **ゼーンズヴィル**　ダンカン社長が暮らしていた町。

7 **デイトン**　ゼネラルロール社の支社がある。

8 **インディアナ州**　バスト一族はニューヨークに移るまでインディアナ州に暮らしていた。

9 **ジョージア州**　イーグル紡績の移転先。

10 **アンダーソンヴィル**　南北戦争中、北軍捕虜の収容所があった。ディック伯父はここからインディアナまで歩いて帰った。

11 **カイロ**　シャーロットが冬を過ごしたカイロはここか？

12 **タマラック**　クローリーたちが通うゴルフコースがある。

13 **エバーグレーズ国立公園**

14 **ヒューストン**

15 **ガルヴェストン**　JR はここにある船を買い、運輸業を始めようとする。

16 **テキサス州**　遠隔移動《テレトラベル》実験の送信地。

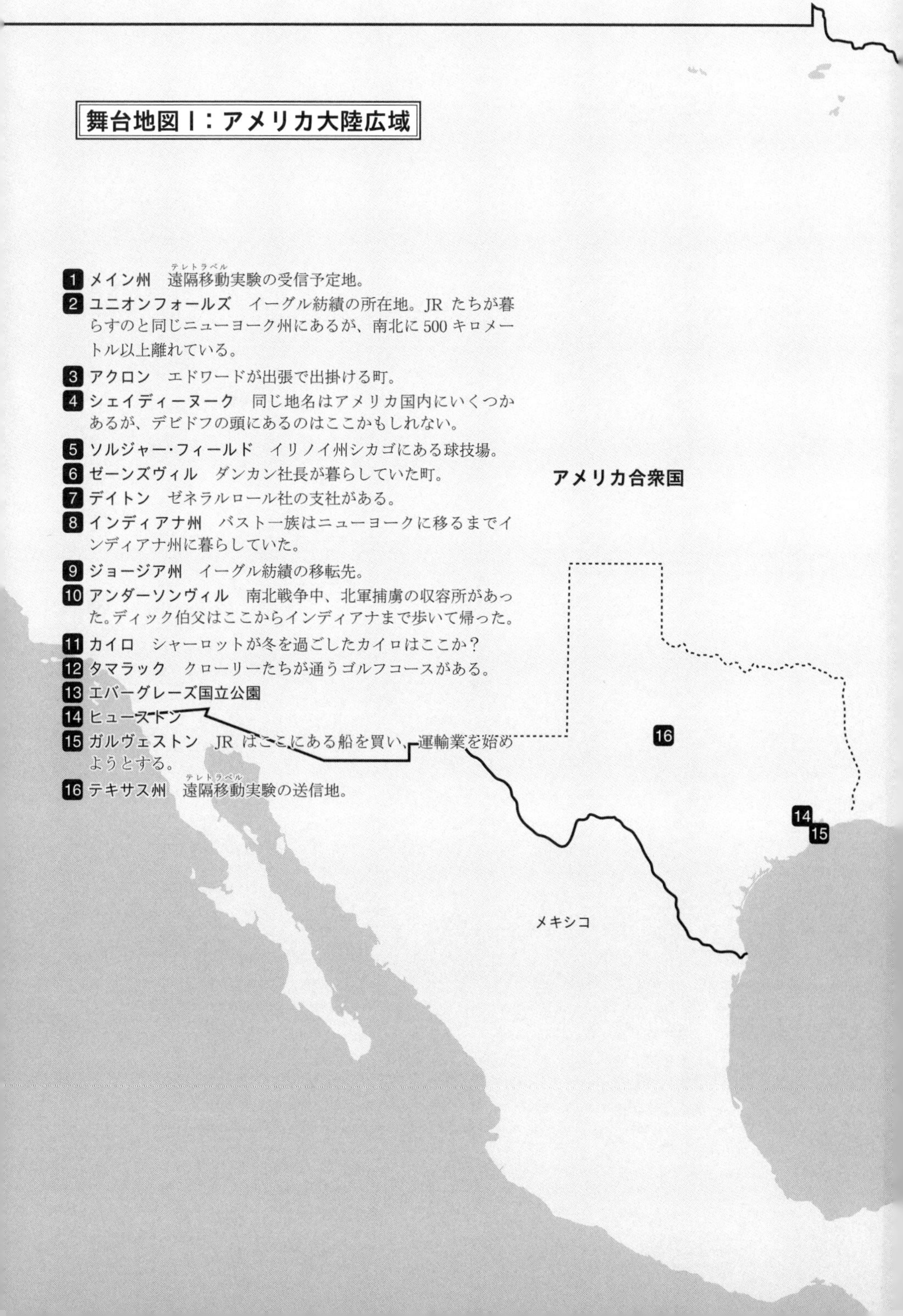

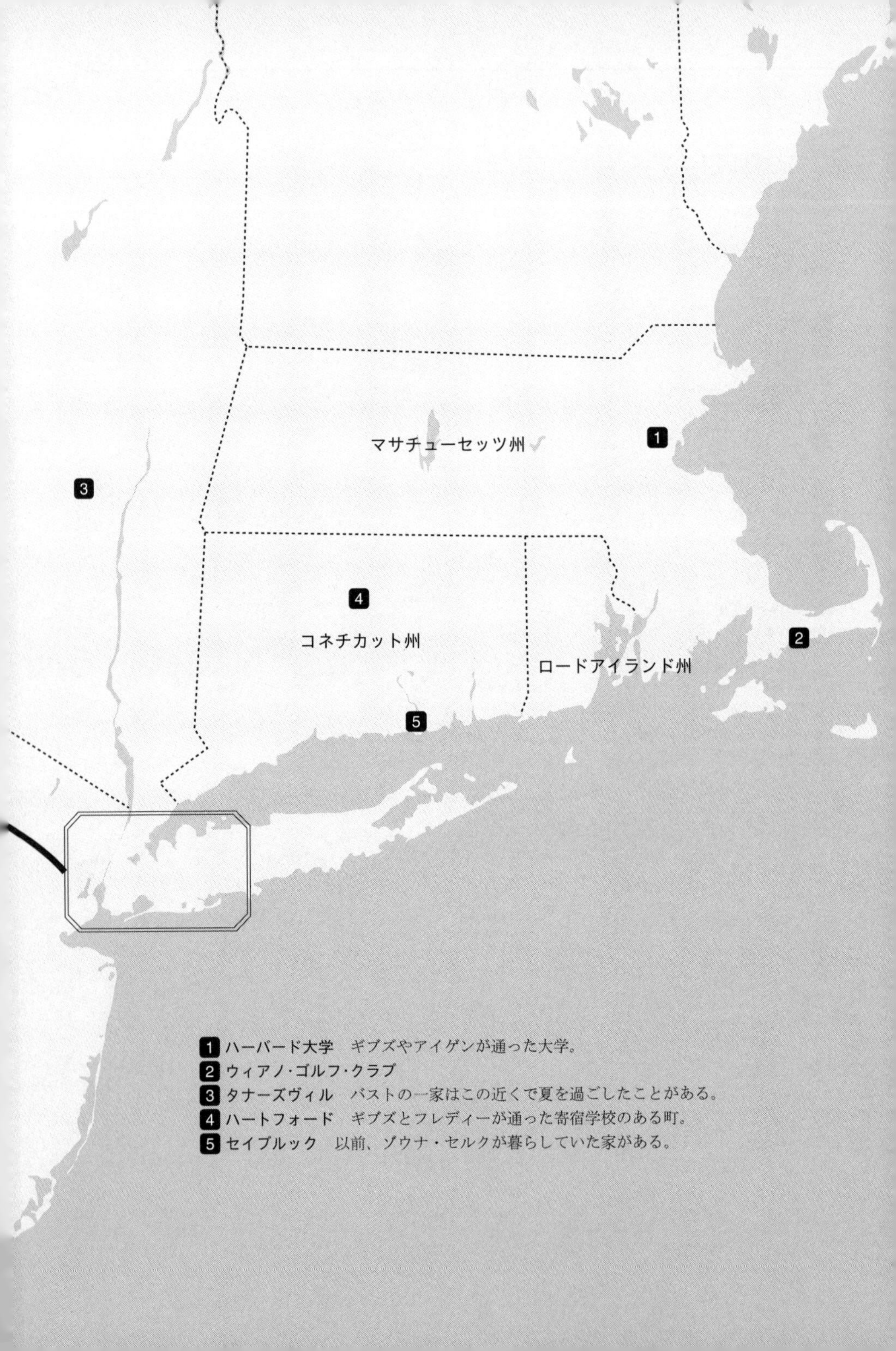

1 ハーバード大学　ギブズやアイゲンが通った大学。
2 ウィアノ・ゴルフ・クラブ
3 タナーズヴィル　バストの一家はこの近くで夏を過ごしたことがある。
4 ハートフォード　ギブズとフレディーが通った寄宿学校のある町。
5 セイブルック　以前、ゾウナ・セルクが暮らしていた家がある。

舞台地図Ⅱ：東海岸広域／マンハッタン周辺

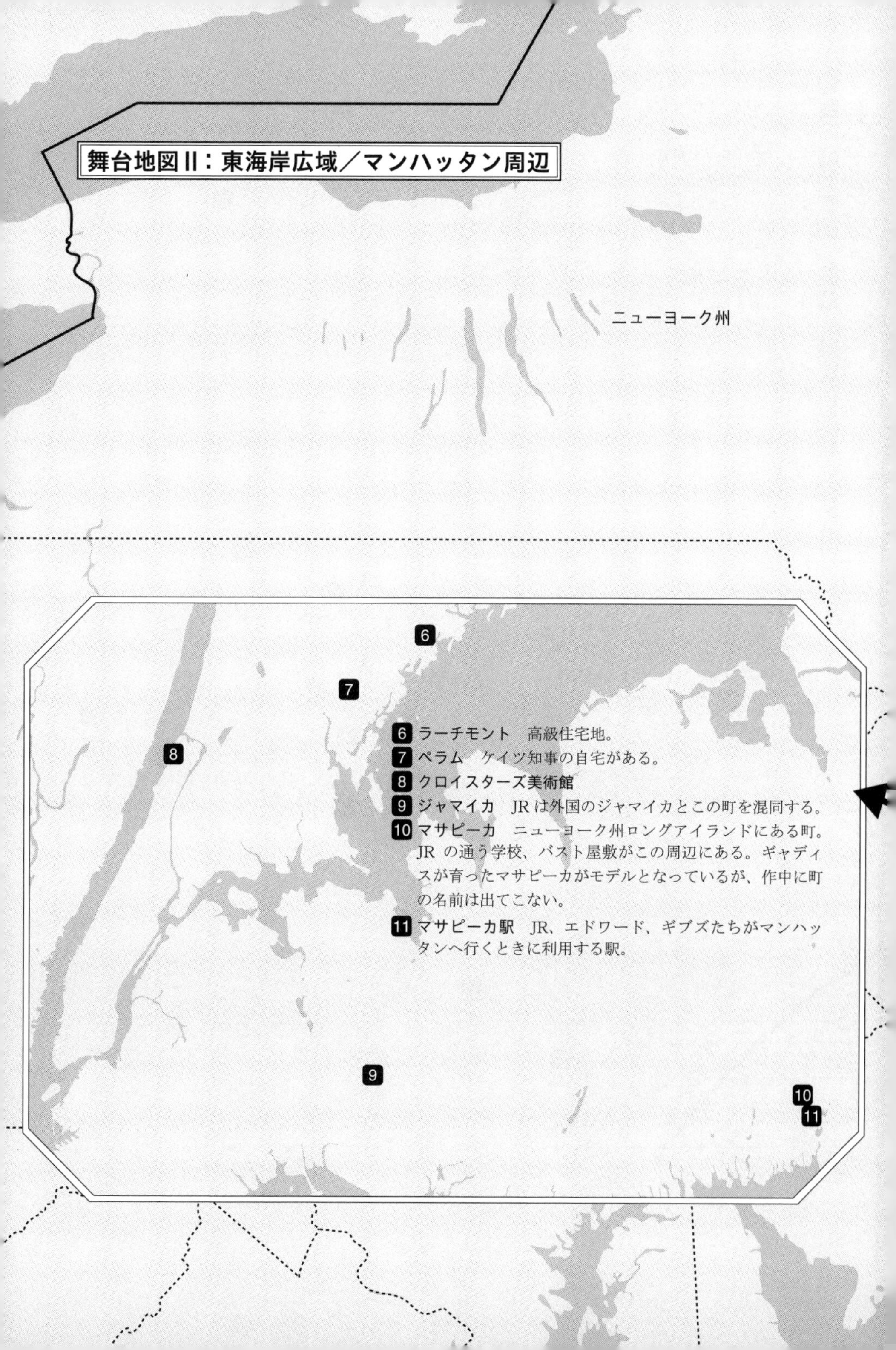

6 ラーチモント　高級住宅地。
7 ペラム　ケイツ知事の自宅がある。
8 クロイスターズ美術館
9 ジャマイカ　JR は外国のジャマイカとこの町を混同する。
10 マサピーカ　ニューヨーク州ロングアイランドにある町。JR の通う学校、バスト屋敷がこの周辺にある。ギャディスが育ったマサピーカがモデルとなっているが、作中に町の名前は出てこない。
11 マサピーカ駅　JR、エドワード、ギブズたちがマンハッタンへ行くときに利用する駅。

1 アップタウン　マンハッタンの北部はアップタウンと呼ばれる。
2 マンハッタン 96 丁目のアパート　2 階に、ギブズとアイゲンがグリンスパン名義で借りている部屋がある。同じ階に、友人のシュラムの部屋もある。
3 メトロポリタン美術館
4 マンハッタン東 70 丁目付近　エイミー・ジュベールのアパートはこのあたり。
5 マンハッタン東 60 丁目付近　この近辺にシュラムの継母の家がある。
6 ウォルドーフ･アストリア･ホテル　近くの食堂からここに、JR 社のミッドタウン支社が移る。
7 ビークマンプレース　ゾウナ・セルクの屋敷がある。
8 ミッドタウン　マンハッタンの中央部一帯。タイフォン・インターナショナル社があるのはこの周辺。そのすぐそばにある食堂が JR 社のミッドタウン支社となる。
9 グランドセントラル駅
10 ペンシルベニア駅
11 ベルビュー病院　シュラムが入院する病院。
12 アイゲンのアパート　アイゲンのアパートはこのあたり。
13 ダウンタウン　マンハッタン南部の、ウォール街近辺、アイゲンの暮らすアパートなどを含む一帯はダウンタウンと呼ばれる。
14 アストリア　ゼネラルロール社の工場がある。

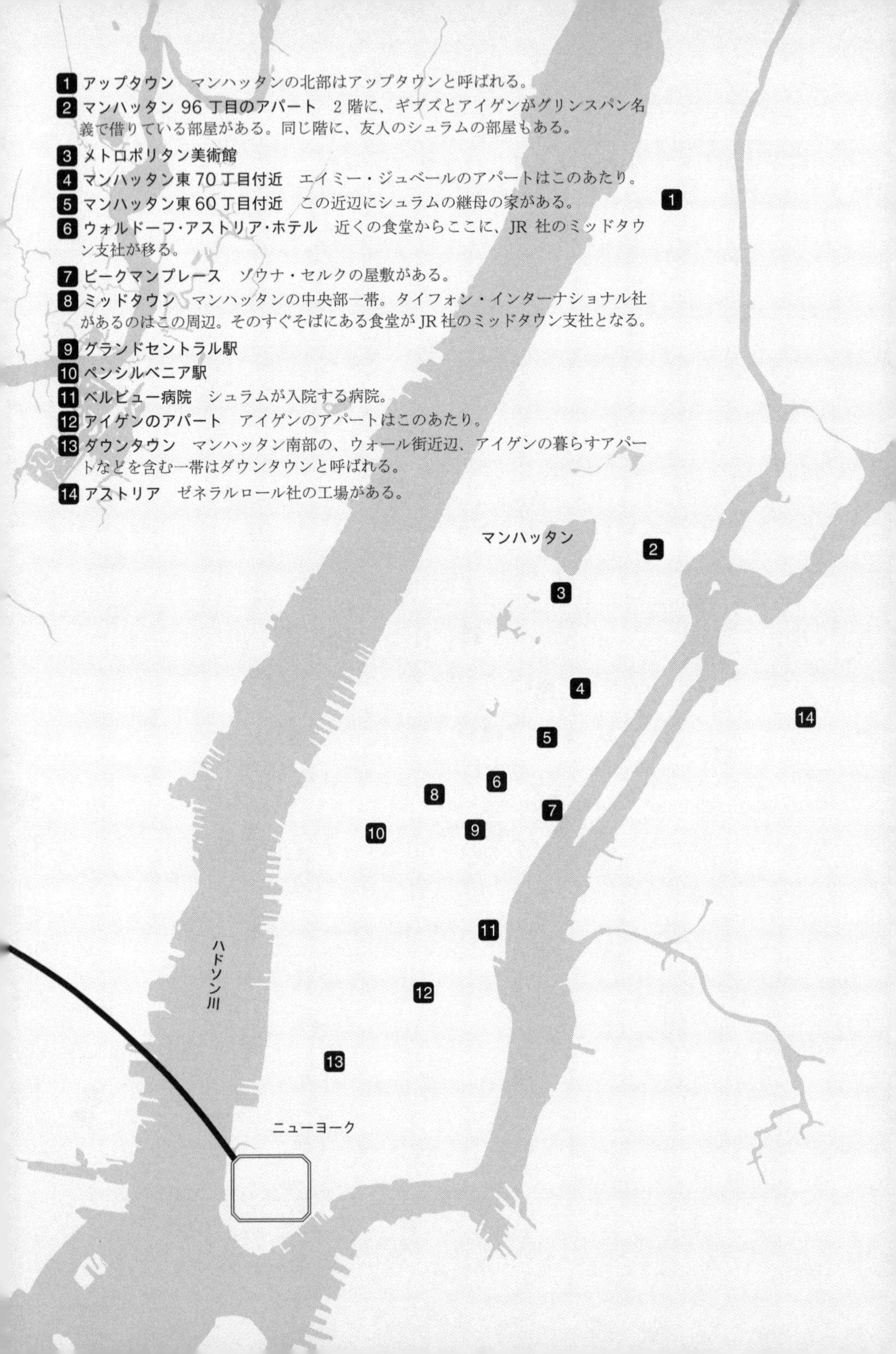

舞台地図III：マンハッタン／ウォール街

15 連邦準備銀行　地下に金庫がある。
16 トリニティ教会
17 フェデラル・ホール
18 元モーガン保証信託銀行　有名な巨大シャンデリアがある。壁面に、1920年に起きたテロの爪痕が残る。
19 ニューヨーク証券取引所
20 ウォール街

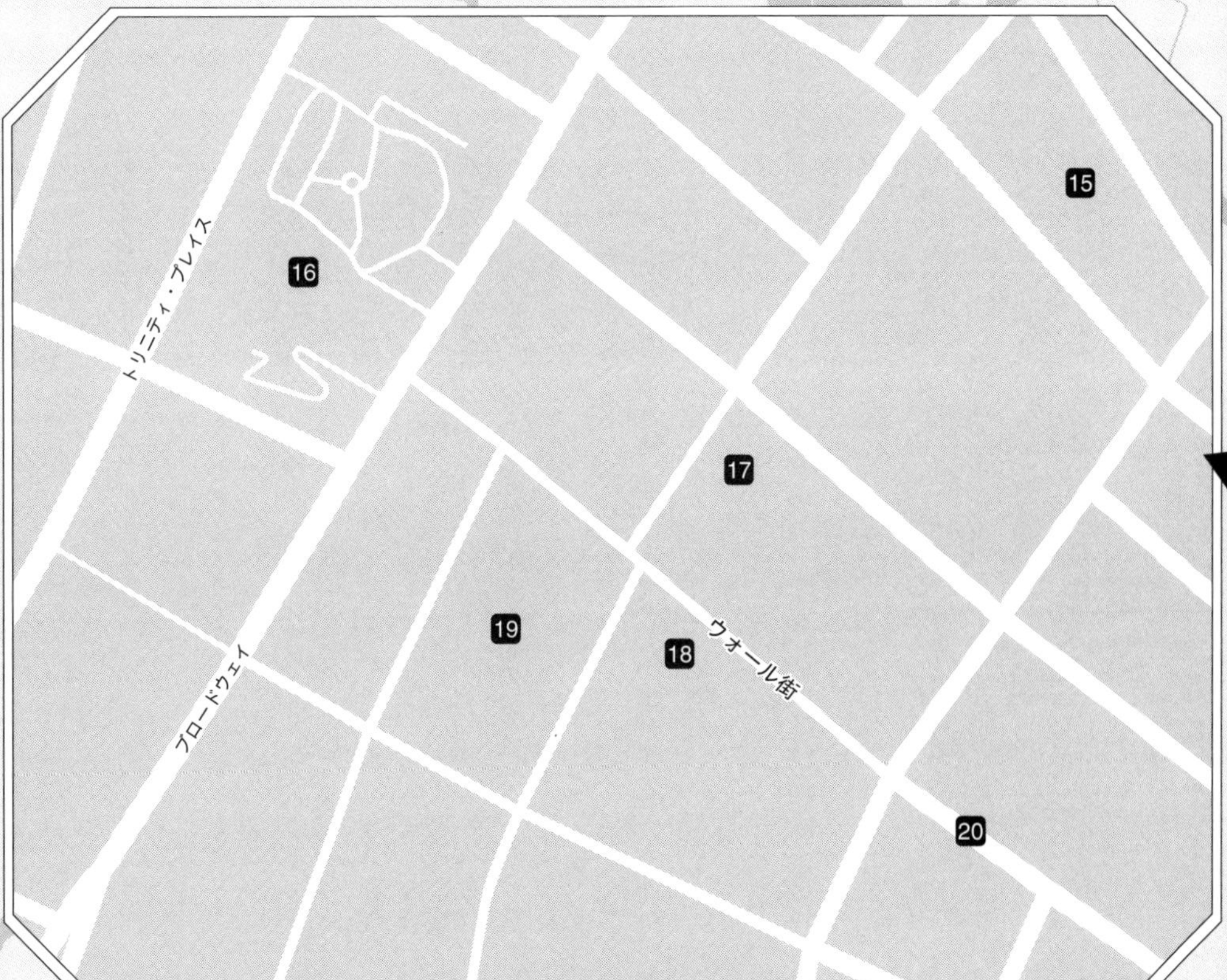

登場人物一覧

（基本的には、互いに関係する人物をまとめる形とした。それぞれのグループ内では、姓の五十音順で並べたが、ファーストネームしか言及されていない人物については例外とした。）

◉バスト家、エンジェル家

ステラ・エンジェル
トマス・バストの娘。ノーマン・エンジェルの妻。

ノーマン・エンジェル
バスト一族が経営するゼネラルロール社（ニューヨーク市クイーンズ区アストリアにある）の経営者。ステラの夫。

アン・バスト
ジェイムズ・バストとトマス・バストの姉。エドワード・バストとステラ・エンジェルの伯母。未婚。ロングアイランドのマサピーカにあるバスト家の屋敷にジュリアと暮らす。

エドワード・バスト
JRの通う学校で一時的に音楽を教える作曲家。ジェイムズ・バストの息子。アンとジュリアの甥。

ジェイムズ・バスト
作曲家。エドワード・バストの父。小説内の時間はずっと海外に出掛けている。

シャーロット・バスト
アン、ジュリア、ジェイムズ、トマスの妹。故人。

ジュリア・バスト
エドワード・バストとステラ・エンジェルの伯母で未婚。ジェイムズ、トマスの姉。ロングアイランドにあるバスト家にアンと暮らす。

ディック・バスト
アン、ジュリア、ジェイムズ、トマスらの伯父（父の兄）。故人。

トマス・バスト
ステラ・エンジェルの父。ゼネラルロール社の社長。一人目の妻との間にステラが生まれた後、ネリーと再婚。

バスト（＝〝父さん〟）
ディック・バストの弟。アン、ジュリア、シャーロット、ジェイムズ、トマスの父。

ネリー・バスト
トマスの再婚相手。その後、トマスのもとを離れて、その兄であるジェイムズと同棲し、エドワードを生む。

ルーベン・バスト
ジェイムズ・バストが音楽の才能を見いだし、孤児院から引き取った少年。

◉モンクリーフ家

ジョン・ケイツ知事
エイミー・ジュベールの大伯父。タイフォン・インターナショナル社の会長。八十歳。

エイミー・ジュベール
モンティ・モンクリーフの娘。JRが通う中学で社会を教える。生徒たちは「ジューバート」先生と呼ぶ。ルシアン・ジュベールと結婚、しかし現在は別居中。エイミーは愛称で、正式にはエミリー。二十七歳。

フランシス・ジュベール
エイミーとルシアンとの息子。七歳。

ルシアン・ジュベール
エイミー・モンクリーフと結婚したスイス人（元はフランス語話者で、英語に少し訛りがある）。ノビリ社の重役。

フレディー・モンクリーフ
モンティ・モンクリーフの息子で、エイミー・ジュベールの兄。知的な障害がある。かつて寄宿学校でギブズの級友だった。

モンティ・モンクリーフ
エイミー・ジュベールの父。タイフォン・インターナショナル社の社長を務めていたが、首都ワシントンに赴き、米国政府の次官となる。

◉その他

アーカート
自動販売式食堂の店長。

デビッド・アイゲン
トマス・アイゲンとマリアン・アイゲンの息子。四歳。

マリアン・アイゲン
トマス・アイゲンの妻。

トマス・アイゲン
九年前に傑作を書いた作家。今はスピーチライターなどの仕事もしている。ギブズと一緒に九十六丁目の部屋を使っている。

アル
ローダの友人で、ギタリスト。

ヴァージニア
アーカートが店長を務める自動販売式食堂で電話受付代行業をしている女性。

JR・ヴァンサント

十一歳の少年。ＪＲ社ファミリーの社長となる。

ヴォーゲル指導員《コーチ》

ＪＲが通う中学校で自動車運転教育を行う。その後、レイ－Ｘ社で研究開発部長となる。

ウォールさん《ミスター》

カリフォルニアの株式仲買人。

ウォールデッカーさん《ミスター》

エンジェル・イーストとエンジェル・ウェストを経営する男。

〝お父さん〟

ダンとアン・ディセファリスの家に暮らす老人。

リチャード・カトラー

タイフォン社の従業員。

ガンガネッリ

ガンガネッリ、ペッチ、ペレッティ合同法律事務所の一員。

ジャック・ギブズ

ＪＲが通う中学校で物理を教える教員。作家。

ローズ・ギブズ

ジャック・ギブズの娘。

キャロル

タイフォン・インターナショナル社の秘書（デビドフ担当）。黄色のスーツが目印。

グランシー

ＪＲの通う中学で六年生の数学を教える教員。

ハイマン・グリンスパン

ギブズが税金逃れのために使っている偽名。

クローリー

株式仲買人。クローリー兄弟社の社長。ツイードのスーツが目印。

コーエン

バスト家とゼネラルロール社の弁護士。名前を間違われることが多いが、「コーヘン」ではない。

ゴール

財団のメンバーで、教育テレビ番組について本を書こうとしている。

アイラ・コッブ

バスト一族がインディアナ州に住んでいた頃の隣人。

ゴットリーブさん《ミスター》

キャデラックの販売店で働く男。

ハーディー・サッグズ

タクシーの運転手。ギブズはこの男に右の靴を奪われたと言う。

シーツ少佐
JRから木製のピクニック用フォークを大量に買う調達士官。

シーボ
ビジネスマン。カタニア舗装社の社長になる。

シェパーマン
画家。以前、JRが通う学校で美術を教えていたが、首になった。

ジニー
エンド設備でモレンホフの秘書を務める女性。

シャーリー
クローリ兄弟社で働く秘書。

シュラム
作家。住まいはマンハッタン九十六丁目のアパートで、アイゲンとギブズが共同で使っている部屋の隣。

シュラム夫人
シュラムの父親の再婚相手。つまりシュラムの継母に当たるが、年齢はシュラムよりも若い。

ビリー・ショーター
イーグル紡績の組合のリーダー。

スキナー
出版社であるダンカン社の営業部長。グラッドストン・バッグ風のブリーフケースを持ち歩いているのが特徴。

スタイさん《ミスター》
保険会社の代理人《エージェント》。アフリカ系。

スタンパー
クローリーの友人。ビジネス仲間でもあり、狩猟仲間でもある。

R・スルシュキッチ
彫刻家。彼が制作したサイクロン・セブンという彫刻作品の内部に少年が入って出られなくなるという事件が起こる。

スローミン
アーカートが店長を務める自動販売式食堂を拠点にしている私設馬券屋。

ブーディ・セルク
ゾウナ・セルクの娘。年齢は十代後半と思われる。ダイヤモンド・ケーブル社の普通株を二十万株所有。

ゾウナ・セルク
ジョン・ケイツ知事の友人。ダイヤモンド・ケーブル社の株を大量に保有する未成年の娘の後見人として、会社を牛耳っている。

イザドーラ・ダンカン
オハイオ州にある壁紙会社の社長。病院で、エドワード・バストと同室になる。スケベ爺。

ダンカンさん《ミスター》
出版社であるダンカン社（壁紙の会社とは別）の社長。
ヴィーダ・ダンカン
ゾウナ・セルクのかつての同級生。出版社を営むダンカン氏の妻。
ドクター・デイ
ガンディアの防衛大臣。イディ族。ウアソ州分離独立の首謀者。
ヴァーン・ティーケル
地区教育長。
J・ティーツ
マサピーカ駅に勤める駅員。
アン・ディセファリス
JRが通う中学でいくつかの教科を教える教員。インド系。ダンの妻。
ダン・ディセファリス
JRが通う中学に勤める心理測定学者で、いくつかの教科も教えている。
ドニー・ディセファリス
アンとダンの息子。ノラの弟。
ノラ・ディセファリス
アンとダンの娘。ドニーの姉。
W・デッカー
証券引受業者を装う詐欺師。
デビッド・デビドフ
タイフォン・インターナショナル社の広報課長。その後、広報会社に転職、そこからJR社に広報担当として派遣される。小男。「ボス」、「心配ご無用」が口癖。
テリー
ゼネラルロール社の秘書。
デレセレア
ゾウナ・セルクの屋敷に雇われた家政婦。アフリカ系。
ビル・ドロービー
連邦保安官補。
ニック
ゾウナ・セルクに雇われたお抱え運転手。
ノワンダ
アフリカにあるソビエト連邦寄りの国家ガンディアの大統領。
ハイド・ボーイ
JRの親友。ハイド少佐《メイジャー》の息子。角刈り。
ハイド少佐《メイジャー》

タイフォン・インターナショナル社の子会社であるエンド設備の従業員。ＪＲが通う中学の教育委員も務める。

バジー
ＪＲの通う中学校の生徒。アフリカ系。ハイドの車がディセフアリスの車に衝突した際に死亡。

バルクさん《ミス》
タイフォン・インターナショナル社の秘書。社長室付き。

パレントゥチェリ
カタニア舗装社の社長。

ハンドラー医師《ドクター》
ケイツのかかりつけで、かつての同級生。

ビーミッシュ
トライアングル製紙社およびシュラム家の弁護士。

ビートン
タイフォン社の総務部長兼最高顧問弁護士。

アーノルド・〝ノニー〟・ピスカター
ＪＲ社ファミリーの最高顧問弁護士。

フェダーズさん《ミスター》
教員組合の職員。

フォード
財団のプログラム専門員。

ブラウフィンガー将軍
ドイツ軍を率い、アルデンヌ地方の町、サンフィアクルで、ボックス将軍率いる連合国軍と戦った経歴を持つ。ピティアン社と関係が深い。

フランク・ブラック
タイフォン社のロビイストとして首都ワシントンで活動する弁護士。

ブリズボーイ
ワーグナー葬儀社のスポークスマン。カウボーイのような格好をしている。

ブリズボーイ夫人
ブリズボーイの母。

ブルース上院議員
上院軍事委員会のメンバー。タイフォン社がガンディアで行っている工作に関与している。

チャーリー・イエロー・ブルック
アメリカ先住民一部族の代表。居住する保留地の天然ガスと鉱物の採掘権を二十年にわたってＪＲに貸し出す契約を結ぶ。

フレッシュさん《ミス》
ＪＲが通う中学の教員で、カリキュラムの専門家。その後、デビドフに「プロジェクト監督」として雇われる。

フローレンス

タイフォン・インターナショナル社の秘書（アイゲン担当）。

ヘイト神父

マサピーカにあるパローキアル・スクール「聖名学園」の校長。

ヘイト将軍

陸軍の将軍。少将（二つ星）。ヘイト神父の兄。

ビル・ベイリー

令状送達人。

エドガー・ベッグ

ユニオンフォールズの公園監督者。

ユーニス・ベッグ

イーグル紡績の株主。会社を買収したＪＲを相手にして訴訟を起こす。

Ｒ・Ｖ・ベッグ判事

ユニオンフォールズの裁判官。イーグル紡績株をめぐる裁判を担当する。

マリオ・ペッチ議員

ニューヨーク州議会議員。下院から上院に鞍替えする。州銀行委員会のメンバー。ガンガネッリ、ペッチ、ペレッティ合同法律事務所の一員。ピンストライプ柄のスーツが特徴。

ジャニス・ペッチ

ペッチ議員の妻。

ペレッティ

ガンガネッリ、ペッチ、ペレッティ合同法律事務所の一員。

ベン

ジャック・ギブズの弁護士。

ボックス将軍

連合国軍を率い、アルデンヌ地方の町、サンフィアクルで、ブラウフィンガー将軍率いるドイツ軍と戦った経歴を持つ。タイフォン・インターナショナル社の取締役。

バンキー・ホッパー

フレッド・ホッパーの息子。

フレッド・ホッパー

イーグル紡績の管財人となる銀行の頭取。

ポメランスさん《ミスター》

ピスカターの弟。改名した。ポメランス共同事務所《アソシエイツ》の所長。

ホワイトバック校長

ＪＲが通う中学校の校長で、同時に、地元の銀行の頭取でもある。パステル調のコーディネートが特徴。

マーナ

ゼネラルロール社の秘書。

マリノフスキーさん《ミスター》
タイフォン社のロビーからシェパーマンの絵を撤去する際、ゾウナ・セルクに雇われたチームのリーダー。

ケニー・マリンズ
オハイオ州デイトンで働くゼネラルロール社の営業マン。

ミャオ主席
ローダの猫。名前は毛《マオ》（沢東）主席のもじり。

ミリケン上院議員
西部のとある州（明言されない）を代表する連邦議会上院議員。ＪＲ社ファミリーはこの人物を味方に取り込もうとする。

ムーニーハムさん《ミスター》
Ｘ－Ｌリトグラフ社の社長。アルコール依存症。

モイスト大佐
陸軍大佐。タイフォン社の各種工作に関わっている。

ハーバート・モレンホフ
エンド設備において、ハイド少佐の上司。

ユード判事
ニューヨーク州の検認後見裁判官。

リロイ
ＪＲが通う中学の用務員。

ベン・Ｆ・レヴァ
エレボス映画社の映画監督。

レオ
ゼネラルロール社の工場長。

レンプさん《ミスター》
インディアナ州におけるバスト一族の代理人弁護士。

ローダ
シュラムの（年の離れた）恋人。ヒッピー的な生活を送っている。宣伝活動と称して、ペッチに窓から突き落とされる。

フランク・ワイルズ
株式仲買人。

ワダムズ先生
ＪＲが通う中学校の保健室の先生。その後、病院に勤めるが、そこにノーマン・エンジェル、エドワード・バスト、ケイツ、イザドーラ・ダンカンなどがやってくることになる。

ジョージ・ワンダー
ワンダー醸造の社長。

JR

マシューへ

——もう一度あの突破口へ突撃だ、諸君、もう一度

――お金……？と、かさかさした声*。

――紙の、ええ。

――あの頃はまだ見たことがなかったわ。紙のお金は。

――東部に来るまで、紙のお金は見たことがなかった。

――初めて見たときにはとても妙な感じがしたわね。血の通わない感じ。

――値打ちがあるとは全然思えなかった。

――それまでは父さんがいつも小銭をジャラジャラいわせていたからね。

――あれは一ドル銀貨だったわね。

――それと五十セント銀貨、うん、それに二十五セントもよ、ジュリア。教え子から集めたお金。今でも父さんの声が聞こえるみたい……

　雲に覆われていた太陽の光が突然あふれ、外の木々の葉を通して粉々に砕かれ、床の上にこぼれた。

――ベランダを歩いてくるとき、いつもジャラジャラ。

――生徒に音階練習をさせるときには、持ってきた二十五セント硬貨を手の甲に置かせたものです。一回のレッスンで五十セントを取っていたんですよ、ね、ミスター……

――コーエンです、紛らわしいですがコーヘンではなくてコーエン。さてご婦人方、そろそろ本題に……

――ねえ、これって例の、父さんが死ぬ前に言い残した願いと似てるわよね、バンクーバーの港に胸像を沈めてほしい、そしてその海に灰をまいてほしいっていう最後の頼み、ジェイムズとトマスが手漕ぎのボートで沖に出て、二人で胸像をオールで叩いたのよね、中が空っぽで沈まなかったから、そうこうしているうちに嵐も近づいてきて、父さんの灰が風に飛ばされて二人の髭にまとわりついちゃった。

――父さんの胸像なんてなかったわよ、アン。それに父さんは一度もオーストラリアに行ったことはないと思うわ*。

――今言ってるのはそのことよ、根も葉もない噂が広まる話。

――そうねえ、そういう話は赤の他人の前だとどうしてもまた話したくなるのよね。

――コーヘン*さんは赤の他人とは言えないと思うわ、ジュリア。うちのビジネスについて私たちよりもご存知なんだから。

――ご婦人方、すみません。私がここに参りましたのは、お身内のお話に首を突っ込むのが目的ではなくて、弟様が遺言なしにお亡くなりになったのである種の問題を処理せざるをえなくなったからでして、そもそもその用事がなければ私はここには顔を出さなかったかもしれません。さて話を戻しますが、問題の……

――私たちには何も隠し立てするようなことなどありませんよ。何だかんだ言っても、仲の悪い兄弟って珍しくないですものね。

――さあ、こちらにいらして、腰掛けてください、コーヘンさん。

――最初から全部お話しした方がいいんじゃない、ジュリア。

――そうね、父さんがまだ十六歳だった頃のことです。アイラ・コップは父さんにいくらか借りみたいなものがありました。父さんがやった仕事、多分、農機具か何かの修理でしょうが、それに対する報酬でね。父さんは昔から手先が器用でしたから。それでもってそのお金のことでもめましてね、アイラはお金の代わりに古いバイオリンを父さんに渡しました、すると早速それを納屋に持っていって練習しようとしたんです。ところが、祖父がその音を聞いて、納屋に行ってバイオリンを父さんの頭に叩きつけて壊したんですよ。何だかんだ言ってもうちはクエーカー教徒ですから、お金にならないことはとにかく駄目なんです。

――もちろんです、バストさん、それはもう……当然のことです。さて、話を戻して先ほどお話しした財産の問題ですが……

――今その話をしているんですよ、もう少し辛抱してくださいな。そうそう、ディック伯父さん、父の兄にあたるんですが、伯父さんははるばるインディアナまで歩いて帰ったんです、アンダーソンヴィルの刑務所*からずっと徒歩で。

――そしてバイオリンの事件の後、父さんは家を出て、学校の先生になったんです。

――父さんが子供の頃からずっと持っていた唯一の望みは、見渡す限りすべての土地を自分のものにすること。さあ、これで問題がはっきりしましたかしら。

――あの人がこっちに戻って腰掛けてくれれば問題がはっきりするかもね。窓の外を見たって何もありはしないのに。

――今日ここには、と部屋の反対側からコーエン氏が言った。彼は窓枠をつかんで体を支えているように見えた。――今日ここにはエンジェル夫人がお見えになると思っていたのですが、と外に向けていた視線と同様に希望のついえた声で続けた。外ではまた雲が太陽を覆い、常緑の下生えが陰になり、伸び放題のバラの枝にはスイカズラが巻き付いていた。そのスイカズラは、もともとブドウの蔓を這わせていた裏の四阿《あずまや》をずいぶん前に覆いつくし、彼の目の前では今、別の建物が静かにシャクナゲの炎に飲み込まれていた。

――エンジェル夫人？

――被相続人*の娘さんです。

――ああ、それ、結婚した後のステラの名前じゃないの。覚えてるかしら、ジュリア、父さんがよく言ってたでしょ……

――あら、ステラからはさっき電話があったのよね、アン、あなたが私に言ったのよ。予定より遅い列車に乗ることになったって。

――その名前、もともとはエンゲルスだったの、途中で名前が変わって……

――では、残念ですがエンジェル夫人にはお会いできませんね、私は裁判所に行かなければなりませんので……

――そんな必要はないと思いますよ、コーヘンさん。もしもステラの旦那さんの気が短くて、早速、弁護士を雇って裁判を起こすようなら……

――ここのボタン、取れそうですよ、コーヘンさん。トマスも太ったとき、同じことになってました。何を着ても折り目がなくなっちゃって。

――あの……バストさん。どうやら私の説明が足りなかったようですね。今日私が裁判所に行くというのはこの件とはまったく関係ありません。今回の件を法廷に持ち込む理由は何一つありません。実際、私を信じていただきたいのですが、バストさん……お二方、私が最も望まないのは……お二人と法廷でお会いすることなんです。さてと。ご理解いただきたいのですが、私がここに参りましたのは、単にエンジェル氏の弁護士としてではなく、ゼネラルロール社の顧問……

――覚えてるかしら、ジュリア、トマスが会社を始めたときのこと？　ゼネラルっていうものだから、私たちはてっきりトマスが軍人と仲良くなったと思ったのよね？*

――でも軍隊に友達がいたのはジェイムズでしょ。

――ええ、彼は戦争に行ったんですよ、コーヘンさん。スペイン戦争で鼓手だったんです。

――ス……スペイン戦争ですか？と彼は口ごもり、体を硬くして、火の入っていない暖炉の前のアン女王朝様式の椅子の背にもたれた。

――ええ。まだ子供でした。

――しかし……スペイン戦争ですか？　あれは三七年でしたか？　それとも三八年？

――あら、そこまで昔じゃありませんよ。あなたがおっしゃってるのは九七年か九八年のことじゃありませんか、ねえ、アン？　メイン号が沈められたのは？*

――メイン・ゴーって誰？　そんな名前、聞いたことないわ。具合が悪いんですか、コーヘンさん？

――そうそう、トマスはジェイムズのすぐ後に家を出たわ、でも、もちろん戦争に行くには小さすぎました。だからちょうど町に来ていた巡業芝居に加わって、幕間にクラリネットを吹いてました、犬の世話も任されていました、犬も頼める馬車預かり所を見つける役。彼の傷痕にお気付きになりましたか、コーヘンさん、ブラッドハウンドに噛まれて親指のところにぱっくりと傷ができたんです。死ぬまであの傷痕は残ったんですよ、あら、もうお帰りですか、コーヘンさん？　もちろんお尋ねになりたいことが全部済んだのでしたらね、きっとお忙しいのでしょうから。

――コーヘンさんに冷たい水を差し上げたらどうかしら。

――いいえ、私が欲しいのは……水ではありません。ご婦人方、お二人とも……ちょっとの間、私の話を集中して聞いていただけたら……

――構いませんよ、コーヘンさん。私たちも先ほどからずっと、思い付く限りの情報をお話ししているんですから。

――ええ、しかし、中には直接関係のない話も……

――お尋ねになりたいことを率直におっしゃってくだされば いいんですよ、腕を振り回しながら部屋の中をうろちょろなさったりせずにね。私たちだって人一倍、早くこの件を片付けてしまいたいんです。

――ええ……ありがとうございます、バストさん。おっしゃる通り。さて。ご承知のように、弟様の財産の大半はゼネラルロール社の株式《シェア》で、それは会社支配に充分なだけの額に上りますが……

――一部分《シェア》！　トマスは少なくとも四十株は持っていたと思うわ、四十五株だったかしら、アン？　だって私たち……

――おっしゃる通りです、バストさん。ゼネラルロール社は創立以来、あなたの一族の限られた方々だけが株を保有してこられました。被相続人の経営手腕、そしてさらにその後は娘婿エンジェル様の経営手腕により、ゼネラルロール社は大変繁盛し……

――それは配当金からは決して分かりませんよ、コーヘンさん。ずっと無配当なんですから。

――おっしゃる通り。それも私たちが今、直面している問題の一つです。弟様、そしてより最近ではその娘婿様は、現状からただ収益を引き出すよりも会社が拡大する方を望まれたので、純資産がかなり増えておりまして、その増加に伴ってある種の義務が生じまして、会社は早急にその義務を果たすよう求められているのです。被相続人はお亡くなりになる前に株式売買の手配をなさっておらず、主要株主がそれぞれに生命保険をかけて死後は保険金で相続人から株を買い取る交差譲り受け《クロス・パーチェス》の計画もございませんし、あるいは会社自体が彼の権益を買い取ることができるようにする共同経営体保険《エンティティー・プラン》も考えられていませんでしたので、これらの取り決めがない現在、かなりの額に上る相続税を支払うために必要なお金が……

――ジュリア、何だか、コーヘンさんは必要以上に事態をややこしくなさっているみたい……

――その上、被相続人が無遺言で亡くなった場合には付きものの複雑な問題がありまして……

――ジュリア、お願いだから……

――さらにその上、ある種の未解決の、そしていささかデリケートな家庭事情が事態を複雑にしておりまして、今日はその件についてお話しするためにこちらへ伺ったのですが……

――コーヘンさん、ちょっと！　お掛けになって、要点を聞かせてください。

――そうそう、何だかんだ言ってもね、ジュリア、覚えてるでしょ。シャーロットは遺言を残さずに亡くなったから、父さんはただ机に向かっていろんなものを適当に分配した。もちろんジェイムズの気持ちとしてはきっと……

――そう、ジェイムズの気持ちはあの態度を見れば分かったわ。こちらにお掛けください、コーヘンさん、その紙切れを振り回すのはおやめになって。

――これは……さっき申し上げた権利放棄証書です、と紙を手渡しながら言って、アン女王朝様式の椅子に腰掛け、手を置くと、肘掛けが外れた。

――ジュリア？　エドワードが直したんじゃなかったの？

――あの子が直したのは家の横の入り口の掛け金よ、アン。

――コーヘンさんを家にお通ししたときには掛け金は壊れてたわよ。仕方がないから裏口に回っていただいたの。

――横の入り口からお入りになったんだと思ってましたわ、コーヘンさん。

――でも、私がお通ししたのよ、ジュリア。何だかんだ言っても。

――私はてっきりエドワードが……

――コーヘンさんをお通しした？

――いえ。掛け金を直したと思ってた。

コーエン氏は何とか肘掛けを元の位置にはめ終わり、そこに触れないように注意深く椅子にもたれた。――その権利放棄証書はあなた方の甥《おい》でいらっしゃるエドワードさんに署名していただくためにお持ちしました、と彼は言いながら、肘掛けと同じくらい不安定な自分の膝に肘を置いた。――た、単純な形式だけです、今回の場合は。もちろん、遺書あるところには……

――道がある、ですね。今日はなかなか冴えてますね、コーヘンさん、でも私を信じてね、アン、これはトマスの遺志なんだと思うわ、こんなにややこしいことになっているのは。

――ええ、この死亡記事を見てよ、どうしてコーヘンさんはこんなものを持っていらしたのかしら、話がますますややこしくなるだけじゃないの。読んだって誰が死んだのかも分かりやしない。これ見た？　全部ジェイムズのことばかり。トマスのことなんて一言も書いてない。

――その記事を一緒に入れましたのは……生気のない目の前にかざされたリボンのような切り抜きを見詰めながら、水底の深さを反響で測ろうとするような声で彼は話し始めた。――新聞社に死亡の知らせが入る、その場にいた人間が忙しくて名字しか聞いていない、するとあなた方の弟でいらっしゃるジェイムズさんのような人、ジェイムズさんのような有名人について既に書いてある死亡記事を引っ張り出してくるってことがあるんです、有名人の死亡記事はいざというときのために常に最新情報を加えて用意してありますからね……

――でもジェイムズは死んでない！　出掛けているだけ……

――海外にね、何かの賞を受け取りに。

――ええ、はい、実際、その記事を読んでいただければ……

――最近のジェイムズはずっとそればかりよね、いろんなところに行って賞を受け取ってばかり。

――受賞に値しないとでも言うの、ジュリア。コーヘンさんが勘違いなさるようなことを言わないでよ、お帰りになった後で何を言い触らされるか分からないじゃないの。

――私は……ご婦人方、誓って申し上げますが、私が持って帰りたいのは噂話ではなく、甥御さんの署名の入った権利放棄証書だけです。弟様たちは、その、特にご親密ということではなかったわけですし、被相続人が無遺言でお亡くなりになったわけですから、生残者《サバイバー》の協力がぜひとも……

――まるで船が難破したようなおっしゃり方ね、コーヘンさん。

――ああ、ではついでに申しますと、バストさん……

――次に何をおっしゃるか、私には分かるわよ。きっとジェイムズとトマスが仲が悪かったっていういつもの話を蒸し返すんだわ。

――ジェイムズとトマスほどお互いに助け合った兄弟の例を挙げてご覧なさいと言ってもコーヘンさんには無理だと思うわ。二人とも相手の仕事は全部自分が世話してやったんだと言ってましたから。

――『ロシア交響曲』……

――それにスーザの楽団*？　もちろん男同士だからある種のライバル心はありました。それは誰も否定しませんよ、コーヘンさん。うちは家族でオーケストラをやっていたんです、二人とも一日に三時間も四時間も練習してました。父さんが毎週テストして、より上達した方に十セントを与えてたんです。二人が六歳のときから、家を出るまでずっと……

――そうそう、ジュリアの楽器は……コーヘンさん、どちらへ？　少しの間じっと座っててくださったら、きっと黒い糸も見つかると思うんですけど。こうしてみんなでお話をしている間にボタンを付け直すことができますわ。

――甥のエドワードさんとお話しするのを待っている間に……

――そこにお持ちになった書類がどんなものであれ、エドワードはすぐに署名したりはしないと思います。

――ええ、私も覚えているけど、どんな書類もよく読むまでは絶対に署名するなっていうのが父さんの口癖だった。

――しかし……ご婦人方！　ぜひ彼には読んでもらいたい、どうしても読んでいただきたい。あなた方にも読んでいただきたいんです！　わずか数行ですよ、単なる形式、被相続人の娘、ステラさん、エンジェル夫人を彼女の父親の遺産の管財人に任命することを認める権利放棄証書なんです、これを裁判所に提出すれば……

——コーヘンさん、さっきは私たちが裁判所に行かなくてもいいようにするってはっきりおっしゃったじゃありませんか。あなたもそう聞かなかった、アン？

——ええ、たしかに聞いたわ。それに、こういう手続きについてジェイムズは何て言うかしらね。

——ジェイムズに正義を語らせたら相当うるさいわよ、コーヘンさん、それに作曲家とはいっても法律にもかなり詳しいの。もしもやむをえず私たちが法廷に立って、ことの善悪を論じるような羽目になったら……

——マダム、バストさん、お願いです、私は……お願いですから、そのような問題は今回のこととまったく関係ありません、そんな事態が生じる理由もまったくありません。法律はですね、バストさん、はっきり申し上げますが、法律は……

——そこのランプ、気を付けて、コーヘンさん。

——正義なんて関係ないんです、善悪も。法律が求めているのは秩序なんです、バストさん。秩序！

——さあ、コーヘンさん、じっと座っててもらえませんか。ちょうど籠《かご》の中に黒い糸がありました。

——そして、関係者全員の保護のために法的枠組みの下で合意が作り上げられる。ですから……

——上着はお脱ぎになった方がいいですね。書類を落としそうですよ。

——はい。どうも。上着はこのままで結構。それで……

——カーペット用の糸ですからかなりしっかりしてるはずです。スーツ本体よりも長持ちするかもしれませんね。

——この権利放棄証書に署名したからといって甥御さんが被相続人の財産に対して有する権利には決して影響しません、私が保証します。しかし、彼の立場はいささか曖昧な点がありますので……

——これは父さんのコートのボタン付けのために買った糸なんですよ。決まってコート本体よりも長持ちしました。

——コーヘンさん、何のことをおっしゃっているのか知りませんけど……

——私が理解するところではこういうことです、バストさん、甥のエドワードさんの家族内での立場のことですがね。ネリーという名で知られる彼の母親が……

——ネリーという名前の人は普通、本名はヘレンですが、彼女の場合は違いますよ。それがネリーの洗礼名だったんです、ニックネームだと思っている人もたくさんいましたけど。でも、そういうことを今さら詮索《せんさく》する理由なんか……

——きっとジェイムズが回想録を書き上げたら、少し腕を上げてもらえますか、コーヘンさん？ たくさんの詮索好きな人たちがびっくりするでしょうねえ、あの後もいろんな噂話が出てたし……

——ご婦人方、私は詮索するためにここに来たわけじゃありませんﾆ! しかし、弟様の遺産の法的処分においては、彼とネリーとの関係および甥のエドワードさんとの関係が非常に重要となります。さて、私の理解するところでは、あなた方の弟であるトマスさんには最初の奥さんとの間に一人お子さんがいらした、ステラさんです、その後、奥さんがお亡くなりになって……

――その後、お亡くなりになったっていう言い方はどうかしら、コーヘンさん。だって死に別れたわけじゃありませんから……

――そうですね、申し訳ありません。とにかくトマスさんは再婚なさった、ネリーさんと、ところが果たして彼女は彼のもとを離れ、別の男性と同棲《どうせい》したらしいのですが、その相手と言うのが……ええ、その……

――そう、ジェイムズと結婚したの。その通り。でも果たしてっていう言い方はどうかしら、コーヘンさん。あれは誰にとっても本当に意外だったと思うわ。

――それはどうかしらねえ、アン。ネリーは移り気《フライティ》だったから。

――それを聞いて思い出したわ、ジェイムズもその言葉を使ってた。ラフマニノフがアメリカを訪れていたときよ、ちょうど指に保険をかけた頃だったからよく覚えてる。そこのはさみを取ってくださらない、コーヘンさん?

――しかしながら、はい、どうも、どうぞ*……で、しかしながら、問題のネリーさんとジェイムズさんとの間には法的な結婚の記録がございませんし……

――あらまあ、コーヘンさん……

――しかも、問題のネリーと被相続人との間にも法的な拘束力のある離婚を証明するものがございませんし……

――そんなものは必要ないんじゃ……

――そして、問題のネリーさんは息子のエドワードさんを生んだときには被相続人の兄のジェイムズさんの妻だった、というか、妻として生活していらっしゃって、はっきりとはしませんがそれ以前から、かなりの期間にわたってそのような状態が続いていたわけですが、にもかかわらず、その、ええ、出生に関する諸状況を立証する出生証明書は存在しておりませんから、エドワードさんは問題の遺産に対してかなりの要求を出せる立場にあります、したがって……

――おっしゃることがさっぱり分かりませんわ、コーヘンさん、それにあなたが読み上げてらっしゃる書類の出所も……

――これは私が書いたんです、バストさん、これは……

――コーヘンさんの眼鏡はあの夏にタナーズヴィル*の近くでジェイムズがなくした眼鏡に似てると思わない、ジュリア。

――それにまた例の噂話を蒸し返したりして。だって、エドワードはここで楽しく暮らしていますし、ジェイムズも父親として立派にやってきましたよ、そんなことは一度も問題にならなかったわ、だって……

――いえ、それを問題にしているのではありません、バストさん。ただ重要なのはですね、弟様の遺産に関してエドワードさんの立場が明確になるまでは、彼は……何ですか……

――こんなところに糸くずが付いてる、じっとしててください……

――はい、ボタンを付け直してくださってありがとうございます、バストさん、それはさておき……

――もうお帰りになるの？

――いえ、ただこうした方が……立った方が頭の回転が良くなるかと思いまして……

――書類がコーヘンさんの手から落ちるわ、ジュリア。

――バストさん、それで……はい、どうも、バストさん、ですので、したがって……

――ネリーが亡くなった後でね、コーヘンさん。

――にもかかわらず……

――その後でジェイムズがあの子*をここに連れてきたんです、ね、私たち二人が育てたようなものですよ。ジェイムズはいつも仕事に追われてますから。裏にあるのが彼のスタジオ、あそこの横の窓から見えますよ、何日も続けて姿を見ないこともよくありました……

――しかし、重要なのは、重要なのはですね、バストさん、この際、法律上重要な問題となるのは……

――ジュリア、何か物音がしたみたい、金槌《かなづち》みたいな音、誰かが金槌を叩いてるみたいな……

――嫡出性の推定というものは、確定的ではありませんし第一審で反証可能ですが、法律上最も強力な推定の一つでして、容易に効力を失うことはないんです、バストさん、ええ、どこにやったかな、ヒューバート対クラウティアの判例*、効力を失うのは常識的にまた理性的にみて嫡出だと仮定するのは無茶だと考えられる場合で……

――当時はねえ、ジュリア、ジェイムズのやっていることは無茶だとみんなが思っていたわよね、間違いなく……

――一般に、この推定は妻の不倫の証拠があっても保持されます、甥御さんの場合についていえば、誕生から通常の妊娠期間をさかのぼった時期の前後にそうした関係があったことが立証された場合でもです、このことはバッセル対フォード自動車会社の裁判で判示されていて……

――コーヘンさん、いいですか、エドワードはフォード自動車にも他の誰にもうらみはありませんよ、ですから……

――私は彼に開かれている法的立場を述べているだけです、バストさん、ひょっとしてエドワードさんがその気になれば……

――金槌を叩いてる音、聞こえた？*

――ご自分が生まれる前のジェイムズとネリーとの同棲期間に関するあなた方の証言と弟様のジェイムズさんの証言をとことん追究なさるかもしれません、一応の推定があるだけなのですから、少々お待ちください、これ、そう、結婚生活の中で生まれた子供は嫡出とみなすという推定です、ところがこの場合は夫婦が別居を続けており、その妊娠期間が、夫が父であるとするには不可能とは言えないまでも、通常の自然の流れに反するほど例外的な長期にわたるわけですからね、分かりますか？　法的手続きによって故人の財産の相続権を立証する場合、故人との血縁を裏付ける責任は権利主張者の側にあります、もちろん今回のように血縁関係を争点にして、故人の子供だと主張する場合のことですよ、そして……そう、ところが第一審では、どこかな、そう、嫡出性の推定が生じる親子関係が証明されれば立証責任はなく、嫡出性と相続権は認められます、ただし非嫡出であることを示す証拠が提出された場合は違います、嫡出性の立証責任はやはり権利主張者の側にあって、主張者は嫡出性を証明しなければなりません、その人物の相続権の主張を否定する直接的証拠と有力《ポテント》な……この単語は有力《ポテント*》で合ってるのかな？　有力、ええ、有力な状況証拠が提出された場合には。さて、親子関係を証明する能力がある証拠については……

――コーヘンさん、言っておきますが、こんなお話を続ける必要はありませんよ、もしも……

――ご婦人方、他にどうしようもないんです。これほど多額の、これほど複雑な遺産を処理するとなると、当然私としては甥御さんの法的権利に関与しうる問題点のすべてを、あなた方に対してもご本人に対しても極めて明快に説明しなければなりませんから。さて。

――ご親切なことよね、ジュリア、でも、はっきり言って……

――ご理解いただけると思いますが、本遺産に対して甥御さんが有しているかもしれない権利を考慮に入れずにこのまま手続きを進めますと、関係者全員の立場を危うくすることにもなります、と申しますのも、一人の子供を私生児《バスタード》とみなすことはそうした結論が司法上不可避の場合に限られますから……

――コーヘンさん！

――そして嫡出であるという合理的可能性をあらゆる面で反証する義務は非嫡出の事実を仮定する当事者にあり、これは今回の件に当てはまると思うのですが、結婚生活の中で受胎あるいは誕生した子供の場合には母親の夫が子供の父親ではありえないことが示されなければなりません。

――極めて明快ですこと、コーヘンさん！

――極めて明快です、お二人ともある種の法律用語が不明瞭だとお感じだということは私にも分かっていますが、にもかかわらず、非嫡出を支持すると思われる他の証拠を追究する場合には、例えばお亡くなりになった母親の供述には証拠能力がありますし、あるいは血縁関係を明らかにするような、それに類似した当時の付帯状況にも……

――ネリーは手紙を書いたりするタイプじゃなかったわ。

――写真でも構いません、と背後の壁に向けて書類を振り回しながら——子供の身体的特徴を夫や他の男性の特徴と比較するためです……

——コーヘンさん、あなたの左肩のすぐ後ろ、それが昔から私のお気に入りのジェイムズの写真です。それ、男が二人で木陰に座っている写真、もう一人はモーリス・ラヴェル*です。ジェイムズのきれいな横顔が写ってるでしょ、本人はインディアンの血が混じっているせいだって言ってましたけど……

——今はそんな話をしなくてもいいんじゃないの、アン。

——構いませんよ、ご婦人方。ここに入れておいたはずなんですが……

——ねえ、アン……

——はい、ありました、準州*の制定法が婚姻夫婦の間に生まれた子供の嫡出性を無効と規定している場合もあって、白人男性とインディアン女性との間に生まれた子供が非嫡出とされています……

——チェロキー族の血なんです、分かりますか、コーヘンさん。チェロキー族は独自の文字を持っていた唯一の部族だったんですよ。

——しかも、申し立てられた結婚が当該準州内のインディアン保留地においてインディアンの慣習に従って執り行われたとしても無効なんです、先ほどの件はおそらくこれで解決ですね。この話はこれくらいにしておきましょう、バストさん。

——頭飾りを付けたシャーロットのあの写真をコーヘンさんに見ていただいたらどうかしら、巡業先で撮った……

——さて。もう一人お姉さんがいらっしゃるとか。お名前はカーロッタさん。

——今アンが言ってるのはまさにその話。あなたの真後ろにいますよ、コーヘンさん。

——いるって？　誰……？

——気を付けて、そこらのものを壊しそうです。そこですよ、ドーム付きの建物の上にいるでしょ、そこはジェイムズの所属してたフリーメイソンのロッジ、シャーロットは緑のフェルト帽をかぶってる、でも当たり前だけど写真では色は分からないわね。その帽子は彼女が結婚式のために買ったのよ。

——この家を改装したのも彼女なんです、コーヘンさん。卒中で倒れて舞台を下りた後のことですけど。キース興行*ではちょっとした有名人だったんです、あの歌を歌ったから……何ていう歌だったかしらねえ、ジュリア。楽譜がその辺にあったと思うんだけど、ひょっとしたらジェイムズのスタジオの方かしら。彼女の帽子はヒナギクみたいな形をしてるの。お菓子のシャルロットみたいなその帽子がトレードマークで、芸名はカーロッタ。

——で、卒中で亡くなったわけですか？

——まさか、とんでもない。達者でしたよ、ビーズ製のバッグを萎《な》えた手にぶら下げて、疲れたときに少し足を引きずる程度でした、そうなるまでがどれほど大変だったかは分かりませんがね。冬の間は大体カイロで過ごしてました。

——カイ……ロ？* それって……それエジプトですよね？ ひょっとして……戦慄が彼の声から腕へと駆け抜け、空中で腕時計に引っ掛かり、——その件は甥のエドワードさんとのお話が終わった後にしましょう、エドワードさんはそろそろこちらに……

——コーヘンさんがさっさと用件を説明してくだされば、エドワードを煩わせる必要なんかないかもしれないのにねえ。

——そうですよ、コーヘンさん。どうすれば私たちがエドワードの代わりに用事を片付けられるのかを説明してくだされば……

——エドワードの代わりに用事を？ 彼は子供じゃありませんよね？

——子供ですって！ 彼はあなたよりも大きいですよ、コーヘンさん、それに大きな声を出さなくても聞こえます。

——背はコーヘンさんより高いわね、ジュリア、でも大きいっていうのはどうかしら。あの灰色のズボンも、ついこの前私がウエストを縮めたところよ……

——いえ……子供というのは単に、単に法律上の未成年ということでして、二十一歳未満という意味で言ったんです。

——エドワードが？ どうかしらねえ、ジュリア。ネリーはジェイムズがあのオペラを完成させた年に亡くなったんだから……

——違うわ、彼女はオペラの製作に取り掛かった年に亡くなったのよ、アン。ていうか、彼女が亡くなった年に製作を始めたの、ていうことは……

——『ピロクテーテース』*っていうオペラです。ご存知かしら、コーヘンさん？

——ご存知のはずないじゃないの、アン。上演されたことはないんだから。

——そう、あれはジェイムズがチューリッヒで過ごした冬のことでした。ひょっとしたらコーヘンさんは……

——あ！ 眼鏡を落とした……

——壊れてないですか？ それをするとやせられるんですよ、コーヘンさん。そうやって床にしゃがんだり立ったりする運動。エイブラハム＆ストラウス*のトイレで会った女の人が教えてくれたんです。彼女はトランプでやってました。トランプの束を全部床に撒き散らして、一枚一枚しゃがんで拾うんですって。減る体重の一部は汗で出ていくんでしょうね、きっと、でも、ひょっとしてコーヘンさん……

——コーヘンさんはずいぶん汗かきでいらっしゃるみたい……

——私たちがもう少しの間、辛抱してお話を聞いて差し上げたらいいんじゃないのかしら、コーヘンさんの本当の目的はエドワードがこの紙に署名することだけなんだと思うわ。

——他には何も、秘密の目的はお持ちじゃないんですね、コーヘンさん？

――私は……ご辛抱いただいてありがとうございます、ええ、その他に必要なのは彼の出生証明書だけです。

――ほら。ね、アン？

――エドワードさんの年齢とご両親のお名前を確認するためです。さっきまで、今までは成人していらっしゃるものだと思っていました、そしてぜひそうであってほしいのですが、というのも、というのも甥御さんが成人していれば私もこれ以上あなた方お二人と……お二人の手を煩わせる必要がなくなるからです、彼の署名の有効性は、もちろんこの権利放棄証書への署名ということですが、契約を結ぶ法的能力と関わってきますからね、ただし、もちろん未成年者でも親権から解放されることは可能で……

――解放＊！　言っておきますがね、コーヘンさん……

――そうなれば自分の収入を自分のものとすることができるのですが……

――エドワードが稼いでいるお金は全額……

――自分の収入があるからといってそれで契約能力があることにはなりません、それはライソン対メイト、じゃなくてメイソン対ライトで判示された通りです、ええ、未成年者の契約は本人により取り消し可能だが無効ではない、ただしこれは生活必需品には当てはまらないかもしれません、でも重要なポイントです。さて、取り消し可能だがそれ自体は無効ではない契約を狂人《ルナティック》の契約と比較したとき、もちろん法的に無能力と宣言される以前に契約がなされた場合の話ですが、あなた方お二人には……

――まあ、ジュリア。

――かわいそうなエドワード。

――いいですか？　あなた方お二人はあらゆる保護を受ける権利を有するわけです、未成年であることを利用できるのはただ一人その未成年者本人だけですから。大人は未成年であることを弁護に使えませんし、未成年者はいつでも好きなときに契約の履行を拒むことができます。契約の履行を拒む本人の意志さえあればそれで充分なんです。債権者、指定代理人、管財人、連帯保証人、その他、当該契約において見返り担保を抱える人物などが未成年者に対して起こした裁判においては、抗弁として未成年だと立証しさえすればいい、債権者たちは未成年者の抗弁、すなわち未成年であるという抗弁は利用できないんです。

――エドワードの年齢のことなら、本人が……

――ご婦人方、これはお二人の保護のためなのです。彼の出生証明書。未成年なら、いいですか、未成年ならいつでも好きなときに契約の履行を拒める、相手と契約を締結するために最初から年齢を詐称していたとしてもです、このことをどうか忘れなく、ご婦人方。ダンチガー対鋼鉄不動産の裁判を忘れてはいけません。

――あの方、お水を飲みに行ったんじゃないかしら、ジュリア。

――そこのドアです、コーヘンさん。

――これはあくまで養子縁組証明書がなければのお話ですよ、あればもちろん状況は大きく変わります、養子は実の子と同じ法的権利を有しますからね。したがってもしも子供が被相続人の兄の実子でありながら被相続人と養子縁組をしていたならばもちろん本遺産の相続に加わる権利を十全に有します。しかしながら、もしも彼が……

――あの人、次はルーベンのことを持ち出すのよ、ジュリア。

――ジェイムズは結局、ルーベンと正式には養子縁組をしなかったわ。

――というか本遺産《エステート》の配分に加わるという意味ですよ、と申しますのも、相続税支払いのために本遺産の一部は売却せざるをえませんから、つまり……

――今だってうちの木が狙われてるわ。

――きっとみんなにはうちがお屋敷《エステート》に見えるのよ、ジュリア、猫の額みたいな土地にダンボールで建てた小さな家に押し込まれている人たちにはね。

――株を公開しなければならないのです、ただし……

――当たり前みたいに何でもかんでも売り物だと思っているんだわ。

――もちろん現在の市場の中で適正な評価がなされることになります、なぜなら……

――水道局の人が同じことを言ってました、揚水場を作れるのはうちの裏、あそこの木の生えているところしかないって証言したんです、法廷で。

――本資産はこれまでまったく公開されたことがありませんから。

――昨日の晩、あっちの方から金槌みたいな音が聞こえたわよ、ジュリア。

――私もトラックの音を聞いた気がする。

――トラクターの音かもね、木を倒すのに使うトラクター。

――そこまでするかしら？　水道局の人でも。夜中に他人の土地の木を倒しに来るなんて。

――私、今朝見たわよ。

――水道局の人？　どうして私を呼ばなかったの！

――違うわ、木よ、アン、木を見たの。

――よかったわ、木があって。私は今朝ちゃんと見なかったから。

――私もちゃんと見たとは言えない。でもそこのキッチンの窓の前を通ったときに、木がなければきっと気付いたと思うわ。

――ひょっとしたらコーヘンさんが家に入るときにご覧になったかも。

――オークの木は、コーヘンさん？

――それとニセアカシアの木も？

――でも、ぱっと見て目立つのはオークよ、アン。

――株が売り出されるときには、もちろん、前もってしかるべき通知《ノーティス》が届くことになります。

――コーヘンさんがしかるべきものとお考えの書類は、虫眼鏡がないと私には読めないわ、アン。いちばん新しいのはどこかしら。ついさっきまでここにあったんだけど。

――マントルピースの上よ、お城の写真の絵はがき。ジェイムズの書く字は昔から読みにくくてね、コーヘンさん、それに一枚のはがきにたくさんのことを書こうとするもんだから……

――アン、私が言ってるのは地方新聞の公示記事《ノーティス》のこと、コーヘンさんが言ってるのは法的な通知《ノーティス》のこと、こっそりと裏側に誰にも理解できない言葉で、誰にも読めない小さな活字で印刷してある通知のこと。本当のことを言うと、今少しでも時間があるのならコーヘンさんに解説をしてもらいたいのだけど……

――でもジュリア、コーヘンさんはさっき眼鏡を壊しちゃったのよ。*

――これです、ええ、ええ、この二列目のところ、ここ、コーヘンさん。違います、こっち。レンプさんのお屋敷をみんなで何かしようとしてるみたいなんですけど。

――写真も載ってる？　あそこは昔から町でいちばん立派なお屋敷でした、それに私たちがまだ小さかった頃にはね、コーヘンさん……

――これは普通の公示記事《ノーティス》よ、アン。公示には写真なんて載せないわ。ひびの隙間から見えますか、コーヘンさん？

――コーヘンさんには見えないのが残念ね、白いビクトリア朝様式の建物で、脇には塔と車寄せがあって、芝生にはムラサキブナの木が植わってるの。子供の頃にはね、コーヘンさん、ジュリアと私は空想の中であそこで暮らすのをよく夢見てたわ。ひょっとしたら何かすごい偶然の成り行きで私たちが……*

――私に理解できる限りでは、バストさん、これはただの請願ですね、この場所を老人ホームにするための地目変更の請願で……

――レンプ老夫人はたしかに丈夫な方じゃなかったわ。

――さっきお話ししたのはその方の息子さんなんですよ、コーヘンさん、こういう問題はレンプ弁護士と相談なさったらいいのよ。

――でもジュリア、誰かからコーヘンさんに一言申し上げておいた方がいいんじゃないの、法律は正義と関係がないなんてあの人の前で口に出したら……

――ご婦人方、私は、すみません、申し上げていることがなかなかご理解いただけないようですね、しかしはっきり申し上げておきますが……

――コーヘンさんのおっしゃることはちゃんと理解したわよね、ジュリア、でも前もって注意しておいた方がいいと思うの、もしもレンプさんが正義にこだわりを持たない弁護士だったら父さんが彼のことを選んだりするはずがないわ。

――ジェイムズだって彼には一目置いてるわよ、ジェイムズは人を見る目が人一倍厳しいけど。

――そうよジュリア、それにトマスもね、何だかんだ言っても、あの楽器会社を創業してトマスのアイデアを丸ごと盗んだ例のとんでもない小男を相手に訴訟を起こすときにはトマスもレンプさんを雇ったんだから。

――全然楽器らしい楽器じゃないんですよ、コーヘンさん。祝祭《ジュビリー》楽器《ミュージカル・インストルメント》社っていう名前なんですけど、曲を演奏する機械しか作っていなくて、あの裁判も、アン、あれは本当はきっとジェイムズが言い出したのよ。ジェイムズはあの男のことをすごく軽蔑していたから。

――ジェイムズはあのろくでもない一家と付き合いがあったんです、どこか西部の方の政治家*の家族があの小さな会社の株を所有していたんですけど、トマスが羊の腸を探しているときにその会社を見つけて株を買った、引き出しにまだ取ってあるかもしれないわね、その腸は何に使うかというと……

――今はその話はやめましょう、アン、コーヘンさんのお聞きになりたいことがそれだけなら……

――しかしご婦人方、私は、こちらの新聞、たしか先ほど地方新聞だって……

――はあ、たしかにそうですよ、毎週届きます、唯一その新聞を通じて私たちは世間で起きていることを知るんです。

――でもこれ、さっき気付いたんですが、インディアナ州の町の新聞ですよ、先ほど地方っておっしゃったときには私はてっきりこの地元の話かと。レンプという弁護士さんはインディアナの方ですか？

――ティンブクトゥ*の人だとでも思ったんですか？

――いえいえ、私は、私が言いたかったのはただ、ここの様子をよくご存知の弁護士さんが近所にいらっしゃるなら……

――彼はここのことをよくご存知ですよ、ご心配なく、コーヘンさん。先週もビンゴパーティーの件をお手紙で伝えておいたわ、アン。

――しかし私が言いたかったのは、甥御さんのことに話を戻しますが、ご婦人方、年齢の手掛かりになるようなものが何か、例えばあなた方の所得税の書類とかで、彼を控除対象者にしていたご記憶はございませんか？

――しかるべき通知っておっしゃいますがね、コーヘンさん、目の前でいきなり始めたんですよ。聖なる御名が何とかって教会、毎週水曜の夜になるとうちの生垣のすぐそばにみんなが車を停めて、そこで音楽をやるんです。

――なるほど、ええ、もしも名前が載っていれば未成年という証拠になるのでお尋ねしたんですが、ひょっとして、ひょっとして心身に障碍《しょうがい》があったりはしませんよね？

――でも、まだ生垣が残っててよかったと感謝すべきね。ジェイムズがいつも言ってるけど、道路からの騒音を抑えてくれるから。

――先週うちに来て玄関のドアを乱暴にノックしたあの二人の女の人のことをコーヘンさんにお話しした方がいいんじゃないかしら、居間の窓から中を覗いて、いい青少年センターになりそうだと思ったとか言ってた人たちのこと。

――なるほど、ええ、よろしいですか、ご婦人方、甥御さん、甥のエドワードさんが仮にまだ未成年であった場合には……

――道路から見たら空き家みたいだったって言うんです。それにしても人の家を道路から覗き込んで何のつもりかしら。

――あなた方のみならず彼の利益を保護するためでもあります、エグナチュク対ロウランドを思い出してください、未成年者が自動車の返還と修理契約の解除を求めたこの裁判では未成年者が負けました、ご婦人方、この裁判では未成年の抗弁ができすね、この裁判では認められなかったんです、未成年という事実を盾ではなく剣として用いることは許されなかった……あ！　物音がしましたね。彼じゃありませんか？　甥御さんがやっと二階から下りてこられたんじゃありませんか？

――エドワードが？

――金槌みたいな音よ、ジュリア。

――ええ、エドワードのはずはないわ。だいぶ前に出掛けましたからね、そうでしょ、アン？

――私がそのボタンを付けているときに彼が出掛ける音*がしてたと思うわ。今日は授業がある日なんです、コーヘンさん。ユダヤ教の寺院でリハーサルをするんですって、ワーグナーの……

――彼が……出掛けた？　まさか、私がここで待っているのに、あなた方は彼を行かせた？　彼は……私には何が何だかわけが……

――私たちは彼の行動にいちいち干渉したりしません、でも私たちにもわけが分かりませんよ。何がうれしくてユダヤ教寺院で教えたりするんでしょうね。

――まったくどういうつもりなのかしら、しかもワーグナーをやるなんて。

――そこのテーブル、コーヘンさん、気を付けて……

――もうお帰りになるんですか？

――私、ええ、帰ります……この権利放棄証書は置いていきます、彼か、あなた方……どなたかが署名してください、それからあなた方の、じゃなくて彼の出生証明書、これが彼の名刺です、私に渡してください、じゃなくて、彼に私の名刺を渡しておいてください、バストさん、そしてぜひ私に連絡するように伝えていただけますか、そうすれば私の手間が……これ以上あなた方のお手間を取らせる必要がなくなりますから……

――例の偽物の二十五セント硬貨、ジュリア、コーヘンさんにお見せしたいって言ってたじゃないの。雑な偽金なんですよ、コーヘンさん、縁のところから中の銅が見えてるんです、うちに出入りしてる商人から受け取ったものなの。見えますか、そのマントルピースの上？

——コーヘンさんには何も見えないと思うわ、アン。でも、今朝見たときはマントルピースの上になかったわよ。

——そのドア、固いですよ。コーヘンさん。家の横側のを使わないと。

——固いのはそっちのドアよ、ジュリア。裏のドアを使った方がいいわ。コーヘンさん、キッチンを通って……

——それから、コーヘンさん……？　外に出たら、ちょっと見てみてもらえませんか？　裏を。木があるかどうか。

——ついでに、音が聞こえるかどうかも確かめてもらって、ジュリア……という声が彼を追跡し、明け方近くからキッチンのコンロにかかっていたジャガイモとインゲンマメが荷造り紐のような糸で縛ったスモーク・ポークの塊とともにばらばらになりかかっているところを通り、家の角の、雨が降るたびに樋《とい》から水が漏れて羽目板とガラス窓を伝う場所まで彼を追った。

——あの人、きっと私たちの話は全然聞いてなかったわね。ほら、あそこ見て、まあ！　大慌てでよ。

彼がぶつかりそうになったカイドウズミ《クラブアップル》の木*は、前年にてっぺんの枝がすっかり吹き飛ばされていたが、今では回復し、奇妙な形をした派手な色のまずい果実がたわわに実っていた。

——まるで誰かに追われているみたい。

——本当にいろんな噂のことを知ってたわね、あの人、赤の他人なのに。

——まったく、ジェイムズは何て言うかしら。

——ジェイムズはきっといつもと同じことを言うわ。少なくとも私は噂が本当だと思ったことはないってことをジェイムズだって知ってるから。

——でも、あなたの言う通りだとしてもね、ジュリア。エドワードが生まれるまで二人が結婚していなかったのだとしても、ジェイムズはずっと何年もエドワードの父親を務めてきたわけでしょ。

——覚えてる、父さんの口癖、いい曲のためには悪魔でもお金を払う*って。

——ええ。ほら、帰っていくわ……車が車寄せからゆっくりと出て、木々の脇を通り過ぎると、風もないのに木が揺れ、折れた枝の先が四方に飛んだ。その嵐の気配とは対照的に、南ではオークの木立が物思いにふけり、西の空には、何本かの背の高いニセアカシアの木が静かにくっきりと浮かんでいた。——玄関前の道を分かりにくくするなんて、ジェイムズも意地悪よね。

——あの人、無事に生垣の外に出られるといいんだけど。

——昨日の夜の事故の音、聞いた？　サイレンの音と。よくまあ、誰も死ななかったわね。

——しっ……！

ブレーキのきしむ音とともにイボタノキ*の花綱を引きずりながら車が世界に飛び出し、陰気に花が咲き誇る空き地がすぐ正面に見えたために急ハンドルを切って舗装道路に戻り、また、生垣沿いに積み重なっているキャンディの包み紙やビール缶の中で少しの間危うく道を見失いそうになりながらハイウェイに出て、すぐに、傾斜屋根で半分陰になった窓からは見えなくなった。そこから見下ろせるのは、生垣のなくなるところまでだった。車はその先の黄色い納屋の脇を通り、前にそびえ立つヌマミズキをカーブしながら避け、角に建つ、囲いのない農家のブラインドのない窓の前を通り過ぎた。そこから道はこぎれいな郊外の迷宮に変貌し、周囲のものも手ごろなサイズにまで収縮し、ハナミズキ、そして秋に向かうこの時期にふさわしく紅葉したメギが生えていた。

　以前は黒い喪章のような布を手の込んだ仕方で吊していたところに、今日では清涼飲料水のポスターのように出し入れが容易な「今は亡き署員」という表示板を掲げている消防署を過ぎ、まだ記憶に新しい時代に海軍をたたえて建造された目障りな記念碑を過ぎ、わずか一週間ほど前まで安ピカのガラクタに囲まれた家が頑固に残っていたが今ではがらんとした砂利敷きの駐車場に変わっている場所を過ぎ、続いて町の中心部を通ったが、そこでは永続性を感じさせるものはすべて消えうせ、あるいはどこか近くで金切り声を上げているチェーンソーによって根絶されつつあり、銀行の正面*のガラスに映るクロムめっきの車体の輝きが、どうやらすぐにドアか窓から持ち出せるようにデザインされているらしい銀行の家具の見慣れた影を横切り、今そのドアが開くと、漏れ出た柔らかな音楽が、銀行の家具に似つかわしくパステル調の服装をした一人の男の周囲に当てもなく漂い、縁石のそばに立つ胸の大きな褐色《ブルネット》の髪の女性にまで達し、

――一つ、ジュベール先生《ミセス》、一つお尋ねしたいことがあったんですが、あ、ちょっと待ってください、あれはベスト先生《ミスター》、それともバストでしたっけ？　バスト先生……？　音楽鑑賞の担任なんですよ。

　――あの人が？

　――え？　あ、そっち、今、中から出てきた人ですか？　いえ、いえ、あれはヴォーゲル。ヴォーゲル指導員《コーチ》。ご存じですか、指導員《コーチ》を。指導員《コーチ》？　おはようございます……

　――おは、何……？　ああ、ホワイトバック校長。おはようございます、気が付きませんでした。今おたくの銀行で強盗をしてきたところですよ。

　――気が付きませんでした、とホワイトバック校長が返答し、手を振った。――彼、彼は今、何をしたって言いました？　日差しがまぶしくて……太陽の光が眼鏡のレンズに正面から当たり、うつろな反射でレンズの背後の生命は掻き消されたが、再び立ち直って――ほら、今こっちへ来た若い男性がバスト、ぱっと見ただけでも芸術家って感じがするでしょう？　バスト先生？　今こちらのジュベール先生《ミセス》とお話ししていたんです、ジュベール先生《ミセス》は教室が狭いと不満をおっしゃいますけど、バスト先生なんかわざわざユダヤ教寺院まで行ってリハーサルをなさってるんですよって、自動車教習のためにやむをえずカフェ

テリアを撤去しちゃいましたからね、でしょ？　バスト先生は『指環』を金曜までに仕上げるために、フレッシュ先生《ミス》のお手伝いをなさってるんです、財団《ファウンデーション》の方たちが校内テレビ放送の視察にお見えになるので、ついでにフレッシュ先生の『指環』をお見せすれば文化的側面を本格的に促進できるんじゃないかというわけです、あれやこれやの文化的側面をね。ジュベール先生《ミセス》、先生のご努力を軽んじるわけじゃありませんよ。こちらのジュベール先生《ミス》は新しいテレビ授業を担当なさってるんです、六年生の社会でしたっけ？　紙袋の中身は何です、銀行強盗をなさったわけじゃないでしょうね、ジュベール先生《ミセス》。

——これ？　いいえ、ただのお金です、と彼女は言って紙袋を振った。——私のじゃなくてクラスのです。アメリカの株《シェア》を買うためにみんなから集めました。私のクラスは証券取引所に社会見学に行って株を購入する予定なんですよ。子供たちは株価が上がったり下がったりするのを見て経済の仕組みを学ぶんです、だから株《シェア》は役割《シェア》って呼ばれるんだってことを……

——何のです？

——アメリカにおける役割です、ええ、だって実際に株を持ってみれば生徒たちもアメリカにおける自分の役割を……

——じゃなくて、何の株です？

——それが今日のスタジオ授業の課題、どの株を買うか決めるんです、私たちのチャンネルを見ていただいたら分かります。証券取引所から借りた資料映像もありますよ。

——生徒たちに本当のアメリカの姿を教えるわけですね……

——手を挙げろ！

慌てて手を挙げたバストの肘がジュベール先生《ミセス》の胸に当たり、彼女は小銭の入った袋を落とした。彼が一瞬肘の当たった場所に向かって手を伸ばしかけたとき、赤面が彼女から彼に伝染し、彼はしゃがんで袋の上部を持って拾い上げようとしたが、破れた袋の底から小銭がこぼれ、刈り込まれていない草の間に散らばった。彼がそのままひざまずくと、目の前で彼女のスカートが風に舞った。

——かわいそうな子、親がほったらかしにするから……

——不思議なことに、テストの結果を見る限りは……ホワイトバック氏は縫い取り飾りのある靴下を履いた足首を、十セント硬貨を探すバスト先生につつかれて、足を引っ込め、下を見るとジュベール先生の高価な靴の下で見つかったのは十セントではなく実際には二十五セントだったのだが、彼が言いかけた言葉は人間のものとは思えない金切り声によって断ち切られた。

——今のは何！……ああ、バスト先生、ごめんなさい、痛くなかったですか……？　彼女が彼の左手の甲からかかとを引っ込めると、彼は右手で五セント硬貨を拾い、彼女の曲げられた膝を見てから顔を上げ、しゃべろうとした。

——あのチェーンソー、隣の街区《ブロック》の木を切ってるんですよ、バーゴイン通りの拡幅でね、とホワイトバック氏が上で言った。

——車で送りますよ、ジュベール先生《ミセス》、もしも……バスト先生？　銀行から漏れ出て歩道を横切り、芝生の方まであふれてきたルンバのリズムに合わせて彼はボックス・ステップを踏み、後ろに下がった。そこではまるで他人の落としたお金をわが物にしようとしているかのようにバストが必死になっていた。

――先生が残りのお金も全部拾ってジュベール先生《ミセス》のスタジオ授業に届けてくださると助かるんですが。

　――全部で二十四ドル……

　――その後でリハーサルに行けるでしょう、バスト先生。金曜までに仕上げてくださいよ、財団《ファウンデーション》の方たちにお見せしたいんです、われわれが子供の文化的意欲をいかに掻き立てているかをね、こういったことはすべて来春の文化祭の準備ですから、ねえ、ジュベール先生《ミス》……彼の手に気を付けてください、そこ、ええ、文化的意欲を採算の取れる形にするのは今まで不可能でしたが、私たちならそれができるってところを見せるんです、自動車や水着と同様に、大量消費、大量配布、大量広告を通じて……

　――と六十三セント、とジュベール先生《ミセス》は言い終えた。彼女がその場を去ろうと重心を移すと、スカートの膝の辺りが柔らかなさざ波のように膨らんで渦を巻き、膨らんだズボンの折り返しから飛び出した二十五セントを取ろうとしたバストは縁石から離れていくホワイトバックの車の排気ガスに頭から突っ込んだ。車は角を曲がってバーゴイン通りに入り、チェーンソーの金切り声と無麻酔の空中手術を施されてぶら下がっている枝の中を疾走し、最後に教員用駐車場に入ると*同時に二階の教室の窓から外を見ているギブズの狭い視界に入った。ジュベール先生《ミセス》が車から降り、彼の真下の入り口に向かうのが見えた。冷たい暖房機《ラジエーター》をつかんでいるギブズの拳《こぶし》は色が白くなっていた。建物に近づいてくる彼女のゆったりした膨らみを窓の桟《さん》でその姿が見えなくなるまで目で追った。明かりを消した教室の方へ彼が向き直ると画面上でしゃべるアニメの顔が正面に見え、何も聞かないままで見続けるという緊張に耐えられなくなると、彼自身の唇がピクリと動き、再び窓の方を向いて下を見下ろした。すると大きなカメラの目が彼に狙いを定めた。同じように窓際で暇そうにしている教師たちの下には学校の入り口があり、献辞が刻まれていた。

　――Ε Β Φ Μ《イプシロンベータファイミュー》　Σ Α Ο Η《シグマアルファオミクロンエータ》　Α Θ Θ Φ Β《アルファテータテータファイベータ》
Ρ《ロー》……

　――え、読めるの？　若い男が手に持っていたカメラを下ろし、やせた体の出っ張りという出っ張りからぶら下げられたさまざまなカメラや照度計や付属品にそれを加えながら尋ねた。

　――読めるってわけじゃない、と連れの男が言って、腕に抱えた重そうな本の裏に紙切れを広げた。――書き写しておこうと思っただけさ、意味が分かったら本の題辞に使えるかもしれないから。それから、あの教師たちの間抜けな顔を撮っとけよ。あそこ、授業はテレビに任せて男子トイレの窓際でたばこ吸ってる先生、技術革新のもたらす失業《アンエンプロイメント》というのはよく聞くが、あれも技術革新のもたらす手持ち無沙汰《アンエンプロイメント》だな。

——財団はそういうところは前面に出したくないんじゃないかな、あんまり。まあ本を書くのはあんただから。

——でも金を出してるのはおたくの財団だ。

カメラがカシャッと音を立て、他のカメラたちに加わり、二人が歩くのに合わせて大きく揺れていた。二人は窓の桟の下に消え、ギブズ先生からは見えなくなった。そのとき彼を背後からいら立たせたのは、

——エネルギーは変化はしても消滅することはありません……

バケツを持ち笑顔を浮かべたリロイ氏が地下室の入り口から日の当たる場所へ出てきたが、離れていても親しげなその笑顔は真っすぐギブズに向けられていたので彼にはそれを避ける暇《いとま》もなかった。リロイ氏はボクシング用のシューズを履いていて、足音一つ立てずに砂利の上を滑るように歩いた。シューズの紐は、彼のいる場所では誰もが従わざるをえない非暴力の掟《おきて》を象徴するかのようにしっかりと結ばれていた。

——科学者によれば、今日の世界に存在するエネルギーの総量は時の始まりのときとまったく同じで……

——テレビを消しなさい……

——ちょっと待って、ギブズ先生、まだ終わってないよ、このスタジオ授業を見た後でテストがあるんだから……

——よし分かった、静かに、静かにしなさい……！　彼は自分でテレビに手を伸ばしてパチリと電源を切り、画面を真っ暗にした。——そこの電気を点けて、さあ。今のうちにはっきりと言っておこう、君たちは一度も考えたことがないのかな、みんな大きな勘違いをしてるんだって。君たちは何かを学ぶためにここに来てるんじゃない、テストに合格する方法を教わるために来てる、だからこちらもものを教えるためには知識を秩序だった形に系統立てなくちゃならない、系統立てるためには知識を圧縮して情報に変えなきゃならない、ここまでの話は分かるかな？　つまりだ、このことが原因でみんなは思い込んでしまう、知識はもともと系統的なもので、無秩序や混沌はそれを外部から脅かす余計な存在だって。ところが本当はその正反対なんだ。秩序なんて、しょせんは混沌とした真の現実に私たちが押し付けようとしているだけの、薄っぺらで危険な一つの状態でしかない……

——でも、そんなことは習ってないです、先生は……

——習ってないから今教えてるんだ！　一度でいい、頼むから、このクラスの誰でもいいから、考える努力ってものに抵抗してばかりいないで、一度受け入れてみてほしい。よろしい、結局これもすべてエネルギーの問題っていうことになるんじゃないかな、ちゃんと第二法則*を理解しないと把握できない概念があったな、熱力《ねつりき》、はい？　その後ろの方、聞こえないのか？

——教科書を読んでくるように言われた範囲にそんなことは書いてなかったです、だから……

——だから……彼は少し間を置いて、机の上の鉛筆がすべて同じ向きになるように並べ直してから、顔を上げた。ずっと後ろの方の席に座ったその生徒は、髪を左右に束ね、女の子らしいお嬢様《プリンセス》ブラウスを着て、前髪が顔にかかり、影も中身もないその若い顔にはクラスメートと同じようにファンデーションが塗られていた。——だから今話してる。さあ、昨日授業で扱った概念だ、まず定義は何だったかな……？

——静止している物体が静止し続けようとする傾向*……

——違う、他に誰か……？

——加えてそれが動いているときには動き続けようとする傾向……

——違うって言っただろ！　誰も……？　じゃあ誰かその綴りを言ってみてくれないか……？　彼は向き直って黒板の上の方まで手を伸ばしたのでジャケットの裾が上がってズボンの尻に開いた穴から青いパンツが覗いた。彼はエと書き、間《ま》を置いた。

——エ？

——そう、どう見てもエだな。次は？

——ン？

ギブズは——ン、と復唱し、板書した。

ベルが鳴るのと同時に——ド？

——正解、ト、ロ、ピーだ、と単語を書き終え、強調のために下線を引きながらチョークを折って振り返ると、先ほどの女子生徒もブロンドの前髪を掻き上げながら同じようなしぐさで組んだ足をほどいて立ち上がり、彼の背後の混沌とした人の波に加わった。口から抜け出ていきそうな魂を押しとどめるかのように彼の歯は下唇を噛み、窓際に戻って再びがらんとした下の駐車場を見ると、今度は、しっかりした自制心を持ち、他人の心の中で生じた崩壊のことは何も知らないディセファリス先生《ミスター》*が、この場所にふさわしい子供用の小さな黒い閉じた傘の、カバノキを模したJ字型の握りを手首に引っ掛けてやって来た。彼は銘が刻まれた入り口のまぐさ石の下をくぐり、内側に向かって開いたことのないガラスのドアを押し、立ち止まって、邪魔にならないように傘の位置を直してからドアを引き開け*、慣れた様子で人混みと騒音を掻き分けながら彼の手首ほどの厚さの木製のドアに向かった。ドアは彼が中に入った後*軽い力で閉まったが、それは立て付けがよいからではなく、中が空洞になっているからだった。そのためドアは校長室*と書かれた開閉式の看板兼共鳴板と化し、廊下の喧騒を室内に拡散させる役割を果たしていた。校長室内には、騒音に加えてホレイショー・アルジャー賞*と五十六の名誉学位を含む中庸と無害な業績が拡散し、壁の高いところには一つの顔が安物の額《がく》の中に閉じ込められていて、その目は「自信、すなわち個人や集団への自己信頼こそ*、私たちの経済体制において普通期待される活動を計る重要な素性です」ということを自分の目で見て、「もしも私たちに勇気があるなら、つまり私たちに勇気を持って行動する広範な決意があるなら、それは間違いなく有益だと私は思います」と結論を下していたが、その鋭い目は次の箇所を読んでいらついているようだった。「その種の自信を喚起するための選挙戦《キャンペーン》が最善のものであろうとなかろうと、私はそれはまだこれから先のPRの課題になるとは考えていません……」

――不安の心理ね、訓練とか、ああいうくだらないことは、と彼を乗せて奥の部屋まで届いた喧騒の拡散を叩き切るようにフレッシュ先生《ミス》の声が聞こえた。彼は彼女と真っ先に目が合うのを避けるために視線を下げていた。彼女は誰を見るときでもまるで痴漢をされたか、ひっぱたかれたかしたように目を大きく見開き、らんらんと輝かせていた。――問題は子供じゃない、子供は訓練なんかゲームだと思ってるわ、机の下をくぐったりとか、楽しんでるの。厄介なのは親、とパンに噛み付きながら結論した。彼女が噛みちぎった、ケシの実《ポピーシード》の載ったロールパンには、机の上の膝元に置かれたコーヒーカップと同じように口紅が付いていた。同じく口紅の付いたたばこが震えながら上に持ち上がり、コンタクトの焦点が合うと彼女は彼の方を見たが、いきなり怒り出すわけでもなく、実際、大した興味も示すこともなかった。彼はこそこそと手首から傘を外し、学校用の金属製ごみ箱の縁に引っ掛けてから、皆の方へ行って握手を交わした。

――ダン？　ハイドさん《ミスター》です、教育委員会の新メンバー。こちらがダン・ディセファリス、ミスター……

――ハイド少佐《メイジャー》だ、ダン。おはよう、先生は……青みがかった梳毛《サージ》のスーツを着た人影がパステル調に統一された机の後ろに気まぐれに現れ、ディセファリス先生の腕を、はっきりした折り目の付いていない袖口から半分抜き出した。――ダンのことは学校テレビで誰でも知ってる。運転教習、だよな、ダン？

――あれは、ああ、はい、最初の頃は運転教習をやってましたけど……

――大活躍でしたよ、少佐、でも、あの雑用はヴォーゲルが引き継いだんです。ヴォーゲル、指導員《コーチ》、彼には本物のセンスが、うーん、運転のセンスがあって、ええ、活躍してます。ダンの才能は別のところで……

――初等数学と物理……

――テープでね、とフレッシュ先生はロールパンに迫り、噛み付き、傷を残し、笑みを浮かべると同時に歯に付いた口紅を見せた。

――今ではダンは学校の心理学者《サイコロジスト》、正確には、心理《サイコ》……心理《サイコ》＊……

――測定学者《メトリシャン》。心理《サイコ》……

――心理測定学者《サイコメトリシャン》、それです。教育評価《テスティング》をすべて担当してて、大活躍です、ええ。ですから彼にも今回の、うーん、予算の検討に加わってもらったわけです、例の装置、新しい教育評価《テスティング》用の装置の……

——今、新しい教育評価《テスティング》用の装置の話をしていたんだよ、ダン。

——たしかにかなり高額ですよ、ええ。だから当然テストの結果を正当化する必要が出てくる、現在の状況と比較した場合のテスト結果を正当化するためにですね、つまり、標準に合わせてテイリングをテスター、いや、教育評価《テスティング》を調整《ティラー》できさえすれば*この装置の購入が正当化されますが、標準を確定するためには、つまり現在の状況に関してですね、そのためには教育評価《テスティング》そのものが必要になりますから、誰かが損をかぶらないといけない、ね？　知能テストで飛び抜けている男の子がいて、音楽数学相関でも結果は完全に一致しているのに、同じ子が町の中で人におもちゃのピストルを突きつけて*強盗の真似事をしていたりする。逆に、あらゆる適性検査でお先真っ暗と判定された子供が、担任の話では……

——問題は装置じゃない、穴なんです、コンピュータ化されたスコアリングにおいて、カードに開けられた穴、それが一部、性格診断の予想と一致しないものがある、*それぞれの標準は……

——そうです、ダン、それぞれの標準は、全体の標準を支えてる、と言うより全体の標準に支えられてる、つまり具体化されているわけです、ですから別の言い方をすると、教育評価《テスティング》に関しては標準は標準として出てくるんですから比較の基準となる標準なんてないってことじゃありませんか？　だからこういう面から見れば装置はそれ自体によって正当化されるってこと、つまり予算の面ではね、そうじゃありませんか、少佐？

——一つ言っておくがね、ダン、今ここでホワイトバック校長が説明したのと同じ調子で君が予算会議で説明すれば誰もあえて反論はしないだろうってことだ、それから穴の問題は持ち出す必要はないと思うぞ、ダン。誤解を招くかもしれない、下手をすると、先生方が去年購入したまま袋も開けてない例のたくさんの教育用機材のことが問題にされるかもしれないからな。

——あれも別に機材には何の問題もないんですよ、ただ、私たちは、誰にも使い方が分からないだけで。

——活用の仕方ですね、はい、しかし……

——連邦のでも州のでも、財団のでも何のでも、交付金や助成金をもらおうとする場合にみんながなかなか理解してくれないことがある、それはこっちも金を出さなきゃ向こうも金を出してくれないってことだ。常に組織レベルでものを考えるのが大事、初期経費なんて口に出したら連中は財布の口を閉じてしまう、例の核シェルター計画だって……

——ハイド少佐はうちの民間防衛プログラムのリーダーだったんですよ、ダン、あなたも覚えているかもしれませんが……

——結局、しみったれた救命道具一式に変わって基本を見失っちゃったんだけどな、ダン、今ちょうど校長と話してたところだ、生徒たちにうちの核シェルターを見せるために学校のテレビ中継車を出してもらえませんか、生徒に本当のアメリカの姿を……

——ああ、ええ、もちろん、ひょっとするとダンは、うーん、ひょっとするとシェルターができた頃にはまだここにはいなかったかもしれませんが、うーん、でももちろん、あれができたときはすごかったんですよ、ただあの後……

——あの後、この国全体が基本を見失っちゃったんだよ、ダン、堕落が国のレベルにまで広がっていったのさ、だから立派な子供たちに私のシェルターを見せることでもう一度仕切り直しをする、本当のアメリカの姿を子供たちに見せる、私たちが守らなければならないものを……

——ああ、ええ、子供はもちろん、うーん、しょせんは子供ですからね、ええ、しかしそのシェルター中継計画を新予算に組み込むとなると、ひょっとすると、うーん、つまりヴァーンが、きっとヴァーンが反対……

——私はヴァーンの頭はどうかしてると思いますよ、ホワイトバック校長、国家の運命を決める問題について自分で投票する民主的権利を行使できないなんてとんでもない、未来の市民の親に向かってヴァーンみたいな地区教育長が偉そうに指図するのを見過ごすんですか、それなら……

——ああ、ええ、もちろん、きっと上院議員《セネター》、うーん、ペッチ下院議員《コングレスマン》、彼が今日ここに立ち寄って、新しい文化センターが近所に建つ見込みを教えてくれるはずなので、もちろん、彼の、うーん、あ、彼ですか?

——待つように伝えて、とパンをくわえたままフレッシュ先生が言い、電話を置いた。

——いやいや、お待たせするわけにはいきません、彼は……

——違います、来たのはスキナーです、教科書セールスマンのスキナーさん《ミスター》……脚を組んで、——私に用ですって。

——すみません、少佐、ええ、こちらのフレッシュ先生、フレッシュ先生はいわば二足のわらじを履いてましてね、一流のスタジオ教員だということはご存知でしょうが、カリキュラムの専門家でもあるんです、彼女が……

——苦労をいとわない人に会えてうれしいですよ。予算を通すには私たちの全精力を注ぎ込むことが必要になる、子供たちの教育のことなんて財布を握り締めて突っ立ってる連中の頭にはないのさ、シェルターの提案だって同じこと、けちょんけちょんに言う前に一回でもシェルターをちゃんと自分の目で見れば……

——もしもし……? はい、はい、通してください……

——ミスター……

——下院議員《コングレスマン》……?

——いえ、ただの、さっきお話ししたスキナーさんです……

彼女は体勢を立て直し、膝をそろえて——すぐにそっちに行くわ、と人影に向かって呼び掛けた。その人影はグラッドストン・バッグ*風デザインのブリーフケースを重そうに抱え、後ろに迫ったピンストライプの脅威*をやりすごしてドアから出て行った。

――どうぞ、上院議員、お入りください、いや、まだ下院議員でしたね、いつも間違えてしまって……

――ミスター……

――ホワイトバックです、こちらが少佐《メイジャー》……

――ディセファリスです、ダン・ディセファリス、学校の……

――お会いできて光栄です……

――下院議員《コングレスマン》の……

――こちらのフレッシュ先生はいわば二足のわらじを履いてましてね、でしょ、ホワイトバック校長。カリキュラムも担当しながら、校内テレビでは本物のタレント顔負けの知名度ですよ。今、例の予算の品目をいくつかチェックしてるところなんです、納税者たちがごちゃごちゃ言い出さないうちにね、とハイドは続けた。握手のためにあちこちに飛び回っていたペッチの手にはめられた青い石の指環が止まり、引っ込むと、ピンストライプの存在感が際立った。――納税者の頭にあるのは税率のことだけ、たいていはそれさえ知りやしない、ねえ、ホワイトバック校長？　銀行の頭取そしてこの学校の校長として、このホワイトバック校長は一つのコインの両面を特等席から眺められる立場にある、例の文化センター設置のアイデアだってそうです、私なんかさっさとタイアップしたらいいと思うんですが……

――納税者の信頼が得られ次第……

――その種の自信を喚起するためのキャンペーン*が最善のものであろうとなかろうと、私はそれはまだこれから先のＰＲの課題となるとは考えていません、しかし何よりも忘れちゃならないのは、自信の必要性です、それと……

――もちろん、私は国家レベルでものを考えてる、問題は将来の見込みについてあなた方と私がどう考えるかという……

――ＰＲ面で言うと、教育面では悪くはないですよ、とフレッシュ先生がパンをくわえたまま口を挟んだ。

――実際、このシェルターの品目とタイアップしたらいい、テレビ中継車でみんなに見せるわけです。うちの息子に案内みたいなことをさせても構いません、実際、息子は隅から隅まで知ってますからね。壁の厚さ、換気装置、貯蔵食料、廃棄物処理、本当のアメリカの姿を垣間見せるわけです、私たちの国の……

――ちょっとでも隙を見せたら連中はすぐにつけあがりますよ、宗教絡みの祝日もそう、聖金曜日を休みにしたら、ユダヤ人の親がセデルも休みにしろって言い出すし……

――セデルって祝日でしたか？　たしかセデル*は……

――学校での祈りの言葉をどうするかでも喧嘩《けんか》になる、おかげで交通手段のことまでややこしい問題になる、住民投票の結果、カトリックの子供をバスでパローキアル・スクール*に送迎することができなくなったら、千三百人のカトリックの子供たちが一晩でこちらに回されることになるんですよ、そうなったらどうします？

――この問題もそうですよ、用務員の給料＊、二十三万三千いくら、この前まで二十一万七千……

――リロイさんに訊いてください、彼が張本人ですから。

――そういうこと。教育って言えば連中は金を出してくれる。じゃあ、テレビ・スタジオの駐車場のアスファルト舗装、この三万二千六百七十ドルは。

――応札したのがその一社だけだったんですよ。

――それに図書のための一万二千ドル。

――それ、本当は千二百なんです、一万二千ドルはペーパータオルのはず。それに図書館には図書の遺贈がありますから。

――図書の遺贈ってはっきり書いてありました？　いや、書いてなかったですよ。図書館に対する遺贈っていうだけ。

――釘差し板に使いましょうよ。図書館には釘差し板が要りますから。本を買ったらややこしいことになるに決まってます。

――そういうこと。ロビン・フッドの件を覚えてますか？　例のシェパーマンが……

――シェパーマン！　それで思い出したわ、入り口の上に刻まれた文字、ギブズのアイデアで……

――今まではごまかせましたが、いつまでもというわけにはいかない、遅かれ早かれギリシア語の読める人が現れる。そうなったらどうします？

――にっちもさっちもね、間髪を入れずにフレッシュ先生が答えたが、勢いでコーヒーが顎に滴った。――猥褻《わいせつ》郵便物と同じ。

――そう、それ。猥褻郵便物の増加は大問題だ。

――うちの息子が野球のグローブを注文したら、郵便で届いたのは何と……

――マウスピース引き抜き器、スレイベル、ストロボチューナー、聖歌隊台、ティンパニ、マーチング・ベル、指揮台、二千五百……何だ、これは？

――破損見越し高。ほら、ガラス修理、ドア修理、ペンキ塗り直し、表面再仕上げなど、三万三千二百八十五。破損物に三万三千ドル、まさにこのことを言ってるんですよ。むき出しの文化破壊《バンダリズム》？　それとは別に修理と交換に一万四千ちょっと、椅子、机、設計台、ピアノ、同じことじゃないですか？　破損見越し高……？

――でもフィルムストリップ＊に二千ドル、さらに五千ドルでフィルムストリップ投影機とビデオ映写機とレコードプレーヤーとテープレコーダーと映写機台……

――それはもう予算《ブック》に上がっているものですから……

――その本《ブック》のことですけどね、フレッシュ先生がケシの実《ポピーシード》をぽろぽろ落とした。――視聴覚教材がどうのこうのって言われても、ダンカン社のスキナーさんに教科書《テキストブック》を買うっていう約束をしちゃってますから……

——三万三千足す一万四千、てことは破損見越し高が四万三千、四万七千ドルですよ。

——ワッフルの焼き型、六十ドル？

——予想できる、計画的な、予定通りの破損と言ってもいいでしょう……

——充分に活用していますからね。

——私は常に組織レベルでものを考える。で、話を戻しますけど、金曜にテレビ中継車を出してうちのシェルターを取材するというのはどうでしょう、立派なケーブルシステムを利用して遠隔マイクロ波通信の性能を示して見せて……

——いえ、金曜は無理です、金曜には財団の方が来られますから。チームでいらっしゃるようです、番組作りの専門家と著述家《ライター》の方、うちの校内テレビの仕組みをしっかり総合評価して本にまとめてくださるんです。言うまでもないと思いますが、この際重要なのは私たちがこのニューメディアを用いて、活用して子供たちの文化的意欲を動機付けているのをお見せすることです、それでいろいろなことに弾みをつけて……

——なるほど、連中の機嫌を取るわけですね。私のシェルターは……

——私の『指環』は……フレッシュ先生が噛み付きながら言った。

——私の妻が……とディセファリス先生が思い切って言った。彼はペッチ氏のおしゃれな服装に対抗しようと必死に自分の胸ポケットのハンカチを直し、どうやら満足した様子でハンカチから手を離したときには、何週間も前からそこにあったせいで汚れの目立つイニシャル入りの面と、ポケットの縁との間に、ハンカチのきれいな側辺が見えた。

そして、ハイドが効果を計算するかのように窓から離れ、強い自然照明が当たっていた机の後ろの人物を少し影にした。

——財団はコミットしてます、自分の事業に、既に深く関わっています。彼らは全国の校内テレビ計画に七千万ドルも八千万ドルも投資したんですから、このまま手を引いて丸々損をかぶったりするわけがありません。最初から私が言ってるみたいに、重要なのは、校内テレビが校内テレビであるためには、教室にいる生徒のために教室のテレビ受像機に有線でつないで授業をする校内テレビじゃないと駄目だってことです、余計な口出しをされることのない単純な閉回路の校内限定放送、そうすれば、今の開回路放送みたいにどこかの有象無象がチャンネルを合わせて新しい数学の内容のことで抗議の手紙を送りつけてくることもなくなります。

——教育面で言うと、ＰＲ面では悪くはないですよ、おそらくね。フレッシュ先生がそう言って、たばこを押しつぶして消した。

——さて、こちらのペッチ上院議員、いや、下院議員は今ある法案を提出なさろうとしていて、成立すれば、校内テレビを地域の娯楽と切り離して学校だけのものにすることが義務になります、もしも財団から文句を言われたら、それはそもそも開回路放送の仕組みを押し付けた連中の責任ってことです。

――私には抗議の手紙なんて来てません……フレッシュ先生がバターまみれの親指で威嚇した。――私宛に来るのは全部……

――彼女のところにはファン・レターが多いんです。

――ええ、まさにファン・レター、彼女は机の上からペッチ氏に向かって言った。ちょうどそのとき自分が座っている場所からはまるで彼女のスカートの中を覗いているように見えることに彼は気付き、視線を下げて、カフス・ボタンとおそろいの星条旗の形をした金のネクタイピンを直した。――子供の親からの手紙ばかりじゃなくて、病気で寝たきりの人とか失業者とか引退したご老人とかそういう人たちからも、つい先週も高齢者の会から賞賛のお手紙をもらいました、学校のシステムを維持するには幅広い支持が必要ですよ、そのためには地域社会の支持が欠かせません、もうすぐ行われる予算投票やあれやこれやもそうです、みんな自分のお金がどこに使われてるかを自分の目で見たいんです。私には隠すものなんてありませんしね、と彼女は立ち上がり、ただそれだけの動きで通りすがりの視線を釘付けにし、力説したのは――私の『指環』、私の『指環』だってそうですけど……

――その『指環』の話だが、とペッチがこの誘いに乗り、視線を上げて他の人々を見ながら、――ひょっとしたら『指環』を文化的な、何か文化的なものと結び付ける方法があるんじゃないかね？

――画期的なアイデアだ、ペッチさんには優を差し上げなければ。例の文化センターと連携させましょう、ここにセンターを設置して、春の芸術祭を呼んで、離れた場所での特別企画もちょっと盛り込んで愛国的なテーマを強調する、私のシェルターを使ってもらっても構いません、本当のアメリカの姿、廃棄物処理《ウェイスト》、何から何まで、そして全部を校内テレビ計画とひとくくりにする、校内テレビが無干渉の閉回路システムになれば、後は財団から少しだけ援助をもらうだけですべてが軌道に乗ります。

――皆の信頼が得られ次第……

――選挙戦《キャンペーン》が最善のものであろうとなかろうと……

――私は国家レベルでものを考えてる……

――ＰＲ面で言うと……

電話が鳴った。――もしもし……？　あ。はい。長距離電話です、ミス……

――私？　熱《あつ》っ！　コーヒーが……

――私の事務所だ……ペッチはこぼれたコーヒーを避けて机の上に身を乗り出した。――念のために居場所を伝えておいたんだ、もし……もしもし？

――それからもう一件、ホワイトバックは椅子をきしませながら背中を伸ばし、――例の若い方、名前は何でしたかね、バスト？　彼は作曲家で、音楽を作るのがお仕事なんですが、あの方は財団からここにいらっしゃった、というか財団が彼を派遣したんです、この試験的プログラムの一環として。つまりあちらがお膳立てをしてくれたというわけで、彼は、うーん……

――私？　私宛に支払い？　違う、あれは法律事務所、私の共同経営者《パートナー》に支払われた報酬だ。二万五千ドルは相談と法務代行の料金って書いておけばいい、え？　違う、法的サービスだ、会期中にガンガネッツリが行ったサービス、例の問題に関連して……違う、関連《コンジャンクション》、関れ《コンジャンク》、連《ジャンク》……*

――子供たちの音楽鑑賞の意欲を動機付ける役割です、今はフレッシュ先生のお手伝いをお願いしているんですが、ハイスクールのブラスバンドの方でも彼に何かやってもらうつもりなんです。

――ハイウェイ建設基準に関係する州法の改正に関連して、ハイウェイ建設基準に関してとだけ書いておいたらいい*。

――今朝もここに来る途中で彼と話したんですが、文化的意欲を動機付けて、大量消費、大量販売で採算の取れる形にして……

――違う、基準だ。基準と言ったんだ、基準……

――自動車や水着と同じように。

――法律！　あの法律を彼に適用するのはおかしいぞ、やつに言っておけ、あのときにはまだ法案が成立してなかったって、彼は再選されなかったんだし……じゃあな、何か問題があったらここに電話してくれ。

――彼女の『指環』をね、ええ、で、で、大変活躍を……

――たしかに少し手伝ってもらってます、リハーサルとか、そういうことや何か、でもあの人にはいまいち個性がないっていうか……ちょっと、一本もらえない？　彼女は静かにディセファリス先生の方に手を伸ばし、ごみ箱にたばこの箱を捨てた。

――いや、私……これはお菓子なんです、と出し抜けに言った。――子供の。間違えて持ってきちゃったんです、私のによく似てるから、パッケージが……

彼の方を見ながら彼女が笑った。

電話が鳴った。

――もし……あ、え？　今？　財団の方が来られた？　そんなはずはない、今日は金曜じゃないんだから。じゃあ、何とか引き止めて時間を稼いでください……

――電話を貸して、私の……

――うちの息子がそれに参加してるんです、とハイドがペッチに言った。――なかなか音楽の才能のある子でして。ピアノとかバイオリンとかそういうなよなよした楽器じゃないですよ。トランペットなんです。

――今日の午前中は私の妻が何かの収録をやってます、と突然、ディセファリスが口を挟んだ。――資料映像……

――とにかくテレビを点けて、どんなものがお見せできるか調べましょう。

——収録？　何を、とフレッシュ先生が受話器を口から離して言った。

——資料映像です。蚕《かいこ》について、妻は自分の持っているカシミール音楽のレコードを……

——先生の『指環』、ワーグナーの準備がまだなら、代わりに何がありますか？

——モーツァルト。彼女は電話を切り、再びダイヤルを回した。——出ないわ。視覚効果の準備ができてるかどうか、電話して確かめてみます……彼女はロールパンを見つけ、新たに噛んだ一口を冷めたコーヒーで流し込み、受話器に向かって咀嚼《そしゃく》しながら、テレビの音を聞いていた。

——ある事業の売上総利益が年間六千五百ドルでした。所要経費は売上総利益の二十二・五パーセントでした。ではまず、純利益を求めてください。

——何です、これ?とハイドが訊いた。テレビの向こうにいる男の視線は、ハイドの頭上の何もない空間に向けられていたが、その目には何も見えていなかった。

——六年生の数学。グランシーの授業です。

——売り上げが七万ドルのとき、それが総売上高に占めるのは……

——六年？　これが？

——グランシー。百分率を教える授業です。

——この商人が五十ドルの値札の付いたコートを十パーセントの値引きで売った場合……

——グランシーはカンペを読んでますね。間違いない。

——これを財団の人に見せるのはやめた方がいい、グランシーが板書しているだけだから。

——値引きをしても、商人に二十パーセントの利益があった場合の原価を求めてみましょう……

——三十八チャンネルに変えてみてください。

——その原価は……私たちの筋肉というエンジンの何千もある小さなシリンダーの中で燃焼します。どんなエンジンでもそうですが、この小さな燃焼エンジンには常に燃料を補給する必要があります。そしてこの機械が使う燃料のことを私たちは食料と呼びます。その量を表す尺度として用いられるのは……

——『ラインの黄金』の準備ができていたとしてもそれはワーグナーの作品ですよね？　でも予定ではモーツァルトが入っているのだから、教室にいる先生方は教員用マニュアルの中のモーツァルトに関する部分の追加教材を準備しているはずです。

そう簡単にワーグナーに切り替えるわけにはいきません。

――このエンジンの燃料の量を示す場合も同じことです。燃焼させたときにどれだけの熱が出るかを測定して……

――かわいい模型だ、イメージがよく伝わる。誰の声です？

――ヴォーゲル。彼が自分で古いパーツを使って作ったんです。

――誰の？

――パーツが？

――中にはワーグナーのことを一度も聞いたことがない教員がいるかもしれません。

――違う、声が。

――ヴォーゲルです、指導員《コーチ》の。

――それをエネルギーと言います。普段の一日の仕事をする場合、人間という機械が必要とするエネルギーはほぼ砂糖二ポンド*……

――先生方が『ラインの黄金』はモーツァルトの作品だと勘違いなさって混乱したら困りますから、切り替えるわけにはいきません。

――彼が自分で中古のパーツを使って組み立てたんです。

――普通のガソリンエンジンの燃料なら、約十二パーセントが実際の仕事に変換されます。

――四十二、四十二チャンネルにしてみてください。

――エンジンには、人間という機械とちょうど同じように消化器系が備わっていると言えます。ガソリンポンプの横に車を停めて十ガロン下さいと言えば、燃料口から燃料が注がれて、ガソリンタンク、エンジンにとっては胃ですね、胃に入ります……月給百二十五ドルの人が給料の四パーセントを社会保障局に支払った場合……

――四十二ですよ、四十二チャンネル。ジュベール先生が何かやってらっしゃるはず。

――十年経過した時点で社会保障局に納めた金額の合計は……アメリカの南北戦争は奴隷を解放するために戦われた戦争で……気化器《キャブレター》の中で燃料が消化され……

――え！　フレッシュ先生が送話口に向かって叫んだ。空いた方の手でティッシュを取り出し、――みんなどうしたって？　寺院に行った？　『ラインの黄金《ラインゴールド》』じゃない、ワーグナーじゃない、そうじゃなくて……違う、モ、マミムメモのモ、それを伸ばして、そう、タチツテトのツ。彼女は口をぬぐい、――どういうこと、ピアノを弾いてくれるかって、私の手元にある小道具は……違う、本よ、本……本、そう、本を読んでいるように見せるために手に持つの、視聴者と一緒に歌うための曲を忘れないでね、番組の最後には必ずみんなで一緒に歌を歌うことにしてるんだから……

――何チャンネルか分かりませんが、さっき南北戦争をやっていたチャンネルに戻してください、ひょっとしたら歴史の授業か……

――私たちにとってガソリンはおいしいものではありませんが、幸運にも私たちの車のエンジンは……

――社会科かも。

――アメリカ・インディアンは、今では政府指定保留地に隔離されてはおらず、都市、工場、農場など、同胞の隣で正当な地位を占めることが奨励されています……

――ちょっと待ってて、とにかく私がそっちに行く。ええ、車で、人に乗せてもらうわ、もしも……叩きつけるように電話を置き、ペッチ氏の方に股を開きながら机の上から滑るように下りた。――スキナーの車はまだ前に停まってる？　緑色の車、教科書のセールスマン。私は今から、彼の車に乗せてもらって……

――私の妻は、とペッチ氏は言いながら膝を引き、弧を描く彼女のかかとをかわした。――妻は最初のミス・ラインゴールド*だったんですよ、ひょっとしたら十八番《おはこ》の歌があるかもしれません、『ラインの黄金《ラインゴールド》』の物語を紹介するときに何かお役に立てるかも……？

――じゃあ皆さん、また、「お腹を空かせた目」*でお会いしましょう、とフレッシュ先生は脇に抱えた傘の先でペッチ氏の目を危険にさらしながら自分の目ではウィンクをした。ディセファリス先生がそこに手を伸ばしたのは、最後にもう一度傘を取り返そうとしたのか、それとも自分の身を守ろうとしていたのかはっきりしなかった。彼女はその脇を通ってドアに向かい、ドアが彼女の呼び掛けを遮るようにうつろな音を立てて閉じた。

――スキナー、スキナーさん、車に乗せてってくれない……

そのとき既にディセファリス先生は電話に手を伸ばしてダイヤルを回し、ひそひそ声で話していた。――うん、分かってる、だから電話してるんだ、だって……財団の人が、そう、今来てる、そのために……え？　蚕、そう、カシミールの……文化的側面を……うん。でも、ぜひ財団の人に君を見てもらいたいんだ、だからこうして電話を……

――もう、すぐそこまで来られてるはずです、財団の方が、いつまでもお待たせするわけにはいきません……ホワイトバックはブラウン管越しの視線を見詰め返しながらチャンネルに手を伸ばし、――こうしてあの、フレッシュ先生を待つ間に何かテレビでやっているなら、何か、何か……

――お金について……奴隷を解放し……私たちがアメリカ

人であることを誇りに思わせてくれる莫大な天然資源と国家的遺産を象徴するような……

——それがいい、ほら……

——何です、ダン、どうしました……

——こぼれたコーヒーを拭いてるんです、さっき彼女が、待って、待って、これ、彼女のですよね、モーツァルトに関する本、モーツァルトの手紙、彼女……

——気を付けて、コーヒーをこぼしそう、何ですそれ、彼女の台本みたいですね、台本の一部、お渡ししなければ、紙が一枚足の下に……

——足をどかしてもらえますか……

——そっちにも一枚……

——この巨大なセコイアスギは時には高さが三百五十フィート、根元の太さが三十フィート＊近くまでなることもあります。樹齢千年というのは巨大セコイアとしてはまだ若い方で……

——待って、ページの順番がごちゃごちゃになってます、これだと彼女は……

——本人に並べ替えてもらいましょう、とにかく彼女に渡さなければ、待って、机の下にもう一枚、車はありますか、ダン？

——国立公園です。連邦政府は輝かしき西部に六千九百万ヘクタール＊という広大な土地を所有し……

——いや、とにかく急いでください、ダン、急がないと放送が始まります！　もうこちらにはいらっしゃらないのかと思ってましたよ……と彼はドアを開けて、前に立っている二人の人影を迎えた。その後ろの壁掛け時計がカチッと音を立てて長針を一分ぶんだけ落とし、わずかに次の一分の領域に食い込んで止まった。ギブズがその前を通り、顔を上げて針の動きを見、ポケットの小銭を指先でいじりながら玄関のドアへ向かった。

雲一つない空には単調に太陽が昇っていた。四方八方に拡散した明るいその光は木陰の芝生にくっきりとした影を刻むことを許さず、芝生の上には木々をくぐり抜けたまだらな光の動きに合わせて時間と日差しが降り注ぎ、川にも降り注ぎ、人気《ひとけ》のない歩道に広がり、砂利の上、誰もいない舗道の上、そして再び芝生の上に注ぎ、四本の指と他の指と向かい合わせにできる親指以外にはじっと動かない子供に動きを与えていた。その指は古い小銭入れの擦り切れたスナップを開けたり閉めたりしていた。子供はずっと、うつろな表情を浮かべたままガラス越しにじっと屋内を覗き込んでいた。＊

ガラスの内側では、一人の少年が新聞を見ていた視線を、パチリと開いた財布の中へと移した。財布がパチリと閉じた。彼は切り抜きのせいで穴だらけになった死亡記事欄の折り目を伸ばして顔から離したところに広げ、鉛筆で唇をつついた後で、今度は鉛筆で膝をぽりぽりと掻いた。再び彼の足が、床の高さにある使われていない通気口の格子窓を押したり引いたり押したりして、閉めたり開けたり閉めたりする動作に戻った。突然雲に包まれた太陽とともに新聞に当たっていた光がかげり、外の子供が投げていたわずかばかりの影さえも木の下で失われた。その女の子は周りの芝生に影を作っているピンオークの木*から落ちた葉の中でいちばん青いものを探していた。最も大きな葉を見つけた彼女は色の濃い面を内側にして葉脈に沿って二つに折り、それを同じように慎重に選んだ別の葉でくるみ、カエデから吹き飛ばされた少し変色した葉のところで立ち止まった。縁はもう緑色ではなくなっていたが、結局それも染みの付いた面を外側にして他の葉と一緒に折り畳み、全部の葉をしまってから財布の口をパチリと閉じた。風が彼女の周囲の地面の葉をざわざわと言わせ、頭上の木を騒がせ、雲を走らせた。そうしたさまざまな動きが太陽の光をガラスにまき散らしたが、その影響は屋内には及ばなかった。

――ラインの……お、う、ご、ん！　少女たちは舞台中央の何も置かれていないテーブルの周りにしゃがみ、まぶしい脚光《フットライト》に向かって叫んだ。

――今の三人、ラインの乙女さん！*……次第に収まる叫び声の中、指揮棒を叩く音が鋭く響いた。――これは勝利の叫びなんだ。喜びの叫び！　バストが再びピアノでテーマ曲を叩き、音を一つ間違え、顔をしかめ、もう一度弾いた。――もっと楽しそうな声が出ないかい、ラインの乙女さん？　ほら、周りを見て。川は金色に光り輝いてる。君たちはラインの黄金が眠る岩の周りを泳いでる。ラインの黄金！　君たちはラインの黄金を愛してるんだ、そして……

――じゃあ、そのラインの黄金はどこにあるの？

――そのテーブルの上にあることにするんだよ、君たちはその周りを泳いで……

――違いますぅ、この子が言ってるのはぁ、このぼろ机とかを大きな岩だってことにしたりしてその周りを泳ぐふりをするのは構わないんだけどぉ、上には何にも置いてないからぁ、ラインの黄金の代わりになるものがないってこと。

再び彼は譜面台を指揮棒で叩いた。――美術係が金曜までに本物のラインの黄金を準備してくれる、約束してある、だから今日のところはとにかく黄金があるふりをするんだ。そこで黄金がちらちら、きらきらしてる、君たちは周りを泳ぎながらそれを守ってる、でもまさか危険が迫っているなんて夢にも思ってない。まさか黄金を盗む勇気のある者が現れるなんて思ってもいない、小人が現れたときでも。侏儒《しゅじゅ》族のアルベリヒ、最初は愛を求めてやってきたアルベリヒだったけど……そこ、何だ？

――てか、私たちがみんなすごい美人なんだったらぁ、そんな汚い小人なんか好きにならないんじゃないですかぁ？

——ああ、それは……実際そうなるじゃないか。君らは小人を相手にしない。あざ笑うんだ、彼の……彼の求愛を、それが彼を傷つける、深く傷ついた彼は愛の代わりにラインの黄金を持ち帰ることにする、持ち帰って……その子はどこ、小人のアルベリヒ役の子は……？　バストが指揮棒で譜面台を激しく叩くと、比較的静かなその空間にトランペットの轟音《ごうおん》が響いた。

——今の音は何！

舞台袖の影から敬礼のらっぱが轟《とどろ》いた。——先生がそこを棒で叩くのは俺がトランペットを吹く合図です、と軍人をミニチュアにしたような子供が答えながら明るい場所に出てくると、その小さな腰回りにはナイフと斧、懐中電灯と呼子、方位磁石と一巻きのロープがひしめき合っていた。

——僕が指揮棒を真っすぐ君に向けたら、それが合図だ、それに演奏するのはラインの黄金のモチーフだぞ。今吹いたのは一体何なんだ。

——国旗掲揚の召集らっぱだよ、知らないの？　それに俺、そのラインの黄金とかいう曲知らないし、俺が演奏できる中だとこれがいちばん上手だし、どっちにしても召集らっぱを吹いとけばいいんじゃないかって父さんが言ってた。

——じゃあ、他には何が吹ける。

——何にも。

バストは右手で頭を支え、弱々しく左手をほぐし、手の甲の傷を見詰めた。＊切れのある敬礼とともにトランペット奏者がおよそ天堂《ワルハラ》のある方角へ去った。バストが皆に和音でキーを与えた。

——それからフレッシュ先生が言ってたんだけどぉ、ここのところで私たちの得意な曲を歌ったらいいんじゃないかって、私たちバレエ風のタップやトーダンスなんかもできるしぃ、学校テレビで放送するんだったらぁ……

——それは……フレッシュ先生と相談してみて。

——今日ここに来るんですか？

——いい質問だね、バストは言った。——誰か先生を見掛けた人は？

——見た、と舞台袖から声がした。

——今朝？　どこで？

——ううん、昨日の夜、いつもの緑色の車＊が森の中に停まってて、中で男の人と……

——もういい！　バストは指揮棒を叩いてその返事を遮ったが、土手に打ちつける波のような忍び笑いが誰もいない客席に砕けていた。彼は和音を叩き、深みに欠けるラインの乙女たちの四肢を音楽の力でいやらしくくねらせた。平らな胸が名もない思慕で波打ち、紙テープで作った花輪や他のありあわせの文化擁護運動の残骸がよじれていた。こちらでは金色の縁取りをした肩飾りが震え、あちらでは金の房飾りが揺れた。そしてバストが振り回す腕によって生き返った——ラ、イ、ン、の黄金……！という叫びがホールを満たしたが、突然の召集らっぱに遮られた。バストはまるで召集から逃げるかのように勢いよく鍵盤を弾き続けて指環のモチーフに入り、少し音を抑えたところで、魅力的なうなり声が舞台を独り占めにしていることにようやく気付いたが、気付いたのは彼が最後だった。ピアノの伴奏がなくなったことにもめげず、有無を言わせぬ指揮棒を叩く音にもくじけることなく、その亡霊のようなうなり声は舞台前端の脚光《フットライト》の前まで来て息継ぎをした。

——あの子はヴォータン役です、と畏敬の念に打たれたフロスヒルデが言った。

——ヴォータンはまだ登場しない。君の出番はまだだ！　角《つの》、羽、自転車の反射板、斜めにかぶったヘルメットなどで装飾を施して登場したその少女に向かってバストは叫んだ。汗がマスカラを流して顔を台無しにし、さらにパッドを入れた胸を覆う銀色のうろこ状のダンボール飾りにまで伝っていた。脇腹にはキツネの尾の模造品がぶら下がり、槍の先が前方にお辞儀をしていた。——みんな知ってると思ってたんだけど、本番まではメークアップはなしだぞ、と彼が言った。ヴォータンはおとなしく汗の光る前腕で顔をぬぐった。ヴォータンから目をそらした彼は、どうやらそのとき初めて、想像上の胸に合わせて作られたジャケットに着けられた肩飾りや金の房飾り、多彩な尻を包む金の玉縁《パイピング》の付いたショートパンツなどに気付いたようだった。——それ、何着てるの？　そっちも……？

——この子はお母さんのパッド入りブラジャーを下に着けてるの、とヴェルグンデがヴォークリンデの豊満な胸にパンチを食らわせながら言って、赤面と大きな笑い声をもたらした。

——じゃなくて、金の房飾りとか、衣装とか……

——後でトワリングがあるんですぅ。

——何があるって？

——あとでとわりんぐ！……ふつーの英語も分かんないのかしら。

——衣装に関する掲示は。みんなちゃんと読んだ？

——あまりよく分かりませんでした。だってぇ、まだ習ってない単語とかがいっぱい混じってたしぃ。

——何年生の英語を習ってるんだ。何年生？

——英語？

——先生が言ってるのはコミュニケーション・スキルとかのこと、でもまだそんな単語習ってないしぃ、下手したら言語芸術の授業まで習わないんじゃないかなぁ。

——分かった、分かった、自分の……自分の位置に戻りなさい、とバストが言って、両手で顔を上から下にぬぐうと、墓場のような静寂が訪れたが、その沈黙を待っていたかのように後ろから——あの、ちょっとすみません……と声がし、両手を落として振り返ってみると、そこには首からサクソフォンを提げてふらふらと前のめりになっている年配の人物がいた。

——わしの席はどこです？

——席？

——舞台の上ですか？　それともみんなと一緒にこっちの席？

——席？　ここには……見学に？

——今日は違います、ええ、今日は一緒に演奏します、と、その客は熱心な顔で言った。指がサックスのキーの上で震えていた。——辛抱強く続けなさいって、昨日の晩、先生《ドクター》がね、とにかく辛抱強く続ければすぐに機械に油を差したみたいに昔のような筋肉の動きが戻ってくるって。先生もその指をほぐしてるんですか？　その手。ひどいな、そりゃ、とうれしそうに気遣いながら言い、折り畳み椅子をピアノの近くに引き寄せた。

　しかし、そのとき既に舞台の端まで逃げていたバストは喉を絞るようにして呼び掛けた。——よし！　じゃあ、小人だ、アルベリヒ役は誰、小人は？

——例の子、ＪＲ、とキツネの尾で両手を拭きながらにじり寄ってきたヴォータンが言った。——あいつは体育の授業が嫌だからその役をやってるだけなの、小人の役。あいつはまだ衣装もないし。

——ああ……どこにいる！　探しなさい！

——あの窓のところで新聞読んでました。

——入り口のところのオフィスにいました、女子トイレに行ったときに見たもん、電話をいじってました。

——風邪引いたの、だから目がこんなになっちゃった、と言ったヴォータンの目を見たバストは通路を通ってパステル色のホールに出て、一つ一つドアの中を覗きながら最後のドアに達した。中の回転椅子には少年がドアに背中を向けて座っていた。灰色地に黒のダイヤモンド柄の地味なセーターが背中を丸めて机に向かい、短い鉛筆を持った手が細い肩から上に上がり、寝癖の付いたうなじの部分をぽりぽりと掻いた。

——何をやってるんだ、こんなところで！　電話をいじったりして……

——いじる？　椅子が傾き、ゆっくりと回ると、少年が電話の送話口に当てていた汚れたハンカチの塊を取ってから電話を切った。——もう、びっくりするじゃないか。

——びっくり！　こんなところで何をやってる、リハーサルはどうした？　電話をいじったりして、こんなところで何をやってるんだ……

——いじる？　違うよ、僕は……電話が鳴った。少年が手を伸ばした。

——僕が出る！

——でも多分……

——よこしなさい！　……は？　もしもし？　……フレッシュ先生がここに？　今？　いいえ、朝からずっと見掛けてません、先生は……私？　バストです、エドワード・バスト、私は……準備はできたかって何の話です？　何の準備が……電話を耳に押し付け、バストは呆然とした顔で少年を見詰め、少年は椅子の土台の下で足をねじっていた。スニーカーの後ろの縫い目は裂けていた。と突然、椅子を何度も前後に傾けているのをやめさせるためにバストが手を伸ばすと、少年は肩をすくめ、裏に鉛筆で数字の書かれた汚い封筒を机から取り、短い鉛筆とくしゃくしゃのハンカチと一緒にポケットに詰め込んで、椅子の肘掛けに足を引っ掛け、スニーカーの爪先を机の引き出しの取っ手にねじ込み始めた。――今すぐってことですか？ 今日？ 今日なんて準備できてないに決まってるじゃないですか、無理です。いいえ、それからもう一つ。さっきサクソフォンを持った年配の男性がここに現れたんです、本人が言うには……え？ 音楽治療って、どの授業のことです、どこの？ もしもし？ もしもし？ 叩きつけるように電話を置き、椅子を回転させてドアの方を向いて、――一緒に来なさい、そして部屋を出かけたところでまた電話が鳴った。――僕が出る！ 転びそうになりながら彼が言った。――もしもし？ 誰？ 違います……いいえ、彼はいません、それに第一、この電話は……え？ 再び叩きつけるように電話を置いた。

――何でそんな意地悪するんだよ？ 少年は急いで部屋から出てきて彼の前に回った。――あの電話はただの……

――来なさい！ バストはホールで少年を急がせた。その目が見詰めていた少年の肩は小さすぎるセーターのせいで、すくめたときの形のまま細い肩幅に固定されているかのようだった。

――君は舞台奥のあの椅子の山に登るんだ、バストは通路で彼の後ろを歩きながら言った。――そしてラインの乙女たちが舞台前方でその周囲を泳ぐ、自分の役は分かってるか？

――そいつ、まだ衣装もないんだよ、とピアノの陰に沈み込んだヴォータンがぶつぶつ言った。その様子は有史以前の回廊で迷子になってすねている狩人《ハンター》のようだった。

――そして上でしゃがむんだぞ、バストが後ろから呼び掛けた。――小柄に見えるようにするんだ、小人みたいに。

――あいつはもともとあたしたちよりちっちゃいのよ、とヴォータンが立ち上がりながら加勢した。――あいつはこの芝居に出るために、小人の役をやるために六年生ってことになってるだけ、小人の役をやってるのも体育の授業が嫌だからだし……

――舞台に上がって、袖に隠れてなさい。さあ、そろそろ……バストは立ち止まった。彼の背後でサックスがCフラットの周辺を探った。――ちょっと待った！ どこにやった！ さっきの紙袋、このピアノの上にあった袋。

――いつもあんな袋にお金を入れてるんですかぁ？

――僕のじゃないんだ、あのお金は。ジュベール先生のクラスのもの。どこにやった！

――先生、ほら。これ？ ラインの乙女の一人が舞台の上でくすくすと笑った。――ほら。ラインの黄金みたい、本物のお金を使って、これで本当の演技ができる、ね？

――あの子はわしのタイプだ、バストがピアノに向かうとサックス奏者がその耳元にひそひそと話しかけた。――先生がわしに紹介してくれたら……しかしバストの弾いたEフラットが彼を遮り、少年を椅子の山の頂上に登らせた。ラインの乙女たちはその下で順に身をよじり、叫び、四肢をくねらせ、セクシーだと本人たちが信じているしぐさでそれに似合わない体を動かしていたが、その姿は実際にセクシーで、歌をささやき、汗を浮かべ、召集らっぱに身をすくませた。らっぱは「バッファロー・ギャル」*の短いサビを演奏するサックスを消し飛ばした。一方、バストはそれを気にも留めず、けがをしていない方の手を使って不気味なピアニシモで指環のモチーフを繰り返し、舞台の照明に照らされた小人を見詰めていたが、衣装を着ておらずみすぼらしい格好のその少年は発情期の猫のように叫ぶ娘たちを上から見下ろしていた。バストはどうしようもないメンバーたちのためにニーベルンゲンのリズムをピアノで叩いて道を切り開き、けがに響く鋭いリズムを指が叩くたびに激痛の走る手を上に挙げた。

――見ろよ！　後ろのあそこにいるのは誰だ、という脇ぜりふが観客席まで聞こえた。

――照明がまぶしくて、何にも見えない……

――あほのリロイだよ。

――ちっちゃすぎる。グランシーだ。

――走ってる……

　バストがまるで列車に乗り遅れそうになっているかのように、列車の到着というクレシェンドに向けて演奏のテンポを上げ、最後に、彼の叩いた和音と同じくらい鋭い痛みが肘に走り、その音だけが響き、小人の叫びが消された。――川よ、聞け！　俺は永久に愛を断念する！……という叫びも、なされたのだとしても失われ、その人影が通路を通ってピアノまで駆け寄ってきた。ピアノがラインの黄金のモチーフを鳴り響かせると、椅子の山が舞台に崩れ落ち、飛びのいたラインの乙女たちはばらばらに小人を追ったが、小人は本当に自分の役を分かっていたらしく、まんまとラインの黄金を持ち逃げした。

――ほら、あたしの言った通り……！　ヴォータンが太陽の下に飛び出して叫び、この異様な猛襲を静かに見物していたただ一人の人物に襲いかかった。しかし彼らが少女からひったくったのはただの小銭入れだった。閉じて開けて閉じて開けることで磨耗して真鍮《しんちゅう》がむき出しになっていたニッケルめっきの口金がまた今開くと、中には枯葉が見え、地面に放り投げられると彼らが踏みつけた落ち葉と見分けが付かなくなり、少女は派手に地団駄を踏むことで反撃した。

――あいつはどこ？　あの汚らしい、ちびの……

――あそこ！

――危ない！

車寄せに立っていた彼らを砂利が蹴散らした。

――車の中、あれ、バスト先生だ。車であいつを追い回してるぞ。

――誰の？　誰の車……

――グランシー。でかくてのろまのグランシー……

――違うよ、デシフだ、あのポンコツはデシフの車……そして彼らは話を続けながらゆっくり上り下りる芝生の小山を越え、風に優しく揺れる木に砕かれた光の小山を越えていった。風はずっと上の方から中古車販売の知らせを運んできた。吐き気を催す「クレメンタイン」のメロディーの波に乗り、対位法のように響くバーゴイン通りの悲鳴のようなチェーンソーの音が聞こえてくると、その中古車は垂れ下がった枝の間に飛び込んでいた。

――レッスンの準備は全部できてます、視覚効果も、教員用マニュアルも何もかも……先に少しだけ直線コースが見えたので彼はハンドルから手を離して、ラジオのスイッチを入れた。――台本、彼女の台本です、それからその本、それを読んでいるような演技をしてください、小道具みたいなものですね……

――でも、あのお金、紙袋を持ち逃げしたさっきの男の子、『ラインの黄金』のリハーサルであれを使ってたんですよ……

――要りません、ええ、モーツァルトに『ラインの黄金』の紙袋は要りません、混乱を招くだけですから、教育評価《テスティング》のことも、他の……

――そういうことじゃなくて、お金、お金が……

下降する「クレメンタイン」のメロディーを頭上の鋼鉄の歯がずたずたに切り刻むのと入れ替わりにラジオが温まって「黒い瞳」が流れ始めたとき、運転者は大きく膨らんで右折しながらショッティーシュを踊った。――私の妻がお手伝いします、だからご心配なく、妻が私たちを待ってます、電話しておきましたから、さっきも話しましたがみんなで歌う歌の件、忘れないでくださいね、みんなで歌う歌……

――でも、それならあなたの奥さんが……

――お手伝いしますよ、ええ、妻はすぐ後に資料映像の収録があるんです、美術も担当してるんですよ、ひょっとしてご存知？ バハイ教、民謡、アメリカ先住民の彫刻、と彼は急に話をやめて顔をしかめたが、それは単にハンドルを切りながら玄関前に急停車しようと踏ん張っただけだったのかもしれない。彼はすぐにリストの締めくくりとして紹介した、――妻のアンです、こちらがバスト先生、妻は高齢市民講座で粘土彫刻もやったんですよ、関節炎のご老人たち、これ、待って！ 台本を忘れないで……彼はそう言ってからバストを飛び散る砂利の中に残して去った。ディセファリス先生《ミセス》が彼の手を取り、そのまま離さなかった。

――こっち、と彼の手を引き、カラフルなサリーのひだを持ち上げ、こんがらがったケーブルの上を用心しながら歩き、入っていったのは、――テレビは親近感のあるメディアよ、本当はね、だってカメラを見るときには一人一人の子供の目を見てるのと同じことだから、と彼女は振り返って肩越しに黒いアイラインを引いた目を光らせながら言った。――私はカメラに写っているときには何度も自分にこう言い聞かせるの、私は一人の子供に話しかけてるって。私は一人の子供に話しかけてるんだって、何度も何度も。だから親近感が生まれるわけ……彼女が書き割りの陰で急に立ち止まったので彼は追突しそうになり、彼女の額から流れ始めているカーストの印から慎重に下りていった視線は、目立つまつげ、両側にシャドーを入れた上向きの鼻、白い歯を見、ブラジャーの紐が異様にずれて垂れているサリーの開いた胸元で止まった。――私は自分のメークは自分でする、でもまつげは本物よ、毛が黒いのは生まれつき、と彼女は言った。彼は手を離そうとしたが、それを彼女は両手で握ってほしがっているのだと勘違いした。――あのね、バスト先生、私にはもともと才能があるの、でも、今まで何もさせてもらえなかった……どこかでベルが鳴った。彼女は彼の手が滑り抜けるのを許す前にさらに一瞬だけ粘り、その手は名残惜しそうに蠕動《ぜんどう》した。――そこよ、まずそこを覗きましょう。その部屋でディレクターが番組をモニターするの。

画面上にはスモーキー・ベア*が映っていた。

――アメリカ人として、わが国の天然資源、土、鉱物、森、水、野生動物などを大切にし、無駄遣い《ウエイスト》から保護することを固く誓います。

――子供たちはこれを見ると元気が出る、ハイドがスモーキー・ベアから顔を上げた*。――コマーシャルを見てるような感じなんでしょう。

――ええ、実際に教材を活用してですね、とホワイトバックが話を続けた。その間に客たちは、カメラ、コート、パンフレット、説明書、メモ用紙などに埋もれながら小さなソファに腰を下ろした。――それをちゃんと意味のある学習経験に変えるためには……

――腸と呼ばれる、一つにつながった伸縮自在の管が……

――三万七千五百、奥のオフィスからペッチの声が聞こえた、――有料視聴テレビについての住民投票、第十三提案に関連して提供された法務上のサービスに対する報酬だ、この件についてはまた後で電話をかけ直してくれ……

――アメリカです。自由主義経済システムと現代の産業的なノウハウが両刃の剣を作り出したのです。その剣は以前存在していた障壁を一気に破壊し……

――あれは何ですか?

――星条旗ですよ、とペッチ氏がカフスを光らせながら奥の部屋から現れ、仲間に加わった。

――いえ、映像のことです。これは録画されたものなんです、資料映像、うーん、天然資源に関するもので、ありがたいことにハイドさんの会社がこの映像を学校に……

――本当のアメリカの姿ですよ、ハイドが自分のもののような態度で離れたところからテレビを見ながら言った。——私たちはああいうものを……

——使わなければなりません、というか、活用しなければ……

——てっぺんだけを海面に出してきらきらと光っている氷山のようなものです。というのも、現代の産業活動についても、氷山と同じように、私たちの目に触れるのはそのほんの一部でしかありません。私たちの目に見えないところで巨大な……

——ギブズ？　君かね？　入りなさい、入りなさい。

——いえ、お邪魔でしょうから……

——いやいや、入りなさい、財団の方がお見えなんです、とホワイトバックがしつこく招いた。——プログラム専門員のフォードさん……ガチャガチャと音を立てるカメラから手が出て、

——それからこちらがゴールさん。ゴールさんは著述家《ライター》です。このギブズ先生が私たちの科学番組の中で果たしてくださっている役割は、言わば料理長《シェフ》兼皿洗いって感じですね、で……大活躍です、ええ。このゴールさんは財団の校内テレビ支援プログラムの調査をまとめる仕事をなさってるんですよ、ギブズ先生。本の形で出版する予定なんです。

——大変なお仕事ですね、ゴールさん。きっとどんな情報でもありがたいって感じでしょう、と突然、ハイドが上から脅すように分厚いパンフレットを押し付けた。——たまたま今この調査報告が手元にありました。閉回路ケーブルシステムの長期的運用コストの概要です、よくまとまってます、開回路放送で授業を丸ごと放映しようとした場合にかかる費用との比較です。今日はたまたまここに持ってきてたんです、ペッチ上院、下院議員にお見せしようと思って……

——公海上に頭を覗かせている何千もの不毛な山の下には、頁岩油《シェール・オイル》という形で莫大なエネルギーが閉じ込められており、その鉱床面積はユタ州の三分の二……

——今、モーツァルトの、あー、『指環』でしたか、あれの現在の、うーん、状況に関して、ええ、素材を構成するためということでしょうか？

——そういえば、ちょっと目に留まったんですが……カタログになったリストを指でなぞり、古風に母音を伸ばしながら、大した関心もないのに威圧的にフォード氏が初めて口を開いた。

——これ、『ラインの黄金《ラインゴールド》』のことですか？

——ああ、番組表をお持ちなんですか、私たち……なかなか私たちにはそれが手に入らなくて、使い方というか、活用法というか……

——シェパーマン先生が担当？

——シェパーマン？　はい、ええ、彼、うーん、もともとは彼のアイデアなんです。その『指環』をやるっていう企画はね、

その後で彼は、私たちは彼を交代させたんですけど。彼は、あー、絵を描いていた、というか絵画を教えていたんですが、それはもちろん彼を交代させる前のことですよ、忠誠の宣誓*に関してちょっとした問題が起こったので……

——ちょっとした問題？　ピンストライプの前を開け、選挙用のジェスチャーでぴかぴかのネクタイピンを見せながらペッチ氏が繰り返した。——ほんのちょっとだけ妊娠した、とかそういう「ちょっと」かな？

——ええ、まあ、もちろん、芸術の文化的側面については、ちゃんとしたスタジオ教師がおりまして、とホワイトバックは輝度調整をいじりながら言って、——子供たちの真に有意義な学習体験を動機付けるようなタレントさんで……

——誰にでもある笑いの国、笑いに行こうよ、わっはっは！*

ウォルフガング・アマデウス・モーツァルトの顔が画面にゆっくりと現れた。

——笑いに行こうよ、わっはっは！

——これがその彼女ですよ、ええ、この歌の部分は録音してあるんでしょうね、この、音楽鑑賞の始まりの歌はね、ついでに閉回路放送の性能に関してですけど……

——校内テレビの潜在力をフルに活用することを可触化する方策に関しては……

——平土間にも天井桟敷《さじき》にも受ける内容*、とフォード氏がつぶやいた。

——この番組は子供たちの前で芸術家を本当によみがえらせるんです。彼らに人間的な肉付けをする、子供に肉付けをするわけじゃなくて芸術家にですよ、そして動機を与えて……

——身体にぬくもりを与える……

——皆さん、今日の授業は……

——あれは誰？

——モーツァルト。今日は……

——違う。あの声……

——おとぎ話のような生涯を送った作曲家、ウォルフガング・アマデウス・モーツァルトのことを勉強しましょう。この名前からしておとぎ話のようなのですが、つまりアマデウスというのはドイツ語ではゴットリープ、神々に愛される者という意味で……

——後で彼に電話しなけりゃならないことを覚えておいてください、火災用スプリンクラーの件で、とホワイトバックがハイドの方に体を傾け、声を潜めて言った。

——誰に電話を。

——ゴットリーブ*、火災用スプリンクラーの件で。

――音楽界に現れたこの神々の寵児《ちょうじ》は、決して大人になることのないピーター・パンでした。現実にあったこのおとぎ話は、ヨーロッパの輝かしい宮廷から始まり、雷をともなう大きな嵐で終わります。物語には謎の死神の使者も登場し、魔法と不思議もたっぷり盛り込まれて……

――ダンじゃないですね？　あの声は？とハイドがつぶやいた。カメラが震えながらスパンコール入りの刺繍の付いた袖をたどって鍵盤の上に広げられた指をとらえた。

――リンゴのような頬、藤色と金色のシルクの服を身にまとい、わずか七歳でウィーンの宮廷で演奏をし、皇帝は彼のことを小さな魔法使いと呼びました。ナポリでは迷信深いイタリア人たちが彼に指環を外させたりもしました。というのも彼らは、それが少年に魔法の力を与える魔法の指環ではないかと疑ったからでした……

ペッチ氏からの不満そうなうなり声に反応したように、画面上の静止画が切り替わり、汗でぎらぎらしながら視聴者を正面から見詰めている人物の顔が映った。

――四歳のときに音楽の演奏と作曲を始めたのです。モーツァルトが十四歳になったときには、既にソナタを数曲、交響曲を一つ、さらにオペラまで……

――彼はうちの、うちの駐在作曲家なんです、ホワイトバックはほっとしたらしい声で出し抜けに言った。――彼はうちの、うーん、カリキュラムの専門家とチームを組んでいるんですが、彼をテレビに登場させておくのがいいと彼女が考えたんです、きっとそう考えたんでしょう、この先生ももちろん大活躍です、これについても財団の方々にお礼を申し上げなければなりませんね……

――お金を払って芸術家に作品の製作を依頼していた裕福な人々のことです。モーツァルトは自分の後援者《パトロン》のために美しい音楽を作曲していましたが、結局、大司教の屋敷を出て、コンスタンツェという美しい女性と結婚しました。後にモーツァルトは友人にこう話しています。妻と僕は結婚したとき二人とも大泣きした、と。そんな話を聞くとこの偉大な天才が実際にはいかに人間的な人物だったかが分かるではありませんか、ねえ、皆さん。彼の妻のコンスタンツェという名前は志操堅固《コンスタンシー》ということを表していて、彼女は子供のような最愛の夫に対して最期まで志操堅固《コンスタント》であり続け、あ、雨の中、安物の棺桶の後ろを歩いて……

――話し手のアップをちょっと使いすぎですね、という声がソファの上のカメラの山から漏れ、――あんなふうに原稿を掻き混ぜたりせずに、もう少し臨機応変にアドリブをきかせた方がいい、手が震えているのが写ってしまいます、緊張しているのかも……

——その、あー、コンスタントに、そう、コンスタンツェはわずかしかないお金をコンスタントに贅沢《ぜいたく》品に費やし、彼女は、彼女はコンスタントに妊娠し、彼女は、とどめに彼女はコンスタントに病気にかかっていました。だから彼女は、だからモーツァルトは結婚したときに大泣きしたんです。分かりますか。彼はいつも、この神々の寵児は、彼は小さな頃から家族の生活を支えてきました。父親に各地を引きずり回され、まるで、まるで、サーカスの見世物みたいに見せびらかされ……

——彼、どうやら脱線しかかっているみたいですね、うーん、台本というか、その……

——この人が台本を投げ捨てたさっきの場面とか、こういう上半身のショットにはもっと強い照明を当てないと、でも台本がない方が自然な感じが伝わりますね……

——お金です。このわずか二か月の間に彼は最高の交響曲を三曲書き上げたのですが、その間も彼はあちこちを回って借金の依頼をしていたのです……

——はい、あの、あー、きっとフレッシュ先生がすぐに交代します、彼女、これは彼女の番組ですからね、つまりスタジオ授業ということですよ、もちろん、私たちの予算でやっているものです、ええ、全部のお金をこういう音楽の強化番組に、音楽だけに注ぎ込むわけにはいきません、ブラスバンドの制服だけでも既に相当の金額を……

——さらに三つのピアノ協奏曲、二つの弦楽五重奏曲、これまでに書かれた中で最高の三つのオペラを完成させましたが、彼は自暴自棄で、栄養不良、疲労困憊、お金のことでは半狂乱、かたや奥さんはというと診察代金の請求を増やすばかり、彼は身の回りのあらゆるものを質に入れました、ただ仕事を続けるだけのために、働き続けるだけのために……

——クローズアップのときには強力照明《ホット・ライト》が大事ですよ。

——ええ、彼、彼は散髪もしなければね……そして画面いっぱいに広がる顔がかつらをかぶった横顔にディゾルブし、カメラが作曲家の気味の悪い目の中に何か興味深いものを探った。

——彼は子供っぽかったのだと思う人もあるかもしれませんが、妻の方はその二倍も子供っぽかったのでした。そして、あー、そう、全身に灰色の服をまとった謎の人物、モーツァルトは彼が死神の使者だと思ったのですが、実際には頭のおかしなヴァルゼックという伯爵がよこしたただの使者でした。伯爵は亡くなった妻のために曲を作ってほしかったのです。彼は自分では鎮魂曲《レクイエム》を書くことができなか

ったので、モーツァルトを雇ってレクイエムを書かせて、自分で作曲したと見せかけようとしたのです。その頃のモーツァルトにこの依頼を断ることができたでしょうか？　彼は健康状態も悪く、疲れきってへとへとです。まだ三十五歳くらいなのに、既に三十年間も周りの人たちの生活を一人で支えてきたのです。結局、彼は仕事を再開します。呼吸が苦しく、時折気を失うこともありました。彼はやせ衰え、手足はむくみ、ついには誰かが自分に毒を盛っているのだとさえ考えるようになります。まさに、本当に、おとぎ話のような人生じゃありませんか、ねえ、皆さん。次は嵐だ。十二月です、雨と霙《みぞれ》が夜通しうなっています。彼はこう言います、僕は既に死を味わっているんだと。そして唇を震わせながらレクイエムの短い太鼓の楽節を口ずさみ……

――すみません、どなたか教えていただけますか、男性、男子トイレがどこにあるか……？

――そこを出て、ええ、出て右です、ゴールさん、うーん、男子って書いてあります、ええ、この番組はもう充分見ていただけましたね、つまり素材の構成という点に関してですが……

――向こうで使ってるカメラは何です、アリ？* レンズが合ってないみたいですね……

――彼の葬式に使われたお金はわずか四ドルほどでした。しかし、それでは、そうだとしたら、すてきなおとぎ話が台無しだと思いませんか、皆さん。雨の中、安物の棺桶の後ろを歩いていたわずかばかりの友人たちも棺が細民用墓地にたどり着かないうちに引き返してしまいました。誰にも二度と見つけることのできない墓に埋葬されたのです。細民って分かりますか、皆さん？　非常に貧しい人のことです。そして、そして、そう、そして、私たちは貧しい人のことを考えるのは気が進みません、そうです、そうです、この小さな、小さな天才がまだ損なわれていなかった幸福な時代のことを記憶することにしましょう、幸福な時代の彼、彼は、ええ、そう彼はいろいろな人に楽しい手紙を書き送っています、はい……

――こんな感じで小道具をアップにするなんて私ならやりませんね、本が逆さまになっているのがばれたりするのが落ちですから。

――ええ、実は、うーん、本のことでも少し問題が……

――これが、ええ、はい、これが従妹《いとこ》に宛てて書いた手紙です、交響曲『パリ』を作曲していた当時のことが書かれています。彼はしばらく手紙を書かなかったことを詫びて、こう言います、僕が死んでると思った？　お願いだからそ

んなことは信じないで。だって信頼とうんこは全然違うことだから*……

——今の言葉、私の耳、今……聞きました?

カメラに囲まれた男が悠長に息を吐いた。——こういう商用テレビ受像機の音響システムはどれもこれも貧相なものですからね……

——ええ、彼のユーモアのセンスは、ええ、遊び心がいっぱいで、はい、彼女にこんなことも言っています。君はいつまでも笑いをこらえられない、君が笑えば僕らのお尻が仲直りの印だよ、と。それからここ、ここのところではある空想上の村のことを書いています。トリブステリルの村ではうんこ《マック》が海まで流れ込み……

——左側のスイッチ、そう、オフって書いてあるスイッチ、消して、消して……

——バーミズクイックという名前の村では曲がったお尻の穴が作られているんだ。ええ、こうした彼の、ええ、遊び心たっぷりのユーモアのセンスを見れば、この偉大なる天才がいかに人間的な人物だったか分かるではありませんか、ねえ、皆さん、男の子も、ええ、女の子も、ええ、それから、それからテレビの前にいる一人の子供*も。彼の手紙を読めば皆さんも彼が親しみやすい人物だということが……

——違います、左です、議員、左のスイッチ……!

——すみません……ギブズがもつれたカメラのストラップから肘を抜き、ソファの背に肘を掛け、顎と額で切り取られた顔のアップを映していた画面が突然ぼやけてアメリカの国旗、セコイアスギの森の風景に切り替わり、声を消し去ろうとするかのように音楽が大きくなった。

——彼に人間的な肉付けをするわけです、だって、私たちが、ええ、彼のレベルに到達するのは無理だとしても、少なくとも、彼を私たちのレベルにまで引きずりおろすことはできますから……

——私の言った通りでしょう、こういう商用のテレビ受像機は低音が目立ちすぎるんですよ……とフォードが言ったとき、ハイドがつまずいたので足を引っ込めた。ハイドは、外れたつまみを手に持ったままテレビの前に立ち尽くしているペッチ氏のところに行こうとしていた。

——これこそ、ええ、芸術における民主主義というものではありませんか、ねえ、皆さん、男の子も、女の子も、それから、それからテレビの前の……

——待って、もしもし? すぐにリロイさんをここに呼んでください、修理してもらいたいものが、もしもし？　ここにはもう他の電話はつながないように……

――面白い効果ですね……ハイドの肩の向こうにジュベール先生の顔が覗き、――でも、口の動きと声が合ってない……そして、ベッドで起き上がっている白髪の男、*枝編みの椅子《ウィッカー・チェア》に座った白髪の男、白髪の男の石膏像が次々に映し出された。――混線みたいですね……そして突然巨大なセコイアスギの映像に言葉と音楽が戻ってきた。

――アメリカで広く愛されているこのユーモア作家の本名はウヴルルルク、おとぎ話ですよね、皆さん、他にも同じように、例えば、そう、三十二歳でチフスで亡くなったフランツ・シューベルトとか、他にも、そう、精神病院に運び込むために川から引っ張り上げなければならなかったロベルト・シューマンとか、頭が胴体から外れて落っこちるんじゃないかと心配していたチャイコフスキーとか……

――早く何とかしないと、どこだ、くそったれ！という声がプランターの下から聞こえた。そこでは、四つん這いになったハイドが電源プラグを探していた。

――まずいですよ、音楽の音量がこんなに大きいと声が聞こえなくて……

――私たちの大好きなアメリカの作曲家についてお話しすることにしましょう、しばしば床に座り、紙を切って人形を作っていた、あのエドワード・マク……

――うーん、そうだ、プラグを抜いて、とにかくプラグを抜いてもらえますか……

――私が何をしてると……思ってるんです……だから今……プラグを……がテレビの後ろの暗がりから聞こえた。画面では、死んだ戦士を運ぶ二頭筋のたくましいワルキューレが同心円を描く大きな胸当てをつけた勇壮なブリュンヒルデに切り替わり、ウォルフガング・アマデウス・モーツァルトのピアノ協奏曲ニ短調の刺すようなロンドに立ち向かうように声が入った。

――おとぎ話のようではありませんか、彼の人生がおとぎ話だったという事実こそまさに本当のおとぎ話ではありませんか、では、ええ、はい、今日のおとぎ話の締めくくりとして皆さんと一緒に歌いましょう、ええ、さっきの、さっきの手紙に出てきた彼の言葉に合わせてアマデウスと一緒に歌いましょう、ああ、うんこ《マック》！　すばらしい言葉！　うんこ《マック》！　ぱくぱく《チャック》！

――開回路放送では、生でなく、録画を流した方がいいですよ。著作権の問題があるので……電話が鳴った。ドアが開き、閉まり、また開いて、最後のアレグロ、アレグロ・アッサイ*とともにゴール氏が戻った。

——うんこ《マック》！　ぺろぺろ《サック》、ああ、すばらしい、うんこ《マック》、ぺろぺろ《サック》！　僕はこういうのが大好きなんだ！　うんこ《マック》、ぱくぱく《チャック》、ぺろぺろ《サック》！　ぱくぱく《チャック》、うんこ《マック》……

ののしりの間投詞が窓際のプランターの下から聞こえ、音が切れ、画面上には沈黙の命令を下す汗まみれの顔がアップになり、スモーキー・ベアの頼もしい顔が再びたどたどしく歌の音符をたどり始めた。

——**笑いの国、笑いに行こうよ、わっはっは！**

——上、下院議員？　お電話です、パレントゥチェリさんから……

——誰……ギブズは、画面からの熊の視線をじっと見詰め返しながら、身じろぎもせずつぶやき——一体全体、今のは誰です。

——**笑いに行こうよ、わっはっは！**

——あれ、ええ、はい、例の若い駐在、はい、作、う〜ん曲家です、財団から来られた駐在作曲家。財団から私どものところに派遣されたということですがね、芸術領域の突っ込んだ試験的プログラムということで、つまり、助成金です。そのあたりはフォードさんの方がよくご存知でしょう、もっと突っ込んだことを。

——**わっはっは！**

——いえ、いえ、全然部門が違います、フォード氏が気楽そうに体を伸ばした。——何だかんだ言っても、芸術領域に回されるのは財団予算のたった三パーセントほどですから。

——二十五セント、連中は一ヤード当たり二十五セントよこせって言ってるが、二十二か二十三までまけさせるんだ、ペッチ氏の声が聞こえてきた。——違う、フロー＝ジャンだ。フロー＝ジャン社、フ、ロ、それから長く伸ばす棒……

——いいところを見逃したかな？　ゴール氏が鉛筆を取り出した。

——技術的な問題がちょこちょこ、画面構成に問題のある部分が二、三回、レンズの扱いももっと練習が必要かな、でも、いい機材さえそろえば、あと必要なのはそれだけ。練習。

彼の後ろでギブズが壁にもたれながらゆっくり立ち上がった。

——機材に関しては俺たちの責任じゃないからね、ディセファリス先生《ミスター》が部屋に入ってきたので皆と一緒にそちらを振り返りながら言った。——番組の中身はもちろん……

ゴールがソフトウェア？とメモし、待っていると、部屋に入ったディセファリス先生が苦労しながら空疎なドアを押して閉めたが、その途端にドアが勢いよく開いてボクシング・シューズを履いたリロイ氏が入ってきて、手に持っていたバケツを下に置いた。——ここのボリュームつまみです。リロイが黙ったまま、バケツの方を大げさな目つきで指し示しながら近づいてくると、ホワイトバックが驚いた。——あの、ちょっと、ちょっとそんなものを校長室に持ち込まないでください、ちょっと……どうにかしてください！　ここに来てもらったのは別の用事ですから、このテレビのつまみを直してもらいたいんです……！　二人が道を開け、リロイ氏がニヤニヤしながらその間を通り、つまみを元に戻し、ドライバーをポケットにしまうと、画面上ではドル札の雨が降った。——はい、よし、これこれ、待って、もうお帰りですか？　私どもは、うーん、六年生のこの社会の授業、ええ、この授業を見ていただきたかったのですが、素材の構成という点で、うーん……そして彼のパステル色の袖が慌てて指差した画面では、アニメで描かれた合衆国の地図が大きく膨らんで神殿のように壮麗な証券取引所に姿を変え、それが消えてブーンという音とともに砂嵐に変わり、——授業の最初にこの資料映像を見せて……

——フィルムが外れましたね、フォード氏が絡み合ったカメラの間から立ち上がりながらコメントした。

——でもお二人とも、うーん、ゴールさん、ええ、次の授業をご覧になってはどうでしょうか、先ほどの授業よりもはるかに、うーん、無計画性が低いもので……

——いえ、でもお尋ねしたかったんですけど、ここの入り口の上に刻まれた言葉の件で。ギリシア語ですか？　ひょっとしたら、プラトン？　それとも……

——アメリカにおける私たちの役割《シェア》というのは一体どういう意味か、誰か説明を……？

——はい、ええ、こちらのギブズ先生なら、うーん、ほら、この女性ですよ……彼はまるで向こうが手を振り返してくれるかのようにジュベール先生に向かって手を振った。

——エンペドクレスを調べてみたらいいかもしれない。

——へえ……？　彼は紙と本と鉛筆を次々に手に取った。

——綴りはエ？　ン……？

——それで、このまま次のスタジオ授業をご覧になりませんか?という声が二人に割って入り、——資、資料番組です、蚕に関する……

——多分、エンペドクレスの宇宙発生論の第二段階か、ひょっとすると第一段階に関する断章からの引用だと……

——私たちは、ええ、この授業では新しいことを試しているんですよ、スタジオ授業を教室授業と組み合わせて……

——その段階の宇宙では、手足や体の各部分がそこら中に漂っていた。首のない頭、肩のない腕、眼窩《がんか》を探す目玉……

——そしてそれこそが私たちの国とロシアとの違いじゃありませんか、ねえ、皆さん……

——子供たち自身が真に有意義な学習経験のための教育課程の一部となるんです、うーん、子供自身を活用して学習するというか……

――読んだことないですか？　第二段階ではそういう体の各部分が偶然任せにくっつくんです、そして手が無数にある生き物とか、いくつもある顔がいろんな方を向いている生き物なんかが誕生して……

――**そして、会社の株《シェア》を所有するというのも同じことじゃありませんか、投票する権利と同じこと、アメリカ人であるということと同じように……**

――第三段階になると、もちろん徐々に……

――ええ、その、あの入り口の件は、うーん、あの碑文はあまり気になさらない方がいいんじゃないかと思います、ゴールさん、あれは、うーん、つまり全部取り替える予定ですから……そして、彼は絡み合ったカメラのストラップの間から相手構わず差し出された手を取った。

――ゴールさん、さっきお渡しした閉回路システムに関する文献ですがね、私の名刺が中に入ってますから、ハイドって、もしも何か詳しいことを、これこれ！　ちょっと待って、ほら、あれが息子です！　あそこの、違う、あの腕が邪魔だな。あそこ、あれが息子の手。ダイヤモンド柄のセーターを着た男の子が手前にいて、そのすぐ後ろ、腕が見えてるでしょう？

――**その間に私たちの中の有志に投資の元手がいくらあるか数えてもらいましょう。私たちがこうしてお金を使わずに持っている限り、お金は誰の役にも立ちません。仕事をして何かを稼いでいないお金は、ちょうど家族の中の怠け者と同じことで……**

ドアがうつろな音を立てた。そして電話が鳴った。――受話器を外して放っておくのがいいですよ、ホワイトバック校長、今から電話がじゃんじゃんかかってきますから、この近所の、無職で、生活保護をもらってて、引退してて、社会にただ乗り《フリーロード》してる間抜けな連中、することがなくて家の中でごろごろ……

――しかし、私の事務所、事務所から折り返しの電話がかかってくる、とペッチ氏がガムを嚙みながら言って、――例の第十三提案について……

――**腸の中でこの原材料が利用できるものに変換されて……あらゆるタイプの生糸《きいと》が……**

――待てよ、ダン、チャンネルを変えるのか？

――**巻くことのできない絹のくず《ウェイスト》と呼ばれるこの生糸は……**

――これ、ちょっとだけこの資料番組を、私の妻が……

――ああ、へえ、さっきの社会の授業に戻した方がいいんじゃないかな、ダン、彼女の授業を見れば子供たちには本当の価値観が身に付きそうだし、うちの息子が……

——糸をつむぐときに蚕が吐くのは無色の……それは大腸の中で起こるのですが……何十億ドル、そして今日の株式公開会社の株の市場価値は……

——さっき世界の半分に向かって放送した教養番組に対する反響ですか、ホワイトバック校長？

——今の？　電話？　いえ、いえ、例の教科書セールスマンですよ、学校の敷地で事故に遭ったって言うんです、あの見通しの悪い角のところで、リロイが合図をしたから発進したら、そこにトラックが来たんだそうです、アスファルトを積んだ大きなトラックが……

——連中が彼女を搬送したときには彼の姿はなかったですよ、彼は……

——誰が誰を搬送したって、ダン、どこに……

——病院に、フレッシュ先生を、みんなが、何があったか知らないんですか？　彼は彼女を車で……

——いい場面を逃したなあ、それで彼女は……

——ギブズ、最後までダンの話を聞けよ。それにさっきの口の悪いやつ、彼女の授業を引き継いでたやつ、どうしてあいつがスタジオにいたんだ。

——その、僕は、彼、うまく代役を果たしたでしょう？　ええ、台本は私が手渡しましたけど……

——どうして君は、うーん、自分で授業をしなかったんですか、ダン、台本があったんでしょう？

——ヴォーゲルでもよかった、ヴォーゲルを捕まえればよかったのに。何かのメッセージを伝えるときの彼の本当に男らしいやり方、さっきも彼がテレビに出てた、声が流れてたが……

——ええ、でもヴォーゲルは生《なま》では使えません、駄目ですよ、あの、うーん、あの傷痕がね、ええ、つまり、だから彼の授業は全部録画なんですから、人形と視覚効果を使ってナレーションを入れて、でも顔は、彼にはニューヨーク市立の学校から来てもらって、うーん、もちろん大変活躍していただいてますけど、彼を生で使うわけには……

——今度、実際に社会見学に出掛けて、仲買人《ブローカー》から株を買います。私たちの有志が数えてくれた結果、二十四ドル六十三セントが集まっていますから、まずは昨日の終値を確認してみましょう……

——でも、授業は、モーツァルトの授業は？　何か、まさか何か問題があったんですか？　つまり教育評価《テスティング》に関わるような問題が？　あれは州全体で統一された授業内容ですから……

——ええ、その、ダン、彼は、うーん、彼はかなり大幅にカリキュラムから脱線していました。

——ポイント、正解です、私たちがこうした特殊な投資用

語を使う場合にはドルなんて言いません、私たちは……

——でも、彼は音楽の先生だと聞きましたよ、私は彼女の台本を渡したし、彼は、彼女は教員用マニュアルから台本を作ったはずですし……

——ええ、あの、ちょっと、うーん、技術的問題があって、ダン、財団からお越しのプログラム専門員が指摘なさったように、いくつか、うーん……

——鉄道ならエリー＝ラッカワナ鉄道が三株買えます。車はどうでしょう。ゼネラルモーターズは無理ですが……

——単純明快な言い方をするとだね、ダン、彼が今回の題材を構造化し、その活用可能性を教育媒体内で可触化したやり方は、子供たちにとって非常に有意義な学習経験となったがために、みんな、当分あの授業を忘れそうにはないってこと、こんな感じでどうですか、ホワイトバック校長。

——ええ、あの、そう、うーん、ギブズ先生が大変明快にまとめてくださった通りだと思います、ダン、もちろん……

——ディズニーは四〇・五、ミッキー……

——迷信深いイタリア人っていうさっきの話、聞いたか。

——たしかに聞きましたよ、上院議員、君も聞いただろ、ギブズ？　ギブズ先生？

——ああ、たしかに聞きましたよ、少佐、俺は……

——じゃあ、どうしてそんなところにのんきに座って、何かを面白がっているみたいににやにやしてるんだ、下院議員がわざわざ侮辱を受けるために学校に来たと思ってるのか？

——議員のお気持ちはお察ししますよ、少佐、あそこの車はあなたのですか、下院議員？　白のキャデラック、神をアメリカに引き留めようって書いたステッカーの貼ってある車。

——それとも二十七でキャンベル・スープ……？

——あのなあ、ギブズ……

——神が出て行こうとしてるなんて知らなかったんだよ、少佐、それがちょっと気になって……

——ねえ、ホワイトバック校長、ギブズは……

——もちろん神が悪いと言うつもりはないけれど……

——ええ、そう、ギブズ先生がおっしゃっているのは、うーん……

——分かった、じゃあ、教えてくれ、あの噂はどういうことなんだ、朝いちばんに唱える先生の穿孔*の中で、神のもとにっていう部分をあんたが省いてるっていう噂、あれはどういうことなんだ、ギブズ。

——あるいは映画会社を部分的に所有することも……

——すまないが俺にはよく分からない、どちらかと言うとダンの方が詳しいんじゃないかと*……

——ダンのことなんか言ってない、ダンは関係ない、噂の話をしてるんだ、おまえが授業の始めに使ってる穿孔の言葉は、忠誠の誓いから神のもとにっていう一節を削ってるって、神のもとに統一された国、私が言ってるのはおまえの利口ぶった発言のことだ、人が閉回路放送のことを財団の方たちと真剣に議論しようとしてるのに、おまえは腕や足がそこら中を飛び回るとか、誰かの目が眼窩を探すとかいう話で割り込んでくる、一体どういうつもりだ！

——あの人がソクラテス以前の哲学者について尋ねたからさ、少佐、エンペドクレスの宇宙論《コスミック》に出てくる愛憎の原理について……

——あの人たちは喜劇論《コミック》を聞きにここに来たわけじゃないだろ、ほら、これ。予算費目を見ろ、これ見ろよ。カメラ、テレシネ*、テスト機材、ビデオテープ、時代遅れの機材を入れ替えるために必要な機材だ、これで故障が防げる、授業時間の無駄がなくなる、授業の質が向上する、九万二千四百ドルだ、これが喜劇論か？　納税者が、納税者がこれを何だと思うと思ってるんだ！

——誰かチューインガムって言いましたか？　そう、リグレー*はちょっとだけ手が届きませんね、では……

——そこのバケツ、少佐、ちょっと、ちょっと気を付けてくださいね、ええ、もちろん、うーん、あの入り口の上のまぐさ石、ギブズ先生はあそこに刻まれた文字を説明なさろうとしていたんですよね、うーん、つまりギリシア文字を、なぜなら、もちろんギブズ先生だけが、うーん、先生が解決策を出してくださったわけですし、シェパーマン先生の不幸な、うーん、もちろんそもそもシェパーマン先生を私どもに推薦なさったのもギブズ先生ですけど、ええ、それとも逆にシェパーマン先生がギブズ先生を、うーん、つまりシェパーマン先生はもうここにはいらっしゃらないわけで、ええ、おそらく彼は今でも……

——絵の具を買うために売血してるんでしょうね。

——とんでもない男だな、ギブズ、いかにもおまえが紹介しそうな男だ、さて、予算のことに話を戻すけど……

——なぜそんなことをするのか、それは彼が、彼は自分の血なんかよりも一枚の絵の方が価値があると考えているからだ……

——結構、お好きなように！　でも、誰が彼に絵を描いてくれって頼んだ！

——そこだよ、大事なのは、少佐。誰も頼んでない。

——モンド・ケーブルか他の成長株を……

——彼女は今何て？　どこの株？

——でも、そういう人間がいなかったら俺たちは芸術をどこで手に入れたらいい？

――手に入れる？　芸術を？　他のものと同じこと、買うんだよ、いいか、ギブズ、今のこの時代に偉大な芸術がそこら中に転がってることはおまえに言われなくても分かってる、絵でも音楽でも本でも、この世にある偉大な音楽を全部聴いたことのある人間なんているか、おまえは？　この世にある偉大な本は全部読んだか？　偉大な絵は全部見たか？　聴きたい交響曲のレコードならいくらでもある、複製が手に入る、ほとんど完璧な複製、今までに書かれた最も偉大な本がどこででも手に入る、かたやおまえのお友達は血を売ってる、あいつは頭がおかしいんだ、それだけの話、さっきモーツァルトの授業でこの地域の教養を高めてくれたやつと同じこと、新聞もそう、芸術家のことが新聞に載るのは連中が問題を起こしたときだけ、本人だけの問題であれ、人を巻き添えにする問題であれ、新聞に載るのは連中が問題を起こしたときだけだ。

――それは芸術家に限らない。

――そろそろアメリカにおける私たちの役割に投票する準備が……

――それはどういう意味だ、私は薬物常用者と付き合ったりしてないし、嘆願書の署名集めもしてないし、くだらない絵も描いてないし、髭を生やして汚い言葉だらけの本を書いてもいないぞ？　あいつらは何の才能もないのに何かをやろうとしてるだけ、どうせ半分は頭のおかしな連中だ、さっきのやつが言ってた自分の頭が胴体から転げ落ちるんじゃないかと心配してたっていう男の話はどうだ？　それに自分の耳を切り落とした有名な画家、あれはどうなんだ。

――いや、さっき言ったのはそのことだ、そういう人たちがいなかったら俺たちはどこで芸術を……

――待て、黙れ！

――ええ、はい、もちろん、私たちの学校では、あまり、うーん……

――ほら、うちの会社だ！　聞いた？　あの子たち、うちの会社、ダイヤモンド・ケーブルの株を買うんだ、見た？　あれはうちの会社だ……！

――見たよ、手を挙げた数で言うと、子供たちが本当に買いたかったのは……

――どこだ、ギブズ、どこの会社だ。手を挙げた数って、おまえは見てなかっただろ、そこに突っ立って上から彼女の胸元を覗こうとしてただけじゃないか、子供らは買いたい株を買ったのさ。見てましたか、ホワイトバック校長？

――そういうわけで、これは企業的民主主義と呼ばれるんですよ、皆さん……

――ほら、聞きました？　企業的民主主義、聞いたか、ギブズ？　アメリカにおける役割《シェア》、うちの会社、子供たちがさっきうちの会社の株《シェア》を買ったんだ、今こうして私があるのは、床にペンキをこぼしたからじゃない、耳を切り落としたからでもない、組織レベルの観点で学校運営をするんですよ、ホワイトバック校長、ストライキの脅しとか、ハラスメントに関する苦情とかいう問題はすぐに解決します、そして……

――ええ、はい、もちろん、ヴァーンが、うーん、おそらくヴァーンが首を縦には……

――連中がぐずぐず言ってるのはその問題だろ、ダン？　ハラスメントだろ？

――その、あー、その指示とか、慣例とか、規則とか、規定とか、ガイドラインとか……

――ええ、はい、もちろん、うーん、先生方は私から指示を受けますし、私は地区教育長うーん、つまりヴァーンから指示を受けます、ええ、そのヴァーンに指示をするのは……

――調査したらいいじゃないですか、背後にいるのは誰なのか、調べたら……

――ハラスメントの背後にいる人物？

――違いますよ、苦情の背後のいる人物です、その……

――それにもちろん、私たちは全員が州のそれを受けるわけですし、州は連邦教育局からそれを受けるわけで……

――苦情をですか？

――違います、指示をですよ、ガイドラインとか慣例とか規定とか第四編《タイトル・フォー》*とか……

――第四編《タイトル・フォー》はすごい投資ですよ、政府は自分の投資を守ろうとしてるだけなんです、いつも組織レベルでものを見なきゃ、それが……

――ええ、はい、もちろん、私たちは、うーん、現状に関しては、相関を、うーん、ダン、相互に関連付けるために、とりあえず、うーん……

――その、相関ですが、相関を示すには標準化が必要で、その、標準化には標準が必要で……

――続けてくれ、ダン、聞いてるよ、ただちょっとそこのホワイトバック校長の電話をこっちに……

――標準が、ええ、標準を確立することが必要なんです、得点範囲における標準をね、カードには穴の開いてるものがあって、穴自体に意味はないんですが、例えばテストの場合で言うと、潜在的落ちこぼれを分類して……

――いいねえ、早期発見。もしもし？　悪い芽は早めに摘まないと……え……？　彼はしばらく聞き、受話器に向かって粗野な一言を吐き、わめきたてる受話器をそのまま机の上に置いた。――パローキアル・スクールのヘイト神父から電話です、ちゃんと見てましたよって、おたくのテレビ授業は放送禁止に追い込んでやるって……

　――少年、おもちゃのピストルを持った例の少年、あの子が音楽数学指数でいちばんの成績を収めたという結果が出たんですが、穴を照合してみたら、実際のテストの出来とは一致してなくて……

――ええ、はい、もちろん、彼は、うーん、つまり私たちにできるのは、うーん、せいぜい……

――バーミズクイックに送り返すくらいのことですかね。

――バーミズクイックって何だっけ、ギブズ？　ハイドは再び机の隅に座り込んだ。小人のような電話の声が彼のズボンのポケットに向かってわめき続けていた。

――ひょっとしたら、彼がみんなと歩調が合わないのは、違った太鼓を聞いているからじゃないかって言ったんだよ、少佐。

――太鼓も男らしいな、うちの息子はトランペットも得意だが、太鼓もいけるぞ。それにあんたはズボンの尻にも穴が開いてるぞ、*ギブズ。

――も？　おもちゃのピストルを持った子みたいにってことか？　彼は突然後ろに足を踏み出して、――人は自分の耳で聞く音楽に合わせて歩めばいい……*

――危ない！

――あああ、畜生……

――中に何が入ってたんですか！

――あの男、リロイのやつ、リロイの馬鹿め……ホワイトバックが急いでツーステップを踏みながら青いズボンの折り返しを引き上げ、――中学の下水管に詰まっていたものを私に見せるためにわざわざバケツに入れてここまで持ってきたんですよ、これじゃあ床中……

――でも、え、中学？

――それがプログラミングというものさ……ギブズは靴を壁下の幅木に打ち付けながら言った。――無計画性のなさを可触化するとはまさにこのこと、どこであんな言い回しを覚えたんですか、ホワイトバック校長。

――思わず、思わず口から出ますよ、あの人たちと話していればね、さあ、上院議員、こちらに、男子トイレにペーパータオルがありますから、ダン？　ちょっと手を伸ばして、そこ。それ消してもらえますか？

――**絹のくず《ウェイスト》を取り除き……**

――さっきお話しした遠隔地特別企画の件ですけど、やっぱり何とか実現したいんですがね、ホワイトバック校長、この企画を録画してお見せしたらいいんじゃありませんか、今日はみっともないところを財団の人に見せちゃいましたからね、その埋め合わせと言ったら何ですが……

――消してと言ったんです、ダン、ボリュームを上げてどうするんですか……

――**とても美しい色をしています、しかし、この絹のくず《ウェイスト》の発酵する臭いは非常にくさいので*……**

――学校の中継車をうちのシェルターまで持ってきて、すべてひっくるめて一つの企画に……

――消すんです、オフって書いてあるつまみ……

――生産のノウハウを改善し、人類の向上という大義のために廃棄物《ウェイスト》をなくして……

――きっとリロイがつまみを逆向きにつけたんです。

――排泄物《ウェイスト》の排出が行われるこの場所には、括約筋と呼ばれる筋肉が備わっていて……

――出て右です、と重要な人物から順番にホワイトバックが連れ出した。

――覚えてるか……？　ディセファリスと一緒に部屋を出たギブズがドアを閉めようとして手を伸ばし、ディセファリスの肩越しに肖像画を見上げながら言った。――アイゼンハワーの主治医が記者会見でこう言ったんだ*、アメリカ人は大変便通を気にする国民だってね。

――男子って書いてありますから……

　二人の背後で校長室と書かれたドアがうつろに閉じ、室内に唯一残された声は机に置かれた電話から聞こえるたけり狂った小人の声のみで、何事もなく壁の高い位置の額に入ったまま唯一残された顔は国の指導的地位に立ち、「言葉の言い回しよりも思想に焦点を当て」*つつ、少年の生涯で変わらなかった表情を変えようとし、「とりわけ信頼が必要だということは忘れないようにしましょう、それから、もちろん私は国家的にものを考えます、問題は将来の見込みについてあなた方と私がどう考えるかということなんです、冷蔵庫とか何かそういう、あのものを買いたいと思うかどうか、私たちの家庭で役に立ち、望ましいと思いますか、どうですか？　私の頭の中では、それくらい単純な問題なのです」と弁解していた。

　彼らの真正面で、短針のない時計が分《ふん》をまた一つ切り取った。

――あ。どちらへ？とディセファリスが尋ねた。そして立ち止まり、「押す」と書かれたドアの取っ手を引いて――車でどこかに送りましょうか？

――いや、結構、ギブズは開けてもらったドアを手で押さえ、立ち止まってたばこを探し、あちこちのポケットを叩いて箱の中でマッチが立てる音を探り、入り口の上のギリシア文字を見上げながら、たばこに火を点け、帰っていくディセファリスの姿が小さくなるのを見届けた後、視線を戻した。ディセファリスの乗った車は劇的に加速して、門のすぐ外で故障している緑色の車に接近し、見通しの悪い角にさしかかると、大丈夫だという顔つきでリロイが彼に合図をしたのでそのまま驀進《ばくしん》しようとしたが、縁石の脇に停まっている緑色のポンコツから飛び出してきた不定形の人影らしきものによって突然進路が妨げられ、揺れながら急停車した。現れたのは緑の車の所有者で、小さな黒い閉じた傘のカバノキ風の柄をつかみ、一瞬、ディセファリスの派手な登場にひるんだかと思うと、また、見通しの悪い角を弾丸のように通り過ぎた郵便用トラックにもひるんだ。

――うわ！

——それ、それ、私のです、その傘。

——これ？　はあ……眼鏡のレンズが片方なくなって一つ目巨人《キュクロプス》の視力になった男が申し訳なさそうな様子で傘を返却した。

——彼女が間違えて持っていっちゃったんです。正確に言うと私の傘でもないんですがね、うちの息子のなので、とディセファリスはエンジンの轟音が高まるのに合わせて大声を上げた。

——私も間違えて持ってきたんです……彼がカーブを描きながらがらんとした道に出ると、リロイの笑顔がバックミラーに映った。次の街区《ブロック》まで進み、樹木の屠殺場となっているバーゴイン通りを走り、まるでリロイの笑顔に尾行されているかのように時々バックミラーに目をやり、スタジオの廊下を歩くときに*もまだそれを探しているかのように壁の鏡を覗いたりしていたが、そこに映った彼の顔には見覚えのある顔を見つけた様子はまったくなかった。彼がようやく知った顔に出会ったのは、三つのモニター画面に映った妻の三つの映像を見たときだった。彼女のしぐさは、服とBGMが違っていれば、タンゴの最後の決めのポーズに見えたかもしれない。それを見たディレクターは郷土芸術作品の静止画像に切り替えたので、番組の最後で部屋のモニターには、愛情のこもったしぐさをする人の絵が残された。

　そこら中の電話が机の上に放り出され、コードからぶら下がり、互いにがみがみわめいていた。——さっきのバスト先生を探してるんですけど……？

——へえ、そう？

　彼はその男に道を譲り、妻が出てきたので向き直り、彼女の後を追うように、来た道を戻った。——で？　みんな何て言ってた？　彼が彼女のために車のドアを開けると彼女が訊いた。

——誰が？

——誰が！　それにほら、今何したか分かってるの、サリーが破れたじゃない。誰の話だと思ってるの？　ドアの傷に引っ掛かった絹の切れを外し、——誰って財団の人たちに決まってるじゃない！　私の授業のこと、私の……財団の人が授業を見たんでしょ？

——あー、いや、全部は見てないんだ、財団の人たちは……彼はエンジンの轟音で自分の声を掻き消した。

——財団の人たちは何？　ちょっとは見てくれたの？

——あー、あの人たちは、もちろん、うん、あのくずに関する部分、絹のくず……？　ギアが入って、シフト・レバーに伝わるエンジンの動きが規則的な振動に変わると、音が静まり、同時にラジオが聞こえてきた。

——くず！　じゃあ、見てなかったってこと、どうして？　どうして全部見てくれなかったの！

——うん、あの、みんな、技術的なトラブルがあったらしくて……と彼はシートの上でもじもじしながら切り出した。二人を取り巻く空間はラジオから流れるクレメンティ*の三重奏で活気を帯びた。

――技術的！　よく言うわ！　技術的、あなたやホワイトバックに雇われたあのスイッチャーの口から技術的なんて！　その騒音止めてよ。騒音、あなたったらいつもそうやって騒音に紛れようとするんだから……危ない！

――でも、財団から人が来てるってちゃんと君に電話したじゃないか、とバーゴイン通りの街路樹の大きな枝が彼女の窓のすぐそばをかすめるのと同時に彼が言った。――みんなに君のことを見てもらいたくないんだったら電話するわけないだろ？

――それより先にあなたに殺されるかも……彼女は窓から身を遠ざけ、――どうかしら、財団の人が来てたことはあなたが言わなくてもどうせ私にばれるから、一応私に電話して安全策を取ったのかもね、技術的！　私がみんなの目に触れないようにするためならあなたは何でもするって知ってるわよ。あなたは私の才能が人の目に留まるのが怖いの、私のクリエイティブな才能が認められて、財団が私に助成金を出したりしたら自分の立場がないって恐れてるのよ。私にはインドがあるけど、あなたには居場所がない！

――あー、私は……

――そもそもあなた……危ない！　そう、先に私が殺されちゃうかもね、あの枝は見えなかったって言うつもり？　みんな気が付いてないと思ってるの？　あなたが私の授業のいちばんつまらないところをみんなに見せてから別のチャンネルに変えたってこと。どれを見たわけ。黒板の前に立ってるだけのグランシー？　機械を使ってる頬傷《スカーフェイス》のお友達？　どのチャンネル？　それとも社会科のミス大金持ち《マネーバッグ》、インチキ臭いフランス風の名前の巨乳女？　どれ？

――え、大金持ち《マネーバッグ》……と言いかけてから、はるか前方に見えてきたカーブに意識を集中したようだった。

――やっぱりそうだと思ったわ、あんな胸してたら、胸しか目に入らないわよね、あのフレンチ・スーツだって下には何も着てないのよ、教員の給料であんな服は着られない。でも心配しないで、どうせあなたには何も期待してないから、私はあなたから何の手助けも求めない、少なくとも美的感覚に関係するものはね、今回のあなたのやり口を見てたらとてもとても。別に今までと違ってたわけじゃないけどね、私がモダン・ダンスを練習してたときだって……

――でもあのレッスンは……

――それにボイス・トレーニングも、歌を……

――でもあのレッスンは……

――それに絵画、私がシェパーマンに絵を習ったときにあなたが手助けしてくれたことといえば……

――でもあのレッスンのお金を払ったのは私じゃないか……

――お金を払った！　六か月も遅れて支払ったのよね、あれで私を手助けしたことになるわけ、お金を払ったですって！

ていうか、自己を表現したいと思っている人間を普通に理解してって言ってるの、それに引き換え、あの人は指の先まで霊感が通ってたわ……

——指ねえ……ディセファリスはカーブを攻めながらつぶやいた。

——え？　そうやってからかってなさいよ、どうぞ。私の言葉をおうむ返しにしてればいい、どうぞどうぞ。自分が子供っぽいことをしてるのが分からないのね、あなた、あなたのやきもち、結局そういうことなのよ。やきもち。あなたは他の誰かが何かをやろうとするんじゃないかって不安なの。あなたの本もそう、本を書くのに自分が苦労してるもんだから、他の誰かがクリエイティブなことをやるんじゃないかって恐れてるのよ。そうでしょ……！

——いや、私の本は……

——そうでしょ。答えなさいよ。そうでしょ？

——いや、私の本は、違う。そうじゃない。クリエイティブな本じゃないってことだよ、もともとそういうものじゃない、ただの測定に関する本なんだ、いろんなものの測定、クリエイティブなんて関係ない、私の本は……

——私の本！　私の本！　いつもあなたはそればっかり、私の本、はっきり言っとくけどね、誰か他の人が本を書いたときに動揺しないためにあなたはそんなことばかり言ってるだけ。動揺しないためだけに！　彼女はひるむことなく、目の前を流れていくアパートの長い列を見詰めていた。張り出した芝生の上には家の中から出された生活用品がぎっしりと並べられて、玄関ポーチという私的空間を守る砦となっており、入り口では、旧世界のひげ文字で書かれたイニシャルを紋章的に飾った黄色いビニールの日よけがパタパタと波打っていた。それらのアパートは、ブルックリンの電話帳におよそ一年前からこっそり名前を載せていた。歩哨の使う携帯用ランプ、原物に忠実な船舶用ランタン、ぞんざいに壁に立てかけられた状態で消滅しつつある不気味なパステル色の車輪、枯れた花の茎をいっぱい詰め込んだまま発狂した手押し車、金属でできたフラミンゴの一家、アヒルの一家、陽気な妖精の一家を通り過ぎ、蓋《ふた》に裸のゼラニウムをあしらいピンク色の塗料を塗られた太鼓腹の鋳鉄製ストーブをかすめるようにして車が舗装道路から離れた。——動揺した顔を人に見せたくないだけなんでしょ。

——あー、うん、家に着いたよ*、と、身じろぎせず彼が言った。

——家！　車が揺れながら静かになった。彼女は座ったまま外を見詰めていた。長いまつげが目尻からはみ出していた。

——もしもあなたが今までに、せめて、私にちゃんとした家庭さえ与えてくれてれば。

彼はためらい、言葉をのみ込み、外に出て、ゆっくりと車の後ろから反対側に回り、気を取り直して彼女のためにドアを開けた。まるで嫌いな人物とのドライブに付き合わされていた彼女を救い出すためにそこで待っていたかのようだった。――あの若い人、と彼はうれしそうに切り出して、――私が連れて行った人？　出演前に君が何かアドバイスするって言ってただろ、君……見た？　彼の授業を……？

――見てないわ。自分の授業の準備があったから。ただカメラの前に立つだけだと思ってるの？　どうして。

――どうして？　何が……

――どうしてって何！　あなたは彼の授業を見たかって訊いたでしょ。見てません。どうして。あなたの口調だと、彼が私に何かアドバイスすればよかったって言いたそうね。

――違うよ、私も見てないんだ、でも聞いた話だと、聞いた話だと技術的なトラブルがあったとか。

彼女は安全な距離を取ってから立ち止まった。――やっぱりね、そうだと思った、みんな才能とか感性とかを目にした途端に技術的トラブルとか言ってわざと妨害を加えるのよ、あの若い人とちょっと話しただけで、目を見れば、手を見ればどんな人か分かるものよ、いつも言ってるでしょ？　彼には芸術的感性が、危ない、そこを踏んだら……

――指の先まで、と彼はつぶやきながら傘を閉じ、彼女の後ろについて敷石道を歩いた。

――指。そう、指の先までよ。またそれ、子供みたい、子供にでも分かる、あなたのやきもちは見え見え、だってあなたはすべてを怖がってる、生命を、生き物を、生きて成長するものは何でも……

――指、と彼はつぶやきながら、大きな文字で自分のイニシャルを刻んだアルミのフレームドアに手を伸ばした。ドアは銃声のような音とともに閉じた。

年老いた犬がテーブルの下から彼を見たが、動くことはなかった。

――ただいま、お父さん、と彼が言い、老人を支えている間仕切りに傘を引っ掛けた。間仕切りに彫られたはっきり男性と分かるいくつかの原始的彫刻の悲しげな視線は遠くを見詰めていたが、手前では耳に聞こえないためにさらに美しいメロディー*を奏でている指が真っすぐに立てられたサクソフォンの上で上下に動いていた。人間であるにしろ神であるにしろ、狂ったように何かを追い求めているその彫刻の前で指が止まり――彼女の心は汚れている。

――誰のこと？とディセファリスは曖昧に尋ねた。彼の手は今、内ポケットの中身でいっぱいになっていた。メジャー、センチ目盛の付いたシャープペンシル、サムインデックス付きノートとセットになった拡大鏡付きペン、というか手に取ってみるとむしろペンの付いた拡大鏡、数字、穴、「折ったり切ったりしないでください」と書かれた緑のカード、オレンジ色のカード、二枚、三枚、四枚の白いカード、長い糸、長い撚《よ》り糸、汚れた手で触っててかてかになった札入れ、目盛付き拡大鏡《リネン・カウンター》、切手の目打ちゲージ、返信用住所に四桁の数字が記された手紙。

——わしなら自分の家に嫁がこんなものを持ち込むのは許さん、とアフリカ特有の、人を恐れ入らせる原始的な性器誇示に目をやって、老人が片方の尻から反対の尻に体重を移しながらつぶやいた。——あそこがこんなにでかいやつはおらん。これじゃあ歩けんからな。え……？　顔を上げて、——そう、この犬、今日はひどく臭う、こいつは……彼は再び魂に訴える無音の曲に戻り、苦闘しながら指を伸ばし、サクソフォンのキーを開放しようとしていた。その間に、ディセファリスは電気を消しながら家を一周した。玄関の広間、廊下、トイレ、玄関の広間、クローゼット、側面の入り口、パチ、パチ、パチ、パチ、ポケットから出したものを、手紙と手紙にくっついた新聞の切り抜き以外、全部ポケットに戻しながら進み、パチ、パチ、と寝室に入った。

——何やってるの？

——誰もいない部屋にあんな明かりは要らないだろ。

——あんな明かりねえ、汚れた鏡に映った自分の姿に向かってまつげを外しながら*彼女が言った。

——このタイプライター、今、使ってる？

——使ってるように見える？

——え、いや、そうじゃないけど、ここに紙があるから……

——ここに紙があるから何！　捨てておいて。財団の助成金をもらうためのただの計画概要よ、捨てて！　あなたが今捨ててるのは何の書類。

——何でもない。記入しかけの調査票。

——何でもない。たしかに何でもないわね。求職票？　あなたの名前はきっと人事課ではサンタクロース並みに有名でしょうね。

——ていうか、この調査票、これには名前の欄がないんだ、これ、これはコンピュータで処理されるのさ。彼はパンチ穴と数字のせいで顔の見えなくなった男が印刷されたチラシを振り回した。——こういう、こういうのはコード化された匿名性って言って、これでより有意義な適性検査が……

——何のために匿名性をコード化しなきゃならないわけ？

——個人のプライバシーを尊重して……

——どうせあなたのことなんか誰も知らないのに。ノラ！　うるさいからやめなさい！　一体何やってるのかしら、あの子たち、あなたが止めてよ。それに何これ、私の化粧クリームの瓶の中。これも紙。

——ああ、それ、探してたんだ。

——へえ、いいしまい場所ね、こんなところから盗む人はいないわ。

——どこに置いてたって盗まれやしないよ。ローンの借り換えのための書類だ。

——借り換え？　何それ、また借りるの？

——仕方ないだろ、私たちの借金が……

——私たち？　前回の車の修理代は？　彼女は鏡の中で彼を

とらえようとしたが、彼はズボン吊りにしがみついていた。

——その前のときも、毎回。あれは私たち二人のせいだっけ？

——いや、そういうつもりじゃ、私が言いたいのは、私が訊きたかったのは、前回のレッカー代金、いくらだったか覚えてる？　いくらだっけ？

——五十セント？　だか……もう！

——そんなに安いはずはないよ、もっと……

——じゃあ四ドル五十か、六ドル五十か、はっきり覚えてるのは五十ってところなの、ノラ、やめなさい！　一体何してるの？　ノラ！　あなたも止めてよ。そんなところに突っ立って五十セントがどうのこうの言ってないで。お金のことならもっと大事な問題があるでしょ。あなたったら家に帰った途端にあちこちの明かりを消して回って、暖房も消して、家の中が真っ暗じゃない、五十セント！　ちょっといいことがあったってすぐに怖くなって手放しちゃう、あのときもそう、税金の払い戻し金三百ドルだってあなたが送り返した。

——パパ！　パパ……！

——いや、正確には三百二十ドル三十六セントさ、私が払い戻しを申請したのは三十七ドル十セント、だからそのまま受け取るわけには……

——早くぅ、一セント硬貨、一セント、早くちょうだい！

——受け取るわけにはいかない、だから……

——早くぅ！

——何だ、ノラ？

——早くぅ。ドニーはロボットなの、ドニーを、ロボットを動かすには一セントを入れないと駄目なの。

——もし私があの為替を換金してたら税務署の記録に傷が付くじゃないか、どんなロボット？

——ジャンプするの。聞こえなかった？　早くぅ、時間切れになる前に次のお金を入れなきゃ。

——待って！　ちょっと待って、どこに入れるって？　次のお金って何、どこに！

——口の中、ママの鏡台で見つけたの、一セント硬貨……待って！　待って……！　何するの……ドニーに何するの？　危ない、けがしちゃう！　けがを……逆さまにしたら……ママ！　ママ！……ほら、ね？　だから言ったのに！

——ああ、駄目だ……そこを踏まないように！　雑巾を取ってきなさい。ドニー！　こっちに来て、触るんじゃない、ママの……

——まあ！　私のサリーが台無し！　離して、手を離してよ。ノラ、ドニーを向こうに連れてってって！　あなたでもいいからドニーをあっちに連れてってよ。この臭いは絶対取れないわ。そんなところに突っ立ってないで、ノラ！　雑巾を持ってきなさい！

——パパ、一ペニー、取り戻したよ。ほら……

——雑巾って言ったでしょ、服でぬぐったら駄目！　私のサンダル、見て！　彼女はサンダルの脇を通り、角を回って、バスルームのドアを震わせた。――お父さん！　中にいるの？　すぐに中からおならの音が返事をし、彼女がまた部屋に戻った。――みんなして！　みんなして私に意地悪するのね、みんなして……！

家の側面にある入り口がバタンと音を立てた。どこかでチャイムの壊れた時計が正時《しょうじ》を告げようとし、ディセファリス先生《ミスター》は腕時計を合わせながら急いで電話のところに行き、ダイヤルを回して、窓の外に目を向け、彼の妻がテマリカンボクだと言っていた木を見た。名前がはっきりしないだけではなく形もはっきりしないその低木は他の植物の陰で見え見えの隠れ方をしていて、彼女は刈り込みが必要なだけだと言っていたのだった。彼はズボンを引っ張る子供を無視した。――ね、ドニー？　パパは怒ってない、お金を返してほしかっただけよ……彼は録音された抗議の声を最後まで聞いた後、敵意に満ちた派手な生長物から視線を下げて、再びダイヤルを回し、再び視線を上げると、ガンジス川で洗濯をするかのようにしゃがみこんで庭のホースの水でサリーをごしごしと洗っている妻が見えた。彼女の無力な目は、狩猟が盛んだった頃の男性の特権を遠い目で見詰めていた。その先には、新品に見えるようにアルミで作られた鉄細工風の装飾と、年代物に見えるように加工された柵とポストが続いていた。獲物の背後まで迫ったバスト*は全力疾走に近いほど加速したが、獲物の方は不注意にも早足程度で一歩一歩しっかり歩いていた。灰色地に黒の柄のくすんだ保護色のその服は擦り切れ、もつれ、髪の毛もぼさぼさだった。やがて、保険会社、足治療医《カイロポディスト》、この絶好の物件をただいま販売中、神は祈りに応え給う、という看板が道沿いに並び、次に、看板に恐れをなして道端のミモザから距離を置くように、刈り込んだ芝生を挟んでまばらに植わっているヤマモモが現れ、さらに、スイカズラと殺し合いの格闘を演じることで以前から成長を阻害されているニセアカシアの深い木立がそれに取って代わり、ついには神の恩寵が示した敷地の芝生に覆われて歩道そのものが消えた。そこは原始バプテスト派教会*の人々の礼拝堂で、その看板はもうすぐ下草にのみ込まれそうだった。

――止まれ！

――え？

――待てって言ったんだ……！

――嘘だ、さっきは……

――あのお金はどこだ、君が、君が盗んだお金は。

――僕が何したって？　あ。ああ、こんにちは。

――どこにやった！

――紙袋の中のやつ？　あれはうちのクラスのお金だよ。

――あれは、ミス、ミセス、あの先生の名前、何だっけ……

――ジューバート、ジューバート先生《ミセス》*。僕のクラス、六年J組。

――で、どこにやった。

――お金？　彼は背中を丸めて、本、黒いジッパーの付いた折り鞄《ポートフォリオ》、新聞、大きさ別に分けた郵便物を片方の腕から反対の腕に持ち替えた。――言ったでしょ、あのお金を持ったまま、リハーサルからすぐに授業に行かなきゃならなかったって。落とした封筒を拾うためにしゃがみながら彼はそう言い、しゃがんだままスニーカーの紐に新たに一つ結び目を加えた。――先生に訊いたらいいよ。

――ほ……本当だな？

――うん、誰に訊いてもいいよ。ねえ、待って、ていうか、怒ってないよね、ねえ？　本と書類を左右の腕から落としそうになりながら、彼は早足でバストの横をついて歩いた。――どこ行くの？

――家。

――へえ。この辺に住んでるの？

――ああ。

――大通り沿い？

――ああ、でも……

――一緒に歩く。

――急いでるんだ。

――いいよ。腕の荷物をバストの太ももにぶつけながら彼も早足になった。――家はあとどのくらい、あそこの大きな角より向こう？

――あそこを曲がってすぐ。

――じゃあ、あの新しいショッピングセンターを建ててるところの向かい側ってこと、だよね？

――何も建てたりしてないよ。

――ていうか、その予定ってこと。

――どの予定。誰が。

――左に曲がったら誰も住んでない古い農家があるけど、そのすぐ隣のでかくて古いお屋敷に住んでるってこと、だよね？　小さな尖った窓の付いた古いお屋敷、裏の木立のそばにでかい納屋のある家？　家の前にすごく背の高い不ぞろいな生垣のある家？

バストの足取りがゆっくりになり、突然小さな空き地が彼らの右手に広がった。そこでは葉を残したままめった切りにされた若木と裂けた木の幹と大枝の中に、車のねじれたフェンダーと壊れた便座と脚が一本しかない椅子が転がり、電話番号を書き添えた「客土求む」の看板を種々雑多な空き缶が取り囲んでいた。――どうして分かった。

――向こうにはあの家しかないもん。それに昔は、あのちょうど向かい側の農家に、花を育ててるやつが住んでた、一面花だらけ、あそこにさっき言った新しいショッピングセンターが建つんでしょ？

――違う。そんな話、誰から聞いた。

――新聞に出てたよ、地目変更のことが……大股で歩きながら腕の荷物を探ろうとして全部が落ちた。――あ……ああ、ありがと。いいよ、手伝ってくれなくても、ただ僕が先生に見せたかったのは……

——畜生！

——え。泥？　乾いたら落ちるよ。ただ僕は……

——こんなにたくさん、誰の？　バストがしゃがんだまま、ジェム不動産学校、アマートーグ国際貿易社、楽々クッションン・シューズ社、国立犯罪学研究所、エース・マッチ社を拾い上げながら言った。——この郵便。

——今日の分。郵便局の帰りなんだ。

——これ君の？　君の郵便？

——うん、僕がやるのは手紙を出すだけ、JRは拾い集めた雑誌のつるつると滑る表面から目を上げずに言った。「成功の秘訣」「売買」「成功」、一面に大きく写った裸の胸が突然現れ、——ほとんどがただなんだ。彼は一瞥《いちべつ》もくれずに胸を拾って立ち上がった。

——その雑誌は?とバストはじろじろ見ながら言った。

——こういうのに付いてるはがきを送るんだ。ていうか、たしかここにそのタウン・ペーパーがあったと思ったんだけど、なかった、再開発計画で地目変更とかっていう話。

バストはゆっくりと立ち上がり、咳払いをしてから——再開発!とつぶやき、キャットフードの空き缶を蹴ってねじれたフエンダーにぶつけた。

——必要なのは客土だけなんだって、だから、ねえ、待ってよ……JRはポケットに手を突っ込み、くしゃくしゃのハンカチと短い鉛筆を取り出した。——きれいな客土を買うのに一ヤード当たり七ドル払うとして、ねえ？　彼は看板を見ながら雑誌の余白に短い鉛筆でカリカリと書き込みながら言った。——鉛筆持ってない？

——ない、ほらこれも。バストは郵便を手渡して背を向けた。

——急いでるから。

——でもちょっと、オーケー、でもまた今度、ねえ……？

JRはめった切りにされた空き地の横に立ち、短い鉛筆の先を嚙んで、書き込みをしようとし、再び嚙んだ。——ねえ、バスト先生?と彼が呼び掛けるとバストは片方の腕を途中まで上げたが、だんだん大股になる足元から視線は上げず、前に開けた大通りに向かった。もじゃもじゃの髪のかかった彼の肩越しにかろうじて声が聞こえた。——ひょっとしたら僕と先生さあ、いつか何か協力し合えるんじゃないかなあ、ねえ……？

誰かを追っているわけでもなく、誰に追われているわけでもないパトカーが前方から彼の脇をかすめるように通り過ぎ、そのサイレンは昼を粉々に引き裂きながら消防署と海軍記念碑のあるぼろぼろの広場の方へ消えていった。彼は角を曲がってハイウェイに入り、わだちをまたいで道を渡り、ごつごつした歩道の出っ張りにつまずきながら歩いた。その一画の錆びたポールには、解読不能な道路標識の残骸が今でも残っていたが、それは二〇年代の奇抜なベネチア風建築ブームの時代の案内だった。その先では、錆びたポールが曲がって地面に倒れ、家の名残もまったくなく、倒れた円柱の名残もなく、サンマルコ大聖堂*と同じ石膏のライオン像も首から上が失われ、茶色くなった伸び過ぎの芝生の中で朽ち果てていたが、そこから彼は敷地に入った。*そこで過去の記憶をとどめる存在といえば、オークの木立へとつながるわだちに沿って生えている、年配の人には「アン女王のレース」という名で知られているノラニンジン以外には何もなく、時代遅れの機械を捨てたり、密通をしたり、たまには自殺をしようとしたりするために目立たない場所を探す車以外にそこに車が入ることもなく、徒歩でそこに入るのは、それがバスト屋敷への裏口だと知っているわずかな人間だけだった。

――あの夏、あそこの森には人があふれてたわね、二五年だったかしら、ジュリア？　それとも二六年？　覚えてる、シャーロットがヨーロッパから戻ったばかりで、男の人はゴンドラの船頭さんみたいな帽子をかぶって、あの人たち、本当にゴンドラを持ってたのよね、入り江のあそこの小さな橋のところに。傾斜のきつい白い橋、どこにもつながってない橋、よく笑ってたわ、彼女、ベネチアから戻ったばかりだった。

――ジェイムズがその人混みの中にいるのを見て彼女はびっくりしてた。ジェイムズは水辺地区《ウォーターフロント》を貧乏な人に売ってたの。わざわざ特別列車を使ってみんなをただで町から連れてきたのよ。

――水辺地区《ウォーターフロント》？

――みんなあそこが水辺地区《ウォーターフロント》になるって聞かされてたのよ、ステラ。ヨーロッパから来た船をつなぐ埠頭《ドック》とか、ベネチアみたいな運河とか、そういう話を信じてたの。

――ジェイムズは別にみんなをだまそうとしてたわけじゃないと思うわよ、ジュリア。どっちかって言うと冗談のつもりだったみたい。

――冗談？　みんな一生かかって貯めたお金を失ったのに？　たいていは奉公人だった、英語もまともにしゃべれない人たちだったわ。

――これがジェイムズ伯父さん？　この、帽子をかぶった人？　ステラは写真立てのガラスに映った自分の姿を見ながら、うわの空で尋ねた。厳粛な肩のラインに合わせて仕立てられた灰色のスーツをまとったシンプルな曲線の背中は、二人に向けられたままだった。

――いいえ、ジェイムズは、ジェイムズはそういう格好はしなかった。ゴンドラの船頭みたいな帽子とかそういう格好はね、あんなことを考えたのも彼じゃないの。彼はただドクターに頼まれて土地を売ってただけ、あのお医者さんの名前は何だったかしら、でもその人が刑務所に入っちゃって……

――違う違う、アン。ステラが言ってるのはあっちの写真、大学の式服式帽を身に着けたジェイムズの写真。初めてあの曲を演奏して、どこかで名誉何とかをもらったときの写真……

——で、伯父さんは今どこに？

——最近届いたはがきがあるわよ、ステラ、マントルピースの上。お城の写真の絵はがき。

——これ？　端が切り取られてる。これじゃあ居所が……

——ジェイムズの字は読みにくくてねえ。返事を書こうと思ったら返信用アドレスを切り取って手紙の表に貼り付けるしかないのよ。ジェイムズの居場所は結局いつも私たちには分からないから……そのまま！　ちょっとそのままじっとしてて、ステラ。見える、ジュリア？　ジェイムズによく似てるわ。

——もうちょっとステラが顎を上げてくれたら。そうね、ちょっと口の辺りがね、でも……それ傷痕？　喉の周り、きっと光の加減でしょうけど、何だか……

——ジュリア！　そんなことを言うのは……

——いいんですよ。ステラは笑顔に変わりかけていたのかもしれない顔を二人から背け、喉元の長く緩やかな曲線をなぞるために背中を向けた。——見えます？　一周してるんです、と彼女は一周しかけて、再び壁の額に入った写真を見た。

——まるで……

——あの、ネックレスをしたらいいんじゃないかしら、ステラ。シャーロットのがあったわ、どこかに。あれは誰にやったかねえ、ジュリア？　あのネックレス……

——ああ、別に隠すつもりはありません……彼女は落ち着いた鈍い口調で言った。——同じアパートに住んでる子供たちが何て言ってると思います？　私が魔女だって、頭がねじみたいになってて胴体に差し込んだり外したりできるんだって。夜になったら私がこの頭を外して、別の頭を取り付けて……

——ステラ！　そんなこと……あなた、あなたはきれいな女の子よ！

——夜の顔を見た人間は石になっちゃうとか、と彼女は話を続け、二人に見える彼女の表情は鏡に映った動きだけで、——何だかんだ言っても、魔女にもきれいな人はいましたから、と彼女が言葉を区切ったとき少し身震いしたが、それは笑っただけだったのかもしれない。

——何……

——何の傷かですか？　手術です。甲状腺の。

——残念よね、ステラ……子供ができなかったのが。自分の生んだ子ってことよ、あなたと……あら、私はいつもあの人の名前が思い出せないわ。

——誰の。

——誰って、あなたの旦那さん、ミスター……

——ノーマン、あ、と先ほどと同じ完全な沈黙の中でステラが言い、——これは？と再び写真を見た。——ジェイムズ伯父さんと並んでピアノに向かってる、小さな男の子。エドワードじゃないみたいですけど？

——それ？　違う。違うわ、エドワードじゃない、違う。

——じゃあ……どういう人？

――その子は……いえ、ただの男の子。ジェイムズがレッスンをしてあげた子供。

――ルーベン？　ステラが急に振り向き、振り向き終わるとそのまま、片方の足の爪先を上に向けてヒールを立てた。――養子にした男の子？

――してないわ。ジェイムズは結局その子を養子にしなかった。ほら。ね？　こうやって噂が広まるの。

――そう、あのミスター……何とかっていうここに来てた弁護士さん。詮索したり噂話したり、ルーベンのことまで持ち出したりして、養子にも血のつながった子供と同じ権利があるとか何とか言ってたけど、どうして……

――この辺、名刺がこの辺のどこかに。コーヘン、あったわ。ね？　名刺の印刷が間違ってコーエンになっちゃったんですって。新しい名刺を作り直してもらえばいいのにねえ。

――お金がもったいないんじゃないの、きっと。名前を変えた方が安上がりなのかもね、父さんもよく言ってたけど……

――あなたの旦那さんはどうしてわざわざあの人をここによこしたの、ステラ、ただでさえややこしいことになってるのに。

――会えなくて残念だわ。ノーマンの秘書から聞いた話だと、彼がここに来た目的は伯母様たちとエドワードに会って問題を整理することだって……

――問題を整理？　手を振り回して、家具を壊して、そこら中に紙を散らかして？　それにあの言葉遣い。

――きっとノーマンはそんなつもりであの人をよこしたんじゃ……

――極めて明快とか言いながら普通の英語もしゃべれないのよ、それともまさか汚い言葉遣い*のことを極めて明快って言うのかしら。気を付けて、その椅子の肘掛け、それもあの人が壊したの。

――多分エドワードが直してくれるわ、ジュリア。

――そう、あの人、エドワードには気を付けろって言うのよ、とんでもないわ。

――でも、きっとコーエンさんが言いたかったのは……

――エドワードのことを子供だって言って……

――狂人とも言った……

――フォード自動車会社を相手に裁判するとか、子供であることを盾ではなく剣として使うとか、どういう意味だか知らないけど、そればっかり言ってた。ダンチガー対鋼鉄不動産を忘れちゃいけませんって言ってた。あんなパフォーマンスを見せられた後じゃ、私でも簡単には忘れない。でも、何のために覚えなきゃならないんだかさっぱり。ダンチガーとか鋼鉄不動産とか、どっちの名前もジェイムズの口からは聞いたことがないわ。

――父さんの口からもね。それにしても、どうしてコーヘンさんは父さんとバイオリンのあんな古い話を聞きたがったのかしら。

――あのインディアンみたいな頭飾りをかぶったシャーロットの写真で馬鹿げた類似点を証明するんですって、うちの家系にインディアンの血が混じってるっていう噂話よ、それに解放とか言うのよ、エドワードが解放されたらとか！　まるでうちの一家が奴隷……やれやれ！

――服のボタンまで付け直してあげたのよ、仕方なしに。あの写真はどこかしら、ジュリア？　楽譜の上にあった写真。彼女が新モントーク劇場*でこけら落とし公演をしたときの……

――きっと他のいろんなものと一緒にジェイムズのスタジオの方にあるわ。

――他のいろんなものと一緒に、そうね。あの人がスタジオに入らなくてよかったわ。ジェイムズがエドワードを控除対象家族にしてるかどうか尋ねたりして、ジェイムズの所得税還付金のことに首を突っ込もうとしてたでしょ、あの人……

――控除対象にするのは当然でしょ。ジェイムズ本人が言うのを私も聞いたわよ、エドワードが全日制の学生の間は……

――あのブライスさんのところの息子さん、若き農園主とか呼ばれてた子は二十九歳でもまだ高校に通ってたわ。

――それはまた全然別の話よ、アン。

――ルーベンは孤児じゃなかったんですか？　ステラが突然二人の話を遮って言った。

――いえ。違うわ。

――父の話だと、たしか……

――ジェイムズが彼を見つけたのが孤児院だったっていうだけのこと。母親が亡くなって、父親は子供の面倒が見られなかったから、ちゃんと世話をしてくれる孤児院に入れられたの。そこでジェイムズが見つけて音楽のレッスンをしてやったってわけ。フリーメイソンは慈善事業みたいなことをしてたから、ね、だからジェイムズはユダヤ人孤児院でレッスンをしてたのよ。あの子には才能があると思ったのね、で、才能は育てないといけないって。

――でも家に引き取ったんでしょう？

――家に連れてきたのは音楽を教えるため、ただそれだけのこと。それも……それも大昔の話、コーヘンさんがあんな話を持ち出したのはジェイムズとあなたのお父さんとにまつわるいつもの噂を蒸し返すため。ジェイムズとトマスが仲が悪かったっていう噂、いろいろ……難しい問題があったから。

灰色の服を着たステラが振り向き、二人から遠ざかると、ガラスにまだら模様の影を落としている秋の太陽が傾きかけて、憂鬱なムードが漂った。――何のことです、彼女が言った。

――まあ、仕事の問題ね。結局は。

――何だかんだ言っても、トマスが事業を始めるときにはジェイムズだって手を貸したのよ。トマスが最初音楽出版ってことを言い出したときには……

――音楽出版っていう言い方はどうかしら。トマスが最初ピアノロール*を作るっていうことを言い出したときには、リード楽器ばかり何年も吹いてきたせいでトマスは頭のねじが緩んだんじゃないかってジェイムズは言ってた。

——でもね、ピアノロールなんてもう大して儲かってないと思うのよ、なのにコーヘンさんは繁盛してるって言うの。今じゃ、ラジオだって他のものだってあるのにねえ。ジェイムズだってそれに無関係じゃないんだし、結局は。

——でも伯父様はまだ株をお持ちでしょ、ステラは写真を見ながら言った。——伯母様たちも。

——それは配当金からは決して分からないわよ。

——別にお金だけの問題じゃないけど。

——じゃあ何の問題です……？　太陽が覆われて、残っていたわずかな光も消え、光のまだら模様がなくなった床に姉妹の視線が落ち、それを追うようにステラが視線を下げた。まるで一瞬前までそこで動いていたものが逃げ去ってしまったかのように。

——まあ、まあ、ジェイムズはトマスが……うまく利用したって、単純にそう思ったと思うわ。彼の、ジェイムズの音楽仲間をね、みんなコンサート・ツアーでよくここに来てたし、ジェイムズが紹介した人を次から次にトマスがアストリア*に連れてってピアノロールを作らせたんだから。

——あれは誰だったかしら、アン？

——さあ、サン＝サーンス*もその一人だった。彼がツアーでここに来たときには……

——ジェイムズはサン＝サーンスのことを馬鹿だと思ってたと思うわ、神智学とかいろいろやってたから。

——私はジェイムズはサン＝サーンスを本当に好きだったんだと思うわよ、ジュリア。ジェイムズが馬鹿みたいだと思ってたのはサン＝サーンスの音楽よ、陳腐だと思ってたの。ええ、音楽の方だったに違いないわ、だってあんなこと言ったのはサン＝サーンス本人がここに来てたときじゃなくて、パデレフスキー*がアメリカでサン＝サーンスを演奏したときだったんだから。

——スタインウェイの招きで*パデレフスキーがアメリカに来たのはもっと何年も前よ、あの公演にはハーバート・フーバーが一枚嚙んでたわ、大学の学費を稼ぐためだったのよね、それに神智学とか言ってたのはサン＝サーンスじゃなかったと思うわ、アン。ジェイムズは腫瘍で亡くなる前のスクリャービンとマダム・ブラバツキー*のことを悪く言ってたから、あなたが言ってるのはそのことじゃないかしら。スクリャービンは歌は書かなかったけど。

——あの話は本当ですか？とステラが同じ場所から言った。

——私の父とジェイムズ伯父さんが、二人とも着いたばかりの海外のどこかの街角で偶然に出会って、一言も言わずにスーツケースを下に置いて喧嘩《けんか》を始めたっていう話は？

——あの子たちは本当に喧嘩をしたわけじゃないの。どっちかって言うと哲学論争ね、トマスは名演奏家の魔法のタッチはピアノロールで再現できるって言うんだけど、ジェイムズは……

――他のことはさておき、才能が浪費されるとか、失われるとか、抑圧されるとか考えただけでジェイムズは頭に血が上る。すぐにかっとなる。

――だからユダヤ人孤児院からその子を家に引き取ったんですね？

――ええ、とても内気な、おとなしい子だった。全然ユダヤ人には見えなかったわ、私たちの目には。

――ユダヤ人らしいユダヤ人でもなかったし、全然。

――当時はユダヤ人ってみんな鉤鼻だと思ってたけど、あの子はほとんどブロンドだったし、ねえ、ジュリア。目も青いし。

――でも私たちの名字になったんでしょ？

――ああ、名字を借りたの、ステラ、名字を借りて、使って、返さなかっただけのこと。ジェイムズのことをすごく尊敬してた。

――ええ、ジェイムズはあの子を愛していたし……

――いいえ、あの子じゃないわ、ジェイムズが愛したのは。ジェイムズが愛していたのは才能よ、彼があの子を孤児院から連れ帰ったのは音楽に専念させるため、一分一秒も無駄にしないように、音楽の勉強、練習、実践、ジェイムズは自分にも厳しかったけどあの子にも厳しかった。だからあの子を家に引き取って、ここで一緒に暮らすことにしたの、エドワードがこの家に来たときに。

――へえ？　ステラは両手を腰に当てて振り向いた。――彼はいつ帰ってくるんですか？

――そのはがきを見て。感謝祭*の頃かしら、読んでもよく分からなかったけど。

――エドワードのことです、今先生をしてるっておっしゃいませんでしたか？　どこかこの近所の……？

――ええ、ジェイムズが以前のコネを使って何か仕事を世話してやろうとしてたわ、どこかで駐在作曲家の仕事があるとかって、でも、その話がどうなったのかは知らないわね。以前世話になった人でも大体、恩返しの段階になると急に物忘れが激しくなるものだから。

――あの子はあなたに夢中だったのよ、ステラ。ずいぶん前のことだけど、若い男の子によくあるぞっこんってやつね。

――そうね、ステラは彼から見たらずいぶん大人に見えたに違いないわ。あのくらいの年齢だと六歳や八歳の年の差は……

――彼に会わずにこのまま帰りたくはないんですけど、そろそろおいとましなければなりません、タクシーを呼ぶのに電話をお借りしてもいいですか？

――どうぞ、書き物机の上よ。番号はどこかに書いてある。

そして、さりげなく、ちらりとも振り返らずに、――何だったんですか、とステラが訊いた。――コーエンさんがエドワードに用事って？

——いい質問ね！

——エドワードに署名を……

——エドワードに何かの書類に署名させたかったみたいなんだけど、とにかくまずはジェイムズの意見を聞いてみなきゃ。

——それとエドワードの出生……

——ちょっとごめんなさい、ステラはダイヤルを回していた。

——あの人、馬鹿げたことを考えていたみたいよ、ジェイムズがエドワードの父親だってことを疑ってみたり、何だか知らないけど他にもいろいろ！

——ジェイムズは昔からエドワードに対してはすてきな父親だった。

——まあね、たしかにその努力はしてたわね、アン、でも仕事してるときのジェイムズは少し気難しかったかもしれない。仕事に没頭してるときは明らかにむっつりしてたり、いらいらしてたりってことがあったわ。

——『ピロクテーテース』ね、ええ。あの曲を作ってるときは何日も続けて一言も口を聞かないことが……え、何、ステラ？

——彼女は電話してるのよ、アン。それから、アン……かさかさした声ががらんとした床に響いた。ステラのいる部屋の、隅まで何も置かれていないその床の上に、再び太陽がこぼれ、かすかに床を生き返らせた。——私なら今はあまり細かいことには触れないわ、ジェイムズの意見を聞くまでは。

——でも、ジュリア……

——タクシー呼べた、ステラ？ 名前がその辺に書いてあるわ。ユダヤ人みたいな名前、思い出せないけど。

——イタリア人みたいな名前よ、ジュリア。タクシーのドアに印刷してあるわ。

——次の列車、ええ……電話で話すステラの声が聞こえた。

——エンジェル夫人《ミセス》です……

——ねえ、名前って本当に安いものよね。

——ステラ……？ タクシー呼べた？ もう帰らなくちゃならないなんて残念ね。来てからまだちっとも座ってないのに。

ステラは靴の先で日光の縁をなぞりながら立っていた。——コーエンさんはエドワードの出生証明書が要るって言ってたんですか？と、ようやく彼女が言った。

——彼、彼はそんなことを言ってたわ、ええ。

——でも、何か問題があれば、エドワード自身もきっと気になるでしょうね……

——気になる？

——自分がどれだけ……相続したか。

——まあ、あの子は、あの子がジェイムズからどれだけ相続するかは神様のみがご存知。ジェイムズだってきっと分かってない。仕事をしたってお金は出ていくばかりで全然入ってこないんだから、楽譜を準備してコピーして、楽器ごとのパートを……

——ジェイムズは小ぢんまりした三重奏曲を書くタイプじゃないし。金管楽器をたくさん使うのが好きなのよね。

――歌手と。

――そう、歌手も。『ピロクテーテース』を上演するには一体いくらかかるのかしら。曲を演奏してくれる音楽家を雇ったり、レコーディングをしたり、あれこれしたりすれば、印税なんてバケツの中の一滴、いろいろ賞をもらったって賞金の二倍は費用がかかる。いざそのときになったらエドワードにはどうせ大した遺産は残らないわ。

――お金のことを言ったんじゃないんです、とステラが静かに言い、足取りと同じようにさりげない声で、――ネリーには才能がありました？

――ネリー？

――才能は？

――さあ……そんなことは今まで考えたことがなかったわ。

――ここにある写真でジェイムズ伯父さんと一緒に写ってる中には、とステラがつぶやくと、近かったせいで写真のガラスが曇り、――どれを見ても……

――それはクライスラー*と一緒に撮った写真でしょ？

――でも、ジークフリート・ワーグナーって書いてありますよ、撮影した年は一九二……

――ああ。それはジークフリート・ワーグナーよ、ええ。彼はバイロイト*の辺りをうろうろして、ワーグナーの息子だってことで一緒に写真に写って観光客から二十五セントを取ってたのよ。

――でも、女の人と一緒に撮った写真もいっぱいありますけど、どれを見てもこの中には……

――それはテレサ*、名字は何だったかしら、ジュリア。彼女は戦争中にアメリカでツアーをやったのよ。彼女の結婚相手*はあの、また名前が思い出せないわ。戦争中にね、その男はイギリス人だったんだけど、自分はドイツ人だって言って大騒ぎをしてね、名前は何だったかしら、フランス風の名前なんだけど、何だった。その人は六回も結婚したの。テレサはピアノのワルキューレと呼ばれてた、アルゼンチンだかどこだかの出身よ。

――ネリーの写真はないんですか？とステラが急に写真立てに入った顔たちに背を向けて言った。――彼女はジェイムズ伯父さんのレッスンを受けなかったの？　伯父さんが病気になって、看病のために戻ってきた後に。

――あなたは勘違いしてるんだわ、ステラ。病気になったのは彼女の方で、それで、ジェイムズが……

――そんな話を蒸し返さなくてもいいじゃない。さっきのコーヘンさんもまた噂話を……

――でも、それで思い出したけど、ジュリア、エドワードの出生証明書ってあったかしら？

――いちばん上の引き出しに入ってるんじゃない。そこのマーサ・ワシントン・ソーイング・テーブル*。

――ここ？と引き出しを引っ張りながらステラが言った。

――でも鍵が掛かってます。

——そうよ。鍵はいちばん下の引き出しの中。そう、そこ……それ見せて、ステラ。それはネリーとグロリア・トランペッターズ*の写真、チャールズ・リンドバーグのお帰りなさいパレードの先頭を歩いたのよ、五番街を北から南に。

——南から北だったと思うわ、アン。それにこれじゃあネリーの顔が分からない。しかもまだ子供だし。

——じゃあ、どうしてこんな切り抜きを取っておくの？

——ネリーは……トランペットを？

——知ってたでしょ、ステラ。ジェイムズがレッスンしたって。

——ええ、でもトランペットとは。ていうか、ただ音楽を教わったんだと。

——そうよ、それともコルネットだったかしら、ジュリア。

——それに、ジェイムズ伯父さんは才能のない人間には無駄に時間をかけたりしない人でしょ。

——まあね、でも何だかんだ言ってもねえ、ステラ。

——ネリーは体が弱くてね、ステラ、結局は。肺病だったの。知ってたでしょ？　ジェイムズは最初から、別に彼女を世界一のコルネット奏者にしようとしてたわけじゃないの。彼女は肺を鍛えなきゃいけないってお医者さんに言われてレッスンに来るようになった。でも来るのが遅すぎたわ。

近づいて鍵を差そうとソーイング・テーブルの上にしゃがみ、あきれたように挙げられたステラの手が、そのまま額の乱れた髪を直した。——へえ？

——へえって……知ってたでしょ？　ステラ？

——知ってたって？

——つまりネリーが……それで亡くなったって。

じっとしたまま、すべてを見ながら何の感情も示さない目で、ステラが言った。——そうだったんですか？

——でも、でも……

——ええ、そう、そうよ、ステラ……

彼女たちの視線は壊れた三角形の三辺を成していたが、面がずれて三角形が崩れた。——ステラもトマスから聞いてたはずだわ、アン。きっと今はたまたま度忘れしてただけよ。

再び三角形の二辺が上がり、第三の辺に問いかけ、確認を求めた。しかしステラの目は下を向いたままで、声の調子も遠いままだった。——ここに入ってるのは株式証券と、保険証書とかばかり……

——そう、ジェイムズもいつも言ってるわ。女は債券……

——男は株式。それ、ジェイムズじゃなくて父さんの口癖よ。

——しっ。どこかで金槌の音がしてるみたい。

——そこを調べるのはやめたら、ステラ。多分ジェイムズのスタジオの方にあるのよ、私は探すのはごめんだけど。あそこで何かを探そうと思ったら、そこら中を掘り返さなくちゃならないから、写真や切り抜きや証書や税金の申告書や歌詞カード《ソング・シート》や楽譜やピアノロールや……

——ジュリア……ほら。聞こえない？　金槌の音？

――エドワードかしら？

――え、エドワード？

――エドワードね……でも手に持ってるのは何かしら？

――缶みたい。

――ビールの缶！

――リビングルームにいるんですか？　どうしたんです！

――あなた、ね、ステラ、エドワードは動転してるだけだとさっきは言ったけど、でも……

――エドワードったら何て格好……

しかし彼の従順な問いかけに反応したのは忍耐強い壁紙のデザインだけで、彼はいつもの習慣で、何年か前から鏡はなくなっているが色はあせないままの壁の四角形を見詰めた。――空《から》ですよ……と缶を振り回し、――たまたま……

――ジェイムズが夜遅くにポーランド公使館から帰ってきたときのことを思い出すわ、ジェイムズは手に、エドワードの手はどうしたのかしら？

――それにコートの縁、後ろ側が全部ほつれて。

――何でもありません、ただのビールの空き缶、裏から……

――いいから振り回さないで。ここまで臭うわ。

――裏から入ってスタジオの横を通ってくるときにたまたま外の芝生の上で拾ったんです、ごみ箱に捨てようかなと思って
……

――うちのごみに混じってるのが人に見られたら困るわ、悪いけど。どこか別のところに捨ててもらわないと。外の音はステラのタクシーかしら？

――いえ、まだタクシーが来るまでには少し時間があります、エドワードがスタジオに案内してくれないかしら？　たしか私はまだ中を見たことがないし、ひょっとしたら書類も見つかるかも……？

――ええ、何かエドワードに言わなくちゃならないことがあったんじゃない？

――今朝エドワードに電話があったわね。

――ダンスレッスンの勧誘電話。感じの悪い女の人だったわ、アン。

――ああいう人たちはどれだけこっちの電話代がかかってるかはお構いなし。電話なんか取り外してもらおうかしら……

――そうね、たしかに役に立つっていう段階は過ぎちゃったわね、そもそもどうして電話をつけたんだったかしら……

――たしか私たちが電話会社の株を買ったときに仕事を増やしてあげようと思って電話を付けたのよ、ジュリア。

――違う、たしか逆よ、アン。うちに電話が設置してあるからって電話会社の株を買ったのよ。電話を外すって言ったら株も取り上げられちゃうかもしれない。

――エドワードに頼んで街*の証券取引所に持っていって売ってもらえばいいわ、喜んで買う人がきっといる。そこの引き出しは調べた、ステラ？

――そこってどこ、二人とも外へ行っちゃった。ビールの缶を振り回しながら、エドワードったら、もしも自分の格好を見たら……

――私が繕った縁がまたほつれてた。ちゃんとした紺のスーツを買ったらいいのに。

――ステラは本当に訊きたがり屋ね。あなた覚えてる、あの子がいろんな噂をまき散らしたのよ、トマスとジェイムズのこととか、ジェイムズとネリーのこととか、あの夏に噂を広めたの、あの子はまだ小さな子供だったけれど。私たちが噂を知ったのは、あの、ミセス、ミセス、太った人、一本だけ指の先がない女の人、あの人が町中に言い触らしたから。

――それに、あなた気付いた？　あの子、ガードルしてなかったわよ、きっと。

――そうね、目も変。顔と合ってない。

――あら、金槌よ、金槌の音……

とろとろ煮えるヒレ肉が放つこくのある匂いの攻撃に必死に耐え、彼は追ってくる匂いを振り切ってドア*を閉じ、伸びた芝の上を歩くステラの後を追った。彼女はそこがまるで屋内の空間であるかのように、廊下を進む看護師のようなしっかりした足取りで歩いた。病身の木々、園芸の世界のラオコーン*のようなスイカズラとブドウとバラを通り過ぎ、垣根にするためスタジオの屋根板に沿って枝を無理に平面的に伸ばさせられている日本産のカイドウズミ《クラブアップル》の試練に思わず立ち止まり――こっち……？と尋ねてからまた歩きだし、彼の視線は上下に動く彼女の尻に戻り、大きくなりすぎたセイヨウイチイの木を回り込み、下へ伸びるオークの脅威から前線でその場所を守っている煉瓦のテラスにたどり着いた。彼は不器用にビールの缶を持ち替えながら、ポケットの中を探った。――鍵を出さなくても開いてるわよ……

――開いてる？　ドアが……？

――ほら……ちょうつがいで留まった重いドアを太ももで押し開け、巧妙に割られたガラスを肘の先で指し示し、中に入ると同時に足元のガラス片を踏み砕き、尋ねた。――明かりはある？　そして言われた通りに明かりを見つけると、頭上の梁の重い影が二人の上に落ちた。彼女が重苦しい外の世界を屋内に持ち込み、立ち止まると、彼が追突しそうになり、彼女にぶつかった彼の空いた手がそのまま一方の膨らみから他方の膨らみへと割れ目をまたぎ、腰をなでながら肘まで上がり、頼りなく震えながら肘をつかんだ彼の手が彼女をがらんとした部屋の空間まで導いた。――換気しないと。

――そう、湿気だよ、そう、床が石だから、と彼は転びそうになりながら近づいてきたが、それはまるで彼女の前に回りこもうとしているようだった。壁の所々にくぼみ《ニッチ》を作っている梁と角材とのでたらめなつながりをビールの缶で指し示しながら――ここはもともと小屋だったんだ、ロングアイランドで初めての洗濯小屋だったらしいよ、昔からここは、それにしても泥棒って、一体誰がこんなところに……

――でも、何かなくなってない？

――そんなことより……

――壊されてるとか……？　彼女はピアノの前で立ち止まり、真っすぐに向いて鍵盤を開け、Ｃを叩き、――これは持って逃げなかったのね……

――笑い事じゃない、笑い事じゃ、あれ！　君の後ろ、僕のレコードプレーヤー、まだある？　彼は慌てて彼女の方へ向かったが、彼女は落ち着いて手を下ろし、プレーヤーのスイッチを入れた。回転するレコードの上にアームが下り、彼女が振り向くと、不気味なほどしっかりと溝をたどり、凶兆を知らせる弦楽器が短調で鳴り始めた。――そんな問題じゃない！　なくなったものが何もなくても、壊れたものが何もなくても、誰かがここに入ったって考えただけで、僕が会ったことのない、僕が知りもしない人間がここに入ったっていうだけで、大事な場所に、何も起こらない場所に、僕が仕事する以外には何事も起こらない場所に、そういう気持ちが分からないのかい！　上の軒を切り裂くように盛り上がる弦の脅威に負けないように彼は声を張った。――音楽なんてただ、作曲なんてただ音符を書きとめるだけだと思ってるの？　彼はビール缶をスタジオの窓に向かって振り回し、――単にああいうものの、外にある自然の一部でしかないと思ってるのかい……？　弦は対話を求める悲しげなオーボエによって静められ、彼女の指の下で鳴る、刺すようなＣによって切断された。

――これはＦのシャープ？　彼女は五線に沿って指を走らせ、前かがみになり、Ｆのシャープを叩くと、彼が振り返り、彼女の左手が上がって二オクターブにまたがりＣをトレモロした。

――ねえ待って、ちょっと、何を……

――目には魂のすべてが深く兆し、*これが今取り掛かってる作品？

――それは、違うんだ、何でもない！　譜面台から楽譜を引ったくり――これはただの、何でもないんだ……彼女をその場に立たせたまま、弦楽器が彼女の肩の斜面と同じ曲線を描きながら下降し、そこにとどまった。彼女は肩をすくめた格好のままで鍵盤に身を乗り出した。

――先生をしてるって聞いたけど、エドワード、それって……

――ああ、やってないよ！　彼は後ろの椅子の上に楽譜を落とし、椅子の肘掛けに腰を下ろし、ビール缶を握り締め――たしかに先生をやってたけどもう今はやってない、僕は、ちょっとしたことがあって、馬鹿みたいなことがあったんだ、ここと同じ、ここに泥棒が入ったのと同じように馬鹿げたことが……彼は突然足を引き、ぶらぶらと歩く彼女の足首の接近に目を上げた。彼女は振り向いて前を通り過ぎ、暖炉の先の丸窓の付いたドアに向かった。

――中は何……彼女はスイッチを見つけ、パチンと言わせ、中を覗いた。

――何も、ただの、ただの書類、プログラムとか昔の楽譜とか、別に……

――ジェイムズ伯父さんの？　ここが仕事場だった？

――ああ、彼が、もちろん、彼が、うん、僕は、だってここが唯一の場所なんだ、アイデアを置いておける唯一の場所、未完成のアイデアを中に置いたまま、ドアを閉めて外出する、とんでもない、狂気じみた秘密、空想、それがずっとここにしまわれる、微妙なバランスの中でね、破壊と創造との微妙なバランスの中で、そしていつか……

――そう言ったの？　ジェイムズ伯父さんが？

――え？

――伯父さんの言葉なら、とってもロマンチック……彼女がパチンという音で奥の部屋を暗闇に戻し、あてどなく気楽に動きながら彼の前を通り過ぎると、彼がまた目を上げた。――彼の音楽もいつもとっても……

――そりゃ、うん、うん、彼がそんなことを言ってもおかしくないよ、彼、彼が次の日か、一週間後か、一か月後に戻ってきてここのドアを開けると、出掛ける前に置いていったのとまったく同じ状態の未完成のビジョンが目の前にある、出掛ける前の状態のまま、誰にも邪魔されずに同じ恐ろしいバランスを保ちながら待ってるんだ、帰ってくると、帰ってくるとバランスが少し傾く、僕は灰色の日によくここに来て、暖炉に火を入れて外の世界をシャットアウトした、あの夏を再現《ワーク》するために、僕は、あの夏から僕はずっと君とは会えないまま……

――でも、ここには長い時間いられないでしょ……彼女は火のない黒い暖炉から振り返り――仕事《ワーク》をするなら？　何をするにしても長い時間はいられないでしょ……

――え？

――暖房はないの？

――暖房って、ここの？　さあ、僕には分からない、僕には……

――それにもしも……

――分からないって言っただろ！　彼は立ち上がり、階段の方に向かった彼女の後に続いた。対位法が弦楽器を消滅へと編み上げていた。――ステラ……

――どうしたの。

――君が、君が本当にこの場所に立っているなんて……

――じゃなくて、あなたの音楽……彼女が頭を回すと彼の息が頬にかかり――どうなっちゃったの、音楽……

――いや、僕は探してたんだよ、あの、ベートーベンが『エグモント』*を借用したみたいに、『エグモント』の伴奏音楽みたいに、僕も何かを、それでテニスンのあの長い詩を見つけた、テニスンの『ロックスリー・ホール』、学校時代に習ったのを覚えてた、あれをヒントに何かの作品を作ろうと思ってるんだ、オペラ風組曲みたいなものを、さっき君が見てた部分、あの一節、僕を信じてくれ、従姉《いとこ》よ、僕という存在のすべての流れが君に、ってそんな話を聞いてどうするつもり……

――じゃなくて、そこのレコードのこと、何かあったんじゃないかと思って。

――え、どれ、あれ？

――どうしたの？　止まっちゃったけど。　あのレコード？

――ああ、何でもない、ただの練習用のレコード、あれはニ短調のピアノ協奏曲だけどピアノのパートが録音されてないんだ、ここは本当ならピアノのソロが入るところ、勘違いしてたよ、僕の、僕が取り掛かってる作品の話かと……

――そのことは話したくないのかと思ってた。

――別にいいじゃないか、話したって。何で、どうして話したらおかしい……

――さあ、よく分からないわ、エドワード。上には何があるの？

――え？

――階段の上、二階……

――二階、え！　何か聞こえた？

――違う、違う、二階に何があるのか聞きたかっただけ……

彼女は影になった場所を顎で指し示した。敵対するソロを待ち伏せしようと再び弦楽器が姿を隠した。――あそこのバルコニーの上……

――何もない、ここと同じ、書類ばかり、古い手紙、楽譜、ピアノロール、待って……彼は彼女の後を追った。のんびりと獲物をあさる彼女の太ももが微妙にこびるように上に向かって上がり、止まり、また上がった。彼女が踊り場で半分振り向いたまま立ち止まると、彼は突然バランスを失って手すりをつかみ、頭がぶつかった彼女の腰に手をやり、ビールの缶を持った彼の手を彼女の手が握って彼を支え、その場に引き留めた。階段の上に何かの死体のように伸びているもつれたゴム*に彼女が気付かなかったかどうか、その位置にいる彼には分からなかった。――待って！　待って、もしも、もしも誰かが上にいるなら……彼はしゃがんでそれを拾い上げ、ビール缶の口に押し込み、彼女のそばに寄って、――もしも連中がやったばかりなら……

――何をやったって、エドワード、誰が……

――いやいや、ここに侵入したってことだよ、もしも連中がさっきここに侵入したばかりで、まだ上に隠れてるのなら……

――馬鹿なこと言わないで、誰もいないわ……彼女は階段の上で立ち止まり、靴紐でまとめた手紙の束を足で蹴って脇にやり、バルコニーへのドアを押し開け――絶望的ね、これじゃあ……

――え、何が、何……

――この書類の山、今回の遺産のことで必要な書類を何か探そうと思っても、この状態じゃ……彼女は引き裂かれて半分床に落ちた色のあせたベッドカバーに一瞥もくれずに通り過ぎ、天窓を見上げて——あなたもここで寝ることがあるの？
——も……？と彼女の後ろで缶が震え——時々はね、うん、僕は、ずっと前からどんな感じか想像しようとしてきた、でも今、実際に、まだ君が本当にここにいるなんて信じられない、ずっと前から、ここで仕事しながら君のことを考えて、考えないようにしようと思っても考えて、考えちゃうんだ、ステラ、あそこのピアノの上、暗い中で君が見つけた楽譜、あの詩の言葉通りのことも想像したよ、彼女が振り返ったとき、突然の嵐のような溜め息に胸を震わせながら……

＊

——エドワード……すぐ近くで彼女が振り向いたので彼が視線を下げると、溜め息とともに沈む彼女の胸に自分の手首が当たっているのが見えた。——私は……

——ハシバミ色の目の闇には魂のすべてが深く兆し、だから僕は、それがずっと忘れられなかった、君が笑うときの目が、昔から君の笑顔が忘れられなかった、でも君が、君が笑うときの目は悲しそうで、だから僕は、それを作品にしようと思って、だからそれを……

——聞かせてよ、完成したら。彼女は彼の脇をすり抜けて入り口へ向かった。再び弦楽器が盛り上がり、その先にある軒に、中身のない派手な罠《わな》を仕掛けていた。——チャーミングな詩ね……

——チャーミング、それだけ？ 古風、古風って言いたいの？ それが……

——ああ、まあ少しね、でも……

——いいよ、別に、どっちにしても君には分かりっこないって言っただろ、どうせ君には……

——でもまだ曲は聴いてないのよ、どうして……

——別にいいって言っただろ！ 彼女が階段に達すると、彼は風船のように膨らんだ結び目をビールの缶に押し込みながら慌てて彼女を追った。——だから君は笑ったんだ、だから僕のことを笑ってる、笑うことさえしないんだ、君は……

——エドワード、お願いだから、どうしてそんなに……

——どうしてそんなに何、どうせ君には分かりっこないって言っただろ、だから僕は、問題はそこ、それが問題なんだ、ちょっとでも僕の話を聞いてくれれば……

——今は時間がないわ、エドワード、私の……

——どうしてだよ、聞きたくないからか、結局そういうことだろ、君があの男と結婚したときだって……

——でも……背後にいた彼の声が階段を下りたところで途切れたので、彼女は間を置いて、——エドワード、あなたは彼に会ったことがないじゃないの、なのにどうしてそんなふうに……

——何、そんなふうに何、あの夏、僕たちは……

——ねえ、エドワード、本当にどうしてそんなふうに……

——仕方ないじゃないか！と、二人の上の軒から勢いよく弦楽器が響くと同時に彼が言った。——だから君は、だから笑ってるんだ、さっき笑ってた、笑顔とも呼べない笑い方、あれは、最後の夏、みんなで山に泳ぎに行っただろ、深いふちのある川、あそこで僕ら、君は上流のふちに行った、一人で髪を洗いに、髪を洗うだけだと僕は思ったんだ、タオルか何かを持っていってあげようと思って後を追ったら君が水着を脱ごうとしてて、僕は、今でも、あの晩、あの晩僕は眠れなかった、今でも僕の目には……

——え、それだけ？　二人の上では、かなり前から勝利が決まっていたソロの前で弦楽器が撤退し、彼女の周りの空間を空虚な音で満たしていた。——それにエドワード、結局のところ、あれからあなたも大人になったんだし……

——ほら！　君は、ほら、そんなのは笑顔じゃない、違う、君は人にできもしないことをさせるんだ、君は最初から無理なことを知ってる、なのにやらせるんだ、君はそれを見てるだけ、そして、そして手遅れになってから、そういう悲しそうな笑顔を見せる、君の目の中に今でも書いてあるよ、最初から私は分かってましたって、だから、待って、待ってくれ、どこに……

——タクシーが来たわ、エドワード、私……

——何が来たって？　何……

——タクシーよ、次の列車に間に合うようにタクシーを呼んだの、今、外に……

——タクシー、タクシーを呼んだなんて言わなかったじゃないか、待って……

——駄目よ、本当に……

——いや、待って、待って、君と一緒に乗っていく……彼はビール缶を握ったまま彼女と一緒に玄関をめざして彼女の前を歩いたので、はたから見ている人には彼女の方が彼を追いかけているように見えたかもしれない。深い芝生を踏みながら、わずかに残された緑の中の黄色を鮮やかに生き返らせる光沢で昼間を締めくくろうとする光の中を進み、十字架にかけられたカイドウズミ《クラブアップル》、スイカズラとブドウとバラの苦悩を通り過ぎ、車寄せに向かい、彼女のために彼がタクシーのドアを開け、手に持った缶を見詰め、それを座席の隅に押し込み、彼女に続いて乗り込もうとした。

——ちょっとエドワード……

——あれ、待って……！　二人の背後では、敗走した敵を得意になって追いたてるかのように、オーケストラが一気にスタジオから噴き出した。——待って、戻って消してくるから、ちょっとだけ待ってて……

——ねえ、運転手さん……

——奥さん、これ以上もたもたしてたら次の列車まで二時間待ちになっちゃいますよ。

——分かったわ……ドアが閉まると同時にタクシーの車体が揺れ、——じゃあ急いで。急いで……彼女が退役軍人病棟のような木立を通り過ぎるとき、ばらばらに立つ入院患者たちは「休め」の姿勢でよろめいた。雑音の多いラジオが車内に流れるタクシーは、傾きながら生垣から飛び出し、勢いよく角を曲がって、傷を負ったヌマミズキ*を過ぎ、見通しのいい幹線道路を駅まで疾走し、駅に着くと運転手が後ろを向いて、座席の隅に押し込まれた缶を指差した。

——そんなもの置きっ放しにしないでくださいよ、奥さん……

見える範囲にあるごみ箱はぺしゃんこにつぶれた金属製のものばかりで、聞こえるのは路肩に停められた無人のパトカーの無線から聞こえる急を告げる声だけだった。彼女は誰にも見られることなく、誰にも後を追われることなく、高架のプラットホームまで続くコンクリートの階段と同じように重々しい足取りで階段を上り、あと一歩で上がりきるというところで突然立ち止まった。男は彼女の姿をしっかりと見てから向こうを向いたが、彼女の声で再び振り返った。彼はぐしゃぐしゃの書類と本を『競馬ガイド』でくるんで脇に抱え、彼女に一歩一歩近づくにつれてその肩は重そうに下がった。——やあ、ステラ……彼は手の届かない距離で立ち止まった。

——ジャック？　彼女は間を置いてから、最後の一段を上った。——元気？

——ステラ・バスト……彼の腕が元気だというしぐさをしてから下に下がり——俺は、見ての通り……

——うん、今は、今はステラ・エンジェルなの、今、私……

——そりゃ当然の成り行きだな、ステラ、正真正銘のでくのぼうが王国の半分を手に入れたわけ？

——え、何よ……

——年取った王様が株価収益率*の件で困り切って、きれいな娘と王国の半分と引き換えに誰か問題を解決してくれるやつはいないかって呼び掛けた、そこには未熟な王子様がいたけどどうにもならなかった、次に、正真正銘のでくのぼうがどこからともなく出てきて、生産ラインを軌道に乗せて、年取った王様からおいしい汁を……

——ジャック、お願い、亡くなったの、亡くなったばかりなの、だから……

——だから今すぐ次の列車で町を出るわけ。

——どうしてそんなこと言うの。

——君が殺《や》ったのかと思ってね、ステラ、あいつの息の根を止めて……

——亡くなったのは父さんよ、ジャック、父さんは、あなた今でもお酒を……

——君は？　パーティーに来たのか、ここへ？　彼は彼女の手の中のもの*を見て、そこから垂れ下がっている中身を見詰め——それとも君が今年のミス・ラインゴールド？

逆方向に走る列車でプラットホームが震え、その振動の残る彼女の体が向こうを向き、列車の明かりが遠ざかっていくのを目で追っていた。まるで動いていること以外には何の意味もない明かりを見失うまいと必死になっているかのようだったが、その明かりも遠ざかるにつれて徐々に動きを失い、言葉のない紙面の空虚な句読点となって視線を飲み込んだ。彼女は空《から》のごみ箱に手を伸ばし、中に缶を落とすと、缶がガラガラと音を立てた。——あなたがそういう人だってことを忘れてたわ。

——自分でも努力はしたんだ、でももうそれもあきらめた。あのときは君にいろいろとひどいことを言ったね、ステラ。

——ええ、でも、ほとんど忘れた、だからあなたも気にする必要は……

——いや、本心じゃなかったって言うつもりはない、あれが本心だったんだ。

——ジャック、あなた……

——え？ 彼は再び彼女を追った。

——いえ、何でもない……彼女はそこに立ったまま、嫌でも目に入るネオンの文字を見詰めた。——結局こんな場所に落ち着いちゃったわけ？

——落ち着いたわけじゃない。

——結婚したって聞いたけど。

——へえ、そう。

——私思うんだけど、ジャック、もったいない《ウェイスト》じゃない、私は昔から知ってるわ、あなたがとっても、すごく、ひどく何かに関心を持ってるって、でも私にはあなたが何に関心を持ってるのかさっぱり……

——そんなことを言うとは女らしいな、そんなことを言うなんて。

——そんなつもりじゃ、ううん、気にしないで、私、私はあっちの方で列車を待つわ、あなたはここに座ってたいでしょ、喫煙所に、会えてよかった……

——すまなかったね、忙しいのに、ステラ、今度会ったときには……

——お願い、やめて！

——何だよ、人の顔を見た途端に君は……

——ねえ、こんなところで何をしてるの！ こんな町で何してるの、久しぶりに会ったのに、すごく久しぶりに、なのにあなたは古い本と書類を抱えて駅のプラットホームをうろついてるなんて、髪もぼさぼさ、それに、ズボンのお尻には穴が開いてる、それじゃあまるで……

——正直に言うとな*、ステラ、ちょっと恥ずかしいんだ、俺、な、俺はレパートリー劇団の芝居でここに来た、な、相も変わらぬくそ芝居を何度も何度も演じてる、今はそのリハーサルの帰り、だからこんな舞台衣装を着たままで……

——もったいない《ウェイスト》……

——今やってるのはちょっとした喜劇、主役の純情娘は君に演じてもらいたいなぁ、俺が言えばそうしてもらえるかも、君は舞台に上がって普段通りにしてればいい、この町の消防署でやってる、陰気なおとぎ話みたいな内容だ、タイトルは「今は亡き署員」……列車が振動とともに二人の横に到着すると彼女が彼の腕をとり、彼は振り向いて彼女を見、頭の先から足の先まで見詰めた。――分かったよ、さあ、と彼は彼女の腰に手を当て、――街まで送ろう……二人は車両に乗り込み、汚れた窓の向こうに見えなくなった。その列車の明かりも遠ざかり、この無目的な夜の広がりの中で単なる句読点に変わり、消防署と崩れかかった海軍記念碑を通り過ぎ、血のようなメギとスイカズラの静かな包囲、「絶好の物件をただいま販売中」、雑草の生えたわだちとノラニンジン《アン女王のレース》を通り過ぎ、*やがて光が空に上ると、また青い一日が鮮やかな秋の色をよみがえらせ、強風がオークの木々を難破船のように白波で揺らしながら喪失を広めた。オークの葉は色の白い裏を見せ、枯れ枝がその表面に茶色の枝模様の影を落としていた。風はヌマミズキのこずえを曲げ、がらんとしたハイウェイの上に吹き、バーゴイン通りでにぎやかな電動のこぎりの金切り声の中に人の声を見出した。――復讐の女神《エリニュエス》みたい……駅のプラットホーム*に続くコンクリートの階段を上がるつぶやき声が言った。列車が到着する振動と「今夜デビーのくそだまりでパーティー、スプンとストロー各自じさん」と書き込まれたばかりの広告掲示板との間で群れをまとめていたジュベール先生が、突然の風に両方の襟をしっかりつかんだ。

――はい、みんな、ばらばらにならないようにね、左側の列車に乗りますよ、押さない！ そこのドアを、あ、手伝ってもらえます？ ミスター……

――バストです、ええ、はい、僕は……

――そこのドア、そう、ありがとう、生徒たちを座らせるのを手伝ってもらえる？ それとも先生は何か別の……

――僕？ いいえ、別の何です、僕は……

――そこ、前の車両、他の先生方が、集会か何かみたいだけど、彼女は座ってから長い指でスカートのしわを膝の方へ伸ばしながら言った。――だから今回の社会見学は手伝ってくれる人が一人もいないの、どうやら労働組合と関係がある集会みたい……

――いえ、一緒じゃありません、違います、誰とも一緒じゃありません……彼は彼女の隣に腰を下ろそうとし、まるで以前そこにあった折り目の記憶をよみがえらせようとしているかのようにズボンの膝を尖らせた。――実は僕、その、昨日あんなことがあったから、本当はもう学校とは関係がない人間なのかもしれません、僕の言ってること分か……

――あのこと？ 彼女の横顔が笑顔に変わり、真っすぐ彼の方に向けられ、――とんでもない、あんなのつまらない事故じゃないの、バスト先生、誰も責めたり……

――ええ、分かってます、でも、その、中には僕がわざとやったと思う人もいるかも……

――そんなふうに思う人なんか絶対いないわ、そういえば、*私はお礼も言ってなかったわね、全部拾ってもらったのに。足りなかったのは三セントだけよ。

――ああ、あれ、あのお金、ええ、今の話はあのときの……

――今日のこの社会見学で使うお金なの、手を貸してくれてありがとう……

――とんでもない……彼はびくともしない彼女の太ももにゆっくりと体重をかけながら、――僕は今日、この先の……

――そこのあなたたち、座りなさい！　あの二人の後ろの席に座ってもらえませんか、何をやってるのか分からないけど、変なことをやらかしたら困るから。

――はあ。今？

――ええ、変なことをやらかしたら、あ！　大丈夫、自分で取るから……がたがたと揺れる列車の滑るような動きに合わせて彼女の手が前の席の下に転がる口紅を追った。

――おい、ほら、見ろ。

――え？

――また見えた、しゃがんだときがチャンスだ……

――で、おまえは、あ、こんにちは、バスト先生。僕らと一緒に行くの？

――いいや。

――どこ行くの。

――街に行く。

――どうして。

――用事《ビジネス》がある。

――何の用事《ビジネス》。

――僕の用事《ビジネス》、君には関係ない、ほら、こっち見てないで前を向きなさい。

――ねえ、ちょっと聞きたかったんだけど、マヌーバー*って何？　マ、ヌ、ウ……

――それは、それは何かがちゃんとなるようにあるやり方ですること。ほら、前を向いて。

――へえ、とJRはつぶやいて前を向き、自分の席に沈み込んだので座席越しに見えるのは襟に当たっている寝癖の髪の毛をつつく短い鉛筆だけだった。――先生も知らないみたい……複雑に動く脚と足がタップを踏み、ねじれ、座席のちょうつがいに食い込み、手が引っ掻き、ほじくり、列車が滑らかに動き出すと、再び髪の毛をつつく動作に戻った。

――そんなのどこに出てくる？

――研ぎ澄まされたカンフーのマヌーバーにとってはもはや身体的接触さえ必要ないのです。カンフーは相手に触れなくても致命的な傷を負わせたり、大きなダメージを……

――戯言《クラップ》だ。

――あ、そう？　でもほら、チンピラ一人の武器を取り上げ、別のチンピラを宙に飛ばし、もう一人を地面に叩きつける、もしもこのすべてが一瞬でできるようにならなければ受講料はいただきませんって……

――へえ、じゃあ……

――カンフーは想像を絶するほどの殺傷能力があり、防御のみならず攻撃も伝授いたしますので、ほんの少部数のみの発行となっております。受講生は決して技を攻撃に用いず、わが身と友人と家族を守る防御のみに用いることを真剣に誓わなければなりません。その強力な殺傷能力ゆえに、犯罪者や暴力団員にはこの本をお売りすることはできません……

——オーケー、それと交換に何が欲しい。

——何くれる。

——これでどう？　うん、私は何時間も練習したりせずにピアノが上手になりたい、駄目か、じゃあこれ、ほら。希少コインの中には何百万ドルもするものがあります、さあ、あなたもこのカタログを手に入れて、希少コインの発行年代を知り、手持ちのコインから希少価値の高いものを見つけましょう、どう？

——オーケー。それと他には。

——詳しい情報と無料化粧品サンプル三点をご希望の方は急いでお問い合わせください、無条件でお送りいたします。どう？

——オーケー。

——オーケー、その「科学的手法で強力な筋肉を」をくれたら、おい、ちょっとちょっと、見ろよ！

——え。このおっぱい？

——違う、こっち。新しいオリジナルの工場パックの三十口径、十五連射、ちょっと、いや、きっと政府払い下げ品とかいうくずだな……

——要る？

——ううん、もうはがき送った、今持ってる。ほとんどがくず……二つの頭が沈んで、二人の間に山積みにされた書類の上に乗り出した。膝が上がり、足がねじれ、ほじくったり、引っ掻いたりしていた指が書類を掘り返した。「親展」「ご請求資料在中」「特典在中」と書かれた封筒、「一件の販売ごとに現金で取次手数料をお支払い」「顧客の皆様、これから顧客におなりになるかもしれない皆様へ」「海外投資でがっぽり稼ぐ方法」と書かれたチラシ、「前略」「拝啓」「あなたの未来のためにこの手紙をお読みください。五分で足ります」「鏡に映ったご自分をよくご覧になってください」と始まり「敬具」「成功をお祈りいたします」と締めくくられた手紙などがあった。——これは？

——うーん。

——うーん。

——な？　国防余剰品販売局、サンディエゴ艦隊駐屯地、ほとんどがくずだ。余剰品のこのタンクが欲しかったから注文したら、送ってきたのはこれ、タンクって書いてあるところをよく見たら、タンク、翼端、燃料、四百五十ガロン、アルミ、航空機、要修理って書いてあるだけ。ただの汚い中古の飛行機用ガソリンタンク、な？

——うーん、そっちにいっぱいあるのは？

——古い靴。靴、軍用、野戦用、本革、靴底とかかとは合成ゴム、薄茶色・濃茶色、サイズは９Ｃから15ＦＦまで、千七百八十七足、な、全部くず、ほら、ケーブル、電話、導線千八百本、二本組だから九百本、22ＡＷＧ*とか、ほらこれ、金物雑多、中身は約二千点、カップ、調味料入れ、ボルトの座金、ねじ、ナット、留め金、掛け金、ばねホック、リング、要らなくなったくずばかり売りに出してるんだ、な？　これを何かと交換してくれよ。

——駄目。

——同じのがもっといっぱいあるんだぞ。

——誰が欲しがるんだよ、そんなの。これ何？

——くず。

——……聖地のユダヤ人の多くが治療が必要であるにもかかわらず入院を拒まざるをえない状況があります。彼らはそこで死ねば体が切り刻まれるのではないかと恐れているのです！　その上、何がうれしくてこんなもの送ってもらったんだ？

——送ってもらった？　向こうが勝手に送ってきたんだ。

——やっぱりな、よく似たのが俺のところにも届いたよ、こっちは動物を切り刻む話だったけど……

列車は徐々に動力を逃がす音とともに静止していたが、振動しながら急に後ろに揺れて停車し、バストの肘が窓の桟から落ちた。彼は汚れた窓ガラスに当てた肘を枕代わりにうたた寝しようとしていたようだった。

——未来の探偵様。このたびは探偵業に関するお問い合わせをいただき、ありがとうございました。お客様は、私どもの広告にご返答いただいたことで、自らの収益能力と社会的地位を向上させるのに必要な最初の一歩を踏み出したのです。昨今の犯罪発生率の上昇に伴い……

——結婚していますかの欄には何て書く？　車をお持ちですか？　世界の中のどこの国で仕事をしたいですか？

——何でもいいじゃん、ほら。金の紋章入りの資格免許状、額に飾るのに最適……

——値段はいくら？

——うん、さっきから調べてるんだけど。

——それは何？

——芸術家という職業が成功と高収入に結び付くこれほどのチャンスに恵まれたことはかつてありませんでした。今オリジナルの手描き絵画の需要がますます高まっています。専門のインテリア・デザイナーも、家を所有している一般の方も……

——ちぇ、くだらない。おまえのはくずばかりだなぁ。これは？

——クラブの入会申し込み、僕が推薦すれば入れるよ。

——どんなクラブ。

——こんな感じ、いいか？　一歩中に入ればたちまちあなたは興奮の渦に！　柔らかくほのかな暖炉のぬくもりに包まれたその世界……心配りの行き届いた美人バニーガールのきぬ擦れの音、オリジナル衣装の鮮やかな色彩……

——バニーガール？　どういうクラブなんだ。

——そしてハウス・パーティーのような高揚したムード……

——え、これがバニーガールかよ？　男の顔の前にお尻を突き出してるぜ。クラブの加入の仕方は？

——前略。もしも貴方がプレイボーイ・クラブのメンバーか、またはこのお手紙がプレイボーイ・クラブへの二度目の勧誘であれば、誠に申し訳ございません。プレイボーイ・クラブが設置されている場所では地域ごとに精選されたメンバーの方々だけを集めた……

——いくらだって？　二十五セント？　おまえはメンバー？

——ドル。違う。

——くず。俺もほとんど同じの持ってるよ、こっちはただだけど。聞けよ。前略。今月、ランチョ・アシェンダ不動産はにぎやかな宴を連日開催し、シーズン到来を祝います。絶品フルコースのメニューを同封しましたので、どうぞご覧ください。この宴にお客様を特別ゲストとしてお招きいたします。費用その他、お客様の負担は一切ございません。あなたの生涯の中でこの晩餐を一層忘れられないものにするため、私どもは余興といたしまして、新作カラー映画『黄金の夕べ』の特別上映もご用意いたしております。この映画をご覧になれば、ランチョ・アシェンダ不動産で過ごされた黄金の夕べが今後何年も忘れられない輝きで満たされることでしょう。つきましては、もしよろしければお客様と配偶者様のご予約を……

——配偶者って？

——何でもいいだろ。タダだぞ。

——で、何。

——知るかよ。ねえ、先生……

——ほっといてやれよ、おい、寝てるだろ……

——前略。インポート・エクスポートをいつからお始めになりますか？　まず知っておかなければならないことは何でしょうか？　費用はいくらかかるのでしょうか？　どんなものを輸入できるのでしょうか？　これらの質問に対する答えがあなたの将来のすべてを決定することになるかもしれません……

——なあ、ほら、すごいぞ、くだらないけど、ていうか、ほら、おい、こんなことが書いてある、うん、「紙マッチ広告を売って、もっとお金が稼ぎたい」だって、入門パンフレットと販売計画指導料に関する情報、それにおしゃれなキャリングケースがもらえるってさ、まずはお客様の年齢とセールス経験だけお知らせください、何て書こう、なあ。ていうか、こっちの靴も同じなんだ、前略。お住まいの地域で一つポストに空きができ、次の候補としてお客様が推薦されました。収入を増やしたいとお思いでしたら、それから、この小さなはがきはどうしたらいい、靴の商売を自分で始められるというこのたびの提案に私は興味があります、私の靴のサイズは、何て書いたらいい、必ずサイズをご記入くださいだって。本当のサイズを書いたりしたらすぐに子供だってばれちゃって、何にも送ってくれないぞ。それに大人のサイズを記入したらどうなる、商売をしている店はどこでも潜在的なお得意様、紙マッチに広告を載せてくれるかもしれないお客様、だからこのかっこいいキャリングケースを持って、交通量の多い幹線道路沿いをセールスして回る、でも足に履いてるのは大人サイズの見本の靴、まるで頭のおかしな……

——オーケー、じゃあほら、何かやるからその陸軍余剰品のカタログをくれよ。

——嫌だ。おまえのは全部くずだから。

——おまえのもくずだって自分で言っただろ。

——うん、でも俺のはおまえの靴とかマッチとかよりましなくずだ、その中は？　うーん。死体は語る、しばしば指紋の専門家が呼ばれ……これと交換にどれが欲しい？　それとこれ、待てよ、指が全部くっついてるこの男、指紋採取と鑑識の雑誌、ほら、陸軍余剰品のカタログはやるからこれ全部くれよ、な？

——え、そんなくだらないカタログ一冊でこれ全部？

——いや、待てよ、もっとたくさんある。ほら。国防総省、密封入札販売、品目はタブカード、タイヤ、クレーン……

——他には。

——ほら。一般サービス局、第七地域、文民部局余剰品販売、な？　車両部門、医薬品部門、衣料部門、手動工具、待てよ、おい、ほら、簡易入札販売、国防兵站《へいたん》業務センター、配管敷設用具、バルブ、金物類、発電機セット、テストセット、スタンド、電気……

——それで全部？

——全部って何だよ、全部さ、これと合わせて六冊だぞ、ほら、これが一覧ガイドだ、これを見れば余剰品リストの入手法が……

——オーケー、もらうよ、ほら、代わりにどれが欲しい、なあこっちの……

——おいおい、あ、着いたみたいだ……

——みんな、いい？　全員が降りるまで待ってましょうね……

——まったく、この列車、事故に遭ってもおかしくなかったよな、おい見ろ、嫌な先生たちがいっぱい乗ってるぞ……

——運転教習のせいでカフェテリアも狭苦しいのに。今度は出産前のケア・プログラムが始まったもんだから、高齢市民向けの絵画教室が体育館から追い出された、大人の趣味講座なんてどうなるのかな。

——この種の環境条件における評価基準としては……

——学校用ってことで割引してもらえばあんな芝刈り機はせいぜい四十二ドル程度よ、だから私は言ったんだけど……

——私には人に教えるほど数学が分かってないって連中が言うからあいつらに見せてやったんだ、資格に必要な単位をね、あのときの連中の顔を君にも見せてやりたかったなあ……

——ロシア人がやってるのと一緒だよ、だから言ってやったんだ……

――ここに書いてある通りさ、ぎりぎりの交渉を意義あるものにするために必要な創造的緊張関係を作るには、切迫した社会的危機が必要になる、例えば……

――病院に彼女の見舞いに行ったの、そしたら彼女が言うには、大きなトラックがすぐそこに来てるのにリロイがオーケーの合図をしたんだって、だから言ってやったわ、保険会社に話すときはもっとましな説明を考えなさいって……

――教科書とワークブックとテストと解答集、せっかく全部そろってても教授用資料がない、教授用資料もないのにどうやって教えろって……

――それをネタにして短編小説を書く、で、その短編をどこかに発表すれば半期三時間分の単位がもらえるってわけ……

――みんな？ みんな立ったわね、一列になって前の扉から降りて、みんなが降りるまでホームで待ってなさい、ほら、座席から足を下ろして、株を買うお金を持ってるのは誰かしら、そこね、はい、バスト先生、持っててもらえます？ 皆さん、今日はバスト先生が一緒に行ってくれますよ……

――いえ、それはちょっと……

――トイレに寄ってもいいですかぁ、ジューバート先生。列車のトイレは詰まっちゃってたからぁ……

――ジューバート先生、お昼ご飯は……

――階段に気を付けて、押さないの！

――ちょっと、すみません、そういうつもりじゃ、手伝うって言っても列車の中だけのことだと思ったんで……

――九、十一、十二、いる？ 十三？ ひょっとして数えてくれました、バスト先生？

――いえ、いえ、すみません、列車の中で手を貸してほしいっていう意味だと思ったんです、僕、僕は行かなきゃならないところがあって、仕事探しに来たんですよ、だから、だから待って、明日なら大丈夫なんですけど……

――私が悪かったわ、明日だなんてとんでもない、私たちは、走ったら駄目！ 私たちは大丈夫、バスト先生、ほんとに、私たち、ああ、お金、はい……

――でも僕、ひょっとしたら帰りに、ひょっとしたら……

――帰りの列車は四時頃よ、ありがとう、あ、仕事見つかるといいわね、みんな、固まって……！ 彼らは、帽子、散髪、きれいに折られた新聞の洪水の中を巧みに身をかわしながら進み、――五、六、一人ずつよ、ほら、一人ずつ……！ 地下鉄の轟音に飲み込まれた彼らは、太陽が反対側のトリニティ教会*まで通り道を刻んでいる場所で地下から飛び出した。――八、九、さっき数えておけばよかった、信号を待ちなさい！

――おい、見ろよ、墓場だ……

――みんな？ そうですよ、墓石を見てください、中には二百年以上前のものもあります、あ、ほら、あの泣いてる智天使《ケルビム》が彫刻してあるお墓を見て、かわいいでしょう……彼らは風化した天使の頬を伝う鳥の糞をおとなしく眺めた。信号が変わり、解放された彼らはブロードウェイを渡り、乱れた一列縦隊でウォール街を進み、十一番地の歩道にあるすのこから発する悪臭に一人ずつ順番によろめき、最後に、ジョージ・ワシントンの差し出した手が彼らの注意をブロード通りの角を曲がったところへ散らばらせた。二十番地にある高いペディメント*は、子供たちのはるか頭上に固定された裸の労働者の石彫りの人生劇を今にも落としそうだった。彼らは内部の活気あふれる領土へ足を踏み入れ、一生かけて蓄えたお金が宙に舞うという不安に打ちのめされた。ウインドブレーカーや花柄の帽子を身に着けたままの彼らが見学者用ギャラリー*に進むと、手すりに沿って戦略的に配置されたスピーカーからフットボール競技場で耳にするような大げさな言葉が聞こえて、彼らを出迎えた。

——立会場《たちあいじょう》の床は硬いカエデ材で……

——おい、何だこりゃ。

——ねえ、自然史博物館に行くんじゃなかったっけ。

——千人の仲買人が立会場で証券の取引をする特権を持っています……

——これって、テストはあるんですか、ジューバート先生？

——チッカーテープ*に印字された象形文字のようなものは、皆さんの上を回っている電光掲示板の情報と同じく……

——下で手を振ってるちび、見えるか？　ここから唾《つば》を飛ばしたらきっと……

——これらの株式を発行している無数の会社が何百万人ものアメリカ人に仕事を与えているのです……

——どこ行くの、ねえ、ジューバート先生？　あの下にいる誰かから例の株を買うんじゃないの……

——違います、こっち、会社の方《かた》が私たちを出迎えてくれることになってます……彼女はギャラリーの脇にある会社紹介のつましい遊び場《プレイランド》を探索した。そこではボタンに触れるだけで、質問に対して用意された答えが画面に映し出されていた。ラックには無料の絵はがき、パンフレット、ブックレット、「投資のイロハ」「投資用語集《グロッサリー》」「お手軽投資術」「証券用語一覧」などの小冊子が並べられ——いらっしゃいましたよ、デビドフさん？　こっちこっち……

——じゃあこの子たちが新しいオーナー！

——皆さん、こちらがデビ……

——じゃんじゃん収益を上げないとねえ、男は肘で人を掻き分けながら彼女の方に向かってきた。彼の歩いている位置の正確な統計的平均から見ると彼は近くのどの大人よりも身長が低いことが分かった。——なかなか抜け目のなさそうな子供さんたちだから……彼はそこで立ち止まり、子供たちを一瞥の下に見据えた。動くものを見るときの彼はいつもそういう目つきをしているようだった。——さてさて！　みんな用意はいいかな？

——九、十、あ、あんなところに……振り向いた彼女は「株価一覧の読み方」の押しボタン情報を見終わったダイヤモンド柄のセーターを見つけ、――みんなと一緒に来なさい、デビドフさんについていきますよ……

――俺は絵はがきを十六枚取ったぞ、おまえは何か……

――押すなよ……息を止めるときのあえぐような音とともにエレベーターが閉じ、再び開くと――今度はどこに行くんだ、ねえ……

――アイスクリームだ、あそこでアイスを売ってるよ、ねえ……

――今度はどこに行くんだ……

――さあこっちだ、みんな……デビドフが彼女に体の向きを変えさせたので、彼女は転びそうになった。彼が指し示したのは財務省の階段を率いる立像*で、彼はその像からの挨拶に気さくに手を振って応じ、周りの子供たちに紹介した。――今ちょうど、アメリカの歴史の揺り籠《かご》とも言える場所に立っているんだよ、みんな。ワシントンはここで最初の大統領としての宣誓をしたんだ……彼が指図のために出した左手はジャブとなって通行人を脅かし――一七九二年、商人たちがあそこにあったスズカケの木の下に集まって有価証券売買の取り決めをした、そしてこっち、ここ、ここを見て、壁に穴がボコボコ空いてるのが見えるだろう、みんな、見える……？　しかし彼女の視線は向きを変え、突っついてくる彼の空いた手をかわし、彼らの後ろの要塞に反射する、風をはらんだ星条旗のゆっくりした漂流の向こうに静かにきらめく豪華なシャンデリア*を見上げた。国旗は穏やかな風に乗って持ち上がり、再び垂れていた。シャンデリアは反射面と現実を変化させ、いくつもの動かない光の点が、包み込むような太陽のぬくもりを刺し貫いていた。――この穴はロシア人の無政府主義者が仕掛けた爆弾でできたんだ、この爆破事件で何の罪もない人が十数人亡くなった、今君たちが立っているこの場所*でだ、そしてＪ・Ｐ・モーガンが音を聞きつけて、どうしました……

――何でもありません、何でも、ちょっと立ちくらみしただけ。

――何か薬を……

――いえ、大丈夫、私、朝からあまり具合がよくなくて、すみませんけど、子供たちを通りの向こうまで……

デビドフが気付くと立っているのは自分一人だった。――ここがこの小さなオランダ人入植地のいちばん北の防衛線だったから、ウォール街の向こうに渡るとな、みんな、と彼は歩道の縁石を下りて大股で勇敢に皆を引率し、――ここはインディアンの国ってわけだ……そして大きな暗い建物の前を通りながら立ち止まり、――ほら、イタリアにあるイタリア・ルネサンスの宮殿みたいに見えるだろ、でも実はこれが連邦準備銀行*、みんなの足元には何百万ドルものお金が眠ってるんだ、地下五階の固い岩盤の中に金庫室がある……子供たちは彼の回りに集まって試しに汚い舗道を蹴ってみた。最後に彼は悪意に満ちた防御柵の上にクローリー兄弟社という銘板を掲げた入り口の前に立ち止まり、彼らを中のエレベーターに分乗させた。

――おい、なあ……

――あれ見ろよ……！

――おい、なあ、あれが全部生きてたらどうする？

しかし、彼らを見据えるたくさんの目の中で、動いたのは青い一組だけだった。前方の机の後ろにいたブロンドの女性が顔を上げた。他の目は哀れな不動のまなざしを向けていたが、イノシシの目には以前の獰猛《どうもう》さが、アンテロープの目には悲しみがうかがわれた。――普通にジャングルみたいだぞ、なあ……

――ほら、あたしの言った通り、自然史博物……

――蛇はどこ？　ジューバート先生、蛇はいないの？

しかし彼女は本革のベンチに座り込んでいて、生徒たちの攻撃を引き受けることになった案内役の男がしきりに横柄に要請したのは――写真屋、まだ来てないのか？　私のオフィスからは誰も？　うちの広報の若いやつが、あ、それからシャーリー、モンティ社長から電話は？　モンティ社長からここに電話があるはずだ、それに車も来る予定、リムジンが……

耳障りなブザーの音が彼を遮った。彼女はマニキュアを脇に押しやり、肘のところにある箱に返答した。――はい、かしこまりました……あ、それからクローリー社長、デビドフさんがここにいらしてます、子供たちも一緒に……かしこまりました。

――それからシャーリー、社長に伝えておいてほしいんだが……

――すぐに出ていらっしゃいます、と彼女が言うと、彼女の背後の、前に障害物が置いてない巨大なパネルが実はドアだったことが判明した。

――何だ何だ……！

――さあそれじゃあ、実際の株式仲飼人*をみんなに紹介しよう、クローリー社長だ、彼は建国の父を紹介したときと同じように大きく手で弧を描き――あ、それからクローリー社長、彼はしゃがれ声で芝居の脇ぜりふのように――子供相手だと思って手を抜いちゃ駄目ですよ。みんな結構抜け目がありませんから。

――あまりお時間は取らせませんから、クローリー社長、とジュベール先生が言った。――実際に仲買人から株式を買うのがどういうことなのか、クラスのみんなに少し教えてもらえたらと思って……

――お安い御用、お安い御用、あんたのためなら。シャーリー？　ダイヤモンド・ケーブルの株券を出してくれ、例の……

――かしこまりました。お電話です。

――私に……？　一瞬デビドフの腕が伸びたが、彼の肩越しに伸びた厚ぼったいツイードの腕が電話のコードで彼の首を絞めそうになった。――もしモンティ社長からの電話だったら、私が出た方が……

――クローリーだ。え？　いいや、一体何が起こっているのかわかしには分からん、誰にも分からん……え？　いや、二、三の銘柄だけじゃない、市場全体だ……何するって？　まさか。

わしの言葉を引用するのならこう書くんだ、現在の流動的な市場情勢の中で起きている人為的再調整の動きはかなり以前からいつ起きてもおかしくなかったもので、過去の大不況において長期的下落を特徴付けていたのと共通する動きだと信じる証拠は何もないって。現在のこの、ああ、転機において矛盾しているように見える市場の振る舞い、現在勢いを得ている経済的勢力の矛盾しているように見える振る舞いはだな……そうだ。ただし、いずれある水準に達すれば横ばい状態になる、その時期は……そうだ。そうだ。またいつでも電話してくれ……シャーリー？　また新聞社から電話があったらわしは席を外しとると言っておけ、と言って受話器を渡し、振り向いて、――さてと。こちらのお若い紳士、淑女の皆さんは株を買いにいらしたのかな？

――さあこっちだ、みんな。

――みんなは、ちょっと待て、おい……！

――中に入ってみんなの写真を撮ろうと思って。

――写真？

――モンクリーフ社長からです。

――ああ、こっちに、待って！　すみません……デビドフがドアから手を離したのでドアが自然に子供たちの目の前で閉じた。――ここに電話するっておっしゃってたんだ、もしも……

――モンティか？　クローリーだ。

――伝えてもらいたいことが……

――そのままちょっと待っててくれ、デイブ？　すぐに行くから。みんなを向こうに座らせておいてくれ。もしもし、モンティ？　そうか、へえ？　わしもだ。誰に聞いてもどうなってるんだかさっぱり分からん……ボックス？　あいつにだって分かるわけがない、渦の中心にいるようなもんだからな、あいつは……そうか？　あんた、ワシントンに行くのか、何時に発《た》つ、わしが……そこのドアを閉めてくれ、シャーリー？　もしもし聞こえるか、わしが……

――うわぁ！

――いっぱいある！

――やっぱり蛇はいないの？

――あの上のでっかい目をしたがりがりのは何、悲しそうな顔。

――おまえだって銃で撃たれたら……

――クーズー*って書いてある。

――さてと、デビドフは座りながら口を開いた。――今の私たちはスズカケの木からずいぶん遠いところまでやって来たよな、みんな……シャツのカフスを突き出して生徒たちに二本のボルトのようなサファイアを拝ませたかと思った途端にパネルのドアがすっと開いたので彼は立ち上がった。――何だ、シャーリー……？　しかし、そのブロンドの女は部屋に一歩入ったところでジュベール先生の耳元に身をかがめた。彼女はうなずき、失礼と一言告げてから部屋を出た。――うん、じゃあ……

彼は再び腰を下ろし、ドアが静かに閉まるのを見ながら——何か、誰か質問のある人は？

遠く離れた茶色の本革製の稜堡《りょうほ》からセーターを着た手がさっと挙がった。——ワラントって何？

——ワラント債*のこと？　それは後回しにした方がよさそうだな、まずはみんなにリンゴの値段についてもう少し知ってもらおう、分かるかな？　さてまずは、そもそもこの証券市場って何なんだろう。市場っていうのは買いたい人と売りたい人とが出会う場所だ。じゃあ、ある人が何か、何か形のあるものを売ってるとする……彼は何もない空間に手で形を作って——籠《かご》だ、籠にしよう。その人が作っている籠と色も形も大きさもまるっきり同じ籠が欲しいと思っている買い手を見つけるのはなかなか大変だ。でも、もし籠を作っている会社の株を持っていれば株はすぐに売ることができる。株が売りに出されるのを待っている買い手が必ずいるんだ、五千マイル離れた場所に住む人かもしれない、見ず知らずの人だ、直接会う必要もない。ここまで分かるかな？

——うん、でも籠はどうなったの。そこの会社が全然売れない籠を作ってたりしたら？

——うん、まずはおなじみの供給と需要*の法則ってやつだ、そもそも籠が欲しいっていう人がいなかったら誰も籠を作らなかったはずなんだから……

——冴えない籠ばかり作って誰も買わなくて売れ残ってたりしたら、そんな会社の株は誰が買うの？

——うん、そうだ、そういう場合には株の値段が下落するわけだよ、おなじみの法則だ、供給と……

——じゃあそのおなじみの供給と下落の法則で籠の値段が決まるのと同じように株の値段も決まるってわけだね、じゃあその二つは何が違うの？　みんなが手放したいと思ってる株を同時にみんなで売ったり買ったりして、じゃあ株の値打ちはどうやって分かるの？　さっき見た人たちは床に紙切れをまき散らして、何をやってるんだかさっぱり誰にも分からないし、今回僕らのお金でダイヤモンド・ケーブルの株を買うんだけど、誰も冴えない籠を買わないのと同じようにこのケーブル会社も誰も欲しがらないような株だったらどうするの、結局、さっき見たやつらが走り回りながら破り捨ててた紙切れみたいなことになったら、そしたら僕らはどうなっちゃうのかな？

——待て待て、先を急いじゃ駄目だぞ。第一に、ダイヤモンド・ケーブルは絶対間違いない、私が保証しよう。第二に、証券取引所の人たちは全員がちゃんと自分のやってることを理解してる、自分が扱ってる株の値は一セント単位で心得てる。それから第三に、株価はそう簡単に手に負えなくなることはない、さっき見たやつらって君が呼んでいる人たち、取引所の立会場《たちあいじょう》にいた人たちはね、専門家と呼ばれる人たちばかりだから……

——すまんすまん……クローリーがジュベール先生のために大きくドアを開け、自分も大股で部屋に入ってきた。オオツノヒツジと目が合って立ち止まり、同じ方を向いた。――さて、みんな、いやお若い……紳士、淑女の皆さん、早速ビジネスの話をしようかな？　そのためにこうして顔を合わせたわけだからね、そうだろう？　ビジネスだ、デイブ、座ったらいいじゃないか、向こうに。人が顔を合わせるのはいつもビジネスのためだ、な？　さてと……彼が取引記録簿《ブロッター》をどかしてボタンに手を伸ばすと、同じところにあったデビドフの手が引っ込んだ。

――シャーリー……？

――写真屋のことも確認してもらった方が……

――シャーリー？　ダイヤモンド・ケーブルの株券は？　お若い皆さんはビジネスでいらっしゃってるんだ、時間を無駄にさせてはいかん。

――すぐにお持ちします、箱《ボックス》から聞こえる彼女の声が、取引記録簿の上で固まった拳に向かって言った。

――そうだ、時は金なり、なあ。みんなも、誰でも聞いたことがあるよな、このことわざ……手が開き、虚空をつかんで閉じ、彼は視線を上げ、隣の男の無表情な顔から避難を求め、ジュベール先生を見つけて――じゃあこうして待っている間に、もしも、うーん、生徒さんたちの方から質問があれば……？

彼は取引記録簿の指値《さしね》を指先で叩いた。

――多分この子たちが聞きたいと思っているのは……

――この動物たちは全部自分で殺したの、クラウリーさん？

――クローリーだ……

――机の上のテレビはカラー？

――これ、これはクォートロンというものだ。ボタンをちょこちょこっと押すだけでどの銘柄の株でも最新の情報が分かる。出来高、最新の買い呼び値、売り呼び値……

――撃ち殺したばかりの馬と一緒にあの写真に写ってるのは社長さん？

――馬？　馬？　あれ、あれはハーテビースト*というんだ、ケニヤで捕った、あそこにあるのがその頭だ、うん。じゃあ他に……

――未来《さきもの》って何？

――未来《さきもの》？　クローリーは薄暗い隅の黒っぽい本革に向かって顎を上げた。

――こう書いてあるんだ、新たに政府が要求したコバルト備蓄によってニッケルの未来《さきもの》取引*が受ける影響は……

――それは何を読んでるんだ！

――別に何でも、ただの、ほら、ここにも……

――ビートンさんから折り返しのお電話です、と箱《ボックス》が突然言ったのでデビドフがくるりと身を翻し、部屋の隅のローテーブルから取り上げた書類を机の上の取引記録簿の上に落とし、クローリーの袖口の磨かれた金の楕円《だえん》をサファイアの爆発で覆い隠し、小声で――私にも彼と少し話をさせてください、モンテイ社長から言われたんですが……

――ビートンか？　クローリーだ、何だ……え、何……？

いいや、株券ならまだ一枚はこっちにある、彼が手に入れた最後のオプションだ*……そうだ……彼は机から一歩離れ、二歩戻った。それはまるで、衆目環視の中でそこに鎖でつながれているかのようだった。灰色地に黒の陰気な柄がもたれかかっていたドアの板が突然がたがたと音を立て、彼の視線がそちらに向くと、ドアの隙間から腕が伸びた。鯨の骨で作った手工芸品のブレスレットをつけた手が紙切れを手渡した。――そうだ、運用白紙委任ってことにしとけ、企業内容開示《ディスクロージャー》ってことになるよりましだろ、一か月ほど引き延ばせ、そうすれば……おそらく、うん、書類はこっちから送る……デビドフがよろめきながら

――モンティ社長から言われたんです……と言って手を伸ばすのを待たずに彼は受話器を置いた。

――さてと、これでみんなには株券を渡したわけだ、じゃあ、あと必要なのは……

――すみません、クローリー社長、その前に株券に何て書いてあるかをみんなに……

――うん、こう書いてあるよ、やば《ホーリー》*、こう書いてある、二十九万三千株だって、本証書はエミリー・ケイツ・モンクリーフ財団が……

――おい、よこせ！

――わしによこせ！

デビドフは机の奥を回り、クローリーは手前を回ってドアを開け、証書を空中で奪い取り、――シャーリー！……

――けど、やば《ホーリー》……

――電話が点滅してる、おい……

――もしもし？　デビドフです……そうですか？　彼が……？　そうですか？　私もすぐにここを出発するって彼に伝えてください、彼は電話を切り、喉元を締め付けているイタリア製のニットのネクタイを両手でさらにきつく締め直し、――山火事*だ、ボスに呼ばれてるからすぐに行かなきゃならない、車を一台借りるよ、残りの二台で全員乗れると思うから、車は下で待ってる、みんなが会社に来るまでには出迎えの準備をしておくよ。あ、それからシャーリー……

クローリーは彼を見送ることなくドアを閉めた。――こっちがみんなの株券だ、みんな、皆さん、今の株価を知りたい人？彼が部屋をまわると、挙がりかけた手が彼の脇腹を直撃した。

――終値は一株二十四ドル六十三セントだったよ。

――二十四、六十三、彼は鉛筆を持ったままつぶやき、――プラス、十二・五セントの端株《はかぶ》手数料……

――何それ？

――株は通常、百株をひとまとまりとした取引単位で売買される。それ以下の単位で取引をするときにはそれを端株《はかぶ》と言って、少し手数料がかかる、プラス、仲買人の委託手数料……

――いくら取るの？

――一パーセントにしよう、どうだ？　プラス四セント……

――クローリー社長、いい機会ですからクォートロンがどう

いうものか生徒たちに見せてやってもらえませんか、ダイヤモンドのボタンを押すだけで今どうなってるか分かるんでしょう？

――んんん……

――やば《ホーリー》、二十八万だって、単位はドル？

――違う違う、これは、今日この時間までに取引された株の数、出来高、うん、なかなか、なかなか取引が盛んだな。

――マイナスの記号と二と八分の一って書いてあるのは何？*

――ああ、二と八分の一ポイント下がったってことだ。

――つまりドル？

――まあ、そうだな、言いようによっては……

――じゃあ、今は二十二ドル五十と半セントの値打ちしかない、てことは、今、株を買った僕らは二ドル十二と半セント無駄遣いしなくて済んだってこと……

――君は誰かね？　ドアの隙間がゆっくり広がると、突然クローリーが顔を上げて言った。――タイプライターの掃除に来たのなら向こうに置いてある。

――いいえ、私は写真屋です、デビドフさんでいらっしゃいますか？

――冗談じゃない。さあ入れ、そっちで。

……

――でもデビドフさんの指示に従うように言われてきたので

――用があるなら入れ、さっさと済ませろ。さてと。三、六、十。九。これでざっと二十二ドル九十……

――さっきの四セント、あの四セントは何？

――どの四セント？

――さっき四セント足したじゃないか。

――四セント？　税金だ。有価証券取引税。

――へえ。ねえ、ジューバート先生、どうしてこの社長は

……

――今は細かいことは気にしないことにしましょうね、みんな。すみません……彼女はいくつものカメラを肩に掛けたやせた男に合図をし、――これを持っててもらえますか、クローリー社長。こちらに立って株券が見えるように、そう、あの男の子に手渡す場面、そう、お金、机の上のお金を手に持って……

――そんな感じ……いいですよ……もう一枚。オーケー。じゃあ、あと一枚だけ顔をこっちに向けて、もう一枚……

――机に乗るな！

――すみません。

――もう充分ね、ありがとうございました、クローリー社長には貴重なお時間をたくさん割いていただいて、ほら、こっち。株券を忘れないでね、それから、駄目、お金はそこに置いていくの。もう質問はないわね……？

――あの豚は自分で撃ったの、クラウリー社長？

――豚？　あれはイノシシだ。たちが悪いぞ、イノシシは。

――けがしたりする？

――けが？　あいつはわしの犬を三頭殺したんだ、いい犬だったのに。

――だから撃ったの？

――いや、ハンティングだ。槍で狩るんだ、そうそう、そこが出口……彼は群れを追いたてるように後をついていきて、――イノシシはたちが悪いぞ……彼の手がなでていたいがぐり頭が急に振り向いたので彼はまるで嚙み付かれたかのように後ろに下がった。

――どんな銃持ってんの？

――銃？　二十挺ほどある。さあ、みんなに遅れないように……君は手に何を持ってるんだ？

――何でもないよ、ちょっと、パンフレットでも持って帰ろうかなぁと思って、と後ろから返事が聞こえた。――こっちのは「資本利得《キャピタル・ゲイン》と資本損失《キャピタル・ロス》」、こっちは……

――どうぞどうぞ。持って行きなさい。

――クローリー社長、あいつ、まだパンフレットを……

――「株式ガイド」、それから「株式売買委託手数料計算表」……

――どうぞどうぞ、持って行きなさい、さあみんなについていって……！

――五、六、七、とエレベーターの前でジュベール先生が数えた。

――あの角《つの》が付いたやつはどんな銃で撃ったの？

――マンリヒャー*、おい、危ない！　机に乗るな……！

――すみません、もう一枚写真を撮ろうと思って……あ！　すみません、拾います……

――そのままでいい！　そのままで！　そこら中、そこらのものに触るんじゃない……

――五セント硬貨が奥に。

――十、十一……

――奥の椅子の後ろに一セント硬貨が転がったよ、ねえ……

――さあ、みんなそろった、JR？　さっさと来なさい、もう充分取ったでしょ……

――これ、これもらっていいかな、「投資バロメータ」……

――持って行きなさい、どうぞどうぞ……クローリーは荒い息をし、入り口に立ちはだかって彼らを小さなエレベーターに押し込み、まるでドアがちゃんと彼らを閉じ込めるのを見届けるかのように少し間を置いてから振り向き、――オフィスの金をあいつに拾わせろ、シャーリー。ついでに数えておいてくれ……彼が彼女の椅子の下に転がった十セント硬貨を拾おうとしゃがんだとき、彼のツイードのズボンの大きなお尻の前でドアが完全に閉じ、――二十二ドル九十セントあるはず……

彼らを乗せたエレベーターは一気に降下した。

――私、外の空気を吸わないと駄目だわ、とジュベール先生が言い、額を指先でなぞった。

——次はどこ行くの。

——お昼食べたっけ?

——出口はこっちよ、みんな、車が二台、外に停まってるから分かれて乗ってね。

——あの黒のでっかい車?

——ばーか、あんたにはそれ以外に赤いのが見えるの?

——あいつ、誰に会釈してるんだ。

——あれはお抱え運転手っていうのよ、何だと思ってるの、あたしたちがオーナーになったからよ、ね、ジューバート先生?

——気を付けて。誰かの膝の上に座って、ね?

——お昼はどこで食べるの?

——おい、なあ、後ろ見ろよ、あそこ、入り口に寝転がってるやつ。手がどっちもなかったぞ、*見た?

——ああ、顔は見た?

——顔もなかったな、おい、何だそれ、ラジオ?　点けて。

——ライターよ、ばーか。

——押して。

——次はどこ行くの。

——はいはい、静かに座ってましょうね、もうちょっとおとなしく……

——でもジューバート先生、あいつが座席にパンフレットとかを広げて場所を取ってるよ、これじゃあみんなが座る場所が……

——もうちょっと大会社の株主らしく振る舞いなさい、大人みたいに……彼女は横の膝から襲ってきそうな雪崩に備え、両膝を合わせて——車が……向こうに着くまで……彼女は窓の外を見詰めた。

——向こうってどこ。

彼女はそこに着くまで窓の外を見詰めていた。*

——おい、見ろ、あいつらに負けたぞ、あいつらもう来てる。

縁石に沿って飛んできた新聞紙が足首にまとわりついた。

——六、七……指差しながら数える指が震え、新聞紙を足で振り払い、——八……

——でもタイフォン・インターナショナル・ビルって書いてあるよ、私たちが買った株の会社は……

——いいから、入って入って!　ここで合ってるから、さっさと歩いて。

——またエレベーターだ。

——みんな、私たちの会社は十五階にあるのよ。十五を押して、誰か……?

——あたしに押させて。

——なあ、しっ。ほら音楽が、音楽が聞こえる?　どっから聞こえるんだろ。しっ。

——何で止まるの。

ドアが音もなく開いた。誰も降りず、誰も乗らなかった。「ダーダネラ」*の音以外には何も動くものはなかった。ドアが閉じた。

――エレベーターに残ってしばらく音楽聴いてていい、ジューバート先生？

――さあ着いたわ、みんなきびきびと……

――おい、見ろ、あいつらに負けたぞ、あいつらもう来てる。

――ねえ、あなたたちもエレベーターで音楽聴いた？

――あ、ほら、おい、さっきのちびがまた来たぞ。

群れを歓迎するために右に左に銃を撃つ真似をしながら人混みを掻き分けてデビドフがエレベーター前のスペースに登場した。ジャケットを羽織り、気前のいい襟《カラー》をみすぼらしいネクタイの結び目で縛っていた彼は、実際には存在しないドアを大きく開けるしぐさをした。――新しいボスの皆さんだ……彼が広げた手はすぐ後ろについてきていた全身黄色ずくめの若い女性の前で止まった。彼は目配せをし――みんな、わが社の最高の秘書の一人だよ。あ、そうだ、キャロル……彼は突然立ち止まり、生徒を集め、急に重々しく、――アイゲンさんに急いで重役会議室に来てほしいって伝えてくれ、それと、キャロル、年次営業報告書《アニュアル・レポート》を十二部持ってきて、子供たちのために書類を一式まとめておくようにアイゲンに言っておいたんだけど……ここで彼が置いた間が長すぎたので彼女は転びそうになった。

――こっちだ、彼が足を踏み出すと、かかとが硬い床に当たるたびにいい音が響き、先に進み、青いカーペットが始まるすぐ手前の廊下の脇にあるドアを開けた。彼らが押し合いへし合いしながらその岸辺から首を伸ばして覗き込もうとしていたのは

――ここが私のオフィス……誰も座っていない合成皮革張りの椅子たちが、部屋の対角線上にある書類の散らかった金属製デスクの命令に従っていた。――あ、それからフローレンス、郵便室の若造《ボーイ》を会議室に来させてくれ、プロジェクターの操作をしてもらうから、それから例の箱詰め弁当を……

――かしこまりました。実は今、探しているところなんですけど……

――で、アイゲンさんはどこ？　会議室に来てもらいたいんだけど。

――アイゲンさんは今モンクリーフ社長の新しいスピーチ原稿を作ってらっしゃいます、デビドフ課長、修正版の第三草稿を用意するようにと社長がおっしゃって……

――了解。何か急ぎの用があったら私は会議室にいるから。こっちだよ、みんな……彼が振り向き、大股の一歩で一気に青に飛び込むと、彼の進路は静寂に飲み込まれた。前方のクルミ材の防波堤まで達すると、彼は金属製のドアノブに触れ、震え、――静電気って怖くない……？　彼は少し水に潜ってから頭を上げ、ドアを開いた。子供たちは風に乗ってプカプカと漂うように部屋に入った。目の前に広がる外海の真正面には帆を詰め開きにした男が進路を探っていた。縁が反った帽子、明るい灰色のフランネルの帆の縦縁《リーチ》にしっかり留められた胸ポケットの補聴器の横では白いハンカチが風をはらんでいた。近づいてき

た染み一つない亡霊が急にスピードを緩め、真横の風を受けながらクルミ材の机に近づき、船首を風上に向けたまま、後退した。

――あ、こちらです、知事、こちら……デビドフは全速力で風下に進路を変え、気まぐれな風と帆を突っ切った。苦心した比喩をひねり出し、四方八方に転覆の危険をまき散らし――私たちの新しい株主たち、株主の方々です、この子たちは先ほど、こちらがケイツ知事だよ、みんな、会社の会長をなさってるんだ。この子たちはさっき会社の株を一株買ってくれたんです。

――どこの会社の？　知事は係留所を探した。

――ダイヤモンド、ダイヤモンド・ケーブルの株です……カーペットの青いさざ波の上で左右に体を揺らしているデビドフの脇を通って、順風に乗った子供たちは疾走した。ケイツ知事はゆっくりと揺れていた。――間違いないですよね、あの会社なら、彼は振り向いてジュベール先生を探し、――こっち、こっち……！　ケイツ知事は船足を上げ始めていた。――こっちだ……デビドフは彼らに広く道を空け、手を振って送り出し、最後の一人まで見届けた。知事は彼女の進路を遮るように海峡の真ん中まで進んだ。

――エイミー……？

――おはようございます、ジョン伯父さん。

――うん、ちょっと一緒に来てくれんか、エイミー。

彼女は彼の腕を取り、――あ、デビドフさん……？と彼の肩越しに言った。デビドフは最後の一人を前方のドアの外に送り出し、振り向いた。

――ごゆっくり、子供たちにはプレゼンテーションを見せるように準備がしてあるから。

――お弁当のことも？

――お弁当のことも……頭を下げた彼は浸水しそうなほど傾き、再び急いで廊下を戻り、会議室に入って――さてさて！　みんなは今、他の子供たちがなかなか経験できないことを経験したんだぞ。今日家に帰ったら、すごい人物に会ったって家族に自慢できるよ。

――デビドフさんのこと？

――ケイツ知事は今私たちが知っているこのアメリカのフロンティアを切り開いたお方だ、デビドフは身を乗り出し、目の前に広がるクルミ材のテーブルに向かって熱く語り始めた。テーブルの上にはメモ用紙、鉛筆、灰皿、メモ用紙、鉛筆、灰皿が並び、――知事は……

――さっきの人？　あの人がフロンティアの開拓者？

――ダニエル・ブーン*みたいな開拓者を想像したのかな、それとは違うよ。彼はアメリカの産業のフロンティアを切り開いたんだ、天然資源を開発したってこと、おかげでアメリカは世界一豊かな国になった。彼のところには歴代大統領が助言を求めてやってくるんだ、だからみんなは家族に自慢を……

――あの人、お金持ち？

——まあ、結局のところ、わが国の富と力にこれほど大きく貢献した人物なら当然それに見合うだけの……

——このメモ用紙と鉛筆は何?

——ここは重役会議室で、重役の皆さんが会議を開く場所だ。今君たちが座っているまさにその椅子に重役が座って、あ、キャロル、それをこっちに持ってきてみんなに配って。これが君たちの会社の年次営業報告書《アニュアル・レポート》だよ、私たちがこういう報告書を作るのは、君たちをはじめとして、会社のオーナーには会社のこととか会社の行ってる活動とかをすべて知る権利があると考えるからだ、キャロル、彼にプロジェクターを回させて、君たちのこの会社はさまざまな形で国の役に立っているんだよ、ありとあらゆる種類のケーブルを作ってるんだ、防衛産業からあらゆるコミュニケーションに至るまで、それに……


——ウブブブ……ヴヴヴヴ……ヴヴァウウウウウウグ……


——キャロル……! 彼の背後の地図とカーテンの上に光が飛び散った。——フィルムが逆回しだ、セットし直すように伝えて……

——今巻き戻してるところです、彼は……

——ああ、それからキャロル、アイゲンさんはどこ、ここに呼んでくれって言ったじゃないか、このプレゼンテーションは彼の担当だ、彼を探してすぐにここに来させてくれ。あらゆるコミュニケーションだよ、個人と個人との間のメッセージからますます巨大化しているテレビの視聴者まで、家庭内で上質の娯楽を求める家族でも、先人の教えを学ぼうとする僻地《へきち》の教室でも。今日《こんにち》ではたった一時間でみんなが共有できるんだ、昔のプラトンやアリストテレスや大昔の有名な先生たちが一生、ぼちぼち用意はできたかな? 彼は一瞬目がくらみ、後ろを向き、カーテンの後ろに手を伸ばした。カーテンには、古代ローマの銀貨《デナリ》、中世イタリアの金貨《ダカット》、古代ユダヤの銀貨《シケル》など、重商主義的闘争を証するように、長い間海に沈んでいたぴかぴかのコインを青地に金で趣味よく並べた模様が描かれていた。

——おい、なあ、見ろよ!

——なあ、すごいじゃん。なあ、ほら。

音もなく地図が上がり、消えて、鮮やかな色の水平の棒グラフが現れた。設備投資と減価償却累積額(単位百万)と書かれたオレンジ色のグラフが地図の後を追い、次に出てきたのは黄色の棒グラフで出資者(単位百万)、攻撃的な色彩で色分けした大陸ごとの売り上げ予測(単位百万)、そしてさらに二つ、三つ、四つと巻き上げ式のブラインドのように画面が変わり、ようやく何も映っていない空《から》のスクリーンになった。

——一生かかって到達したのよりももっと豊かな知恵をね。一生どころか二生、三生かかっても到達できない知恵だ。さて、成長しつつあるわが国にこの会社の製品がどれほど多くのさまざまな貢献を行っているかを今みんなに見せてあげよう。みんなも株《シェア》を買ったことで、わが国が明日の約束を今日の現実に変えるのに一役《シェア》買ったってことになるんだよ、ちょうど人類が、そっちの準備は？　彼は帆桁索を引いたかのように振り向き、仁王立ちで腰に当てた拳を握り締め、顔を上げてぴかぴかのテーブルを見るとそこには丸めたセーター、キャンディーの包み紙、肘、腕全体、頭が一つ、二つ置かれ、椅子がくるりと回転し、脚が船外に投げ出されてねじれ、床を叩いていた。——一つか二つ、質問してもらう時間がありそうだな、年次営業報告書《アニュアル・レポート》について聞きたいことのある人は？　取締役会としてはあらゆる情報をすべての株主に、はいどうぞ。

——おじさんもそうなの？

——株主かって？　もちろんだ、株を持っていることを誇らしく……

——じゃなくて、取締役会のメンバーかってこと、セーターを丸めながらその少女が言った。

——ああ、デビドフは眼鏡をくいと上げてウィンクし、身を乗り出して、——ひょっとしたら、いつかはそうなるかもね、君たちが私に投票してくれたら。だって、と背筋を伸ばし——人民による資本主義っていうのはそういうことじゃないかい、みんな。会社のオーナーの一人として君たちは民主的投票によって取締役を選ぶんだ、すると取締役がみんなのためにいちばんいい方法で会社を経営してくれる人間たちを雇う。来年の春に君たちが投票するときに……

——あたしたちは一株だけだから一票ってこと？

——その通り、それだけじゃないよ、株主が持っている権利は、例えば……

——二十九万三千株持ってれば二十九万三千票の投票権があるの？

——そんなの不公平よ！　あたしらはたった一票だけなのに、あんなやつが二十九万……

——何が不公平なんだよ！　おまえが一株買ったってことは二十二ドル五十セントぽっちがおまえのために働いてるってことだろ、僕が六千……ちょっと待ってよ、短い鉛筆が持ち上がってカリカリと——ゼロかけるゼロは……

——無理よ、そうでしょ？

——無理じゃないよ、だからその気になれば僕は取締役選挙で自分に二十九万三千票投票できるんだ、そうだろ？

——そんなのが民主主義なわけ？　それじゃあまるで……

——まあまあ、落ち着いて、喧嘩になる前にお嬢ちゃんに助け舟を出そう……彼女はデビドフのウィンクを避けるために丸めたセーターの後ろに隠れた。——一株持っていようが百万株持っていようが、株主は誰でも収益を望んでいる、そうだろ？だから誰でも一流の経営陣を雇ってくれるような取締役を選挙で選びたいはずだ、みんなのこの会社と同じように最高の経営陣をそろえて順調に収益を上げたいからね、もしも収益が上がらなかったら取締役と経営陣を問いただせばいい、一株持った人こちらのお嬢ちゃんにはその権利があるんだ、百万株持った人間だけの権利じゃないよ、だって取締役はこの子のためにも働いてるわけだから。もしもお嬢ちゃんが、取締役たちは自分や他の株主のためになるような経営をしていないと思ったら、彼らを相手取って裁判を起こすこともできる、損害賠償請求だ、そして取締役たちが会社の規則に従っているかどうかを確認する、みんなに渡した資料一式の中に社則の写しが入っているのはそのためだ。そこには会社の規則が書いてあって、違反した人間はこちらのお嬢ちゃんに対して申し開きをしなくちゃならない、クラブ活動みたいだろ、なあ、みんな、クラブの規則みたいなものさ、一人はみんなのために、みんなは一人のために、これで民主主義について少し勉強になったかな、例のフィルムはもう準備できたか？

――ちょっと訊きたいんだけど……

――まだ少しだけ時間がありそうだ……彼は目の前でセーターのわびしい柄を引き伸ばしている腕を無視して、――みんなの年次営業報告書《アニュアル・レポート》の後ろを見てごらん、取締役の人たちの写真が載ってるよ、端の写真がケイツ知事、本人に会ったって自慢できるんだぞ、そのすぐ下の大柄な人はみんなも歴史の本で名前を聞いたことがあるかもしれないな、戦争のことで、急ごう、日が暮れてしまうから話を端折るけど、ボックス将軍だ、有名な機甲師団の司令官、あの冬、アルデンヌ*でドイツの大軍勢を食い止めた人だ……子供たちは鳴り響く音楽に驚き、彼は目の前に手をかざし、――よし、じゃあみんな、ぼちぼち準備ができたようだから……

――資料の前の方に書いてあること訊いていいかな、八十六万七千株って書いてあるのは……

――ボリューム下げて！　何だ、キャロル……

――この八十六万七千株、オプションで総額……

――**がお届けする明日の……**

――下げるんだ、ボリュームを下げる！　いいかい、彼は細い肩のセーターの縫い目が口を開けているところをつかみ、――その計算を全部説明してたら一か月かかるぞ、それはいわゆる連結財務諸表っていうものなんだ、心配ご無用。て、誰か明かりを点けてくれないかな……？

――心配なんかしてないよ、ただ誰がオプションを手に入れたのか*が気に……

――**私たちが誇るわが国の天然資源、そして国家的遺産を……**

――これは何だ、キャロル。

――モンクリーフ社長の経歴の更新情報です、新聞社に送る前の、それからアイゲンさんがお尋ねだったんですが、例の新聞発表は……

――彼はどこだ、ここに呼んでくれと言っただろ、新聞発表は後回しでいい、経歴のことは私がモンティ社長に確認してもらう、早くアイゲンを呼んでくれ、ここは彼に任せるから、なあ、みんな？　山火事で私はここを離れなくちゃならない、彼はネクタイを緩めながら子供たちの頭の上に身を乗り出した。――ああ、それからキャロル、会議室の掃除を忘れずに頼むぞ、子供らが出た後で……唇が静かに動き続けたまま彼は廊下の先へ進み、アルコーブを回り、ドアノブに触れた。ひるんだ彼の表情がしかめ面に変わり、それに合わせてネクタイを締め直し、通りすがりに人のいないデスクに向かってうなずき――社長《ボス》に呼ばれた……前方のドアを元気よく叩き、ゆっくりと開けると、ちょうど膝をしっかり合わせて鼈甲《べっこう》眼鏡で書類に目を通していたジュベール先生が顔を上げ、別の方を向いて尋ねるところだった。――今これを全部読まなきゃいけない？　彼女が目を向けた風上にいたケイツは、丸めた背中をドアに向けたまま、書類を読んでいた金縁眼鏡越しの視線を突然前に向け、彼女から視線を外し、輝きのない目で机の正面を見て――コバルトだけ？　重厚な黒のハーフフレームの眼鏡と秘書のくしゃくしゃパーマの上から覗いたモンクリーフの視線は既にいったん二人の向こうに現れた男を見て元に戻った後だったので、デビドフは空っぽの劇場で「火事だ！」と叫んだかのように突っ立ったまま取り残された。

――連中はコバルトを欲しがってる。だから連中にはコバルトをやる。彼は眼鏡を外し、直線的な黒いつるを折り畳み、深く座り直して鼻筋をもんだ。――他のものについてまで話に出さなくてもいいんじゃないか。

――はっきりさせておきたいんだよ、モンティ、今のうちにはっきりさせておけば後でどこかのくそ小委員会でくだくだ説明する必要がなくなる。

デスクの上のボタンだらけの操作盤《コンソール》にライトがともり、ブレスレット風の腕時計をつけたむき出しの腕が電話を取った。

――ビートン部長からです。

――こう伝えてくれ……彼らの向こうに目をやっていたモンクリーフの指は鼻筋をなぞった。それはまるで、彼の目が向けられた先にある顔が、超然としたまま再び横顔を見せ、伏し目がちに比較を促しているかのようだった。――やはり私が出よう……彼は電話を受け取り、――スマルト鉱*の契約に関する資料を全部ここに、もしもしビートン？　今、娘がここに来てる、代理委任状に署名するのを待っているところだ。何をもたもたしてる。彼は先ほどと同じところを見詰めたまま受話器を返した。彼女の横顔が再びほぐれ、彼の方を向き、鼈甲眼鏡を下ろし、首からぶら下げた。

――今これを全部読まなきゃいけない？　子供たちが……

――少しはじっとしてなさい、エイミー。何の用だ、デイブ。

デビドフは今入ってきたばかりであるかのように前に進み出た。――君の生徒さんたちなら大丈夫だよ、彼は彼女が脚を組むときに飛び出してきた足首をかわし、――今あの部屋でプレゼンテーションを見てる、春の株主総会用に作ったやつ、楽しんでるよ、彼は人前を横切らないように大回りして机の向こうまで移動し、目的地に達すると声を落とし、ひそひそと――気を付けた方がいいですよ、社長《ボス》、なかなか抜け目のない連中ですから……

ライトがともった。受話器が上がり、小声で――記者団から催促です、声明を……

――彼が今、そこに持ってる、ここで連中に読んでやってくれ、デイブ。

むき出しの腕とシルク&モヘアの腕が絡み合った中からアクリルの光沢を持ったデビドフの腕が受話器を持ち上げた。――もしもし。声明は明日の朝いちばんに発表します、と彼は言って受話器を返した。

――じゃあこれは何だ。声明はどこだ。

――今タイプで清書しています、書類から外したペーパークリップを空のくず籠に放り投げて言った。――これは社長《ボス》の経歴です、公表する前にチェックしていただこうと思って……

――記者団向けの声明は今日中に用意してくれ。

――分かりました、それからこの経歴ですが、チェックの方を……

――見せろ……くず籠の前にしゃがんでいたケイツが立ち上がり、ペーパークリップをベストのポケットにしまった。

――はい、どうぞ。あ、それからバルクさん《ミス》、原稿は今すぐ彼女にさらさらっと書いてもらいましょう、社長《ボス》、時間の節約です、それに書き留めてくれるかな……彼は彼女が持っている白紙のメモ用紙を顎で指し示した。――現在の流動的な市場情勢の中で起きている人為的再調整の動きはかなり以前からいつ起きてもおかしくなかったもので……

――モンティよ、おまえさんがフットボールの試合に出てブラウン大学と対戦したことがあるなんて、一体誰がこんなことを知りたがっとるんだ。

――私たちはですね、モンクリーフ社長が攻撃的で競争好きなチームプレーヤーだというイメージを作り上げるために……

――イメージ！ ケイツは軽く咳をするように笑い、――あの馬鹿みたいな捕蝶網を持って走り回ってる姿を見せてやればいいんじゃないか、モンティ。

――読み返してくれるかな、ミス……

――いつ起きてもおかしくなかったもので……

――おかしくなかったもので、過去の大不況において長期的下……ライトがともり、鉛筆が止まった。

――エイミー、お父さんが捕蝶網を持ってる姿を見たことは？

――社長、ブルース上院議員から折り返しのお電話です。

――長期的下落を特徴付けていたのと共通する……

――ブルース？ ちょっと待ってくれ。ビートン、入れ。エイミー？ ちょっとじっとしてなさい。ブルース……？

――共通する動きだと信じる証拠は何も……

——続きは外でやってくれ、デイブ。ブルース？　ビートンが今ここに来た、うん、そっちはどういうことになってる……

デビドフは近づいてくるビートンを下手なサイドステップで避け、バランスを持ち直した。ビートンは椅子をデスクに近づけて、全体がくすんだ黒い靴をきれいにそろえ、前に広げた書類から顔を上げなかった。

——ちょっと待ってくれ。私の飛行機の時間は何時だった？

——どこの空港だ、ケイツが彼女の後ろから言った。

——分かりません。

——それは調べた方がいい、くそタクシーだとケネディ空港まではラガーディア空港までの二倍はかかるからな。

——はい、調べます。

——この契約書に署名するのは何とか来週まで延期してくれないかって連中が言ってきた、とモンクリーフが受話器を離して言った。ビートンが身を乗り出して声を抑えて話した。——もしもし？　いいや、無理だ、今日の営業終了とともに私の辞表が有効になるからな、ちょっと待ってくれ……ライトがともり、彼は受話器を渡した。

——ブラウフィンガー将軍です。

——待つように伝えてくれ。

——ちょっとのことですぐ騒ぐなあ、あいつは、ケイツは封筒の裏に落書きをしながらつぶやいた。

——お電話はボン*からですが。

——待たせておけ……彼は再び電話を取り、——ブルースか。何が問題なんだ……目の前にコピーはあるか？　よし、まずは第四条。コバルト備蓄と国家の安全と何とかかんとかを目的として、上記第一条に定める契約期間において、政府は本契約によりタイフォン・インターナショナル社より毎年五千二百トンのコバルトを一ポンド当たり四ドル六十七セントの保証価格で購入することに同意する、な。次は第七条。何とかかんとかに迅速に対処するため、政府はコバルト採取用のスマルト鉱処理工場建設費用としてタイフォン・インターナショナル社に総額三千九百七十万ドルを前払いすることに同意する、それから次は第十一条、政府はタイフォン・インターナショナル社がガンディアに建設し操業し何とかかんとかする処理工場に最低でも上記第四条に定める量のコバルトを生産するに足るスマルト鉱石を売却することに同意する、この目的のため、本契約は……え？　連中だってニッケルが買いたかったらニッケルって言ったはずだろ。連中はニッケルが欲しくてうちに来たんじゃない。鉄や砒素が欲しくて来たわけでもない、コバルトを買いに来たんだ、コバルトはスマルト鉱石に含まれてるんだ、鉱石の精製過程でニッケルが出てこようが、鉄が出てこようが、何が出てこようが、そんなものは……ああ、不正だろうが何だろうが連中には勝手にわめかせておいたらいい、連中は……それは分かってる、細かいことまでここに書いたりしたら墓穴を掘ることになるって言ってるんだ……いいや、彼なら今ここにいる……

――ブルースか……？　手に握られた受話器が不自由な耳に当てられて、――今さら重箱の隅をつついてるくそ時間はない、モンティが会社の実権を握っている間にこの契約書に署名、封緘、配達しないと駄目だ、早く署名を、さもないとくそジェファーソン・デイビス*の署名と同じように何の意味もなくなる、話は既にくそややこしいことになっとる、左翼マスコミが二足す二を五にして報道しやがった、向こうで黒人がフライイングをしたんだ、橋だか何だかを爆破した、早速ブラウフィンガーがここに電話してきたぞ、きっと野郎が最初に尋ねるのは状況の安定化のために軍隊を送ることを検討しないかってことだ。答えは当然、そんな考えはないってこと、フランク・ブラックの方からそのことをはっきりくっきり、向こうのマスコミとか他の首を突っ込んでくる連中に伝えさせろ、いいか？　ウアソ州の分離独立とか言って内戦が起きた、知ったことじゃない、くそアフリカ人の問題だ、わしらがあんなところに行って分離独立を支持するわけにはいかない、だからと言ってどこかの馬鹿たれが現政権を支持する決議案を議会に提出することを望んでるわけでもないぞ、いいか……？　彼はさらに体を丸め、受話器を反対の手に持ち替えて――それは何の話だ……？　しっかり握った受話器を逆の耳に当てた。――おまえから圧力をかけてやれ、間違いなく付加条項を付けさせろ、いいか？　くそ精錬所を建設しとるのはわしらだ、政府が建設しとるわけじゃない、危険を冒しとるのはわしらだ、政府は違う、聞いとるか……？　手が優しく伸びて電話が下りてくるとバルクさんがそれを受け取った。――聞いたか、ビートン？

――すみません、ブラウフィンガー将軍のお電話がまだ……

――こっちにつなげ、私が取る。

――モンクリーフ社長におつなぎします、大変お待たせ……

――もしもし、将軍……？

――ビートン、聞いたか？　危険なビジネス環境における私的投資は免除する決議だとさ、モンティに署名させる前によくよくはっきりさせておけよ、聞いとるか？

――噂ですよ、将軍、単なる噂、私たちは……飛行機三機分？　違いますね、うちのじゃありません、全然……でも向こうにいる軍隊の半分にはUSのスタンプが押してありますから何も心配する必要は……いえ、もちろん、そんなことは、将軍、そういう意味で言ったわけじゃ……ええ、そうでしょう、分かってます、将軍、私たちの歴史の本にもあれは輝かしい軍事行動だったと……その件についてボックス将軍と話したことはありません、ええ、でも……ええ、彼もきっとそうですよ、将軍、でも今回の起工式が終わったらすぐに彼にはあそこから立ち去ってもらうつもりです、いろいろな報道のせいで契約が危うくなってきてまして、もしもしばらくの間あなたの方でデイ博士《ドクター》を抑えていただけないようなら……あの、少しお待ちください、将軍、ここに……

――ご機嫌ばかり取りやがって、こっちに貸せ……ブラウフインガーか？　今回のくそ契約がまとまるまでおまえがおとなしくしてないと元も子もなくなっちまうんだよ、くそ左翼の……え、元とか子の話をしとるんじゃない、くそ、契約の話をしとるんだ、もしも……コバルトの必要備蓄量を増やさせるまで署名できなかったんだ、当たり前だろう。ブルースの軍事委員会*が一体何をやってたと思って……ああ、この国とおたくの国が違うのはそこのところだ、くそ契約の中にピティアンのことが書いてあると思ってるのか？　政府がくそ鉱石をどこで買うかなんてこっちが指示できるわけないだろう……？　そこがくそ肝心なところだ、連中が鉱石を手に入れられる場所が他にあるわけはないんだ……さあ知らんな、あ、ちょっと待て、モンティ？　契約の中に管理サービスのことは……？　もしもし？　何も書いてないらしい、全然だ、それが何だ……おいおい、まさか、そんなことを契約書に書いたらピティアンとタイフォンとの関係がくそ一面のトップ記事になっちまう……いいや、死んでもそうはさせん、今度またデイ博士という野郎がこっちの話がまとまらないうちに早まって部下の黒人を使って橋を爆破させたりなんかしたら、第三世界全体がノワンダ支持に回るだろ、左翼新聞もその尻馬に乗っかってくる、そうなればわしらの手元に残るのはかなわぬ願いを書いたただの紙切れ……ああ、おまえがやつを抑えるんだ、聞いとるか……？　そして受話器が誰に差し出されるでもなく宙にとどまった。――あいつ、最後のくそ一滴まで搾り取ろうって考えだ、精錬所の管理サービスの契約をピティアンに引き受けさせようって寸法だ、自分の服の洗濯に伯父さんを雇うみたいに……

――それは私たちにはどうしようもないな、とにかくあの人にはうちの取締役を降りてもらいたい、連中が国防大臣に引っ張り出してきたデイ博士、あれは最悪のペテン師だし……

――まったくだ、モンティ、自分の支配下にある人間以外は信じるな、向こうでは手に入るものを手に入れることしかできん……

――を抑える、カレヲオサエル《アウフ・イーム・ジッツェン》*……？

――分かってる、だから気に入らないんだ、今回の……

――ワタシノオジガフクヲセンタクスル《マイン・オンケル・ゾル・マイネ・ヴェシェ・ヴァシェン》……？

――おい、誰かこのくそ電話を切れ！　ビートン？　例の聴聞会のメモはどこだ？

――はい、そちらのお手元にお持ちだと思うのですが。

――そちらのお手元にお持ちじゃないんだよ！　お手元にお持ちなのはエンド設備に対するくそ命令、それからケーブル産業界に供給される原材料費の価格を固定しようとする価格カルテルがあるとかという馬鹿げたナンセンスだ。

――ええ、そうです、起訴状に書かれた問題をモンクリーフ社長がご検討なさるのではないかと思いまして、万一確認の聴聞会で何らかの問題が生じた場合のためにですね、一応……

——新聞は読んどるか、ビートン？

——はい。

——例の役員たちに対する刑事告発の話がニューヨークタイムズにさりげなく小さな記事として紛れ込んどったのには気付いたか？

——はあ、もち、もちろんです、しかしそもそも、会社そのものに対する告発が棚上げされたときからですね……

——今日の仕事が終了した時点でモンティは会社とまったく無関係な人間になる、こんなくだらんことを問題にしようとする記者と同じく会社と無関係な人間にな。それでエンド設備の話がここに出てくるのは一体どういうわけだ。

——はい、子会社のエンド設備を売却するという条件で、ダイヤモンド・ケーブル社の株式公開買付をする許可がようやく司法省から下りましたので、ダイヤモンド社の株をご家族が保有なさっていることに関して何か尋ねられた場合に深く追及されたりしますと……

——連中がエンド設備のことを逐一調べるわけじゃないだろう？　エンドの企業分割《スピンオフ》を最初に考えた時期がいつかって宣誓尋問の中で誰かが彼に尋ねたりしたらどうする。まったく誰のためにもならん、特許権譲渡のことだけは頼むぞ、間違いのないようにな、ディック・カトラーにやらせろ、やつらが注目しとるのは利益相反の問題だけだ、その点、聴聞会ではブルースが議長としてうまくやってくれるはずだろう？

——ええ、何も問題はないはずです、社長の保有する有価証券はすべて財団の口座の方に入れてありますから、その書類がこちらです、私たちは……

——こちらってどちらだ！　まったく、ビートン、わしは一時間も前からその書類が見たいと言っとったじゃないか。

——こちらです、はい、姪御《めい》様がお持ちの、すみません、ジュベール夫人……彼は慌てて彼女の膝から書類を取り上げた。彼女は膝の上でバッグを開け、ハンカチを探して取り出し、まばたきすることなく、ラベンダー色の縁取りをくしゃくしゃにして握り締めた。

——疲れた顔してるわよ、お父様、窓もないのに窓の外を見るようにして半ば彼女から目をそらしていた彼に向かって言った。彼は視線を下げた。ハンカチを握っている指と同様に長い指が鼻筋をなぞり、彼の視線は彼女の視線を通り過ぎ、ほっそりとした彼女の喉元を見詰めた。——それにお父様、お父様が今日ここを離れるんだったら私はフランシスのためにもいろいろとじっくり考えたいから、何とか……

——ああ、分かってる……彼は手を下ろし、唇を心配そうにすぼめた。

——だってお父様も知ってるでしょ、みんな知ってると思いますけど、私にとって大事なのは……

——ビートン？　ちょっと待っててくれ、エイミー……彼女の手はこめかみから流れる一筋の髪の毛を耳に掛け、何も持たないまま彼の背後に回り、そこで止まった。――例の最後のオプション、私が今回手に入れたオプション、あれは……

――あれは、はい、大丈夫です、私たち、私は……

――何だ、それは、ビートン？

――あ、ああ、何でもありません、モンクリーフ社長が……

――何でもない割にずいぶん動揺しとるじゃないか、おまえさんが給料もらっとるのは、あれか、何でもないことについてあれこれ言うためか？

――いいえ、違います、私が申し上げたかったのは……

――一体何を申し上げたかったんだ、モンティの株は全部二つの財団に分配したってさっきおまえさんは言っとったんじゃないのか？

――そうです、はい、まだクローリー氏から株券が一枚届いていないのですが、何も問題は……

――クローリー？　あいつのことだから仲買人名義で株を買ってそれを担保に金でも借りてくそ象撃ち銃でも買ったんじゃないのか、一体どうしてあんなやつに……

――そんなことないですよ、ジョン伯父様。すみません、さっきクローリーさんに会ったばかりなんですけど、彼のオフィスでたまたま株券を見掛けたんです、多分それのことでしょ、名義はエミリー・ケイツ・モン……

――多分それだな、何株だった？

――覚えてません、かなりの数だったような気がしますけど……

――くそ一株だろうとくそ何株だろうと問題じゃない、ビートン、誰かに取りに行かせろ、聞いとるか？　クローリーには偽の五セント硬貨でもつかませておけ、あいつは……

――でも、あの方には本当に親切にしていただいたんです、そんな言い方をなさるのは……

――別にあいつのことを泥棒呼ばわりしたわけじゃないぞ、エイミー、ただあいつは頭があんまりよくないだけだ、ハンドラーから聞いたんだがな、あいつは熱帯性腐敗病《ジャングル・ロット》だ、あいつに株券を預けていつか将来必要になって取りに行ったら、何にもない、あるのはくそアリ塚だけ、何だこれは、ビートン。

――どれです、あ、はい、はい、どちらの財団も有価証券の受け皿として利用されますので、非課税の財団についての質問がモンクリーフ社長に向けられた場合に備えて、社長に知っておいていただこうと思いまして、いろいろこまごました……

――モンティが嫌いなことの一つはくそこまごましたことを聞かされることだとわしは思うんだがな、非課税ということについては何も問題はないんだろ？

――ありません、何も。発生した収益や贈与の受取人は、この先は病院だけということになりますので……

――モンティがそれ以上のことをしゃべる必要があるのか？　それ以上詳しいことを聞きたいやつらは獄税庁*に聞きゃいいんだ、モンティはくそこまごましたことまであそこに申告しとる、玄関で待ち伏せしとるくそ左翼マスコミが病院の年金基金はどこの銀行にあるんだって聞きやがる、今度は非営利健康保険プログラムの理事たちを徹底的に調査して、何かくだらん話をでっち上げるだろう、保険で保障を受けとるのは保険料を払っとる一般人じゃない、世の中のあらゆる医者たちだ、医者は好きなだけ医療費を請求する、天井知らずだ、請求すれば請求しただけ確実に受け取れることは分かっとるからな、そんな記事が出るのがおまえの望みか？

——違います、違います、そうではなくて私が考えたのは……

——考えとらんだろ、ビートン、くそ、ちょっとでも考えたのなら、聴聞会に出掛けるこいつにこまごました数字を教えるはずがない、見ろこの資料、両方の財団の公正性について聴聞会を開くって？　くそ単純なポストに任命されたことをくそ単純に確かめるだけのくそ単純な聴聞会、連中としてはこいつを任命した阿《あ》呆《ほう》連中に恥をかかせることだけはしたくない、モンティを呼んで自発的に証言させる、委員連中には本題とは無関係な阿呆な質問をさせる、次に呼ばれるのはきっとわしだ、財団の資産管理に関する証人としてな、ダイヤモンド社の優先株発行という問題が持ち出されるだろう、そうなったらわしらはくそメリーゴーランドに逆戻りだ、獄税庁、証券取引委員会《SEC》、くそ左翼マスコミが寄ってたかってわしらを袋叩き、それがおまえの望みか？

——いいえ、もちろんそんなことはありません、しかし、しかし、もちろんもともとの優先株発行許可に関する法的正当性については財団の資産管理の実権とも関連して慎重に検討済みですし、税金対策のためには建前として議決権なしの優先株*という形が望ましいという結論が出まして、ただし配当金が四回連続で……

——そんなことは分かっとる、その結論を出したのはわしじゃないか。合法的だからといってマスコミがキャンキャンほえたてたりせんということにはならんだろう、わしのビジネスについて大衆には知る権利があるとか抜かしやがって。建前としては税金対策のために半年ごとに六パーセントの優先配当、配当金を四回受け取らなかった場合を除き議決権はなし、わしらが最初の三回の配当を出さなかったからって他のやつらに何の関係がある？　税金逃れと税金対策のくそ区別もできん一般大衆だ、わしらは三十年分の資本利得《キャピタル・ゲイン》を全額つぎ込んで税金代わりに慈善事業に対する無限の贈り物をしたんだと大衆には説明したらいい、連中から見たらわしらは、それは何だ、エイミー？

——ああ、何でもない、何でもありません、ちょっと……

——何でもない、何でもないって、みんなそればっかりか、誰かそのくそ電話を取ってくれ、もしもゾウナからだったらわしはトイレに行ったと言っておけ、娘のブーディがダイヤモンド社の大口普通株を手に入れたもんだから早速威張り散らしとる、公開買付が近いからな、ブーディの方が扱いやすいかも知れん、ブーディは今どこだ、わしが最後に見たときにはずいぶん汚い格好をしとったが。

——まだネパールにいます、電話がありました、領事館から……

——新聞に写真が載っとったな、あの子にはよすぎる土地だ、例の法律が疫病みたいに州から州へと伝染しとる、十八歳のガキにあらゆる法的権利を与えるとかいう法律、一回調べてみろ、ビートン、州議会の何とかいう名前のやつをつかまえて、何とか食い止める方法がないかどうか調べろ。

——いいえ、奥様《マダム》、知事は、知事はお手洗いに……

——はい、その件については既に……

——ついでに、例のイタ公*が州の銀行委員会の議長に任命されたらしい、郊外での銀行設立認許状に関してそいつがどう考えとるか調べろ、ひょっとしたら味方にできるかも知れん、その電話はあの女からか、バルク？

——そうです、セルク夫人からでした、ご指示通り夫人には……

——話は聞こえた、モンティ、おまえが向こうでしかるべき地位に就いたら、子供の頃に住んどった家を国定文化財にしてほしいって彼女が言っとるぞ、川を丸ごと移動せにゃならん、三回目の配当を無配にした日付を教えてくれ、ビートン。

——どれですって、はい、ご承知だと思っていたのですが……

——いろんな日付ばかり頭に詰め込むわけにはいかんだろ、そのために給料を払っておまえを雇っとるんじゃないのか。四回目の配当の日は絶対に見逃すなよ、モンティは聴聞会で自分の持ち株は運用を白紙委任しとると証言するんだ、四回目の配当を無配にしたらエイミーがあのゾウナのカモにされる、優先株を持っとるエイミーが阿呆《ブラインド》な受託者連中と一緒に投票権を持ってしまうからな、目の見えないやつが目の見えないやつの手を引いてるようなもんだ、まさに白紙委任《ブラインド・トラスト》だな、サムソンがデリラを*、何だそれは、エイミー？

——私がそんなに馬鹿だとお思いなら、そんなふうに子供扱いなさるのなら、どうして私を理事にしたんです、どうして私なんかを……

——くそ法律で決められとるからだ、理事は何人置くことってな、だからだ、地下鉄の中で適当に探してきた方がいいか？

——それも悪くないかもしれませんよ、今起こっていることについてはみんな、七歳の子供と同じ程度のことしか知らないでしょうから……

——名目だけの理事長じゃないか、エイミー、相続税法の講釈が聞きたいなら、ユードのところに行ったらいい、その件ははっきりさせてあるのか、ビートン？

——その件と申しますと……

——その件と申しますのはフランシス・ケイツ・ジューバー

トの件でございます！

――はい、ええ、財団側の決定が……

――あの子の父親の件は。

――はい、もちろん、父親には何も知らせる必要はございません、この件についてはジュベール夫人が少年の後見人となります、正式な手続きにのっとって検認後見裁判官が任命しますから、そしてその権限が正式に委譲された場合には……

――委譲された場合？　どうしてまだ委譲が済んどらんのだ！

――はい、それは、それは今準備中でして……

――準備、おい、そこ！　早く手を貸せ！　手を貸してやれ……ビートンは落ちそうになった書類を必死に押さえ、ジュベール夫人の方を指しているケイツの手をかわした。ちょうどそのときジュベール夫人はハンカチを拾うために座ったまま前かがみになっていた。

――いえ、何、ジョン伯父様、私は……

――大、大丈夫なようですよ、彼女は……

――そうか、そうなのか、ビートン？　しかし少しびっくりしたな、おまえはひょっとしたらと思わなかったか、今ここで足元に倒れこんでそのまま死んじまうんじゃないかって、そんなことになったらわしらはどうなる、エイミーの結婚したくそフランス人めがいきなりやって来て、少年の管財人とか後見人とかいろんな権利を引き継いですべて盗んでいってしまうぞ、権限委譲をしておかなきゃみんなすっからかんだ、人には任せるな、おまえが自分でやるんだ、書類に署名して封緘して配達するまでは他の仕事はせんでいい、聞いとるか？

――はあ、はい……

――それから二度とこんな中途半端な発議をするな、忘れるなよ、ビートン。

――はい、二度といたしません……

――彼も二度としないそうだ、エイミー。

――私、私もしません……彼女はまるで足元に倒れこんでそのまま死んでしまった自分の姿を見ていたかのように目を上げて、――それに、彼、ルシアンは、彼はくそフランス人なんかじゃありません、彼、彼はフランス人でもありません、どうしていつもそういうことをおっしゃるんですか、彼、彼はスイス人です、いいですか、ルルはスイス人……

――たしかに変人《ルル》だな、あいつが持っとるイタリアの薬品会社がやった離れ業、特許の抜け穴を利用しやがって、あいつはたしかに変人《ルル》だ、その件では何か聞いとるか、モンティ？

――ノビリのことか？　おそらくもう、取引する用意はできてるんじゃないか、彼とは何か相談したか、エイミー？

――あいつが急いで相談なんかするわけがない。あいつは、離婚をしない限り、そもそもエイミーと結婚した唯一のくそ目的だったものをずっと自由にできるんだからな。

――彼は当時タイフォンのことなんて何も知りませんでした

よ、ジョン伯父様、初めて会ったときには私たち一族のことも、会社のことも全然知らなかったんです、彼はただ……

——調べたらすぐに分かったはずだ、今のうちにあいつとは手を切れ、エイミー、さもないと持ってるものをすべて失うぞ、息子のものも失うぞ、あいつの株の取引の仕方ときたら、わしらはあいつを追い出せてまったく運がよかった、もう少しでみんな刑務所行きだったんだ。

——ああ、あの人、彼はちょっといいところを見せたかっただけなんです、違法だって知らなかった、彼はあれが洗練されたビジネスだと思っちゃって、お父様やみんなにいいところを見せようとしただけ、自分がただの……

——違法だって知らなかった、まさかくそ法律に反するってあいつが知らなかっただと……

——もういいじゃないですか！　今はもう別居してるんですから。それに彼はもう……

——まだ会っとるんだろ？

——フランシスが長期休暇で学校から帰ってきたときだけです、それだってフランシスのためにそうしているだけで……

——子供のためだって、くそ、エイミー、そんなことはあの子のためにならん、大きくなったときに子供が考えるのは、親が何をしてくれたかじゃない、親が何者かってことだけだ……

——ビートン？　入れ……

——私です、社長《ボス》。

——それは何だ、デイブ。

——マスコミに出す声明です、私が……

——ちょっと待て、デイブ、電話を取ってくれ、バルクさん《ミス》。ビートン？　彼はデビドフの肩越しに話を続け、——例の書類の準備は？

——用意はすべてできています、あとは彼女の署名を頂くだけで……

——モンティが孫のためにサッカー・チームを作ったらしいな。どうだ？　誇らしいだろう？

彼女は眼鏡より外の世界を見ていないように見える視線に向かって目を上げた。彼はさらに背中を丸めて椅子に座り、親指で鼻の穴をほじっていた。——あの子がけがでもするんじゃないかって、それだけが心配で、あの子はとても……

——体にいいぞ。

——でも、あの子、七歳児の中でも小さい方ですし、相手チームは……

——子供は今のうちにちょっと痛い目に遭った方がいいんだ、エイミー、何が子供のためになるかが家族には分かっとらんってことを証明するために自分で変なところに頭をぶつけたりする連中もおるが、そうならないように、な？　週五ドルの給料でどこかの林の中のくそ学校で教えて、一応、世間並みの……

——もういいです。お願いですからもう、何だか知りませんけどさっさと署名させてください、どこに署名するんです、何て署名したらいいんですか、エミリー？　エイミー？　私の正式な名前は……

――学校では何て呼ばれとるんだ、フランス人の変人《ルル》にもらった名前か？

――ジューバート、伯父様と一緒の発音ですよ、それで署名はどこに……

――そこです、はい、奥様、あー、そこにタイプしてある通りに署名してくだされば、それで……

――さっきの電話はスタンパーじゃないだろうな。

――違います、ダンカンさん《ミスター》とおっしゃる方でした、引退したいというお話を奥様がセルク夫人となさったらしくて、知事のご都合のよろしい時に伺いたいと……

――都合のいい時はない、今度電話してきたらこう伝えろ、あいつとヴィーダが対応をはっきりさせるまでは銀行を株の管財人にするってな、ゾウナと一緒に学校に通ったとか言ってたが、勉強してきたのはランチの食べ方とマンドリンの弾き方だけ、一つだけはっきり言っとくがわしは出版ビジネスには手を出さんぞ、ヴィーダは旦那の家族がセメントで稼いだ金を恥ずかしく思っとった、あいつとしては出版という仕事をやれば手っ取り早くお金を使い果たせると思ったんだな、あの会社の損益を手に入れろ、ビートン、五年間の連結財務報告書を調べろ、まともな経営なんかできとらんのだ、資金計画の立てようがないからな、スタンパーから電話は、モンティ？

――今日はない、うん、バルクさん《ミス》、飛行機の時間だが、調べたかね。それから日曜のゴルフの件でペンタゴンの番号に電話してくれ……

――かしこまりました……

――バルク、スタンパーに電話してくれ、やつはここに電話するって言っとったんだ、ダラスの抵当《モーゲージ》取引の件でな、ＪＭＩ＊って会社を買収しようとしとる、大株主たちに数十万支払ってオプションを手に入れた、そうしたらスタンパーが今すぐ購入価格の千七百万ドルを貸せって言ってきた、あいつはその会社を買収して、配当金として自分の会社に二千万ドルを支払わせる気だ、それを使ってくそ法人配当税の納付と借金の返済をするつもりらしい、その会社のことを調べといてくれ、ビートン、下手をしたらあいつ裁判沙汰になるかも……

――はい……

――今度は何だ、デイブ。

――マスコミに出す声明です、それからこの写真でいいかどうか確認をお願いします、社長《ボス》、経歴と一緒に送る写真ですが……彼はつやつやした写真をジュベール夫人の前でひらひらさせ、――すごく貴族的な雰囲気の写真だと思いませんか……

――ええ、私、ちょっと水を一杯いただけないかしら。

――すぐに持ってきます。

――それからお父様、フレディーの件で話があるんだけど、何とかしてお父様から……

――スタンパーさんはオフィスにいらっしゃらないそうです、彼は今……

――一日の半分は警察からの呼び出しに対応しとるからな、やつの自動車電話に連絡しろ、インディアンたちと戦っとるかもしれん、その話は聞いたか、モンティ？　向こうの問題が片付いたらおまえのところにも連絡があるだろう、あいつがまとめようとしとるパイプライン共同企業体《コンソーシアム》を銀行が支援してくれることになったんだがな、パイプラインの通るちょうどその場所にくそインディアンの一団が居座っとることが分かったんだ、それも調べておけよ、ビートン、さて、わしに腕を貸してくれ……

――何だかお嬢様は具合がよくないみたいですよ、社長《ボス》、もしも、うわっ！

――あ、ごめんなさい、デビドフさん、私……

――ただの水だから、気にしないでください、今から社長《ボス》にちょっとお願いして、生徒たちの前で、社長《ボス》？　会議室にいる生徒たちのことですけど、少し時間を割いていただいて歓迎の挨拶をしてやったらすごく喜ぶんじゃないかと思うんですが……

――待て、何だこれ、現在の流動的な市場情勢の中で起きている人為的再調整の動きはかなり以前からいつ起きてもおかしくなかったもので、これは何の話だ。

――できるだけ一般的な話にした方がいいかと思いまして、社長《ボス》、それで……

――ダイヤモンド株に関する記者発表なんて誰に頼まれた。

――記、記者です、マスコミが……

――おまえは誰に給料をもらっとるんだ、くそ記者連中か？

――いいえ、違います、ええ、しかし……

――おまえに給料を払っとる人間はニッケルの先物に関する声明をお望みだ、聞いたことは？

――はい、私たちは……

――備蓄必要量、聞いたことは？

――ええ、はい、その件は今……

――朝刊に間に合わせろよ、聞いとるか？　わしのくそ帽子はどこだ……

――はい、私たちは、政府《ガバメント》、じゃなくて知事《ガバナー》、社長《ボス》、知事《ガバナー》に例の本『コバルトのロマンス』の資料をご覧いただいてはいかがでしょうか、今、名前の通った一流ライターを集めているところなんです、そうした素材をちゃんと扱えるライターを……

――聴聞会が終わったら病院に電話をくれ、モンティ、くそ角膜移植で入院するからな。

――スタンパーさんには、今夜知事のご自宅にお電話するようお伝えしたらよろしいですか？

――いつもの列車だ、バルク、前回の手術以来、列車でのトランプゲームは欠かしたことがないんだ、エイミー？　体を大事にな、聞いとるか？

――ありがとう、ジョン伯父様、伯父様もお体をお大事に

……

――新しくロビーに掛けた絵を知事にご覧いただきましょう、名前の通った本当に一流の画家ですよ、私がドアを開けましょう……

――邪魔だ。

――そうですね、あ、そろそろお弁当の準備をした方がいい、生徒さんたちはみんな、かなりお腹が空いてそうだったから、それから社長《ボス》、挨拶なさるときのことですけど、彼らを新しいオーナーとして迎えるっていう設定を強調する感じで今やってますから、今度の年次営業報告書《アニュアル・レポート》にはきっと面白い特集記事が載せられますよ……彼はまるで路上で何かを売っているかのように彼らの横でサイドステップしながら廊下を進んだ。やがて前方の角を黄色がさっと通り過ぎるのが見え、――あ、キャロル、写真屋は来たかな、会議室で写真を撮るんだけど。

――両刃の剣を作り出したのです。その剣は以前存在していた障壁を一気に破壊し……

――ああ、デビドフ課長……彼女はドアに手を伸ばし、ドアを開いたまま、――アイゲンさんが……

――すぐに社長《ボス》がいらっしゃる、その前に写真をきれいに並べておいてくれ、それから箱詰め弁当、ハムとチーズかな。あいつらかなりお腹が空いてるみたいだったから、あれはそろそろ終わりか？　アイゲンはどこ、プロジェクターを切るように言ってくれ、写真屋はどこ……

――うまい話や袋小路がそこら中にあり……

――中には誰もいません、プロジェクターはひとりでに回ってるだけです、アイゲ……

――あのう、ほら。明かりのスイッチは？　誰かそこの、痛！　ほら、立って、向こうに座って……彼は長テーブルの端にある椅子に背中を丸めて居座っていた子供を追い出した。そして、あちこちの丸めたセーターや年次営業報告書やガムの包み紙から頭が上がり、ジュベール先生が隅の椅子に座ってカーテンにもたれかかるのを目で追った。

――デイブ？　用意はできたのか？

――ああ、はい、社長《ボス》、今、キャロル？　映像は止まったけどまだ音が出てるぞ、そこの小さな白いボタン……

――てっぺんだけを海面に出してきらきらと光っている氷山のようなものです。というのも、現代の産業活動についても、氷山と同じように……

――なあ、この映画、前にもどこかで見なかった？*

――これってテストあるんですか、ジューバート先生。

――あれとか覚えてない？　頭の真上に木が倒れてくる場面とか。

――よろしい、みんな。いや失礼、と言うよりもダイヤモンド社の株主の皆さんとお呼びした方がいいかな……むなしく熱のこもった表情の下で彼のへつらいがクルミ材の長机の上に輝いた。――この会社のトップの方がみんなを歓迎するためにわざわざ時間を割いて来てくれました、こちらがモンクリーフ社長だよ、みんな、業務報告だ。その通り、君たちに報告するんだ、だって君たちはオーナーだろ？　私たちはここで働いてるだけ、君たちをはじめとする株主のために働いてる、みんなが望む通りに会社を運営するわけだ……

――**今日《こんにち》、私たちのものとなっている富は……**

――みんなも他のアメリカ人も、もはやわが国の偉大な経済の中で消極的な役割を果たしているんじゃなくて、キャロル……？

――**それをノウハウと言います。現代の技術的進歩によって人間の手が……**

――みんなは積極的なオーナーとして偉大な自由企業体制に直接参加することになる、それによって何百万という人に仕事を、キャロル……！

――**両刃の剣……**

――ちょっと待ってて、自分で音を止めた方が早いな……

――**技術的なノウハウと自由企業体制とが偉大なる縁組をししし……**

丸めたセーターや丸めたガムの包み紙や地球の資源の光沢のあるイラストから顔が上がり、ジュベール先生の方を見た。彼女は乱雑に散らばった銀貨《シケル》と銀貨《デナリ》にもたれ、探るように椅子の端に座り、交叉させた脚の上で手を組んでいた。――じゃあ、まず……

――質問していいですか？と手が挙がり、――さっきから気になってたんだけど……

――じゃあまず、モンクリーフ社長のお話を先に聞きましょう、とてもお忙しい方ですからね……彼女が視線を上げた先で、長机の反対の端にいた彼が立ち上がり、波紋絹布《ウォータード・シルク》に顎を沈め、隣に近づいてくる破れた肘から手元の書類を守った。

――ありがとう。今日は皆さんをダイヤモンド社の株主として歓迎したいと思う、この、このデビドフ君が言ったように、会社の経営陣と取締役は君たちみんなのチームだ。みんな、うちの年次営業報告書《アニュアル・レポート》を持っているようだな、じゃあ、去年はわが社の収益が一株当たり十五セント増えて一ドル十セントになったことが分かるだろう。今年の収益と見通しのきく将来の収益はさらによくなりそうだし、そう、私たちは君たちみたいな株主のために働いてるんだから、その結果は君たちが受け取る普通配当の小切手に反映されることになる、きっとみんな、きっと先生から、ジュベール先生からそのあたりの説明は全部聞いてると思うがね……彼は咳払いをし、その顔は用心深く開けられたドアの方に向いた。——私たちは、いいかな、私たちはみんなのチームなんだ、そしてこの人、入れ、ビートン、みんなは彼のことをラインマン向き*じゃないと思うかもしれないが、私がボールを持っているときにはインターフェアランスで私を守ってくれる選手として彼ほど信頼できる人物はいない。みんなに紹介しよう、わが社の総務担当《セクレタリー》重役兼法務部長のビートンさんだ……彼は身をかがめてひそひそと密談をした。——はい、そういうことで、みんなわざわざ会社まで来てくれてありがとう、申し訳ないが、もうみんなと話す時間がなくなってしまった、でも……彼は目の前に突然突き上げられた手から眼鏡を守り、——もしも他に質問があるようなら、きっとこのデビドフ君が……

——ちょっと気になってたんだけど、ここに書いてある……

——はいはい、みんな、モンクリーフ社長はお忙しいから

……

——写真屋は？　デビドフが再び姿を現し、スピードを上げた。

——でも、ねえ、ここに書いてあるんだけど、この列の数字は受益株主の所有する株数を表すもので、数字は名義人の申し出に基づき、また名義人の家族の保有する株は含ま……

——その子が持ってるのは何だ。

——あれは、きっと前回の株主総会の委任状の一覧ですよ、社長《ボス》、この子たちのために書類のセットを作ったので、みんな？　今はあまり細かいことを説明してる時間はないんだ、取締役がみんなのためにここで仕事をさせている一流の経営者とみんなをちょっと会わせたかっただけだから、私たちは君たちの利益をがんがん稼ぐためにここで働いてるんだ、君たちが今持ってるのがたった一株だけだとしても、忘れちゃいけないよ、私たちが変なことしてると思ったらその一株があれば、みんなが私たちを呼んでしかりつけることができるんだ……

——そんなことは強調しなくてもいい、デイブ、さっさと

……

——この社則っていうのがそれなの、ここにはこう書いてあるんだけど……

——何、どこであんなものを……

——きっと、ああ、セットの中にたまたま入れてただけですよ、社長《ボス》、ちょっとその、クラブに入るような気分をみんなに味わわせるために、なあ、でも別に隅から隅まで読まなくたっていいんだぞ、みんなのお友達のビートンさんみたいな弁護士さんに説明してもらわないと難しいからね、だからとりあえず、モンクリーフ社長のお時間をもう少しだけ頂いて、成功の秘訣って何なのか訊いてみようか？

——うん、簡単に言うとな、みんな、ゲームをやる限りは勝つためにプレーするってことだ。

——利口な部下を雇うことだって言ってもらえるかと思った

んだけどなあ、とデビドフはがっかりした顔で彼の肩越しにウインクをした。

——その通りだ、利口な部下を雇うこと……彼は間を置き、黄色いメモ帳にがりがりと書き付けている短い鉛筆を見下ろしてから眼鏡を折り畳み、——でも指揮は自分で執ること。

——ワシントンでもそうするつもりですか？

——え、どこでそんな話を……

——ここに書いてあるわ、民間企業における指導的地位を離れ、政府の中核に次官として……

——どこでそんな、あれもくそセットに入れたのか、デイブ？

——きっとそうでしょう、誰か女子社員が入れたんでしょう、私たちは、なあ、みんな？　それはただの、それは新聞発表《プレス・リリース》って言って、これから起こることについての説明なんだ、新聞記者の仕事を楽にしてあげるためにこっちでそういう文章を準備するんだよ、そしてタイミングを見計らって……

——じゃあ、起こってもいないニュースを記事にするのと同じこと？

——いや、それとはちょっと違う、ていうか、私が言ってるのはね、みんな、こういうお話はまだ誰にも話してないことなんだ、だってモンクリーフ社長はまだ正式に任命されたわけじゃないから、だから、うん、クラブの秘密ってことにしよう、な？　一人はみんなのために、あ、箱詰め弁当の匂いがしてきたみたいだぞ……

——はい、じゃあみんな、もう質問はないわね、じゃあ……

——でもトイレ行きたいんだけど。

——さあ、私がこの子を連れて行こう、他のみんなにはお弁当を……あちこちで手が挙がった。

——じゃあ二人ずつね、二人ずつ……

——さあ、こっちだ……彼はいがぐり頭を片手でつかみ、反対の手で肩幅の狭いセーターの裂け目《ギャップ》をつかみ、廊下で突然カーブを切り、立ち止まって鍵をジャラジャラいわせた。

——どうしてトイレに鍵掛けるの。

——重役専用トイレだからさ、いいからさっさと済ませて、みんなのところに戻るんだ……

——待ってよ、出るときはちゃんと出れるの？　確かめてみないと、ねえ……

——試してみろよ、内側から開くかどうか。

——オーケー、開くね、あいつら誰かがトイレを盗むんじゃないかって心配してるんだぜ、見ろよこれ、おい。

——押してみろ、それ見たことないのか？

——あったかい風が出てくる、おい、見ろ、あそこ、誰か入ってる……一列に並んだ金属製のドアに沿って奥の方に進み、膝に手を置いてしゃがみ、下から覗いた。——ここの二つ……

——このトイレは前のやつが流してないぞ、しっ……

——え。

――しっ、今誰かが入ってきた……

――くそ馬鹿め、課税対象収入なんて伝染病と同じだ、避けなきゃならんってことも分かっとらん、どんなことになると思っとったんだろうな、あいつは……灰色のズボンの裾をかぶった黒い靴を履いた足が一列に並んだドアの前を通り過ぎ、――あいつは経費削減、経費削減ばかりだからな、くそ税金のことなんか考えとりゃせん。

――あいつの代わりに全部ワイルズがやったと思ってたんだが……磨かれた紐靴《ブルーチャー》*が後に続いた。二つの頭が下がり、下ろしたコーデュロイの畝《うね》の上に止まり、ドアの下から個室の外を覗いた。

――馬鹿言うな、モンティ、フランク・ワイルズならあんな事態を放っておくわけがないだろ。あんなことになって、かなりの金もかかった、予定してた税金の構図がひっくり返るところだったんだ、たまにはくそ政府のお金をこっちのために働かせようとしてた矢先なのに、くそ電話会社があんなふうになれたのはどうしてだと思ってるんだ、まったくあいつは……小便器に勢いよく水が流れ、黒い靴を履いた一本の足が少しホーンパイプダンス風に上がった。――つけ《クレジット》で買って現金で売るっていう単純な最初のルールさえ分かっとらん、銀行が手を貸してくれるのを待っとるって？　あいつがまともな頭を持っとったら資産を手放す前にそれを担保に借りられるだけ借りとっただろうな、で、それを使って資産の価値を上げるんだ、そうしてまたそれを担保に金を借りれば、会社そのものを買い取れるくらいの金額を借りられただろうに……トイレが流れた。――そこにおるのはビートンか？

――はい。

――ダイヤモンドの最新株価は。

――二十です。

――ワイルズに連絡して十九で買うように言え。

小便器に長い間、辛抱強く水が流れた。――公開買付が行われるときにその影響を受けるのだけはごめんだ、もしも……

――今でも公開市場で売りに出されとるじゃないか。会社が自分の資産を買う、法律的には何の問題もない、総資本額が三分の二まで減らん限りは問題ない、くそ記者発表も必要ない、何とかいうやつにもよく教えといてやれ、あれはどういう男だ、モンティ。

――デイブか？　彼なら大丈夫だ、時々勇み足もあるが、よく働く、土曜にも仕事を……

――掃除のおばちゃんだって土曜に働いとる、あいつには気を付けろ、聞いとるか、ビートン？彼らの背後で抑制された水が滴る音が聞こえた。――デイブ、そこにいるのはおまえか？

磨いた黒と黒の靴が、一列に並んだ金属のドアに向かって振り返り、ドアが一つ開き、また一つ開き、それと同時にベルトが締められた。――おいおい、こんなところで何してる、どれだけ盗み聞きしてたんだ、君ら。

——全然、何を言ってるんだかさっぱり……

——構わんじゃないか……彼は紙タオルを破り取り、鼻をかんで、——重役会に二十回出るよりもトイレの方が率直な話が聞ける……彼は紙タオルを広げて中をよく見てから丸めた。——何か他に聞きたいことは？

——うん、ちょっと聞きたかったんだけど、さっきの話の中で……

——あんた百万長者？

——百万長者？　おまえは百万ドル持っとったらどうする、教えてくれ。

——俺？　まずはでっかい大邸宅を買うなあ、電気の柵を張り巡らして……

——それは馬鹿のすることだ、と彼はつぶやいた。廊下のカーペットが彼らの足音を飲み込んだ。——おまえもジューバート先生のクラスか？　先生からは教わったことがないんだな、お金を使うのはお金を増やすときだけにしろってことを？

——教わったよ、ねえ、ていうか、今やってることがそうさ、先生に教わったんだ、持ってるお金は自分のために働かせなさいって、そうじゃないと怠け者のパートナーと同じことだって……

——なかなかいいことを言う先生だと思うか？

——うん、先生は本当に賢いよ、みんなも……

——本当に賢いだと？　お金って何なのかを教わったことは？

——みんなもそう言ってる、ていうか、待って、ここに書いてある四半期《クオーター》って……

——そんなのはそこらのくそ馬鹿どもが考えることと一緒だ、次回はおまえが先生に教えてやれ、お金は信用《クレジット》だってな、分かるか？

——お金は何だって？

——先生が自分のお金は自分のために働かせなさいって言ったら、おまえは先生に言い返してやるんだ、コツは他人のお金を自分のために働かせることだってな、分かるか？

——うん、でも……

——やっと戻ってきた……デビドフは前方の角を曲がり、——ああ、それからキャロル……

——デイブ、さっきの記者発表だが……

——ちゃんと処理しました、社長《ボス》……デビドフは少年たちを背後から追い立て、——子供たちは会議室から出しました、社長《ボス》、どうやら天井裏のパイプが、ああ、キャロル……彼らは彼女の後を追って角を曲がり、——さっきの記者発表、公表前にもう一度見せてくれ、ちょっと言い回しを変えたいところが二、三……

——でも、もう公表しちゃいましたよ、先ほどデビドフ課長にそう言われたので……

——本当に公表しちゃった？　まずい、メモ、電話をつないでくれ。待って。メモ用紙を。メモ用紙ある？

——ねえ、待ってよ、僕の荷物が全部あの部屋に置きっ放しだよ、ねえ、さっき買った株も入ってるんだ、待って……

——大丈夫、先生が持ってった、さあ急いで……彼はドアを引き、彼らはカーペットの敷かれていない床に飛び出し、廊下を曲がると目の前に、何の遠慮もなく白地に黒で線を引いた巨大パネルが現れた。——キャロル？　最初の段落の、株の値動きの原因というところは、ニッケルの先物取引の値動きの原因っていうふうに書き換えて……彼は子供たちをエレベーターに向かって誘導しながら、巨大なキャンバスを抱えている男の横を通り過ぎ、——それから第二段落の……

——なあ、相棒《バディー》、この絵、どこに掛ける。

——適当に、適当に立てかけといて、落とすなよ、部屋の中に入って、待って、会議室の場所を教えないと駄目だな、キャロル？　彼が突つくようにしてエレベーターのボタンを押すと、背後のエレベーターが人影を吐き出した。男はたくさんのバッグとカメラを肩に掛け、その後ろからはカートいっぱいの白い箱がついて来て、——待った、写真屋が、もういいか、なあ、キャロル、この子たちを自動販売式食堂《オートマット》*に連れてってくれ、他の子たちはもう向こうにいる、それから例の……

——地下鉄を乗り間違えちゃって。

——いいよ、いいよ、ダウンタウンで撮った写真の試し焼きは必ず私に見せてくれ、ほら、箱を持って、待って……彼は空いた手でネクタイと格闘しながら近づいていき、——知事……

——これか？

——これ、はい、この絵です、知事が、私たちが……

——カーペットとも合ってない、壁紙とも合ってない、何にも合ってない、何だ、それ。

——何です、ああ、箱詰め弁当です、はい、これ、箱詰め弁当なんです、でもジュベール先生のクラスのみんなはここから出なければならなくて、会議室が水漏れしたものですから、これも全部捨てなければならないでしょうね、どうしようも……

——捨てる？　中身は。

——ハムとチーズのサンドイッチ、バナナ、カップケーキ、ポテト・チップス、ピクルス……

——食べ物を粗末にするのはよくない、注文したのは誰だ？

——私です、でも……

——おまえが注文したのなら自分で食べろ……彼は黄色の波にぶつかり、彼女は少年たちの背中を押してエレベーターに乗り込ませた。——聞こえたか？　物を粗末にするのは精神のしつけができてない証拠だぞ、ミスター、名前は何だったかな……子供たちは「カントリー・ガーデン」*に合わせて下り、彼女より先に飛び出した。——ねえ、お弁当食べないの？

——お弁当の代わりに自動販売式食堂《オートマット》*に行くのよ……突風が吹いてきたので彼女は黄色いスカートを押さえ、——通りの向こうにあるあの店、見える?

——おい、見ろよ……

——二人とも来なさい、立ち止まってないで……

——おい、でも警察はあんなところで寝てる男《ひと》を放っておくわけないよな、なあ。

——お姉さんも一緒にご飯食べるの?

——血まみれだぞ、見たか、おい。

——いいえ、私はすぐに仕事に戻らなきゃ、お友達がたくさんいるじゃないの……彼女はガラスの扉まで近づき、キャセロールで黒焦げになるまで料理したフランクフルトのしなびた残骸の上に載った豆の奥を指差した。——また会いに来てね、じゃ……

——おい、ジューバート先生と一緒にいるのは誰だ……彼らは回転ドアから飛び込んだ。

——あの人だ、バスト先生だよ、先生がちゃんと僕の荷物を持ってるといいけど……

——お二人さん? 店の中を走らない……「食パン&ロールパン」の近くに座っていた彼女が呼び掛けた。片方の肘をテーブルにつき、手の付け根に顎を乗せ、その指はバイオリンの指《し》板《ばん》を押さえるような曲線を描き、まるで声にトレモロを加えるかのように震えた。——あなたのことじゃないわよ、あなたじゃなくて、若い頃の私自身のことを笑ったの、昔イメージしてた作曲家の姿を思い出したの、どこかでワーグナーの話を読んだことがあったのよ、彼は仕事場に本が置いてあるのは我慢できなかったんですって、それから、彼は柔らかな布のひだを見るとなでずにはいられなかったとか、匂いのことも書いてあった、バラの香油が好きで、誰かがパリから彼に送ってたんだって、私はそういうイメージを抱いてたの、何でもかんでも絹、絹とバラの香油……

——ジューバート先生、これ全部僕の荷物?

——どうやって食べ物を買ったらいいの?

——はいはい、もう一ドルお借りしてもいいですか、ありがとう、バスト先生、二人ともこれを持ってあそこに行くのよ、あの女の人がそれを硬貨に両替してくれるから、ごめんなさいね、バスト先生、こうしてまた偶然先生に会わなかったらどうしようもなかったわ。

——ええ、はい、僕はきっと会えると……

——どうしてお金を全然持たずに来ちゃったのかしら、私、ぎりぎりみんなの列車代だけしか持ってなかったの、昼のお弁当は予定では……

——いいえ、構いません……彼はブラウスを着ていない彼女のスーツのしどけない襟元から急に目を上げた。頼みを聞く側というよりも頼みを聞いてもらう側のような声の調子で、——でもそれは彼がだいぶ年を取ってからの話です、さっきのワーグナーの話、ワーグナーが年を取って……

——ええ、でも、さっきおっしゃったのはそういうことでしょ、オペラを書くときには全然違う一つの世界を作り上げるんだって、聴衆には現実世界に対する信念を一時的に保留してもらうって……

——いえ、してもらうんじゃなくて、させるんです、例えば『ラインの黄金』の出だしのEフラットの和音、あれはずっとずっと続く、百三十六小節延々と続きます、しまいには、すべては水の中で起きてる出来事なんだっていうことの方が、きつい靴を履いて暑苦しいフラシ天の座席に座っていることよりも現実味を帯びてくる、そして……

——ジューバート先生、十セントちょうだい。

——もう充分食べたでしょ、デビー、今私たちは……

——リンダよ。

——リンダ、そうね、ごめんなさい、セーターはどこ。

——向こうのテーブルの上、食べたいわけじゃないわ、ここはトイレに十セント要るんだって、十セント入れなきゃトイレに……

——はいはい、分かったわ、あの、ああ、またまたありがとう、これじゃあ、きっとお金がなくなっちゃうわね……

——いえいえ、いいんです、僕は、組合費を払うためにいくらかお金を取っておいてたんですよ、でも組合には入れてくれませんでした、コンサート・ピアニストだって言ったらむちゃくちゃ難しい楽譜を出してきたんです、ドラマーもいたんですけどそいつはパラディドル*をやれって言われただけなのに……

——でも、どうしてバンドに入らなきゃならないの、単に作曲したいだけなら……

——いえ、その、今回の学校勤めが、あまりうまくいかなかったから、演奏の仕事でも見つけられたらなあと思って、そっちの仕事をしながら自分の曲作りの方も……

——ジューバート先……

——はい、これ……！と彼は彼女の横で体を左右に揺らしている人影に向かって十セントを突き出し、——仕事をしながら自分の曲作りの方も……

——でも作曲でいくらか稼げないの、私にはよく分からないけど、きっと作曲でお金を稼げる職場が……

——ええ、はい、やってみたんですけど、ていうか今そうしようとしてるところなんです、今日会った人がね、ベースやってる人なんですけど、彼は控えのベース奏者なんです、ブロードウェイのショーで演奏しないことで給料をもらってる、そのショーもミュージカルとか言ってますけど、ただ音楽を使ってるっていうだけの……

——先生……

——ちょっと二人とも！　今さっき一ドルもらったでしょ、JR、それ以上……

——うん、分かってる、もしよかったらバスト先生の一ドル札を五セントに両替してあげようと思って。

——要らないよ、でも、ジュベール先生は何か召し上がりますか？

――じゃあ、紅茶だけ頂こうかしら、あまり体調がよくなくて……

――はい、待てよ、ほら頼む……彼はテーブルの下で紙幣を一枚めくった。

――それでその人が仕事を世話してくれたの？　ベースの人が？

――いいえ、その、ええ、間接的な形ですけど、僕に力を貸してやりたいって、ウェストサイドに行くように言われました、音楽じゃないものを求めてる連中がいるからって言うんです、音楽じゃないものを三分間、テレビか何かに使うんだそうです、テープに三分間のナレーションが入ってて、それに付けるBGMが必要なんだけど、ちゃんとした形の音楽じゃ駄目なんです、目立っちゃいけない、音でも何でも声から注意をそらすようなものは駄目、ナレーションのことをメッセージとか呼んでましたけどね、連中にとっては……

――それにしても馬鹿げてるわ、作曲家にお金を払って……

――ええ、はい、でも、連中は僕にお金を払ってはいません、ていうか、僕にはできなかった、連中は急いでたからきっと三百ドルは払ってくれただろうと思います、だから僕も頑張った、でも僕には、僕がどんな曲を弾いても連中は……

――いいえ、私はそういうことが言いたかったんじゃなくて、演奏しないことで給料をもらっている誰かさんが、あなたをどこかの別の誰かに紹介して、音楽じゃないものを……

――でも、僕がどう思ったか分かりますか……！　彼は一方の手を他方の手で押さえて、――すみません、僕、三百ドルですよ、僕が考えたのはモーツァルトの協奏曲ニ短調のことだけ、彼が全部の協奏曲で受け取った金額の合計よりも多いんだ、それなのに僕は……

――でもすごいと思うわ、あなたが音楽じゃないものを作曲しなかったのは。ていうか、お金をもらってショパンを演奏したりとか、お金をもらって作曲したりとか、そういうことができないからといって……

――いいえ、でも、お金はもらえる予定です、話はそれで終わりじゃないので……彼は握り締めた自分の手に触れる彼女の指から目を上げ、――そこから出ていくときに、また別の人が力を貸してやりたいと言ってくれて、ダウンタウンに行ってダンサーに会うように言われたんです、その人たちはオリジナルの曲を欲しがってて……

――あなたたち……！　突然、彼女の手がなくなって、――座ってなさい！と彼女は大理石仕上げの会計窓口の前での衝突に向かって呼び掛けた。――すみません、今……

――ショパンはお好きですか？

――ああ、もちろん、好きよ、ええ、あのバラード、ト調のバラード？　あれはすごくロマンチックで……

――ト短調ですね、はい、演目に入ってますよ、チケットが手に入ったら、来週なんですけど、チケットが手に入ったらいらっしゃいますか、このリサイタルは……

——とってもうれしいんだけど、バスト先生、私……

——いえ、その、僕、先生は結婚してるんですよね、忘れてました、僕はただ……

——別に結婚しているからどうこうってわけじゃないの、そうじゃなくて、ただ残念だけど予定が……

——ええ、いいんです、僕はただ、僕はただ、先生が、先生は紅茶が欲しいんでしたよね、はい、すみません、取ってきます……

——ありがとう、私、あ、危ない！と彼女は彼の手首をつかんだ。

——いえ、大丈夫です……彼がゆっくり立ち上がると、彼女の手が離れた。——僕が取ってきます……彼は椅子を直し、立ち上がって見回し、電話ボックスのそばの机で額を寄せ合ってコインを搔き回している人影に向かって歩き出した。

——おい、あの女《ひと》が五セント硬貨を二十枚出すところ見た？ 手元を見てないんだぜ。指先の感覚で数えられるみたいだぞ、まるで機械だ、それも見せて……

——目の見えない人みたいだ、目の見えない人は指先で見るっていうだろ、知ってた、おい？ おい、待て、あった……

——そんなのはくず、いいか。Dって書いてないだろ、一九五〇、あとちっちゃいD*が足りないんだ、それがないと、あ、こんにちは、バスト先生、五セント硬貨要る？

——うん、座ってなさい、ジュベール先生が……

——すみません、お兄さん……後ろの電話ボックスにいた女が彼の上着を引っ張ったので彼は振り向いた。——あなた、スローミンさん？

——僕？ いいえ、何か……

——もしもし……？ 彼女は受話器を耳に戻し、窮屈そうに中に閉じこもった。* ——いいえ、スローミンさんは今席を外しています。戻ってきたらこちらからお電話するようにお伝えしましょうか……？

——八、九、十二で足りる、バスト先生？ 残りはすぐに持っていくから、今調べてるところなんだ。

——それでいいからくれ、うん……

——それから二枚はギブズ先生に貸してあげたんだけどいい？

——何を二枚？

——五セント硬貨を二枚……ドアが彼の背後でがたがたと開き、手が現れて硬貨を指差し、——これで三枚……

手が電話ボックスに引っ込み、——ベン……？ いいや、さっき行ってきた、あの女にも会ってきた、彼女は……彼女の弁護士がそんなことを？ へえ、あの弁護士は何を……どういう意味だ、あいつ、俺が競馬場通いしてるって言ったのか、くそ競馬場通いでもしなきゃこれだけの支払いができるわけないじやないか。彼女……へえ、誰のせいだ、裁判所命令では俺は保護観察局に直接支払うことになってる、彼女の手元に届くまで二週間かかるって言われたって俺にはどうしようも……ああ、くそ、そもそも問題を法廷に持ち込んだのは彼女だろ、いいか、もしも何かいい方法があれば……一括払いってどんな、あの女、一体俺がどこで……ドアががたがた鳴りだして閉じた。――ちくしょう、何てことだ、あのあま、あの腐れ馬鹿女……

――おい、あいつ誰かにすげえ怒ってるぞ、店に入ってきたときのあいつ見た？ 回転ドアを逆向きに入ろうとしてたぜ。

――おもしろいやつだ、またおまえの水もらっていい？

――どんな味？

――トマトジュースみたい、決まってるだろ。

――あの向こうのおっさん、こっちをじろじろ見てる。

――だからどうした。

――きっとあいつが店長だ、もうすぐこっちに来て、ケチャップの使いすぎだっておまえのけつを蹴飛ばすぞ。

――テーブルの上に置いてあるんだから、ただだろ？

――オーケー、でもおまえはサンドイッチも買ってないじゃないか、ランチに五十セントもらったのにサンドイッチも買ってない。

――それがどうした……？ くたびれた折り鞄《ポートフォリオ》からびしょ濡れの紙袋が引き出され――自分からランチを買い取っただけさ、人にとやかく言われる筋合いはないね。

――六八年、七〇年、四九年、見ろ、おい、インディアンの頭のコイン*があった、値打ちは？

――五セント、なあ、僕は今これを読もうとしてるんだ、だから、ちょっと……

――何だ、上でもらったくずパンフレット？ 意味も分かんないくせに。

――だからどうした、分からないことは誰かに訊いたらいいだろ……短い鉛筆が余白をこすり――やば《ホーリー》、ナプキンある？

――そこのスプーンの横。クラブみたいなもんだよ、みんな、だってさ、たいそうなクラブだな、なあ、俺には意味が全然……

――おい、今集中して読んでるんだよ、な……丸めたハンカチが出てきて、飛び散ったケチャップを紙の上に広げた。――ちょっと黙っててくれる？

――いいよ、七〇年、七二年、*またインディアンの頭だ、インディアンの鼻がどうしてみんなこんなふうにつんとなってるか知ってるか、おい？

彼らの後ろでドアががたがた鳴った。――すみません、あなたスローミンさん？

――もしもそうなら俺は名前を変えるね。

――ねえ、待って、ギブズ先生？ 訊きたいことがあるんだけど、ちょっと待って、ここのいちばん上に書いてあるのはどういう意味、オプションをエクササイズするって。

――オプションを散歩に連れ出して、運動《エクササイズ》させるってこと、あのなあ、どこでそんなことを……

――ねえ、まじめに訊いてるんだけど、どういう意味……

――一定の期間内に特定の価格で株なんかを買う権利がオプション、それを行使《エクササイズ》するってことは株を買うってこと、いいか、一体おまえたちここで何やってるんだ。

――社会見学だよ、もう一つはどこだっけ、待ってね、ダイベスト、ここだ、彼はダイベストを済ませて……

――服を脱《ダイベスト》ぐってこと、何の社会見学……

――ねえ、まじめに訊いてるんだけど、株式のダイベストを済ませて……

――株を売却《ダイベスト》したってことだろ、何の社会見学なんだ。

――ジューバート先生、あそこにいるだろ、見える？　食パン&ロールパンって書いてある横。それから、待って、総額《アグリゲート》っていうのは……

彼らの背後でドアががたがた鳴った。――マークスさん？　ちょっとお待ちを、オフィスにいらっしゃるかどうか確かめてみます。マークスさん……？　しかし彼は急に背中の向きを変えて立ち上がったので、ちょうどそのとき鳴っていた小節が一瞬タンゴのように思われた。彼は体を傾け、見詰めたまま、テーブルに手をつき、動きだした。いかめしい顔で反芻《はんすう》しながら寄る年波をかわし、ナプキンの束を取り、目印のない道を通って食パン&ロールパンと書いてある場所まで進んだ。

――やばい、あいつが来た、おい。

――だからどうした……グラスが空っぽになって下り、セーターの袖が上がってケチャップ色の口髭をぬぐい――あいつの着けてるバッジに店長って書いてあったら、どうしてテーブルにナプキンが置いてないのか訊いてやる。

――スプーンの横に置いてあるぞ、俺にも取って、おい、どこ行くんだよ。

――先生に五セント硬貨を渡してくる、僕の荷物を見てて……彼は机の上の荷物を片付け、飲み物と書いてある場所を目指し、ガーゴイル*のような注ぎ口に新たな攻撃を仕掛けている人物に後ろから近づき――ねえ、バスト先生？　残りの五セント硬貨だよ……

――ちょっと、気を付けて、僕のポケットに入れて……カップが受け皿の上でかたかたと鳴り、元来た道を食パン&ロールパンと書かれた場所まで戻り、事故に遭わずにテーブルまでたどり着き、カップが置かれるときに――すみません、僕、ナプキン取ってきます……

――どうしてそれぞれのテーブルの上に置いておかないのかしら……

――無駄を抑えるため、ここのくそ椅子の座り心地が悪いのも同じ理由さ、客にゆったりと食事されたら困るんだ。テーブルにナプキンを置いたらみんなナプキンを使う、手の届くところになけりゃ客は自分の手の甲を使う、問題は礼儀作法《マナー》には時間がかかるってこと、だから客に礼儀作法《マナー》を守ってもらう必要もない、時は金なり、金が……

——ありがとう、バスト先生、お気遣いなく……

——ガソリンスタンドと一緒、入ってきて満タンにして出ていく、で、こちらは誰……?

——え、あ、顔見知りだと思ってました、こちらはバスト先生。彼女はきれいに折りたたんだナプキンをカップの下に入れ、

——こちらはギブズ先生。ここで偶然会えたのは本当に運がよかったわ……

——ああ、何でも言ってくれ。喜んでお手伝い……

——いえいえ、バスト先生のことです、バスト先生のおかげで……

——バスト先生? 悪いね、気が付かなかったよ、バスト君、例の音楽鑑賞の番組のことでおめでとうを言わせてくれ。本当に画期的な授業だったと思わないか、ミス、ミセス……

——いえ、彼女は、先生はご覧になってなくて、僕は……

——本当に画期的だったんだ、見てないなんて残念だな、きっとあなたの教員人生を変えるような電撃的な授業だったのに、バスト君、その話はもうしたのかな? ミス……

——いえ、僕、いえ、その僕は……

——でもバスト先生は教員を辞めちゃったんです、ね、作曲に全力を注ぐんですって。とても勇気のある決断だと思うわ、ほんとに。

——そりゃそうだ。できる人間は自分でする、できない人間は人に教える。だよな、バスト君?

——あの、僕は……

——自分の仕事を見つけた人間は幸いだ、それ以上の幸福を願うのは、すまん、この膝は君の?

——いえ、私の膝です、ギブズ先生、もう少し真っすぐに座ってもらえると、話の途中だったわね、バスト先生、ダンサーの話、作曲を依頼されたの、バレエか何かの曲?

——いやいや、そういうのとは少し違います、ええ、ダンサーは二人だけ、何か、何かスペインっぽい曲を、ちょっと高級感のある音楽を作曲してほしいって、さっき話したベースの人が二人の友達で、ていうか女性の方の友達で、だから彼に言われてそこに行ったんですよ、彼が言うにはビゼーみたいな音楽、ビゼーみたいだけどビゼーじゃない曲が二人の希望だって、分かりますか、僕の言ってること……

——分かる分かる、ビゼーはワーグナーみたいだけどワーグナーじゃないってワーグナーを聞いたこともないしビゼーを理解することもできない連中に批判された、あれと同じ感じだな、だよな、バスト君?

——あの、僕は、ええ、僕が言いたかったのは単に……

——そう、さっき、さっき私たちワーグナーの話もしてたのよね、バスト先生……彼女は声の震えを指で抑えるかのように一方の手を他方の手に押し付け——彼の、仕事をするときに彼

が必要とした環境のこと、匂い、絹の感触、それから……

——女、それから女……

——あ、それから庭の小道、そう、忘れてた、彼は窓の外を見るとどうしても目が庭の小道をたどってしまって集中できなかったんですって、なぜかっていうと、庭の小道は外の世界につながってるから、現実の世界に……

——を引き込むから。

——何です？

——庭の小道は外の世界を引き込むから、だ。

——あ、そうでしたね、はい、ありがとうございます、それってあなたのスタジオみたいな感じじゃない、バスト先生、私に教えてくれたあなたのスタジオ、独自の生命《ライフ》を持った未完成の幻想《ビジョン》が存在できる空間、そのまま完成の瞬間まで、ギブズ先生、気を付けてね、そんなに後ろに反り返ったらここの椅子は信用できないから、バスト先生、もう少しで……

——人生観《ビュー・オブ・ライフ》なんて人を惑わせるだけさ、バスト君。

——え？　何の……

——人生観《ビュー・オブ・ライフ》なんて人を惑わせるだけだって言ったんだ、でもおっしゃる通り、ここの座席はひどい、ジェイムズ・バストの親戚か何か？　作曲家の？

——ああ、ええ、はい、僕……

——つまり俺が言いたかったのは、天才はしなければならないことをする、優等生はできることをする、これで合ってたかな？

——ギブズ先生、すみません、さっき、さっきまで私たちはバスト先生のオペラの話をしてたんです、ギブズ先生には……

——俺の話もそうだよ、彼がユリシーズに与えたあの哀れっぽい声のテナー、本当の天才の技《わざ》だ、見事にこそこそした男として描かれてる、ユリシーズの姿を唯一人明確にとらえた男だ、あのオペラ自体、俺が今までに見たものの中で最高の……

——何だか先生は別の話を……

——いえ、その、今のお話は、今のは彼のオペラ、ピロク……

——同じ話さ、『ピロクテーテース』*だろ、本当の天才の技……

——いいえ、私たちが話してるのは別のことですよ、ギブズ先生、オペラはオペラでも、このバスト先生が作ってる曲で、すごく……

——ビゼーみたいだけどビゼーじゃない、失敗続きの三十七年*、庭の小道をずかずかやって来る外の世界よりも運がよければ傷心で死ぬことができるかもな、入れ歯が落ちないように気を付けながらわずかに残された威厳を掻き集めて……

——ギブズ先生、お願いですから……

——錆びた緑色のテーブルにチェック柄の布を広げ*、もしもそちらの紳士と淑女、お二人が……

——それにたしか、ビゼーの死因は心臓病じゃありませんでしたっけ、それから『カルメン』、『カルメン』は生前に上演されて、大成功したんじゃありませんでしたか……

——亡くなる丸三か月前にね、すごい人生だ……

——すみません、お客様……

——アーカートさん？　彼はほつれた見せかけのボタン穴の下にピンで留められた鉛筆書きの名前をじろじろ見てから顔を上げて、——何かご用ですか。

——ちょっとあの、この子供たちのことなんですが、ご一緒ですか？

——ああ、一緒といえば一緒かな。

——そうですか、ではあの、水のグラスとかケチャップとかですね、それからナプキンとか、もしも一つか二つのテーブルに固まって座っていただけると他のお客様が、他のお客様のご迷惑にならないように……

——よく分かりました、アーカートさん、あなたのようなお立場の方がご自分の責任をちゃんと自覚なさっているというのは素晴らしいことです、こういう店を切り盛りするのはさぞ大変なんでしょうねえ、私なんかとてもとても……

——はい、どうもありがとうございます、ありがとうございます……彼はうつむいたまま後ろに下がり、柱の陰に落ちているフォークを拾いに行った。

——もしもそちらの紳士と淑女、お二人がお庭で紅茶をお召し上がりになるなら……

——お願いですから、あの、あの、子供たちを集めた方がよさそうですね、それから、あ……！　彼女が横顔を向けて顎を上げ、指を一本ぴんと立て、開いた唇まで白いクラッカーを持った手を持ち上げると、バストが突然火の点いたマッチを突き出した。

——あ、す、すみません、僕、たばこをお吸いになるのかと思って、大丈夫でしたか……

——ええ、大丈夫……彼女はクラッカーを嚙んだが、下りてくるときその手はマッチを持った彼の手と同じく震えていた。

——びっくりしただけ……

——でも僕、僕、ほんとに、熱《あつ》っ！

——あ、ここ、ここ、このティーバッグを当てて、熱を吸収するわ、ちょっと誰か、バスト先生、子供たちに荷物をまとめるように言ってもらえる……

——ああ、はい……彼は立ち上がり、——ええ、もちろん……

——それからギブズ先生、そろそろ、私たちは失礼しようと思いますので……

——はいはい、どうぞどうぞ、こんなに楽しいお話ができたのは久しぶりだ……

——あの、真っすぐに座ってもらえますか！　ちょっと、ちょっと座り直したいので、子供たちがこっちをじろじろ見てますし、みんな、ひょっとしたらギブズ先生が酔っ払ってるって思うかもしれませんから。

——俺が酔っ払ってるって、あのねえ、どうせ子供たちには酒を飲むのがどういうことか全然分かってないよ、俺が目の前に座って自分の頭を銃で撃ち抜いたら、あいつらはたしかに俺が死んだとは思うだろうけど、明日になったらまた学校で会えると思ってる、そんなもんだ、あいつらには何も分かってない、向こうの子供たちを見てみろよ、スラムの宿泊所みたいだ、アーカート店長が静かに近づいて、丸めたナプキンを拾ってる、まるでディケンズの小説から飛び出したような風景、彼らは……

——そんな理由であの男《ひと》に対してあんな態度を……

——何、誰、アーカートのこと？　俺は、くそ、あの男は俺が発明したわけじゃない、見ろよ、あいつはしらふでこんな場所で働いてる。威厳のある顔まであと一歩のあの横顔、いかめしい顔、でも長持ちしない、入れ歯が合ってないことがばれるんじゃないかってまだ不安なんだ、入れ歯が外れてみんなに笑われるんじゃないかって不安、だからあの小汚いウェイター助手にほとんど汚れてもいないテーブルの掃除を言い付ける、それも権威を保つため、問題は歯だけ、一瞬でも油断したら彼は……

——もういいです！

——え、え、何が……

彼女は下唇を片側に寄せ、すぐにかぶりを振った。——何でもありません、別に何でも……

——でも……

——いえ、すみません！　彼女は手を引っ込め、膝の上でバッグを開き——ちょっと失礼します……

——だって、ねえ、まさか君、辛抱を続けてるあいつのことを俺が馬鹿にしてると思ってると勘違いしているのなら……

——みんなそうです、彼女はハンカチのラベンダー柄の縁越しにささやきに近い声で、——みんなそう、今朝揺り籠《かご》の中に立ってたかわいそうな人、あの人は揺り籠の中に立つことについてずっと話してた、私たちはみんな揺り籠の中に立っているんだ、そう言って尖った革のかかとを踏んで立ってた。揺り籠、揺り籠の中にいた男の人が。もういいです！

しかし彼は、力なく下ろされた彼女の手首をつかみ——いいか！　そりゃ無理だ、自分の揺り籠の中には必ず他人が立っているし、クラッカーを食べようとしたら必ず誰かが火を点けてくる、何をやろうとしたって……

——でも、いいじゃないですか！　あの人、彼は、私のクラッカーに火を点けたのだって、何かをやろうとしたってことでしょう、とても親切なことだと思いますよ、少なくともはるかに親切じゃありませんか、あなたみたいに人にいちゃもんを付けるよりもね、特に彼に対して、あの人は、あの人の望みはただ、どうして、どうして普通に大人らしく振る舞えないんですか……

彼は自分の手を取り戻し、今度は慌ただしくポケットからマッチ箱を掘り出した。——もともとそんなことは望んでない……彼は別のポケットを探り、折れた紙巻たばこを取り出した。

——そんなことって、大人になること？と彼女は彼の手から視線をそらし、——望んで大人になる人は誰かいると思います？

——が。人が誰か。

——何ですか？

——死ぬことも望んでない、次の日も学校に行って友達に、実はあの先生は昨日死んだんだって話をする、くそ、君が汚い通りの向こう側にあの子たちを渡らせるって考えただけで、それに列車、あの列車、汚い窓ガラスの向こうに見えるごみ、沈んだ太陽に沿ってきしむ列車、枯葉が舞って、風が、枯葉が君や子供たちに後ろから吹きつけて……

——でもあの子たちは……

——小春日和《インディアン・サマー》*とか言ってる連中もいるが、俺はそうは思わない、だって風が、太陽が沈むと、枯葉を舞い上げるくそ風が君や子供たちの背中に吹きつけてる……

——たしかに毎年この時期は悲しい季節です、でも、でも、だからといって……

——悲しいって、そんな生易しい話か、空からも生命が消えうせ、世界からも消えうせる……

——でも同時にとてもきれいでしょ、紅葉、葉っぱの色が変化して、だから一概に……

——目の前にあるすべてのものから生命が消えうせていくのにそれがきれい？　一日の終わりにあの列車に一人で乗ってると、コネチカットの小さな町にだんだん明かりがともっていく、列車が停まると人気《ひとけ》のない街角が見える、乾いたチーズ・サンドイッチが一ドルもする、バターさえ塗ってない、最後にあの荒涼とした駅に着く、怖くて降りることができない、怖くてそのまま乗っていることもできない……彼はマッチ箱をスライドさせて開け、マッチ棒を取り出して頭の向きをそろえ、——学校の車が駅で待ち構えてる、まるで、黒いリオワゴンがドアを開けた霊柩車《れいきゅうしゃ》みたいに待ち構えてる、そんな世界で大人になりたいと思う人間が……

——でもそれ、それって、寄宿制の学校の話ですか？　先生は……

——学校の思い出を話してるんだよ、色づいたくそ葉っぱを学校に持ってくるように言われて、頑張ってクレヨンでその絵を描いた……力の入った手がマッチ箱を閉じ——俺、俺は時々君のことを見てる、彼は突然顔を上げ、——君の授業、テレビで、自分の授業がないときとか、教室の外にいるときとか……

——でも、でも一体どうして、私の授業科目は……

——ああ、音は消してる、俺、俺は君を見てるだけ……

——あの、私、なるほど、そうですか、そろそろ、そんなにじろじろ見ないでください、そろそろバスト先生が生徒たちを集め終わったみたいですね、そろそろ本当に行かなきゃ……

——すみません、女性用トイレにこのセーターがあったんですが、お連れの子供さんのじゃありませんか……

――はい、ええ、ありがとうございます、アー、アーカートさん、私たち、もうすぐ出ますから、はい、ありがとう……彼女はハンカチを目尻に当て、パチンとバッグを閉じ――私たちはもう行かなきゃなりません、ギブズ先生、いえ、先生はごゆっくりどうぞ、私たちは大丈夫……

――ジューバート先生、あたしのセーター見た？　赤いので……

――ここにあるわ、リンダ、とにかく、ほら、とにかく着ておきなさい、またなくさないように、向こうに行って、バスト先生にみんなを集めるようにお願いしてちょうだい、もうすぐ出発するから……彼女は椅子を押し戻した。――私もすぐにそっちに行く……

――君は、待って……！

――いえ、大丈夫です、私、少しめまいがしただけ……

――ああ、うん、ほら、手を貸すから……

――大丈夫です、いいえ、ちょっと、ちょっと立ちくらみがしただけ、長い時間座ってたから……彼女は椅子の背もたれに手をついた。――バスト先生に手を貸してあげてください……

――でも……彼女を支えようとして上げられた手が空っぽのまま下がり、彼は彼女を見送った。彼女の足はテーブルや椅子の脚に紛れた。彼は自分の足で立ち上がった瞬間顔をしかめ、片足を重しのように引きずりながら歩き――おい、バスト君……？

――え？　あ、はい、子供たちは準備ができましたよ、どうしたんです？

――何でもない、脚がしびれただけ、それより……

――じゃなくて、ジュベール先生のことですよ、どこにいるんですか、あまり具合がよくなさそうだったし……

――その件だけどな、彼女、どうやらふらふらなんだ、自分でも分かってないみたいだけど、だから……

――そうですね、でもどうしたんでしょう……

――さあな、本人にも分からないし、誰にも分からない、それでな、バスト君、このことは知っておいた方がいいぞ、均整のとれた女の体っていうのはそそるが中身は完全な混沌《カオス》だ、女は一生自分の体に振り回される、何だか知らないが、彼女はもうとても夕方まで子供らのお守りをしてられない、俺がやってもいいんだが俺にはこいつらを数えることさえできない、だからだ、さっき彼女に話したんだが、君が子供たちを引き受けるって言ってくれたってことにしておいた、次の列車でこいつらを家に帰して……

――はい、ええ、ええ、いいですけど、彼女はどうします、彼女……

――大丈夫、いいか、ある偉い人の話によるとだな、胸の震えが止められれば大丈夫、*ばらばらになった午後のかけらを少しでも拾い集めることができるかもしれない、俺はそっちに集中するから、子供たちは引き受けるって君から彼女に言ってくれ、彼女は反対するだろうが、言うことを聞いちゃ駄目だ、ああそうですかそれじゃあなんて言うなよ、とにかく引き受けるんだ、ああいうタイプの女は……

――はい、でも……

――今度はどこ行くの、ねえ……

――みんなどこ行くの、ねえ、ジューバート先生はどこ……

――向こうのデザートって書いてあるところ、さあほら……

――ほらほら、バスト先生についていくんだ……彼は子供たちの後に続き、まるでまとわりつくものを振りほどこうとするかのように脚を蹴り上げながらフロアの反対側まで歩いた。

――あっちでバスト先生と一緒に待ってなさい……彼は最後の一人を追い払ってから、デザートと書かれたそばの椅子の端に腰掛けてバッグを掻き回している彼女のもとへ行った。――大丈夫か？

――ええ、でも待って、ちょっと探し物が……

――もう安心していい、バスト君が今……

――その件です、ええ、あの、メモ書きできる紙切れをお持ちですか……

――たくさんあるよ、落ち着いて……新聞の切れ端、カード、反古《ほご》などが出てきて――あの、バスト君が自分から言ってくれたんだけど、はい、これでどう……

――それ、いえ、計時係《クロッカー》ロートンの勝ち馬予想って書いてありますよ、これはあんまり、株式仲買人《ブローカー》に渡すメモだから……

――待って、これ、これでどう、あの、さっきバスト君が自分から……

――結び目に息を吹きかける女には用心しろ*、これ、これ取っておかなくていいんですか？　この紙は……

――いいいい、覚えたから、それで、バスト君が……

――あ、バスト先生、さっき私が言っていた書き付け、クローリーさんに渡す書き付け、忘れないうちに……

――ああ、はい、ありがとうございます、でもし……

――いや、どうぞどうぞ、時間はたっぷりある、慌てなくていい、バスト君は子供たちのことは引き受けるって自分から言ってくれたんだ、次の列車で家に送り届けてくれるって、俺は俺で……

――あ、でも、駄目です……ペンが止まり、――スクールバスは四時十七分の列車に合わせて迎えに来ますから、今戻っても家に帰れません、子供たちは、私たちはお金の博物館に行く予定だったんです……

――お安いご用だ、なあ、バスト君、お金の博物館で子供たちを好きなように遊ばせてやって……

――所在地を手元に控えてたんですけど、その、どこかの銀行の中に併設されてて……

――場所は分かる、な、バスト君、さあ子供たちを集めよう、ほら、二、三、そこ、固まって……！

――ほんとに、ほんとに大丈夫ですか、バスト先生、とってもありがたいんですけど、私、私ちょっと具合が……

――そんな、はい、いいですよ、はい、いいですよ、はい……

――それからこれ、あら、ものすごく字が震えてる、でもクローリーさんにはきっと通じるわ、怖《お》じけちゃ駄目よ、熊みたいにいかつい人だけど、あなたの伯母様たちがお持ちの株の件ではきっと喜んで手を貸してくれる、四時十七分の列車でみんなを家に送ってもらえます？

――はい、これありがとうございます、僕は……

――待って、うん、六、七、たしか十二人いたと思う、リンダ？　セーター持ってる？　九、あれ、あの子たちと一緒にいる男の人は誰かしら、あそこ、電話のそば、何だか……

――ビジネスマン、名前はスローミン*、怪しいやつじゃない、具合はちょっと落ち着いたかな？　こっちだ……

――それからバスト先生、本当にありがとう……

――ねえ、バスト先生、今度はどこ行くの*……

――みんなどこ行くの、ねえ。

――バスト先生、十セント貸してくれない？

――いいかな、みんな、ばらばらになるなよ？　誰か向こうに行ってあの二人を、いややっぱり、ここで待ってて、僕が……

――ねえ、見て、ジューバート先生が……

――いいからそこで待ってなさい！

――あ、やあ、バスト先生、今度はどこに……

――電話ボックスの中で何をやってるんだ、一緒に来なさい……

――電話番号を控えておこうと思っただけさ、待って、待ってよ、僕の荷物が……

――いいから一緒に来なさい！　さて、あの、よしよし、押すんじゃない、さてその場所は……

――バスト、ちょっと、悪いけど……彼の腕が後ろからつかまれ、――タクシー代、二、三ドル貸してもらえないか……

――でも、はい、でも待って、お金の博物館ってどういうことです、彼女、はいどうぞ、彼女はどこかの銀行にあるって言ってましたけど……

――あのな、この辺には二街区《ブロック》ごとに銀行がある、その一つ一つが全部お金の博物館だ、まあ、気にするな、子供たちは映画館にでも連れてったらいい、それからバスト。意地悪に見えたらすまなかった、そんなつもりはなかったんだ、あのな、君とはいつかゆっくり話がしたい、いつか……

――はい、ええ、いつでも……

――バスト先生、先生についていったらいいの？

――てか、あの男《ひと》どこに向かってるの、ねえ。

――映画だって、ねえ、僕ら映画に行くの？

――おい、やばい、店長が来た……

――回転ドアは一人ずつ、一人……だから一人ずつ！

――映画館があるよ、ねえ。あそこ。

――向こうのがそうなの、バスト先生？　何とかのおもちゃ、何だあれ、ねえ。

――快楽《エクスタシー》に身も心もゆだねて……

――あれなの、バスト先生？

しかし彼は立ったまま反対側をじっと見ていた。そこでは料金のやり取りをしているタクシーで車の流れがせき止められていたが、やがてドアが閉まり、寄り添うような二人の頭が後部の窓越しに見え、再びすべてが動きだし、後ろから吹き付ける風が少し強くなった。

――見ろ。おっぱいの先が見える。

――見えるわけないよ、先っぽのところには何かが貼ってあるんだ。

――だからどうした。はがしゃいいじゃないか、おい、これ見ろ。脈動のクライマックスを追体験……

――タブーなし、禁じ手なし！　タブーって何だ、おい。おい。これ見ろよ。興奮の世代《ジェネレーション》……

――あのおっぱいすげえ！

――すみません……

――は？

――たしか、どこかでお会いしましたよね？　私、ゴールっていうんだけど……

――僕は、覚えてませんね、僕は……

――おい！　うなぎの水槽の中で女子プロレスだ、おい。

――これ見ろ、何だこれ。何やってるんだ。空手《からて》。

――裸で？

――そこには子供は入れてもらえないですよ、多分。

――ここ？　ああ、そんなつもりじゃ、どこかいい映画がないかと今探して……

――隣の街区《ブロック》で西部劇やってますよ、連れてってやったらどうです？　どっちみち私も四時まで時間をつぶさなきゃならないから、ひょっとしたらそうしてるうちにどこで会ったか思い出すかも……

――女の人とうなぎのプロレス見ないの？

――信号を守りなさい……！

――今度はどこ行くの？　映画に行くんじゃないの？

――バスト先生、あれは？　彼の魂は情熱の炎に焼かれ、彼の目は地獄の業火にあぶられ……

――七《セブン》、八《エイト》、九《ナイン》、一列に並んで《スティ・イン・ライン》。

――七《セブン》、八《エイト》、九《ナイン》、一列に並んで《スティ・イン・ライン》、語呂がいいな。七《セブン》、八《エイト》……

――静かに！

――私の分は払ってくれなかった？　ゴールがしつこくついてきた。

一人の子供が彼らの顔をめがけて至近距離でデリンジャー式ピストルを発砲した。炎が幕を伝って上がった。

――あっ、おっぱいだ！　見た？

——あれは肘よ、ばーか。

——しっ……

乱れたベッド、皿、壊れたガラス、ボトル、ひっくり返った椅子、でたらめに炎を上げるろうそく、下着、スパンコールの付いた下着、羽毛製の襟巻き、引きはがされた熊革の毛布。

——見ろ！

——あれは女の人の腋よ。

——しーっ……！

ようやく夜が明け、教会の鐘がフェイドアウトして馬のうつろなパカパカパカというひづめの音が人気《ひとけ》のない通りに入ってくる。開拓地帯《フロンティア》のろうそくの明かりの下でのディナー、豆の畑でのあえぎ声と愛撫、発砲、風になびく騎兵隊の旗、太陽の光、暗闇、焚き火《ボンファイア》、発砲《ガンファイア》、通りにあふれる人混み、風に膨らむ星条旗の掛かったテラスに殺到する人々。

——俺が自分であいつを仕留めてやってもいいんだが、あいにく今は銃がねえんだ。

——今何時！

——頼むよ、もうすぐ終わるから……

——バスト先生、こいつがあいつをやっつけるところまで待って、ね……？

——そこ、うるさいぞ！

——ね、お願い……？

砲火が響く中、彼らは時々後ろを振り返りながら、押し合いへし合いしてロビーに移動し、風の吹き抜ける通りに出た。

——じゃあ、さっきのやつがもう一人を銃で撃ったのは、相手が撃ってきたと思ったから撃ったってことか。

——誰のこと。

——相手を撃ったやつ。

——誰を撃ったって。

——女とうなぎのレスリングの方が見たかったなあ。

——信号を守りなさい！　ほら、ちゃんと固まって、こっちだ……

——危ない、ねえ、押さないでよ……

——真っすぐ前を見なさい、階段に気を付けて……！

——待ってよ、ねえ、靴の紐が……

——いいから急いで！

——うん、でもちょっと新聞だけ……

——キャンディー・バー買っていいですか、先生……

——駄目！　だから階段に気を付けてって……

——でもどこに座ったら……

——どこでもいい、早く列車に乗りなさい！　六、七、何人、だから固まってなさいって！

——もう、さっきはもう少しでスニーカーをなくしちゃうところだったよ、ここに座るの、バスト先生？

——ほら、どこでもいいから席を見つけなさい、向こうにも一つ空いてる……

――ううん、いいよ、荷物は膝に置くから、ちょっとだけ足をどかして。膝をこっちにやるから、よしと。さっき映画に連れて行ってあげた人、あれ誰だったの、先生の友達？

――一回も会ったことのない人だ、いいから……

――へえ、まるで昔から先生のほんとの友達だったみたいな顔して割り込んできて、何てやつ……

――とにかく知らない！　あの人は僕を知り合いだと思い込んで、本か何かを書くのを手伝ってほしいって言ってたけど、そんなことは……

――オーケー、怒んないでよ、僕はただ……

――それから、ねえ、ハンカチは持ってない？

――僕？　あるよ、ちょっと待って……彼はスニーカーの爪先を前の座席に差し込み、セーターの破れた肘を横のあばら骨にうずめ、色のあせた塊を取り出した。――どうぞ。

――じゃなくて君だよ。ハンカチを使いなさい。

――ああ。彼は勢いよく鼻をかんでから、同じハンカチで手の甲をぬぐった。――バスト先生は大卒？

――僕は音楽学校《コンサーバトリー》に行った。

――へえ……彼はハンカチの中身から目を上げ、丸めてポケットに戻した。――何を習ったの、環境保護《コンサベーション》だったら森林監視員になる方法とか？

――森林の何だって？

――それで、今やってるのは先生の仕事だけ？

――いや、違う、自分の仕事がある。

――どんなの、今朝言ってたやつ？　ビジネスで街に出掛けるって言ってたね。どういうビジネス？

――いいかい、僕はビジネスなんか、何……？

車掌のげんこつが前の座席の縁をとんとんと叩いた。――この子たちはあなたの連れ？

――ええ、みんな、ほら、切符を出して……

――持ってるのは先生でしょ。

――切符もらってないの、ジュベール先生から？　僕らがなくすといけないからって、全部先生が預かったんだ。

――でも彼女、まさか、まさか、誰も切符持ってないの？　でも、誰か、誰でもいいからお金持ってきた人は？

――六、七……彼らの頭の上でげんこつが数え、――八……

――それしかないの、ねえ？　一ドルだけ？　ちょっと待って……丸めたハンカチが再び現れ、それと一緒にくしゃくしゃの紙幣、新聞の切り抜き、短い鉛筆が出てきて――五、六、七、いくら要るの、ねえ……湿った紙幣を一枚ずつめくり、――九枚、これで、ううん、お釣りは取っておいて、返してもらうときに計算しやすいから、オーケー？

――ああ、ありがとう、うん、でも、でも、それ全部君の？

――どれ、お金？　うん、どうして、もう一枚渡して十ドルにしておこうよ。切りがいいから。丸まった一ドル札がばらになって出てきて——だって利子とか何とかも、この方が計算しやすいだろ、ね？

——うん、でも、とか何とかって何だ、僕は……

——別に、ただの利子ってこと、だって今習ってるんだ、パーセントとか、ちょっと膝をどかしてくれる？　この折り鞄《ポートフォリオ》さあ、ジッパーが全然動かないんだよね、最初にもらったときからだよ。彼は壊れたそれを強引に引っ張り——まじやば《ホーリー・シット》、これ見てよ、もう破れそう、ていうか、だからかっこいいキャリングケースが欲しいんだけど……彼は両足の爪先を前の座席のちょうつがいに差し込んで面積を広げた膝の上で鞄を開け、——ね？　この機甲師団の装備を整えるのに三千四百万ドルかかるんだって、こっちの歩兵師団の装備を整えるのは一千万ドル、それで求めなきゃいけないのは……

——うん、あの、いいかい、機甲師団のことなんて僕にはさっぱり……

——うん、それはいいんだ、ね、装備を整えることが大事なんだ、何でもいいから装備を整えるってことにして、このいろんなパーセンテージを求めるわけ、例えば、ここに事業をやってるAさんがいて、会社の三十パーセントを所有してるとするだろ、ね、事業は何でもいいのさ、とにかく事業、ね、でとにかくこう書いてあるんだ、彼は所有してる三十パーセントのうちの四十パーセントを売る、千五百、あれ、万だ、一万五千百二十ドルで売る、で、求めなきゃならないのは会社全体の値打ちはどれだけかってこと、分かる？

——なるほど、うん、じゃあ僕は……

——うん、でもね、聞きたかったのは……

——あのねえ、そういう問題のお手伝いなら、別の先生に、ジュベール先生とか、他の……

——違うよ、グランシー先生の授業、ていうかこれ数学の宿題なんだ、パーセンテージを勉強するための、でもね、こっちにある別の現実の問題の方がさあ、ちょっと待ってよ……彼は山を引っ張り、——やば《ホーリー》……

——ほら、気を付けて、全部下に落ちちゃうじゃ……

——分かってるよ、もう、この列車、ジェッターコースター＊みたいだ、停まるときも急ブレーキだし、そこの角がはみ出してる紙を取ってくれる？

——どれ、これ、指紋と鑑識……

——違う、それは交換のためのくず、インポート・エクスポートのパンフレットがあるはずなんだ、それによるとね、待って、ねえ、ちょっとこれ持ってて、僕が、ほらこの今日もらった委任状《プロキシー》何とか、僕が聞きたかったのはあそこに書いてあった言葉で、何それ、ちょっと……

——思わず指をなめたくなる無修正写真、心躍るカラー、ほら、こんなもの僕の膝からどかして……

——待って、違うよ、これはあいつのくずだ、いつも僕のに紛れ込むのさ、あった、これだ、僕が聞きたかったのはここ、ほら。

BUSINESS OPPORTUNITIES

3400

Wanted —3402 | Business Connections —3426 | Luncheon & Stat. Stores —3434 | Departments & Concessions—3442 | Motels & Motor Courts

CHICKEN DELIGHT
Must sell due to illness. First 2 stores in Manh. Gross $1750 & $2250; hi net; reasonable rents. Low cash down; package arranged for both stores. Mr. Gentilin after 4 PM, AG 9-2858.

FOOD MKT—mod. Bklyn service meat & deli depts, self serv groc vol $7000+wk. Gd lease; terms. Others int. EV 5-4235.

WHOLESALE—Ret'l butcher shop, est 1898 doing $22-25,000 mo. All mod eqpmt. Sacrifice, partners retiring. GR 5-7585.

FRUIT-VEGETABLE [illegible] erson N.J. market area. Large volume. Owner [illegible] Write Y[illegible] Times.

[illegible] for sale, Yonkers NY [illegible] well estab 30 yrs. For info 914 YO [illegible]

GROCERY Delicatessen Astoria [illegible] 30 yrs—forced to sell. $3500. Astoria 8-8149

Laundry-Cleaning Stores

BUSINESS Opportunity vicinity of Stamford, Connecticut. Combination coin operated laundry automatic dry cleaning store. Going concern-exceptional location—established clientele, excellent equipment. Financing available.
REPLY: Y6994 TIMES

COIN-OP Large Laundry & Dry Cleaning first class equipment, long lease over $28,000 business last year. Owner retiring. Call TE 8-4300 ask for Mr. K[illegible]

DRY Cleaning Store & Plant w/[illegible] unit. $35,00 annual. Low rent. L[illegible] cash needed to take over. LH 5-7[illegible]

NASSAU Triple A Shopping Centre [illegible] a Pro dry cleaners VALETONE 516 248-5666.

COIN—Laundromat, est'b shopping c[illegible] Denville, Morris Co, NJ, $5M do[illegible] Bkr 212 JE 8-9076 or 212 CO 7-2116

DRY cleaning in Queens $45,000 [illegible] nually. Must sell—illness.
Y6924 Times

Luncheonettes & Stationery Stores

COFFEE SHOP — Busy Manh loc, [illegible] income. Reasonable Fully equipped. Days, CH 2-2965, after 9 PM RE 9-50[illegible]

DRY STAT, North Shore, LI. L[illegible] Excell opply. Owner retiri[illegible] Price arranged. 516 OR 6-9[illegible]

[illegible]EONETTE — Flatbush, Cortelyou [illegible]r BMT station, corner loc. Reas [illegible]97, UL 9-0534; GE 4-1893.

[illegible]EONETTE—In 40's near 5 Ave. [illegible]rn, good lease. Reasonable rent. [illegible], S. Morrison MO 6-5517.

[illegible]IRDLE & BRA BUSINESS
[illegible] over $1,000,000 annual sales [illegible] in purchasing or merging with [illegible] having [illegible]
Y2756 Times.

[illegible] WRITER & CONSULTANT
[illegible] copy services by expert [illegible] by move to new address [illegible] GRAUER [illegible] 81 St. Apt [illegible] NYC [illegible]

$75 Product Publicity
Proven Results, incl. News Releases Photos, Mass. Mail, Postage. TN 7-8280

SAVE in both printing and mailing costs by using sensational lithographed newsprint. Write Tabloid, Box [illegible] Garwood, N.J.

[illegible] ACT AS YOUR N Y OFFICE
[illegible] address, phone & lobby listing [illegible] & orders taken, mail forwarding [illegible] Ave Corp NYC 36. MU 2-5844

[illegible] Furniture-decorating [illegible] experienced, good [illegible] Y2396 Times.

SAVE OFFICE OVERHEAD
Make our office your facilities [illegible]ador Off svcs 10 E. 49 Pl. [illegible]

[illegible]

ADVERTISE FOR MAIL ORDERS & DIRECT SELLING AGENTS
in Newspapers, Magazines. Substantial accounts. State products, budget [illegible]
MARTIN ADVERTISING AGENCY
15 E 40 Dept 9, NY. Est 1923 LE 2-4751

[illegible] AS YOUR N.Y. OFFICE
$5.00 PER MONTH
[illegible]

[illegible]
Try mail order with your product
CHARLES LEHMAN ADVERTISING
[illegible] E 5[illegible] St, NY 22 PL 9-5270

INSURANCE BROKER WANTED
As partner. Tremendous potential. Concession in Yonker's discount store now in operation. (914) SP 9-8060

LOOKING for a franchise? Send $1 for list of 300 companies who will send full information. Rm 200, 89-30, 16[illegible] St., Jamaica.

USE OUR NEW YORK ADDRESS—[illegible] efficient individualized mail hand[illegible] [illegible] Fine Service, 143 W 4 St. 982-[illegible]

[illegible]ECTRONIC Engineer available to [illegible] design or consulting on analog [illegible] equipment. Y7195 Times.

PACKAGING EFFICIENTLY
DYN
Call 212 LO 4-9335, 201 945-4020

SAVE OFFICE OVERHEAD
[illegible] our office your All facilities [illegible] 10 E. 49th Pl. [illegible]

[illegible]inistrator. Y3425 Times.

Capital to Invest

BUSINESS MAN
Ability to function on diverse lev[illegible] Capital to invest but primary inter[illegible] is for aggressive participation in a profitable rewarding business where benefit could accrue from the addition of my experience and energy. Y 3376 Times.

$200,000 OR MORE
for investment by [illegible] executive [illegible] right or [illegible] growing company. Principals only. N.Y. Conn or NJ preferred. Y7845 Times.

NYSE LISTED COMPANY SEEKS ACQUISITIONS
Will buy for cash or stock companies with pre-tax profits upward $400,000.
TFX5421 TIMES

CAPABLE & ENERGETIC
young man with good business background willing to invest full time and capital in sound business. Kindly give full particulars Y2961 Times.

[illegible]ccessful businessman, 33, with [illegible] [illegible] wants partnership or purchase. [illegible] consider any kind of profitable [illegible]uation requiring from $15,000 to [illegible]40,000
WRITE Y3387 TIMES

[illegible]ONG Term financing arranged [illegible] up. Working capital $500M and up available at competitive rates and terms [illegible] L. Wheeler 382 Washington Ave. [illegible] NJ 201-791-[illegible]

BUILDER INTERESTED
[illegible]

293000
2250
145000000
65000000
160000
9100000

page 24 00
NO 3,76,9,5,11

1850
.0459
24250
1404
0000
98290

Tire Wilderness
Own French read
Eskimo-part

$
10 Day Bonus Offer
Box 1040 a
Chicago Ice.

——で何、何なの、何が……

——違うんだ、ほら、ビジネス・チャンスっていうのを切り張りしたんだ*けど、見てよ、こう書いてある、私たちは御社のニューヨーク支部として*……

——いいから、これ、僕の膝の上からどかしてくれないか？　さっきも言ったけど、僕は力になれない、僕は……

——オーケー、怒んないでよ、僕はただ……

——怒ってるわけじゃない、僕は、僕は疲れてるだけだ、今日は一日……

——いや、でもね、僕はさっき切符のことで先生を助けたんだから、ひょっとしたら先生も僕を……

——分かった！　いや、ありがとう、な、お金を貸してくれてありがとう、感謝してる、でも、どうして僕がこういうものに詳しいと思うんだ、ガードルやブラの販売とか、コイン・ランドリーとか、ドライクリーニング屋とか、こんなこと僕には全然……

——だけどさっき先生は自分でビジネスやってるって。

——自分の仕事、自分の仕事があるって言ったんだ。

——それは分かったよ。何、仕事って。

——創作《コンポージング》。

——え？

——音楽。音楽の創作《コンポージング》。

——へえ。音楽を教えるってこと？

——音楽を書くってこと。

——音楽を作るってこと？

——そう。

——へえ。列車がまた停まって乗客を排出し、彼は膝に積まれた紙の山の上に身を乗り出して、スニーカーの紐に並ぶ結び目に新たな一つを加えた。——その靴しか持ってないの、ねえ？　バスト先生？

ちょうつがいに差し込まれていた遠い方の足が下に落ちて見えなくなった。——どうしてそんなことを。

——別に、ちょっと思ったんだけど、ねえ、こんなパンフレットがあるんだ、はがきを送るだけでセールス用の身支度一式を……

——なあ、JR、悪いけど、僕は、僕はちょっとの間目を閉じたいんだ。

——え、寝るってこと……？と彼は一方のスニーカーの先をさらに深く前の座席に食い込ませ、膝で山をより高く持ち上げると、ゆっくりと彼の体が沈み、鼻の穴が親指の届くところまで下がってきて、最後に——ちょっと思ったんだけどさあ、それってお金になるの？　その作曲の仕事？　彼は間を置いた。すぐ横に力なく垂れている腕に彼の肘がぐりぐりと当たった。——多分あんまりお金にならないんだろ、じゃないと先生やってるわけないもん、ね……？　それから彼は突然破れた肘を座席の後ろに掛けて——おい、あの雑誌どこ。

——どの。

——おっぱいがいっぱい載ったやつ、ちょっと貸して。

——ほら、やるよ、こっちに来て交換を済ませようぜ。

——ちょっと待って……網タイツ、開いた唇、お尻、胸が彼の親指の下で疾走し——ねえ、バスト先生？

——あのな、さっきも言ったけど僕は……

——うん、でもちょっと待ってよ、思い出したことがあるんだ、このどっかに載ってたんだけど、待って……彼の親指が「変わったポーズ」の上に止まり、黒い三日月のように汚れた爪の先で「奇妙な快楽」「お探しのもの、あります」「ハネムーン用愛の雫《ラブ・ドロップ》」となぞり——ほら、見て、申し込んでみる？ ソング・ライター募集。登録無料。優れた作曲家陣があなたの歌を音楽に乗せます、これで、ねえ……？ 彼が振り向くと、ひびの入った窓ガラスによって頬骨のところで切断された横顔があった。——じゃあポケットに入れとくよ……そのページの上から下までが破り取られ——だって申し込む気になるかもしれないからね、オーケー？ 彼はそのページを、裏を外にして押し込んだので、その胸ポケットからはぶつぶつのある乳首が覗いていた。彼は前の座席から足を抜き、ぎこちない足取りで後ろの座席まで歩いた。——ほらよ。

——おい、何破った。

——別に、バスト先生が欲しがってたページさ、それからほら、この指をなめたくなるパンフレット、いっつもおまえのくずが僕のに紛れ込むんだ……彼はスニーカーを前の座席に食い込ませ、山の下の膝を持ち上げた。

——おい、くずだって？ 自分のを見てみろよ、そんなくず見たことないぞ、な、「投資のイロハ」「投資写真集《グロッシー》*」、そんなくずと交換したがるやつなんかいるもんか。

——交換するなんて誰が言った……下に潜った手がそこに止まってぽりぽりと掻き、短い鉛筆を持って出てきて——なあ、おい、ちょっと考えたことがあるんだけど、いい？

——交換を済ませるためにこの席に来たんじゃないのかよ、そんなくずばっかり要らねえよ、ていうか、「刺激的事件に挑戦、凶悪事件の解決」はどこ？

——この下、要る？

——要らない、俺も自分で申し込む。

——好きにしろ。

——もともとただだろ。

——だから？ おまえの持ってるディナーの招待状もただだろ。

——おまけを何か付けるぞ、どうせおまえじゃディナーには行けないんだから。

——おまえも行けないじゃん。b……短い鉛筆が用語集の余白に汚く書き込み——いや、違った、d、dだ……

——何が。

——僕が探してる単語、申し込もうと思ってるやつがあるんだけど、どういうものか分からないから、g、h、いや違う、その前にdだ、待てよ、c……

——何だか知りもしないのに欲しいってどういうことだよ。

——すごく安いからさ、待てよ、d……

——おい、そんなことしてるからくずばかり集まるんだよ、なあ、「指紋採取と鑑識」と、「私立探偵の真実のレポート」と、「犯罪白書」と、「刺激的事件に挑戦」、これ全部と交換だ、オーケー？　代わりにおまえには、「希少コイン」と、「ロースクールの学生の皆様へ」と、軍需余剰品の本と、化粧品サンプル三つと、「豪華ディナー」をやるんだからな、オーケー？

——オーケー、それプラス、「簡易入札販売」、あれはどこにやった。

——駄目だ、じゃあ、「筋肉むきむき」と、「誰でもできるカンフー特訓コース」と、「有名な東洋医術の先生」、それだけくれ。この「野生動物保護官」か、「ユダヤ人を切り刻む話」か、どっちか要る？

——そんなくず要らない、うん、なあ、軍需余剰品の本六冊全部と、「一覧ガイド」と、「簡易入札販売」と、「豪華ディナー」、それだけでいい、おい、足、気を付けろよ……

——足！　おい、くずがいっぱいあって足が動かせないじゃないか、何だそれ、あそこでその黄色いメモ帳まで盗んだのか、おまえ？

——人聞き悪いなあ、盗んだなんて……ぶらぶらしていた親指が最寄の鼻の穴に係留し、——僕たちオーナーだろ？

——オーナーだと、くそめ……彼の横の手が持ち上がり、指という乗組員を集めて爪を包囲し、歯による集中攻撃にさらした。——トイレで俺たちを捕まえたあのおなら爺《じじい》に訊いてみろ、おまえの権利なんてくそだってことが分かるから。

——へえ、そう……？　彼はとても小さな声でそう言ったので、汚れた窓ガラスに映った彼の姿に届くまでに声は失われ、彼はガラスよりはるか向こうにある何かを見詰めているかのようにじっとそちらに目をやっていた。——僕はそうは思わない。明かりのともったプラットホーム*が窓の外に近づき、通り過ぎた。

——駅を通り過ぎちゃったぞ、ねえ。バスト先生？　起きて……！

——早く、おい、急げ……

——僕の荷物、忘れないように……

——早く降りないと列車が出るぞ……

——ここ開かない、ねえ、バスト先生、このドア開けて。

——さあ一人ずつ、一つ後ろの車両から降りるんだ、押さない！

——見ろ、おい、先生がいっぱい乗ってる……

——攻撃的で行動指向の……

——ランチの時間は職務専念義務免除にすることを要求しましょうよ、私は子供にピーナッツバターやジャムサンドイッチの食べ方を教えるためにわざわざ大学まで行ったんじゃないわ……

——専門職ですよ、なのに年収は平均的な建設作業員よりも低いなんて……

——学校の駐車場で壊された車の保険とか……

——中学校の下水管に避妊具が詰まったりして、ああいうのは何て言うのかしら……

——創造的緊張関係、創造的緊張関係を作り出すっていう言い方をしてましたね……

——集団辞職、集団辞職と言ってもいい、反ストライキ法があるっていうんだったらストライキって言わないで……

——そんな紛らわしい言い方をしないで、はっきり言った方がいい……

——そんなことしたらあいつら学校を燃やしてしまいますよ。

彼らは新しく「元気バリバリ、おまえもビンビン」と書き加えられた「デビーのくそだまり」をぞろぞろと通り過ぎて階段に向かい、どやどやと下り、落ち葉や新聞の切れ端を巻き上げ始めた風の中でばらばらになって、停まった車を探した。

——バスト先生、あたしのセーター見掛けた……？　バスのドアが彼女の目の前で閉まった。彼はバスがぎくしゃくと様子をうかがいながら車の流れに乗るのを見届けてから振り返って駅に向かい、鍵の掛かったドアを揺らし、結局、その横のドアを押し開けた。

——セーターをなくしたので届けを出したいんですが、彼は格子に向かって言った。——赤の。女の子用の、赤のセーターです。

係員は顔を上げて時計を見た。それから「現在の窓口係J・ティーツ」と書かれた格子の下から届け出用紙を差し出した。——これに必要事項を記入して、おい、あんた《バディー》！　それ壊す気か？

——手遅れ、残念でした、止められるもんなら止めてみろ……陰からがしゃんと音がした。

——どういうつもり、何がやりたいんだ、あんた？

——つもり？　再びがしゃん、——自分のしてることは自分で分かってるよ、くそ……再びがしゃん、——金を入れた分のたばこを取るんだよ、おたくのこのくそ機械から。

——またさっきみたいに蹴ったりしたら厄介なことになるぞ。

——こうか？　再びがしゃん、——もう厄介なことになってるんだよ、用もないのに蹴るかよ、くそ。

——警察を呼んでもいいのか？

——警察！　これでどうだ？　その人影は最後の一蹴りからバランスを取り直した。——警察……！　彼は陰から飛び出して、丸めた新聞を振り回し——俺が警察を呼んでやる、おまえんとこの鉄道会社を訴えてやる、詐欺だ、ここに証人もいる、最初から全部見てたからな。

——でも、でもギブズ先生、一体どう……

——誰？　彼は窓口の格子のところにあった手を取り、——バスト！　こんなところで何してる。

——あの、僕、さっき列車を降りたところで……

——俺もそうだ、まったく、死なずに済んでラッキーだったな。*

——でもジュベール先生と一緒だったんじゃないんですか、どこなんです、彼女？

——どこ！　どこ！

——いえ、いえ、僕が言ってるのは……

——あんた《バディー》、そいつを外に連れ出した方がいい、格子の後ろから声がした。格子の表面を上から下に滑った手が名札のところで止まり、だるそうに名前を精査した。

——ティーツか。バスト、窓口係のティーツに伝えてほしいことがあるんだ。

——あんた《バディー》、そいつを連れ出してくれ。

——バスト、今度窓口係のティーツに会ったら、やつはくそ盗み聞き野郎だ、気を付けろよ、忠実なる友であると同時に狡猾で危険な敵でもある、どんなことだってやりかねない、どうしてこいつがおりの中に閉じ込められてるか知ってるか、詐欺だよ、バスト、さあ高級な話をしよう、こっちに来い、あいつに聞こえないように、くそ立ち聞き野郎め、気を付けろ……

——ええ、でもジュベール先生は、彼女は大丈夫なんですか？

——一時的な回復だ、バスト、息と一緒に吸い込まれた、一時的な回復、*たしか俺は新聞を持ってたと思うんだが……

——腋に挟んでますよ、ご自分の、ええ、でも彼女、何があったんです……

——彼女の喉の暗い洞窟の中で迷子になったんだ、バスト、目に見えない筋肉のさざ波で打ちのめされた、恥を知れだってさ、君に謝れって彼女に言われたよ、どうだ。

——はあ、いえ、僕が言ってるのはそういうことじゃなくて……

——彼女は言ってたよ、君には才能があって、繊細な目的《センシティブ・パーパス》があるって、バスト、目的意識《センス・オブ・パーパス》があるって、助力と励ましが必要なんだとさ、部屋に閉じこもって、音楽じゃないものを作曲して、ずうずうしい連中の批判を受け入れて、*ビゼーみたいだけどビゼーじゃない存在になって、くそドアはどこだ……彼は冷たい風に当たったかのように背中を丸め、ポケットに手を突っ込んで——ダン、ダン、ダ、ダダン……

——こっちです、はい、でも……

——唾《つば》すべからず、庭の小道は外のくそ世界を、待てよ、バスト。君に渡すものがあった、ここに、彼女が渡し忘れて、待てよ、君に渡し忘れたんだ、ほら。

——え、何ですこれ、どうして……

——子供たちの切符だ、ほら。

——でも、いえ、でもここに、第七レース、連勝五何とかって書いてありますよ……

――列車の切符じゃない？

――ええ、これは……

――八倍だったんだ、ゲートが開いた時点ではトップ、何だこりゃ。

――待って、何か落ちましたよ、列車の切符だ、どうして……

――さっき言っただろ、列車の切符だって。君に渡すように彼女に言われたんだ、渡し忘れたんだってさ、さっきも言っただろ。

――ええ、でも、でも先生はこの切符を持って僕と同じ列車に？

――どの列車。

――さっきの列車、さっき僕らが降りた、四時十七分の、僕らが……

――四時十七分、そう言っただろ？

――はい、ええ、はい、でもこの切符、電車の中で僕にくれてたら……

――四時十、くそ、バスト、四時十七分、彼女がそう言ったんだ。四時くそ十七分に乗って君にくそ切符を渡せって言われたんだ、助力とあげまし*が必要なんだってよ、ずうずうしいやつからでもな。ちゃんと四時十七分に乗っただろ？　くそ切符もちゃんと渡しただろ？　それなのにこんなところに突っ立って文句か？

――いえ、そうじゃなくて僕が言いたかったのは……

――この人には助力とあげましが必要なんですってそこら中で触れ回って、君の代わりにみんなの首を絞めて、みんなのクラッカーに火を点けて回る、そうすりゃ気が済むのか？

――いえ、そんな、待って、こんなところに鍵が、ギブズ先生、切符に混じってました、ほら……

――分かってます、はい、どうぞ。

――それは鍵だ、バスト。

――石の館だ、バスト、一つ階段を上がる、何と険しい道か、*他人の階段を下り、上る、君には助力とあげましが必要なんだって言ってた、繊細な目的《センシティブ・パーパス》、部屋に閉じこもって音楽じゃないものを作曲、どうだこれ。

――いえ、でもこれ、先生の鍵ですよ、はいどうぞ……

――俺は座って聞いてたんだ、バスト、彼女が言ってた、君には仕事する場所が必要だって、作曲に専念しろって、俺はこの耳で聞いたんだ、本当にすごいことだってさ。

――いえ、でも、彼女、僕、仕事場はありますよ、ギブズ先生、だからそんな……

――君には助力とあげましが必要なんだってさ、仕事場とな、バスト、俺は君に、他の誰よりもたくさんの助力とあげましをやったんだぞ、くそ切符を渡して、わざわざ四時十七分に乗って、謝ってやって、落ち着いて仕事のできる石の館を与えて、それなのにここに突っ立って文句か、タグに番地が書いてある、九十六丁目だ、数字があるだろ？　石の館、転がり込んで騒いでいいぞ、もし何ならピアノを持ち込んでも構わん、笑えるよな、頭のおかしな記者の話によると、ジャンヌ・ダルクは天の声を聞いたそうじゃないか？　おまえがやらずに誰がやる。今やらずにいつやる。君には才能があって、繊細な目的《センシティブ・パーパス》があるんだとさ、バスト、このずうずうしい人間の助力とあげましを受け取ってくれ……彼は支えを求めて肩をつかみ、鍵のタグをつまんでぶらぶらさせてから胸ポケットに落とし入れ、先にそこに入っていたものをじっと覗き込んだ。――いいアイデアだ、バスト、胸のうちを明かすとはまさにこのことだな。この世のすべてのものの中で……

――何が、あ、それ、違うんです、それはちょっと……彼はそれをポケットの奥に押し込み、――私こそお手伝いさせてください、ギブズ先生、ちょっとここで待っていてくださったら、この切符を換金してきますから……

――いつやる、バスト！　いつやる……！　蹴りでドアが震動した。

――いや、ここでちょっと待っていてくださったら、ギブズ先生、僕が……

――おまえがやらずにいつやる！　彼が格子窓の方へ向くとドアがバタンと音を立てた。

――あのう、あ、すみません。この切符の払い戻しを……

――終了。

――ええ、でも、でもまだそこにいるじゃないですか、ちょっとくらい……

――終了、時計が見えないのか？

――ええ、はい、ええ、じゃあいつ開くんです？

――掲示が読めないのか……？　鉛筆で書かれた0と9の上に重ねて口紅で「くそ食らえ」と書き添えられていた。彼は振り向いて早足で歩き、ドアにぶつかり、引いて開けた。

――あ、やあ、バスト先生。さっき警察に向かってわめいてたのはギブズ先生？

――ああ、でも、彼、彼はどこ、どこで見掛けた？

――向こう、向こうにギブズ先生の行きつけの飲み屋があるんだ……と荷物を持ち替え、――家まで歩いて帰るの？

――うん、でも、でもどうしてバスに乗らなかった。

――先生のこと待ってようかなって思っただけ、またいっぱい列車の切符を持ってどうしたの。

――買ったわけじゃない、さっきギブズ先生から渡されたたんだ、払い戻ししようとしたけど、あそこの係員が窓口の時間はもう終わったって言うから君にはまだお金を返せない、でも……

――急がなくてもいいよ、わ！　今の見た？

――何。

――稲妻、わあ、ほんとに暗くなってきた、ねえ？　急いでるの？

――ああ。

――バスト先生。ちょっと待ってよ。ちょっとこの靴紐直したいんだけど……彼は腕の荷物をお腹に挟んでしゃがみ、人気《ひとけ》のない海軍記念広場のコンクリートから延びる、草の生えたひびの奔放な前進を食い止めている縁石にスニーカーを載せた。その広場では、使用不能のフランス製機関銃と、何も掛かっていない旗ざおが空を威嚇していた。――ねえ、先生も僕も新しい靴が必要だね？　彼は慌てて強く引っ張りながら言った。――まじやば《ホーリー・シット》……

――いいか、頼むからそういう言葉遣いは……

――うん、でも、またちぎれたんだよ、列車で僕が何考えてたか分かる、ねえ？　彼は荷物を持ち直しながらついてきて、急ぎ足で横に並び、――僕の持ってるものの中にね、セールス会社の資料があって、必要なのははがきを送るだけ、すると向こうからいろんな靴を送ってきてくれるんだ、それを履いて歩き回るわけ、そうすりゃみんなが実物を見れるだろ？　そうやってセールスをするんだ、分かる？　履いてる靴をそのままその場で売るわけじゃないよ、注文を取って取り次ぎをする。自分の空き時間を使って週に百ドル稼げるんだってさ、しかもセールスに回る靴は支給してもらえるんだ、資料探してみようか？

――要らない。

――オーケー、でも違うのもあるよ、自分の家でインポート・エクスポートを始めようってやつ。それならできるんじゃないかな……二人は未舗装の道にできたわだちの水溜まりを横切った。――やってみたくない？　バスト先生。

――何をやってみるって。

――インポート・エクスポートの仕事、自分の家で。

――何を輸入《インポート》、輸出《エクスポート》するのさ。

――僕が知るわけないじゃん、でもほんとはそんなのどうでもいいんだ、彼はハイウェイのぼさぼさの路肩に缶を蹴り込み、歩道の名残を求めて雑草を蹴飛ばし、――ほんとにいいやつはこういうセールスさ、ちょっと待ってよ……

――いいか、雨が降りだす前に家に帰りたいんだ、いちいち立ち止まって……

――うん、でも僕の持ってるやつでこのセールスの広告、おたくの便器は二度と掃除する必要がありませんだってさ、はがきを書いたらこれがもらえるんだ、この……

――どうして君は僕がセールスの仕事を探してると思うわけ！　僕はそんなこと全然……

――お金を稼ぐためだよ、誰だってそうだろ、誰でも、ちょっと待って、大股だね、ねえ？　バスト先生？　このジョーク聞いたことある？　お金が欲しけりゃ俺の親父に頼めばいいぞ、親、痔はたんまり持ってるから。

――聞いたことない。

――うん、でも、待ってよ、ねえ、意味分かった？　俺の親父に……

――意味は分かった、うん、なあ、君のお父さんはこんなふうにあちこちにはがきを書いてることを知ってるの？

――え？

――だから、君のお父さんは……

――ううん、でも今のはただのジョークだよ、ね、ジョーク……

――今のはただのジョークだってことは分かったから！　今のは、今のは僕が知ってるジョークの中でも最低だ、僕が訊いたのは君のお父さんは……

――ううん、でも、ねえ、バスト先生……？　彼は肩の高さまであるノラニンジン《アン女王のレース》を搔き分けながら進み、――先生のお父さんは何の仕事してるの？

――音楽。

――へえ、作曲？　先生みたいに？

――作曲もするし、指揮者《コンダクター》としても有名だ、いいかい、音楽は仕事の種類が別なんだ、靴のセールスやなんかとは……

――うん、分かってる、だから有名なコンダクターをやってるんだろ、ね……？　彼は少しだけ続く歩道を早足でついてきて――空いた時間に作曲ができるようにコンダクターをやってお金を稼いでるってことだろ、作曲はあんまりお金にならないから、ね？

――まあそうかな、さあほら、僕は急いでるから……

――うん、いいよ、僕も大股で歩くから、ただ荷物が邪魔なんだ、これのせいで……

――ねえ、君はどこに行くの、家は……

――うん、先生を家まで送ってあげるだけ、僕は……

――あの、そんな必要はないよ、もう真っ暗だし、君があんまり遅いとお母さんが……

――母さん……？　突然歩道が終わり――ううん、母さんは帰る時間が、うわ！　やば《ホーリー》、もう、もうちょっとで……

――帰る時間が何。

――帰る時間がばらばらなんだ、看護師とかやってるから、ねえ、ちょっと待って？　スニーカーが……彼が片膝をついたところでは草むらの中にわだちがついていて、かろうじて読み取れる文字で錆の鉄柱にドージェ・プロムナード*と書かれていた。――うわ、ねえ、今の聞いた？　今の雷。

――もちろん、だからこうして急いで……

――いや、待って、僕も行く……彼はぬかるんだわだちを横切り、――ねえ？

――何なんだ！

――別に、先生は何の話がしたいの？

――何の話もしたくない、僕は……

――どうして。今新しい曲をイメージしてるとか……？　彼は壊れた歩道の残骸をたどって早足で並んで歩き、――先生にあげた作曲の先生の広告、まだ持ってる、ねえ？

——あのな、僕はお金のために作曲をしようとしてるわけじゃない、僕は……

——分かってるよ、じゃあ、どうして作曲するわけ？

——とにかくそうせずにはいられないからさ！　いいから君はもう……

——やっぱりね、そうだと思った。どうして……歩道の残骸がなくなり、彼も後に続いて飛び込み——ねえ？　作曲するときってピアノとかホルンとか何かのある部屋が要るの？　それともどこでも作曲できる。ねえ？　バスト先生……？

——何。

——じゃあさあ、頭ん中で作曲するときは曲が鳴ってるのが聞こえるの？　だって僕が何かの歌を思い浮かべるときはちゃんと曲が聞こえるんだけど、先生の場合は今まで誰も聞いたことのない音楽を作ってるんだから、楽器が鳴ってるのが聞こえるのかなと思ってさ、ティー、はあ、息が切れちゃう、ティー、リー、リーとか、頭ん中で聞こえて、それから楽譜に書き写すの？　それとも、それとも、音符が先に思い浮かんで、それを楽譜に書きとめて、それを読むときに初めて音楽が……

——あのねえ、今はわざわざ立ち止まってそんなことを説明してる場合じゃないんだ、僕は……

——オーケー、怒んないでよ、思ったんだけどね、先生はあの学校で音楽を教えてても、せいぜい……

——もう教えてない！　僕は何も教えてない、いいからもう君は……

——え、でもどうして、辞めちゃったの、ねえ？　ねえ、どうして、うわ、全然前が見えない、待って、ねえ、バスト先生？　例のオペラ、僕が小人をやるあのオペラ、あれももう教えてくれないの、ねえ？

——あれもやめだ！

——え、そんなの、待って、ちょっと思ったんだけどね、僕と先生は……

——そんなことはどうでもいいじゃないか、どうせ君が小人の役をやってるのも体育の授業が嫌だからだろ？

——え、まあそうだけど、先生はこの先どうするの、ねえ……

——さっき言っただろ！

——うん、分かってる、でも先生はお金のために作曲するんじゃないってさっき言ったじゃないか、先生を辞めちゃったりしたら、ほら、例の「ビジネス・チャンス」、ねえ？　先生どこに、待ってよ……彼は草むらから飛び出した。また別の錆びてねじれた標識が暗い木立につながるわだちの案内をしていた。——ねえ？　ここから入るの？　ちょっと待って、先生に見てほしいものが……

——いいかい、またそこの書類を出してきたりしないでくれ、真っ暗じゃないか！　読めないし、第一、どうして僕にそんなものを見せるんだ、どうして僕に……

——うん、だって、ひょっとしたら僕たちはお互いに協力し合えるんじゃないかと思って、この前も言ったけど。だからさっきも切符代を貸したんだし……

——分かったよ！　礼は言っただろ？　利子も払えばいいんだろ？　払い戻しができたらすぐに返す、学校からの給料もまだもらってないし……

——いや、ちょっと待って、ねえ？　先生の代わりに僕が払い戻ししてあげようか？

——そうしよう、うん、ほら、ほら、それからあと一ドルも渡しとくよ、これでおおよそチャラだろ、待てよ、ほらもう一枚……

——うん、でもほら、その一ドルは……

——分かったよ、ほら！　ほら、食堂でくだいた五セント硬貨がまだある、ほら、おやすみ、バイバイ！

——いや、でも、ねえ、それは別々にしておこうよ、切符の方はディスカウントしなきゃならないから、分かる？

——いいや、分からない！　いいから……

——いや、でも、よくやってるだろ、ねえ、だってさあ、先生が僕からお金を借りるってときは、僕が切符の払い戻しを待ってる間はそのお金は僕のために働いてない、だからディスカウントするんだ、分かる？　例えばね、Yさんが銀行に行って五年間四千ドルを借りるとするだろ。そしたら銀行は五千ドルを貸すのさ、ただしYさんが受け取るのは借りに来た四千ドルだけ、残りの千ドルは、四千ドルに対する利子を前もって銀行に払うためのお金、だからそのお金はYさんの目に触れることもない、つまりね、彼が銀行から千ドル借りても銀行は片方のポケットから反対のポケットにお金を移すだけなんだ、ね、ディスカウントってそういうことでしょ？*

——なるほど、うん、じゃあ返してくれ、僕は……

——ううん、いいんだ、ねえ、僕が払い戻ししてあげるよ、ディスカウントの率は十パーセントってことにしよう、オーケー？　そうすりゃ計算しやすいし、小数点を動かすだけだから、だから……

——なるほど、うん、じゃあ動かしておいてくれ、もう雨がぽつぽつ……

——いや、待って、計算しなくちゃ、ねえ、七、八……

——切符は十二枚、合計金額は九ドル六十セント、じゃあね、バイ……

——十一、待って、十三枚あるよ、てことは十二枚の値段が……

——待って、そんなはずない、列車には十二人乗ってた、だから十二枚切符を……

——十三枚あるよ、数えてみてよ、だから十二枚で九ドル六十セントだったってことは、じゃあ、九、待って九十六の中に十二がいくつ、待って、七、七かける十二はいくら、待ってよ、七かける十は……

――いいかい、十三枚あるのならジュベール先生と一緒に行った人間が十三人いたってことだ、十二人しか戻ってきてないってことは、一体誰が……

――待って、八、一人八十セントだ、ね？　だから八十で小数点を動かして、待って、七十二足す、僕が先生に渡すのはいくら、足す、八ドル七十四セント*だから……

――聞きなさい！　向こうに行ったまま帰っていないのは誰、誰か心当たりが……

――待って、九ドル四十六セント*、合ってる？　ていうかもう暗くて見えないよ、五、六……

――いいかい、僕らは誰かを取り残してきちゃったんだぞ！　誰か心当たりが……

――と三十五、四十五、全然見えないや、間違えて十セント硬貨を渡すところだったよ、待って、これが一セントか、四十六、ね？

――そうじゃなくて聞きなさい、今日の社会見学に一緒に行った人で帰りに一緒じゃなかったのは誰。

――誰、ジューバート先生？

――そうじゃなくて！　生徒の中で……

――知らないよ、ねえ、気を付けて、落とすよ……

――それにほら、何でこんなもの僕に渡すんだ、このお金、払い戻ししてくれってさっき切符を渡しただろ？　切符代を君が貸してくれた、今度は君が切符を払い戻してそのお金を受け取ればいい、それに利子が欲しいんだったら……

――え？

――だから、君には切符を渡しただろって……

――うん、でもその二つは別々の取引だからね。つまり先生にお金を貸したっていうのと、ディスカウントした切符を僕が先生から買い取ったっていうのと、ごっちゃにならないように。ね、バスト先生？　さっきのYさんが……

――Yさんの話は聞きたくない！　いいから、さようなら、僕は……

――返済は急がなくていいよ、オーケー……？という声が背の高い草を越えて追って来て――だってね、バスト先生……？　耳障りな声が雑草の生えたわだちに沿って彼を追い、頭の上を木が覆っている場所で――言ったでしょ、僕らはお互いに協力し合えるかもって……？　彼は早足になり、その瞬間目の前で何かが動いたかのように目を凝らし、耳を澄ました。裂けた枝、落ち葉に埋もれたタイヤ、沈没した洗濯機の開いた丸窓、たまたまどこかからその曲がり角に降ってきたとおぼしき車が突然現れ、窓枠からは偶然の大破局《カタストロフィー》に巻き込まれたのかもしれない手足が伸びていた。彼は黙ってその場を通り過ぎたが、その姿はかろうじて動きとして見分けられるだけだった。道が終わるところで突然明るくなり、背後からのヘッドライトで彼の影が前に伸び、門のところで、照らされたときと同じく突然に消えた。彼は門を引いて閉め、スタジオ前のテラスの煉瓦を侵食しようとしている短い芝生の上を歩いた。建物の正面では、ちょうつがい一つで止まっている網扉が強くなってきた風に揺れていた。奥の扉は開きっ放しになっていた。その横では何かが、何かの持ち手、もっと近づいてよく見るとシャベルの持ち手が、割れたガラスから飛び出ていた。彼が後にした空間を雷が優しく揺さぶった。中に入ると足元でガラスが砕ける音がした。* 彼は立ち止まった。二階のバルコニーの手すり越しに光がドアを横切り、屋根裏の干し草置き場を照らし、消えた。足の下で皿が割れ、彼が一歩下がると、シャベルが石の床に倒れた。彼はその場にしゃがみ、シャベルの持ち手を握った。

——そこにいるのは誰だ！　彼はゆっくりと立ち上がり、ドアの横の明かりのスイッチを押した。何も起こらなかった。

——上にいるのは誰だ！と彼は大きな声を出し、シャベルを持ち上げ、二階のドアを光が横切ると再びしゃがみこんだ。光はドアを出て階段の上部に当たり、梁の間を通って彼に当たった。

——何？　誰？

シャベルがゆっくりと下りた。——誰だ……そこにいるのは！

——ああ、エドワードじゃないの、足元気を付けて。

——君は、誰……誰……明かりが正面から彼の顔に当たり、それからカーペットを張った石の床の上で階段に向かって洪水を起こしている割れたインク瓶を照らした。

——シャベルを振り上げたりして迫力満点、私、泥棒じゃなくてよかった……

——でも……ステラ？　何……彼が階段を上がり始めると彼女は振り向いて干し草置き場に明かりを戻した。——何があったの！

彼女は懐中電灯をぶら下げたままベッドの端に腰を下ろした。

——見ての通り、と彼女は言って、斜めに乱雑に引き出された引き出し、つぶされたランプの笠《シェード》、スプーン、鏡台カバー、背の破れたピストンの『ハーモニー』*、開いた窓の方へ放り出された楽譜と自動演奏ピアノ用のロールを明かりが照らし出し、彼は彼女の脇を通ってその窓を閉めに行き、そのまま窓の下の腰掛けに座り、開いた引き出しを足でつついた。

——でも何、誰だか知らないけど何を……彼は明かりが照らし出している「イザドーラ・ダンカン女史とウォルター・ダムロッシュ氏のバッハ・ワーグナー・プログラム、一九一一年二月十五日水曜午後三時、於カーネギー・ホール」を見詰め——誰だか知らないけどどうして……

——違うの、そこを開けたのは私……彼女の明かりは絵はがきに写ったカイロを照らし、——探し物があって……

——でも探し物って何！と彼は再び立ち上がり——第一、どうやって、どこから来たんだ！

——今？　家の方からよ、エドワード……彼女が肘をついて寝転ぶと、ドレスの裾から覗いた膝に光が当たり——書類が要るって言われたから、出生証明書、何でもいいんだけど、ジュリア伯母さんが窓の下の腰掛けの引き出しに入ってるんじゃないかって。ノーマンが仕事上の問題を抱えてて、何とかして早く片を付けたがってるから私たちが……

――仕事？　何もかもつぶされて壊されて、そこら中めちゃくちゃにされてるのに、その中にのんびり座って懐中電灯を振り回して、まるで、ノーマンの仕事上の問題だって？　君が欲しがってる証明書ってのはただの紙切れだろ、僕が、僕が……

――もう、エドワード。

――何、もう、エドワードって何だよ！　君は、前に君がここに来たときには、僕はまるで、あんなこと言わなけりゃよかった……彼が彼女の横に立つと、肘をついて寝そべっていた彼女が体を起こした。今度は彼女のなだらかな肩と同様に動くことのない、ハンブルグ・アメリカ便から記念に持ち帰った機内食メニューに明かりが落ちた。――あの日のことは話さなきゃよかった、あの日、君を見たこと、あの、あの場所で君を……二人の上の天窓を満たした稲妻の閃光が彼女の上がりかけた手をとらえ、ピン留めした彼女の髪から無防備なうなじに垂れた後れ毛の房をこまやかにとらえ、彼がそのそばに身を乗り出すと彼女の首筋にはビーズのような汗が浮かび、闇に近い中でバランスを失いそうになった彼の手の震えが彼女の手の中で静まり、ステラが立ち上がった。

――ここは息が詰まりそう、暑いくらいね、と彼女は言い、――やっぱり開けておきましょうよ、そこの窓……まるで窓枠を探そうとするかのように再び彼女の明かりが上がったが、光は彼にとどまり、彼は顔を背けて窓を開けた。光は彼が投げ掛けた絶望的な問いをゆっくりと振り払い、消えた。彼から発された何かの音が途切れ、彼女の溜め息が残された。帯気音を伴ったその溜め息は、ついた途端に静められたようで、彼から背けた彼女の肩は重々しいその溜め息によって角張り、なけなしの光の中で彼に向けて上げられた彼女の肘を彼はなぞった。

――これ外せる？　小さなホック……？　そこで突然手と手がぶつかり、彼はそれを探ったが――いいわ、と彼女が言い、――自分でできた。そして彼の手は一瞬ためらいを形作ったまま、そこにとどまってから彼女のくびれた腰をつかみ、開いた唇を彼女のこめかみに張りついた髪に当てた。彼女は振り向き、後ろを見もせずに少し後ろに下がり、手を背中に回してジッパーを下まで下ろした。――それはベッドに入ってからにして、と彼女は言い、体を前に傾けて灰色のドレスを頭から脱ぎ、垂木《たるき》に手を掛けてバランスを取り、蹴るようにして片方の靴を脱ぎ、同様に反対の靴も脱いだ。――あなたから誘惑しなくてもいいわよ、エドワード。

――僕、ステラ、僕は……戦慄がそこから彼の指先に抜け、レースを裂き、自分のベルトを外し、ボタンを一つ、さらにいくつものボタン、彼女の姿態、白いスリップ、破れたベッドカバーを前かがみになって引き上げ、彼女がそれを体に掛け、仰向けに横たわり、軒の下がりにある梁の影をじっと見詰め、天窓を満たした閃光にまばたきもせず、それに続いた雷にも動じなかった。

――どうしたの？

――僕は……見たかっただけ、と彼はささやいた。その声は長く使われていなかった声のようで、謝罪か感謝かその両方かが込められたみたいな形の定まらない断片として突然発せられ、彼は倒れこみ、ベッドカバーの裂け目から必死に足を抜き、肩は彼女の肩に重なり、唇は彼女の喉元でもたつき、そこにある傷痕を磨き、すばやく湿り気を足してから彼女の唇を求めた。二人の向こうの開いた窓には何の動きもなかったが、彼女が急に彼から顔を背けてそちらを向いたのでひょっとすると光か音か、外で何かの動きがあったのかもしれず、彼の唇は彼女の耳の上に取り残され、その渦巻きを驚きのあえぎ声で満たした。ベッドカバーの下の見えない場所で彼女の手が何のためらいも驚きもなく愛撫し、あるいは優しくまさぐり、破裂しそうに膨らんだ彼を見つけ、握り締め、静かに、動かず、膝を広げ、彼を乾いてざらついた茂みの中に導き、彼は彼女の上によじ登り、猛然としがみつき、飛び込むようにして彼女の肩をねじると、彼女の開いた目は垂木の隙間を凝視していた。この暗がりの中でもそこにはこけら板用の平頭釘が不規則に並んでいるのが見えた。彼女から聞こえるのは人混みにもまれて辛抱しきれなくなったような声だけで、彼女の体で動いたのは、震えながら起き上がる彼から急に背けた頭だけで、彼の唇の脅威を察知し、それに対する抗議は彼女の喉元で押さえつけられ、哀れな震えた声に変わった。

膝固め《ニーホールド》を仕掛けようとした途端、待ち伏せしていたかのように稲妻が彼を凍り付かせた。その膝は来るべき一突き《スラスト》を待ち、来るべき雷鳴を待っていた。ねじれてちょうつがい一つだけで留まっている階下の網扉が開いたが、それは風が揺らしただけだったのかもしれず、それから靴の下でガラスが砕ける音がし、さらに人の声がし、さらに大きな声で、――ステラ？　それから遠くの方で雷の音がした。

――こっち、階上《うえ》よ、彼女はまばたきもせず彼の肩越しに答え、――今降りる……一瞬の痛みと同時に彼女の膝が消えた。まるでしきりに何かを欲しがっているかのように手のひらを上にして両側に投げ出された手と同様に、その膝には力がなかった。

――今何だって？

彼女の手は空《くう》をつかみ、彼は全体重とともに体を下ろし、彼女は片方の肘をついて上半身を起こし、机を離れるときに椅子を戻すような軽やかな動きで再び上半身を倒した。――明かりを持ってないなら二階には上がってこない方がいいわよ、と彼女は再び呼び掛け、一方の足を床に下ろし、もう一方も下ろし、

――すごく散らかってるから……

――あれは誰！

——ノーマンよ……彼女は斜めの垂木に手を掛けて立ち上がり、片方の足を靴に押し込み、反対の足も押し込み、しゃがんで灰色のドレスを床から拾った。

——警察を呼んだぞ、という声が再び二人に届き、——ステラ?

彼女が両手を上げて立ち上がるとドレスが体を包むように落ち、肩を合わせ、ベッドの角まで歩いてそこで立ち止まり、彼の手がボタンとの格闘を終えてズボンを上げジッパーを閉じるまで待った。——ええ、今行く、と彼女は返答し、懐中電灯をぶらぶらさせながらドアに向け、一方の足を「イザドーラ・ダンカン女史とウォルター・ダムロッシュ氏」の上に軽く置いて立ち止まり、散らかったベッドに座って彼女を見詰めている彼に正面からスポットライトを当てた。——エドワードも一緒よ。

——エドワード? 階上《うえ》に?

——窓を閉めてくれてるの。

——階上《うえ》で?

——彼もすぐに下りるわ……彼女が階段の方へ向き直ると雨の音がし始め、雨音は屋根全面に広がり、車寄せに止まったヘッドランプの微動だにしない光線にその雨が実体を与えた。そこに、リズミカルな歩調に合わせて上下する懐中電灯の光線が現れ、光はセイヨウイチイの木立を回りこみ、テラスを進み、ドアをくぐって壊れたガラスの上に落ち、インクの染みのついたカーペットの上を疾走し、矢のように階段を上り、ニッチでいったんもたついてから壁をよじ登り、梁を飛び越えて干し草置き場の縁をなぞった。

——こうなってるのを見つけたのはどなた?

——私たちです、おまわりさん、というか私です、一時間ほど前に……

——で、あなたは?

——私たちは、私はここの住人の親戚で、たまたま訪ねてきたところだったんです、夫と私が。

——訪ねるって。この人を?

——そちらがバストさん、そうです、と彼女は言った。明かりが階段の上にいる彼に当たり、彼を導いて階段を下り、暖炉を飛び越えてキッチンに飛び込んだ。——ノーマン? エドワードとは初対面だっけ?

——すまないね、こんな形で顔を合わせることになるとは、エドワード……彼は手を取り握手をした。——そこ気を付けて、ステラ。何も見つからなかっただろうね、書類は。彼は彼女から明かりを取り上げ、書類の上にまき散らし、——干し草の中で針を探すようなもんだな、こりゃ。例の権利放棄証書、あれも見つからなかったよ、あの人たち、家の方にいる君の伯母さんたちに訊いたんだけどね、エドワード。ついこの前、コーエンが持ってきた書類さ、君に署名してもらうための。明かりがサーベルのように振り下ろされた。——私が何を言っても全然あの人たちには話が通じなくてね。そこのインク、靴に気を付けて、ステラ……

彼女は脇によけた。——多分伯母さんたちは待ってるだけよ……

——待ってる？　税務署の人がやって来て私らみんなから会社を奪っていくまで待つってことか？　彼は目の前で沈み込んだ肩に空いた方の手を置き、明かりは襟元で緩めたネクタイの結び目の上にとどまり、——私は誰が何を相続しようと構わない、君とステラのことだけどね、分かってくれるかな、エドワード？　みんな家族なんだから、家族の手を離れなければそれでいい。

後ろからの光が、散髪したての彼のうなじに当たった。——こんな建物が裏にあるってのは表からは気付きませんね。警官は明かりを階段の上に向け、——階上《うえ》もちょっと見させてください。きっと皿を投げて遊んだんでしょう、足元、気を付けて……彼は自分の後ろに光を当てた。——ここでは何を？　夏用の離れですか？　こんなたくさんの本、誰が読むんです、あなた？　彼は明かりの後について干し草置き場まで進んだ。——何か盗まれたものは？　なくなったものはありませんか？

——さあ、分かりません、僕には分かりません、連中が何をしたかったんだか。

——ちょっと気分を変えてエッチなことをするにはよさそうですね……散らかったベッドの上を明かりが走った。——最初の木枯らしが吹いたら若い連中はすぐそういう場所を探すんですよ、金玉を凍らせずに落ち着いてエッチできる場所をね……彼はベッドカバーを引きはがし、シーツに沿って明かりを照らした。——ここで薬物を見つけたことは？　マリファナとか？　注射器とか？　接着剤の空き瓶とか？　彼がドアの方に向き直ると足元で「イザドーラ・ダンカン女史とウォルター・ダムロッシュ氏」ががりがりと音を立てた。——この建物は窓とドアに板を打ち付けてしまった方がいいですよ。

——エドワード？と呼ぶ声が階下から聞こえた。——そろそろ私たち帰らなきゃ……

ノーマンの腕が彼の肩を沈め、その体全体をも丸めて沈め、空いた方の手に持った明かりで部屋を指し示しながら、続けて言った。——それで例の話がこの問題とどう関係あるんだい、ステラ、彼のお父さんのジェイムズがユダヤ人の孤児院からユダヤ人の少年を引き取ってきたって、それはつまり、このエドワードには……

——その子には才能があったの、彼の演奏は聴いたことある、エドワード？

——彼ってルーベン？　彼、彼の演奏はアクロバットみたいさ、すごいテクニック、彼、曲芸みたい、すごい曲芸を見せることで聴いている人を……

——それにしてもどうして今さらそんな話を持ちだしたんだい、ステラ、もしもジェイムズがその子を引き取りたかったっていうのならそれはそれで別に……

——彼の才能のためさ、そう、ステラ、さっき君が言った通りだ、彼の才能、彼の才能のために……

——でもそれって。彼女は明かりの背後に回り、——ジェイムズ伯父さんが愛したのはその才能だけなんじゃない？　少年本人じゃなくて。

——ああ、そうだな、このエドワードの場合は本人を愛したってことだ、そりゃそうだろう、だって……

——彼女もそう言ってるじゃないか！　才能じゃなく本人、そう言いたいんだろ、ステラ？　僕には才能がなかった、そう言いたいんだろ？　彼は肩に置かれた腕の重さから身をかわして明かりの中に飛び込み、——そうだろ？　才能、そう、彼にはあった、僕にはなかった、そう言いたいんだろ、僕が、君がここに来て僕の話を聞こうとしてくれなかったあのとき……

——エドワード、お願いだから……

——何だよ、お願いだから何！　せめて君は、さっきだって階上《うえ》でそう言いたかったんだろ、君には最初から分かってたんだ……転びそうになった彼は後ろのピアノにもたれかかった。頭上の梁から、キッチンから、丸窓の付いたドアを通ってガレージへと明かりが四方から集まり、一人の警官が手をはたきながらドアをくぐった。

——この建物は窓と扉に板を打ち付けた方がいい、悪ガキたちが放火しなかっただけ運がよかった。

彼は足の下にあるレコードのレーベルをまるでそれが理解できない言語で書かれているかのように見詰めていたが、ゆっくりと顔を上げて皿やガラスやレコードの破片、引きちぎられた本の間に放り出されたさらにたくさんのレコード、まだ破れていないものもあるインクの飛び散った楽譜を見、咳払いしようとするような音を出した。——悪ガキ……？

——悪ガキ……警官は彼の肘の後ろを顎で指し——ピアノの中に大便をするなんてガキに決まってる。

——それは、それはどうだか……彼は一瞬未完成の音符を書きつけた五線譜が汚れて丸められて弦の間に落ちているのを見、足を一歩、同じ放心状態でもう一歩出して向き直り、手を伸ばして高いCを叩き、手をいっぱいに広げて一オクターブをまたいでよろめくような不協和音を鳴らし、もう一度、さらにもう一度鳴らして修正し、顔を上げて——ほらね？　信頼とうんこは全然違うことだろ？

——エドワード……

——おたくの便器は二度と掃除する必要がありません……彼は再び不協和音を鳴らし、——ほらね？

——あの、うむ、ここは、ここは板で閉鎖した方がいい、子供がここに入ってけがでもしたら厄介なことになりますよ……そして急にお決まりのしぐさに戻り、上着を整え、ベルトを直し、メモ帳と懐中電灯をポケットにしまって慌ただしく帰りの用意をし、明かりのともった軒へ、次にドアへ向かった。楽譜なしに和音で演奏されるスーザの曲が響き、低音に向かうグリッサンドの最後は鈍い音で終わった。

――子供たち、それだけのこと！　興奮の世代、それだけのこと……彼は二つの和音を交互に不穏に響かせ――タブーなし、禁じ手なし、それだけのこと……！　そして彼は『ディドとエネアス』*の船乗りのコーラスを叩き、――おたくの便器は、決して二度と、二度と掃除を……

――なあ、エドワード、私たち、私たちはもうニューヨークに戻らなきゃならない、ステラは夕食に出掛ける約束があってね、だから、そこ、ガラスに気を付けて、ステラ……

――山を裂き、海を荒らせ！　稲妻を落とし……*と彼は和音を鳴らし、――脈動のクライマックス、頭ん中でティー、リー、リー……そして最後は鍵盤の高音側の端でトレモロを奏でた。

――エドワード、もういいわ、やめて、私たち帰るから……

――待って待って、僕の言うことを信じて、従姉《ねえ》さん！*　このところなんか気に入るんじゃないかな……彼はCを強く叩き、Fシャープを叩き、二オクターブ下のCに指を伸ばし――彼女が振り返ったとき、闇に胸を震わせながら……*

――ステラ、もうちょっと落ち着くまで待ってあげた方がいいんじゃないかな……

――ええ、もう帰った方がいいわね、エドワード……？

――もう僕は森が枯れても構わない、もう僕は屋根が落ちても、待って、ここはノーマンの役だ、ひょっとすると僕の主は疲れているのかも、*ひょっとすると彼の脳が高ぶっているのかも……彼は鍵盤の上にかがみ、不気味なピアニシモで「指環」のモチーフを反復し、――彼は君を自分の飼い犬より少しましな存在だと思うだろう、*自分の馬より少し大事な存在だと……

――分かった、うん、もう帰った方がよさそうだ、エドワード？

――雨が降ろうがあられが降ろうが、火が降ろうが*……彼は別の和音を叩き、そこに立ったままCを軽く叩いた。――作曲の先生、待って……彼はポケットを探り、――胸のうちを明かすとはまさに……

――いろんなことが片付いたら電話をくれないかな、エドワード？　できればさっき話した権利放棄証書を……

――もういいじゃないの！　彼女は上着とコートの前を留めている腕をつかんだ。彼は帽子をかぶり、マフラーの端をコートにたくし込み、着ぶくれした格好で彼女の横に立っていた。

――エドワード？　おやすみなさい……

――また電話するよ、エドワード、ずっとここにいるんだろ？

――さあね！と彼は片足を上げ――いくつか仕事の依頼があったから、僕は……

――だけどここ以外にどこで……

彼の足が中央のCの辺りに下り――さあ、そう、トリブステリルにでも行って、向こうで靴のセールスでもやるかな……彼は靴紐を結ぶために体を折り――もちろん原物を履いて回るんだ、そこではうんこ《マック》が海まで……

——やめて！

——いや待てよ、うん、もう一つの方にしようかな、何だったっけ、インポート・エクスポートを始めるんだ、自分の自由な……

——ああ、とにかく私たちに、ああ、今行くよ、ステラ、そこのシャベル、気を付けて……彼は彼女の腕を取り、割れた窓ガラスから抜けた風で揺れるカーテンを過ぎ、一つのちょうつがいでぶら下がったまま中途半端に開いた状態の網扉をくぐった。——あんな状態で彼を放っていくのは何だか気が引けるな、でも私らの手には負えない様子だったし、そこのぬかるみ、気を付けて……彼は彼女の肘を取り、二人は芝生に達した。

——笑いの国……が軽快に彼らを追ってセイヨウイチイを回り込み、それからピアノの音色がばらまかれるのと同時にパトカーの横柄な光線が二人をさっとなで、生垣の隙間を探した。

——もう一度母屋の方に顔を出した方がいいんじゃないか？　彼は明かりの点いた窓を、彼女の頭越しに顎で指した。家の角にぶら下がっている雨樋《あまどい》からは羽目板とガラスに激しく水が伝っていた。木々はお互いが見えないほど高くそびえ立ち、激しく手足をばたつかせ、まるでその果実を四方に放り投げて世界を本当の夜の闇に変えようとしているようで、源となる闇の古傷が再び開き、新たにいくつもの闇が生まれようとしていた。

——ちょっと、帰りますっていう挨拶だけでも……？　しかし彼は既に彼女のために車のドアを開けていて、後ろや外に彼女の目を向けさせるものは何もなく、車の明かりは生垣の隙間を見つけ、そこをすり抜けた。*

　彼女は前に体を伸ばしてラジオを点け、少し音を聞いては次々と別の音に逃げ、彼はヌマミズキの木を過ぎてカーブを切った。——ん？　彼女はパチンとラジオを切った。——今のはよかったんだけどな、と彼は言い、彼女はあの帯気音の溜め息をつきながらシートにもたれ、残されたのは規則的に動くワイパーの音だけだった。消防署の前で彼はハミングを始め、海軍記念広場の暗い空洞の前を通るときに彼女はラジオを点け、再びシートにもたれ、見捨てられたラジオからは新しいバンドが演奏する「フィル・ザ・フルーターズ・ボール」*が流れた。ボーカルは曲にふさわしいとしか言いようのない声だった。

——あのまま放ってきたのは何だか気がとがめるなあ……彼らは信号で停まり、——彼のやってたこととかさ、大丈夫かな、彼？　車が動きだした。——ステラ？

——何。

——エドワードは大丈夫かなって。

——大丈夫って何。

——だって、まさか普段からネクタイを直接首に巻いてるわけじゃないだろ、それに髪型だっていつもあんなの？　シャツの裾も上着の下で背中から出てたし。顔だって、あの表情は……

——帰ったら家が荒らされてたってなれば、きっと誰でも普通の顔じゃいられないわ。

——けど、私が言ったのはそういうことじゃなくて、彼は……

——スピードの出しすぎよ、この雨の中で。

——急いでたのは君じゃないか。

——私はただ、帰った方がいいと思っただけ。

——彼はごねてくるかな。君のお父さんの遺産のことで。

——あなたがそう仕向ければね。

——私？　私がわざとそう仕向けたりするわけないだろ。

——今みたいなやり方をあなたが続けたらそうなる。

——何だ、ステラ、じゃあ私はどうしたらいい、どうにか問題を片付けなきゃならない、彼が何を主張するにしても、ジェイムズじゃなくてトマスが父親だって主張することを望んでたとしても、とりあえずあの権利放棄証書には署名したって構わないじゃないか、君が言ったように彼は……

——私はそんなことを言ってるんじゃないわ。もっとスピード落とせない？

——いいよ、でも君はさっき……

——私が言ったのは、ひょっとしたらエドワードは自分がジェイムズ伯父さんの子供じゃないかもしれないって急に不安になったのかもしれないってこと。大きな違いよ、それは。

——どうして。ジェイムズから彼が相続するものなんて何がある？　車がいくぶん遅くなった。——ステラ？　何を……

——聞こえてるわよ！　あなたには、自分の手で触れないもののことは何も分かってない、自分で触ったり、見たり、数えたりできないもののことはあなたには……

——いや、私が言いたかったのはただ……

——気を付けて……！

——大丈夫だ、彼が来るのは見えてた、それにしてもこういう小型の外車の作りときたら狭苦しくて……

——どう考えてもあなたみたいなサイズの人向きの作りじゃないわね、これを買うって言って聞かなかったのはあなたよ、気が知れないわ、でも路面が濡れてるんだからそんなにスピード出さないで。

——大丈夫だ、と彼は言い、——彼が来るのは見えてた……彼は前へ乗り出してラジオを切り、まるでずっと前方の地平線に土砂崩れを探そうとするかのようにそのままハンドルの上に身を乗り出していた。——何だ、くそ、私は会社がばらばらにならないように頑張ってるだけなのに、君のお父さんと私が築き上げたものを守ろうとして。今まではずっと収益はビジネスに還元してきた、だから現金なんてない、相続税を払うような、遊んでいる現金なんかない、なのに連中が来る、誰もまだちゃんと味わったことがないのに税務署の連中が来てかじり取っていくんだ、分かるか、私の言ってることが？　会社の資産は二、三百万ドル、全部合わせたら四百万近いかもしれない、でも税務署の連中が君のお父さん所有の四十五パーセントにいくらの値を付けるか分かったもんじゃない、だって家族が所有する会社で今までは株が取引されたことがないからな。ひょっとしたらいんちき弁護士を呼んできて会計処理をさせて、税金を払うための現金を作る必要があるから株式を公開して売却しろって言いだすかもしれない、そうなったら連中はおいしいところを持ってって、新しい株主連中が配当金を出せって騒ぎだして、豚が聖水のことを知らないのと同じで、パンチカードや連続用紙のことなんか何も知らない銀行のやつらが……

――うん、そうね。

――私の言ってることが分かるか？　それにもう工場設備を担保に金も借りてる、こないだ工場を拡大するために借金したんだ、なのに税務署はそのローンの利子も控除してくれないって言いだした、六年前からずっと認めてくれてたのに、じゃあどうすればいい？　しかも、今回の遺産の件だって早く片付けろって言うんだ、どうしようもないだろ？

――うん。

――え？

――私にはどうしようもないわ。意味も分からない。とにかくその話ばかりするのはもううんざり。

――ステラ、話さないわけにはいかないじゃないか、君が管財人になるんだから。でも結局、君に向いてるのかもな、今までも喜んでやってきたことだし。

――何の話？

――君のやってるコンサートとか慈善興業とか、君が集めてる芸術家とか人とか……

――私がどんな人を集めてるわけ？

――いろんな画家とか音楽家とか……

――誰のこと？

――ほら、例えばその、さっき話してたルーベン、彼は……

――あなたももうちょっと分かってくれるといいんだけど、あなた何だっけ、女々しいとか言ってたけど……

――別に深い意味はないよ、ステラ、彼のことをなよなよしてるって思う人もいるんじゃないかって言っただけさ、君が彼を紹介してくれたときはたしかに感じのいいやつだと思った。でも私が言ってるのは、そういうコンサートとか、慈善興業とか、君が今日行く、美術館のための一皿百ドルみたいなディナーパーティーとか、そういう費用を全部合計して……

――あなたは今でもそういうのをちゃんと合計して、税金を控除してもらって喜んでると思ってたんだけど。

――ああ、分かったよ、ステラ、分かった。ただ……

――何。

――別に何でも。

彼女はラジオを点け、ほとんど探さずにディーリアス*のとある曲を見つけ、それがずっと続き、やっと曲名が分かりそうになったところで、彼らがトンネルに入るとラジオは静まった。

──ディナーは何時?と、トンネルを出るとき彼が言った。

──どこかで降ろそうか?

──家に戻って。

──家に寄る時間がある?　何なら……

──とにかく家に戻って。

近づき、通り過ぎ、濡れた路面に反射して飛び散る光が、通りや本来の距離を偽証した。──全然前が見えないな、と、停まることなく、ほとんどスピードを落とすこともなく彼が言い、何千、何百、何十もの赤褐色砂岩《ブラウンストーン》のステップ、赤褐色砂岩の玄関の一つの前で車は停まった。──急いでるんだろ、先に上がって、僕は車を駐車場に入れるから。家の鍵ある?　彼は手を伸ばして彼女の側のドアを開けた。──足元、気を付けて。彼はドアを閉めるために手を伸ばした。──本も家に持って帰ったら?

──え?

──これ、『ワーグナー　人と作品』*、車の中に置きっ放し……

──分かったわ、ちょうだい……彼女は足元を見、玄関を探し、駆け足でたどり着き、鍵束を探り、郵便受けのところにある明かりの下で鍵束を振りながら玄関に合うものを探し、振り向いて、急に口を開き、──あ!　彼女の横に立っていた男は、つばが短くて耳当てが頭の上で合わさる少年風の帽子をかぶり、片手を上げていたが、それは脅しているというよりも制止しているようで、彼は反対の手で買い物袋を下に置き、再び真っすぐに立った。彼の服は既に前が開いていて、彼女の注目を惹き付ける必要はなかった。彼女のスカートとストッキングの横が濡れた瞬間、彼女の鍵は錠のところで震え、鍵を回し、ドアが開き、後ろを振り返りもせず小さなロビーに濡れた靴跡を残し、喉で音を飲み込んで空っぽのエレベーターで上がり、解錠の手順を繰り返し、静かにカーペットの上を進んでランプを点け、バッグと本を椅子の上に落とし、バスルームに入って首の後ろのジッパーを開けようと格闘し、靴を脱いで立ち止まり、灰色のドレスを頭から脱ごうとし、その後、無理やり肩を出して足から脱ごうとすると縫い目が破れ、スリップも同じように脱ぎ、洗面台に水を流しながらストッキングを脱ぎ、それをスリップと一緒に落とし、裸でしゃがんで風呂の湯を出し、バスタブにつかまり、やがて再び立ち上がり、タオルを体に巻いてベッドルームに入ると、背後から光が当たり、彼女はバスローブに手を伸ばし、それからさらにゆっくりと腰を下ろした。ベッドの横の電話が鳴った。電話が再び鳴り、彼女は手で両目を覆ったまま座っていたが、やがて電話が鳴り止んだ。

──ステラ……?　ステラ、玄関が開けっ放しだったぞ。鍵は扉に差しっ放し。彼女は立ち上がってバスルームに戻った。

──さっきの電話は誰?

──間違い電話。激しい水音よりも大きな声で彼女はそう言い、ドアを閉めた。

彼女はローブの前を押さえて出てきて、リビングルームに明かりを点けたが、ランプは不透明な笠をかぶっているので部屋はほとんど明るくならなかった。彼女が廊下を進んでキッチンに入ると、そこでは彼が上着を椅子に掛け、卵のパックを取り出していた。――準備はまだ？

――どこにも行かない。

――でも、チケットは買ってあるんだろ？　かなりのごちそうなんじゃないか、多分……

――お腹は空いてない。

――ふうん。彼は自分のやっていることに視線を戻した。――私は別に文句があるわけじゃないよ、君が慈善興業や何か、今晩のディナーとかそういうのに出掛けることに対してね、ステラ……彼はボウルの縁で卵を割り、彼女は彼が卵の殻を取り除いているのを見た。――本当に行く気はない？

――牛乳だけもらう。彼女が高い棚に手を伸ばしてグラスを取ると、彼が振り向いて一瞬彼女のローブの胸の合わせ目を見た。

――私は卵を食べようと思うんだが、君にも作ろうか？　百ドルのディナーには及ばないかもしれないが……

――私もう寝るわ、と彼女は言いながら牛乳を注ぎ、彼がバターの塊から包みをはがし、紙に残ったものもこそぎ取ってフライパンに入れるのを見た。

――すぐに寝るわけじゃないだろ？

――睡眠薬を飲む、と彼女は言い、彼は振り向いて、バスローブを着た彼女の体の線を見下ろした。彼女はグラスを持ち、彼は彼女を見詰めたまましばらくその場に残された。彼はさらにゆっくりした動きでフライパンをコンロから下ろし、氷とグラスを取り出し、半分までバーボンを注いだ。彼はそれをすすり、突然リビングルームを抜けて廊下に出て、ドアをノックした。――ステラ……？

ローブは彼女のベッドの足元で山になっていた。彼は自分のベッドの端に座り、――いいことを思い付いたんだ、ステラ、彼は彼女の背中に向かってグラスの中の氷をかたかたいわせた。――エドワードと伯母さんたちにあそこを見せたらどうかな、工場をぐるっと案内してどういうことをやってるかをしっかり見せるんだ、きっとエドワードたちは一度もあの工場に……

――どうして、と彼女は顔の前に立てていた本から顔を背けることなく言った。

――どうして？　ゼネラルロール社の株を持ってることがどれほどすごいことかを見せるのさ、あの株券はただの紙切れじゃない、何株だっけ、あの人たちが持ってるのは、元の百株のうちジェイムズの側は三十五株？

――そんなの……彼女は咳払いし、――そんなの馬鹿げてる。

――え？　ああ、でも、自分たちが所有してるものを実際に目にすれば、よそ者が寄ってたかって会社を食い物にするのは嫌だと思うようになるかも……

――アストリアみたいな荒涼としたところに連れて行ったりしたら、すごいと思うどころかぞっとするだけよ。

――ああ、でも……彼は立ち上がり、グラスを持ち上げ、中の氷をかたかたといわせた。――待って、考えてみたらあの伯母さんたち三十近く持ってるんじゃないか、全部合わせて二十七株かな、例のジャック・ギブズ、あいつは会社を辞めたときに五株持ってったんだろ？

――持ってった？　彼女は半分振り向いたが、それは訊き返すためというよりも、彼の体重がベッドの縁を沈めたせいで引っ張られた毛布を肩に戻すためだった。

――別に盗んだって言ってるわけじゃないぞ、ステラ、君のお父さんがギブズの出したいろんなアイデアとかの功績に対するお礼として株を渡したいって言うから、私はそれでいいですって言ったんだ、でもあれはいかにも彼らしいことだったと思わないか？　彼は極上のアイデアを人が実用化できる段階まで練り上げて、そこから先のことは放り出してしまうんだ、まるでその先はやる価値がないみたいに……彼はグラスを振り下ろしたが、中には氷しか残っていなかった。――彼が会社を辞めてしばらくしてから私は本屋を見掛けるたびに彼の書いた本が並んでないかどうか調べてみたものさ、辞めた後はそうするって言ってたんだ、本を書くって。彼が話すのを聞いたことある？　無作為《ランダム》なパターンと機械化と何たらかんたらに関するアイデア。でも、彼が本当にそんな本を書いていたとしても、私はまだ見たことがない……彼はグラスの中を覗きながら氷をかたかたいわせた。――あいつは私が今までに出会った中でいちばん頭のいいやつだとあの頃は思ったなあ、だって彼は……

――その通りかもね。わざわざそんな話をするために寝室に来たの？

――あ、いや、ステラ、五株の話をしようとして脱線しただけさ、もしも相続税が多額で、もしも君のお父さんが所有してた会社の四十五パーセントの半分近くに達するとしたら、君の手元に残るのはひょっとしたら二十五株、僕の二十三株と合わせれば筆頭株主、ただし、例のまた息を吹き返したジュークボックス会社*の訴訟の結果次第で私らはどうなるか分からない。な、でもお父さんの株を君とエドワードが分けることになってエドワードと伯母さんたちとジェイムズ伯父さんの持ってる株を合わせたら、ええと、向こうの方が四パーセント分だけ会社の支配権に近い、だからちょうどジャック・ギブズの持ってる五株を加えたら大変だ、支配権が、ステラ……？

――何。

――ちゃんと話を聞いてるのか不安になっただけだ、ステラ、今日みたいにあそこの家《うち》に出掛けたのは、まあ書類は見つからなかったとしても少なくとも話をはっきりさせられると思ってなのに、あの伯母さんたちときたら、全然話が通じない、アン伯母さんは「若き農園主」とかいう誰かの話ばかり、その父親が副業で葬儀屋をやってたとかいう話、多分伯母さんたちは私が誰なのかも分かってなかっただろうな。それにエドワード、帰ったら家があんな状態となればそりゃあ気が動転するのは分かるよ、でもピアノの前に立ってあんな歌を歌ったり、聞いたこともないようなどこかの土地で靴のセールスを始めるなんて言いだしたり……彼はグラスの中で氷を旋回させ、わずかな水を飲んで、再びグラスをかたかたいわせた。――ステラ？　それで、さっき君が言っていたことは意味がよく分からないんだが、ひょっとしたらジェイムズが父親じゃないかもしれないって急に不安になったとかいう話、あれはどういうこと、彼がそんなことを……

――私はただ彼がすごく自分勝手だって言いたかっただけ、ただそれだけ。

――うん、ああ、私もそう思う、たしかにお金があったら使ってしまいそうな顔をしてるし、それは……

――ううん、私が言ってるのはそういうことじゃない！と彼女が急に振り向いたのでその肩からシーツが落ち、――彼は自分のこととか周りの世界のことについてロマンチックな想像ばかり膨らませてる子供なの、私はそんな幻想を取り除こうとした、それだけ、お願いだからもう……

――ああ、でもステ……

――それからステラって呼ぶのはやめて！　まるで彼女の胸が突然はだけてこぼれ出たのが彼の凝視の力のせいであるかのように彼女はシーツを引き上げ、横になったまま体をひねり、明かりに手を伸ばした。

――けど、だけど、それが君の名前じゃ……

――もう、何回も呼ばないでっていうことよ……明かりが消え、彼女が反対を向いたとき、彼女の太ももの塊が再び毛布の下で盛り上がった。

彼はキッチンに戻って卵を調理しながらさらにバーボンを注ぎ、ようやく腰を下ろして左手で食べ始め、右手に持った先の丸まった鉛筆がリビングに持ってきたキッチンのメモ用紙の上でさらさらと足し算し、引き算し、抹消し、終わると、充分に大きな椅子と充分に明るいランプを探す闖入者《ちんにゅうしゃ》のように家具の間をうろうろし、「ダービーの春」と名付けられたビスケットと「ブラッサイ回顧展」*を動かして書式と書類と「アルド耐久型プレス装置・部品リスト」のカタログを置くスペースを空け、窮屈そうに靴を脱ぎ、さらに大きな黄色いメモ用紙で作業をしていると電話が鳴った。彼は電話に出るために部屋を横切り、廊下の先を見、寝室のドアの下から明かりらしきものが漏れているのに気付いたが、電話は彼が出るまで鳴り続け、彼の手の中で切れた。

バスルームの中で彼は洗面台から滴っている彼女のものを取ってバスタブに移し、洗い、寝室で自分のベッドに入ろうとしたとき、二人のベッドの間の床の上に開いて落ちていた『ワーグナー　人と作品』を踏みつけ、わずかに手の届かないところで彼女の太ももが下降曲線を描く影を見詰め、その状態は細部に至るまで翌朝もまったく変わっていないように見えた。彼は再び片方の肘をついて起き上がってそれを見、『ワーグナー人と作品』を踏みつけてバスルームに行き、髭を剃り、彼女のものをバスタブから洗面台に移し、靴を取り、廊下で半分服を着、「春」と「ブラッサイ」を元に戻し、書類を集め、玄関の鍵を閉め、ハミングしながら仕事に向かい、ハンドルを握って通りを抜け、橋を渡り、並んだ建物の見せかけの正面が必死に煉瓦と自然石を模倣している場所を通り、その間「フィル・ザ・フルーターズ・ボール」が突風のように切れ切れに聞こえた。

――レオ？と彼は中に入った途端に*機械の喧騒越しに呼び掛け、――ちょっとこっちに来てくれ。ほら、これ……彼はファイル・キャビネットの上に黄色いメモ用紙を広げた。――あそこの三番の機械、この前から困ってただろ、ここの壁をぶち抜いて機械を全部こっちに持ってきたら、途中に何にも邪魔がなくなってラインが真っすぐにつながるぞ、言ってること分かるか？

――金がかかりますよ。

――分かってる、そんなことは。でも生産効率も二倍近くなる。

――効率は二倍になるかもしれませんが金がかかりますよ。

――ああ、じゃあ見積もりを出してもらおう。船積み用のプラットホームの工事をやってもらった会社、あのちびのイタリヤ人、ここに呼んで見積もりさせてくれ。

――エンジェル社長？　もしも少しお時間があるようでしたらお耳に入れておきたいことがあるんですが、ちょっと隅に移動しましょう、人の邪魔にならないように……彼は先に立ってファイル・キャビネットの陰まで進み、襟全体がカールしたスーツの内ポケットを探って、汚れた封筒を取り出し、――ちょっとこれを……

――エンジェル社長……？

――ちょっと待ってくれ、テリーが私を呼んでる。

――エンジェル社長？　あ、そこにいらしたんですね。病院のコーエンさんからお電話です。

――今行く。また後でな、レオ、イタリヤ人に連絡を取ってくれ……彼は彼女の後について樹脂の床と緑色のセメント・ブロックの壁でできた廊下を進んだ。その目は彼女のステップの熟練した上下動に釘付けだった。後ろの足は前に踏み出すたびに、前の足の軌道を横切った。彼女はドアの前で小さくターンし、顔にかかった赤毛を払って受話器を手に取った。――うわ、切られちゃいました……

――いいさ、またかけてくるだろう。

――でも、エンジェル社長、あの人が無謀運転で捕まるような人だとは思いませんでした、だってほら。こちらにいらっしゃるときはいつも内気な感じで、物静かで、ね？

――ああ、無謀ってわけじゃなかったんだ、眼鏡が壊れてたらしい、* ロングアイランドを走ってたんだけど、前が全然見えてなかったのさ。

——うわ、と彼女は言いながら、自分のタイプライターの前に戻った。彼は頭の後ろに両手を組んで椅子の背にもたれかかり、部屋の反対側で合成皮革のスカートに包まれた豊かな肉体が、風変わりな形をしたタイピスト用の椅子の両脇からはみ出すのを眺め、時折突然目を上げて、タイプのキャリッジが戻るたびに掻き上げられる髪を見ていた。

——テリー？　ここの内装を少し変えようと思うんだがどうだろう、ちょっと壁にパネルを張ったりしてあの辺の配管《パイプ》を隠すようにしたら。

——うわ、それはほんとすてきだと思います。

——ここの床はカーペットを張った方がいいんじゃないかな、それに植物も、ここには植物も置いて、あそこの古い椅子の代わりに新しい革のソファを入れてもいい、それとコーヒーテーブルも。

——それはほんとすてきです。

——それにここの壁にはいくつか写真を掛けた方がよさそうだ。

——それだったら私、ダウンタウンでほんとすてきな海の写真を見掛けましたよ、見てるだけで波の音が聞こえてきそうなのを。

——ここのファイルにはたくさん写真がしまってあるんだ、有名な音楽家がバスト大先生へってサインした歴史的な写真がね、うちがピアノロールを作っていた時代からの宝、そういえばそう、地下に、古いけど使えるウェルテ＝ミニョンの自動ピアノが置いてある、あれをきれいに磨いて、人が入ってくる玄関ホールに置いてもいい、私の言ってること分かるかな？

——はい、私、それはほんとにすてきです。

——つまり、ほら、お客さんが来られたときに、この商売のことを全然知らない人だったりしたら、かなり感動するんじゃないかと思うんだが……

彼女はブザーに応答するために振り向いた。——レオからです、作業場に来てくださいと。それはほんとにすてきです、エンジェル社長、と彼女は言った。彼は立ち上がり、上着をコート・ラックに掛け、ドアに向かった。

——こんなに早くイタリヤ人に連絡がついたのか、レオ？

——え？　ああ。いいえ、先ほど社長にお見せしようとしてたものの件なんですけど。

——何なんだ、レオ、と彼は言い、ファイル・キャビネットの陰まで彼の後についていった。

——ちょっとこれを見てください。汚れた封筒が出てきて、彼はその後ろでほつれたボタン穴を閉じ、——こんなことになってるんです。

——こんなものどこで手に入れた？

——発送室の若い連中が持ってました。

――しかし、こ、これ、ここに写ってるのはテリー?

――そうとしか思えませんねえ、けつの大きさから見て。

――でも誰なんだ、これ、この男、うちの社員じゃないな。

――あそこの基地の兵隊かもしれません。

――じゃあ、こいつは? こいつらは?

――そいつら全部兵隊なんでしょう、多分。どうします。

――ああ、くそ、今すぐには何とも言えない。これを見ただけで簡単に判断するわけにはいかない、ほんとに鮮明な写真は一つもないし……

――ここに写ってるのが彼女じゃないかもしれないってお思いですか? インスタントカメラとかいうやつを使ってるみたいで、下の毛の色は分かりませんけど、こんなおっぱいにはそうそうお目にかかれませんよ。こんなけつした女が他にいるとも思えませんがね。

――そうはいってもこんなふうに素っ裸の彼女は見たことないだろ、レオ、私だってない。彼女は、この写真は、誰かが彼女を罠《わな》に掛けようとしてるだけかもしれないし、彼女は……

――撮られてるって彼女が気付いてなかったとか? これ見てくださいよ、いえ、こっちの、三人が写ってるやつ、彼女はこいつに絡みついて真っすぐにカメラ目線で見てますよ、うっとりした顔で、見てください。

――でもそう簡単に、百パーセント間違いないって確認するまではそう簡単に、んん、最近じゃ写真にいろんな加工《ドクター》ができるからな、見た目じゃ本物かどうか区別がつかない。

――なら、すごい加工《ドクター》だとしか言いようがないですね。別人の顔を張りつけるとかいうことですか? この顔見てくださいよ、これに張りつけようと思ったら彼女がキュウリを食べてる写真がないと無理でしょ、大した加工《ドクター》だ。

――ああ、とにかく今は、とりあえず……

――ちょっと待ってください、その写真、椅子の上に大の字になってるやつ、見てください、社長室にある古い革製の椅子に似てませんか? 真鍮《しんちゅう》の鋲《びょう》が彼女の膝の下に見えてるでしょう?

――ああ、これは……

――それに、ここにちょっと写ってるカーテン、かなり模様が見えてるじゃないですか、ね?

――ああ、んん、たしかに見えてる、でも、とりあえずしばらく様子を見て、このことは誰にも言わずに……

――私たちが何も言わなくたって発送室の若い連中がもういろんなことを……

――会社からは給料をもらってるんだから仕事以外の余計なおしゃべりはするな、それが分からんやつは出て行けって君から言ってやれ、それが第一の決まりってものだ、最初から最後まで変わらないルール、生産するか出ていくかだ、それから話は変わるが、地下にあるでっかいウェルテのピアノのことは知ってるか? 階下《した》に行って見てきてくれ、どんな状態か。

——私は昔あれをよく弾きましたよ、エンジェル社長、先代はあのピアノを……

——いいから階下《した》に行って状態を調べてくれ、きれいにしたらここの玄関ホールに置けるかもしれない。

——分かりました、でもチューブとか送風器とか、多分ひびが入ったりして……

——とにかく、レオ、私が言った通りにしてくれないか？　そして彼は向き直って緑色の多孔質コンクリート壁に沿って進み、見えないところで、汚れた封筒で脚を叩きながら自分の机に戻った。

——あ、エンジェル社長、たった今、デイトン*のケニーから例の注文の件でお電話がありました、それから仕様の件でもう行き詰まったって、またシカゴからお電話が、そこのいちばん上に乗ってるお手紙がそれです……

彼が見下ろしていた場所では、既に先の丸まった鉛筆の下で余白に楕円が描かれていた。——同じことだな、ちゃんと何かをやりたかったら自分でやらなきゃ駄目ってことだ。

——また向こうにいらっしゃるんですか？　じゃあ私が今から電話でチケットを……

——いいよ、うん、空港で買うから、今日の午後には私が行くって向こうに電話だけ入れておいてくれ……しかし彼の体で動いたのは手だけで、その手は余白の図形を念入りに黒く塗りつぶし、やがて彼女がタイプライターから椅子を下げた。

——コーヒーを取りに行ってきます。社長はいつもと同じでいいですか？

——私は要らない、うん。

——うわ、コーヒーをお断りになるなんて初めてですね、大丈夫ですか、エンジェル社長？

——大丈夫だ、テリー……彼は彼女がドアの方へ向かうのを見、椅子に深くもたれてコートラックのそばの擦り切れた革の椅子を見詰め、体を前に戻して机の陰に置いてあった汚れた封筒を開き、その中身から問題の椅子に目を移し、口を動かし、難儀そうに飲み込み、やがて机の引き出しを引いて封筒を奥に突っ込み、前に手を伸ばして電話のダイヤルを回し、受話器が耳元でジージーという間じっと見詰めて座っていた。彼女がコップを傾けないようにしながらドアを入ってきたとき、彼はカーテンを調べているかのように椅子に深く腰掛けていた。

——先にご自宅に戻って荷造りなさいますか、エンジェル社長？　それとも……

——向こうに着いてからシャツと歯ブラシだけ買うことにする……彼はしおれた襟元の結び目を締め直し、尻のポケットから財布を出し、紙幣を親指で数え、再び半分に折り、上着に手を伸ばし、羽織った。——コーエンから電話があったら言っておいてくれ、もしも私が戻るまでに退院したら早速、例の穴に関するジュークボックス会社との訴訟についてできる限りたくさんの資料を集めておいてくれって、あの会社は持ち主が替わるという噂があるって伝えておいてくれ、それから例の遺産の件では彼と同じく私にもわけが分からずじまいだって伝えてくれ、私が渡した電話番号はそこにある？　そこのエドワード・バストに何とか連絡をつけて、何とか彼とコーエンを引き合わせるんだ、うん、待てよ、コーエンに言っておいてほしいんだが、エドワードはちょっと、ちょっと話しにくいやつだってことだけ言っておいてくれ、私も彼と話したが、一塁までも行けなかったって……既に彼はコートを羽織っていて、帽子を取ろうと上に手を伸ばし――それから妻に連絡しておいてくれないかな、テリー、今晩電話するって伝えておいてほしい。

――いつもなかなか奥様には連絡がつかないんですが、エンジェル社長、お帰りがいつごろになるかお伝えしておきましょうか？

――そうだな、さっきも電話したんだが、とにかく何度もかけてみてくれ、出張はせいぜい二、三日かな、デイトンに立ち寄ってケニーに活を入れることになったらもう少しかかるかも、そうそう、私がこっちで地方回りのセールスをやってた頃は、もしも先代のバスト社長が自分の担当地区に視察に来るって聞いたって次の日も朝から営業に飛び回ったものだ、頭の中は歩合のことばかりだったからな、ところが今日びのセールスマンの頭の中ときたら交際費とか必要経費のことばかりだ、彼の奥さんから最近ここに電話は？

――ありません、ただ向こうの看護婦さんからお電話があって……

――あんな病院代を負担するなんて私なら嫌だな、何にしても……彼は帽子とコートを身に着け、机の上に乗り出して手紙の山をひっくり返し、――例の金融会社、また電話のメモと紛れてしまったが、うちとしてはできる限りのことはやったって伝えておかなきゃならない、それから、またこのトライアングル製紙、とりあえず支払いを止めるんだ、納品が足りなかったのはこれで三度目だからな、こんなことを何度もやられたらうちは商売上がったりだ、それから、これを見ろ、テリー……彼は茶封筒に詰め込んでいた山から一枚を抜き出して、――君が最後にタイプしてくれたアルド社宛ての手紙、ここのところはずがそになってるみたいだ、ここ、分かる……彼女は立ち上がり、髪を後ろに掻き上げ、彼と体が触れるところまで来て――金《かな》くずってなるはずのところがこれじゃあ……

＊

――うわ！と彼女はそれを引ったくり、彼に強く体を押しつけ――このまま向こうに届いたら大変なことになっちゃうところだったじゃないですか。すみません……

――いや、ああ、そんなのは、別にどうってことはない……彼はあからさまな芳香の波の中で咳払いをし、飲み込み、――もう僕も署名してしまったから、そこに、そこをずに見えるように上書きしておいたらいい、どうってことない……彼は彼女が動くのを待っているかのようにそのまま突っ立ち、それから彼女の後を追った。

――いえ、全部タイプし直します、うわ、ほんと恥ずかし……

――どうってことないさ、テリー、それからもう一つ……彼は突然自分の机の方へ戻っていた。――レオにある見積もりをもらってくれって頼んだんだが、君からも彼に念を押しておいてくれ、私が戻ったときにはちゃんとここに届いているように。

――分かりました、ところでエンジェル社長、もし今少しお時間があるようならレオのことでちょっとお話が……

――うん、何だ、テリー……彼は引き出しに鍵を掛けてから真っすぐに立った。

――この前、税金関係の書類をタイプするために残業したときのことなんですけど？ あの、失礼、ちょっとお待ちを、すみません……もしもし？ あ、うん、あのね、今社長がお出掛けになるところだから、また後でこっちから電話する……

――どうぞ続けなさい……彼は彼女の横に立った。

――いいえ、ただの友達からの電話ですから、注文部門のマーナです、社長がお出掛けのときはあっちに仕事を持ってって、書類をタイプしたりしてもいいですか？ ここは何だか寂しいっていうか……

――もちろん構わない、しかし……彼は再び咳払いをして、

――さっきのレオの話は何だ。

――いえ、いいんです、エンジェル社長、わざわざお引き留めするようなことじゃありませんし、また、お戻りになったときにでも……

――君がそう言うのならそうしよう、テリー……彼は一瞬そのまま立ち止まり、――でもよく考えたらレオは、あいつは変な爺さんだから放っておくのがいいかもな、また出がけに彼に声を掛けてみる。

――行ってらっしゃいませ、エンジェル社長、何もご心配は要りません、うわ、そんなぼろぼろの包みじゃなくて皆さんがお持ちになっているようなおしゃれなスーツケースをお買いになった方がよろしいいんじゃ……

――大事なのは中身だ、じゃあ後のことはよろしく頼む、テリー……

――行ってらっしゃいませ、よい旅を、エンジェル社長、悪さはしないでくださいね……彼女は顔を上げて壁の時計を見、下を向いて腕時計を見、各指の爪を端から端まで眺めてから手を裏返して、手のひら側に指を折り曲げてまた爪を眺め、受話器を上げてダイヤルを回し――もしもし、今出てったわ、うん、自分のコーヒー持ってこっちに来てよ、爪の補修液《ネイル・メンダー》ある……？ 持ってきて、うん、今一本折れちゃって……彼女は電話を切り、再びダイヤルし、――もしもし？ マリンズさん《ミスター》のオフィスですか……？ もしもし？ ええ、こちらはエンジェル社長のオフィスです、ニューヨーク……あ、こんにちは、ええ、マリンズさんに社長がそちらに向かってるってお伝え願えますか？ 先ほどこちらをお出になりました……今日の午後になりますね、

ええ、社長は……分かりました、はい、では失礼します……彼女は電話を切った。――待って、コーヒーはこっちに置いて、社長の椅子をこっちに寄せて。

――レオのことは社長に話した？

――言いかけたんだけど、やめた、また社長が帰ってきたときに話すかも、お砂糖は？

――はい、これ。私だったらレオにそんなことされたらあいつの土手っ腹に穴を開けてやるけどなあ。で、社長はいつまで留守？

――二、三日だって言ってた、多分デイトンに寄ると思う、ケニーのお尻をひっぱたくつもりみたい。

――あのケニーね、あの人のこと考えたら頭が痛いわ、爪《エメリ》やすりある？

――どうぞ……二人は脚を組んでいたが、その間にある引き出しが開き、――ラジオ聞く？　ううん、そうじゃなくてコーヒーが邪魔……

――まだ彼のアパート使ってるの？

――ううん、彼の子供がまだ家で病気で寝てるから彼の友達のところを使ってる、ケニーはその人はどっかのミュージシャンだって言ってた、部屋の飾り付けの雰囲気からして多分おかまよ。ほんとすてきな部屋。

――私ならそんなところじゃできないわ、ロニーとのときみたいになっちゃいそうで、真っ最中に誰かが部屋に入ってくるんじゃないかって気が気じゃない、待って、ピンクのマニキュアはこれだけ？

――月曜日、彼が出掛ける前には四回したわよ、昼休憩にはマニキュアを買い足しに出る、買い物行く？　シルキーイエローのブラウスがスタインウェイの上に掛かってたわ、あれ、きっとあなたの肌の色に似合うんじゃないかな、少しボリューム上げて……

――四ドルもお安く手作りの……皆さんの福音ラジオ局です。汝《なんじ》……の集合代表訴訟《クラス・アクション》の却下申し立て……キンヨウ《ヴェルネス》、ドヨウ《サバド》、ニチヨウ《ドミンゴ》*……市場は十六セント安……明日は時折晴れ間も出ますが、風が強く、冷え込みそう……

さまざまな声が出会い、別れ、爪《エメリ》やすりの音の上で高まり、電話の音で沈み、――いいえ、社長は二、三日出張にお出掛けです、シャピロ様、ご用件はどういったことで……？　いえ、あの、セクハラはおやめください……間を置いてからダイヤルを回し、――もしもし、そちらに……いいえ、奥様、無料ダンスレッスンの押し売りではありません……いえ、バストさん《ミスター》とお話ししたいのですが、バストさんは今……どこですって……？　そして再び電話に出て、――例の最後の注文ですね、今私の目の前にあります、二十ポンド*の特殊紙って書いてあります、はい……そして沈黙、やがて――ここで待ってて、電気を消し忘れてきちゃった……*

――ゴワナス高速の上り線は……たまにはお口に休暇《バケーション》を

……雨、現在の気温……ナニモナイ《ノ・ティエネ・ナーダ》*……

――お願いだからラジオ消して、社長があんなにけちじゃなかったら有線《ミューザック》にしてもらえるのに。今朝はすごい遅刻だったわね?

――生理痛がひどくて、待って。もしもし……? いいえ、出張中です、昨日お出掛けになって……おそらく明日だと思います、そちらにお電話するように社長に申し伝えますね? では失礼します……

――私、持ち場に戻らなきゃ、新しい書類があって、クラウアーさん《ミセス》が怒ってるから。

――待って、タンパックス貸してよ、ここに予備があると思ってたんだけど。ケニーから電話なかった?

――あの人? あいつはあなたにいい格好を見せてるだけだって、間違いないわよ、ロニーよりもひどい見栄っ張り、昼休憩に買い物行く? 私昨日買った黄色のブラウス返品しに行くわ、洗濯したら縮みそうだってお母さんが言うから。

――鉢植えを買おうかと思ってるんだけど。

――ここに置くの?

――うん、一つ、観葉植物、私の人生の半分はここで過ごしてるんだからって思ってね……? 引き出しが開き――毎日毎日単調なこと、時々昨日と今日の区別もつかなくなるわ……彼女は手のひらの側に曲げた爪を観察し、手を伸ばして十本の爪を左から右に眺めた。――ていうか時々ほんとに退屈しちゃったりして……爪やすり《エメリ》の作業がまた始まり、電話、タイプライター、さまざまな声が出会い、別れた。

――ええ、そうなんです、昨日お戻りになる予定だったんですが、デイトンに寄らなければならない用事ができて……いいえ、お電話があったことはお伝えしました、シャピロさん、社長は……ありがとうございます、ご親切に、でも無理です、ええ、その日は妹との約束が……

――活発な銘柄です。IT&T、十三ドルと八分の一高。ダイヤモンド・ケーブル、十七……最新の予報によりますと引き続き雨……いちばん大きな貯蓄銀行にぜひお預け入れを……お口に優しく、たまには……四ドルもお安く手作りの本革製ブーツがあなたのものに、今すぐ……

――どうしてここから出るの、暗いじゃない。

――発送室の前を通りたくないからよ。変なこと言う連中がいるから。

――あのジミーって子はすてき。

――すてきねえ、あそこにいる他の連中と一緒で飢えてるだけよ……

――を失ったタクシーのために事故が発生、死者が……日

は差しますが寒くなるでしょう、気温は……来年のペナントレースは……有名メーカーのシーツが……という予想となっています。

——もしもし……？　私よ、うん、誰だと思ったの……うん、こんなに早い時間に何、あれから毎晩電話してたのに……大きな注文、そうね、うん、そうね、無理難題を言われた挙げ句にくび、あなた……うん、そうね、ねえ、調子がいいときのあなたを私が見たことないと思ってるの？　だから……聞こえたわ、うん、テレビの音だってごまかそうとしても無駄よ、クリーブランドに二日行って帰ってきたときだってそう、あなたあのときは……いつ、昨日？　ううん……ううん、電話はあったけど何にもそんなことは……オーケー、だから私が何度も言ったじゃないの？　社長は何て……うん、オーケー、じゃあ私にどうしろって……私から話してって、何て社長に言えばあなたを救えると思ってるの……そうね……うん、そうね……そうね、うん、あなたが……うん、オーケー、分かった、ケニー、これで一つ貸しよ、私のお尻にキスを……そこにもしていいわ、うん、じゃあ……そうね、そうだわ、バイバイ。

——彼、くびなの？

——うん、それでね、それで私に、私から社長に、ちょっと待って、もしもし……？　あ、こんにちは、コ、コーエンさん、退院できたんですね……？　いいえ、社長は、社長は今日だっておっしゃってました、何時かは分かりませんけど、社長は……いいえ、ちょっと、私ちょっと風邪引いたみたいで……

——私の使って、待って、ほら、紙ナプキンがあったわ……

——はい、私、オーケーです、コーエンさん、伝言をどうぞ、メモ帳を用意しました……

——やっぱね、だから言ったじゃない？

——最新の予報によりますと、雲が多く一時的に……

——で、私は言ってやったわけよ、あいつはもう十杯くらいダイキリを飲んでいたんだけど、ついに言ってやった、ねえ、いい、私は本気で好きになった人としか寝ないのって、昼休憩は買い物行く？　黒いかつら《ウイッグ》見掛けたんだけど……

——オーケー、社長の椅子だけ戻しておいて、いつ帰ってくるか分から、待って、もしもし……？　うわ、いいえ、まだお戻りになってないんです……もちろん、はい、お伝えしておきます、あ、少々お待ちを、今オフィスにお戻りになりました、エンジェル社長？　奥様からお電話です……

——ああ、じゃあ、出よう。もしもし、ステ……たった今戻ったところだ、うん、何……ああ、いい、それでいい、私は家に帰ってから適当に何か作るから、卵は買い置きがまだあるかな……？　そんなことはしなくていい、自分で何か探すから、私の留守の間にエドワード君から何か言ってきた……？　いや、ちょっと待って、テリー？　君に渡したロングアイランドの電話番号、例のバストさんには連絡取れた？

——いえ、お電話はしたんですが、何かの賞を受け取りに海外へいらしたとかいうお話で……

——こっちも駄目みたいだ、ひょっとしたらコーエンが……それはいい、構わなくても、うん、じゃあ……彼は脇に抱えていた大きな封筒を机に落とし、帽子を脱いで——君たちは今からランチにお出掛けか？

——構いませんか、エンジェル社長、今日はお昼を遅くしたんです、そうしたら午後が短くなるので。お電話は全部ここにメモしておきました、こちらのシャピロさんからは十回くらいお電話をいただきました、コーエンさんからは税金の件で今朝お電話があって、内容は全部そちらに書き留めておきましたけど……

——ありがとう、テリー……彼はコートを脱いで机を回り込み、腰を下ろして、——君が戻ってくるまで、暇な時間はなさそうだ。

彼女が戻ってきたとき彼はバーボンを紙コップに注いでいた。

——でもエンジェル社長、今回の出張がこんなに長くなるとは思ってませんでしたわ、週末まで全部つぶれちゃいましたね、何か変わったことにお気付きですか？

彼はボトルをファイル・キャビネットの引き出しに戻した。

——よく分からないが、君が今着ているそれは新しい……

——いえ、私のことじゃなくて、それですよ。鉢植え。

——ああ、うん、どうしたんだ。

——二、三日前に私が買ったんです、うわ、もうしおれてきてる、もっと大きいのも売ってたんですけどそれだと値段の方も、ね？

——うん、ああ、いいね、いいねえ、テリー、でも自分のお金をオフィスのものに使わなくてもいい。

——いえ、いいんです、ていうか、社長も以前おっしゃってたじゃありませんか、私たちは人生の半分をここで過ごすんだって……彼女はタイプライターの上で紙をそろえ、赤い髪の毛を押し戻しながら振り向いた。——デイトン宛てのこちらのお手紙ですけど、どなたかに写しをお渡しした方がいいですか、エンジェル社長？

——ファイル用に一枚だけでいい、例の注文を確認するだけだから、飛行機の中で走り書きしたメモだけど読めるか？

——もちろん……彼女はそろえた紙をタイプライターにセットし、——それで万事オーケーだったんですか？

——私が向こうに顔を出さなかったら無理だっただろうな、ケニーは誰かと交代させなきゃ駄目みたいだ。

——そうですか。うわ、それは、それは残念です、エンジェル社長……彼女は一語タイプし、——ひょっとしたら、ひょっとしたら彼、今回はちょっと調子が悪かったのかもしれませんね、だって前回はクリーブランドから大口の注文を取ってきましたし、彼には……

――分かってないな、テリー、あのときだって私が三日三晩電話にかかりきりで何とか問題が解決したんだ……彼は紙コップを空《から》にして机に置いた。――人並みに働いている人間なら私だってくびにしたくはない、でも私には自分の仕事があるんだから彼の分まで仕事はできない、ケニーについてはちょっとよくない噂もあってな、君は聞かない方がいいような話だが、どうかした?

――いえ、いえ……彼女の膝元で引き出しが閉まり、彼女はティッシュを取り出し、――ちょっと風邪引いちゃったみたいで……

――こっちは雨が降ったんだってね……彼は空っぽのコップを持ち上げ、ゆっくりと椅子に深くもたれながらそれを置き、引き出しを見、鍵を探り、引き出しを開けて奥に手を入れて汚れた封筒を取り出し、腰のところで広げ、一枚一枚写真を見るたびに顔を上げた。それはまるで彼が唇をなめ、唾を飲み込んだその瞬間に写真と同じ角度の鼻の輪郭や髪の流れを、そして、たとえ仮にねじり、つかみ、握っているものは違うとしても同じように手首が何かをねじり、安物の指環をつけた指が何かをつかみ、手が何かを握る瞬間を見逃すまいとしているかのようだった。タイプの音がやむとその手が真っすぐ上がり、彼女は突然立ち上がって部屋の反対側のファイル・キャビネットまで進んだ。彼女がいちばん下の引き出しのフォルダーを取るためにしゃがんだとき、彼は再び椅子に深くもたれ、次の写真をめくり、その次、さらにその次の写真をめくった。まるで合成皮革がぴんと張った瞬間をとらえてそれに対応する白い割れ目を探しているかのようだった。

――すみません、社長……

――え……?と彼は股間を落ち着けて姿勢を正し、椅子を机に寄せた。彼女は彼の前に立っていた。――何か……

――いえ、ちょっと、すみません、ちょっと、この、このお手紙なんですけど、社長が記入なさってる明細の数字は、もしも向こうが前回の注文と照合したらですね、こっちには十六って書いてあるのに……

――ああ、うん、ああ、ああ、それか、私に聞かなくてもいい、ここに書いてあるだろ、六月何日付の注文明細に従ってて……

――いえいえ、そうなんですけど、私が確認したかったのは……

――ああ、うん、それは、それは大丈夫だ、テリー、私はあちこち駆けずり回って疲れたみたいだ、まだお昼も食べてない、私は、君、今日は少し残業無理?

――はあ、もしも社長がどうしてもって、うわ、もうこんな時間だったんですね、エンジェル社長、以前お話しした注文部門にいる友達のマーナ。一緒に地下鉄に乗ってもらおうと思って、彼女と待ち合わせしてるんです、一人で地下鉄に乗るのは心細くて。私の妹が……

——ああ、そう、構わないよ、テリー、君は、その仕事は明日に回したらいい、風邪も引いてるみたいだし……

——いえ、大丈夫なんですけど、何かお腹に入れた方がいいですよ、エンジェル社長、まだ食べてないっておっしゃるんだったら……

——じゃあ食べに行くことにするかな、うん……彼は机の引き出しをパチンと閉め、鍵を回し——この辺はあまり食べる場所もないが……

——三十三番通り沿いにジョーの店がありますよ、まあまあ悪くないと思います。

——陸軍事務所の近く？

——あの真向かいです、悪くないですよ、あそこのお薦めは……

——テリー？

——はい、何でしょう……彼女はタイプライターに向かったまま手を止めた。

——レオは例の見積もり持ってきた？

——いいえ、社長がお留守の間はほとんど顔を見せませんでした……

——この前、レオのことで話があるって言っていたのは何だったんだ……彼は立ち上がってコートを羽織りながら——私が出掛ける前に、君が……

——いいえ、何でもありません、エンジェル社長、何かお腹に入れた方がいいですよ、またお戻りになるようでしたらこれは社長の机の上に置いておきます……

彼は帽子を持って立っていた。——ああ、うん、うん、じゃあそれだけ仕上げたら先に帰っていいよ。

——ありがとうございます、エンジェル社長、社長がお戻りになってうれしいです……

——ああ、ありがとう、テリー、うん、私もうれしい、風邪は早く治すんだぞ……彼は帽子を持ったまま一瞬だけそこで立ち止まってから帽子をかぶり、緑の多孔質コンクリートの廊下を端まで進んだ。——レオ……？

——お戻りになったんですね、知りませんでした、例のイタリア人には連絡しておきましたよ、今度の木曜にここに来ます、彼は……

——木曜だって、くそ、明日の朝でも来られるだろ、それが無理なら来なくていい、そう伝えとけ、それからそうだ、私が書いた図面あるか？

——ここにあります……擦り切れたボタン穴が開き、同時に、折り畳まれた黄色い紙と一枚の写真が二人の間に飛び出し、上を向いて床に落ちた。

——何だ、どうやらいちばんいいやつを私から隠してたらしいな、レオ……

——きっと、きっとばらけちゃったんですね……

——ばらけた上にばれちゃったってか。

──封筒に入れていたときにポケットの中でばらけちゃったんですよ、きっと……

──そうだな、うん、じゃあ、ほら全部まとめておいた方がいい……彼はそれを内向きにシャツのポケットに入れ、──さて……彼は手の付け根で黄色い紙を緑の壁に押しつけて伸ばし、──その鉛筆を貸してくれ、いいか、印を付けておくのを忘れてた、こんなふうに配置を変えるんだったらこっちに換気口が必要だ、言ってること分かるか？ じゃあ明日にはあのイタリヤ人をここに呼ぶんだぞ、明日が無理ならやつには頼まない。

──そうおっしゃるならそのようにいたします、エンジェル社長、でも待ってください、例の写真、あれは……

──そうおっしゃるならじゃない、レオ、とにかくそうしろ、それから写真、あのことは私に任せろ……彼は建物を出てから勢いよくドアを引いて閉めた。*外の世界に入るとそこは薄暗く、天頂は灰色がかった闇で、アルミでイニシャルが書かれたアルミのドアの向こうにある、もはや売り物ではない家々の正面玄関の四角いガラス越しに見える、下着を着た隠退生活のすばらしさを証明していた。彼の腰の高さまでもない鎖で小分けにされた庭を過ぎ、数街区《ブロック》先の高くわびしく掲げられた星条旗に向かい、縁石を下り、また縁石に上がり、肩を下げ、両手を深くポケットに突っ込んでいると、突然ゴムボールが彼の足に当たった。彼はしゃがんでそれを拾い、顔を上げ、振り向き、フェンス沿いの狭い空間に無理に作られた車寄せの道の方を見て、灰色の柄の入ったスーツとシャツとネクタイを身に着けて立ち止まっている男を見つけ、ボールを投げ返し、はたと止まった。

──待てよ、あれ、ジャック……？

ボールがバウンドしながら男の脇を通り過ぎて子供の方へ転がっていくと男は反対を向いた。女の子は家の角を曲がり、ボールを止めた。男は突然片足をグロテスクに引きずりながら必死に女の子の方へ小走りで駆けだした。──ジャック？ ギブズ？ 君なのか、ジャック……？ しかしその人影は急に家の角を曲がって見えなくなった。彼がしばらくそこに立っていると窓のカーテンが揺れた。彼は引き返し、旗に向かい、その向かい側のガラスの扉をくぐり、カウンターに座ってウェスタン・サンドイッチ*を食べ、不規則に壁に張られた兵士の顔を一つ一つ眺め、少佐の集団の下に真っすぐに並べられた顔に繰り返し視線を戻し、ようやく食べ終わって店を出て、旗を後にし、縁石に上がって、縁石を下りた。先ほどの子供がボールを持って車寄せに立っていたので、彼は急いでその子に近づいた。──待って、お嬢ちゃん。ちょっと待って、聞きたいことがある……彼女はフェンスに沿って一、二歩下がった。──一緒にボール遊びをしてた男の人、まだここにいる？

──行っちゃった、彼女は曲がり角を指差しながら言った。

──あの人、多分、私の知り合いなんだが、あの人は……

──私のお父さん。

──へえ。いつ帰ってくるのかな。

──毎週この曜日に帰ってくる、おおよそ毎週会いに来てくれる。

──てことは、じゃあどこに住んでるの。

──どこかよその場所、ここには私に会いに来るだけ、それに、いいこと教えてあげましょうか？

──お父さんは、その、彼は足をけがでもしたのかい？

──昔からよ、戦争でけがしたんだって、いいこと教えてあげましょうか？

──昔から？

──戦車に乗ってドイツ人と戦ってるときにけがしたんだって、戦車が壊れて、外に出たところを撃たれたの、凍死しそうだったんだって、冬だったから、ねえ、いいこと教えてあげましょうか。

──ローズ！と、家から、あるいは家の裏から女の声がした。

──待って、名前は？

──ローズ。

──ローズ、うちに入りなさい……！

──名字は、ローズ何……

──ローズ、うちに入りなさい！

彼はそこに立ったまま少しの間彼女を見送ってから、先ほど彼女が指差した人気《ひとけ》のない角を見、突然その方向へ向かって小走りで駆けだし、縁石に達するたびに左右に目をやり、最後に速度を落として歩きだした。前方には地下鉄の地上線が見えた。縁石を下り、また縁石に上がり、そこで転びそうになりながら立ち止まり、ドラッグストアの入り口で風をよけるみたいに突然向きを変えた。それは一見、「家族みんなの外科装置」の広告を熱心に見詰めているかのようだった。とそのとき、リズミカルなヒールの音が彼の背後で舗道に響いた。

──で、どうなったの。

──で、明細を確認してもらおうと思ってファイル・フォルダーを社長の机に持ってったの、社長は気が付いていなかったみたい、だって私が下を見たら膝の上にエッチな写真をたくさん広げてたのよ、まじで。

──あの社長が？

──まじよ、で慌てて体を前に倒して……

──まさか、じゃあちゃんと見えなかったんでしょ、ひょっとしたら……

──まじだって。いちばん上にあった写真なんか、女の人がいきそうな顔してて、社長もケニーみたいに勃起してたわ、見間違いなんか、待って、代用硬貨《トークン》ある？　二人が階段の下で立ち止まり、ハンドバッグの中を探っていると、真っ赤な顔でバーから逃げるように出てきた男が二人にぶつかり、──すみません、と言って階段を上がっていった。二人はその後に続き、ハンドバッグを探りながら階段を上がり、回転式ゲートを通り、プラットホームに出て、アストリア・ジェンツ*の落書きに覆われたパンの看板の陰に隠れた。──もっとあっちに行っておかない？　私が乗り換えするときに前に行けるように。後ろ向いたら駄目よ、あなたのことじろじろ見てるやつがいる。

――誰。

――灰色のスーツを着て、ネクタイは大きなチェック模様……二人はプラットホームの端まで行って止まった。――あいつ。

――階段の下で私たちとぶつかった人ね、何か……列車が轟音を立てながらホームに入ってきた。――まったく、男の人って動物みたい……二人は座席に座ってゆっくりと揺れながら――模造ダイヤ《ラインストーン》のネックレスなんか、怖くて身に着けられない……明かりが暗くなり、ともり、より頻繁に停車するようになり、通路が混み始め、破れた新聞を足が蹴り、キャンディーの包み紙をつぶした。――今、真正面に座ってる、うん、あなたが降りるの次だっけ？

――うん、バイバイ、またね……

――またね、テリー……彼女は再び座り、ズボンのお尻と絶えず形の変わる大きな塊の隙間を探し、通路の反対側の布製コートのバーゲンを見、ネクタイの大胆なチェック柄の上で組まれた腕を見た。男の視線は彼女の頭の上の車内広告に向けられていた。広告に写る自由の女神には、ふさわしい詩句*が添えられていた。列車が停まり、また動き、停まった。それはまるで、ごみのあふれる海岸を次々に巡りながら廃棄物を交換しているかのようだった。

――気ぃ付けろ、ぼけ、こんにゃろう。

――そこのドア、気を付けて……

――ここ、ペンシルベニア駅？

――誰がぼけだって、あほ、くそ野郎、てめえのけつぶっとばしてやろうか。

――その人たちを降ろしてあげて、降ろしてあげて……反響する無関係の音節がスピーカーから流れ、ハンドバッグを握り締めた彼女が前方に男の影を見つけた瞬間、彼が不意に横を向いて自動販売機に手をついた。

主《しゅ》の祈り
幸運のメダルとして
お守りにどうぞ
二十五セント

自動販売機には大きく「故障中」と書かれていた。――すまない……彼は彼女の肘を取り、――大丈夫か？

――足首をひねっちゃったみたい、まったくみんな動物みたいなんだから。

――お守りは買ってあげられないみたいだから、代わりに一杯どう……肘が肋骨を見つけ、肩、背中を見つけ――ここは黎明期の世界みたいだな*、こっちだ……無数の手、外れた目、好き勝手な方を向いた顔、丸めて握られた新聞、妻たちの傘、フランクフルトの匂い、音の消された爆発、そして落ちるガラス。

——おい、ここ、ここだ。*

——今の何、爆弾……

——五時三十八分、バビロン行き……？

——ジェリコ行き……

——ここだ……！

——何そんなところに突っ立って大声出してるの。私はすぐ横にいるのに。

——え？　ああ、アン、気がつかなかった、君がいるとは知らなかった、今さっき向こうにギブズ先生がいたような気がしてね、若い女の人と……

——そもそもあなたこんなところで何してるの。

——五時三十八分に乗る、人と会う約束があったんだ、君が駅に入ってきたのも気が付かなかった。

——世の中で約束があるのはあなた一人だと思ってるの？

——いや、そんなこと、君も同じ列車？

——私が何しにここに来たと思ってるの、気分転換？　私も同じ列車に乗るわよ、その前に私たちが全員死んでなければね。

——私も乗る……

——その前にあなたが私を階段の下に突き落とさなければね。

——急いだ方がいいかと思って……

——じゃあどれか、荷物持つのを手伝ってくれればいいのに。

——あ、うん……

——ああ、今はいいわ、もうすぐそこだから……肘で押され、畳んだ傘で突かれながら、二人は一緒に前の人々のうなじを見詰めていた。列車は震えるように動きだし、明かりが消えた。明かりは試すようにチカチカとした後、再びともった。車掌がはさみをカチカチいわせながら立っていた。

——君の分も払っておこうか。

——お願いしないと払ってくれないの？　彼女は自分の本に視線を戻した。

——いや、そうじゃなくて、ひょっとしたら往復切符を買ってるかなと思っただけだよ……

明かりが消え、再び列車が夕暮れのわずかの光の中に出るまでそのまま消えていた。彼の頭が少しうなずくように動き、彼女の肩越しにじっと見ていた。

第八態（首吊りの体位）*：女の手首と足首を縛り、陰部が丘のように突き出すようにして、天井に取り付けた滑車で高く吊り上げる。男は女の下に仰臥して、片手で女を縛った綱を握り、綱を緩めると女が下がってきて挿入できるように……

——何か自分の読むものを持ってないの？

——し、新聞買おうと思ってたんだ。

——どうして新聞を買わなかったわけ？　他の人はみんな買ってるのに。列車はゆっくりと揺れる動きに移り、建物らしき姿が汚れた窓ガラスの外を通り過ぎていった。——何してるの？

――私？

――ガラスに映った自分に向かって変な顔してるじゃない。

――いや、私は、これはロール・プレイイングっていうんだ、最近、産業コンサルタントの間ではやってる……

――何でもいいからやめて。

列車は連続的な痙攣《けいれん》に襲われ、うめきながら瓶詰工場の外に停車し、再び動いた。彼の頭がうなずくように動いた。


第十一態（靴下履きの体位）：女性を仰臥させ、男は女の両脚を開かせてその間に座る。そして、陰唇に亀頭を軽く触れさせながら、親指と人差し指で陰唇を挟み……

――何か自分の読むもの……しかし彼の目は閉じていて、彼女が彼の脇を突くまでそのままだった。――ほら、着いたわよ。彼は彼女の後ろを歩き、列車からプラットホームに出て、「デビーのくそだまり」と「元気バリバリ、おまえもビンビン」を通り過ぎて階段を下り、尻の形で車を見つけ、ハンドルを握った鉛色の手の中で震えながらやっとエンジンがかかり、彼の足がかろうじてブレーキに達するのに必要な時間だけ道順を言い争った後、急カーブを描いて砂利道を抜け、――二人ともその前に死んでなければの話だけど……バーゴイン通りに入り、アスファルト舗装をする炎に脅されながら、魅惑的に照らされた交差点へ向かい、――真っすぐ！　真っすぐよ！と、曲がりかけた車が危うく制御を失いそうになりながら、姿勢を戻した。


――危ない、もうちょっとであの男、こっちに突っ込んでくるところだった！

――いいから、ライトを点けなさいよ、まったくもう。

既にともっていた船のランタンと見張り用の携帯ランプを通り過ぎ、彼らは縁石に上がり、沈黙に落ちた。――うちに着いたよ。

――うち！

銃撃のような音とともにフレームドアが閉じた。

――ママ、人形劇ができたよ、ママ、私とドニーの。

――いいから。ご飯は食べた？

銃撃のような音とともにドアが閉じた。

――パパ、私とドニーで人形劇を作ったよ。

年老いた犬はテーブルの下から彼を見、彼は買い物袋を部屋の間仕切りにもたせかけて置き、アメリカ先住民風の彫刻の向こうに覗く、弛緩したサクソフォンを見た。動かない指がサクソフォンを支え、マウスピースは少し開いた総入れ歯の間からぶら下がっていた。――ただいま、お父さん……

――お祖父《じい》ちゃんは寝てるよ、ねえ、パパ、私とドニーが作った人形劇見たい？　あのね、ピエロとねずみが出てきて、ピエロがこう言うの、ねえ、ドニー！　こっち来て、人形劇をパパに見せるわよ。

――ドニーはどこ？

――ベッドにいる。ねえ、ドニー？

——食事の後にしよう、ノラ、彼はそう言って、明かり消しの巡回を始め、玄関広間、廊下、バスルーム、玄関広間と回り、パチ、パチ、パチ、——ノラ?

——何やってるの、今度は。

——誰もいない部屋に明かりは要らない。

——誰もいない部屋、キッチンの電気も消したらいいんじゃないの、暗闇の中でみんなで食事をしたらいいんだわ。ノラ、夕食だからドニーを呼んで。

——ドニーはベッドよ。ねえ、ド、ニー……!

——大きな声を出さないで! 連れてきてって言ったのよ。

——お父さんも起こそうか?

——要らないわよ、どうして。

——食事だろ?

——お祖父ちゃんはもう食べたわ、パパ。

——もう食べた? 食べたって何を。

——知らないわ、ママ、何か知らないけど自分で作って……

——ドニーを呼んできてって言ったでしょ。

——パパ、ドニーを呼びに行くの手伝って。電線でぐるぐる巻きだからベッドから動けないの。

——何てこと……ドアがバタンと閉まり、何かが落ちる音、廊下で何かを引きずる音がした。——ノラ、ドニーをそっちに座らせて、あなたはこっちに座りなさい。

——でもママ、ドニーはコンセントの近くに座らないと駄目なの、プラグを差さないと。

——じゃあママはここを通るたびにコードにつまずかないようにに気を付けなきゃいけないのかしら。

——でもドニーはコンセントにつながってないと何も食べれないの。フォークちょうだい。

——スプーンがあるでしょ。

——パパ、パパのフォーク使っていい?

——フォークはこれだけじゃないはずだよ、パパが取ってきてあげよう……

——スプーンを使わせたらいいのよ。きれいなフォークは一本もないわ。

——でもフォークはたくさんあっただろ、セットのもあったし……

——げっ、マグロの蒸し焼き鍋《キャセロール》だ。

——ちゃんと座って食べなさい。

——そうだね、うちは、うちは肉料理が出ることが少ないかな……

——肉料理が出ることが少ない! 肉屋さんが肉をただで配ってると思ってるの?

——いや、そうじゃないけど、そこまで家計が苦しいわけじゃ……

——家計ですって、ノラ、座って食べなさい。お祖父ちゃんはもう食べたって言ってたけど、蒸し焼き鍋《キャセロール》は減ってなかったわよ、何食べたの？

——蓋《ふた》の掛けてある青いお皿から食べてた、お祖父ちゃんは……

——あらまあ。また犬のご飯を食べちゃったのね。

——お腹壊すかなあ、ママ？

——犬はお腹壊してる？

——じゃあ別に問題ないね。

——後でトイレがにおうのよ、それが大問題、いいからちゃんと座って全部食べなさい。

——食べたら、私とドニーの人形劇見てくれる？

——うん、とにかく食べなさい。もしもあなたが、ドニー！

——ドニーのせいじゃないわ、ママ、コードが牛乳のグラスに引っ掛かっちゃったから……

——まったくもう、私のスカートがびしょ濡れ。いいからじっとしてなさい！

——でもママが……

——いいから全部食べ終わるまでじっとしてなさい！　彼女は二人の脇を通り、角を回って廊下を進んだ。——お父さん！　入ってる？　すぐにバスルームのドアからおならの音が返ってきて、彼女は再び部屋に戻った。——まったくみんなして！と彼女はつぶやき、流し台の前でスカートを脱いだ。

——食べた。ごちそうさま。人形劇の準備するわ。

——みんなして……

——こっちよ、パパ、リビング。ドニー、ねずみ持ってきて。パパはここに座って、パパはここ、ママはここ。ドニー、あんたがねずみよ。ママ？　ここに座って。ここが私たちの家。私がピエロで、猫を飼おうって言うの。ほら、ドニー、あんたはねずみなんだから、猫を飼うのは困るって言うのよ、食べられそうで怖いからって、ほら、それからあんたは出ていくの。それからピエロが追いかけてって、ドアを開けて、猫に入って来いって言うの。それからねずみが、ほら、ドニー、あんたがねずみよ、あんたがその話を聞いてて、ねずみがその話を聞いてて、ピエロに気付かれないように中に入る、それで猫の目の前でドアを閉めちゃうの。ほら、ドニー、やってよ！　あんたが……

——ノラ？　そろそろ寝る時間だよ。

——でも、もうちょっとだけこの……

——服を脱ぎなさい、ノラ。二人とも。

——ママ、いつもドニーが全部台無しにするのよ、練習する約束だったのに、人形劇の練習する約束だったのにすぐに自分のベッドに戻っちゃうの。いつもドニーのせいで台無し……

どこかで時計が正時を打とうとした。ドアがバタンと音をたて、トイレの水が流れ、ドアがバタンといった。テープメジャー、目盛付き拡大鏡《リネン・カウンター》、目盛の付いた鉛筆、切手の日打ちゲージ、——そんなもの並べて、一体何やってるの？　彼女は彼の後について入ってきた。

――別に、別に、ポケットから出してるだけ……

――どこか別の場所に置いてくれない？　鏡を使いたいから。目盛の付いた鉛筆、目盛付き拡大鏡《リネン・カウンター》、切手の目打ちゲージ、

――子供にそんな格好見られたらどうしようって心配じゃない？　彼は拾い上げながらそう言った。

――そんな格好ってどんな格好。

――別に、ただ、裸でそうやって家の中を……

――私が裸で歩き回ってるのを見たからって、どうして子供が心配しなくちゃならないの？

――違うよ、君がだよ、君は心配じゃないかって……

――へえ、じゃあさっさと言いたいことを言いなさいよ……彼女は鏡の前にかがみ込み、まつげを外した。――心配って！と彼女は反対のまつげも外し、――自分が心配性だからって、他のみんなも心配すればいいと思ってるのね。

――いや、違うよ、彼は正面に見えている陰毛から視線を上げて――僕が言いたかったのは……

――あなたが言いたかったのは、あなたは言いたいことも言えないくらい心配性なのよね……彼女は彼の横を歩き、放熱器の後ろに手を伸ばして何か、ヘアピン?を拾い、――自分が飲み込まれるんじゃないかって心配してる、何かの生き物に飲み込まれるのを恐れてる。

彼はひっくり返ったその唇が開くのをじっと見詰め、咳払いをした。――タイプライターは今使ってるの？

――私が今タイプライターを使ってるかって？　彼女は真っすぐに立ち上がって振り向き、片手を腰に当て、息をついたので一瞬その場の雰囲気がカレンダー写真のような構図にまで高められた。――私が今タイプを使ってるように見える？

――紙が入ってるからさ、彼は急いで振り向き、ローラーを回転させて――何かなと思っただけ……

――へえ、出しておいて、そうよ、捨てておいて、と彼女が近寄り、息を吐きながら、均整の取れていない体を再びすっかり服で覆い、――財団の助成金をもらうために私が書いた申請書か何かでしょ、多分。

――その人たちはへとへとで立っているのがやっとでした。へとへとだったので力が出ませんでした。多分地震がありました。赤煉瓦のほこりのところまでくると家が近づいたことが分かります。そこには人々が立っていて、みんなへとへとで立っているのが……

――はいはい、私も読んだわ。

――何これ？

――何これ。何だと思ってるの、私の書いた文章だと思う？ノラの作文よ、一体何だと思って、捨てないでよ。

――捨てようとしたわけじゃないよ、ただちょっと……

――才能が感じられないから捨てるわけ？　ひょっとして自分の娘とは思えないとか思ってるんじゃないの、あの子の才能はどっちかっていうと、どこ行くの？

——指、と彼は部屋を横切りながら言った。

——え？

——鏡はもう使わない？

——あなたがどんな姿か、鏡に映さなくても私が教えてあげるわよ。

——僕の、僕の仕事に関係のあることなんだ。

——あなたの仕事。何、自分の姿を鏡に映してよく見なさいってホワイトバック校長に言われたの？

——いや、別の仕事、今日ニューヨークで話をした人たちが……

——仕事ね。何の仕事、モデルでもやるの？

——いや、何ていうか、経営に携わるみたいな仕事。彼は鏡に映った自分の姿を自分のなで肩越しに見た。彼女は太ももに巻く管状のベルトを膨らませていた。——管理職の意思決定……

——使用前と使用後、使用前のモデルならあなたでもできるかもね。

——意思、意思決定、彼は鏡に映った彼女の体操を肩越しに見ながら、自分の右の顔に向かって言い、次に左の顔に向かって言った。——ロール・プレイングさ、意思、意思、意思決定においてはロール・プレイングが役に立つって……

——だから一晩中鏡の前に立って自分とにらめっこをするってわけ？と彼女は言い、視野から消えた。


——ママ、どうしたの！

——寝なさい、ノラ。

——パパ、ママはどうしちゃったの、床に寝転がって、太ももに……

——寝なさいって言ったでしょ！　彼女は上半身を起こした。

——グランドセントラル駅みたいな混雑ね。トイレの鏡を使ったらいいでしょ。

——トイレはくさいの、ママ。パパ、あっちに来てドニーのプラグを差してよ。

——寝なさいって言ったでしょ！　まったくもう、回転《ロール》プレイ……彼女はベルトを外し、自分のベッドに上がった。——回転《ロール》プレイ*ね。

彼が鏡を覗いてから、ゆっくりと振り向くと、彼女は急に上半身を起こし、足先をそろえて上げながら膝を開いた。——でもほら、前にも言っただろ、子供たちが気味悪がってるって話……

——気味悪がってる！　彼女はかかとを抱え込み、——そりゃあ子供だって気味悪くなるわよ、あなたの回転《ロール》プレイイングを見せられたら、そりゃあの年頃なら気味悪いわ。あの娘《こ》は、マルハナバチがタンポポ*に受粉させるのがセックスだって思ってるし……

——それは単なる子供の……

——思い違いしたまま、何も知らない大人になる人もいるわ、あなたに出会った頃の私みたいにね、あなたの方がもっと馬鹿だけど。あの娘《こ》にどこで勉強しろっていうの、トイレの壁の落書きで？　それにちょっとの間それやめてくれない？　視界の端で変な顔されたら正しい呼吸法ができないわ。

彼はまた表情を変えた。それはカルタゴを破壊する決断をした男のしかめ面のようだった。鏡から振り向くと、空っぽになった彼女のブラジャーの下から「役割療法《ロールセラピー》」と「意思決定プロセス」を見つけ、急いで余白に印を付け、それを消してまた別の、既に以前消した跡で汚れているところに印を付け、服を脱いでから毛布の下で膝を立て、顔を隠して、順に命令、軽蔑、嘆願、寛大の表情を作り、その合間に時折、素の盗み見の表情を浮かべ、まったく呼吸の兆候を見せずに正座している彼女の硬くなった乳首に目をやった。翌朝彼が目覚ましに手を伸ばしたときにも彼女はそのままの姿勢で、目を閉じた様子も動いた様子もまったくなかったが、枕カバーはマスカラでかなり汚れていた。水の飛び散った洗面台の上の安っぽい枠から逃げ出そうとする軽蔑、命令、寛大の表情を彼は追いかけ、髭を剃り、バスルームの鏡の中できれいに顔を拭いて、楕円形のバックミラーの中でその震える残骸を追跡した。彼は車を温め、郵便局で車を停めたとき、*その場に表情を置き去りにした。ドアが彼の背後でバタンといった。

——こんにちは、ディ、危ない、ちょっと、やば《ホーリー》……

——全然こっちに気付いてなかったな、あれ見た、なあ？

——え、両方とも落としたのかよ。やば《ホーリー》……

——落としたって何だよ、向こうが俺にぶつかって来たんだろ。

——オーケー、急ごう、拾うの手伝えよ、踏んづけられないうちに拾おう、ほら、また来た、まじやば《ホーリー・シット》、出す郵便と受け取った郵便が分かんなくなっちゃった、待って、それは真ん中に隠そう、こんなの送れないよな……彼は靴跡に息を吹きかけ、ミシガン州バトルクリーク、国防兵たんぎょうむセンターの上を手の付け根で何度もごしごしこすり、ダウりろん予報にも同じようにし、爪を噛んだ指が彼の横にあった飾り気のない包みを破った。——ちょっと、おい、気を付けろよ、このどっかに小切手が入ってるはずなんだ……

——待てよ、それ、何それ、よこせよ。

——こんにちは、メアリー・ルーで〜す、若い娘《こ》の写真に興味をお持ちの貴方に私からご挨拶とサンプルのお届けよ……

——オーケー、いいからよこせよ、おい、何それ、カナダの切手のやつ、切手が欲しいからくれよ、な？

——くれよって何だよ。

——それもただでもらったんじゃないのか？　どうせ欲しいのは中の書類だろ。

——分かってないなあ、これは社債だよ。

——しゃさい、何だそりゃ、自分も分かってないくせに。

——どういう意味だよ、ここに書いてある通りさ、見ろ、アルバータ&ウェスタン電力会社社債、シリーズB……

――オーケー、じゃあそれはどういう意味だよ。

――前のときどうしても思い出せなかったのはこの単語*さ、これがどっさり手に入ったんだ、気を付けろよ、何破ってんだ。

――切手を破り取ってるだけ。

――カナダのくだらない切手がどうしたっていうんだよ。

――切手コレクションのために集めるのさ、決まってるだろ、将来すごい値打ちが出るかもしれないし、このくずなんかよりよっぽど値打ちがある、何だこれ、エース開発社、一体どこに請求したらこんなくずを送ってくるんだ。

――余計なお世話だ、ある仲買人《ブローカー》から手に入れた、ウォールさん《ミスター》、ウォール街みたいだろ、実はカリフォルニアの人だけど、どっかに広告が載ってたんだ、待って、広告に書いてあったんだよ、強烈な成長株が……

――ウォール街みたいなウォールさん、そんなの聞いたことない……

――オーケー、何がおかしいんだ、だってだまし屋《キダー》*何とかっていうすごい仲買人だっているし、角笛吹き《ホーンブロウアー》*と何とかっていう仲買人の会社もあるし、みんなが角笛吹き《ホーンブロウアー》っていう名前のやつから株を買ってるんだったら、僕だって……

――そんなことより、見ろ、千株って書いてある、どうしておまえが千株も買えるんだ……

――むちゃくちゃ安いからさ、決まってるだろ。

――オーケー、そんなに安いんならどうせ役立たずさ。

――処女鉱物をまだ見つけてないから安いだけ、これが無料パンフレット、この会社は……

――待てよ、それは俺の、全米ライフル協会……

――これもおまえの、新タイプの人工ペニス！ ベルト不要！ ストラップ不要！ 魅惑のサイズ、おいおい、僕がくずを請求してるって言ってるくせに何だよ、実物のリアルな写真の掲載は条例に従い自粛いたします……

――オーケー、よこせよ、誰がこれを請求したって言った、勝手に向こうが送ってきたんだ、ほら、おまえのくだらないパンフレットだ、冷凍骨なし牛肉未来《さきもの》、何のことだか分かってないくせに。

――おまえこそ、どうして僕がそれを請求したって決めつけてるんだよ、それは……

――待てよ、何かが一緒にくっついてるぞ、何だ……

――ハ～イ、ダーリン、あら、お尻を向けちゃってごめんなさい、でも自己紹介にはこれがいちばんだと思ったの、もちろんこのサンプルだけじゃ私の魅力はちゃんと伝わらないわ、でもデラックスセットの中では私のスリーサイズ、九十六、五十八……

――オーケー、それはおまえのだ、こっちは……

――おまえのって何だよ、封筒にちゃんとハイドって書いてあるぞ、見ろ、たった五ドル、もちろん二十一歳以上の人に限るわよ‼　おい、何なんだ、おい、待って、その小さい小包、こっちによこせよ。

――何でおまえのだって分かるんだ、俺のかも……

――見ろよ、宛名が書いてあるだろ、ミスター・ＪＲ……

――オーケー、でも六年Ｊ組って書いてある、おまえは秘書って書いてあるぞ、開けてみろよ。

――言われなくても今開ける。

――何だ、待てよ、何だそれ、時計？　俺たちにただで時計を送ってくるなんて誰だ、ええっと、おい、ネバダの銀行だってさ。何で時計なんか送ってきたんだ。

――銀行に新しく口座を作ったらただでプレゼントがもらえるのさ、何か文句ある。

――別にいいけど、どうして六年Ｊ組って書いてあるんだ、ならみんなのじゃないか、ていうか、ジューバート先生はこのこと知ってんのか？

――別にそんなの、ていうか先生は二日に一日は体調壊してるし、どっちにしても……

――だけどネバダに銀行口座なんて、あっちに行ったこともないのにどうしてそんな簡単に……

――新聞に印刷された小さなクーポンを切り取って送るだけ、住所や何かと一緒に……

――でも、だけど成人じゃないと駄目だろ、二十……

――何だよ、このメアリー・ルーで〜すと同じさ、二十一歳以上の人に限るわよ、だ。この女の人にこっちの年が分かるわけないだろ、ネバダの馬鹿な銀行にも分かるわけない、この女の人が知ってるのはおまえがデラックス・セットを買ったら自分の懐に五ドルが入るってことだけ、だからお客さんは成人、この女の人にしてもどこかの銀行にしても同じこと。コンピュータという驚異の道具がなければ現代の銀行はありえなかったってグランシーが言ってただろ、ここに電子的な数字が並んでるだろ？　そのメアリー・ルーがおまえから五ドル手に入れるのと同じ、客が百歳だろうが何歳だろうが気にするもんか、待てよ、それよこせ、おい、さっきからそれを探してたんだ……

――俺のだよ、これは多分俺の……

――俺のって何だよ、よこせ。

――陸軍省って書いてあるぞ、おまえが陸軍省に何の、待て、見せろよ、何の、おい、おい、厄介なことに首を突っ込む気じゃないだろうな。

――何で僕が厄介なことに首を突っ込まなきゃならないんだ、それはただの取引、よこせよ。

――あのなあ、こっちのくずなら誰も気にしない、しゃさいとか骨なし未来《さきもの》とかいうくずならな、でも陸軍相手にふざけたことはしない方がいいぞ。

――何にも分かってないくせに、肘が邪魔……

――ピクニック用フォークなんて合衆国陸軍相手にふざけるのはやめた方がいい、向こうにはピクニック用フォークに関する専門家がついてるんだ、第一、陸軍がピクニックなんかやると思ってるのか?

——陸軍が何してるかなんて知るわけないだろ、おい、肘をどけろよ、交換でおまえにもらった簡易入札のカタログで見つけたのさ、海軍が新品のプラスチック製フォークを買って木製フォークを余剰品として払い下げにしてた、簡易入札ですごく安い値段で希望者に、それを注文したんだ、まさにビジネス・チャンス、陸軍が物品の購入計画を公開してて、その一つがピクニック用フォーク、だから……

——何を馬鹿みたいなこと言ってんだ、おい、もしも陸軍がそんなにフォークが欲しいのなら、どうして海軍から直接買わないんだよ、どうして間におまえを入れる必要がある?

——知ったことか、とにかくそうなってるんだ、いいから肘をどかせよ。封筒をよこせ……

——へえ、そうか、用心しろよ、おい、ばれたら陸軍と海軍の両方からとっちめられるからな、見ろよこれ、シーツ少佐《メイジャー》調達士官、足跡がいっぱい付いた手紙に書いてあることをこの人が信用すると思うか? フォーク、ピクニック用、木製、九千ｇｒ、こんな馬鹿げた話は聞いたことがないな、ｇｒって何なんだ。

——知るかよ、緑《グリーン》のｇｒなんじゃないか、海軍のカタログに書いてある通りに書き写して陸軍に伝えてるだけさ、仮に軍隊の連中が言葉を逆さまにしてるとしても僕のせいじゃない……

彼は封筒に息を吹きかけ、カリフォルニア州サンディエゴかん隊ちゅうとん地、国防余じょう品はん売局を袖でふいた。

——見ろよそれ、おい、もしもその手紙が無事に向こうに着いたとしてもそんなの開けると思うか?

——開けないわけにはいかないさ、何だと思ってるんだ、開けたい封筒だけ開けると思ってるのか? それに見てくれなんか気にするわけないよ、メアリー・ルーだって封筒にお金さえ入ってれば足跡が付いてたって気にするもんか。

——オーケー、でもどっちにしても、木製のｇｒのフォークを九千本買うお金なんかどうして持ってたんだ、おまえは……

——そういうやり方じゃないんだよ、ここに書いてある通りに代金の何パーセントかの手付金を送るんだ、入札をして代金の何パーセントかを送って……

——オーケー、じゃあ残りのお金はどうする。

——銀行から借りる……彼は切手をなめ、封筒を叩き、——それしかないだろ。

——へえ、銀行に入っていって、こんにちは、ホワイトバックさん、木製のｇｒのピクニック用フォークを買いたいからちょっとお金が必要なんですって言うのか……

——ホワイトバックからは借りない。銀行の仕組みを知ってるか? 銀行は預金には四・五パーセントぽっちの利子がつきますって言ってるだろ、ほんとはその四半期でいちばん預金が少なかった時点を基準に利子を計算するんだ、けちな銀行はそんなこと客には言わないけどな、だから例えば、ずっと預けていた千ドルから九百五十ドル引き出したら残る五十ドルの四・五パーセントの四分の一だけしか利子がつかないのさ、銀行の方はその間ずっと千ドルを誰かに貸してるくせに……

——だから何だ、銀行がおまえに金を貸すと思ってるのか？　ネバダ州のどっかの銀行がただで時計をくれたからっていきなり銀行に入ってって金を貸してくれるわけないだろ、待てよ、何だそれ、おい、こっちによこせよ……

——携帯用デラックス・バイブレーター、ポケットやハンドバッグに入れてどこにでも快感を持ち運びオーケー、贈り物にピッタリ……

——向こうが勝手に送ってくるんだから仕方ないだろ？

——じゃあこれも向こうが勝手に送ってきたんだな、ほら。これも同じ、夫婦用としては初の商品、バイブペニス……

——オーケー、いいから、おい……

——なあ、僕はおまえのくずをこっちにまとめようとしてるのに、おまえはそれをまた僕のと混ぜてるだろ、その鷲《イーグル》のやつ、その下、鷲《イーグル》が載ってるやつ、それをこっちに……

——何だこれ？　これ……

——こっちによこせよ。

——これもまたしょさいとかいうくずか？　ここの隅っこに千って書いてあるのは何だ、千株？

——千ドルだ、おい、やっぱり何にも分かってないな、これがさっき話した社債。

——え、おまえそれに千ドル払ったのか？　言っとくけど、おい……

——そこが大事なところ、ほんとに安く手に入ったんだ、利子とかを払わなくちゃならないから。

——誰が、誰が誰に払うんだよ。

——僕に払う、このイーグル紡績が僕に払うんだ。

——千ドル？

——千ドル、プラス、利子。

——言っとくけど、おい、ん、いいか、いいか、連中はおまえにびた一文だって払うもんか、いいか、ここにこう書いてある、イーグル紡績、以下会社と称する、はニューヨークをはじめとする複数の州に拠点を置く法人で……

——いいからよこせよ。

——いや、ほら、ここに書いてある、ほら、会社はこの額をセルマ・クループスカヤまたはユニオンフォールズの事務所にて正式な譲り受け人として登録された者に支払うことを約束する、な？　会社はセルマ何とかってやつに金を払うんだ、おまえになんか金を払うもんか。

——やっぱり分かってないな、裏を見ろよ、違う、この下のところ、スタンプが押してあるだろ、僕の名前が書いてある、僕はユニオンフォールズの事務所で認められた正式な譲り受け人ってこと、な？　だから、もともとこのセルマさんに払うはずだったお金は、今では僕のものなんだ。

——せいぜいやってみりゃいいさ、見ろ、そこら中スタンプだらけ、誰かがおまえの名前を書き込んでおまえが正式な馬鹿として登録されたからって、おまえがこの紙切れに千ドル払ったなんて誰も信じるわけないだろ。

——千ドル払ったなんて誰も言ってないよ、ていうかそこがポイントさ、会社はずっと利子を払ってないんだ、だから社債が一ドル当たり七、八セントで買えるのさ、それをまとめて買うんだ、そうすれば……

——元手は？

——ピクニック用フォークの取引さ、決まってるだろ……彼は書類を破れたジッパーの中に詰め込んでいた。

——今でも一枚持ってるじゃないか。何でわざわざまとめて買わなくちゃならないんだ、おい、なあ、今何時……

——すごく安いからさ、決まってるだろ！

——おい、そんなの聞いたことないぞ、なあ、これ、シーツ少佐《メイジャー》、こいつが仮におまえからそのフォークを買うとしたってだな、おまえが現物を手に入れるためには代金の全額が要るだろ、こんなくずを買い取ってくれるやつなんかいるもんか、こんなのよりもずっとましなものが……

——みんなそうやってるんだよ！と彼はセーターの袖で鼻をぬぐい、——分かってないなあ、お金に仕事をさせるっていうのはそういうことなんだ……

——仕事させる、けっ、一体何を……

——ちょっと待って、待って、この冊子を探してたんだ、ほら。目論見書、百万株、エース開発社、見ろよ。

——何を。木ばっかりじゃん。

——うん、でもこの会社はここの処女鉱物の採掘権を持ってるんだ、分かる？　見渡す限り広がる土地って書いてあるだろ、おい、もしも処女鉱物を見つけたりしたら……

——くそだって見つけられるもんか、たくさんの木が邪魔で何も見つかるわけがない、急げ、おい、時間だ。木を全部切り倒さなきゃ採掘も何も……

——ちょっとドアを押さえてて……

——おまえが集めてるくずのことだけど、すごく安いからって言うけどさあ、じゃあ値打ちがないってことだろ、だって値打ちがあるんだったらすごく安く譲ってくれるわけないだろ、おいおい、くさいなあ、ここのアスファルト舗装は金曜日に終わったんじゃなかったのかよ。ややこしいことになる前にこのくずのことは誰かもっと詳しい人に相談した方がいいぞ。

——オーケー、相談しないなんて言ってないだろ。

——誰、ジューバート先生か？　ジューバート先生に相談を……

——ジューバート先生に訊けるわけないだろ、そういうことは仲買人に相談するって決まってるんだ。

——例えば誰？　ウォール街のウォールさん？　おまえにく

けないさ。

ずを売りつけるやつだぞ、それがくずだって自分で白状するわ
――あのなあ、くず、くずって言うなよ。何にも分かってないくせに、それにウォールさんはカリフォルニアの人だ、ラジオとかでコマーシャルを聞いたことないのか、あなたのポートフォリオ*をどうぞ私どもにお見せくださいっていうCM。

――誰、頭だらけの部屋にいたあいつに相談するのか？　あそこに行って、おはようございます、僕のポートフォリオに目を通してもらえませんかって言って、いきなりこのくずを取り出すのか？　おい……？　待てよ、どうした……

――そんなことしないよ！　誰かに手を貸してもらう、仕事上の代理人みたいなのを立てるんだ……

――誰、どっちみち何がうれしくておまえに手を貸したりなんか……

――人に何かをしてもらうときにこっちがすることは決まってるだろ、お金を払うんだよ！　何だと思ってんだ……

――オーケー、じゃあ誰。誰かいるのか？　ん？　だっておまえは厄介なことに首を突っ込もうとしてるんだぞ、こんなフォークや何かのためにあちこちから金を借りて、あのくだらない社会見学に行ってからおまえはこんなパンフレットばっかり読んでるじゃないか、こうなる前はいろんなものを交換して楽しくやってたのに、今じゃあ何もかも……

――オーケー、じゃあどうしろって言うんだ！　彼は目の前の落ち葉の山を蹴飛ばし、立ち止まって手の荷物を持ち直し
――ぶかぶかの靴を履いて、紙マッチを持って、無料化粧品サンプルを売り歩けって言うのか？　それともうちにあるあれか、自宅で巡回セールスのトレーニング、それとも自宅で自由な時間にインポート・エクスポートか？　僕の母さんの仕事はいつも変な勤務時間だから、いついきなり帰ってくるか分かったもんじゃない、こういう債権とか株券とかだったら誰にも会わないし、知り合いにもならない、郵便と電話だけでいい、そういうやり方になってるんだ、誰も人と顔を合わせなくていい、どっかのトイレで生活してる最高の変人でも構わない、どうせ分からないんだから、株を互いに売り買いしてるあの証券取引所の連中と同じこと。あいつらは誰の株かなんて気にしちゃいない、電話の声の指示通りに株を売り買いしてるだけ、声の主が百五十歳の爺さんだろうと誰だろうと全然お構いなし……

――危ない、おい、それ落っこちそうだぞ……

――待って、時計、早く、時計を持ってくれよ、僕のロッカーのところまで持ってて。

――先生に渡すのか？

――何で渡さなきゃならない、僕がもらったものだろ？

――オーケー、でも六年J組って書いてあるぞ、おい、ジューバート先生に見つかってみろ、こっぴどく……

――先生にばれるわけないさ、先生がネバダに行ったりすると思うか？

——オーケー、でもここにはおまえが向こうの銀行で開いた口座の番号と六年J組様っていう名義とが書いてあるんだから、気を付けないと……

——同じことさ、そう書いてあったって、銀行が持ってるのは僕のサイン、ちっちゃなクーポンに署名って欄があって僕がそこにサインしたんだ。

——オーケー、なあ、でも、うちのクラスがこの口座にお金を預けてて、おまえがそれを引き出してくずのしょさいに無駄遣いしてるってことが銀行にばれたらどうする、それにこの時計を独り占めしてるってばれたらおまえは……

——時計なんかもうあるだろ！ 今でも教室のドアのすぐ上に時計が掛かってる、それに、くそったれ《ホーリー・シット》、僕はお金を盗《と》ってない、そんなことはしない！ こういうの聞いたことないのか、預金の方は最高金利や何かがついたままで預金残高の百パーセントの額まで貸付いたしますとかって？ だから僕が別にもう一つ口座を作って最初の口座を担保にしてお金を借りたって構わないだろ、向こうの手元にはもう僕のサインがあるから僕が同じやつだってことは向こうにも分かってる、小切手や何かのコンピュータが読み取る電子的な番号が違うだけのことさ、機械は口座の持ち主が三歳だろうと何歳だろうと気にしない、口座にお金さえ入ってればな、メアリー・ルーで〜すと一緒、ウォールさんと一緒、フォークも一緒、どれもこれも重要なのはそれだけ、僕のやってることが法律違反だとか言うなよ、みんながやってることなんだ！ クラスの口座だってそう、僕はそれを担保にお金を借りてフォークの取引に使うだけ、預金には指一本触れてない、そうだろ？

——オーケー、オーケー！ でもおまえはクラスの口座、クラスの口座ってわめいてるけど、クラスにはお金なんかないんだからそれを担保にして金を借りるなんてできっこないじゃないか、小切手小切手ってわめいてるけど、どの小切手の話だよ、例の十五セントか、しょうもない一株の株券の配当で俺たちが稼いだってあの男が言ってたあの十五セント*……

——ああ、うん、分かってないなあ、おい、眼鏡を掛けてたあの人が言おうとしてたこと分かってるのか、会社が社則に違反してるのを見つけたら会社は株主に賠償金を払わなくちゃならないって言ってただろ、たった一株でもいいんだ、それに……

——ジューバート先生がそんなの放っておくわけないだろ？ こんなくだらない話は聞いたことない……

——先生には話す必要ないさ、あの株を買うのに先生はびた一文お金を出してないんだから。それに……

——ああ、でもきっとややこしいことになるって、な、シーツ少佐《メイジャー》だってさあ、おまえがこのとんでもないフォーク取引をどんな手口でやってるかを知ったら、思いっきりけつを蹴飛ばされるぞ、そんなの……

——同じことだろ！と彼は溝から落ち葉の山を蹴散らし——

少佐だって気にするもんか、靴屋に入ってって、店の連中に靴をどこで仕入れたか訊いたりするやつがいるか？　靴屋を開店するのにどこの銀行でお金を借りましたかとか、失礼ですが年齢はおいくつですかとか、尋ねるやつがいるか？　同じことさ、フォークの取引のためにどっかの銀行で金を借りるのが僕だとしても、フォークがちゃんと手に入れば向こうだって文句ないだろ？

――オーケー、なあ、でもそんなの……

――待って、隠れろ、おい、指導員《コーチ》だ、僕は東館七番教室から入る……

――だからどうした、指導員《コーチ》は酔っ払ってるみたい……

――いや、後でな、見つかりたくないんだ、僕は体育を休んで午後の郵便を取りに行くから、もしもこの小切手が……

――オーケー、でも気を付けろよ、なあ……という声が風に乗って彼の後を追い、――おまえがアメリカの役割《シェア》を使っていたずらしたことがばれたらジューバート先生はきっとかんかんだぞ……落ち葉が吹き寄せられ、ドアに向かい、廊下で踏みつけられた。――よう、元気か……！*

――バジーはどこだ、おい、あいつなら二十五セントで赤いのを売ってくれるって聞いたけど……

――数学の後の男子トイレだってさ。ジューバート先生は今日学校来てるのか？

――知るかよ、どっちでもいいじゃん……

――宿題のレポート、おまえはやったのか？　あの豚や何かを撃った男、頭だらけの部屋にいたでかい男の話を聞きに行ったときのレポート。

――豚って何だ、おい、いちばんはやっぱり長くて細い角みたいのが生えたインパラだろ。

――インパラ？　インパラって車の名前じゃん。

――だから何だ？　車にちなんで名前がついた動物さ、そこがすごいんだよ。

――何でもいいけど、あれはクーズーっていうんだ、そう書いてあった。

――クーズー、けっ、そんな名前の車を買うやつなんかいるもんか……

ベルが鳴り、ロッカーがバタンと音をたて、時計が互いの姿が見えないところで同じ一分一分を摘み取り、角を曲がり、廊下を進むと、汗が噴き出し、ロッカーがバタン、バタンと音をたて、ベルが鳴り、男子と書かれたドアがバタンと音をたてた。

――こっちこっち、モップの陰だ、赤いのあるか？

――ない、緑のだけ、効果は同じだぞ、三つ要るっていうだけで。

――いくら。

――三つで五十セント。

――黄色いのは何。

ドアがバタンと鳴った。――しーっ、きっとバジーだ、あいつらほんとに……

——しーっ……

ドアがバタンと鳴った。

——私と連れションなんていかがです、ホワイトバック校長？　私がおごりますよ。*

——ああ、指導員《コーチ》、しばらく前から、うーん、探してたんですよ……

——相も変わらず同じところで仕事してますよ……長々と水が流れる音がした。

——ええ、その、うーん、先生に教材を作っていただいてる例の新カリキュラムの件でお尋ねしたいことがあって、うーん、問題は……

——もうすぐできます、できたら机の上に置いておきますよ、予備的な叩き台って感じですけど、性器《ボックス》の本当の働きを分かりやすく子供たちに見せてやるつもりです。

——ええ、はい、そうなんですが、あまり露骨なやり方で説明する必要はありませんよね、子供たちに、うーん、視覚的なレベルで理解させるとはいっても……

——そうです、精査《スキャン》の過程、そこが大事なんです、ホワイトバック校長。性器《ボックス》の本当の働き。

——ええ、例の路線で開発したわけですね、うーん、体をエンジンとみなす例のアイデア、うーん、活用可能性を、うーん、活用というか……短く数回にわたって水が流れ、——古い部品をということですが……彼は目を上げ、——題材を新たに構造化して、特に……

——縦横の偏向コイルの複雑な回路がどうやって性器《ボックス》を動かしているかを何とか教えてやる必要があるんです。

——ええ、はい、もちろんそうすれば、うーん、そういう手法を使えば不快な人間的要素を取り除くことができるでしょうね、特に、うーん、そういう領域では、うーん、ダンの奥さん、つまり、さっきそのことでダンの奥さんとも話をしたんですが、あなたと彼女が手を組めば何か新しいことができるんじゃないでしょうか、ダンによると彼の奥さんは、うーん、どちらかと言うと……

——お気遣いありがとうございます、校長、でもそのお話は結構です……彼らの背後でドアがバタンといって、——ダンは奥さんの行動を知ったら、今頃彼女が誰かとキスしてないかって気になりだすでしょうからね。

——ええ、はい、そういうことは私にはよく、うーん、今ダンが校長室に来てるんです、奥さんのことを話したいならどうです、うーん、今いらっしゃいますか……校長室と書かれたドアが震え、——指導員《コーチ》……？　彼の背後でドアがうつろな音をたてた。——ダン？　今、後ろに指導員《コーチ》がついて来てると思っていたんですが、君の奥さんの話がしたいって、うーん、そう、まあ本人からまた直接話を聞いた方がいいですね、スタイさん《ミスター》とは初対面ですか？　スタイさん、ダンはうちの教育評価担当《アスティング》なんです、この学校の駐在の心理《サイコ》、うーん、そしてうちの生徒、うーん、全体、そう、生徒全体の完全な潜在的活用可能性を可触化する問題に目を光らせています、少佐《メイジャー》はもうスタイさんと、ええ、こちらがハイド少佐《メイジャー》です、ハイド少佐《メイジャー》……慌ただしいパステルの動きが一段落し、あちこちから伸びてきた手が互いをつかみ、――私としてはひょっとしたらスタイさんがご覧になりたいんじゃないかと思ってですね、うーん、ダン、君の運転教育用ビデオをね……

――あのビデオ、放送してるんですか、知りませんでした、どのクラスが見てるんです、たしかあれは……

――初級クラスですよ、ダン、つまり初級の子供たちの自動車面における潜在的能力を動機付けするわけです、真に有意義な運転経験のために子供たちの潜在力向上化を図るのです、大きくなって、その、わが国のハイウェイにデビューするときに備えてね、はい、スタイさんにここに来ていただいたのももちろんそのためで……

――スタイさんは一流保険会社の方なんだ、ダン。ハイドが机の方へ身を乗り出し、杉綾模様のズボンに網目状のしわを寄せながら脚を組んで机の角にもたれかかると、受け台から受話器が落ちた。――新しい電話ですか、ホワイトバック校長？

――銀行と電話をつないだんですよ、銀行にかかってくる電話のために……どこからともなく差した光のせいで眼鏡のレンズの向こうが見えなくなり、再び元に戻ると――あっちとこっちが一緒くたにならないようにね、味噌《みそ》と、うーん、何とかが……

――ホワイトバック校長はこの町の銀行の頭取なんですよ、スタイさん、二足のわらじみたいなもんです、だから本当に地域社会の問題を把握してる、足元がしっかりしてる、一つのコインの両面を特等席から眺められる立場にあるってわけです、スタイさんは私が言ってる意味をお分かりですよ、ホワイトバック校長、おそらく私と同じように常に物事を組織レベルで見てらっしゃる。

――ええ、こちらは、うーん、スタイさんはですね、ダン、スタイさんは教育委員への立候補にご興味をお持ちなんです。

――それは全然割に合わない仕事かもしれませんよ、お分かりでしょう、スタイさん、でもうちのような会社の場合ね、社員が地元の人たちや地域社会向上のために意思決定レベルで関わっていくことを会社が後押しするんですよ、実は私なんか今こうしてる時間も会社の勤務時間に入っています、近いうちに届く新しい機材の置き場所をどうするかっていうちょっとした問題で、今ホワイトバック校長の相談に乗ってるところなんです。

――君の助言に従おうかと思ってるところなんですがね、ダン、あの……

――ＬＬですか？　非常ブレーキをどんなときにどう使うかを説明している無音の画面に映った唇と同じ動きをしていた男

の唇が急に声を発した。――ＬＬ機材が届いたんですか？

――そうじゃないんです、ダン、どちらかと言うと動機付けに関わる資料領域の機材で、リストはどこかな、結婚、女子生徒たちが結婚をより有意義な経験にすることができるよう潜在力向上化するんです、子供たちが学校を出て、世間にデビュー、さっきまでリストがあったんですけどね……

――でもそれはまだ意思、意思決定段階の話でしょう、性教育番組に用いる道具ですよね、その件はまだ……

――そうですよ、ダン、さっきヴォーゲルとも話したんですが、電子回路の設計ができたらすぐに彼の人体エンジン模型を利用して何かを考えてくれているということでした、私のデスクにコピーを置いておいてくれるそうです、ええ、教材を新しい視点で構成して、その、古い部品を用いて、彼は、うーん、あ、ありました。洗濯機、乾燥機、電気コンロ、ガスコンロ、食器洗浄機、掃除機……

――今、家庭用品の話をしているところなんだ、ダン、家庭用の設備。

――ヘアドライヤー……

――家庭科ってやつですよ、スタイさん、未来の小さな主婦たちのデビューに備えて……

――無計画性の欠如を補完することによって……

――学校を出ていった子供たちがすぐその日から、何が必要かちゃんと分かるようにってことです、こちらのスタイさんはそのあたりのことはよくお分かりだ。おたくの会社のコマーシャル*、ディナーテーブルの端に誰も座ってない椅子が置いてあるあれ。あれなんかぱっと見ただけで小さな主婦たちはちゃんと意味が分かる、あいつだってそうです、洗濯機のことでもめたのが原因で大統領を銃撃した例の男*……

――でもこの機械、こんなのは予算にはなかったと思いますが。

――実はね、ダン、これが全部うちの学校に入るんです、こちらのハイド少佐《メイジャー》が関係していらっしゃる子会社《しがいしゃ》*のご好意でこの最新の機械がすべてうちの学校に入るんです。

――でもそんなのどこに置くんです。

――資産ですからね、ダン、家庭科教育推進センターとでも呼びましょうか、そういうのをあの南館に作って……

――でもあそこは成人教育センターが入ってますよ、他にも名著プログラムとか……

――成人教育、どこかな、成人教育、さっき見掛けたんですが……彼は網目状のしわの下から引っ張り出して、――これこれ。一般家庭向け仕出しサービスと家具カバー製作、これです。こういうのは東館七番教室に入れましょう、東館七番教室、どこかな、それで、今、世界の名著が置いてある場所に洗濯機を置きましょう、あった、東館七番、ここのところ、あれ、ここには精神地帯だって書いてありますが……

――精神遅滞児のはずです*、それは……

――精神遅滞児、なるほど。このプリントアウトには少し問題がありますね、ダン。精神遅滞児ね。

――ダンは穴の件でも大きな問題を抱えてましてね、スタイさん、もちろんあなたや私にとっては珍しい話じゃないんですが、何かのテストとか評価とか、会社でやっている普通の手続きをコンピュータに入れた途端にこれですよ、ほら。精神地帯はこの北館七番教室に移しましょう、そして……

――でもあそこには機材が保管されてますよ、去年学校が購入した教育用機材が、ですからそんな簡単に……

――なるほど、じゃあそれはすぐに移動しましょう、別の……

――でも待ってください、ああいう繊細な装置はどこに置いても構わないってことはありませんよ、開封して使い始めるまでは室温と湿度の調整ができる部屋に置いておかないと。

――活用し始めるまでは、ですね、それから……

――それはどうかな、ダン、あの機材を一箱でも開けてみろ、教育用機材を開封した途端にこの近所の先生たちがでっかいハンマーを持って一斉にここに押しかけてくるぞ、こちらのスタイさんには私の言ってる意味がお分かりだと思うけどな。問題を劇的に盛り上げるための材料を今あいつらは探してるんだ、ねえ、ホワイトバック校長、拳を向ける標的を。

――本当のことを言うと、もう既に、うーん、ひょっとしたらこの件に関してもダンの力が借りられるんじゃないかと思っていたんです、実は。彼女、ダンの奥さん、つまり、ダン、君の奥さんが要するに情勢面で、私が理解するところでは、彼女は、うーん、活動面では主導的な要素なわけで、おそらく君も彼女から話は聞いているでしょう。

――私が？　何の話です？

――ストの脅しですよ、例のベスト青年をくびにした件で、名前はベストで合ってましたかね。モーツァルトの授業で……

――今話してたのもまさにそのことですよ、ホワイトバック校長、問題を劇的に盛り上げるってことです。彼をくびにした途端に外野の連中が*一斉に妨害《インターフェア》に飛び込んでくる、ディフェンス・ゾーンには腰抜けの経営陣が座り込んでて、相手はこっちのバスケット・ゴールまでぞろぞろ行進してきてシュートを一本決める。試合の流れを変えるためにしばらくこっちでボールをキープしましょう、この件ではヴァーンも私と同じ立場だと思いますよ。流れを変えるためにボールを向こうのコートまで持っていこうじゃありませんか。

――もしも彼に終身在職権《テニュア》がないのなら……

――終身在職権？　彼には終身在職権どころか大学の卒業証書もありませんよ*、でも……

――よくある芸術家タイプの男がちょっとした問題を起こしたんですよ、スタイさん、彼はここの開回路放送に出て、あるクラシック音楽の巨匠についてとんでもない言葉遣いで個人的意見をしゃべったんです、何もしないで財団《ファウンデーション》から給料をもらってるやつなんですがね、スタイさんは私の言いたいことがお分かりだ。

——彼は作曲家だったんです、ええ、音楽を書いていると言ってもいいかもしれません、私たちは、うーん、私たちは彼を助成金申請に組み込む、というかタイアップをしようとしたんです、文化的資源試行プログラムの一環としてですね、芸術の文化的側面の奥行きを、うーん、深めることを目的として、ええ……

——駐在作曲家だと本人は言ってましたよ。

——ええ、その、実際には、実際にはもちろんここに住んでたってわけじゃありませんよ、彼はすぐこの近所の、どこかこの辺に、さっき署名したんですが、要するに財団《ファウンデーション》の助成金を受けているんです、バストです。ありました、名前はバスト。百五十二ドル十五セント、まだ取りに来ていないんです、家に電話をかけたんですが、母親も彼の居場所を知らないみたいで、ダン？　このバスト、会ったことは？

——彼なら、ニューヨークに行く社会見学の手伝いをしたって聞きましたけど、ええ、でもうちの妻が……

——おそらく勝手に首を突っ込んだんだろうな、うちの息子が彼ともめたって言ってましたよ。

——あの社会見学ですか、はい、六年J組、列車の切符のことで何かあったようですね、生徒が一人、たくさんの切符の払い戻しに来ていました、どこかこの辺にあったはずなんですが……

——まだ子供ですがなかなかの才能なんです、スタイさん、トランペット、女々しい楽器じゃありませんよ、先生が召集らっぱを吹かせてくれないって言うんです。あの問題についてはどこかの愛国的なグループに相談してみたらどうです、ホワイトバック校長。

——ええ、そういう、そういう団体からペッチに連絡があって、つまりペッチ下院議員にね、名誉毀損《きそん》連盟か何かだと思いますが、彼はカリキュラムから大幅に逸脱して、何かイタリア人が迷信深いといった意味の発言をして、ええ、ご存じですか、ミスター、じゃなくて、ペッチ下院議員を、上院に立候補なさる予定の方なんですが、スタイさん？

——知り合いになっておくといいですよ、スタイさん、ここの地域に密着している人です、実は今日もここで会えると思ってたんですよ、ホワイトバック校長、彼が導入しようとしてる第十三提案のことで二、三訊いておきたいことがあったんで……

——お忙しいんです、あの、例のSOSキャンペーンにてこ入れをするために、つまり「マリオのSOS」キャンペーンってことなんですが……

——SOS？　PR面ではちょっとマイナスな響きですね、SOS……

——ポルノ撲滅《スタンプ・アウト・スマット》の略です。

——ポルノですか、そういえば、うちの息子に郵便で何が届いたと思います、スタイさん、野球のグローブを通信販売で申し込んだんですよ、それなのに、待って、待って、音を上げてくれないか、ダン？　音、テレビのボリュームを上げて。

——アメリカにおける私たちの役割《シェア》ということです。ここにはこう書いてあります。本証書は六年J組が無額面普通株式一株を所有することを証する……

——六年生です、スタイさん、この子たちは……

——ほら。ほら見て、子供らが手に持ってるあれ、ほら。株式証券ですよ。ダイヤモンド・ケーブル、うちの親会社です＊、スタイさん、子供らが一緒になってダイヤモンド・ケーブルの株を一株《シェア》買ったんです、アメリカの中での役割《シェア》としてね、あれがうちの息子です、後ろの方、国旗の横にいるのがそうです、ちょっと音を下げてくれないかな、ダン。さっき話したように、そのペッチという人とは知り合いになっておくといいですよ、この地域のよき友人ですからね、スタイさんはどちらの地域の方かな、ホワイトバック校長？

——第十三地区との境界に接した地域です、ダンキン・ドーナツがある場所を通り過ぎて……

——なかなかやるじゃないですか、スタイさん、なかなかいい。新しい文化センターを建てるとか言ってる辺りですね、ちょうどあの辺でしょう、あそこには新しいショッピングセンターもすぐにできますよ、ハイウェイが交わる辺り、今はまだ古い空き家が二、三軒と林があるだけですけどね、あの新しい看板見ましたか、「近日オープン、ミスター・カスタード」って？　バーゴイン通りの拡幅が終わったら次はきっとあのハイウェイが広くなりますよ、文化センターをあそこに造るのはそりゃあ当然の話です。

——この子がゴットリーブの娘だ、彼に電話しなきゃならないのを覚えておいてください。

——アメリカ。高き空にそびえ立つ金融と財政の巨人たちの間に、小さな教会が内気にひざまずき、こうささやく、私は……

——少し音量を下げてくれないか、ダン？　私たちが話していることはスタイさんはすべてご承知だ、ホワイトバック校長、ちゃんとしたコネをお持ちだから、待った、少し音量を上げてくれ、ダン。

——僕たちはアメリカの中での僕らの役割《シェア》＊を求めてとても面白い社会見学に行きました。そこで会った男の人は主《おも》に自分が殺した動物を集めていて、銃は人舐め《マンリカー》という有名なスポーツライフルで、弾丸の初速は秒速二千八百フィート、この有名なスポーツライフルは象でも殺せます、親切な動物《ハーティー・ビースト》が彼の猟犬を殺してしまいました、動物たちは

みんな本当に生きているみたいでした、どれも彼が殺してから剝製《はくせい》に……

——六年生です、スタイさん、オリエンテーション面では……

——ええ、そう、事実をしっかり押さえてる、それにあの絵なんかどうです、女々しいお絵描きとは全然違いますね、あの、少しだけ音量を下げてくれないか、ダン。あの、ええと、さっきも話しましたけど……

——**私はブラーフマンが歌う歌、*彼が人間を空に飛ばすとき、私はその翼となり……**

——ええ、あの、うーん、あの絵はひょっとすると誤解を招くかも……

——さっきもお話ししましたけどね、スタイさん、例の文化センター計画、あれを来年の春季芸術祭にタイアップさせることを考えてるんです、芸術祭を少しだけ大掛かりなものにして、教育テレビに特別現地中継も入れるんです、信頼性の高いケーブルシステムを使ってマイクロ波による遠隔通信能力をアピールするような形のものを、愛国的なテーマを入れて。ねえ、ホワイトバック校長？

——ええ、その、うーん、この子、列車の切符を持ってきた男の子、あの切符はどこかな、あった、子供が一人行方不明になったとかいうことを……

——**僕らの会社の株《シェア》、アメリカにおける役割《シェア》は、単に所有するだけじゃなくて、使うところが大事です。それが投資としての株のポイント。資本金はいつも株主のために働きます。会社の仕事をするのは他の人です。株主は会社にいる必要がありません。所有するだけ。所有するというのは……**

——ホワイトバック校長がさっき話していたように、うちのシェルターに関して遠隔特別放送をしようという計画がある。アメリカとは何かという大きなテーマとタイアップする形で。壁の厚さとか、食料の備蓄とか、廃物処理とか、何を守るべきかとか。スタイさんも、これが何の話かお分かりですよね？ ディナーテーブルの端に誰も座ってない椅子が置いてあるあれ、守るべきものを守る、そういう話でしょう？ それから、ホワイトバック校長、現場をカメラで写してもらっても大丈夫ですよ、家の前にあった土砂の山もなくなりましたから。どこに行ったのかは知りませんが、なくなりました。彼は腕を組んで机の上に座り、散らかった書類にもたれかかるように画面を見詰めた。——この企画は本当に子供の興味を惹き付けたみたいですね。少し音量を下げてくれないか、ダン？

——**私たちの社会見学、私たちの社会見学はアメリカの株《シェア》**

を買うためでした、いろいろなものを作っているのはこの会社です、いろいろなものというのは籠《かご》のことです。籠を買う人は一人もいませんが、それはなぜかというと法律があるからです、供給と下落の法律は国会に承認されました、国会は司法、行政、立法という三つの部門から成り立っていて……

電話が鳴った。――え？　ホワイトバックは送話口を手でふさいだ。――ガンガネッツリ。

――誰？

――ガンガネッツリ、ペッチ、ペレッティ合同法律事務所のガンガネッツリ、あそこが今扱ってる、もしもし？

――籠です、だから、無理してみんなに籠を買わせる代わりに、もしも株が手に入ったら、籠はそもそも頑張って売る必要がありません……

電話が鳴った。ハイドが網のようにしわの入ったはちきれそうな尻を動かし、それを取った。――パレントゥチェリから……

――彼に伝えてください、ちょっと待って……

――簡単な用件です、ダイニングルームの観音開きのドアを外向きに開くようにするか、内向きにするか、どっちがいいかっていう質問。

――じゃあ、じゃあ、外向き。いや、内向き。

――もしもし？　内向き。

――いや、待って、やっぱり……

――一フィート四方で三十セントだったアスファルト舗装の見積もりを引き上げなきゃならなくなったって言ってますよ、フロー＝ジャン社は町の埠頭《ドック》に荷揚げされたアスファルト一ヤードにつき二十セント、一ヤードにつき十五、月々最低七百五十ドルを要求してるんだそうですが、月々最低五百ドルでどうかって言ってます。

――相手方に伝えるように彼に言ってください、待って……もしもし？　ちょうど今ここにあるもう一つの電話にパレントゥチェリがつながってます、フロー＝ジャンの契約で一ヤード当たり十五セントでどうかって……は？

――ちょうど今ここにあるもう一つの電話につながってます、ほら、自分で話してください、大きな声で。その電話をこっちに貸してください、ホワイトバック校長、直接話をさせて、自分たちで解決させたらいい。

――外向きって伝えましたか、それとも内向きって？

――さっきの女の子は金融界の世界的な巨人たちの間にひざまずいているトリニティ教会について魅力的な詩を読んでくれたが、あの内気で小さな教会はおそらく平然とした顔でウォール街を売り買いするだろう……

――誰、誰だあれ、ギブズ？　このクラスはたしかあの先生の、あの女の……

――ジュベール、そう、ジュベール先生《ミセス》……ホワイトバックの両手はテントのように構えた袖の下で互いにわめきあう電話をしっかり抱き合わせて握り、――彼女は具合が悪くて二、三日休暇を……

――彼の話、聞こえました？　鶏小屋の番をキツネにさせるようなもんだ、でしょう？　町中の頭のおかしな過激派連中がそろってあの社会見学に加わったらしい。

――あの内気で小さな教会は*何百万ドルもの値打ちのある土地に税金を免除されて居座っている、あの土地は払い下げの公有地で……

――ギブズ先生は普段は物理を教えているんですよ、スタイさん、彼は今、うーん、まあ言えば、代役を務めてるってわけです……

――い、い、居座っ、ってい、いるって？　あいつどういうつもりだ、この地区に住んでる親御さん全員の宗教的な感受性を逆なでするつもりか？　一方の送話口を他方の受話口に当てたまま机に押し込まれた電話で応酬されている喧嘩にたじろいで、彼は体重を移した。――教会が居座ってるだって……？

――あの女の帽子の中に小便してやる、*あの女が乗った車がうちの会社のトラックの真ん前に飛び出してきたんだ、俺のところを訴えるとかぬかしてやがる、笑わせるぜ、おまえからあいつに言ってやれ、あいつの訴状よりもデブ男のおならの音の方がまだ面白いってな……

ホワイトバックは電話の抱擁を解き、一方を自分の耳に当てて、その空虚を縁のないまなざしの中に映し出した。――切れてる、とようやく彼は言い、受話器を受け台に戻した。他方の受話器は彼の袖に向かってわめき続けていた。――どうやらフレッシュ先生《ミス》はカタニア舗装社も訴えているみたいですね、たまたま今、私はたまたま耳にしたんですが、パレントゥチェリさんが今、弁護士とそんな話をしてました、彼はかなり取り乱しているようで……

――そりゃそうでしょう。ズボンの折り目は取れずに残っていた。杉綾模様のその生地が起立集合し、――彼女は学校でも他の誰でも、相手構わず訴訟を起こす気ですよ、けがで笑顔がねじれてテレビ界での有望な前途が台無しになったとか言ってね、彼女はここで教員として雇われてたんだ、芸能人《エンターテイナー》として雇われていたわけじゃない、彼女をスターだと思ってた連中なんてたかが年を取って引退して家に閉じこもって生活保護を受けてるような失業者ばかりだ、スタイさんもそういう連中はたくさん目にしてる……

――実はですね、彼は、スタイさんが今日こちらにいらしたのもその件なんです、ええ、保険面について、つまり保険のことなんですが……

――その件、ああ、はい、スタイさんならきっとそんなのは簡単に処理できますよ、彼のレベルではこの手のちまちました裁判は頻繁に見掛けるでしょうからね、ホワイトバック校長、学校の敷地で事故に遭ったから学校を訴える、その程度の話でしょう？

――彼女は、うーん、ええ、学校と、カタニア舗装社と、フォード自動車会社と、スキナーを相手に訴訟を起こしてます。カタニア舗装社、というかパレントゥチェリのことですが、彼は彼でフレッシュ先生とスキナーと学校を相手に訴訟を起こしていますし、スキナーはスキナーで……

――そのスキナーって一体誰です？

――教科書のセールスマンです、彼女は彼が運転する車に乗っていたんです、そのスキナーが訴えている相手は……

――へえ、そう、こちらのスタイさんはきっとお忙しいでしょう、ホワイトバック校長、ずいぶんお時間を取らせてしまった、スタイさんの時間というよりも会社の時間ですがね、こちらは、ああ、現在の状況に片がついたらぜひまたご一緒して教育委員会の問題をじっくりお話ししましょう。とても得るところの多い経験です、地域社会レベルと会社レベルでは利益が得られるし、時々面倒な問題が起こったら起こったで意見集約の経験になるし、経営側から学校を見ると……

――ていうことはぁ、まあ言えばぁ、そのアメリカの株《シェア》を買うのに二十二ドル九十セント払ったとしたらぁ、もうそれだけで四ドル損したことになるからぁ、そんなことするくらいだったらぁ……

ぶかぶかと立ち上がった青が青と格闘し、わめき続けている電話を袖口から取り出し、握手を求めて宙を漂い――また改めてお時間のあるときに、スタイさん、私たちは、うーん、活動面で私たちの努力に応えてくれるような、経験に裏付けられたノウハウを常に求めていますから、つまり銀行業務とか、住宅供給とか、中小企業の実際的教訓とか、うーん、この辺りの不利な状況に置かれている市民の潜在力向上化のために……

――出口はこちらです、スタイさん、私はもう少しここに残らなきゃなりません、聖《ホーリー・ネーム》名学園にも寄らなきゃなりませんし、あの聖《ホーリー・ネーム》名学園、ね、あそこの進み具合を確かめにね、自分たちの閉回路設備を作ろうとしてるんです、あの学校はうちの放送授業を勝手に無料で使ってますけど、それは早いところやめてもらいましょう、ホワイトバック校長、あそこは一度は立ち寄ってみる価値がありますよ、シスター・アグネスがカエルを解剖するのを見るだけでも充分値打ちがある……初めてのことでもないのに彼がドアの外見上の重さにふさわしい力を加えると、ドアがちょうつがいから外れそうなほどの勢いで開き、

――さっきこちらのスタイさんにはペッチ議員のことを話して

おきましたよ、知り合いになっておいた方がいいってね、この状況が片付いたらすぐ二人を引き合わせるようにした方がいいでしょう、お互いにバツの悪い思いをしないように。ペッチはもちろんこの地域のよき友人ですからね、今彼に恥をかかせたくありません、スタイさんは私の言っている意味をよくご承知だ……

——いわゆる紙上損失《ペーパー・ロス》*によるものだ。紙の上では四ドルを失ったことになる、でも……

——もうしばらくここにいてくれますか、ダン、ちょっと相談したいことが、寝ているんですか、ダン？

——気に入らないな。まるでドアの反対側から攻撃を受けているかのようにハイドがドアにもたれかかった。——見ましたか、彼はただここにじっと座ってじっと眺めてましたよ。それに彼が教育委員に立候補するっていうのは何の話です。

——彼は、うーん、君がここに入ってくる前、君が入ってくる前にそんな話をしてたんです、彼は、うーん、たしか彼の話ではヴァーンの提案で……

——むっつりした黒人だけは絶対に信用できません、一言も口を利かずにじっと眺めてる、顔を見たって頭の中で何を考えているのか分からない、もしも彼がダンキン・ドーナツの向こうの境界のところに住んでいるのなら彼のことは第十三地区の方で引き受けてもらったらいい、あの地区ならもう既に黒人が他に二家族入り込んでるんだし。街区《ブロック》破壊商法*か何か……

——ええ、その、人種統合面での現在の情勢に関して言えば、つまり、朝鮮系の人も少しいて、ジャックのディスカウント電器店の近くに朝鮮系の家族が一軒……

——朝鮮系は白人《ホワイト》とは違いますよ、ブラックバック校長。*

——ええ、そう、非白人と言ってもいいかもしれません、指示書がこの辺のどこかにあったと思うんですが、私たちの地域を人種統合的に構成する問題に関して、非白人について書いてあったんです、つまり非白人の統合ということについてね、クイーンズ区から非白人をいっぱい乗せたバスが次々こっちにやってくるようになる前に、はい、どっちの電話、うーん、もしもし……？　いいえ、ここにいらっしゃいます、はい、でも……

——私のオフィスから？

——いえ、彼に……ホワイトバックはテレビ画面に映った顔を電話で指し示した。その顔は平然としたままドアのそばの空虚な空間に向かって話を続けていた。——もしもし？　つまり、正確にはここにいらっしゃるわけではなくて、彼は……そうお伝えします、できるだけ早くお伝えします……失礼します。ギブズ先生の友人らしいです、事故で、どうやら鉛筆で目の玉を取り出したらしい。

——事故？　自分の耳をそぎ落とした例の画家みたいに？　ちょっと話を聞いてみましょう……

――アメリカにおける役割《シェア》とこの国の歴史との結び付きを勉強した。さらにそのちょっとした背景として、みんなは一人の有名人にも会った。ジョン・ケイツ知事、脅し屋《ブラック・ジャック》ケイツというあだ名の方が有名だ、彼は産業のフロンティアを切り開いた人物の一人で……

――聞きましたか、ホワイトバック校長？

――モンタナ州のビタールートで大きなストライキがあったときには私設軍隊《プライベート・アーミー》を使ってそれを制圧し、九十七人の鉱山労働者が殺された……

――聞きましたかこれ、ホワイトバック校長？　教科書にこんなことが書いてあるんですか、ストライキの話なんかが？

――ああ、ストライキの話ね、つまりストの脅しの件ですが、ダンが奥さんの感触を、うーん、その教員ストライキの脅しに関しては奥さんの活動面について感触を探ってくれるという約束を、つまり……

――政治に関する彼の有名なせりふを思い出そう。自分の支配下にいない人間を信用してはいけない、と……

ベルが鳴り、動いていたものは動きが止まり、動いていなかったものが一斉に活動を始め、腕いっぱいに本が掻き集められ、書類が床に落ち、手袋が空中に上がった。――ちょっと待って、そこの三列目の君。

――あたしですか、ギブズ先生？

――いや、そっちの君、君はさっきブラーフマンの歌う歌についての文章を読み上げてたね。

――そして彼が空を飛ばさせるとき、私はその……

――それそれ、それって何の話？

――僕の旅行《トリップ》です、*旅行《トリップ》についてのレポートを読めって言われたから。

――君は六Jの社会見学《フィールド・トリップ》に行った？

――ろ、ろくじぇいって誰？

――君は何年生？　クラスは？

――これってコミュニケーション・スキルの授業じゃないんですか？

――君はワダムズ先生《ミス》のところに行った方がいい。

――ギブズ先生、お電話です。

――どうも。この子を保健室に連れて行ってください。ギブズですが……私に電話？　すぐに行きます……

――ギブズ先生、今ちょっとだけ見てもらいたいものがあるんだけど……

――悪いけど今は無理だ、急いでるから……彼はドアをくぐり、上りの階段を一段飛ばしで駆け下りた。

――ああ、先生、ギブズ先生、お電話がありましたよ、緊急の要件だそうです、この辺のどこかにメモしておいたんですが、誰かが……

――ええ、さっきシュラムのことだって聞きました、何があったんです?

――この辺のどこかに……

――目ん玉を鉛筆で取り出したんだとさ、なあ、ギブズ、さっきの授業の資料はどこから取ってきたのか聞かせてもらいたいんだが……

――待って、何、何のこと?

――さっきの授業、ケイツ知事の話をしてただろ、あの話をどこから持ってきたか……

――ああ、あった、シュラム、アイゲンさん《ミスター》から電話があって……

――それに教会が公有地に居座るなんていう話を子供たちに教えることの正当性を裏付けるような資料がもしもあるなら、それをどこから手に入れたかも聞かせてもらいたい……

――ちょっと待て、今大事な話をしてるんだ。

――へえ、こっちだって大事な話だ、ギブズ。おまえが正規の教科書を教授用資料として使っているかどうかを聞かせてもらいたい……

――いいか、こっちは緊急事態なんだ、今すぐに……

――それにこの際だから言っておくが、おまえが授業を始める前に先生の穿孔をやってないっていう噂を耳にしたんだが、その話は本当か、忠誠の誓いのことだ、それに国歌も……

――いいか、俺は、ホワイトバック校長、少しの間だけこの馬鹿野郎を黙らせてもらえませんか、俺は、こっちは緊急事態なんだ、今すぐニューヨークに行かなきゃ……

――ええ、はい、もちろん、もしもあなたが、うーん、つまりもしもあなたが列車に乗るのなら、生徒が持ってきた切符が今ここにあるんですがね、うん、この辺にあるんです、もしもよかったらついでに、うーん……

――そいつはほんとにお目が高いな……ソファの肘掛けから声がした。そこには胸を押さえるように腕を組んだハイドがゆっくりと深く腰掛け、襟の後ろがずり上がっていた。――鉛筆で何かやらかしたおまえのお友達のことだ……

――ありました、はい、私たちの代わりに払い戻しをしてきてもらえませんか、ギブズ先生、駅に行くついでに……

――自分の耳をそぎ落とした例の画家みたいな話だな、あれはどうしたんだった、ギブズ? 誰かに送ったんだったかな……

――待て待て……!

――ギブズ先生! ほら、これを……

――今度やったら許さないぞ、ギブズ。

――いや、俺と一緒に来い、少佐《メイジャー》、来て本人に会え! シュラムに会ってみろ、シュラムもあんたに会えば元気が出るはずだ、なぜだか分かるか、少佐《メイジャー》? 彼は怒りを原動力にしてるからだ、怒りのエネルギーであいつは生きてる、たちの悪い無神経な馬鹿に対する彼の怒り、あんた、あんたみたいなやつこそ最大の着想《インスピレーション》の源だ、先生の穿孔とか抜かしやがって……

——おい、おい、それ以上近寄るな、今後はもう、ギブズ、いいから、いいから近寄るな……

——ええ、はい、じゃあ、うーん、じゃあ、全部、うーん、この切符全部、ええ、ほら、ギブズ先生、駅に行くついでに払い戻しをお願いできますか、ええ、十《テン》、四十《フォーティー》です、列車じゃありませんよ、違います、つまり十時四十分の列車はもちろんもう出てしまっていますから、ええ、十ドル四十セントです、切符を持ってきた男の子に払い戻しをしてやった*んです、例の社会見学に行っていた生徒、ミセス、うーん、うーん、バスト、そうそうバスト先生も手伝ったという話を聞きましたけど、なかなか彼に連絡が、うーん、影も、うーん……

——これ以上こんなことで会社の時間を無駄にするわけにはいかないな、もう向こうへ行かなきゃならない時間だし……

——そうでしょう、そうでしょう、ええ、お先にどうぞ、少佐《メイジャー》、うーん、もう影《ヘア》もない、影《ヘア》も形《ハイド》もない、シスター・アグネスがカエルの解剖をするのを見に行かれるんですね、さっきそうおっしゃってましたね、たしか、みんなそれぞれ行かなきゃならない場所があるってわけです、ダン？　じゃあ、うーん、どこかに行っていただきましょう、指導員《コーチ》が話をしたいと言ってましたよ、奥さんのあれのことで、うーん、もちろん、彼がああいうことについて議論できるわけはないんですがね、今では体育も受け持ってますし、ええ、私は保健室に行かなきゃなりません、四年生の生徒が座り込みか何かをしてるようなんです、うーん、あるいは……

——ギブズ先生、先生、大丈夫ですか？

——え？　ああ、ダン、大丈夫だ、うん、俺は……

——顔が真っ青だ、ほら……

——大丈夫って言ってるだろ！　俺はただ、ただあんなやつを相手にキレた自分に腹が立つだけだ、あんなろくでもないやつ……

——はい、ええ、彼の耳を引っ張ったのはちょっとまずかったというか……

——嫌いなやつは絶対に殴っちゃいけない、それが第一のルールだ、いまいましいけどな、君も出掛けるのか？

——ええ、はい、私は……彼はそこに立ったまま、まだ一度も内向きに開いたことのないガラスのドアを思い切り引っ張っていたが、その後、大きく開けてもらった横のドアから出た。

——駅まで車で送りますよ……

——ありがとう、でもいい、歩くから、郵便局にも寄らなきゃならないし……

——それはまた、ええ、僕も郵便局に行くんです、そろそろ届くはずの郵便物があって、幹部人材派遣会社、あー、ある所からの郵便物がね、そうそう、いつか話したいと思ってたんですが、この前ニューヨークの駅で先生をお見掛けしたような気がするんです、声を掛けようかなあとも思ったんですが、先生は、その、若い女性とご一緒だったんで、ひょっとしたらその女性とどこかにお出掛けになるのかな、お邪魔したら悪いかなと思って、あ、私の車はどこだっけ……彼はしかめ面をして並んだクロムめっきの面々をずらっと眺め渡し、縁石を飛び越えて消火栓に衝突したとき以来の見慣れた眼瞼下垂を探して、

――向こうです、あった、子供が二人いるあそこのところ、どこに行くのかな……

――合唱団の練習、あれがアメリカにおけるハイドの持ち分《シェア》だ、歯ブラシみたいな頭をした悪ガキ、たしかになよなよしたところはなさそうだ、いかにもドイツの孤児院から引き取られたくそガキって感じだな……

――でもあの子たち、あっちの方に行ったら、おい君たち……！　あ、ちょっと待ってくださいよ、どうぞ車に……

――ありがとう、でも結構だ、急いでるから、ダン、俺は歩くよ。

――ええ、でも、でも、はあ、君たち……！　どこに行くんだ……！

――おい、立ち止まるなよ、おい、こっちだ*……二人はバーゴイン通りに立ち込めるアスファルトの臭いを目指し、――で、それからどうなった……

――別に何も、ただ、また今度あそこで電話を使ってるのを見つけたらそのときは処罰するぞって言われただけ、だけどさあ、他にどうしろって……

――オーケー、でもさっきおまえが言ってたことをほんとにやったら厄介なことになるぞ、だって、文書偽造だろ。

――文書偽造って何だよ、忍可者*っていう欄に誰でもない人間の名前を書き込んだだけじゃないか、まさか電話会社がこれはおたくの署名ですかって一軒一軒尋ねて回るわけないじゃん、連中にとって大事なのは書類のいちばん上に要請書って書いてあることだけ、だから向こうだってここに電話ボックスを作る以外にはどうしようもないんだ。

――そのうち分かるさ、学校が料金の請求書を受け取ったらホワイトバックが黙ってると思うか……

――ほら見ろ、おまえには何にも分かってない、学校が金を払うんじゃない、向こうが学校に金を払うんだよ、電話会社が学校に金を払うのさ、手数料みたいなお金、学校に電話ボックスを設置させてもらうんだから、だから僕は学校に儲けさせてるようなもんさ、だって電話を使えば使うほど……

――何でそんなことがおまえに分かるんだ、ていうか、わけの分からないことを次から次に……

――向こうに電話して訊いたんだよ、決まってるじゃないか、だって他にどうしたらいいんだ、わざわざ毎回駄菓子屋まで走って行かなきゃならないわけ？　それとも、家の電話か、だって何かの取引をするときにだぞ、向こうが僕に電話をかけてきたら女の人が電話に出て、はい、ＪＲの母親ですが、ご用件は、

とか言っちゃったらどうする？　ていうかそうなったら……

——気を付けろよ、ドアを壊す気か？　合衆国政府の財産だぞ、おい……

——だから何、政府はいっぱい金を持ってるだろ。

——そのうち分かるさ、おい、この小さな掲示を見たことないのか？　窃盗の刑罰は五百ドルの罰金または一年の懲役って、これはしょぼいボールペンを盗んでもそうなるってことさ、な、ドアなんか壊したらそんなもんじゃ……

——こんなのくずさ、一本十九セントみたいな安物じゃん、ていうか、こんなの盗むやついるかよ、肘をどけろ、盗むんじゃなくて使うんだ……彼は台にかがみ込むようにして郵便為替の空欄に「投資サービス社」とこまごました文字を記入した。

——そのうち分かるさ、おい、おまえの郵便見せろよ、へえ、なあ、それで、おまえがこの前から騒いでたすごい小切手はどこにあるんだよ。

——関係ないだろ、おいおい、そんなことしたら落ちるじゃないか……

——発明家の便利セット、おい、何だ、発明ノート*だってさ。何々州在住の私こと何々はある実用的で新しいものを発明した、ていうか、おまえに発明なんかできるもんか、これ交換するか、おい？

——何と？　どけよ。今忙しいんだ……

——ていうか、こんなのくずだぞ、おい。発明家の一人一人にとって世界は自らの牡蠣《かき》なのだ*、何だこりゃ、ていうか牡蠣なんて誰かがもう発明しちゃってるよな。交換するか、これ？

——オーケー、何と！　身を守るための静音武器、軽量アルミ製、あ、ほら、おまえのくずが僕の折り鞄《ポートフォリオ》の中に紛れ込んじゃってるじゃないか、性交用副木、高級ばね鋼製、こんなの……

——じゃあこっちによこせよ、自分にできると思ってるのなら勝手にしろ、おまえも牡蠣を発明すればいいだろ、待てよおい、小包があるじゃないか、それが時計だったら今回は俺にくれよ、オーケー？　だってもしも六年J組とか書いてあるんだったら当然……

——オーケー！　何が入ってるか知るわけないだろ、今忙しいんだよ！

——じゃあさっさとやれよ、俺が小包を持っててやるから……

——勝手にしろ……！　彼は紙切れと封筒の山の中から省略と消し跡と汚れの目立つ四行の住所が書かれた手紙を掘り出し、ボールペンの先をなめ、イニシャルを念入りに記入し、ネバダ州リノ、合しゅう国ちょちくかし付くみ合いの上に切手を張り、振り向いて郵便為替の窓口に向かい、札束をポケットから出そうとして突然しゃがみこみ、小包預かりの方へ転がっていった一セント硬貨を追いかけた。

——危ない！

——やば《ホーリー》……

——俺のせいじゃないぞ、箱がもともと……

——オーケー！　とにかく拾うの手伝えよ……

——ほら、端っこに完全に穴が空いてる、こんなの、こんなの何の役に……

——何の役にも立たないさ！　いいからこの小さなカード、いっぱいあるんだから拾うのを手伝えよ、早くしないと誰かが踏んづけて……

——ああ、でも、何なんだ、ちょっと待て、これ……

——おい、読まなくてもいい！　いいから、いいから拾え！

——ああ、でも、あいつが……？

——何がおかしい！

——あいつがおまえの社長代利、エドワド・バストが？

——それのどこがおかしい！

——だって、あいつには何にも分かってないじゃないか、おい、自分の名前の綴りまで間違えてるぞ、*エドワードが、エドワドになってる……

——笑うなって言ってるだろ！　じゃあ、おまえには何が分かってるって言うんだ、ていうか、その名前を書いたのだって本人じゃない、あいつは……

——俺はエドワードっていう名前の伯父さんがいるから、だから正しい綴りを知ってるのさ、ワーって伸ばすんだ、本人が書いたんじゃないってどういう意味だ、ひょっとして本人はこのことを全然知らないんじゃないのか……

——だったらどうした！　おい、笑うのをやめないと……

——じゃあ、どうしてあいつが引き受けるって分かるんだ、あいつはビジネスのことなんか……

——引き受けてくれる、そうに決まってる！

——あいつはビジネスのことなんかちっとも知らないのにどうして……

——だったらどうした！　ちゃんと勉強のためにこういう冊子を読んでもらうさ、いいからとにかく拾うのを手伝えよ……

——じゃあ、どうしてここに小さく電話番号を書いたりしてるんだ、あいつは今どこにもいないっていうのに、あいつは……

——おまえには関係ないだろ、なあ、黙れよ、さっきギブズ先生が入ってきた、あんまり人に知られたくないんだ、分からないのか……

——オーケー、でもあいつは今どこにもいないんだ、父さんが言ってたけど……

——ほら、おまえには分かってない、な、先生は必ず学校に来るはずさ、まだもらってない給料の小切手を受け取るためにな、だろ？

——ああ、うん、父さんの話だとあいつはテレビで、う、ん、こって言ったんだって、もうどこにも顔を出せないよな……

——ああ、うん、おまえの父さんな、おまえの父さんはいつも……

――ああ、うん、用心した方がいいぞ、な、うちの家の前にあった土砂の山*をどっかに持ってってちゃった犯人を父さんが見つけたらきっと痛い目に……

――それがどうした、おまえが生まれたときからずっと、おまえの父さんはいつもあれをどうにかしたいってわめいてるっておまえも言ってただろ？　ていうか、もう小さな木まで生えてたじゃん、おい、気を付けろよ、気を付けて拾ってくれ。だってよその会社に行って汚れた名刺を人に渡すわけには……

――じゃあ汚れたのは捨てちまえよ、誰もこんなの欲しくないさ、ていうか、全部で千枚くらいありそうだぞ……

――それがどうした、おまけの財布をもらうためには千枚注文しなきゃならなかったんだよ……

――おい、あそこに二枚ある、おい、踏まれるぞ……

――やば《ホーリー》……彼は膝の高さで声を掛け、――すみません、足をどかしてもらえますか、あ、あれ、こんにちは、ギブズ先生……

――え?

――こんにちは……という声が同じ場所から聞こえた。――すみませんけど足を……

――ちょっと待って、え……？　彼は足を床にこすりつけながら窓口の方へ向き直り、――保護観察、保護観察局宛てだよ、保護して観察する部局……ああ、くそ、俺のつけた名前じゃないんだ、俺に文句を言うな、ほら。二十、四十、九十、百十、百六十、百八十、そうだよ、俺が使ってるのは年季の入った万年筆だ、これを使っちゃいけないっていう法律でもあるのか？　二百三十、二百四十、五、七、八、待てよ、まだ小銭がある、九ドル、九ドル五十、七十五、八十五、ちくしょう、待ってくれ、九十五、六、ほら……

――ねえ、ギブズ先生。

――何なんだ！

――いや、ちょっと聞きたかったんだけど、バスト先生をどっかで見掛けませんでしたか?

――バスト?と彼は市外宛て投函口の方を向きながら封筒をなめ、――最後に会ったのは君らだろ……

――僕、え?

――君らが彼を貨幣博物館に連れて行ったんじゃないのか、彼はドアの方を向きながら言った。――町でいちばんの有名人だな……彼が出て行った後ドアがバタンと閉まった。膨れ上がった「クロエ」*の音が静まるのに合わせてバーゴイン通りの黒く広い路面から湧き上がる煙と陽炎《かげろう》が力を強めた。彼は縁石に乗り上げた車をよけ*、アスファルトの悪臭の中、少し早足で歩きながらポケットを探り、つぶれたたばこの箱と紙マッチ《マッチブック》を取り出すと、マッチの隙間に半額切符が一枚挟まっていて、さらにポケットを探った。彼の背後でドアがバタンと閉まり、彼は格子付きの窓口まで進んでポケットの中身を出して、――切符の払い戻しをしたいんだが……

――窓口が違うよ、相棒《バディー》。

――どういうことだ、窓口はここしかないじゃないか。

――じゃあ走路《トラック》が間違ってるのかもな……切符の山が格子の下で突き返された。――次の方《かた》？

――いや、待ってくれ、すまない……彼は半分にちぎれたジャックの私設緑馬券《リトル・グリーン・カード》、二着、十ドル、三番、第六レース、一着などと記された四角い紙を回収して、――すまん、十ドル四十セントの払い戻しになると思うんだが。

――何の払い戻し。

――この切符全部。

――ここに必要事項を記入してこの宛先に送って。

――何でだ、今ここで……

――いいか、相棒《バディー》、あんたのことは前回でもううんざりだ、また生意気なことを言ってみろ、今度は……

――前回って何だ、何の話だ？　俺は切符を換えたいだけなのに……

――払い戻しがしたいんだろ、な？　じゃあここに必要事項を記入して指示されたところに送ったらいい。

――だけど今お金がいるんだ、俺は……

――じゃあ自分で持ってったらいい、お好きなように。

――どこに。

――ブルックリンさ、そう書いてあるだろ。次の方。

――ブルックリン？

――片道？

――ちょっと待てよ……

――一ドル七十八セント。

――誰もブルックリンに行くなんて言ってないだろ、俺は……

――あんた切符を買う気があるのか、ないのか。次の方？

――待てよ。なあ、見ろ。次の方なんていないじゃないか。誰も俺の後ろには並んでない、と彼は駅を上から揺らしている轟音に負けない大声で言った。――あれがその列車？

――列車じゃなけりゃ何だと思う、お利口さん？

――ニューヨーク行きの列車かって訊いてるんだ、次のニューヨーク行きは何時。

――ご自分でどうぞ、はい……

――え、おい、この時刻表、東海岸全体の列車の時刻表だろ、あれがニューヨーク行きの列車かどうかだけ教えてくれればいいじゃないか。ニューヨークに行かなきゃならないんだよ……

――ニューヨーク？

――そうだ、俺は……

――一ドル八十四セント。

――だからそこが問題なんだ、一ドル八十四セントのお金がないんだよ、俺は……

――切符を買う気があるのか、それともまた面倒を起こすっもりか？

——また？　俺が頼んでるのは、俺が持ってるのは三十一セントだけだ、ミスター、ティーツさん《ミスター》、一ドル八十四セントが払えない、だから払い戻しが必要なんだ、これだけ言っても……

——ここに必要事項を記入して投函して。次の方？

——ティーツ、俺の後ろを見てみろ！　誰もいないだろ、ティーツ！　次の方はいない！　いないんだよ！　彼はもうしばらく格子を握り締めていたが、それから切符を引っつかみ、走って階段に向かい、一段飛ばし、二段飛ばしで駆け上がり、プラットホームに出て、列車に乗り込み、最初に見つけた席にどっかりと腰を下ろすと、ちょうつがいの部分に新聞がねじ込まれており、それを広げてみると『ドイツ国民新聞《シュターツ・ツァイトゥング・ウント・ヘロルド》』だった。ちょび髭を生やした車掌が切符切りばさみをかちゃかちゃいわせながら立っていた。——切符を拝見。

——ハイ《ヤー》？*

——切符を。

——アアア、アナタハワタシノ《ジー・ヴォレン・マイネ》、ワタシノ《マイネ》……彼はポケットを探り、真四角の厚紙を取り出して、爽やかな笑顔を浮かべながらそれを手渡した。

——これは半額切符ですよ。

——ナンデスカ《ビッテ》？

——この切符、これは半額の切符なんです。

——ハイ《ヤー》、ハイ《ヤー》……彼はほほ笑み、うなずき、彼の目は少しとろんとなった。

——半額、半分。子供。子供料金。

——ハイ《ヤー》、アナタハシッテイマスカ《ヴィッセン・ジー》……

——いいですか。あなた、大人。切符、子供の切符。分かる？

——エキデ《イン・デム・バーンホーフ》、ハイ《ヤー》、彼はほほ笑みを浮かべたまま話し始めた。目はもうすっかり酔っ払いの目になっていた。——エキデワタシハカイマシタ《イン・デム・バーンホーフ・ハーベ・イッヒ・ディー》……

——まったくもう、お客さん。切符はどこで買いました？

——ティーツサン《ヘル・ティーツ》、ワカリマスカ《フェアシュテーエン・ジー》？　エキデ《イン・デム・バーンホーフ》、エキチョウノティーツ《ヘル・バーンホーフマイスター・ティーツ》、カミニヨイシヒト《ゴット＝トルンケナー・メンシュ》*、ワカリマスカ《フェアシュテーエン・ジー》？　バカガアイテデハカミガミデモハガタタヌ《ミット・デア・ドゥムハイト・ケンペン・ゲッター・ゼルプスト・フェアゲーベンス》、彼はほほ笑み、突然目をしゃきっとさせて、——ソウデショウ《ニヒト》？

——ああ、まったくもう。

——ナンデスカ《ビッテ》？　笑顔は消え、ぽかんと口が開いたままになった。

——もういいですよ。車掌はわざと力を入れて切符を切り、通路の先へ向かおうとしたが、突然腕をつかまれた。

——ハイ《ヤー》、ドウモ《ダンケ》、ドウモアリガトウ《ダンケ・シェーン》、彼はほほ笑み、車掌の腕を大きく上下に振って握手をし、目的地に着くまでずっと車掌が横を通るたびに『ドイツ国民新聞《シュターツ・ツァイトゥング》』から顔を上げて大げさにほほ笑みかけ、目的地に着いたときにも彼を捕まえて力強く最後の握手を交わした。彼は公衆電話を探し、電話ボックスの中に座って顔を拭き、ポケットからコインを掘り出し、ダイヤルを回した。――もしもし？　アイゲンさん《ミスター》を頼む……もしもし？　ミスター……ああ、じゃあすぐ、こっちに電話するように伝えてもらえるか？　緊急の要件だ。俺の名前は、くそったれ……いや、何でもない、ここの電話の番号*を誰かが削って消してしまっているんだ、仕方ない、またこっちから電話する。彼はガチャンと電話を置き、かがみながらボックスから出て隣のボックスに入り、手の中の三枚のコイン*を調べてから一枚を取り、またダイヤルを回した。――もしもし？　ベン？　いや、このまま待たせてもらう……

　互いに無関係に反響するいくつもの音節が構内放送の中で到着と発車を融合した。彼はドアを押し開けたまま外を眺めて座り、――ベン？　そうだ、やあ、聞いてくれ。彼女の方の弁護士から何か最終的な申し出を持ちかけてきてないか？　いつまでもこんなふうに一時しのぎばかりじゃやってられない、俺は……今、くそ振り込みは済ませてきた、向こうが最終通告をするつもりだったのなら……知らない！　ああ、知ってる、でも何の話か……資産と有価証券って何だ、俺はそれどころか、たしかにしがない一族が身内でやってる会社の株を五パーセント持ってたよ、以前そこに勤めてた、あの株はまだどこかにあるかもしれない、でもあんなのは……連中が何て言ったって……？　いや、なあ、いいか、くそったれ、娘の養育費を払いたくないとかいうことじゃない、ベン、君にもそれはよく分かってるだろ、問題はもう一つの方、あの女に払うくそ離婚手当の方だ、あれが……分かってる、君がそういうふうに処理してくれたのは分かってる、でもな、仮に税金の面で得をしたってこんな状態じゃ……いつ、今？　そっちに行こうにもタクシーなんか乗れない、無理だ、バスにだって乗れやしない、手元にあるのはちょうど十一……分かった、ああ、分かった、週の後半にまたな……

　彼はドアを引き開け、手の中の二枚のコインをじっと見てから一枚を取り上げて電話に入れ、またダイヤルを回した。――アイゲンを頼む……もしもし？　さっきも電話したんだが……アイゲン？　今、街に着いた。シュラムはどこ……彼は受話器を肩で押さえ、ポケットを探り、たばこの箱を取り出し、最後の一本を見て、少しためらってからそれを手に取った。――くそ、どうして、誰があいつをベルビュー病院*なんかに？　え？　分かった、そうだな、でも、くそ、他の人間ならこんな事故に遭うはずはないのに、こんな事故に遭うなんてシュラムしかありえない……誰が？　病院が一晩経過観察したいって言ってるのならそうしてもらったら……ああ、かもな、たしかにそうかもしれない、特にこんなことがあった後だからな、前回俺が説得して引き止めたときにはあいつは……そうだな……とにかく今は病院まで歩くよ、とりあえず、時間はどれくらいかかるかな……だって手持ちがもう一セントしかないんだ、だから仕方ないだろ！　え……？　何でもない。大丈夫、絶好調だ、ポケットにあるのは一セントだけ、駅に座って見慣れた顔を眺めてる、俺は七歳のときからずっとこんな感じさ、週末に学校から家に戻ったときとか、日曜の夜の列車に乗るために駅に送り届けられたときとか、あのときのことが頭から離れない、シュラムの言う通りだ、自分の一部だけを殺すことなんてできない、そんなことをすれば、待て、待てよ、知り合い、知り合いを見つけた、待て、切らずに待っててくれ……

　彼は電話ボックスから出て、ネクタイを喉元で締め直した。

――エイミー……？と呼び掛けた彼の声はまるでネクタイで首を絞められたかのようで、顔も狼狽《ろうばい》していた。彼女は笑顔で両腕を広げ、その脇を通り過ぎた。彼は後退して電話ボックスにもたれかかり、それから中に入って、彼女が半分膝をつくようにして少年を抱きしめるのを見た。少年は急に恥ずかしがって後ろに下がり、スーツケースを持ち上げ、制服のブレザーを羽織り直した。彼はぶらぶらしている受話器を取り、――まるで、まるで昔のシャーリー・テンプルの映画*みたいだ、ジャック・ヘイリーが回転ドアに入っていったら彼女が反対から出ていく場面、でも、くそ、トム？　うらやましいな、彼女にあんなふうに、彼女じゃなくても誰でもいいからあんなに嬉しそうに出迎えてもらったら。アイゲン？　もしもし……？

　そして二人が通り過ぎるとき*、音を立てて振動するドアのガラスが彼女の目と横顔を捕らえ、少年が前かがみで歩く姿を枠に収めた。彼女の腕が少年の肩に伸びて――僕、「騎兵隊突撃の詩」*が暗唱できるよ、という言葉を遮った。

――急ぎましょう、フランシス。

――半リーグ、半リーグ、半リーグ進め*、何で急いでるの？

――いいから急ぎましょ。

――死の谷へと馬を進めるは……

――列車で何か食べた、フランシス？

――チーズサンドイッチ、チーズとパンだけなのに一ドルもするんだ。敵の右翼へ大砲を、敵の左翼へ大砲を、敵の前方へ大砲を一斉に……

――こっちよ、タクシーに乗りましょう。

――一斉に雷《いかずち》のごとく。どこ行くの、まず家？

――ええ。

――パパもいる？

――今夜は遅くなるって。遠くに出掛けてたから。

――ジュネーブ？

――どうしてジュネーブ？

――パパが僕にジュネーブに住みたいかって訊いたんだ。死の顎《あぎと》の中へ、地獄の口の中へ……

――タクシーが来たわ。

――パパは明日ホッケー*の試合に連れてってくれるかなあ。

――クロイスターズに行こうと思ってたんだけど。

――何それ。

——美術館みたいなもの、と彼女は言い、少年の後に続く前に立ち止まって後ろを振り返り、彼の鞄を受け取った。

——僕、ミスター・マートンに嫌われてるんだ。

——マートンさんって誰?

——数学の先生、僕、嫌われてる。

——あなたを嫌ってるはずないわ、フランシス。

——ほんとだよ。あの映画、ほら、あれ見に行ってもいい?

——どうかしら。

——ママはジュネーブに住んでみたい?

——さあ分からないわ、フランシス。

——世界のどこでも好きな場所に住んでいいって言われたらどこに住む?

——さあ分からない、と彼女は言い、彼の背中を見、後頭部を見た。彼は座席の端に座って窓の外を眺めていた。やがて車が停まり、体格は違うが同じ制服を着た門衛《ドアマン》たちが車のドアを開けた。

——僕はどこで寝るの?と彼は鞄を玄関広間に放り出した。

——自分の部屋よ、いつもと同じ。

——ここはいつも整理整頓がしてあって何もかもぴかぴかだね、まるで誰も住んでないみたい。

彼女は自分の鞄をソファに置き、そこにあった白い革のクッションの下から黒いレースのブラジャーを拾い上げ、再び自分の鞄を持った。——ちょっと口紅を直してくるから、その後、お出掛けしましょう……寝室に入ると彼女はいちばん手前の引き出しを開けた。中にはシャツがきれいにそろえて重ねられていた。ブラジャーが見えないよう上に何枚かシャツを重ね、わざとらしく陰影を強調した大型肖像写真《スタジオ・ポートレート》を見詰め、口紅を取り出すと、気前よく塗りたくった。

——ママ……?

——ちょっと待ってね、フランシス。彼女は口紅を開いた。

——半リーグ、半リーグ、半リーグ進め……

彼が部屋に入ってきたとき、彼女は目の仕上げをしているところだった。——出掛ける前にシャワーしたら、フランシス?

——もうしたよ。あの映画見に行ってもいい?

——どうかしら。

最初の美術館で彼が言った。——ほんとにあれが百万ドルするの? 次の美術館では、——きっと仕上げをする時間が足りなかったんだね……そして夕食のときには——ステーキ食べていい? その後、——昔僕がどんなこと考えてたか、聞きたい、ママ? 僕が今しゃべらなかったら、つまり言葉を節約してしゃべらないようにしてたら、死んだ後でもしゃべれるんじゃないかって思ってたんだ。

彼女は暗いタクシーの中で突然彼の方を向いた。——フランシス? ジュネーブに住みたい? 住みたくないでしょ?

——ママも一緒?

——ママ? ママはあなたが今いる場所から動きたくないん

じゃないかなって思っただけよ、今の学校とか、お友達のいる場所から……

　――友達なんかいないもん、彼は窓の方を見たまま言った。そしてそのまま座席の端で外を見ていたがやがて車が停まり、門衛《ドアマン》が車のドアを開けた。――パパはもう帰ってる？

　――どうかしら。

　彼女が鍵を開けるとすぐに彼がドアを押し開け、暗い玄関広間に駆け込み、立ち止まった。――いつ帰ってくるの？

　――多分あなたが寝てからね。朝には会えるわ。

　――パパが戻るまでテレビ見てていい？

　――もう遅いわ、寝なさい。朝には会えるんだから。

　――電気を消す前に本を読んでもいい？

　――ちょっとだけね……彼の短い抱擁を受け止めるために彼女はしゃがみ、立ち上がり、彼が去るのを見た。やがてバスルームのドアが閉まり、彼女は寝室に向かい、暗闇の中で服を脱ぎ、目を開けたまま横になり、暗闇の中でうとうとし、寝室のドアが暗闇の中で開く音で目を覚ました。

　――フランシス？

　――エイミー？

　――ルシアン？

　――戻ってる？　フランシスが？

　――子供部屋、寝てる。起こさないで。

　――僕が？　起こしたりしない。

　――朝にはパパに会えるって言っておいたわ。一緒に何かしてやってね、明日はどこかに連れて行ってほしいんだって。

　――ホッケーの試合に連れて行ってやったら。ホッケーの試合……靴が床に落ち、小銭がこぼれ、カーペットに転がった。――ホッケーの試合？

　――お友達がいないんだって。

　――何がいない？

　――お友達が、学校で。お友達がいないんだって……ベッドのばねが暗闇の中できしみ、静まった。――ルシアン？

　――え？

　――ジュネーブに引っ越すっていう話をあなたから聞いたって言ってたわ、ジュネーブで暮らすって……ルシアン？

　――え？

　――ねえ、どういう話をしたの、どういうつもりで……

　――いつか向こうの学校に転校するかもしれないって言っただけ、ジュネーブの学校に。

　――うん、でも無理よ、ひょっとしたらいつかはそうするかもしれないけど、そんな簡単にあの子を……

　――なあ、エイミー……暗闇の中で起き上がる体重でベッドのばねが突然きしみ、――君はいつも心配ばかりだ。あの子がゼネヴァ*に行ったら友達がいなくなる？　あの子まで心配性になったら困るよ、エイミー、ある程度片が付いたらそのときは……

——へえ、じゃあ、さっさとそうしてよ！　どうしてさっさと問題を片付けないの？

——僕が？　ああ、弁護士次第、君のお父さんの弁護士、彼に言って。ノビリ社との和解の件？　僕は待つだけ、弁護士に言って。

——そんな話聞いたことないわ、何それ……

——そう、僕は待つだけ、あっちに言って。

——何の話なの、さっぱり分からない、ルシアン。

——子供のこと、違う？

彼女は目を開けたまま横になっていた。暗闇の中でうとうとし、寝室のドアが開く音で目を覚ました。カーペットの上を歩くかさかさとした音がして、おぼろげな人影がベッドとベッドの間で立ち止まり、それから彼女が驚いたように片方の肘をついて起き上がり、息を潜め、再び横になった。もう一つのベッドでばねがきしみ、布団が動いた。*

彼女が目覚めたとき、もう一つのベッドは空《から》になっていた。彼女は起き上がり、斜めに差す日差しの中を見詰めて言った。

——フランシス？　しかしそこにあるのはただの丸まった毛布だけで、彼女はゆっくりと立ち上がり、バスルームに入って服を着た。男物のシャツがシャワーカーテンのレールに掛かり、子供用のシャツが床に丸まっていた。彼女は手を伸ばしてその両方を取り、バスルームのドアのフックに吊るそうとドアを閉じると、そこには膣洗浄器がぶら下がっていた。彼女は手早く体を洗い、服を着、シャツをベッドの上に放り投げ、背の高い引き出しの上に身を乗り出して鏡の中の唇の線をかろうじて識別できる口紅でなぞり、黒いアイライナーでまぶたの線をなぞり、少しだけ自分の姿を確認してから唐突にシャツの引き出しを開け、肖像写真を取り出し、豪華なデコルタージュ*の上でアイライナーを持った手を止め、それからすぼめた唇の上に巨大な口髭を描き加え、シャツの下に戻した。玄関広間のテーブルの上にはメモがあった。愛してるよ、Fと署名されたそのメモを、彼女は街へ向かうタクシーの中で三度読み返した。音もなくドアが開いた。*彼女は15を押し、軽騎兵隊序曲*に合わせて一人で上がっていたが、三階でドアが音もなく開いた。腰までボタンを外した青年が小包を持ち直しながら乗り込んできて5を押し、彼女のドレスのトップを見詰め、やがてドアが音もなく開いた。彼は降り際、背後でドアが閉じる前に、6、7、8、9、10、11、12、14とボタンを手でなぞった。彼女一人が乗ったエレベーターのドアが音もなく六階で開き、閉じ、音もなく七階で開き、閉じ、同様に八階、九階、十階と進み、彼女は突然降り、上行きのボタンを押し、そのまま立って待っていると彼女の後ろでドアが開いたが、中では彼が待っていた。ドアが閉じ、立ち直った彼女が向き直り、急いで再び上行きのボタンを押しに行くと、再び彼女の背後で音もなくドアが開き、今度は喉元までボタンを留め、喉から下は白く、喉から上は黒い青年が乗っていた。彼女が乗り込むとき、彼は社内郵便を載せたカートを下げ、スペイン風のリズムを展開する一小節か二小節の間自分の黒い手の甲を見詰め、十一階で降りた。その背後で音もなく閉じかけたドアにいきなり手が掛かり、ドアが閉じたときには彼女は息を潜め、汗の光る胸とだらしなく腰まで外されたボタンから目をそらし、「開」と「非常用」以外は整然と数字が書き込まれている壁面のパネルのボタンに目をやった。「ピーナッツ売り」*がパネルの上の手のひら大のスピーカーの網から漏れていた。手持ち無沙汰で体をぽりぽり掻いていた右手がつやのあるジーンズの前に入り、中でもぞもぞと動き、手ぶらの左手が彼女の後ろの腰の高さの手すりに伸び――フェラしてくれる?と顔と同じく無表情な声が言った。彼女は音もなく開きつつある白いドアから、黒い調度の並ぶロビーに飛び出した。そこにはコートを着ていない人物がいて、いぶかしげな目で彼女を見た。男はまるで不穏な絵画の迷宮の中から飛び出してきた、頭のおかしなウェルギリウス*のようで、その背後にはぼんやりとしたダンテの姿があり、そちらの男は彼女との衝突に備えるようにグラッドストン・バッグ風デザインのブリーフケースを抱きかかえ、縁のないレンズでぼやけた視線を、申し訳なさそうに彼女のドレスのトップに向けていた。

――奥《マダム》さん……

――ああ、デビドフさん……

――スキナーさん、こちらがジュベール夫人《ミセス》です……

――まあ……

――大丈夫ですか? 妙なお辞儀を済ませたデビドフは背筋を伸ばしながら喉元まで目いっぱいにネクタイを締め上げ、下行きのボタンを叩き、――数字を出してください、とにかくその数字を。ジュベール夫人もこのささやかな計画《プロジェクト》に興味をお持ちになるんじゃないかな、夫人は……と彼が振り向いたとき、既に彼女は手が届かない場所に移っていた。――あ、ジュベール夫人? あ、それからスキナー……既にドアが音もなく開いていた。エレベーターの奥ではボタンを外してくつろいだ青年が身動きもせず、腰の高さの手すりに寄りかかっていた。そこに乗り込んだ不定形の人物を閉まりかけたドア越しに追いかけてきた言葉は――おたくがうちに紹介してくれるっていう著述家《ライター》、有名人、とりあえず有名人をお願いしますよ。ジュベール夫人……? 彼は彼女を追い抜いて先にドアを開けようと、自動車のようなコーナリングで近づいた。――今日はこちらにお立ち寄りいただいて助かりました……彼はちょうど彼女が通りにくいぐらいにドアを開け、――お父様が会社を離れられてからもう忙しくて忙しくて……でも、あなたが……

――私のことにはどうぞお構いなく、デビドフさん、私はただ……

――いいんです、そんなことは、全然構いません……彼は彼女の通行を妨げる幅だけドアを開け、腕時計に目をやった。

――スケジュールどおりに行動するってなかなか難しいですね、あのスキナーって男に人生のイロハを教えるだけで一時間かかりましたよ、彼はさっき……

——いえ、私に構わずお仕事を続けてください。

——心配ご無用です、これが私の仕事ですから、彼は最近ダンカン社に入社してトップクラスのセールスマンの仲間入りをした男なんですが、完全な製本っていうのがどういうものかも分かってなくて、キャロル？ あ、キャロル、ジュベール夫人が年次報告書の写真の校正刷りをご覧になるそうだ、あ、それからキャロル？ アイゲンさんのオフィスから同じものを取ってきてくれ、説明文を書き加えるためにあそこに回ってるはずだ、早いとこ、あなたのお父様にお送りしたいんです、と彼は半歩前に出た。

——悪いけど私急いでるの、デビドフさん、ビートンさんにも会わなくちゃならないし……

——ビートン？ ビートンなんか後回しでいいですよ、彼は待たされるのに慣れてますから。でね、私が思うに今回の件は、ちょっとごめんなさい……彼は突然話を区切り、彼女の前で指で四角形を作って無を囲み、——あなたの生徒さんたちがアメリカにおける役割《シェア》を買うっていう今回の企画の中心にあるのは、現在と未来の企業責任という概念だと思うんです……彼はさらに強調するように再び半歩前に出て話を続け——経済界において最も急速に成長している市場に参加するっていう経験を、いわば予告編のイメージとして、株主とか証券アナリストとなるべき子供たちにこっそり見せる、いったんこの新しい企業的構造改革の輪郭が明確になれば、ご覧になったでしょう、通りの先にある親会社の新しい世界的本部ビルの建設予定地、看板はご覧になりました？ 今はまだ大きな穴が空いているだけですけどね、でも今度お父様と話してみてください、私の話を聞いてお父様も興奮なさってます、わが社が資金を提供した本『コバルトのロマンス』を手に持って、新社屋に足を踏み入れるというアイデア、さっきここにスキナーに来てもらったのはその件なんですよ、教科書の分野でしっかりした実績のある会社ですから、ダンカン社はご存知でしょう、本当にしっかりした由緒ある出版社です、あのスキナーがこのプロジェクトのために一流の著述家《ライター》を探してきてくれる、ここのロビーの壁画を描いた例の一流画家*に匹敵するレベルの著述家《ライター》をね。あの壁画を手に入れるのだって私がかなり頑張ったんですよ、ビートンみたいな連中を説得するために。一流の芸術に金を出しつつ、同時にそれが節税になるわけ。こっちです、こっちに行きますよ……

——でも、ビートンさんが今……

——私ならビートンの半分の時間で問題を解決しますよ……

——でも、私の話は法律関係のことだから。

——そうだ、お話ししようと思っていたんです、例の少数派《マイノリティ》裁判の件は片が付きました、先週、私の机に報告があったんですが……

——例の何ですって？*

——私が許可を出す準備をさせておきました、心配ご無用です、企業的民主主義の現実というかまあそんな感じですね、あなたが生徒たちに伝えようとしていることはすぐに分かりましたよ、同じことをビートンにさせたら時間が……

——何だかおっしゃってることが私にはさっぱり……

——心配ご無用。ビートンに何かを任せたりしたら元の形がなくなるほど問題を粉々に砕いてしまう、その場その場での判断力みたいなものがないんです、知事ご自身が本人にそう言うのを私は聞きましたからね、おまえたち弁護士の悪いところはだな、いつもどうしてできないのかばかり言っていて、どうすればできるのかを言わないことだって、で、ビートンは……

——ああ、あの方《かた》は元気？　彼女はカーペット敷きが始まる場所で立ち止まっていた。

——ビートンですか？　彼は……

——ジョン伯父様、そういえば私……

——ああ、知事ですか、あの方のことは心配ご無用、医者のおかげで以前と雰囲気も変わるはずです、世の中にこれだけいろいろな移植角膜があるのに、わざわざあんな鋼《はがね》みたいな灰色の目にしたりはしません、本当なら今頃は列車の中でブリッジをやってるはずなのにって知事は怒っていらっしゃいますけどそれだけです、こちらです、私のオフィスはこちら……

——私、デビドフさん、ありがとう、私が署名しなくちゃならない書類がビートンさんのところにあるはずなんです、プライベートな家族の中の問題で……

転びそうになった彼が立ち直り、彼女と並んでカーペットの流れに乗り、まるで身長の直接対決を避けようとするかのように再び半歩前に出た。靴のかかとが立てる鋭い句読点という支えを失った彼の身長は、内緒話のために潜めた声の調子に合わせて低くなっていた。——もちろんビートンには他のこまごました事情を話して聞かせる必要はありません、彼も悪気があってもたもたしているわけではないんですが、お父様や知事のような即座の決断力が欠けてるんです、今日はあなたがいらしたときにちょうど私がいてよかった、もちろんお父様はワシントンの身近なところで私に仕事をさせることもお考えになったんでしょうけれど、多分こっちの仕事場で目を光らせておく役として私が必要だったんでしょうね、企業組織が再編中で、即座の決断をするべきトップが留守をしている間にも状況が変化しているんですから……サイドステップでコーナーを曲がり、——今度お父様とお話しになる機会があったら、あなたから提案していただきたいことがあるんですけど……

——あなたのおかげでずいぶん助かったって伝えておきます、デビドフさん、じゃあここで……

——ええ、一言そう伝えていただければ幸いです……彼は彼女よりも先に中に入り、電話に手を伸ばしていた。——今のうちにクローリーをつかまえた方がいいですね、例の問題を片付けないと、あ、バルクさん《ミス》、ガンディアの山火事を片付けないと、ジュベール夫人がいらしたってビートンに伝えてください……彼はダイヤルを回し、――お急ぎだと伝えて。

――はい、ビートンさんがお待ちです、ジュベール夫人。お目にかかれて光栄です。

――もしもし、シャーリー？　ちょっと待ってて。あなたがビートンと時間をつぶしている間に私の方は校正刷りを用意しておきます。シャーリー？　クローリー社長につないでくれ、私が……

――ビートンさんはさっきカトラーさんのオフィスにいらっしゃいましたよ、ジュベール夫人。きっと奥様のことを……

――シャーリー、とりあえずジュベール夫人がいらしてるってことを伝えてくれ、シャーリー？　ちょっと待ってて。カトラーが戻ってるって？

――すぐにこちらにいらっしゃると思います、ジュベール夫人。

――カトラーはここに戻って何をやってるんです。

――カトラーさんはまだあちらですが、デビドフさん。

――じゃあ、ビートンはあいつのオフィスで一体何を、シャーリー？　もしもし？　クローリー社長？

電話機のボタンに光が花開き、バルクさんがボタンの一つを押した。――あ、保留を押すつもりだったのに……

――もしもし？

――もしもし……？＊

――もしもし？　もしもし？　シャーリー、一体何をやってるんだ。

――デビドフさんから社長にお電話です……

――ああ、そんな時間はない、来客中だと伝えろ……大きなツイードの塊の下に電話が消えた。――さてと。これがあなたの伯母様たちがお持ちの電話会社株式ですな？　二十、三十、全部共有権者《ジョイント・テナント》ですな？　五十……

――伯母たちですか？　ええ、はい、二人とも、家、たしかに一緒《ジョイント》に暮らしてはいるんですけど、でも借家《テナント》じゃなくて持ち家です、ずいぶん前から、本当のことを言うと、家は一族の……

――いやいや、わしが言っとるのは株の所有権の話です、七十、八十、生存権付き共有権者《ジョイント・テナント》、つまりお二人のうちの一方が万一、九十、お亡くなりになったら、五……

――ああ、ああ、はい、ジュリア伯母さんは結腸の病気にかかったことがあります、でも……

――なるほど、ええ、ええ、病気のお話は結構です、ミスター、ミスター……彼の手からしわしわの紙切れが出てきて――バスト、そう、バストさん《ミスター》、伯母様たちはどうやらかなりの高齢ですな。

――ああ、はい、はい、二人ともかなり、でも、そんなこと関係あるんですか……

――まったく関係ありません、全然、ちょっとお訊きしてみたかっただけです、最近はこういう証券を目にする機会が少ないものですから、電話線でぐるぐる巻きになった地球の絵、十、二十……

――でも、その証券、問題ありませんよね、まさか？　だって、それが伯母さんたちが持ってる全財産みたいなもので……

――まったく問題ありません、全然、四十、五十、ただこんなふうに決まった額面金額で証券を発行していたのはずいぶん昔ですからな、六十、七十、お金みたいに、ええ、五、六、でも署名はしてないんですね、八……

――署名？

――賢明な予防措置です、ええ、最近は、あー……彼は手を止めて緑色の取引記録簿《ブロッター》から顔を上げた。荒涼たるサバンナを見詰めるような目だった。――いろいろとありますからな、ええ、お帰りになる前に、部屋の外にいるシャーリーから株式譲渡委任状《ストック・パワー》を受け取ってください、後で伯母様たちに署名をしてもらって郵便で返送していただければ結構、全然問題ありません、指値《さしね》は指定しますか？

――はあ、はあ、いいえ、そちらにお任せ……

――じゃあ、ただ時価《マーケット》で売ればよろしいんですね？

――ええ、そう、株式市場《ストック・マーケット》で、ええ、もし誰か買ってくれる人が……

――時価《マーケット》、バストさん……彼の手が緑の領域を超えて黒い箱に忍び寄り、――時価《マーケット》というのはマーケット・プライスですよ……彼の手が飛び、――今、四十四と八分の一、よし、四分の一になるのを待ちましょうか……

――四分の一？　でも……

――二分の一を待ちますか、待ってみてもいいですが終値は二、三ポイント下がると思いますよ、今でも四十四は買い上がりすぎですから……

――ああ、なるほど、四十四、はい、四十四ドルでいいです、はい、伯母たちも喜ぶでしょう、たしか以前は二十三ドルだったとか言ってましたし……

――この会社はたしか株式分割《スプリット》も二回ほどありましたな、かなりいい結果が出てますよ、ええ……

――分割ですか？　でも……

――あれは何年だったかな、五九年か、一株を三株に。六四年に一株を二株に分割する前は七十くらいで売れてました、ええ、かなりいい結果*です、で、これは？

――え？　ああ、それ、はい、別の伯母*がずいぶん前に買った株です、そこの隅のところに一九一一年って書いてありますよね、電話の株と一緒に引き出しに入ってたんです、伯母たちがこれも売れるんじゃないかって言うもので……

――ノーマ鉱山社、こりゃきれいだ。

――ええ、鷲《わし》の下に額面価値一株十セントって書いてありますよね、てことは千株だから百……

――きれいですな、うん、わしの言う通りになさい、バストさん。額《がく》に入れるんです。

——額に入れる？

——それが駄目なら、こんな言い方をしても下品なやつだと思わないでくださいよ、トイレで使ってしまいなさい。

——え、でもそこに書いてある金額は……

——お疑いならモンタナ州の司法長官に手紙を書くのがいちばんだ、きっと、ノーマ鉱山社はこの株を発行した年に税金の支払いで債務不履行をやらかしたっていう返事が返ってきますよ、一九一二年にはもうこの会社は存在しなかった。採鉱計画っていうのはね、バストさん、採鉱計画っていうのはそんなものです、じゃあ、これで全部ですか？　わざわざお立ち寄りいただいてありがとうございました、バストさん、いろいろお話ししたいところなんですが、何せ忙しくて、なかなか、ちょっと待って、待って、こっちのは何です……

——いえ、別に、この折り鞄《ポートフォリオ》は僕の、僕の友人《アソシエイト》のもので*……

——アソ……？とジッパーを引くとくたびれた鞄の端が破れ、

——ポートフォリオ？

——ええ、はい、その彼の話だと、仲買人《ブローカー》と呼ばれる人たちは、こういう、折り鞄《ポートフォリオ》の中身を見てくださるんだとか。で、僕が電話会社の株を売りに行くという話をしたら、じゃあ、ついでにって……

——しかし、これ、こりゃ一体何です？

——ええ、はい、それは、あの、僕はまだちゃんと中を見てないんです、他人の折り鞄《ポートフォリオ》の中身ですからね、その、ご覧の通り、整理整頓の苦手な……

——しかしこれ、まったく、バストさん、ここにあるのはごみばかりです……彼の手が新聞の切り抜きと汚れた封筒の束、目論見書、ダインズ・レター、ムーディーズ中間報告、バリュー・ライン投資情報*を乱暴に掻き集め——お遊びか何か？

——え、いえいえ、本人は大まじめです、彼は、僕はたまたま手を貸すことになっただけで、僕がある小切手を受け取りに行って、それを彼が現金に換えてくれる予定だったんですが、コンピュータに間違いがあって、彼、僕が現金がなくて困ってたものですから……*

——バストさん、わしも忙しいので、そろそろ……

——いやいや、待って、それだけでも、それがどれほどの……

——これ？

——ええ、千株でしょ、それ……

——なるほど、ええ、先ほどのノーマ鉱山と同じことです。

——いえ、でも見てください、会社のパンフレットにこんなふうに……

——いいですか、バストさん、デラウェア州の規則の下で設立された採鉱会社、資本総額は年間三十万ドルが上限、どういうことか分かりますか？

——さあ、多分……

――ＳＥＣはこの会社の企業内容開示文書《ディスクロージャー》を検査しないということ、わしは投機的低位株《ペニー・ストック》は扱わんのです、バストさん。

――でもこの小冊子を見たら……

――木、木、木！　木ばかり！　会社の物だとさえ書いてない、おそらく探鉱権を申請しただけのことで……

――でもその写真に写ってるいろいろな機材なんか……

――これが会社の機材だなんて誰が言ったんです！　これがその何とか社、エース開発社のものだってどこに書いてあります？　写真はきれいです、バストさん、たしかに写真はきれいだ。きれいな写真を印刷することぐらい誰でもできる。

――でも、そこに名前が……

――証券引受人《アンダーライター》、Ｗ・デッカー*、どこの誰です、Ｗ・デッカー？　おたくの知り合い？　違うでしょう、誰も知らない。おそらくこういう株を百万株ぐらい発行して、万一処女鉱物が出てきたときのために別に百万株が取ってあるんです、自分がオーナーだってことを偽装するためにこうやって証券引受人《アンダーライター》のふりをしている。子供だましですよ、バストさん、きっとあなたのお友達《アソシエイト》は……

――ええ、でも、もうちょっとだけ待ってください、もう一つ別のが、その下に……

――これ？　ハ～イ、たくましい貴男《タイガー》。写真に写ってるのがあたしよ、この手紙に載せたのはサンプルみたいなもの、貴男たち一人一人を思い浮かべながらみんなのために他にもいろんなポーズを取ったわ、ばっちり貴男が望むポーズを、何だこれ、一体何なんです、これ！

――いや、それは、分かりません、僕、僕が言ったのはそこの、その赤い紙……

――これ？　これもだ。夫婦で使うものとしては初の商品、な、何なんです！　野蛮度百パーセント！　彼がふんぞり返ると巨大な椅子も一緒にふんぞり返り、失われた生命の繊細な縞模様とさらに繊細な色彩の臀部《でんぶ》の後ろでくすんだ色の紐靴《ブルーチャー》が方向転換して壁の方を向き、その誘惑たちをごみ箱の中に落として蓋《ふた》をし、取引記録簿《ブロッター》に手が届く場所でチーク材の机を眺め渡すように前へ向き直り、そこに広げた帳簿の脇の小さな瓶を手に取り、キャップを開けた。――外にお出掛けになることはありますか、バストさん？

――外、どこの……

――外ですよ！　家の外！　普段は何をしてらっしゃるんです、バストさん？　この名刺には社長、ああ、社長代理ってありますけど、それ以外には。

――作曲家なんです、僕、僕は曲を……

――音楽を？

――ええ、そうなんです、僕は……

――屋外《アウトドア》の趣味を始めた方がいいですよ、バストさん、そういう、そういう屋内《インドア》の娯楽をやっていると何というか、心が不健康になるというか……彼は口に小さな錠剤を放り込み、瓶の蓋を戻した。――いちばんの薬です。

――はあ、どういう、何ていう薬です……

――いやいや、これじゃない、これはただのニトログリセリン*……彼は瓶をチークの広がりの遠くまで押しやり、――屋外《アウトドア》のことですよ、屋外。さて、用件が終わったようなら……

――ええ、はい、もう一つだけありましたよね、そこに、できればそれを、社債なんです、その赤いの、社債だと思うんですが……

――お分かりだと思いますが、わしも忙しいんです、バストさん、強力な推薦をいただいたので今回だけはこうしてお話を聞かせてもらいましたが、そうじゃなければ……

――ええ、はい、僕、紹介状を書いてくれた彼女にはお礼を伝えました、彼女は……

――できる限りお手伝いをしてあげてくださいってね、書いてありましたよ。どうしてエイミー・ジュベールをご存知なんです、バストさん。

――ああ、それは、彼女と僕は二人とも……

――彼女は昔から芸術って聞くと弱いんだ、だから今回もあなたを大事な人として紹介したんでしょう。魅力的な子だ、うん、かわいい娘さんだ、しかしまあ、親切すぎますな。

――そんなふうに……そんなふうに書いてあったんですか？

――そんなふうって？

――だ、大事な人って、僕がそんなに……

――私の言葉だと思いますか、バストさん、まさか。で、あなたがはっきりさせたいのは……

――ええ、はい、その、僕はしばらく前に彼女からメモをもらってそのままにしてたんですが、昨日、さっきお話しした小切手を受け取りに行ったときに……

――いやいや、そうじゃなくて、こっち、さっき赤いのっておっしゃったこれのこと。何が知りたいんです。

――ああ、僕が知りたいのは、というか、友達《アソシエイト》が知りたがっているのは……

――はっきりしているのは、これは十年、いやいや十三年前に債務不履行になった社債だってことです、この会社は数字を書き込むのより速いスピードで負債を増やしてる。紙切《かべがみ》れです、バストさん、紙切《かべがみ》れ。紙切《かべがみ》れ*って何かご存知かな？

――はあ、多分……

――あの辺はヤギの多い土地でね、たまたまですがわしもイーグル紡績のことを少し知っているんです、ヤギ狩りであそこにはよく行ってたので。あの会社のことを知ってる人間なんか他にはいやしません、あなたが生まれるよりも前にあの会社は向こうで眠りに就いちゃってそのままだ、誰も起こす人間がいない。戦後あの会社は羊毛加工から化繊に転換したか、ノーです。赤の労働組合が余計なエネルギーを奪ったりしない土地、安い労働力が手に入る南部に会社が移ったか？　ノーです。ユニオンフォールズにどっかり腰を落ち着けたまま百万ドルの社債を発行したんです。

——でも会社に全然お金がないのなら、どうやって……

——全然ないなんて言ってません、そうでしょ？　純資産にすればおそらく百万、その大半は多分純財産勘定に入っているんでしょう、今では会社側さえその存在を忘れているような多額の年金基金の上にあぐらをかいているのかもしれません……

彼は再び前に身を乗り出して山を乱暴に掻き集めた。——額面一ドル当たり二、三セントってところです、これだけですか、あなたが、あなたのお友達がお持ちなのは？

——あ、いえ、いえ、彼はまとめて束で買うつもりだって……

——まとめて、何ですって？

たくさん《ロット》。彼の話だと……

——一ロット？* ましな方かな、私の顧客なんかボストン・アンド・メイン鉄道を二十ロット持ち腐れ、十年だか十五年だか利子が未払い、もしよろしければ十で一つ手に入れて差し上げますよ。

——十ドル？

——わしらが十と言うときは百のことです、バストさん……

彼は机の上にできた山の後ろに沈み込み、放心状態のその目は、部屋にいる他の聴衆*と同じガラス質を帯びた。

——ああ、はい、もう一つだけありました、これ、あの、すみませんがこれもついでに……


——それ？　おやおや、それを見るのは何年ぶりかな。

——いえ、見てほしいのはこれじゃなくて……これ何なんです？

——ロシア帝国債。

——つまり無価値っていうか、あまり価値はないって……

——バストさん、どんなものでも買う馬鹿がいる限りは無価値ということはありません、ロシア帝国債が売れるとすればそれはあなたのお友達《アソシエイト》のようにそれを買う馬《ば》、買う人間がいるからです。ひょっとして、その人、あなたのお友達がどうしてこういうものを入手したかご存知？

——どうって、多分、まず売買をして、それからある会社の株を買って、何かの訴訟を起こすつもりだったみたいです、クラスを代表して、というか……

——集合代表訴訟《クラス・アクション》*ですか？　どこの会社です、それもエース開発みたいな会社？

——いえ、それは、ダイヤモンド、ダイヤモンド・ケーブル社です、彼は、あの、最初から全部お話しした方がよさそうですね、実はその彼というのはただの……

——いや、お願いだ、バストさん、お願いだから聞いてください！　わしの助言を聞いた方がいい、あなたとお友達のために。

——ええ、はい、もちろん、そのために僕は今日はここに……

――音楽に専念なさい、バストさん。あなたは音楽に専念して、あなたの、そのお友達《アソシエイト》が何をなさってるのか知りませんが、その方も本業に専念した方がいい、そうすればあれの価値はいくら、これの価値はいくらと気にする必要なんかありませんから。

――はあ、でも、ええ、はい、じゃあどうもありがとうございました、でも一つだけお尋ねしたいんですが、さっきの会社、イーグル紡績、もしも百万ドル持ってるのならどうして……

――バストさん、わしは、会社が百万ドル持ってるなんて言ってませんよ、わしが言ったのは会社の純資産が……

――ええ、でも純資産って……

――バストさん……彼は取引記録簿《ブロッター》の上の山に向かってゆっくりと身を乗り出し、――バストさん、今、今、一つ、いいことを思い付きました。

――ええ、それで純資産って……

――作曲家の方というのは昔も今も生活が大変なんじゃありませんか、バストさん。

――ええ、はい、もちろんその通りです、でも、というか、だからこうして……

――バストさん、もしもわしがあなたにチャンスを提供できるとしたらどうです、もっとあなたの本業に近い部分で。

――本業って、音楽のことですか？

――ちょっとした作曲を依頼したいんです、どうですか？

――ああ、ええ、そりゃもちろん、はい、それこそ僕の……

――わしにシマウマの曲を作ってもらえませんか、バストさん。

――はい、もち、え、何の曲です？

――シマウマの曲です、バストさん、シマウマの曲。少し詳しいことをお話ししましょう、わしは友人と一緒にかなりのお金をつぎ込んでちょっとした映画を作っているんです、こいつらの……彼は腕を広げて壁のギャラリーに掛かった視線をでたらめに寄せ集め、――それにシマウマ、正直言うとシマウマだらけでした。で、何がやりたいかと言うと、ワシントンの連中の目を覚まさせて、気付かせてやりたいんです、公共の土地はトレーラー・ハウスの溜まり場やビールの空き缶捨て場にしておくよりも、もっとふさわしいものを放牧《ストック》した方がいいんじゃないかってことをね。

――それで、シマウマを……？

――まず手始めに、手始めですよ、ええ、それからもちろん、こいつら、全部アンテロープなんです、親戚同士には見えませんけど、でもみんなアンテロープ。* で、どうしたいかというと……

――それはとても、ええ、とても興味深いお話なんですが、でもその前に、一つだけお尋ねしたいんですけど……

――ドアのそばのあれですね、ええ、もちろんあれは違います、どう見てもアンテロープじゃない、でもすぐにあいつも加えたいと思っています。刺激をプラスするにはイノシシは最高だ、その後、もちろん猛獣も徐々に加えていく……

——いえ、そうじゃなくて、僕はさっきの話の続きで、どうなっちゃうのかがお訊ねしたいんです……

——どうなると思います、自然のバランスを崩しておいてそのまま放っておくわけにはいかんでしょう。

——いえ、さっきの社債の話です、社債はどうなるのかなあって……

——え、イーグル社の？　分かりませんな、わしには。債権者がみんなで会社を破産に追い込んで、何とか残っている分を取り戻してもおかしくない。で、さっきの話ですが、その映画がやっと……

——ええ、でも、その後はどうなるんです、会社は……

——イーグル社？　おそらく裁判所が普通株と優先株の洗い出しをして、財政再建のために破産管財人に引き渡すことになるでしょう、さっきの話ですが、その映画がやっとできてきたんですよ、もちろんまだ完成とはいきませんが、かなり完成に近づいた、たしかその筋ではジャンプ・カットって呼ばれる段階*です、上映時間約二時間二十分、で、ふと思い付いたんですが……

——二時間、シマウマを二時間……

——移動の時間が多いんです、ええ、最後にマリンディに行ったときにスタンパーがカメラの扱いを知ってる黒人の少年を見つけましてね、一緒にサバンナに連れて行ったんです、でもライオンのそばには近寄ろうとしないし、でっかいケープ・バッファローも仕留めたんですがそれにも近寄れなくて、結局シマウマがかなり多くなっちゃいました、きれいですよ、こいつらは、自由と威厳を大いに感じさせる……彼は再びジェスチャーをし、キャスター付きの椅子とツイードから成る大きな固まりがころころとバックし、引き出しが開いた。——これを見てもらったらイメージが湧くかもしれない、ええ、そこの光にかざしてみて、もちろん映画みたいな動きは伝わらないでしょうがね、で、そこのところにちょっと音楽を付けたらもう少し本格的な感じに出来上がるんじゃないかとスタンパーと私が考えたわけです、雰囲気は分かるでしょう？　なかなかいい顔つきをしてると思いませんか？

——ええ、この人、これがスタンパーさん？

——いやいや、その左、シマウマのことです、一緒に写ってるのは黒人の少年、そのシマウマ、穴がほとんど見えないでしょう？　四百ヤードの距離で後頭部に命中させたんです、優雅さと威厳っていう感じが分かるでしょう、それを音楽で表現してもらいたい……彼の指がチーク材の上をこつこつ叩き、——移動が多くてね……

——でも二時間を越えるとなると、少し繰り返しが多くなってくるんじゃ……

——その通り、バスト君、その通り……二人の間で、箱の中身が透明なスライドとなって滝のように流れ落ち、――全然使っていないフィルムがあるんです、記憶を整理するために何枚かスライドにしておいた、イメージが湧きやすいでしょう、主にアンテロープ、そっちはクーズーとハーテビースト、今私の後ろの壁に掛かっているのがそうです。でも、このフィルムは使いませんでした、さっき話した黒人の少年がカメラのスイッチを一つ入れ忘れたせいで色が変になってしまいましてね、でも、所々に挿入するとちょっとアートっぽい感じになるし、そこにあなたの曲を重ねれば意図的な演出に見える、どうです、このアイデア。

――はい、面白そうですね、でももう一つだけお尋ねしたいんですが……

――もちろん、ええ、さらにたっぷり四十分くらい付け足してあなたの曲で少し緩急を付けてもいい、そういうことでしょう、おっしゃりたいのは、ええ、このディクディク、これなんかもなかなか面白いかも……

――いえ、僕が言いたかったのは、もしもそうなって管財人が会社《カンパニー》を引き継いだらどうなるのかって……

――一団《カンパニー》？　何の一団？

――さっきの、さっきのイーグル紡績のことです、もし社債を持ってたら……

――え、イーグル紡績？　もしも操業を続ける気ならとにかく再建ということになります、おそらくまた新たに普通株と新株予約権付優先社債を発行して古い社債と引き換える、最近はすごい負債を抱えてますから、きっとかなりの額の資本損失《タックス・ロス》*を持ち越せるはずだ、しかしそれだけでは何の役にも立ちませんからな、ほら、いたいた、向こうの方にちっちゃなやつが走ってるでしょう、見えます？　もちろん紫色のディクディクなんていません、でも芸術的許容ってものを禁止する法律はありませんからね。

――いいえ、はい、そんなことはありません、いや、つまりそんな法律はありませんよね、それで仮にその社債を持ってたらお金になるんですか……

――え、社債？　イーグルの？　それは場合によります、いちばん多くの株を手に入れたやつが利口なら、自分の持っている優先株を全部普通株に変えて、もし必要ならさらに普通株を買い足して、会社を乗っ取るでしょう、別に難しいことじゃありません、大半の株を持ってる地元の連中なんか配当がいいからって優先株に固執してますからね、議決権がなくたって何とも思ってない、もちろんもともとそんな状態だからこんなことになっちゃったわけです。遅かれ早かれ映画全編を見てもらおうと思いますが、とりあえずそれは持って帰って構いませんよ、何と言うか、インスピレーションのために。

――ええ、ほんとにもう帰らなくちゃなりません、あともう一つだけお尋ねしたかったんですが……

――いやいや、立たないで、立たないでください、わしらはこの映画に既にかなりの金額をつぎ込んでいるんだ、もう少し増えたってどうってことない、もちろんどっちみちスタンパーの懐は痛くもかゆくもない、全額、教育用必要経費で税金は掛かりませんからね、公園関係者と自然保護団体と環境保護論者を教育してやるんです、そしてうじゃうじゃしてる観光客を一掃する、あいつらのせいでせっかくの公共の土地と原野がごみの山、屋外トイレだらけだ、でっかい駐車場の中でキャンプしてるみたいなもんです、国立公園に何匹かイノシシを放してみたらいい、そうすればあっという間に全部片付くのに。

——ええ、その、はい、僕がちょっとお訊きしたかったのは……

——さっきもお話しした通りです、バスト君、自然のバランスを乱したまま放っておくわけにはいかんでしょう、シマウマとかこういう連中を野放しにして、それを餌食にする猛獣を放さなかったら大変なことになってしまう。二、三百ヤード離れた草むらにライオンが潜んでるのにのんびり草を食んでるシマウマの姿、見たことありますか？　やつらはライオンがそこにいることは知ってる、なのに一斉に逃げ出したりしないんだ。人間が収穫に来たからって逃げ出すリンゴなんて聞いたことないでしょう？

——はあ、ええ、ええ、そんな話は……

——そうでしょう、そうでしょう、今、私たちの目の前にある問題というのは今の調子で開発が進んだらアフリカ中、ネクタイに帽子姿で車に乗った黒人だらけになって、猟獣《ゲーム》の居場所がなくなってしまうことです、くそインディアンを退治したときみたいに猟獣をアフリカ大陸から追い出そうとしてる、わしらが急いでこっちに居場所を作ってやらなきゃ狩猟のできる場所がなくなってしまう。これでお答えになりましたかな？

——ええ、はい、いえ、ちょっと違うんです、あの、僕が訊きたかったのは、誰かが会社を乗っ取るっていうのは、どういう……

——まだイーグル社の話？　ただ乗り込んで、乗っ取るってだけのことです。

——でも、そうなったら、次にどう、つまり、社債を持ってた人は次はどう……

——現金ポジション《キャッシュ》にゆとりを持たせて、賃貸借契約付き売却《リースバック》とかそういうことを進めて、純財産勘定を整理する、おそらく中には会社が保有していることを忘れていたような資産もあるでしょう。雄大な風景、バスト君、曲で伝えてもらいたいのはその雄大さなんです、広大な公共の大地に雄大な自然を取り戻す、国立公園にやつらを放牧する、トレーラー・ハウスやブリキ缶を一掃する、長髪、ヤク中、数珠持ち、バイク乗りの汚らしいガキを追い出す、もちろん、スタンパーが考えているのはもっと単純明快なやり方です、さっさと連中を人間狩りしたらいいってね。麻酔薬《トランキライザー》と空気銃《ペレット・ガン》を使えばいいって、でも連中には、まともな動物なら備えているはずの生存本能ってものがありませんからね、地面に寝転がって歌を歌っているようなやつらだ、撃ったって何の手応えもない……

——ええ、おっと、お電話が、ええ、そろそろ僕は失礼した方が……

——もうちょっとそのままで、ああ……シャーリー？　またデビドフからの電話だったら……誰？　じゃあつないでくれ、ああ、ちょっとだけ待っていてください、バスト君、マスコミの取材はちょっとでも断ったりするとすぐに信用を落とすことになるんで、もしもし……？　彼は机の上で一九〇ページが開いたままになっている『移動祝祭日』*のそばまで散らかった透明なスライドの方を指し示そうとしていた腕を止めた。——今朝の『フォーブズ』の記事の件、見たぞ、うん、話が大げさすぎる、伝説的な鉱物資源とか外部利権とかいう話、本当の問題は部族がらみのことだ、ガンディアの状況を解く鍵は他でもないガンディアにある、例のデイ博士《ドクター》はイディ……いやいや、馬鹿《イディオット》じゃない、ただのイディ、イ、デ……最初の三文字、イディ族、ウアソ州の山岳民族で、千年も前からブラク族の首を狙ってる、ノワンダ大統領はブラク族、デイはこれが世界的な舞台に出るチャンスだと考えた、だから分離独立の噂を流した、おそらくやつの水死体が川で見つかることになるだろう、そうして事態は沈静化する、間違いない、アフリカのことは私に……いつでも、ああ、じゃあ……彼は再び体を前に乗り出して電話を置き、——さてと、どこまでお話ししましたかな。

——ああ。ええ、僕がもう一つお尋ねしたいって言ってた件、多分その折り鞄《ポートフォリオ》の下にあると思うんですが……

——これ？　何だこれ、一体何なんです。亀頭冠増大リング*用メジャー、亀頭の後ろの溝に沿ってメジャーを当て、周囲の長さを……

——いえ、僕が言ったのはそれじゃなくて、何て言うんでしたっけ、その、それ……

——これは要りませんね……目盛の付いた細長い紙切れがごみ箱に落ちた。——で、これ……？

——それです、アルバータ＆ウェスタン何とか……

——無担保社債、無担保社債、シリーズB、シリーズAを発行していたことさえ知らなかったな。こりゃ一文にもなりません、この会社には手を出さない方がいい、さっきのイーグル社よりも駄目な会社です、さて、もちろんお分かりでしょうが、そういうことをただでやってもらおうなんて思ってませんよ、バスト君。

——そういうことって……

——作曲、わしらのためにやってくださる作曲の仕事、わしとしても少しだけ芸術というものに貢献できますからね、ずばり依頼料は五……彼は間を置き、立ち上がり、破れた折り鞄《ポートフォリオ》を抱えて書類を中に詰め込んでいる人物を襟元からかかとまで見て品定めして、——二百ドルってところで、どうですか？

——はあ、僕は……

――わしとしてもうれしいんですよ、頑張っている芸術家の手助けになるわけですから、これも一緒にお持ち帰りください……彼は両手を自由にし、透明なスライドをすくって箱に入れ、ボタンに手を伸ばし、――シャーリー？　バストさんがお帰りになる前に株式譲渡委任状《ストック・パワー》を何枚かお渡ししてくれ、ああ、売買一任勘定*の口座を作りましょうか、伯母様たちのために、バスト君？　仲買人名義《ストリート・ネーム》にしておけばいい、いろいろな手間が省けるし……

――ええ、はい、どういう形でも、僕としては……

――じゃあ、もうこの件はすっかり忘れていいですよ、バスト君、しっかり音楽の方に専念してくださいな。

――はい、ええ、ほんとに専念したいんですが……

――明日か明後日にはサンプルを聞かせてもらえますか？　ええ、オフィスを出るときにディクディクを見てやってください、シャーリーの頭の上に掛かってます、イメージを膨らませるために……彼は椅子に深く座りなおした。指は駆け足でチーク材を横切り、緑色の取引記録簿《ブロッター》を片付け、ジャンプした。――シャーリー、ハンドラー先生《ドクター》に電話を頼む……彼の他方の手がごみ箱に落ちた。――そうだ、それから全国重役名簿でデッカーという人間を探してくれ、W・デッカー、どこかで聞いた気がする名前だ。その後、タイフォンのビートンを電話に出してくれ。彼の手は目盛の付いた細長い紙切れを引きずり、少しぶらぶらさせてから、しおりに使った。――ラリー？　先《ドク》、ああ、もしもし、先生《ドクター》はいる？　彼に伝えてくれ、クローリーから……え？　火曜日に電話しろってどういう意味だ、曜日なんか……くそ、違う違う、わしは患者じゃない！　仲買人《ブローカー》から電話だと伝えろ……そうだ！　ああ、もしもし、ラリー？　あのな、例のイーグル紡績の社債、厄介払いできそうだ、八セントか九セントってところかな、損した分は資本損失《タックス・ロス》として処理すればいい……あ、そうなのか。ああ、それならボストン&メインも厄介払いできるかも、多分十二か十五で売れる、どうやらそういうのばかり買い集めているらしき客がいてな、ああ、また知らせる……再び彼の空いた手が緑に忍び寄り、――ビートン？　やっとに電話は、シャーリー、ビートンにつながったか？　ついでにシャーリー、ピンクシート*を調べてみてくれ、アルバータ&ウェスタン電力はどうなってる、あそこはタオルを投げたと思ってたんだが……あ、ビートンか？　いや、ちょっと、ダイヤモンド社に対して集合代表訴訟《クラス・アクション》を起こしたやつがいるっていう噂を聞いたぞ、どういうことだ？　シャーリー……？　もしもし？

――クローリーさん、ビートンさんにお電話がつながりました。

――ああこっちもつながってる、そっちは電話を切れ。

――もしもし？

――もしもし……？

――ビートンです*、はい、つながってますよ、何です……まさかそんな、どこでそんな噂を……もちろんです、ええ、あの会社に対してそんな訴訟が起こされたりすればすぐに私の耳に入るはず……いえ、いえ、訴訟原因になりそうなことなんて何一つ……絶対にいけません、公式に否定したりすればさらに噂が広まるだけです、それに万一知事のお耳に入ったりしたら……ええ、ましてやこんなタイミングでは、あ、クローリーさん、さっきの否定するっていうお話ですが、ええ、この問題についてはデビドフには相談しない方が賢明なのではないかと……おっしゃる通りです、はい、こちらとしては何とかそれだけは避けたいですからね、で……『フォーブズ』の記事ですか？　ええ、読みました、でも詳しいお話はまた今度、今は……ええ、分かりました、失礼します……彼は指の先だけ動かしてボタンを押し、――バルクさん《ミス》？　電話はしばらくつながないでください、ただし……ありがとうございます。すみません、ジュベール夫人、お急ぎのところ……

――構いません、でもフランシスを迎えに行かなくちゃなりません、と彼女はハンカチを口元に当てて言い、――私……

――何ですって？

――フランシスを迎えに行って、一緒にクロイスターズに行くんです、と彼女は急に大声を出した。

――ええと、大丈夫ですか？　何かありました？

――何でもありません、別に、何でも、エレベーターで気分が悪くなっただけ、大したことじゃありません……彼女は座ったまま前に身を乗り出し、両膝を合わせ――ビートンさん、あの、ルシアン、フランシスの父親、あの人がフランシスをスイスに連れて行ってしまうなんてありえるんですか？

――連れて行く？

――連れて行って、向こうで暮らすってことです。

――どうしたんです、脅されたんですか……

――ありえるかどうか訊いてるんです！

――はあ、現在、現在の状況ではですね、ジュベール夫人、もちろんご主人、というか彼がそのような意図を持ってお子さんを連れ去った場合には当方としては直ちに裁判所命令を申請して……

――裁判所命令！　どうして簡単に、もっと簡単に問題を解決できないの！　彼女はバッグを開き、中にハンカチを突っ込み、パチンと閉じ――すみません、ビートンさん、あなたが悪いわけじゃないのに……

――ええ、残念ながら、問題がずいぶん複雑に入り組んで……

――彼にも訊いたんです、ルシアンにも、どうしてさっさと問題を片付けないのかって……彼女は再びバッグを開き、サングラスを取り出し、それを戻してから鼈甲《べっこう》縁の眼鏡を取り出し

――なのに彼は仕事上の和解条件のことばかり、これがその書類ですか……

――ええ、でも、でもそれはいつの話です、ジュベール夫人、

会ったんですか、その、失礼……電話を取り、――もしもし、ビー……あ、はい、そうです……ええ、どうぞ、そうなさって構いません……

――これ、全部読まなきゃ駄目ですか？　彼女は眼鏡を掛け、髪を後ろに掻き上げたが、髪はすぐに彼女のつぶやき声の上に再び落ちてきた。――現在市場に流通しているある要処方箋《エシカル》医薬品をめぐる訴訟は大きな損害をもたらす可能性があり、注意が必要。問題の医薬品はモノアミン酸化酵素阻害薬*に類するもので、主たる有効成分は硫酸トラニルシプロミン。最近の極秘医療報告によると、これをスティルトン、ブリー、カマンベール等、癖のあるチーズとともに服用した場合、死に至る可能性があり……

――す、すみません、そのまま少々お待ちください、すみません、ジュベール夫人、その書類は違います、それは読んでいただく必要はありません……何でしょうか？　はい、そうなんです、今ここにいらしてます、署名のために立ち寄っていただいて……ご用はそれだけでしたら、はい、その件は私がフランク・ブラックと一緒に責任持って……分かりました、失礼します。本当にすみません、ジュベール夫人、ノビリ社のファイルは私が急いで目を通しました、何かおかしなことでも？

――そのエシカルっていう言葉、倫理的《エシカル》、まったく奇怪な言い方よね……

――いえ、その、もちろんそれは処方薬を区別するために用いられている専門用語で*……彼は彼女から書類を取り戻し、――それにこの書類はまったく関係のないものですから……

――まったく関係がないのならどうして私が読まされるわけ！　いつもここに来るたびに意味の分からない書類を渡されて読まされて、署名しろって言われて、何だか分からないまま……

――ええ、はい、あのですね、ジュベール夫人、お話の途中で申し訳ないのですが、少し前に、あの、うちが買収した小さな会社がありまして、そこは医薬品業界で特許に関して魅力的な立場にあったから買収したわけで、復員軍人病院からの需要急増を受けて軍と相当大きな契約の交渉を進めていたのです、ところが、突然その交渉が破談になってしまいました、イタリアの会社がはるかに安い金額で入札したせいなんです、イタリアは私たちの特許協定に参加してませんから、それでそのイタリアの製薬会社がうちの命綱とも言える特許を何食わぬ顔で侵害して……

――へえ、あなたのやってることも一緒でしょう！　何でもかんでも原形をとどめないほどばらばらにしてしまう、あなたにフランシスのことを尋ねたって返ってくるのは特許の話、ルシアンに質問したって返ってくるのは……

――ええ、しかしお分かりいただけませんか、ジュベール夫人、私は背景を説明申し上げたかっただけなんです、現在の状況では政府内でのお父様のお立場がありますから訴訟を起こすのはまずい、なぜかと申しますと特許の正当性そのものが、細かいことは省きましょう、とにかく、財団の理事としてのあなたにまで関わりが及んでしまいます、お父様が政府に参加されたときに、お持ちになっていたさまざまな株を財団に預けましたからね、ノビリ社、そのイタリアの製薬会社と何らかの形で和解して現状を打開するためです、おそらくご存知でしょうがあなたの元、ジュベールさん《ミスター》がその会社の主要株主なんです。ノビリ社はイタリアの会社とはいっても、もちろん本拠地はスイスにあって……

――ジュネーブ？　ジュネーブにあるの？

――ええ、しかしそれはあくまでも……

――ジュネーブに転校するって、あの人はきっとそう言ったんです、フランシスをジュネーブの学校に入れるって。

――そう言ったんですか、彼が？　お会いになったのはいつ。

――昨日の夜。彼女は再びバッグを開け、ハンカチを取った。

――会ったとは言えませんけど、少しだけ話はしました。

――電話ですか？

――いえ、電話じゃありません、違います、暗かったたって言いたかっただけです。彼が部屋に入ってきたとき私はベッドの中にいたから、暗い中で……

――彼、彼があなたの寝室に入ってきた？

――私のじゃなくて彼の寝室ですよ、もちろん。彼女は鼻をかんだ。――彼のアパート、めったにあそこには行きませんけど……

――でも、どうも理解できませんね……彼は椅子を回して彼女の方を向き、くすんだ黒い小さな靴を、まるで脱いだ靴をクローゼットに片付けるときのようにきれいにそろえて手前に引いた。――もう同居はなさってないんですよね？

――もちろん。

――あまりその、立ち入ったことをお聞きするつもりはないのですが、ジュベール夫人、しかし、ベッドの中、彼のアパートのベッドに入ってらっしゃったのですか？

――ええ、そうよ、私、フランシスが戻ってるときには、そういう約束なんです、フランシスが学校から戻ってる間はそうするって。

――申し訳ありませんが、私にはまだよくのみ込めません。

――あの子に嫌な思いをさせたくなかった、それだけのことです。私たちはただ、すべてのことがはっきりするまでフランシスに嫌な思いをさせる必要はありませんから、慌てることはないでしょう、だから私たちは、できるだけ長い間あの子に安心感を味わわせてやりたいと思って、普通の親と同じように自分の両親も一緒に暮らしてるっていう安心感、自分には帰る家があるっていう安心感……

――なるほど。しかし、お分かりかとは存じますが、その……

――その何、不謹慎だっておっしゃるの？

——私が申し上げたいのは、その……

——まさか、何にもありませんよ。寝室のこと？　おっしゃりたいのがそのことでしたら、何にもありませんよ、ビートンさん。

——ああ。しかしですね、ジュベール夫人、これは、これは実際に、現実にどうだったかというだけの問題ではなくて……

——何だかんだ言ってもベッドは別々ですよ、ビートンさん、実は昨日の夜も、と彼女は顔を上げることなく咳払いをして、

——昨日の夜もフランシスは彼の方のベッドに入っていって、そのまま一晩一緒に寝てました……

——いや、しかしですね……彼は咳払いをし、——どうやらまだお分かりではないようですが、ジュベール夫人、あなたは自らの意志でお戻りになったわけです、彼の、ああ、自らの意志なわけですよね、で、自分からお戻りになった、彼の、その……

——さっき言ったじゃありませんか、そういうふうに、ええ、そういう約束だったんです、私たちは……

——ええ、しかし、よく考えてください、もしも彼が、ジュベール氏がその気になれば、この状況を自分に有利なように見せることも……

——有利に見せるとか何とか、あの人はそんなことはしませんよ、ビートンさん！　彼、彼だって私と同じように早くこの件はどうにかしたいと思ってるんです、彼は今、誰かと間違えられたせいでややこしいことに巻き込まれてて、新聞に載っていた女の写真、ご覧になったでしょ、彼女のダンサー時代の写真、もちろん今朝の新聞に載っていた写真じゃありませんよ、キャプション、キャプションに彼の「赤い雄鶏《コック》」とかって添えられたあの写真*のことじゃありません……

——ええ、わ、分かりました、ええ、ところで、お父様はジュベール氏、フランシスの父親とあなたとの間にあるその約束のことはご存知なんですか？

——お父様？　さあどうかしら、お父様が何を知ってて何を知らないのか、私にはさっぱり分かりません、それを知ったら困惑するという意味ですか？　何か不愉快なことが新聞に載ったりしたら困るって？　フレディーが外に出た途端にフレディーの存在に気付いたみたいに？　普段は全然……

——いえ、いいですか、ジュベール夫人、私はそんなつもりで、先ほどのお電話はお父様だったんです、ですから私が言いたかったのは、ええ……

——何です？

——よろしく伝えてくれとのことでした、はい、お父様は……

——私がここにいるって知ってたの？

——ええ、私がそう申し上げました、お嬢様が署名のために、失礼。もしもし……？　セルク夫人です、話を聞いた方がよさそう、はい、もしもし？　おはようござ……何ですって？　は

い、社長、いや、奥様、はい、奥様……はい、奥様、ブーディ様ご本人とはお話をなさいましたか……いいえ、奥様、私は……はい、奥様、奥様はモンクリーフ様にお電話は……はい、奥様、モンクリーフ様ご自身がギリシア大使館にお電話なさったのなら……ギリシア大使館、はい、奥様、どちらかと言うと私よりもモンクリーフ様の方が……はい、奥様、私……はい、奥、もしもし？　もしもし……？

——ブーディ？

——ええ、彼女が、あの、どうやらまた逮捕されたみたいで……彼は受話器を戻し、——彼女はギリシアの国境で止められて、不法所持で告発を、すみません、もしもし？　ビー、あ、はい、奥様、私……いえ、奥様、いえ、私は……いいえ、私じゃありません、違います、奥様、違います、時々交換台の方が勝手に切ってしまうことがあって……いえ、奥様、いえ、交換台に私の知り合いはいませんが……しかし、はい、しかし全員ですか、奥様？　ベテランのオペレーターをまた一から探すのはかなり大変かと……はい、奥様……はい、直ちに……はい、奥様、しかし当然警察の方でも……はい、奥様、しかし当然保険会社も独自の調査を……はい、奥様、しかしデレセレアの行方が分からなくなったのがつい昨日の夜ということでしたら、ひょっとすると……ええ、奥様……はい、奥様、直ち……もしもし？　もしもし……？と彼は電話を耳から離し、耳に戻し——もしもし……？　そしてゆっくりと電話を置き——夫人、セルク夫人はデレセレアがダイヤモンドのブローチを持ち逃げしたと思ってるみたいですね……

——デレセレアのことは責められないと思いますよ、私は、ブーディだって悪いとは思いません、ギリシアに薬物を持ち込もうとしたっていうのも……

——違うんです、今回は違います、爆発物を、爆弾を持ち込んだっていう容疑なんです、ついこの前やっとネパールから出国できたばかりなのに、こうなるとあなたのお父様も……

——ブーディの存在に気付く？

——ジュベール夫人、聞いてください、お父様は今までにずいぶん辛抱なさっているんです……

——辛抱……！と彼女は紙をめくり、——で、どこに署名を。

——最後のページ、そこの、ええ、そこです……

——お父様はフレディーのことだってこの何年、この十年辛抱してきたって言いたいわけ？　フレディーが邪魔にならない場所にいる限りはね。

——しかし今の状況ではですね、ジュベール夫人、おそらくお兄様は……

——お父様が兄さんに会いに行ったことある？　彼女は眼鏡を外して顔を上げ、——一度でも？

——さあ、私は……彼は咳払いをし、書類に手を伸ばし——あなたはお兄様のところによくいらっしゃるんですか？

彼女は再びハンカチを取り出したが、手の中で強く握り締めただけだった。──一度、一度行きました、みんなでコンサートをしてて、兄さんは、兄さんはシンバルを練習、演奏してました、あれ以後はなかなか向こうに行くことができなくて……

──しかし、しかし、おそらくお父様もきっと同じように心を痛めて……

──フレディーは自分の息子なのよ！　彼女はハンカチを使い、それから止まった。ラベンダー色のハンカチの縁から覗く目がさらに大きくなったように見え──よろしく、よろしく伝えてくれなんて、私がすぐ横にいることが分かってるのに……

──ジュベール夫人、お父様は重要な会議があるんです、緊急の要件があったから時間を割いてここにお電話なさっただけです、ガンディアの件で……

──時間を割いて、そうね、私と話をする時間は割けませんけどね、元気かどうかくらい訊いてくれてもいいのに、いつも会議、いつも重要な会議、会議を隠れみのにしてる、あの日も、子供たちを連れてきた日だって、私がお父様のオフィスでいつものように書類を読んで署名してたときだって、お父様は私の横に突っ立ったまま私を見下ろしていつものように鼻をいじりながら言ったわ、疲れた顔をしてるな、エイミー*って、心配してるみたいだった、心配してそうな顔だったから何か話しかけてくれるんじゃないか、続けて何か言ってくれるんじゃないかって思ったわ、でも心配そうな顔のまま顔を背けて、あなたの方を向いて尋ねたのよ、最後のオプションはどうなったかって……

──え、ええ分かります、はい、しかし今の状況を少し考えていただけたら……

──すみません、私が署名しなくちゃならないのはこれで全部？

──はい、で、ああ、変更箇所も、変更箇所にもご自分のイニシャルをご記入ください、余白に印《しるし》がしてありますから、ジュベール夫人、私が口出しすべきことでは、私が申し上げたかったのは、ここのところお父様は大変なプレッシャーの下で仕事をなさっているわけですから、お父様があなたのことをあまり気に掛けていらっしゃらないなどとお思いにならないでください、先ほどあなたがおっしゃった信託財産の件ですが、お母様があなたとお兄様のためにお作りになった信託財産、あなたの収入ですが、あれは……

──まあ、とんでもない……彼女はイニシャルを記入し、また記入し、──あれが私の収入だっておっしゃるの、あんなの……

──そうですね、お腹立ちはごもっともです、しかし、収入は後見人によって再び投資に回されるという但し書きの中にお父様のご懸念が表れているわけで、いつかあなたが……

──後見人ってお父様でしょ、いつか私が腰を落ち着けるまでお父様が管理？　私が時間の浪費をやめるまで、わけの分からない森の中の学校の教員を辞めるまで、暇つぶしの仕事を辞めるまで、やりがいのある仕事を辞めるまでお父様が管理。私には、私には自分が教えてることさえほとんど理解できてない、指導書に書いてある通りに教えてるだけ、でもあの仕事は、あの仕事には……

――いえ、私が申し上げたかったのは……

――それに私とフレディーのためにお母様が作った信託財産だなんて言わないで、違いますよ、違います、お父様とあなたのお父さんとジョン伯父様が作ったんでしょ、それに検認後見裁判所のユード判事、ジョン伯父様が任命した判事、お父様たちが作ったのよ、お母様のお金を使って男たちが作った、いろんな但し書きをくっつけて、お母様はただ署名をしただけ、私が今、書類に署名してるのと同じ、何だか分からないままに署名を……

――すみません、ちょっと待ってください、いや、これだけははっきりさせておきましょう、もちろん私にはそのお母様の信託財産をめぐる詳しいことは分かりません、ジュベール夫人、しかし、しかしですね、この財団《ファウンデーション》についてては、あなたが自らの能力の範囲内で署名なさる際に、ご自分がいいように利用されているのではないかとお思いになっているのであれば、それは……

――便利な存在……

――ええ、あの、そういう言い方もできるかもしれませんが……

――便利な存在よ、私がいれば、ジョン伯父様もわざわざ地下鉄で理事を探す必要がないから。

――ええ、はい、そうかもしれません、しかし伯父様がご自分の財政的立場を確保したいとお考えになるのはご理解いただけますよね？　過去十年のうち八年間にわたって伯父様が支払われた税金と寄付金は純収入の九割を占めます、その結果、慈善《チャリティー》で寄付なさった額は一千九百万ドルにのぼり……

――まあ、よく言うわ、慈善《チャリティー》なんて……

――ええ、はい、税法上の意味ですよ、それに、もちろん、伯父様の銀行が病院の年金基金を握っておりまして、伯父様はその病院の理事でもいらして、例の先進的な非営利健康保険プログラムの監督というお立場によって病院は税金を免除され……

――十九セントであれ、十九の、十九個のピーナツであれ、十九個の何であれ、あの人が他人にあげるなんて考えられない、他人にあげるくらいなら……

――いえ、あのですね、ジュベール夫人、重要なのはその一千九百万ドルというのは伯父様が贈与なさった有価証券の市場価格だっていうことなんです、もともと初期投資家としてお支払いになった金額はおよそ、およそ五十万ドル足らず、この手法を用いることによって、証券を売ればかかるはずのかなりの資本利得税《キャピタル・ゲイン》を逃れられる、そして翌年には百パーセント非課税で収入が手に入る、非常に裕福な一年になります、直接税は現在とても高いんです、お父様はその証券類の配当金について自分にかかってくる直接税率の高さを考慮して財団を設立なさいましたが、株式という形の配当であれば収入とはみなされませんので、百二ドルで会社が買い戻す約束で額面百ドルの新規発行優先株を認可し、受け取る*という形にお決めになった、もちろんそれによって会社の支配権が他の誰かに移ってしまうなんてことはありません、ジュベール夫人？　あの、お知りになりたかったのは……

——優先株に議決権はない、ですね。私の授業でもやりました、優先株には……

——ええ、しかしこのケースにおいては、税金対策のために……

——歌も歌わない、踊りも踊らない、たばこも吸わない、お酒も飲まない、女の人を追いかけ回したりもしない、それどころか……

——何ですか？

——あ、何でもありません、ビートンさん、何もかも、何もかも馬鹿げてる、まったく、血の通わない話、私には……

——すみません、私、ジュベール夫人、感情的な問題にすり変えるつもりはなかったんです、私は……

——ていうか、逆でしょ！　感情的な問題そのものじゃないの！　だって、だってまったく、まったく感情がないのよ、何でもかんでも配当金の再投資とか税金逃れ、それぱっかり、逃げることばかり、昔からずっと、これからもずっと、変わることなんてない、変わると思う？

——しかし、ええ、さっきもお話ししようとしていたんですが、このケースに限って言えば、優先株は半年ごとに六パーセントの配当を受け取る形になっていますけれども、税金対策として、四度連続して配当が支払われない場合に限り議決権が与えられるという但し書きを添えるのが望ましいということになりまして、もしもそのような事態が生じた場合には、理事が希望すれば投票によって新たな執行部が選出され、莫大な資産の支配権を手に入れることとなり……

——また電話ですよ、私が署名しなければならない書類がこれだけだったらそろそろ……

——すみません、はい、もしもし？　ビートンだ……うん、うん、ちょっと待っててくれ、ディック、二セット目もイニシャルを記入していただけましたか、ジュベール夫人？

——あらまあ……彼女は再びバッグを開け、眼鏡を取ろうとして、違う方を取り出し*——でも、もうこんな時間……

——すみません、もう済んだかと、こちらです、はい。ディック……？　ああ、そうだ、しかしエンド設備を売却する話の方が優先じゃないのか、ダイヤモンド社の株式公開買付を急ぐようにとの指示だ、もちろん他に打つ手は何も……君にはぜひ、そっちの仕事が済んだらすぐに取り掛かってもらいたい、うん、下準備のほとんどはフランク・ブラックがやってくれてる、だから君は……ああ、もともとはそうだ、でもこっちはかなりの税金控除を提示したんだが、特許の差し押さえに関連する元株主との裁判の成り行き次第では控除が危うくなる可能性が出てきたと連絡があって、そうなると善意の控除まで認められなくなるかもしれない、だからダイヤモンド社の株式公開買付とセットでさっさと子会社売却をやってしまうのがいちばん賢明だということになった、いったん裁判所命令が下されてしまうと……分かってる、うん、しかし君はさっさとこの件を片付けてワシントンに行った方がいい、こっちは……そうか、うん、彼女は今ここにいらしてる……分かった、うん、じゃあ……伝える、うん。今の電話、カトラーさんでした、くれぐれもよろしくて……

——くれぐれもよろしくとお伝えください……彼女はイニシャルを記入し、紙をめくった。

——彼は今ローマにいるんです、ええ、彼、すみません、ジュベール夫人、ひょっとして電話を代わった方がよかったですか？ 気が利かなくて……

——電話を代わって何を話すって言うんです……彼女はイニシャルを記入し、またイニシャルを記入した。

——さあ、私、もちろん私には分かりませんが、馬術ショーには間に合うように帰国できると思うから一緒にショーに行けると伝えてくれって言ってました、それからもしもお父様が……

——ビートンさん、さっきから私たちが話してるのはそのことですよ！ あの人、お父様の理想は私があの気持ち悪いユード判事の娘と一緒に公園《ガーデン》で乗馬をしてた時代なの、あのときよ、彼女のお兄さんがチョート出身のディック・カトラーを連れてきたのは、彼、お父様がもし、私が今までに、今までに会った人たちの中で、何て言うか、私が仲良くなれると思った人たち、きっとお父様が見たら卒倒するわね、一人はフレディーと同い年くらい、お酒も飲むし、競馬もする、顔はまるで、よく笑うし顔はへちゃむくれ、それに、それに手も、もう一人の青年は作曲家、まだまだ子供だけど、だけど孤独が輝いてて、いとおしくて……

——では、お分かりだとは思いますが……

——二人ともお金のことなんか気に掛けない人たち、全然、それだけの理由であの二人と結婚してもいいくらいだわ……

——おっしゃる通りです、お分かりいただけると思うのですが、お父様は、お母様の遺言の下での後見人としてですね、亡きお母様のご遺志に対するある種の義務を果たさなければならないわけで、あの信託財産がまたお金目当ての、また不幸な結婚の原因となったりしないようにしなければなりませんから、当然、お父様としては……

——当然、私を馬術ショーに連れて行くようにディック・カトラーに言う……彼女は再び眼鏡を畳み——まるで、まるで六パーセントの優先株と結婚するみたいに……そしてバッグを開け、中に押し込み——半年ごとに支払われる税金逃れ……最後にパチンとバッグを閉めた。——すみません、ビートンさん、あなたにこんなことを言っても仕方がありませんね、でも他に誰も聞いてくれる人が……空《から》になった彼女の手が半ば閉じた状態で二人の間にある机の上に落ちた。と突然その手がさらに白い手につかまれて閉じ——何……

——どうしても、どうしても分かっていただきたいんです、私は、お父様は、あなたの身に何かがあったりしたら、だってあなたはとても、とてもすばらしい人だから、すばらしい女性だから、わ、私、私は……

彼女の手はそれを包んだ震えの上にすばやく回りこみ——いいんです、何も、ビートンさん、あなたにやっていただくことは何もありま……

——ええ、ええ、私、正直言って私にできることと言ってもせいぜい……彼は自分の手が覆い隠されている場所を見詰めた。するとその手は彼女の手を逃れ、電話を取り——もしもし、ビー、ビートンです……彼は咳払いをした。——ブルース上院議員です、ちょっと失礼します、もしもし……？　ええ、そうです、私……つい先ほど彼からお電話がありました、少しだけお待ちいただきたいのですが、今こちらに……いえ、社長ではありません、お嬢様が今ここにいらしてるんです……

——いえ、どうぞ、ビートンさん、続けてください、他には何もありませんね？

——ええ、あ、待って、いえ、一つ書類が、それです、それに署名をしていただければ、はい、もう少々お待ちください、上院議員、満年齢と書いてある場所、そこは形式的な項目ですから、もし何でしたら二十一歳以上とお書きになっても、もしもし……？

——ここですか？　二十七、形式的な項目ですからね、じゃ、どうもありがとうございました、ビートンさん……

——何ですって……？　はい、いえ、いいえ、あの件は片付いたはずです、海外メディアで伝えられた発言、介入を促すようなブラウフィンガー将軍の声明の件ですね、わが国が分離独立派を支援すると想定したような発言でしたが、ワシントンの沈殿物《セディメント》、沈殿《セディ》、心情《センティメント》としてはノワンダ政権を支持するという両院合同決議と同じ方向性だということがはっきり将軍に伝えられて、それからすぐに将軍が……いえ、違います、撤回ではありません、ええ、釈明です、マスコミが彼の立場をねじ曲げたと……はい、ねじ曲げたと説明したんです、そうです……はい、そうです、あのときチリでケネコット*に関して先生のお立場がねじ曲げられたのと同じで……そうです、あの、上院議員？　ちょっとだけ失礼いたします。ジュベール夫人？　お立ち寄りくださってありがとうございました、何かありましたらまた私にお電話を、何でしょうか……？　はい、ジュベール夫人が……はい、かしこまりました、ジュベール夫人？　ブルース上院議員がくれぐれもよろ……どの問題ですか……？　いいえ、今、私が彼に代わって例の銀行法の草案を作成しているところなんですが……ああ、なるほど、はい、いいえ、ご心配は無用です、あの人が立候補するのは州議会の上院ですから、先生とは……ただの州議会です、はい、間違いなく……私も面識はありませんが……いえ、桃《ピーチ》みたいなピーチーではなくて、イタリア系の名前で、ぺに小さいツにチ……

　彼女は部屋を出てドアを閉じ、一方の手から他方の手を解放して振り向いた。——ああ……！

——準備が整いましたね、あ、バルクさん、ジュベール夫人が校正刷りをゆっくりチェックできるように私らは社長室を借りるからね……

——でもデビドフさん、私……

——お安い御用です、あ、バルクさん、私への電話はそっちにつなぐようにキャロルに伝えてください、電話は選んでつなぐように、ワシントンから電話がある予定だから、それと、フローレンスに電話してボックス将軍の演説原稿の件で話したいことがあるってアイゲンに伝えるように言ってください、年次報告の特集記事の説明文《キャプション》がどこにあるのか彼に訊いてください、今から、すみません……！と彼は失われたダンスの滑るようなステップを突然中断した。——あなたか私か、どちらかが電気体質なんですね、お嬢さん、と彼は彼女を誘導しながら——こちらです、机が広く使えますから。静電気、カーペットに溜まるんですよ、そしてドアのノブに触れた途端、え、ここに座るんですか？　彼はアクリル質の光沢のある束を肩の上に載せたまま、何も載っていない広い机を周り、写真を下ろし、袖を突き出してオーストリア゠ハンガリー帝国の金貨に似せたカフス・ボタンを覗かせた。——座るのはそこでも構いませんけど……

——でも急いでるんです、私、デビドフさん、私……

——でしょ、だからここで作業すれば私のオフィスまで移動する時間が省けます。

——でも、百枚はあるんじゃない？

——二百八十六枚、分かってますよ、このプロジェクトがあなたにとってどれだけ重要か、ですからこうしてご自分の手で写真を選んでいただこうと思いまして、その上にある写真を最初に持ってこようと思ったんですが、ちょっと待ってください……彼がいくつものボタンが付いた操作盤をつつき、受話器を取り、腰を下ろすと、足が床から離れた。——なかなか貴族的な雰囲気の男でしょう？　実はあなたのお父様なんですがね、あ、バルクさん、ウォルドーフ・アストリア・ホテル*に電話して将軍は二十日まで戻らないって伝えてください、それまでは私があのスイートルーム*を使わせてもらいます……彼が身を乗り出して電話を切ると、足が宙を歩いた。——お父様は本当に写真写りがいい、まさに政治家向き……

——この写真、修道女《シスター》がカエルを解剖しているみたいですけど。

――え？　何ですそれ。説明文《キャプション》がありませんね。最優先だって言ったのになあ……彼は操作盤に手を伸ばし、――うちがあなたたちの教育を応援してることをアピールするんです、あの子供たちが視覚的基礎力《リテラシー》の領域に足を踏み入れるお手伝いをしてることをね、それなのに説明文《キャプション》を付けないまま写真を送ってくるなんて、これじゃまるで、アイゲン？　もしもし？　アイゲンさんはどこ……お昼ご飯？　今頃？　タイからのお客さんって……いや、私に電話するように伝えてください、誰か年次報告の説明文《キャプション》をタイプしてる人はいませんか……？　何が見つからないって……？　いや、私に電話するようにとだけアイゲンに伝えてください。

――どの写真もとてもよく撮れてるわ、デビドフさん、これならあなたが選んでくださっても……

――それからこの写真、もちろんクローリーの写真も要りますよね、でもあなたのお話についてはもっと株そのものとか、企業責任とかという路線に重点を置こうと思ってるんです、これ、クローリーが小銭を拾ってるときの写真ですね、きっと、ちょっと待ってください、ワシントンから電話が入る予定なので、ブルース上院議員が、もしもし……？　いや、後でこっちからかけ直すって伝えてください、で、それ、そっちのは悪くないでしょう、クローリーの写真、悪くない、でも、そこの豚が彼の肩を踏み台にして窓に上がろうとしてるように見える、おっと、待っていた電話だ、もしもし？　上院議員？　モレンホフ？　モレンホフが何の用？……いや、あれは彼から私へのメモ、私から彼へのじゃない……え？　ちょっと待って……彼は楽器を演奏するようにボタンを押し――誰？　ここは施設管理部じゃない……もしもし？　ブルース上院議員からの電話はどうなりました？　バルクさん？　どちら様？　アイゲン？　タイからのお客さんって誰のこと……台湾《タイワン》？　違う、それは中国の医療救援団体の人で、昼食前に五十セントツアーに参加することになってたんだ、彼のホテルは予約した？……いや、支払いはわが社からの寄付という形だ、とにかく彼をランチに連れて行って酒を飲ませろ、タイ・ワン・オン《タイ・ワン・オン》*　いいか、酒を《タイ》……まあいい。もう一つ。ボックスがガンディアに対して行う演説、状況はデリケートだ、国防大臣のデイ博士《ドクター》とノワンダ大統領の二人が舞台に上がってるわけだから、どちらが最後に勝ち残ってもいいように、両方の顔を立てておかなきゃならない……ああ、それが最優先、将軍はボンで今か今かと待ってる、君か私のどっちかが向こうに行ってこまごまと教えなきゃならないかもしれない、またへまをしてもらっちゃ困る、「プラトン《プレイトウ》はトマト《トメイトウ》と韻を踏む」と原稿に書き込んだ注意事項までそのまま演説の中で読み上げたりしたらすべてが台無しだ……あ、ジュベール夫人？　待って、そこにいていただいて構いません、ちょっとした山火事が発生しただけですから、でもお父様にお会いになったら伝えておいてください、役員のいない会社で店番をするのがいかに大変か。今アイゲンの方で説明文《キャプション》を清書しているそうです、ちょっとお昼でも食べに出掛けませんか、そうすれば戻った頃には全部目を通すことができます、この先にちょっとしたレストランが……

――あの、残念ですがご一緒できませんわ、デビドフさん、というか、実はお昼ご飯のことがあるからもう帰らなくちゃならないんです、そろそろ……

――心配ご無用、私も忙しくて会社を離れられませんから、何か出前を取りましょう……彼はまた受話器を取った。――あ、バルクさん、ランチの注文を頼みたいんですけど、何がいいですか？　ハム、チーズ……

――本当にもう、時間がないんです、デビドフさん、それに私……

――バルクさん、今のはキャンセル、あ、それからバルクさん、じゃあ今、このついでにモイスト大佐を捕まえてください、大佐なら私のために令状を用意できる、ドイツ、いやヨーロッパとアフリカで一週間、いや十日間のTDY、CIPAP*で、佐官級待遇にしてもらわなきゃな、大佐か参謀幕僚十六ぐらいかな、CIPAPじゃなけりゃ行かない方がまし。さて……彼は空《から》になった手を机の下で拳にして立ち上がり、――そっちの方がいいですね、クローリーが目立たない、そこに見えてる角《つの》も修正してしまえば、ほら、これの方がいい、株券が前面中央に写ってる、でもこの子、ちゃんと散髪した子供を使えばよかった、セーターだってこんな風に破れてない子供を、これなんかどうです。同じ子供。同じ子が株券を持ってクラスメートの真ん中に割り込んでる、この子……

――その子が何ていうか、その子がクラスの秘書みたいな役を務めてて……

――待って待って！　彼の手が上がり、無を囲んだ。――ほら。これはピッタリだ。アメリカにおける役割《シェア》、ね。この子たち、この子、あなたが教員をやっている場所って結構文化的に恵まれない地域じゃありませんか？　だから、その点をうまく強調するように、待って……彼の手が落ちて写真を散らばらせ――いないかな、黒人はいない？　どの写真を見ても黒人がいませんね、クラスに黒人はいないんですか？　彼は再び写真を寄せ集め――心配ご無用です、どうにか、ちょっと失礼、今度こそワシントンからの電話だ。もしもし？　……？　いえ、違います。彼はボタンを突いた。――ワシントンからの電話はどうなりました、上院議員……え？　彼は再び突き、うろうろし始め――もしもし？　上院議員……？　え、留守？　じゃあ、いつ……彼はコードがいっぱいに延びたところで部屋に背中を向けて立ち止まり――じゃあ、こう伝言をお願いします、極秘で。ガンディアの件に関するマスコミ対策では合衆国が一時的にソ連や中国やアルバニアや何かと連帯しているという側面を強調すること、準備した声明の内容についてはフランク・ブラックと話すように伝えてください、大事なのは、え？　私？　デビドフです……デビドフ、デ、ビ……じゃあ私から電話があったとお伝えくだ……もしもし？　もしもし？……彼は歩いて机まで戻り、咳払いをして電話を切った。――そうですね、説明文《キャプション》のためにこの子の名前を教えていただけますか……彼は顔を上げ、操作盤を突いた。――バルクさん？　ジュベール夫人はそっちにいます？　あの人……ひょっとしてトイレかな……誰？　誰だって、キャロル？　ハイドって誰……それでどういう用件で……何の設備……ああ。じゃあモレンホフと話をするように伝えてくれ……ああ、じゃあ、モレンホフの下で働いてるんだったら、モレンホフはどうしてその男を私のところに……ああ。じゃあ私からモレンホフに話を聞いてみるって伝えてくれ、その人今そこにいるの？　本人をインターホンに出してくれ、キャロル、君はそのまま待ってて、山火事が片付くまで……キャロル？

――そうです、こちらにいらっしゃいます……彼女は散らかった机の上に体を乗り出して受話器を置き、机の奥のスイッチに手を伸ばすとスカートの中が見えそうになり、後ろの人影が不気味に身を乗り出したが、ぎりぎりのところで下着は見えなかった。――ハイド様《ミスター》、デビドフ課長です。彼女は元の位置に戻り、あふれているくず籠の横のスピーカーを指差した。

――はい、こんにちは、ミスター、キャロル？　ボリューム下げて、ハウリングが起きてる、耳がキンキン……

――初めまして、デビドフさん……？　彼は再びストッキングの縫い目を目で追い、スピーカーに顔を見せようとしているかのように散らかった机の上にずっと身を乗り出していた。――私は……

――ハイド？　もっとスピーカーから離れて、ハウリングが起きてるから、私は今、上階《うえ》の社長室で店番をしていて手が離せない、あなたは営業の方？　モレンホフの部下？ちょうどよかった、ついさっき彼と電話してたところなんだ、キャロル、今そこにいるうちに、まだそこにいる？アイゲンに説明文《キャプション》の作業をストップするように伝えてくれ、ついさっきそれに関する会議が終わって、特集記事をもう一度考え直すつもりだから、都心《スラム》問題の観点から文化的に恵まれない黒人に企業のパイを分け与えるっていう路線でやり直す、おそらく写真にエアブラシ加工も必要だ、ハイド？　まだそこにいる？　モレンホフとはなかなか電話がつながらなくて、ちょうどよかった、うちの最優先課題、垂直統合方針に対して司法省があれこれうるさいことを言ってるんだ、極力向こうの機嫌を損ねたくない、疑われるようなことは避けたい、もしもモレンホフが在庫品を税金控除費目として、ただで配ろうとしてるんだったら、うちの法律部門は方向転換したって伝えておいてくれ、すべて普通の売買取引ってことにする、司法省の態度がはっきりするまではな、キャロル？　ついでにバルクさんを捕まえ

てくれ、彼女が手配してくれてるTDYの件、CIPAPには商用出張も含めてもらうように、つまり佐官級待遇、大佐かそれ以上って、あ、電話だ、上院議員からかな？　きっとそうだ、ピーー……

――お切りになったようです、ハイドさん、他にご用は？

――あああ……彼は真っすぐに立ち上がり、――モレンホフさんに電話をしてもらえますか。

――かしこまりました。彼女は散らかった中から社用電話帳を見つけ出し、――ハーバート・B・モレンホフで合ってますか？　それとも……

――ハーバート・Bです。

――どっちみちモレンホフ様という名字はお一人でした……彼女はダイヤルを回した。――何をお尋ねすれば、もしもし？　モレンホフ様は？　うん、キャロルよ、ジニー？　そうなの？　ありがとう。昼休憩に買い物行かない……？　冷水器《クーラー》のそば、うん。彼女は電話を切った。――モレンホフ様はアクロン*にいらしてるそうです。他に何かご用は？

――いつ戻るって？

――何も言ってませんでしたが、尋ねてみましょうか？　彼女は再び受話器を取った。

――いや、いや、結構、結構です、彼はドアの方へ向き直り――あ、そういえば、さっきの人、ああ、デビドフさんにお伝えください、少佐《メイジャー》も佐官だって伝えておいてください。

――少佐が何です？　メモしておかないと。

――佐官には少佐も含まれる、大佐だけじゃないって。

――佐官には少佐も含まれる、かしこまりました、と彼女はメモ帳を見ながら言い、――出口はお分かりですか？　私もエレベーターの方に行きますからよろしければご案内します。彼が視線を下の方へ向けたまま彼女の後について行くと、やがて彼女が振り向いた。――ずっとここを突っ切って、こちらです。

――このフロアには立派な絵が掛かってますね。

――すごく大きいでしょう。

――私ならこの絵のために自分の耳をそぎ落としたりはしませんがね。

――自分の、うわ、そりゃそうです、と彼女は言った。音もなくドアが開き、彼が中に入り、彼女を残してドアが音もなく閉じるとき、――またいらしてください、そして彼女の後ろの角を回って必死にネクタイを緩めながら現れた人影が――あ、キャロル……と言うのが見え、「僕を閉じ込めないで」*に合わせて降下した。彼が警官でごった返すロビーを通り抜け、*縁石の横に停まった市の救急車のところまで進んでから――何があったんです?と尋ねると、外の涼しい空気の中でウエストの辺りまでボタンを外して御影石の壁にもたれかかった怠け者から卑猥《ひわい》な言葉が返ってきた。彼は「歩くな」《ドント・ウォーク》が点滅している交差点を大股で渡り、一街区《ブロック》進み、傾斜路を下りて駐車場に入った。

――どんな車っすか？

彼は紙幣の間に挟まれたチケットを手渡した。――茶色の……

――五時まで取りに来ないことになってる。ずっと奥の方に詰めちゃったっすよ、五時まで要らないって聞いたっすから。

――あのな、急いでるんだ。プラス一ドルやるから、出してくれないか？

――とにかくあれじゃ出せないっすね……

彼はその一ドル札が汚れた束の中に押し込まれるのを見、男が向き直って遠くのキャデラックのボンネットの上でランチを食べている一団の方へ歩いていくのを見詰めた。そして換気扇の轟音の下で行ったり来たりをし始め、回れ右をするたびに大物風のしぐさで腕時計に目をやり、戻り、立ち止まってレーシングカーを見詰めた。逆立ちしたレーシングカー、宙に浮いたレーシングカー、炎に包まれたレーシングカーがテープで壁に留められていた。再び遠くでランチを広げている一団の方へ近寄り、ぎこちないしぐさで左腕を前に出して時計を見、戻った。へこんだ臍《へそ》、ぶつぶつのある乳首、七月のカレンダーが換気扇の下で沸騰しそうな音をたて、腕時計、ランチ、飛び込み板の上でえくぼを浮かべている八月の裸のお尻、炎に包まれたレーシングカー、宙に浮かんだレーシングカー、逆立ちしたレーシングカー。彼は座り、立ち、ゆっくり歩き、戻って、飛び込み板から彼に向けられた八月のお尻の割れ目を穴の開くほど見詰め、戻り、ぶつぶつ言い、声を掛け、座り、立ち上がり、結局、車に乗り込んだ。斜面、洞穴の中にずらりと並べられた車、そしてようやく出られる状態になった彼の車。三回表が始まり、彼はダッシュボードから足を下ろし、車で傾斜路を上がると、大きな声が徐々につぶやきに変わった。二人出塁、ワン・アウト、橋のそばの信号で停まったときにストライクという声が響いた。窓を開けてそこに肘を置き、時計を見て、盤面《フェイス》から視線を上げると、そこには、信号ですぐ隣に停まった車の中の顔《フェイス》があった。黒人、運転席も黒人、後部座席にも黒人、

――そしてこれが……ヒットになった、ライン・ドライブのかかった打球は三塁線……

そして信号が変わった途端に轟音が響き、彼の手首から時計がもぎ取られ、横の車は急にハンドルを切って、勢いよく突っ込んでくる対向車の前を横切った。クラクションが彼の周囲で鳴り響き、大声で――おい、相棒《バディー》、起きろ！と隣を通り過ぎるタクシーから声がかかり、ようやく彼は車を発進させながら呆《あっ》気《け》に取られた声で――まさか……信じられない。ダブルプレーと同時に橋を越え、高速道路沿いに捨てられたごみ、くたびれたハブキャップ、錆びてねじ曲がった排気管、渦巻状のタイヤ痕を見ながら進み、エンストを一度、二度起こし、七回表終了後の休憩とともに車を路肩に寄せて止め、車を下り、ボンネットを開け、エアフィルターを取り出し、バタフライバルブを外

そうと中に手を伸ばしていると、金属部品をもぎ取ろうとする力で車全体が揺れた。彼が慌てて体を起こし、ボンネットで打った頭を押さえながら車の後ろに回ると、再びもぎ取るような力がかかり、車のトランクが開いた。――何だ、何やってる！

――分かってらぁ、おめえが先に見付けたってんだろ、前はおめえにやるよ。

――おまえ、何を……

――前はおめえにやる、フェアだろうが？　バッテリーもやる、俺は後ろだけでいい、フェアだろ？　別に全部よこせって言ってるわけじゃや……

――おまえ、おまえ、馬鹿野郎、くそ野郎、おまえ、おまえ、おまえ……うせろ！

――全部独り占めってか、前は全部やるって言ってんのに後ろだけでもくれねえのかよ？

――おいら、俺の車だ、うせろ、俺の車だ！

――けちな野郎め、おめえみたいなけちん坊は……

――おいも*……戻って来い、おまえ……彼が後方に停められた車の方へ進むと、そのドアがバタンと閉まった。へこみと色を除いては彼の車と瓜二つだった。――俺の車だぞ、戻って来い、くそ野郎、何てことしやがったんだ、俺の車に……！

――おめえなんかけちなくそだ、という言葉を返しながら、へこんだ車が動きだし、他の車の流れに合流した。

――おい、戻って来い、このくそ野郎、この……彼はそこに立ったまま息を切らし、見詰め、肩を落とし、トランクの中で針金ハンガーを見つけ、それを使ってねじれた蓋を留め、車の前に戻ってエアフィルターを取り付け、ボンネットをバタンと閉じ、ドアを閉め、――信じられない……とまだつぶやき続けながら他の車の流れに合流し、九回表に学校で停車し、廊下を進み、校長室と書かれたうつろな扉をむなしく叩いてから中に入った。*

――いえ、今ちょうどその、うーん、どうぞお入りください、少佐《メイジャー》、ええ、つまり予算を詳しく見ているところで、ちょうど予算を洗い直しているところなんですが、どこを見ても見当たらないのが……いや、うん、もちろんそれも連邦予算のカフェテリア・ランチ計画に含まれてるかもしれないのですが、もしも貨物倉庫の方《かた》が荷主は政府の一部局だっておっしゃるのなら……いや、もちろん、そもそもそういう理由で生徒が学校にお弁当を持ってくるのを禁止したわけですから、そんなわけには……六年J組？　ええ、うん、もちろんあの、うーん、あの先生《ミセス》に私から尋ねてみてもいいですが、ジュベール先生《ミセス》には訊けません、無理です、まだ病気でお休みですから……どれだけ？　いや、うん、もう一度調べてください、リロイさん、十六万八千なんてありえない……何の配送……？　グロス、ええ、それはグロスって言う意味です*、いや、ありえません、あなたが直接行って調べてください、それから、うーん、記録保管面での現在の状況に関してですね、ええ、あなたが直接行って、うーん、つまりその数を数えてですね……

——こんにちは、ハイド、チンピラと喧嘩でも？

——ああ、ヴァーンさん、私のことは構わないで……

——ええ、掛けてください、少佐《メイジャー》、その格好は、うーん、ついさっきヴァーンが来てくださったところなんです、ちょっと失礼、もしもし……？　ああ、ええ、地区教育長ですね、今ちょうどここにいらしてます、ええ、ヴァーン……？

——もしもし？　どなた……

——ええ、それで今、ヴァーンとも話していたところなんですが、私たちは、うーん……

——こっちの電話、ホワイトバック校長、私が取りますよ、もしもし……？

——そんな情報、誰から仕入れた。

——パレントゥチェリからお電話です、アスファルトを家の裏までぐるりと敷くのかどうかヴァーンさんに聞きたいって。

——今はノーコメントだ、うん。家と車庫の間の屋根付き通路《ブリーズウェイ》以外は周囲を全部やるように伝えてくれ……え……？

——屋根付き通路《ブリーズウェイ》以外は全部だそうです……

——その件については今、徹底的に調査をしている、そうだ、じゃあ失礼。ほら、その電話、私が直接話そう。

——向こうが切りました。今のは誰です？

——今の電話、新聞社だ、ホワイトバック校長、ここの四年生が座り込みストライキをやってるって情報*が入ったそうだ。

——ええ、はい、あれは、うーん、四年生です、ええ、ヴォーゲルが生徒に模型を作らせていたんですが、うーん、接着剤が、つまり接着剤の臭いがですね、うーん、生徒が、一部の生徒が保健室に行って、立ち上がれなかったんです、ですから、うーん、つまり座り込んだというか、ええ、こちらから新聞社に電話を掛け直した方がよさそうですね……

——電話に指を触れるんじゃない、こっちから進んでマスコミに情報を提供するような馬鹿な真似はしないでくれ、そんなことも分からないのか。

——ええ、はい、もちろんです、うーん、つまり地元交流面では、ヴァーン、あれなしには人々の支持が得られないわけで、フレッシュ先生《ミス》の言葉ではどう言ってたかな、そうそう、地元の支持なしにはってことです、彼女には意見をうまく表現する才能がありましたね、で、私の任務は、うーん……

——君の任務か、ホワイトバック？　いいか、こっちを見ろ……と言われて二人が見たところでは葉巻の灰がくたびれたツイードのしわの間を転がり、床の上で砕けた。——君の任務は地区教育長を立派に見せることだ、君に任されたこの指人形劇場《シンプル・シアター》は私を立派に見せるのに役立ってない。わざわざ新聞社に電話をかけて、四年生が座り込みストをやっているとかいう話を打ち消す一方で、代わりに四年生がラリったって話を与えてやるなんて、そんなことをしてもらっても私が立派に見えるわけがない。それからあのくそ熊の画面を消してくれ。

——ええ、あれはある種の、うーん、スイッチに手が届きますか、少佐《メイジャー》？

——ある概念つまり数と、それを表す記号つまり数字とをはっきり区別することが有益だといえます……

——すごいな、今の話分かるか？

——ええ、はい、もちろん、これはただの、教養エン、うーん、富化《エンリッチメント》番組*で、左のそのつまみ、そう、つまりオン、オフの電源スイッチ……

——順序対の同値類の順序対の同値類によって数を定義して*……

——誰か今の話分かる？

——ええ、はい、ヴァーンが言ってるのはですね、うーん、グランシー先生はずっと、ある種の経済的困難を経験しているので、それが彼のアプローチに影響を与えたのではないかということで、うーん、つまり教育内容に関してですね……

——私が言おうとしたのはそんなことじゃない、このブラウン管から流れているものを教育的内容《コンテンツ》だなんて言わないでくれ、順序対の同値類が何だ、私に言わせれば教育なんてしょせんは配管工事だ、トイレの水を流すのが誰だろうと関係ない。

——ええ、はい、ハイド少佐にはまだお話をしていませんでしたが、うーん、ヴァーンが今日ここにいらしたのは今度の予算に関する住民投票のことで話し合いをするためなんです、少佐、ヴァーンの考えでは予算案にはいくつか弱点みたいなところがあるので、そこのところを今のうちにこっちで、うーん、さっきあったんですがね、ええ、それかな？　そのお尻の下になってる……

——これ？　君たちが遊んでいるときに知らない人が仲間に入ってきたり、車に乗せてあげると言ったり、一緒に歩いて家まで送ると言ったりしたら、警察に通報してください。公衆トイレのそばでは遊ばないこと……

——ああ、いえ、それは警察からのあれです、うーん、よくあるでしょう、去年の性病キャンペーンのときもあったじゃないですか、「知らない人との性交渉はやめよう」と書いたマッチ箱を配っていたでしょう、中学生の女の子たちが興味本位で火を点けて、うーん、この辺のどこかにあったんですけどね、ちょっとお尻をどかしてもらえますか、うーん、さっきこれを詳しく見ていたときに……

——接着剤、一クォート*当たり三・五九、マスキング・テープ、各二・四七、チョーク、一箱当たり三・八〇、はしご、各三十六、トイレットペーパー、一ケース当たり……

——後でゴットリーブに電話しなきゃならないことを覚えておいてください、ええ、といっても彼の義理の弟の方なんですが、あんなにたくさんトイレットペーパーをどうするのかと思いましてね、ピクニック用フォークのことは何か書いてありますか、そこに？　木製のピクニック用フォークの第一回配送分が何とかってさっきリロイから電話があったんですが……

——リロイからの書類ならここにありますよ、ガラス、六十九枚……

——ああ、はい、ええ、ガラスね、予算に入ってます、週末にガラス六十九枚、でももちろん最近はガラスが一平方フィートで一ドルもしますし、壊れないガラスになるとその三倍……

——防弾？

——いえ、ただの、強化ガラスとかいう……

——ついでに私の方で防弾ガラスとの差額を調べておきますよ、ホワイトバック校長、学校として遅かれ早かれ現実に目を向けなきゃならないんですから。

——ええ、はい、しかしもちろん今はとりあえず、うーん、保険会社の勧告に従うことが必要なわけで、例のあの人、この前ここにいらっしゃった保険会社のスタイさん、あの人が来られてからもあまり問題は解決に向かっていないのですが、うーん、もちろんヴァーンは……

——ヴァーンさんは解決を望んでいます、あのですね、例のスタイ、有色人種《カラード》ですよ、ヴァーンさん、保険会社からここに来ていたあの男が私らの仲間になれば、もうちょっとこっちの考えを分かってくれるでしょう、私が言ってるのは近々できる教育委員の空きポストの問題です。彼はあの新しくできるダンキン・ドーナツの先に住んでて、ホワイトバック校長の話では校区の境界線を越えてるかもしれないんですが、誰もわざわざメジャーを持って測量に出掛けたりはしません。物静かなタイプで、口数が少ない、あまりしゃべらないけど目は常にボールを追いかけてる、私の言ってる意味はホワイトバック校長にはお分かりだろうと思いますがね。きっと保険会社からは大した給料はもらってない、出世を狙ってる、連中の中には時々そんなのがいるでしょう、ねえ、ホワイトバック校長？

——ええ、はい、しかしあなたがそういうお考えだったとは……

——私も君が黒人擁護派だとは知らなかったよ、少佐、以前誰かから聞いた話だと、君は黒人が自分と同じ車を運転してるのを見掛けただけで怒り狂ったとかって……

——最後まで話を聞いてください、ヴァーンさん、もしも彼にちょっと教育委員をやらせたら、例の、わけが分からなくなってる保険の件をこっちに有利な形で解決してくれるかもしれない、それが済んだら、彼にはうちの会社で何か適当な仕事を見つけてやるんです、営業の仕事で、彼が魅力的だと思うようなのを……

——何だか、ダマスコに向かうサウロみたいに*ずいぶん人が変わったみたいだね、少佐、今日は車でここに来る途中で何か変わったことでもあったのかな？

——あのねえ、ヴァーンさん、あまり、あまり私を怒らせないでくださいよ。今日はここに来る前にうちの社の幹部と重要な相談をしてきました、うちの今の重要課題は完全な垂直統合です、会社のパイの一部は黒人にも与えなきゃならないとかいろいろあるんです、司法省が監視してるんだから、極力向こうの機嫌を損ねたくない、疑われるようなことは避けたい。あのスタイってやつを引き込むというアイデアは、地域の人種統合面で何の文句もないでしょう、ねえ、ホワイトバック校長、考えてみたら、ひょっとしてあの男にも白人の血が……

――ええ、はい、もちろん、あの、あの家族がいなくなりましたからね、うーん、あれはハワイ人でしたっけ？　チックの車体工場の近所、ええ、小さな、子供たちをパローキアル・スクールに通わせていた家族、カトリック教徒でもなかったんですがね、もちろん非白人です、でもたしかあの家族は、うーん……

――なぜか分かりますか？　規律ですよ、規律があの学校の売り、うちには規律がない、最後まで言わせてください、ヴァーンさん、私の知っているカトリック教徒の子供があそこに通ってる、美術の授業のときにシスターが線の内側に色を塗りなさいって言ってるのに外側に色を塗ったりしたらピシッ！　手の甲に定規のむち、毎晩毎晩、子供は青あざで家に帰ってくる。規律、そして国旗に対する敬意、子供をそこに通わせている中国人一家を責めることができますか？　ギブズみたいな教師が配っている扇動的な教材から子供を守ってるだけのことですよ、その件はヴァーンさんに話しましたか、ホワイトバック校長？　あいつが付き合っている連中の話とか。鉛筆で目ん玉をくり抜いたやつの話。

――ええ、はい、いいえ、私たちは、うーん、というかヴァーンは次の予算住民投票のことを話すために今日は寄ってくださったので、私たちは、うーん……

――今私が言ってるのもその話じゃないですか？　先生の穿孔を唱えずに授業を始める教員がいないかどうか子供に確かめてくださいっていうアンケートを市民の会が親に配布してる、そんな状態でイエスの投票が得られるわけがない。この予算で税金は九ドル以上上がる、こっちとしてはあらゆる票を集めたい、金を払って子供をパローキアル・スクールに通わせてるカトリック教徒、白人、あの学校、聖名《ホーリー・ネーム》学園は新しく導入した閉回路設備を使いこなしています。フルに活用してる、ついこの前もシスター・アグネスがカエルを解剖している写真をうちの親会社に送ったところです、年次営業報告書《アニュアル・レポート》に大きく取り上げられるかもしれない、近々学校に大司教が施設を清めに来ます、ヘイト神父《ファーザー》がお兄さんを、よぼよぼの少将なんですが、演壇に上がらせるらしい、そんな状況で公立学校の子供の教育のために増税なんてあの連中が賛成するわけがない。他の話なら何でも賛成してくれるでしょう、道路とか、あの連中だってみんな道路は使ってるんだから、州道を拡幅しようっていうペッチ提案の住民投票、何百万ドルもかかる計画です、でもきっと誰も何も文句を言わない、ハイウェイの交差するところ、最近見ました？　新しいショッピングセンターが建つ場所。さっき高速道路を下りて横を通ってきましたが、カトリック教会の先までずっと両方の路肩が整地されてます、パレントゥチェリが住民投票の結果をおとなしく待っていると思いますか？　あいつは確実に金が受け取れると思ってますよ、住民投票でオーケーが出る前にあいつは全部の州道を十車線に拡幅してしまうでしょう、でも教育なんてことを口にした途端に世間の連中は財布の口を閉じるんです。

——ええ、はい、もちろん、もしも、うーん、もしも予算が繰り返し否決されたら私たちが提出する予算削減案は、うーん、緊縮予算というか……

——予算の削減なんて駄目です、低い見積もりの予算を一回出したらおしまい、今後世間は低予算以外は認めません、常に組織のレベルで考えなきゃ駄目です、請求しないものはもらえない、いつもいつも切り詰めてばかりいたら、最後まで言わせてください、ヴァーンさん、カトリック教徒が子供を私立学校に通わせたいんだったら通わせればいい、でも、よその子供たちの教育予算を減らすのは許せません、金が要るんです、チョークとか、例の何とかいう施設で使う設備とかにかかるお金、あれは何て言いましたっけ、ホワイトバック校長？　家庭科教育推進センター？

——ええ、はい、でもたしかあれは、うーん、ハイド少佐の会社、というか子会社《しがいしゃ》の設備品なんですがね、ヴァーン、ストーブ、洗濯機、乾燥機《ドライヤー》、ヘア、うーん、ドライヤー、家庭科用のそういう備品はすべてうちの学校への……

——ちょうどあなたとその件について話ができてよかった、ヴァーンさん、ホワイトバック校長を通すと話がストレートに通じないことがたまにあるんです、そちらの予算がどうなってるか確かめたいと思っていたんですが、ドアのところに誰か……

——ああ、はい、ダン、入ってください、はい、何か……

——いえ、お話の邪魔をするつもりはなかったんです、実は学校の話じゃないので……

——いやいや、どうぞ入って、ダン、掛けてくれ、ホワイトバック校長とヴァーンさんに教育用機材の話をしてたところだ、予算の弱点を見つけてそれを全部うまくすり合わせるっていうか、ダンの調査とも両立する、すみません、足があるのが見えませんでした、ヴァーンさん、ていうか補完するといってもいい。エドセル反応環境装置は一台約三万五千ドル、そんなところかな、ダン？　で、何人かの生徒のサンプルを取る、装置は反応するかもしれないし、しないかもしれない、でも反応しないからといって値切るわけにはいかない。いろいろな設備を導入する方が利口ですよ、洗濯機だって子供にとっては反応環境装置の一つ、エドセル装置の通常価格の百分の一、人間をあれに調和させるんです、この前、君は何て言ってたかな、ダン？　人間を……

――個人、ええ、科学技術を個人に調和させる……

――さすがはダン、私の話がよく分かってる、個人を科学技術に調和させるってことです、予算案の弱点を見つければこっちの準備はオーケーってこと、手始めに……

――さっきそこにシェルターっていう品目を見つけたんだが、少佐、手始めにそれからどうかね。

――こういう、もめそうな領域は後回しにした方がいいと思うんです、ヴァーンさん、そのうちホワイトバック校長が移動中継車を派遣してくれたらシェルターの能力を納税者のみんなにたっぷり見せられる、今慌てて結論を出したらみんなが後悔することになりますからね、私が問題にしたいのは余分な予算です。あの電話ボックス、電話ボックスをいくつ設置するつもりですか、ホワイトバック校長。

――電話ボックス？　ええ、それは、うーん、そんな予定は、ええ……

――さっき入ってくるときに見掛けたんですが、今一つ、男子トイレの向こう側に設置工事中です、一見大したことはないように見えるかもしれませんが大量に設置するとなると、同じように大量に購入した品目がありましたね、何かが予算に紛れ込んでるのが見つかったっていうさっきの話、ホワイトバック校長？　フォークでしたか……？

――木製、ええ、木製ピクニック用フォーク、いえ、そこが問題なんですが、見つからないんです、木製ピクニック用フォーク、九千グロス……

――ほら、言った通りでしょう？　木製ピクニック用フォークなんて大したことないように聞こえますけど、九千ともなると、え、九千グロス？　グロスっておっしゃいました？　じゃあ、それ、九千グロスっていったら百万以上の数ですよ！　ちりも積もればって、私が今言った通りでしょう？　どうせこんな時期にピクニックなんて季節外れもいいところだ、他にもいくつかこういう品目を削れば未来の若き主婦に練習の場が与えられるはずです、南館でしたっけ、ホワイトバック校長？

――ええ、はい、私たちとしては、うーん、学校としては成人教育の教室を移すに当たっていろいろな問題に直面してまして、というのも体育館は今、趣味の展示会のために空けなきゃなりませんから、出生前教育には場所を移ってもらって、うーん、このどこかにあったはずなんですが、ええ、運転教習の方は、うーん……

――単なるスペースの問題です、ヴァーンさん、今、東館七番教室の精神地帯を世界の名著のあった場所に移そうとしてるんですが……

――その話は聞きたくない。

――ええ、はい、ヴァーンがおっしゃりたいのはつまり、うーん……

――私が言いたいのは私が言ってる通りのことだ、ホワイトバック校長。私が知りたくない話を私に聞かせないでくれ、そうすればこっちもごちゃごちゃ言わない。私はあと二年辛抱して勤めれば定年で引退だ、あと二年君が私を立派に見せるのに役立ってくれれば君にごちゃごちゃ言うつもりはない。

――ええ、はい、もちろん、私たちは、うーん、というかダンは、ダンは本校でずっと、うーん……

――私を立派に見せるのが君の仕事、君を立派に見せるのがダンの仕事、ダンを立派に見せる仕事をしてくれる人間は誰もいないだろう、もしもダンがこうしてじっと座って変な顔をしているだけならな、しかし……

――ええ、はい、もちろん彼の奥さんは、うーん、もしも私たちがカリキュラムの専門家として彼女をこちらの仲間に加えれば、当然彼女も今回のストライキの脅しに関して活動面で少し消極的になることが期待できるかもしれません、ええ、そのことで話があってここに立ち寄ってくれたんでしょう、ダン？たしかあなたが自ら、うーん、感触を探ってくれると……

――いえ、また後で来ます、実は学校とは関係のないお話があって……

――私はそんな話は聞きたくない。

――嫌でも聞かされることになりますよ、ヴァーンさん、連中は何かのきっかけを探しているだけなんです、連中は例の若い音楽教師をくびにした件を問題にしようとしています、何て名前だったかな、ろくでなし《バスタード》ですよ、おそらくあいつが財団の二人に見せたTV番組制作予算は半分に減らされますね。ホワイトバック校長、連中からあいつのことで電話は？

――ええ、うーん、名前はバスト、バスト先生のことですね、ええ、財団からのクレームはありません、ええ、もちろんお年寄りの皆さんは、うーん、ちょっとびっくりなさったようですが……

――開回路放送にした時点で予想できたことです、そういう老人が車椅子に乗って住民投票に来るんですよ、そうなれば……

――ええ、はい、どうやらみんなエドワード・マクダウェル*の話が聞けると期待していたようです、うーん、彼はたしか、紙を切り抜いて人形を作る話をしていましたから、何かの治療法《セラピー》に関係ありそうだと思ったんでしょう。それに、当然のことながら、音楽組合がうちを訴えるって脅す電話をかけてきました、彼が、うーん、つまり組合員でもないのにピアノで曲を演奏したってね、もちろん彼には権利がありますよ、うーん、実際、自由を擁護するある市民団体は彼の言論の自由を擁護する用意をしているようです、しかし……

――あんなことをやらかした後で、のこのこ人前に出てくるようなら、私があいつを捕まえて……

――ええ、私も同じ、今、彼を捕まえようとしているんです、つまりまた自宅に電話して今新しい小切手を準備中だと伝えようとしているんです、昨日の遅くに小切手を受け取りにいらしたようなんですが、コンピュータが小数点を打ち間違えて金額が十五ドル*になってしまってたんで、うーん、十五……

――十五ドルでもあいつには充分でしょう、でもさっさとその問題を片付けないと、ホワイトバック校長、町のみんなが爆発してしまいますよ、ダンの穴の問題だってそうなんです、ヴァーンさん……

――そんな話は断じて聞きたくない。

――ええ、はい、もちろん、もちろんその件で話があってここに寄ってくれたのなら、ダン、それとは別の話を、うーん、もちろんストの脅しについて何かの情報があるんじゃありませんか、奥さんのあれに関して、うーん、たしかあなたが奥さんの感触を探ってくれるって、うーん……

――感触など探る必要はない、ストライキをやりたいって言うのならやらせればいい。

――ええ、はい、ヴァーンがおっしゃりたいのはつまり、うーん、現状のカリキュラムのレベルに関して言うと、ダンの奥さんは……

――私が何を言いたいかは今はっきり言ったぞ、ホワイトバック校長、カリキュラムなんか関係ない。この学校の機能は生徒の保護だ。子供はここに入れて外に出さないようにする、女の子は、妊娠してもいい年になるまで、男の子はガソリンスタンドで強盗ができる年になるまでだ、純粋な保護が目的、他にあるのは配管だけ。おたくの教員がストをするって言うのならそのまま黙って学校の玄関だけ開けておけばいい、一週間も子供が家でゴロゴロした頃には銃を構えた親が一斉に怒鳴り込んでくるだろう。

――ええ、はい、もちろん、しかしそれはさすがに警察が、失礼、もしもし……？　ああ、はい、校長室に来るように言ってください、いや、誰かが付き添ってください、はい、彼……はい、ありがとう。うちの薬物《ドラッグ》、うーん、というか、うちの生徒なんですがね、お兄さんが例の戦争で重傷を負ったんです、つまり復員兵でしてね、はい、ですからこの生徒はいろいろな、うーん、ものが簡単に手に入る状況にあるらしくて、実は昨日もそんな状態で病院に担ぎ込まれたみたいなんですが、もちろん、彼は、うーん、うーん、要するに学校における人種統合という点から考えて、当然、学校としてもあらゆる手を尽くして登校を促してきましたが、成績の方はいささかその、ダン？　君の話は、学校の問題で話があるということでしたが、その手紙、それは何か、学校の……

――いえ、違います、これは私の、学校の話じゃありません、違うんです、うちの住宅ローンの件で、住宅ローンの借り換えの申込書なんです、学校の勤務時間中にこのお話をするつもりはなかったんですが……

――ええ、はい、いくら何でもヴァーンさんの目の前でそんな……

――いやいや、構わんよ、ダン、構わん。どうせ勤務時間中にそんなところで鼻くそをほじくってるんだったら、勤務中に住宅ローンの相談をしたってぜんぜん構わん。

――ええ、はい、もちろん、ダン、その、うーん、お手紙を見せてください、ええ、なるほど、これはその、ダン、もちろん何もあなたのことを責めているわけではないのですが、銀行の立場から言うとですね、私たちはある種の規則にのっとって業務を行っているわけで、うーん、住宅ローンの貸付についてはいわゆる実際の家屋の構造によって決定されているんです、その、うーん、基準では、壁の間柱《まばしら》の間隔はもちろん標準十六インチと決まっていて、君のところは、うーん、二十四インチになっているみたいですから、つまりその、そこにはかなりの隔たりが……

――でも、私はそんなことは……

――ええ、いえ、誰もあなたのことを責めているわけではないんです、ダン、あなたが自分で建てたわけじゃありませんからね、分かっています、もちろん建てたのは、うーん、建築業者ですから、しかし、住宅ローンの年数は合理的に推定される家屋の耐用年数と関わる、それによって決まってきますから、そこには家屋の建築、というか構造が直接結び付いています、壁の間柱は直接そこに関わってくる、実際構造の一部だと言っても構いません、ですからもちろん、ある空間において間柱の間隔が広ければ広いほど間柱の数は少なくなります、なぜなら間柱の数が少ないほど間隔は広げなくてはなりませんからね、ですからある種の状況が発生した場合、たとえば、ええ、ローン年数と家屋の合理的耐用年数とも直接に関係する時間というものが経過した場合、もしも間柱の密度がもっと高ければもちろんその年数も多くなるわけで、すると当然、時間面ではかなりしっかりした構造ができますので、ローンを割賦償還する期間が長くても構わない、銀行はもちろん、つまり銀行としては、ローンの申請書を受理するに当たって債務者を保護する必要がありますからね、というのも、お分かりいただけますよね、こう言ってもあなたのことを責めているんじゃないんですよ、ローンの申し込みをする他の人でも同じことです、建築材料と構造に関する法律的な安全の最低限度を定めた建築規則に示された保証規約を銀行も使、利、活用するんです、もちろんそのための建築規則ですから、壁の間柱の間隔のような仕様をね、たとえば、うーん、ハイドさんのおたく、そう、おたくの住宅ローンはうちの銀行でしたよね、少佐、でももちろんあの家が建てられたのは、うーん、ケープ・コッド・コテージ様式*の時代、ああいう昔の立派な家がまだ建てられていた五〇年代の流派ですね、そう、自分の、うーん、自分の子供たちに残してやるための家、少佐も息子さんが大きくおなりになったら当然、分かりますか、私の言っている意味が、ダン?

――はい、だから私も驚いたんです、彼が引越しをするなんて……

――誰が引越しをするって、ダン、何を……

――いや、だって引越し、するんでしょ? 昼過ぎにおたくの前に停まってた引越し用トラック、あれは……

――多分、たまたまあそこの道に駐車してただけだろう、近所で誰かが引越すなんて話は聞いてないから。

――いやいや、バックでおたくの玄関に寄せて停まってたんです、いろんなものを運び出してましたよ、ステレオとか……

――いや、ちょっと待て、ダン、ちょっと、うん、ちょっとはっきりさせておこう、君はうちの前に引越しトラックが停まってるのを見た、でも、ああいう家はどれもよく似て見える、通りだってどれもよく似てる、多分隣の通りか、隣の隣の通りにある、うちによく似た家が……

――そうそう、鷲《わし》、それに家から突き出た煙突……

――換気装置《ベンチレーター》だ、ダン、シェルターの原動機駆動式強制換気システムの一部、さっきのはどういう意味、いろんなものを運び出してたって？

――それに大きなディスプレイ・モニターと、どうしたんです？　車で送りましょうか、私の車が外に……

――いやいや、いやいや、自分の車が学校の前に停めてある、私は、今の話を信じたわけじゃないが、今日は何だかついてないみたいだし、鍵はどこにやったかな……蚤《のみ》にたかられた人のようにポケットを叩きながら立ち上がり――車に忘れてきたみたいだ……と内向きに開いたドアがちょうつがいを脅した。

――痛っ……！

――いいから、どいて！

――ああ、はい、何を、うーん、すみません、ヴァーン、ほら、こんなところで何を。

――僕？　何でもありません、校長先生、僕は……

――それに床の上のこれは何です、拾いなさい、君のものですか？　それに君、何をしにここへ……

――リハーサルの時間が何時か訊こうと思って来たんですけど……

――そんなもの、オペラのリハーサルはありません、延期になったんです、先生から聞いたでしょう、それに仮にリハーサルがあるときでも、舞台衣装を着て学校に来るのは禁止です、それも先生から聞いてるでしょう、さあほら……

――これは舞台衣装じゃありません、校長先生、あたしの普段着です。

――尻尾や角や、それに反射板まで付いてるのに、それが普段着だって言うんですか？　君がそんな格好で登校してることをお母さんは知ってるんですか？

――誰？

――君の母親、お母さんですよ。

――いつもグーグー寝てるから。

――今度そんな格好で登校したら家に帰しますよ、お母さんにその格好を見てもらいます。さあ、君はこんなところで何をやってるんですか、ここには別の生徒が来ることになっているはずですよ、さっきの電話では、ここに来るのはあの男子生徒、名前は何だったかな、パーシヴァル……

――僕、分かりません、バジーなら見たけど。

――その子です、そう、君たちがバジーって呼んでいる生徒、あの子はどこ？

――分かりません、先生に連れてこられたときはちょっとだけここに座ってたけど、すぐに廊下を向こうに走っていきました。

――じゃあ、どうして君は、君はどうしてここに来るように言われたんです？

――あのね、校長先生、僕、このタイプライターが使いたかったから……

――学校のタイプライターで遊ぶ？　いくらすると思ってるんですか？

――ううん、遊んでたんじゃないよ、ほら、タイプで記入することってこの紙に書いてあったから……

――九年生になったらタイプの授業があります、それまでは触っちゃいけません。さっき落としたごみは全部拾いましたか？

――僕は悪くないよ、僕はただ……

――おい、あ、すみません、ホワイトバック校長、くそ、ダン？　まだいるか？　さっき言ってくれたみたいに車で送ってもらえるかな？

――今行きます、はい……

――私の車、学校の前に停めてたのに誰かが盗みやがった。君、こっち……？と二人は廊下を進み、ドアを引き、押し――急いでくれ、まだあの話は信じちゃいないが……二人の背後、ロッカーに囲まれた場所にある時計の針が一分の残りを切り取った。*

――やば《ホーリー》、なあ、ベルが鳴るのは何時だっけ、まだ電話ボックスの工事は終わらないのかな。

――まだあそこに一人いるぞ、なあ、さっき俺の父さん見たか、おい？

――見たかって？　僕のことを突き飛ばしそうだったじゃないか、なあ……

――何をあんなに怒ってたんだろ。

――知るかよ、車が盗まれたとか言ってたじゃないか、なあ、ちょっとこれ持っててくれよ、僕、待って、今すぐ十セント硬貨を貸してくれ。

――何だよ、十セント硬貨って、そこに二十五セント硬貨をいっぱい持ってるくせに……

――決まってるだろ、電話をかけなくちゃならないんだ、お釣りが出ないのに十五セントも余分に払うなんて嫌だからな。

――誰にかけるんだ、お友達のシーツ少佐か、おたくのフォークは貨物倉庫に置きっ放しですって言ってやれよ、怖くて取りに行けませんってな。おい、もしもホワイトバック校長にばれたら……

——ばれない、ていうか、その取引は契約も支払いも済んでる、ばれるわけないさ、例の弾薬の件で貨物倉庫から問い合わせの電話がかかってこなければな、まったく、あんな馬鹿な話は聞いたことがない、だって無料の弾薬をライフル協会から送ってもらったって、それを撃つ銃を持ってないんだからな、まったく、こんな馬鹿な話は……

——オーケー、でもまさか貨物便で送ってくるなんて思わないだろ、おい見ろよ、電話工事の人が帰るぞ……

——じゃあ十セント硬貨貸せよ。彼はくしゃくしゃの新聞紙に包んだ腕いっぱいの荷物を落としそうになりながら、一列に並ぶロッカーの横を歩き、土砂を採取するように丸めたハンカチをポケットから取り出し——さっさとよこせ……彼は中に入って膝の上に荷物を広げ、「われらが荒野の友、アラスカ」のページをめくって、電話番号の書かれた破れた封筒を探し、送話口にハンカチを押し当て、ダイヤルを回した。——もしもし……？　ドアががたがたと音を立てて閉じて——バスト先生《ミスター》はいますか……？　誰、僕？　僕は先生の、私はバスト先生の仕事上の友人です、先生はまだ街の方にいるんですか？　緊急の用件があるんです、僕の折り鞄《ポートフォリオ》のことで先生に相談したいことがあって……いや、僕が言ったのは、緊急の用件って……どこに行ったたって……？　いや、あの、すみません、先生は……いや、でも、やば《ホーリー》……いや、でも何かのショー*のためにどこかに行ったただなんて、まさか、だって、こっちは急ぎの用で、しまった、もう、もしもし……？

さらに三度、耳をつんざくような音で電話が鳴った。*——まったくもう！　鼓膜が破れちゃうわ、もしもし？　バスト氏《ミスター》はどこか海外の町に出掛けてるってさっきも言ったじゃありませんか、ちょっと待って、ジュリア？　昨日来たはがき、山の写真の付いたの、あれはどこ、もしもし……？

——一体どこの誰……

——さあ私にはさっぱり！　すごく変な声だったわ、枕の向こうからしゃべってるような声。ジェイムズの仕事上の友人だって言ってたけど、ものすごくキンキンした音が入って、大きなベルが鳴って、その後、向こうから切っちゃったわ。エドワードに電話を外してって頼んだんじゃなかったかしら。

——違うわ、株よ、アン、株、うちの電話会社株を売ってってエドワードに頼んだのよ。それがすんだら電話を外すくらいのことは私が自分でやってもいいわ。

——株の買い手が見つかればいいけどね、でも正直言うと、何だか少し悪いことをしてる気になるわ。ろくでもない株をかわいそうな人に売りつけているみたいで。まだ耳鳴りがする。今朝の電話は誰だったの？

——間違い電話よ、嫌な女の人だった。合衆国の第二代大統領は誰かって訊かれたわ、アブラハム・リンカーンだって答えたらおめでとうございますだって。

——え、リンカーンはもっと後じゃなかったかしら。ディック伯父さんがアンダーソンヴィルの刑務所から戻ってきたときに……

——私だってそんなことはよぅく分かってますよ、リンカーン*って言ったのはほんの冗談のつもりだったの、でも相手の女の人は全然動じなかった。正解の賞品として無料でダンスのレッスンが受けられます、ですって。

——食料品屋の子みたいな口調でエドワードに電話してきた例の女の人みたいね。ストライキの件でアンから電話があったって伝えてください、それしか言わなかったのよ、アン*、お願いしますって。エドワードに今週の新聞を読むように……

——多分それ、組合の誰かね、先週も電話があったわ、ずいぶん怒ってたみたい。

——ええ、まあ当然のことね、戦後にシカゴの劇場でストライキがあったときからジェイムズは組合に嫌われてるから。

——あの件では、ジェイムズが悪いなんて私は一度も思ったことないわよ、それにジェイムズはあの折れた歯を治してから同じように演奏することはできなくなったし。

——それはトマスがそう言ってただけのことよ、ジュリア、トマスがずっとクラリネットを練習していたことをジェイムズがあれこれ言ったから、その仕返しに悪口を言っただけ。頭の中のリードが緩んだんじゃないかってジェイムズが言ったでしょ。ジェイムズの歯はティーケル先生《ドクター》のせいで弱くなってからずっと調子が悪いのよ。

——でも父さんは、あの先生は優秀な歯医者さんだって……

——だってあの先生のせいで私の歯は弱ったのよ、ジュリア、はっきり言ってまだ私の歯が残ってるのは奇跡だわ、あの治療は全部、父さんが先生の息子さんに教えてたレッスン料代わりだった。二十五セント硬貨二枚を持たずに毎週通ってきてた生徒はあの子だけ、もちろん習ってたのはバイオリン、しかもうまくなかった……

——カズーを習ったってうまくはならなかったでしょうね、あの子なら。父さんが言ってたわ、あの子には音楽の才能がないって。

——ええ、ティーケル先生は全部父さんのせいにしてた、私は下顎の奥に入れ歯をしているけれど、何年も前から時々痛むのよ。痛むときには何も考えられない、あのキーキーいうバイオリンの音が思い浮かんで、あの人たち、あの人たちはみんなどうなったのかしらって考えるの、時にはいろんなものが聞こえるわ、今みたいに日が落ちてからは父さんがベランダに出て行く足音が聞こえる、そしてこの家にはベランダがないことを思い出すの……すると、まるでその集中力によって呼び起こされたかのように、遠くからサイレンが響き始め、高まり、消えた*。そして次の朝の夜明け前、呼ばれもせず、音を聞かれることもなく、それが再びそばを通り過ぎた。

——ジュリア！　早くこっちに来て！

——私ならカーテンの隙間からそんなふうに覗いたりしない

わ、アン。そんな格好を見ていると、ネリーとジェイムズの噂を広めたあのろくでもない女の人のことを思い出すわ、あの人の家の前を通るたびにカーテンが揺れたのよ、それで覗いてたんだってことが……

――けどほら見て。うちの生垣がなくなってる！

――まさか、そんなはずないわよ！　なくなるなんてはずない。シャーロットが植えさせたときのことだって覚えてるわよ、私。

――自分の目でご覧なさい、生垣がないだけじゃない、道の反対側まで丸見え、ダリアの花畑が見える、それに道行く車まで。うちの方を覗いてるわ、まるで、まるで庭の真ん中に裸で立ってるみたいな感じ、警察を呼ばなきゃ。

――何て言うの。誰かが夜中にやってきて、三百フィートも続くイボタノキの生垣を盗んでいったって？　水曜の晩のビンゴパーティーのための駐車場を造る目的で？

――ジェイムズは何て言うかしら、考えただけでも怖いわ。

――いつもと同じことを言うわよ、お金があればプライバシーが買える、お金はそのためにあるんだって。

――ジェイムズが言ってたのは、生垣があれば騒音が聞こえなくなるっていうだけの意味だと思うわ、少なくとも、何とかの姉妹《シスター》だって名乗ってた二人の変な女*が家に来るのは防げなかった。玄関口までずかずか入ってきて、ここは売りに出てるとお聞きしたんですけど、なんて言ってた。

――きっとお金を払う気なんか全然なかったんだと思う、太い方の人はここは空き家だと思ってたって言ってたもの。あの人、ドアの隙間に片足を入れて私の肩越しに家の中を覗き込みながら、若者がダンスするのにこんなすてきな部屋はないとか、とんでもないことを言ってた。

――そう、父さんもいつもそう言ってた、あの人たちを片足でも家の中に入れたりしたら……

――それに二階の部屋はゲームに使えるって。子だくさんが自慢の人たちなのよ、どんなゲームをするのか想像が付くわ。家を売る気はないって話したら、今度はあつかましくも私に訊いてきたのよ、コミュニティー施設として修理して使えそうなぼろ屋を他に知りませんか、だって。私も最低の礼儀さえ忘れそうになった、思わず、知らない人をたくさん呼んできて、おたくの家の中を歩き回らせますよって言っちゃったわ。

――きっとそんなことしてもあの人たちは大喜びするだけよ、ジュリア。あの人たちが住んでいるのはボール紙でできた家、あの様子だと、皆さん自分たちの所有している空間を隅々まで人様《ひとさま》に見せたがってるみたいだから。

――所有！　あの人たちはシャツも着てないのよ。支払いは現金、しばらくその土地にとどまってとんでもない冒瀆的な政治家に投票してから、よそに引っ越して同じことを繰り返す、後に残される混乱は、五十年間税金を払ってきた人たちが始末しなきゃならない。後には立ち木の一本も残ってないという有様。

――この時期になるとよく漂ってたキャベツの匂いだって、今となっては懐かしいわね。

――昨日キャベツ一玉注文しようと思ってたの、例のおいしそうな豚の肩肉と一緒に料理しようと思ってたから。

――エドワードに取っておいてあげたらよかったんだけど。

――いつまでも取っておくわけにはいかないわ、アン、とにかく料理してみる。エドワードもひょっこり帰ってくるかもしれない、ついさっき列車の音が聞こえたような気がするし……向きによっては鉄道の音を一マイル先から届けることもある風がその一日を吹き消し、やがて闇と冷気を招き入れ、次に再び戻ってきた日の光は、昼の噂のように曖昧《あいまい》で、空には中途半端な明るさが潜んでいた。

――何へクタールも広がってた花畑、全部真っ黒だわ。* 昨日の夜の霜でひどいことになってるわよ、ジュリア、見た?

――私ならそんなふうにカーテンの隙間から覗いたりしないわ、生垣がなくなって、ただでさえ屋敷が真っ裸の状態なんだから。

――でも、警察を呼んでも不都合はないと思うんだけど。

――ジェイムズのスタジオだって警察が来た後はあの散らかりようなのに? あの晩、ステラのあれ、名前は何だったかしら、ステラの旦那さんが中に入って、紙切れ一枚を探すためにそこらの書類を全部ひっくり返して、結局見つからずじまい。エドワードの話だと、めちゃくちゃに散らかされているみたい。

――そうそう、言おうと思ってたんだけど、また電話をかけてきたわよ。

――エドワードが?

――違う、例の、ステラの旦那さん、すごく混乱してたみたい、最後にはお友達のコーヘンさんが電話に出て、レンプさんからまだ連絡がないって言ってた。

――何の連絡のことかしら、さっぱり分からないわね、コーヘンさんこそ、事をややこしくしている張本人だわ、私たちの株《シェア》のことを詮索したりして、公開するだの何だのって。またあの話を蒸し返すつもりかしら、あの二人。

――トマスの株《シェア》を売るつもりなのよ、ええ、まったく赤の他人にね。きっとトマスは今頃草葉の陰で嘆いてるわ。

――そうね、だとしたらトマスが気の毒だわ、あの人たちはこうなるのを待ち望んでたんだから。ただじっとトマスが死ぬのを待ってたの、こっそり株を売りに出すため、私たちが通りで会っても分からないような人たちに売るためにね。

――あの人たちはきっとグルね、父さんもよく言ってたけど、そういう人たちはこちらが本当に困ったときには姿を消すの、彼らを片足でも家の中に入れようものなら……

――あの名字はもともとエンゲルスだったのよ、それがいつの頃からか変わったの。

――ジュリア、まさかとは思うんだけど、私たちが署名した株式譲渡委任状、エドワードが見つけてくれたクローリー兄弟社に返送したでしょ、あれを悪用して私たちの株やジェイムズの株を勝手に売ったりしないかしら？　だってあれ、白紙だったし、数もすごく多かったし……

――あの人たち、きっと私たちが株を持っていることも知らないと思うわ。キッチンの引き出しの中にあるのよ、あの引き出しに入っている限りはあの人たちが売ったりすることはできないわよね、アン？　もし今そっちに行くのなら、豆のかかったコンロの火を小さくしておいて。一晩ことこと煮るから……

キッチンから、そして部屋から部屋へと、手で触れられそうな存在感を帯びながらゆっくりと豆の香りが広がり、ついには夜の安逸とともに階段を上り、夜が階段を下り、去った後も、ずっと二階に残った。

――アン？　郵便が来てたんじゃない？

――キッチンの流し台の上の棚よ、豆の味見をしたときに私がそこに置いたの。少し煮過ぎた感じだけど、これくらいの加減が父さんは好きだったから……

――どこかに新聞があったわね。

――ええ、私もまだ新聞しか開封してない、この下に置いたんだけど、はい、どうぞ。レンプさんの屋敷の写真、見た？　ひさしのある車寄せを壊して、変てこな滑り台《シュート》みたいなものを作ってる、火事のときの避難装置なんだって、あそこ、老人ホームになったのよ。ほら、階段の上り下りが困難な入居者を迅速に避難させるためだって書いてある。

――たしかにレンプさんのところのおばあさんは歩くときに杖をついてたけど、洗濯物みたいに滑り台《シュート》で家から出てくるのは想像できないわ。

――それに、この新聞には、エドワードのことも、あの女の人が電話で言ってたストライキのことも書いてない、アンって名乗ってた女の人、今週の新聞を見ろって言ってたのに。

――その人、また電話してきたわよ、エドワードと話したいって、ああいうところで教壇に立つとどうしても、こうやってややこしいことになっちゃうのよね。ジェイムズとあの養護施設*のことを思い出したわ、どうしてもエドワードに会いたいってずいぶん熱心だった、曲に光るものがあるとか言ってたわ、犯罪者や身体障碍者のリハビリのための音楽療法《セラピー》とか、いろいろ言ってた。

――電話の声からすると、そういう知り合いがたくさんいそうな女の人ね。さっき私が縫い物をしてたときにかかってきた電話がその人？

――いえいえ、あれはステラ、エドワードに話があるって。エドワードが元気かどうか聞くために電話したって言って、他のことは何も言わなかった。

――彼女が口に出さなかったことの方が私には気になるわ。

――そう、どうしてか自分でもよく分からないけど、彼女の声を聞くだけでも不安な気持ちになるのよね、けだるそうで、ぼんやりした感じの話し方……

――そのけだるい雰囲気が男の人の気を引くんだと思うわ、昔は興奮しやすい子だったのに、例の何とかっていう男《ひと》と結婚してから、あの男《ひと》、私が初めて会ったときにもずいぶんのんびりした人だと思ったわ……

――それにあの傷痕、あなたの話で思い出したわ、あの甲状腺の手術は単に気性を落ち着ける目的だったという話だけど、むしろ、あの子のペースを旦那さんに合わせるのに役立ったみたい……

――ずいぶんと面倒なことをするのね、そもそもどうしてあの子、あんな男《ひと》と結婚する気になったのかしら……

――決まってるじゃないの、アン、以前はよく分からなかったかもしれないけど、今となっては明らかよ、あの男《ひと》が彼女と結婚した理由は単純明快、会社での自分の地位を確かなものにするためよ。トマスから二十三株もらって、トマスの力が落ちてきたら、すぐに経営に口出しするようになった。トマスが亡くなって、いろんなことを取り仕切る人がいなくなった今、私たちとジェイムズが持ってるのはたったの二十七株、もしもステラが遺産から二十五株全部を相続したりしたら、あの人たちはそういう赤の他人を一斉に呼び込んで、会社を好き放題にするつもりよ。そうじゃなきゃ、あの夫婦がこんなところまで出掛けてきてそこら中を引っ掻き回すはずがないわ、おかげでエドワードはおびえてどこかに逃げちゃった。あの人たちは恐れてるのよ、エドワードが遺産の半分を要求したら自分たちは三十五株ほどしか手にできないからね、エドワードが遺産の半分を受け取ればこっちは約四十株、そうなれば、トマスが望んでいたように一族で株を持ち続けることができる。

――でもジュリア、私が思うに、エドワードは……

――その話を蒸し返すのはやめましょう、ジェイムズの口から話を聞くまでは、私たちの意見は胸に秘めておくのがいいわ。

――でも、ステラは私たちにしゃべったこと以上にいろいろと知ってるんじゃないかしら。ネリーの死について私たちに訊いたときだって、あの口ぶりは……

――悪いけど私個人は確信してるわよ、ネリーとジェイムズに関するいろんな噂話、あの夏、タナーズヴィルの縁日《フェアー》の後で例の女が広めた噂、指の先が一本ない女、あの女に噂話のタネを聞かせた人物は一人しか考えられない。あの話が蒸し返されるのは御免よ、そのためなら自分の持っているものをすべて賭けてもいいわ、でも赤の他人に売り渡すなんてことはとても考えられない。電話会社の株を売るのとはわけが違うんだから。それも、クローリー兄弟社が株の買い手を見つけられたらの話だけど。

――ええ、たしか郵便で向こうから何か届いてたと思うわ、ジュリア、今、豆を見に行くからついでに取ってきてあげる。豚の肩肉がたくさん残ってるから、今日の夕食にできるわね。

――自分が支払った分を取り戻せたらさぞいい気分でしょう

ね、でも、なかなかそうはいかない、電話なんていつもそんな感じね。いつも糞尿運搬車を運転してた例のおつむの弱い男の子、覚えてる？　あの子の笑い声、ちょっと怖かったでしょ？　今朝の電話に出たとき、久しぶりにあの子のことを思い出したわ、声がそっくりだったの、キャンベル・スープの歌を歌えますか、だって……

――ええ、ほら、あったわ、ジュリア。小切手はないわね、何かの明細書を送ってきたみたいだけど。

――四千ドルちょっとくらいだったと思うわ、どうしてそんな数字を覚えてるかって言うと……

――どうやらここに書いてあるのは、うちが売った、うちが買った、買った（bought）の綴りがｂｏｔになってるわ、*ＡＴ&Ｔを千六十八、うちが売ったんですって……

――それが千六十八株という意味なら、ありえないわ、アン、馬鹿げてる。私たち、ここでエドワードと一緒に全部数えたんだもの、たしか百七十何株だかだったわよ。*

――四十四ドルで売ったって、ここに書いてあるもの、ジュリア、例の鉱山株のことは一言も触れてないわ、それにこっちには、二十九ドルでクエーカー・オーツを五百株、二十二ドルと八分の一でアンペックス*を二百株、十八ドルと四分の一でダイヤモンド・ケーブルを五百株、十七ドルと四分の三でデトロイト・エジソンを五百株、これもまたｂｏｔって、ジュリア？　どこ行くの？

――どう考えても馬鹿馬鹿しいわ、アン、エドワードはどこでこういう人たちを見つけてきたのかしら、買ったをｂｏｔって綴るような人を。今、階段の踊り場まで上がるところよ、明るいうちにと思って。うちの木がまだ残ってることを確かめたくてね。何か物音が聞こえたような気がしたから……

――ええ、私も聞いた、私の部屋の窓に外の枝が当たる音よ。風が吹いたり、雨が降ったりすると、いつも……

――今、雨が降りだしたんじゃないかしら……暗闇の中でわずかに残ったカイドウズミ《クラブアップル》の枝から打ち落とされた葉が雨樋《あまどい》に詰まり、そこから羽目板とガラスの上にいく筋もの水が流れていた。

――アン？　さっき家の横手のドアのところにいたのはあなた？

――私がいたのは裏のドアのところよ、ジュリア、横手のドアは開かないから。昨日の晩の嵐で木から落ちたおいしいりんご《アップル》を拾おうと思ったの。今、電話してた？

――ええ、女の人から電話、エドワードはいませんかって。

一体誰なのかしら。

――アンって名乗ってた人じゃないの？

――とんでもない、違うわ、今回はかわいいアルトの声の女の人よ。*間違いなく聞き覚えのある声のような気がしたんだけど、前に聞いたことがあるのはホーマーだったわ、ルイーズ・ホーマー、グルックの『オルフェオ』*をやったときの彼女、エドワードに何かのお礼が言いたくて電話してきたんだって。

——二人はきっと古い付き合いなんでしょうね、エドワードがホーマーと知り合いだなんて知らなかった。この週末はエドワードが帰ってくるんじゃないかと思って、チキンを二羽注文したわ。キッチンの水切り台に置いてある。

——さっき郵便が来てたんじゃない？

——ええ、今持っていく。来たのはこれだけ、これ、私には意味が分からないんだけど、あなたなら……

——え、どういうこと！　新しい歩道のための課税評価、コンクリート敷きの歩道、三百フィート*……

——歩道なんか作ってって頼んだ覚えはないんだけど、ジュリア。

——間違いなく、そんなの頼んでないわ、あの人たちが頼んだに決まってる、水曜の晩のビンゴパーティーに歩いていくため、日曜にうちの玄関の前をぞろぞろ歩くためよ、買ってきたばかりの安物の服を来たお手伝いさんみたいな女の人たちとか、ゴムのついたネクタイをして中折れ帽をかぶった、小人みたいな格好の男の子たち、何かコンロにかけっ放しにしてない、アン？

少しカーテンが揺れた。——こんな濃い霧は見たことがない、今頃は日が昇り始めてるんだろうけど、私はこの雰囲気には耐えられないわ、すべてを表にさらけ出している感じ、すべてがこっちになだれ込んでくる感じ、何へクタールにもわたって霜が花を枯らした大地、今まで以上に真っ黒に見える……

——何か匂《にお》うわよ、私が見てくる。

——外の匂いよ、ジュリア。不思議よね、ほんのかすかな匂いを嗅いだだけで突然過去の思い出がよみがえることがある、そういえばさっきジェイムズの話をしてたのよね、タナーズヴィル*の近くで過ごした夏のこと。道路にタール塗装をしてた夏……？

——あなたの注文したチキン二羽、心臓は一つ、砂嚢《さのう》は三つ、不思議よねえ、心臓のない鳥、アン？　さっき、エドワードが帰ってくるって言った？

——ジュリア……？　サイレンの音が近づいてきて、——ジュリア？　よく聞こえなかったわ……

——エドワードが帰ってくるのって訊いたのよ。

——いいえ……カーテンが震え、——ここから見えるのは霧を生む太陽と、湿った草だけ……そしてカーテンが下りて動かなくなった。しっとり濡れた芝生の向こうでは、海草に絡まった小石のように硬いりんご《アップル》が草の間に連なり、防波堤のように長く延びたつるつるの道路へ抜けるのを難しくしていた。ハイウェイに向かうけたたましいサイレンの音がわだちのついた路肩に押し寄せた。そこでは細い水の流れが踏まれた草の上に流れ込み、原始バプテスト派教会の聖地で土に帰ろうとしている絶滅した洗濯機の周りに水溜まりを作り、スイカズラが隣のニセアカシアの木に新たな攻撃を仕掛けようと、最前線に散らばる苗木や切り株の間を縫うように這い、椅子の脚や錨鉤《いかりかぎ》のような便座が突き出ているところ以外はすっかり泥で覆われている丘まで伸びていた。便座の指す方向にはバーゴイン通りがあり、*その上空は広く雲が切れて、サイレンの金切り声が響いていた。その音は、鳥が止まる枝があった頃なら鳥たちを一斉に飛び立たせていただろうが、今は銀行から漏れ聞こえる「ホワイト・クリスマス」に陽気な気分を添え、道路の縁石や建物の中から「われらが荒野の友、アラスカ」に踏み出す老人に冒険の気分を感じさせ、あるいは希望のない闘いから解放されたことに安堵する調べのように響いた。

——何ですか……？　いえ、よく聞こえなかったんです……ええ、よく聞こえなかったんです、パトカーのサイレンが近くを通ったので、うーん……ああ、そうですか。ええ、はい、もちろんこの町には救急車は何台もありますからね、うーん……それで、ええ、大変活躍していますよ、つまりその……なるほど、ええ、違います、おたくの生垣の件でお電話しているわけじゃありません、違います、以前にも一度お電話を差し上げたのですが……誰みたいな声ですって……？　ええ、はい、それは別人です、私は……違います、私は、違います、キャンベル・スープの歌を歌ってくださいなんて言ってません……何ですって？　いえ、ええ、はい、もちろんお手間を取らせるつもりはないんです……なるほど、ええ、お電話したのはミス……いえ、いえ、ミスター・バストです、ええ、バストさんは……バスト、ええ、バ……いえ、すみません、ええ、綴りはご存じですよね、そういうつもりで申し上げたわけでは……バストさんは、ええ……あ、そうですか？　なるほど、はい、お戻りになるのはいつ頃……ええ、はい、もちろん……ええ、はい、そうでしょうね、賞をおもらいになるのも当然です、彼は……ええ、いえ、小切手のことなんですが、ええ、金額を訂正した新しい小切手を今こちらで用意していると、彼にお伝えしたくて電話をさせていただいたんです、既に二度もご不便をおかけして大変申し訳なかったのですが……いえ、どうしても、財団に、うーん、財団から受け取っているお金なのに給料の支払いをためらっているというような印象が彼から財団に伝わったりしますと、私どもとしても困るので……ええ、これは、違います、違います、賞金ではありません、違います、これは彼の作曲家としての仕事に対する報酬で……モーツァルトに関する、うーん、つまりモーツァルトに関して立派な仕事をしていただいたので、ええ、彼のモーツァルトに関する講義はかなりの、うーん、つまり、かなりの反響を引き起こしたんですが、うーん、つまり、年配の市民の方々からということですが、彼は、うーん、ピーター・パンみたいだというご意見が寄せられて……パンです、ピーター・パン、彼は……何ですって？　モード、ええ、いいえ、モード・アダムズ*さんですか、存じません、もちろん、うちは生徒数が多いので……それは興味深いですね、ええ、なる……ええ、なるほど、しかし……そうですね、ええ、しかし申し訳ないのですが、今、お客様が見えたので……大変なご活躍ですね、そうでしょう、では失礼します、ありが……ええ、失礼します、そうでしょうね、ちょっと失礼、どうぞお入りください……ええ、はい、いえ、私もいろいろと用事を抱えていますので……

——すみません、お電話の邪魔をするつもりはなかったんですが……

——いえいえ、お掛けください、ジュベール先生、今ちょうど……何ですって？　もしもし？　ええ、失礼します、どうも……失礼、はい、します……

——お邪魔するつもりはありませんから、ホワイトバック校長、私……

——ええ、いえ、お目にかかれてよかった、あなたのその豊満な、うーん、つまりあなたのお顔を見られてうれしいですよ、うーん、久しぶりに、うーん、もちろんいつもお元気そうなんですが、うーん、つまりお顔と同じくらいお体の方も……

——すっかり元気になりました、ありがとうございます、まだ少し疲れが残っていて、本当なら出勤しなくちゃいけなかったんですが、すみませんでした……

——ええ、はい、いえ、お掛けください、誰にでもあることです、そういう、うーん、あなたのクラスはギブズ先生が見てくれました、つまり、大活躍です、というか、もちろん大活躍でした、ギブズ先生は、うーん、ただ、生徒の中には……

——そうでしょうね、ええ、お礼を言わなければなりません、今日、私がここに来たのは、八年生の明日の遠足の件なんです。もしも……

——土曜ですね、ええ、はい、もちろん、予定にちょっと問題があったようです、移動手段に関してね、あなたのバスケットボールの試合が土曜に予定されているのは分かっていたんですが、例の、うーん、社会見学、この辺に予定表があったはずなんですが、博物館に行く社会見学が、予定では、そう、水曜ということになっていて、でもどうやらディ、うーん、ある先生《ミセス》が先月のカレンダーを見たらしくて、うーん、先月の水曜だった日付が今月は土曜に当たってたので*……

——いえ、それは全然構わないんです、ホワイトバック校長、土曜でも別にいいんです、一つだけお願いしたかったのは、私、今から街に出掛けるので、できれば、こっちに戻ってくる手間を省いて、そのまま……

——ええ、はい、いえ、それはちょっと、うーん、今ですか？　いやいや、生徒たちの都合がちょっと、うーん、これが予定表ですが、ええ、今からっていうのは……

——いいえ、そうじゃなくて、明日の朝、街のどこかで生徒たちと待ち合わせってことにできないかなと思ったんです。もしも生徒を列車に乗せるのがお手間じゃなければ、ですけど……

——ええ、はい、もちろん生徒は列車では行きませんよ、うーん、つまりバスで行くことになってるんです、前回列車を使ったときに、帰ってきた生徒の数が出掛けた数よりも一人少なかったようで、うーん、ええ、はい、あれも先生のクラスの遠足でしたね、ひょっとしてあのときの生徒の数、というか、うーん、切符の枚数を覚えてらっしゃいませんか、というのも……

――今はちょっと分かりませんが、でも、でも、それって、まさか生徒が一人行方不明になったって……

――ええ、はい、いえ、もしそんなことがあればおそらくすぐに親御さんから連絡が入っているはずですからね、しかし、最近では必ずしも、失礼、もしもし……？　はい、ちょっと待ってください、リロイ、どこだったかな、あった、この予定表をお持ちください、ジュベール先生、そうして、うーん、待ち合わせをするようにあなたから生徒に、私から生徒に言っておきましょう、場所は、うーん、そこに書いてある場所で、ええ……

――ありがとうございます、本当に助かり……

――ええ、はい、こちらこそありがとうございます、うーん、わざわざお顔を出していただいて、ジュベール先生、失礼、もしもし……？　ええ、失礼、もう一つの方の電話が鳴ってるので、もしもし、リロイ……？　しかし、どうなったっていうんです、あんなにたくさん、あんなにたくさんのピクニック用フォークが消えてなくなるなんてはずは……ええ、でも移送って言ったってどこへ、誰がそんな許可を……知ってますよ、六Ｊって書いてあったんでしょう、ええ、今さっきまでここに彼女がいましたよ、本人に尋ねてみるつもりだったんですが……いえ、じゃあ、向こうは残りの荷はどこに行ったか分かってるんですかね、そもそも残りはこっちに届いてないんですからね……いえ、分かってます、予算に含まれてなかったってことは分かってます、だからきっとカフェテリア・ランチ計画と何か関係があるはずなんです、もしも連邦からの補助を拒絶してると思われたら困るじゃないですか、今度から資金が削られるかもしれませんからね、この前だってコーラの自動販売機を設置したら牛乳の補助を打ち切るって脅されて……え……？　いえ、ちょっと待って、ちょっと待つように彼に伝えてください、リロイ、うちは……いえ、うちのカリキュラムではブレーキの裏張り《ライニング》なんて必要ありませんよ、でもひょっとするとヴォーゲルが、うーん、いくつです……いくつ？　いや、さすがにヴォーゲルもそんなにたくさんのブレーキ……いえ、私は貨物倉庫には行きません、君が……いえ、あの、まさかそんな……いや、ちょっと待って、口径は……？　いえ、その、それは、いえ、うちには射撃部だってありませんよ、でもひょっとすると、政府が、うーん、ええ、その、とりあえず、その荷物は……いえいえ、今はティーツさん《エージェント》とお話しする時間がありません、こう伝えてください、今……いえ、今、もう一つの電話で人を待たせてるんです、その人には、そこにあるものは全部そこに置いておくように伝えてください、今度は誰かが部屋に来ました、どうぞ……？

——リハーサルはここですか……？

——リハーサルはここじゃない。ホームルームで連絡すると言ったでしょう、出るときにはドアを閉めて行きなさい。それに顔もちゃんと洗って、もしもし……？　ああ、はい、いえ、すみません、神父《ファーザー》、そういうつもりでは……見ましたよ、ええ、今ちょうど、うーん、今ちょうどその件でこちらからお電話しようと思ってたんです、ちょっとお待ちいただけますか？　別の電話がかかってるので、今、もしもし……？　ゴットリーブ？　ちょっと待っててください、もう一つの電話でヘイト神父《ファーザー》と話してるところなので……ええ。もしもし、神父《ファーザー》？　ええ、おたくの新しい配管設備の完成式典、もちろん、あれは立派な宣伝になりましたね……は？　はいはい、違いました、新しいテレビの設備ですね、もちろん、私が言おうとしたのも……ええ、もちろん、分かってます、おたくの配管は前から……はいはい、あなたのお兄様と大司教とのツーショット写真が一面を飾っていたはずですよね、あの事故さえなければ、でも、分かりきったことですが、別に私たちが仕組んだわけでは……あれは、ええ、はい、あの男の子はうちの、うーん、うちの生徒です、ええ、でも、もちろん、あの子が学校から飛び出していったときの状態は、うーん……いえ、はい、違います、ええ、あの子は、うーん、つまりうちの自動車教習プログラムは履修していません、同級生の子供の話だと、運転はマンガ本で覚えたらしいですよ、でも、もちろんハイド少佐は……彼はうちの教育委員なんです、ええ、神父《ファーザー》、しかし、それは今回の件とは何の関係も……そちらのケーブル設備の設置に当たって彼が尽力したということですね、ええ、テレビ施設の記事が新聞の一面を飾ると彼が約束したのなら、もちろんご本人もそのつもりでいらしたはずで、まさかご自分が一面に載るとは思っていなかったでしょうから……退院なさったらすぐに、はい、神父、きっと彼の方から……お兄様がそうお思いになっているのは残念です、神父、きっと少佐……お兄様は元大将でいらっしゃいますよね、はい、ハイド少佐もそれはご承知だと思います、神父……はい、きっと、神父……はい、はい、お電話ありがとうございました、神父。もしもし？　ゴットリーブ？　ええ、もう一本の方の電話はヘイトでした、彼は……いえいえ、ヘイト神父です、パローキアル・スクールの。近々陸軍を除隊するお兄さんがわざわざ完成式典に来たというのに、新聞の第七ページに追いやられるのはおかしいんじゃないかというのが神父の話でした。それというのも、一面を独占したのが例の……いかなる立場であれ今後もお国のために力を尽くして参りたいとかいう彼の声明ですね、はい、彼が、うーん、仕事を探しているという、つまりその、ええ、彼は……はい、いいえ、その件でヴァーンに電話をするつもりはありません、ええ、ヴァーンの方でもきっと、うーん、彼は相当ご立腹ですから、アスファルト舗装の支払いの件で……芝生の部分だけ、はい、全部……ええ、はい、木も全部です、つまり、パレントゥチェリの話では、木を切らないと機材が運び込めなかったらしくて、当然彼は……要するに、あの日の午後だけで仕事を仕上げようとして、ええ、ですから当然、家に帰ったヴァーンは……ええ、はい、もちろん、ただの些細な勘違いなんです、学校のドアを設置するときに、開く向きを間違えたのと同じで……はい、誰、ガンガネッリ？　町が開くフロー＝ジャン社の聴聞会、町の埠頭《ドック》のリースに関する問題、はい、彼らは……年間千二百ドルで五年契約、契約更新は、誰かが部屋に来ました、はい？

——すみません、お邪魔するつもりでは……

——いえ、構いません、どうぞお入りください、ギブズ先生、私は今、う—ん、銀行につながっているこの電話で、つまりその、もしもし……？　はい、それについては何も聞いていませんん、ダンが奥さんに探りを入れてくれるはずだったのですが、当然のことながら、今の彼は、う—ん、誰かの感触を探るような状態ではないので、つまり……いいえ、しかしもちろん、フエダーズを財政的に追い詰めるわけにはいきません、教員組合の、う—ん、軍資金を譲渡性定期預金*の形で銀行に預けているのは彼で、もちろん、銀行を通じて組合の年金基金で抵当証券を購入する指示も彼が出していたのですから、う—ん、はい、この話はまた後で、銀行の方でするのがよさそうですね、もしも……はい、もしもエース運輸があのローンについて債務不履行に陥った件に関して何か疑問があれば、もちろん……え？グランシーが……？　はい、しかしもちろん今、グランシーの信用度は、う—ん、彼はその資金をどうやって調達……ええ、はい、もしもあなたが彼に新車のキャデラックを売ったのなら、当然彼の信用度も調べて、う—ん、ショールームから車に乗ってそのまま出て行ったのなら、つまり……銀行で、はい、銀行にいらしてください。さてさて、はい、ギブズ先生？

——こんなことでお邪魔をして申し訳ないんですが、ホワイトバック校長、ちょっとしたお金のことでご相談が……

——ああ、はい、思い出してくださってよかった、十、う—ん、十ドルと四十セントでしたか？　どこかにメモしたはずですが、はい、あの子に私どもが支払い、う—ん、払い戻したお金ですね、列車の切符を持ってきた男の子、もちろん単なる簿記の問題ですが、思い出してくださってよかった、う—ん、今そちらにお持ちですか？

——実は……彼がポケットに手を突っ込んで取り出したのは、しわくちゃになった紙たばこで、——その件ではなくて……

——ええ、はい、もちろん、失礼、もしもし……？　ああ、スタイさん、はい、私……いえ、私が今いるのは銀行ではありません、違います、今は……ああ、なるほど、スタイさんが今銀行にいらしているんですね、はい、少々お待ちいただけますか？　別の電話が、もしもし……？　ええ、まだ貨物倉庫にいたんですか、そこで何を、先ほど言ったように、そこの荷物はそのまま……今ですか？　今届いたと……？　はい、いや、無理です、保管スペースはそちらでどうにかやりくりしていただかないと……あそこに既に設置してある教育用機材を全部撤去しなければ新しいのを設置するのは無理ですから、いいえ、ダンはまだ事故でお休みですから、彼の判断なしには何も、少し待ってもらえますか、リロイ、もう一つの電話で今、盗まれた野球ボールのことをスタイさんと……あなたがこの電話代を負担しているのは分かっています、はい、とりあえず、ではとりあえず、月曜にこちらから電話すると伝えて、切ってください。はい、もしもし、スタイさん？　はい、はい、盗まれた野球ボールのことですね、ところでハイドさん、ハイド少佐、ハイド少佐のことを覚えていらっしゃいますか、彼がいつかスタイさんとお話ししたいとおっしゃっていましたよ、空いた、うーん、教育委員の新たな空きポストのことで、彼は……いえ、彼のポストが空いたわけではありません、違います、彼はあと一日か二日もすれば退院するはずです、はい……ええ、彼が座っていたのは助手席、たしか保険業界では助手席を「死の座席《デス・シート》」と呼ぶんですよね、というか、新聞にはそう書かれていました、運転していたのはディ、うーん、セファリス先生、そこにあの車が……ああ、そうですか？　はい、はい、私もです、別の電話がかかってきました、どうもありがとうございました、うーん……もしもし？　ああ。はい、ええ、事故の後、おたくの新聞に声明を出した時点では、私どもはその事実を把握しておりませんでした、事故で、うーん、亡くなった少年が、つまり、盗難車を運転していたのだとは、その少年が、うーん……何ですか？　ああ、はい、今ではもちろん、ワダムズ先生が、うちの学校の保健室にいるワダムズ先生が尿検査を実施しています、三年生まで、つまり、うーん、薬物を検出するための検査を、いかなる薬物であれ……何ですか？　向こうが電話を切りましたね。ええ、さて、何のお話をしていましたっけ？　例の、うーん、列車の切符でしたね、はい……

——いいえ、ホワイトバック校長、今日こちらに立ち寄った用件は、あの、ちょっとだけ前渡しをお願いできないかと思ったからなんです。

——ああ、はい、うーん、ああ、それは、うーん……

——給料のです、はい。

——ああ、はい、もちろん、うーん、ええ、現状だと、つまり、ギブズ先生、うーん、教員の給料は、うーん、もちろん銀行の方へお越しいただいたら、車を担保にいくらかご用意することができるかもしれません、うーん、ローンという形、つまり車のローンという形で……

——それは持ってません。

——いえ、私が申し上げているのもそういう意味です、銀行でローンを組めるかもしれないと、つまりローンのお世話を……

——いいえ、ローンじゃなくて、車がない。つまり自動車を持っていないんです。車は持っていません。

——車を？　お持ちじゃない？　ええ、はい、もちろんそれは、うーん、しかし、銀行の方では何かお手伝いできると思いますよ、車が買えるように、グランシー、だってあのグランシーがですよ、お聞きになりましたか？　先ほどの電話、キャデラック販売代理店のゴットリーブだったんですが、グランシーに一台売ったらしい、ですから、あなただって、もしもご希望が……

——待ってください、いいえ、俺はキャデラックは欲しくありません、車は欲しくない、車を買う気もありません、俺はただ、必要なのは給料の一部の前渡しだけ、ただ……

——はい、ええ、うーん、もちろん車をお持ちなら簡単に、失礼、もしもし？　ああ。はい、そうです……はい、そうです、彼は……はい、大変ご活躍いただいています、彼は……彼が何ですって？　ああ、なるほど……ああ……承知しました。はい、ええ、では、はい、学校の者を誰か、もちろん、できるだけ急いでそちらに……はい、できるだけ急ぐからと彼にお伝えください、はい、失礼します。

——もう結構です、ホワイトバック校長、もう……

——はい、あれは、うーん、今、お時間は少しありますか、ギブズ先生？

——何ですか、列車の時間が……

——ええ、先ほどの電話は警察からだったのですが、うーん、指導員《コーチ》、ヴォーゲル、つまりヴォーゲル指導員《コーチ》はご存じ、ご存じですね？　というか、もちろん本人確認はできますよね、つまり、うーん、警察が子供たちにチラシを配ったのですが、どこかこの辺にも一枚あったと思うのですが、これです、知らない人が君たちの遊びに加わろうとしたら通報しよう、公衆、うーん、の近くでは遊ばないようにしよう、指導員《コーチ》はあのハイドの、うーん、ハイド少佐のシェルターの近くにある広場を歩いていたらしいのですが、警官の目にはシェルターが公衆、うーん、トイレに見えたらしい、さっきの警官はたしかそういう言い方をしていました、指導員《コーチ》が子供たちの輪に加わって、つまり、ボール遊びを始めたところ、その中に指導員《コーチ》と顔見知りではない子供が交じっていたらしくて、その子が警察を呼んだ結果、うーん、もちろん彼のことはご存じですよね？　指導員《コーチ》？　とにかく誰かに本人確認をしてもらいたいという連絡なんです、そうすれば彼の身柄が、うーん、お時間はありますか？

——はい、喜んで、じゃあ警察まで送っていただけますか？

——はい、ええ、ちょうど今、うーん、つまり私も銀行へ戻らなければならないので、私も用事が、うーん、ご一緒しましょう、はい、つまり例の苦情の件、ギブズ先生、授業を始めるときに、うーん、先生の穿孔をしていないという話、苦情が寄せられているんです、新たにできた市民団体から、先生もご存じの団体かもしれません、ええ、お待ちください、ここのドアに鍵を掛けますので、野球ボールのことがありましたから当然です、先生もご存じかもしれませんが、野球の……

——もちろん知ってます、はい、何者ですか、クー・クラックス・クラン*?

——誰って、その、うーん、市民団体の話ですね、はい、いいえ、教育マナーをまもる市民の会という団体で、彼らは……

——教育ママの会*? 女ばかりの団体?

——はい、ええ、いえ、そういう略称を使っているかどうかは存じません、私は笑いませんよ、ええ、ええ、あちらは大まじめですから、例の……

——ええ、先生の穿孔ですね、はい、たしかにあらゆる穿孔は先生のためにある、じゃあ憲法はどうです。俺が次にホームルームを担当するときには、憲法の朗読から始めることにします、それならどうです。

——はい、ええ、それはなかなか、うーん、つまり合衆国憲法ということですね、はい、たしかにそれはなかなか先生の、うーん、もちろん今、最も避けるべきなのは、つまり紛争の種をまくことです、先生がご自分のクラスに加え、ジュベール先生の、うーん、クラスのためになさったことは、うーん……

——戻ってきましたね、そういえば、彼女は復帰したようですね?

——はい、しかし当然のことながら、お顔の色が、たしかに大変美しい女性でいらっしゃるのですが、ここの扉は外向きに開くんですよね、ええ、もちろんつまり、健康面のことを考えてということですが、仮にお辞めいただくことになったとしても、特に問題はありません、というのも彼女はそもそも教員免許をお持ちではないわけで、正規の単位を、うーん、どこか海外に留学してらしたのですが、そこにはそういうコースがなかったんです、ええ、たしかフランスの文明について修士号をお持ちのはずですけれども、当然それは六年生の社会を教えるに当たってあまり、うーん、実際には、うーん、もちろんご活躍いただいてはいるのですが、あ、ちょうど今そこに、はい、大変美しい……

——あれですか? とんでもない、違いますよ、あれは……

——はい、見間違いでした、あれはミセス、うーん、ダンの奥さんですね、はい、私はこちらに参ります、車がその向こうに停めてあるので、うーん、ギブズ先生は警察署にいらっしゃるのですよね?

——いいことを考えました、ホワイトバック校長。校長ご自身が警察に寄って、ヴォーゲルの本人確認をしたらどうですか、そうすれば俺を車で送る手間が省ける。

——はい、ええ、うーん、はい、もちろん、その方がシンプルですね……

——じゃあ、俺は列車に向かいます……と彼は砂利の上で踵《きびす》を返し、——失礼……

——あ、先生、ギブズ先生じゃありませんか? 私は……

——ダンの奥さんですね、はい……と彼は横によけて——例の件はお気の毒でした。

——例の件って、ああ、彼の事故のこと……彼女は彼と並んで歩きだし——ジャック？　みんな、あなたのことをジャックと呼んでるわよね？

——ええ、時々は……

——最近、バスト先生と会ったことはない、ジャック？　以前ここにいた若い作曲家、どうしても見つからないんだけど。

——モーツァルトについて例のすごく、強烈な授業をした後だから、慌てて休暇を取ったのかもしれませんね。

——慌てて彼に休暇を取らせた人間が誰なのか、教えてあげるわ、彼の授業を台無しにした連中……

——観たんですか？

——ジャック、そんなことは観なくたって分かる、連中は才能とか感性とかを目にした途端、邪魔をしてきて、技術的な問題だと言ってごまかすの。連中が目を付けているのは彼だけじゃない、私たちみんなが狙われてる、創造的な人間は彼らにとって脅威だから、あなたは知らないかもしれないけど、あなたも狙われてる、あなたには才能と創造力があるから、それはあなたの手を見れば分かる……彼女は縁石を離れながら、近い方の手を握り——この指、人間的な芯の強さが親指に表れてる、ほら見て……

——ああ、自分の親指なら見たことがある……しかし彼は視線を下げることなく、彼女の蠕動《ぜんどう》する把持《はじ》から自分の手を完全に救い出し、それを再び見ることができて安堵したような表情を浮かべ、——すみません、俺、列車に乗らなきゃならないので、ミセス・ディ……

——いえ、アンと呼んで、アン。ジャック？　だって私は知ってるの、だって私には才能があって、それなのに何をするのも許されなかったから、ジャック？　今日は私、この後、家に帰るから、よかったらいらして、お話ししない？

——ええ、でも俺は、こっちには戻らないかもしれません、俺……

——遅くなっても構わない、お父さん、ダンのお父さんが一緒に暮らしてるけど、みんな九時には床に就くから、ジャック……？という声が角まで彼を追い、——お話ししない……？

彼はポケットを探り、たばこの箱を取り出したが、中は空《から》だったので、箱を丸め、放り捨てた。そして階段を上がり、プラットホームに出ると、*長い列車がうなり声を上げ、黙り、彼が駆け寄ると、音を立てずに動きだした。徐々に狭くなるプラットホームで、汚物がこびりついたようにも見えるガラス越しに運転席の窓を叩きながら列車を追いかけていると突然、すべてのドアが開き、きしる音を立てながら停止した列車の慣性が乗り移ったかのように、彼はよろめきながら乗り込み、不潔でない手すりを探し、光沢のある梳毛《サージ》の制服をまとった車掌の背中側をすり抜け、通路を進み、煙の層を抜け、列車が動きだしたときに座席の隅をつかみ、うつろな目をしていた女性に半分にらまれながらその横に腰を下ろし、前に身を乗り出して、座席のちょうつがいの部分に丸めて押し込まれていた新聞を取り、ドアとその向こうの車両から顔を隠すようにそれを広げた。

——切符を拝見。

——ハイ《アー》? 彼はタブロイド新聞を下げた。

——ああ、またか。

——ハイ《アー》! オゲンキデスカ《ヴィー・ゲーツ》!

——オーケー、さあ、切符を見せてください。

——ハイ《ヤー》、ワタシデス《イッヒ・ビン・エス》ヨ、ハンガクガニマイ《バイデ・ヘルフテン》、チガイマスカ《ニヒト》? 彼はうれしそうにポケットを探った。——ヒトリブン《フュア・デン・コプフ》、デショ《ヤー》? ソレカラ《ウント》……彼はよれよれになった四角い厚紙を一枚差し出して、——ソレカラ《ウント》……

——いいですか、英語が話せないなら、どうしてアメリカの新聞を読んでいるんです?

——アア《アー》、シンブンデスカ《ディー・ツァイトゥング》? 彼はそれを振り回し、空いた方の手でポケットを探り、——イカニモアメリカ《アメリカニシェ・クンスト》、ネエ《ヤー》? クロイギジュツ《シュヴァルツェ・クンスト》、オソロシイ《グラウシッヒ》……列車の揺れに合わせて彼は急に身を乗り出し、人差し指をこめかみに当て、親指で引き金を引く真似をして、——リュウケツ《ダス・ブルート》! センソウ《デア・クリーグ》! 彼はまた背筋を伸ばし、点になっていた目がいやらしい表情に変わり、先ほどの指を反対の手で包んで、——セイテキナコウイ《ゲシュレヒトリヒャー・ウムガング》! ウンチ《シャイセライ》……!

——お願いですから、もう一枚の切符を見せてください。

——カハンシンノブンネ《フュア・デン・ウンターケルパー》……と再びポケットを探り、——ハイ《ヤー》……

——それから、そちらの女性を通して差し上げてください。

——ああ、俺、ハイ《ヤー》、アノ《ディー》、アア《アー》……と彼はもう一枚、よれよれの厚紙を取り出し、——カハンシンヲワスレテハイケマセン《ダス・ヒンタータイル・ニヒト・フェアゲッセン》、ネ《アー》? ジュベール先生が前を通るとき、彼はスカートの曲線を横目で追った。彼女がそのままドアを抜け、隣の車両に移ったところで、彼は振り返り、握手をせがんだ。——ドウモ《ダンケ》、ドウモ《ダンケ》……そして自分も隣の車両に移動して、ドアを閉めてから、再び口を開いた。——やあ、俺、あの、君がいることに気付いてなかったんだけど……

——さっきのは一体何の真似?と彼女は空席の並ぶ通路を歩きながら尋ねた。

——ああ、あの、ああ、あの車掌ね、うん……彼は彼女の横の座席に座った。——ドイツ系の若い男で、アメリカに来てからまだ長くないから、ちょっと親しくしてやってるんだ、励ますっていうか。これがアメリカで最初の仕事らしい。だから、ちょっと、あの、たまに落ち込んだりするみたいで。

——ああ、なるほど。

——うん、彼は何も悪くない、そうだろ、来る日も来る日も外はあんな風景で……と彼が彼女の前に腕を伸ばして汚れた車窓の向こうを指し示すと、壊れたフェンスに囲われた錆びたバスの群れがそこを飛び去るのが見えた。彼はついでに足を組もうとしたが結局あきらめた。──普通の精神をした人間なら、毎日この状況で堪《こた》えないわけが……

──ちょっと、私のバッグを移動しますね、と彼女は言って、そうしながら、──あ、ポケットが破れてますよ。

──あ、俺……彼は座り直して、破れ目に垂れ蓋《フラップ》をかぶせ

──くそ、このくそ列車に乗るときにドアに引っ掛けたんだ。

──遅れてるんです。列車は何時間も前からプラットホームに停まっていたの、と彼女は言った。──列車が動き始めるたびに、すべてのドアが開いて、また停まる。プラットホームであなたの姿を見掛けたような気がします、走っている姿を。

──え？

──そして、前の車両に乗り込んだ？

──ああ、ええ、あの、ああ、ああ、ええ、喫煙車、うん、喫煙車に乗ったんだけど、たばこを持っていないことに気が付いて。彼は彼女の隣の席でさらに姿勢を崩し、背もたれに肘を掛けて、彼女の肩の近くに手を置いた。──たばこは吸わない？

──時々。

──ていうか、ひょっとして今、たばこを持ってない？

──ないと思いますけど……彼女は膝に置いたバッグを開け、身を乗り出し、髪を上げた。彼はそのいきなり訪れた機会、念入りな化粧を詳細に眺める機会をつかむかのように、その頬骨の線を見詰めた。──ない……彼女が顔を上げて彼と真っ直ぐに目を合わせると、彼は自分の手に視線を落とし、もっときれいでもありえた爪を見た。──すみません、やっぱり……彼女はサングラスを取り出し、彼はまた、サングラスを掛けている長い指からその膝へと視線を落とし、咳払いをした。──ニューヨークへはよくいらっしゃるんですね、と彼女は言った。

──あの場所から逃げ出すために？　たしかにそうだ。

──それだけのために？　ただ、逃げ出すため？

──ああ、俺、いや、今日は違う、今日は、約束があってね、出版社と打ち合わせをするために、うん……

──本を書いているんですか？と彼女が急に振り向くと、目の前にぶら下がっていた彼の手に眼鏡が当たった。

──うん、でもまだ、まだ完成はしてない、今……

──小説？

──小説じゃ、いやいや、どちらかというと秩序と無秩序に関する本、どちらかというと、機械化と芸術に関する社会史というか、破壊的な要素……

──ちょっと難しそうですね。

──俺の能力が及ぶ範囲の難しさだけど。

──へえ？　彼が再び脚を組もうとすると彼女は両膝をさらにぴったりと合わせて、──じっと座っているのが苦手なんですね。

──苦手？

──あの社会見学の日も、食堂で……

——あの日は座るのが苦手とかいう問題じゃなくて、実は体調があまり……

——でしょうね。

——うん、でも、いいかな、あの後、二人でタクシーに乗ったとき、俺は別に……

——いいんです、はい、私は目的の場所に行けましたから、でも、あなたはあの日、例の若い人、バストさんに対してずいぶん失礼だったと思います、秀才はできることをするとか？ できない人間は人に教えるとか？ そして彼が言おうとしたことにいちいち噛みついて、誰の話でしたっけ、ビゼー？ 彼があなたから聞きたかったのは励ましの言葉なのに……

——バストが？ 俺の口から？ 彼の話なんて自分のことばかりで……

——そうですよ、もちろん、彼が取り組んでいることを私が尋ねたんですもの、それだけのことです。彼はとても若くて、まじめで、とても、とにかくロマンチックな人なんだと思います、愛おしいじゃないですか。もう直接会って、謝罪しましたか？

——ああ、実は……

——私はずっと申し訳なかったなと思っていて、一度か二度、引率のお礼を言うためにご自宅に電話をかけたんです。バッグの中に切符があることに気付いたときは、私って本当に馬鹿だと思いました、切符はちゃんと渡してくれたんですよね？

——実は……彼はついに脚を交差させることに成功し、わざと体の力を抜いて、通路にはみ出た片足をぶらぶらさせた。旗、ペナント、中古車、ケース入りのビール、ヒーローサンドイッチ*、ダンキン・ドーナツが反対側の窓の外を飛び去った。——そのつもりだった、うん、俺、とにかく渡したつもりだったんだけど、ちょっとした行き違いがあって……

——でも、予定の列車には乗れたんですよね？ 渡すって約束して……

——渡したつもりだったんだ、うん、ところが……彼は組んだ脚をほどき、ポケットに手を入れて、よれよれの厚紙を何枚も取り出し、——なぜか必ず、ここに戻ってくる……

——まあ、大変、本当に申し訳ないわ、あの人はきっと全員分の運賃を払ったのね、そんな持ち合わせはなかったでしょうに、彼は今どうしてるのかしら……

——その話なんだけど、うん……彼は汚れた白い四角形を、第三レース一着と半額切符から選り分けて、——これを郵便局の床で拾った。

——でも、何ですか、これ。 社長代理、じゃなくて代利？ これって、何かの……

——ラッカワナ四番地、電話番号から判断するとミッドタウンのどこかみたいだが……

——でも彼、電話はしてみました？ 何か……

——俺は社長じゃないし、代利も必要ないから電話はしてない、何を……

——でもどうして、どうしてかしら、彼、彼はずっと作曲に打ち込んでいるのだと私は思っていました、たしか何か、ダンサーのための曲、バレエか何かに取り組んでいて、そのために学校を辞めたのだと……

——君は観なかったのか、彼のデビュー講義、モーツァルトに関する授業を。

——いいえ、いえ、誰かが何かおっしゃってましたけど……

——少しカリキュラムから脱線したと言えるかもしれません、とホワイトバック校長なら言うだろうね、彼が学校を辞めた理由は多分そういうこと、才能と感性を目にした途端、連中が技術的な問題だと言って邪魔を……

——ああ、やめてください、また蒸し返すつもりですか、彼に意地悪をしたときと同じ話を……

——いや、違う、俺はただ、分からないかな、俺は、馬鹿げた状況を見たらすぐに陰謀論に結び付けるような発想は……

——でも、あなたはいつもそう……彼女はスカートの膝に寄ったしわを伸ばし、座り直した。——でしょう?と振り向きもせずに言い、——ね? 違います?

——分かった、うん、俺は、俺が言いたかったのは、何もかもが馬鹿げ、おかしいってこと、あのディセファリスの奥さんなんかぞっとする、彼女のことは知ってる?

——多分知りません、でも……

——アン・ディセファリス、君を安っぽくしたバージョンみたいな女、ペーパーバックの第二十刷って感じで、版面が汚くなってくる頃合い……

——いいえ、たしかメールボックス経由で彼女から何かの連絡の手紙を受け取ったことがあります、ストライキの件?

——だって私たちみんなが狙われてる、お友達のバストさんも、創造的な人間は彼らにとって脅威だから。連中は俺も狙ってるんだそうだ、俺には才能と創造力があるから、俺の手を見たら分かるんだってさ、俺は彼女に親指を取られそうになったよ、彼女は……

——でも、たしかにきれいな手をしてるわ。

——え? 俺……彼は彼女の膝の上で半開きになっている彼女の手を見詰め、背筋を伸ばして座り直し、——でも、そのせいで彼らに狙われているとは思わない。

——はあ、あなたが誰かに狙われるなんてもちろんありえない、どうしてあなたを狙ったりするんです。

——教育委員のハイド少佐、あの馬鹿とちょっともめたんだ、俺の友達が事故に遭って電話がかかってきたときにやつが、やつが馬鹿なことを言いやがったから、俺が癇癪《かんしゃく》を起こした、それだけのこと。

——でも、それ、どんな事故……

——聞かない方がいい。

——私が言いたかったのは……

——聞かない方がいい！と彼はまただらしなく座り、背もたれの上に手を回して、彼女の髪に触れ——すまない、俺、君が聞く必要のない話だと思ったんだ、落ち込む時期の人間、誰でも彼みたいな人が知り合いにいると思う、何度も自殺を思いとどまらせて、それでもしまいには本当に死ぬ、そして、そうやって話をしていると何だか自分自身に向かってしゃべっているような気になる……

——でもその人、もう大丈夫なんですか？

——入院中、でももうすぐ退院、いつもと同じく今回も生き延びた、彼も一人、昔から作家になりたかったのに父親がそんなのは女のすることだと言って許さなかった、そんな人物の一人、材木屋で百万ドルを稼いで、シュラムはこの二十年、ひたすら父親が死ぬのを待っていた、そしてやっと死んだと思ったら、やっぱりシュラムはシュラム。彼が本当に生き生きしていたのは戦争のときだけだ、アルデンヌでは戦車の司令官だった、戦争が終わったときには、どうしても平時の世界に適応することができず、たまたま気持ちが落ち込む時期だった、それだけのこと、ハイドみたいなやつら、あの徹底した愚鈍に立ち向かう、俺はただ、ただ堪忍袋の緒が……

彼女はまたバッグの上に身を乗り出し、——私のクラスにはハイドという名字の男の子がいますよ、と言いながら眼鏡を外し、——あの子は……

——同じ軍人タイプの子だな、うん、君のクラスの防火管理者《ファイア・マーシャル》、立派な元帥《マーシャル》だ、あの年齢であれほどお先真っ暗な人間は見たことがない、あの坊主にはなぜかよく会う、いつもあの薄汚い子と一緒、郵便局にいると二人が入ってくる。

——ああ、多分ＪＲのことね、二人とも郵便でいろいろなものを取り寄せているみたい。よく分からないけど、化粧品サンプルみたいなものを……そして突然、彼女の目に光を与えていたほほ笑みはまたサングラスの奥に消えた。——あの子には少し、いじらしいところがあると思うわ。

——メジロザメみたいないじらしさがね。

——いえ、もう一人の子の方、ＪＲ、あの子はとても、いつも家の中に誰もいないみたいな雰囲気があって。大人がいない家というか。自分の服が自分の家みたいな生活。

——多分そうなんだろう、いつも体のどこかをぽりぽり掻いてる、そうじゃないときを見たことがある？

——ああ、そうね、ええ、あまり頻繁にはお風呂に入っていないみたいだけど、でも、そうじゃなくて、何か、別の何か、一対一で話をしていても彼はこちらを見ていない、でも、隠し事をしているのとは違う。こっちが話していることをまったく別の世界に当てはめようとしているみたいな感じ。私たちが知っているのとはまったく違う世界、彼はとても熱心なんだけれど、何かすさんだ部分がある、飢餓みたいなところが……彼女は突然彼の方に顔を向け——あなた、あなたはきっととても小さかったんでしょうね……

——小さい？　俺、子供用の半額切符の話？　それはさっきも話したけど……

——変なことを言わないで、違う、違う、幼かったという意味です、寄宿学校に通っていたときの話、きっととても幼かったんでしょうね、葉っぱが色づいて……

——五歳だった。

——五歳、それは、それはとても幼いですね、じゃあ当時のあなたは……

——邪魔だった、それだけのこと。

——でも、まさか、そんなことない……

——そんなことないって何、子供は邪魔者、今の子供はみんな邪魔者扱いされながら大きくなる、子供は大事にしてやらなきゃ、そうすれば一生それが心に残る、そのいい例が、どうした……

——何でもない。

——でも、俺は別に……

——何でもありません！と彼女はサングラスを押し上げ、顔を背けた。——ちょっと、秋に学校に戻るときの話をあなたがしてくれたのを思い出したんです、そして、そして色づいた落ち葉を学校に持って行った話……

——俺が見つけたのはいつも茶色の葉……彼は座席の隅に低く沈み、——歩けるようになったその日から、俺はずっと邪魔者だった。

反対方向から列車が来て、彼らを衝撃波で包み、去った。前方の扉が音を立てて半分開き、車両の揺れに合わせて半分閉じた。窓の外には、広告板、「契約受付中」と書かれた未完成のアパート、誰もいないプラットホーム、来たるべき明日に備えて結集するおむつ配達用トラック。——このまま街に?と、ようやく彼女が口を開いた。——つまり、このまま週末は街にいらっしゃるんですか？

——金曜に何も起きなければ。

——でも、もう終わりかけてますよね。

——金曜が？　いや、ていうか、今日は……

——今日は金曜日。金曜日恒例の朝のクイズをやりましたもの……

——ありえない……彼は立ち上がり——ありえない、待って……彼は体をひねり、座席のちょうつがいから新聞を引っ張り出して——ほら。

——それは昨日の。

——でも待って、待って、彼は新聞の後ろの方のページをめくり、——もしも、ここだ、くそ。ティードオフとマリーミー、ちくしょう、そうだ、これは昨日の重賞だ。

——じゅうしょうって？

——昨日のアケダクト競馬場*で行われたレースの重賞*の結果。ちくしょう、俺はとんでもないへまを……

——それで取り乱しているんですか？　競馬に負けたから？

――違う！　これは……彼はいきなり新聞を床に投げ、それと同じくらい唐突に手が止まった。それはまるで、その瞬間に手を握られたことで、彼女の冷静さまで新聞と一緒に放り捨てたことに突然気が付いたかのようだった。手遅れではあったけれども。――ちくしょう。彼女の手は軽やかに膝に戻った。

――本当にたばこは持ってない？　バッグの底に一本落ちていたりしない？

そして彼女はパチンとバッグを開け、また中を覗いた。――いいえ、ごめんなさい、でも待って……

――ある？

――いいえ、でもピンがある。コートが破れているから。お約束のことでそんなに取り乱してはいけません、と彼女はしゃべりながら破れ目を直し、――約束を大事にしてらっしゃるのはいいことですけど。出来上がり、と彼女はポケットの垂れ蓋を元に戻し、真っすぐに座り、――でも、お書きになっているのが小説だったらよかったのにとは思います。

――どうしてそんなことを、と彼はつぶやいた。

――何となく見た目で、と彼女は彼を見ずに言った。

――俺が小説家に見える？　ただ問題は、小説家は女心が分かっていなければならないってこと。

――女心が分からない？

――俺には分かってないみたいだ、どうやら……と、ほほ笑みを分かち合うために振り向いたとき、そこにもはや笑みはなく、彼女の目はレンズの奥で大きく見開かれていた。――どうした？

――そんなことは言ってほしくなかった、と彼女は、彼が振り向いたのと同じくらいすばやく顔を背けながら言った。

――え？

――嘘だと思いたいわ。

――でも、でも何が……そして彼はさらに少しの間、じっと見詰めていたが、その集中力はまるで、最後に与えられたこの機会に、耳たぶの繊細な渦の形、それを刺し貫いている金色の渦を支えるぎりぎりの大きさしかない耳たぶの形を脳裏に刻もうとしているかのようだった。――ほら、見ての通りだろ？と彼はさらに姿勢を崩し、両手で上から下に顔をぬぐい、再び脚を組んで、――俺が小説を書いたら、普通の小説が始まるところで話が終わるだろうな。

――でも、あなたが書いているっていう本、それは……

――それは何、それは、それは病人と一緒に暮らしているようなものさ、本当に死にかけているくそ病人、それでもなお、自分で起き上がって歩いてくれればいいのにと思い続けている、聖書にあるみたいに。*

――そんなふうに思っているなら、ひとまず、ひとまずそれは脇に置いておいて……

――いつまで！　シュラムみたいに退院するまで？と彼は脚を伸ばし、爪先を前の座席のちょうつがいに押し込んで、――

部屋の中をうろつきながらトルストイの何かを引用する、心で感じているものと自分にできることとの間には何か大きなずれがある、突然、鉛筆を放り投げる、消しゴムの付いた尖った鉛筆、それが跳ね返って目に突き刺さる……彼の服が横から引っ張られ、彼女の腕が上がり、――それが君の……

――どうして私にそんな話を。

――え、俺は……

――いい、もう、もうやめて……

――でも……

――もうやめて……！　彼女はパチンとバッグを開けてハンカチを出し、満室のアパート、止まった時計が掛かったままの洗濯屋、信号を待つ車の列の方を向いたままハンカチを顔に当てた。

――俺は、エイミー?と彼は足を自由にし、再び真っすぐに座り、――一つ訊きたかったんだけど、俺、この前、ペンシルベニア駅の電話ボックスの中にいたら、目の前を君が通りかかって、そこに男の子が……

――少しの間、話をしたくないわ……彼女はハンカチを戻してバッグを閉じ、またサングラスを掛けた。列車はまた新たなプラットホームに停まり、彼が彼女の横で座席に沈みながら脚を組むと、通路にはみ出した足が通行人のズボンに当たり、見上げると、ズボンの上は黒い梳毛《サージ》のジャケット、丸首の襟だった。男は二人のすぐ前の座席に座った。

――何なんだよ。

――え……

――一体どうして、どうしてみんなこうなんだ？　ほら、車両の前側はがら空き、この車両自体、ほとんど空《から》なのに、こいつはわざわざ俺たちの目の前に……

――しーっ……

――いや、どうしてみんなこうなんだ！　食堂に行って、誰もいないカウンター席に座ったら、馬鹿な野郎が後から入ってきて、一席離れたところに座りやがる、何なんだ？　空いている席は二十もあるのにすぐ近くに座りやがる、一体どういう……

――やめて……

彼は片手で顔をぬぐい、姿勢を崩して前の座席をさらに膝で押し、背もたれに掛けられた梳毛《サージ》の肘を嚙み付きそうな目でにらんだ。肘は新聞をめくるたびに揺れた。窓の外では、裏に非常階段を備えたビルが増えてきて、列車が下がるとビル群が上昇するように見え、列車が上がると下降し、やがて強烈なパンチのようなトンネルが列車を包んだ。明かりがともり、前方の扉ががたがたと開いて若い車掌が入ってきて、再びその背後で扉が閉まった。車掌が指先で口髭の先を整えながら、飛び出した靴をわざと蹴ると、――ハイル！というつぶやき声がそれに応えた。

――あまり友好的な態度には見えないわ、と彼女は言った。

——あなたは仲良くしようとしているらしいけれど。

——ああ、俺、俺はあまりドイツ語が得意じゃないから、彼は……

——間違いなく彼よりはうまいと思うけど。

彼は前の座席から膝を離し、座り直した。——どういう意味。

——彼はここで初めて仕事をしている気の毒なドイツ人青年なんかじゃないことを私は知っているという意味。

——じゃあ、どうして……

——私は先週、彼に列車の時間を訊いたの。

——じゃあ、どうして、さっき俺がそう言ったときに……

——なぜかしら。あなたはどうしてそんなことを？

——俺はただ、時々……彼は片手を拳にして逆の手でそれを包み、急にその手を伸ばして彼女の肩をつかんで——聞いてくれ、ちょっと、後で、また後で会えないかな、夕食、もしも都合が付くなら夕食を……そして彼は立ち上がり、彼女を通すために脇へよけ、プラットホームで列車が停まるときにはその肘を支え——君の用事が片付いたらでいい、もしも都合が付くなら……

*

——さ、さあ、どうかしら……

——あの、ちょっと話が、もしも会ってくれたら……彼は彼女の後に続いて通路を歩き、——じゃあ例の、どうしようもない食堂で七時に、待ってるから、いい店があるんだ、あの近くにあるフランス料理の店、そこで夕食を……彼はプラットホームで再び彼女の腕を取り、——とにかく、待ってるから、もし君が来なかったら、それはそれで、次の列車に乗って帰る……

——急いで電話をかけた方がいいんじゃないですか、と言ったときには、彼女は既に歩きだしていて、——約束のお相手も、別に怒ってはいないと思います。

——ああ、でも、七時頃ということで……？

——行けたら、行くように……彼女は既に手が届かない場所まで移動していて——それからジャック……？とスーツケースを持ってうつろな顔で途方に暮れている女性を間に挟み、——あなたの本？　人混みを掻き分けて近づいてきた、軍服姿で困り顔をした水兵を間に挟んで——実現を祈ってます……

——ちょっとすみません。

——悪いけど、水兵さん、俺は今忙しい……彼は厚紙の切れ端の中から硬貨を探しながら男の脇を通って、プラスチック製の仕切りで囲われた壁際の公衆電話に向かい、硬貨を投入して、ダイヤルを回した。

——でも、あの……

——悪いが、他を当たってくれ。もしもし……？　ああ、いいか、今列車を降りたところなんだが……ああ、そんなことは分かってる！　俺は……ついさっきまで今日が木曜日だと勘違いしてたんだよ、俺は……でも、ちょっと歯医者に電話をかけて、あの子の診察予約を変更すれば済む話じゃないか？　あの子だって……いいや、別にそっちの予定を俺の都合に合わせて変更しろと言ってるわけじゃない、ただ今回だけは……ああ、いいか、あの子がもう停留所でバスを待っているのなら、さっさとおまえが呼びに行ってくれたら……ああ、あの子がそれを俺に見せたがっていたのは知ってる、だから今こうして……分かった。分かったよ！　サイズが合わなかったのか、それは残念だ、たまたま店のウィンドウで見掛けて、あの子が気に入るんじゃないかと思ったから……え？　ああ、それならおまえが買ってやったらいい、必要なら買ってやれよ、後でこっちに領収書を……おい、俺が送っている金は一体どこに回ってるんだ……分かった！　福祉機関を通じておまえに金が渡されるのは裁判所が決めたことだろ、そもそもくそ裁判所に話を持ち込んだのは誰なんだ！　その方が俺がみじめな気分を味わわずに済むとでも……俺だってそうだ、でも、いいか。一つだけ訊かせてくれ。あの子は何時に歯医者から戻る？　俺がその時間に合わせて……分かったよ、じゃあ、今すぐバス停から呼び戻して、少しだけ……え？　いや、でも今回だけだ、一生に一度の頼み、自分勝手で、みじめで、くそみたいなおまえの人生で一度だけしか頼まないから……

——でも、あの？

彼は叩きつけるように受話器を戻した。——一体何の用だ、いいか、金が欲しいのなら、俺は持ってない、残っているのはこのくそ一ドルだけで……

——いえ、お金はちゃんと持っています、ただ電話をかけるための小銭がないから……

——俺も同じ、だから今、両替に……

——すみません……という声が彼の後を追い、扉をくぐって歩道に出て——じゃあ、ご一緒してもいいですか……？

——勝手にしろ、と彼は縁石を下り、次の歩道に上がって、左右から肘で小突かれ、傘をかわし、黄色いフェンダーをよけて、回転扉を抜け、デザートと書かれた場所まで進み、しわだらけの紙幣をガラスの下から差し入れ、放り出された五セント硬貨を集め、椅子とテーブルを掻き分け、手にいっぱいの厚紙の中から汚れた白を探し出し、電話ボックスに入って壁に寄りかかり、ダイヤルを回し、開いたままの扉を片方の足で押さえて、キャッツアイの指輪をはめた指が空《から》のコーヒーカップをこつこつと叩くのを眺めていた。すると、大きなプリント柄のドレスが慌てて片方のイヤリングを外しながら隣のボックスに入り、勢いよく閉まるその扉の音に彼は動揺した。——もしもし……？　バストさんはいらっしゃいますか、俺は……

——少々お待ちください……という声が彼の耳に届き——バストさんがお戻りになったか、確認します……が足の先のどこかでこだまし、隣の電話ボックスの扉が勢いよく開いた。——バストさん？　バストさん、いますか……？

——もしもし、お嬢《ミ》さん《ス》……？　彼は受話器を下ろしながらゆっくりと扉に向かった。

——もしもし？　バストさんはまだオフィスに戻っていませ

ん。お電話があったことを伝えましょうか？

——いや、個人的な用件なので……彼の体は半分電話ボックスから出ていて——彼がいつ戻るか……

——出張中ですが、いつ戻るかは分かりません、伝言は……

——お嬢さん……？　彼は隣の電話ボックスからはみ出ている花柄を軽く叩こうと手を伸ばして——ひょっとしてあんた……

——伝言をお預かりしましょうか？*

——ねえ、マダム……？　彼の手が隣のボックスの中まで伸びて——ねえ、俺は今、隣に立っているんだけど……扉が勢いよく閉じられると、彼は腕を引っ込めた。

——ねえ、あんた《バディー》……とキャッツアイの指輪*が背後から彼の肩を叩いた。——彼女が電話中なのは見たら分かるでしょ？

——え？　それはご親切にどうも……彼は背後でぶら下がっていた受話器を手に取り——もしもし……？　すみません、ええ、バストさんに用事だったんですが……ええ、彼は今日中に帰ってきますか？　個人的な用件で……いえ、あの、正直に言うと、十ドル貸してもらえないかと思って電話したので……偶然に会うことは期待できない、だからこうして電話しているわけで……ええ、分かりました、彼は明日、ボスと会う約束があるから、緊急の用事で電話をかけてくるかもしれないってことですね、でも、こっちだって急いでるからこうして……もしもし？

——すみませんが……？

——いい加減にしてくれないか、水夫さん、俺の我慢にも限度が、けど、たばこは持ってる？　隣の電話ボックスが音を立てて開き、花柄が姿を現した。——ありがとう、火は自分で点ける！　彼は新たに二枚、五セント硬貨を出してダイヤルを回し——さあ、どっかへ行ってくれないか、水夫さん？　こっちは忙しいんだ、もしもし？　アイゲンさんにつないでもらえますか、部署は……いや、アイゲン、トマス・アイ……

——何なんだ、もう、もしもし？　いや、広報のアイゲン、ア、イ……

——いや、でも、ほら。靴紐が燃えてますよ。

——いいからうせろ！　畜生、何なんだ……彼は片足を上げ、火を叩き——うせろ！　畜生、一体、アイゲン？　トム……？　ボタンの切り替えによって沈黙が召喚され、回線を満たした。*

——アイゲン様、二十九番にお電話です。

——今は出られないと、いや、いい。もしもし……？　ああ、ギブズか？　ジャック？　昨日、電話しようと思っていたんだが……ああ。無理だ。でも、十ドルなら貸せる、こっちに取りに来て……靴紐がどうしたって……？　なあ、ジャック、後でこっちからかけ直す、今はちょっと手が離せなくて……どこの鍵、九十六丁目の？　いや、もしもおまえが自分の鍵をなくしたのなら……ああ、じゃあ私のを貸すよ、仕事が終わった後に来てくれ……いや、そうじゃなくてアパートに、真っすぐ家に帰るから。荷造りをしなきゃならないんだ……え？　違う、明日、ドイツに行かなきゃならない、いつもと同じ、くだらない……いいや、でも、うちで飲んだらいい、とにかくシュラムの件で話があるから、出張の前に話しておきたい、彼は……今は話せない、かなり病院に迷惑をかけているみたいだし、私が帰国するまでに退院ということになるかもしれない。だからおまえが……いいや、片方の目を失ったことは本人も知っている、病院から本人に説明があったようだ……

――アイゲン様？　デビドフ課長から二十七番にお電話です。

――ジャック？　別の電話が入った、もう切らなきゃ……じゃあ待っててくれ、フローレンスにそっちの番号を伝えてくれれば、後で私から電話する……もしもし？　はい、こちらは……バルクさん？　デビドフ課長からの電話ですか……

――アイゲン様！　アイゲン様、早く！

――何……

――アイゲン様、男の方がいらしてます、応対をお願いします、どうしてもお目にかかりたいとのことで、キャロルに向かって怒鳴っています、それに、その、顔中汚い包帯が巻かれていて、ほとんど何も見えて……

――分かった、分かった、ちょっと待って、すみません、バルクさん、少し待ってもらえますか、フローレンス？　何なんだ、さっき二十九番で話していた男にこちらから電話をかけ直してくれ……

――アイゲン様、先ほどの方は電話をお切りになりました、靴紐が何とかとおっしゃっていましたけど。とにかく、早くお願いします、男の方が……

――分かった、分かった、すぐに行く、その前にとりあえず……もしもし？　バルクさん、デビドフ課長に伝えてもらいたいんですが……

――もしもし。もしもし？　ミスター……

――アイゲン？

――アイゲン様？　デビドフ課長が……

――アイゲン、そこにいる？　できたら、ああ、バルクさん、モイスト大佐に電話して伝えてください、アイゲンさんの指示は誰かに持たせて、直接届けさせますって。今晩には必要だとおっしゃっていたから。ああ、それから、私への電話はここにつなぐようにキャロルに伝えてください、アイゲン？　ちょっとした山火事があって、私は今、ビートンのオフィスにいる、でも、君が出張に行く前に、例の演説にもう一度目を通しておきたいんだ、「プラトン《プレイトウ》はトマト《トメイトウ》と韻を踏む」って原稿に書き込んだ注意をまた、そのまま読み上げられたら困るからね、バルクさん？　今のうちにモイスト大佐に伝えておいてください、アイゲンの待遇がＣＩＰＡＰであることを確認するようにと。ＣＩＰＡＰでなければ、わざわざ向こうに出向く必要は、バルクさん？　聞こえてる？　彼女はどこに、アイゲン？　君が出張に行く前に……え？　誰が来ているって？　もしも例の台湾から来た医療救援団体の人だったら、最大級のおもてなしをして差し上げてくれ、どこかへ連れ出して、酒を飲ませろ《タイ・ワン・オン》、そう、でも、君が出張に行く前に、例の演説にもう一度目を通しておきたい……ああ、今そこに来てるって？　いいや、じゃあ早速、外に連れ出して酒を飲ませろ《タイ・ワン・オン》、その後、オフィスに戻ったら、例の演説にもう一度……いいや、じゃあ、家の方に電話をするよ、ああ、それからアイゲン……？　彼は立ったまま電話の沈黙に意識を集中し、受話器を戻そうとデスクの上で手を伸ばした。――また山火事だ、台湾からのお客さん……

――その件についてはよく分かっています、しかし、今はそれについてはお話しできません……受話器は置いた途端にまた取られ、ボタンに明かりが点いていた。――ケイツ知事は今、席を外していて、ああ、バルクさん、ここにはもう電話をつながないでください、デビドフ課長との話が終わるまで。ただしカトラーさんだったら……はい、もちろん。さて。ケイツ知事は今、重役会議室にいらっしゃいます。今から私もそこに行くのですが、その前に、あなたが決裁した和解の詳細を聞かせてください。少数派株主裁判を起こすという脅しをかけられて、あなたが下した決裁の件で……

――いいか、ビートン、会議室であれこれほらを吹く前に、細かなことをしっかり押さえておいた方がいいぞ、さもないと、出てきたときには小便を入れる溲瓶さえない有様になる。

――おっしゃる通りです。しかし、その話をするのに、下品なたとえを使う必要はありません。さて……

――私に向かって「おっしゃる通りです」なんてやめてくれ。会議室で「おっしゃる通りです」を繰り返して、私の墓穴を掘るつもりなら、無事に部屋を出てこられると思うなよ。

デスクの上に置かれたビートンの手の中で書類がかさかさと音を立て、彼が咳払いをした。――分かりました。さて、あなたが和解金の支払いを決裁したのは、この、タイプライターの使い方はもちろんですが、綴りを見る限り、控えめに言ってもかなり素人臭い手紙に基づいてのことのようです。相手方は集団訴訟《クラス・アクション》の形で少数派株主裁判を起こすと脅してきた……

――金はＰＲ予算から出したよ、ああ、だから……

――私の考えるところでは、大事なのは……

――大事なのはＰＲ予算は私の予算ということだ、ビートン、だから、君が口を挟むのは……

――はい、分かりました、分かりました。では、一点ずつ確認させてください。ここにわが社が振り出した小切手があります、あなたが決済したもので、金額は千八百六十二ドル五十セント、換金したのはネバダ州のどこかにある銀行、支払い確認署名はどうやら……

――たかが千八百ドルのことで何を騒いでいるのか、さっさと説明してくれないか？　演説原稿一つでそれくらいの金額を支払ったことだってあるんだぞ、ビートン。演説一つで、だ。

今、仕事をしてもらっている有名著述家《ライター》にいくら支払うことになっているか、君は知ってるのか……

――はい、分かりました、とりあえず、千八百六十二ドル五十セントという金額がどこから出て来たのかを……

――所有株式の百倍に基づく損害額、ダイヤモンドケーブル株は十八ドルと八分の五で売られてたからだ、簡単な計算さ。それが……

――しかし、何てこと、百倍とは……！

――多分計算しやすいからだろう、だから向こうは百倍を請求してきた。例のコバルトの本を有名ライターに書いてもらうのに、私がいくら払うか知ってるか？　聞いたらお漏らし間違いなしだ。大事なのはＰＲ予算は私の予算だということ、会社のために最も有益な使い方を私が判断する、その間に君がやっていることといえば、「おっしゃる通りです」って言いながらお偉方の顔色をうかがうことだけ、私は今朝もここに若い女を呼んだ、カリキュラム管理の最高記録保持者だぞ、計画が軌道に乗ったらプロジェクトリーダーになってもらうつもりだ、だってコバルトの本なんてただの取っ掛かりにすぎないんだから、それに千八百ドルぽっちの金が心配なら、いつでも老舗の出版社、ダンカン社と組めばいい、そのためにスキナーという男を雇った、ダンカン社と組めば、今急成長中の分野で私たちを待ち受けているものに一歩近づくことが……

――今、あちらで待っていらっしゃるのは、と、ビートンは机の前で行われている危険な柔軟体操に向かって、声のボリュームも視線も上げずに言った。――ケイツ知事です、もしもあなたが、あらゆる株式保有者からの損害賠償請求に百倍の額で応じることが会社の宣伝になると考えていて、知事も納得なさると思うなら、ご自身の口からそう説明してください。

――君がいまだにおむつ離れできない理由を教えてやろうか、ビートン？　あのとき戸締まりをちゃんとしなかったのは君の責任だからだ、モンティ社長が会社から身を引いてワシントンに向かったときに、株式《ストック》オプションを与えて、利益相反と言われないようにすべてを決裁したのは君だろう？　おかげで、社則に定められた任期の途中で辞めることになった、あの手紙に書かれていた通り、社則違反だ。彼らはなかなかのお利口さんだから……

――では、社則のコピーと委任状を軽々しく配ったのは誰なんです、まるで何か、子供のクラブ活動みたいに。こちらがモンクリーフ社長です、会社のことを聞かせていただきましょう、みんなが会社のオーナーで、私たちはここで働いているだけの人間だから、みんながダイヤモンド社の株を一株持っていると いうことは、私たちが何か間違ったことをしていると思ったときにいつでも「待った」をかけられる立場だということだ、とか、子供たちに対してあなたがやったあのお芝居。もしもジュベール夫人が……

――もしもこの件で彼女を悪役に仕立てようとしているのな

ら、ビートン、君は痛い目に遭うぞ、あのクラスの子供たちはなかなかのお利口さんだし、彼女だって黙ってない。夫人が前回こちらにお見えになったときに少し話したんだが……

——この訴訟の件を？　夫人と話したんですか？　目の前の書類をまとめていた彼の手が突然上がり、同時に視線も上に向けられた。視線の先には、白い袖口を留めているカフスボタンがあったが、それはこの距離から見ると、あるいはどの距離から見ても、巨大な金色のボルトに見えた。

——社会見学の件は年次営業報告書で大きく取り上げる予定だろ？　レイアウトも決めた。あれは夫人にとって大事なプロジェクトだってことを忘れちゃいけない、君が横からちょっかいを出して、余計なことを御大の耳に入れたら、ひどい目に遭うぞ。この件に関しては何の問題もない、子供たちが株を買ったというだけの話。もしも夫人があの目で、会社の金を少しだけ使って子供たちに社会の仕組みを教えたかったんだってケイツに説明すれば、彼女の邪魔をした君はお叱りを受けることになる。元はといえば、戸締まりをしなかった君の責任。当然、ただでは……

——それはちょっと、それはちょっと馬鹿げています。この種の訴えが裁判所に持ち込まれることはありえません。逆に、戸締まりの問題についていうなら、ここでは細かいことには立ち入りませんが、大事なのは今回のことで先例ができてしまったという点です。あなたがこうして決裁して、金を払ったことによって、不正行為があったと暗黙のうちに認めることになる、結果的にはそれが会社全体を危うく、失礼。ボタンが光った。——はい……彼は再び書類をそろえ、立ち上がって——この件については、知事のお手を煩わせることなしに、私の方で処理できると思います。

——というより、既に処理済みと考えた方がいいと思うぞ、お得意の「おっしゃる通りです」で夫人を追い詰めたりしたら、彼女は自分がへまをやらかしたと考えてジョン伯父さんにすべてを打ち明けることになるからな。ビートン？　彼はカーペットの上で沈黙の航跡をたどって扉に向かい——知事がすべてをお知りになったら、君は尻に火が点いたも同然だ……アクリル製の袖の筒から、狙いの定まらないボルトが飛び出し、何か傷つきやすいものを探すように一瞬止まってから、また突然、勢いよくカーブを描いて電話をつついた。——あ、キャロル、私は今、ビートンのオフィスにいるんだが、ひょっとして誰かから電話がかかっていないかと、ああ、それから、例のスキナーが探してきたという有名著述家《ライター》の名前を教えてくれ……電話のコードが限界まで伸び、彼は後戻りしながら扉の方に目を向けて、——それから概要の説明を……え？

——デビドフさん、私をお呼びですか……

——ここで何をしてる、今、電話で君と、まあいい……彼は乱暴に受話器を置き——ああ、それからキャロル、ついでに今、話しておこう、と彼は彼女に続いて部屋を出て、扉を閉め、無人のデスクに向かって中途半端にうなずいてから、――人事係にあの女《ギャル》の採用を急ぐように伝えてくれ、うちが募集したプロジェクトリーダーの面接に今朝来ていた女性、スキナーさんからの推薦状も間違いなく書類とセットにしておいてくれ……

――エレベーターで強盗に遭った人ですか？　私たちみんな、あれ以来、怖くて……

――スキナー、そうだ、ここに来ていた出版社の男、わが社のために彼が有名著述家《ライター》を見付けてきてくれた、例のコバルトの本について打ち合わせをするために今日の午後、ここに来る、それからその著述家《ライター》の評判をアイゲンにも確かめたいから……

――アイゲンさんは退社なさいました、男の方とご一緒に……

――台湾から来た医療救援団体の人か、そうだった、酒を飲《タイ・ワン・オン》ませるために出掛けたんだな。

――目に包帯を巻いた、ちょっと、はい、男の方です、先ほどお二人で……

――包帯を巻いた、ちょっと何。

――いえ、ただ、ちょっと声の大きな方で、歩き方が少し、私たちみんな怖くて……

――じゃあ、その台湾人はここに来る前にもう酒を飲《タイ・ワン・オン》まされていたってことかな、彼は上着を脱ごうとしながら彼女の脇を通り過ぎて振り返り、――東洋人のすることは私にはよく、ああ、それからキャロル、年次営業報告書に載せる社会見学の特集記事、レイアウトとキャプションをまとめたものを用意して、それと、都会のスラム問題を伝えるためにエアブラシで修正を加えた写真、待って、それは何……

――ああ、アイゲンさんのものです、何ていうものでしたっけ、デビドフ課長、お昼頃にモイストさんから届いたものです。

――これはアイゲンの指令書だ、どうして今頃になって、あ、キャロル、彼はそこで立ち止まり、上着と格闘しながら同様の激しさで茶封筒に攻撃を仕掛け、乱暴に封を開けて――モイストに電話をして、確認が終わるまで待機してもらわないと駄目だな、よし、ＣＩＰＡＰの指示は入ってる、＊ミスター・アイゲンはニュージャージー州ライツタウン、マグワイアＡＦＢに出頭。ＮＬＴ千時間。待てよ、これはおかしい。Ｋ811便でドイツ、フランクフルトに空中移動、ＡＭＤ、ＷＲＩ－ＦＲＦ、モイストに電話を頼む、それからモイストさんじゃなくて、モイスト大佐だ、呼び方を間違えたら大変、それから民間人の飛行が許可されていることを確認して、もしどうしても軍人として乗り込まなければならないなら、それでも仕方がないけど、バルクさんにも電話を頼む。きっと、またビートンの出しゃばりだ。バルクさんからモイストに電話をかけてもらって、急いでこの指示書を用意させたんだ。急いでやっとやつのお友達のカトラーにストップをかけないと。待てよ、よく見ないと。ＴＤＹに向かうＴＣ二百名。全員、ＲＰＳＣＴＤＹ。アイゲン、トマス、ＧＳ12相当。13は無理だったんだな。配分、関係者五十名、こんなにたくさん必要ないよな、CG、AMC五名、注意、AMCAD－AO、ワシントン。でも、どこだ、CIC、二XX四九九、どこに書いてある、TDY、目的地は西ドイツ、その次はどこ、アイゲンはライツタウンのマグワイアAFBに出頭、それは分かった、特殊移送の利用、これだ、33C条項に基づく目的地周辺における特殊移送、これだ、基地内、基地周辺、基地間における移送、電話はモイストにつながったか？　つながったら、次はこの特殊移送という言葉の意味を確認してくれ、もしも民間人の飛行がそこに含まれていないようなら、軍人として乗ることになるかも、あ、それから、モイストに電話する前に、アイゲンの自宅に電話を頼む、彼はひょっとしたら、彼に伝えてほしいんだけど、こっちの山火事を消し終わったらすぐに電話をすると伝えておいてくれ……ネクタイを緩めながら遠ざかっていく彼の背中を見送った二人は、穏やかな時計の盤面に目を移した。

――また爪が折れちゃった。

――やっと金曜、うれしいわ。

――そうよね、明日はお出掛け、なのにまた爪が折れた。友達がパーティー開くの。

――会社の前のコーヒー屋台、なくなったみたい。

――そうよね、飲もうかなと思ったときにはもうない……電話が鳴った。――もしもし……？　いいえ、ただいま席を外しております、モレンホフ様、彼は……はい、折り返し、こちらからお電話するように伝えます。どっちみち、ここでコーヒーは飲めないけどね。

――多分あの屋台は、カフェテリアを経営しているのと同じ人たちがやってるんだと思う。

――今日のお昼は、例の中華風サンドイッチを食べたけど、悪くなかったわよ。

――私は無理。ああいうのを食べたらお腹にガスが溜まるもの。

時計に目をやるだけの時間が過ぎ、聞こえるのは爪やすり《エメリ》と時計自身が立てる音だけだった。それはまるで時計の針が、静寂という機会につけ込んで、一周するまでに残された時間を密かにごまかし、一気に早回しをしたかのようだった。

――今日は誰に残業しろって言うのかしら。

――昨日は私、帰ったらへとへと。階段を上がるときももう、四つん這い状態だったわ。

――そうよね、明日は友達がパーティーを開くの、なのに爪が折れちゃった。目立つかなぁ……すると突然、時計がちょうどいい休憩場所を見付けたように見えた。

――あ、キャロル、ちょっと頼みが、いや、フローレンス、ビートンさんを呼んでもらえるかな、どうぞこちらに掛けてください、ミスター、ここの物をどかしてくれるか、キャロル？　どうぞこちらにお掛けください、マリノフスキーさん、責任者を探しますから。もしも話が通っているのなら、問題はないのですが、いきなりこの時間に来られて、皆さんでロビーのあの巨大な絵を取り外す作業に取り掛かったとなると、キャロル、アイゲンさんの自宅に電話を頼む、その間に私は……

――ビートン部長はただいま会議中で……

――じゃあ、カトラーを、ディック・カトラーのオフィスに電話を、この件の担当は彼なのかも、あるいは彼なら担当者を知っているかも、有名画家の描いたあのサイズの絵だぞ、そんじょそこらの絵とは違う、あれの撤去の許可を与えられる人間となると、アイゲンにつながったか、キャロル？ もう少々お待ちください、マリノフスキーさん、カトラーにつながったか、フローレンス？

――いいえ、バルクさんのお話によると、皆さん、重役会議室にいらっしゃるようです。デビドフ広報課長、私は残業をした方がいいですか、それとも……

――もう一度、バルクさんにつないでくれ、私から直接……緊急の用件だと伝えてくれ、人を待たせている、時間外だと手当が二・五倍、人を待たせて、アイゲンにつながった？

――三十四番でお待ちです、デビドフさん。

――ああ、それからキャロル……彼はボタンをつついた。――もしもし？ それからフローレンス、今のうちに、もしもし？ アイゲン？と彼はもう一度ボタンをつついた。――ロビーの大きな壁画を描いた画家の名前をファイルで調べてくれ、フローレンス、大きなカラーの絵、職場用美術品の予算で買ったもの、もしもし……？ 彼はもう一度つつき、さらにつついた。――もしもし？ アイゲン……？

回線は死んでいた。

*

――トム？ 今の電話は？

――馬鹿が自分で切りやがった、彼はソファの肘掛けに座り、手を伸ばして受話器を置き、洗濯物の山を足で蹴って、座るスペースを作り――誰に電話をかけたかもう覚えてないだろう、と思っていたら、意外にも必ず覚えているんだよな、あいつ……

――あいつって誰？

――デビッド、邪魔だ……電話がまた鳴り、彼は手を伸ばした。その袖にはトーストのくずが付いていた。――はい？ アイゲンですが……

――トム？ 誰の話、あ。デビッド、下りなさい、パパの邪魔をしちゃ駄目、電話中なんだから……

――はい、大丈夫です、ご用件は……彼はトーストのくずを灰皿に落とし、洗濯物にあったシーツの端を舌で濡らし――お話しください、メモしていますから……彼は背中を丸め、袖に付いたグレープジャムの染みをこすりながら――はい、そうです、明日の朝……でもその……CI何……？ もしもボックス将軍が直接……ボンから直接現地に向かうのなら、私がボンに行く必要は……ええ、彼らは……でも……でも、それはどっちの……ええ、もしも……メモしました、はい、もしもお話がそれだけなら……何をしたって……？　あの絵ね、はい、画家の名前はシェパ……いいえ、私は……分かりません、全然、しばらく会っていませんし……はい……はい……

――パパ、あのさあ……

――ちょっと待って、デビッド、下りなさい。

――高い高いして。

――駄目、ほら、下りて、今はちょっとキッチンに行くんだから。それから、ジャムを塗ったトーストをリビングに持ってくるのは禁止だ。

――パパ、シュラムさんが帰ったら、パパが遊んでくれるってママは言ったよ。

――パパはちょっと飲み物が欲しいだけだ、デビッド、と彼は暗い廊下を歩きながら言った。――デビッド？　どうしてこんなところに靴があるんだ、片付けなさい。マリアン……？と彼は角を曲がり、――廊下の靴、あれは何？

――電話は誰から？

――デビドフだ、ぎりぎりのタイミングになってからくだらないことを、少しでものんびりしている人間がいたら許せないたちなんだろう……彼は低い棚の上に身を乗り出して、――ロビーに掛かった絵の件で山火事さ、私にシェパーマンを探してこいだって、畜生。スコッチがあったはずだ。

――ウオツカならある。

――瓶に半分もないじゃ……彼はそれを持ち上げ――どこに……

――スコッチがどれだけ残ってたと思ってるの！　流し台の前にいた彼女が振り返り、――あんなふうに突然お客さんを連れてきたりして。どこかの店に寄って、飲んでくればいいのに……

――シュラムと店に入るのか、あの格好で？

――さあ、私はあなたがあの人を連れてくるとは知らなかったのよ。彼女はまた向き直り、流し台の上にある窓から外を見た。――前もって電話くらいかけてくれないと、私には……

――電話なんてできるわけがないだろう？　私はとりあえず彼を会社から連れ出すのに必死で、この、畜生……彼は冷蔵庫の扉を開けっ放しにしたまま、製氷皿の下をテーブルナイフでつつき、――この……と再びつつき、――畜生め、霜取りをしないと氷が出せない。

――私にも一杯お願い。

彼は力尽くで製氷皿を取り出した。――ここまで連れてきたときには、もう階段を上がらせるのがやっとだった。ベルビュー病院でモルヒネとベラドンナをたっぷり飲まされているから、床に足が付いている感覚さえないらしい。それなのに、やっとたどり着いたと思ったら、ここのエレベーターは壊れてたんだ。

――私だって、エレベーターが故障するたびに、買い物袋を抱えてこの四階まで上がってくるのよ。

――水は要る？

——しかも大体、最後の一階分はデビッドを抱っこしなくちゃならない、と彼女は流し台に手を突いたまま、紙くずの舞う通りを挟んだ非常口で動くものを見詰めた。

——水は要る？

——氷だけって言ったでしょ。たばこもらえる？

——ないのか？

——あなたが買ってくると思ってたのよ。それから、次に下に行ったらついでに牛乳もお願い。

——デビッドがゲームをやりたいって待ってるんだ、と彼は彼女の後ろまで行き、片手を伸ばして蛇口の下にグラスを構え、家具のように動かない彼女の反対側から逆の手を回して蛇口を開き——それから、ジャックはあの後、どうなったんだろう……

——ジャックがどうなったかは見当が付くじゃないの、と彼女は言って、彼が置いたグラスに手を伸ばす以上の動きはしなかった。二人は正反対を向いたままグラスを上げた。——あの人は今頃、どこかのバーで、見ず知らずの人にお酒をおごってもらってるのよ……

——なあ、マリアン……

——そして、その勢いでここに来て、お友達のシュラムを元気づける。

——畜生、いいか、私はジャックから電話があった時点では、シュラムが脱走したことは知らなかった。ジャックは九十六丁目の部屋の鍵をなくした、ついでに十ドル貸してほしいと言っている、そのためにここに来るんだ。シュラムがあの格好で街をうろついていることなんてあいつは知らない。

彼女はまたグラスを上げ、それから下ろし、同じ動作を繰り返して——あの格好ねえ……取り残された四角い氷を捨て、——あなたとジャックはいつもシュラムのことをあれこれ言っているくせに、あなたは彼を一人で出て行かせた、あの格好で、汚れた包帯、それにジャック、ジャックの頭にあるのは九十六丁目の鍵のことだけ、あそこに女を連れ込んで……

——マリアン、畜生、いつもそうやって物事を一面的にしか見てないな、シュラムが出て行ったのはジャックが来るからだ、だから出て行った。彼はおびえていた、畜生、マリアン、前と同じ話だ、私には彼の気持ちが分かる、私は前にも彼を説得して、自殺を思いとどまらせた、ジャックもそうだ、ジャックも、シュラムは心配だったんだ、ここにいたら、ジャックと私が彼をベルビュー病院へ連れ戻そうとするんじゃないかって。だから出て行った。だから、ジャックが来るって聞いた途端に、慌てて出て行ったんだ。

——なるほどね。彼女は、自分のグラスに酒を注いでいる彼の前にグラスを差し出した。——それにしてもどこに行くつもりかしら？ あの格好で？

——ああ、マリアン……彼は部屋の入り口で立ち止まり、しゃがんで、ゆっくりと飲んだ。——セックスをしに行った。

――ご立派だこと。

――君が訊いたから答えたんだ。二か月ほど前に、九十六丁目の部屋に転がり込んできた女。足は裸足で、汚い髪をした女だ。でも、ギブズと私が酒を飲みながらできる以上のことを、彼女はベッドの中でできる。だから、彼は私がついていくのを嫌がった。頭を吹っ飛ばしたい衝動を昇華するならそれがいちばんってわけだ。

――ご立派だこと。

――君には分からないさ……彼はそこに立ったまま、一瞬、グラスの中を覗いてからそれを空《から》にし、ボトルに手を伸ばした。

――パパ?

上着を引っ張られた彼は肩をすくめているように見えた。

――今行くよ、デビッド。

――パパ、シュラムさんは今、目が一つしかないの?

――お医者さんがシュラムさんの目を治してくれるのをみんな祈っているんだよ、デビッド、でももしも……

――でも、もしも目が一つになっても生きていけるよね、だって、最初に目が二つあるのは一つが駄目になってもいいようにでしょ、だからもしも……

――もういいわ、デビッド、本を用意しなさい、寝る前に、パパが読んでくれるから。

――でも、シュラムさんが帰ったらパパがゲームの相手をしてくれるって言ったよね。

――今日の午後、ママと四試合したじゃないの、だから……

――でも、ママとやるときはいつも僕が勝つんだもん、パパとやりたい。

――パパがやるよ、デビッド、用意しなさい。

――用意はした。

――廊下の靴は片付けた?

――うん。

――じゃあ早く片付けて、パパはすぐに行くから。マリアン?

――夕食はいつにするの、と彼女は再び窓の方を向いたまま言った。腕が流し台の両端をつかむと両肩が上がった。

――腹は空いてない。彼はグラスを持ち上げ、オードブルのトレーから選ぶように、豆とケチャップの散らばる皿からしなびたホットドッグを手に取った。――デビッドはもう夕食を食べた? 彼は立ち止まり、もう一つ見付けた。――あのデビドフのやつ、私に東洋人の接待をやらせやがった。高級牛肉を食べるように医者に薦められている東洋人。で、酒を飲ませろだと、畜生め。ザ・パーム・レストランの値段設定を見るまでは、会社の経費で私も何か食べようと思っていたのに。

――夕食にパンが欲しかったら、下でついでに買ってきて。たばこ、牛乳、パン。バターは?

――どうかしら。自分で確かめて。

――マリアン、私は、どうして君は買い物リストを作らないんだ？　作れば、買い物に行ったときに、牛乳なら牛乳が要るって分かるのに……彼は冷蔵庫を開け、中身を搔き分けて調べ、――子牛肉から出たこの肉汁、取っておいてどうするつもり……

――何よ、よく見なさいよ！　彼女はケチャップにまみれた皿を片付けるために彼の背後で向き直った。――この冷蔵庫にどれだけの食料品が入るっていうの？　リストを作ったって、このサイズの冷蔵庫に一週間分の物は入らないじゃない？

――分かったよ、新しい家に引っ越したら、一か月分の食料品が入る冷蔵庫を買おう、と捜索を続けながら彼はしゃがみ、物を脇へよけて、――バターはなさそうだ。

――じゃあ、下に行ったらついでに買ってきて、と彼女は言い、ごみの中に立つスコッチの瓶の上で豆の塊をこそいだ。

――昨日の夜のアスパラガス、こんなに余りがあったとは知らなかった、知っていたら私が……これは何、子羊の塊肉？

――夕食のために買った。

――子羊の塊肉、三つで三ドル九十六セント？

――一つでお腹はいっぱいになるけど……

――でも、三ドル九十六セントって、一体……

――おいしそうだと思ったんだもの、買い物に行ったときはお腹が空いてたから……

――いつも腹が空いたときに買い物に行くから、決まって余計なものを……

――でも、どうしろって言うの！　ザ・パームで高級牛肉を食べろって？　デビッドとチキンヌードルスープを分け合って、あの子が残したピーナツバターサンドイッチを食べる代わりに？

――分かったよ！　じゃあ、私の代わりにレストランに行きたかったと言いたいのか？　にやにや笑う中国人とくだらない会話をしたいか、しかも目の前で、九ドルのステーキをくちゃくちゃ嚙んでは皿に吐き出してるんだぞ？　体質的に肉を消化することはできないけれども、肉汁は必要だと医者に言われたんだそうだ、だから一口一口、辛抱強く嚙んでは吐き出す、そんなランチが楽しいとでも思っているのか？　他の客にはじろじろ見られるし、お口に合いませんかとウェイターが訊きに来る始末。それよりも家にいた方がましだと思うだろう？　仕事部屋でヌードルスープとピーナツバターサンドイッチを食べながら、あの劇の第二幕を仕上げる方がましに決まっているじゃないか？

――デビッドがあなたを待ってるわ、彼女は窓の外に目をやったまま、お湯でケチャップを流しながら言った。――明日の朝は早い？

――行かないかもしれない出張のことか？　ＣＩＰＡＰじゃなければ行かない方がましな出張。まともな大人にまともな給料を払って、食べ物を吐き出す中国人の観察をさせる。「プラトン《プレイトウ》はトマト《トメイトウ》と韻を踏む」と原稿に注意を書き込んだら、それをそのまま馬鹿な大人が演説の中で読み上げてしまわないように、わざわざ飛行機で三千マイル旅をして、手取り足取り指導しなきゃならない。

彼女は皿を置き、身じろぎしなかった。——出掛けるなら、現金を少し置いていってね。

彼はグラスを置いた。——四十ドル？　彼はポケットの奥を探り、彼女の背後で紙幣を広げ、二十ドル札の上に二十ドル札、十ドル札、十ドル札、——二、三日で戻る。

——クリーニング屋に出しているスーツは十ドルじゃ足りない、家には……

——ああ、言ってくれれば渡すよ、と彼は言い、もう一枚十ドル札を出した。——はい。

——置いておいて、と彼女は振り返らずに言った。——いつだって、頼まなきゃ何もしてくれない。

そして彼はまた製氷皿を持ち、立方体をグラスに入れ、それをじっと見てから掻き混ぜ、またじっと見詰めた。——デビドフが今朝、女の人を連れてきた、女《ギャル》って呼んでたな、広報の仕事に活《かつ》を入れるためにプロジェクトリーダーとして雇うらしい。カリキュラム管理の最高記録保持者だってさ。その後、私を部屋の隅に連れて行って、こそこそと……彼は渦を巻く立方体をさらに少し見詰めてから、瓶に手を伸ばし、——女性の下で働くことに抵抗はないかって訊いた。だから言ってやったよ。

彼女は振り返り、空《から》になった自分のグラスを持って製氷皿に向かい、彼が置いた瓶を手に取った。——じゃあ、さっさと辞めたらいいじゃない、そんなの、そんなことは全部終わりにして、また本が出るんでしょ、それに、例の賞がもらえたら……

——その程度の金でいつまで生活ができるって言うんだ？　デビッドを幼稚園に通わせる金、引っ越しに必要な金、新しい家の金。わずか五パーセントの版権料をさらに折半だぞ、デビッドの保育料さえまかなえない、それにあの賞金だって、会社を辞めれば給料を失うだけじゃない、企業はいろいろと面倒を見てくれる、据え置きの株式《ストック》オプション、年金プラン、生命保険、健康保険、結局、手も足もがんじがらめ、デビッドが生まれたときのことを思い出してくれ、食うや食わずの……

——私が今、何を思い出してしているか分かる、トム？　彼女は突然振り向き、流し台に肘を掛けて、彼と正対していた。——あなたが会社で働きだした最初の頃、デビッドが両側鼠径《そけい》ヘルニアになってドクター・ブリルから手術が必要だって言われたときのことよ、あなたは手術を延期しろって言って、手術を延期した。目の前にいる赤ん坊がいつどうなるか分からないのに、あなたは会社の医療保険が有効になるまで延期しろって言い続けた、保険が効くようになれば……

——マリアン、君は……君は容赦がないな、マリアン、まったく容赦がない……

——それにあなたは、あの子を望んでいなかった。でしょ？　そもそも望んでなかった。

——何を、マリアン、一体何の話だ？

——デビッドよ。あなたはあの子が生まれることを望んでいなかった。

——マリアン、君は、今までにもあれこれくだらないことを言っていたが、今回が最悪だ、まるっきり……くだらない嘘っぱちだ。

——だってあなたは……

——子供を作るのは後回しにしたかった、そうだ、生活が安定するまで待ちたかった、でもデビッドを望まなかったわけじゃない、デビッドはまだ生まれてなかったんだから、何てことを、君だってよく知ってるじゃないか、あの子が生まれたとき、デビッドとして生まれたときにはあの子が私のすべてになったことを君はよく知ってるじゃないか……彼は黙り、息を整えた。

——マリアン、君は本当に容赦なく人の弱みにつけ込んでくるな。

——だって本当のことだから。彼女は肘で後ろの流し台にもたれ、彼に向き合ってそう言った。

——僕はまるで、時々まるで何かの病気にかかっているんじゃないかと思うことがあるよ、マリアン、大昔にどこかで君という病を拾ってきてしまったんじゃないかと……

——あなたがかかっているのは自分自身という病気よ、トム。彼女はグラスを持ったまま彼の前を通り過ぎ、廊下に出て、後ろを振り返らずに言った。——この新聞はどうするつもり？

——まだ読んでない。彼は手ぶらで彼女を追い、——時間がなかったから……

——そこら中、新聞や切り抜きだらけ、一休みする場所も……

——分かったよ、マリアン、じゃあ……

——仕事部屋に持って行ってよ、じゃなきゃ、どこか、アップタウンのどこかに持って行くって言ってなかったっけ。

——分かった！　彼はそれを抱えて彼女の前を通り過ぎ、廊下の先にある扉を開け、肘で明かりのスイッチを入れた。——ここに置いてあるカーテンロッド、こんなにたくさんどうするんだ？

——置く場所がなかったのよ、と彼女は言って扉をくぐった。彼はそこに立ったまま、右を見、左を見て、タイプライターの前に移動された椅子の上に新聞を置き、そこから身を乗り出してカーテンロッドを動かし、タイプのローラーに挟まれたまま未完となっている行を見た。

丘の麓で、三羽の雄の雉《きじ》が大地から飛び立った。まるで夢の中の出来事のようにゆっくりした動きだ。雉は輪を描いた。私が発砲すると、雉は消えた。しかし、翼を傷めた一羽が地面に落ち、石ころの上でもがいていた。私はもう一発撃った。鳥はまだ生きていた。それはもがきながら塀まで達し、石の下に潜ろうとして……

——パパ？　パパはどっちがいい、ピグレットか、プーさんか。

——ああ、今行くよ、デビッド……彼は明かりを消し、扉を閉じ、ゆっくりと廊下を進んだ。——ちょっと待った、デビッド、そこでは遊ばないぞ、ほら、洗濯物を踏んじゃ駄目だ。

——僕がラビットだよ、僕はラビットで、ママに四回勝ったんだ。

——ほら、待って、ここには座る場所がない。

——ママはピグレットだったよ、パパはピグレット、それともプーさんにする？

——洗濯物は片付ける時間がなかったの、と彼女はグラスを高く掲げて言い、空いた方の手でソファの端に洗濯物を寄せた。——バートレットさんちのご夫婦が別れるって、もう話したっけ？

——いいや。ほら、デビッド、ちょっと、ほら、とりあえずボードを床に置いて。床の上でやろう、と彼は言って、両脚の間にボードを広げ、顔を上げた。——ひょっとすると、旦那もついに我慢できなくなったのかもな、あの奥さんは自分たちのものだったら何にでも「笑う洋梨」の絵を描いていたから。子供たちはどうするんだ。

——パパ、僕は今日、ママに四回勝ったよ。いつも勝つんだ。

——勝負にはいつも勝てるわけじゃないぞ、デビッド。そんなことは誰にもできない。

——奥さんの話だと、旦那さんが出て行って、街に部屋を借りるらしいわ。週末にみんなに会いに来るんだって。尊敬のできない人とは一緒に暮らせないって奥さんは言ってた。旦那さんは失業したんだって、あなたもきっともう知ってるでしょ。

——恥を忍んで残るより、尊厳を保って引き下がる方がいい、デビッド、足元に気を付けなさい。はい、準備、準備、ここに座って。

——パパの隣に座りたい。

——分かった、でも、膝に乗るんじゃない。さあ、袋を振って、よく振るんだぞ。

——自尊心を失った男の人は嫌なんだって、奥さんが言ってた……彼女は一瞬、その場で二人を覗き込むような格好でグラスの中の立方体を回してから、振り向いた。——夕食にするわ。あなたたちは食べたいときに食べて。

＊

——パパはプーさんにする？

——うん。何色が出た。

——青。だからここまで行ける。

——一つ飛ばしてるぞ、デビッド。

——え？

——ここの青を飛ばしてる。だから駒をこっちに戻して。

——あ、うん。

——パパは緑だ。ここ。ほら、よく袋を振って。

——振ったよ。赤だ、パパ、もしも黒が出たら一気にここまで行けるからね。

——だから、黒は袋の中に二枚しか入ってないんだ。

——だからって？

——黒が出にくくなるようにさ。さて、パパは……また緑だ。

——パパはここまでしか行けないよ。僕が駒を動かしてあげようか？

——ああ、でも、待って、ちょっと待って、デビッド。

——僕は黄色、だからずっと進んで……

——いや、袋から二枚取り出して、そこから好きなのを選んで、もう一枚を戻すのは反則だ、

——二枚取ったわけじゃないよ。勝手に出てきたんだ。

——分かった、じゃあ両方とも中に戻して、もう一度、よく袋を振って、それから中に手を入れて、一枚引いて。

——ほら、やっぱり黄色だ、ね？ 目はつぶらなくてもいいよね、目はつぶらないといけないってルールで決まってる？

——ああ、引く前にカードを確かめないように……

——ルールを決めたのは誰？

——ゲームを作った人。それがゲームさ、ルールがなければゲームもない、ほら、しゃんとして。

——次に黄色を引いたら、ズオウの罠《わな》にはまるよ。パパ、袋をこう持って、顔をあっちに向けてても、やっぱり目をつぶらないといけない？

——うん、ほら、体を真っすぐにして、デビッド、おまえの番だぞ。

——パパ？

——何？

——パパ、イエス様って普通の人？

——それは、イエスは人間だ、うん、でも、あの人は……

——イエス様はインド人になったの？

——何になったって？

——大きくなって、インド人になったの？

——どうしてそんなことを？

彼は袋に手を入れたまま体をねじり、後ろの壁の方を向いて、芸術品として椅子の後ろに掛けられた聖像を見ていた。——シャツを着てないし、赤い印が体に付いてるでしょ。

——あれは血だ、デビッド、知ってるだろ。

——じゃあ、どうしてあんな帽子をかぶってるの？

——あれは帽子じゃない、茨《いばら》の冠だ、知ってるだろ、イエスがはりつけになった話は知ってるはずだ、みんなが彼を王様だと言ってあざわらった話。茨で王冠を作って、それを……

——じゃあ、血はどうやって付いたの？

——それは彼が、彼がはりつけになったときさ。見たことがあるだろ、はりつけの姿、十字架の上にいるイエスの絵、手と足に釘が刺さって、だから血が……

——パパ、その釘は手を突き抜けてるの？

――それは、うん、うん、それは……

――僕はイエス様が釘にしがみついてるんだと思ってた。パパ？

――ほら、真っすぐに座って、もしも……

――僕の番？

――いいや、パパの番だ。デビッド、足元に気を付けないと駒をひっくり返しちゃうぞ、今どこにいるんだか分からなくなる。

――分かってる、僕はここ、パパはずっと後ろのここ、黒が出たらここまで行ける。

――青。

――進めるのは三マスだけ。赤。僕は赤だ。見て。ほら、パパ、見て、僕は今ここ、パパはまだそこ。

――うん、分かった、さあ……黄色。

――ズオウの罠だ。ママ、パパがズオウの罠にはまったよ。ママ？

――ママには聞こえないよ、デビッド。大声を出すのはやめなさい。

――僕、次に赤が出たら、黄色。僕も黄色だ、ほら、やっぱり僕はいつも勝つんだ、ほら、もうここまで来たもん……

――デビッド、勝負にはいつも勝てるわけじゃない、そんなことは誰にも……

――今日はママに四回勝ったもん。ママ？

――大声を出すのはやめるんだ、デビッド……彼は袋を下げ、

――じゃあ、パパは……

――黒！　インチキだ。パパがインチキした！

――インチキ？

――パパは袋の中を覗いてた、僕、見たもん。インチキだ。

――おい、デビッド、何でそんなことを……

――パパは袋を覗いた、僕、見たもん。

――なあ、デビッド、必ず、いつも勝つなんて誰にもできない、ゲームをやるときには、勝つこともあれば……

――うん、でも、パパはインチキした。

――おや、チャイム、お客さんだ。おまえが玄関に出てくれるか？

――嫌。

――ジャックかもしれない。ジャックの出迎え、したくないか？

――嫌。

――トム……？

――頼むよ、一緒に出よう、ゲームの続きは後でまたやればいい。

――嫌。パパはインチキしたもん。

――トム、警察の人よ、と彼女が前に現れた。そして――デビッド……と立ち止まって彼を引き寄せた。彼女の視線は帽子のバッジから、ホルスターに収められた銃へと下がり、子供の

顔を通り過ぎて、窓に移った。

——今、こちらの建物を一通り調べているんです。

——ええ、でも、何が……

——この家で、誰かが窓から出て行ったということはありませんか?

——窓って何? どういう意味です。

——デビッド、こっちに来なさい。

——窓って、デビッド、お母さんのところに行きなさい。窓から出るってどういう意味ですか。

——誰かが落ちたか、飛び降りたかもしれないという通報があったんです。

——ここで? でも誰が、でも、待って、男? 男ですか?

——それもまだ分かっていないんですよ、ご主人、でも、どうかしましたか? 窓から出て行ったかもしれない男をご存じで?

——その男は、でも違う、いや、私は……いいえ。いいえ、でも、そもそもどうしてそんな話が……

——あそこを見てください、下の方、日よけのフレームのパイプがぐにゃりと曲がっているでしょう? 建物の前の歩道に誰かが倒れているという通報があったんです、歩道のあそこ、血の跡が見えますよね? フェンダーがへこんでいる車の横? われわれがここに来たときには誰もいませんでした、ただ日よけのフレームがあんなふうに曲がっていて、車のフェンダーの前には血の跡が……

——いや、いや、でも、聞いてください、私の友人が、友人がここに来ていたんです、そして帰って行きました、さっき帰ったんです、ベルビュー病院から出てきたばかりで、何分か前に帰りました、でも、やめるように説得したんです、さっき、やめるように話をしたんです。

——何をやめるんです。

——その……こういうことを。

——このアパートに住んでいる人ですか?

——いいえ、アップタウンに住んでいます、ここを出たら、そっちに帰るんだと思ってましたが……

——あなたは彼と話をした後、ここで彼を一人にしたんですか?

——いえ、私はその、何なんです、無責任だとでも……

——オーケー、興奮しないでください、彼は玄関から出て行ったんですか? エレベーターの横のホールはどうでしょう? 窓がありますよね。

——ええ、でも、彼は……

——エレベーターに乗るところまで見送りました?

——いえ、でも、いえ、くそエレベーターは壊れてるから、彼はきっと……

——彼の住まいはご存じですね。われわれは今から、そちらにうかがおうと思うのですが。

——彼は家に帰ると言ってました、ええ、だから、こういうことはするはずがない、きっと今頃は、まだその辺を歩いているかもしれない……彼は前を歩く制服を追い抜き、——マリアン、ジャックが来たら伝えておいてくれないか……

——ええ、話は聞いたわ。彼女は二人の後に付いてきた。

——警察と一緒にあいつの家まで行ってくる。何があったか分からないから。

——ねえ、トム……？

扉が閉まり、彼女は振り返って、ゆっくりとキッチンへ向かい、製氷皿に浮かぶ氷を見詰め、牛乳用のグラスを洗った。

——ママ？

——今行く、と彼女は言い、キャップを回して、錠剤を一つ、手に出した。

——ママ、早く……

——はい、今行くわ、デビッド。彼女は酒を注ぎ、それを持って廊下を歩きだした。——デビッド、窓から離れなさい。

——ママ、パパがパトカーに乗ってるよ。見て！

——ええ、こっちに来て、パジャマに着替えなさい、デビッド。パパはまた帰ってくるから。

——パパはどこに連れて行かれるの？　ママ、パパはどこに連れて行かれるの？

——しばらくしたら戻ってくるわ、デビッド、さっさと着替えなさい。

——パパが戻るまで起きててもいい？

——さあ、どうかしら、早く着替えて、早くしたら、さっきあなたがパパとやってたゲームの続きをしてあげる。

——別にやりたくない。

——デビッド、洗濯物を踏まないで、じゃあ、何がしたいの？

——本。

——分かった。終わったらすぐに着替えるって約束するなら、読んであげる。で、その本はどこ？

——これ……彼はシーツの中から勢いよく浮上した。——今日はここからだよ、と彼がページを開いた。

——ここ？

——うん、ここ。彼は彼女の隣に体を埋め、汚れの詰まった黒い爪の先でナナを指した。

——ナナの目には涙が浮かんでいました*、デビッド、ママのグラスに気を付けて。ナナの目には涙が浮かんでいましたが、彼女にできるのは、前足をやさしくママの膝に置くことくらいでした。二人がそうして一緒に座っていると、パパが仕事から戻ってきました。パパは疲れていました。童謡のピアノで私を眠らせてくれ、とパパは言いました。するとママが……

——どうしてこのパパはピアノの上で眠りたがるの？

——ピアノの上で眠りたいという意味じゃないわ、パパはママにピアノで何かを弾いてくれって頼んでるの、くつろげるような……

――ママ？

――何？

――ママ、神様って、人を呼ぶときにはまずその人を殺さなくちゃならないの？

――デビッド、その話はもう終わったでしょ。それは、プリフティスちゃんの席がずっと空いたままになっているから、あなたたちの先生がクラスのみんなに事情を説明するときに使った、たとえ話。あの子はずっと病気がちだったし、ダフィー先生は以前、パローキアル・スクールでも教えていた人だから……

――ママ？

――何、デビッド。

――僕は神様に呼ばれたくない。

――デビッド、神様は誰も呼んだりしない……突然、彼女は彼を抱き寄せた。――ママのこと、愛してる？

――うん。

――どれくらい《ハウ・マッチ》？

――お金で言うとってこと……？　彼女がそうして彼を抱いていると、チャイムが鳴った。――パパかな？

――ジャックかも。

――ジャック！と彼は腕をふりほどき、廊下を駆け抜けて、玄関の錠を外した。――ママ？　ママ、ジャックだよ、ママ。ジャックだ。

――デビッド、と彼女はその後を追い、――しがみつかないの、デビッド、しがみついたら……

――いいんだよ、マリアン……ほら、登ってこい！　頭に気を付けて、デビッド。

――デビッド、ジャック、気を付けて、一体……

――何でもない、マリアン、ちょっと、ちょっと靴紐に問題があるだけ、と彼はよろめき、片方の足を軽く引きずった。

――それにポケットが破けてる、デビッド、そんなふうに首にしがみついたらジャックは息ができないじゃないの。ジャック？　今日はお酒が飲める？

――ああ、さっき、お構いなく、ちょっときつすぎるぞ、デビッド、さっきまで三等水兵のステップニクにおごってもらっていたんだ、ウオツカの好きな男で……

――ちょうどよかった、家にはウオツカしかないの。デビッド、もう充分よ、下りて、パジャマに着替えなさい。

――本を読んだ後って約束したのに、さっきママは……

――パジャマに着替えて、廊下の靴を拾った後よ、と彼女は氷を落としながら言った。――ジャックとママは少しお話があるの。

――今日は鍵をもらいにちょっと寄っただけだ、トムはまだ帰ってない？　九十六丁目の鍵、あそこに行って原稿を探さないといけないんだが……

――なるほど、と彼女は言って、彼にグラスを渡した。――急いで、デビッド、急いで用事を済ませたら、ジャックと少しお話ができるわよ。彼女は奥に入った。――たばこ、ある？

――俺も同じことを訊きたかったんだ、と彼は言い、彼女を追って廊下を進んだ。――トムはどうした、もう帰っている頃だと思って……

――私もあなたとその話がしたかったの、と彼女はソファの前に回って言った。そしてそこに積まれていた洗濯物を床に下ろし、本を脇にどけ、ソファの端に座った。――ジャック。私、トムと別れようと思う。

――え？　窓の前でグラスを口元に持っていきかけていた彼が、それを下げた。――それでトムは、トムは何て言って……

――さあ。

――ていうか、話はもうしたんだろ？

――ううん。

彼はグラスを上げ、半分を飲んだ。――前に話をしたときは、一家で引っ越しをするという話だったと思うんだが、あいつが君のために一軒家を借りると言っていたと……

――私のために？　彼女は自分のグラスを持ち上げ、飲んだ。――私がトムのためにできることはもうない。ジャック、私が離婚するのは彼のためなの。

――じゃあ、デビッドは？

――デビッド？

――デビッドはどうする？

――デビッドはもちろん私と暮らす、大丈夫よ。ジャック、私は尊敬のできない人とは一緒に暮らせない。

彼は一瞬グラスの中を覗き込んでから飲み干し、窓の縁に置いて、そこに立ったまま、下の通りと歩道を見下ろした。――で、俺に何て言ってほしいんだ、マリアン。

――私はあなたが……

――君は少し酒が入るといつも、簡易版の精神分析みたいな意見を俺に聞かせてたよな、父親がいない環境で育つとどうだとか、母親に対する罪悪感がどうだとか。今度は君がデビッドに同じ思いを味わわせるつもりか？

――馬鹿なことを言わないで、トムはいつだって彼の父親だわ。

――マリアン、君には父親ってものが分かってない。

――私は別に……

――父親というのはそこにいる人間のことだ、いつもそばにいて……

――ジャック、私は子供みたいなトムとは暮らしていけない、それがデビッドのためでもあるの！

――ああ、やめてくれ、マリアン、と彼は両手をポケットに突っ込んで振り向き――君は自分のやっていることが分かってないんだ、いいか。俺はさっきまた、あの女と口論をした、俺の娘をアストリアに囲い込んで、あらゆる成長を妨げて、ちょっとずつ破滅させている女、歯医者への往復があの子にとっては最大の冒険だ、マリアン、離婚の後にどんな悲惨なことが待ち受けてるか、君には分かってない、そんなことをしたら二度と……

――トムと私は……

――しかも終わりがない。決して終わりがないんだ。

――トムと私は、あなたたちよりもっと分別のある形で決着を付けられると思うから……

――マリアン、聞いてくれ！　人を殺すのに、分別のあるなしなんて関係ない！　彼はグラスを手に取り、中を覗き、また置いた。――本当にたばこはない？

――ない。トムが買ってきてくれるって。

――やつはどこ、家にいると思って俺は……

――ジャック、トムはあの部屋に入る、彼は毎晩あの仕事部屋にこもる、でも、結局何も出来上がらない。

――離婚の件については、かなり前から考えていたのか？　でも、最近はあいつにも少し明るい兆しが見えてきたんじゃないか？　例の賞がもらえそうだし、あの本もペーパーバックで再版されたし……

――それが何かの足しになると思ってる？　あの人は、口を開けば、わずか五パーセントの版権料を出版社と折半だって嘆くばかり、出版社は、版権を手放したくないというだけの理由で再版するんだって言って……

――うん、その通りだ、マリアン、あの出版社は間抜けでろくでなしだ、君も知ってるだろ、あの本を何年間ほったらかしにしてきたか。うちの会社が版権を持ってるとぬかして、絶版になっていないみたいなふりをし続けて、トムに何て説明していたと思う？　ちゃんと入手可能ですよって。初版の在庫を叩き売りして以来、稀覯本として一冊二十ドルでしか手に入らない状態がずっと続いていたのに？　再版の件だって、現物を書店のウィンドウで見掛けるまでトムは何も知らなかった、やっと今、再評価の兆しが見えて、彼も……

――彼も何、ジャック、何だって言うの！　紳士録から手紙が来たり、朗読会をやらないかってお誘いが来たり、編集者や大学時代の女友達から手紙が来たりするけど、彼はどれも断ってばかり、何も……

――それは俺も知ってる、それは知ってるが、あいつは今、今、何とか新しい状況に順応しようとしてるところなんだ、だってこの九年間はずっと……

――じゃあ、私はどうなるの！　この九年、私がどんな思いをしてきたと思う？　私には何一ついいことがないわけ、ジャック。九十六丁目のアパート、あなたもよく、あそこに晩ご飯を食べに来てたわよね、私たちは食事の前にいつも、トランプ用のテーブルから彼がタイプライターと書類を片付けるのを待たなくちゃならなかった、ジャック、彼は今でもあの芝居に取り組んでる、まだ書き直しをしてる、変更を加えて書き直して、いつまでも手放さないの、完成させないの、自分と競争するのを恐れているから、あの人にとってライバルは自分自身……

——なあ、マリアン、何、フロイトの真似をするわけじゃないけど、君の望みは何なんだ。

——ただ普通の、自分がしていることに満足できる男の人。

——高望みというわけじゃなさそうだ。

——ジャック、私は自尊心を失った人は尊敬できないの、彼が今の仕事をどう思っているか、知ってる？ いつもその話ばかり。玄関から入ってくるなり、いつも……

——笑顔で仕事場から帰ってくる旦那がこの世に何人いると思ってるんだ、なあ、マリアン、よくある話さ、来る日も来る日も同じくだらないことの繰り返し、生活していくためには辛抱しなくちゃならない、それなのに家に帰ったら帰ったで、私は一日中熱いコンロの前で苦労してるのに、あなたは涼しい下水道に一日いられていいわよねって言われる、彼は芝居を仕上げようと頑張りながら、同時に君たちのために、人並みに稼ごうと努力してるんじゃないか……

——でも、私には何一ついいことがない！ 私には誰も何もくれない！ 私がどんな気持ちだか分かる、どうして私たちがパーティーに行かなくなったか分かる、私が飲みすぎるから？ そうよ、だってみんな、あなたも、彼の友達も、編集者も、彼の偉大な次回作の話ばかり、家族を、私とデビッドを支えるために必死に働いている彼に感心して、アメリカ文学にとって何という悲劇だろうって言いながら首を横に振る、それを聞かされる私がどんな気持ちか分かる！ 偉大なるトマス・アイゲンの才能がくだらない仕事に費やされてる、それというのも、妻と息子に人並みの生活をさせるため、彼は請求書の一枚一枚に八つ当たり、家賃、それに保育料、保育料にまで八つ当たり、デビッドの保育にかかるお金よ、食費も、子羊の塊肉、三つ入り、ジャック、三つ入りの塊肉よ！ 人並みの生活が聞いてあきれるわ、キッチンから窓の下を見下ろしたら、あの手のない男、顔もない、やけどした皮膚に穴が開いているだけ、あの非常口のところで、足首まであるコートで風から身を守って、両方の手首で瓶を挟んで、口で蓋を回して、……

——マリアン、聞け！ 聞いてくれ、その男の話は以前にも聞いた、君は彼を口実にして、ていうか、とりあえずカーテンがあるなら閉めたらいい、ブラインドがあるなら下ろしたらいい、別に彼のことをじろじろ見てその姿に我慢する必要はない、君はむしろ、むしろ彼を口実にして事態を悪く見せてる、シュラムの事故の話だってそうだ、君はまるで彼がわざとやったみたいに言って……

——だって、あなたたちみんな、あなたたち三人とも、あなたとトム、それからシュラムと、三人とも互いの失敗の言い訳を探してばかり、私はもう言い訳に使われるのはうんざり、私だって何かできたかもしれない、でも誰もそんな可能性を考えない、私にだって何かができたかも……

――チャイムが鳴ったぞ。

――トムが作品に打ち込めないのは私のせい、私が重荷になってる、みんなそう考えてる、ひょっとしたら彼が私の妨げになっているかもしれないのに、この何年間、私にも何かできたかもしれない、今からでも遅くないかも……

――マリアン、畜生、俺は今日、何もやらせてもらえないって文句を言っている才能ある女と会ったよ、ウオツカはもうない？

――ママ？　ママ、男の人が来てるよ……

――すぐに戻るわ、グラスをちょうだい。

彼は窓の方を向き、その手が突然ポケットを探り、出てきたときには片手にマッチがあったが、反対の手には何も握られていなかった。彼はマッチをポケットに戻し、歩道を見下ろして立っていた。

――ジャック？

――デビッド、ああ。彼が振り返ると、デビッドがソファの肘掛けから洗濯物の山に宙返りしていた。――パジャマに着替えるんじゃなかったのか。

――ジャック、中国人がテレビを見るときは、テレビに映ってるのも中国人なの？

――ああ、もちろん、それに……

――僕を持ち上げて。

――ちょっと待って。

――もっと高く、もっと……何してるの？

――中国のテレビにはどんなふうに映るのかなと思って。

――逆さまに映るの？　どうして逆さまに。

――地球の反対側にあるからさ。さあ、早くパジャマに着替えて、あのゲームを終わらせよう、ママとやってたのか？

――ううん。僕を落とさないでね。

――へえ、じゃあ、ママが一人でやってたのかな。

――ううん、僕がパパとやってた、警察の人が来るまで。

――警察って。

――警察の人がうちに来て、インチキをしたパパを連れてった。ジャック？

――インチキって、警官が何をしに、マリアン……？

――私が何をしたいか知ってる、ジャック？

――何……彼は突然、強くしがみつかれてよろめき、その腕から喉を解放した。

――空に上がって、見えなくなって、それからまた雨になって落ちてきたい。ジャック？

――何、マリアン、何が……

――特別な配達人だったわ、トムに届け物だって。*　彼女はグラスを差し出した。――彼は明日……

――でも、彼はどこ？　デビッドの話だと、警官が家に来て……

――さっきからその話をしようと思ってたの、うん、デビッド、パジャマに着替えて寝なさいって言ったでしょ、自分の部屋に行ってパジャマを探しなさい、早く……それから彼女は振り向いた。――シュラムよ、と彼女は言って、――お友達のシュラムの件で……

――それで何、彼がどうした？

――私は知らない、トムが警官と話をしてて……

――トムはベルビュー病院に行ったのか？　どうして早く、そう言わな……

――違う、よく、よく分からない話。シュラムが病院を出て、トムのオフィスに来て、トムが彼を家に連れてきた。それから、よく知らないけど、警察の人が来て、彼が、ひょっとしたら彼が飛び降りたかもしれないって、誰かが飛び降りた可能性があるって言って、トムは警察の人と一緒に……

――でも、彼は今どこ！　どこに行った！

――トムは警察の人と一緒に出て行った、九十六丁目のアパートに行って様子を……

――どうして早くそう言わなかったんだ！と彼は廊下に向かい、――どうして、最初にそう教えてくれなかった？　――私は少しだけ……

――私は、と彼女は彼の後を追いながら言った。――私は少しだけ……

――少しだけくそスポットライトを浴びたかったって言うんだろ、みんなの目が今シュラムに向いているから、彼は一度も人の注目を浴びたがったりしたことがないのに、君は……

――でも、ジャック、もしも……二人は玄関にたどり着き、彼が扉を引き開けた。――ジャック、もしもシュラムがもうこの世にいないとしたら？　私はこうして生きているのに……？

――俺は、畜生、俺は、メロドラマでも演じているつもりか、「ジャック、私はトムと別れるわ」、「ジンジャー、私はトニーと別れるわ」、何か深刻なことが起きているときに限って、君は自分が主演のメロドラマを始めるってわけか……扉が激しい音を立てて閉じ、彼女が向き直った途端に、彼が外から扉を激しく叩き、揺さぶった。――マリアン？

彼女が扉を開けた。――何。

――トムから二十ドル借りることになってた、あそこに行くにはタクシーが必要だ、彼からお金を預かってない？

――いいえ。

――ああ、あいつは、悪いけど君……

――十ドルならある。

彼女はキッチンに向かい、グラスを置いて、食器棚を開けた。

――充分、うん、充分だ、ありがとう。彼はそれを受け取り、ドアを押さえて、――マリアン、最後にもう一言だけ、もしもまたさっきみたいな話をするつもりなら、他のやつを当たってくれ、彼のために別れるんだなんて、俺には二度とあんな話を聞かせないでくれ、トムに嘘をつくのは構わない、自分に、デビッドに嘘をつくのは勝手だ、でも俺に嘘をつくのはやめろ……扉が彼の目の前で閉じ、彼は片足を引きずりながらエレベーターに向かい、足を滑らせ、階段に向かい、下り、外に出ると、手を振り、縁石に歩み寄った。

――俺は今、休憩中。ライトが消えてるだろ？　行き先は？

――ここから真っすぐアップタウン。急いでるんだ、さっさと……

――じゃあ特別サービスだ。乗りな。

――九十六丁目。車が動きだすと彼はシートにもたれた。

――三番街の近く……タクシーは他の車の流れに乗り、停まった。メーターは沈黙していた。次の半ブロックではトラックの間にがっちりと挟まれ、運転手はルームミラーを傾け、急に生まれた暇に乗じてシガレットライターの穴にプラグを差し、電気髭剃りを持った彼の手が非効率に片方の頬を行き来するのを見詰めた。――頼むよ、急いでるんだ、何とか……

――道路を見てくれ、どうしろって言うんだ。

――三番街が混むのは分かりきってる、どうしてパーク通りを行かなかった。

――あっちも同じさ。

――同じじゃないだろ、パーク通りにはトラックやバスはいない。彼は肘掛けに投げ出された。――今度はどこへ行くつもりだ。

――一番街を試してみる……片方の頬が終わると反対側、太い親指で左右の鼻の穴が大きく膨れ、片方の耳たぶ、耳珠《じじゅ》、対珠、反対の耳たぶ、反対の頬が終わると元の側、結局、何も変わらない顔をもう一度見て、――どの建物。

――二番街を越えてすぐ、パトカーが停まっているところ……彼は十ドルを差し出した。――いくら？

――これでちょうどだ。

――待てよ……十ドルが消え、――ちょっと待てよ、それじゃあ……

――いいかい、お客さん、メーターは倒してなかった、今のは特別サービスだったんだぞ？

――停まれ！　待てよ、おまえ……畜生！　彼は足を蹴り出したが、車は窓が開いたまま動き始め、彼は片方の靴が脱げた格好で道路に立ち尽くし、しばらくしてから、背中と肘を掻き分けながら玄関に向かった。*

――ちょっと待って、あんた《バディー》、どこへ行くの。

――いいか、おまわりさん、俺は行かなきゃならない、ここに住んでるんだ、二階の正面側、あそこ、と彼は部屋を指さして――アイゲン？　彼は制服の後ろに見える暗い階段に向かって叫び、――いるのか？　トム……？　俺も住人だって警察に説明してくれ！

――入っていいぞ。

――ありがとう……彼は人混みを押しのけて建物に入り、靴を履いた方の足で一度に三段ずつ上がり――どこに……

――ジャック、私は説得したんだぞ！　やめるように説得したばかりだったんだ、ジャック！

——やつはどこ。

——いいや、さっき警察がロープを切って、彼を下ろしたところだ、ジャック、やめとけ……

——やめとけって何を！　すでに壊れていた扉が開いた。

——失礼……ああ、畜生。ああ、畜生。

リノリウムの床の上に大の字に寝そべる人影がぼんやりと浮かび上がり、制服がゆっくりと立ち上がって、警官が二人の方へ向き直り、口元をぬぐった。——間に合いませんでした……彼は上着のボタンを留め、周りを見て、流し台のそばに立っている警官から帽子を受け取り、それをきっちりとかぶった。

——少しお話を伺えますか？

——ああ、ああ、私たちは、ジャック、聞いてくれ……

——君《ミスター》、君も彼のお友達ですか？

——俺？　ああ、俺もやつの友達だ、君《ミスター》、俺は、俺たちは二人ともやつの友達さ、君《ミスター》、*他に何に見える？　俺たちのせいでこんなことになったと？　じゃあ、俺たちは何に見える、やつをみすみすこんな目に……あの女は誰？

——ジャック、聞け……

——待て、待てよ、彼女は誰？　あんたは誰？

——お友達はここから連れ出した方がいい。

——あんたは一体誰！　彼は流し台にもたれている女の方へ進もうとしたが、警官がメモ帳を開いて、彼の行く手を遮った。

——いいですか、落ち着いてください、君《ミスター》、君は……

——ジャック、待て、彼女はただの、ただの女の子だ、ローダ、名前はローダ。

メモを手にした警官が腕の時計を見て、女の方を向いた。

——ローダ、あなたは何歳？　彼女はじっと彼を見詰め返した。

——ちょっと変わった人よ、あの人。

——変わった人……！

——死んだ子供の写真をこんなふうに壁一面に貼ったりして。警官は部屋の反対側まで行き、腰をかがめて壁の写真を眺めた後で、真っすぐに立ち上がり、トランプ用テーブルの上に散らばる書類、本、傷だらけのタイプライター、汚れた包帯、ティーバッグの箱、小銭を見下ろした。

——ジャック、聞け、ほら、隣の部屋に行こう、そうすれば……

——変わった人だと！　あいつは、どこの誰より……

——やつはどこの誰より変わってるよ、彼の足を見てやってくれ、見えるか？　おまえの足はあれに比べたら変わってないだろ、よく見てやってくれ！

——オーケー、君《ミスター》、こちらのお友達と隣の部屋へ行ってください……

——いいや、待て、写真のことを教えてやるよ、これはみんなベルギーで殺された子供たちの写真だ、ここに貼ってある理由が知りたいか、それは彼が、彼が、彼が……畜生、頼むから、ほら……彼は扉の後ろのフックからローブを取って放り投げ

——ひとまず……これを掛けてやってくれないか？

警官がローブをつかみ、両手で広げた。——この血は何。

——あたしの。

——何か知ってるのか、ローダ？

——あたしのだって言ってるじゃん。

——それは聞こえた。ローダ、ここで他に一体何があった？

彼女はただ彼をじっと見た。——何があったか話してくれないか？

——君はここに住んでるのか、ローダ？と、彼女の横に立つ警官が訊いた。——ここにものを置いてるとか？　服や、ローブや……

——ローブはあたしのじゃない。

——でもさっきは……

——血はあたしの。

——何があったか話してくれないか、ローダ？

——あたしはここで彼と会うことになってた、でも、と声が詰まり、——遅刻しちゃった、それだけ。

——われわれが来たとき、君は玄関にいたよね、ローダ？　この血について詳しく話してくれないか？

——あたしは自分のものを取りにここに来ただけ、てか、自分のものを持って行ってもいい？

——それは後にしてくれ、まずこの血のことを話してもらえないか？

——あたしたちはエッチしてたの、分かる？　あたしは生理で、終わった後にそのローブを着ただけ、分かる？

——彼と一緒にここに住んでるのかな、ローダ？

——おまわりさん、頼むよ、何が訊きたいんだ、その子はもちろんここに住んでるに決まってる、男が水切りラックに逆向きに皿を並べたりするわけがないだろ？　汚れた灰皿を集めて、流し台に置きっ放しにしたり？　歯磨き粉の蓋も開けっ放し？　何でもかんでも蓋は開けっ放し？　あそこの、あの針金ハンガー、見てくれ、あれ、針金ハンガーをあんなふうに曲げる男を見たことがあるか？　トイレも覗いてみたらいい、ペーパーが逆向きにセットしてある。使いにくくて仕方ない。ペーパーが……

——あの、君《ミスター》、お二人とも隣に行っててもらえませんか。ローダ、改めて話を……

——あたしは自分のものを取りたいんだけど。

——それより先に……

——いつになったら取らせてくれんの、部屋の掃除が終わってから？　テーブルの上に三十七セントがあったのに、さっきそのポケットに入れてたじゃん、見たんだからね……

——どうして三十七セントだと分かるのかな、ローダ？

——あたしの三十七セントだからよ、あんたが……

——彼の財布と腕時計も警察が預かるよ、証拠保管室で手続きをすれば返却する、ここにあるものはすべて押収する。君の年齢は、ローダ？

――おまわりさん、頼むよ、その子が何歳だろうと関係ないじゃないか、その子は……

――このままの生活が続けば青少年保護施設行きですからね、そうすれば風呂にも入れるでしょう、とにかく落ち着いてくださ い……

――落ち着けだと！　何なんだ、こんなところに突っ立って、くだらない質問を次から次に……

――いいですか、君《ミスター》、われわれは検視官を待っているんです、お友達と隣の部屋に行っててもらえませんか、後で身元確認をお願いするかもしれませんが。

――分かった、でも、ほら、皿の向こう側にある棚の中……

――さっきも言ったでしょう、ここからは何も持ち出せません。

――いいから、あの棚を開けて、中を見てくれないか？　そこ、その奥に瓶がある、ラベルにオールドストラッグラー*って書いてある、見える？

――そこのスコッチの瓶ですよ、おまわりさん、オールドスマッグラーっていう……

――持ってってください、ほら。さあ、お友達と出て行ってもらえますか？

――うん、待って、待って、床にほら、彼のそば、たばこの箱、きっと俺のだ、やつはたばこは吸わなかった、たばこは吸わないから……

――ほら、どうぞ、お任せしていいですか、君《ミスター》？

――ええ、彼は、待て、ジャック、それは私が持とう……

――オーケー、ローダ、改めて話を聞かせてもらいたいんだが……

――暗くて何も見えやしない……

――ほら、手すりを持て、私が扉を開ける、何だ、いや、待て、待て、ジャック、床の上が郵便だらけ、こっちへ、何とか私が中に入って、明かりを点けるから、このくそ扉が外れそうで……

――泉が湧いてるような音がしてるな、何だ……

――マッチをすれ。私、いや、私が持ってる、畜生、おい、郵便物を蹴るなよ、拾ったらいいじゃないか……

――俺は郵便があまり好きじゃないのさ、トム、グリンスパンに誕生日パーティーの招待状が届いたとでも思ってるのか？　ほら、これは電力会社。ピスカター法律事務所、弁護士事務所からいい知らせが届いたためしがあるか？　視覚障碍者雇用促進サービス、クローリー……

――分かった、いいから、立て、それは持って入ろう、流し台のお湯をこんなふうに出しっ放しにしたのは誰だ……

――早く止めた方がいい、水道代が……

――私が今何をしようとしてると、畜生、見ろよ、蛇口のところから壊れてるじゃないか。

――オールドストラッグラーはどこ。

――山積みになったフィルム缶の上、ジャック、一体誰がこの蛇口を……

――グラスはある?という声が〝二枚重ね二百枚三十六箱入り〟の背後から聞こえた。彼は前方に空き地を探して、箱の山の間を縫って歩いていた。――どこだ、ここにあったランプはどうなった……彼は瓶をH－Oの箱の上に置いてマッチを探し、それを高く掲げて、壁際で高原を作っている箱を照らし、その後、前方に見える窓に向かった。窓のブラインドには、外でたかれているフラッシュが斜めに反射していた。

――ジャック? 最後にここに来たのはいつだ、そこの明かりを点けてくれないか?

――俺だって何もしてないわけじゃ……彼は靴下しか履いていない足を〝風味豊かなワイズ・ポテトチップス!〟の上で止め、――どうしてこんな場所に……それから点々と穴の開いた笠《シェード》の下に手を伸ばし、――明かりだ……

――**大事な家宝、その多くは名家の物置に眠っていたもので……**

――くそラジオがまだ動いてる、グラスは見つかったか? 早く、痛《いて》!

――いや、スコッチはそれしかないんだから……

――待て、座るなよ、そこら中で尖った鉛筆が罠みたいに待ち構えてる……彼は肘掛けのないソファから汚れた毛布を取り、瓶を抱えて座った。――ムーディーズの格付けレポートなんて一体誰が……

――私も訊きたいね、待てよ、スコッチはそれしかないんだぞ、ジャック、一人で全部飲む気じゃ……

――待ちきれなかったんだ、おまえのグラスはどこ。

――グラスはないんだよ! おまえ、酒が欲しいのは自分一人だと思ってるのか、畜生、私は、私は思いとどまるようにあいつを説得したんだ、ジャック、私は……

――おまえはよくやった。

――何? おい、やめろ、二度と私にそういうことを言うんじゃない、ジャック、やめろ……

――じゃあ、一体どうしてやつをあんな状態で放り出した! あの状態で一人に、一人にさせるなんて、もしもおまえが……

――付いてくるなってあいつが言ったんだ! もうすぐギブズが来るからって俺が言ったら、あいつはベルビュー病院に連れ戻されると思い込んだ、あいつにはさっきの、あの女の子がいる、ろくでもない女、あの子がここで待ってるって言うから、やつも一人になるわけじゃないと……

――スコッチがもっと欲しいな、俺が買いに行きたいところだが、ハーディー・サッグズに靴を片方、盗られちまった……

――私が行こう、うん、いいか、ジャック、急いで買い物してくるが、警察が来ても短気を起こすなよ、すぐに友達が戻ってくるって伝えるんだぞ、いいか？

――新しい酒屋が角にできてる、簡単に見つかるはずだ、タクシーから見えた、トム？　簡単に見つかる、ウィンドウに大きな広告が貼ってある、「新学期セール」＊って、すぐに見つかる……彼は空《から》になった瓶を置き、立ち上がってマッチを探り、靴を履いた側の足をかばいながら窓まで進み、点滅する光をブラインドの隙間から見下ろしながら煙を吐き、手を伸ばして、燃え尽きたマッチを〝二枚重ねフェイシャルティッシュ黄色〟の後ろに落とし、そこで身をかがめ、紙を一枚拾い上げて――何だこれ、トム……？と彼は〝風味豊かなワイズ・ポテトチップス！　五十九セント、一ダース入り〟の前に座って明かりの下で楽譜を広げ――ポン、ポンポン、ポン……という歌声が彼の口から漏れ出し、突然、――トマレ《アルテラ》！

――あのう……？

――ダレダ《キヴァラ》＊！　トムか？　ずいぶん早いな、何、待て、誰だおまえ……

――僕は、ギブズ先生……？

――ああ、でも、君は、いや。まさか。バスト？　一体、ここで一体、何をやってる……

――いえ、僕、僕は今、ちょっとの間だけ出掛けて、戻ってきたところで……彼は汚れた茶封筒と紙袋を肘掛けのないソファに落とし、そこに立ったまま――ここで、ここでちょっと仕事をしてたんです、ていうか、何、何かありましたか？

――何も問題はない、だけど……

――ええ、でも、下にはパトカーがたくさん停まってて、みんな……

――ただのパトカーだ、バスト、なあ、いいか、君がどうしてここに来たかを教えてくれないか？

――はい、ええ、バスでダウンタウンまで来て、少し歩いてから地下鉄で……

――おい。そもそもどうやってこの場所を見つけたかを教えてくれ。

――はい、ええ、タグです、ギブズ先生にもらった鍵にタグが付いてて、部屋番号とグリンス……

――俺が鍵を？

――はい、部屋番号とグリンスパンという名前が……

――いや、待て、待て。鍵を君に渡した？

――ええ、ええ、そうです、あの、あの夜、駅で、覚えてませんか、ギブズ先生？　僕が、先生はお酒を飲む約束があって、僕に鍵を渡して、もしよかったらここで仕事をしろって言ってくれたんです、ていうか、まずかったですか？

――了解、大丈夫、ほら、座ってくれ。そんなふうに突っ立ってないで……

――ていうか、もしもここにいたらまずいのなら、僕は……

――大丈夫って言っただろ？　ちょっと忘れていただけさ、例の名刺がどこかに、俺は、さっさと座れよ！

――はい、ええ、僕、今、何かを作ろうと思っていたところなんです……彼は再び紙袋を手に取り、――一日中、バスに乗ってて、何も食べてなかったもので……

――分かった、作れよ、とりあえず……

――すぐに終わらせます……彼は〝二枚重ね三十六箱入り〟を通り過ぎ、――ギブズ先生？　紅茶はいかがですか？

――紅茶は大嫌いだ、いいか……

――はい、ええ、ここではカップが一つしか見つけられませんでした、と彼は流し台の奔流に負けない声で言って、――ギブズ先生？　置いてあるものは動かさないようにしたつもりですけど、ランプの笠《シェード》はこの一箇所に集めました、箱もいくつかは動かしました、そうしないと歩きにくくて……

――バスト？

――それから流し台は、はい、すみません……彼はティーバッグの紐のぶら下がるカップを持って現れて、――この前、一回お湯を出して、蛇口を閉めようとしたときに、上のハンドルが折れて、どうにもこうにも……

――いいか、くそ流し台のことは気にしなくていい、とにかく聞け……

――これ、一ついかがですか、ギブズ先生……？と言いながらセロファンの包装をはがし――さっき買ってきたんです、これくらいしか……

――畜生、要らないよ、いいか……

――ギブズ先生、大丈、片方しか靴がないですよ、大丈夫ですか……

――分かってる！　いいか、いいか、聞け……

――コートも破れてる、ポケットのところ、ていうか、大丈夫、何か……

――聞け！　別に何も、君はここで何をやってるんだ！

――ええ、僕、僕は、ここで仕事をすればいいって先生が言ってくださったときに、あの食堂で石の館の話、オペラを書く話をしてたので……

――食堂、君はオペラを書いてるんだと思ってた、電話をかけたら君は出張だと言われたぞ、カーニバルのテントみたいな女が電話に出て……

――でも、でもどうしてその番号を……

――ジャック……？

――君には偶然に会えるかもしれないって言って、ボスと会う約束をするために電話がかかってくるとか……

――ええ、ええ、さっき、バスを降りたところで電話しました、はい、でも、でもどうして……

――ジャック？　警察がもう来たのか、誰……

――紹介しよう、こちらはエドワード・バストだ、トム、話そうと思ってたんだが、ここで仕事をしたらどうかって俺が誘った、作曲家だ、おい、瓶をよこせ……

――はい、ええ、僕、お会いできて光栄です、グリンスパンさん、早くお会いしたいと思ってました、あなた宛にお手紙がたくさん届いてますよ、オーブンの中に入れておきました……

――いや、ちょっと待て……

――気分を盛り上げるために駐在作曲家が必要だと思ったんだ、誰か他人のオペラを作曲するのに忙しいらしいが、ピアノが必要かな、ピアノはもう見つかったか、バスト？

――はい、ええ、ていうか、二オクターブほど鍵盤が見えていたんですが、探しものをしていたらまた本の山が崩れて、どこかからラジオの音がするみたいなんですけど、どこにあるのか分からなくて……

――その話はまた後にしよう、バスト、彼は少し繊細でな、ここはトムが新婚時代に暮らしたアパートなんだ、な？ バスト君に例の話を聞かせてやってくれ、トランプ用テーブルの上に置いたタイプライターと紙をおまえが片付けていたら、かわいい花嫁さんが……

――おい、黙れ、ジャック、私はグリンスパンという名前じゃない、違うぞ、座りなさい、バスト君、いいから、ほら、自分の食事をしなさい、なあ、ジャック……

――何だよ、トム、一晩だけグリンスパンになってくれたっていいじゃないか？ 後ろを向け、時よ、後ろを向け、一晩だけトムをグリンスパンにしておくれ*、待て、今何時！

――ギブズ先生、そこの真下に時計があります、ソファの下、でも……

――気を付けろ、ジャック、畜生、こぼれてるじゃないか、頼むから……

――大丈夫、まだ二時半、時間はたっぷりある、女と会う約束があってな、バスト、君の大ファンさ、いつか君とゆっくり話したいって、ファンがたくさんいて大変だな……

――ジャック、聞けよ、おまえはその状態じゃどこにも出掛けられない、とりあえず座れ、ほら、瓶を返せよ。

――あいつらいつまでもたもたやってるんだ！ 彼は箱の艦隊を通り過ぎ、フィルムの缶を越え、〝新改良マゾーラ食用コーン油一パイント缶二十四個入り〟に上り、モーニングテレグラフ紙*の束を横断して、ランプの笠《シェード》の山を崩し、窓の縁に積まれたアップルトン・アメリカ人名事典全七巻に乗って裏に回ったが、そこでは四角い窓に切り取られた光が*通気スペースに斜めに当たっていた。――畜生……

――ジャック？ 何か……

――まるで、まるでジャガイモの袋みたいに……

――こっちに戻ってきて座れ。私たちにできることはもう何一つないんだから。グラスは見掛けたか、ええと、バスト君？

――いいえ、でも、このカップはもう使いませんから、それと……

――待て、その瓶をこっちにくれ、ジャック、ほら、このカップをそこで自分で洗って、何……

――郵便を取ってきた、グリンスパンは最近どうしているか調べてやろう。

——それはいいけど、郵便をそんな場所に放り投げたら……

——それからギブズ先生、そのティーバッグは捨てずに取っておいてもらえますか？　まだ二回しか使ってないから、もしもよかったら……あ、トマトスープの缶がそこに入ってます、

——こんなにたくさんの郵便がどこから来るんだ、ジャック？

——はい、ええ、そのお話をしようと思っていたんです、ミスター、ミス……

——アイゲンだ、失礼したね、名前は……

——そいつの名前はアイゲンだ、バスト、トマス・アイゲン、かつて卓越した小説を書いた男、今君が尻に敷いているのがその本だと思う……

——おい、とにかく座れ、ジャック、そのカップをよこせ、違う、ほら、俺が注いでやるから……

——いやいや、ほら、おまえがカップを持て、トム、俺は……

——もう、畜生、分かったよ、俺にカップをよこせ！

——すまない、バスト、ほら、君もどうだ、オールドストラッグ……

——いいえ、いえ、結構です、でも郵便の件、さっきその話をしようとしてたんですが、ひょっとするとそこに……

——郵便、うん、やつは最近、何てこった、グリンスパンはデール・カーネギー・トレーニングに入会したみたいだ、馬鹿なやつ、もう友達じゃないな、あいつ、待てよ、そこのを取ってくれ、トム、重要、至急開封してくださいって表に書いてある、至急開封した方がよさそうだ。

——アイゲンさん、さっき郵便の話をしようとしてたんですけど、ひょっとするとそこに……

——これって、エルパソ天然ガス、これって株式証券に見えるけど、どうして……

——畜生、グリンスパンも抜け目のないやつだ、エルパソで一山当てようと……

——一山って何だ、一株だぞ、どういう、待てよ、すまない、封筒を確かめなくては、宛先は、どうぞ、すまない、バスト君、まったく封筒を見てなかったよ……

——いえ、ええ、大丈夫です、実は僕、ここで郵便を受け取っているんです、構いませんか？　でも、それが何なのかは……

——畜生、抜け目がないじゃないか、バスト、エルパソ天然ガスに投資か、一つ星《ローンスター》のテキサス野郎、合衆国から脱退して独立国になるってわけだ、まさに一つ星の民主主義、*百万ドルなら百万票、千ドルなら千票を手に入れて……

——ジャック、黙れ、なあ……

——五十セントだ、肌の色が違ったら、価値は半分……

——黙れ！　なあ、バスト君がどこの株を買おうと……

——でも、そうじゃないんです、アイゲンさん、僕は株のことなんか全然……

——なあ、バスト君、そんなことは説明する必要ないよ、座れ、ジャック、もしもおまえがここで仕事をしたらいいって言ったのなら、ここで郵便を受け取るのも自由じゃないか、何の文句が……

——助力とあげましを与えてやるんだ、トム、出張でここに来て、誰か他人のオペラを書いてるんだってよ……

——ランプに気を付けろ！

——トマレ《アルテラ》……！　〝二枚重ねフェイシャルティッシュ黄色〟の上から紙をつかみ——ダレダ《キヴァラ》！　酒場でカルメンが密輸人どもと一緒に身を隠す、そこにドン・ホセが現れる、あの場面か*？

——ええ、はい、でもその楽句は、ていうか、それは僕がダンサーのために書いた曲なんです、ところが今度は、歌も付けてほしいと言いだして、もともと楽器のためにハ調で作曲したのにト調で歌いたいって言うので、今夜一晩で書き直さなきゃなりません、明日持って行って、報酬をもらって……

——おい、ジャック、そこに倒れてるランプを起こして、さっさと座れ！

——待って、僕も手が届きますから、アイゲンさん、もしも……

——台本《リブレット》作りのお手伝いさ、トム、台本が要るんだろ、バスト？

——あの、僕、自分のために作っている作品があって、『ロックスリー・ホール』を題材にして、今……

——『ロックスリー・ホール』か、畜生、次は小説を題材にして、『若きウェルテルの悩み』でも作曲するんじゃないだろうな。

——ええ、僕、ちょっと足をどかしてもらえませんか、ギブズ先生、そうすれば手が届くんですけど……

——待て、ジャックの足元、畜生、それを拾ってくれないか、バスト君？　さっさと……

——野蛮人と結婚*、何だ、そんなもの、どこにあった……

——私のだ、さっきシュラムの部屋から持ってきた、とりあえず、それは箱の上に置いておいてくれ、そうしないとこの部屋の中で行方不明に……

——見たことあるか、これ、バスト？　シュラムの彼女、ルーカス・クラナッハ*の描いたこのイルマみたいな女……

——おい、それはクラナッハの絵じゃない、バルドゥング*の描いた女魔法使いだろ、ほら、いいから私によこせ。

——驚きだ、よくこれが押収されなかったな、猥褻《わいせつ》、その陰部、会ったことあるか、バスト？

——誰です、いいえ、僕、ていうか、若い女の人がいました、若い女性がシュラムさんと一緒にいるのを見たことがあります、でも……

――恥ずかしがることはないぞ、バスト、ここに立てかけておこう、存分に味わえ、どうだ。以前読んだ本の中に、温かいアヒルの卵みたいな胸をした女の話*があった、クラナッハはきっと同じ本を読んだんだろう、さっきの女にはこういう雰囲気はなかったな、名前は何だっけ、イルマ？　胸はアヒルというより、ダチョウの卵だったが。

――ローダ。

――そうそう、ローダ、ここに連れてくればよかったな、トム、ちょっとした通夜をするのに。

――連中は彼女を連れて行こうとしてたのに、どうして私が彼女をここに連れてこなきゃならないんだ、彼女は、危ない！　畜生、ジャック、一体何をやってる……

――くそ窓から外を見ようとしてるだけだ、畜生、こんなにたくさんのフラッシュは初めて見た、テレビや新聞が入り交じった本物のメディアショーだな、あの子も引っ張りだこだ、トム、おまえも取材させてもらえばいい、野蛮な女と結婚し、おまえの浅黒き肌をさらに高めよ*……

――おい、とにかく座って、黙らないか、ジャック？　彼女は、もしも彼が戻ったときに彼女がここにいたらよかったんだ、やつはそのためにここに戻ったんだから、あの子がここにいれば、こんなことにはならなかった、あの子が……

――俺が行くまでおまえがあいつを家に引き留めていれば、こんなことにはならなかった、あいつは……

――ジャック、畜生！　おまえ、おまえはどこに行ってた、おまえはどこをほっつき歩いてたんだ！

――けど、何があったんです、何かありました？　シュラムさんの身に？

――二つ三つな、バスト、君があいつの知り合いだとは知らなかった。

――いえ、ええ、知り合いというほどでは、ていうか、あの人は時々この部屋に来て、執筆について話をしたり、僕の、僕が取り組んでいる作品のことを話して、アドバイスを……

――でも、よくご存じでしたよ、あの人は……

――シュラムが？　音楽のことなんて何も知りやしないのに。楽譜だって読めなかった、しかも音痴、音楽なんて……

――ジャック、おい、こぼしてるぞ……

――俺がこぼしてるんじゃない、勝手にこぼれてるんだ。俺がこぼしてるんじゃなくて……

――畜生、俺が注いでやるから、よこせ！

――でも、シュラムさんのことですけど、彼、あの人、何かあったんですか？　ていうか、今どこにいるんです？

――廊下の先、ほら、事故に遭ったんだ、バスト……

――それなら知ってます、話は、でも、また別の事故ってことですか？

――うん、あいつは、待て、おい、今そっちに行っちゃ駄目だ！

――奥に行くだけです……彼は既に流し台の奔流を通り過ぎ、モーニングテレグラフ紙を乗り越えていた。――でも、あれ、ベッドの上にあるのは……

――くそ窓から離れろ！

――ええ、でも、あの人、あの人たち、帆布の袋を運んでますよ、みんなで……彼の目の前でブラインドに隙間ができた。そのブラインドには下から上へと歩いた足跡が残されていた。

――畜生、いいから、いいから、あいつらには好きなようにさせろ……

――トム？ 放っておいてやれ、さあ、こっちに来て一杯やれよ、バスト君。

――要りません。

――じゃあ、飲まなくていいから座れ。俺は一杯もらう……

――でも何が、何があったんです……彼は胸の汚れを払いながら元の場所に戻り――もし僕が、もし僕がここにいる間に……彼は倒れそうなランプに手を伸ばし、〝風味豊かなワイズ・ポテトチップス！〟の上に座って、――もしも僕が……

――いいか、きっと同じことさ、何の役にも立たない、今回のことは誰にもどうしようも……

――いえ、でも、もしもあの人がこの部屋の扉をノックしたのなら、きっとここの扉をノックしたんだろうと思うんです！ そしてもしもそのとき、僕が部屋にいれば……

――それはもちろん、役に立たないなんてことはないぞ、トム、シュラムだって元気が出たかもしれない、気が紛れて、ひどい現状を忘れられたかもしれない、見ろ、神の祝福が尽きかけている若き作曲家がこのごみ溜めに座ってカップケーキを食ってる、その姿を見るだけで誰でも元気が出るだろう、シュラムに緊急時用の祝福がもたらされたかも、楽譜も読めないあいつがオペラ作曲のお手伝いとはな。

――いえ、でも、あの人、ギブズ先生、あの人は『指環』の話をしてました、楽譜が読めなくたって分かるって、ていうか、カレワラのこと、フライアとブリーシンガメンのことを*……

――ああ、畜生、その話なら俺でもできるぞ、バスト、あいつにブリーシンガメンの話をしたのは俺だ、首に巻いたネックレスを俺は見た、俺はその鎖の輪の一つ一つを知ってる、バスト、君とは是非、その話をしないとな、彼女は……

――畜生、ジャック、座れ、一体何をしようと……

――あいつは、ここにいるアイゲンにも力を貸してくれた、芝居を書くのに力を貸したんだ、そうだろ、トム、第一幕はカットしろって、カットしても全体に影響はない、内容もプラトンの対話編を未消化のまま取り込んだだけだって、俳優にも演出家にもまったく自由な余地が残されていない、彼らのことをまったく信じていないせいだって、結末もまとまりすぎてる、彼に教えてもらえ、バスト、アガペーの尽きた作家*、同じことだ、教えてやれ、トム、宇宙をぎゅっと丸めて一つのボールにして……

――畜生、ジャック、おしゃべりをやめて座れ、箱の山が崩れるじゃないか、おい、そこで何してる。

――何を探してると思う、例の原稿に決まってるだろ、そもそもそのためにここに来たんだ、見掛けたか、バスト？

――いいえ、ええ、僕が見たのはグリンスパンさんの何か、青い表紙で、何かが唖然としてるとか、あれも、とりあえず他のものと一緒にオーブンの中に……

――それだ、うん、どこにある、読んだって言ったか？

――いえ、ええ、冒頭だけ、ちょっと難しくて……

――難しい、難しいってどういう意味だ！ 読んで聞かせてやる、何が難しいか言ってみろ、どこだ、よこせ……

――僕が取ってきますから、そこを通らせて……

――いや、座ってろ、放っておけばいい、ジャック？ 酒が欲しいなら、本の山から下りてこい、そうすれば……

――俺が読んで聞かせてやるって言っただろ、トム……彼は製本された音楽速報一九〇一年編の厚い表紙を引っ張り、――何がそんなに難しいか教えてもらおうじゃないか……彼は山の中で適当なページを開き、――ここはどうだ。世界の音楽が、無料で誰にでも手に入る。難しいか？

――ええと、いいえ、でも……

――ピアノーラ*はピアノを弾くための普遍的な手段です。なぜ普遍的か。それは世界の中で、手足を使える人なら誰でも、ピアノーラを演奏することができるからです、これが難しいか？ 手足を使える人なら……彼は〝三十八オンス瓶十二本入り、燃えない、煙も出ない、においもない*〟の上に片方の手と足を置き、下りた。――問題は、シュラムには手も足も使えたってこと、トルストイに教わったんだそうだ、自分が感じていることと自分にできることとの間に大きなギャップがあるって、バスト、何か難しいことがあるか？

――ええ、僕、いえ、でも、あの人の身に何があったのか、僕はまだ……

――問題は、何があったかっていうとだな、彼が目を覚ますといつも同じ人間だったってことだ、前の晩にベッドに入る、いつもそう、同じ言葉が頭を巡るんだ、ベッドに入るとき、翌朝また同じ人間として目を覚ますと分かってる、ついにあいつはそれが耐えられなくなった、同じ言葉がまた自分を待ち受けている、縁を切りたかったら、それが入っている入れ物ごと放り出すしかない、翌朝同じ言葉が頭を巡るのなら、入れ物自体を歩道に叩きつけて壊すしかない、そうすれば……

――おい、手を貸してやってくれないか、バスト君？ なあ、ジャック……

――言葉の入れ物を……

――畜生、聞け、おまえは自分が何を言ってるか分かってない、おまえはあいつがトルストイの引用ばかりしてたみたいに言うけど、うちを出るときにやつが言ってたのは、下品なジョークだ。一人の男が金物屋に行って、青のペンキと、オレンジのペンキと筆とハンマーを注文した。店員が妙な取り合わせですねって言ったら、男は、片方の玉を青、もう一つの玉をオレンジに塗るんだって答えた、そうすれば、今夜新しい恋人に会ったときに、畜生、ジャック、やつは嫉妬してたんだよ、それだけのこと、あの頭の弱そうなローダがアパートにいてくれさえすれば……

――おまえも一台どうだ、手足が使えるだろう、買ってみたらどうだ……

――ギブズ先生、何を……

――窓の前まで行こうとしてるだけだ、今どうなってるか……

――私が考えていることが分かるか、ジャック？　君も嫉妬してるんだよ。

――俺は持ってる、トム、おまえも買え、下はすごい人だかりだ、切符を手に入れたつもりでいるんだろうな、子供まで連れてる、子供は半額か、ろくでなしどもめ、中二階も人であふれてる、向かいにある建物も、どこの窓からも人が覗いてる、通りをうろついている連中も……彼はブラインドをさらにぐいと引っ張って、光の点滅を見詰め――ジョーンズ家のがきが五人、人だかりの中心にいる、あ、来た、来たぞ、持ち手の付いた帆布の袋、畜生、どうして俺たちは、警官三人が棺の付き添いか、警官三人、白いパジャマ姿のやつが彼を積み込んでる、パン屋のトラックみたいだ、ニューヨーク市病院局、パン屋のくそトラックみたい、畜生、何て、畜生、トム、おまえが……

――おまえはついに、やつに先を越されたってわけか、ジャック。

――多分、多分玄関にお客さんが来ているみたいです、誰か出た方が……

――さっきのジョークは落ちがまだだったな、トム、もしも恋人が「何、変な金玉」って言ったら、ハンマーで殴ってやるっていうのが落ちだ、おまえこそあいつに嫉妬してるんだろ、トム。

――おまえは完全に先を越された、そうだろ、ジャック、危ない……！

――トマレ《アルテラ》！　ダ《キ》……

――おい、座れ、黙れ、警察の人だ。

――入ってください、おまわりさん、玄関の扉が壊れていてすみません……

――泥棒ですか？

――いいえ、ただ、こんなふうに……彼はちょうつがい一つで留まった扉を開けた。

――これだと誰も住んでいないように見えて、泥棒に入られますよ。あのブラインド、誰に踏まれたんですか。

――おまわりさん！　それは俺から説明しよう、おまわりさん……

――あんた、まだいたのか？

——あれはラザロだよ、おまわりさん、手と足が使えるようになったラザロ、われわれに語り伝えるためによみがえったのさ。われは死からよみがえりしラザロなり、*すべてを語らむがため、来しなり。信頼とうんこは全然違うことだから……

——ジャック、畜生、黙れ！

——しかし、私のことは放っておいてください、*私は墓を探しているのですから、彼は今一度世界を見渡して、再びあちらの世界に向かった……

——バスト、そっちの腕を取ってくれ、いや、いや、とりあえず床に座らせるんだ。

——どなたか肉親の方をご存じですか、君《ミスター》、お名前は？

——アイゲン、トマス・アイゲン、綴りは……

——では、私と同行して、身元確認をお願いできますか？

——どけ、どけ、ラザロに道を空けろ、私はこれから砂漠に行かなければならないから、待て、目は、彼の目は……

——オーケー、行きましょう。

——やつはアイバンクに登録してた、片方の目はまだ大丈夫なはず、急げば間に合うかも、でも俺は靴が片方……

——あの、君《ミスター》、あまり思い詰めないことですよ、もう一杯酒を飲んで、眠って忘れるといい。後のことはこちらのお友達がやってくれます。

——眠って忘れろ？　俺たちはやつの友達だったんだぞ、君《ミスター》、何だと思ってる、バスト、早く、靴を片方よこせ、おまわりさん？　タクシーの運転手を逮捕してくれ、名前はハーディー・サッグズ、違う、右だ、バスト、早く、右の靴を盗みやがった、おまわりさん……彼は紐をいじり、ほどき、——やつは証拠物を持ってる、たった今もタクシーの後部座席に靴を片方乗せて走ってるはず、営業許可証に印刷された名前を見られてないと思ってやがる、ハーディー・サッグズ、髭剃り前の写真も、面通しさせてくれたらやつを見つけられる……

——でも、明日の朝、その靴が要るんです、ギブズ先生、出掛ける用事が……

——やつにはこの靴を奪わせない、バスト、安心しろ、これは奪わせない……

——ジャック、聞け……

——サッグズ、それがやつの名前だ、おまわりさん、待て、俺も一緒に行く……彼が玄関にたどり着いた瞬間、フィルム缶が床に崩れ落ちて——急げば、片方はまだ大丈夫……

警官が入り口で振り返った。——あそこの水、出しっぱなしですよ、と彼はバストに言って、扉を元のように閉める作業も彼に任せた。バストはその後、扉に背を向けたまま、ブラインドに付いた足跡を見詰め、何かに耳を澄ますような表情を見せてから、フィルム缶とランプの笠《シェード》の間を抜け、モーニングテレグラフ紙を乗り越え、窓辺まで進み、一気にブラインドを上げて、身動きすることなく、じっと外を見た。しばらくすると、扉をノックする音がして、彼は振り向いた。

——誰です？

——ごめんください、と扉の向こうから声が聞こえた。——ちょっとお話があるのですが。

——誰です？

——ちょっとだけお話しできませんか、ご主人さん？

彼が少しだけ扉を開けると、室内の裸電球の明かりが廊下に立つ老人の顔に当たった。——何です？

——ご主人さん、私はアパートの部屋を譲ってもらいたくて、ここに来ました。

——ここは僕の部屋じゃありません、僕はいわば、ここで仕事をさせてもらってるだけです。

——いいえ、廊下の奥の部屋のことです、ご主人さん、今、空き部屋なんですよね？　あのアパート？　実はうちの妻《づま》*が……

——しかし、何の用で……

——私たちはこの上に住んでいます、ご主人さん、この五階上、妻《づま》が、ご主人さん、妻《づま》の足、妻《づま》は上り下りができません、私は彼が袋に入れられて、運び出されるのを見ました、ご主人さん、お願いです、どうかあの部屋を……

——しかし、あなた、何ですか、惨めったらしい……

——うちの妻《づま》が、ご主人さん……

——帰ってください！　彼は扉にもたれたまま、ふきん掛けからシャツを取り、それで顔を拭いて、待った。そして突然、フィルム缶を拾い集め、積み重ね、ランプの笠《シェード》を拾い集め、積み重ね、楽譜、書類、鉛筆を拾って肘掛けのないソファに戻り、穴の開いたランプの笠《シェード》を叩いて形を直し、腰を下ろして、メモを書き、直線を引き、曲線を描き、後ろにもたれて顔をぬぐい、立ち上がってカップを探し、瓶につまずき、ティーバッグの空箱を振り、瓶を拾い上げ、わずかに残っていた中身をカップに注いで飲み、〝一ポンドH-O、二十四個入り〟にもたせかけて横向きに置かれたバルドゥングの女魔法使いを眺め、それを手に取り、精査し、やがて元の位置に立てて置き、天井を見た。そして再び立ち上がり、靴を履いた方の足で歩き、音楽速報によじ登り、そこで体を伸ばして、本の谷間に耳を当てた。

カリフォルニアとほぼ同じ面積の国が、世界で四番目の規模の軍隊を持っています……

彼は体を起こし、沈没したピアノの縁から飛び出しているモップに手を伸ばし、その持ち手を本の谷間に押し込み、つつき、抜いて、再び谷に耳を当てた。

——**時宜にかなった食べ物情報、お届けしたのは……**

モップは宙を飛び、箱とランプの笠《シェード》を越え、アップルトン・アメリカ人名事典の背後に収まり、彼は大地の縁まで戻って、〝燃えない、煙も出ない、においもない〟に片足を置いて中を覗き、未現像のフィルム、紐、片方だけの手袋、使えないライターを掻き分けてわらのサンダルを掘り出し、それを履いて山を下り、再びそこで止まって、服の前に付いた汚れを払ってからソファの端に腰を下ろし、新たな五線紙を見詰め、天井を見上げ、バルドゥングに目をやり、〝フルーツループ*七オンス二十四箱入り〟を見て、耳を澄ますような表情を浮かべると、発作的に開閉する唇から切れ切れな音が漏れ、音部記号、音符、単語、曲線を書き付け、まだ新しい紙に手を伸ばしている頃に光がブラインドのゆがんだ羽根を冷やし、*穴の開いたランプの笠《シェード》を光が温め、そこに影を投げる頃にはついに動きが止まり、急に意識を取り戻し、わらのサンダルでパタパタと歩いて流し台の奔流まで進み、ティーバッグの紐の垂れたカップをムーディーズの上に置き、尖った鉛筆と新しい紙、さらに次の紙に手を伸ばした。人影が立ち上がり、横切り、座り、まるで音に形を与えるために聞き耳を立てるかのように身を潜め、突然また、音を遮ろうとするかのように立ち上がり、鏡のない壁に向かってポーズを決めた。

――いちばん大きな貯蓄銀行にお金を預けるなら今がチャンスです……

――待って、誰……！　彼は玄関まで出て、内側に向かって開く扉を受け止め――ああ、先生、ギブズ先生ですか、待ってください、お手伝いを……

――郵便を持って入るんだ、この箱の中に誰が入っているか確かめてやる……

――いえ、いえ、待って、それは僕が拾います、いいから、待って、先生の新聞……彼は競馬ガイドを拾い、――お手伝いを……

――いいねえ、今日のか？　どこで買った？

――違います、先生が今落としたんです、気を付けて……！

――畜生……

――はい、ええ、そのフィルム缶の上には座らない方がいいかもしれません、あまり安定してないから、扉は僕が、ここに……彼は郵便物を〝新改良マゾーラ食用コーン油二十四個入り〟の上に積み、――いけますか……

――これが邪魔だな、いつもつまずく……

――待って、はい、楽譜が散らかってますね、僕が拾います……彼はサンダル履きの足で先導し、〝二枚重ね二百枚三十六箱入り〟を越えて、――徹夜で仕事をしてたもので……

――ここにたばこを置いていったはずだ、誰が持って行った。

――先生の下です、床の上、足の……

――これがたばこ？　手が適当にソファの下を探り――これは瓶、瓶の形で中身が分かる、バスト、たばこは要らないか、瓶は空《から》だ。

――ええ、でも、紅茶なら淹れられますよ、僕は出掛けなくちゃならないので髭を剃らないと……

――下で車が君を待ってたぞ、それを伝えるために俺はここまで上がってきたんだ、俺が呼んでくるって約束を……

——え？

——下で車が待ってる、出張に行くんだろ、俺はそれを伝えるために……

——それ、いえ、あの黒いリムジンですか？　彼はブラインドを下ろし、——違います、ていうか、そんなはずは……

——くそ出張に出掛けるって言ってなかった？

——いえ、でもそれは、ていうか、仕事の用事で出掛けたのは事実です、ギブズ先生、実はある人に「今回だけ力を貸して」って頼まれて、ちょっとした、ちょっとした用事だったんですけど、本人の手には負えない用事で、ダンサーに支払いをしてもらうまでに、いくらかお金を稼いでおきたかったから、その膝をちょっとどかしてもらえませんか、下にある紙を……

——問題はな、バスト、彼らを、演奏者を信頼していないことだ、ここにじっと座って楽譜を書いているときも、彼らのことは信頼していない……

——いえ、その、彼らは僕が楽譜を書き直すまで演奏する気さえないみたいです、ていうか、僕は自分でも、どんな曲になるのかよく分からないんですが……

——だろ、俺の言った通りだ、そのために俺はわざわざここまで上がってきたって？　くそピアノを掘り出すのを手伝ってやるよ、約束通り……

——いえ、でも、今は、ていうか、ギブズ先生、一休みした方がいいんじゃありませんか、あまり具合が、徹夜したみたいなお顔ですよ……

——君こそ鏡を見てみろ、バスト、目くそ鼻くそを笑うだな、バスルームに行って……

——いえ、だから、さっさとシャワーを浴びて、髭を剃らないと……

——ピアノがないと作曲できないだろう、バスト、くそピアノを掘り出す手伝いをすると約束しただろう？　ベートーベンがチプリアーニ・ポッターに言ったのと同じ、*ピアノのない部屋で作曲してはならない、試しに弾きたくなることがあるからってな、バスト？　聞いてるのか、どこに……

——はい、聞こえます、ギブズ先生、髭を剃りたかったんです、と流し台の水の音に負けない声で彼は言って、シャツを脱ぎ、錆びた棚からひび割れた黄色い洗濯用棒石鹸を取って顔を洗い、——ギブズ先生？　ここにあった剃刀を使っても構いませんか？

——くそピアノのある部屋で作曲してはならないとベートーベンはチプリアーニ・ポッターに言った、試しに弾きたくなることがあるからって、バスト？　聞いてるか？

——はい、でも今……

——問題はな、バスト、この部屋は水漏れがひどいってことだ、エネルギーがだだ漏れの部屋じゃ作曲なんてできっこない、あたり一面エントロピー。箱の下ではラジオがだだ漏れ、蛇口からはお湯がだだ漏れ、くそエントロピーの増大、これで曲をまとめられると思うか、どんな曲になるか想像できるか？　バスト？

——何です……？　彼は錆びた剃刀を頬に当て、棚に置かれたクッキー缶を傾けて鏡代わりにした。

——聞いてなかったのか。

——ええ、でも……彼は血をなで、手を止め、ふきん掛けのシャツに手を伸ばした。——ていうか、楽譜に書き込めないこともあって、特に簡単なことがそうなんですけど、そこは演者に任せるしかありません、そして曲は実際に演奏されるまで存在しないも同然ですから、唯一……

——オペラを書くときの問題はな、バスト、史上最悪の楽器を相手にしなくちゃならないってことだ、そういえば君は以前、ヨハネス・ミュラーの話を聞かせてほしいと言ってたよな？

——はあ、僕、そんな記憶はありませんけど……

——アイゲンの芝居は存在しないって君は言ってただろ？　俳優を信じない、演出家も信じない、自分で隅々まで神経を配る、観客のことさえ信じていないからな、シュラムは音痴だったっていう話はしたよな？　問題はくそ芸術家をいかにして排除するかということ、その話をするためにあいつは何度もここに来て、君の邪魔をしたんだろ？

——いえ、誰の話、シュラムさんのことですか？　いいえ、彼は逆に……

——ヨハネス・ミュラーの話を聞かせてほしいと言ったよな？　君はやっぱり人の話を聞いてない、俺が今話してるのはヨハネス・ミュラーのことだ、十九世紀ドイツの解剖学者、ヨハネス・ミュラーは人間の喉頭《こうとう》を取り出して、筋肉の代わりに糸と重りをつなげて、そこに空気を通してメロディーを奏でようとした、どうだ。バスト？

——ええ、それはずいぶんと……

——オペラの楽団が歌手を雇う金を浮かせるために、死んだ歌手の喉頭を買って、それを装置につないでアリアを歌わせる、そうやって一挙にくそ芸術家を芸術から排除する、芸術家がこの世にいると何でもかんでも破壊してしまうからな、それが芸術ってものだから、なあ、バスト？　だからあれを隠したのか？

——え……彼はシャツを一枚着ながら姿を見せたが、手に持ったもう一枚のシャツの袖は喉に当てられ、赤く染まりつつあった。——僕が何か隠しましたか、僕は……

——原稿だ、難しいって言ってただろ、だから隠したんじゃないのか？

——どの、え、いや、青い表紙のですか？　いえ、あれは片付けただけです、待って、待って、座っててください、僕が……

——見つけたぞ！　オーブンの扉が激しい音とともに閉じられた。——読んで聞かせてやるって約束したのに、オーブンの中に隠しやがって……

――いえ、これ以上汚れないようにと思ってそこにしまっておいただけで……

――読んでやるから、どこがそんなに難しいか言ってみろ。

――ええ、でも、今は時間がないんです、ギブズ先生、行かなきゃならないところがあって、あの、靴を返してもらっていいですか？

――そこに埋もれてる時計に六時四十五分って表示されてるぞ、時間はたっぷりある、座れ。

――いえ、でも、本当の時刻は十からその時計の表示を引かないと分からないんです、その時計は、待って、待ってくださ い、そこに座らないで……

――冒頭のエピグラフはこうだ、ピアニストを撃たないでください、聞いてるか？

――冒頭のエピグラフですね、はい、でも、僕の……彼は〝風味豊か〟の中に沈み、――靴を、何、この靴、どうしたんですか……

――歩きにくくて仕方がないって言っただろ、くそ靴底がはがれた、なあ、聞いてるか？

――でも、これじゃあほとんど、一体どうやって……

――ここまで上がってくるのも一苦労だったって言っただろ、この本を読んで聞かせてほしいと言ってただろ？　ピアニストを撃たないでください。精いっぱいやっているのですから。ほら、これのどこが難しい？

――いえ、それ、別に難しくないです……彼は動きの鈍い足をムーディーズに置き、前屈みになってもつれた紐と格闘した。

――レッドヴィルの酒場に掲げられていたポスターだ、この言葉が一八八〇年代に、新たな辺境《フロンティア》を旅する円熟した芸術家の目に留まった、芸術の世界においてもまだ、か弱き人間的要素があふれていた時代と地域、オスカー・ワイルドただ一人がその場所で人間の運命に注意を払ったのは驚くべきことじゃないか、進歩の世紀がひたすらこの世から消し去ろうとしていた人間的失敗の遍在と偶然的要素を思い起こさせるフレーズ、「精いっぱいやっている」という言葉が伝えるもの。だって、あらゆる芸術が絶えず音楽の状態にあこがれていると*、先祖返りしたもう一つの母国が信じていたのと同じように、コロラドの鉱山町にある酒場では、あらゆる芸術の本質的な苦境が一発の銃声とともに暴き出される危機に瀕していたんだから、まるで霊魂の救済手段がついに手に入ったかのようだ、芸術と科学という二つの背中を持った獣、この二つの組み合わせは手に負えない、人を嫉妬深く囲い込もうとする階級、嗜好、才能という仕切りを破壊し、芸術をアメリカ人の民主的活動へと開放し、歴史を寝床に就かせる。どうだ、畜生、バスト、何か難しいことがあるか？

――あの、あの、いいえ……彼は靴から手を離した。

――よし、難しいことなんて何一つないだろ、こっちはどうだ？　アメリカ人に見られる著しい特徴は、普段の生活にすぐに科学を応用するところにある、と史上最も喧噪に満ちた国に驚いたワイルドは感想を続ける。朝、人を目覚めさせるのは、ナイチンゲールのさえずりではなく、汽笛の音……あらゆる芸術は豊かで繊細な感性に基づいている、四六時中やかましいこの環境は、究極的には音楽の能力を破壊することになるだろう、かくして、笛《フルート》は道徳を表現する道具ではないものの……どうした。

——何でもありません、ただ、ただ、先生のお尻の下にある封筒が要るんです、それとこの、この新聞……

——よし、うん、うん、笛《フルート》は道徳を表現する道具ではないものの、あまりに人を興奮させすぎる、アリストテレスのこの批判を読むまでもなく、若い頃にフルートに夢中だったと言われるフランク・ウルワース*も、途中で音楽をやめている。音痴だった彼は、十年間にわたり失敗続き、一八七九年にニューヨーク州ユーティカで五セントストアを開くことで失敗のクライマックスを迎える。当時のニューヨークでは、マクガフィー編集第四版『エクレクティック・リーダーズ』*に収められたジョージ・ジョーンズの物語を通じて、安逸の報いが宣伝されていた。怠け者の主人公は、金も友人も持たず、貧しい放浪者として不幸な死を遂げる。これが怠惰の報酬である。読者の皆さんが、バスト、畜生、難しい難しいって文句を言ったくせに、俺が読んでやっても部屋をうろつくばかりで……

——いえ、でも、出掛けなくちゃならないんです、ギブズ先生、さっきも話しましたけど……

——よし。読者の皆さんがこの物語から一つの教訓を学ぶことを私は望みます、そして常に、時《とき》の翼に進歩を刻むことを忘れないでください、問題はな、読者どもは本を読むよりも映画に行きたがるってことだ。ここが大事なポイントだぞ、自分で何かを持ってきて、何かを受け取って帰るんだ、問題はな、たいていの本は、今の自分に満足している読者に向けて書かれてる、本を読むより映画に行きたがる連中に向けて書かれてるってことだ、手ぶらでやって来て、帰るときもやっぱり手ぶら、俺がやつに言ったのはこのことさ、バスト。少し努力してもらいたいなんて期待するだけ無駄、連中のためにこちらがすべてをしてやらなきゃならない、さもないと本を放り出して映画に行ってしまう、ていうか、あいつにアガペーの話をしたのは俺なんだ、共有焦点の法則として俺が定式化した、その話はしたかな？　グリンスパンのことを話す約束をしたよな、もう話したか？

——いえ、でも、もう出掛けなくちゃなりません、ギブズ先生、僕は……

——バスト？　聞けよ、われわれの中で善良な方の人間、ベートーベンの話を聞かせるって約束しただろ、聞け……

——約束はしてくださいましたよ、ギブズ先生、でも今は、待って、いえ、立ち上がらなくていいです、僕は本当に出掛けなきゃならないので……後ろ向きに横を通り過ぎようとしたタイミングに、腕いっぱいに抱えた書類が〝二枚重ね二百枚三十六箱入り〟にぶつかり――僕はもう……

――ベートーベンが伯爵夫人に書いた手紙、われわれの中で善良な方の人間は、バスト？

――はい……？　彼はちょうつがいでぶら下がる扉を支えた。

――畜生、聞けよ！　バスト？　われわれ、われわれの中で善良な方の人間は互いを思いやる*……

彼は一瞬、そこでためらい、それから書類を背後の下り階段に置き、両手で扉の傾きを直して閉じると、暗い廊下が静かになった。そのまま階段に進み、急ぎ足で下りると、はがれた靴底のせいでリズミカルな音が響き、歩道に降り立つとその音がやんだ。彼は二重駐車している無人のリムジンを見詰め、突然、二倍速でリズムを再開し、群れを成すごみ入れを通り過ぎ、もう一つの群れを通り過ぎ、歩道から下り、また下り、パタパタというリズムはやがて速度を落としながら美術館の広い階段を上り*、少しの間、円形広間にこだまを響かせた後、突然、静かな滑走を始めて彫刻のギャラリーに向かうと、そこに甲冑コレクションから人混みがあふれてきた。

――バスト？

――はぁ？　俺……

――あんたじゃない、そっちの人、違うか？　バスト君？

――いえ、僕、はい、そうです……彼は大理石でできたヘルメスの大理石でできた尻の反対を覗き込み、――ていうか僕、ここでお会いするとは思っていませんでした、クローリーさん、僕は……

――わしだってここであんたと会うとは思ってなかったな、自然史博物館だったら会う可能性があるかもしれんが、一体、どうした、その格好は……

――何でもありません、髭を剃るときに何箇所か切ってしまって、夜もあまり眠ってなくて、というのも僕は遅くまで……

――結構、結構、うん、仕事に打ち込んでいたというわけだな？　そこに何かをお持ちだが、わしに聞かせる用意ができたということかな。

――はい、ええ、ちょっと違うんですけど、いえ、あの、僕は……

――もっと早くに連絡がもらえると思っていたんだがね、おたくのオフィスに電話をしたら、君は出張に行ったと受付の女の子に言われたよ。ぜひすぐに作曲の仕事を再開してもらいたいね、バスト君。

――はい、僕としてもその方が……

――もちろん、せかすつもりはない、電話をしたのもおたくの友人《アソシエイト》のあれの件だ、例の、おたくが持ち込んだ、どこの株だったかな、紙切れ《かべがみ》を処分して差し上げようと思ってのことでね。

――はい、イーグル紡績ですね、はい、ええ、実は僕、そこから戻ったばかり……

——額面一ドルあたり十二か十三セントで買い取ってもいい、もちろん特別サービスだよ、お友達《アソシエイト》は何ロットお持ちなのかな？

——ええ、社債はもう、彼の手元にはありません、それと引き替えに株券をもらって、今では彼が……

——ああ、あのニュースを聞いたんだな？　うむ、バスト君、それならもうイーグル紡績のことは忘れて、音楽を再開なさい。そうするのがいい、あんたには自分の才能を発揮する余地をもう少し持っていてもらいたいからね。

——はい、ええ、もちろん……

——結構、うむ、さて、要点はな、バスト君、ウガンダでは象による被害が甚大だということだ、草地の食害とかそういうこと、象なんて一日十六時間、ぼーっと突っ立って草を食う以外のことは何もせん……

——はい、僕、なるほど……苦しそうに運動競技のポーズを構える大理石にバストがにじり寄ると、カフェテリアから再び人混みがあふれ出てきた。

——生息環境《ハビタット》を保護するために四千頭ほどを処分するという話だ、もちろんスタンパーもわしも向こうに行って狩りに参加したいが、それはそれで面倒だ、逆に象をアメリカに送ってもらってエバーグレーズ国立公園*に生息環境を作ろうというのがスタンパーの考え、アフリカの自然を保護するために、狩りはこっちで好きなだけやらせてもらうわけだ、彼は運動選手の横を進み、バストを追って、——象の音楽を少し混ぜてもらうことはできないだろうか、バスト君？

——象を少し……？

——でかいぞ、バスト君、象はでかい、一日で二百五十キログラムのえさを食う、草や木の皮、大きな雄なら体高は三メートルを超える、頭もすごくいい、八トンの象が迫ってくる場面を想像してみろ、これほど危険な獲物はないぞ。もちろん、今回は自分たちで雇ったカメラマンを連れて行くつもりだ、しかし、長話はやめよう、イメージは膨らんだかな？

——僕、そうですね、僕は……バストは石棺の陰に回り込み、大理石彫刻の中に紛れた。ギャラリーの中で人混みが散らばって噴水に向かい、サルディスの円柱の足元には、もつれた靴紐を結ぶ寝癖髪の一人が取り残された。

——口出しはせん、うむ、仕事の邪魔をするつもりはない、じっくりやってくれ、バスト君、せかすつもりはないぞ、バスト君？　出口はあっち……

——はい、僕、ちょっとトイレに寄っていきます。

——大丈夫か、バスト君？

——大丈夫です、はい、大、大丈夫。

——大丈夫には見えんぞ。外に出ることだ、もちろん、今の仕事が片付いたらということだが。明日か明後日には何かを聞かせてもらえるかな？

そして彼の——頑張ってみます、は噴水に向かうリズミカルな靴のパタパタに掻き消され、円柱の基部を回ったところで彼はつまずいた。

——ちょっと、気を付けてよ……あ、こんにちは、わあ、会えてよかった、バスト先生！

——ほら、ちゃんと立ちなさい。

——オーケー、ちょっと待って、くそ……いや、でも、また紐が切れた、僕にどうしろって……最後に一度強く引っ張ってから立ち上がり、並んで歩いた。アタッシェケースは二人の間で床にすりそうだった。——どこに行こうか、ねえ。

——どこでもいい、この書類をさっさと君に渡して……

——だって、一ついいアイデアを思い付いたんだ。僕は一時間ほど遠足を抜けられるから、オフィスに行って話をしたいんだけど。オーケー？

——オフィスって？

——先生が言ってた新しいオフィスさ、最近そこで仕事を始めたって言ってたじゃん、オーケー？

——駄目だ。

——どうして？　どっちみち、今からみんなで食堂に行く時間があるから……

——駄目だって言っただろ！　さあ、さあ、とにかく……

——オーケー、怒んないでよ、僕はただ……

——怒ってるわけじゃない、僕は、ただ疲れてるんだ、体調もよくない。

——たしかに具合が悪そうだね、向こうでもそんな顔をしてたわけ？　ねえ、バスト先生？　足はどうかしたの？

——足はどうもしてない、うん。さあ……

——じゃなくて、その靴、僕は今ゴムバンドを持ってるからさ、ねえ、待って。そっちに行くのはまずいよ、みんなが今、食堂にいるから。ここには来たことあるの、ねえ、バスト先生？

——もちろん、ほら、急いでくれないか？

——エジプトの品物が展示してある場所、知ってる？

——ああ、でも、どうして……

——ううん、ちょっと気になっただけ、待って、僕は走れないよ、スニーカーが脱げちゃう……二人は横に並び、左、右と足を出し、男性と書かれた扉をくぐった。——こっちに来て、ほら……彼は最初に見つかった平らな面にアタッシェケースを置き、黒い粘着テープで一辺を修理してあるぼろぼろの折り鞄《ポートフォリオ》をその横に置いた。——ね？　彼は一歩下がり、——格好良くない？

——うん、じゃあ、古いのは捨てたら。

——駄目だよ、これは先生のためにもらったんだから。本物の革みたいに見えない？

——ああ、ちょっと、ちょっと光沢が目立つけど……

——そんなことないよ、ていうか、近くで見ないと分からないでしょ？　これさえあれば、会議に出掛けたりするときにその汚い封筒に書類を入れて持ち運ぶ必要がなくなる。列車に乗っているときに姿を見られても大丈夫、ね？

――列車に乗っているときに誰に姿を見られるって？

――他のビジネスマンとか。ついでに、先生のイニシャルも金箔で入れてもらったよ、だからもし姿を見られても……

――けど、それは僕のイニシャルとは違う。

――うん、分かってる、今そのことを話そうとしてたんだ、申し込みのときに僕が書いたBの文字を、向こうの人がDと読み間違えたみたい、でも、思ったんだけど、この際だし、先生の名前の方を変えちゃえば……

――ああ、それはもうどっちでもいい、とにかくこれで……

――それに、もし誰かが偉そうに何か文句を言ったら、ＥＤはエドワードの略*だって言い返したらいいよ、で、それはいいとして、向こうではどうだったの、ていうか、何も問題は……

――向こうの新聞を持って帰ってきたから、後でゆっくり読めばいい、さあ……

――いや、でも、先生が突然現れて、会社は僕らが引き継ぎますって言ったら、向こうの人たちは怒んなかった？　ええと、ねえ、何だこれ、やば《ホーリー》、ねえ！　一面ほとんど全部その記事じゃん！　これが先生？

――うん、それは……

――握手してる相手は？

――ミスター・ホッパー、管財人を引き受けた銀行の頭取で……

――こういう人だったんだね、知らなかった。電話ではしゃべったことがあるけど、黒人とは知らなかった。

――え、違うよ、どうして黒人だと……

――だって、この写真だと黒人みたいに見えない？　いや、でも、先生も黒人に見えるね、待って、記事を読ませて、へえ。ユニオンフォールズで最も古い紡績工場の一つで、一世紀以上にわたって町の経済の要ともなってきたイーグル紡績が今週、ニューヨークに本社を置く業者の巧みな金融操作の結果、人手に渡ることになった、ねえ、これって僕らのこと？　巧みな金融操作って、何が言いたいわけ、僕らが人をだましたことになってるの？

――いや、それは単に……

――同社は長年、倒産が噂されていたが、週刊ユニオンフォールズ新聞の独自取材に対して、ついに銀行頭取フレッド・ホッパー氏がその事実を認めた。氏は一九二八年からイーグル紡績の役員を務めており、今回の声明において明らかにされたところでは、一九三四年以来無配当を続けてきたイーグル紡績株は無効となり、会社の資産は社債権者の手に渡ることとなる。詳細についてはＲ・Ｖ・ベッグ判事の率いる法廷によって詰めがなされる。同判事は一九二七年にホッパー氏の妹アデリンと結婚しており、ユニオンフォールズに長く暮らす住民の中には、その結婚式を大きな社会的出来事として記憶している者も、このくだらない記事、何なの、ねえ。

——読むのは後回しにしてくれって言っただろ、今はとりあえず……

——オーケー、ちょっと待って、一般の、一般的な理解によると、待って、僕らのことはどこに出てくるのかな、多くの人にとって、今回の債権問題は寝耳に水の知らせだった。近年、割り引いて売買されてきた同社社債だが、地元の人間が大半を握っていると誰もが思っていたのに、突然、外部の者によって買い占められたからである。第一次世界大戦におけるムーズ・アルゴンヌ攻勢で負傷し、帰還して以来、ノースメイン通りの自宅に閉じこもっている公園管理局局長のエドガー・ベッグ氏は、週刊ユニオンフォールズ新聞の取材に対して、イーグル紡績が工場を閉鎖し、その広大な敷地が公園と高速道路に変えられるという噂を否定した。同氏はそれらに加え、五ページに続く……

——なあ、今は全部読まなくていい、君にゆっくり読んでもらうために買って帰ったんだから……

——いや、大丈夫だよ、という声がぱらぱらとめくられる紙の間から聞こえ、——五ページ、野球シーズンの終わりが近づく今、われらがイーグルス軍はまたしても快挙を、待って、ここだ、他の同様の噂も否定した。週刊ユニオンフォールズ新聞の独占取材に対して、ニューヨークの金融会社代表を務める若きエドワド・バスト氏は、ほら、見た？　この綴り？　だから名前なんて簡単に……

——新聞社はあの馬鹿みたいな名刺をどこかで手に入れたのさ、僕が……

——それに、どうして誰も彼も、こんなふうに独占取材をさせてるのかな、ねえ。

——だって、他に取材に来る新聞社なんかあの土地にはないからさ、いいからさっさと……

——バスト氏は、将来の計画については未確定だとする一方で、現段階で当該地域に公園や高速道路敷設が予定されているとは承知していないと述べた、何これ、まじ、公園だってさ。バスト氏の共同経営者《アソシエイト》は急遽実施された今回の訪問には同行しなかったが、これが僕、ねえ？

——決まってるだろ？　さあ、それを読むのは後回しにして……

——オーケー、でも、ここだけは今読ませてよ、ねえ、ニューヨークで緊急の仕事が入ったためとしている。事態の急な展開に彼自身も驚いていることがうかがわれる。買収に関連する金銭的な詳細についてバスト氏は説明を避けたが、他方で、共同経営者《アソシエイト》がイーグル紡績を買収したのは投資が目的であることを強調し、週刊ユニオンフォールズ新聞読者の中にも多く存在するイーグル紡績社員に対しては、現段階で何も不安を覚える必要はないと直ちに断言した。バスト氏は生き馬の目を抜くと言われる金融業界を代表する人物であるにも関わらず、その態度は謙虚で礼儀正しく、今回の短い訪問でも多くの友人を得た。氏は仕事に追われていないときには、文化的、芸術的な趣味を楽しみ、中でも音楽がいちばん好きだという。今回の訪問は幸運にも、待望の秋季コンサートと日程が重なったため、いや、ちょっと待って……

――後で読みなさいって言っただろ！　さあ……

――いや、でも、ほら、僕だって先生が向こうで何を言ったかを知っておかないと。デザートのフルーツカップケーキを食べた後……

――僕が言ったことは、さっき読んだので全部だ！　いいからさっさと……

――いや、もうほぼ終わりだから、ねえ、ローストターキー、臓物肉汁添え《ギブレットグレービー》。そしてユニオンハウス名物のキャンドルサラダ*は、輪切りにしたパイナップルの穴にバナナを立てて、隙間にピーナツバターを詰め、マシュマロホイップをトッピングしたもの。バスト氏はホッパー夫妻とその息子のバンキーの案内で、以前フリーメイソン寺院として使われていた地下室をリペアし、地下室を修理《リペア》した*ってどういうこと……

――新聞をこっちに貸してくれ！

――イーグル紡績社員有志が作るグリークラブの歌を聴いた。歌われたのは、「意志強き男たち《スタウト・ハーテッド・メン》」、「ゴッド・ブレス・アメリカ」、そして十八番《おはこ》の「オクラホマ！」、ねえ！

――いいから、新聞を置けって言っただろ！　さあ……

――オーケー、でも、破かなくてもいいだろ、ていうか、ちょうどこのでかい煉瓦の建物のところで破れちゃったじゃん、ちぇ、これ刑務所みたいだね、何なの、これ？

――それが事務所のある建物。

――工場がこっちにあるのに、事務所がそれと離れてこっちにあるのはどうして？

――なあ、僕は建物ができたときに向こうにいたわけじゃない、知るわけが……

――それに、この細長くて扉だらけの建物、これ線路？　会社は鉄道を持ってるの？

――それはただの廃線、建物は車庫。

――こんなにでかい車庫、何に使うの。

――使ってない、でも、市がそこにトラックと除雪車を保管してるから、会社はそれを……

――この広場は何、イーグルズ、ビジターズって書いてあるけど。

――ソフトボールをする場所、いいから……

――誰が。

――会社のソフトボールチーム、彼らは……

――さっき新聞に出てきた「われらがイーグルス軍」？　どうして会社にソフトボールチームが必要なわけ？

――みんなソフトボールが好きだからさ！　僕は三試合も観戦させられた、ほら。これがホッパー頭取から預かった書類

……

——でも、ソフトボールをやって、どうして給料がもらえるの？

——ソフトボールで給料がもらえるって誰が言った！　週末と勤務後にやるんだよ、さあ……

——オーケー、でも、このグラウンドは会社の土地じゃないの？

——それで、会社の土地でソフトボールをして何の問題が……

——いや、でも、そこは大事なところだよ、会社のものは全部売り払うんだから、賃貸借契約《リースバック》で、分かる？

——いや、分からない！　僕に分かるのは、ここの人たちに何も心配しなくていいと言ったという事実だけ、そう記事に書いてあっただろ、だから、そんなことはできたとしても……

——いや、でも、ほら、売った後、借り戻すわけ、だからリースバック。

——へえ、それならどうして売るんだ、最初から……

——だって、そういうふうにするものなんだもん。この前、パンフレットで読んだんだけど、まず資産を全部売って、売った相手から借り戻すわけ、例えば九十九年契約で、ていうのは、九十九年後に何がどうなってるかなんて誰も気にしないだろ、だから、そうすれば会社はつぶれないで、今までと同じく赤字を出し続けられる、違うのは現金が手に入るってところ。でも、僕が考えてたのは、球場と車庫と事務所の建物は全部、借り戻す必要がないんじゃないかって……

——事務所の建物を売却したら、どこで働けば……

——うん、でも、ほら……彼は破れた新聞を放熱暖房器の上でつなぎ、——工場と事務所を何度も行き来したり、互いに電話をかけたりするより、机や荷物を全部工場のどこかに移した方がいいよ、そうすれば、事務所の建物と球場をセットにして……

——なあ、そんなの、そんなのは馬鹿げてる。そんなことは仮にできるとしても、実際にやったら、従業員がどんな気持ちになるか、さっきも言ったじゃないか……

——何、球場を売ったら文句を言われるって？　じゃあ、球場は銀行に売って、あとは銀行にソフトボールをさせてもらえばいいじゃん、この車庫もそうさ、市のぼろトラックを入れておくためにどうして僕らが税金と賃貸料を払わなきゃならないわけ、そんなのは別の誰かにやってもらおうよ。グラウンドも車庫も、僕らが売り払ったって別のものに変わるわけじゃないんだから、銀行がソフトボールさせてくれなかったり、トラックを置かせてくれなかったら、銀行が文句を言われればいいのさ、でしょ？　彼は放熱暖房器に片足を載せてスニーカーの紐を結んだ。——だから、とにかくそういうものを全部現金に換えたら……

——それを全部現金に換えてくれる人間がいるなんて保証は

ないじゃないか、君が言ってるのはただの……

——いや、でも、ほら、そこがポイントだよ、だって帳簿価格より安く買い叩かれたとしたらすごくお買い得だよ、それに、帳簿価格から売却額を差し引いたら、税額控除にもなる、ね、そうすれば……

——なあ、分からないのか？　そういう説明がどこかに書いてあるからといって、できるからといって、実際にずかずか現場に乗り込んでそうしていいわけじゃない、できることでもやったら駄目なんだ……

——何で？

——向こうにいるのは生きた人間だからだ、それが理由さ！　株を持っている人たちの多くはまだそれに価値があると信じているし、社債を持っている人だって大半は老人で、社債を買った時点でも、身内に金を貸すような感覚だった。それに、向こうで働いている社員たちだって、もしも球場を売ったり、事務所を工場に移したりすることが可能だとしても……

——いや、でも、ねえ、ていうか、やば《ホーリー》、ていうか、人気取りでビジネスをやってるわけじゃないんだよ、ね。それに、社員たちに何ができるって言うのさ？

——ああ、例えば、例えば会社を辞めるとか、他にも……

——オーケー、じゃあ、こっちがわざわざ首にしなくて済むってことじゃん、だって、経費の大半は人件費なんだから、ね？　だってほら、社員をみんな追い出して、新しい機械を導入すればいいんだから、パンフレットに書いてあったんだけど、新しい機械を導入したら、機械の値段をそれが使えなくなるまでの年数で割り算して、税金から控除できるんだって、ね？　すごく便利なのは、機械が消耗する早さを実際の二倍とか三倍にしておいたら、たくさんの額を控除できるってこと、加却償速法*だか何だかっていうんだって、ただし、その方法は人間には使えない……

——加却償速法って、君には意味が分かってないだろ、そんなものには何の意味もない、君は……

——けど、正確な意味なんて知る必要ないじゃん？　折り鞄《ポートフォリオ》の中身が突然、放熱暖房機の上に放り出されて——ていうか、言葉の意味が分かるんだったら、お金を出して弁護士を雇う必要ないでしょ？と言いながら彼はしゃがみ、鉛筆の書き込みで汚くなった封筒を拾った。

——今度は、郵便で弁護士を雇ったのか？

——その話はまだしてなかったっけ？　ひょっとして僕らが誰かにだまされるといけないと思ったから……

——僕らって言うのはやめてくれないか？　僕は何も……

——うん、どうやって弁護士を見つけたか、話そうと思ってたけど忘れてたんだよ、ニューヨークタイムズに載ってる広告を見てたら、すごくプロっぽい会社を見つけたんだ、それで向こうの連絡先を書き写して、こっちの連絡先として私書箱を記入したのさ、ピスカターさんっていう人、手紙を受け取らなかった？　これが向こうから届いた手紙の写し、僕は電話で彼に、こういう書類はバスト先生の方に送ってくれって頼んだんだ、支所みたいな形でそっちで仕事をしてもらってるからって、ね？　イーグル紡績の業績については会社の会計担当者から聞き出せるってピスカターさんが言うから、動物の頭を飾った例の知ったかぶりの株式仲買人からもらったアイデアを生かして、ねえ、そういえばさあ、アルバータ&ウェスタン電力会社の社債は一文《いちもん》にもならないってあの人が言ってたの、覚えてる？　会社はシリーズCっていう社債を発行した後、すぐにシリーズBの利払いをしたんだよ、あいつの言うことなんて的外れもいいところさ。エース開発だってトイレットペーパー並みに無価値だって言ってたけど、配当が出る見込みだという中間報告の後に株価は二倍に跳ね上がった、一株あたり二十セントだって、たった十セントで買った株にだよ、だからまたたくさん買い足した、ていうか、こんなスピードで値段が二倍になる株なんてめったにないじゃん。それはともかく、ピスカターからの手紙は持ってきてない？

――いいや、そんな手紙は……

――オーケー、別に構わないよ、ここに写しがあるから、ね、だからとりあえず、リースバックで現金を手に入れるっていうやり方を覚えておいて、ねえ、ほら、見て？　加速償却法って書いてあるでしょ？　さっき僕がそう言ったら、先生は意味がないって言ったけど？

――いや、君はそうは言わなかった、君が言ったのは……

――ちゃんと言ったもん、僕は……

――いいや、言わなかった、君が言ったのはたしか……

――ちゃんと言ったもん。

――君は……背後のどこかでトイレの水が流れた。――いいかい、そもそもこういうことは……

――うん、うん、オーケー、怒んないでよ、ていうか、ほら、よぽ、予備的な数字から判断すると会社の純資産総額はおよそ八億二千六百万、いや、コンマはどこかな、桁が違った、八十二万六千ドル、税算定額などを参考にすると、そのうち六十四万ドルが不動産なので、ホッパー頭取から……

――僕は五分前からその話をしようとしてる、聞けよ。いいか、頼むから……

――ねえ、年金基金に関わる書類もこの中にあるのかな、ねえ？　彼は汚れた茶封筒を破って開け、――だってほら、イーグル紡績がそんなに古い会社なら、年金基金もすごく昔からあるだろうから、今頃は……

――そんな話は従業員に会ってからにしなさい。

――どういう意味？

――会社自体もそうだけど、従業員の多くも年を取っているだろうって考えたことはないのか？

――だから何。

――だから、加速償却とか税額控除とかいう話よりも、従業員は大半が年を取ってもうすぐ退職、年金を引き出すってことの方が大事だろ、何のために年金基金があると思ってるんだ。

——ああ、うん……彼はスニーカーを放熱暖房機にねじ込んで不安定な土台を作り、そこに書類を広げた。——それは考えてなかったよ、だって、何とかして現金をひねり出さなきゃならないから、ピスカターのアドバイスに従って……

——いい加減にしろ、とにかく郵便で雇える弁護士なんてろくなものじゃない、惨めな賃金で生涯ずっと働いてきた従業員が、ようやく会社を辞めて、惨めな年金をもらえるようになるってときに、この、このろくでもないピスカターは大事な年金まで取り上げるつもりか？

——いや、待って、ねえ、そういうことじゃ……

——聞きたくない、とにかく必要経費の精算をさせてくれ、そしてこんなくだらないことから足を洗わせて……

——うん、けど、ちょっと待って、ねえ、ていうか、誰も年金を取り上げるなんて言ってないじゃん？　だって、年金基金なんて何もせずに置いておいても役に立たないし、みんなのためにもお金に仕事をさせた方がいいよ、例の買収とかいう形で、分かる？

——分からない、それに……

——ほら次のページを見て、この醸造会社を買収するっていう提案。

——醸造会社の話じゃない、紡績工場の話だ、さあ、今回使った経費のリストがこれ……

——いや、醸造会社を買い取るんだよ、年を取った二人の兄弟経営者から、場所は、ちょっと待ってね、ウィスコンシンか、ミネアポリスか、どこか……

——いや、やめてくれ、ちょっとストップ！　これは、こんなことはどこかでいっぺん、区切りを付けなきゃ駄目だ、それが分からないか？

——分からない、でも、やば《ホーリー》、ていうか、そこが大事なんだけど、バスト先生、そうしないと税務上の欠損金の繰り越しとか税額控除とかが役に立たない、ていうか、イーグル紡績は損失そのものだもの、見てよ、ピスカターの提案、イーグル紡績は再建中だから醸造会社を買収したりできない、でも年金基金で醸造会社の株を買って配当をもらって、会社の資産の一部を売ってお金を作れば……

——ストップ！　いいか、くたびれた紡績工場というだけで充分厄介な問題じゃないか、その上、くたびれた醸造会社を買収するなんてどういうつもりだ？

——くたびれたって何だよ！　ていうか、やば《ホーリー》、ていうか、先生、まるでこの書類に全然目を通してないみたいじゃないか、ていうか、一年で百万ドル稼ぐ会社だよ、ほら、営業資本が二百万ドル超って書いてある、ね？　売り呼び値は五、七二六、一三……

——でも、五、これ、よく見ろ、五百万、五百万ドルって書いてある！　それはただの、単なる書類上の数字ではないとしても、ユニオンフォールズの町全体にあるお金を掻き集めたって五百万ドルもあるわけがない。

——分かってるよ、だから、現金ばかりじゃない形で何とか取引をまとめなきゃならないのさ、だって、もしも……

——分かった、いいか、いいか、誰かが何かの証券を二ドル分持っているとするぞ、しかもそれが毎週一ドルを稼ぐ、それを五ドルで売る人間がいるか？　だって三週間後には……

——いや、でも、それは税引き前の稼ぎでしょ、そこが大事なんだよ、ていうか、バスト先生、ここのところを読んでないの？　だってほら、イーグル紡績の損失を全部まとめて、醸造会社の利益から差し引いたらいいのさ、そうすればうまくいく、ていうか、そうしないと税金で全部持って行かれちゃう、年を取った二人の兄弟経営者と同じことになる、ほら、二人はたくさん利益を上げたんだけどそれを受け取らなかった、受け取ったら税金がかかるからだよ、二人が利益を受け取るためには莫大な税金を払わないといけない、未配当利益税さ、ね？　だから二人とも、もう一人が死んだらどうしようって心配してる、でも、もし会社を売ってしまえば、支払わなきゃならないのは資本利得《キャピタル・ゲイン》税だけ、要するに儲けた金額の半分の半分くらい、ていうか、こんな大事なことも覚えてないの、ねえ？

——うん。

——でも、どうしてだよ、やば《ホーリー》、ていうか、そこがいちばん……

——読んでないからさ、資料は一つも読んでない。封を開けてもない。さあ、とにかくさっさと……

——でも、でも、やば《ホーリー》、でも、ていうか、どうして開けてもないわけ？

——昨日の晩、出張から戻ったら、部屋中に手紙と雑誌と本があふれてたからさ、そもそも僕は……

——待って、X－Lリトグラフ社からの手紙は、ていうか、読んでなくても、届いていたかどうか……

——知らないと言っただろ！　こんな書類の意味は何一つ分からない、僕が夜中にあの部屋に戻って、ごみの山の上に座って、この資料に目を通してからここに来ると思ってたのか、僕が戻ってくる前に友達が事故に遭ったんだ、僕が部屋にいれば、もっと前に部屋に戻っていれば、彼は……

——いや、でも、まじやば《ホーリー・シット》、バスト先生、こっちだって大事な話さ、ていうか、お友達のこととかは気の毒に思うよ、でも、まじやば《ホーリー・シット》、五百万ドルがかかってるんだ、ていうか、先生の出張にかかった費用は僕が払ってるし、いろいろと手助けだってしてるんだから、先生だって……

——すると約束したことはちゃんとやったじゃないか！　現地まで出掛けて、話をしてきた、今回だけ助けてくれって君が言うからだ、言われた通りにしただろ？

——オーケー、うん、でも……

――クローリーさんにわざわざ紙くずを見せに行ったのだって、今回だけって君が言うから言われた通りにしたじゃないか？

――いや、でも、ついでの用事があるって言ってたでしょ、それに、列車代も地下鉄代も半分は僕が払ったよ、ていうか、それがなかったら先生はクローリーさんの事務所まで行くことも……

――分かった、うん、でも、あの社会見学のときに借りた十ドルを君に返そうと思っても、小切手を受け取りに学校に行くたびに必ず何かの問題が起きる、だから……

――オーケー、でも、学校の小切手に問題が起きるのは僕のせい？　それに、必要経費だって前渡ししてるでしょ、今回の五十ドルだって、先生の手助けになると思って……

――分かった！　いいかい、とりあえず精算したいのはそのお金だ、今手元にあるのは九十四セントちょうど、僕を手助けすることとは関係ない、出張のための必要経費だ、項目は全部ここに書いてある、ていうか、すべてのことをやってるのは僕で、君はここでのんきに鼻をほじって、五百万ドルがどうのこうのと……

――いや、でも、やば《ホーリー》、ていうか、アイデアを出してるのは僕じゃん、リスクとか決断を任されてるのも僕、ていうか、僕が決断するって感じでもないけど、株主裁判で勝ち取ったお金を口座に入れて、それを担保にしてフォークの輸送代金を払って、フォークを売った代金で、郵便を通じて仲買人に選んでもらった社債を買って……

――さっきから僕が言っているのはそのことだ！　君はいつも、郵便であれやこれやを買ってる、今回は弁護士まで郵便で雇った、問題を起こして、今回だけだって僕に泣きついて、僕が問題を解決するために出掛けている間に、別の醸造会社を郵便で買う、わけが分からないよ、僕が問題を解決しようとしてる一方で、君は問題を大きくしてる、すべてはこれ、この紙切れ、紙に書かれた数字、リースバックとか加却償速とか、今回だけ助けてくれって言っているくせに……

――けど、僕にどうしろって言うわけ！　彼は一方の足を床に下ろし、反対の足を放熱暖房機から抜いて、――ていうか、あんなぼろい工場が欲しいなんて誰が言った？　僕は投資のために社債を買っただけ、工場なんてどうでもよかったのに、向こうが突然、立場を逆転させて、ぼろい建物と従業員を僕に押し付けてきたんだ、どうしろっていうわけ、みんなのために公園を作れって？　ていうか、まじやば《ホーリー・シット》……彼はペーパータオルを破り、洟を拭いて、――僕は投資をしてるんだから、それを守るのは当然じゃない？　ていうか、先生は、社債と引き替えに株を渡された老人が気の毒だって言うけど、僕だって同じ立場だもん、彼らだけが気の毒なわけじゃないでしょ？　ていうか、さっき言った仲買人の話だと、僕が持ってる優先株を普通株に変えて、普通株を買い足したら、投資が守れるらしいよ、どうせみんなが気にしているのは配当がもらえるかどうかだけなんだから優先株は売った方がいいって、だから、みんなに配当が出るようにするためには、従業員に給料を払ってソフトボールをさせてる場合じゃないし、「意志強き男たち《スタウト・ハーテッド・メン》」を歌わせてる場合でもない、そんなことをしてたらどこかから生意気なやつが現れて、株主裁判でこっちが負けちゃう、ていうか、まじやば《ホーリー・シット》、バスト先生……彼はペーパータオルを顔から離し、中を見詰めて、——ていうか、僕はみんなの投資を守ろうとしてるだけなんだよ、分かる?

——でも、どこかでストップをかけなきゃならない! 分からないか? 醸造会社の買収なんて話はやめて、郵便で雇ったその弁護士にイーグル紡績の問題を整理させたらどうなんだ、そして……

——いや、でも、そこが大事なところじゃん! 彼はペーパータオルを丸め、下に落とした。——ていうか、無理だよ……と放熱暖房機の方へそれを蹴飛ばし、——ていうか、あの社会見学のとき、ダイヤモンド・ケーブル社、あそこの社長が言ってたでしょ、ゲームをやる限りは勝つためにプレーするってことだって、だから無理、プレーしなきゃ駄目、彼は丸められたペーパータオルを足で転がし、インステップでシュートを打った。——単なる遊びのためのプレーじゃ駄目、だって、ルールは勝負のためにあるんだから、勝つのが目的でプレーする人間のためにルールがあるんだから。

——分かった、じゃあ、聞きなさい。僕は今回だけ手伝いをすると約束して、それを実行した、君はピスカターさんを新たに雇ったんだろ、じゃあ、後のことは彼にやらせなさい。君はピスカターさんと一緒に現地に出掛けて、勝負のためにプレーすればいい。

——いや、でも、僕自身が現地に行って彼に会うなんてできないよ、ねえ!

——現地ってどこ……

——エジプトの品が置いてある場所、遠足でここに来る予定だったから、ほら、エジプトの墓とかが置いてある場所、先生はエジプトのものにすごく興味があるってピスカターさんに話したんだ、先生が出張から戻って、僕ら二人がイーグル紡績のことを相談した後、先生がピスカターさんに偶然に会う形がいいかなと思ってさ、その後、二人でオフィスに行ってもいいし、それで、どうしたの、ねえ。ねえ、バスト先生?

——何。

——ねえ、今回だけ、もう一回だけ助けてくれないかなと思ったんだ、ピスカターさんとの関係が軌道に乗るまでの間だけ、待って、待って、怒んないでよ、ねえ、だって、彼とは電話でしか話したことがないし、うまく話も通じないし、だって、大人みたいな声にするために受話器にハンカチを当ててると話が通じないんだよ、だから、要点は全部紙に書いてきたから……彼がアタッシェケースを広げ、蓋の裏を開けると、濃い鉛筆で端から端まで粗雑な文章を書き込んだ紙が出てきた。――ね、話はすぐに終わるよ、些細なことばかりだし、ただ、弁護士の手を借りないとできないってだけ、銀行で取引用の口座を作ろうと思ったらニューヨーク州から営業許可証をもらわないといけないとか、そういう問題、それからこっちは、ついでに法人を立ち上げたらどうかなって僕は考えてて、そのためにしなけりゃならないことが書いてある。それからこれが、さっき言ってたX－Lリトグラフに関する書類、今までの経費をここで精算して、僕に対する先生の借金がいくら残ってるかを計算してもいいけど、今回また、一回だけ手伝ってくれるなら必要経費を渡しておいてもいいよ、どうする？　ていうか、先生も僕のおかげでいろいろできたよね、旅行とか、ホテルに泊まったりだとか、今回行った食事会とか、ソフトボールを観戦したり、新聞に写真が載ったり……

――いや、いや、ストップ、ストップ、僕は……

――それにこのアタッシェケース、金箔のイニシャル入りだよ、それとあのおしゃれな目覚まし時計、それに、先生の名刺だってわざわざ作ってもらったし、食堂のヴァージニアに電話の受付も頼んであるし……

――いいか、これは僕のイニシャルとは違う！　あの時計だって針が逆向きに回るんだ、時間が知りたいときにはわざわざ計算しなけりゃならない、いいか、僕はソフトボールなんて大嫌いだ、それが分からないか？　週刊ユニオンフォールズ新聞の一面に自分の写真が載ることなんてちっとも望んでない、それが分からない？　ユニオンハウスとかいうおんぼろホテルに泊まるのもそう、カーペットは汚いし、ラジオだって二十五セント硬貨を入れないと音が聞けない、それにあの食事会！　バンキーの向かい側に座って、バナナを詰め込んだ変なものを食べて、彼は三年続けて八年生をやったらしい、新聞には書いてなかったけど、今回の出張だって、ユニオンフォールズまでバスで何時間かかると思ってるんだ？　それだって君が飛行機代を出してくれないからさ、列車代さえ出してくれない、名刺を千枚作ってほしいなんて誰が頼んだ、社長代利、しかも足跡付き、『繊維業界』なんて雑誌を定期購読してほしいなんて誰が頼んだ……

――いや、でも、ちょっと待って、ねえ、ていうか、ていうか、もともとお互いに助け合うつもりで始めたことでしょ、僕がおおよその金額を計算して、費用を前払いして……

――費用を前払い！　いいか、とにかく今までの分を精算してくれれば……

――いや、けど、ていうか、僕は今、いろいろと違った株を買っているところだよ、分かる？　でも、先生は郵便を受け取っても開封さえしてない、僕にどうしろっていうわけ！　ていうか、僕は先生に力を貸そうとしてるのに、先生はちっとも……

――分かった、いいか、たしか、あれは何、ガス会社の株があっただろ、たった一株、あんなものを買ってどうするつもりだ……

——いや、でも、あれは数ある中の一つさ、ねえ、ていうか、さっきからしようとしてるのはその話！　エルパソ天然ガス会社、あれは十二ドル五十セントくらいで買ったんだ、ていうのも……

——つまりお金を使った、それなら僕にその金をくれ！　一株だけ買ったって何の足しに……

——いや、でも、普通の収入と同じで税金がかかるんだ、ていうか、一株だけってことじゃないよ、ていうか、いろいろと違う会社の株をたくさん買ってる、ボーナスみたいな感じで……

——だけど、どうして！　また次にはそれを売らなきゃならないのなら、何のために……

——いや、でも、それじゃ駄目なんだ、バスト先生、ていうか、さっきからしようとしてるのはその話だよ！　ていうか、先生も小冊子《ブックレット》を読んでくれただろ、あれでいろいろと分かった、株をそのまま売っちゃったら給料と同じように税金がかかる、馬鹿な教師とかバスの運転手とかと同じこと、ね？　株を持ってれば、配当は最初の百ドルまで除外*、ね、エルパソだと四半期で二十五セント……彼は書類の一部を放熱暖房機の上に置き——ほら、国際製紙社は五十セント、USスチールは六十セント、ね、これを合計して百ドルまで除外、ほら、ディズニーの配当は……

——でも、何から！　何から除外されるんだ！　五十セント、六十セント、あちこちの株を一株ずつ買ってどうするつもり……

——いや、でも、ほら、ねえ、聞いてよ、ていうか、USスチールとかを一株買うだろ、そうしたらUSスチールから文献《ぶんこん》*がもらえるのさ、年次営業報告書とか、四半期レポートとか、委任状とか、法律なんかでそう決まってるみたい、でも、いろんな会社の株を一株ずつ持ってる場合でも、やっぱり会社は必ずぶんこんを送らなきゃならない、ね、だから考えたんだけど、ていうか、それをこっちがよく読んで、何かの社則違反を見つけることができたら、ダイヤモンド・ケーブル相手にやったみたいに株主訴訟を起こせるんじゃないかって、ていうか、ディズニーが相手でも、ほら、すごいと思わない、ねえ？　ていうか、向こうの弱みを見つけることができたら……

——いいか、僕は向こうの弱みなんて探したくない！　分からないか？　それにあんな書類を読んだって僕にはよく分からない、それが分からないか？　僕はただ……

——いや、でも、ほら、バスト先生、ていうか、だから先生のためにそっち方面の本を取り寄せてるじゃない、『財務諸表の読み方』、貸借対照表《バランス》の読み方とかが書いてあるやつ、ていうか、受け取らなかった？　それにアメリカ合衆国統計何とかとか、ムーディーズの何とかも、受け取ってない？

——受け取った、うん！　それは受け取ったけど……

——いや、でも、ていうか、あれって結構高いんだよ、まさか読んでないの、ねえ？　例えばほら、ムーディーズの何とかマニュアル、あれの値段はたしか……

——もちろん読んでない、あんなもの、目を通すだけで一か月かかる、だからさっきも言っただろ、誰がそれを買ってくれって頼んだんだ！　アメリカ合衆国統計年鑑、ムーディーズの業界レポート、誰が買ってくれって頼んだ！　一体全体……

——いや、でも、ほら、ねえ、やば《ホーリー》、ていうか、お互いに助け合うって話したよね、ていうか、僕がお願いしたのは、ぶんこんを読んでっていうだけで……

——ぶんこんって言うのをやめてくれないか！　なあ、今回だけって君が言うから僕は力を貸すと約束したんだ、それなのに……

——いや、でも、みんながぶんこんって呼んでるんだから僕にはどうしようもないじゃん！　それに、ていうか、まじやば《ホーリーシット》、除外できる配当が先生のところに届いているのに、僕は単に、この、こういう資料を先生が暇なときに読めるかなと思っただけさ、前に、音楽を作ってるって言ってたでしょ、合間に散歩したり、列車に乗ったりする時間があるじゃん、だから、そういう暇な時間を使って自分の仕事をすればいいと思ったんだよ、だっていつも……

——自分の仕事って何！　暇な時間っていつ！　馬鹿な連中がソフトボールするのを眺めて、下手な「ゴッド・ブレス・アメリカ」を聞かされて、一体僕のことを、いいか、いいか、出張の経費、とにかくさっさと経費を精算して、僕に支払うべき金を支払ってくれれば……

——オーケー、怒んないでよ、ていうか、ほら、今してるのはその話さ、営業活動に必要な現金、貸付という形でね、分かる？　ほら、僕たちって……

——分からない、全然！　分かりたくもない、僕はただ……

——いや、でも、ほら、ピスカターさんからの手紙に全部書いてあるよ、ホッパーさんの銀行からイーグル紡績経営陣への貸付の話、ね、だから営業に必要なお金は……

——いいか、これを見てくれないか？　とにかく……

——それに学校の男子トイレで経費として渡した五十ドル、それから……

——ああ、これがその費目！　全部書き出すようにって言ってただろ？　使ったお金は全部一セント単位で記入したし、ずるはしてないし……

——いや、でも、待って、ねえ、待って！　誰も先生がずるをするなんて言ってないよ、ていうか、そういうこと、そこが大事なんだ、営業にかかった費用は全部控除できるってこと、交通費、食費、そういうのは税金から控除できる、それが大事なポイントさ、ねえ、ていうか、前にもらった小冊子を読んでたんだけど、必要経費を控除した後で五十二パーセントの法人税がかかるんだって、ね、てことは、会社が一ドル使うごとに実は四十八セントしかかかってないってわけ、ね？　ていうか、それが会計の肝、だから費目を全部メモしておいてって言ったんだよ……

——分かったよ！　ほら、バス代が十九ドル八十セント、ホテル三泊、十七ドル十六セント、朝食三回で一ドル二十セント、昼食が二回で……

——ていうか、その七面鳥ディナーはこの中に入ってないよね、ねえ？　だって、あっちの人が主催したって新聞に書いてあったんだから、もしも会社がその金額を控除するのなら……

——入れてない！　それに、いいか、ラジオに使った二十五セントだってそこには入れてない、だからとにかく……

——いや、ていうか、思ったんだけど……彼は片足を放熱暖房機の上に上げて、短い鉛筆で何かを書き付け、——だって、ていうか、昼食二回で一ドル四十セントってどういうこと、こっちには一ドルもするサンドイッチのことが書いてあるし、ていうか、どうして……

——ユニオンフォールズじゃ昼食が安上がりだからさ、その割に、バス停で買ったサンドイッチはぱさぱさのパンに乾いたチーズを挟んだだけなのに……

——いや、それはいいよ、僕が不思議に思ったのは、二十、三、四、二を繰り上げて一が三、四、四十四ドル二十一セント、そして手元に残っているのが九十四セント、だから、八、五……どこかで小便器が流れる音がして——待って、零引く四だから十を借りて五、ていうか、じゃあ、先生はもう給料と同じくらい使っちゃってるね、ていうか、僕が先生に借りてる分からそれを引いて、さらに遠足のときの十ドルを引いて、てなると、ほとんど何も残らないことは、給料の五ドル四十二セント、ていう……

——いいか、そんなことはどうでもいい！　払うべき金額をさっさと僕に……

——いや、でも、ほら、計算の結果がこれ、遠足のときに先生に貸した分はまだほとんどそのまま残ってる、ていうか、この先も先生はバス代が必要になるし、例の人をディナーに連れて行かなきゃならないから……

——いいか、僕はピスカターさんをディナーに連れて行くつもりはないし……

——いや、違うよ、ねえ、年取った兄弟のうちの一人のことさ、ワンダーさんとかいう人、ねえ……

——断る。

——いや、でも、ちょっと待って、ワンダーさんがこっちに来るのは今回だけなんだ、だから……

——断る！

——それに、ていうか、どっちみち何かは食べなきゃならないんだから、で、思ったんだけど、待って、待って、どこ行くの、ねえ！　その荷物は何、待って……！

——楽譜、楽譜以外の何に見えるっていうんだ、僕は……

——いや、けど、その音楽を先生が全部書いたわけ、ねえ？

——もちろんさ、さあ……

——いや、けど、ていうか、さっきは自分の仕事をする時間がないってわめいてたくせに、こんなにたくさん作曲してるってどういうことさ……

——自分の仕事なんかじゃない！　これはダンサーのための曲、その報酬を受け取ることさえできれば……

——いや、でも、ねえ、バスト先生？　ていうか、ていうか、だから、僕らはお互いを利用できるって言ったじゃん、こうやって仕事ができてるわけでしょ、仕事ができないっていつもわめいてるくせに、やば《ホーリー》、ていうか、自分の仕事をしないでダンサーのための音楽を書いてるのが僕のせいだって言うわけ？　ていうか……

——いいか、さっきも言ったけど、ダンサーのための曲を書いたのは、自分の作品を書くためのお金を稼ぐのが目的だ。今から楽譜を持って行って、報酬をもらう、そうすれば君との貸し借りが精算できる、そして学校から小切手をもらったら、この泥沼から抜け出せる、それだけのこと、さあ……

——いや、うん、うん、オーケー。ていうか、邪魔するつもりはないよ、ね、僕は先生を助けてあげてるつもりだったんだ、ていうか、じゃあ……

——分かった、いいか、聞きなさい。途中でピスカターさんに会うことは引き受けよう、書類でも何でも彼に渡しておいてやるし……

——オーケー、ちょっと待って……彼は足を下ろし、ポケットを探って——ていうか、先生は今手持ちが九十四セントしかないんだよね……と太いゴムバンドで巻かれた黒光りする財布を取り出し——待って、靴にこれを巻いたらどう、ねえ？　ていうか、底がはがれてるから、このゴムバンドを巻いた方がいいよ。

——ああ、うん、そっちで必要ないなら……

——オーケー、ねえ、ていうか、いくらか経費が必要になるかもしれないから……彼は財布から札束を出し、十ドル札の角を引き出し、戻し、一ドル札を抜き、もう一枚抜いて——で、つまり、先生が学校とかからお金を受け取ったら精算するってことだね、オーケー？

——ああ、うん、その、できる限り早く……

——オーケー、ほら、四ドル渡しておくよ、オーケー？　で、思ったんだけど、ていうか、後で先生が特にすることがないようだったら、ワンダーさんをディナーに連れて行く気になったら、それってただだからね、豪華食事会の招待状をもらってあるから、これがそのおいしいフルコースのメニュー、ね？　それに『黄金の夕べ』っていう映画も観れるよ、そこで過ごした黄金の夕べが忘れられない輝きで満たされるんだって、つきましては、もしよろしければお客様と配偶者様のご予約を、だから予約しておいたよ、彼を配偶者ってことにしといた、どっちみちかなりのお年寄りだし、先生と彼で黄金の夕べを過ごしながら醸造会社についての取引を話し合ってくれたらいい、話す内容は全部僕がメモしておいた、それから、待って、待って、さっき渡したつるつるの二十五セント硬貨、かなり古そうじゃない、ねえ？　もしも一九六〇年って書いてあったら、百ドルの値打ちがあるよ……その声は長いカーブを描いてバストを追い、高級そうな紐靴《ブルーチャー》の手前で止まった。そこに立っているツイード姿の男が震え、小便器の水が流れた。

――おやおや、バスト君、大丈夫か？　具合が悪くて駆け込んだんじゃないだろうね？　だが、仕事を再開する前にこうして会えてよかった、カバの話をするのを忘れとったんだ。他の動物と同じ、ナイル川沿いにおるんだが、数が増えすぎとる、六千頭か七千頭を処分して生息域を保護するとか言っておるんだが、アメリカの湿地帯に連れてくればいいと思わんかね？いいぞ、カバは、リズムにも変化が生まれる、カバの音楽も少し混ぜるというのはどうかな？　エバーグレーズ国立公園にも活気が生まれるかもしれん、同時に向こうの生息域を保護することにもなるだろう？　とにかく体は大事にしなさいよ、バスト君、という声が扉に突っ込んでいく大きな肩越しに聞こえ、――具合が悪そうな顔をしとるぞ、うん……そして――それにしても具合が悪そうな顔をしとったな……と背後で扉が閉まる際に繰り返し、大理石の通路をサルディスの円柱まで進んだところで膝と腰と肘が何ものかと衝突した。――おいおい！　一体何を……

――気を付けてよ、おじさん、ね！

――みんな、走り回るのはやめなさい！　さあ、あら、クローリーさん！　今日はどうしてこちらに……

――え？　何？　エイミー？　あんたこそこんな場所で何をやっとるんだ？

――今日は社会見学に来たんです。

――ああ。どこかの学校で教員をしとるんだったな。

――ええ、はい、そうです、この子たちは今……

――ああ、なるほど、このやんちゃ坊主たちはあんたの教え子か？

――いえ、これは本当は八年生の遠足で、私は単なるお手伝い。でも、社長さんにここでお目にかかるとは思っていませんでした。

――そうか？　うん、まあ、ちょっとした気分転換だ、と彼は眼下を通り過ぎるいくつもの頭を砂州の高みから眺めながらつぶやいて、――実は例の若いのと話をするために来たんだ、あんたがわしに紹介した男、若い作曲家で……

――まさかエドワード・バスト？　今ここに？　この美術館にいるんですか？

――今はちょっと人に会える感じじゃないがな、うん、わしはあの男にちょっとした仕事を依頼したんだ。

——エドワードに？　社長さんが？　でも、一体どんなお仕事を……

——音楽の仕事だ、うん、ちょっとした作曲の依頼。

——でも、私はそんなつもりじゃ、彼に作曲の依頼をしたってことですか？　素晴らしいことですわ、クローリーさん、きっと彼は……

——わしも彼の力になれてうれしいよ、エイミー、芸術家の応援をする機会なんてそう毎日そこらに転がっとるもんでもないからな。腹を空かせて貧乏暮らしをしとる若い作曲家の手助けをする。彼にはお似合いの役割だと思わんか、まったく、それだけをやっとればいいものを。

——音楽のことですか？　でも実際、彼は音楽だけを……

——うむ、問題はな、わしが音楽の話をしようとしとるのに、彼は金の話ばかりをするってことだ。

——でも、エドワードがですか？　バストさんが？　何かそんな話を聞いたような気はしますけど……

——問題はあの男が関係しとる会社だ、うん、もちろんなかなか抜け目のない会社だ、しかし、そのせいであの男が音楽を怠けて、立派な才能が無駄になるのは惜しい、百万長者には誰でもなれる、でも才能を持った若者には世界に対して果たすべき義務がある、そうは思わんか？　あの男はもっと体を大事にした方がいい。あんたも少し具合が悪そうだな、エイミー。

——ええ、ちょっと、少し落ち着くまでこうして……

——いつも言っとるが、判断力はさておき、あんたの気構えはとても偉いと思うぞ、もう充分にあんたがやりたかったことはできたんじゃないかと思う。

——ルシアンの件が片付くまでは、私にできることは何もないんです、だから……

——あのジュベールとかいう男だな、うん。だが、きっとすぐに片が付く、ノビリ社の問題が片付いたら、あいつとはおさらばできる、しかし、そろそろ子供たちのところに戻った方がいいんじゃないか、噴水の池に紙コップを浮かべて遊んどるのはまずい……

——あなたたち！　水のそばから離れなさい……！

——会えてよかったよ、エイミー、わしからビートンに電話を入れて、少し急がせるようにしよう。

——できたらお願いします、ビートンさんに悪気がないことは分かっているんですが、結局いつも話はややこしくなるばかりで……

——やつが悪いわけじゃない、あいつはやれと指示されたことをしとるだけだ、もちろん少しブレーキをかけなきゃならん場面もある、あんたのところのジョン伯父さんに株を買い集めさせて、おたくのジュベールを金銭的なピンチに追い込むためにな。

——え？　どこの株です？

——え？　もちろんノビリ社の株に決まっとるだろ、株価を上げずに少しずつ買い集めるには時間がかかる、銀行だって今は……

――でも、ルシアンが持っている株を買い取っているのだと私は思っていました、要するに、彼は単にお金を欲しがっていて、会社の方は支配的利権を確保したがっているのかと、ビートンさんの話では……

――最初はそうだった、あいつが売り惜しみを始めるまでは、うむ、おたくのジュベールはやや日和見主義だな。

――彼は、それにおたくのジュベールというのはやめてください、あの人は、もし彼が支配的利権を今持っているのなら、ジョン伯父さんが少しずつ株を買い集めたって何の意味もないじゃありませんか、どれだけ買っても……

――いやいや、投げ売りできる数になるまで集めているだけだ、集まったら、売って株価を下げる、あんたにもビートンから説明があったものだと思っとったが。

――けれど、株価が下がったとしても、やっぱりルシアンがかたくなに株を売らなかったら、そんなことをして何の意味が……

――だが当然、やつには株を売る以外にほとんど選択肢がない、株を担保にあちこちから金を借りとるようだから、株価が下がって担保にするものがなくなれば、銀行は株を売らざるをえん、そこまでするのはもちろんジョン伯父さんにとって面倒な話だが……

――でも、そんなことをしたらどうなるんです……

――おた、ジュベールのやつが？　もちろん破産ということになるかもな、しかし、わしは別にそれで……

――いいえ、フランシスのことです、フランシスはどうなるんです。

――誰？

――フランシス！　息子のフランシス、会社の話だと、ルシアンはフランシスを武器にしようとするだろうということでした、彼は……

――あんたは手を出さん方がいい、エイミー、あまりにも問題が込み入っとるから……

――手を出すって！　手を出すも出さないもありませんよ、私の息子のことですから！　フランシスは私の息子なんです！　ルシアンがあの子をジュネーブに連れ去ったら、私はどうしていいか……みんな！　ごめんなさい、私はそろそろ子供たちのところに戻った方がよさそうですわ……

――うむ、体を大事にな、エイミー、今この件には手を出さんことだ。体を大事にな。

――でも、ではさようなら、また……みんな！　ほら、紙コップはこっちに渡しなさい。他のみんなはどこ？

――みんなばらばら。あたしたち、さっきのところに戻っていいですか……

――それより、ヴォーゲル先生はどこ？

——先生はトイレに行きました、ねえ、ジューバート先生、あたしたちさっきの……

——いえ、戻ってこられたわ、そろそろ帰りの時間かしら、ヴォーゲル先生？　こっちです。でも、どちらにいらして……

——失われた部族の一人を男性用トイレで発見しましたよ。

——でも、あなたどこから来たの？　両肩に載せられた手と脇に抱えた荷物の重みでよろめくように近づいてきた少年の前で彼女はかがみ込み、そう尋ねた。

——僕？

——ええ、ここで一体何をしてるの？

——社会見学に来たんだよ。

——でもあなた、これは八年生の遠足よ、あなたはまだ……彼女は少年の頭越しに胸元に向けられたまなざしに気付いて体を伸ばした。——最初から一緒にいた？

——うん、バスの後ろの方に乗ってた、見えなかった？　遠足の話を最初に聞いたときに、ディセファリス先生《ミセス》からは特別に許可をもらったよ、分かる？

——いえ、分からない、どうして……

——だって僕、芸術とかそういうのにすごく興味があるから。

——あなたが？

——うん、あのエジプト美術とか、ほら、こういう壊れた像とか。分かる？

——それは知らなかった、でも、それはとてもいいことだわ。それから、ハンカチを出しなさい。ヴォーゲル先生、大変申し訳ないのですが、私は帰らなければなりません、今日はここへ来る予定じゃなかったんです、ちょっと問題が起きたので……

——いや、私もこんな予定じゃなかった、私は子供たちをバスケットボールの試合に連れて行くものだと思ってました。

——ええ、そう思っていた子も何人かいるようですが、そういう間違いってありますよね、誰も先生を責めたりはしないと思います、さて、子供の数は何人でしたっけ？　三、四、みんな、こっちに来て……彼らは扉の方へ向かい、——子供をバスに乗せるところまでお手伝いします、その後、電話が見つかったら、家族内の問題なんですけど、とりあえず私がどうにかしないと、七、八、同じ扉を使いましょうね、数が分からなくならないように、十一、十二、一列のまま階段を下りて、風が出てきましたね……と彼女は尻に触れた手を許し、そこから一歩遠ざかって、——ご理解いただきたいのですが、ヴォーゲル先生、事情は先生からご説明いただけますよね……彼女は再び手から一歩離れたが、手はそれに付いてきて、割れ目にとどまった。——私、先生からご説明いただけますよね……彼女は彼の方に体を向けてそう言った。

——白さを感じた。

——私、何ですって？

——白さを感じた、スカートの下の。ちょっとくらい触っても怒りませんよね。

――あの、私、急がなきゃなりません、私……

――でも、ちょっと、ヌアザ、アガートラーム、ジュベール先生、聞いたことありますか？　銀の腕のヌアザ？

――いえ、聞いたことが……

――あるいはノドンス、ノドンスという別名ではどうです？

――いえ、私は聞いたことが……

――あるいは漁夫王《フィッシャーキング》という名前は？　漁夫王《フィッシャーキング》*は？

――いえ、知らないと思います、それより子供のことを見た方が……

――みんな、気が付いてないわけじゃない、誰もが最初はじっと見る、やがてそれも単なる一つの現象だと気付く、傷というのは*単に子供らが生きるこの荒れ地における一つの現象にすぎないんだ。

――ええ、はい、私、急がなくては、私……

――一度だけ、ちょっと、もう一度だけ触らせて……

――先生……ヴォーゲル先生、お願いですから……

――一度だけ……

――先生……ヴォーゲル先生、お願いですから、子供たちの面倒を見てください……彼女は襟を直しながら扉に向かって一歩踏み出し、――向こうで子供たちが待っていますよ……

その場所ではバスがうなっていた。

――おいおい、押すんじゃない……

――やあ、ヴォーゲル先生……？

――向こうに着いたら、ディセファリス先生《ミセス》には先生から事情をご説明いただけますね、気を付けて……バスがうなった。扉がたがたと音を立てた。――ひょっとするとディセファリス先生もバスケットをお楽しみになったかもしれませんね……

そしてバスがあえぎ、ギアを変え、信号を抜け、交差点を遮り、――誰も先生を責めたりはしないと思います……バスが渋滞の中でもがき、トンネルに入ると、彼の唇が――先生から事情をご説明いただけますね……とつぶやくのが明かりでガラスに映し出された。光が左右を通過し、――ひょっとするとディセファリス先生もバスケットをお楽しみになったかもしれませんね……彼は唇をなめた。――一度だけ……座席が跳ね、左右から光が当たり、――先生から事情をご説明いただけますね……。光、分、光るダイヤルの針が五十、四十、五十五を指し、*針、――ひょっとするとディセファリス先生もバスケットをお楽しみになったかもしれませんね……針がようやく後退し、二十、そして五まで落ち、バスがギアを変え、あえぎ、後方から声援に見送られ、――単なる一つの現象だ……というつぶやきが歩道に上がり、落ち葉を踏み、次にキャンディーの包み紙を踏んで、――向こうで子供たちが待っていますよ……。明かりがともり、再びその唇を照らし、扉ががたがたと音を立て、――向こうで子供たちが待っていますよ……そして彼は静かにぶつかり合うヘッドライトの中を進んだ。――今帰ったところですか？と落ち葉を踏み、――バスケットボールは楽しめましたか？

——バスケットボールは楽しめましたか！　あなたは一体……

——今朝はどのバスがどこに行くのだかさっぱり分かりませんでしたね。

——バスケットボールは楽しめましたかですって、まったく！　何の話なの、どのバスがどこ行きだとか。

——いや、失礼。分かってくださると勘違いしてました。

——勘違い、ヴォーゲル先生、あなたは頭がどうかしてますよ、お分かり？　頭がどうかしてます。

——ヒナギク《デイジー》は誰にも言わない。*

——ヴォーゲル先生、あなた……待って、この子供たちを私に押し付けるつもりじゃないでしょうね、待ちなさいよ！　私が先に帰らせてもらいます。あなたたち、遠足参加届けの紙をヴォーゲル先生に渡しなさい、と彼女は後ろを振り返って言った後、新品に見えるようにアルミでできた鉄細工風の装飾と年代物に見えるように手を加えた柵とポストを通り過ぎ、危険な角度で立てかけられた馬車の車輪とまばゆい光で気むずかしい挨拶をする玄関の明かりの前を通り、——ヒナギクは誰にも言わないですって、まったく……いまだに玄関前に放置されている鋳鉄製ストーブの脇を通り過ぎ、——バスケットボールは楽しめましたか！　そして扉が銃声のような音とともに閉じた。*

玄関、廊下、バスルーム、玄関、パチ、パチ、パチ、彼女は家の中を回りながら明かりを点けた。——ノラ？　ドニー？　まったく、家の中がまるで死体置き場みたい……彼女が角を曲がると、間仕切りに彫り込まれた男たちの勃起したシルエットが浮かび上がり、その向こうには柔弱な人影があった。——驚いた。ここで何してるの。

——今日が退院《リリース》の日だって知ってると思ってたから病院でも君を探したよ、でもそのとき思い出したんだ、君は今日……

——リリースって、ライオンを野生に戻すわけじゃあるまいし、何て言いぐさ？　私がどこに行ってたと思ってるの、スターライト・ルーフ*に踊りに行っているとでも？

——いや、君は今日、メトロポリタン美術館に遠足に行く予定だったって思い出して……

——で、私がついに芸術の世界と接する機会を得たと思ってたわけね、今回もそこに邪魔が入るとは思わなかった？　私は文化的な事柄を勉強するのに一か月を費やした、連中がそれを邪魔しないとでも思う？　ミス大金持ち《マネーバッグ》と頭のおかしなヴォーゲル、あの男、どのバスがどこに行くのか分からない振りをしたのよ、あいつが芸術のために美術館に行くと思う？　あの女が子供たちに手を振ったらあの男はその胸元を見てた、男どもはみんなそう、鼻の下を伸ばして、まるでカスター隊の全滅*みたい、あの男はきっとバスの後ろの方の座席で一杯やってたのよ、汗臭い男どもがバスケットボールをするのを私が見せられている間に。

——バスケットボール？

——そうそう、あなたまでそれをやるわけね、バスケットボールは楽しめましたかって訊きなさいよ。ヒナギクは誰にも言わない、まったく、あなたたち全員、頭がおかしいんだわ。いつまでその格好でいるつもり？

——医者の話だと、腕はしばらくこのまま三角巾で吊っておいた方がいいらしいよ、もっと元気になるまで……

——私が女だってことを思い出させるくらいあなたが元気になったら、ぜひそのお医者さんに教えてもらいたいものだわ、電報を送るように言っておいて、お友達は？

——お友達？

——お友達、そうそう、私が言うことを繰り返してればいいんだわ、言葉の綾ってものを知らないの？　あなたに友達がいると私が考えるとでも思ってるの？　私が言ってるのは教育委員会の間抜け男のこと、裏庭に作った地下トイレに潜伏《ハイド》している男、あなたが殺し損ねた自称少佐、あなたが運転する車に乗る人はみんな名誉戦傷勲章《パープルハート》をもらうべきね。

——あの人はまだ病院にいる、彼は……

——病院にいるのが利口だわ。事故であなたが殺したバジーっていう麻薬中毒少年、その黒人一家が裁判所でサプライズパーティーを用意して、彼の退院を待ってるんだから。

——ハイドを？　ハイドさんを訴えてるって？　たしかに僕らが訴えられる可能性は考えたけど……

——僕ら？　僕らを訴えるってどういう意味？

——いや、僕、僕が言ったのは僕のこと。

——心配ご無用。一家はあなたも訴えてる。で、何を探してるの？

——僕が入院している間に郵便が届いたかもしれないと思って、届くはずの郵便が……

——入院している間は郵便を止めるべきだって言うの？　私なんか財団からの郵便を三週間前から待ってるっていうのに。お父さんの食事は済んだ？

——分からない、ずっとあそこで眠っているから……

——部屋の匂いからすると食べたみたいね。ノラはどこ。ノラ……？

年老いた犬がテーブルの下から二人が通り過ぎるのを見ていたが、動くことはなかった。

——多分ドニーをベッドに寝かしてるんだろう、ドニーは……

——ベッドってあなた、そろそろあれをどうにかするつもりはないの？　ノラ……？　食事だからドニーを連れてきなさい。あの子ったら、一生ベッドで過ごす気なのかしら、どこへ行くにもいつもコードを体に巻いて、コンセントを探して、ノラ？　食事だからドニーを連れてきなさいって言ったでしょ！

——あの、僕、あの子は誰かに診てもらった方がいいと思うんだ、診てもらった方がいいと思うって話は前にもしたけど、そろそろ連れて行ってみたら……

——誰かに見てもらう、誰かに見てもらうってどういう意味、誰かに見てもらいたいなら地下鉄に乗ればいい。精神科医に診てもらうっていう意味？　そう言いたいわけ？　じゃあ、はっきり言いなさいよ、精神科医に診てもらって……フライパンの蓋が床に落ち、彼の足元へと転がった。——おたくの息子さんは頭がおかしいんですってねってみんなに言われるのを私が望んでると思ってるのね、精神科医のところに連れて行かなきゃならないって？　あなたこそ精神科に行くべきよ、病院送りになるべきなのはあなた、あなたが統制環境だか何だかっていうアイデアを家中にまき散らす前に収容されるべき、ノラ、そんな格好で下りてきて何のつもり。蓋を拾ってくれる？　パパと同じように包帯を巻いたら面白いとでも思ってるの？　パパに対して敬意を示すことはできない？　で、何を泣いてるわけ。

——私、花嫁なの。

——トイレットペーパーでぐるぐる巻きになった花嫁？

——これは花嫁衣装。パパ、これ、花嫁に見えない？

——テレビで何かを観たのかもしれないよ、この子は……

——何を観たって、ノラ、食事だからドニーを連れてきてって言ったでしょ、それからそのごみの服を脱ぎなさい、床に引きずってるじゃない。ほら、ドニーをここに座らせて、あなたは……

——でもママ、ドニーはここに座らないといけないの、だってコンセントがあるのは……

——分かった、まったく、精神科医に診てもらっても、どうせもう手遅れね、電気屋に連れて行った方がいいわ。ほら、スプーンはテーブルに置きなさい、料理を入れ終わるまで。

——パパ、私、パパが入院してる間にいいことをして、ポイントを十四点稼いだのよ。

——よかったね、ノラ、それは……

——よかったね？　人の二倍もポイントを稼いでるのに、それしか言えないわけ、よかったね？

——それにお小遣いも使わなかったの、いくら貯まったか知ってる、パパ？　二ドル六セントよ、でもママに……

——もういいわ、ノラ、話をやめて食べなさい。

——でもママに二ドル貸してあげたから、今は……

——話をやめて食べなさいって言ったでしょ。

——何これ。

——何これってどういう意味、夕食に決まってるじゃない。何に見えるっていうの。

——男根像《リンガム》みたいに見える。

——何みたい？

——男根像《リンガム》みたい。

——男根像《リンガム》みたい！　男根像《リンガム》がどんなものかを知りもしないのに。

——だってこれと似てるんだもん。

――ひょっとしたらこの子、君が読んでた本を見たのかも……

――よく聞こえないわ、小さな声でしゃべるのはやめてくれない？

――君が持ってた本、インドの話、インドの人たちのしていることを扱った本。

――インドの習慣！　その言いぐさってまるで、何て言うのかしら。今この瞬間にご近所の人が同じことをしてないとでも思ってるわけ？

――いや、僕が言いたかったのは単に本のことだよ、バスルームの棚に置いてあったから、それをノラが……

――それをノラが何。じゃあ、私は学校で性教育を担当するように頼まれてるのに、娘がそれを家で読むのは禁止ってこと？

――いや、僕、ホワイトバック校長はヴォーゲル先生に視覚的な補助教材を作るように頼んでいるのだと思ったんだけど……

――ヴォーゲル！　あの人が何をするっていうの、模型を作る？　四年生の生徒全員に接着剤を吸引させたっていう話は聞いた？　あの人がどうして警察に逮捕されたと思ってるの、あの顔の傷痕だってひどいものよ。ヒナギクは誰にも言わない。あの男はどこかに監禁した方がいい。で、ホワイトバック校長に何て言われたの。

――ああ、あの事件の直前、僕が入院する前に、カリキュラム専門家の仕事について君に探りを入れてほしいって言われて……

――探りを入れてほしいですって、あの汚らわしい口で私のどこを探るつもりか見当が付くわ、ノラ、テーブルに戻りなさい、どこに行くの。

――吐き気がするからトイレに行く。

――へえ、終わったらきれいに掃除してテーブルに戻りなさいよ、あの男の考えていることを教えてあげるわ。校長は私にストライキを思いとどまらせようとしてる、本のセールスマンと車でいちゃついてた女が投げ出した『指環』を私に押し付けようとしてる、ストライキのことを忘れさせるためにね。あのセールスマンの手口はみんなお見通し、彼女みたいなあばずれから車の後部座席で注文を取って仲介手数料を稼ぐのよ、森の中で生徒たちに現場を見られてるんだから、私たちが古い洗濯機を捨てたあの森でね、どうしたの、お腹が空いてない？

――うん、あまり、これ何……

――舌《タン》よ、それ以外の何に見えるの。ホワイトバック校長が私に探りを入れさせる唯一の理由は、奥さんが昔のミス・ラインゴールドだったっていう調子のいいイタ公の政治家のためよ、春の芸術祭に合わせてやるっていうあの『指環』をみんなが押し付け合ってる、あの男が作ってる新しい文化センターでね。

――ああ。

――ああ。ああって何よ。

――いや、僕が言ったのはストライキのことさ、ストはいつ……

――ストはいつって、どのストのこと。フェダーズが組合の軍資金を銀行の譲渡性預金に入れちゃったから二年間は引き出せない、そんな状態でストができるわけないじゃない、そしてローン、預金を担保にお金を貸し付けてもらおうとしてる。ただ一人残された、大事なことを知っている教員の首が切られようとしているこのタイミングに、フェダーズが何をしてるかといえばローンの準備、あなたが何をしているかといえばストの話。

――誰？　誰が首になるって？

――心配しなくていいわ、あなたじゃない、大事なことを知っているただ一人の教員って言ったでしょ、彼は毎朝「星条旗よ永遠なれ」を歌わずに授業を始めるから、連中がその忠誠心を問うデモを始めた。市民の会だか何だかって聞いたことある？　ノラ、あっちで口をゆすいでベッドに入る用意をしなさい、ここまで臭うわ、ドニーも一緒に連れて行って。教育マナーをまもる市民の会だか何だかっていう団体、母親が子供みたいな服を着て授業に潜り込んでスパイしてるんだって、あなたはどこに隠れてたの？

――ああ、うん、それは、僕は入院してたんだけど、でも誰が……

――誰が？　今話したじゃない、生徒の母親だって、生徒が病気で休む日に母親が子供と同じ格好をして学校に行くの、自分のお皿は自分で流し台まで持って行ってちょうだい、そのままにしたら誰かが片付けなきゃならないじゃない？　今度はどこに行くの？

――入院している間に大事な郵便が届いたかもしれないから……

――パン箱の上の山は何だと思ってるの、ミスター暗号化《コーデッド》匿名性《アノニミティー》。

――ああ、ああ、うん、探してたのはこれ……

――ゼネラルモーターズの社長にご就任いただきたいって言ってきたわけ？　あなたの姿を見たら、向こうも気が変わるでしょうけど……フォークが落ち、スプーンがその後を追った。どこかで時計が時を告げようとした。扉がバタンと音を立て、トイレの水が流れ、扉がバタンと音を立てた。――お父さん……？　トイレ？　中からおならの音が返事をした。――まったく……廊下を曲がりながら最初に靴を片方、次に他方を脱ぎ捨てた。――今度は何を探してるの。

――ここにへそくりを置いてあったんだ、引き出しの奥に。それがなくなってる。

――どうして引き出しの奥なんかにお金を？

――五十ドル近くあったはずなのになくなってる。

――ノラ？　ここに来なさい。

——何、ママ?

——ここに来なさいって言ったでしょ。パパが引き出しの奥にお金を置いてたのになくなったって言ってるわ。心当たりは……

——ドニーが見つけたの。

——ええ、で、どこにあるの、持ってきなさい。

——ドニーが売っちゃった。

——売っちゃったってどういう意味?

——よその男の子に売っちゃった。

——売っちゃった?

——知らなかったの、コインの方がお札より値打ちがあると思ってたんだって、お札はただの紙だから。それで、五ドル札は五セント、一ドル札は十セントで売ったの。

——でも、どうして、まったく、どうしてそんな……

——一ドル札の方がジョージ・ワシントンが載ってるから値打ちがあると思ってたみたい。

——あきれた。

——でも、でもノラ、相手はどこの子。どうして止めなかったんだ。

——知らないわ、パパ、男の子っていうだけ、私はそのとき家にいなかったし。手に入ったのは八十五セント*、後で数えるのを手伝ったわ。ママ……

——分かったわ、ノラ、それで充分、ベッドに入る用意をするように言ったでしょ、そこのトイレットペーパーを拾いなさい、家中に散らかしたりして。で、今度は何が始まったの、ミスター・モーゲンソー*。

——いや、僕、さあ、特に……

——また鏡に向かって変な顔でもしてなさいよ。いつになったらその鼻を人に見せられるの?

——医者の話だと、まだしばらく包帯を巻いておいた方が……

——それでも退院して、家で回転《ロール》プレイをしていいと判断されたわけ? スカートが床に落ち、丸まったストッキングがその後に続いた。——これは何?

目盛の付いた鉛筆、目盛付き拡大鏡《リネン・カウンター》、テープメジャー、紐、

——ポケットに入っていたものが病院に預けられてたのさ、それを返してもらって……

——へえ、ベッドの上には置かないでくれる? まったく、雑貨屋のカウンターみたいじゃない、これもあなた宛。

——あ、それを探してたんだ……

——ゼネラル・エレクトリック・クレジット社? 過去のお支払いを定期的になさっていたお客様は、お金を節約するという貴重な習慣が身に付いていらっしゃるはずです。

——いや、それは洗濯機の支払いの書類、僕が言ってるのはそのことじゃなくて……

——貴重な習慣を捨ててはなりません。担当スタッフがお好

きな電化製品を本日中にお届けにあがります、まったく、こんなことをしてるから借金から抜け出せないのね、引き出しにお金を隠したり、お金を使うことで節約したり。今度は何か別のものを客に買わせて節約させるんですって、みんな頭がどうかしてる……ゴムがパチンといって、形のはっきりしない黒いものが椅子に向かって飛んだ。――ノラはそこに座って、ドニーはあっちに座りなさい。

――何のために。

――何のためにってどういう意味、見物するためよ。

――何を見物。

――何を見物。何を見物ってどういう意味。私たちを見物するのよ。

――僕らの何を見物……

――僕らの何を見物！　まったく、何だと思ってるわけ！　股まで破れたそのズボンをずっとはき続ける気じゃないでしょうね、何するかは決まってるでしょ！

――いや、これ、これは事故で……

――分かったわよ、もういい。

――でも、君はまさか……

――もういいって言ったでしょ！と突然、真珠光沢の爪が深く食い込み、――相手がミス大金持《マネーバッグ》ちだったら喜んで顔を埋めるくせに！　顔どころか、あっちへ行って！

――でも……

――もういいって言ったでしょ！　子供たちに美しいものを見せようとしただけなのに、頭の検査をしろだなんて……彼女は体を起こし、かかとを尻に寄せて天秤の体位*を取ろうとするかのように構え、――インドの人たちのしていること！　まったく、自分の姿をご覧なさいよ……そこではシャツと三角巾とが格闘し、靴が床に落ちていて――普通の男の人はパンツを穿いてるのに、あなたはそれさえ穿いてない、膝までずり落ちてるじゃない……彼女は空気の入ったベルトを体に巻き、深く息を吸ってから、息を止め、動きがゆっくりになり、封筒を破る音、紙をめくる音、静寂、トントントン……起き上がった体に力が入り、乳首が小石のように固く勃起し、彼女がゆっくりと振り向いた。――何してるの？

――ああ、別に、何でもない、ちょっと……

――何でもない！　何でもないってどういう意味！　四つん這いであちこち動き回って、壁を叩いて音を聞いてるじゃない！　頭がどうかしてる！　それか、私の頭をおかしくしようとしてるんじゃないの。そうでしょ！　警察を呼ばせてもらうわ。

――いや、分かってないな、僕はただ……

――分かってない！　あなたの頭がおかしいことは分かってるわ、そこで何をしてるの！　壁の中に誰かがいるとでも思ってる？

――ママ、どうしたの。

――黙ってベッドに戻りなさい、ノラ、どうしたかはパパに訊いて。

――パパ、どうしたの。

――パパはさっきからメジャーを持って床を這い回ってるの、鉛筆で印を付けたり、壁を叩いたり、どうしたかっていったらそういうこと。トントントンってして耳を澄ます、見てなさい。ほら、やってよ、見せてやりなさいよ。みんなの頭をおかしくしたらいいんだわ。

――いや、でも、僕はただ……

――そんなことはしてないなんて言わせないわよ、私は見てたんだから。

――警察に電話していいの、ママ？

――黙ってベッドに戻りなさい、ノラ。それからあなた、部屋のこっち側には来ないでね……彼女は姿勢を正し、体に装着していた物を外して、――まったく、インドの人たちがしてることだとかあなたに言われたくないわ。そこの明かりは消さないでね！　私が寝静まったら再開しようと思ってるんでしょ？あなたが鏡に向かって変な顔をしてるからおかしいと思ったのよね、今だってその包帯の下の、見えないところでやってるんじゃないの？　そこの電気を消してくれない？　遊園地みたいに煌々と明かりがともっている場所で人が眠れると思ってるわけ……？　するとどこかで時計が時を告げる定期的な試行に取り掛かり、やがて、まるでその日一日に起きる出来事を不安に思っているかのようにためらいがちに朝が訪れた。――まったく、さっさと起きて、子供たちの朝食を作るくらいのことができないの？　この家では何から何まで私がやらなくちゃならないわけ……？　扉がバタンと音を立て、順にトイレを流す音がして、トースターから上がる煙が廊下まで青い幕を広げ、外にまだ残っている朝はそのまま居座ることを決意したように見えたが、灰色の午後へと退いていった。――ほら、何なの、ノラ、まったく、みんなして頭がおかしくなって、ママは一日もゆっくりさせてもらえないわけ？　パパのところに行ってピーナツバターを作ってもらいなさい、火事を起こさずにできるようならね、扉を閉めて、テレビのボリュームは下げて……！　そして、ようやく灰色が闇に変わり、時計がまた時を告げようとして失敗し、待ち、また音を出さずに試み、また試み、やがてアラームが静寂を刺し貫いて、太陽のない一日が訪れた。――また変な顔をしてるんでしょ。

――え？　ああ、今は……

――ねえ、クローゼットに隠れて何をしてるの。

――いや、服を探してるんだ、ちょっと……

――じゃあ、どうしてクローゼットの中の明かりを点けないの？

――君が目を覚ましてるとは知らなかった、君を起こしたく……

――目を覚ましてる？　あんなふうに扉をバタンバタンいわ

せたら、誰だって寝てられないわよ。そっち側には私のドレスが置いてあるのに何をしてるの。

——着るものを探してるんだ、僕の服が……

——パンツがずってるわ、上げなさいよ、あなたには緑色のが似合うと思う。

——いや、スーツだよ、スーツが見つからない、クリーニング屋に全部出してあるのなら、学校に行く前に一着取ってこないと……

——クリーニング屋に出したって誰が言ったの。

——でも、クリーニング屋じゃなければどこにあるんだい。

——ノラが中古品屋に持って行った。

——中古品屋？　僕のスーツを？

——あの子がポイントをどうやって稼いだと思ってるの？

ポイントを稼ぐには……

——いや、でも、僕のスーツだよ、どうして中古品屋に持って行かせたり……

——あなたが買いに行くはずだったのよ。

——自分のスーツを買いに？

——ええ、自分のスーツを買うの、他に誰が買うの。一着二ドル、娘がポイントを六点稼ぐ手伝いくらいしてもいいんじゃないの？　あなたがすぐに買い戻しに行くとあの子は思ってた、まさかあなたが店じゃなくて病院に行くとは思ってなかった、それでもあの子が悪いって言うわけ？

——いや、でも、片方は、一着は六十ドルしたんだ、チェック柄の灰色の方、それから茶色の、茶色のはまだ一年しか着てない、きっともう売れちゃってるね。

——だからって変なこと言わないでよ、あの子が初めてやる気を見せたっていうのに、あなたはそれを……

——でも、じゃあ何を着ろって言うんだ！

——言ったでしょ、パンツを上げなさいよ、それに緑色のが……

——けど、ズボンだって、青のスラックスがここにあったはずなのに……

——あれだって二十五セントで買い戻せたのに。じゃあ、殺人ドライブのときに着てたスーツはどこ、それを着なさいよ。

——ズボンの前が破れているのを君も見ただろ、それに血だらけだし……

——じゃあ、お父さんのを着たら。お父さんはどこにも出掛けないんだから。

扉がバタンと音を立て、水が流れ、しぶきを飛ばし、パイプを揺らし、気まぐれな音がサクソフォンから漏れて間仕切りを越え、焦げたトーストから出た煙の層を伝った。

——サイズが大きすぎるし、臭う。

——ズボンは裾を巻いたらいいし、人には近づかないようにしたらいい、みんなウィンザー公爵*の再来だと思うんじゃないかしら。ノラ、ドニーのジュースにコードの先が当たらないように気を付けて。

――ノラ、ドニーが手に入れたっていう八十五セントは……

――ほらやった！　まったく、言ったでしょ、もう、そんなとこにじっと座ってないで、ノラ、パパに雑巾を取ってきてあげなさい。それで、今度はドニーから八十五セントを取り上げるつもり？

――いや、でも、そのお金は……

――そのお金は何。あの子が初めてやる気を、ノラ、その雑巾じゃないわ、まったく、ズボンが台無し、それは床に落としたゼリーを拭くのに使った雑巾じゃないの。あの子が初めて何かに対してやる気を見せたって言うのに、そのお金まで取り上げるわけ？

――でも、僕は今手持ちが……

――それに少しだけじっとしてなさいよ、ノラが靴にかかったジュースを拭いてるんだから、まったく……という声が伝わる煙の層を乱しながら、彼は突然ほとばしり出た音楽の源流に向かい、間仕切りの横に立つワンピース下着から逃れ、顔も肝《かん》斑《ぱん》だらけで動きもぎくしゃくしたどうしようもない男の脇を通り、彼のイニシャルが刻まれたアルミの玄関扉が背後で閉じ、まるで後ろから銃撃するような音を立てた。だるまストーブの横を過ぎ、空《から》のポケットに突っ込んだ手を使って、裾を引きずらないようにズボンを引き上げながら歩道を進むと、一晩を陸で過ごした船乗りのような柄《がら》の悪い雰囲気が漂い、靴はジュースをこぼした側だけが妙な光沢を放っていた。やがて彼は角を曲がって、一度も外向きに開いたことのないガラス扉*を引いた。

――手を挙げろ！

三角巾とズボンが違う方向へ向かい、内向きに扉が開くと同時に体勢が戻った。――あ、指導員《コーチ》、指導員《コーチ》、待って……

――何？　誰を……ダン？　ああ、やあ、ダニー、気が付かなかったよ。

――ええ、私、私は……

――交通事故に遭ったんだってな、新聞で読んだ、とにかくこっちへ……二人の間にいた少年が銃をホルスターに収め、荒々しい靴音を立てながら去っていき、――これ以上死人が出ないうちに早く、ダン。それにしてもその格好、乞食みたいだぞ。

――いや、いや、大丈夫です、それより私の教室は北館七番だと思っていたんですが、さっきの子のクラスはたしか東館の……

――教室変更があったんだ、ダン、機材を置くために。

――ええ、でも、私が言ってるのもそのことで、どこにあるんです？　ここにあった機材、教授用の機材とか、何これ？　何なんです？

――ストーブ、洗濯機、ブレーキのライニング、ヘアドライヤー……

――でも、ここにあった機材、まだ使えたのに、あれは一体どこに……

――隊長《CO》に訊いてくれ、私は細かいことは知らないから……そして二人は廊下の角を曲がるとそこで反対から来た女生徒と正面衝突をして、後ずさりしたところで壁に掛けられた消火ホースにぶつかった。衝撃で乱れたブロンドの髪は掻き上げられ、太ももの上下運動とともに遠ざかり、――上下に動くあの太ももを見ろ、ほら見ろよ！　二人は廊下を進み、――あの往復ピストン運動を見れば、ニューコメン*が蒸気機関を思い付いた理由も見当が付くってもんだ。

――ええ、私、そういう問題を考えたことは……

――ニューコメンが奥さんと一緒にチークダンスする様子を想像したことがない？

――ええ、私は、その……

――そんなふうに学校の女子生徒のふとした動きからアイデアが生まれることがある、恐ろしいくらいだ、きっかけはあの規則的な往復運動、次に尻の存在に気付く、丸くて少し垂れているけどまだいける尻、何も問題なし。ジェイムズ・ワットはそこにいわゆる平行運動を付け加えた、それで尻のできあがり、押して引いて、押して引いて、大きな進歩だ、ワット夫人の姿を俺も一目見たかった。

――ええ、はい、私、私は……

――どちらかというと近づきたくないタイプの尻《けつ》だがな、ダン、ガードルを穿いていそうな一体型の尻、二つに割れた尻よさようなら、「ちとせの岩よ」さようなら、オーガスタス・モンタギュー・トップレディーよさようなら、一八三二年のあの日、彼女がコルセットを落とさなければ、*彼があの曲を作ることはなかっただろう。

――ええ、はい、多分……

――ちとせの岩よ、わが身を隠せ、裂かれし脇の血しおと水に……

――私はそろそろ……

――歌は終われど、病は終わらず、*そうだ、臀部という言葉を忘れてた、一種の婉曲表現、誇飾体？　ジュベール先生のことは知ってるか、ダン？

――ええ、私、はい、でも……と彼は曲がり角で人の肩とぶつかった。

――馬に噛まれた傷が見たいのか？　ほら、もう少し近寄ったら……

――いえ、いえ、私、スーツを見てただけです。

――こうして立ち止まると、昔はサイズがぴったりだったスーツって感じだろ？　今は体が太って、ズボンが上まで上がらないみたいな。

――ええ、それってどこでお買いになったか、訊いてもいいですか？

――いつもなら俺が世話になってる仕立屋の名前を人に教えたりはしないんだが、その様子だとおまえさんにも教えてやる必要がありそうだ。通りの先に小さな中古品屋があって……

——ええ、それ、やっぱりそう……

——本当ならスコットランド製の梳毛《ウーステッド》が好みだが、これがたった二ドルって言われたら……彼は特徴のない生地のひだをつまみ、目を近づけて、——まあ、そこそこには見える。ここだけの話だが、実は地元警察と一悶着あったせいで、急いでスーツが必要になったんだ、それに後ろのポケットにおまけが入ってた、ほら。どうだ、これ……彼は四角いパッケージに収められた丸*を手のひらに載せて差し出して、——でも、信頼していいものかどうか、前にこの服を着ていた哀れな男はチャンスに恵まれないまま、十年間ずっとポケットにこれを入れっぱなしだったみたいだからな。オーガスタス・トップレディーは女性ファンができるのを心待ちにしていたのに、戦車の砲塔から身を乗り出して、「よう、お嬢さん、俺の顔の上に座らないか?」って声を掛けられるようになったのは百年後のことだからな。たまには海外に出掛けることがあるか、ダン?

——いえ、ありません、ところで、私、この後、ちょっと立ち寄りたいところが……

——罪もけがれも洗いきよめよってところ、昔からあそこが好きなんだよ、ミスター・トップレディーが当時、刑務所に入らずに済んだっていうのは不思議だと思わないか。

——ええ、はい、私……

——世間のみんながその歌を歌う中、トップレディー夫人は毎週日曜の教会でどんな気持ちだったんだろうと思わないか。

——ええ、でも、その、私がお尋ねしたかったのは、その中古品屋にもう一着スーツがありませんでしたか? 茶色の……

——ツイードのやつな、ついでに言っておくと、グランシーよりも俺の方がましだったぞ。

——グランシー?

——やつの方が先に店に行ってそれを手にとって、何とか着ようとしたが無理だった。

——ああ、じゃあ、買わなかったんですね?

——いや、無理やり穿こうとしたときに尻が破れたから買い取らざるをえなかった……そして男子トイレと書かれた扉の前で立ち止まり、——おまえさんのおごり?

——ああ、その、私はちょっと……

——俺も小《しょう》の方で……二人が入ると扉が大きな音とともに閉まり、掃除道具が置かれた奥の個室の中で便座ががたがたと音を立てて、扉の上下から漏れるささやき声を掻き消した。

——しーっ、誰かが来た。

——オーケー、いいか、おい、この線のところまで小便を入れろ。

——いくらくれる。

——十セント。

——二十五セント。

——オーケー、早く頼む、ワダムズ先生が待ってるから。

――先に二十五セントだ。

――オーケー……ほらよ、さあ早く。おい、早くしろよ。

――おい、早くしろよ、頑張ってるんだよ、分かんないのか？

――無理だ、売り切れ、てか、これで五人目なんだぞ……

――おい、頼むよ、頑張れ。じゃあ、水でも飲めよ。

――学校に来る前にも一リットル飲んだんだ、これ以上……

――オーケー、分かった、もう少し飲んだらいいだろ。

――コップがない。

――これ、これを使えよ。

――これ？　冗談じゃない、それに水を飲んだからってすぐにおしっこになるわけじゃないよ。

――オーケー、じゃあ気合いだ、もう一回だけ頑張れ、気合いで絞り出して……

　ガラスの割れる音がした。

――何にでも市場《しじょう》ってあるものだよな、ダン、おまえさんも一ドルで売りに出ていそうなざまだぞ、余計なお世話かもしれんが、俺ならその一ドルで新しいスーツを買うね。店の棚にはチェック柄のもあった、どう見ても一ドル以上はしない感じのやつ。おまえさんが今穿いてるズボンなんか、股のところに犬が小便をこぼしたみたいじゃないか。

――ええ、はい、これ、これはたしかに今朝……

――もしも誰かにズボンのことで何か言われたら、クリーブランドから来たんだって言い訳をするといい。

　扉がバタンと音を立てた。

――は？

――ホワイトバック校長、こちらへどうぞ、一緒にやりましょう。ダンのおごりです。

――ダン？　あ、ああ、ダン、という声が小便器二つ分離れた安全な場所から聞こえ、――お戻りになったんですね、それはよかった、ダン、でも、その様子だと……

――ちょっとした事故ですよ、ホワイトバック校長、クリーブランドから来た隣人と鉢合わせしたらしい。ユダヤ教のゴールドスタイン師は割礼が下手くそ*だって噂ですから。

――ええ、はい、その、うーん、つまりその包帯ですが、ダン……

――次の一杯は店のおごりだ、お二人さん、悪いが私は失礼する。次の電子回路の授業についておまえさんが作った教師用指導書を修正してもらいたいんだが、ダン、ホワイトバック校長の机の上に一冊置いておいた。おいしかったとシェフに伝えておいてくれ。ダン、ダダン、ダン、裂かれし脇の……そして扉がバタンと音を立てた。

――あなたは、うーん、そんなに急いで学校にお戻りになって大丈夫ですか、ダン、というのはつまり、まだその、教壇に立つ準備が、うーん……

――いえ、大丈夫です、私、ただこの三角巾が……

——待って、待って、扉は私が開けましょう。前は見えてますか？

——はい、大丈夫です、私、さっき指導員《コーチ》がおっしゃってたことが気になっているんですけど……

——ええ、はい、どうやら指導員《コーチ》は少し、うーん、というか、私ならあれをちょっとした事故とは呼びません、なぜならその、うーん、あなたの車が衝突した相手は、ええ、つまり、あなたに衝突した相手のことですが、彼は、うーん……二人が前を通り過ぎたとき、時計が一分間のうちの残り時間を切り取り、ベルが鳴って、——もちろんクリーブランドの出身ではありませんん……

——いいえ、私が、待って、待ってください、どうして今日は学校がこんなに、廊下にも人気《ひとけ》がありませんね。さっきのベルはホームルームの合図じゃありませんでした？

——ええ、はい、今朝は少しいつもと違うんです、ダン、うーん、ギブズ先生がホームルームをやってらっしゃるんですが、どうやら独立宣、うーん、つまり、どうやらアメリカ合衆国憲法の全文を読み上げているらしくて……そして校長室と記された扉が軽く開き、二人が入室した後にうつろな音を立てて閉まり、——ですから当然、授業が始められないんです、とりあえずギブズ先生の朗読が、うーん、私に電話ですね……

——**いずれの院も、他の院の同意がなければ**、*** 三日間を越えて休会し、またはその議場を両院の開会中の場所から他へ移すことは……**

——もしもし……？　いや、校長はさっき部屋を出て行ったが、誰……謎《ミステリー》って何、何の話を、待って、今ちょうど戻ってきた、ホワイトバック校長？　図書係の生徒から電話です、何だか、ちょっと待って、何ですかこれ、何かの冗談？

——いえいえ、これは、うーん、どうぞ入って、ダン、電話は私が代わります……もしもし？　ええ、ホワイトバック校長に代わりました、それで、分かりましたか……　憲法《コンスティテューション》、ええ、合衆国憲法です、調べてくれましたか……誰？　チャーリー・チャンなんて何も関係ありません……いえいえいえ、歴史《ヒストリー》って言ったんです、推理小説《ミステリー》じゃなくて歴史の本、れき……ええ、憲　法《コンスティテューション》はコンス……分かりました、じゃあ、鉛筆を用意して……

——**議員は、反逆罪、重罪および***社会の平穏を害す罪を犯した場合を除いていかなる場合にも、会期中の議院に出席中または出退席の途上で、逮捕されない特権を……**

——退院の許可が出たとは知らなかったよ、ダン、誰かが三角巾と顔の包帯で私をからかっているのかと思った……

——ティテュー……ション、そう、長さを知りたいんです、いつになった授業が始められるかを……アメリカの、そう、アメリカの歴史の棚で……

――第一章第七条第一項。歳入の徴収を伴うすべての法律案は……

――ええ、私もあなたがまだ病院にいらっしゃるのだと思っていました、私……

――ハイドさんは今日、学校の予算が却下されたことについてお話しするために学校にいらしたんです、ダン、今も、失礼……もしもし？　はい、私は……はい？　ああ、スタイさん、はい、野球のボールが盗まれたというお話ですね、はい、あれは……週末の間に計算機が一台とタイプライターが三台、はい……ええ、はい、それは厳密には学校のものではなくて、うーん……梳毛の袖が目の前で振られたために彼はそこで間を入れて、――ハイドさんから直接お話しになりたいことがあるようですので……ええ、今ちょうどこちらにいらっしゃいまして……そして電話のコードが山になった書類を床に落とした。

――もしもし、スタイ？　保険証書がやっと見つかった、ちょっと待って。使える方の手がそこのボタンに届かないか、ダン？　そこのくだらないやつの音量を下げてくれ、うん、もしもし？　保険証書だ、うん……うん、おたくの会社の、内々の話だが……自動車、そう、例の……ああ、聞いた？　そう、あの事故、ディセファリスと……ああ、そう？　私は今朝退院して……元気だ、片手にギプス、体中に包帯っていう状態が元気と呼べるなら……もちろん彼も生きてる、今、目の前に座って……そうだ、正面衝突、その通り、向こうが……違う、私はディセファリスの車に乗ってた、そこに私の車が曲がり角の向こうから……いや、私が乗ってたのは自分の車じゃない、彼の車に乗ってたら、私の車が曲がり角の向こうから……そう、それで私の車にぶつかった、というか、彼の車に正面衝突した、そう、思い切り……私の車の後部も壊れてるって？　いや、それは別のことがあったんだ、学校に来る途中で路肩に車を停めたら……ああ、もちろん学校に来るときは自分で自分の車を運転してた、そんなことは……なあ、待って、待って、最初から説明させてくれ。私は学校の真ん前で車を盗まれた、そして……何の鍵……いや、学校に来る前、車は車庫に入れてた……ニューヨークだ、ああ、やつらはきっと車のナンバーから住所を突き止めて、ありとあらゆる鍵を複製して……どういう意味？　だって、連中は玄関からずかずか入って、テレビを三台盗んでったんだぞ、他にも洗濯機、乾燥機、ステレオ、サウナ、スライド投影機二台、短波ラジオ……違う、腕時計が別請求になっているのは別の事件があったからだ、あれは私が車を運転しているときに……そう、私の車、その通りだ！　込み入った話だということは分かっているが……ああ、分かった、たしかに冗談みたいに聞こえるだろうな……！　いや、おたくの会社の精算人が病院に見舞いに来たときに、説明は全部してある、その男が……ああ、分かっていることを全部説明しようと思えば、関係している相手が全員黒人だと言わないわけには……え？　どういう意味だ、その……ああ、私の証言には人種的偏見が感じられるってどういう意味、見た通りのことをありのままに……結構だ、人種的偏見ね、私にどうしろと言うんだ、犯人は実際全員……分かった、じゃあ私にどうしろって言うんだ……え？　車に鍵が差しっぱなしになってたって、だからどうだって言うんだ、私の車であることは間違いないじゃないか？　そうだろ？　いいか、おたくは向こうの味方じゃなくて、こっちの味方のはずだろ……いや、でもおたくの会社は私の……いや、そのことは精算人に話した、学校に来る途中、信号で車を停めたら別の車が隣に停まった、そこに乗ってたのは全員が……え？　腕から直接腕時計を奪ったんだ、うん、あっという間の……話を聞いてたらまるで何みたいだって？　いや、怒鳴っているわけじゃない、でも、私にどうしろって言うんだ……

——電話が落ちそうです、押さえておかないと……

——私にどうしろって言うんだ、実際に全員が……もしもし？

——頭におけがはありませんでしたか、ダン？

——ええ、大、大丈夫です、私、私はここの書類を拾おうとしてただけなんですが……

——もしもし？　そちらは……誰？

——すみません、さっき電話機をつかんだときにボタンを押してしまって……

——誰、何したって。誰かから電話です、ホワイトバック校長。あいつ、いきなり電話を切りやがった。

——ええ、すみません、もしもし？　ホワイトバックですが……ペッチ？

——私が勝手に陰謀を空想しているだけだと言って電話を切りやがった、どう思う？

——ええ、いえ、ペッチさんはいらしてません、いえ、いえ、もう少ししたらいらっしゃると……今朝の新聞にですね、ええ、つまり中傷記事が、もちろんその……いえ、あなたのお名前はありませんでした、ただ町の評議会とだけ、ええ……はい、ガンガネッリ、ガンガネッリにお電話なさった方が……誰ですって？　いえ、いえ、グランシー先生のお顔はお見掛けしていません、いえ、病欠ということだと思っていたのですが、どうやらご自宅の前に、いつもなら停まっているはずの車がないらしくて……あ、そうなんですか？　ええ、はい、その件についてはは銀行の方で少し調査をしたんですが、請求書についてはすべて支払い済みだということで、領収書を見せていただきましたが、小切手の換金には誰も来ていません、もちろん彼の奥さんは九百八十三ドルを引き出しにいらっしゃいましたが……グランシー夫人です、ええ、彼女は……ええ、はい、もちろんこういうお話はもう一つの方の電話で、銀行の電話でするべきなのですが……ええ、いえ、折り返しのお電話は不要です、ええ、とりあえずガンガネッリにお電話を……

——聞きましたか、ホワイトバック校長？　私が陰謀だと言いがかりを付けたって電話を切りやがったんです、彼がここに来たときに私が言った通りでしょう。一言も口をきかずにそこに座って様子を眺めてた、でしょう？　顔を見たって何を考えてるんだか分かりゃしない、でしょう？　人種的偏見が聞いてあきれる、誰の保険会社に勤めてるつもりなんだ、そうだろ、ダン？

——ひょっとしてそれは、あなたが法廷に引っ張り出されたときに、そういう主張をされるかもしれないっていう……

——法廷に引っ張り出される？　誰が私を法廷に引っ張り出すって？

——あの、噂、噂で聞いたんです、バジーの家族が……

——私を訴えるって？　こっちが訴えてやる、やつらは一体どういうつもりだ、子供の顔を見たでしょう、ホワイトバック校長、学校から飛び出していったときには既に完全にラリった状態で……

——ええ、はい、もちろん、うーん、つまり地元共同体との関係という面では、われわれは、うーん、失礼、もしもし？　ああ、はい、ついさっきゴットリーブから電話がありました、はい、それでそちらにお電話するように言ったんです、彼……ええ、いえ、あなた方がフロー＝ジャン社に町の埠頭《ドック》を貸す契約をした際に、彼も町の評議員だったので、自分も疑われるんじゃないかと心配しているんです、貸付金との関係を、銀行の重役と無担保貸付金との関係、うーん、つまり銀行側としてもちょっとまずい話なのですが……はい？　いえ、その貸付金とは違います、ええ、はい、もちろん、エース運輸が債務不履行ということになれば会社を丸ごと乗っ取るというのは私に対する脅しで、うーん、つまり向こうはスクールバスを手に入れるわけですから……ペッチも、はい、もちろんペッチさんもお困りになる、ご自身の声明で発表なさったように、公職に身を投じる者は中傷を覚悟しなければならないということですが……公職です、はい、しかしもちろん、私を脅そうとしても……ええ、いえ、私は何かに立候補するつもりはありませんから、はい……

——もしもし？　いえ、校長は今、別の電話に出てます、今……待って、代わります。

——はい、もしもし……？　ええ、はい、授業はまもなく、うーん、つまりホームルームが終わり次第始まります、うーん……ええ、私もベルは聞きましたが、もちろんその……いえ、憲法です、合衆国憲法、ええ、はい、ひょっとして長さをご存じじゃありませんか……切れました、ええ、ダン？　憲法は残り何ページか分かりますか？　ずいぶん熱心に画面を見てらっしゃるようですが……

——いえ、私は、今は彼のスーツを見ていたんです。

——ええ、はい、すてきなスーツですね、もちろん、しかし、どうも袖の長さが、うーん、というか、今朝お見掛けしたときにはズボンが足首まで足りなくて、ええ、もちろんそれで一向に構わないのですが、そのせいで片足にお履きになっていた古い麦わらのスリッパが目立って、うーん、まるで、うーん……

——朝まで酒を飲んでたんでしょう、見てくださいよ！　カラーテレビじゃなくても目が赤いことが分かるでしょう？　パタパタとはためく梳毛の袖で指さされた画面上の男はそこで一息入れて服のしわを伸ばし、胸ポケットに入れたハンカチを少し引き出すと汚れの線が覗いた。——鉛筆で耳を切り落としたお友達と酒を飲んでたに違いない、見てくださいよ！　私がこの学校の教育委員でいる間にきっと見ることになる光景が一つある、それは彼が首になる場面ですよ。

——ええ、はい、もちろん、私たちは、うーん、少しボリュームを上げてもらえますか、ダン？　第何条まで進んだか分かりますか？　もちろん今、彼を首にしようとするなら、現在進行中の状況にかんがみると、うーん、下手をすると問題が、つまりストライキを引き起こすようなことをするのは、ダン、そういえば、うーん、奥さんに探りを入れてくださると、うーん……

——やりたがってるならやらせればいいんですよ！　予算は却下されたんでしょう？　ストライキをやらせればいい。扉をロックして、暖房を切って、金の節約をしようじゃありませんか、常に組織のレベルでものを考えるのが大事です、新しい契約が近づいたときにUSスチールが何をするか知ってますか？　工場をフル稼働させて在庫を蓄えるんです、契約がなければ仕事はない、そして、やりたいやつらにはストをさせるんです、どうせ従業員の半分は首にしなくちゃならないんだし。在庫を売り尽くす頃になれば、赤の組合員連中はまた仕事をさせてくれって工場の前に殺到する、予算を却下した親たちが子供を学校に通わせ続けるのと同じこと、ヴァーンが言った通りです。扉の前に誰か来てますよ。

——**または、現に侵略を受け*もしくは一刻の猶予も許さないほど危険が切迫しているときを除き、戦争行為をしてはならない。第二章。第一条。第一項。執行権は……**

——今、第二章って言いました？　まだ二章だなんてありえませんよね、どうぞ入ってください？　一体、何章まであるんでしょう、あ、お入りください、上院議員……開いた扉から有名ブランドスーツの控え目な玉虫色のシルクが突風のように舞い込み、——ちょうど今、アメリカ合衆国の、うーん、ハイド、教育委員のハイド少佐のことは覚えていらっしゃいますね、はい、いえ、こちらがハイド少佐です、上院議員、そちらはダン、われわれの、うーん、ダン・ディセファリス、われわれの心理《サイコ》……そして突風がやんだ。——ひょっとして事故のことはもう、新聞でお読みになりましたか？

——新聞なんて中傷記事ばかり……再び上着の内ポケットから突風が吹き始め——私自身が声明で発表した通りだ、中傷記事、文化センターの設置が高速道路法案に付け足されていることにやつらが気付いて、私の悪口を言いだした、パレントゥチェリに関連する話なら何を言ってもいいと思っているからだ。ほら、ここ、マスコミはパレントゥチェリが州と交わした契約を私の出した高速法案に結び付けようとしている、間に入っているのがフロー＝ジャン社、ところがここ、マスコミだって認めてる、町の埠頭《ドック》に陸揚げされるアスファルト一ヤード当たり十八セントをカタニア舗装社がフロー＝ジャン社に払ってる、な？　マスコミは手段を選ばん。

——ええ、はい、もちろん、現在の状況に関連して言うなら、銀行の方では、うーん、失礼……もしもし？

——第六項。大統領が……*

——それは彼がガンガネッリ、ペッチ、ペレッティ合同法律事務所と業務契約を結んでいるからですよね。イタリア系アメリカ人の彼としては、それがベストの選択ではないんですか？

——ええ、はい、分かっています、お立場がまずくなりますよね、ヴァーンさん、しかしもちろんわれわれは、うーん……

——おたくのテレビに出ていた女性教員がパレントゥチェリを訴えて百万ドルを請求しているね、彼は自分の弁護ができるのかな？

——ええ、はい、もちろん、彼女は学校のことも訴えています、彼女……はい？　ああ、はい、ヴァーンさん？　はい、すみません、こちらの話です、われわれは、うーん……はい、もちろん解決策はこちらから提案させていただきます、しかし問題は、うーん……お耳に入れない方がいいようなお話があって、はい、しかしもちろん……はい、いえ、ペッチさんは今……いえ、いえ、つまり今ここに、話し合いのために立ち寄ってくださったんです、うーん……その話を、いえ、私は……いえ、私からお伝えします、はい……

——その電話、ヴァーンか、ホワイトバック校長？　よし、私から直接話をしよう……

——ええ、はい、彼は、うーん、電話を切ってしまいました。

——うむ、彼から私に話って何だ。

——ええ、はい、あなたにではありません、ええ、ええ、私からミスター、うーん、上院議員に伝えてほしいと、うーん、もちろん、ここで私が繰り返すわけにはいかないような言葉でした、しかし、新聞に出ていた話の件でずいぶんとお怒りのご様子で、パレントゥチェリさんがプレゼントとして彼のお庭になさったことがお気に召さなかったようです。

——私が言った通りじゃないか？　マスコミが手段を選ばないって話？　パレントゥチェリがヴァーンにプレゼントをした、おかげで地区教育長という立場が危うくなったわけだ？

——ええ、はい、もちろん、ヴァーンさんはそのプレゼントがあまりお気に召さなかったようで、うーん……

——で、一方ではプレゼントのやりとりなんかなかったと主張しながら、他方ではパレントゥチェリ相手に損害賠償の裁判を？　パレントゥチェリはなかなかいい仕事をするぞ、ちょっと熱が入りすぎるところがあるかもしれないが、常にいい仕事をする、街路樹の伐採、アスファルト舗装、最終的にどう和解するか？　無料、お金の請求はなし、ただってことだ。木を一本切る、楡《にれ》の木、オークの木、七十フィート、八十フィートあるような大木、木を一本伐採するのにいくらかかるか？　二インチのアスファルト、容易に傷まない最高品質、芝を刈る必要もない、九千平方フィート、芝刈り無用、年中落ち葉掃除も不要、どこにでも車を停められるし、バンパーとぶつかる木もないし、ワックスがけした車に鳥が糞を落とすこともない……

――ええ、はい、もちろん、ヴァーンさんは、うーん、ヴァーンさんがもともとお考えだったのは小さな車寄せで、新聞にあんなふうに記事が出たのをご覧になって、うーん、つまりパレントゥチェリさんはいつもいいお仕事をなさるのですが、うーん、もちろん、つまり学校の舗装をしてくださったついでに追加でいい仕事をなさったわけで、おかげでこちらも観音開きの扉が、元のようには、うーん、ええ、開かなくなってしまって、はい、しかしもちろん、それはスタジオ横の駐車場舗装を彼の会社が三万二千ドルで落札したこととは無関係で、その工事と一緒にあの、うーん、正面入り口の上にあるまぐさ石の交換を一万二千、うーん、この書類のどこかにそれが紛れているはず、ダン、さきほどあなたが拾ってくれた書類？　予算案採決の前に市民の会が配ったビラ、その下です、はい、教育マナーをまもる市民の会、「皆さんはご存じですか」、いや、いや、これは違いますね、これは中学校で出回っているという猥褻文書の問題、私のところに送ってきたんです、でも、私は今のところ、上院議員のポルノ撲滅《スタンプ・アウト・スマット》キャンペーンの原因となったような文書を見掛けてはおりませんけれども……

――接着剤一クォート二ドル五十一セント、それに対して学校が支払うのは三ドル五十七セント、マスキングテープ一ドル四十九セント、それに対して学校が支払うのは二ドル……

――ええ、そうなんです、ダン、ちょっと、ダン？　上院議員がポルノ撲滅《スタンプ・アウト・スマット》、略してＳＯＳのバッジを差し出していらっしゃいますよ、うーん、はい、ありがとうございます、上院議員、なかなか、うーん、なかなかおしゃれなデザインですね、星を背景にＳＯＳの文字、ダン、気を付けてください、そこに置いてある小切手の山が崩れそうになっています。

――これですか？　ただの紙切れかと……

――ええ、はい、もちろんくしゃくしゃで汚れてしまっていますからね、子供らが持ってきたものなのですが、うーん、学校を困らせるためにわざと昼食代を三十セントの小切手で支払っているみたいで、しかしもちろん、弁当の持参を許可したりすると連邦から予算をいただいているカフェテリア・ランチ計画が打ち切られてしまいますし、現在の予算の状況を考えると……

——教育なんてことを口に出したら、連中の財布の紐が締まってしまう、そういうことですね、ホワイトバック校長?

——ええ、はい、もちろん、ダンが今眺めているその数字は、うーん……

——はしご、十一ドル九十八セント、それに対して学校が支払うのは二十三ドル……

——ええ、その方たちは人を使って、うーん、スパイみたいな格好をした人をジャックのディスカウント店に送り込んで値段をチェックしているんです、信頼性の高い、評判のいい店と取引を、うーん、そういう店を利用するという学校側の方針を批判するのが目的なんです、ゴットリーブの義理の弟さんが経営なさっているそういう店とディスカウント店の値段を比較するのはフェアとは、失礼……もしもし?

——反逆罪、収賄罪その他の重大な罪*または軽罪につき弾劾の訴追を受け、有罪の判決を受けたときは、その職を……

——学校の方の電話が鳴っているようです、上院議員、そこの電話を取っていただけ……

——ああ、うん。はい、もしもし……?

——はい、ホワイトバックです……え? はい、いいえ、今いるのは銀行ではありません、違います、今は……いえ、違います、たしかにこれは銀行の電話なのですが……はい、今、別の電話がかかっているので、少々お待ちを……

——急ぎの用だそうだ、コンスティテューションの長さは二百四フィート*らしい。

——二……少々お待ちを。何ですって?

——百四フィート。幅の情報も必要ですかって訊いてるぞ?

——いえいえいえ、ちょっと、もしもし? もうしばらくお待ちいただけますか、今こちらで……

——素材として使われているのはライブオークとレッドセダー……

——いえ、もう切ってください、はい、もういいからと伝えておいてください、どうも、いえいえ、あなたのことではありません、もしもし? はい、もしもし? はい……ええ、はい、その件についてはもちろん私どもも新聞で見ました、しかし建築基準に関する三、四年前の些細な問題を今頃になって掘り返して、当時の町の評議会に彼の代理人として出席したのがガンガネッツリ……とペレッティ、はい、彼の雇った弁護士です、はい、マスコミがその問題をほじくり返した目的は……はい、しかしもちろん、その問題というのは些細なことで……はい、わずか八インチの誤差というのは大した問題では……はい? ああ。ああ、はい、それについては私も、うーん……はい、それは初耳です、たしかに妙な話ですね、はい……ええ、はい、実はミスター、うーん、ペッチ議員が今ちょうどここにいらしてまして、議員なら……ペッチ、はい、彼が以前、経営なさっていた法律書、いや、法律事務所がその業者の代理人を務めていましたので……はい、ご本人から少しお話を伺っては……

――弾劾事件を除き、すべての犯罪の裁判は*……

――もしもし？　新聞に出ていた中傷記事の話で電話してきたんだな、いいか、私を中傷しようとしてやつらがまき散らしている嘘八百、やつらは自分よりも上にある人間を引きずり下ろしたいだけだ、言っている意味が分かるか？　建設業者が家一軒あたり六百ドルを浮かせたという話、あれも嘘。千二百軒の家という話、あれも嘘、すべては私をおとしめるための作り話……え？　違う、正しい数字についてはホワイトバックに訊いてくれ、ホワイトバック校長。電話を。

――に援助と便宜を与えてこれに加担する場合にのみ*……

――もしもし、はい？　はい、私が今申し上げたかったのは……は？　ああ、そのことですか、はい、はい、数字ならこのあたりのどこかに、ダン、その下を見てもらえますか、うーん……はい、いえ、しかしもちろん、銀行の方の今の状況を考えますと、こうした記事に出ている推計の数字は、うーん……はい、信用度の低い改築ローンと担保リスクの、うーん、乱発と過剰という指摘はですね、うーん、要するに投資家の方々の信頼を危うくするものでして、決してフェアな見方とは……そして、ええ、はい、郡土地権原協会が保証する家のローンの場合、間違いはありえないわけで……ええ、はい、たしかに保険料は高額です、しかし、郡土地権原、これだ、さっきの数字です、建設業者はおそらくわずか、うーん、家一軒あたり五百七十二ドルを浮かせた、戸数は千百、うーん、千百三十六軒、うーん、つまり家の数ですね、うーん……ええ、はい、いえ、いえ、もちろんこちらからお電話を差し上げようとしていたのですが……ええ、はい、いえ、それは遠慮申し上げます……いえ、いえ、はい、お電話ありがとうございました、はい……

――今のは誰？

――ええ、はい、今のお電話は、うーん、ミスター・フェダーズです、上院議員、フェダーズさんは今、うーん、家のローンのことで確認なさりたいことがあるということで、というのも当然のことながら、もしも、うーん、今回の中傷記事を受けて、議員のお言葉を借りるなら、間柱の間隔に関する些細な誤差をめぐる中傷記事ですよね、何かのきっかけで急にストライキに突入することが決まって、組合がそれに必要なお金を用意するために、うーん、住宅ローンに投資していたお金を引き上げることになったら、もちろん、銀行の方の現在の状況は非常に、うーん、この件についてはダンが探りを入れてくれると、ダン？　おたくの、というか、感触を確かめる機会はありましたか？

――ええ、とんとんと叩いてみました、感触としてはよく分からなかったんですが、幅木に沿って叩いてみると、間柱のある場所は音が違うので、昨日の夜、測ってみました、間隔は二十四インチ*、でもひょっとすると……

――ええ、はい、もちろんです、おうちのことは、うーん、それでいいのですが、奥さんは、うーん、現在差し迫っているストライキに関連して奥さんに活動面での探りを入れてくださることになっていたと思います、学校としては奥様にもっと建設的なプログラムを担当していただいて、その才能を拡大、いや、利用、いや、活用する機会があればもう少し活動を控えていただけるのではないかと期待しているわけで、つまり、彼女が興味をお持ちの分野、うーん、そう、バハイ教っておっしゃっていましたね、それから芸術的なカシミールの、うーん、つまりインドですね、インド人の習慣とか……

――ええ、妻、彼女、彼女は今、そういうことをやっていました、はい、でも彼女、でも、たしかそちらの担当はヴォーゲル先生になったと……

――ええ、はい、もちろんヴォーゲル指導員《コーチ》は、うーん、私どもは指導員《コーチ》の領分を侵害するつもりはありません、たしか彼女は子供たちをバスケットボールの試合に連れていったということでしたけれどもね、しかしもちろん、バスケットボールをお楽しみになったということなら、指導員《コーチ》も特に、うーん、カリキュラム専門員としての仕事を彼女が引き継いで、芸術の文化的側面を深く、うーん、現実化するプログラムの補助に当たることに対して誰も文句は言わないでしょう、春季芸術祭で適当な発表の場所が見つかるようなら……

――**州内の暴動に対して各州を防護する。*第五章……**

――ええ、はい、いえ、今、何て言いました？　二十五って言いましたか？

――その件についてお尋ねしたかったんですがね、上院議員、例の文化センターを建てる場所を探すのなら、ダンキン・ドーナツの向こう側なんかいいと思いますよ、第十三地区との境界のあたり。小さな松が生えているだけの土地です、新しい牧場風の小さな家が二軒あるのは移転してもらわないといけないでしょうけど、街区《ブロック》破壊商法があったせいで地価は下がっていますから、土地の買収交渉をするのも……

――今さら何のために、土地の買収交渉はもう済んだぞ、法的な公示は読まないのかね？　新聞にも出ているが？　広大な駐車場、通りを挟んだ新しいショッピングセンターのアスファルト舗装も終わった、六ヘクタール、日曜はカトリック教会が使い、夜は文化センターが使う、利用者が多いから駐車場も大きなものが必要だ。

――ええ、はい、もちろんです、私が申し上げたかったのは駐車場のことではなくて、つまり予算の中でどういう場所を見つけるかということで、州芸術委員会からの持続的な助成金がなければ、芸術祭はとても、うーん、駐在作曲家がもはや、うーん、駐在していないことが委員会にばれたら、ささやかな『指環』の上演の後ろ盾となるはずの助成金が、うーん、ひょっとすると……

――ねえ、ホワイトバック校長、今さらあいつのことなんて構う必要ありませんよ。もう誰にもやつの居場所が分からないということなら、組合がストを打つ口実もなくなるんですから、そうでしょう?

――ええ、はい、もちろん誰かの首を切るようにという圧力は、うーん、もちろん、もしもダンの奥さんのように活動面で活動的な人が本気で取り組んだ場合には、うーん、ダン?

――はい、でも、妻の話だとどうやら、ペッチさん、ペッチ議員の奥さんが興味を持っていらっしゃるみたいです。

――興味?

――ええ、はい、もちろん、ジャニス・ペッチさんは元の舞台に出演なさったんでしたね、上院議員? その『指環』、『ラインの黄金《ラインゴールド》』の。ええ、でも、誰の『指環』かなんてことは大きな問題ではありません、だって、大した違いはありませんから、つまり、私たちが前に見たのがフレッシュ先生の演出なさったものだとしても、もしもダンの奥さんがその代理を務めてくださるということなら、うーん、というか、その話をするためにここに立ち寄ってくれたんですよね、ダン?

――いえ、今日は、装置の件をお尋ねしたくて、部屋にあった教育用機材が……

――ええ、はい、もちろんあれは大きな予算費目でした、そして有権者に予算案を再提出するにあたってその一部は、うーん、学校側を困らせるために市民の会が配布しているあの書類、うーん、このどこかにあったはずなんですが、あなたの機材が、うーん、あなたがお使いになる〝しゃべるタイプライター〟、ええ、エドセル反応環境装置が三万五千ドルというのは少し、彼は今何て言いました?

――**ピンクニー、チャールズ・ピンクニー、* ピアース・バトラー、ウィリアム……**

――待って、今のはもう……

――ええ、はい、いえ、いえ、もう終わったんだと思います、そして、うーん、きっと出席を取っているんですね、はい、もうボリュームを下げていただいて構いません、でも電源は切らないでください、時間割がどうなったかを確認しないといけませんから、そこに時間割がありますか、ダン? もちろん彼らが問題にしている機材の中には、うーん、例えば二千六百ドルの防犯アラームもあります、しかしもちろん、タイプライターや計算機が次々になくなっていますから、アラームの設置で盗難がなくなると思えば、うーん、校内に設置された電話ボックスのことも、市民の会の、うーん、スパイがきっと男子ロッカーの近くに新しく設置された電話に気付いたのでしょうが、もちろん電話会社自体が、うーん、はい、次の授業は何ですか?

――算数みたいですよ、足し算《プラス》とか引き算《マイナス》とか。

――いえ、それは、電気だと思います、指導員《コーチ》の授業で……

――ヴォーゲル担当の新しい、うーん、はい、しかしもちろん、スタジオがギブズ先生の行動を知らないまま、ホームルーム終了のベルと同時にテープを流し始めたのなら、うーん、ええ、はい、だとしたら生徒は授業の大半を見逃したことになりますね、ダン、ですからあなたの教育評価《テスティング》の方はあまり、うーん……

――彼は概要を校長先生の机の上に置いたと言っていました、ひょっとするとそれを読めば……

――ええ、はい、あなたがさっき拾った書類の中に、うーん、その黄色い紙、それかも……

――マイクロ・ファラド君、はい、これですね、ファラドというのは電気の単位、最小限の抵抗を見せ、完全に場を励起されたファラド君がミリー・アンプさんを接地させ、彼女の周波数を上げ、静電容量を下げ、高圧探針を取り出して彼女のソケットに挿入し、それを並列につなぎ、分路を短絡させて……

――ええ、はい、それは、うーん、彼は回路と言いましたよね、でも今の説明は何だか、うーん、失礼……もしもし?

――棒磁石は完全に磁力を失い、ミリー・アンプさんは自己誘導を試みて、筒型コイル《ソレノイド》を損傷してしまい……

――いや、リロイ、政府から送られてきたものがどうなったのかをリロイが今確認しているところです、カフェテリア・ランチ計画の予算と関連するもので……ピクニック用フォークです、はい、どうやらあれが、うーん……じゃあ、彼からこちらに電話をかけるように伝えてください、はい……

――完全に放電し、彼の発動機を励起することができなかったため、二人は極性を反転し、互いのヒューズを飛ばし……

――ええ、はい、やはりあなたにテープ全体を観ていただく必要がありそうですね、ダン、電気に関する言葉が使われてはいますけれど少し、うーん、署名をしますからこちらに、そして彼に返却しておいてください、これ以上、上院議員のお時間を取ることはできません、あなたのその、機材の件は後で、うーん、機材に関する要求は後ほど、うーん、つまり予算との関連で……

――いえ、でも、その機材の話とは違うんです、私が言おうとしたのは北館第七教室に置いてあった機材、今朝、そっち側から学校に入ったときに……

――そのことなら私から説明させてもらいましょうか、ホワイトバック校長、家庭科教育推進センターのために東館第七教室には機材が入る、精神地帯は北館第七教室に移動させるって言ってただろ？　そうなると、ダンの機材は……

――ええ、はい、いえ、私たちは、うーん、家庭科教育機材を北館第七教室に入れたときに、ダンの機材は東館第七教室に移動したんですが、そこには精神遅滞児を集めることになっていたので、うーん……

——東館第七教室に彼らを集めるんでしょう、私もさっきそう言ったじゃ……

——ええ、はい、私たちは、うーん、つまり集めるのをやめにしたんです、現在のスペースの状況から考えると、計算練習マシンと、うーん、読み書き練習マシン、たしか二千ドル以上しましたよね、ダン、もちろん予算的に言うと装置の修繕にかかるお金が、もしもそれを、うーん、表に出したりすると、納税者の皆さんはおそらく、うーん……

——新しい家庭科教育機材を北館第七教室に入れたんですか？　ぜひ私にも見せてください、ホワイトバック校長、実は一つ、二つ、機械をお借りできないかと思いまして、いくらかはお支払いしますよ、少しはスペース問題の解決にも役立つかもしれない。

——ええ、はい、もちろんいくらかいただきますが、うーん、たしかあれはおたくの子会社《しがいしゃ》からのプレゼントではありませんでしたか、あなたの子会社《しがいしゃ》の、うーん……

——実はそれが言いたかったんです、ええ、家の中のものがごっそり盗まれてしまったので……

——今ご覧になるなら私もご一緒します、いろいろと確認したいことも……

——先に行ってくれ、ダン、腕を包帯で吊ったやつが一人でうろうろするのならまだしも、そんな格好の男が二人一緒にいたら子供たちにお笑いコンビだと思われるだろう。それに私は、こちらの上院議員に少し話がある、あなたの第十三提案のことですがね、上院議員？　学校を娯楽産業から切り離すという法案、学校のテレビを閉回路にするという……

——あれか、あの法案は棚上げになった。

——それはどういう、どういう意味です、棚上げって……

——財団が校内テレビ放送への支援をやめると発表したのを受けて、棚上げになった、だってあまりにも……

——財団、え？　どういう、一体どういう、どうなってるんですか、ホワイトバック校長？

——ええ、はい、そのうーん、もちろんあなたが入院、うーん、しばらく現場を離れていらっしゃったことを私は忘れていました、少佐、しかし、財団はどうやら資金を教育関連放送の支援に回すことに決めたらしい、うーん、学校ではなく地元の放送局ということですね、それはつまり指導用テレビではなく教育用テレビということで……

——でも、一体どうなるんです、百万ドルもする設備を学校に与えておいて、もう手を引くってことですか？　われわれを娯楽産業の中に放り込んで、この近所の、無職で、引退してて、過激で、生活保護をもらってて、社会にただ乗り《フリーロード》してる間抜けな連中、それに、それにあの財団が送り込んできた著述家《ライター》、覚えてますか？　汚い格好をして、参考資料を山ほど持たせてやったのに一つも返しに来ない、例の、例のバストのあの授業を観た後でやつがどんな報告書を書いたと思います、あれだ、あれがとどめを刺したんだ、ううう……！

——ええ、気を付けてください、少佐、机の角が、うーん、いえ、私が拾いますよ、ダン、あなたはさっさとここを出て、確認に行かれてはどうですか、うーん、失礼……もしもし？ ああ、ああ、はい、パレントゥチェリさん……はい、議員ならちょうど今、うーん……光る爪と青い石がそれを遮った。——そうです、そうです、はい、ええ、もちろんです、議員もそうおっしゃっていたのですが、ちょうど今、残念ながらちょうど今お帰りになったところで……はい、ええ、もちろんです、言づてを承ります、新聞に出ていた話ですね……はい、はい、どうぞ、はい……受話器がぶら下がった。

——それにあのギブズ、あの、あの、あんなやつが学校代表みたいな顔をしていたら財団だって手を引くのが当たり前、この近所の、無職で、年を取って引退してて、生活保護をもらってて、おい、見ろ、ダン、自分のズボンを見ろ、それじゃあ今にも……

——静かに、扉の前に誰かが？ 立ち聞き？

——文句があるなら自分の帽子の中にうんちをしてそれをかぶっておけば……

画面上にはスモーキー・ベアがいた。

——おい、そこで何をしてる！

——え、僕……？ 扉が開いて破れたスニーカーの爪先が覗いた。

——君だ、うん、他に誰もいないだろう？ 扉の前で何をしているんだ。

——何も。先生に用事を頼まれただけ。

——何を取りに来た、またタイプライターか？

——いえ、それは、僕は使ってた計算機を返しに……

——使ってた？ ひょっとして、うーん、家に持って帰ったりしてないだろうね？

——え？ それって、盗んだんじゃないかってこと？

——タイプライター三台と計算機一台が週末の間になくなった、何か心当たりはないかな？

——僕？ いえ、ていうか、やば《ホーリー》、ていうか、もしも僕が盗んだのなら、今ここに盗みに来るはずないじゃ……

——タイプライターや計算機みたいな高価な備品を生徒が勝手にいじってもいいと思っているのかね？ 一体、一台いくらすると……

——いえ、けど、すごく大事に使いましたよ、校長先生、でも、ほら、大きな数字の足し算をするときには答えを間違えないように計算機を使わないと……

——今回が最後だよ、分かったかな？ こういうものを校長室に借りに来るのは今回が最後、分かったかな？

——分かりました、けど、はい、先生、でも、思ったんだけど、今さっきこの計算機を使ってやった計算の問題なんか数が多いし、ちゃんと計算機は返すから、だってグランシー先生の授業とか……

——グランシー先生は今日はお休みです、君も他の生徒と同じやり方で宿題をしなさい、鉛筆を使うんです、さあ授業に戻って、授業じゃなくても自分のいるべき場所に戻りなさい、そして、気を付けて、落ちそうになってますよ、その、うーん、ダン、もしもそっちに行かれるなら、うーん、廊下かどこかでギブズ先生をお見掛けになったら、私から話があると伝えてもらえますか、できるだけ、うーん、早い段階で……

そして壁から注がれる穏やかな叱責のまなざしの下で、彼らは動き出した。東館第七教室まで歩く男の背後では、もう一人の男が感嘆に息をのんだ。もう一つの人影はロッカーの並ぶ前で突然しゃがんで靴紐を結び直し、また立ち上がって電話ボックスに向かって大股で歩き出すと、片方のポケットを膨らませている小銭が重そうな音を立て、その向こうにある時計がカチッという音とともに一時間を切り捨て、二度目の呼び出し音と同時に扉がガチャガチャと閉じた。——もしもし……？　しっかりと引いた顎はまるで、コード伝いにどこかにある脾臓を探ろうとしているかのようで、手には丸めたハンカチと鉛筆が握られ、机代わりの膝に置かれた折り鞄《ポートフォリオ》の裂けたジッパーを力任せに引っ張っていた。——私だ……ハンカチをしっかりと受話器に当てて——そちらはワイルズさんですか……？　ええ、何株なら手に入れてもらえますか……一株いくらで？　やば《ホーリー》……いえ、何でもありません、じゃあ、それでお願いします、少しだけ気になるのは、どうしてイーグル紡績株がそこまで……いえ、普通株で、優先株はもう処分しました、そう、一つお尋ねしたかったんですが、私に送ってくれた資料、老人ホームの、あれって……は？　いえ、いえ、ちゃんと聞こえていますよ、ちょっと待ってください……彼は送話口を押さえる手を少し緩めて——これで少しは聞きやすくなりましたか？　いつも回線の調子が悪いんです、ええ、それで……はい？　どの新聞、今日のですか？　いえ、私……いえ、シリーズBとシリーズCの無担保社債、あそこの会社はもう……はい？　何……？　いえ、しかし全部ってどういう意味です、全部って？　でも、やば《ホーリー》……いや、でも、やば《ホーリー》……はい？　いえ、でもちょっと待ってください、さっきあなたが言ったのはアルバータ……いえ、分かってます、でも、それがエース開発とどんな関係が……どういう意味です、両方ともって？　でも、やば《ホーリー》……いえ、でも、やば《ホーリー》……いえ、でも、証券引受人《アンダーライター》のデッカーさんが……え、シリーズBの利息支払い期限が来たときにはシリーズCを発行して、そのお金で利息をまかなって……いえ、でも、エース開発の株価も最近上がってましたよね、なのにアルバータ&ウェスタンと合併するなんて、既にひと月一万ドルの赤字を出してるような会社と……ああ、だから株価が上がったってこと？　いえ、でも、まずはこっちの弁護士と相談しないと……は？　いや、回線の調子が悪いのは分かってます、まずはこちらの弁護士と相談させてもらうって言ったんです、でも、オハイオ州かどこかのX－Lリトグラフという会社を調べてもらえませんか、会社の……いえ、オハイオ州って言ったんです、帳簿価額とか配当とかを、申し訳ありませんがこちらに別の客が見えているので……ガラスに短髪の頭が押し付けられて、扉がガタガタと音を立て、——何ですか？　ああ、老人ホームの件ですね、そういうふうに発音するんですか？　いえ、さっきも言いましたが、送ってもらった資料は受け取ったんですけど、また後でかけ直します……そして机代わりの膝が許す限界まで扉が開いた。

——何してる？

——何してるように見える、電話でしゃべってるんだよ。

——急いだ方がいい、ジューバート先生が……

——なあ、おい、保健室に行ったたって言っておいてくれよ、な？

——オーケー、後で郵便局に行くだろ？　なあ、俺の方にも面白いものが届いてるんだ、楽しみにしてろよ、なあ。

——体育の時間に行こうか、なあ、ジューバート先生には、保健室のワダムズ先生のところに行ったたって伝えておいてくれよ、な……？　扉が閉まると彼はポケットの奥を探り、サイズ別にコインを積み重ね、爪の先が黒く汚れた指でダイヤルを回し、コインが落ちると顎をしっかりと引いて、——もしもし？　ヴァージニア？　私だ……そう、JR、誰かから電話がなかったかと思って、バストさんはそこに……？　断続的な静寂と、背中を丸めたまま鼻の穴に向かって伸びる親指。——いない？　オーケー、じゃあ誰かから……どっちの……？＊　いや、バンキーっていう名前の若い方《ほう》とはしゃべりたくない……そう、年配の方とは、いや、電話番号なら知ってる……いや、分かってる、長距離だ、他には誰か？　誰……？　ムーンって、月《ムーン》みたいな？　ニー、ハム、ムーニーハム？　やば《ホーリー》……いや、ちょっと、電話番号は……短い鉛筆が動き……——オーケー、それから誰……？　ああ、クローリーさん、何かアルバータ&ウェスタンについて皮肉でも言ってた……いや、うん、私ももう知ってると伝えておいてくれ、あの人はいつも自分だけが分かっているような口ぶりで……何の話？　ノビリってイタリア語？　いや、でもバストさんに調べてもらおう、今三十八ドルって……？　いや、でも私に電話するようバストさんに伝えてくれ、新しい支所にいる、コレクトコールで、二時五十分……いや、三時十分前ちょうどに電話するようにって、緊急の用件だと伝えてくれ、彼は……オーケー、分かってる、現れたら伝えてくれ、君の給料は彼から……いや、うん、分かってる、現金で、うん……いや、うん、事情は分かってる、うん……ガラスが鋭い音を立てて縦に線が入り、扉がガタガタと開いた。——まじやば《ホーリー・シット》、ねえ、何やってるんだよ、ガラスが割れたじゃん。

——おい、なあ、助けてくれ……ガラスを割った瓶が中に差し入れられた。——二十五セントでどうだ、なあ、ワダムズ先生が待ってる、この瓶だってわざわざくすねてきたんだ。

――どういう意味だよ、ここでしろってこと？　他を当たって……

――駄目だ、頼む、誰もいないから、なあ、俺がここに立って目隠しになるから……

――なあ、僕はさっき出した、アンソニーを探したらいいだろ。

――アンソニーには当たった、あいつはもう絞っても出ない。三十セントでどうだ？

――言っただろ、さっき出しちゃったんだ……扉が閉じてダイヤルが回り、二十五セント硬貨が次々と投入口に入れられ、スニーカーが高い位置のちょうつがいに差し込まれて、ようやく――ホッパーさんをお願いします、私は……いえ、そうじゃなくて、年配の方の……もしもし？　ホッパーさん？　私……ええ、声で分かりましたか……？　いえ、お電話があったと、さっき秘書から聞いたので、何か……いえ、はい、私の方はちゃんと聞こえています、この電話はずっと回線の調子が悪くて……は？　今日の郵便はまだ届いていません、何か……ええ、いえ、それはお気の毒でした……ええ、はい、それはお気の毒なことで……ええ、いえ、ていうか、地元チームのイーグルズが負けたことは私も残念です、でも……いえ、でも、ホームグラウンドがなくなったせいで試合に負けたって週刊ユニオンフォールズ新聞が書いたのはあなたに対する挑発ですよ、ホッパーさん、おたくの銀行はリースバック契約で敷地を受け継いだんだから……いえ、でも、イーグル紡績経営陣への融資に関して言えば……そう、最高幹部です、私たち……そう、要するに私とバストさん、われわれは……何ですか？　いえ、ええ、現状ですね、あなたの言い方を借りるならイーグル紡績の年金基金の現状、それを使ってワンダー社の株を買うという……そう、ワンダー醸造、お酒を作る……ええ、いえ、この種の投資がベッグ夫人のお気に召さないというのは残念です……いえ、夫人が株主なのは分かってますけど……いえ、でも、私もバストさんも二人とも酒は飲みません、だから、バストさんが酔っ払いみたいだったという彼女の印象がどこから来たのかは……はい……？　いえ、でも、ホッパーさんは銀行の頭取なんだから、儲けという観点からわれわれよりもちゃんとした目で見ることができますよね、つまり醸造会社で何を作っているかという問題は抜きにして、そうでしょう？　ああ、それから、一つお尋ねしたかったんですが……はい？　一つお尋ねしたいことがあるって言ったんです、あそこには線路が敷かれた広い土地があるのを知っていますよね、調べてみたらあの大きな墓地の周りは全部、イーグル紡績の所有地でした、だから弁護士と相談したんですが……いえ、墓地です、われわれ……え、墓地がですか？　じゃあ誰の……？　何の古代騎士団……？　本当ですか？　あなたがその団体のグランドマスター？　本当に？　ええ、いえ、でも、ていうか、墓地なんかどうするって……いえ、でも何……いえ、でも、ええ、私たちだって古代騎士団と裁判で争うようなことはしたくありませんよ、だって……何人ですか……？　やば、ていうか、その騎士団《ホーリー》とかいうのはずいぶん大きな組織ですね、それが全員あの場所に……いえ、メンバーは年配の人が多いんですかって訊いただけです……？　ああ、つまり周りの町からみんなが集まってくるっていうことですね……いえ、じゃあ、分かりました、じゃあ、経営陣への融資を待っている間にその裁判にけりを付けましょう、私が言っている意味は分かりますか……？　いいえ、友好的な形でという意味です、融資が行われたら……いえ、声が聞き取りにくいのは分かってます、だからとにかく、私は弁護士と相談することにします、弁護士に取引の詳細をまとめさせて、文書を……いえ、あれはうちの会計担当で、弁護士はピスカターさんです、彼が作った文書が既にそちらに届いていると思いますが……いえ、ピス、ピスカター*、ピス……そうです、ええ、アーノルド・ピスカター、じゃあ、とにかくバストさんともその件について相談して、彼の方で文書をまとめて……誰がです、バストさんが？　いえ、彼がまた近いうちにそちらにうかがうことはないと思います、彼もいろいろと忙しいので……いえ、たしかにそうは見えないでしょうね、彼は……彼がうちで働いてくれているのは本当にありがたいことです、どこに行ってもいつも人気者で、彼は……ええ、彼から聞きました、そちらでずいぶん楽しく過ごしたって……え？　食事会を開いてもらったとか、野球の試合に連れて行ってもらったとか、いろいろな話を彼から聞いたって言ったんです、彼もずいぶんと……ええ、はい、私もこの仕事が一山越えたらぜひ、でも、はい、今、また別件の用事があるので……吊り包帯がガラスの前で止まり、力なくパタパタと羽ばたき、ガーゼの奥から目が覗き、消えた。——いえ、いつかぜひ、そちらにうかがいたいと言ったんです、でも……いえ、今から会議なので、はい……そして一方の手が積まれた硬貨を集めて反対の手に移し、ちょうつがいから足が下り、本と書類とくたびれた折り鞄《ポートフォリオ》の山がまとめられて、扉がゆっくりと開き、彼は廊下の先に目をやり、反対側も確認した。音を立てないスニーカーの足取りが、男子と書かれた開いた扉の前まで進むと、吊り包帯と揺れる足取りが再び現れるのが見え、また電話ボックスの前で立ち止まり、一度目の呼び出し音で勢いよく扉を開け、二度目の呼び出し音と同時に、自由がきく方の手で受話器を取った

——もしもし……？　何です、オペレーターさん……？　いえ、でも、私は通話時間をオーバーしたりしていませんよ、そもそも電話をかけていたわけでも……いいえ、電話もしてません、それにユニオンフォールズにも知り合いはいませんし……でも、六十セントなんて持ってません、そもそも、待って、待って、待って、オペレーターさん？　オペレーターさん、私はニューヨークに電話をかけたかったんです、それでたまたま鳴っていた電話を取っただけで……でも、かけ直すことはできないんです、今、小銭がなくて、ちょうどこうしてオペレーター

さんと話ができたから、このまま……いえ、コレクトコールです、はい……彼が番号を告げるのと同時に扉が閉まり、——はい、電話をもらったので、こちらからかけ直しているんです、私はディセファリス……はい、デ、小さいイ、セ……いえ、ダチヅデドのデ……は？　いえ、待って、待って、じゃあ番号を伝えてください、向こうはそれで……私の番号です、はい、ゼロ、ゼロ、6、ダッシュ……いえ、電話番号じゃありません、違います、私のコード番号……いえ、向こうはそれで分かるんです、私のコード番号……もしもし……オペレーターさん？　もしもし……？　もしもし……？　扉がもがくようにゆっくりと開き、一分後に大きな音を立てて閉じたとき、中では、書類の山が手から膝に下ろされ、同じ手が硬貨を投入し、硬貨を積み、ハンカチを結び、その間、他方の手がダイヤルを回した後、必要なものを膝の上で並べ直した。

——もしもし？　ピスカターさんにつないでもらえますか、私……はい、私はJ……はい、そうです、どこからの電話みたいに聞こえるですって？　そう伝えてください、はい、だからこうして急いで電話をしてるんだって伝えてください、だって……もしもし……ノニー*？　あの、さっき株式仲買人のワイルズさんと話をしました、エース開発とアルバータ&ウェスタンの件で……え？　いや、秘書から聞いてませんか……？　ええ、いえ、海外との電話でも調子がいいときもあるんですが……いえ、こっちはよく聞こえます、あの、今日お電話したのは……ええ、いえ、その件でお電話したんです、あの会社が駄目になったって、ついさっき聞いたので……オーケー、でも、私は一体どうなるんです？　ていうか、私の抱えている社債がいちばん金額が多いなら……は？　それは前にも話しましたよね、すごく安いっていうだけの理由で買ったんだって、それで私は一体どうなる……可能性って何の……？　でも、鉱物採掘権をリースしたって何の役に立つんです……オーケー、でも、鉱物採掘に対する税額控除なんて何の役に立つんです、もしも、ていうか、どうしろって言うんですか、帽子をかぶってシャベルを担いで現地に行けとでも……バケツをかぶるなんて言ってません、違います、私が言ったのは、シャベルを担いで処女鉱物を探しに出掛けるって……は？　いや、ていうか、鉱物って、処女でも何でも一緒でしょう、それにアルバータ&ウェスタンに残されている資産なんて土地と借地権だけだって言ってましたよね……いえ、無理なのは分かってます、だから、いいですか、はっきりしたことが分かったらその時点で……いえ、これで聞こえます？　バストさんと話してくださいって言ったんです。彼からそちらに電話はまだ……いえ、分かってます、でも、彼もここのところたくさんの資料に目を通すのに必死で……いえ、はい、不便だってことは分かってます、でも、あそこのオフィスには近いうちにテレビ電話を入れる予定で、電話会社の話だと、普通の電話よりも設置に時間がかかるとか……いえ、それはそうなんですけど、われわれのところはまだ少し人手が足りていないので、ヴァージニアが……いえ、ヴァージニア州の話じゃなくて、秘書のヴァージニア……ええ、たしかに非常に有能な秘書というわけではありませんけど……いえ、バストさんの方から電話することになっています、ワンダーさんと直接会って話がまとまったらそちらに連絡をすることになっているんですが、まだなんですね……いえ、ワンダー社長の弟さんの件は知ってます、でも、そういえば、ムーニーハムさんからこっちに連絡があったらしくて……そうなんですか？　で、あなたからは何て……？　いえ、でもその弟さんは、ワンダー醸造の株を取り返そうとするんじゃなくて、X－Lリトグラフ社株購入の担保として貸したらしいので、私たちもその状態で買収を進めてしまえばどうかと……いえ、でも、株式仲買人にも話したんですが、とりあえず帳簿価額や何かを調べてくれって、そうすれば……オーケー、これで聞こえますか？　それで、いったん年金基金を使ってワンダー醸造を買収してしまえば、すぐにまた株を売ることができて、誇張資金調達ができるから……え？　過剰資金調達って言いましたよ、はい、だから、そうなれば二度とこちらからお金を出す必要がない、そうすれば……いえ、株はワンダー醸造の従業員に売るんです、そうすれば年金基金は立て直せるし、ワンダー醸造の従業員は自社株を持つことができて、未配当の約三百万ドルを抱えているイーグル紡績の節税にもつながる、私の言っている意味は分かりますか？　そうしたら、X－L社の問題の解決につながるだけじゃなくて、ついでに……醸造所を失うってどういう意味です、私たちは……ああ。オーケー、それは考えていませんでした、でも、ほら、もしも彼らが株を買って、大きな配当を出すような新しい経営陣を選任したら、会社自体がつぶれてしまうと、おっしゃっているのはそういうことですね？　オーケー、じゃあ、こうしたらどうでしょう、従業員向けには株式オプション《ストック》を用意して、株を買えるようにする、でも、投票権は彼らに与えないようにしてわれわれが……刑務所行きってどういう意味です？　どうして刑務所に……いえ、あの……いえ、あの、いいですか……いえ、あの、いいですか、ノニー、私は何ができるかを訊いているわけじゃない、私は何がしたいかをあなたに説明して金を払う、どうすればそれができるかを考えるのはあなたの仕事だ、私の言っている意味が分かりますか……え？　いえ、まだそちらに届いてませんか……？　いえ、イーグル紡績から直接そちらに送っているはずで、さっきも向こうのホッパー頭取と話したんですが、小切手はもう発送したと言ってました、それから、そう、敷地のど真ん中にある墓地に関して訴訟を抱えているらしい、それについてまた詳しいことはバストさんから話があると思います、でも、大事なのはちゃんと和解すること、でも……条件はどうでもいい、とにかく和解すること、ただし、経営陣への融資にゴーサインが出るまでは何もしちゃいけません、でも逆に、引き延ばし作戦だと思われることも避けなきゃいけません、普通の段取りに従っているだけという感じで……

そう、そのへんのことはあなたの方がご存じでしょう、私なんかより……いえ、他には特に問題はありません、ただ、フランチャイズ方式の老人ホームが新しく売り出す株、株式仲買人から送られてきた資料によると……いえ、単にすごく安いからです、それからイタリアの製薬会社の件、別の株式仲買人の話だとそこは……いえ、まだ調べてません、でも……背後のガラスパネルに人影が大きく映り、――あの……彼はさらに小さく体を丸めて、――今から会議なのでそろそろ……はい？　どこの国に戻るって……ああ、ああ、じゃあまた明日、今日は、今日は短距離電話でよかった……ええ、今から会議です……何の法人化ですか？　ちょっと待ってください……彼は少しだけ扉を開け、肩越しに声を掛け――この電話使いますか、ギブズ先生……？　そして彼がうなずくのを見て、――オーケー、ちょっと待ってください……少しだけ開いていた扉が閉じて、――はい、じゃあ、進めてください、その方がいいとお考えなんですよね……ジャマイカで？　どうして……いえ、さっきも言った通り、進めてください、バストさんにも同じ話を伝えておいてもらえますか、もしも会う機会が……いえ、ええ、彼は最近すごく忙しいので、きっと新しいスーツを買う時間もないのだと……オーケー……そして扉が音を立てて開いた。――ちょっと待ってくださいね、ギブズ先生、荷物が多くて……

――いや、待て、硬貨をたくさん持ってるみたいだな、一ドル札を両替してくれないか、俺は……

――いいですよ、二十五セント硬貨で？　それか、いや、十セントが要るね、二十五セント硬貨が三枚と、ちょっと待って、その五セント硬貨を見せてください、ひょっとして……いえ、大丈夫です、はい、どうぞ。

――ありがとう……変だな、一ドル札の持ち合わせがないみたいだ。

――どうして？　今日は間違ったスーツを着てきたってことですか？

――まあ、そういう言い方もできるな、じゃあ返すよ……

――いえ、いいですよ、ギブズ先生、持っててください、僕からの貸しっていうことでいいですか？　そして彼は腕に荷物を抱えて立ち上がり、電話ボックスを出た。――ねえ、でも、その靴どうしたんですか、足をけがした？

――通風。

――ほんとに？　何それ？

――馬に伝染《うつ》された……彼はふらふらとした足取りで電話ボックスに入って、――金を貸してくれてありがとう。

――いえ、いいんです、でも、大丈夫ですか、ギブズ先生？

――どうして大丈夫じゃないと思われてるのか俺には分からないな……そして扉が閉まり始め、――ちょっとこれ、これも君のか？

――何ですか、僕……

――ひょっとして元はハンカチだったかもしれないものがこ

こに残されているんだが……

――僕の忘れ物です、僕、はい、それ……

――ちょっと訊きたいんだが、どうしてこれを送話口に結んでるのか……

――ええ、ええ、はい、それは、ええと、いつもそうしてるんです、特に今みたいな寒い季節になると、ワダムズ先生もいつも言ってますよね?と彼は中に身を乗り出し、結び目をほどいた。――電話ってばい菌だらけじゃないですか、みんなが口を近づけてしゃべるから、だから……

――で、この正体不明の布の塊があれば、伝染病が防げると?

――うん、はい、ていうか、それしか持ってないし、だから……

――じゃあ、俺から一つプレゼントをやろう……するとイニシャルの入った四角が上着の胸ポケットから取り出され、――ただし条件がある。古いハンカチの方は必ず、最初に見掛けたごみ箱に捨てること。

――ああ、はい、僕、ていうか、いいやつですね、ありがとうございます、いいハンカチだ……

――言っておくが、決していいハンカチじゃない、今から君が捨てるそっちのよりも少しましなだけさ、だから礼を言う必要はない。

――いや、でも、でも、普通は僕にものをくれる人なんていないよ?

ギブズは扉を押さえ、そのままじっと彼を見、それから咳払いをして、――ああ、そうか、じゃあ、どういたしまして……

――それから、ねえ、ギブズ先生?という声が扉が閉まると同時に聞こえて、――校長先生がギブズ先生に話があるって言ってたよ、さっき校長先生が……

――ありがとう、とギブズがつぶやいたとき呼び出し音が鳴ったが、その手は既に受話器を握っていた。――もしもし……?　でも……あの、ちょっと待って、オペレーターさん、二十セントの超過料金なんてありえない、だってまだダイヤルを回してもいないんだから、超過って……いや、いいか、今から大事な電話をかけるんだ、だから……ああ、分かった、畜生、二十セント払えばいいんだろ、ほら、さっさと……え、どうして駄目なんだ……分かった、分かった、いいか、俺は二十セントを入れた、だからさっさと俺に電話をかけさせて……どこに?　いいか、オペレーター、やめろ……いや、でも、聞けよ、ボタンを押すんじゃない、俺はさっきユニオンフォールズに電話をかけたりしてない、ユニオンフォールズに電話をかけたことは一度もない、オペレーター、あんたにとっては信じがたいことかもしれないが、俺はユニオンフォールズなんて町の名前は一度も聞いたことが……いや、いいか、オペレーター、とにかく俺に電話をかけさせてくれ、そうすれば……畜生……!

彼の手が上がってダイヤルを回し、硬貨を投入して――ああ、ベンはそこに……ベン？　そうだ、聞いてくれ、俺……いや、聞いてくれ、その件で電話したんだ、今繰り広げられてるくそ漫画みたいな展開はそろそろ最終回が近づいているようだ、俺だって早く決着させたいと思ってる……ああ、彼女もそうだろうな、だから厄介なんだ、彼女の希望は一括払いだから……いや、それはもう済ませた、だから今こうして電話してる、金になりそうなものは全部彼女に送った……現金？　俺を誰だと思ってる？　株だよ、俺が以前勤めていた傾きかけた会社の株を五株、ゼネラル……畜生、そんなわけないだろ、何の価値もないかもしれないが、多少なりとも金になりそうなものといったらあれしか持ってなかったんだ、だから……いや、引き出しの中、シャツの下から出てきた、家族経営の古い会社だ、以前はピアノロールを作っていたが、今は……そんなことをいちいち調べてられるか、会社は遺産の件でごたごたしてる、俺はそんなことに時間を使いたくない……いや、おまえはそう言うと思ったよ、だから、電話をかける前に送っておいたんだ、だって、俺はずっと助言を待ってきた、助言を受けて言われた通りにしてきた、ずっとずっとそうしてきた、それなのに話は一向に前に進まない……彼女と？　いや、最後に話をしようとしたときは、ちょうど二人が歯医者に出掛けるところだったものだから、娘を電話に出してもくれなかった、だから……知らないね、あのろくでもない本のセールスマンはきっと今でも彼女の周りをうろついているんだろうが……いいか、ベン、岩の下から這い出てきたみたいなあのくそ野郎、俺が娘に会いに行ったときにあんなやつが玄関に現れるなんて考えただけでもぞっとする……いや、畜生、いや、あの二人はお似合いだ、でも娘は違う、俺は娘に会いたいだけだ、俺の気持ちを何だと……ああ、これはその件とは無関係だ、あの女が娘の養育費として渡された金をちゃんとそっちに回していると思うか？　畜生、ベン、もしも俺があのとき九十ドルの冬用コートを買ってやらなかったらあの子はコートを一着も持ってなかったんだぞ、かたや俺は二ドルで買ったスーツを着てここに座ってる、それで……中古品屋だよ、決まってるだろ！　それで……もちろんだ、株券の裏に書いておいた、面会する権利と引き替えだって、俺にはそれしか……いや、でも、都合を決めるのは俺だ、分からないか？　俺が都合を決める！　分からないか……ああ、それにはもう手遅れだ、俺はただ……いや、鼻輪を付けて引き回されている牛みたいだ、じゃあな。向こうの弁護士から連絡があったら教えてくれ……そして三十秒、一分が静寂の中で過ぎた後、扉が音を立てて開き、彼はロッカーの並ぶ廊下を進み、校長室と書かれた扉から現れた負傷者にはほとんど目もくれず、同じ扉を再び勢いよく開けて、中に入った。

――ああ、そこ、そこにいるのは、うーん、リロイですか？　ああ、どうぞ、私は今、うーん、ああ、ギブズ先生でしたか、はい、どうぞ中へ……

――ここ、本当に大丈夫ですか？

は？

――ええ、はい、もちろん、うーん、大丈夫とおっしゃるの

――頭から足まで包帯でぐるぐる巻きになった幽霊がさっきその扉から出て行きましたよ、おたくの銀行で車のローンを組もうとしている人かと思いました。

――ええ、はい、多分彼は、うーん、ええ、はい、そういうことは考えてもみませんでしたが、彼の車は完全に、うーん、つまり、たしかにハイドさんは新しい車を探すことになるとは思いますが……

――ハイド？　さっきのがハイド？

――ええ、はい、彼は、うーん、はい、事故のことはご存じかと思っていたのですが、うーん、失礼、もしもし……？　ああ、はい、ええ、ペッチさんは出て行かれました、はい……ええ、はい、いえ、さっきまでいらしたんですが、お帰りに……これは銀行の電話ですが、はい……？　ああ、そうなんです銀行？　ああ、ええ、そうです、銀行です、うーん、というか、か？　ええ、はい、もちろん私の方では存じ上げません、ペッチさんがその、うーん、郡の土地権原協会とつながり、うーん、関係があるとは、あの方は、うーん……ペレッティ、はい、しかし当然、ペッチさんは……はい、そうですね、はい、はい、失礼いたします……はい、すみません、ギブズ先生、今の電話は、うーん、先ほどは車のローンのお話をしていたのでしたね、はい、しかしもちろん、ギブズ先生のお給料は、うーん、つまり、もちろん金額は存じ上げていますが、うーん……

――帽子の中で完全にうんちに変わって……

――その話は今はやめておきましょう、もう一つの方の電話、受話器が外れてますすよ、お忙しそうですね、もしも特に用事がないのなら……

――ああ、ああ、そう、そっちの電話はたしか、うーん、ええ、言づてをお願いします、彼のおっしゃりたいことはよく分かりましたので、折り返しのお電話をかけていただく必要は、うーん……そして彼は受話器を戻して、――ですが、ここにいらしたついでに一つお話ししたいことが、うーん……

――今日のは先生の穿孔みたいなもので、次回は修正条項をやろうかと思ってます。

――ええ、はい、もちろんです、どのくらい、うーん、つまり長さでいうとどれくらいになるんでしょうか、というのも、学校のスケジュールを考えると少し、うーん、誰かが今朝、二百四フィートと言っていたのですが、それだともちろん、ええ、失礼、もしもし……？　新聞、はい、読みましたが……ああ、新聞社からのお電話ということですね？

――少しボリュームを上げてもいいですか？　アメリカにおけるわれわれの役割《シェア》がどうなっているか知りたいので……

――二十四ドルの株式公開買付*に応じますか？　もしもそ

うするなら、ここに署名をして、代理人であるシティ・ナショナル銀行に株券を送るだけでいいのです……はい？　そう、名義書換代理人です。もちろん、公開買付に応じなければならない理由は何もありませんから……

——ええ、はい、もちろん、新しい薬物検知プログラムの導入によって生徒の、うーん、生徒に関する有意義な洞察が得られるわけで、保健室の先生が生徒の体、うーん……そこから出る尿、はい、尿の検査をすることで、その……はい、はい、検査は非常にうまくいっています、検知プログラムが始まってから陽性反応は一件も報告されていません、うーん……はい、もちろんです、皆さんからの支持、われわれとしては、うーん、つまり地元の皆さんの支持がなければというこ……とです、はい、別の電話が鳴っていますので、はい、失礼します……はい、もしもし……？　ああ、はい、いえ、彼は……いえ、いえ、グランシー先生は今日はお休みで、はい、今……いえ、何も、私たちは……はい、お伝えします、はい……はい、今の件ですがね、ギブズ先生、うーん、グランシー先生が今日はお休みのようなので、もしもよろしければ……

——すみません、ホワイトバック校長、彼が今どこにいるのか、俺は全然……

——いえ、彼の居場所をお尋ねしたかったわけではなくて、うーん、はい、ちょっと待ってください、失礼、もしもし？

——**そうすると、公開買付を行っているタイフォン・インターナショナル社が全株式の三分の一を保有することとなりわれわれは……**

——後でまた立ち寄りますよ、ホワイトバック校長……

——いえ、いえ、ちょっと待ってください、はい……？　いえ、聞こえました、はい、はい、銀行検査官からはつい先ほどお電話がありましたけど、そんなことは……いえ、はい、ジャニスという名前が、うーん、彼女の名前が銀行の株主リストに載っているからといって、それが直ちに問題になるとは、うーん……はい、ええ、いえ、いえ、郊外型銀行を保護するような法案を彼が準備していることについて向こうはまだ気付いていないかもしれません、いえ、私が訊かれたのは彼と郡土地権原協会との関係ですね、いえ、つまりうーん、郊外にあるタイプの銀行でうーん、何らかの利害がないかということで……ええ、はい、もちろん今日の新聞に載っていた疑、うーん、推測を受けて、その担保保険について訊かれたわけです、しかしうーん、はい、今ここにお客様が見えているので……はい、後ほど、はい……

——一つ伺っていいですか、ホワイトバック校長？

——ええ、はい、もちろん私は、うーん……

——俺は時々校長先生のことが心配になるんです、どちらか一方の仕事を辞めようと思ったことはないんですか？　どちらかを辞めて、片方に専念……

――ええ、はい、もちろんです、うーん、つまりどちらが長続きするかを見極められたらそうすることも、うーん、はい、私が尋ねたかったのは今日、グランシー先生の授業を代わりにあなたがやっていただけないかということなのです、グランシー先生はどうやら、うーん、お休みのようなので……

――はい、彼の授業予定は知りませんが、俺の予定はカフェテリアの監督係と、それから……

――もちろん、授業の前に時間を取って、どこかで、うーん、クリーニング屋に寄って、うーん、別のスーツを出してきていただいて構いません、うーん、それにもちろん、うーん、足をおけがなさっているのなら、失礼、もしもし……？　ああ！　ああ、ええ、はい、彼はうーん、はい、どうぞ中へお通しして……受話器が置かれると同時に、外していた縁なし眼鏡を手が迎えに行き、空虚を磨いて、――国税庁の人がうちのプログラムを調べにいらしたのですが、もちろん、うーん、そちらのボリュームは少し下げていただけるとありがたいです、うーん……

――ところで、彼女は今日来ているんですか？　これは先週録画した分ですか、それとも……

――グランシーですか？　あー、いえ、はい、ジュベール先生のことですね、いえ、これは教室をモニターしている映像なので、きっと今、うーん、もちろん、ずっと彼女の具合が悪かったことはこうして観ているとまったく分かりませんよね、お元気そうですから、でもいつも、お元気そうに見えても急に、うーん、はい、それからついでにワダムズ先生のところにも寄ってみてはどうでしょうか、うーん、保健室なら包帯があるかもしれません、それかヴォーゲル、そう、ヴォーゲル指導員ならいい包帯をお持ちかもしれません、包帯でその靴を縛るといい、うーん、そう、誰かのテニスシューズがあったかも……はい？　お入りください……？　指導書がどこかこのへんにあったと思うのですが、はい、彼はうーん……

――エスキモーは今では荒野に隔離されてはおらず*、都市、工場、農場など、同胞の隣で正当な地位を占めることが奨励されています……

そして残された傷だらけのフィルムのブリザードにあらがおうとするナヌークの絶望的な戦い*は、ランチの時間を告げる空飛ぶ牛乳パックの群れに変わった。カフェテリアの監督係は密かに持ち場を離れ、その後ろ姿はBARという赤いネオンサインのAの奥に消えた。バーは、郵便局へ向かう人からも、そしてしばらくして郵便局から戻ってくる人*からも合法的な距離を置いた位置にあった。――さっきのはギブズ先生だったか？

――決まってるだろ、あいつは……

――しーっ、今出てきた、僕らのすぐ後ろにいる、駐車場の方を回って帰ろう……

――だからどうしたって言うんだよ、ギブズ先生は俺らのことなんて別に……

──急げ、気を付けろ、おい！　ヴォーゲル指導員だ……！

──指導員？　ちょっと指導員？　待って……

──何だ、ブレンハイムの戦い*の翌朝みたいだな、ギブズ先生、負傷者続出か。ロッカールームに来れば、松葉杖があるぞ。

──こんなふうに歩かないとくそスリッパが脱げるんだ、いいか、グランシーのグラス、じゃなくてクラスを引き受けることになったんだが、靴が要る。

──釘が足りないってわけか、そこの扉に気を付けろ。遺失物ボックスを調べてみよう、アイススケート用の靴でおまえに合うサイズのがあるかもしれない。

──俺はスケート靴をなくしたわけじゃない、いいか……

──ちょっと面白い趣向だと思わないか、ギブズ、チャイコフスキーの序曲『一八一二年』、ベネチアは凍った音楽だっ*ておまえさんが言うのを聞いてからあの曲のことが頭を離れない、でも、あそこに使われているのは何という曲だったかな？　そうだ、そうだ、思い出した、「ハワードの聖なる血糊」*？　あ、あいつが来た……

──けどあれは、待てよ。背が縮んでるぞ！

──縮んでる？　もとから背が高い方じゃなかったと思うが、縮むって……

──今朝、会ったんだ、やつが校長室から出てくるところで、なあ、おまえのロッカールームはどこだ、あの野郎とまた顔を合わせるなんてごめんだ……

──ダンのこと？　あの野郎って？　どうしてそんなにあいつのことを……

──ダンってどういう意味だ、こっちに向かってきてる男の話だろ？　今朝会ったんだよ、あれはくそ少佐さ、体中、包帯でぐるぐる巻き、腕も吊り包帯で、畜生、やっぱり縮んでるじゃないか、ズボンを見ろ、裾を引きずらないように手で引き上げながら歩いてる……

──今、ああやってポケットビリヤードを楽しんでいるところなんだろう、やつの奥さんのことは知ってるか？　カーライル夫人だったっけ*？　夜中に目を覚ましたら旦那がベッドに入ってきて、横でもじもじしてたとかいう話。ダン、今ちょうど『衣装哲学』の話をしていたところだ、ギブズ先生と私は同じ仕立屋の世話になっているらしい。見ろ、ダンは最新ファッションだ、おしゃれなコートと……

──ああ、気が、気が付きませんでした……彼は二人を順に見やり、最後に、ハンカチの入っていないギブズの胸ポケットを見詰めた。

──悪いな、ダン、ついさっきは君のことを別人と勘違いして……

──おまえのせいでギブズ先生がずいぶんぎょっとしてたぞ、あまりにも取り乱しているから……

──でも、でも待ってください、指導員、一つお尋ねしたかったんですが、今朝、私が見たあなたの……

——見たってだけじゃないぞ、ギブズ、こいつのズボンを見ろ、ダンは私のことをクリーブランドから来た近所の人だってホワイトバック校長に説明したんだ。それは新しい趣向か、ダン？　そのSOSのバッジ？

——ああ、ええ、付けているのを忘れてました、いえ、私が言いたかったのは回路に関するあなたの授業計画のことです、私には台本のせりふがぴんと来なかったので……

——ダン、私は先にギブズとの話を終わらせなきゃならない、クランシーのグラスを任されたらしいからな。海外に行ったことはあるか、ギブズ？

——今、その話はしたくない、なあ、とりあえず……

——戦車の回転砲塔から身を乗り出すときには、しっかり構えろ……二人は歩調をそろえて廊下を進んだ。——ジュベール先生のことは知ってるか、ギブズ？

　彼は少しの間、二人の背中を見送った。その一方の上着は既に肩の部分が破れかけていた。それからダンは片手を空けてSOSのバッジを外し、ロッカーが並ぶ前を進み、見える範囲で一時間の周回コースにおいてゴールの十分手前にある唯一の*手から離れた途端、電話が鳴った。二度目、三度目の呼び出し音の後、勢いよく扉を開けて受話器を取った拳には、嚙み痕のある爪が生えていた。

——うん、もしもし？　うん、あ、ちょっと待って、オペレーターさん、今来ました、本人が今……うん、ねえ、ちょっと待って、今来たから、ちょっと待ってもらえませんか……？　扉が少し開いた隙間から、短く刈った頭が覗き、廊下の先を見た。——うん、来ました、オペレーターさん、待って、今来たから……急げよ、おい、向こうを待たせてるんだ……

——オーケー、ちょっとそこ、もしもし？　ちょっとそこからどけよ、おい、僕が中に、もしもし？　はい、つないでください、はい、もしもし……？　扉が音を立てて閉まった。——もしもし、バスト先生？　もう、危うく電話を……いや、息が切れただけ、さっきまでずっと……うん、でも、まずは、ねえ、どうしてピスカターに電話しなかったのさ、ワンダー醸造の件で……え？　いや、でも、じゃあ今、先生はどこにいるわけ……？　え？　どういう……いや、でも、どうして今、病院に……やば《ホーリー》……いや、でもやば《ホーリー》……いや、でも、例の食事会のときは、先生と彼は……いや、でも、そんなことを僕が知るわけないじゃん？　ていうか、二人とも老人だってことは知ってたけど、やば《ホーリー》……いや、でも、先生と肩を組んで歌を歌ったって言ってなかったっけ、なのにどうして……映画の最中にってこと？　やば《ホーリー》……いや、でも、例えば、例えば死にかけてるとか、そういう意味じゃないよね？　だって、ピスカターが用意することになってる書類に彼か弟か、どっちかが署名しないと僕らがやばいことに……え、弟がそこにいるわけ？　じゃあ、今……え、署名は済んだ？　どうしてそう言ってくれなかったんだよ、ていうか、二人とも署名をしたのなら万事オーケー、何も問題は……いや、ねえ、そういう意味じゃないよ、バスト先生、ていうか、そりゃ、早くよくなってほしいとは思うし、そう伝えておいてほしいけど……いや、でも、待って、それは駄目だって言っておいてよ、ねえ、それは……いや、でも、会社を売りに出すのは駄目、彼だけの企業秘密じゃない、僕らの企業秘密なんだから、ねえ、僕は……いや、二十五セント賭けてもいい、ねえ、ピスカターに訊いてみてよ、彼なら……水に含まれるコバルトのおかげでビールの泡立ちがよくなるって？ そんなことを彼が……いや、でも、社長がそうささやくのを聞いて、看護婦さんには意味が分からなくても、それをまた誰か別の人に話したら……いや、でも、とにかくやめるように言っておいてよ、ね？ それで他には……いや、ちょっと待って、誰が……？ 彼がそんなことを、そっちに行くって……？ いや、でも、僕とピスカターのところには何度も電話があったんだ、その弟さんにもらったワンダー醸造の株が心配になったらしくてね、自分の会社が危うくなったときに借り入れのための担保にしたんだって、二人ともどこかの大学でフットボールをやってた友達らしい、だから、X－Lリトグラフ社が担保に預けてる株を僕らが手に入れたら、ワンダー醸造が危なくなるんじゃないかとムーニーハムは心配してて……いや、でも、弟さんのことまで僕が知るはずないじゃ……いや、でも、僕にどうしろって……いや、オーケー、オーケー、でも……うん、それは分かってるよ、でも……いや、うん、とにかくそれは全部ピスカターがやってくれるから、先生は何もしなくても……例えば、先生と一緒に確認する必要はあるだろうけど……うん、それは分かってるよ、でも、一つだけ教えてほしいんだけど、ねえ、リトグラフって何……？ ほんとに……？ で、それから何を……？ いや、でも、石に油で絵を描くの、そりゃあ赤字が出るのも当然だね、ていうか、それならカメラを買えばいいのに……いや、オーケー、オーケー、僕は別に……いや、それからもう一つ訊きたいんだけど、新聞は読んだ……？ いや、それじゃなくて、覚えてるかな、エース開発のこと、僕がたくさん株を買った会社？ それで、何があったかっていうと、名義書換代理人のデッカーさんって人の目論見によると、もともと処女鉱物の採掘権を持っているだけだった会社の株価を釣り上げた上で株を交換してアルバータ&ウェスタン電力会社に売却するつもりだったみたいだけど、アルバータ&ウェスタン自体が既にひと月一万ドルの赤字を出していて、だからウォールとかいうくだらないやつを雇って……いや、でも、そうなんだ、それで、彼には二十五パーセントの売買手数料という多額の必要経費を握らせて、会社の財務をやり繰りさせてる、だから、覚えてるかな、シリーズCが出された後にシリーズBの利子を僕が受け取ってた社債？ あんな感じさ、彼は最初にシリーズAの社債を発行して、その利子支払い期限が来たらシリーズBを発行してそのお金で利子を払う、そしてシリーズBの利子支払い期限が来たら、またシリーズCを……いいや、でも、もし彼が牢屋に入れられたらどうする、ていうか、僕自身も……いや、ピスカターもさっき言ってたんだけど、しょぼい鉱物採掘権とか掘削権は一応あるんだし、アルバータの土地もあるんだから、そうだ、今そこ、手元に地図持ってるかな……？　ああ、先生が今どこにいるのか忘れてた、そんなに……うん、怒んないでよ、今どこにいるかを忘れてただけなんだから……どういう意味だよ、教訓を学んだかって、悪いのはウォールさんだろ……いやいや、でも待って、ねえ、バスト先生……？　待って、いや、分かってるけど……いや、でも、ホッパーさんに電話する必要はないよ、だってもう、朝のうちに僕から電話しておいたから、ね……分かってる、僕のところにも同じくず書類が送られてきた、でも、僕からちゃんと話しておいたよ、野球場の持ち主は今は銀行なんだから、もしも怒るんだったら銀行に対して……いや、オーケー、でも……うん、でも……いや、でも、どっちみち、先生が近いうちにそっちに顔を出すことはないって言っておいたから……いや、いや、うん、それは分かってる、でも、そんな話をする隙は全然なくて……いや、うん、それは、線路が通ってるあの鉄道用地のど真ん中にある墓地、あれに関するちょっとした問題さ、墓地の所有者は何かの動物の古代騎士団、そのグランドマスターがホッパーさん……いや、僕だって知らなかった、でも、そうなんだってさ、それでとにかく、昔から裁判で争っている問題があって……いや、待って、そのためにピスカターがいるんだってことは分かってるよ、だから彼にはもう話した、どんな形でもいいから和解するようにって……いや、でも、他にどうしろって言うんだよ！　ていうか、あんな土地を買いたがるやつなんてどこにいるの、ホッパーも何度も言ってたけど、あの世へ旅立った愛する人が埋められた土地なんて誰が……いや、待って、やめて……オーケー、オーケー、でも、怒ん……何を？　クローリーがそんなものまで送ってきた？　てっきりさっきの話の続きかと思ってたけど……いや、ねえ、そんな資料は読まなくても……いや、それはイタリアかどこかの製薬会社さ、おすすめの株だってクローリーは言ってた、だから僕は別の仲買人に電話したんだけど、その人の話だと三十八から三十四と八分の三に値下がりしたらしい、だから……いや、興味がないのは知ってるよ、ただ……いや、うん、だから、いや、うん、クローリーはその話もしてた……いや、でも、その企業分割《スピンオフ》の話、エンド設備を独立させて新会社を設立することが認可されたから……いや、でも……いや、でも待って、ねえ、僕……いや、うん、バスト先生、そう約束したのは覚えてるよ、でもワンダー醸造の問題が解決するまでは……うん、たしかに僕はピスカターに調べてもらうって言ったけど……いや、ていうか、僕だって別に彼のことが気に入ってるわけじゃないけど、とりあえず今、僕らが頼れるのは彼しか……いや、いや、でも待って、ねえ、僕だって先生に彼と同じ格好をしてなんて言ってないよ、ぺらぺらした飾りとか、べルトとか、首の周りに巻いてたやつとか、もみあげとか、でも……いや、ねえ、彼が言いたかったのはきっと先生の服、コートの背中とかがちょっと……いや、彼もそう思ってることは分かってるよ、でもほら、先生が今必死に資料に目を通してるってことは彼に言っておいたから……いや、でも……いや、でも待って、ねえ……いや、うん、それについては彼もどうにかした方がいいと思うよ、まるで……いや、先生が言ってるのはノニーっていうところでしょ、あれは彼が子供の頃に自分をそう呼んでたっていう愛称、いや、僕が言ってるのはピスカター、ていうか、僕はいつも電話口で大きな声を出してるから向こうはいつも……え？　いや、でも……いや、分かってるけど……いや、でも、ほら、そのことを今言ってるんだよ、もしも先生が彼と話を付けてくれて法人化がうまくいったら、僕らは……いや、でも待って、ねえ、待って……ねえ？　バスト先生……？　いや、そう約束したのは覚えてるよ、でも……いや、でも、ほら、会社が設立できたら、他の連中みたいに税金を取られまくるなんてこともなくなるし、有限責任ってことになって、もし何かが起きても責任を……いや、でも……いや、でも、聞いてよ、ねえ……いや、分かってるけど、ほら、ピスカターのオフィスにいる会計担当者が税金に関して先生にベストなやり方を考えてくれてるから、僕が先生のために用意している給料からごそっと税金を持って行かれることはないし……いや、でも……いや、分かってるけど、ねえ、バスト先生、ていうか、わざわざ現場に行ったのに先生が組合に入っていないという理由でバンドが先生の曲を演奏してくれないって、それが僕のせいなの、彼らがまだ報酬を払ってくれないのも僕のせい？　ていうか、やば《ホーリー》……いや、うん、じゃあ分かったよ、でも逆に、あのとき美術館で十七ドルの経費を僕から受け取ってなかったら先生はどうなってたと……オーケー、でもほら、ていうか、先生は直接会う必要さえないんだ、だってピスカターが広告代理店を探してくれるって言ってたから、広告代理店に払うお金は必要経費として控除できる、一ドル払っても実質的には四十……いや、約束したのは覚えてるよ、でも……いや、でも、だから僕は先生のために全部書き出しておいたんだ、だって、先生がムーニーハムに会って、X－Lリトグラフ社との契約が完了したら、それで、え……？　いや、分かってるけど……オーケー、でも、ていうか、もしも先生が作った曲をバンドに演奏してもらうために、まず楽譜複写人組合に加入するお金が必要だって話したのなら……いくら？　そうなの、ねえ……？　いや、でも、よかったじゃん、ていうか……いや、でも、ほら、ねえ、バスト先生、ていうか、もしもそうやってワンダー社長が力を貸してくれて、ビールのコマーシャルに使う曲の作曲を五十ドルで依頼してくれるっていうんだったら、そのお金で……いや、でも、ていうか、ついでに五十ドルも稼がせてくれるのなら……え？　いや、単についでってことだよ、深い意味は……？　いや、うん、でも……いや、分かってる、自分の仕事に専念したいのは分かるけど……いや、オーケー、オーケー！　ていうか、やば《ホーリー》、ていうか、僕は先生の力になりたいだけなのに……いや、分かってるけど、僕だって宿題とかあって、数学の成績はもうDに決定だし、ジューバート先生だと社会もDになりそうだし……誰、ジューバート先生？　うん、元気、先生は……いや、二、三日は休んでたけど、あ、来た、噂をしてたらちょうど目の前に先生が来た……いや、すごく元気そうだよ、うん、ちょっと待って……この電話使いますか、ギブズ先生？　オーケー、ちょっと待って……もう一つだけ、ねえ、例の統計の本を読むのに一か月はかかるって言ってたでしょ、僕が買ってあげたアメリカ合衆国統計何とかって本？　だから、通信教育の速読コースに申し込みをしておいてあげたよ……ねえ？　もしもし、ねえ？　もしもし……？　扉が音を立てて大きく開いた。――ねえ、それ、どうしたんですか、ギブズ先生？

――それって。

――うん、そのスニーカーのこと、ていうか、先生がスニーカーを履いてるのは今まで見たことが……

――母が買ってくれたんだ、スニーカーを手に入れる方法がそれ以外にあるか。嫌いか、こういうのは？

――正直に答えていい？　ていうか、よく分からないけど、すごくかっこいいと思うよ、赤い星とか、そういうデザイン、と彼は言いながら荷物を抱えた。――僕もずっと欲しかったんだ、バジーが履いてるのを見掛けてから、バジーのこと知ってる？　あいつも同じのを……

そして扉が音を立てて閉じ、一瞬静寂があってから、受話器が外され、ダイヤルが回って――リッチさん？　ジャックだ。明日の第二レース、サムズペットに五十……え？　じゃあ、俺にどうしろって……ああ、それなら、重勝でサムズペットとベラミに二十、それで八百ドルを稼げるからな……これが最後だ、ああ……受話器が戻され、扉がゆっくりと開いて――畜生め。

――ジャック……？

――わっ！　彼は電話ボックスから半分体を出したところで背筋を伸ばし、――気が付かなかった……

――私もまさかと思ったんだけど、突然あなたの足が見えたものだから……

――これか？　彼はボックスにもたれかかって両足を前に伸ばし、――これはただの、指導員に頼まれて履いてるだけさ、あいつ、スニーカーの会社と契約を結んでいるらしくて、俺は単に頼まれたから……

――いえ、いいの、いいの、説明が聞きたいわけじゃないから……

――いや、説明させてくれ、エイミー……彼は立ち上がり、――いろいろと、最初にはっきりさせておきたいことがある……

――あなたが私を避けていることが分かったわ、あなた、あなたはどこにいたの？　私は全然……

――どこ？　どこって、カリキュラムから逸脱してたのさ、今朝のホームルームは聞かなかった？　ホワイトバック校長を納得させるために一芝居打ったんだが……彼は時計の前で立ち止まり、顔を手でぬぐって――今日は長い一日になりそうだ。それで何、グランシーのクラス、カリキュラムからの逸脱、うん、他の世界の人々、別の世界に行って、そこに住む二次元の人間と出会う確率*……

――ジャック……

――二次元の人間と横向きに出会うときには、その姿さえ見えない……

――ジャック、お願い。彼女は彼の腕に手を置いて廊下を戻ろうとし始め――あなた、顔色が……

――いろんな方角からいろんな問題が飛び込んでくるんだ、エイミー、それを一つ一つ解決しようとしてる、あの晩、君と待ち合わせした食堂に行けなかったのは……

――いえ、いいんです、私も行くことができませんでしたから……

――あ、そう、そりゃあよかった……二人は外に出る扉のすぐ手前で立ち止まっていたが、そこで彼が突然振り返り、顔の細部を記憶にとどめようとしているかのような熱いまなざしで額の角度、あるいは喉の曲線を見詰め、――街で二、三、片付けなきゃならない用事があって……

――街で？　私も後で街に行く予定なんです……

――そうなのか？　本当に？　じゃあ……彼は彼女の腕を取り、外からむなしく押されているガラス扉から離れ、毛皮を着た人影が扉を開けるまではそちらに目をやることさえせず、

――何時に……

――ジャック……？

――え、何……

――こっちに来る用事があったからついでに寄ったんだけど。学校の仕事はもう終わり？

――ああ、ええ、もう、うん、失礼、こちらは、こちらはミセス・グリンスパン、こちらはミセス・ディセファリス……彼が一歩下がると、手袋をした手が伸びてもう一人の細い指を握った。――ここで会うとは思わなかった、俺は……

――お邪魔するつもりはないわ、きっとあなたは……

――いえ、いいんです、構いません、私は明日の授業の準備がありますので。お会いできてよかったです。

――待って……彼はサングラスに映った自分の姿から逃げるようにして、――ステラ、ここで待っててくれ、すぐに戻るから……

彼女は二人の姿を時計の前まで目で追い、風が扉から入ってきたのを感じて脇へ寄った。

――失礼ですが、誰かをお探しですか？

――は？　ああ、いえ、いえ、私は人を待っているだけです

……隅へ追い詰められた彼女は息をのみ、――ありがとう……そして彼女は男が廊下を進み、別の方向から挨拶されているのを見た。

――ステラ、ここで何をしてる。

――さっきも言ったでしょ、彼が押さえている扉を出ながら彼女はそう言った。――今のは誰？

――誰って。

――今入っていった男、顔に傷のある……

――ああ、指導員、あれはうちの指導員、どうして。

――ただ、ただびっくりしただけ。

――でも、君は一体こんな場所で何をしてるんだ！

――さっき言ったじゃない、伯母たちに会いに来たついでに寄ってみたって、ひょっとして私と一緒に街に行く用事があるかもしれないと思って。

――何のために。

――どうやら虫の居所が悪そうね、それにそのスーツ、ジャック、と彼女は駐車場まで先に立って歩きながら言って、視線を下げ、――それにあなたの履いてるそのスニーカー……

――これは指導員に頼まれただけ、室内ホッケーの指導を頼まれて……

――あなたが？

――子供らは大好きなんだぞ、スティックで互いを叩き合って……

――あなた、まさかお酒は飲んでないわよね？

――昼間の学校ではニンジンスティックをかじっとけって言うのか？

彼女は車の脇で立ち止まった。――あなたが靴を履き替えてくるのを待った方がいいかしら。それと、コートを取ってくるのを？

――このままで送ってくれ、ステラ、と彼は反対側のドアに手を掛けて、――それとも、俺が運転しようか。

――いい加減にして、と彼女は言って運転席に座り、*車が動きだすと――私のことをミセス何とかって紹介したのは何か理由があるの……

――ミセス・グリンスパン、うん、すまない、フルネームを言ってなかったな、ミセス・ハイマン・グリンスパン。大学のときの友達だ。

――そしてまたいつか、さっきのかわいいミセス何とかさん、あなたが適当にでっち上げた変な名前の人のフルネームを教えてくれるのかしらね……

――いや、いや、ディセファリスは本当の名前さ、ほら、紹介しようか、俺たちの前で校門を出ようとしているあの男、あいつは事故をよく起こすから君はスピードを落とした方がいい、やつは時々自分を車だと勘違いして……

――あの人？と彼女は大きくハンドルを切りながら言って、――あれがさっきの人の旦那さん？

——あれがダン・ディセファリス、うちの、あー、駐在心理《サイコ》……

——あなたの職場には本当に変わった人が多いのね、さっきのミス、ミセスだけは違うけど、三シーズンか四シーズン前に発表されたばかりのジャン・パトゥのおしゃれな服、とても優雅な女性……そして車は広いハイウェイに乗った。——彼女のような人があんな場所で何をしているのかしら。

——俺みたいな人と同じことさ。俺みたいな人がしているのと。俺みたいな人がしているみたいなこと、俺はさっきそう言ったかな？

——足を下ろしてくれない？

——これ？　何の話？

——その変なスニーカー、ダッシュボードからその足を下ろして。

——「そのとき突然、あなたの足が見えた」、この詩を知ってるか？

——彼女、ちょっと若いんじゃないかしら？

——教壇に立つにはっていう意味？

——あなたにはってこと。

——いいか、ステラ、何を……彼は膝を横に向け、シートに腕を回して、——それはともかく、一体何をしに学校に来た、俺の友達も気に入らない、俺のスニーカーも気に入らない、それに……

——それはさっき話した。

——あんな話は信じない。毛皮にサングラス、伯母さんたちに会うためにその格好で出掛けてきたって？　それにサングラスなんて何の意味がある？　天気も悪いのに、それじゃあ前が見えないだろ。

彼女は道路を見詰めたまま、ハンドルを握った手の一方を離してサングラスを上げ、また戻した。——これで信じた？

——でも、一体、一体何があった……

——ノーマンよ。

——やつにやられた？　何で殴られた、ハンマーか、何があった、やつが青のペンキとオレンジのペンキを買って……

——やめて、ジャック、いい加減にして。失礼よ、それに、笑い事じゃない。

彼は少し肩を落として、たばこを探り、前に身を乗り出して、ボタンをいじり——これか……

——ラジオなんて要らないでしょ？

——くそライターを探してるんだ。

——ライターはそっち、端のボタン。少し音を下げてくれない？

——少しね、ムーングロウかと思ったら、くそチャイコフスキーの曲じゃないか*……車が追い越し車線に入ると彼は煙の中でくつろぎ、ハンドルにしがみついた老人に向かって追い抜きざまに手を振った。

——ジャック、悪いんだけどちょっと……

——待ってくれ、コマーシャルを聞こう、チャイコフスキーかと思ってたのに、よく聞いたらこれはくそ……

——悪いんだけど、ちょっと……

——何だよ、一体何があったんだ、失礼じゃない話、笑い事じゃない話って何……

——バッグの中を見て。

——女のバッグを覗くのは好きじゃない、前に覗いたときには、そういえば、と彼は札束を探りながら言った。——もしも俺のスニーカーがそんなに気に入らないなら、今十ドル貸してくれれば……

——どうぞ。

——けど、ここにあるのは二十ドル札と一ドル札ばかり……

——ああ、それなら……

——え、何てこった、これ、君が言ってるのはこれのこと？　彼女は彼の手元に目をやった。——うん。

——まさにハリケーンの目だな、穴の奥まで見えそうだ。

——ジャック、お願いだから、下品な言い方は……

——俺にこれを貸してくれないか、校長に見せたいんだ、校長は先生の穿孔が得意らしいから。実際、ここには両方の穴が写ってるじゃないか、バーミズクイックにいた子供時代を思い出すなあ……

——ジャック、いい加減にして、それはもう鞄に……

——ああ、俺に何て言ってもらいたいんだ、彼女の目がすてきだって？　俺にも紹介してほしいって？　ていうか、この女は俺の知り合いなのか、それとも……

——いえ、でも多分、彼の秘書によく似てるの、私は一度しか会ったことがないけど……

——ノーマンがこんな写真を配って回ってるのか？

——いえ、そういう言い方はよして、それはシャツのポケットに入ってたの。私が洗濯物をまとめてたら……

——で何、ここに写ってるラッキーな男の正体がノーマンだと思ってるのか……

——ジャック、やめて、どうして普通に……

——ここに写ってるのはあまりノーマンの、あー、膝には見えないな、もちろん君の方がよく知っているんだろうけど……

——やめてって言ったでしょ！　彼女が手を伸ばして写真を鞄に戻したとき、車は大きくカーブした。

——分かったよ、でも、話がよく分からない、と彼は膝を戻して言った。——やつのポケットにこれが入っているのを君が見つけたら、彼に殴られたわけ？　ていうか、逆に君がやつを殴らなかったのはなぜ？

クラクションが鳴り、彼女がルームミラーに目をやって、速度を落としながら右の車線に移動すると、またクラクションが鳴った。——あなたも彼のことを知ってるでしょ、と彼女は静かな口調で言った。——想像できない？

――想像できないね、でも、ステラ、それは彼のことを知ってるからじゃない、と換気用の窓を開けて吸い殻を落として、――君のことを知っているからだ。

――ジャック、またそんな話を……

――写真を見つけたときに君が彼に何て言ったか、俺には見当が付く。君はこれ幸いと、やつにとどめを刺したんだろう。女と示し合わせても、これほどうまくはいかなかったんじゃないかな。

――ジャック、そんな話は聞きたく……

――そりゃ聞きたくないだろう、やつもこれで最後、永久におさらばだな、そもそもどうしてあんなやつと結婚したんだ、ステラ。

手袋をした彼女の手がサングラスを押し上げ、車は隣の車線に出て数台を追い抜いた。――たばこ持ってる？

彼は一本を取り出し、マッチと一緒に彼女に差し出して、箱を一度振ってからつぶした。――どうしてだ。

――あなたと私が、あなたが今みたいな振る舞いを始めて、私が彼と付き合いだした頃のことよ、ある晩、彼がその日までに私とのデートにいくら使ったかを計算してみたって言ったの。金額は九十四ドル五十セント、そして、これ以上の出費をする前に本気かどうかを教えてほしいと彼は言ったわ。これで答えになるかしら？

――哀れな野郎だ……彼は窓際でさらに体を沈めて、――なるほど、今の話は信じるよ、ステラ……そして彼の両膝が再び上がった。

――ジャック、お願いだから普通に座って、十歳の子供を車に乗せてるみたいじゃないの。

――狭苦しい高級外車のせいさ、それにしてもピアノロール業界は今でも景気がいいんだな。

――業績は順調だと思うわ、でも他の面ではかなり厄介なことになってる、税金とか、父さんの遺産に絡む株のこととか。あなたが会社を辞めるときにも、たしか父さんは株を渡したんじゃなかった？

――株？　五株もらったな、退職金みたいな感じで、けど、それも……言葉が途切れ、彼は彼女を見上げて、片方の腕をヘッドレストの後ろに回そうとしながら、――どれだけの値打ちがあるのか知らないが、一体今、あの株にはどれだけの値打ちがあるんだ？

――知らないわ、ノーマンもよく分かっていないんだと思う。

――やつはきっとたくさん株を持っているんだろ。

――多分二十三株、でも二人の伯母と伯父が約二十七株を持ってる。

――でも、君もお父さんの持っていた株を遺産として相続したら……

――ノーマンの話だと、相続税を払ったら、多分多くても二十五株だって。

――へえ、二十五株か、それに加えて彼が何株持ってるって？　二十三？　足したら四十八株、結構な話じゃないか……

――二人の分を合わせたらの話でしょ、と彼女は路面から視線を上げずに言った。道は路肩が狭まり、両側に立つ木々が減ってビルに変わっていた。――それであなたは今も、五株を持ってるの？

――ずっとシャツと同じ引き出しに入れてた、と彼は言って、一瞬、彼女の方へ半分顔を向けてから、再び窓際に体を沈めた。外の並木はコンクリートに変わり、頭上の橋から鳥が一斉に飛び降りてきて、空《から》のタクシーの集団を囲う柵に散らばった。やがて彼は座席の間に置かれたバッグに手を伸ばし、口を開け、中を覗き、手を入れた。

――またそんなこと、お願いだからやめて。

――またそんなことって何。俺はたばこを探してただけだ……彼はたばこの箱と一枚の札を取り出し、札をポケットにねじ込んでから、たばこに火を点け、またバッグを開けて箱を戻した。――そんなことってこれか？

彼女は視線を下げた。――そう、分かったら戻して……

――その疲れた頭飾りを取って、*君の頭に生える髪、王冠を見せてくれ。さあ、靴を脱いで……車は急に速度を落とし、彼は片方の腕を上げた。――ささやかな詩さ、高名なる牧師、ジョン・ダンが恋人に捧げた……

――ジャック、もうたくさんよ、もしも……

――じゃあ、ここで降ろしてくれるか？

――馬鹿なことを言わないで、でも、ふざけるのも……

――でも、何だっていうんだ？　君にスナップ写真を見せられたから、俺は髪の王冠を詠んだ高名な牧師を引用した、その場の思い付きにしては上出来だと思うのに、俺を車の窓から放り出そうと……クラクションが鳴って――気を付けろ！

――もう、何でそんなことをするの！

――そんな理由でノーマンが君を殴るとは思えないからさ。

――今度は何が言いたいの。

――俺が言いたいのは君の口ぶりさ、多分二十三株、たしか父さんはあなたにも株を渡したんじゃなかった、とか、五株渡したことはよく知ってるくせに、二十五足す五は三十、三十なら二十三より多いし、二十七よりも多い……

――ジャック、あなた……

――でも、ノーマンの二十三に五を足したら二十八、そうなると伯母さんたちの二十七よりも多いし、君の二十五よりも多い、だが、君には手間を取らせたけど、ステラ、今の俺はその五株も持ってないよ。

――でも、さっき……

――俺はずっとシャツと同じ引き出しに入れてたと言っただけ、その後、引き出しから出して、今それを誰が持ってるかも知らない、ここで車を停めて、降ろしてくれないか？

――ジャック、お願い、馬鹿なことを言うのはやめて……

――いや、本気だ、ステラ、君にとって嘘は周りを操るための方便にすぎない、お父さんに平気で嘘をついていたのを覚えてるか、俺たちが昔、あの頃は嘘をつく必要なんて全然なかったのに？　君はただ、嘘をつく相手が欲しいだけなんだ。

背後でクラクションが鳴り、車は急に速度を落として、路肩の草地に停まった。――こんな場所からどこに行くつもり。

――あそこのフェンスを乗り越えて地下鉄に乗る、最終レースには間に合うだろう、君がノーマンと結婚したのはそれが目的だろ、嘘をつく価値がある相手を見つけたわけだ、ステラ、賭けてもいいが、俺たちが駅で再会したあの日以来、君はやつと一度も寝ていないだろう……

クラクションが鳴り、ドアがバタンと閉まり、タイヤが舗装面に戻り、彼女は後ろを振り返ることもなく、ずれたサングラスを戻し、坂を越え、トンネルを抜け、川沿いの暗いアーケードをくぐった。そして同様に暗い部屋の中を歩きながら*、不透明な笠《シェード》のかかったランプに明かりをともし、〝ジュリアード劇場で肩のこらない夜を〟の上にバッグを落とし、サングラスをその脇に置き、廊下を進みながら片方の靴を脱ぎ、次にもう一方を脱ぎ、背中に手を回してジッパーを下ろし、逆の手で数あるローブの中から一着を選び、それを床に落として洗面台の上に身を乗り出して鏡に目を近づけたとき、玄関のベルが鳴ったので、バスルームの扉を閉めて、テーブルの横を通るときに手に取ったサングラスをかけてからドアチェーンを引っ掛け、チェーンの長さ分だけ扉を開いた。――ああ！……そして扉をいったん閉じてチェーンを外し、大きく開け直した。――だけど、パルマに行くんじゃなかったの……

――ああ、そうなのよ、でも停電だか何だかのせいで旅行は全部キャンセルになっちゃった。ここもそうよね、いつもとても暗くて、あなたがどうやってこの中を動き回れるのか私には不思議だわ。

――配置を覚えてるから、と彼女は先に立って歩き、ソファの前に立ち止まり、――何か要る?と言ってから腰を下ろした。

――何も要らない、たばこある？　ああ、バッグの中？　開けても……

――いえ、私が探す、と彼女は勢いよく立ち上がり、ソファの肘掛けの上から手を伸ばした。

――ああ、このコンサートに行ったのね、どうだった？

――ええ、ベルク*の曲ばかりだったわ、と言いながらたばこの箱を取り出したとき、一緒に口紅がカーペットの上に転がり落ちたが、彼女はそれを拾おうとせず、バッグの口を閉じてソファの背もたれの後ろに落とした。

――そうね、私もベルクは苦手。けど、あなたに会えてよかったわ、一度、電話はかけたんだけど、当然、つながらなかった、だからきっとよろしくやってるんだと思ってたの。これ、灰皿？

――ええ、でも、そんなことを言うなんて意地悪。

――意地悪なんかじゃないわ、ダーリン、私に嘘は駄目よ。エレーンの店で水曜の夜に会ってた相手、派手なネックレスの……

――もう、やめてよ……彼女はずれかけたサングラスを戻した。

――少しだけ様子を見せてよ、あざはもう消えた？

――あなたには見せたくない……彼女はなで肩にかかった髪をたどる指の方へ頭を傾けた。――誰にも見せたくない。

――でも、気を付けた方がいいわよ、統計によるとバスルームで起きる事故はすごく多いんだから、見せてくれないの？

――駄目、誰にも見せられない、醜いから。

――あなたの体が一部でも醜いなんてありえないわ。

――これでも……？と彼女がローブを肩まではだけて顎を上げると、喉元に光が当たった。

――それでもよ、かけがえのない傷だわ！　こんなネックレスは他にない、何度言えば分かってくれるの？　待って、いいものを見せてあげる、淡いルビー色に塗ったらこのかけがえのない傷が……

――嫌よ……口紅で既に半分なぞられたペンダントまで彼女の手が上がり、――嫌よ、触られたくない。

――盗まれそうだから？　あなたが前に言ってた、ブリンのネックレスだっけ、ろくでなしの友達からあなたが聞いた名前？

――ブリー……耳元に息を吹きかけられた彼女は一瞬、息が止まり、――ブリーシンガメン……そして口紅は胸元にとどまった。

――でも、その男の話によると、愛と美の女神なんでしょう？　そういうことを言うってことは、まんざらろくでなしでもないわね。

――ろくでなしよ、と彼女は言った。口紅は点々でゆっくりと輪を描き、頂点となる乳首の周囲に色が集まっていた。

――待って、じっとしてないと作品が台無しになるわ、まだ見ちゃ駄目よ。

――いつだってろくでなし、彼女はささやくようにそう言って、ローブを床に落とした。口紅が線を延長するように下に移動して速度を落とし、柔らかな膨らみのはっきりした上下動に合わせて心臓を描き、そこから急に矢印が飛び出すと彼女は体を硬くした。

――ほら、おしゃれなのが分かるでしょ、見て！　次回はこの格好で来てよ、みんなきっとあなたに魅了されるわ、ね？

――何を……彼女は自分の体を見て、そこで言葉を句切り、――まさか、馬鹿なことを言わないでよ。

――分からないの、大きな目を一つだけ持った猫みたいに見えない？

――馬鹿みたい。

――いえ、馬鹿みたいじゃない。ほら、猫が藪の奥に隠れようとしてる、私が捕まえてもいい？

――馬鹿ね。

――口紅もいい品じゃないの。ランバン。

――ああ……？　電話が鳴った。――ランバン？

――ランバンって口紅も作ってるの……？　そして彼女はあざになった目の上に手を置いた。

電話がまた鳴り、もう一度鳴り、長々と鳴り続けた。*

――お出になりませんね、エンジェル社長。

――だから言ったじゃないか、コーエン、彼女は家にいても電話に出ないんだ、もういいよ、マーナ。彼女が電話に出たからってそれでどうにかなるとも思えないし。

――私は奥様の立場をはっきりさせた方がよいかと思いまして……

――まあ、彼女から話を聞いたって役には立たないよ、君が何かを思い付いたとしても、彼女はあちこちでいろんな役職を引き受けてるし、カーニバルの役員だってやりかねない、マーナ、コーヒー休憩にでも行ったらどうだ、必要になったらこっちからブザーで呼び出すから。コーエンさんと私はしばらく細々した相談があるから……彼は彼女の後ろに立ち、彼女が小股で部屋を出て行くのを扉近くのキャビネットまで追った。

――本題に入る前に、少しバーボンでもやって頭をクリアにしようか。

――あ、いえ、私は結構。

――このキャビネットは最近、置いたばかりだが……彼はかがみ込むようにしてキャビネットの扉を引きながら、――ずいぶん粗悪な品だ、と思い切り引っ張り、――見た目がモダンなのはいいが、手を引っ掛けるところがない……

――気を付けてくださいよ、キャビネット全体が傾いてますよ……

――その方がいいかもしれない、壊れてしまえば……毎回こんなことをしないで済むから……さて、彼女は使い捨てコップをどこにやったかな。

――ここは雰囲気が変わりましたね、私が前回来たときは……

――ああ、模様替えというほどじゃないが少しだけね、あそこにあった古いカーテンを新しいのに替えて、古くて大きな椅子と古いコートラックは地下に持って行った……彼はそこで黙り、かがみながら二つの紙コップに酒を注いだ。

――あ、いえ、私が言おうとしたのは……

――銀行やエレベーターでは有線の音楽が流れているだろ、あれも契約することを考えたんだが、と彼は慎重に振り向き、ゆっくり歩いてデスクの隅に紙コップの一つを置いた。――でも、いくらするか知ってるか？

――ああ、でも、私は要らないと先ほど申し上げたのですが。

――でも、さっきは何を言おうとしてたんだ、新しいカーテンが気に入らない？

――いえ、私が言おうとしたのはあの若い女性のことです、以前は赤毛の秘書がいらしたと……

――テリーのことだな、うん、その、彼女は……彼はコップを持ち上げ、半分を一気に飲み、――どうやらこの場所に一人でいるのが少しさみしいらしくて、注文部門のマーナと代わってもらうことにした。社内ではいちばん柔らかい椅子のはずだが、一日中私の顔しか見られないのが少しさみしいらしい……と彼は残りを飲み干した。――しかし、新しい秘書のマーナも優秀だ、彼女を見てると時々ある人のことを思い出すんだが、それが誰か分かるかな？ 髪を黒く染めたときのジョーン・ベネット*を覚えてるか？ あれはやっぱり失敗だったよな。キャビネットの前に戻った彼は、またかがみ込むようにしてその扉を揺すっていた。――大口契約者を自称する男がキャビネットの扉さえ普通に取り付けられないとはあきれるね、見てくれ、これ。新しい工場の配置図を見せたらとんでもなく高額の見積もりを出してきたのと同じちびのイタリヤ人、取引してるだけでありがたく思えみたいなあの態度。でも、早く工場の改装をしないと……

――いや、でも、待ってください、エンジェル社長、お言葉ですが、それは無理です。今の時点でその種の出費はできません。遺産の件がいつ決着するか見通しが立ちませんし、いつ何時、政府の人間が来て、会社の資産を差し押さえたり、社長の身柄を取ったりするか分かりません。過去にさかのぼって会社に税金がかかるとなると、彼らがまだ来てないのが不思議なくらいですし、相続税はおそらく……

――じゃあ、これは一体何だ……彼の手はデスクの上にきれいに積まれた書類を集めて、――これがそれ？

――大まかな予備的数字です、はい、会社の評価額は控えめに見積もって三百万ドルというお話は以前にしましたけれども、そうすると、被相続人の株式は四十五株なので、百三十五万ドルになります。最初の百万ドルに対する税金が四十二万三千ドル、それを超える分については四十二パーセントの税が課されるとすると、三十五万ドルの四十二パーセントは十四万ドル、税率固定の州税八パーセントを加えると、六十七万一千ドルになります。

――なります？ なりますってどういう意味だ、向こうがそういう計算をするのは勝手だが、私が持っているのはわずかに……

――ただの試算ですから、はい、もちろん、会社の評価額を正確に算定するには資本の再編成を済ませて、証券引受人《アンダーライター》が……

――いいか、畜生、いいか、株式公開なんて話を蒸し返すのはよしてくれ、コーエン、分かってるだろうな……彼はそこに立ったまま上着を脱ぎ、シャツの裾をズボンに押し込んだが、手を出すのと一緒に再び裾が出て、机に向かってドサッと椅子に座ると裾が後ろに垂れた。

――しかし、エンジェル社長、そうでもしないと六十数万ドルというお金を準備する方法がありません。

――ああ、例えば、ネイサン・ワイズ社の株を売ったらいくらになるか、調べてくれって言ってあっただろ、あんな会社に固執する理由は何もないし、そもそも私はあの会社の事業があまり……

――それについては調べました、はい、そこの書類の下の方に先方とやりとりした文書があると思います、社長はあの会社にあまり、あの、関心をお持ちではないですが、それは世間的にも同様みたいです。最近の連結財務報告書を見れば、あの会社に誰も興味を持たない理由はすぐに分かります、慢性的な赤字ですからね、しかし、あの会社の製品の性質を考えればそれも驚くべきことではありません。私に言わせれば、需要はしばらく前から途絶えていると思います。

――ああ、うん、避妊薬《ピル》が登場した影響は大きかったな、まさかそんなものが現れるとは思っていなかったんだろう。

――何の影響ですって？

――避妊薬《ピル》さ、女の子たちがみんな飲んでるだろ、十二歳の子まで飲んでいるという記事を見たぞ、母親が医者に処方してもらった薬を娘がもらうという話だ。

――ああ、私、なるほど、はい、避妊薬《ピル》というものが、その、若い人の間で驚くほど広まっていることは存じております、ただよく分からないのは、その有害な影響が具体的にどんなふうに……

――昔と変わらないネイサン・ワイズ社の経営陣がいい例じゃないか、質の高い製品が市場のトップに立ったら、その後はあぐらをかいていた。

――ええ、たしかにあの会社は……

――あの会社はゴムとか何とかそういう粗悪な材料は使わず、丈夫で薄い羊の薄膜を使った。

――はい、思い出しました、あのご姉妹、被相続人のお姉様方が何かそんなお話を……

――そんな話って、あの老姉妹がそんな話を君に？　彼は口元を手でぬぐい、カップを下ろした。――へえ。それは意外だ。

――お話しした内容はたしか、あまり筋の通ったお話はできなかったと以前にご報告申し上げたと思いますが、私が家庭内のプライベートな事情に首を突っ込んでいるという印象をお持ちになったらしくて……

――その件は君に任せるよ、とうてい私の手に負えそうにないし……

――しかし、その問題に関してはずいぶんご自慢の様子でした、社長がおっしゃるように品質という点で、たしか羊の薄膜と上院議員のお話が出た記憶があります、西部の、羊を多く産する州出身の議員だとか……？

――ああ、ビリキンだか、ミリキンだかいうやつな、しばらく仲のよかったヤギ爺さん、しかし、よくは知らん……そして彼は紙コップを上げ、空《から》にして置いた。――とにかくこれはリンゴの売り買いとは話が違う、さてと……彼はメモ帳を取り、先の丸まった鉛筆を見つけ、――いずれにせよ、御大が持っていた株のうち二十が遺産税*として消えそうだと言うんだろ、結局、それはどこに行くんだ？

――ええ、株式の公開ということですから当然……

――というか、そうなると、それをきっかけにして祝祭楽器社《ジュビリー・ミュージカル・インストルメント》のやつらがここに乗り込んでくるんじゃないか。

――第三者を通じて買収を仕掛けてくる可能性もありますね、それを防ぐために裁判所から差し止め命令を出してもらうことも可能だと思います、あの会社とあなたの、あー、被相続人の間には長年にわたって係争中の問題があるわけですから、パンチ穴を開ける記録方式とそれを応用するアイデアをめぐって……

――問題は穴、くそみたいな穴をめぐる裁判な。

――おっしゃる通りです、しかし当然、最終的に被相続人の主張を認める判決が出された場合には、問題はさらに広い範囲に及ぶことになり……

――分かった、しかしそれは最終的な話だろ、私がしたいのは今の話だ、今、目の前にある問題を……

――はい、とりあえず資金の問題が解決しさえすれば……

――今、私の頭にあるのはそのことでもない、お金のことばかりじゃない、問題は結局、誰がこの会社を切り盛りするのかということだ。

――ええ、先ほども申し上げましたが、差し迫って祝祭楽器社《ジュビリー・ミュージカル・インストルメント》が何かを仕掛けてくるという可能性を防ぐには……

――分かった、じゃあ、他はどうなんだ、いいか。彼はメモ帳を再び手に取った。そこには大きな楕円が現れ始めていた。――これが私の二十三株。これがステラの伯母たちが持っている二十株で、これがジェイムズ伯父さんの七株、それからこっちが……

――五株、はい、リストにはギブズという名前で五株と記されています、ギブズという人、前からお尋ねしようと思っていたのですが、この方《かた》は……

――待って、彼の話は後だ、いいか、これが税引き後の遺産として残される二十五株、さて……

――率直に申し上げますが、エンジェル社長、その点はご安心いただいて大丈夫だと思います、この、あー、芸術的なご親族と今日まで交渉した手応えから判断すると、奥様をただ一人の相続人とする手続きに大きな困難はなさそうです、ですから、その二十五株と、ご自身の二十三株を合わせれば何も……

――ああ、だけど待ってくれ、仮にその二十五株をステラとエドワードが分け合うということになったら……

――お話を遮って申し訳ありません、しかしその可能性は考

——まさにおっしゃる通りだと思います、エンジェル社長、しかし、それが具体的に今回の問題とどう関係があるのか私には……

——ああ、じゃあ、こう考えたらどうかな。細かいことに今立ち入るつもりはないが、こう考えてみてくれ。もしも私の二十三株に対してステラが二十五株を手に入れるという形になるのではなくて、ステラとエドワードがその二十五株を分け合うということになれば、私は、まあ、それ以上は言わなくても君には分かるだろう……彼はまた紙コップを上げてから、デスクの後ろに回って椅子に腰を下ろした。

——ああ。なるほど。

——うん、だから、大事なのはお金の問題じゃない、問題は、ひょっとすると私ができるだけたくさんの株を掻き集めようとしているように聞こえるかもしれないが……

——いえ、お考えはよく分かります、エンジェル社長、しかし失礼ながら、甥御さんについて見落とされている点が一つあるかもしれません。税引き後の遺産の半分が彼に渡ると仮定して、彼が、あー、ご想像通りの魅力的な若者だったとしても、彼が成人年齢に達しているかどうかという問題はまだはっきりしていません、もちろん、もしも未成年なら、被相続人の遺産を相続する権利があると証明された場合、彼の伯母たちあるいは父親、あるいは伯父と申し上げた方がいいのかもしれませんがジェイムズ氏がおそらく後見人に指名されることになりますえにくいと思います。甥御さん、エドワードさんには権利放棄証書に署名して送り返してくださるようお願いしたのですが、私はまだ受け取っていませんし、出生証明書もいただいていませんし、実際、あちらからは何の手紙も電話もありません、彼の利益を代表する弁護士からの連絡もです、おそらく先方はそんな面倒な手続きをする値打ちさえないと思っているのでしょう、ただし、お金に無関心なその気高い態度は、あー、例外的にも思われますが。もちろん、伯母様たちからうかがった話によると、彼は音楽に打ち込んでいらっしゃるようで、芸術家の皆さんはお金の問題についてはあまりお得意ではないケースも多いですから、例えば……

——ああ、うん、私はそういうことはよく知らないんだ、コーエン……彼は座ったまま一瞬、空《から》のカップを指先で叩き、それから立ち上がって椅子を下げると、上着が床に落ちた。——今回の話を聞いたときにエドワードがずいぶん取り乱していたことは忘れないでくれ、彼にはあの夜一度会ったきりで、その後も家に電話をかけてはいるんだが、どうしても捕まらない、伯母の一人から聞いた話では、出張に出掛けているということもあったんだが……彼は立ち止まり、酒を注ぎ、振り向いて、——彼には憎めないところがある、何か人好きのする、信頼したくなる部分があって、なぜか手を貸したくなるんだな。ひょっとして今は少し頭が混乱しているのかもしれないが、きっと話せば分かるような気がする……

から、エドワードが相続する十二株半の権利を行使する権利を後見人が手に入れて、既に手元にある二十七株にそれを加えるかもしれません。さて……

――ああ、でも、それなら……

――いえ、しかし、申し訳ありませんが最後までお聞きください、誤解していただきたくありませんから。彼の伯母様たちは配当という形の見返りをしきりに期待していらっしゃいました、だからといってことさらお二人が欲得ずくだとは思いません、実際、やや不如意な暮らしをなさっている方であればむしろ当然の反応だと思います。しかし、短い訪問ではありましたが、お二人の現実把握能力には時にやや、あー、曖昧な部分があることを私は感じました、例えば、お二人はロングアイランドのあの屋敷にかなり長くお住まいになっているようですが、インディアナ州の町から郵便で届けられる週刊新聞を「地元の新聞」とお呼びになるのです、一家がその町を離れたのは一世代も前のことなのに。お二人にはそちらにいらっしゃる弁護士を紹介していただいて、私から手紙を出したのですが、その弁護士からも返事がありません、今となっては、その存在さえ疑わしいのではないかと私は考えています、さらに率直に申し上げますと、ジェイムズ・バストという人物までその現実味が薄れていくように感じられるほどで、ジェイムズは何かの賞を受け取りに海外に行っているとあのお二人から聞かされると、まるで一九一一年のパリ万博に出掛けたときの話をしているのではないかとさえ思えるのです。今一つだけはっきりと申し上げておきたいのは、そういう、あー、私が事務的かつ合理的に処理しようとしている問題においてあの方たちが何らかの力を行使したりすることになれば、私としては不安を覚えざるをえないということです。

――ああ、君の言っていることは分かるよ、でも……

――ですので、失礼、社長のお立場から言えば、被相続人の娘様がより多くの株式を所有することになるとご自分の地位が脅かされるとお思いになるのは当然ですが、それでもなお、残る五株を手に入れられるのであれば、私が今ご説明申し上げたもう一つのケースよりも安全なのではないかということです。もちろんその五株を手持ちの分に加えれば、相対的な多数を……

――ああ、うん、それは可能だ、コーエン。彼は丸まった鉛筆の先で「ギブズ、五」を囲んでいる細長い楕円から顔を上げてそう言った。――問題は、彼女にも同じことができる、ステラもギブズの五株を手に入れられるってことだ。

――しかし私は、あー、あー、なるほど、お二人ともギブズという方とつながりがあるわけですね、存じませんでした、それならば当然、できるだけ早く手を打った方が……

――ああ、彼女が誰とつながりを持っているか、そんなのは私の知ったことじゃない、名前はジャック・ギブズ、数年前から私は彼の消息を知らない、ただ奇妙なことに、少し前にこの数ブロック先で彼を見掛けた気がする、見た瞬間は彼に間違いないと思ったんだが、次の瞬間には確信が持てなくなった、男は幼い女の子とボール遊びをしてた、そしてひどく足を引きずっていた、ギブズの足が悪いという話は聞いたことがない、そもそもそれがギブズだとしたら何の用もないこんな場所にいる意味が分からないからな。男が姿を消した後、女の子に尋ねたら、一緒にいたのは父親だと言っていた、ギブズが以前結婚していたという話は聞いたことがある、結婚生活は数か月しか続かなかったらしい、彼とステラが別れた直後のことだ、彼はしばらく酒浸りになって……

——ええ、はい、もちろん、できるだけ早く手を……

——私が来る前まで彼はこの会社でしばらく働いていた、優秀な社員だった、彼のことはよく知らないがこんなことがあった。私たち三人が一緒に昼食をとったときのことだ、ギブズは少し酒も飲んでいた。三人で通りを歩いているとホームレスが一人、片方の手を差し出して近づいてきた、破れたコートが風にはためいていた、くたびれた男にはどのみちこっちの姿なんてろくに見えていなかっただろう、しかしジャックが突然、手を伸ばして一ドルを渡したんだ、驚いたね、ずっと後になってからステラの前でその話をしたら、彼女はこう言った、彼がそんなことをしたのは、こっちに向かって歩いてくるのが自分だと思ったからだってね。彼女がそう言ったときの口調は決して忘れられない……彼はそこで声が小さくなり、目の前の図形に視線を戻し、太い線で縁をなぞってから急に立ち上がり、キャビネットに向かって歩きながらカップを手に取った。——ステラときたら、と再びしゃがむようにして扉を引っ張りながら彼が言った。——彼女は時々、当たり前のことが分かってないんだよな、失敗という経験がひたすら重圧になっていくってことか……と彼は引っ張り、——あるいは、ひょっとして彼女には分かっているのかもしれない、と彼は強く引っ張り、——私たちが想像するよりもよく分かっているのかも……

——いけない、気を付けて！

——やれやれ……！　彼の手には半分はずれた扉が握られていた。——ほら、見てくれ、このざまだ！　ここには木のキャビネットを入れさせたはずなのに、この割れ方、木なら木目に沿って割れるだろ？　木目なんてどこにもない。おが屑を糊で固めて木目模様を付けただけ……

——ええ、私、そうですね、エンジェル社長、しかし私ならあまり気にしませんね、しょせんは……

——コーエン、畜生、私の言っていることが分からないか？　同じことがここでも起きようとしてるってこと、これまでの苦労が水の泡になろうとしてるってことが？　株を公開したりすれば、株主が望むのは配当金の受け取りと株価の値上がりだけ、その要望に応えなければ株は売りに出される、要望に応えれば、木製品を自称するこのキャビネットを作ったのと同じ、名前を聞いたこともない土地から副社長が現れて、新たな提案をする、そして突然、彼らの指示に従って木を切断したり加工したりすることになって、結局、人を雇って何かを作ることになる、社員だって自分が何を作っているか気にしないような製品、仕事に誇りを持っている人間なんていやしない、だって、そもそも誇りを持てないようなものを作っているんだから……彼はその部材を膝の上で割り、瓶を持って立ち上がって、——どうしてみんな分かってくれないんだ、私は自分一人で会社の実権を握ろうとしているわけじゃない、ただ、作る値打ちのあるもの、やる値打ちのある仕事を会社が続けていけるように……

——ええ、ですから当然、早めに手を……

——君は変に思うかもしれないがね、時々私は昔を思い出して、ステラがいなかったらどうだったんだろうと考えることがあるよ、私とギブズの二人だったら何か、何か面白いことができたんじゃないかって。

——ええ、もちろんです、ですから早めに彼を探して……空《から》になっていないコップが慎重に脇に置かれ、机の隅で書類がきれいにそろえられて、——問題の五株がどうなっているかを早めに確認した方が……

——分かってる、時間はチェックしてるんだ、今ぐらいの時刻に散歩に出掛けたときに彼が少女と遊んでいるのを見た、もしもあれがギブズなら、私が見掛けたのが本当に彼なら……彼は瓶をデスクに置き、その背後にしゃがんで上着を床から拾い、ほこりを払って、また椅子の背に掛けた。

——こんな時間ですし、私の車で一緒にマンハッタンにお戻りになるかと思っていたのですが……そしてブリーフケースが持ち上がって、デスクできれいにそろえられた書類がその中に収まり、——お仕事の区切りが付くまでお待ちしても構いませんけれど……

——いや、先に帰ってくれ、とデスクの上のメモ帳から顔を上げずに彼は言った。その目はまるで、鉛筆の濃淡でスケッチした絵を初めて見ているかのようだった。彼はメモを破り取って丸め、また腰を下ろした。——少しテリーと話したいことがあったんだ、部署が変わった彼女を呼ぶのは気が引けるが、今日の仕事が一段落した後に話をしようと考えていた、ちょっと確認しておきたいことがあって……彼は先の丸まった鉛筆に手を伸ばし、また椅子に座り直して、親指の爪で芯をきれいにした。——そこの植物は彼女が持ってきたんだ、部屋の模様替えの一環でね、何とかして少し生き返らせたいから彼女の知恵を借りようと思って。

——ああ、そうですね、ええ、うちのオフィスではもう鉢植えはあきらめました、今では全部笹にしています、日本製の模造の笹、もちろんプラスチック製のものは初期投資にややお金がかかりますが、長い目で見たら……ブリーフケースがパチンと閉じ、それから扉の方へ向かって弧を描いた。——こちらの書類は置いていきますのでタイプ清書をお願いします、それからエンジェル社長、余計なお世話かと存じますが、少しの間この問題のことはお忘れになって、何か、どこかへお出かけになって気晴らしを……

——コーエン、今のタイミングに君がそんなことを言うなんて妙だな、うちは子供の頃、かなり厳しく育てられた、私は少しぜんそく気味だったからなかなかつらいものがあったよ。田舎ではリンゴを育ててた、兄と私はリンゴを木箱に収穫する作業をやらされた、リンゴをくるむ新聞紙に載っている漫画を読むのが楽しかったなあ、家では漫画が載っている新聞は読ませてもらえなかったから。特に仲のいい家族というわけじゃなかった、でも、思い出の中ではそうだった気もする、昔は二十二口径の銃で一緒にウサギ狩りもした、銃身が八角形のウィンチエスター銃が今でもクローゼットのどこかにしまってある。兄は戦争で死ぬまで、ずっと地質学者になりたがっていた、当時、それが不思議に感じられたのを今でも覚えている。

——え、ええ、なるほど、書類はそこに置いていきますので、タイプ清書をお願いします、それと、できるだけ早くに……

——すぐにマーナにタイプしてもらおう……彼は前に身を乗り出し、デスクの下のボタンを探り、空《から》になっていない紙コップに手を伸ばした。——それから、毎年春になると町にサーカスがやって来た。でも、サーカスには動物がいるし、周りに干し草が積んであったりするから、ぜんそくの私は行けなかった、パレードの近くにも寄れなかった。だから、サーカスが町に来た夜、父は私をリオワゴンのオープンカーで町の外の、会場を見下ろせる丘に連れて行ってくれた、父と私は二人きりでそこに座り、サーカスを眺めた。遠いし、暗くなる時間だったからあまりよく見えなかった、でも、幌馬車や象は見えたし、楽団の演奏も聞こえた。少し温かいそよ風が吹いたりすると、それと一緒に音楽も届いた。通りに次々と明かりがともるのも見えた。私たちはほとんど口をきかなかったと思う、でも、ここが大事なんだが、と彼が言って、椅子を後ろに傾けると、上着がまた床に落ちた。——ひょっとすると、それが私にとって最も幸福な時代だったかもしれない……

——失礼します、エンジェル社長、ブザーを鳴らされましたか？　彼女は、ブリーフケースを反対の手に持ち替えながら扉の前まで後ずさりしてきた男の背後で立ち止まった。

——マーナ、コーエン君がその書類をタイプ清書してほしいそうだ、できたら私にもコピーをくれるかな？

——はい、承知しました、コーエンさん……彼女は部屋を横切り、デスクの上にきれいにそろえられた書類を取りに行った。——エンジェル社長、タイプの作業は受付の方でしても構いませんか、コーヒーを淹れたばかりなので……？と立ち止まり、張り付いたシャツの下で申し訳なさそうに肩をすくめてから扉を出て、緑色のセメント壁の廊下を進んだ。彼女の慎重な一歩一歩は、それを慎重に見詰めるまなざしと同時に上下し、金色のオーク材の手すりまで達したところで止まったが、その意図は彼を先に行かせるというだけらしく、彼女はその後ろ姿に向かって手を振り、――さようなら、コーエンさん、またいらしてくださいね……

――爪が割れちゃった。

――あっちのデスクには付け爪があるんだけど、部屋に取りに戻るのは避けたいわ。

――そうね、社長に何か言われた？

――そういう意味じゃない、ただちょっと様子がおかしいの、分かる？

――私が言ってた意味が分かるでしょ？　社長が顔を上げるからこっちも顔を上げるんだけど、社長は心ここにあらずって感じでどこかよそを見てるのよね。

――うん、とにかく、帰る前にこれを清書しないといけないわ、待っててくれる？

――私はセーターの安売りに行きたいんだけど、オーケー？　爪やすり《エメリ》が忙しく動き、――え、誰かと会う約束があるの？　すると返事がないので爪やすり《エメリ》が止まり、彼女は顔を上げた。――あなたの黒い髪にはまだ慣れないわ、と彼女は自分の赤毛を耳に掛けながら言った。――やっぱり黒髪が彼の好み？　――それって冗談？

紙が丸まりながらタイプライターにセットされた。

――本当に彼ができたのかと思ったんだけど……時計には目もくれず、タイプライターと爪やすり《エメリ》が時を刻んだ。二人が手を止めたとき、時計の針はほとんど下まで落ちていた。タイプライターから取り出された紙が人気《ひとけ》のない廊下を進み、人気《ひとけ》のないオフィスに入り、人気《ひとけ》のないデスクの上に置かれた。

――社長はもう部屋にいなかったわ、テリー、帰る姿を見た？

――工場横の扉から出たんじゃないの、さてと……

――私の櫛《くし》、見た……？　引き出しがバタンと閉まり、コートラックの上でハンガーがカタカタと鳴り、二人は腕を組んで外に出て、縁石から降り、また歩道に上がり、並んで角を曲がり、偽の煉瓦と自然石の前を通り、また縁石から降りたところで――テリー、見て！

――一体どうしたって……

――見えなかった？　社長よ、向こうを走ってた、誰かを追いかけてたのかしら？

――何言ってんの？　社長がそんなことを……

――ううん、ほんとよ、あそこの角を向こうに……と二人は歩き続け、枯れた芝を囲む柵を過ぎ、角を曲がって高架駅に向かい、階段の前でハンドバッグの中を探り、後ろを振り返り、プラットホームでは左右を確認し、「アストリア・ジェンツはくず」と落書きされたパン屋の看板の影に隠れて列車を待った。

――今見たら駄目、隣の車両に乗ったみたい……

――見られたかな？

座席が埋まり、通路もいっぱいになって、破れた新聞紙を足が蹴飛ばし、キャンディーの包装紙を踏みつぶした。目の前に立つ男が縁なしの眼鏡からブラウスの中を覗き込み、汚い床に置かれたグラッドストン・バッグ風デザインのブリーフケースを挟んだ膝を二人の間に押し込んできたが、並んで座ったテリーとマーナは視線をそらし、体を寄せ合った。明かりが弱まり、また点灯し、列車が地下に入った。

——社長は反対側に移動したわ、緑の女のすぐ向こう、何だか私たち、尾行されてるみたいじゃない？

——社長がそんなことを、待って、私もここであなたと一緒に降りる、急行に乗り換えるから……

——振り向いちゃ駄目、彼も降りるのかしら……？

肘が脇腹を見つけ、無防備な足首をかかとが踏み、見知らぬ手が一瞬、見知らぬスカートをなでたとき、——ちきしょう《アイ・コニョ》……と声が聞こえ、——扉を押さえて……という声とともに緑のレインコートを着た女が肘鉄を食らわせた。——失礼……彼は女の脇を通ってホームに出た。その瞬間、派手な赤毛は柱の陰に消え、「アナタノコドモヲコロス《マータ・ア・スース・ニーニョス》*」と書かれた新聞、買い物袋、コースもゴールもないのにリレー用のバトンみたいに握られた女物の傘が入り乱れ、鋼鉄のレールの上を走る鋼鉄の車輪の悲鳴が、人のあふれるコンクリートの岸辺を離れると、突然、その視線が対岸に釘付けになり、彼は手を振って叫んだ。——エドワード……？　バスト！　エドワード……！　階段の背後から、一人になった派手な赤毛が現れると、彼は転倒しそうになりながら物陰に隠れ、大きく息を吸って——エド……！と叫んだが、その声は反対側から出発しようとしている列車の轟音に掻き消され、バストはホテルの火事で前にも後ろにも動けなくなった客のようにホームに立ち尽くし、きょろきょろと辺りを見回してから肩を落とし、人気《ひとけ》のなくなった階段へ向かって歩きだし、上りきったところで、グリルの上でやけに辛抱強く回り続けるフランクフルトを覗き込むように一息つき、さらに階段を歩いて外に出た。靴底が立てるぺたぺたという音が風に運ばれて、陽気な角度で蓋をされたごみ箱の列を通り過ぎ、坂を下って、明かりのともった建物玄関まで歩いた。*他の建物と同じく入り口の電球は暗く、彼が中に入るときも、影はできなかった。ぺたぺたという靴音は乱れたリフレインを伴って階段を上がり、疲労ですり切れたリノリウムの床を進み、立ち止まって足で郵便物をどかしてから、長い鉄の鍵を差し、扉を持ち上げると、流れる水の音が聞こえた。

——ちわ。

——え……？　扉を持ったまま彼が振り返ると、背後の闇から人影が立ち上がった。——びっくり、びっくりしたなあ。そこにいたのは気が付かなかった。

——ここに住んでんの？

——うん、僕、ああ、ていうか、部屋を使わせてもらってる……

——てか、隣の部屋は今、どうなってんの？

——さあ、僕には分からない、今は誰も住んでいないけど

……

――ねえ、お兄さん、あそこに今誰も住んでないのは知ってんの、でも、あたしのものが置きっ放しになってるから、取りに行きたいわけ、分かる？

――ああ、うん、うん、でも僕は鍵を持ってないから……

――てか、あたしはずっとこの真っ暗な中で誰かが来るのを待ってたわけ、分かる？

――ああ、うん、力になれなくてごめん、僕は鍵を持ってないんだよ、でも……彼は扉を持ち上げるようにして開け、バランスを保ったまま扉を支えて、――僕の部屋なら入ってもいいよ、誰か……君が約束してる誰かを待つのなら……

――ねえ、お兄さん、さっきも言ったじゃん、誰かを待ってるわけじゃないの、ね？ あたしは隣の部屋にある自分のものを取りたいだけ。ここにあるのは何、郵便？

――うん、それはいいよ。扉を立てかけたら、後で拾うから。

――いつから留守にしてたわけ、一か月とか？ あたしが拾ってあげようか？

――実はこれで今日一日の分、じゃあ、お願いできるかな、うん……

――けど小包は無理、てか、あんなのあたしが持ち上げられるわけないし。

――うん、うん、それは僕がやる、君が扉を持っててくれるかな、この扉はちょうつがい一つで留まってるから……

――てか、誰かが煉瓦を箱に詰めて送ってきたわけ、てか、お兄さん、それにしてもすごい量の郵便。

――うん、それ……それは……彼は箱を玄関の内側に入れて、

――それはソファの上に置いてくれるかな。

――水が出しっぱなし。

――うん、止められないんだ、彼女が部屋に入った後に、彼が扉を閉め、枠にはめて、――どこかが壊れたみたいで……

――お兄さん、こんな部屋見たことないよ、てか、こんなにたくさんの箱、何なの、これも郵便？

――いや、ただの、よく知らないんだ、ただの書類、本と書類だと思う。彼は彼女の後ろを歩いて、〝新改良マゾーラ食用コーン油一パイント缶二十四個入り〟、〝二枚重ね二百枚三十六箱入り〟を通り過ぎた。彼女は肘掛けのないソファに郵便を置き、そこで丈の長いレインコートを脱いだ。

――ハイマン・グリンスパン、これがあんた?と彼女は言って、郵便の山の横に座り、『原子力科学者からの報告』*を手に取った。

――いや、僕、僕の名前はバスト、エドワード・バスト。君は、つまりその……

――何。

――いや、君の名前、名前を訊こうと思って……

――ローダ、分かった？

――ああ、うん、君はシュラムさんの、シュラムさんのお友

達だったよね、あの晩……

——いい、てか、シュラムさんのことはもう訊かないでくれる？　彼女はデニムを穿いた脚を〝風味豊かなワイズ・ポテトチップス！〟の上に置いて——てか、一体あたしに何を、痛《いた》たた……

——あ、ごめん、それは僕の……

——待って、こっちにも、見てこれ……彼女はデニムの裾に刺さった鉛筆を抜き——てか、尖った鉛筆をこんなにたくさん見たのは初めてなんだけど。

——ああ、うん、僕はそこで作業をしてたから……

——何の作業、何か書いてたわけ？

——音楽を、うん、僕は作曲を……

——仕事をしにここに来たってわけ？　てか、小さなスーツケースを抱えて突っ立ってないで、あんたも座ったら、セールスマンじゃないんだから、てか、ここに住んでるわけじゃないってこと？

——うん、ここで寝泊まりしながら仕事をしてるんだ、ずっと取り組んできた曲に、と彼は言いながら、彼女のモカシンの横にある〝風味豊かなワイズ・ポテトチップス！〟を追い詰め、

——一人になったら集中して仕事ができるから……

——え、こんなたくさんの箱に囲まれて作曲を？　てか、どこで寝るわけ？

——ああ、そこ、君が今座っているところで……

——くそ鉛筆に刺されながらってこと？　釘の上で寝るインチキ手品師みたいに？　てか、ここで横になるなんてまともな神経じゃないわ。

——いや、うん、うん、普段は……

——てか、あそこのブラインド、誰かの足跡が付いてるじゃん。

——うん、僕、僕も不思議に思ってたんだ……

——まったく、誰かがラリって壁を歩いたのかな……彼女がソファに片肘をつくと、デニムの前ボタンの隙間が大きく開いた。——食事は外で？

——いや、ここで、普段はここで食べてる……

——ここってどこ。キッチンはランプの笠《シェード》とか箱とかでいっぱい、コンロがどこにあるかも分からないのに。

——いや、そこの下にある、でも、ガスが来てないから、僕はオーブンを使って……

——あたし、お昼も食べてないんだけど。

——ああ、ああ、そうか、もしよければ、お茶なら……

——いや、てか、食事の話なんだけど、お茶しかないわけ？

——うん、今は、でも、後で買い物に行こうかと思ってたから、カップ……

——パンもない？

——うん、でも、後で買い物に行って、カップケー……

——二ドルあったら……と彼女は体を起こし、——角のとこ

ろにスーパーがあったから、ピザでも買えるわ。

――ああ、二ドル、と彼は立ち上がりながらポケットを探って言った。――まずこれが一ドル、それから……

――てか、レジを通るのにお金が要るだけだから、分かる？　彼女は立ち上がってレインコートを着た。――何それ、靴下にお金を入れてるの？

――いや、これは、ズボンのポケットに穴があるから、コインを入れると靴下のところまで落ちるんだ……

――ねえ、てか……

彼女が玄関を出ると、彼は扉を元に戻し、そこに立ったまま喉をごくりとさせてから部屋に戻り、お湯の蛇口を閉めようとして手が白くなるまで力を込めたが結局あきらめて、錆びたクッキー缶を一瞬だけ奔流にかぶせ、大きく息をついてから咳払いをし、〝新改良マゾーラ食用コーン油一パイント缶二十四個入り〟を通り過ぎ、年季の入った毛布を引っ張り出して、散らばった鉛筆を集め、先を上にしてトマトスープの缶に押し込み、毛布をきれいに広げてからソファに座り、郵便の山からグリンスパン宛のものを分け、斜めになったブラインドを直すために立ち上がり、穴の開いた笠《シェード》に覆われたランプをともし、そのしわを伸ばそうと試みた。そしてバルドゥングの絵を見詰め、最終的にそれを、〝二枚重ねフェイシャルティッシュ黄色〟の上に置いて、喉をごくりとさせた。扉が再びガタガタと揺れたとき、彼はちょうど玄関に置かれた箱を開けようとしていた。

――ローダ？　え、待って……

彼女は箱をまたいで中に入った。――それってクリスマスプレゼント？　中身は何。

――ああ、これはただの、あー……彼は何冊もある緑色の本をそろえて――これは全米会社年鑑、僕は……

――会社何？　彼女は袋を床に下ろし、脇に抱えた平らな箱をフィルム缶の上に置いて、――てか、冗談でしょ。

――いや、これはただの、これは、僕が仕事を手伝っている人物が送ってきたものだと思う、参考資料として……

――作曲するのが仕事だって聞いた気がするけど、と彼女が言ってレインコートを大きく広げると、ポケットの奥から小さな缶や瓶が次々に出てきた。

――うん、そうだよ、うん、今言った仕事、この仕事は、とりあえず当座しのぎに……

――やばい、流し台、早く！

――何……

――てか、流し台から水があふれそう、早く……レインコートが床に落ち、――お兄さん、あたしたち二人とも溺死《できし》んじゃうよ……

＊

――いや、大丈夫、と彼は一瞬ためらってから、水切りラックの針金ハンガーを取り、流し台に突っ込んだ。――きっと何かが、配水管に詰まったんだ……

――床はどうすんの……

——うん、あそこ、窓のところ、笠《シェード》の後ろにモップがある、たしか、たしかこの前あそこに投げた気がする、と彼は針金ハンガーを操りながら言った。その目は、タイトなデニムが笠《シェード》の山に分け入り、モーニングテレグラフ紙の斜面に登り、アップルトンの崖に挑むのを見ていた。——窓際のところ……

——待って、ほら、あそこに誰かがいる、あ、わあ。

——え？　見つかった……

——あ、わあ……

——え？　彼が針金ハンガーを引き上げると、びしょ濡れになった布切れが先に引っ掛かっていた。そして窓に顔を近づけてブラインドの下から外を覗いている彼女を見た。——モップは……

——ねえほら、男がパンツを下ろそうとしてる、ビンビンに勃《た》ってるよ……

——ビンビン……て何？　布切れがまた水の中に落ち、沈み、針金ハンガーがそれを追った。

——ほら、あそこがコート掛けみたいになってパンツが引っ掛かってる、うわあ……

——でも……彼がモーニングテレグラフ紙をどかすと、ランプの笠《シェード》が崩れ落ちた。——でも何を……彼は彼女の横にある人名事典第三巻ＧＲＩＮ－ＬＯＣに手を伸ばし、——誰……と二人に向かって口を開けた暗い通気スペースの反対側を覗き込み、——誰……

——てか、フェラなんて映画の中だけの話だと思ってたんだけど、どうなの？

——僕、僕、いや、僕は……

——けど、てか、きれいなお尻ね。

——うん、僕……彼は咳払いをして、——それはまあ……

——尻っぺたの高さと丸みが最高じゃない？　てか、肉付きがいい……彼女が片方の膝を前に出すと、デニムの生地がパンパンに張った。——ね？　あんなお尻になれるなら、あたしは何でもするわ、ねえ？

——ああ、うん、いや、僕は……彼の手が彼女の膝に触れ、彼は咳払いをして、——でも、君だって……

——てか、あんなお尻してたら、まじでモデルができると思わない？　あたしも前にモデルやりたいと思ってた時期があって、『ヴォーグ』とかの表紙になれるんだったらいいなあとか考えてたわけ、鼻の整形する前の話だけど、いつもここを化粧で直さないといけなかったのよね、ここ？　ね？　この辺？

——あー、あー、うん、うん……

——で、鼻が高く見えることを考えていつも同じ角度からしか写真を撮れなかった、分かる？

——分かる、うん、うん、君の、でも君の鼻は全然……

——それに、いつもみんな、あたしのおっぱいは身長に比べて大きすぎるって言うのよね、分かる？

——うん、でも、きっとみんな悪気があったわけじゃなくて、やせたモデルの方がはやりだからそう言っただけじゃ……彼は第二巻ＣＲＡ－ＧＲＩＭの上にしゃがみ、急に窓から視線を下げて、前閉じの白いボタンと格闘しているデニムを見詰め、

――だって君の、君だってプロポーションはとても……

――てか、あの子の見た？　小ぶりで丸みがあるでしょ？

――いや、僕、黒くて長い髪の毛は見たけど……

――てか、あたしのみたいに垂れてないのよ、それに乳首の先がツンとなってる、あたしのは逆にベタって、分かる？

――いや、でも、でも、君だって……

――何してんの？

――あ、あ、何でも……

――だから、オフィスビルの入り口で回転ドアに鼻をぶつけたときにこれはすごいチャンスだと思って、あたしはモデルなんですけどって言ってやったわけ、ね？　それで和解金を搾り取って、鼻を手術して、ねえ、それどういうつもり……

――いや、いや、僕はただ、僕が言いたかったのはただ……彼は背筋を伸ばし、――君の、君の胸だって……

――てか、嘘はやめてくれる、ね？

――うん、ご、ごめん、僕は……

――じゃなくて正直に言いなさいよ、てか、ごめんとかじゃなくて、嘘はやめてってこと。

――ああ、うん、僕、僕は……

――てか、今はセックスする気分じゃないの、分かる？

――ああ、ああ、うん、オーケー……

――それに、あっちでもう一度流し台を見た方がいいんじゃないかな、またあふれてるみたいだから……

――ああ、うん、オーケー……彼は事典から離れ、新聞の土手を越えて、ランプの笠《シェード》を掻き分け、袖をまくった。

――うわあ、もうやりすぎ、あの男、女に対して……ちょっと待って、あの人、誰だか知ってる？

――いや、僕、彼女の顔は見えなかったから……

――違うわよ、女のことじゃない、男、警察が来た夜にこの部屋にいた人よ、酔っ払ってて、片方だけ靴を履いてて、面倒なことばかり言ってた人……彼女は第三巻ＧＲＩＮ－ＬＯＣをまたぐようにして窓縁から降りて、――あの人、体を起こしたと思ったら、女のパンティーを頭にかぶって体を揺らして、飛行機乗りになりきったみたいに頭から突っ込んでいったわ、それにしてもこの部屋、ほんと汚い……彼女はモーニングテレグラフ紙を乗り越え、〝二枚重ね二百枚三十六箱入り〟の背後で立ち止まり、一度胸に手を当ててから、レインコートを拾って、ほこりを払った。――てか、まじ汚い……彼女はそれを肘掛けのないソファに投げ、フィルム缶を押しのけて、自分が運び入れた箱にたどり着いた。――あれ、どこ……彼女は顔を上げ、箱を破いて、――また窓のところに行ったの？

――うん、僕、モップを忘れたから……

――てか、食べる気ないの？　ピザがあるけど。

——うん、僕、僕はあの女の人がひょっとしたら知り合いかもしれないからそれを確かめないと……

——お兄さん、冗談でしょ、てか、これ見てよ。

——何……彼はモップで笠《シェード》をどけた。

——てか、オーブンの中、これ何？

——ああ、郵便だよ、うん、ある人の分を全部そこに……

——じゃあ、出してくんないかな、ピザが焼けないじゃん、ね？

——うん、でも、オーブンは使えないよ、ガスが止められてるから……

——使えないってどういう意味、てか、あたしが出掛ける前には、オーブンを使ってるって言って……

——いや、僕が言おうとしたのは、ガスが止められてるから、グリンスパンさん宛の郵便を他と分けて保管するためにオーブンを使ってるっていうこと、僕、僕はまさか、君が言っているのが冷凍ピザの話だとは思わなかった、どうして普通の……

——ねえ、お兄さん、冷凍ピザを買ったのは、レコードを二、三枚隠すためよ、分かる？　で、ほら、どうしたらいいわけ？

——さあ、分からない、ていうか、ここにはレコードをかけるプレーヤーがないんだ、でも、もしも……

——てか、あたしが言ってるのは食べる方の話なんだけど？　彼女は箱を掻き分け、欠けた陶器の縁を進み、以前はクロームメッキがあった取っ手に向かい、——とりあえず冷蔵庫に入れておくわ、お兄さんが……彼女が取っ手を引くと扉が開いた。——うわ、信じらんない。てか、まじ信じらんない。

——ああ、うん、うん、そこには楽譜をしまってるんだ、それとビジネス関係の郵便、汚れたら困るものをそこに、と彼はモップ掛けする手を止めて言った。——だって他に清潔な場所が……

——つまり、これも使えないわけ？

——ああ、いや、分からないけど、他に入れるものもなかったから、と彼は言ってモップを絞った。彼女は手を伸ばして、ピザを〝フレーク八オンス二十四箱入り〟の上に置き、元の位置に戻って、——でも、他のものは……

——へえ、部屋の明かりを点けたらよく見えると思うんだけど。

——いや、ここの電球は切れてるんだ、でも……

——じゃあ、そこのものを持って入って、床の上に置いた袋も、グレープジュースが入ってるから。てか、どこに置いたらいいわけ。

——ああ、うん、ちょっと……彼は彼女が座っているソファの隣にそれを置き、——これが缶切り、それから、待って……彼はムーディーズの業界レポートをソファの前に置いて、〝風味豊か〟の上に座った。——これでいいかな……彼は手を伸ばした。

——これはマッシュルームのオイル漬け、それは？

――え、これ、これは酵母エキスって書いてあるけど……

――待って、これはアンチョビのパテだって……

――手を切らないように気を付けて……

――てか、こんな缶切り、おばあちゃんが使ってるのしか見たことない。

――待って、僕がやるから……

――それ何。

――カエルの足の燻製、綿実油漬け、僕は食べたことが……

――てか、マリネって何、レモンペッパーマリネって。

――知らないなあ、多分その漬け汁に何かを……

――それとナプキンは、持ってない？

――ああ、いや、古いシャツならあるけど……

――カエルの足ってキモい。

――うん、僕、僕もどうして君はそんなのを選んだんだろうって不思議だったんだ、このカクテルオニオン*とか、ケッパーとか……

――まじで言ってんの？　てか、ローストビーフをポケットに入れてくるとでも思ってるわけ？

――ああ……彼はシャツを手渡し、ムーディーズの上に置かれた缶に手を伸ばし、綿実油のプールに浸かったカエルの足をつまんだ。

――あほな店員がいつも通路をうろついてるのに、いちいち立ち止まってくそラベルの説明を読んでられると思ってんの？　彼女がシャツの袖で口をぬぐうと、ソファが彼女の体重で沈んで郵便の山が雪崩を起こした。――てか、こんな雑誌をまじで読んでるの？　『織物の世界』『林業』、それに『監督業務』、こんなのほんとに読む人がいるわけ？

――ああ、うん、それは全部ただの、あるビジネスと関係する資料で、僕は、というか、その資料に目を通すためにそのコースを受講する羽目になって……

――じゃ、これは……親指から垂れた綿実油が卒業証書の表面を伝い――てか、アラバマビジネスカレッジを卒業したってここに書いてあるけど？

――ああ、僕、いや、ちょっと違うんだ、それも郵便で届いたもので、どうしてそんなものが届いたのか、まだちゃんと……

――お兄さん、作曲作曲って言ってる割に、ここにあるものは全部ビジネス関係のものばっかじゃん。

――いや、作曲はしてるよ、そこにあるのは全部、待って、触らないで……！　彼女は桜で燻製にした牡蠣《かき》を落とした。

――いや、ごめん、それはちょっと、それは清書した楽譜なんだ、少しでも汚したりしたら、気の短い演奏者ばかりだから……

――ねえ、お兄さん、ごめんばかり言うのはやめてくれる、ね？　彼女はグレープジュースを注いだ。――それでその、ハイマン・グリンスパンって誰？　彼女はいちばん上にあった封筒を開けた。――『アメリカ紳士録』掲載者各位、あなた様の寛大なるご協力により、てか、その人、『紳士録』に載ってるわけ？

――さあ、知らない、でも……

――てか、いきなりここに来るかもしれないってこと？

――ああ、いや、いや、そんなことはないと思う、いや、実は僕もまだ会ったことが……

――お兄さん、見てこれ、電力会社から千二百六十七ドル九セントの請求書、そりゃ夜逃げするのも当然だわ……彼女は最後のカエルの足を取り、缶をムーディーズの上の油溜まりに戻した。――で、これは何？

――ああ、それはただの、ただのスライド、スライド写真……

――てか、一体何なの？

彼は綿実油まみれの指で彼女が触ったスライドを光に透かした。――うん、これは、これはディクディクだと思う、小形の……

――何それ？

――小形のアンテロープ、ある人、僕はある映画のために曲を作ることを依頼されていて、このスライドはそのための……

――お兄さん、大した作曲家ね……彼が最後の燻製牡蠣を取ったとき、彼女は肘をついて横になった。

――あ、ごめん、ひょっとして、ていうか、食べたかった？それか、何か別のものでも？

――何か吸うものないの、お兄さん。

――うん、うん、悪いけど、いや、君の下に……彼はムーディーズの上に体を乗り出し――いや、ソファの下ってこと、チエスターフィールドの箱が……

――チエスターフィールド？　冗談でしょ？

――いや、僕、僕は……彼は〝風味豊か〟の上に腰を下ろした。

――ハイな気分になりたいんだけど。てか、向こうの部屋に、彼も知らなかった買い置きがあるのよね、入れたら取ってこれるんだけど。

――ああ、あの、隣の部屋ってこと？　ひょっとして君なら……

――何言ってんの、二人がセックスしてるところに入ってって、その下にあるものを取りたいからお尻をどかしてって女の子に言うわけ？　きっとあたしが二回戦をやりたくて来たと思われるよ、てか、二人があたしの知り合いだったら話が別だけど。

――いや、僕が言いたかったのは……

――けど、お兄さん、冗談でしょ、てか、クスリをやらないミュージシャンなんて初めて会ったんだけど。音楽を作ってるのよね。

――ああ、うん、最近はあまり時間がなくて、自分が作りたい曲は……

——音楽は音楽でしょ。てか、あたしの知り合いはみんな音楽をやってる。てか、ぜひアルと話をしてみてよ。

——ああ、ああ、うん、ああ、ああ、ああ、アルって誰。

——誰って、アルよ、オーケー？　またいつか、ギターを持ってきてくれるかも。

——ああ、うん、へえ、それはなかなか……

——てか、音楽の話を聞かせてくれるかもよ、分かる？

——ああ、うん、それは……

——てか、音楽の話になったらまじ、止まらないから。

——ああ、うん、音楽の話は、以前はシュラムさんとしてたんだ、彼は音楽について造詣が深くて、僕の知らない話を……

——ねえ、頼みがあるんだけど……

——いや、僕、今、言おうとしたのは、僕がオペラに取り組んでいたときに……彼は後ろを向いてH－Oの上に膝をつき、〝三十八オンス瓶十二本入り、燃えない、煙も出ない、においもない〟に手を伸ばし、——問題は台本《リブレット》の明確なイメージをちゃんと持っていなかったってこと、台本《リブレット》というものをよく理解していなかった……彼は茶封筒を開けて、——だから僕が……

彼女はそれを見詰めた。——それがオペラ？

——ああ、いや、これは、今はこのカンタータに取り組んでる、それから、君は楽譜が読めるの？

——読めるってそれを？

——うん、これはまだ草稿みたいな段階だけど……

——お兄さん、そんなもの読める人いないよ、てか、そんなの、そもそも意味あるわけ？

——ああ、うん、これは、これが弦楽器、ソプラノの背後で鳴るんだ、そして……紙がめくられて——これ、ここで木管楽器が加わる、テナーの背後で鳴るわけ、それから金管楽器が……

——何て言ったの？

——金管楽器、それと同時に……

——じゃなくて、曲のこと。

——ああ、カンタータ、うん、つまりコーラス作品、声楽曲、オーケストラを伴う大規模な声楽曲、音楽的なアイデアを劇的にアレンジして……

——てか、すごくごちゃごちゃしてない？

——ああ、うん、これはまだ、画家が絵に取り掛かる前に描くスケッチみたいな段階、形式と構造を考えるためのもの、だから音符や小節はどれもまだ……

——じゃあ、まだこれを聞いたことがないわけ？　てか、聞いた印象がどうなるか、これじゃあ分からないじゃん。

——分からないよ、うん、それも大事なポイントさ、演奏されるまで本当のことは分からない、それも大事な……

——お兄さん、やっぱほんとにいつかアルと話した方がいいわ、彼はまじで、あれ何……！　彼女は彼の前を通り過ぎ、ムーディーズを越えて、ブラインドの隙間から外を見ていた。

——ああ、うわあ、てか、三人、五人くらいのプエルトリコ人が車を押して、通りの反対側まで移動してる、今もバスにひかれそうだった。

——僕も見たことあるよ、うん、あの車は多分動かないんだと思う、でも、駐車可能車線が日替わりだから毎日反対側に動かさなきゃならない、やつらにとっては車がクラブハウス、いつも車の中にたむろして、携帯ラジオを鳴らして……

——お兄さん、連中が車をクラブハウスにするのは勝手だけど、夜にあの近くを歩くのは誰だって怖いじゃん。

——ああ、君、もしも朝までここにいたいなら……

——ここってどこ、流し台の中？

——いや、僕が言おうとしたのは、その、今君がいるところ、そこなら寝られる……

——ここ？ じゃあ、お兄さんはどうするの、あたしの下、それとも上、てか、昨日の夜も全然寝てないのよね、まじくたくた、てか、ひょっとしてお兄さんも寝る気なら……

——いや、いや、僕はただ、君はそこで寝ていいってこと、僕は全然、僕は徹夜で仕事があるから、明かりが君の邪魔にならないといいけど……

——え、カンタータを作るの？

——ああ、いや、違う、それはまだ、今作ってるのはある人に頼まれた長い曲、映画に使うんだ、さっきのスライドがその参考資料、さっきの完成した楽譜の報酬を受け取って、この曲を仕上げたら、あとは落ち着いて自分の曲を……

——お兄さん、あたしはただあのクラブハウスの前を通りたくないだけ、てか、廊下の先の寒いトイレに行くのも面倒なんだけど……

——だよね、うん、そこ、扉に気を付けて……

彼女がソファに戻ったとき、毛布の上にあった物は片付けられていた。郵便はH－Oの上に積まれ、卒業証書は音楽速報一九〇三年編からはみ出し、ムーディーズはブラインドの下で全米会社年鑑の山に加わり、〃風味豊か〃がその横に押しやられていた。——てか、そこで仕事するわけ？

——ああ、光が君の邪魔にならなければ、うん、僕は頭の上に明かりがないと……

——てか、ここまじで汚い、分かる？ 彼女は片足を上げ、次に反対の足を上げ、モカシンを脱いだ。——足が黒くなったら嫌なのよね……と彼女が毛布の上に立ってジーンズのジッパーを下ろし、片方の肩で壁にもたれながらしゃがんでジーンズを脱ぐと、後には何も残らなかった。彼女は〃二枚重ねフェイシャルティッシュ黄色〃の前で手を止めた。——あっちの部屋の写真は見た？

——うん、あれ……彼は顔を上げて咳き込んだ。——僕、あの人は多分……

——てか、子供の写真をモデルに使うのかしら？ 鏡もあるから、さっきの女とか、えくぼみたいなお尻が見える、けどお腹はどうかな、てか、まじぽっこりだった、てか、あたしはあれと比べたらぺたんこ……彼女はシャツの前を開けて息を吸った。——けど、ほら……？　彼女は股の方へ手を伸ばし、——ここが膨らんでるのよね？　少し……何！

再び、より力強いノックの音がして、その背後から弱々しい声が聞こえた。——ごめんください、ご主人さん……？

——いや、誰……

——いや、ただの、ただの老人だよ、たしか……

——え、グリンスパン？　てか、玄関にも出ないでどうして分かるわけ……

——いや、いや、ただの、待って、しばらくしたら帰って行くから……

——ごめんください、ご主人さん？

——うせろ、と彼女が呼び掛けた。

——ごめんください、奥さん……？

——てか……彼女は飛ぶように扉に向かい、——うせろって言ったじゃん、くたば……

——うちの妻《づま》が、できれば……

——さっさと帰れ、分かる？　彼女は扉を強く押して部屋に戻り、〝新改良マゾーラ食用コーン油一パイント缶二十四個入り〟の前で立ち止まって、片足を後ろに上げて足の裏を見た。——てか、見て、この足。彼女はソファに腰を下ろして、片足を膝の上に上げ、じっと見た。

——ああ、僕……彼はじろじろ見ながら咳払いをした。

——これって土じゃなくて、ただ黒くなってるみたい……彼女の両膝が上がり、引き上げられた毛布と出会った。『林業』が床に落ち、ソファの座面と背もたれの間にある谷間に顔を埋め、しばらく静寂があった後、——何あれ……！　彼女は後ろを振り返らずに頭を上げて、——誰かがしゃべってるのが聞こえる、ほら……

——養子縁組に関する情報です。詳しくは特設電話にご連絡ください。番号はＰＬＡＺＡ５……

——いや、それはただの、本の下のどこかにラジオがあるんだ、電源を切ろうと思っても、どこにあるか分からなくて……

彼女は急に体を起こして肘をついた。——徹夜するの？

——ああ、うん、僕、仕事に切りが付くまでは……

——だってあそこの流し台を見てよ……彼女の頭が再び沈んで、——てか、またさっきみたいなことになったら、二人とも目を覚ましたときには溺死んでるかもしれないじゃん、しかも誰にも気付いてもらえないし、オーケー？

——うん、オー、オーケー……彼は顔を手でぬぐい、目の前の紙に向かい、次の紙を広げ、声を抑えて咳払いをした。

——バスト？

彼はぎくっとした。——ああ、僕、僕……

――てか、その明かりを動かしてくんない?と彼女は顔を谷間に向けたまま言った。――すごくまぶしいんだけど。

彼は一度か二度、一ページの作業が終わりそうなところで楽譜を見直し、一小節丸ごと抜けていることに気付き、紙を丸めようとして上げた手を止めて、ソファの上でゆっくりと上下する姿を見詰め、そっと立ち上がってからすり足でキッチンに向かい、水の奔流を過ぎて、新聞の土手を越え、アップルトンまで行ってブラインドの下から闇を覗き、同様に静かに元の方向へ戻り、ソファの前に立って身を乗り出し、その谷間からささやくように響く寝息に耳を傾けながら唇をなめ、一度はベルトを緩めるようなしぐさを見せてからまた急にそこを離れ、穴の開いた笠《シェード》の下できれいな五線紙に息を吹きかけて、まるで聞き耳を立てるかのように手を止めると、散発的な音の断片が彼の唇の間から漏れた。彼は立ち上がり、音楽速報の上に乗り、そこに耳を当てて、地割れを広げた。


――ただいまお届けしたのは第一楽章でした。さてこの、アントニン・ドヴォルザークの第七番……


彼は音楽速報各巻の小口と背をそろえようとして一瞬、うつぶせになりかけたが、次の瞬間にはシャツの胸に息を吹きかけていた。まるでソファから不機嫌な人影が消えるのを心配しているかのように急に顔を上げ、穴の開いた笠《シェード》の下で新しい紙に息を吹きかけた。ランプは冷たくなり、やがてブラインドの小板を分かつ光によって逆に影になった。〝フルーツループ七オンス二十四箱入り〟にもたれかかったまま動かなかった彼の頭に光が当たると、彼は急に咳き込み、はっとして、ゆっくりと立ち上がった。今、肘は毛布の影に隠れ、白いボタンが外れていた。

――あ、うわあ……

――あ、おは、おはよう、と彼は立ち上がって息を整えた。

――てか、ナイアガラの滝でキャンプしてる気分……彼女がさりげなく仰向けになってシャツを股に当てると、白い山に赤茶色の染みが広がり、すぐにそれは視界から消えた。――てかさあ……

――よく、よく眠れたかな、しっかりと?

――それって冗談? てか……毛布の下で股を広げていたが、片方の手を間に突っ込んだままで、――何かがちくちくするんだけど、てか、くそ鉛筆みたいなものが刺さってるのかも……彼女は四角いガラスを手に取って、――え、うわあ……

――あ、ごめん、それは、それは僕の……

――もう、ごめんばかり言うのは勘弁してよ、これはお兄さんのディックディック*の写真だっけ……と彼女の膝が勢いよく下がった。彼女が笑ったのはこのときが初めてだった。――グレープジュースはもっとある?

――ああ、ああ、うん、待って……

――てか、この足見てよ……彼女はカップに手を伸ばし、

——てか、あそこに埋まってるのはバスタブ？

——うん、そうだと思う、でも、入るためにはあれを全部どかさないと……

——じゃあどかそうよ……毛布が放り出されて膝が膝に続き、——あたしがどうにか……彼女は磁器製の縁に足をかけ、——ここに立って、待って、肩を貸して……

——どかしたものを……彼女の体重が彼にかかり、——どかしたものをどこに置くか考えないと……シャツの裾が彼の顔をなで、そこに垂れ下がると、彼は息をのみ、軽く息を吹きかけた。

——いや、ほら、あそこの隅、天井までまだスペースがある、と彼女がいきなり振り向いて、〝二ポンド十オンス十二個詰めクイッククエーカー〟に手を伸ばすと、シャツが上がり、——これ全部、何が入ってるわけ、本？

——僕……よく分からない、と彼はそれに手を伸ばした。

——てか……〝十二オンス瓶二十四本詰め、割れ物注意！〟が下りてきて、——こんな重い箱は初めて……

——うん、それは……彼は何度も息を整えながら言った。——それ……それは……そしてようやく——それが最後の一箱かな……？

——うん、けど……てか、こんな重い箱……箱が勢いよく崩れ落ちた。——一体何が入ってんの！

——ああ、それ、それはフィルム缶だよ、フィルムの入った缶、と彼は流し台の方へ転がった缶を追って、——とりあえず、とりあえずここに積んでおこう……

——お兄さん、信じらんないよ……彼女は床にひざまずいて、半分に分かれたバスタブの蓋の片方に肘を置き、反対の蓋を開いた。——てか、信じらんない。

——え、何、何が……

——紙袋。くそバスタブの中が、買い物用の紙袋でいっぱいじゃん。

——ああ、それ、それは一箇所に集めてよけておいたら……

——てか、それ本気？ 彼女が立ち上がると滴が光り、外されたボタンに向かって小川が流れた。——てか、まじで取っておく気？

——ああ、うん、ていうか、実を言うとそれは僕のものじゃないから捨てられないんだ、必要なものかもしれない、グリンスパンさんが必要としているかも……

——オーケー、けど、説明は別に聞きたくないから、オーケー？ てか、これ、彼女は腕いっぱいに抱えたものを床に落とし——これも……そしてバスタブの縁をまたいで立ち、——これも……

——とりあえず、とりあえずそっちに押し込んでおこう……彼は咳払いをしてからそのそばにしゃがんで、一度に二つか三つを拾ったが、その目はしたたり落ちる滴を見ていた。——そっちへ……

――さてと、と彼女が立ち上がり、――てか、この蛇口、固くて回らない……

――ああ、うん、待って……五つか六つの紙袋が落ちて、

――多分、多分ちょっと、ほら。

――これに入るわけ？　お兄さん、これじゃあ、お風呂を上がったときに錆びた釘みたいに真っ茶色になるじゃん……

――いや、いや、しばらくお湯を出してたら、と彼はしゃがんで紙袋を腕に抱えていた。

――いつまでよ、てか、クリスマスまでこうやって裸で突っ立ってないといけないわけ？

――いや、そんなには……彼はモーニングテレグラフ紙の背後に紙袋を押しやり、最後の一つを取りに戻って――そんなに長くはかからないよ、うん、彼は紙袋を足で押し込み、流し台の方へ戻りながらシャツを脱ぎ、クッキー缶の蓋を傾けて剃刀を手に取り、ひび割れた石鹼を弱った水流の中に入れた。

――どこかに出掛けるの？　彼女はバスタブの縁から呼び掛け、バスタブの中に目をやり、水栓を閉じた。――やっとね……

――うん、僕、僕はビジネス関係の約束があって、ミスター、ミスター何とかと会わなきゃならない。彼は血をぬぐって――さっきのタオルはもう、ていうか、古いシャツのことだけど、と彼は彼女の脇を通ってシャツを拾い、顔に当てると赤い染みが広がった。

――でも、約束は何時、てか、この部屋じゃ時間も分からないのに、どうして人と約束なんてできるわけ？

――いや、そこに……剃刀が下に動き、――そこ、床の上に時計がある……

――冗談でしょ？　てか、さっき見たら、一時になってたよ。

――うん、それ……電動式なんだけど、針が逆に回るんだ、誰かが……

――お兄さん、説明は別に聞きたくないってさっき言ったでしょ、オーケー？

――いや、簡単な話さ……横に、僕が作った換算表が置いてある、表示されている数字と足して十になるのが今の時刻、ただし例外があって……

――お兄さん、そんな話は聞きたくないんだってば！　てか、石鹼は使い終わった？

――あ、僕、うん、うん……彼が慌ててふきん掛けのシャツの方を向くと、彼女がバスタブから手を伸ばした。曲げられた両膝が隠し損なった乳房は、周囲のピンク色から乳輪のタチアオイ色までのスペクトルに色付いていた。

――てか、これ、洗濯石鹼じゃん。

――そうだよ、でも、それしか……

――てか、こんなの使ったら皮膚が、てか、こんなの、おばあちゃんが使ってるのしか見たことがない。

――うん、風呂用の石鹼も買うつもりでいたんだけど……

——てか、そのシャツを着る気じゃないよね?

——いや、うん、きれいなシャツはこれしかないから……

——きれい? てか、あそこの山に登ったから胸が汚れてるじゃん、見てよ、それでビジネス関係の人と会うなんて、よく言うわ。

——ああ、うん、でも、これしか……

——じゃあ、裏表にしたらいいんじゃないの、そうすれば、襟の汚れたところが隠れるし、ね?

——ああ、ああ、それは思い付かなかった、と彼はシャツを脱いで袖から裏返し始めた。

——それからこの部屋、鏡はどこにあんの?

——ああ、うん、実はないんだ、でも僕はこれを鏡代わりにして……

——お兄さん……彼女は片方の膝をついてクッキー缶の蓋に手を伸ばして、——なるほどね。もう出掛ける?

彼はそこで立ち止まり、つばを飲んだ。——ああ、行かなきゃ、うん、うん、郵便が届くまで待ちたかったけど……

——うわあ。

——いや、僕が待っている荷物があって……

——例えば何、と彼女は片方の腕を上げて腋を石鹼でこすっていた。——『林業』の最新号? てか、さっき届いてたみたいだけど、聞こえなかった?と彼女は足元で逆巻く水音に負けない声を上げて、——廊下でドサッてすごい音がしてた、次の五十巻が届いたんじゃないの……彼は視線を上げることなく彼女の横を通って玄関扉を開け、足の裏で扉を押さえてバランスを取りながら箱を引きずり込んだ後、封筒の山を一つ、二つ取り込んだ。エドワド・バストと宛名に記された一通を手に取り、封を開けて、中に入っていたしわだらけの紙幣をポケットに入れてから、背筋を伸ばした。——贈り物の中身を確認しないの?

——ああ、ああ、うん、後で見る、と彼は箱を流し台の下まで引きずり、スーツケースと汚れた茶封筒を床から拾った。

——待って、出掛ける前に、流し台の奥にピンがあるの。ひびの間に錆びたピンが落ちているのが見えた。

——え、要る? 彼は親指の爪で一本を掘り出した。

——一本でいい、てか、反対を向いて……彼女は彼の上着の裾に手を伸ばし、先を折ってピンで留めて、——で、あたしがお風呂を上がるときはどのタオルを使えばいい?

——え、ていうか、シャツはこの一枚しかないから、僕……

——てか、もしもあれを使ったら、お風呂に入る前よりひどいことになっちゃう。

——ごめん、全然、そこまでは考えてなかった……彼は膝を曲げた彼女の前に立ち、少しバランスを失いかけているようだった。——君が帰るとき、ていうか、もしも帰るなら、鍵のことをどうしようか、これ一本しかないんだ、もしも今鍵を掛けたら……

――冗談でしょ？　てか、あたし、ここに閉じ込められちゃうじゃん？　てか、溺死んでも誰にも気付いてもらえない、と彼女は言った。逆巻くお湯の水位がいまだにその周囲で上がりつつあった。

――ああ、うん、でも、出て行くのなら、扉をちゃんと元に……

――ねえ、お兄さん、心配無用よ、オーケー？

――ああ、うん、ああ、うん、その、君に会えてよかったよ、ひょっとすると君が出て行く前に戻るかもしれない、もしも、ていうか、いてくれていいんだよ、もしも……彼が咳払いをしたのと同時に、彼女の頭が下がり、膝が沈み、手が石鹸を探した。

――てか、あたしは隣の部屋に入って、荷物を取りたいだけなんだけど。

――ああ、ああ、うん、オーケー、じゃあ、じゃあ行ってきます……彼がためらい、外に出た後、扉が一度か二度揺れてから元の位置に収まって静かになり、彼女の足元で響く水の音だけが残った。彼女はバスタブの縁に肘を掛け、ゆっくりと後ろにもたれかかり、まず片方の足先で器用に反対の縁をつかんでから、もう一方の足先で同じしぐさをした。水はゆっくりとピンク色からタチアオイ色、そして深紅色の先端に迫り、腋まで達したところで、彼女は縁から足を下ろし、蛇口に手を伸ばした。その拳が白くなった。もう一方の手を上げて同じことをして、長い間その状態で粘った後、――ああ、うわあ……とつぶやいてから、バスタブの両縁をつかんで立ち上がった。膝元で鳴る水の音を聞きながら立ち尽くしていると、鋭いノックの音が玄関から聞こえた。

――入って、お兄さんでしょ？　早く……！

――電話会社の者ですけど……

――入ってって言ってるじゃん！

――電話会社……

――扉に気を付けて、でも早く……！　扉が音を立てて開き、斜めになって止まった。――お兄さん、早く、早く止めてくんないと溺死んじゃう……男が部屋の中に入り、蛇口に伸ばした黒い手にはほとんど力を入れた様子はなかったのに、蛇口が外れた。――あ、あらら……

――わ。

――いいから、早くどうにかしてよ、さもないと……

――まずは栓を抜いた方がいい……男の腕が彼女の膝の横を通って水の中に入った。彼女はシャツを取り、それを手に持って立ったまま、ゆっくりとあらわになる自分のふくらはぎを見ていた。――溜まるより早く抜けていく、後は放っておけばいい。

――てか、危なかった、あんたどっから来たの？

――電話会社から……

――冗談でしょ？　てか、ここには電話なんかないから、あたしをだまそうとしたって……

——いいや、電話の設置工事に来たんです、ひょっとして、ええと、バストさん？　ていうか、この家の奥さんですか？

——あたしが何に見えるわけ、くそ執事にでも見える？　彼女はシャツで肩を拭き始め、そこで手を止めた。——ねえ、電話の設置に来たのなら、さっさと電話を設置しなさいよ。

——じゃあまず、あー、と彼は周囲を見渡して、——場所はどこに……

——何言ってんの、てか、あんた、電話会社の人でしょ？　電話をどこに設置するのかなんてあたしは知らない、てか、あんたは電話の学校で教わった通りに設置したらいいのよ、オーケー？　彼女が片足をバスタブの縁に載せて膝を拭くと、彼は慌てて玄関の外に出て、箱を持って彼女の前に戻り、フィルム缶の横に膝をついてそれを開けた。——お兄さん、ちょっと待って、と彼女は乾いた膝の上で手を止めた。——てか、それが電話なわけ？

——テレビ電話っていうんです……彼はちらっと視線を上げて彼女の顔を見た。

——冗談でしょ？　彼女は反対の膝を上げた。

——誰かとしゃべるときに、相手の顔がそこに映るんです……彼は眺めのいい位置を探すかのように立ち上がった。——誰かがこの部屋の壁の上を歩いたんですね、相当いい大麻《くさ》を吸ったのかな。

——この部屋にはチェスターフィールドしかないよ、てか、隣のアパートには買い置きがあるんだけど、中に入れない。

——どうして？

——鍵がないからに決まってるじゃん。

——こんな古い建物、鍵なんて要らないでしょう？　彼は針金ハンガーを手に取った。

——あ、わあ……彼女は立ち上がり、ふきん掛けにあった自分のシャツに手を伸ばして、てか、あたしの代わりに中に入って取ってきてくんない？　待って、その箱の向こう、そこの靴、モカシンをこっちに投げて、と彼女は言ってシャツを羽織り、ボタンを留めて、——てか、また足が黒くなったら嫌なんだよね、分かる？　彼女は奔流から離れて靴を履き、バスタブに蓋をした。——じゃあよろしく、てか、あたしはあの部屋に入りたくない。

——でも、どこの部屋かを教えてくれないと……

——てか、あたしは行きたくないって今言ったじゃん、オーケー？　でっかいベッドがあるから、マットレスの下、ずっと奥の方を探ってよ、あたしは行かないから、オーケー？　それと、とりあえずノック。てか、昨日の夜は若い女が男とセックスしてたから、ね……？　彼女は後ろを向いて流し台の前を通り過ぎ、慎重にモーニングテレグラフ紙に登ってアップルトンに向かい、第三巻ＧＲＩＮ－ＬＯＣに積もったほこりを息で吹き飛ばしてからその上に両膝をついて動きを止め、視線の先で人の動きがなくなるまでブラインドの下から隣室を覗いて、男が戻ると扉を直しに玄関まで行って、――てか、今は巻く紙がないんだけど。

彼は彼女の後を追い、シャツのポケットを開けて、ムーディーズの業界レポートの上に腰を落ち着け、紙の上に封筒の中身をこぼした。――ほんとに質がよさそうだ。

――てか、最高品質よ、グアテマラ産、あたしはこれを……静かに！　彼女は立ち上がり、レインコートを手に取って――てか、何なのよ、と玄関に向かいながら言った。――何の用？

――え、ええと、ご主人……バストさん《ミスター》はいらっしゃいますか？　扉が少しだけ開き、廊下の暗い明かりが差し込み、彼女が羽織ったレインコートの合わせ目が見えた。――聖書を読む朝食会にバストさんをお誘いしようと思って立ち寄ったのですが……

――うわあ。

――いや、いや、お昼には仕事の件で会う約束をしているのですが、ひょっと、ひょっとして、朝もご都合がよろしければと思って……

――何のお誘いって？

――つまりその、ビジネスマンが集まって、聖書を読む朝食会なんですが……

――うわあ。

――ええ、でも、どうやら、どうやら私……彼は彼女の背後に突然現れた笑顔にひるんで一歩下がり、――バストさんの家を間違えたようです、ええ、私、家を間違えたみたいですね、はい……

――てか、そうみたいね。

――失、失礼しました……彼が急に暗くなった廊下に下がり、朝の郵便取り込みで見逃された『産業マーケティング』の最新号を踏むと、目の前で扉が閉まった。その雑誌は、暗いフロアから暗いフロアへとバストが階段を上がってきたとき*にもそこに置かれていたので彼はいったんそれを踏み、その後で拾い上げ、ノブを手探りしてから扉を持ち上げるようにして開いた。

――ただいま？　ローダ？　いるかい……？　彼はそこに立ったまま鼻をくんくん言わせ、耳を澄まし、手探りでフィルム缶、〝新改良マゾーラ〟、〝二枚重ね二百枚三十六箱入り〟の横を通り、穴の空いた笠《シェード》のところまで進んで明かりをともし、そこに立ったまま再び鼻をくんくん言わせてから、スーツケースと『産業マーケティング』を〝風味豊か〟の上に下ろし、紙袋を持って反対向きに歩きだし、耳を澄まし、急に後ろを振り返ってバスタブの蓋を開け、中を覗き、手を伸ばし、今度はゆっくりと蓋を閉じた。彼が立方体の形をしたブイヨンの素をカップに入れ、勢いの弱った流し台のお湯をカップで受けて、アンチョビのパテとカクテルオニオンと紙箱入りのトゥインキー*を持って移動し、ムーディーズの業界レポートの上にそれを並べ、床に放り出されていた毛布を拾おうとしてしゃがんだとき、べルの音がして、彼はバネのように体を起こした。――もし、もしもし……？　一体……うん、でも、一体、設置してもらったってどういう意味、何……顔が見えるかってどういう意味……うん、たしかに小さな画面が付いてるけど……いや、いいか、そっちが駄菓子屋から電話をかけているなら、こっちに顔が映るわけが……いや、ちょっと待って、ちょっと待って、あの……いや、ちょっと待ってって言っただろ！　玄関に誰かが来ているから……と彼は〝十二オンス瓶二十四本詰め、割れ物注意！〟に足が当たらないよう注意しながら、忍び足で玄関に向かい、――ローダか……？

――ごめんください、ご主人さん？

――いや、いや、帰ってください。

――ごめんください、ご主人さん、ちょっとだけ……

――帰ってください！　とにかく、お帰りください……！

ああ、もしもし？　いや、知らない、ただの老人……いや、でも、いいか、僕に何の相談もなく電話を設置するってどういうこと……うん、伝言を受け取るためにあの食堂に一日二回も行くなんて無理だとたしかに僕は言ったよ、でも、これは……え？　何の音……ああ、あれ、あれは近所にできた消火栓の音……何が届いたって……？　うん、それにアメリカ人名事典も届いた、けど、速読コースで勉強したって……ああ、それも届いた、でも……それは僕が無料お試しレッスンに参加しなかったからだよ、そんなことより……僕は自分の売り込み方を覚えようとも思わないし、落ち着きと自信にあふれるセールスマンになりたいとも思ってないからさ、参加しなかった理由はそういうこと！　君がデール・カーネギーのコースを取りたいのなら好きにすればいい、僕は……あのなあ、そんな形で君に力を貸してもらおうとは思わない！　いいか、アラバマビジネスカレッジ卒業なんて資格をどうして僕が欲しがると思ったんだよ、一体どんな……環境保護学校《コンサベーション》卒業よりもそっちの方がいいって何、とにかく僕はそんなこと言ってない、僕が通ったのは音楽学校《コンサーバトリー》、音楽を……え？　まだ郵便には目を通してない、株券がいくつ届いているのかなんて知らない、ああ、でも『林業』とか、『監督業務』とか、どうしてあんな雑誌を購読……誰にインパクトを与えたいって……？　ああ、ああ、分かった、でも、テレビ電話は何のためさ、いいか、これでオフィスがおしゃれになるって思ってくれるのはうれしいよ、だけど、そんなことは……ここにお客さんが来たら困るからだ！　そうでなくても……ああ、そもそもどうしてムーニーハムにここの住所を教えた、昼食で会う約束をしてるのは君も知ってたのに……裸？　それで何て言ってたんだ、彼は……いや、それは僕も彼から聞いた、いいか、あの人、彼はよそから来た人間だ、きっと道に迷って、違う家に行ったんじゃ……ああ、彼が泊まっているホテルに君がさっき電話をしたんだな、じゃあ、僕がすることは何も……分かった、いいか、君はあの人から会社を奪うなんて言ってなかったじゃないか！　一体……分かった、でも、今君がしてることは自分にとってあまり得じゃないと彼は思ってる、彼は……そのことは僕からも話した、いいか、それは子《し》会社《がいしゃ》じゃなくて子会社《こがいしゃ》、僕は彼に会社に残ってくれと言ったんだ、会社の経営は任せるって……いいか、君は「これも人助けだ」とか、「手続きは全部弁護士連中が税金のことを考えてやってくれてる」とか言いながら駄菓子屋の店先に座ってればいいかもしれない、でも、反対側にいるムーニーハムの気持ちを考えてみろ、あのろくでもない食堂でスペイン風オムレツに涙を落としながら、神のお導きを求めて聖書を読む朝食会に行った話を聞かされれば……うん、その話はした、会社の帳簿上、担保になっていた醸造会社の株をX－Lリトグラフ社に渡す形にはできないと伝えた、そんなことをすればベッグ夫人のような株主がすぐに……え？　ああ、うん、彼、聖書を読む朝食会の後に一杯やったと言っていたよ、でも……一杯か二杯、でも……それと、朝食会に向かう途中で一杯、うん、でも、君にあんなことを言われれば、飲みたい気分になるのは……分かった、ちょっと待って、君が書いたメモは今手元にある、ちょっと待って……彼は〝クイッククエーカー〟に肘をつき、体を伸ばしてポケットを探った。――あった、借り入れた現金二十万ドルをイーグル紡績の経営に回す、それから残りは五年の約束手形で彼に支払う、だから、お金は将来の収入から出ているのと同じこと、でも……いや、でも、いいか、担保にした株のことではこっちがおたくの弱みを握ってるんだぞ、みたいなことまで彼に言う必要はなかっただろ、それからどこかの紙の会社《ペーパー・カンパニー》からX－Lリトグラフ社が多額の借金返済を迫られていることも？それはどういう……リトグラフは油まみれの絵だと僕が言ったって……？　いや、でも……いいか、X－Lリトグラフ社が紙マッチの印刷しかしてないなんてこと、僕は知らなかった、だから……いや、でも、ちょっと待って、それが処女鉱物の採掘とどんな関係がある？　いいか、前にも言ったけど、そのやり方は……分かった、X－Lリトグラフ社に紙マッチを作らせるというのは分かった、でも、処女鉱物の……何の木……うん、紙は木のパルプから作る、でも、いいか、ふらっと出掛けていって紙マッチを作るための木を伐採することなんてできない、しかも、投機的低位株《ペニー・ストック》で古い採掘権をつかまされたからといって、処女鉱物の採掘をするというのを言い訳にするだなんて無理だ……しかもそれの費用を税金控除に組み込む？　いいか、JR、聞きなさい、説明は別に聞きたくない、とりあえず……いや、でも、いいか、そういうアイデアについてはお友達のピスカターと話をしなさい、だって僕はさっぱり……ああ、そうか、ああ、うん、やっぱりそういうことか……いや、向こうから電話があったと聞いたからこっちからかけ直した、そうしたら、彼はジャマイカに行ったって聞かされたよ、でも……知らない、君が会社を設立するという話をしたのが関係しているらしいけど……うん、前にも僕がそう言っただろ、それに、いい加減、こんなことをまだ続ける気なら、君とピスカターで向こうに行って、勝つためにプレーすればいい、僕はもうごめんだ……いや、だって、ちょっと待って、いいから聞きなさい、今日僕が、ムーニーハムに会うためにあの食堂に行ったら、ヴァージニアからいろんな伝言を聞かされたよ……待って、ちょっと待って、玄関に誰かが来てる、ちょっと……いいか、ちょっと待っててくれないか？　彼は床に向かって山を滑り降りた。

——はい、あの……ローダ？

——グリンスパンさんにお届け物です。

——ああ、ああ、ちょっと、ちょっと待って……扉が音を立てた。

——どこに置きますか。

——でも、でも、何ですそれ、それってまるで……

——あの、こっちはお客さんに質問したりはしないんですよ、俺には古新聞の束みたいに見えますがね、でも、質問はしない、どこに置きます。

——ああ、ああ、僕、でも、どこから送られたものですか。

——ここ、サインしてもらえます？　ダウンタウンに住んでるアイゲンさんから。

——ああ、ええ、はい、じゃあ置いてください、バスタブの上に置いて。

——お湯が出っぱなしですよ。

——ええ、分かってます、それは、それは気にしないで、とりあえず、ほら、手を貸しましょう……最後の束を運び終えると、彼はそこに立ったままシャツの前に付いたほこりを払った。

——流し台の方も水が出っぱなしです。

——ええ、僕、分かってます……彼は扉を閉めて枠にはめ、振り返って〝十二オンス瓶二十四本詰め、割れ物注意！〟に足を載せ、一息ついて顔を手でぬぐってから、受話器に手を伸ばした。——ああ、もし、え……？　いや、単なる配達……いや、そうじゃない……いや、今朝、重たい荷物が届いたけどまだ開けてない、でも……何の配達を頼んだって……？　いや、でも、いいか、電動手紙開封器なんて必要ないだろ？　いつも経費削減って言っているくせに何を……いや、でも、何でもかんでも資料を君が取り寄せるから……いや、最先端の会社みたいに見せたいのは分かった、分かった、でも、何度も言うけど僕は……いや、分かった、分かったよ！　でも、いいか、ヴァージニアから受け取った言づてはどれもこれも……いや、クローリーという仲買人からは、イタリア風の名前が付いた製薬会社の話、それに、何だか知らないけどエンド何とかの話、ワイルズとかいう名前の人からフランチャイズ方式の老人ホームの話で連絡があったとか、何とかいう名前、ちょっと待って、これだ、ビートンという名前の弁護士からアルバータ＆ウェスタン電力の所有する土地の採掘権について相談が持ちかけられているとか……え？　いや、でも、いいか、彼も弁護士、ピスカターも弁護士、そのことは弁護士同士で……ああ、じゃあ、彼が帰ったらな、君とピスカターで向こうに行って、勝つために……誰に会うって……？　いや、いや、今日は病院には行ってないし……いいか、彼が今でも企業秘密を看護婦にささやいているかどうかなんて知らないし、朝から晩までベッドの横に付きっきりで見張ることなんてできない……いや、地図なんてここにはない！　それに……ああ、もちろんだ、醸造所は川の畔にある、でも、エース開発が採掘権を持つ土地との位置関係なんて知らないし、アルバータ……え？　どこのインディアンの保留地の話をしようと思ってたって？　いや、いいか、僕は……いや、聞きたくないって言っただろ！　それから、いいか、ポメランス共同事務所《アソシエイツ》から四回電話があったって、一体、一体全体、ポメランス共同事務所《アソシエイツ》って何なんだ、それにホッパー、イーグル紡績のホッパー老人から何度も電話があったって、君が墓地に関して何か大きな計画を立ててたとかでずいぶん取り乱していたらしい、それにイーグル紡績の給与削減、そんな話、僕は初耳だ……え？　いや、ちょっと待って、給与削減ってそもそも僕は給料をもらってもいないのに……いや、自分が受け取らないことで社員に模範を示すってどういう意味……いや、いいか、いいか、会社を立て直すまで給料は受け取らないって嘘を交えずに宣言するのが目的だなんて……いいか、株式《ストック》オプションとか税金控除なんて話は聞きたくない！　僕が望んでいるのはとにかく……何を望んでるって？　うん、受け取った、今朝受け取った、でも二十ドルじゃなくて十八ドル、しかもヴァージニアに渡さなきゃならない分が……うん、そうだ、五ドル札二枚と……うん、分かった、じゃあ、自分で口座を確認するといい、でも、はっきり言っておくけど……ああ、もちろん必要さ！　一体何のために僕がこんなことを……いや、いや、たしかにそう言ったよ、でも今、君との間の貸し借りをすべて精算するなんて無理だ、今日、リハーサルをすると言うから楽譜を届けに行ったんだけど、また金曜に出直してくれと言われた、金曜がみんなの給料日だからって……うん、ヴァージニアには給料を渡した、朝のお金から四ドル三十五セント、そして九十セントの定食もおごって、それから……たまにはそういうこともしなくちゃならないからさ、わずか四十八セントじゃないか！　もちろんムーニーハムの分もおごった。彼のと僕ので合計三ドル二十セント、交通費が九十セント……ああ、同じ出張でナイトクラブにも行った……ああ、じゃあ分かったよ！　分かった！　四十五セント！　全部合計すると……明細の写しを三部作れって？　あのな、当然だけど、ヴァージニアはいちいち費目をメモしたりしてないんだ、そんなことは……家賃、ここの？　さあ、僕は……必要経費として？　ああ、うん、もしも君がそれでいいなら……ああ、僕に力を貸そうとしてるのは分かってるけど……いや、カンタータだ、とりあえず……ああ、以前はオペラだって言ったかもしれないけど、カンタータにした……何を調べろって……？　ああ、さっきも言ったけど受け取ったのは十八ドル、二十ドルじゃない……ああ、もちろん感謝はしてる、でも、結局のところ、僕だって……死亡率を調べろって何の、アメリカ合衆国の……？　ああ、分かった！　調べりゃ……アメリカ合衆国統計年鑑だ、闘犬年鑑じゃない……いや、今は無理だ、無理、無理、ほら、玄関にお客さんが来てる、もう切らなきゃ……いや、僕は……僕が？　いや、ゴルフなんてやり方を知らないし……いや、僕はゴルフを……いや、無理だって言ってるだろ！　いいか、じゃあな、お客さんが……ミスター誰だって……？　いいか、誰が玄関に来ているのかここからじゃ分からない、いいか、ここの住所を誰彼構わず教えるのはやめてくれ……レターヘッドに印刷したって……どこの電話番号、ここの？　ここの電話番号を？　え……いや、無理だ、無理、じゃあな……いや、じゃあな、うん、さようなら……！　彼はそこに座ったまま背筋を伸ばして顔の汗をぬぐい、玄関扉が内向きにガタガタと開くのを見た。

――バスト……？

――ギブズ先生？　あれ、ギブズ先生ですか？

――バスト……？　扉の隙間から瓶が現れ、次に――みんなはどこだ？

――いえ、ここには僕以外誰もいません、僕は……

――白熱した議論が聞こえた気がするけどな、バスト、と彼は短く言って、扉と二等辺三角形を形作った。――邪魔するつもりはなかったんだが。

――いえ、さっきのは、あれは独り言です、そこの扉は僕が……

――邪魔するつもりはなかったんだ、バスト、でも話し相手が欲しいかと思ってな、ビーミッシュってやつとここで会う予定だ、話し相手を欲しがっているかと思って……彼は急に立ち止まった。――何の音だ……！

――え、水の音？　ああ、あれは……

――人知のおよばぬ洞窟を抜け、*一体どこから……

――ああ、ええ、バスタブのお湯を出したら、蛇口が外れて……

――明るい川の出会う胸元、*まるでピッツバーグで暮らしてるみたいじゃないか、バスト……彼はまた歩きだし――モンガヒラ*とアレゲーニーという二つの明るい川がその胸元で出会い、大いなるオハイオ川となる……そして彼はムーディーズの業界レポートの手前で立ち止まった。――バスト、俺は君ほど好き嫌いの激しい人物に会うのは初めてだ……

――ああ、はい、それは……バストはその脇を通ってカップを取り、――ここにあったものを食べただけで……とそのまま歩いて流し台に戻り、色の変わった水を流し、ブイヨンの塊をシャツの袖でぬぐい取って――ここのところずっと……

――邪魔するつもりはなかったんだ、バスト、大したグルメじゃないか、失礼、ちょっと待って……目の前で振られているカップのそばまで彼はボトルを持ち上げて、――廊下に肉、瓶入りのワイン、扉の脇には生きた川、*これはまさしく……

――いや、いや、僕、ギブズ先生のためにカップを用意したんです、僕は要りま……

――問題はな、バスト、君は思いやりがありすぎるってこと、くそみたいなやつらにいいように利用されるだけなのに……彼は両手でカップを受け取り、――バスト、俺はここでアイゲンさんに会わなくちゃならない、君の邪魔をするつもりはないんだが……彼は飲み、カップを置いて――全米会社年鑑、これを読むのはずいぶん久しぶりだ、読んだことがあるかどうかも怪しいが、見てもいいかな?

――ああ、はい、どうぞ……

――アイゲンと会わなくちゃならない……彼は鉛筆の先でカクテルオニオンを突き刺して、――やつはここに来るって言ったんだ、今は一体何時……

――ええ、時計は先生の下にあります、でも……

――時計……? カクテルオニオンが二つ、三つと『林業』の上を陽気に転がり、――よし、まだ三時か、午後はこれからだな、バスト、ちょっと調べたいことがある、レインダンスとミスター・フレッド*のことを調べるためにここに……

――いえ、でもその時計は、本当の時間は三時十五分前じゃないんです、待って、その時計は針が逆に回るから、でも、正しい時間を知るための小さな読み替え表が横に置いてあります、多分、多分今は七時十五分、時計に表示されている時刻を十から引いたらいいんです、ただし表示が十時、十一時、十二時のときは例外で、その場合は……

――これ……? オニオンが『林業』の上で踊り、――ポン、ポンポンポン、雨音の合間に象が走ってるみたいなメロディーじゃないか、バスト……

――ああ、それは違います、ええ……彼は〝風味豊か〟を越えてソファの下に手を伸ばし――それは僕が今作っている曲で、ある人に、これが読み替え表です……

――オペラ、例のオペラだな、たしかにビゼーじゃない、ただしビゼーじゃない、問題はな、バスト、君は物事を最後までやり遂げないこと、こっちのことをしてたかと思ったら、今度はあっちのこと、それじゃあ何もやり遂げられない。

――いえ、それは仕上げたんです、実は僕、ナイトクラブでのリハーサルが終わって帰ってきたところなんです、そうしたら、清書にもずいぶん手間を掛けたんですが、あのアコーディオン奏者は楽譜を見ることさえしなかった、いつも第一バイオリンに合わせてるって言ってね、結局、彼がやったのは、にやにやしながら誰もいないテーブルの間を歩きながらウーンパ、ウーンパって弾いて回るだけ、しかもまだ作曲の代金を払ってくれないんです、あの人たちは……

――バスト、それで思い出したが、君の身内の話で……空《から》になったカップが上がり、瓶がそれに続いて、――ステラの父親がやっていた会社のことだ……

――ステラ?

――ステラ、バスト。ステラ・バスト、従姉《いとこ》じゃないのか?

君の父親のジェイムズは彼女の父親のお兄さんだから……

——でもどうして……どうしてステラのことを知ってるんです？

——昔、彼女の父親の会社で働いてた、彼が経営してた小さな会社、バスト、あの小さな会社は今一体どうなってる。

——ああ、そのことですか、僕は、僕には分かりません。叔父さんが亡くなって、僕らは、叔父さんと父は仲がよくなかったので、僕は……僕には分かりません、でも、ステラのことはよくご存じなんですか？

——昔の話だ、バスト……カップが上がり、半分空になって下がった。彼はまた立ち上がり、紙を振り回した。——問題はな、基準にする数を十二じゃなくて十にして計算しているところだ、一日は十二時間だぞ、問題はくそ時計は決して正しい時間を示さないってことだ。

——ええ、僕、実は、一度電源につないで六時にあわせた後で、四時間停電になったんです、でも、でも、それより、彼女に会ったんですか？　つまりステラに？

——バスト、しっかり気を付けないとな……彼は鉛筆の先からカクテルオニオンをかじり、——いいか、くそ時計を十二時に合わせろ、そうすれば一日に二回は正しい時刻を指す、正午から逆回りして夜中にまた同じところに針が戻る、他の時間は十二から引き算したらいい、六時なら六時、八時なら四時、五時十五分なら六時四十五分、それよりレインダンスとミスター・フレッドのことを調べないと……彼は〝新改良マゾーラ〟を越え、——彼らのことは聞いたことないだろ、バスト、なぜか分かるか？　彼らは自粛をさせられてたんだ、前回走ったときは優勝、ところがその後、姿を消した、いなくなった、みんなが忘れるまで自粛、そして久しぶりに登場、明日の朝、第二レース一枠で走る予定だ、ここは明かりがないのか……

——ああ、その、電球が切れたから、ええ、僕は……

——何にも見えや……マッチから炎が上がり、——紙袋を集めてるのか、バスト？

——ああ、はい、いえ、それは……

——これ以上要るのか、バスタブにもいっぱいあるのに、なあ、バスト？　君宛の小包だぞ。

——ああ、それはただの、ええ、気にしないでください、それはただの……

——開けた方がいいぞ、食い物かもしれないし……彼はそれを振り回して、〝二枚重ね二百枚三十六箱入り〟とぶつけ、——これもカクテルオニオンか、トゥインキーにしては重すぎるな……そして床の上で箱が破かれた。——一体何だこれは。

——それは、あー、電動手紙開封器かも、それは……

——バスト、なかなかいいアイデアじゃないか、バスト、ここにはぜひ一台必要だもんな、さっきのカップはどこにやったかな……彼はそれを持ち上げ、飲み干して、——バスタブの下にも手紙の山があったみたいだが。

――ええ、あれ、あれは今日の分で、まだ仕分けしてないんです、グリンスパンさんの分は分けてあります、あ、そういえば、ギブズ先生、お尋ねしたかったことがあるんです。一日か二日前に財務省の人がここに来て、グリンスパンさんを探してるって言われたんですけど……

――財務省の役人か、バスト、用心しないとな……彼は封筒を次々に落としながら再び現れた。――用件は何だって？

――競馬で儲けたお金のことだとか、はい、あまりいい感じじゃありませんでした、僕のことをグリンスパンさんだと勘違いして、すごく嫌な感じでした、連行するつもりだったみたいです。あの人が今度来たら、どうしたらいいですかね……

――グリンスパンの弁護士に電話した方がいいだろうな……そして彼がフィルム缶に腰を下ろして、箱を掘り返すと、封筒が雪崩を起こして床に落ちた。――あそこのコンセントにつなごうか……

――ええ、僕、でも、グリンスパンさんの分を先に仕分けしないと……

――君のも開けるぞ、バスト、面白そうじゃないか、さあ、これをその下のコンセントに……

――先に装置を箱から出した方がいいと思いますよ、そうしないと……

――頭の回転がいつも早いな、バスト、手紙はこちら側から入れて……畜生《ジーザス》！

――中に取り扱い説明書が入っているかも……

――動いてる、ちゃんと動いてるぞ、ただスピードがやけに速いから、手紙がキッチンまで飛んでいくんだ……

――待って、待って、玄関に誰かが来てます、出た方が……

――きっと、アイゲンか？　トム？　おまえか？

扉が真っ直ぐのまま開いた。――ジャック……？

――トム、入れ、ちょっとそこで待っててくれないか？　いや、もっとこっちでも大丈夫、今、機械を止めるから……

――畜生《クライスト》、ジャック、何を……危ない！

――手紙を開けてるだけさ、このバスト君が買ってくれた機械で……

――止めろ、止めろよ、ほら、手紙がどれも真っ二つに切れてるじゃないか……

――くそ、ちょっと調節しないと駄目みたいだな……

――バスト君、コンセントを抜いてくれないか？　やつの指がなくなる前に。畜生、ジャック、この散らかり様を見ろよ、一体……

――対応する片割れを探さないとな、畜生、何のために科学技術があると思ってる、これだけたくさん手紙があれば、一通一通開ける手間を省きたいだろ？　これで上半分と下半分の組み合わせを探せばいい、国税庁からの手紙、誰か上半分を知らないか？　こっちの手紙の下半分から読み取れるのは、誰かさんが窮地に追い詰められてるってこと……

——ジャック、いいか、例の弁護士がもうすぐここに来る……

——AT&Tに関する、バリュー・ラインの銘柄レポートをサンプルとして同封しました……

——あ、それはひょっとしたら、ひょっとしたら僕の……

——値上がり傾向、誰か、豚の脇腹肉《ポーク・ベリーズ》を売買しようとしてるのか？

——ああ、それ、それはひょっとしたら……

——ポメランスって名前の人を知ってるか、バスト？　ポメランスという名前の人の下半分……

——ジャック、畜生、聞けよ……

——いや、待て待て、何かが半分にならずに出てきた、見ろ、グリンスパン宛だ、「税金と寄付」、確認した方がよさそうだ、トム、聞け。ハーバード基金に寄付なさったお金は決して額面通りのご負担にはなりません、聞いてるか？　証券の寄付、聞けよ。私どもは価値の上昇した証券の寄付も歓迎いたします、どうだこれ。ご立派なことじゃないか、結婚している場合は奥様の証券でも歓迎、価値さえ上昇していれば……

——畜生、ジャック……

——いや、待て、いいか、ここに小さな表がある、早見表だ、ほら、グリンスパンの年収が五万ドルの場合、百ドルの寄付につき実際のコストは四十一ドル、寄付の五十九パーセントは政府が負担することになるんだってさ、ご立派なことじゃないか、見ろ。仮にやつの年収が十万ドルなら百ドルあたり二十八ドルの負担、七十二パーセントは納税者の負担、ご立派なことだ、かたや、ごみ箱を掻き分けてメーターをチェックしている黒人の検針屋は、義務教育の九年をかろうじて終えたら、制服を着て、懐中電灯を手に一日中電気のメーターを読んで、一年に二千ドルの税金を払う、そのおかげでハーバードがラクロスのラケットを買えるというわけだ、畜生、ご立派なことじゃないか、何だこれ……

——ギブズ先生、それは多分……

——『管理職のための手紙文例集』、ふさわしい言葉がなかなか思い浮かばない手紙、あらゆる文面を収録、大幅に時間を節約、もう手紙の表現に迷うことなし、畜生、これは便利だぞ、トム？　このミスター何とかに返事を書かなきゃならないからな、これの下半分はどこだ、繊維業界に新しく参入なさるあなたをこちらのパネルディスカッションにお招きしますだってさ。テーマは輸入割当とアメリカの、トム、グリンスパンが繊維業界に参入したって知ってたか？

——ギブズ先生、僕、郵便の一部は……

——この権利の正当性については何度も裁判で争われており、慎重な対応が求められます。アメリカ鉱山局からの手紙、この上半分はどこ？

——ジャック、聞けよ、床に座ってる場合じゃない、弁護士がもうすぐ来るから、準備を……

――いや、待て、待て、これは見逃せない、待て、ブラッディ・マリー・バレーボール選手権、午前十時三十分、選手全員に無料でブラッディ・マリーを提供。ウィアノの美しいコース*でゴルフトーナメント、トム、きっとこれはグリンスパンの二十五回目の同窓会だ。登録はカークランドハウスで、久しぶりに旧友や同窓生と顔合わせ、トム、やつも来るぞ、この手紙の残り半分はどこ……

――バスト君、いいか、ここの片付けを手伝ってくれ、このままだと……

――一九六〇年成立の国有林多目的利用持続的収穫法に基づいて伐採地域を合法的範囲で最大限に拡張し、隣接する連邦所有の土地にまで材木伐採作業を広げた場合、これは違う、一体どこに……

――ギブズ先生、僕、手紙の一部はひょっとすると……

――午前のシンポジウム、自称著名人のクラスメートをやり込めるチャンス、これだ、午後二時に全員でソルジャー・フィールド*まで伝統のパレード、畜生、トム、ここでやつを捕まえようぜ……

――待て、聞け、あの音……何の音だ。

――あれ、あれはバスタブの音です、ミスター……

――明るい川の出会う胸元だ、トム、大いなるモンガヒラが合流する場所、バスト君と俺はピッツバーグでモン、モノンガヒラと合流して大いなるオハイオ川になるのが何川だったかさっきまで話してたんだ……

――ただのバスタブです、アイゲンさん、僕は……

――畜生、賢明な判断じゃないか、流し台の水が止められないから、バスタブの方を出しっ放しにしてくそエントロピーを少しましな形で分配したわけだ、そこの瓶を取ってくれないか、バスト？

――それからギブズ先生、提案なんですが、アイゲンさん、提案なんですが、僕はこの場所を使わせてもらっていて、グリンスパンさんはここを郵便の受け取りに使っているだけのようなので、ひょっとしたら僕も家賃を払った方がいいのかと……

――どうだ、トム、理想的な入居者じゃないか、紙袋を集めて、くそエントロピーのバランスを保って……彼はカップの上に瓶を傾け、――電動手紙開封器を提供して、しかも、家賃の支払いを申し出てくれるなんて、家賃はいくらだ……

――六十一ドルいくら、少し上がったんだ、六十一ドル四十セント、カップはそれしかないのか？

――俺としたことが、気遣いが足りなかったな、ほら。さて、どの手紙の上半分を探してたんだったかな……

――ギブズ先生、多分手紙の一部は……

――ほら。さあ、立て、ジャック、弁護士が来る前に隣のアパートに行って、シュラムの物を確認しておきたい……

――トム、駄目だ、畜生、急げ、全米会社年鑑をこっちに寄せて、腰を下ろせ……彼は空《から》になったカップに手を伸ばし、瓶を傾けて、――一体誰が速読コースで勉強してるんだ……

――ギブズ先生、郵便の一部は多分僕の分です、僕……

――バスト、君が速読コースを？　一体全体……

――ええ、はい、いえ、違うんです、実はそれは……

――ダイナミック・リーディングの修了生は多くの場合、毎分千五百から三千語のスピードで文章が読めるようになります、バスト、聞いたか、トム、彼に一冊本を渡せ……

――ジャック、いいか、私は隣に行く、弁護士が来たら電話をするから……

――レインダンスとミスター・フレッドがまだ見つからない、畜生、午後はまだこれからだ、実は俺たちはシュラムの遺言執行人になったんだ、分かるか、バスト？　何百万もの遺産を扱う共同遺言執行人、やつは子供たちのためにもいくらか残してくれた……

――ええ、僕、誰かが玄関に来てるみたいですが……

――すぐに行くからな、トム……彼は注意深くカップを持ち上げ、――やつの気持ちを理解してやらないとな、バスト、ドイツ出張から戻ったら奥さんが出て行ってたのさ、普通ならそれはありがたいこと、真福八端*を合わせたくらいの幸福のはず、ところが奥さんは子供を連れて出て行った、男の子、今の彼の気持ちが分かるか、バスト、奥さんが子供を連れて出て行ったんだ……

――それはとても気の毒、待って、足の下に……

――え？　株券、USスチールの株券の半分だ、バスト、上半分は一体どこに……

――いえ、いいんです、ギブズ先生、僕が全部拾いますから、とりあえず……

――俺は本を探してる……彼は〝フルーツループ七オンス二十四箱入り〟に膝をつき、〝二枚重ねフェイシャルティッシュ黄色〟に手を突っ込んで、――あの娘《こ》はどうやって部屋に入った、名前は何だっけ、イルマ？　シュラムのガールフレンド？

――ええと、名前はローダだと思います、僕がそれを上に置いたのは、危ない！

――ローダ、ローダ、燃えているのに燃え尽きない柴*、君も一つどうだ……彼は突然起きた雪崩の中の一冊を捕まえ、――『機械学概論』*、畜生、フランス語か、苦手だ、待てよ……彼はページをめくりながら山を下りて、――地主の娘ベスは*、長い黒髪を暗赤色のリボンで恋結びした、これならどうだ。

――ええ、僕、ちょっと伺いたかったんですが、ギブズ先生、先生はジュベール先生にお会いになりましたか？

――信じられない、バスト、香水の黒い奔流が彼の胸で逆巻く*、信じられない、待て、こっちにも短いのがある……

――彼女、ひょっとして彼女は先生と一緒にこのアパートの隣の部屋に……

――十二、十三、十四……

――ジャック？　弁護士さんが来たぞ、おまえも隣の部屋に

……

——二十三、四、この部屋に連れてこいよ、七、八、三十一……

——あっちで弁護士さんが待ってるんだ、畜生、ジャック、さっさと……

——九、六十、六十一……

——ギブズ先生、アイゲンさんが……

——ここに連れてこいよ、トム、「しわ深い」というのは一つの単語として数えるのか？　八十八、九……

——ジャック、立て、畜生、弁護士が向こうで私たちのことを待ってるんだ。

——「チャプマンのホメロスを一読して」*は百十二語、一分間で三千語読めるなら、これは二・〇二秒だな、よーい、スタート。わたしはなんどもおうごんのくにをたびし……

——ジャック！

——畜生、今行くよ……*彼は〝二枚重ね二百枚〟を通り過ぎ、

——どのくらいのスピードかバストが知りたがってるだろうと思って……

——ビーミッシュさん、こちらがギブズ、もう一人の執行人です、申し訳ないけど、彼は今……

——よくいらっしゃいました、ビーミッシュさん、紛争を解決しようじゃないですか、裁定っていうのかな、*トム、安く買って高く売るっていうやり方……

——ジャック、ちょっとそこで待ってろ、私が中に入って明かりを点けるから……

——ビーミッシュさんは弁護士だぞ、トム、合流に関する紛争を解決するんだ、ビーミッシュさん、モンガヒラと合流して大いなるオハイオ川になるのは何川ですか、その胸元で、失礼、それは俺がこぼした？

——ジャック、扉はもう開いてる、鍵はかかってない、一体何を……

——質問は一度に一つだ、そんなに次々と質問を投げかけられたらビーミッシュさんだって……

——ええ、多分、多分アレゲーニー川だと思います、ギブズさん、しかし、それが今回の件とどんな関係が……

——アレゲーニーだ、トム、聞いたか？

——こちらです、ビーミッシュさん、ちょっと、ちょっとこの散らかり方にはびっくりなさっているでしょうが……

——いえ、大丈夫です……

——わびる必要はないぞ、トム、ここに引っ越してくるわけじゃないんだから、ここに引っ越すわけじゃないよな、ビーミッシュ？　今にも天井が落ちてきそうだ。

——ああ、いえ、いえ、私……

——座ってくれ、ビーミッシュさん、あそこにはすてきなベッドがある、座って、天井をご覧あれ。

——ええ、ありがとうございます、そんなに、そんなに時間

はかからないと思います、ここには、その、あまり高価なものはなさそうですし、そんなに時間は……

——よし、始めよう、ビーミッシュさん、シュラム家と親交のある弁護士としてこの靴をどう評価します？　もう片方もどこかその辺にあるかも……

——ジャック、畜生、床に座り込むんじゃない、おまえがしつこく言うからビーミッシュさんのオフィスではなく、ここで話し合うことにしたんだぞ、一体何がしたいんだ。

——親交家《け》とシュラムのある*弁護士がアパートの不動産評価をする手伝いさ、遺言執行人としての法的義務、そうでしょう、ビーミッシュさん？　少しは手間賃ももらえるんですよね、ビーミッシュ？

——ええ、はい、ギブズさん、しかし、あー、靴のような個人的物品を含める必要はないかと存じます、それに……

——俺にはちゃんとした靴に見えるがね、先の王、ジョージ五世と同じ、メーカーはピール・アンド・カンパニー*、ただ残念ながら、足に合わない……

——ギブズさん、それからもう一点、私はシュラム家と親交のある弁護士というわけではありません。時折、ご家族からの個人的依頼を受けることもありましたが、普段扱うのは会社関係の業務に限られていました、そして、あー、あなたのお友達のシュラムさんの資産は大半が、トライアングル製紙の株式から成り立っているようですので、私たちの前にある問題としましては……

——問題はな、ビーミッシュ……と彼は再び立ち上がり、

——問題は、ここにあるものはどれ一つとして大した値打ちがないこと……

——ジャック、そんなことはいい、いいから座って……

——俺の共同執行人の話を分かってやってくれ、ビーミッシュさん、問題はこいつが数年前にすごく優れた小説を書いたっていうのに、ささやかな賞を一つしかもらえなかったってこと、ペーパーバックで再版されて、女子大生から手紙が来て、小さな雑誌社から無報酬で何かを寄稿することを頼まれた、でも、それ以上は何も……

——ジャック、黙れ。

——問題はな、ビーミッシュ、俺たちはあまりにも長い間知り合いだったってこと、くそ問題は、その優れた小説は自分のことを書いたものだとシュラムが思っていたってこと……

——ジャック、畜生、聞け……

——すみません、アイゲンさん、私は、ギブズさん、今そのような話をする必要は……

——でも、シュラムの気持ちは知っておくべきだろう、ビーミッシュ、問題は、彼にはもっとすごいことをする力があったってこと、問題は誰かがその能力を持ち逃げしたってこと、アイゲンの書いた傑作小説で彼はそんな話を読んで……

——ジャック！　畜、畜生、黙れよ！

——ああ、私、とりあえず本件ともっと直接的な関係があるお話を、ギブズさん……

——ああ、畜生、分からないのか、今その話をしようとしてるのに？　問題は、カップはどこだ、問題は、ここにあるものはどれ一つとして大した値打ちがないこと、畜生、これが何だと思ってる！

——す、すみません、ギブズさん、どうもお話についていけないのですが、古いタイプライターが何か本件と……

——いや、ビーミッシュさん、こいつが言っているのは書類のこと、でも、それはシュラムが、それはある本の原稿で、シュラムはそれを頑張って……

——なるほど、ええ、もち、もちろんです、でも出版された作品の原稿にどれだけの価値があるかはまだはっきりはしていませんし、今回のケースでは話をややこしくするだけかと……

——大事なのは、ビーミッシュ、畜生、トム、おまえから説明してやってくれないか？　大事なのは、出版されてないってことだ、ビーミッシュ、大事なのは完成もしてないってこと、大事なこと、一体何だと思ってるんだ、シュラムは片目になってここに戻ってきたってこと、そして俺たちに、ここに戻って部屋を見て、あのくそパイプを見ろよ、ビーミッシュ……？

——ええ、しかし、私が申し上げたいのは……

——ジャック、いいから座れ、それに、そのカップをよこせ。

——空《から》だぞ、トム、隣に行ってオールドストラッグラーを取ってこないと。

——いいからよこせ、私が隣に行って……

——いや、いや、急げ、トム、俺はビーミッシュと話が……

——畜生、私だってもう一杯やらないと……

——俺はビーミッシュと話がある、おまえは隣に行って、カップに酒を入れてこい、俺からビーミッシュに説明をしておくから、トム……

——しかしアイゲンさん……

——すぐに戻ります、ビーミッシュさん、その後で話をしましょう。

——大事なのは、ビーミッシュ、事実を知らなきゃならないってこと。事実をちゃんと知るまでは、あんたに原稿を読ませるわけにはいかない。アーリントン墓地*のことは遺言に書いてあるが、事実をちゃんと知っておいてもらいたい。大事なのは、シュラムが本当にシュラムでいられたのは戦争のときだけだったってこと、そうだよな、トム？　あれ、あいつはどこに行った。小さな町、ビーミッシュ、さん《ミスター》、サンフィアクルという名前、ベルギーだ、アルデンヌの森にある町、やつらは最後の大攻勢で町に入った、そして二、三台の戦車と一緒にシュラムがそこを守ってた。ところがくそ将軍がすぐに部隊を撤退させたせいでシュラムと数台の戦車だけが防衛線に取り残され、そこにドイツのくそ機甲部隊がアルデンヌの森から迫る。二日目の晩、最前線に残されていたシュラムが味方の線まで下がろうとしたら味方なんていない。将軍はわずかに残されたくそ部隊を引き連れて二十マイルも撤退してた、シュラムには一日目の晩に無線で伝えたとか後で言い訳してたが、真っ赤な嘘、くそ機甲部隊がやって来て、シュラムの戦車を破壊、やつは凍えかけた、脚も撃たれて、凍えそうになりながら捕虜として連行、やつが足を引きずるのを見た？　あいつは捕虜になったことを恥じていたから、いつもそれを隠そうとしてた、足を引きずる姿は人に見られないようにしてた、でも疲れたときは無理、疲れたときは引きずっていた、くそ将軍は自分は退却しながら自陣の前線に砲撃を浴びせて、しかも前線で砲撃を受けたシュラムを受勲に推薦。くそ将軍はこの話を「防御における機甲部隊の古典的活用法」と呼んでる、歴史の本には、将軍がサンフィアクルでブラウフィンガーの機甲部隊を阻止したと書かれてる。それがくそアルデンヌ攻勢の背骨を折ったって。実際には、来ることのない命令を待つシュラムがそこにいただけなのに、トム？　今、ビーミッシュさんに例の話をしてたところだ、ありがとう……どうしてシュラムがアーリントン墓地に埋葬されることを望んでいたのか聞きたいって言うから、命令を待ちながら前線を守った話を。かたやボックス将軍は戦争に勝って、ビーミッシュさんには勧めないのか、トム。ビーミッシュさん、これをどうぞ……

——ああ、いえ、結構です……

——すみません、服にかかりました？

——いや、大丈夫です、でも、そろそろ……

——手短に話してるつもりなんですがね、ビーミッシュ……彼はカップを上げてぐいぐいと飲んでから、書類に手を伸ばした。——大事なのは、シュラムはただの戦争小説を書こうとしてたわけじゃないってこと、大事なのは『ファウスト』と同じ、主《しゅ》はファウストの勝利のためにすべてをお膳立てするけれども、それを彼には教えないということ、じゃあ、そのときファウストはどうするか？　主は直接手出しをしない、彼はただ自分に定められた運命を知らぬまま必死に戦う、さあ一体どうなると……

——ジャック、黙れ！　私たちは……

——いいか、ビーミッシュさんにこの本を読んで聞かせるなら、先に事実を教えるべきだろう、シュラムの西部劇は見たことあるか、ビーミッシュ？　彼は西部劇映画の脚本を書いたんだ、名前さえクレジットされてないけどな。大事なのは、彼はそこで撤退命令を待っていたってこと、来ることのない主からの命令を、そして無線連絡したとかいうくそ将軍の嘘っぱち、そして最後は賭けに勝ったと言って……待て、何をする、原稿を丸ごとビーミッシュさんに読んで聞かせろとでも……

——馬鹿言うな、ジャック！　くそ、おまえが誰かに向かって本を読むことなんて誰も期待してない、いいから……それを下に置け……！

——アイゲンさん、また改めてオフィスでお話をした方が

……

——トム、そこら中にこぼれてるじゃないか、くそ、待て、待て、その赤い本……彼は書類と乾いたティーバッグと乾いた四角い包帯の上に座り込み、——五年前、やつに貸した本だ、どうなったのかと思ってた、待て、ここだけ読んでやるよ、ビーミッシュ、洞察に満ちた描写が……

——ジャック、もういい、畜生！　ほら、よこせ……

——待て、破れるじゃないか、一体どうするつもり……

——じゃあ下に置け、畜生、そして……彼は本の間から落ちた写真を手に取り——誰、見ろ、誰なんだこれ。

——シュラムのお母さんに会ったことはないのか、トム？

——シュラムの、この人が？　いや、でも、誰……

——親交家《け》とシュラムのある弁護士に訊いてみろよ、トム、それはシュラム夫人だよな、ビーミッシュ？

——ええ、はい、そうだと思います、しかしもちろん、シュラムさんの、あー、お母様というわけではありません、お父様の二人目の妻ということです、ええ、お二人の結婚はお父様が亡くなる数年前のことだったと思います……

——美人だろ、トム、これなら爺さんのあそこが勃《た》つのも分かる、なあ、ビーミッシュ……

——あの、その方《かた》、夫人はご主人とかなり年が離れていました、はい、あなた方のお友達のシュラムさんよりもお若くて、しかし……

——シュラムが逆転したヒッポリュトスみたいな気分*を味わったのが分かるだろ、あんなおっぱいに手が触れたら、シュラムがどんな気持ちになるか想像が付くよな。

——ええ、私、私が理解するところでは、お二人は必ずしも打ち解けた仲ではなかったようですが、もちろん、事ここに至っては、遺産に関する問題がございますので、夫人の協力が必要となります、実際、今日も彼女に署名をいただきたい書類をお持ちしています、夫人にお渡ししようと思っていたのですが、私は明日から何日か出張に出掛けますので……

——彼女はどこに？

——東六十何丁目の辺り*です、でも、今日はもう遅いですし……

——私が預かろう、ちゃんと届けておきます。

——それは助かります、アイゲンさん、住所はそこに書いてあります、これで手続きがはかどると思います、夫人も早く問題を片付けたいと思っていらっしゃるので……

——彼女は何も悪いことはしてないが、尻がすっかり垂れる前に、待ちに待った大金がやっと手に入るわけだな、そこのカップを取ってくれないか？　シュラムの死に方を知っていちばん驚いているのは彼女かもしれない、おかげで遺産が転がり込んだわけだが。

——あの、夫人はもちろん、シュラムさんの亡くなり方にはショックを受けていらっしゃいました、ギブズさん、しかし、あー、彼女は結局、今回の遺産の相続分がなくても充分に安楽な生活を送っていらっしゃるので、ギブズさんがお考えになっているようなことは……

――急いですべてを現金に換えようとしているのは彼女の考えじゃないのか？

――それは少し違うと思います、ギブズさん、ええ、実際、もしも売却が可能ならそうした方がいいと提案したのは私です、遺産を整理するにはそれが最も手っ取り早いからです。あなたとアイゲンさんのお子様たちに遺贈されたささやかな資産もありますが、それを除けば、会社の利益状況はずっと赤字が続いていますから、シュラムさんはあまりその、ビジネスに向いていなかったようですし、夫人もあまり……

――彼女に何の才能があるか、俺が教えてやるよ、トム、例の絵はどこだ。

――黙れ、ジャック、話が出たついでにうかがいたいんですが、ビーミッシュさん、例の遺贈の件、もしもそれが直接子供たちに遺産を贈るという形になっていたら、私たちはどうやって……

――ええ、残念ながら、アイゲンさん、シュラムさんは弁護士の手を借りずに遺言をお書きになっていて、子供さんはまだ未成年ですから、遺贈は直接子供さんの手に渡らず……

――大事なのはな、ビーミッシュ……と古い整理だんすのそばの床から声が聞こえた。――ここにあるシャツのうち三着は新品だってこと、大事なのは、アイゲンは奥さんが割り込んでくるのを心配してるってこと、そうなれば子供には金が一セントも渡らないからな、おたくの首のサイズはいくつ？

――ええ、残念ながら、シュラムさんが信託の形であなた方に遺贈なさっていれば、そしてあなた方の裁量で子供さんたちの教育のために使うことができるようにしてあれば、懸念なさっているような問題も……

――大事なのは、俺も同じ問題が心配だってこと、子供の教育のために使うことって書いてあったって、あの女はプールを買うだけ、そして泳ぎを教えるためにプールを買ったんだって言い訳するに決まってる……

――いえ、その点はご心配に及ばないと……

――毛皮のコートを買うのだって、これは子供を罠《わな》猟師にするための教育だと言い訳をする……

――ジャック、黙れ、何を……

――ええ、はい、問題の株式はおそらく「善良なる管理者の注意義務」のある物品には該当しませんので、あなた方が後見人証明書を手に入れて、それを売却するのに必要な法的書類が整えば、次の手続きを……

――でも待ってくれ、いつまでかかる、必要な法的書類を整えるって言ったって、そもそもそれ以前に……

――弁護士を雇うんだよ、トム、そうだろ、ビーミッシュ？いつだって弁護士を見つけなきゃ、弁護士さんはいつだってお手伝いしてくれるぞ、どうせ、それぞれの子供にわずか二千ドルほどのお金をくれるってだけの話だ、そうだろ、ビーミッシュ？

――ええ、多分、多分そのあたりの金額だったかと……

――このあたりの弁護士に相談をしろってことだろ、ビーミッシュ？　法的書類を整えて裁判所に行け、手紙と保証書とを持って、でも結局、話は前に進まない、大事なのは、問題なのは、地位から契約への堕落、*そうだろ、ビーミッシュ？　それが問題なわけだろ？

――あの、いくらか、あー、もちろん法律的な経費は必要になりますが、あー、あなたとアイゲンさんが子供の法的後見人であることが確立されれば、裁判所で認められた銀行口座にお金が預けられて、口座はあなた方と検認後見裁判官の連名で管理されることに……

――銀行の頭取は検認後見裁判官と義理の兄弟なんだ、簡単には金を引き出せないだろ、ビーミッシュ？

――待て、黙れ、ジャック、私が息子の法的後見人であることを確立するってどういう意味ですか、私の息子の話ですよ、デビッドは私の息子だ……

――今回の件に関してはもちろん、アイゲンさん、子供の利害は……

――大事なのは、今回の件に関して言わせてもらうと、アイゲンはいい父親だってことだ、ビーミッシュ、自分になかったものを息子にはすべて持っていてもらいたいと考えるタイプの父親さ。

――黙れ、ジャック……

――勇気、誠実さ、忍耐……

――ジャック、畜生、黙れ！

――いい男なんだ、ビーミッシュ、彼のことは心配要らない、少しだけ「締め出し症候群《ティアシュルス》」*気味だけどな、今にも目の前で門が閉まるんじゃないかと不安になる病気、音の響きも綴りも悲しい言葉だ、同じ門が閉じるのをシュラムも見ていた……

――ジャック、話の邪魔をするんじゃや……

――トビラヲトジヨ《シュルース・ディー・ティア》、マドカラハイレ《デア・コメン・イン・デア・ヴィンドウズ》*……

――畜生……

――マドヲトジヨ《シュルース・デア・ヴィンドウズ》、マドカラ《デア・コメン》……

――アイゲンさん……！

――そこまでしなくていいだろ、トム。

――へえ、そうか、畜生、おまえは何のつもりで……

――いや、座れ、ビーミッシュ、大事なのは、こっちを見ろ、ビーミッシュ、畜生、大事なのは、他のことをやろうと思っているときに降りかかってくるもの、それが人生だってこと、以前、そんな言葉を歯医者の待合室で読んだ、俺たちを見ろ、首のサイズは十八、くそ雄牛のように太い首。おまえの首のサイズは何。

――大事なのは、ビーミッシュさん、何が大事かもしも知りたければ、ギブズがこんな大芝居を打っている理由、それは、ギブズは戦争に行かなかったのにシュラムが行ったってことだ……彼は床にあった赤い表紙の本を整理だんすの前まで蹴飛ばし、――シュラムは行ったのに自分は行かなかった、だからこいつはいまだに自分を許すことができないんだ……

――はい、私、なるほど、アイゲンさん、これ以上お二人のお邪魔をするつもりはありません、トライアングル社株式の処理について誰かが関心を示したらもちろんすぐにお知らせします、見込みは極端に暗いですが……

――暗いって何が、ビーミッシュ、まあ座れよ、暗いって何の話だ？

――予備引き合いです、ギブズさん、こちらの希望価格が高すぎたために、有望な買い手が尻込みを……

――いくらだ、待って、靴下は要る？

――いえ、結構、私、あー、千二百万です、ギブズさん、先ほども申し上げましたが、何か動きがあればすぐに……

――現金で？

――ジャック、黙れ、いちいち引き留めるんじゃない、ビーミッシュさん、今日はどうも……

――畜生、俺にだって詳細を知る権利があるだろ、畜生、トム、シュラムの遺言執行人として法的な責務がある、未亡人の持つわずかな財産を守る義務、だろ、ビーミッシュ？　どうだ、似合うか。

――脱げよ、ジャック、いいか、何も知らないくせに余計な口を……

――千二百万ドル、時価評価額はいくらだ、ビーミッシュ、これ、履いてみないか？

――いえ、結構、私、私は要りません、ギブズさん、千二百万ドルは時価評価額よりかなり安いと思います、しかし、先ほど申し上げたように、悪化しつつある利益状況とか、紙を扱う産業のコスト増加とか、不良債権として処理せざるをえない相当額の受取勘定とかを考えなければなりません、今ここにもいくつか数字があります、しかしもちろん……

――その書類を見せてもらえるかな、ビーミッシュ？

――ああ、はい、もちろんです、しかし……

――ありがとう。その短靴がお気に入りなのかな。

――あ、私、あー、ええ、結構です、はい、しかし細々した数字をご覧になるのは面倒ではありませんか、ギブズさん……

――俺は数字が大好きでな、ビーミッシュ、さっきの本よりも連結財務諸表の方が好きなくらいさ、さっきの本はどこ、これを忘れちゃいけない、いちばん好きな本の一つ、いい本に限って出版社に大損をさせているみたいだが……

――ええ、先ほども申し上げましたように、私が会社に加わる前にある種の状態が既にかなり進行しておりまして、そのせいで……

――たばこ、待て、たばこって何の話だ、さっきは紙を扱う産業って言ってたよな……

――それもその一つです、はい、それ、あー、シュラム夫人の親戚関係を通じてトライアングル社はたばこ会社を買収したんです、今となってはそのタイミングが最悪だったと……

――受取勘定がずらり、ビーミッシュ、ダンカン社って何だ。

――ええ、そこ、ダンカン社は壁紙を作っています、はい、あの会社への売掛金を回収しなかったのも賢明な判断とは言えません、しかも、トライアングル社が社用飛行機を購入するという大きな出費をしたのと同じ時期でもありましたから……

――固定資産、七百五十、鉛筆ある？　待って、履いてみて……

――ジャック、畜生、いいから脱げ。ビーミッシュさんを帰らせてあげろ、もしも……

――待て、黙れ、トム、いいか、千二百万ドル、でも、資本利得税《キャピタル・ゲイン》を引いたら残るのは九百万ドル、そうだろ、ビーミッシュ？　固定資産が七百五十万、これを担保に誰かから二百十万借りたら差額の八十パーセントが税控除、二、三、四百、待て、ゼロが多いな、百万、四百三十二万、待てよ、ちょっと、鉛筆ある？

――ジャック、畜生、それをさっさと脱げ、そしてビーミッシュさんを帰らせて……

――いや、これ、あー、なかなか面白そうなお話ですよ、アイゲンさん、私……

――しっかり書き留めておかないとな、ビーミッシュ？　待て、畜生……

――ほら、破れたじゃないか、一体何をしようと……

――三百万、ビーミッシュ、おかしいよな、在庫が三百万って、ビーミッシュ？

――ええ、残念ながら、私が目を光らせるようになるまでは在庫管理がずいぶんとずさんだったみたいで……

――ずさんどころか、まったく管理してなかったんじゃないか、分かった、じゃあ、九掛けで処分して二百七十万、差額の八十パーセント、二十四万が税控除、控除を全部を合わせたら……ほら、トム、シュラム夫人の家に寄ってこれを渡せ……彼はベッドの下から何かを取り出し、――まだ着られそうなものが結構あるぞ……

――一体何を……

――全部を足すんだ、希望価格は四百五十万でいい、四百五十万が税控除、合わせれば九百万になる、さっきみたいな受取勘定は不良債権として処理、それで五十万ドルはカットできる、これでどうだ。

――ええ、本当に、それ、あー、とても興味深いアイデアです、ギブズさん……

――ずいぶん強力なゴムだな、畜生、昔のはやり、最近じゃこういうのは見掛けない、なあ、ビーミッシュ？　こんなもの、どこから出てきたんだろう、きっと……

――畜生、どこから出てきたかおまえも知ってるだろ、ローダっていう例のお馬鹿娘さ、決まってるじゃないか……

――待て、営業権《グッド・ウィル》のことを忘れてたぞ、ビーミッシュ、営業権に対しても報酬をもらわなきゃ、問題はな、トム、おまえには善意《グッド・ウィル》がないってこと、ローダに対しても冷たいじゃないか、少しは善意を……

――ローダに対する善意ってどういう意味だ、彼女があの晩この部屋でやつを待っていれば、俺たちは今ここにいないはずなんだぞ。

――あの晩ここにいたら、やつは多分片方の玉をオレンジ色に塗って、自分の代わりに彼女をそこに吊しただろう、すべては復讐、俺はやつの友達なのにこの場所にいなかった、復讐、おまえはやつを一人で帰らせた、畜生、復讐なんだよ、アーリントン国立墓地に埋葬されるのがやつの望み、それもまた復讐、分かるか、ビーミッシュ？　地位から契約への堕落、な？

――ええ、あー、それはご本人の単なる希望です、ギブズさん、家族や執行人に対する法律的な拘束力はありませんし……

――いや、畜生、やつはあそこに埋葬されることを望んでる、だから願いをかなえてやらなきゃ、くそ防衛境界線を守ったんだから、願いを叶えてやる、待て、その明かりをもう一度点けてくれ、そこのカップを……

――それなら急げ、何を……

――このくそ原稿を持って行かなきゃ、ちょっと待て、ビーミッシュ、シュラムの映画を観たことは？　やつは西部劇映画の脚本を書いたんだ、ただし名前はクレジットされてない、『ダーティー・トリックス』という映画、名前はクレジットされてないけど……

――残念ながら観ていません、ギブズさん、私、私は普段、あまり映画を……

――ジャック、畜生、そんな話は……

――それとまったく同じことさ、ただし舞台は西部劇、くそ将軍が神様気取りで高みから戦闘を見物、シュラムは境界線の防衛、「皆は大きな戦に勝利した公爵を褒め称え」*、ちょっと待て、シャツを持って帰らなきゃ……

――畜生、ジャック、急いでくれないか？

――「しかし、それで結局どんないいことがあったというのか、とピーターキンが訊いた」*、待て、あの本を持って行かなきゃ、早く、床の上の赤い本、また行方不明になったら嫌だからな、「それは分からない、と彼は言った、しかしそれは有名な勝利だった」、誰の詩か知ってるか？　同じ人物、サウジーだ、同じ人物、待ってくれよ……

――おい、片方だけの靴を持って帰って一体どうするつもりだ。

――片方だけ靴が必要な友達がいるんだ、「私の名前は死、最後の親友」と書いたのと同じ詩人、どうだ。この言葉をシュラムの墓石に刻んでやらないか、どう思う……

——鍵を掛けるから、さっさと出てくれないか？　暗いから足元に気を付けてください、ビーミッシュさん……

——ありがとうございます、はい、お二人にお礼を申し上げなければなりません、ギブズさん、トライアングル社の処理についても興味深いアイデアをありがとうございました、それから……

——え？　ああ、君か、ビーミッシュ、悪いが両手ともふさがってるんだ、いいか、アーリントン墓地の墓石にこんなのはどうだ、「テキノトチニネムル《エス・ルート・イム・ファイデスラント》*」、どうかな、ビーミッシュ。

——それからギブズさん、喉をお大事に、声がずいぶん……

——ドイツ軍の墓地を見たことはないだろう、ビーミッシュ？　向こうではそこら中にあるんだ、戦死したらその場で埋葬するから、これもまた復讐、エス・ルート・イム・ファイデスラント、大事なのは、そもそも誰のせいでそこに送り込まれたかってこと……

——ええ、私、あー、残念ながらドイツ語は分からないのですが、もちろん……

——このパンティーは彼女の忘れ物だ、トム、彼は敵の土地に眠るってこと、これを奥さんに届けるんじゃなかったのか……

——ジャック、気を付けろ、階段は見えますか、ビーミッシュさん？　私もダウンタウン方面に行きますから、よろしかったら乗っていきま……

——待てよ、トム、俺も行く、ちょっとだけあっちの部屋に寄って資料を取ってこなけりゃならない、ビーミッシュ？　エス・ルート・イム・ファイデスラント、どうだ。名前、階級、認識番号、エス・ルート・イム・ファイデスラント、どうだ。

——ええ、なるほど、あー、あちらと相談する必要がありそうですね、ギブズさん、墓地を管理する人たちはその言葉に少し抵抗を感じるかも……

——畜生、だから相談してるんじゃないか、トム、こんな真っ暗な場所に立ったまま大事な相談なんてできっこない、中に入ってもらおう、本もここにあるんだ、ビーミッシュが『魔女に与える鉄槌』*の話をしたがってる、『鉄槌』だ、ビーミッシュ、十五世紀の法の精神、質問と答えだ、トム、質問と答えについて話をしたいそうだ、こんな暗い場所ではビーミッシュに読んで聞かせることができないだろ……

——ジャック、畜生、いろいろな物を落としてるじゃないか、ちょっと待ってろ、私が今……

——おや……聞こえた？　電話みたいな音、聞こえた？

——扉を開けるからちょっとここで待ってろ……

——電話みたいな音……

——ちょっと……扉がガタガタと震え、——待て……

——いえ、待てません、失礼します……！

——バスト……？　ああ、そこにいたのか、見えなかった、また邪魔をしてすまない、でも、用事があるってジャックが言うから……

——いえ、どうぞ、いいんです、僕……彼は〝十二オンス瓶二十四本詰め、割れ物注意！〟に腰を下ろし、——今、ちょっと探しものをしていたところで……

——少しピッツバーグみたいだろ、ビーミッシュ、ムーディーズの業界レポートを下に敷いて座ってくれ、こちらの紳士からご相談があるんだ、バスト、バスト？　青い表紙の原稿、あれはどこ、専門家の意見を聞かせてくれるって言ってたよな、くそ難しいと思うって、これが専門家の意見だ、法律用語を読める人間、あれ、あいつはどこに行った？

——はい、ええ、そこの箱のいちばん上にあります、ギブズ先生、冷蔵庫の横のフレークって書いてある箱、そこに置いておけば他に紛れることもないかと思って……

——ジャック、荷物は下に置いて、必要な物を探してくれないか？

——ほら、靴を片方持ってきたぞ、バスト、靴底がはがれそうじゃないか、だから靴を持ってきてやった。

——ええ、靴底が、実は今日の午後に靴底がはがれてしまいました、でも、片方って？

——左は大丈夫なんだろ？　必要なのは右だけかと思ってな、いい靴だぞ、元の所有者は先王ジョージ五世、瓶はどこだ、バスト、ちょっとこれを持っててくれないか……？

——おい、ジャック、そんなものはダウンタウンに持って行くなよ、何を探しに立ち寄ったんだ。

——瓶だよ、トム、ちょっと調べ物があったんだ、レインダンスとミスター・フレッド……

——おい、いいか、もう待っていられない、私は……

——いや、待て、待て、一緒に行くぞ、畜生、バストと一緒にここにいたら『ポールとビルジニー』*みたいに明るい川の出会う胸元になってしまう、一つだけ……彼は〝新改良マゾーラ〟を乗り越え、——ステラのことを訊いてたな、バスト、ここに本がある、その話が詳しく書いてある……そして彼は肘掛けのないソファに勢いよく腰を下ろした。——いいか、印がしてある、ここだ、聞けよ、問題は、恩寵を受けた人に対して悪魔が消極的な形で男性器に関する幻覚を見せることができないとしても、積極的な形であれば見せられるのではないかということである。それはつまり問題は、恩寵を受けた人が幻に惑わされる可能性だ。他の傍観者たちのみならず本人の目にも、あるべき場所に性器がないように見えるのである……

——ギブズ先生、僕、多分、アイゲンさんがやきもき……

——他の傍観者たちのみならず、どうだ？　聞け、だとすると、時に、二十個あるいは三十個と大量に男性器を集め、鳥の巣に入れ、あるいは箱にしまう魔女たちの行動をどう考えたらよいのか？　性器がそこで、まるで生き物のように動き回り、オート麦やトウモロコシを食べる様子が多くの人によって目撃され、広く知られている。そんなの見たことあるか、トム？

——いや、私は……

——いいミュージカルになりそうだ、聞けよ、というのもある男のこんな証言があるからだ。彼は性器を失ったとき、知り合いの魔女に会い、性器を元に戻してほしいと頼んだ。女は男に、ある木に登るよう指示し、巣の中から好きなものを取ってくるように言った。そして男が大きなものを選ぼうとすると、それだけは駄目だと魔女が言った。それは教区牧師のものだから、と。楽しいミュージカルになりそうだ、そう思わないか？

——バスト、いいか、こいつはここに置いていく、私は行かなきゃならないところがあるから……

——待てよ、畜生、トム、かわいそうなバストは一人にしてやらなきゃならない、オペラを作ろうとしてるんだ、くそ台本《リブレット》を書こうとしてる、狂った指が笑いの弦を弾く*、俺はバストがピアノを掘り出すのを手伝ってやるって約束したんだ、俺はシュラムと一緒にこいつに力を貸そうとしてたんだ、なあ、バスト？　他の傍観者たちはコーラス役だな……

——ええ、あれ、あれはもうオペラじゃないんです、ギブズ先生、もうオペラには取り組んでいません、カンタータにしたんです……

——畜生、見ろ、トム、畜生、見ろよ。利口じゃないか、次に何をするか人に指示されるのは嫌ってことだろ、バスト？　カンタータならプロットが要らない、問題は誰もが次にどうなるかを知りたがるってこと、カンタータならプロットは不要、誰もが賢い人間を探してる、そして次は何をしたらいいんですかって訊きたがる、賢い人間は自分がいつも同じことをやらされていることにうんざりして、ブラインドの上を歩いて姿を消す、残された俺たちはここに座って足跡を見ながら、いなくなった彼のことを考える……

——アイゲンさん、ちょうどよかった、ここの電気代の支払いをどうしたらいいかお尋ねしたかったんです……

——アブラハム・リンカーンが夜中に歩き回り、俺たちはここに座って彼の足跡を見ている、やつは一体どこに行ったんだ、郵便物が足跡だらけになってる、こんなにたくさんの郵便は見たことがないぞ、バスト、どこに……

——ええ、はい、それ、それです、いちばん上に置きました、グリンスパンさん宛、電気代の請求書です、千二百……

——単なる誤解だ、バスト……

——はい、でも、ガスは止められたのに電気が止められてないのは不思議ですよね……千二百ドルも滞納して……

——全部止めてあるんだ、バスト、グリンスパンは面倒を避けるためにメーターを通さない形で電気を拝借してる、おかげでみんな手間が省けるってわけだ、電気料金のシステムなんてくそ食らえ、電力会社も料金を徴収しなくていい、郵便料金、法的手続きの費用も不要、心痛とはおさらば、哀れな検針員がごみ箱の隙間を懐中電灯で覗く必要もない、手間が省けるってことさ……

――バスト、いいか、私はダウンタウンに行かなきゃならない、もしも君がここに泊まるのなら、こいつは向こうのアパートに連れて行く、とりあえず、こいつが探している物を……

――今行くよ、トム、郵便をチェックしたいだけだ、誰かが、バストが郵便をここにまとめてる、上半分と下半分を組み合わせないといけない、バスト、インディアンに知り合いは？　インディアンからお手紙だ、グリンスパンにインディアンの知り合いはいるか、トム？

――はい、それ、僕、まだその上半分は見つかってないので、誰に来た手紙かよく分から……

――すてきな招待だ、バスト、見に来てくれって、岩を見てほしいらしい、何かを売ってるみたいだ、インディアンの集団、いつも何かを売ってるよな、鉱物採掘権、採掘機械のレンタル、連中は本当に裏庭でたくさんのかごを編んでるぞ、こんなもの誰も、ユーニス・ベッグって誰だ、ユーニス・ベッグって知り合いか、バスト？　何か怒ってるみたいだぞ、下半分でもそれだけは分かる……

――ほら、こいつの腕を取ってくれ、二人で……

――待て、何、待て、ミリケン上院議員のオフィスの下半分だ、グリンスパンに上院議員の知り合いがいるのか、トム？　選挙民の幸福と繁栄に関わる問題にはいつでも前向きに取り組む、お金が要るってさ、連中が手紙を書くのはいつだって金が要るときなんだ、ニューヨーク市立大学ハンター校の講堂、エジプト五千年の歴史展のチケット二枚の半分、残りの半分はどこだ、俺が一緒に行こうか、バスト？　面白そうじゃないか……

――ギブズ先生、僕、アイゲンさんがそちらの腕を持ってくださったら……

――ちょっと待て、バスト、すぐにそっちに行くから、誰かが文句を言ってるぞ、織機が全部取り外されて南米に運ばれることに抗議してストを打つらしい、待て、墓地だ、古代騎士団……待て、どこかのくそ墓地、ひょっとしたら必要になるかも、トム、問題はな、シュラムがアーリントンに入りたくても、十五万七千柱が既に魚の群れみたいにひしめき合ってるってこと、だから必要になるかもしれない、畜生、よし、俺も行くぞ、でもいい機会じゃないか、墓地が……彼は〝フルーツループ七オンス二十四箱入り〟にもたれるようにして、――バルドゥングは持って行かないのか、トム？　髪の毛の生えた頭飾りを持つローダ、即席で考えたにしては最高のタイトルだろ、絵を持って行けよ、いい機会じゃないか……そして彼は肘掛けのないソファを通り過ぎて、〝新改良マゾーラ〟に向かい、――墓地が丸ごと売りに出てる、六十かける八十じゃなくて、六かける八の墓地、*店子《たなこ》は多いが、暖房に文句を付けるやつはいない、悩み無用、今そっちに行くからな、トム、その資料を取らないと、これを持って行かないと……

――ジャック、待て、畜生、待て、一体何を……

——いちばん上にある束を取りたいだけだ、バスト、崩れたランプの笠《シェード》を向こうに押しやっておいてくれ……

——待てって言っただろ！　ほら、畜生、そんなものはダウンタウンに持って行けないぞ、私は先日ここに古新聞の束を送ったんだが、もう届いたか、バスト？

——ええ、その、その話をしようと思っていたんです、はい、新聞はバスタブの上に積んでおきました……

——畜生、ジャック、見ろ、まだ目を通してないから切り抜きもできてない、だからわざわざここに送ったのに、おまえはそれを……

——大丈夫だ、トム、俺が探してるのは違うものだから、ここにあるのはモーニングテレグラフ、そっちは「公式記録」を自称するくそニューヨークタイムズ、その公式記録とやらにミスター・フレッドの過去の勝敗が載ってると思うか？

——いいか、そんなものをダウンタウンに持って行ったら、そのままごみに……

——レインダンスとメリンデス、乗りに乗ってる、「物が馬上にある」って感じさ、トム、そこの下の書類を引っ張り出してくれないか、バスト？　簡単簡単、バスト君ならお手伝いしてくれるから……

——分かった、でも聞け、畜生、おまえが何と言おうと明日になればただのごみだ、そこの扉に気を付けろ……

——気を付けるって何だ、待て、待て、バストに今の時間を教えてやれ、十二から引き算するように言ってやれ、畜生、「物が馬上にあり、人を駆り立てる」*、バスト、真夜中になるまで時計を合わせるのは無理だぞ、バスト？　輝く胸で私の声を聞け……

——とりあえずそこの、いいよ、バスト君、こっちでどうにかするから、とりあえずそこの扉を閉めてくれ……

——何も見えない、ピッツバーグを去るときみたい……

——いいか、ジャック、ちょっと、待て、その書類は私が持ってやるから、足元をよく……

——くそ階段め、何も見えやしない、いいか。今の、聞こえた？　くそ電話がどこかで鳴ってる、何も見えや……

——こんにちは、ご主人さん？

——トム、階段に誰かいるぞ、踏まないように気を付けろ……

——ご主人さん、今、奥の部屋から出てきましたか？　あの部屋は今、誰もいませんよね、男の人は死体袋に入って出ていきましたよね、ご主人さん？

——何、一体何の話……

——ご主人さん、うちの妻《つま》が、脚が悪くて、もう五階まで階段の上り下りができないので、ご主人さん……

——死体袋で出て行ったって、畜生、じゃあ、今度はあんたを死体袋に……

——ジャック、黙れ、放っておけ、とりあえず扉を……

――この爺さんをくそ死体袋に……

――急げ、タクシーがいるぞ……

――見ろ、ジョーンズの五人兄弟がくそクラブハウスを道の反対側まで押してる……

――いいか、ここで、歩道の上で待ってろ、そんな古新聞の束を持っている姿を見られたら停まってくれないからな、ここで待ってろ……

――気を付けろ、トム、五人のジョーンズ《シンコ・ホーネス》のくそクラブハウスにひかれるぞ……

――ナンダッテ《ケ・ディーチェ》?

――タマナシッテイッタンダ《ディーチェ・シン・コホーネス》、ボケ《コニョ》……*

――コノヤロウ《マードレ》、ボケ《コニョ》……

――言葉に気を付けろ、くそ野郎……

光が弧を描いて近づいた。――ジャック! 乗れ……!

――あんな人はこの車に乗せないよ、お客さん。

――いいや、さっき言った場所まで彼と私の二人を乗せていってもらうぞ、荷物はこっちへ、ジャック……

――クソッ《イホ・デ》……

――頭のおかしなくそ……

――ボケ《コニョ》、クルマヲミロ《ミラ・エル・コーチェ》、ボケ《コニョ》……!

――乗れ、扉を、何をやってる……何の騒ぎだ!

――くそクラブハウス、五人のジョーンズ《シンコ・ホーネス》が車から手を離したら、車が電柱に突っ込んだ、俺は理由もなく連中に絡まれて……

――ドアをロックしろ、運転手さん、急いで車を出さないと頭のおかしなプエルトリコ人五人組が愛車をばらばらに……車が大きな弧を描いて発進すると、前に身を乗り出していた彼は背もたれの方へ放り出され、信号で急停止した。

――頭のおかしな野郎ども、やつらも死体袋に入れたらいいのに。五人のジョーンズ《シンコ・ホーネス》なんか死体袋に入れたらいい。

――おい、向こうに着くまでの間、黙っててくれないか?

――オールドストラッグラーを忘れたぞ、トム。

――部屋にも何かあるさ。

――シャツも忘れた……そして二人は急発進と急停車を繰り返す車の中でぐったりとしたまま、アイゲンは左、ギブズは右の窓の外を見ていた。

――このまま歩道に寄せて、交差点手前のアパート*の前、ジャック? 降りろ、荷物は中から押してやるから……

――ちょっと待て、靴がないか調べたい、運転手がハーディーなら……

――畜生、さっさと荷物を持て……扉がバタンと閉じ、彼は窓から札を手渡した。――立て、ジャック、何か落としたのか。

――シュラム。

――畜生、歩道に座り込むな、立て、ほら、新聞が運べないならこのまま置きっ放しにするぞ……

――いや、いや、いや、物が馬上に……

——分かった、じゃあ、中に入れろ……彼は鍵を探して、——私が扉を押さえておく、エレベーターの修理が終わっていてラッキーだったな……そして彼は上昇するエレベーターの中で鍵を探し続けた。——手元が暗いから扉を押さえておいてくれ……彼は鍵を差し、膝で扉を押さえて——新聞の束を玄関に入れろ、私はキッチンの明かりを点ける。

——こんなアパート、引き払っちまえ、トム、明るい家具付きの部屋を探して引っ越せ、柄カーテンと電気コンロがある部屋にな、さっさと引っ越しちまえ。

——いいか、まだ荷ほどきも終わってないんだぞ、飛行機を降りたときだって、彼女が子供を連れて空港に出迎えに来てるんじゃないかと期待してたくらいだ、馬鹿なことだがな……彼は冷蔵庫の扉を開けたまま、製氷皿の底に包丁の刃を突き入れていた。——畜生、ずっと霜取りもしてないみたいだ、何を探してる。

——瓶だ、この中には何もない、でも確か……

——おまえの後ろだ、電報が届かなかったのかもしれないと思ったが、私は家の様子を見て、彼女の友達のジョーンに電話をして、次は会社に電話をしたら、おまえからの伝言を聞かされた、ビーミッシュと会うことになったってな、グラスを用意しろ。

——リカー・デラックスとしか書いてない、一体どんな酒だ。

——どんな酒だか知るわけないだろ、フランクフルトを発つ前に急いで空港で買っただけなんだから、でも、ここにはそれしかない。彼女は出て行く前に酒を全部飲み尽くしたみたいだ。

——台所用洗剤も飲んでくれたらよかったのにな、グラスはどこ……

——流し台の中を見ろ。で、ジョーン・バートレットから話を聞いた、きっと私から電話があるって彼女に言われてたらしい、どうしてそんなことが分かったかって？　あの女は私からの電報を受け取って、慌てて次の列車に飛び乗ったってわけさ、畜生、ジャック、グラスはゆすげよ、牛乳が底に残っているから。私は当然、ジョーン・バートレットに電話をした。バートレット夫妻は離婚するらしいわ、トム、尊敬のできない人とは一緒に暮らせないってジョーンが言ってた、とか何とか、彼女がバートレット家の話として語っていたのは実はうちのことだったんだ、旦那が失業するまで、持ち物すべてに洋梨の絵を描いていた若くて賢いカップル。ジョーンは自尊心のない人とは一緒に暮らせないって言ってる、だから哀れな旦那は離婚に同意して家を出て、週末だけ子供たちに会いに来る、旦那がおまえの好きな明るい電気コンロ付きの部屋を探して引っ越したら、今度は妻子を捨てて出て行ったたって悪口を言われてる。

——マリアンのことはそれでよかった、フェアじゃないか、おまえのためだと彼女も言ってたぞ、トム、フェアじゃないか、たばこはある？

——私も同じことを訊こうとしてたんだ、と彼は先に立って、履き古した小さな赤い紐なしスニーカーを蹴飛ばしながら暗い廊下を進み、それを拾い上げてから明かりを点け、だるそうに椅子に腰を下ろした。――そこの郵便物の山の下を見ろ、ご丁寧に請求書が全部並べてある、デビッドに送ったはがきはなくなってるけどな、急いで帰国するっていうはがきは……彼は前にかがんでスニーカーを床に置き、座り直して、氷だけ残して酒を飲み干した。――彼女の言う通り、まさにフェアだな、彼女はクルト・ヴァイルのレコードは持って行った、私に残されたのはマーラー、彼女は二重鍋の上を持って行って、下だけが残された、まさにフェアだ、俺のためだなんてよく言うよ、デビッドのためを考えたらどうなんだ、デビッドのために離婚を避けるっていう話は今まで何度もしてきたのに……

――畜生、そんなことを言ったのは大失敗だな、ソロモンが裁いた母親の話*みたいだ、子供を二つに切り裂いて下半身をやるっていう話、このタイミングにそんな話をしたのは大失敗、このタイミングにそんなことを言われれば彼女は自分の昼ドラ幻想の中でヒロインだ、それは大失敗だったな。

――ああ、畜生、彼女は、昼ドラの主人公になりたいならなればいい、だけど、だからといってデビッドを勝手に引きずり回していいことにはならないだろう……

――大事なのは、くそ大事なのは、彼女がまじめに取り合ってもらいたがってるってこと、引き立て役が必要だってこと、才能はあるのに何もやらせてもらえなかった女、アパートで一人洗剤を飲む毎日、くそドラマを思い付いて、皆に役を割り振る。アラブ人も、イスラエル人も、アイルランド人も、誰でも同じさ、誰にもまともに相手にしてもらえないことを恐れているんだ。くそアイルランド人は誰も相手にしていないことを知ってる、だからますますむちゃくちゃなことをする、独りよがりなイスラエル人も同じ、二重鍋の上半分を持ち去って、下半分をアラブ人に置いていく、誰もがそんな事態にうんざりしてる、彼らは観客を求めて方々で叫び声を上げてるだけなのさ、まじめに取り合ってもらいたいだけ、同じこと、お代わりは要る？ 問題はアプリコットみたいな味がするってこと、問題は、いいか、問題は、ノーバート・ウィーナーのコミュニケーション論を読めば分かる、メッセージが複雑であればあるほどエラーが生まれる可能性が高くなるってことだ、何年間か結婚生活を送って複雑なメッセージをやりとりしてれば、やがて言いたいことが何も通じなくなる、エントロピーの増大だ、おはようって言ってみろ、私は頭が痛いのにこの男は何も分かってないって女は思う、具合はどうだって尋ねてみろ、この男はセックスしたいだけだって女は思う、セックスなんかしようとしたら、どうせ私はセックスの対象でしかないんでしょって言われるのが落ち、おかげでこっちは失業、女はイスラエル人みたいに二重鍋の上半分を振り回して周囲に猛アピール、自分が正しいことをみんなが認めてくれないと気が済まない。くそアラブ人は鍋の下半分を抱えてかんかんに怒ってる、こっちはまじめに相手をするふりをする、でも本当は、彼らの石油が欲しいだけ……

——ジャック、いいか、そんな話はうんざりだ、そんな話がしたいなら……

——彼らの石油が欲しい、だから彼らに敬意を払わなければならない、いつだって、話を聞いてくれる間抜けな野郎が必要だ、女に敬意を払う男、スカートの中を覗きながら真剣な顔をしてうなずいてくれる男、才能はあるのに何もさせてもらえなかった女、ただ女の話を聞いてるだけの、当たり障りのない男、誰でもいいんだ、まじめに女の相手をしさえすれば、そしてついに、男の目的が二重鍋だけじゃないと確信が持てたら、男に向かって下の鍋を開く、同じことさ、そこからまた同じことの繰り返し、アプリコットみたいな味だな、一体何なんだ。

——だから、だから私は彼女と会った、ぎりぎりのタイミングで参加したお見合いパーティー、そんなことでもなければ彼女に会うことはなかった、彼女が参加したのだってたまたまだった。二人のどちらかでもパーティーに行っていなければ……

——問題はそれが無理だってこと、問題は過去を仮定の話にできないことだ、トム、会ってなければ結婚もしてない、すると子供も存在しないはず、問題は子供が存在しない状況なんて想像もできないってこと、俺がこの世でやった唯一のこと……彼は空《から》のグラスに氷を吐き出して、——俺に残された唯一のものの……

——仮定の話をするのは勝手だろ、いいか、彼女は都合のいいことだけを覚えてる、過去を作り替えてるんだ、この前も言ってたよ、実際に生まれる前はデビッドが生まれるのを私が望んでなかったとか、人の急所を嗅ぎ分ける力は大したもんだ。過去を丸ごと作り替えやがって、事実が目の前にあったって、彼女には何も理解できないのさ、その瓶をよこせ。実際に生まれる前はデビッドが生まれるのを望んでなかっただと、畜生、デビッドを望んでなかったわけじゃない、デビッドなんていなかったんだから、まともな頭を持った人間なら、また一人、無力な子供をこの世に生み出すことなんて望まないのが当たり前だろう、また一人の子供に苦しみを味わわせるなんて、でもそれは、まだ存在していない子供の話、まだ名前も持っていない子供の話、一体どうしてそんな子供をこのくそみたいな世界に生み出したいと思うんだ、畜生、ジャック、ソファから足を下ろせ、シャツが汚れるだろ？　三か月前からきれいなシャツが見つからないと思っていたら、汚れたままのシャツが十八枚、クローゼットの奥から出てきた、きっと彼女は……

——問題は、おまえが口にしたのは最悪のことだぞ、トム、デビッドのために離婚を避けるなんて彼女に対する最悪の侮辱だ、要するに、要するに彼女をまともに取り合ってないってことだからな、向こうは勝手にするさ、格好の口実を与えたようなものだ、それでおまえは悪者決定、氷が要るな。氷がないと飲めない、あとは慣れなきゃ仕方がないな、くそアイリッシユ・ウィスキーと同じ、氷があっても飲めない、なくても飲めない、同じことだ、慣れるしかないのさ、トム……

――畜生、いいか、慣れろだと、自分の息子に会うのに許可をもらわなきゃならないんだぞ、そんなことに慣れるなんて……

――たしかに最悪だ、最悪のことに慣れるなんて無理だよな、許可された面会は二時間、通りの角に立って、帰らなきゃならないふりをする、本当は用事なんかありゃしないのに、寒空の下、帰らなきゃならないふりをする、でも娘は知ってるんだ、俺に用事なんかないってことを、だから帰りたいだけなんだって思うのさ、説明なんてできない、家庭裁判所の命令だなんて、二時間経ったら手を振って別れる、娘は俺が帰りたがってると思いながら、ドラッグストアの前で俺を見送る、店のウィンドウの中には「家族みんなの外科装置」が飾られていて……彼は立ち上がりそうな格好で扉の枠にもたれて、――別に用事なんかありゃしない、あんな外科装置を使う家族がいるなら会ってみたいもんだ……

――待て、畜生、ジャック、シャツが引っ掛かってるじゃ……

――氷が要る……彼は足をばたつかせてから廊下に出て、――氷がないと飲めない……そして角を曲がってキッチンへ入り、製氷皿を流し台に叩きつけているところに玄関のベルが鳴って、――ちょっと待て、畜生……彼は玄関に出て扉を引き開け、視線を下げた。――何の……

――こんにちは、奥さんはいらっしゃいますか？

――全員出て行った。

――ああ、それなら、それならそれで構いません、グリーティングカードを何枚かいかがですか？

――トム、男の子がグリーティングカードを売りに来てるぞ、君は何年生。

――六年M組、マンジネル先生のクラスです……

――トム、六年N組の男の子がグリーティングカードを売りに来てる。グリーティングカードって何の挨拶用？

――ええと、何にでも使えるカードです、いろいろな機会に使えるようなのがセットになってて……

――何にでも使えるカードだ、トム、いろいろな機会に使えるらしい。

――例えばお誕生日とか、記念日とか、そういういろいろな機会に……

――友達が窓から飛び降りたんだ、そういうときに使えるカードはある？

――ええと、うーん、ひょっとしたら、回復を祈りますっていうカードが……

――回復は無理だな、家に帰って首を吊ったんだから、そういうときに使えるカードは？

――ええと、うーん、僕、お悔やみ申し上げますっていうカードがあるから、ひょっとしたら……

――ジャック、畜生、一体何を、やあ、クリス、何の用だ。

――ああ、こんにちは、アイゲンさん、僕、僕はこのグリーティングカードを売りに来たんですけど……

――何にでも使えるカードだそうだ、トム、でも、俺が必要とするカードは持ってないらしい……

――ジャック、黙っておいてくれないか？　クリスはこの上の階に住んでるんだ、この子は、いくらだい、クリス？

――ええと、一箱で二ドルですけど、三箱まとめ買いすると五ドルになって、おまけにこっちの花の種が付いてきます……

――よし、じゃあ、五ドルのセットを一つもらおうかな、クリス……

――トム、この子の話を最後まで聞いてやれよ、せっかく説明を……

――はい、クリス、待って、いいか……

――うわ、アイゲンさん、ありがとうございます……

――畜生、トム、どうして最後まで話を聞かなかったんだ、まだ何の花か教えてもらってないじゃ……

――でも実はカードも種も、今は要らないんだよ、クリス、だからまたこれをよそに持って行って売るといい、じゃあまたな……彼は扉を閉じて、――畜生、ジャック、かわいそうな子供相手にどうしてあんなことを……

――かわいそうってどういう意味だ、くそカードの値段を知ってるのか？　俺よりたくさん稼ぎやがって、でも畜生、トム、あの子は自分でそれを稼いでると思いたがってるんだ、さっきみたいなことをしたらあの子のプライドが台無しじゃないか、自分で商売をしてる気になっているのに……

――もういい！　いい加減に、氷はどうした？

――氷は取った、忘れるわけがないだろう、いいか、畜生、問題は男の子を見掛けるたびにデビッドを思い出すってこと、でも会えないってことだ、トム、誕生日だ、記念日だ、大事な日だって言って小遣いを五ドル送ったって、本人には何も……

――おい、畜生、氷がそこら中に散らばったじゃないか……

――くそ新聞の束につまずいたんだよ、これはよそに送るって言ってたじゃないか……

――畜生、それはおまえがさっき持ってきた分だろ！　一体どういうつもりで……

――待て、待て、もう少しで忘れるところだった、待てよ、レインダンスと鉛筆、待てよ、これを持っておいてくれ……

――鉛筆を取ってきてやる……彼は束を引きずりながら、――私の作業部屋にあるはずだ……彼は部屋の中に手を伸ばし、明かりを点けた。

――ここじゃあ新聞を広げられないぞ、トム、広げられるだけのスペースが必要だ。

――ジャック、畜生、ここに新聞を広げるんじゃない、今鉛筆を見つけてやるから……彼はタイプライター周辺の書類とクリップの間を掻き分けた。脚が一本なくなった羊、赤い手袋、壊れたオルゴール、糸のもつれた操り人形、タイヤの外れた車、土台から外れた置物のピグレット、分針だけが残った時計、熊のぬいぐるみの腕、らっぱを持つ腕、腕と頭のない行進中の兵士、――ただの鉛筆が一本も見つからないなんて、畜生……

――引っ越ししなくちゃ駄目だな、トム、電気コンロと家具付きの部屋、ここはくそ世界の夜明けみたいじゃないか、頭のない胴体、肩を探す腕、ここで生きているのはエンペドクレスただ一人……

――ああ、畜生、私、言われなくても私だって……彼はタイプライターの前に寄せられた椅子に腰を下ろし、――鉛筆さえ見つけられない作家、畜生、人の弱点をよく知ってるよ、私が作品を仕上げないのは自分と競うことを恐れているからだってさ、夢の中でのように、恐ろしいほどゆっくりと物事が起きる……と彼はタイプライターに挟まっていた紙を破いた。――彼らは旋回し、私は発砲した。彼らは消えた。しかし、地面にはばらばらになった、畜生、ジャック、私がこの一節を何回書いたか知ってるか？　何回書き直したか？　彼女は作家と結婚するのに、政治家と結婚するような気持ちでいたんだ、夫が勝つことを望んでた、夫が何かに立候補して、誰かを相手にくそみたいな競争をしてると思ってたのさ、そしてろくでもないやつに悩みを相談したら……

――さっき俺が言った通りだろ、トム、おまえがやったのは最悪のこと、わざわざ自分の傷口を広げて彼女に見せたんだからな、こうなるのは当然さ。彼女は次に包丁を手にしたとき、どうしても我慢できなくなったわけだ、おまえの弱点を目の当たりにして思わず手が出たってこと、おまえはこの部屋で芝居を書く、タイプライターから人物が飛び出してくる、姿形はどうするか、周囲に包丁が飛び交う、肩から離れた腕、エンペドクレスの世界だ、こうなるのは当然。包丁が飛び交う、彼女がキッチンで流し台の前に立つ、外にいる男には手もない、耳もない、顔もない、でも酒は飲む、先のない両手首に挟んでジョッキを持つ、彼女は流し台の前で包丁を取り出す、包丁がどこに向かうかを彼女は知ってる、こうなるのは当然……

――分かった、でも、いいか、畜生、こんな場所で新聞の束をばらすんじゃない……

――要するに、要するに観客はこいつらだけしかいないってこと、エンペドクレスだ、無数の手と目を持った無秩序な生き物が額《ひたい》を探しながらうろついてる、ばらばらの体がめちゃくちゃにくっつき合う、面白いミュージカルだ、さっきバストにも話したんだがな、いいオペレッタだ、巣に集った二十人か三十人の出演者がオーツやコーンを食う、下の世界ではすべてがむちゃくちゃにくっつき合う、大混乱だ、巣から何人かが顔を上げる、そこで『椿姫』からの数小節、オープニングのコーラスを少し、五人のジョーンズ《シンコ・ホーネス》の登場、どうだ、『ヘンゼルとグレーテル』から「魔女の騎行」を少し、そこでくそ魔女が現れて

……

――ジャック、聞け、畜生、とにかく、この新聞はデビッドの部屋に……彼は新聞の束を引きずって暗い部屋に入り、明かりを点けて、――調べ物はここでやれ……

――魔女が現れて歌うんだ、『道化師』*から「鳥たちが飛んでいく《チェ・ボーロ・ダウゲッリ》」を。すると皆がうっとりとして、魔女の周囲に集まって踊る、振り付けも難しいぞ、牧師や司祭がバリトンの声を張り上げる、『フィガロの結婚』の「もしも踊りをなさりたければ《セ・フォル・バラーレ》」だ、それからタップダンス、他のみんなは舞台奥で「鍛冶屋の合唱《アンヴィル・コーラス》」を歌うっていうのはどうだ。プロットは一部しかバストに教えてやりたくなかった、あいつの従姉は魔女なんだ、油断してると……

――おい、そこの最後の束をこっちへ、おまえはここで寝たらいい……

――くそ真実はな、トム、本物の魔女はどこか別の場所で股を広げてるってこと、いつも別の場所で雌牛みたいに男を受け入れてる、そんな話はバストに聞かせたくなかった、魔女は泣くことができないんだ、知ってたか、トム？　バストに言ってやろうかな、おまえの従姉のせいで会社を首になったって……

――私はこっちだぞ、おまえはそこで何を……

――瓶だよ、氷がなくなった、あとは慣れるしかない……

――待て、シャツを靴で引きずってるじゃないか、畜生、待てよ……

――だから言っただろ、最悪だ、それが要点、この家に住んでたらシャツが後ろを付いてくる、すてきな家具付きの部屋に引っ越せ、カーテンも要るぞ、トム、この部屋は駄目だ、誰かさんの迷惑になる……

――一体何の話だ、この部屋は……

――スーツケースが開いてるじゃないか、誰かを泊めてやってるんだろ……

――ジャック、畜生、部屋には誰もいない、デビッドの部屋だぞ、どう見ても空っぽじゃないか！　彼はローベッドに置かれていたバッグを一つきりの椅子の上に放り投げ、――ただのバッグだ、まだ荷ほどきもしてない、ほら、足をどかせ……

――山男《ヒルビリー》の奥さんが言う、ゼブ、足をどかしなさい、焼けた石炭を踏んでるわよ、するとゼブが言う……

――ジャック、畜生、とにかく足をどかしてくれないか？　本を踏んでるだろ、既にそっちのは壊してるし……

――そいつはいい考えだ、忘れてた、魔女が乙女を上の部屋に連れて上がる場面、*待てよ、これは一体何？　俺の本を持ってきたって言ってただろ、これは一体何だ？

――おまえの本を持ってきたとは言ってない、よこせ、それは飛行機で読むために荷物に入れてただけ……

――『闇の奥』、こりゃまた楽しい読み物だな、終わりのところ、男が写真と手紙を女のもとに届ける場面*……

――ジャック、気を付けろ、座れ、そうしないと……

——胸くそ悪くなるな、あなたは夫のお友達だったんですねって女が言う場面、夫がいかに大きな計画を持っていたかあなたはご存じなんですねって言う場面、それなら何かは残るはずだとか、今後の心の支えにしたいから夫が最後に何と言ったかを聞かせてほしいとか、マホガニー製の扉をノックする場面、書類をシュラム夫人のもとに届けたら、今後の心の支えにしたいから夫が最後に何と言ったかを聞かせてほしいと言われる、信頼とうんこは全然違うことだ、シュラム夫人、それは絶対に忘れちゃいけない……

——ジャック、黙れ、私、今夜はその話はしたくない、とにかく、いいか、私は寝るぞ、とにかく全部のことを明日に回そう、私は、私はもう何もかもうんざりだ……

——うんざりするよな、この酒、氷がないせいだ、ほら……

——私はもう要らない、ああ、そう言えば例の将軍に会ったぞ、シュラムを置き去りにして最初の星をもらったときからちっとも変わってなかった、いまだに星を四つ付けているつもりでいる、片側の視野が欠けているからそっちに立っている人のことはまったく見えてないけどな。

——誰の話。

——ボックス、ボックス将軍さ、やつはタイフォン社の重役なんだ、曲がりなりにもペンタゴンにコネがある、くたびれた国に先駆けとして送り込むにも最適、鉱物資源が集中する地域が分離独立しようとして内戦が始まった国、演説の言葉を彼にいちいち噛み砕いて説明するために私はわざわざ三千マイルを旅したんだ、プラトン《プレイトウ》はトマト《トメイトウ》と韻を踏むという発音に関する注意書きまで読み上げられたら困るからな、畜生、ジャック、もうこんなことには耐えられない、デビドフっていうちび野郎、私が演説を書くたびに二十回もチェックをしやがって、しかも最後には、人類の向上と両刃の剣と氷山の話を入れろって、中国人に酒を飲ませる役まで私にやらせやがった、噛んでしゃぶった肉をテーブルの反対側まで飛ばしてくるような中国人だぞ、私はもう我慢ができない、何もかも、あの会社そのものも、リアルなものは何一つない、あそこでリアルなものはただ一つ、シェパーマンの描いた絵だけ、会社の入り口で見ることができる、あまりにリアルなせいで……

——何だ、プラトンの話をしてると思ったら、いつの間にかシェパーマンの絵の話か。

——彼が描いたあの途方もない絵画、ロビーに飾られてる絵、その話はおまえにもしたよな……

——シェパーマンの絵の話なんて初耳だぞ、トム、一体……

——でも、え、話してなかったか？　何があったか話さなかった？　ホワイトローズっていうバーから出てきたシェパーマンに会ったんだ、ひどい顔をしてた、話さなかったか？　二、三か月前の話、聞いてない？

——トム、ホワイトローズに行けば必ずやつに会う、でも、やつに十ドル貸してみろ、二度と会うことがないんだ、ところがまたしばらくすると、ホワイトローズから出てくるあいつに会う……

——いや、いや、そこがポイント、金が問題なわけじゃないんだ、やつには毎月小遣いをくれる金持ちの後援者《パトロン》がいた、女だ、やつは必死に仕事をする一方で、女は絵の具を買う金とあのロフトで生活していけるだけの金を与えていた、あいつは金のことなんて全然何とも思ってない、大事なのは絵だから、彼は女に絵を渡したきり、二度と見ることはなかった、絵は誰の目にも触れることがなかった。女は絵を全部どこかにしまい込んでたんだ、女自身も絵を二度と見ることがなかったのかもしれない、絵を見る人間は誰一人いないってことさ、それを知ったシェパーマンがホワイトローズで暴れて追い出されたってわけ、私たちは次のバーに行った、やつはカウンターを叩きながら芸術的主張はどうなるって繰り返してたよ、着ていたのは汚れたフランネルのシャツ、一週間前から髭も剃ってなかった、私よりも図体の大きな彼が両手に顔を埋めて泣いてた、背中全体が揺れてたんだ、何度もカウンターを叩いて、芸術的主張について叫んでた、暗闇にしまい込まれて誰も見ることがない絵のことを。誰も見ることがないならどの作品も芸術的主張の意味がなくなるって言ってた、やつは金のことなんて何とも思ってない、大事なのは芸術的主張、誰も見る者がいない場所にしまい込むなんて、絵を描く唯一の理由は芸術的主張なのに、だからやつは別の客の襟をつかんで叫んだ、嘘だろ？　嘘だろ？　って、それで結局、私たち二人はそのバーからも追い出された……

——シェパーマンの芸術的主張か、やつの主張なら学校のくそ入り口のまぐさ石に刻まれてるよ、カール・マルクスの言葉*だってことが教育委員会にばれたときは俺がやつを弁護したんだ、やめときゃよかった、やつを弁護するなんてやめときゃ……

——それは一体どういう意味だ、私があのくそ会社に勤めだしてからした仕事の中であれがいちばんいいことだったのに、私がやったいいことはあれ一つだけ、インチキな芸術支援活動の一環と称して会社のロビーに巨大な壁画を飾ることになって、ちび野郎のデビドフが有名な画家を探してた、それは私がシェパーマンと会った直後だった、ちょうどいい、有名な画家を教えますよって言ってやった。私は何人かに電話をかけてシェパーマンのことをすごい画家だって訴えて、やつが昔もらった助成金や賞を一覧表にして、一流画家を見つけた手柄はデビドフにくれてやった、ただ二人が直接対面するのは避けなきゃならない、十かける二十フィート*もある巨大な作品を業者の連中がよろよろと運び込んだ、キャンバス全体に黒と白がぐちゃぐちゃに入り交じる絵、私の知ったことじゃないが、会社の偉いさんは毎朝あれを見てどう思うのかな。私のおかげで彼は一万二千ドルを手にした、やつは金のことは何とも思ってなかったが、会社としては払わないわけにはいかない、それ以下の金額になると、有名画家じゃないんじゃないかとちび野郎のデビドフが疑うからな、でもシェパーマンが喜んだのは金のことじゃない、みんなの目に触れる場所に絵が飾られたのを喜んで……

――トム、芸術家に手を貸すのならそれは最悪のやり方だな、因果応報、後でひどい目に遭う、胸くそ悪い結果を招くぞ、トム、やつが絵の具を買うために赤十字に血を売ってた頃の方がまだましだった、本当に胸くそ悪い結果を……

――いいから瓶をよこせ。畜生、瓶をよこさないか……！ ジャック、いいか、おまえ、具合が悪そうだぞ、その様子じゃあ教室に行くわけにはいかないだろ、声もがらがらだし……

――行かないさ。

――へえ、よくそれで教員をやってられるな。その状態で教壇に立ったりしたら……

――教壇には立たないさ、トム、明日の用事はレインダンスとミスター・フレッド、競馬場に行かなきゃならない、で、鉛筆を探してくれるんじゃなかったのか……

――分かったよ、ちょっと待ってろ、彼女が何を置いていったか……彼はクローゼットを引き開け、急に深く匂いを嗅いでから咳払いをし、足で靴箱を引き出して、――クレヨン、紫のクレヨンでいいか……

――紫のクレヨンなんて要らない、鉛筆をくれ。

――ピンクならどうだ、畜生、どうしてこんなものを置いて行きやがったんだろう、まぐさ桶のおもちゃ*を置いていくなんて、一体どういうつもりだ。

――おもちゃなんて要らない、鉛筆が欲しいんだ。

――いいか、おまえにやれるのは紫のクレヨンかピンクのクレヨン、どちらかだ……

――なら、紫でいい。

――ほらよ……彼はローベッドの端に置かれた足の横に座り、目頭を押さえた。――畜生、ジャック、これでどうやって、どうやってクリスマスを過ごせっていうんだ……

――家庭裁判所の優しい判事殿がどうにかしてくれるだろうよ、トム、うまく判事に取り入ることだ、ユダヤ人ならハヌカー祭*ってことでうまくだましたらいい……

――いや、でも、一体どうやって、ジャック、息子はこれをよくそこの窓辺に飾ってたんだ、そして、そしてベビー・ジーターと三人の患者*って呼んでた、あの子は……

――クリスマスを過ごせないだと、トム、過ごすしかないんだよ、畜生、ただやり過ごすだけ、優しい判事殿の特別な計らいで子供を訪問できるのさ、袋いっぱいのプレゼントを配達してくれる、でも帰らなきゃならない、畜生、通りの角でさよならの手を振る、寒空の下、街角に立って手を振る子供には分かってるんだ、俺に次の用事なんてないってことが、ドラッグストアのウィンドウ、家族みんなの外科装置……

――人の弱みにつけ込みやがって、彼女は私に……

――待て待て、いいか、トム、聞けよ、百万ドルを稼げるアイデアを思い付いた、黙って聞け。室内ゲームを思い付いたぞ、瓶はどこだ、いいか、離婚を扱ったゲームだ、きっと全米でブームになる、ずばり名付けて「離婚《ディヴォース》」、どうだ。老いも若きも、結婚したカップルなら誰でもできる、離婚を昇華したゲーム、互いに我慢ができなくなった夫婦、かといって離婚する余裕もない夫婦が十ドルで買えるゲーム、離婚のゲームだ、名付けて「破婚《スプリット》」、百万ドル稼げるぞ、どうだ。

——前にも話したかな、デビッドが私に訊いたんだ、イエス様は、待て、畜生、気を付けろ……

——いやいや、おまえに見せたかっただけさ、いいか、まずサイコロを振る、そしてゲーム盤の上で人形みたいな小さな駒を動かす、途中で選択肢を与えられたり、金を支払ったりする、本物の人生と同じようにな、ほら……彼の指がまぐさ桶のおもちゃから長身の人形を取り出し、モーニングテレグラフ紙の上を歩かせて、——ほら、小さな四角いマスに止まるたびに、そこに書かれていることをするんだ、裁判所に行くとか、カードに絵を描くとか、歯列矯正の代金二千ドルを支払うとか、本物の人生と同じこと、ほら……そこに、〝ハイアリア競馬場三馬身差アステカクイーン十九ドル四十セント〟を横切っておもちゃの仲間が加わり、——畜生、養育費、離婚後扶養料、現金、家、車、ボート、犬、子供、本物の人生と同じように妻がすべてを持って行こうとするのさ、どうだ……

——ジャック、畜生、それは壊してもらいたくないんだ、前にも話したかな、デビッドが私に訊いたんだ、イエス様は大きくなってインド人になったのって。

——待て、畜生、次はここだ……いちばん小さな人形がビッグAからヨンカーズ競馬場出走表に押し込まれて——次はここ、一ターンの間、子供の養育権を手に入れる、本当の人生みたいだろ、今の世代、若い夫婦はみんなそうだ、全国で大ブーム、裁判所に行く、カードを引く、溜まりに溜まった妻の心理カウンセリング費用を支払う、千二百ドル、妻はパス、離婚後扶養料を受け取る……唯一座っている女の人形が大の字で〝コースト競馬場でコッキージェインが出走〟の上に放り出されて、

——次はここ、モーテルで浮気現場を発見される、二ターンの間養育権を失う、このゲームは二組から四組のカップルでプレー可能、本物の人生みたいだろ、全国で大ブームになるぞ、どうだ。

——畜生、ジャック、これはおまえに壊される前に片付けてしまわないと……

——くそゲームはまだ終わってないぞ、俺の番だ、次はここ、カードを引かないと……紙が破れて、ラフ《RAPH*》が宙に舞い——妻の弁護士に二千ドルを支払えだってさ、本当の人生みたいだろ、待て、それをどこにやるつもりだ……

——箱に片付けるんだよ、ジャック、壊れたら嫌だからな……

——いやいや、おまえの番だ、待て、畜生、トム、ゲームが

できないじゃないか、まずはゲームのアイデアをまとめないと、全米で大ブームになるぞ、ほら、次はここ、何て書いてある……没薬《もつやく》を持った人形が手で払われて、ピムリコ競馬場の結果へと追いやられて、――全員に酒を一杯ずつおごるって書いてある、五十ドルの出費、本物の人生みたい、シェパーマンみたいだ……

――畜生、それをこっちによこせ……

――くそゲーム、本物の人生みたい、次はホワイトローズのバーに止まる、シェパーマンだ、やつに手を貸すことはできないぞ、トム、ある朝、目を覚ましたらセントラルパークのベンチに座ってた、片手には女物の靴、どこに行っていたかも覚えてない、そんなやつに手を貸すことはできないぞ、トム……

――いいからよこせ、ジャック、それから、それから畜生、小さいのはどこにやった。

――え、俺の番か？　カードを引かなきゃ……紙が破れ、――家族みんなの外科装置を買う、千ドルの出費、刑務所行き、本物の人生みたいだろ、どうだ。

――いいか、とにかく黙って、もう一つを探すのを手伝ってくれ、ベビー・イエス《ジーザス》の人形、畜生。

――さっきはベビー・ジェッターって言ってたよな、トム、本当に胸が悪くなる、ゲームの名前はベビー・ジェッターにしよう、くそ家族みんなの外科装置、百万ドル稼げるぞ、全米で大ブーム、本当に胸が悪くなる、さあ、おまえの番だ。駒はどこ行った。

――片付けたよ、畜生、ほら、脚をどかせ、小さいのはどこに……

――小さいのはどこだ、逃げやがったぞ、トム、さっきはベビー・ジェッターって……

――ジーターだ、畜生、ジーターって言ったんだ、デビッドはいつもベビー・ジーターと三人の患者って呼んでた、さあ、畜生、そこを探すから立ち上がってくれないか？

――立とうとしてるんだよ、トム、さっきは彼が大きくなってインド人になったって言ってたな……

――違う、畜生、あれは単に、私はデビッドに磔刑のことを説明しようと、いいかジャック、立つ気があるのならまず足を下ろせ、磔刑のことを説明しようとしてたんだ、するとイエス様は普通の人だったのかって訊かれて、畜生、気を付けろ、こんなところで……

――畜生、深遠なる問い掛けじゃないか、普通の人かどうか、トム、まさにニカイア公会議*、アプリコットの味がする、何だか……

――ジャック、おい、吐きたいなら、おい、ベッドではやめてくれ、バスルームが廊下の突き当たりにあるから……

――異端だな、トム、普通の人間というのは異端だ、アリウスがイリュリクムに追放されたのはなぜだと思ってるんだ……彼は廊下を斜めに進み、――問題はニカイア公会議がベビー・

ジーターにアプリコットみたいな味の性質を認めたこと……立ち上がろうとする彼の肩がスイッチに当たって明かりがともって、——ありがとう、水を一杯……彼は洗面台にたどり着き、鏡になった扉を開けて、薬の入った棚を引き出し、——トム……？

——何だ。

——薬局並みだな、トム、アイゲン夫人、四時間ごとに二錠、アイゲン夫人、頭痛が続く場合は二時間ごとに一錠、ただしそれ以上の服用は、ここはくそ薬局並みだぞ、トム？

——何だ。

——ここはそこらの薬局並み、歯磨き粉のキャップが山ほど集めてある、針金ハンガーが山ほど集めてある、針金ハンガーなんて一体何に使う……彼は乾いた洗濯物に囲まれた便器に手をつき、中を見下ろした。——トム……？

——何だ。

——見ろよ、トム。

——何だ。

——奥さんは何の書き置きも残さなかったって言ってただろ、見ろよこれ。

——何だ。

——書き置きだ、そっちには持って行けない、ここに来て自分で読め、トム？ おまえに宛てたメッセージ、ここに書いておけば必ずおまえが見るからな、おまえもさよならのキスをしておけ。

——何だ？

——さよならのキスをしておけって言ったんだ……！ 彼がよろめき、思わず取っ手をつかむと、水が渦を巻いて、半開きの唇の形をした口紅の跡がかすかに残っていた四角い紙を飲み込んだ。彼の手が上がって自分の唇に触れ、その後、下がった。

——畜生、バスルームに来たのはこんなものを見るためじゃなかったのに……彼は廊下に出て、——トム……？

——もうベッドに入ったよ、ジャック。

——畜生、あいつはどこに行った……彼は明かりの点いた扉にたどり着き、背の低いベッドに手を伸ばした。——トム？

——私はもうベッドに入った、ごみの始末は明日にする。

——畜生、あいつはどこに行った、彼は慎重にしゃがみながらそうつぶやき、束を引き寄せて紐を外した。——レインダンス、あいつはどこに行った……ページをめくり、徐々に断片的なコーラスに落ち着き——マドカラハイレ《コメン・イン・デア・ヴィンドウズ》……彼はページをめくり、山からさらにたくさんの紙を手に取り、——畜生、紫のクレヨン、マドヲトジヨ《シュルース・ディー・ヴィンドウズ》……さらにたくさんの紙、——トム？ こっちに来て音楽を聴かないか、大げさな紫色のバリトン、くそ歩道でごみ容器がつぶれてる……さらにたくさんの紙、彼は次の束に襲いかかり、——くそコトバヲトジヨ《シュルース・ディー・ワーズ》、朝、男を待つ女、女の子は知らない、自分だけが生きていて男は死んでいるのか、二人とも生きているのか、二人とも死んでいるのか……

彼の足がタップを踏み始め、――男が生きているなら乳搾り男《ミルクマン》は生きていない……彼は急に背中を丸め、ページをめくり、大きな音でタップを踏み、――一人でベッドに横たわるあなたが夜中に目を覚ましたとき＊、誰かに頭を叩かれたみたいに目を覚ましたとき……

――ジャック、そこで何をやってる。

――畜生、トム、レインダンスとミスター・フレッドを探そうとしてるに決まってるだろ……彼はページをめくり、足はタップを再開し、空いた手は裏で拍子を取り、――最高の悪夢、そして訪れるフーハー、フーフー＊……

――おい、畜生、人が寝ようとしてるんだから黙ってくれないか？

――すぐそっちに行くからな、トム、トム？　そう言えば忘れてた、グリンスパンを例のくそパレードに出してやらないと、戦闘服を着させてな……彼は背中を丸めてひそひそとささやき、手の中で紙を勢いよくめくって、――フーハー、どうだ、畜生、どうだよ。レインダンス、七馬身、どうだ……彼は次の束を破り、――胸が悪くなるよな……ページをめくり、紙を横に押しやり、――トム？　あいつはどこに行きやがった……さらにたくさんの紙を山から取り、――まったくどこに行きやがった、ミスター・フレッド、アプリコットの味……そして突然前にのめり、立ち上がって椅子につかまり、――吐きそうだ、トム……？　深遠なる問い掛け、普通の人間、トム？　シュラムも普通の人間、やつもアーリントンに埋葬してやれ、氏名、階級、認識番号、アーリントンで最大の墓石っていうのはどうだ、氏名、階級、認識番号を御影石に刻む、信頼とうんこは全然違うことだってな、どうだ……彼は扉の方へつんのめり、椅子をつかんでバランスを取り、足元でばりばりという音がするのに気付いて書類の海を蹴り分け、――トム？　見つけたぞ、ベビー・ジーターを……そして椅子の背を両手でつかんで――トム、俺が何をしたいか知ってるか、トム……？　空に上っていきたいんだ、そして消える、そして降ってくる、まるで、まるで……そして彼は開いたままになっているスーツケースの上に突然身をかがめて、荒い息をし、もう一つ息をする間そのままとどまり、開いた方の手で乾いた靴下を探り出し、口元をぬぐい、もう一度、再び靴下を口元に当て、しばらくしてから中に靴下を落とし、空いた両手でスーツケースを閉じて一方の鍵を掛け、同様の集中力で他方の鍵を掛けてから、背の低いベッドに大の字で横になり、波に打ち上げられた男みたいにそのまま身動きをしなかった。やがて窓に光が差し、ゆっくりと窓の輪郭が明確になり、頭上に棺桶の黄色い掛け布だけが残されて、安い窓ガラスを通った陽光が波打ち、部屋は一面、海中の風景のようになった。

――ジャック……！

――何だ……？

――今起きたんだが、遅刻だ、すぐに出掛けなきゃならない、何て散らかりようだ、おい、帰る前にこの新聞を片付けろよ、いいか？　私はすぐに会社に行かなきゃならない。

——いや、待て、待てよ……

——待つわけにはいかない、会社に行かなきゃ、いいか、帰る前に新聞を片付けてってくれ、と彼は戸口で襟の下にネクタイを通しながら言って、——それからジャック、その喉をどうにかしないと……

——待て、ちょっと待て、今何時、おい、俺は競馬場に行かなきゃならない、トム、十ドル置いてってくれないか？　それか二十ドル？

——十ドル……彼は上着を羽織りながら廊下を進み、——ここに置くぞ、皿立ての横、それからジャック？　彼は玄関扉を引き開けて、——出て行くときにはちゃんと鍵を閉めていってくれるか？

——待て待て、二十ドル、二十ドル置いてってくれないか？　なあ、今日の重勝は確実なんだ、待て、畜生、シャツが要る、シュラムのところから持ってきたシャツはどこに……

——おまえは持ってこなかったんだよ……彼は扉を足で押さえたまま手を伸ばし、皿立ての横にもう一枚十ドル札を置いて、——椅子の上のスーツケース、その中にシャツがある、出張から戻った後はまだ荷ほどきもしてない……そして彼は外に出て扉を閉め、エレベーターの方を向いて立ち尽くし、階段に向かって歩きだした。一段飛ばし、二段飛ばしで駆け下りて建物を出て、歯の間に指を挟んで甲高い口笛を鳴らし、タクシーの後部座席に腰を下ろしてネクタイを結び、ようやくシャツのボタンを最後まで留め終わったとき、車が勢いよく路肩に寄せると、エンジンをかけたまま前方に停車していたZSナンバーのリムジン*の脇にいた運転手をひきそうになった。アイゲンが歩道に飛び降りると、*いきなり警官に声を掛けられた。

——そこのあんた《バディー》、ちょっと待て。

——そいつは違う。

——オーケー、行っていい。

——行っていいって何だ、私は建物に入ろうとしてるのに、あなたが真ん前に立っていたら……

——まあ落ち着け、落ち着けよ……

二人の背後では、リムジンの穴蔵から毛皮に覆われた熊の尻が現れた。——おい、これは一体何の騒ぎ……

——行っていいって言っただろ。

彼が後ろを振り返ることなくガラスの扉を開けると、もう一人の無愛想な警官を回り込むように黄色い尻が上下するのが見えたので呼び掛けた。——キャロル……？

——あ、アイゲンさん、おはようございます……両腕に荷物を抱えた彼女は尻でエレベーターの扉を押さえて——お戻りになったんですね？

彼は彼女の背後にあるボタンに手を伸ばしながら言った。

——うん、でも誰にも言わないでくれ。上昇するエレベーターの中で「ビギン・ザ・ビギン」が響いた。

――まあ、アイゲンさんったら、いつも皮肉を。

――ところで、教えてほしいのだけど、一体何が……

――肥料ですよ。扉が開いた瞬間に、彼女は胸を突き出しながらそう言った。――フレッシュさんの言い付けで、肥料を買いに行ってたんです。ここで降ります？　彼女は尻で扉を押さえていた。

――待って、私が行きたいのはこのフロアじゃない、待って……彼は彼女に続いて降りて、――あの絵、ロビーに掛かっていた大きな絵は……

――ああ、面白いものを見逃しちゃいましたね、アイゲンさん、あなたが出張にお出掛けになったすぐ後に、絵は撤去されたんですよ。そうしたら頭のおかしな男が現れて、相手構わずわめき散らしたんです、絵をどこにやったんだって。あなたよりも大柄な人でした。だから会社が警察を呼んだんです、ビートンさんに向かってタイプライターを投げつけたりもしたんですって。

――それで今も下に警官がいたのか？　彼は廊下を歩きながら彼女の横に並んだ。

――警察以外に、私立探偵にも毎日来てもらってるんです、エレベーター脇にいた帽子をかぶった人もその一人。今朝は重役会があるから、男がまた来るんじゃないかっておびえているんじゃないかしら、この一か月、髭も剃ってないみたいな格好でしたよ。フレッシュさんの話だと、あの男は精神的なバランスを失ってるんだとか、でも、本当に狂ってるみたいな振る舞いでした。

――うん、それで、キャロル、待って、聞いてくれ、その女、その、そのフレッシュさんって人はここにいるわけ？　ていうか、会社が彼女を雇ったわけ？

――ええ、まだお会いになっていないんですか、アイゲンさん？　彼女はしばらく前に……

――ああ、会ったことはある、私は……彼は開いた扉の前で立ち止まり、――デビドフ課長はどこ？

――分かりません、今日はお見えになっていません、アイゲンさん、というか、あなたが出張にお出掛けになった頃からずっと会社にはいらしてません、あ、それからフレッシュさんがあなたに会いたいとおっしゃっていました、でも、今はお客さんとお話し中です、エレベーターの中で強盗に遭った人と……

――ああ、分かった、キャロル、ありがとう……彼は自分のオフィスまで行き、扉の前で立ち止まり、デスクの端から端まで円錐状に盛られた土を見詰めた。――おはよう、フローレンス、これは一体……

――あ、おはようございます、アイゲンさん、お戻りになったんですね？　彼女は完全には振り返らずに返事をした。――フレッシュさんに頼まれて、植え替えをしてるところなんです……彼女は布切れで手をぬぐい、盛り土の向こうで鳴っている電話に手を伸ばした。――お戻りになったらお話をなさりたいとおっしゃっていましたけれども、もしもし……？　はい、いらっしゃいます、少々お待ちを……

彼はオフィスに入り、整理された自分のデスクに着いて電話を取った。――もしもし？　ジャック……？　いや、キッチンの皿立ての横だ、十ドル札を二枚、皿立ての横に置いた、いいか……うん、それは分かってる、でも聞けよ、シェパーマンがまた騒ぎを起こしてる、会社に飾っていたあいつの大きな絵、おまえにも話しただろ、私が出張している間にやつが会社に来て……違う、昨日の夜に話した絵のことだ、壁画並みの巨大な絵、会社のロビーに飾ってあったやつ、あれが撤去されて……昨日の夜に話したじゃないか、まあいい、そんなことはどうでもいい、あいつが会社に現れて、絵がなくなってるっていうので大きな騒ぎを起こしたらしい、今この建物は武装キャンプみたいな状態だ、もしもやつがまた姿を現したらきっと……いや、ただやつを見つけ出してほしい、もめ事を起こさないように、私は会社の仕事に切りが付いたらホワイトローズに行ってみようと思う、そして、ちょっと待ってろ、キャロル？

――コーヒーをお持ちしただけです、アイゲンさん、要りそうなご様子だったので。

――ありがとう、とりあえず、とりあえずそこに置いておいてくれないか、ジャック？　おまえにはいくつかの場所に行ってやつを探してもらいたいんだけど……いや、分かってる、でも第一レースが始まるのは一時だろ？　それまで……え？　昨日思い付いたアイデアって何の話だ、おまえがずっとしゃべってたのは……いや、おまえが昨日の夜しゃべってたのは二頭の馬の話だけ、それより……いや、でもいいか、ジャック、昨日の夜、百万ドルを稼げるアイデアをおまえが思い付いていたなら私だって覚えているはず、ちょっと待て、これは一体何だ、フローレンス？

――年次営業報告書に使う写真とキャプションです、アイゲンさん、フレッシュさんの指示で……

――うん、ちょっと待って、フローレンス、ジャック……？　ベビー・ジーターと関係があるってどういう意味だ、ちょっと待って、キャロル？

――アイゲンさん、お目に掛かりたいという若い男性がいらしてます、ゴールさん《ミスター》とおっしゃる方で、どうやらフレッシュさんの指示で……

――ちょっと待つように言っておいてくれ、私は……え？　いや、スーツケースがどうしたって……？　いや、いいか、何だか知らないが忘れろ、私は用事が……ああ、皿立ての横だ、さっきも言っただろ、十ドル札を二枚置いたって……いや、キッチンだ、皿立てがある場所はキッチンに決まってる……キッチンの皿立て、そうだ……うん、おまえのアイデアを思い出したらちゃんとメモしておくから安心しろ、うん……いや、言ったじゃないか、ベッドの横のスーツケースにきれいなシャツが入ってるって、いいか、ジャック、私は仕事に取り掛からないといけない、後で電話をくれ……彼は電話を切った。――誰が待ってるって、キャロル？

――ゴールさんとおっしゃる方です、アイゲンさん、フレッシュさんとお付き合いのある男性のお友達で著述家《ライター》だそうです、ご本人のお話では、フレッシュさんの指示でデビドフ課長のプロジェクトに関連して……

――ああ、分かった、ここに呼んでくれ、それから、さっきも訊いたけどこっちは何だったかな、フローレンス？

――年次営業報告書に使う写真です、アイゲンさん、デビドフさんが写真の一部をエアブラシ加工して、出来上がったものを学校の子供たちに送ったんですけど、ミス……

――じゃあ、今はキャプションに取り掛かってるって彼女に言っておいてくれ、ゴールさん？　中へどうぞ、キャロル、もう一つあった椅子はどこ。

――ああ、すみません、アイゲンさん、フレッシュさんが借りて行かれました、植物を置くとかで……

――じゃあ、そこらで椅子をもう一つ探してきてくれないか？　すみません……彼はデスクの上から手を伸ばして握手をした。――ばたばたしてまして……

――いえ、いいんです、構いません、私、でも、ひょっとして、まさか、あのトマス・アイゲンと同一人物ですか？　というか、つまりその、本の表紙には著者の写真が載っていなかったので……

――写真は載せたくなかったんです、でも、でも驚きですね、あの本を……

――いえ、ずっとお会いしたかったんです、でも、何て言うか、つまりその、こんなオフィスで突然お目に掛かるなんてびっくりしました、あ、ありがとうございます……彼は扉の外から椅子を引き入れ、座面に付いた土を払い落とした。――初めて読んだときにはお手紙を書いたんですよ、出版社気付で、多分あなたのところには届いていないと思いますが、あれは最も卓越した作品、アメリカ文学における最重要作品の一つだと思うんです、だから私、私も著述家《ライター》なので、というか著述家《ライター》志望なので……

――へえ、そう言っていただけて光栄です……彼は自分の椅子を後ろに傾けて、ファイルの引き出しを靴の底で引き出し、そこに両足を置いた。――あなたみたいな方が百万人いれば、私も……

――でも当然、書いているときから意識していらしたでしょう、非常に限られた読者に向けられた作品だってことは……

――限られた読者！　彼の両足が床に落ちた。――私が限られた読者のために七年の月日を費やしてあの作品を書いたとでも、最後の印税がいくらだったか知ってますか、ミスター、えぇとお名前は……

――ゴールです、私は……

――ゴールさん？　五十三ドル五十二セントですよ、出版社は出版当日にもう、あきらめてました、きっと出版社の方も、私が限られた読者に向けて書いたのだと思っていたんでしょう。

――ええ、私も……

――大学の授業であの本を課題図書に指定されたという学生から手紙が届くことがあります、きっとみんなで一冊を回し読みしてるに違いない。私が出版社から版権を取り戻すことができたら、今頃こんなところに座ってるわけはないんですがね。

――ええ、そうですね、というか私は今、西部小説を書いているんです、御社に依頼されたコバルトの本の前払い金がいただけたらそっちを仕上げることができそうです、そして西部小説の方の原稿料が手に入ったら、コバルトの本をさらに書き進めて二度目の支払いを受け取って、財団に助成金の申請をするんです、財団は今、芝居を書こうとしている小説家に助成金を出しているんですが、私は……

――うん、実は私も芝居に取り組んでいるんだ……彼は椅子を後ろに傾け、再びファイルの引き出しに足を載せた。――もしもよかったら……

――ええ、はい、助成金をもらうには劇作家じゃなくて小説家でなければならないんです、でも、小説じゃなくて芝居を書かないと駄目、私はジム・ブレイクという名前で申請をしました、そのペンネームで別の西部小説を書いたことがあるんです、タイトルは『神の拳銃』、そして今書いている西部小説を充分な長さのある芝居に書き換えることができて、助成金が得られたら……

――いいやり方だと思うよ、うん、実は私が今書いている芝居、最初は小説になるはずだったんだ、第一章と梗概を出版社に送ったら、五ページほどのくだらないコメントが返ってきて……

――ええ、はい、私は一万四千ドルというその助成金の話を耳にする前に、同じ財団の別部門からの仕事を引き受けていたんです、学校内テレビ放送に関する本を書く契約、たかだか五千ドルの仕事ですけれども。西部小説でもらった前払い金で生活しながらその本に取り組んで、半分出来上がった頃に、その報酬を使ってまた西部小説を仕上げるつもりになっていたんですが、財団が仕事を取り消してしまったんです。それからずっと担当者に連絡を取ろうとしているんですが、『城』の主人公が長官のクラムを探そうとするのと同じですよ、彼はいつも忙しい、いつも外出中、電話をかけても折り返しの連絡はなし、挙げ句に財団の会計検査官が前払いした五百ドルの経費を返還しろと言ってきて、原稿執筆の報酬を払ってくれたらそっちのお金を返還するって言ったんですけど、その二つは違う種類のお金だって言われて……

――お金のために芸術関係の仕事をしてるんだって堂々と言うような人に私も会ってみたいよ、さっき話した出版社の男は六桁の給料をもらってるんだが、今までに三冊の小説を書いているんだ、でも、別の編集者に出版はやめておけって頼まれてお蔵入りになったらしい、そんなものを出したら出版社が他の作家に顔向けできなくなるって、何だ、キャロル？

――アイゲンさん、フレッシュさんからお尋ねなのですが……

――うん、私は今、例の出版計画についてゴールさんと打ち合わせ中だと言っておいてくれ、彼女は……

――ええ、はい、今彼女と話をしている私の友人は、最近まで自分が勤めていた老舗《しにせ》の出版社を買収しようとしているんです、彼がコバルトに関する本の契約を取り付けて、私がその前払い金を彼からもらうことができたら、また芝居の執筆に打ち込めるんですが……

――うん、ちょっと待って、フローレンス？

――アイゲンさん、フレッシュさんからお尋ねなのですが……

――あの、ちょっと、いや、気にしないで、畜生……足が床に下りて、――ここでは何もできやしない……

――第一幕はもう書いたんです、という声が扉に向かう彼の後を追った。――でも、それを読んだ人から、主人公に問題があるって言われて……が土の山まで彼を追い、半開きになった前方の扉からの声によってそこで遮られた。

――問題は教員よ、子供は楽しんでる、視聴覚関係の備品、テープ、フィルム、教科書、スライド、そういうのは全部、キャロル？　私の電話は誰も取ってくれないのかしら？　だから、向こうから電話があったときに、私は彼が以前言っていたことを教えてやったの、ケーブル放送から閉回路放送へと移行統合するに当たって専用の視聴覚ソフトを同時に購入しないと、フローレンス、私の電話はキャロルにつながった？　望もうと望むまいと広報は必要、会社のイメージ面については、広報面では害がない、メディアはメッセージだという意見もあるし、でも、うちからの支援がなければ出版事業に対する全社的な支援は得られないと彼は言うわけ、それで今度は予算が問題になって何とかかんとか、キャロル？　今のはニューヨークタイムズからの折り返しの電話、フローレンス？

――ビートンさんのオフィスからです、フレッシュさん、あちらで皆さんが……

――うわ、アイゲンさんもそっちにいるの、フローレンス？　皆さんがどうしたって？

――新しい新聞発表資料のコピーを持ってきてほしいそうです、学校教育関係の……

――フローレンス、アイゲンさんもビートン部長のオフィスにいるの？　教育関係の新聞発表資料がどこにあるか彼に訊いてみて、それからキャロル？　キャロルはそっちにいないの、フローレンス？

――アイゲンさん、フレッシュさんからお尋ねなのですが……

――うん、フローレンス、私はここに立っているんだから聞こえてるよ、コピーは私が用意する。

――もしもし、バルクさん？　はい、資料はキャロルがすぐにお持ちします……

――とにかくその友人によると、観客がまだ物語に何の興味も抱いていない段階で、主人公が舞台に現れて自分のことを延々と語りだすのが問題らしくて……

――ありがとうございます、アイゲンさん……彼はファイルの引き出しから足を下ろして彼女が部屋から出て行くのを見送った。キャロルは彼の視界から消え、廊下を進んだ。ヒールの音がすれ違う男たちの注目を集め、やがて青いカーペットがその音を消した。彼女は部屋に入って*扉を閉じ、角を曲がった。

――あ、失礼しました、知事！　うわ、申し訳ありません……！

――構わん、構わんよ……彼は体を揺らし、また歩きだした。

――うわ、申し訳ありませんでした……彼女は後ずさりして、受付のデスクまで下がった。――バルクさん、こちらが先ほどのお話にあった新聞発表資料です……

――はい、ありがとう、キャロル、おはようございます、知事、今日、光栄にもお目にかかれるとは思っていませんでした、退院なさったのですね、お加減は……

――光栄と思わん連中もおるがな、まだ誰も来とらんのか？

――セルク夫人はビートン部長のオフィスにいらしています、それから……

――ブラウフィンガーはまだか？

――はい……彼女は彼の前に立って扉を開け、――ブラウフィンガー将軍からはお電話がありまして……

――やつが来たら重役会議室で待たせておけ、スタンパーが来たらすぐにオフィスに通せ。

――かしこまりました。失礼、ビートン部長……？

――しかし奥様、男は私を殴ったわけじゃないんです、ただ胸ぐらをつかんで、失礼……

――失礼します、ビートン部長、ご所望の新聞発表資料の用意ができました、それからケイツ知事がお見えになりました……

――あたしはあの男の逮捕と投獄を望むと言ったのよ。

――相変わらず慈悲深いことだな、ゾウナ、今度はどこのかわいそうな野郎を刑務所に入れるつもりだ。

――かわいそうな野郎なんかじゃない、あたしのお金で生活しているくせにこそこそと間抜け相手に絵を売ってロビーに飾らせていた野郎よ、なのにこのビートンは指をくわえてそれを眺めて、訴訟をためらってるの。

――失礼、知事、どうぞこちらにお掛けください、この荷物は私が移動しますので……彼はきれいにそろえられていた靴を分離し、デスクを回り込んで両腕で毛皮を抱え、部屋の反対側まで歩いた。

——ビートン、ちゃんと持ちなさい、引きずらないでよ。

——ビートンはサーカスの雑用係じゃないんだぞ、ゾウナ、テントみたいなコートを一人で運べるわけがない、ビートン、いいから座れ……

——もしもビートンが腰抜けじゃなければあの猿野郎を暴行罪で刑務所送りにできるのに。あいつはあなたの胸ぐらをつかんだって言ったわよね、ビートン、それって暴行じゃないの？

——法律上は、法的能力を有する証人もいますのでおっしゃる通りです、しかし、より賢明な対応としては……彼はまたデスクまで戻って立ち止まり、息を整えて、——不都合に騒ぎが大きくなる可能性を考えますと、奥様が最初に交わした契約に基づいて手続きを進める方がより賢明かと存じます、ここは私立探偵が見張りをしていますし、万一彼がこの近辺に現れて何かをしようとした場合には……

——彼の居場所なら分かってる、今頃はきっとセイブルック*にあるあたしの家に侵入して、自分の絵を片っ端から盗み出そうとしているに決まってる、だから……

——わしが最初から、あんな場所に絵をしまい込むのはやめておけって言ってただろう、湿気で額が傷む、さあ、ビートン、座れ、落ち着け、会議の前に片付けておきたい話がある。

——ちょっと待ちなさいよ、ジョン、あたしの用件が済んでからそっちを片付けてもらったらいいじゃないの、あたしの用事が……

——ゾウナ、おまえの用事など知ったことじゃない、ビートンはおまえが雇っとる黒人娘とは違うんだ、こっちは会社の総務部長兼最高顧問弁護士、会社の仕事そっちのけでおまえさんの個人的な問題に……

——そうよ、ビートン、あの娘《こ》のことはどうなってるの、あの娘がいないと困るじゃないの、あたしは……

——はい、奥様、デレセレアの件ですね、居所は突き止めました、ユード判事には電話で保釈をお願いしてありますが、本人が協力を拒んでいるようです、ダイヤモンドのブローチは盗んでいないと主張していて……

——ダイヤモンドのブローチって何、一体何の話をしてるの？

——彼女の行方が分からなくなったと奥様が警察に通報なさった際に、その失踪とダイヤモンドのブローチがなくなったこととの間に関連があることを示唆なさったとうかがっているのですが……

——馬鹿言わないで、ビートン、ブローチなら何週間も前に蒸気浴箱《スチーム・キャビネット》*の中で見つけた、そんなことで拘留しているんだったら、さっさとあの娘を釈放して昼食までに戻してほしいわ。

——実を申しますと、奥様、彼女がもともと逮捕されたのはバス停で客引き行為をしていたのが原因で、私どもは今、その件を……

——ビートン、馬鹿なことを言わないで、デレセレアとやりたい男なんているわけがない、さっさと尻を上げて、昼食までにあの娘を連れて戻ってよ。

——ええ、奥様、ちな、ちなみにブローチが見つかったことは保険会社にもう連絡なさいましたか……

——それはあなたの仕事でしょ、ビートン、あたしが自分でそんな連絡をするわけが……

——ええ、奥様、しかし、私はそれが見つかったことを今まで知らなかったのですから当然……

——何を言っとるんだ、ゾウナ、そんなのはビートンの仕事じゃないぞ、今ビートンがすべきなのは重役会の仕事だ、黒人娘の話がしたいなら……

——あの娘の話を持ち出したのはあたしじゃない、あなたよ、それに今朝、あたしをわざわざここまで呼び出したのもあなた、ブーディの持っている株の件だとか？

——単に顔を見たいからってだけで呼び出すわけがないことはおまえも知っとるだろう、ゾウナ、馬鹿な法律改正で、成人年齢が二十一から十八に下げられようとしとる、ブーディみたいな若造どもに契約だとか何だとかあらゆることをする権利が与えられるかもしれん、今は刑務所におるから安心だが、おまえが後見人を務めとる今のうちにダイヤモンド社の公開買付がうまくいかんかったら、あの子が何をやらかすか……

——失礼ですが、知事、新聞に載っていた写真はご覧になりませんでしたでしょうか、ミス、あー、ブーディの写真……

——あの二十万株をお望み通りにしたいのなら、ジョン、ちょっとの間、黙ってなさい。ビートンがあたしのために書いてくれた例の画家との契約書は七年間有効、あいつはあたしから受け取った金を生活費にしながらこそこそと絵を横流ししてたのよ、これで黙ってられると思う、ビートン、会社はあの駄作にいくら払ったの。

——一万二千ドルです、奥様、実際の購入手続きは……

——そのオファーを断ったら馬鹿だろう、猿でももっとうまい絵が描けるからな。

——もしも自分でそれだけのお金が稼げると思ったのならあの男もあたしの尻っぺたにキスをしないとね、契約書にはちゃんとそう書いてあるんでしょ、ビートン？

——はい、奥様、ちょっと、あー、もちろん少し言葉は違いますが……

——左右の尻っぺたにキスさせてやるわ、もしも契約の有効期限内にまた同じことをしようとしたら、次は、有料トイレの扉も開かないような安値で作品を売り叩いてやる、小便を漏らすまでトイレの前でじたばたすればいいんだわ。で、その一万二千ドルはどこにあるの、そのお金を受け取るべき人物がいるとしたらそれは当然あたしだと思うんだけど……

——ええ、奥様、絵そのものが奥様のもとに戻った際に当然、会社としては彼の銀行口座を差し押さえて代金を回収しようとしたのですが、残高が八千ドルにも満たなかったのです、どうやら彼は、あー、使われなくなったジェットコースターを購入したらしくて、もちろん私たちも、それがどこにあるのかが分かり次第、差し押さえるつもりなのですが……

——ビートン、まったく、ゾウナ、わしが退院して会社に来たのはジェットコースターの差し押さえをするためだと思っとるのか？　ブラウフィンガーが重役会に来ることになったから、ガンディアの件を前もって整理しておきたいんだ、向こうではどうしてさっさとパイプラインの工事に取り掛からないんだってスタンパーがやきもきしとるし、平和団体が銀行の窓を壊しとるし、タイフォン社が教育市場に進出しようとしとるとマスコミが騒ぎ立てたせいでダイヤモンド社の公開買付がもたついとるというのに、おまえの頭にあるのはジェットコースターの差し押さえか？　それが見えるか、ビートン……？　細長い新聞の切り抜きが書類の間から覗き、——独占、メディアとメッセージ、どういうことか説明してみろ。

——昨日の夕刊ですね、はい、知事、デビドフ課長が退社前に出した新聞発表は……

——振り回してないでわしに見せろ。

——話を逸らすんじゃないわよ、ビートン、そもそもあの猿がどうやってこの会社の間抜けな担当者に絵を売りつけたのかを教えなさい。

——はい、奥様、画家を発見してきたのは……

——画家を見出したのはあたしに決まってるじゃないの、ビートン。大々的に個展を開いている彼を見つけたのはあたし、絵は一枚しか売れてなかった、あたしが付け値の半額で全部買い取るって言ったら向こうは大歓迎、だってあの男は無一文だったんだもの、だから画家を発見したのはあたしに決まってるじゃないの。

——いえ、奥様、私が申し上げたかったのは例の絵のことです、契約に関与したのはデビドフ課長、実際に画家と接触したのは彼しかいなかったらしくて……

——あの男も逮捕してもらいたいわ。

——これは一体何だ、ビートン、何が何だかわけが分からん、氷山だとか両刃の剣だとか。

——はい、知事、マスコミも同じ反応だったようで、話を詳しく聞こうとうちの広報課に問い合わせたところ……

——広報課？　広報にはやつ一人しかおらんだろう。

——いえ、知事、彼はちょっとした組織を立ち上げようとしていたらしくて、数日前に超一流のカリキュラム専門家と称する女性を雇っていました……

——何のためにそんな女を、他にも誰かを雇っとるのか？

——いえ、どうやらもう一人、著述家《ライター》が……

——一体何者なんだ、その女は。

——人事部のファイルによりますと、推薦者はダンカン社で営業部長を勤めるスキナー氏、今回の書籍出版計画でわが社と付き合いのある人物です、詳しいことはこちらのメモに……

――書類を振り回してないで、わしによこせ、うちは絶対に出版には手を出さんとわしが言っとったのを覚えとるか？ やつらの損益計算書を見てみたら、一割が諸経費《オーバーヘッド》*、一割が倉庫代、一割が販売業務、一割が印税、本屋は総収入の五割を持っていくくせに、注文書と一緒に売れない本を送り返してくる、それにこれ、何だこれは、タイトルリストか？

――春の出版カタログです、はい、出版社の方では……

――余白にボールを書き込んだのは誰だ、×印でタイトルを消して、誰かがまた丸い印を書き込んどる、何だこれは？ 丸い図形《ラウンド・オブジェクト》……？

――誰が余白にボールを書いたと思ってるのよ、あたしが知りたいのは、タイトルを×印で消したのが誰かってことだわ。

――私、私です、奥様、私が丸い図形《ラウンド・オブジェクト》の代わりに……

――ほお、ラウンドが文句《オブジェクト》を言っとるだと、ラウンドって一体誰だ。

――ビートン、今度あたしが書いたものに×印を付けたりしたら、次はあなたの丸い物体《ラウンド・オブジェクト》をつぶすわよ、もしもあなたにそんなものがちゃんと付いていればだけど、ヴィーダ*の周りに集まっている作家をご覧なさい、お高くとまった連中、リストを見るといいわ。

――ええ、奥様、しかし、たしかにタイトルを眺める限りではあまり期待は持てそうにありませんけれども……

――古本屋で二束三文で売られているような本ばかり、それを新刊で買う馬鹿がおるかな、一割上乗せされとる印税を削ってしまえば、多少は売れるかもしれんが。

――ええ、はい、しかしながらこちらの信頼できる教科書の方面に関しては、ダンカン社が出版する教科書の大半は多くの大学の授業で用いられていて、ありがたいことに再版に当たって印税はほとんど支払われておりません。スキナー氏がダンカン社を買収するための会社を立ち上げる決断をした決定的な要因もそこにあるのだと思います、もしも知事のご希望取りに管財人である銀行との取引が成立すれば……

――わしらがあの会社を買収したのは単なる厚意だ、出版なんかやるつもりはないし、広告の仕事だってやるつもりはない、首都にはフランク・ブラックのオフィスがあって、やつが国中の田舎新聞に金太郎飴みたいな社説を書いとる、あれで充分だ、メディアとメッセージみたいな面倒なことを口にする馬鹿者はこの会社には要らん、聞いとるか？ 銀行でも言ってやったんだ、破産覚悟で本の出版をやりたいってやつが現れたから、ダンカン社の株式オプションを現金十万ドルで売ってやるってな、三十日間待ってやるから、十万ドルに加えて、あるのかどうか知らんが逸失収入も準備するように指示をした、無駄なことに使う時間はない、ヴィーダがこの条件を受け入れられないと言うのなら、自分で新しい銀行を探せばいい。

――ヴィーダは馬鹿女、アメリカの偉大な芸術作品が作られた場所を保存するという名目で百万ドルを寄付したのよ、本当は新聞に自分の写真を載せたいだけなのに……

——それは何の話だ、ゾウナ……

——彼女はどこかから中途半端な作家や画家や作曲家を次々に掘り出してきて、彼らの汚らしい屋根裏部屋を保存すると発表したのよ、それというのも赤い縁の眼鏡をかけた格好で新聞に写真を載せてもらうため、眼鏡の奥からは怒りに満ちた目が……

——何なんだそれは、ゾウナ、だが、子供の頃に育った田舎の家に馬鹿どもを連れて行って、それをテレビで放映させとるおまえがそんなことを言えるのか？　あの家を国定歴史建造物に指定してもらって、家の保護のために、ヴァージニアにいるたくさんの工兵を動員して川の流れまで変えようとしとるじゃないか、町を丸ごと一つよそへ移さなきゃならなかったんだぞ、ヴィーダが新聞に載りたがるのをおまえがとやかく言えた義理か、で、こっちはどうなっとるんだ……新聞の切り抜きが派手に放り出されて、——例のくそ財団の問題は。

——ええ、私も読みました、知事がタイフォン社とダイヤモンド・ケーブル社の関係者であることと、シティ・ナショナル銀行にも関係していることとを結び付ける憶測記事が出るのはもちろん想定内ですが、財団の理事でもある銀行の取締役たちの影響力によって学校内閉回路放送に対する財団の支援が拡大したとにおわせるような記事はさすがに……

——新聞記者なんてみんな腰抜けだ、連邦議会のイタ公に関する記事をわしは入院中に読んだぞ、イタリア系の議員が学校向けの閉回路放送を義務化する法案を出しただろ、連中は慌てやがった、せこい建設スキャンダル、しかし、公聴会に引きずり出されるのが怖いもんだから、一斉に反対向きに走りだしたってわけだ、校内テレビ放送から財団は撤退して、公共コミュニティー放送の方へ金を回した、やつらの放送を見たことあるか、ビートン？　公害の話、露天掘り鉱山の話、インディアンの話、くそ左翼の宣伝ばかりだぞ、イタ公議員にはぜひどちらの味方なのかをはっきりさせてもらおうじゃないか、州の銀行委員会を牛耳っとるあいつが学校テレビ放送法案を提出して、郊外銀行のわしらを困らせやがって、覚えとけよ。

——はい、知事、もちろん彼が推薦された時点では義務的閉回路法案について信頼が置けない人物だと疑う理由はございませんでしたので……

——畜生、ビートン、自分の支配下にいない人間は信用するな、今回、わしが入院する前におまえにもそう教えただろう、状況について詳しい報告を用意しろ、それから、やつが別のイタ公と建設スキャンダルに関わっているという記事も読んだぞ、ちょっと黙ってろ、ゾウナ……

——ええ、ビートンがこうして暇そうにしている間に……

——いえ、知事、実は報告書はもう、ここに用意してあります、ペッチ議員に関する限りは非常にたくさんの情報が集まっています。ペッチ議員の奥様はどうやら最近……

——それは後回し、時間のあるときにしよう、わしが重役会の前にはっきりさせておきたいのは、新聞種になったやつの悪さが、クローリーが言っておったダイヤモンド社に対する集合代表訴訟《クラス・アクション》とどれだけ関係があるかってことだ。ダイヤモンド社の公開買付には大変な手間をかけたんだ、今さらつまらん裁判で邪魔されては困る。

——は、何ですって？　失礼ですが、私にはよく……

——集合代表訴訟《クラス・アクション》だ、畜生、ビートン、弁護士のくせに集合代表訴訟《クラス・アクション》も知らんのか？　クローリーとおまえの間で和解について話をしたんじゃないのか、あれは一体どうなったんだ。

——ああ、はい、知事、違うんです、ええ、それはしばらく前の話で、多分クローリー氏がおっしゃっていたのは、株主代表訴訟のことで、それもまた、デビドフが原因なのです、法人的民主主義の実践練習としてわが社に対して訴訟を起こせなどと六年J組のクラスに吹き込んだものですから……

——畜生め、ビートン、一体何の話をしとるんだ、六年J組って……

——はい、ダイヤモンド・ケーブル社の株《シェア》を購入してアメリカにおける役割《シェア》を実感するということでジュベール夫人が会社に連れてきた生徒たちのことです、知事も覚えていらっしゃるかと存じますが、夫人は……

——あの子は馬鹿よ。

——黙ってろ、ゾウナ、訴訟を起こすとはどういう意味だ。

——昔からあたしが言ってるじゃないの、エミリーは馬鹿よ、厄介なガキどもを重役会議室に入れたりするから……

——いえ、ジュベール夫人は今回のいわゆる訴訟に関してまったくご存じないようで、デビドフ課長が一種の裁判ゲームとして演出したようなのです、「子供たちに資本主義の仕組みを見せるため」だと彼は言っていたと思います、会社の金を少しだけ遊びに使うことで……

——会社の金を遊びに使うって一体どういう意味だ！

——ええ、知事、私がまったく知らない間に、デビドフ課長がそのいわゆる裁判を和解という形で処理してしまったのです、広報の予算から現金を使って、私が事情を問いただしたときには彼はずいぶんと不愉快そうな顔を見せて……

——現金、畜生、ビートン、いくらの現金だ！

——千八百数十ドルです、彼は……

——数十ドルだと、まったく、その金は全額あいつの給料から さっ引くんだぞ、くそ……

——ええ、しかし、知事もご承知だと思っていたのですが、デビドフ課長はもう既に……

——そんな訳の分からんことをして、どう言い訳するつもりで……

——率直に申し上げますが、今回の件についても、彼女のクラスを年次営業報告書の特集として取り上げようとしたことについても、おそらくジュベール夫人に対するアピールという意図があったのではないかと……

――あのくだらないフランス人が彼女のパンティーに手を突っ込んだのと同じやり方ね、で今、どう対処してるわけ。

――対処は終わった。ノビリ社の最新株価はいくらだ、ビートン。

――始値《はじめね》は十三・五でした、以後は確認していませんが……

――十二になったら買い始めるようにクローリーに伝えろ、おそらくあいつ自身がそれくらいの額で空売りをしとるだろう、エイミーから連絡があったら、頭のおかしなルルにはわしらから話を付けておいたと言っておけ、やつの件ではもう心配要らんとな。

――承知しました、しかし夫人は、夫人から知事には連絡がなかったのですか？

――わしは入院しとったんだぞ、畜生、ビートン、わしが何をしとったと……

――ええ、病院の電話番号は夫人にお伝えしました、夫人はメトロポリタン美術館でクローリー氏にお会いになって、ジュベール氏に圧力がかけられていることをお聞きになったようで、ずいぶん動揺してらっしゃいました……

――それは自然史博物館の間違いだろう、ビートン、クローリーが美術館に用事があるとは思えん。

――どちらにしましても、夫人はかなり動揺してらっしゃいました、あまりジュベール氏に強い圧力をかけると、どんな行動に出るか分からないということで……

――あいつに何ができるというんだ、エイミーに対しては何もできんだろう？

――はい、しかし、夫人はフランシスのことを非常に心配なさって……

――子供に対してだって何もできはせん、エイミーが生徒たちをここに連れてきた日に、財団は二つとも金を動かせんようにした、だからやつがいくら頑張ったって手は出せん、あの日、わしが教えた教訓を忘れたんじゃないだろうな、ビートン？

――忘れてはおりません、しかし今、フランシスに関して夫人が心配なさっていることはかなり現実味が……

――うむ、忘れるなよ、今度また中途半端な発議をしてみろ、二つの財団に関する最終書類にエイミーが署名をしに来た晩には、わしらは全員救貧院行きになるぞ、それから四回目の配当、ちゃんと日付は確認しただろうな、聞いとるか？

――はい、知事、その件は、失礼。もしもし……？

――スタンパーが来たんだな、やつをここに通すように言っておいたから。

――ワシントンのカトラーからです、知事。うん、もしもし？　ディック？

――あいつはワシントンで何をしとるんだ。

――うん、ちょっと待って。彼はエンド設備の売却について司法省と話を詰めるために向こうに行っているのですが、どうやら少し問題が生じているようで……

――よし、電話をよこせ……カトラーか？　一体どんな問題だ……ああ、退院した、あと一日でももたもたしとったら会社がつぶれちまうだろ。一体どうなっとる、エンド設備の売却などひと月前に片付いた話じゃないのか……特許の権利はこっちがもらったんだろ？　特許がなければ何の取り柄もない会社だ、去年の在庫と頭の悪いセールスマンどもがいるだけ、そんなことは分かっとる、司法省だって知っとるはずだ、だからこそ……何だって……？　そんなことは書いてなかったが……おい、そんな問題は二か月前に解決しとるとやつらには言ってやれ、エンド設備を売却しさえすれば、ダイヤモンド社の公開買付の問題は二度と蒸し返さないと約束したはずなのに……疑問ってどういう意味だ……もちろん新聞なら読んだ……ああ、おまえからフランク・ブラックに言ってやれ、わしは、待て、畜生、わしから直接言ってやる。ビートン？　フランク・ブラックに電話をつなげ。

――はい、かしこまりました……

――モンティにも電話しろ、公開買付から手を引くとかいうくだらん話が出とるからな……

――はい、かしこまりました……バルクさん？　ええ、フランク・ブラックに電話をつないでください、それから……ええ、その後、モンクリーフ社長にも電話を……

――一つの新聞がちょっと騒いだだけでびびりやがって、ビートン、エンド設備の在庫資産に疑問があるというのは何の話だ。

――はい、その件もご報告しようと思っていたのですが、どうやらデビドフ課長が在庫の一部を寄贈していたらしくて……

――寄贈って一体何のことだ、誰に。

――相手はどうやら、いろいろな学校や団体のようです、彼は……

――一体何のためにそんなことをやったんだ！

――おそらく、その行為によってマスコミの目を会社に集められると思っていたのではないかと……

――マスコミ！　おかげで司法省、証券取引委員会《SEC》、左翼政治家どもの注目が集まったじゃないか、エンド社は目録以外の資産は空っぽ、わしらが司法省の指示に従って会社を売ろうとしとる一方で、やつは資産をただで配っとるわけか、この馬鹿な新聞記事のせいで既にダイヤモンド社の公開買付は危機的状況、あいつは一体どういうつもりでそんなことをしたんだ？

――彼はそれが会社のイメージアップにつながると、なぜか勝手に思い込んでいたようで……

――そんなことを続けられたら、しまいにイメージ以外には何も残っていないなんてことになる、やつにそんな権限を与えたのは誰だ。

――モンクリーフ社長がご不在の間は、彼自身の言葉を借りますと、自分が「店を切り盛り」することを任されていると思っていたようで……

――切り盛りって、畜生、商品を片っ端からよそに寄贈して店を切り盛りするやつがどこにいる？　やつをここに呼べ、ビートン、他に何を寄贈したかをはっきりさせてやる。それからクローリーに電話を、フランク・ワイルズでもいい、エンド社の売却に関わっとるやつなら誰でもいい、値段はいくらでも構わんから買い手を見つけて残りの株を全部売り払え、すべて処分だ、司法省との約束が反故《ほご》になる前に在庫流用に関わったやつらも全員処分しろ。やつをここに呼べ、他に何を寄贈したかをはっきりさせてやる、畜生、ゾウナ、おとなしくしてろと……

――しかし、知事、彼はもうこの会社の人間では……

――会社のものを全部よそに寄贈して、自分は会社を辞めたって？　今はどこにおるんだ？

――広告代理店に移ったと記憶していますが、彼が辞職したのは……

――無事に会社の建物を出られて運のいい男ね、でも、警察に言って彼を逮捕させなさい、ビートン。あたしの雇った作業員が絵の撤去をしているときに、あの男が邪魔をして大変だったのよ、ジョン、だからビートン、彼を逮捕させて。

――はい、奥様、具体的に何か容疑がありましたら……

――あなたは弁護士でしょ、逮捕容疑はあなたが考えなさい、そんなことまであたしがしないといけないの？　彼が絵の購入を決めたのは、あたしとあの猿画家との間にある契約に明らかに違反してるわ、それで共犯《アクセサリー》ってことにならないのなら、何が共犯なわけ、ビートン、あの二人を詐欺の共犯として警察に逮捕させて、刑務所送りにできないのなら、あなたなんてお役御免ね、だって何も仕事をしてないのと同じだもの、それから……

――はい、奥様、失礼、もしもし……？　はい、少々お待ちください、ここにいらしています。お電話がつながりました、ミスター……

――よこせ。もしもし……？　ああそうだ、畜生、さっさとつなげ。モンティか？　そっちは一体どうなっとるんだ、さっきカトラーから電話があった、フランク・ブラックはダイヤモンド社の公開買付から手を引けと言っとるらしい、エンド社の売却についてやっと司法省と話が付いたのに、今になっておまえの腰が引けとるそうじゃないか……いや、その件はさっきビートンから聞いた、くだらん話だ、いくつかストーブを寄付したのかもしれんが、大したことでは……やつがわざわざおまえに会いに行ったたって？　一体何のつもりで……いいや、面倒なだけだ、わざわざそんなことをする理由は……ブルースが何て言ってたって……？　ああ、くだらん、タイフォン社が公開買付から手を引くことに注目が集まるだけだ、放っておけばいい、そしてできるだけ早くに……何て脅されたって……？　それが一体何の関係がある、あの精錬契約には何の問題もない、おまえが会社を去る前に交渉して、署名して、調印して、送達もした契約だ、今さら左翼政治家がしゃしゃり出てきて、コバルトの備蓄量を引き下げると脅したって、政府がタイフォン社からコバルトを一定量買い上げるという契約義務とはまったく関係がない……ああ、ブルースは軍事委員会で一体何をしとるんだ、やつがどうにかすればいい話だろう……管理サービスは管理サービスだ、経費とか契約とか、管理サービスにかかる金は政府だか誰だかに請求すればいい、一体何が……いいや、畜生、タイフォン社がこの契約に関わる管理サービスをピティアン社に任せたいと言っとるのに、どうしてそれに難癖を……モンティ、畜生、ちゃんと建設が終わるまで工場を余剰施設として売却するなんてことができないのは分かっとる、しかし、どうしてダイヤモンド・ケーブル社の公開買付を先送りにしなければならんのだ……どうしてそれで世間の目が集まるのか、わしには分からん、ピティアン社がタイフォン社の株を持っておろうがおるまいが世間のやつらには関係のない話だ、今朝はブラウフィンガーがここに来ることになっとる、ガンディアの状況はこの一、二週間の間に片が付くだろう、ノワンダが大統領を務めておったところに、ボックスがあの画期的な演説をして、同じ夜、デイ博士《ドクター》がウアソ州の分離独立を宣言した、ノワンダは軍隊を送り込んだが、どうせ何もできは……いいや、やつとは電話で話した、ノワンダの共産主義政権をアメリカが支援することはないと……え……？　ああ、既に騒ぎだしとる、「ガンディアに干渉するな」とか「アフリカ人のためのアフリカ」とかいうプラカードを持った平和団体に今朝、銀行の窓を壊された、やつらは決まってこういうタイミングに銀行を狙うんだ……いや、そのつもりもない、ブラウフィンガーが今朝ここに来ることになっとるから、フランク・ブラックとの間で対策を練らせる、ボンから余剰の小火器を輸送する話が出とったが、わしはそれ以上の話を聞くつもりはない……わしらがフランク・ブラックという超高給取りの弁護士をワシントンに置いとるのは何のためだと思っとる……ああ、今、やつにも電話をするところだ、それからもう一つ、いつ何時スタンパーが頭から湯気を出しながらここに来るか分からん、パイプライン敷設に関するやつとの契約はまだ生きとるのか、例のくそインディアンの集団はまだあの場所に居座っとるのか……ああ、いいか、スタンパーは単に権利をよこせと言っとるだけじゃない、土地にまつわる問題をクリアしてからよこせと要求しとる、インディアンがどかっと居座っとるような土地を渡されたって……わしからもそう話した、しかし、インディアン同化政策を否定するとかいう第二十六共同決議*はあくまでも決議だ、法律でさえない、そうだろ？　羊しかおらん州の上院議員が騒ぎ立てとるだけのこと……ああ、ブルースと話をさせろ、ブルースに話を付けさせよう。ビートン？　次はブルースに電話をつなげ。

――かしこまりました、失礼、もしもし……？　ありがとうございます、はい、では……

――おい、その電話をよこせ。

――申し訳ありません、知事、ブラックさんは先ほどホワイトハウスでの会議に出掛けたとかで……

――それからビートン、ついでに訊くけど、例の車にぎゅうぎゅう詰めで乗っている連中……

――ゾウナ、畜生、ビートンの仕事の邪魔をするんじゃ……

――はい、奥様、ちょっと失礼します、知事、パイプライン敷設予定地にあるインディアン保留地につきましては……

――ビートン、ビークマンプレース*のうちの前に停められてる車のことはどうなったのかって訊いてるのよ、黒人《ニガー》がいっぱい乗った車、一週間前に盗難車として警察に通報するようにあなたに言ったじゃないの、なのに昨日も堂々とあそこにいたわ、何をのんびりしてるの、どうなってるわけ……

――ゾウナ、畜生、ビートンは今ブルースに電話をかけとるんだ、ビートン、何をもたもたしとる。

――はい、知事、失礼します、奥様、もしもし、バルクさん？　はい、知事からのご用でブルース上院議員に電話をお願いします、ナンバープレートは確認いたしました、奥様、しかし、車の所有者は国連貿易委員会マルウィ代表のようで、盗難の届けは出ていません、そしてあの一角はＤＰＬ*専用駐車区域に指定されているので……

――ＤＰＬ専用駐車区域についてあなたから説明を聞くつもりはないわ、ニックが直接歩道脇に車をつけられるようにあたしが大金を払ってＤＰＬ専用に指定してもらったんですから、そうしないと私が玄関まで犬の糞を踏んづけていかなくちゃならないもの、マルウィがどうのこうのっていうくだらない話をあたしが信じると思っているんだったら……

――いえ、しかし奥様、マルウィというのはアフリカにある小さな新興国で……

――ガンディアのすぐ東側にある小さな国だ、ゾウナ、大きさはスタンパーの持っとる土地くらい、国民はガンディアの鉱山で働いとる、みんな貧しいから安い賃金で働くんだ、で、ビートン、一体何を……

――あたしは犬の糞をひょいひょいよけながら玄関まで歩くなんてごめんですからね、さっさと……

――畜生、ゾウナ、自分の問題は自分で片付けろ、とにかく今は黙れ、ビートン、一体何を……

――はい、失礼します、知事、もしもし……？　ああ、はい、今こちらにいらっしゃいます、少々お待ちを……

――おい、よこせ。ブルースか？　いつ何時スタンパーが頭から湯気を出しながらここに来るか分からん、だから、そっちがどうなっとるか確かめようと思って電話を……誰？　いいや、畜生、悪い方の耳に電話を当てたりしとらん、悪い耳などない、何のために入院したと思っとる、今回はくそ内耳を二つ移植したんだぞ、一体……ちゃんと聞こえとる、ブルースの声と違うことくらい分かっとる、邪魔な場所に居座っとるインディアンどものことがどうなっとるか確かめるためにやつにはさっき電話をした、二十年前に片付いとるはずの問題だ、第八十三回議会*が永遠に続くとは誰も思っとらん、クラマス族やメノミニ族を片付けたのと同じことだ、誰？　誰、ビートン……？　いや、ビートンはここに座っとる、そんな話は聞いとらんぞ……おまえはまだそっちにいて、重役会に出とるのか、ＪＭＩとダラスの担保の件を片付けたがっとるもんだと思っとったのに……いや、いいや、それは知らなかった、うん、組織の損傷ってどんな……ビールに？　それは分かっとるが、馬鹿な話だとしか思えん……わしはまた来週、ハンドラーのところに入院する、くそ心臓ペースメーカーの埋め込みだ、この調子で手術を繰り返していたらわしはいずれ……もしもビートンが何をしたらだって……？　ビートンからはその話も聞いとらんぞ、ゾウナに次々用事を言い付けられて、てんやわんやだ……ああ、ここに座っとる……

――その電話、チャーリーからだったら、組織の損傷とやらの原因をあたしから医者に説明してあげるわ。

――向こうもよろしくとのことだ、ゾウナ、おまえの体重が前回会ったときより百ポンド*減っとるようなら、友達に紹介してやるとさ。

――この前結婚したショーガールのお尻を医者に見せれば、原因がそこにあるってことは……

――何だと？　何のためにそんなことを調べさせた、戦争前は四十ドルで売られとったが、何年も株の売買はなかっただろ、最後に聞いた話では、赤字が五十万ドルに上っとるとか、あの会社は……税金の滞納が続いて、不動産を担保に押さえられとるのに、どうしてそんな土地にこだわるのかさっぱり分からん、安く買い叩かれようがさっさと取引に応じればいいものを、それならビートンに任せた方が……何て言ったって？　まったく、鉱山の採掘権のことならみんな知っとる、当然だ、だが、そんなものはそれを記した紙ほどの値打ちもない、いや、開発会社の話もわしは聞いとらん、ゾウナに言い付けられた用事でてんやわんやしとるからな……いや、ブルースにやらせたらいい、例の何とかいう羊しかいない州の上院議員に協力してもらえ、マッキンレーがまだお札の肖像に使われとった頃*からのベテラン議員だろ、あいつならどうにか……損失として処理するだと、馬鹿なことを言うんじゃない、そんな共同企業体《コンソーシアム》に銀行が金を出すわけがない、銀行が損失としての処理を望むと思っとるのか？　とりあえず買収の話は先延ばしにしろ、ダイヤモンド社の公開買付の件が片付くまでな、今クローリーに電話をして手を引くように指示を出そうと……クローリーからおまえに電話をさせろって、どこに……？　いいや、一体何のためにおまえはそんなものを燃やして……いや、ここに座っとる、わしは映画の話なんぞ一言も聞いとらん、いや、わしはこの後、銀行に行く、そっちに電話してくれ、ほら、ビートン、用事が片付くまでもう他の電話は取るんじゃないぞ、スタンパーの話では、インディアンの件はおまえが片付けたそうじゃないか、どうしてわしに言わなかった。

――ええ、私は先ほどからずっと、私の考えでは、問題のインディアン保留地は実際には条約に定めるところの保留地ではないことは容易に証明できるだろうと……

――じゃあ、連中はどうしてあの場所に居座っとるんだ。

――ええ、知事、彼らはもともともっと東の保留地にいたのですが、そこで見つかった石灰岩と石膏の鉱床がセメント産業の注目を集めまして、世紀の変わり目頃に現在の場所へと移されたらしいのです。私どもの持っている情報によりますと、元の保留地に関わる条約を通じて彼らが持っている可能性のある権利は、現在彼らがいる土地に関しては有効ではございませんので、われわれの妨げになるような行動はいかなるものであれ速やかに……

――大事なのはな、スタンパーが望んどるのは地役権だけではないってことだ、ビートン、やつは一連の取引で残りかすだけをつかまされるんじゃないかと心配しとる、採掘権などすべて込みでなければかすだ、わしらの銀行の支援を受けとるのに一か八かの賭けみたいなことはできんってな。

――もちろんです、この先、条約の問題が片付いて、政府が土地を取り返しましたら、当局を通じてすぐにでも無条件の土地購入が可能になろうかと……

――じゃあ、さっさとその仕事に取り掛かれ、スタンパーに調べろと言われたらしいが、くそアルバータ&ウェスタンみたいなものにかかずらっておる場合じゃない、二十年前に死にかけとった会社だ、万事、署名して、調印して、送達も終わったはずの話、ゾウナ、どこに行く、ブラウフィンガーが現れるまで会議を始めてもらったら困る。

――トイレに行くのにいちいちあなたの許可を取らなきゃならないの……

――いいから座ってろ、ビートン、ゾウナは一人で行けるだろ、こっちはまだ仕事の話がある。

――ええ、知事、スタンパー氏の指示で調査したのですが、アルバータ&ウェスタン電力会社はつい最近、社債がマルチ商法に使われたり、同じ連中が立ち上げたいわゆるエース開発との合併に備えて業績が偽装されたりしております。彼らは単純な買い戻しの手法で十セントの発行価格を倍に引き上げて、アルバータ&ウェスタンとの合併に向けて……

――まったく、ビートン、あのパイプライン契約に既に何百万ドルが費やされたと思っとるんだ、スタンパーはあそこに埋蔵されとる油頁岩《オイル・シェール》にご執心、なのにおまえは投機的低位株《ペニー・ストック》を使った詐欺の話か？　そんなやつはさっさと刑務所にぶち込んで、こっちの仕事をしろ。

――はい、証券取引委員会《SEC》は首謀者の一人を郵便詐欺容疑で告発したようです、ウォールという男、そして証券引受人《アンダーライター》の役を演じていた男も今手配中になっています。問題はアルバータ社の社債とエース開発の株との両方を大量に買った人物がいるという点です、どうやらその人物は詐欺が破綻することを見越して、その時点で残される社屋や土地や大規模な資源採掘権を手に入れる意図があったらしく、スタンパーさんは今、困ってらっしゃる……

――ああ、畜生、それは誰なんだ、一体どこのどいつが……

――さまざまなところから集めた情報を私が今、報告書にまとめておりますので、ご覧になりたいときにいつでも……

――畜生、ビートン、この書類の山からそんなものを探す時間はない、これが今話していた連中なのか？

――一人はそうです、はい、こちらは州北部で売られている新聞の記事で、傾きかけた繊維会社を彼らが乗っ取ったときのものです、イーグル……

――二人とも黒人か？

――いえ、違うと思います、コピーの質が悪いせいでそう見えるだけかと、左にいる人物がそれです、ミスター……

――ああ、バスト氏《ミスター》、畜生、わしだって字は読めるぞ、ビートン、一体何のためにこんなごみを集めとるんだ、壊れかけた工場を二束三文で買い取っただけの話だろう、こんなことをして節税以外に何の役に立つというんだ。

――はい、知事、彼らは直ちに会社の年金基金を使って中西部にある醸造所を買収したようです、かなり儲かっているばかりでなく、未配当が続いていたという意味でも魅力的な醸造所です、さらにその後、彼らは紙マッチの製造業者を買っていますが、そちらは財政的にはかなり見劣りがしますので、彼らの拡大計画に潜む長期的な計画はなかなか見抜くのが困難……

――計画なんてあるのか、手当たり次第に買収しとるだけじゃないのか、他にはどこを買った。

――私どもの集めた情報では、買収が完了しているのは今申し上げた分だけでございます、ただし、老人ホーム買収の噂が新たに出始めています、それに加え、電池で動くトランジスター仕掛けのさまざまなおもちゃを製造する、レイ－Xという会社にもかなり興味を示していて……

――あそこの経営陣は馬鹿ばかり、去年、銀行に来たときには政府との契約にがんじがらめに縛られとった、費用は上がるのに契約通りの固定価格、営業費がどこから出とるのかも分かっとらん、おもちゃで始めた会社なんだからおもちゃを作っとけばいいものを。あんな会社を買う馬鹿は痛い目に遭えばいい、他には？

――具体的な話は以上ですが、彼らは同族経営でフランチャイズ方式の葬儀屋をやっている会社とも交渉を進めているらしく、ハートフォード火災保険とか大きな貯蓄貸付組合のように大量の現金を持つ会社を探しているようで、最新情報によりますと、商品先物でリスクヘッジも始めたものと……

——調子に乗りやがって、その勢いで刑務所まで行きやがれ、会社設立許可状を見せろ、それを見れば……

——いえ、私の手元にあるのは幹部の名前のリストで……

——誰、こいつ、バストという名前なのか？　見たところ、利息八パーセントの社債と豚の脇腹肉《ポーク・ベリーズ》との区別さえ知っていそうにもないぞ、くそ素人、ルールも知らんやつが乗り込んできて、みんなのゲームを台無しにするパターンだな。

——はい、知事、どうやら彼らは……

——やつらが採掘権と電力会社の土地を手に入れたのは、いちゃもんを付けてスタンパーを妨害するのが目的だとしか考えられん、問題はやつらがどこから情報を得ているかだ、パイプライン計画は極秘のはずだからな、さっさとこの件は片付けてしまえ、ビートン。

——はい、知事、しかし他方で彼らは、もっとくだらない理由で行動している可能性もございます、われわれの得た情報によりますと、彼らが採掘権を持っている地域では森林の伐採が始まっているようで、紙マッチ製造会社を買収したこともあわせて考えますと、単に木材パルプかセルロースの供給源を探していただけなのかもしれません、ついでに、彼らはイーグル紡績の設備を今、改造して、合成……

——やつらがそこまで馬鹿だとは思わなかった、市場には輸入品があふれとる、今さら合成繊維など誰も要らんだろう、畜生、フランク・ワイルズなら何か情報を持っとるだろう、やつに訊いてみるくらいのことがおまえには考え付かんのか？

——ええ、尋ねてみました、実際、彼がいくつかの取引を仲介したようですし、クローリー氏もバスト氏と時折接触しているようです、ちなみにバスト氏というのが幹部の一人みたいで……

——ああ、まったく、ビートン、おまえ以外、街の全員が連中のことを知っとるようじゃないか？　さっさと自分で受話器を上げて、当の連中に連絡を取ったらどうだ、何を企んどるか直接訊いたらいいじゃないか？

——はい、知事、アルバータ&ウェスタンの件では彼らの弁護士に連絡を取りました、ピスカターという男なのですが、かなり非協力的で、何と申しますか、あー、感じの悪い人物でした、ボスに話をするとは言ってくれたのですが、どうやら直後にジャマイカに行ったようですので……

——おまえら弁護士はいつもよその弁護士としゃべることしかせんようだな、おまえがそのボスとやらと話したらまずいのか？　そのバストだか、バストの上司だかと直接話をすれば……

——はい、知事、バスト氏には、クローリー氏から渡された番号に何度か電話をしております、しかし電話に出る秘書の方は、率直に申し上げて、小学校四年生レベルという感じの女性で、いつも「バスト氏はただいま席を外しております」の一点張り、折り返しの電話は一度もありません。先ほどお話ししたピスカター氏から渡されたアップタウンにあるオフィスの番号は間違いだったらしくて、先方の若い女性はいきなり、あー、罵声を浴びせて電話を切ってしまいました、私が手に入れた残り一つの電話番号は、調べた結果、ロングアイランドのどこかにある公衆電話だと判明しておりまして……

――バストが幹部だと言うのなら、社長は一体誰なんだ。

――はい、その公衆電話だと判明したのが、社長につながるはずの番号なんです、彼らの組織は非常にとらえどころがなくて、新しく買収された会社の社長に尋ねても分からないのです、実際、X－Lリトグラフ社の社長も、名前は失念いたしましたが、電話の直前まで酒を飲んでいたみたいな様子でしたし、イーグル紡績の責任者と思われる男は、愚痴を言う相手が見つかってうれしそうでした、あちらではどうやら織機を撤去したことをめぐって組合側ともめているようです、そして醸造所の買収にも株主たちが反対しているそうです、とはいえ、あちらが主に気に懸けているのはソフトボールチームのことらしくて……

――畜生、ビートン、ちょっと連中を引っ掻き回してやれ、そうすればやつらも目を覚ますだろう。

――はい、知事、それも考えたのですが、イーグル紡績買収の直後に彼らは経営資金として大規模な借り入れをしていることが分かったのです、経営陣を入れ替えるとなると借り入れは取り消しになってしまいます、お金は現経営陣に対して貸し付けられたものですから、それにイーグル紡績は……

――首根っこを押さえてやる……白いハンカチが胸ポケットから現れ、突風にあおられたかのように爆発し、――そこまで馬鹿じゃないってことか……そして激しく洟をかんだ。――まずは、鉱物採掘権の問題を片付けろ、ビートン、フランク・ブラックのオフィスに連絡して、少しでも値打ちのある権利かどうかを確認させろ、採掘権を持っている会社が木を切っているという話についてはモンティに連絡しろ、内務省に手を回して差し止め命令を出せ、多少は仕事をしてもらわんとな、ブルースから電話があったら、羊州の何とかいうやつの名前を伝えろ、そいつのお膝元の話なんだから……

――ミリケン上院議員ですね、かしこまりました、実際、われわれの得た情報によりますと、彼らは既にミリケン上院議員に接触しているようです、どうやら、ある種の羊の薄膜が醸造過程で濾過装置の一部に用いられるとかで……

――ミリケン、そうだ、そいつだ、バッファローの尻《けつ》のそばで暮らしとるやつ、くそインディアンの匂いだって一マイル離れていても分かるはず、畜生、ビートン、わしらが何かをしようとするといつもこのしみったれた会社が邪魔をしとる、よく調べとけ、聞いとるのか……？　そして中身を調べるかのように開かれたハンカチが急に丸められ、――こんな報告書では話にならん、ただの新聞の切り抜きじゃないか、わしが欲しいのは事実だ、ビートン、事実。

――はい、知事、電話連絡がつき次第そのように、知事のご指示をお待ちしておりましたので……

――指示など待たんでいい、畜生、ビートン、おまえが今何をしとるかは説明せんでもいい、やるべきことをやれ、おい、受話器をよこせ……もしもし？　ブルース……？　誰……？　いや、いや、ちょっと待て、ほら、ビートン、おまえが出ろ、手短にな。

――かしこまりました。もしもし……？　ああ、ああ、はい、ご用件をどうぞ……はい、つまり先ほどそんなことがあったと？　子供は……はい、しかし、子供の母親はもうそれを知っているんですか……いえ、私から直接お話しした方がいいでしょう、かなり動揺なさるかもしれません、すぐにお電話をいただきありがとうございました……

――今度は一体何だ。

――あちらの話によりますと、ジュベール氏が今朝、学校にふと現れて、フランシスを連れ出し、車で去ったということです、ジュベール夫人がお知りになったら、きっと非常に……

――まったく、このタイミングに何てこった、警察にやつを捕まえさせろ。

――はい、直ちに裁判所命令を出してもらうよう手続きをいたします、ジュベール夫人は以前から彼が息子さんをスイスへ連れ出すのではないかと心配なさっていました、先日、会社がノビリ社との交渉を行っていたときも……

――馬鹿なやつだ、子供を人質に取れば、アメリカ国内での製薬特許を守ろうとするわしらから譲歩を引き出せると思ったんだな……

――ねえ、ビートン、あたしのバナンクスはどこ。

――後にしろ、ゾウナ、座っておとなしくしてろ、この女は一体何の話をしとるんだ、ビートン。

――はい、こちらにございます、奥様、わが社の薬品部門が販売している鎮静剤です、例の……

――例の、わしらが特許侵害で訴えられとるやつか？

――トラニルシプロミンです、はい、モノアミン酸化酵素阻害薬として……

――ビートン、そんなところに座ってないで、さっさとよこしなさいよ……

――その薬をただでもらうためにここに来たのか、ゾウナ、けちだとは知ってたが、そこまでけちだとは知らなかった、ビートン、まだ少し時間がある、さっきの、議会にいるイタ公の話だ……

――はい、それはそちらのフォルダーになります、彼は……

――いえ、ビートン、薬はコートのポケットに入れておいてって言ったのよ、ジョン、ゼンマイ式のおもちゃみたいにそこに座ってもじもじしてないで、膀胱はまだ使えるんでしょ、だったら少しトイレは我慢しなさい、目は人のもの、耳も人のもののくせして、あたしに向かって偉そうに……

——ビートン、ゾウナ、畜生、黙ってろ、ビートン、座れ、新聞でくだらない記事を見たんだ、一人のイタ公が別のイタ公にハイウェイの建設をやらせた、そして建築法に関して適用除外措置をした、安っぽい政治屋の仕事だ、これはおまえも知っとるだろうな。

——はい、ただし、その適用除外措置のために地元銀行が貸し付けたローンが影響を被っておりまして、それを含む債権の返済期限を延期したことが問題になっています、例えば、問題の請負業者に対する無担保ローンもその一つで、われわれが得た情報によりますと、業者が最近その返済を高利貸しに頼ったために、今、いくつかの訴訟が持ち上がろうと……

——その銀行の頭取は馬鹿だな。

——私も同じ印象です、はい、私の知っている情報によりますと、彼は銀行の株をかなりの数、ペッチ氏の妻に譲ったようです、ひょっとするとそれは、自分の妻とペッチ氏の妻という二人の名前で作った会社に対する譲渡なのかもしれません、それが先ほどの業者との契約に基づいて町の埠頭《ドック》の使用料金を徴収する会社になっております、ところが、影響を受けたローンを保証する目的でペッチ氏の所属する法律事務所が設立した権原会社*はどうやら……

——抵当権はまだすべて銀行が握っとるのか？

——いいえ、教員組合が投資としてそれを買ったようで、現在こうして騒ぎになったことで組合の方にもかなりの圧力がかかっていると……

——議員叩きもそろそろネタ切れだな、次のネタを見つければ左翼マスコミも消えるだろう、議会が立ち上がってやつの信任を決議すればすべては元通り、奥さんが銀行株を持っとるのなら、わしらからやつに圧力をかけられる。

——はい、もちろんその件が公になれば、大陪審の動きは別としても、倫理的にかなり疑義のある今回の行為によって次の選挙活動に相当なダメージが……

——わしは倫理の話などしとらんぞ、ビートン、今しとるのはくそ株価の話だ、銀行が傾きかけとる今、わしらには緊急援助をしてやるという手がある、この法律を通してやれば、銀行の馬鹿者たちも今後はわしらの言うことを何でも聞くだろう。

——はい、しかし、彼が条件として身分保障を要求する可能性も……

——真っ先にやつの首を切る、必要ならワシントンでの仕事を何か世話してやればいい、銀行合併法案は上程する準備ができとるのか？

——はい、知事から指示があった部分を変更した法案を作成して、今朝、送達吏の手で事務所の方に写しを送っておりますので……

——銀行株の件でフランク・ブラックに電話をして、圧力をかけさせろ。

——かしこまりました、私、失礼します……もしもし？　ああ、はい、ありがとうございます。ブラウフィンガー将軍が会議室にお見えだそうです、それからもう一つ急ぎの用件がございます、昨日国連で行われたノワンダ政権を支持する決議を受けて、ガンディアからのニッケルとプラチナの輸入継続を支持する投票が明日、上院で行われる予定なのですが……

——ブルースから電話があったらフランク・ブラックに電話しろと言っておけ、昨日の晩にわしがあいつと話を付けた、手を貸せ、ビートン……

——はい……

——それで思い出したが、スタンパーの心臓組織損傷の問題、ビールの泡立ちをよくするために醸造業者が使っとるコバルトが原因の可能性があるらしい、そういう政府の研究があると医者が言っとるそうだ、スタンパーはビールをよく飲むからな、おまえから食品医薬品局《FDA》の例のユダヤ人に連絡をして、畜生、手を放せ……

——はい、しかし、失礼しました、しかし、むしろスタンパーさんが直接国立衛生研究所に出向かれた方が……

——スタンパーの心臓はどうでもいい、問題はコバルトの出所だ、添加物として使っとるのか、それとも水に含まれとるのかが問題だ、コバルトを含む水を使っとる醸造所を突き止めれば、鉱床の場所が見つかるかもしれん、今のタイミングでどこかの馬鹿がコバルト鉱床を見つけたりしたら最悪だからな。ダイヤモンド株の公開買付の件でクローリーに電話しろ、スタンパーが連絡を取りたがっとると伝えろ、一緒に作っとるくだらん映画のことで話があるそうだ、モンティにもメモを送った、国立公園にいるヒッピーを銃で撃ちたいらしい、さすがの内務省もそんな許可は出さんだろうが。

——はい、私もメモの写しを拝見しましたが、あれはおそらくタイプの打ち間違いだと思います、私は映画も見たのですが、彼らが言いたいのはヒッピーではなく、カバ《ヒッポ》なのではないかと……

——とにかくスタンパーの自動車電話に連絡するように言っておけ、やつは自分が持っとるゲストハウスに火を点けて回っとるからな、今朝から何回もクローリーに電話をかけとるそうだ。

——はい、実は私も今朝、クローリー氏に電話をかけたのですが、ちょうど彼がバス……*

——一体何のために自宅に電話をしたんだ。

——いえ、自宅ではなく、事務所の方だったのですが……

——ビートン、おまえからクローリーに電話をしろ、さっきわしがノビリ社とエンド設備の売却について話したことを伝えろ、ダイヤモンド・ケーブル社の公開買付は棚上げ、次はちゃんと事務所に電話しろ、ちょうど風呂《バス》に入っていたなんて抜かすんじゃないぞ、聞いとるか？　ついでに、ユード判事の事務所にも電話をかけて、例のくそ法案がどうなっとるか訊いておけ、成人年齢を十八に引き下げる法案、今はあの娘《こ》がギリシアの刑務所に入れられとるから大丈夫だろうが、公開買付を棚上げしとる間に、万一のためにあの娘の持ち株が今どうなっとるかを確かめておきたい、何だ……

――いえ、失礼します、そちらの大きなフォルダーを、私、彼女が釈放されたという写真付きの新聞記事です、知事も既にご覧になったと思っていたのですが……

――釈放だと、畜生、ギリシアは薬物に厳しいと思っとったのに。

――それをよこしなさい、ビートン。

――はい、奥様、たしかに厳しい判決でした、はい、知事、薬物の件はネパールでのことでした、知事、今回彼女にかけられたのは爆発物をギリシア国内に持ち込もうとした容疑で、あちらの大使館からモンクリーフ社長に電話があったときに……

――モンティに？　爆発物をギリシアに持ち込もうとした小娘がモンティに電話をかけてくるなんて、交通違反切符のもみ消しと同じだと思っとるのか、まったく、ビートン……

――いえ、いえ、彼女が直接電話をかけてきたわけではありません、その、彼女の手荷物にあった品物が、あー、女性の衛生用品なのですが、ギリシアの税関係員があまり、あー、そういった知識を持たない男性だったために、導火線の付いた円筒形の爆発物に似ていると判断した模様で……

――絵に描いたような馬鹿役人、ご覧なさい、ギリシアの島々で楽しく過ごしましたって顔で写ってるわ、一緒にいるのは上流《BP》階級のお友達、シタール奏者の……

――くそシャツも着とらんじゃないか、一緒におる黒人《ニガー》は誰だ。

――インド出身の音楽家だったと思います……

――こっちに裸で彼女と並んで写っているのと同じ男よ、どう、この男の……

――まったく、ビートン、ブーディについて資料をまとめておくようには言ったが、町に出回っとるポルノ写真を買い集めろと言った覚えはないぞ。

――いえ、違います、これは一流ファッション雑誌に掲載されたもので、彼女は、はい、申し訳ありません、奥様、私が拾います、知事、扉は私が開けますので……

――フレディーについて新しい話はないのか、ビートン？

――ええ、先週後半にまた施設を出た際に、付添人をまいて逃げたようですが……

――ここに置いとるのは一体何だ、バス停の看板みたいだが。

――ニューヨーク市バスの看板です、はい、書いてあることが明らかに意味不明でして、デレセレアの主張を弁護するために法廷で使えるのではないかと思って用意しました、彼女は客引きをしていたわけではなく、単に道を聞こうとしていただけだと……

——昼食の時間までに彼女を家に戻してちょうだいね、ビートン、それと、黒人《ニガー》の乗った例の車を早く……

——重役たちが待っとるんだぞ、ゾウナ、もう寝てしまったかもしれんがな、ビートン、さっき言った電話をしておけよ、聞こえとるか？　ついでに、例の銀行を切り盛りしとる馬鹿にも電話しろ、ホワイトフットとか何とかというやつ、バルクが番号を知っとるはずだ、イタ公の問題が片付いた後にビジネスの話ができそうかどうか様子を確認しておけ。

——かしこまりました……彼は一瞬、体を支えるようにドアノブをつかみ、二人が部屋を出ると、黒い靴を履いたその足が順に胸、顔、「爆破をもくろむセレブ娘」、黄褐色の尻の向こうに見えるアンドロス島を踏み、カーペットを横切り、机の前にたどり着いたところで、再び左右の足がそろい、両手が少しの間、頭を抱えた後で、片手が下がって受話器を取った。——バルクさん、クローリー氏に電話をお願いします、その後に、ホワイトローみたいな名前の銀行役員にも電話をお願いします、番号はバルクさんが知っていると知事がおっしゃっていました、ロングアイランドにある銀行の……そうです、それからバルクさん、ジュベール夫人にも連絡が取れるかどうか試してみてくださいい、緊急の用件です、多分、夫人が勤務している学校に電話をすれば……ええ、それで、私が別の電話で話していたら、割り込んで構いません……ええ、ブルース上院議員からの電話だと言ってください……そして再びその顔が両手に埋もれていると、ボタンが光った。——はい、もしもし……？

——もしもし、もしもし……＊

——天井のペンキがはがれてスープの中に落ちてる、家主を訴えてやらなきゃ、出版社だって二つも訴えてやったんだ、火曜には少額裁判所に行って……

——失礼します、上院議員からお電話が……

——もしもし……？　シャーリー、一体どうなっとる……いいや、混線しとるのは分かっとる、わしの知り合いに少額裁判所に用事のあるやつはおらんからな、もしもスタンパーからの電話なら待たせておけ、それでこっちに来て電極をつないで、ついでに電話を切ってしまってくれないか、バスト君？　電話会社の株を六千も持っとるのにろくに電話も使えんとはな、やれやれ。で、ついに傑作を持ってきてくれたのかな？　いや、そのケースごとわしの前に置いてくれ、足を浸けるためのものだから……そこのレターオープナーを取ってくれ。

——はい、どうぞ、その留め金はうまく外れないことがあるので気を付けて……

——しまった……待てよ、この部品は取っておいた方がいいかもしれないな、修理に出すときに必要になるかも。さて、見せてもらおうか……そして彼は腕をいっぱいまで伸ばして紙を見た。

アスラカ*

アメリカ最大の州、アスラカはロツアから $72,000,000 で買い取られましたがそれはそこにある貴金属、処女鉱物、石炭、けつがん油など、数多くの天然資源の価値が知られる前のことでした。石油会社は$900,000,000 をアスラカ北部傾斜地の借地権料として払っています。利息だけでも1日当たり $199,320.52 になります。アスラカでは約 ~~$1000~~ 1千億バレルの石油が百万年前から ~~類~~人類の向上という大義のために人の手によって掘り出されるのを待っています。そして自然の美しさもあります。文字を持たない 57000 のエスキモーとインディアンが ~~$~~16,000,000 ヘクタールの土地を所有し、十億ドルのばいしょう金をキャッツュで受け取っています。アスラカには材木がいっぱいあって、野生動物もたくさんいます。

——ああ、はい、その、違うんです、それは……

——あの乞食連中がどうやって十億ドルをせしめたと思う？　次はトナカイに金を配ることになりそうだな、おっと、失敬……

——いえ、僕が取ります、これはただの……

——しゃがんだついでに右のズボンの裾をめくってもらえんか、ズボンに銅メッキなんてうれしくないからな？　さて、うむ、こっちがそうらしいな、これが出だしの小節か？

——ああ、それは、そういえば、それはアコーディオンのソロで……

——アコーディオンだって？　面白そうだ、バスト君、しかし、オープニングにはもう少しインパクトが欲しい気がする、しかも、この楽譜には靴跡が付いとるようだが……

——はい、アコーディオン奏者に踏まれたんです、僕が報酬を受け取りに行ったら、おまえを雇ったのはダンサーだろって言われて、でも、二人とも首になってしまったので、誰も責任を……

——ああ、入れ、シャーリー、電極をしっかり固定してくれんか？　緩すぎて全然電流が流れとらん、さて、何だったかな、バスト君。

——何でもありません、ただ第一バイオリンだけはいい人でした、全米作曲作詞出版家協会《ASCAP》にいる知り合いに連絡してくれるそうです、うまくいけば僕に歌の仕事を紹介してくれるかも……

——もっときつく締めろ、シャーリー、熱帯性腐敗病《ジャングル・ロット》にかかったことはあるかな、バスト君、いまだにいちばんの治療は足湯だそうだ、楽譜は全部手書き？

——ああ、はい、でも、上のパートは……

——ここの、黒い音符が少し連なっとるところ、これはディクディクかな？

——ああ、それはカスタネットの……

——ディクディクが平原を駆け回る姿が目に浮かぶようだ、スライドが役に立ってよかった、うん。トゥムトゥムティ、トゥムティトゥムティ、わしはもちろん楽譜はからっきしだ、鶏の足跡にしか見えん。いいかね、バスト君、わしにとって君のような人間は人生の偉大なる謎だ、こんな鶏の足跡を見るだけで、広大な平原や紫色にそびえる山並みをイメージさせる崇高な音楽が耳に聞こえる人間がおるのだからな、これ……わしはでかいやつを探しとるんだが、これ、これがそうか、うん……彼のきれいな爪が複モルデント*をなぞり、——エランドかな？

——ええ、はい、その記号は装飾音《グレース・ノート》を……

——その通りだ、バスト君、気品《グレース》だよ、ちゃんと宿題をやっとるようだな、大事なところが分かっとる。何の気品も感じさせない動物だなと思って見ておると、動きだした途端に気品があふれ出すんだ、ここの音符、ここはずいぶん動き《ムーブメント》が激しいな、バスト君、あんたには大事なところが分かっとるらしい、素晴らしい、とにかく素晴らしい。ただ一つ訊きたいんだがね、バスト君。座って作曲しとるときは、このトゥムティトゥムティトゥムが耳に聞こえて、それを紙に書き留めるのかね？　それとも……

——ええ、はい、そこは少し説明しにくいのですが……

——いや、いや、説明はせんでいい、聞いてもどうせ分からんからな、大したものだ、バスト君、大したものだよ、わしらが話をした雄大な風景、あれが手に取るように感じられる……そしてケースが少しの間持ち上がり、——すごい分量だ、あんたも大変だっただろう。

——ええ、はい、フルオーケストラ用の楽譜をご所望のようでしたので、もちろん、九十五の楽器を扱うというのは……

——どの楽器もそれぞれの役割を果たして、スクリーンに生命の息吹を与える、広大な平原と紫色にそびえる山並みを観客に感じさせる、そのすべてがこの小さな鶏の足跡に詰まっとる。『トリルビー』*という小説を読んだことはあるかな、バスト君？

——ああ、いいえ、ないと思い……

——君が生まれる少し前の出版だったかもしれんな、うん、だが、その小説の中に、忘れられん一節がある、男がピアノの前に立って楽譜を見とるんだが、演奏ができんのだ。目の前に、最高の夢と欲望を表現する崇高なメロディーと魅力的な音が記されておるのに、男はそれを手にすることができない、そう、もちろん、それはテープやレコードが登場するよりも昔の話だから、わしらの場合とは違うがな、そうだろ？　シャーリー、そっちに行くついでに、わしのカレンダーを確認してくれ、実は今日の午後、少し時間があるはずなんだ、バスト君、シャーリー、小切手帳を頼む、おや、この電話はスタンパーからかもしれん、ちょっと取ってもらえるか？　きっとやつも聞きたがる、うん、もしもし……？　誰……？　ビーミッシュ？　いいや、知らん名前だ……ああ、うんうん、もちろん会社の名前は知っとる、今、トラブルに巻き込まれとるようだな……うん、しかし、なぜやつがわしに電話するように言ったのか分からん、X－Lリトグラフ社を買収した連中は自分のところでまだ現金資金《キャッシュ・フロー》の問題を抱えとるらしくて、トライアングル製紙への借金を返済できる見通しは立っとらん……いや、連中とその話はしとらん、ただ今朝の新聞記事、X－Lリトグラフ社を広告媒体として買収したのではないかという憶測記事、製品の種類を大幅に拡大して、全国に出回る紙マッチの表紙を広告に使って、知名度を上げ、市場に参入し、独占状態を作ろうと……若々しくてかなりやり手の経営陣だ、実はたまたま今、目の前にその一人が座っとるよ、ミスター……いやいや、幹部の一人、この長期債務の状態について今、話が聞かせてもらえるかもしれん、バスト君……？

——いえ、その、もしよろしければ、クローリー社長……

——別のことで忙しいそうだ、ビーミッシュ、しかし……

え？　わしは知らん……ああ、それはそういうものだ、うん、うん、おたくの希望は知っとったが、提示価格はいくらだったかな？　千二百万ドル？　おそらく向こうの希望よりも少し高かった……ほう、そうか、それなら聞いてやろう、固定資産が七百五十万、バスト君、そこのメモ帳をこっちにくれないか……？　二百十万を借りて差額の八十パーセント、税控除が四百三十万……在庫を九掛けにして二百七十万、八十パーセントで、うん……現金で四百五十万か、うん、今ここに座っとるよ、また後で彼の方から電話があるだろう、ビーミッシュ、おそらくそこで詳しい話を……不良債権を償却するかどうか、うん、もちろん、わしからは詳しく調べるように助言するが……え？　そうだな、紙切れ《かべがみ》と呼んでもいいだろう、仕方がないことだ、ダンカン社の現状についてわしはよく知っとるが、銀行は……いや、銀行が管財人になっとるわけではない、そういうことではなくて、わしが言いたいのは、バスト君の仲間たちは不良債権の回収に駆けずり回るのではなくて、全体を丸ごと吸収する形で……どこの……？　リッツ、ああ、うむ、覚えとるよ、おたくがあの会社にも興味を持っとるとは知らなかった、あそこは……たしかに節税にはいい、うん、じゃあ、今の件はこちらで整理してまた連絡するよ、ビーミッシュ、バスト君からもきっと詳しい話が……タマラック*のゴルフ場？　わしも時々行くぞ、土曜にも多分行くと思う、では、またそのときに、結構……受話器をそこに戻してもらえるかな、バスト君？　トライアングル製紙の弁護士だ、あそこの本当の時価評価額は二千万ドル近い、頭のいい男だ、やつの計算によると、おたくはあそこの会社を現金四百五十万ドルで買える。

――四百五十、万？

――現金で、うん、X－Lリトグラフ社の長期負債を帳消しにして、リッツ・ブライト・リーフたばこでたっぷり節税、あそこの会社が株を握っとるとは知らなかった……

――ええ、はい、もちろん……

――ああ、うん、もちろんその件に関してはお友達《アソシエイト》との相談が必要だろう、そのついでに、ダンカン社の名前も出してみなさい、古くて立派な会社だ、さっきのビートンは、ダンカン株は紙切れ《かべがみ》だと言っとったがな、あの会社がトライアングル製紙に対してそこまでたくさんの未払金をためとるとは知らんかった、もしもご興味がおありなら、銀行が管財人になっとるからおたくには特別な配慮をさせてもらうよ、不良債権の回収に駆け回るよりその方がずっといい。

――ええ、では社長に……

――もしも本気で『彼女《ハー》』*を買う気なら、なかなか面白い戦略かもしれん。

――誰の話です？

――おたくの社長だよ、ピスカターから聞いた話だがね、ダンカン社も買収して、印刷出版関係を一つにまとめるといい、そうすれば大幅な経費削減になるし、業績も改善する、しかし一言だけ言わせてもらいたいんだが、バスト君、構わんかね。

――ええ、ええ、ぜひ……

――わしは会社内部のことやあちこちで起きるささいな内輪もめに首を突っ込むつもりはないんだが、おたくが雇っとるピスカターという男、わしはあいつがどうも気に入らん。

――はい、なるほど、おっしゃる意味はよく……

――性《しょう》が合わんのだ、バスト君、どうにも性が合わん、少し軽すぎる、わしの言っとる意味は分かるかな、わしが話をしたときも早速タマラックゴルフ場の会員に推薦してほしいと言いだしたんだ、もちろん、別に偏見でものを言っとるわけではないが、あの格好でやつがゴルフ場に現れたら犬のサーカス団を連れてきたのかと思われるだろう。だが、そのことはどうでもいい。例えば、この『彼女《ハー》』の件だ、年配の女性に向けた立派な雑誌だが、テレビの登場以来、広告収入はどんどん減りつつあって、三年前から身売りを考えとる。それを節税対策に使うという考えは結構だ、しかしバスト君、あんたよりこの業界に長くおるわしの目から見ると、おたくの会社の節税策はもう充分すぎると思う、とにかく、わしが今言いたいのは、あの雑誌の広告を扱っとるのは、おたくが最近広告を任せたのと同じ会社、ポメランス共同事務所だということ、そしてポメランスというのは、名前を変えたピスカターの弟、彼のことを悪く言うつもりはないが、わしなら決断を下す前に、全体のことをもう一度よく考えるだろうな。

――ええ、はい、クローリー社長、これは、その、これは……

――ジャマイカでの法人登録が完了したら発行するという株式に関する大雑把な目論見書も基本の部分では問題ない、例の家族経営でやっとるフランチャイズ方式の葬儀会社の買収についても、別にそのやり方に文句があるわけじゃない、しかし、あの程度のことはロースクールに通っとる学生なら一年生でもできる、違うかね？

――ああ、はい、僕、僕はそれは知らなかったですけど……

――細かいことは知らなかったか、そうだろう、作曲の方で忙しかっただろうからな、バスト君、だから、私がそういう頭痛の種をできるだけ片付けてやっとるんだ。ワーグナーという名前がまたすごいじゃないか。あの葬儀屋で起きとるのは月並みなトラブルさ、兄弟二人でチェーンを作り上げたんだが、四十パーセントを持っていた兄の方が最近亡くなったせいでもめとる、未亡人と五人の子供が経営を握っとるが、現金が必要だ、二十パーセントを握っとる弟は収益を全部、会社の拡大に回すことを望んどるが、株を買い占めることはできとらん、だからおたくの会社は、未亡人と子供たちには株の時価評価額に相当する現金、他の株主には少ない頭金、プラス、将来の収益に基づいた分割払いを約束しとる、まあ、間違いのない取引だと思うよ、バスト君。弟の方はかなりのやり手だし、将来、急にお客さんがいなくなってしまうという心配もない商売だし、違うかね？　しかし、おたくが雇っとるピスカターという男は、レイーXみたいな会社にまで手を出しとる、あそこまでいくと、やつの力では手に負えんだろう。わしが送った報告書は見たかね？

――いえ、クローリー社長、その、実を言うと、僕はそういう話についてはまったく……

――もう一度、すまんね、ズボンの裾を見てくれ。下までずり落ちたら、そうそう、うん、バスト君、あんたが忙しかったことはわしも知っとる、しかし、ちょっとした背景事情をお友達《アソシエイト》にも伝えておいてもらいたい、おたくの社長さんは細かい事情が分かっとらんようだったし、あの人と電話でしゃべっていても、声が聞き取りづらくてらちがあかんから。半世紀以上前には、レイーXはおもちゃ会社として繁盛しとったが、平和団体がうるさくなって母親たちが片っ端からおもちゃのボイコットを始めたせいで在庫がだぶつき始めた、よくあるおもちゃさ、機関銃、カービン銃、拳銃、擲弾筒《てきだんとう》、バズーカ砲なんかで倉庫がいっぱいになって、新製品を考えなきゃならなくなった。気まぐれな連中のせいで会社はおもちゃから足を洗うことになった。電池で動く武器から学んだ技術を利用して携帯ラジオの製造も試みたが、日本製品との競争には勝てず、電池仕掛けの補綴器具とか、補聴器とかの領域にも挑んだ。他にも、あの会社が作った熱電対*は一気に市場をつかんだが、四十万ドルに満たない営業資本で、ほとんどが固定価格の二千五百万ドルの注文に応じとる有様で、公的な資金も得られず、ついには、借金して新製品開発と研究開発部門に投じた五百万ドルがあっという間に干上がって、役員の給料を半分にまで削ることになった。会社は今、原価の上昇と固定価格契約との板挟み、熱電対に関してはさらなるトラブルに巻き込まれる可能性もあるぞ、政情不安定なガンディアみたいな国からのロジウム輸入を禁じる動きがあるからだ、大事な場面になればピスカターではとても手に負えんだろうとわしが言った意味がこれで分かってもらえたかな。

――はい、僕、よく分かりました、でも……

――もちろんロジウム問題に関しては、いざとなればわしも少しは力になれるかもしれん、ガンディア周辺の利権に大きく関わっとる人がおるからな、というか、ビートンという男があんたに連絡をしとらんかな？　エース開発とアルバータ&ウェスタンの倒産に乗じてお友達《アソシエイト》が手に入れた採掘権と電力会社の敷地の件で？

――ビートンさん、はい、たしか電話がありました、でも……

――バスト君、映画プロジェクトに加わっとるわしのパートナーがどうしてタイフォン社の役員になっとるかを教えてやろう、彼は実は、ガンディアの利権に深く関わっとるんだよ、彼ならきっとおたくたちに、二社の倒産で被った損害を取り返させてくれるだろう、ひょっとしたらお釣りが来るかもしれない、あいつから話があったら乗った方がいい。わしの勘違いでなければ、おたくは初めてここに来た日からずっと現金資金《キャッシュ・フロー》問題に直面しとるようだが、それも少しは楽になるだろう。

――ええ、たしかにそこのところは……

――もちろんレイ－X買収は、政府相手の巨大なコストプラス方式契約*の候補としてはよさそうだ、お友達《アソシエイト》は最近その方面に熱心に取り組んどるようだからな、しかし問題は、仮に製品ができたとしても研究開発部門がめちゃめちゃだってこと、わしならあまり慌てて会社を拡大しないだろう。未配当になった三百万ドルを醸造所の取引で手に入れたし、年金基金を株にして従業員に売ったことで購入代金はほぼ回収できたし、その現金でノビリ製薬にも手を伸ばそうとしとる、もちろんそれはわしが言っとるわけではないぞ、単なる街の噂だ、おたくがあの会社に近づくとしたら目的はただ一つ、パナマを租税回避地兼積み替え地として使うくらいだろう、この先、JR運輸が営業を始めればたしかに便利だ、しかし今の時点では、ノビリを支えとるのは極東市場だけじゃないか。復員軍人局が処方薬に関する契約を打ち切れば、特許問題が表に出てくる、頭痛薬の緊急開発計画が滑らかに進むかどうかというだけの問題かもしれんがね、緑色問題はまだ解決しとらんのだろう？

――み、緑色、え？　僕にはさっぱり……

――ああ、言い方が曖昧だったかな、わしが言ったのは、新しいアスピリンを開発中の研究者たちがぶち当たっとる問題のことだ、何回やっても鮮やかな緑色になってしまうというな、まあ、それが解決できたら、お友達《アソシエイト》が従業員向けの保険でやろうとしとる計画とつなげられるかもしれん、しかしそれは、もしも好意的な判断が下されればの話、ことはそう簡単ではない、証券取引委員会《SEC》は結構うるさいぞ、こっちが単に現金をプールしようとしとるように見えるときは特にそうだ、法律の条文には一言一句までこだわる連中だからな。会社の拡大計画はいいとしても、ディズニーとか、クラフトとか、チャンピオン・ホームビルダーズ*とかの話にまでなると、一回立ち止まって、よく考えた方がいい、そうは思わんかね？　最近、お友達《アソシエイト》が始めた商品先物によるリスクヘッジも、収支ぎりぎりで勝負を続けるのは危険だ、そろそろ区切りを付けて儲けを引き出した方がいい、電力会社の土地と採掘権を買い取りたいという申し出があるうちに応じるべきだ、次の機会には誰も買い手がおらんということになりかねんからな、言っておくがね、バスト君、スタンパーという男はプレーのためにプレーをしたりしない、常に勝つためにプレーをするやつだ。

――ええ、はい、うちの社長もいつもそれと同じことを……

――それに、私ならこの件をわざわざピスカターに任せたりはしないな、私のところに書類を送ってくれれば、細かいことはこっちでやらせてもらうよ、あいつに任せたら事はややこしくなるばかりだ。実際、バスト君、おたくの法務に関して言うと、トライアングル社の件をまとめたいなら、先ほどのビーミッシュという男にすべてを任せるのがいい、さっき電話で彼が提案した取引の内容からすると、どうやらかなりの切れ者、安心して任せられる男だと思う、というのも、正直に言わせてもらうと、バスト君、ピスカターというやつはあんたのお友達《アソシエイト》の正体を探っとるようで、わしはどうも気に入らん。

——はい、でも、その、もしも僕が間に立たなくて済むのなら……

——あんたの言いたいことは分かる、しかし、あいつは堂々と構えて余計な手出しをしないというタイプではない、いつの間にかポメランス共同事務所を仲間に引き込んだり、老人ホーム合併計画についてお友達《アソシエイト》に探りを入れたり、おそらくあんたはその件に関しても詳しいことを聞かされておらんだろう。

——はい、でも、その、クローリー社長、そもそも……

——あいつはいつも、あんたには連絡が取れんとか何とか言い訳しとるが、はっきり言って、バスト君、ミッドタウンのオフィスのことはどうにかした方がいい、ヘイト将軍がおたくの会社に加わるという噂について確認しようと思ってわしが電話をかけたら、おたくの秘書のヴァージニアが取り次いだスローミンとかいう男は、スーパーボウルの試合でどっちに賭けるかって胴元みたいなことを尋ねておった。

——ええ、はい、それは多分……

——それに、アップタウンの新しいオフィスの電話番号もピスカターに教えてもらったんだが、若い女が出て、「くたばれ」って言いやがった、それだけでも、あいつの手帳にどんな連中の番号が書かれとるかおおよそ見当が付く、そうは思わんか？　少し前にわしからお友達《アソシエイト》にした提案についてはもう少し時間をかけて考えてもらっても構わんよ、あんたもちょっとスペースの問題があると言っとったから、恥ずかしくないレベルのホテルでスイートルームを借りたらどうかとわしからお友達《アソシエイト》に提案しておいたんだ、あんたが拡大計画を整理して、恒久的に必要な広さを計算している間に、ホテルの方は会議なんかに使うといい。

——ええ、はい、昨日彼から電話があったときに……

——わしがウォルドーフ・アストリア・ホテルを勧めたと？

——ええ、はい、実は、昨日の夜、彼がそう提案したんです、実際、今朝行ってみたら、部屋にはピアノまであって、スタインウェイとまではいきませんが、僕が使えるように、小型のグランドピアノがあって……

——それはよかったじゃないか、バスト君、うん、お友達《アソシエイト》もわしと同じようにあんたの音楽を気に懸けとるということだ、実際、あんたのことはずいぶんと気遣っとるようだぞ。新しく発行する株が市場で大きく値上がりしたときにあんたが税金の支払いに追われないように、あんたに譲る株式オプションのことでも工夫をしようとしとる、それはお友達《アソシエイト》がビジネスパートナーとしてあんたを高く買っとる証拠だ、しかし他方で、わしに劣らず、あんたが音楽をやる時間のことも考えてくれとるようだ。

——ええ、はい、彼、実は、昨日聞いた話なんですが、彼は、その、芸術財団の設立を計画していて、今の仕事が片付き次第、僕が取り組んでいるカンタータを完成させるための助成金を出してくれるって……

——うむ、今の計画がまとまり次第ということだな？　じゃあ、そこに話を戻そう、うん、他に問題はないな？

——いえ、伯母たちの口座についてもお尋ねしたかったんですが……

——ちょっと手を伸ばして、それを押してもらえるかな？　その黒いボタン……？　シャーリー？　バストさん姉妹《ミス》の口座収支報告書を持ってきてくれ、それから、さっきも言ったが小切手帳も頼む、わしなら財団設立はやめておくだろうね、バスト君、三年か四年前から個人への助成金に関する法律が厳しくなったから、ややこしい問題が起きるかも、すまないが、そこの電話を取ってくれないか……？　もしもし？　いや、いや、そんな時間はない……来客中だと伝えろ、うん、それから小切手帳を早く、受話器を戻してもらえるかな？　ちなみに今の電話は、大会社の広報を辞めてポメランス共同事務所に加わった男からだよ、実際、おたくの仕事に回されるかもしれん、だから、もしも何か問題が起こったらわしに知らせなさい、これがまた本当に腹の立つちび野郎なんだ、誰のおかげで飯が食えるのか時々思い知らせてやらんとな、うん、入りなさい、シャーリー、ついでにちょっとそこを見て、電極がちゃんとつながっとるか確認してくれ、うん、これを見なさい、バスト君、二十八日までの口座収支だ。

——ああ。これって、有価証券《セキュリティ》ポジションって書いてあるのは……

——ここにあるのはつまり、伯母様たちの電話会社株を売ったということ、うん、それから、おたくの会社が買収しようとしとるノビリ社の株、一株当たり三十一ドルでまとめて買った、二十三ドルまで下がった段階でまた大量に買って、十六ドルで売ったので、ちょっとした節税になったよ。

——へえ。

——うん、それからこっち、アンペックスの方もかなりの節税だ、二十ドルで買って、十四ドルでまた買った、会社側は腹が立つほど不正確な数字をアナリストに示しとったんだよ、ぎりぎり六ドルで売り抜けることもできるかも……

——へえ、その、ぎりぎりって……

——今で大体五ドル、うん、節税を考えれば、まあいい方の取引だと思うがね……

——ええ、でも、これは何です、ＦＡＳ……

——それは略号だよ、著名芸術家《フェイマス・アーティスト》、うん、通信教育で写真とか、そういう芸術を教える会社、伯母様たちも月並みな業種よりもこういう会社の方が好みなんじゃないかと思ってね。

——はあ。これも節税ですか？

――いや、実を言うと、これは完全な回収不能かもしれん、もちろんまだ約束はできないが、一度倒産した格好になっていて、再建プログラムがどうなるか次第だな、うん、さあ、それから次の……

――ええ、しかし、あの、クローリー社長、うちの伯母たちは実のところ、節税とか回収不能の勘定とかは必要としていないと思うんです、二人とも……

――うん、電話会社の株で得た長期的な資本利得《キャピタル・ゲイン》の状況は片付いた、現在これで一万一千七百七十三ドル、ようやく利益について考えられる段階になった、九十七で買ったこのナトマス社株*が上がっとる、そこのクォートロンでNOMと押してくれんか、調べてみよう……うん、三ドルと八分の三の上昇、な？　もちろんあんたも分かっとるだろうが、伯母様たちは非常に洗練された投資家というわけではない、ポートフォリオの中身をいきなり完全にバランスの取れたものに変えることはできん、そうだろ、だから、あんたがここに来た第一の用件に話を戻そうじゃないか、そこの小切手帳をこっちにくれんか？　それで、いつ聞かせてもらえるのかな？

――ええ、はい、もちろん、写譜を誰かに依頼して、オーケストラ編成のために全体を整えるとなるとおそらく……

――シャーリーに言えば、わしは明日の午後の予定が空けられると思うんだがね、二時間あれば足りるかな？

――……え？

――うん、二時間、それとも二時間半か、せかすわけじゃないがな、バスト君、第一バイオリンからこのアコーディオンまで、どの一つの音も逃さずに聞きたいからね。

――ええ、しかし、しかしクローリー社長、それはちょっと……

――心配するな、バスト君、どこかのホールで交響楽団をそろえてやってくれと言っとるわけじゃない、そうだろ？　そうじゃなくて、カセットテープかレコードか、何かそういうもの、あんたたちが普段やっているやり方でいい。

――いや、でも、フルオーケストラでの演奏となると……

――うん、これは何かね、バスト君、楽譜を見とると、少し先から鉛筆の殴り書きみたいになっとるが。

――いえ、でも、はい、それはまだ下書きで、これから全体をオーケストラ編成にして、その後にそれぞれの楽器のパートを……

――よく分からんな、今、これしかないわけじゃないだろう？　これだけ？

――ええ、でも、はい、それが楽譜です、それが曲です、はい、その……

――しかし、あんたはさっき九十六の楽器と言っとったじゃないか、そう、アコーディオン奏者とか、第一バイオリンとか、それなのにどうして……

――いえ、そうじゃ、そうじゃなくて、まじやば《ホーリー・シット》、クローリー社長、僕が言いたいのは……

——何が言いたい？

——いえ、僕が言いたいのは、社長さんにはお分かりじゃないってこと、僕は……

——わしには分かっとらんと？　そうだな、互いによく分かっとらんようだ、バスト君、わしが映画用の音楽を作曲依頼したときには、当然、音楽が頭にあった、そしてバスト君、わしにとって音楽というのは聞くものだ。あんたにとっては違うとでもおっしゃるのかな？

——ええ、もちろん、はい、そうなんですが……

——もちろんそうだ、音楽というのは聞くものだと言えばほとんどの人がきっと同意してくれるだろう、そして今の場合、わしらの目的は、その音楽の力を使って新たなる世界の偉容を喚起し、観客の目の前、スクリーンの上を走る動物たちに命を与えることだ……彼の腕が大きな机の上を払い、あらゆる方角からうつろなまなざしを集めて、——そしてたしか……

——しかし……

——たしかあのとき話したと思うが、映画を観る客というのは第一に、議会の小委員会のメンバーになるはずだ、バスト君、立派ではあるが、まあ、少し単純な連中、あんたのような才能は持ち合わせておらん、こういう鶏の足跡を見るだけで、広大な平原を思わせる崇高な音楽を感じ取る才能は彼らにはない……

——ええ、しかし、僕、ひょっとして、僕がピアノで一通り弾けば、その、例のホテルのスイートルームに行けば、大体の雰囲気は……

——ピアノ？

——ええ、それか、テープレコーダーをあそこに持ち込んで、ピアノ演奏を録音しても……

——ピアノの演奏だけか、それはあいつに失礼だと思うな……彼は緑色の取引記録簿《ブロッター》から目を上げて、ハーテビーストに挨拶をした。——それに、そんな間に合わせの方法でわしが満足したとしても、他の聴衆の気持ちはわしにはどうにもならん、ましてや一緒にこの計画に関わっとるパートナーは納得せんだろう、正直に言わせてもらうが、そもそも音楽が必要かどうかという点でわしがパートナーを説得するのにどれだけ苦労したと思っとるんだ。やつが持っとる会社を回るときに、ビール片手に「僕を閉じ込めないで」を歌うのをわしは聞いたことがあるが、やつが音楽を知っとるとしてもせいぜいその程度だ、そして、やつを説得してあんたに音楽を依頼したのは実質わしなのだから、この鶏の足跡をやつに見せたらわしがどんな立場になるかはあんたにも分かるだろう。

——ええ、でも、もし僕が……

——ピアノの演奏を二時間聞かせたとしても同じことだ、ちょっと厳しいことを言わせてもらうがね、バスト君、あんたはあれこれ手を広げすぎとるようだ。これを見なさい、あんたの言う楽譜とやらを、わしが音楽を聴こうと思ったって何も聞こえん、ここのところビジネスや投資の世界に頭を突っ込んどるせいで、本業がおろそかになっとるようじゃないか、わしが渡した依頼料だって、最初は充分に見えたのに、大金に手が届く今となっては、色あせてしまったのではないかな？「いい加減」という言葉はわしも好きじゃないよ、バスト君、しかし、あんたはどうやら、さっさとこの仕事を片付けてしまおう、そして、さっきからここで話しておったような業務拡張に力を注ごうと思っとったんじゃないかね。

——いえ、でも、いえ、でも……

——そして、さらに言わせてもらえば、他の人があんたに力を貸そうとすればするほど、あんたは力を抜いてしまっておるようだ。厳しい言い方だが、わしがさっき『トリルビー』の話をしたときも、ひょっとするともっとはっきり言うべきだったかもしれんな、バスト君。わしら全員があんたのような独特な才能を持ち合わせておるわけではないんだよ、それなのにその才能を無駄遣いしておる、不健康とも言えるほど金に執着しとるという印象を一度ならずわしに与えるほどにな、こうなるとわしも黙ってはいられない。誰でもできるようなことのためにあんたが才能を使えば、社会としては大きな損じゃないか、リースバック契約や回収不能勘定の詳細はブドウ畑で働くわしらに任せなさい、あんたにはわしらの目を星々に向けさせる役割がある、くそズボンの裾がまたずり落ちたな、悪いが、裾を上げてもらえんか？

——はい、でも、僕、いえ、その、実を言うとそのお金は必要なんです、僕にはまだ借金があって、というか、友達《アソシエイト》と精算しないといけない貸し借りがあって、今も、速読コースの料金請求とか、ビジネス学校の学費とか……

——なるほど、そうしたお金はどれも控除可能だな、それに……

——でも、何から控除するっていうんです！　僕は……

——それに、当然のことだが、現状のこの楽譜にはとても金は払えん。パートナーにも報告できんし、仮に報告したくても、やつをここまで説得したことが無駄になりそうだ。いいかね、わしはあんたを信じとる、いや、あんたの中にある芸術家魂を信じとると言うべきかな、朝には新しいシャツを着なければならないとかいった世俗的な問題に洟も引っ掛けない精神、左右の靴が不ぞろいなせいで人目を引くことなんてまったく気に懸けずにわしらと同じ日常世界に飛び込んでくる精神を信じとる。なぜそんなふうでいられるかって？　芸術家の心は別の場所にあるからだ、その耳は心の中で大きく鳴り響くケトルドラムやホルンの音に向けられておるから、その音をわしら一般人にも聞かせるのが芸術家の神聖なる務めだからだ。わしは芸術家にはそれができると信じておるし、あんたにもぜひそうしてもらいたい、そしてバスト君、わしの信頼を示す証拠として、手付金を二倍に引き上げさせてもらおう。

——はい、はい、でも……

——問答無用だよ、バスト君、わしはやつらが間違っとることを証明してやると心に決めたんだ、芸術家なんて信用できないとか、怠け者だとか、恩知らずだとか言っとる連中に思い知らせてやる、だが、あんたもちゃんとわしに力を貸してくれ、四百ドル、結構な金額だと思うが、どうかね。

——はい、でも、その……

——じゃあそれで決まりだ、帰るついでに、そこにあるニトロの錠剤をこっちにやってくれないか、そこの小さな瓶、うん、それからこの、何だか知らんがこれも忘れずに持って帰りなさい、そのケースに一緒に入れるといい……すると蓋が外れて「アメリカ最大の州、アスラカ」が覗き、——留め金が壊れとるな、うん、脇に抱えるようにしなさい、バスト君、と彼が腰を上げ、見守っとることを忘れんでくれ、こいつらがあんたをチーク材のデスクの反対側からケースを押しやり、うつろなまなざしを再び腕で指し示し、——われわれの持つ広大な平原にこいつらの居場所を見つけるために……そして彼は水を飛び散らせながら急に立ち上がって——そう、エバーグレーズ国立公園、六十万ヘクタールにわたる大地、空にはコウノトリとサギ、水辺にはボラとアカメ……彼はおぼつかない足元で水を跳ねさせながら、小さなボートの船縁につかまるようにデスクの縁をつかんだ。——楽しみにしとるよ、連中の鼻を明かすのを、皆に思い知らせてやる、何よりやつらには感動を、そこの電話、ちょっと受話器を取ってもらえるかな？　それからもう一つ、助言をしよう、頭の中を整理して、一つのことに集中しなさい、もしもし……？　うん、単純化することだ、バスト君。単純化。畜生、もしもし……？

——もしもし？

——他の人にはアシスタントがいるんだぞ、ウィリー、でも、私はいつも、一から十まで自分でやらなきゃならない……

——バルクさん？　この電話は一体……

——オペレーターです、ご用件は？

——ああ、電話を切ってくれ。シャーリー……？

——お電話がまた混線しているようです、ビートンさん、でも、それ以外のお電話が二つともつながっています……

——彼らを訴えることになったら、私自身が自分の弁護人として出廷を……

——畜生、シャーリー、この電話を切って、スタンパーの自動車電話に連絡をしろ。

——もしもし？

——はい、もしもし、そちらにジュベール夫人はいらっしゃいますか、緊急の用事でお伝えしたいことがあるのですが……

——それからこっちに来て、このくそズボンの裾をどうにかしてくれ。

——少々お待ちを、はい、先ほどまでこちらにいらしたので*すが、今少しご気分が、ダン？　つまりその、そこの扉、ダン、ジュベール先生がそこにいらっしゃらないか、見てもらえませんか？　急ぎの用だと伝えてください、はい、もしもし？　少々お待ちください、今、呼びに行かせましたので……

――そっちにも電話だぞ、ホワイトバック、おそらくリージョン・オブ・ディーセンシー*から受賞決定の連絡だ……

――はい、どうも、もしもし？　はい、こちらは銀行です、うーん、銀行の電話です、はい……はい、いえ、ローじゃなくてバックです、ホワイトバック、はい、そちらは……どなた？　ビートンさん？　はい、ご用件は……ああ。ああ……？　ああ……顕著な割合の株、そうです、ええ、もちろん、最近の、不うーん、運な報道のために、現状のローン面に関して、うーん……はい、ええ、いえ、仮にわれわれに受け入れる態勢があったとしても州の銀行法が、ちょっと失礼します、ヴァーン、その足をどけてもらえますか、ジュベール先生が……

――ホワイトバック校長……？

――はい、お入りください、ジュベール先生、こちらの電話です、緊急の用事だそうで……

――ありがとうございます……もしもし？　ああ、バルクさん？　何か……彼女はデスクの縁に寄りかかり、――いえ、いえ、大丈夫です、そちらの用件が終わるまで待ちます*……

――ええ、ここの書類をどかしたいから、ダン、ちょっとこれを、うーん、失礼、電話です、はい、もしもし？　申し訳ありません、はい、お話を続けてください、ミスター……州の銀行法です、はい、仮に私たちが受け入れたとしても……ペッチ、ペッチさんです、はい、大活躍をしていらっしゃいますが……ああ、そうですか……？　ああ、なるほど……？　ペッチ夫人、はい、彼女は、うーん、もちろん私どもも、うーん……ええ、はい、私たちはもちろんその件は存じ上げませんでしたので、うーん……つまりその、贈り物という、うーん、性質については……はい、いえ、もちろんわざわざ表に出すような問題ではありませんので……ええ、はい、それでしたらもちろん、私たちも受け入れを……ええ、はい、もちろんその、妥当な、うーん、申し出がございましたら……もちろん、現在の私の能力が許す限りで、はい……ああ、なるほど……はい、うーん、なるほど……ええ、はい、もちろん私は、うーん、教育の分野で……ああ、ワシントンで？　ええ、はい、それでしたらもちろん……彼に連絡が付き次第、はい、はい、はい、お電話をありがとうございました、はい、失礼します、ヴァーン、できたら少し移動していただけると……

――いえ、大丈夫です、ホワイトバック校長、私、もしもし？　はい……？　彼女は髪を掻き上げたが、再び落ちてきた髪がその手の震えを隠し、――でも、どうして、一体どうして学校はフランシスが連れ去られるのを黙って見て……いえ、いえ、でも、二人がどこへ行ったか、誰か知っている人は……いえ、いえ、いえ、ジュネーブって言っていたという話はしましたよね！　裁判所の命令が下る頃にはもう二人は……いえ、でも、何か他にできることが……ジョン伯父さんに何ができるって言うんです！　もう伯父さんの手出しはたくさんよ。あなたたちみんながもう、やりすぎたってことでしょう……！　いえ、知り、知りません……私は知りません……

――ジュベール先生、大丈夫ですか、うーん、受話器をこちらへ、私が戻しますので……

――いえ、いいんです、大丈夫です……

――はい、それから、こちらが地区教育長、たった今こちらにお立ち寄りいただいたところで、うーん、ジュベール先生は六年生の社会をご担当なんです、ヴァーンさん、先生がどんなふうに生徒たちにやる気を起こさせているかをぜひ見ていただきたい、はい、実際、ジュベール先生、後ろをご覧ください、さっき写真が何枚か届きました、後ろにありますのでどうぞご覧ください、そこの切り抜きの下になっています、はい、実際、明日の授業で、テレビ放送される時間に使ったら、活用なさったらいいのではないかと……？

――いえ、でも、でも、まさか、これですか……？

――その下になっています、はい、こちらの教育長も先日の社会見学の様子をご覧になりたいのではないかと思って……

――いえ、でも、これは……

――それをご覧になれば、彼女がどうやって子供たちのやる気を引き出しているかがよく分かってもらえると思いますよ、ヴァーンさん、本当に有意義な学習経験です、はい、そんなに離れた場所からお見せするだけでいいですか、ジュベール先生？　教育長に見ていただきましょうよ、先生が生徒たちに伝えている様子を、うーん、本当のアメリカの姿を教えている様子を？　ヴァーンさん、ジュベール先生は少々遠慮深い方なので、うーん……

――ホワイトバック校長、私ちょっと、申し訳ありませんが、ちょっと気分が優れないので……

――いいか、ホワイトバック、私は本当のアメリカの姿なんて別に興味はない、彼女を保健室に行かせてやりなさい。

――いえ、いいんです、大丈夫です、ただ、ちょっとだけ……

――ええ、はい、もちろん保健室へ、ダン、ジュベール先生を保健室のワダムズさんのところまでお連れしてくれるかな、あそこなら、うーん、でも今、保健室では横になれません、救急車はまだ到着していませんよね、うーん、赤ん坊とその、うーん、つまりその赤ん坊が……

――本当に大丈夫です、ディセファリス先生《ミスター》、ありがとうございます……

――ええ、はい、ジュベール先生、わざわざありがとうございました、わざわざお越しいただいてどうも、ダン、廊下の先まで様子を見て差し上げてください、彼女は顔色が少し、うーん……

――この学校では妊娠がはやっているようだが、ひょっとしたら彼女もそうなんじゃないかね、ホワイトバック。おたくの指導員《コーチ》を暴行罪で告発した例のしなびたブロンドよりも彼女の方が美人なのは間違いなさそうだが。

――ええ、はい、ヴォーゲル指導員《コーチ》のことですね、うーん、もちろん彼は知らなかったんですよ、自分が言い寄っている相手が女子生徒の母親だとはね、だって、まさか母親が娘みたいな格好をして身代わりに学校に来ているとは……

――彼女の娘な、うむ、言葉を換えると、馬に嚙まれたという場所を八年生の娘の方に見せていれば、万事問題はなかったというわけか。その事件と五人の生徒の妊娠の件とをあわせて考えると、きっと新聞は彼を〝今年のベスト・ファーザー賞〟に選ぶだろうな。

――ええ、はい、妊娠事件に関する新聞記事はどれも単なる間違いだったんです、というのも、うーん、つまりその、研究所でサンプルの取り違えがあって、薬物検査のために送ったはずの尿が、妊娠検査のための尿として扱われたために……

――最初から妊娠検査のために送っていれば、今頃、女子トイレであんな騒ぎにはなっていなかったというわけか、新聞社から電話は？

――いいえ、しかし、新聞社は当然ながら例の、うーん、幼い精神遅滞児の悲劇ばかりを扱っているようで……

――じゃあ、何も問題はない、グランシーとヴォーゲルの話、それから例のポルノ映画、そういう問題が全部どこかに追いやられて、おもちゃのピストルを持った知的障碍児が薬物捜査官に射殺されたというニュースが一面トップか、めでたしめでたし。

――ええ、はい、いえ、どうやら少年が捜査官を驚かせたみたいで、当然ながら、日頃から訓練を受けている捜査官は反射的に、うーん、はい、失礼、もしもし……？　はい、これは銀行の、ああ、はい、そちらは銀行？　はい……彼の名前はシーボ、シーボさん《ミスター》です、はい、昨日現在で彼の署名が必要なのです、カタニア舗装の小切手すべてに、はい、彼……カタニア舗装の社長としてです、はい、彼、少々待ってもらえますか、もう一つの方の電話が今……はい？　もしもし……？　ああ、ゴットリーブですか、はい、こちらから電話をしようと思っていたところです……はい、いえ、エース運輸への貸付を引き上げるという話ではありません、違います、私のところに電話があったものですからね、つまりその、探りを入れるような電話ということですが、うーん、言われた通りにすれば銀行を救済できるというお話で、うーん、少々お待ちを、もう一本の電話の方を片付けますので、はい、もしもし……？　いえ、シです、サシスセソのシ、それを長く伸ばして、バビブベボのボ、シアス経営事務所の口座を調べれば署名の筆跡を確認できます……ゴットリーブ？　もしもし？　いいえ、先ほどのはただの銀行からの電話です、シーボという人について……はい、これまでに労使関係と自動販売機を担当してきた人物で、先日、パレントゥチェリからカタニア舗装の株を三分の一取得したのですが、少々お待ちを、もしもし……？　パレントゥチェリさんですか、はい、ちょうど今……ちょうど今、銀行から電話があってシーボさんのことを話したところです、はい……カフェテリアにコーラの販売機を？　はい、シーボさんからはそんなお話を……はい、しかし、あまりにもたくさんの生徒がコーラを買うようですと、連邦からいただいている牛乳用の予算が削られるかも……はい、シーボさんも私同様に子供たちの健康を気に懸けていらっしゃるのは承知しておりますが……ペッチ議員の選挙運動、はい、それは存じ上げていますけれども……はい、もちろん私もそう思います、人は誰でも英雄《ヒーロー》が好きですよね、しかし……はい、もう一本の方に……はい、しかし、もう一本の方の電話が鳴っておりますので……

——入りなさい、少佐《メイジャー》、ここのダンと君とは、一緒に芝居でもやるのかな？　タイトルは『二羽の白いカラス』とか……

——あの、ヴァーン、ちょっと……

——くそをするか、さっさとおまるから降りるか、そのどちらかだ……

——ちょっと、もう一本の電話の方でパレントゥチェリさんとお話をしているところです、はい、彼は……いえ、ペッチさんの選挙活動で、うーん、さっさと釣り上げるか、糸を切ってしまうか、そのどちらかにすべきだというのがパレントゥチェリさんの考えなのです、つまりその、シーボという方が……はい、一種の宣伝活動として、ペッチさんを新たなイメージで、うーん、英雄に仕立て上げるわけです、はい、しかしもちろん……中傷記事の問題ですね、はい、しかしもちろん……ハイドです、はい、実はその子の父親が今ここにいらしているんですが……資産の方には手を加えずに、融資の名義を彼に換えるということですね、はい、では……ええ、いいえ、現在の値段であればきっと彼も、うーん、その臭いを気にするということはないだろうと……

——こっちの電話も切っていいかな、ホワイトバック？　誰かがトイレの水を流しっぱなしにしているみたいな音が聞こえているぞ。

——ええ、はい、切ってくださって構いません、ヴァーンさん、ミスター、うーん、少佐《メイジャー》、今の電話はキャデラック代理店のゴットリーブでした、グランシーの車は、ローンをあなた名義に換えれば、所有権を会社に戻す必要がないそうです、つまりその、うーん、中古車を扱うような形で……

——臭いって何のことです。

——ええ、いいえ、もちろん新車ではありませんよね、グランシーが使っていたわけですから、うーん、キャデラック社の人は中古車と言わずに、新生車と呼ぶようです、はい、グランシーはわずか七マイルしか乗っていなかったようですが、もちろん、車が森で発見されたとき彼の体は一週間その中にずっとあったわけですから、どうやら臭いを完全に取り除くことは無理だったようで、つまりその、新車のような匂いというわけには……

——時々何かが臭ったとしても気にしないよな、少佐、見えないグランシーを後部座席に乗せてドライブしていると思えばいい……

——いいか、ヴァーン、そんな無駄口に付き合っている時間は私にはない……

——ええ、はい、おそらくヴァーンさんがおっしゃっているのは、後部座席だったらよかったのにということで、うーん、もちろん、私たちは彼が奥さんを探しに車で出掛けたと思っていたわけですが、パレントゥチェリの会社の人が発見したときには、排気ガスをホースで運転席の窓から、うーん、彼はハンドルに向かった状態で見つかったんですよね、はい、つまりその、彼はどこかに向かうような服装ではなくて、その……

——ええ、それで彼のスーツはどうなったんです、私はそれを……

——いえ、ええ、もちろんそれは銀行の方に来ています、ダン、彼が最後のローンから支払う予定で書いた小切手を奥さんは全部破いて、その合計金額を書いた小切手を現金に換えて姿を消したようですから、彼の元に届いた請求書はどれも未払いになっています、しかし、うーん、はい、グランシーに対して裁判《スーツ》が起こされたという話はまだ耳にしていません……

——いえ、いえ、私が言おうとしたのは私のスーツの話です、たしか彼が……

——ダンが言っているのは、奥さんが起こした裁判《スーツ》のことじゃないかな、なあ、ダン？

——いいえ、妻が誰かを訴えたということはないと思います、違うんです、私が言っているのは、茶色のツイードのスーツ、たしかグランシーが……

——じゃあ、奥さんが私を相手に裁判を起こしたという話を君は聞いていないのか、ダン？

——ええ、はい、奥さんはまだ見ていないのかもしれません、うーん、相手側の運転者としてダンを訴えた裁判のことはもちろん奥さんもご存じです、しかし、死亡者の出た側の車に残されていた鍵に関する新聞記事はまだお読みになっていないのかもしれません、うーん、死亡者の出た車に関する切り抜きがどこかこの辺りに置いてあったはずなのですが、刑事上の過失があったということで百万ドルを請求する訴訟を起こしたとか……

——ずいぶんな大金だ、勘弁してくれって言いたいところだな。おもちゃのピストルの坊やの方はいくらを請求しているんだ。

——ええ、はい、あそこの家族が要求しているのは、うーん、もちろん政府も訴えているのですが、学校に対する訴訟では八十万ドルしか要求していません、学校の知能検査プログラムがちゃんと機能していれば少年には、うーん、音楽の世界で未来があったかもしれないというんです、もちろん、正規のやり方を使わずに香港とオーストラリアのシドニーに電話をかけて電話会社に目を付けられたもう一人の少年の方は、ダンの検査によると、最下位に近いスコアしか取っていなかったわけなので……

――知能検査プログラムを立ち上げてリスクの高い生徒を排除するつもりでいたのに、結果は逆に……

――ええ、はい、つまりその、その生徒もちゃんと排除されていたんです、だからこそ彼はそもそも家にいて電話線で実験をしたわけですから、もちろん私から電話会社にお手紙を書いて、彼はまだ十一歳なのだと説明しなければなりませんでした、さすがに十一歳と分かれば電話会社の方も、うーん、電話会社はもちろん、学校に設置された公衆電話にコレクトコールで九百四十七ドルの請求があることにも驚いているんです、でも、それは長距離電話をハッキングした少年の仕業ではありません、だって、少年は家で見事な腕前を使って、うーん、つまりその、かなりの給料で雇いたいという申し入れがあったようなんですが、もちろん私から手紙を書いて、まだ十一歳の少年なのだと説明しなければなりませんでした……

――それじゃあ、週五十ドルで四十年間ガソリンスタンド勤めをする未来しかないような子供一人のために、どうして私が一万ドルを要求されているのか教えてもらえませんか？　生涯収入はせいぜい十万ドルですよ、それも仮に刑務所に入らなければの話、穴に問題があるってダンが言い始めたときに、この知能検査プログラムはきっとうまくいかないって私が言ったでしょう、結果として、無職で、生活保護をもらって、社会にただ乗り《フリーロード》してる連中が……

――ええ、はい、もちろんその原因はリロイだったことが判明しましたが*、時既に遅しでした、うーん、音楽の才能、うーん、つまりその、おもちゃのピストルを持った少年の家族が起こした裁判では訴状にダンの名前が挙げられていました、というのも、そもそも少年はテストの結果を受けてあのクラスに入れられたわけですから、それにもちろん、ダンもクラス分けに同意を……

――じゃあ、どうしてその生徒は教室にいなかったんだ。

――ええ、はい、ヴァーンさんがおっしゃっているのは……

――というか、私が最初に言った通りだろ、ホワイトバック、学校が本当に持っている唯一の機能は保護管理だって。もしもそのクラスに割り当てられたのなら、どうして外でおもちゃのピストルを他人に突きつけていたんだ？

――ええ、はい、それはあなたも、うーん、高価な備品を置くためにスペースの問題があって、精神遅滞児のクラスが、うーん……

――ホワイトバック校長は精神地帯を東館七番教室に入れるしかなかったんです、ヴァーン、前回あなたが学校に来たときも同じ話をしましたけど……

――いえ、ええ、実はあの子供たちは、うーん、つまりその、あの教室から出したんです、少佐、前回あなたがおたくの子会社《しがいしゃ》の新しい設備の件でいらしたときにそのお話はしたのですが、例の、うーん、新しい家庭科教育推進センター設置のときです、以前、幼稚園児がいた教室、うーん、幼稚園があった教室に……

――じゃあ、彼らはどこの教室に集められたんだ、廊下か？　そこの壁には彼らのものが展示されていたみたいだが……

――ええ、はい、ヴァーンさんがおっしゃっているのは、うーん、三次元絵画作品のことで、うーん……

――私が言っているのは、板にチューインガムを貼り付けた上から色を塗ったやつのことだ。

――ええ、はい、つまりその、風景画ですね、風景を、うーん、ガムでかたどった作品です、はい、実を言うとあれはすべて大人の趣味講座から出品されたものです、そうですね、ダン、たしかダンの奥さんが集団芸術療法ということで開いた講座だと、うーん、関節炎に効くとか、それにタイプライターで描いた肖像もずいぶんと評判が、うーん、もしもヴァーンさんがもっと詳しくお知りになりたいということであれば、ダンの奥さんから……

――それより私が知りたいのはな、ホワイトバック、幼稚園のことだ。今、どこにある。

――ええ、はい、もちろん、ハイド少佐の子会社《しがいしゃ》からいただいた最新設備を入れるためにどうしても、うーん、つまりその、おかげさまで新しい家庭科教育推進センターを立ち上げることが可能になったわけで……

――幼稚園もなくしたということか？

――ええ、しかしもちろん、幼稚園があった場所は、うーん、一年生が入ることが決まっている場所でしたから、スペース面での問題、うーん、つまりその、スケジュール面での問題が生じて、うーん……

――ちょっと待ってください、ホワイトバック校長、ヴァーンの質問に答える前に、私の方からヴァーンに尋ねておきたいことがあります。私は会社のために仕事をすべき時間の多くを割いてここの子供たちに最新の便利な教育機器を見せてきました、実際、さっきも会社から急ぎの電話があって、本当なら今も会社にいなくちゃならないんですが、別の問題、カリキュラムのことをホワイトバック校長と相談するためにわざわざ学校に立ち寄ったんです、でも、一つだけ言っておきますけど、私としてはよかれと思って会社の名前を出したのに……

――また始まった、本当のアメリカの姿とかいういつもの話だろ、ホワイトバック、私が知りたいのは、この男のせいで一年生も追い出されたのかということだ。

――ええ、はい、ハイドさん《ミスター》がおっしゃっているのはおそらく、ヴァーンさんは、うーん、ヴァーンさんがおっしゃっているのはですね、少佐《メイジャー》、つまりその、現在のスペース面での状況に関連して言うと、ダンが少しテストのやり方を改善できるのではないかということなのです、一年生の親、つまりその、一年生に対するテストの手順についてですね、一部の親御さんが排除ということに強い反発を感じていらして、うーん、つまりその、二年生のクラスに入れられることに対して……

——待ってください、ホワイトバック校長、ちょっと待って、一つだけヴァーンにはっきりと言っておきたいんですよ……

——一つだけならありがたく聞かせてもらおうじゃないか、少佐《メイジャー》。

——私が学校でやっていることがことごとく歪曲されて語られるのにはもううんざりだ、まるで私が会社の儲けのためにやっているみたいに言われたり、私が会社の利益を考えているのが悪いみたいに言われたり、一つだけはっきり言わせてもらうが、ヴァーン、私は会社への忠誠心を誇りに思っている、それだけははっきり言っておこう、私は誇りを持っている。周りを見てみなさい、無知な子供たちを、忠誠心なんて知りやしない、今までずっと忠誠を誓う対象を持ったことがないからだ、将来も何かに忠誠を誓うことはないだろう、彼らはズボンの尻に国旗を縫い付けても何も感じない、聖なるものはすべて地に墜《お》ちた、忠誠心というものが少しでも残されている場所があるとするならそれは会社だ、そのおかげで私たちは食っていけるんだから、会社が跳べと言えば私は跳ぶんだ！　私がここに来て会社の名前を出して、地域には費用の負担をかけない形で、新しい家庭科教育推進センターに会社の設備を入れているというのに、あなたは揚げ足ばかり取っているじゃないか、ホワイトバック校長のちょっとしたスペース問題をねじ曲げて、設備面の状況を批判したり、市民の会や黒人団体や過激派の連中みたいに、私が子供たちのために何かをするたびに邪魔をしてばかり、ここにいるダンもそうだ、高価な教育機器を彼は……

——ええ、はい、もちろんです、市民の会はずっと、うーん、相当な金額を費やした機具をあんなふうに放置するということに対して納税者の反応は、うーん、そうした問題から目を逸らし続けるのはもはや、うーん、つまりその、すべてがダンの責任ということにするにはもう手遅れのようです。もちろん、彼が備品の設置に当たってリベートを受け取っていたのではないかなどとマスコミは勝手なことを言っていますけれども、そんな憶測には何の根拠も、はい、ダンのこの姿を一目見れば、それがまるっきりの嘘だということは誰の目にも明らかでしょう、お金があればこんな格好をしているはずは、うーん、もちろん、実際的な解決として唯一考えられるのは辞表を出すことだとダンも同意してくださっています、はい、実際、私の理解するところでは、ダンは魅力的な就職口を見つけたとかで……

——どういう意味だ、辞めるって、ダンが学校を辞める？　ダン？　学校を辞めるのか？

——ええ、はい、ヴァーンさんのお考えでは、うーん、つまりその、ダンのお考えによると、学校が緊縮予算を提示する前に状況を整理しておいた方がいいのではないかということで、ここにそのコピーがあったはずなのですが、うーん、はい、今お手元でご覧になっているのがそれでしょうかね、ヴァーンさん？

――うん、今、予算を見ているところだ、当然、最初に予算を削るのは本だな？

――ええ、はい、本は常に、うーん、ヴァーンさんがおっしゃるように、緊縮予算で最初に削るべきなのですが、もちろん……

――しかし当然、駐車場をアスファルト舗装するための三万二千ドルはそのまま残っている。

――ええ、はい、ミスター、うーん、パレントゥチェリが保護者に対して、砂利敷きの駐車場で子供が足に擦り傷を負うことがあるという話を広めていて……

――それで彼は当然、予算が決まる前からなぜか勝手に舗装工事をしてしまった、八十アールあるうちの庭で、芝生の上にアスファルトを敷いたのと同じやり方だな。

――ええ、はい、バーゴイン通り、うーん、はい、今の名前はサマー通りですね、あそこの工事が終わった後に道具一式がたまたま近くにあったからついでに工事を行ったということです、もちろん、その気前のよい対応には……

――その話は裁判所でする。あいつはまだ学校で工事をしているんだろう、入り口のまぐさ石の交換、あれでまた三千ドルだ、市民の会があんな標語に納得するとでも思っていたのか？

――ええ、はい、実はその同じ人たちが、うーん、ついにあのギリシア語が意味を成さないことに気付いてしまいまして、既にその、うーん、ギブズ先生を追い出そうとする動きがあったものですから、当然、文字を渦巻きみたいな装飾的なスタイルにしてヘルクうーん、はい、つまりその古典ですね、からの引用に見えるようにするというのがギブズ先生のアイデアだったことが知られてしまって、もともとあの標語はギブズ先生の友人であるシェパーマンさんが提案したもので、そのときは、うーん、もちろんそのときは特に問題がないと思われたのですが、後でそれが共産主義者の言葉だということが判明したために……

――いいですか、ホワイトバック校長、やつをここから追い出してくださいよ、話のついでだから言わせてもらいますが、あの野郎をここから追い出してください、学校で起きている危険で反抗的な動きはすべて、やつが陰で糸を引いているに違いないんです、ヴァーン、彼のことを知ってますか？　酔っ払いで、生意気な口ばかりきく野郎……

――スコッチの好きな男だろう？　実は最近、郵便局の先にあるいい感じの酒場で彼に会ったんだが、かなり強引に『能力主義の勃興』という本を勧められた、中には素晴らしいことが書かれていたよ、少佐《メイジャー》、君にも本を回してあげたいところだが、君には本が読めそうもないね。子供たちに成績を出す代わりに給料を与えてやれば、アメリカの真の姿を教えてやることができるかもしれないという話さ。

――いいかな、ヴァーン、これは……

――ええ、はい、ギブズ先生の教育手法は既に、うーん、つまりその、彼の先生の穿孔はかなりの注目を集めています、身なりももちろんそうです、前回、車のローンのことでここにお見えになったときもすごい格好でしたが、財政的にもとうてい、うーん、つまりその、とうてい車を運転できるような状態ではありません、彼が、うーん、辞職に当たって、こちらにいらっしゃるダンのように協力的かどうかは……

――やつに辞めてもらうために学校側が頭まで下げなければならないと考えているのなら、ホワイトバック校長、それは……

――ええ、はい、いえ、もちろんそうなのですが、首にする、うーん、誰かを首にするということになりますと、例のストライキ熱に再び火を点けることになるかもしれません、例の若い人に辞めていただいたときからずっとくすぶっているストライキです、例の、名前は、うーん、ここのどこかに彼に渡す小切手があったはずなのですが、小切手は学校のコンピュータが出力したものなのですが、一万五千ドルの支払い、これはもちろん、つまりその、これもまたリロイの仕業に違いありません、学校がそれに関して本人に問いただそうとしていたときに、彼が逃げ出してしまって……

――リロイ？ みすみす取り逃がした？

――ええ、いえ、もちろん、昨日の新聞に載った記事を見て警察も動いたようです、海軍記念広場一番地のオフィスビルを探して田舎から出てきた年配の女性が警察に訴え出たんだそうです……

――海軍記念広場なんてこの町にはありませんよ、消防署の横にある第二次世界大戦の記念碑が、ろくでもない平和活動家の手で壊されているだけ……

――ええ、はい、もちろん何かの勘違いでしょう、新聞記事によれば、便箋にその住所が印刷されていたとかで、女性は、今時見掛けませんけど、大きなラサール*を運転していたそうです、それで郵便局の前に車を停めるのに苦労していたら、リロイによく似た風貌の男が代わりに車をきれいに駐車してあげると申し出たので、女性が車を降りて指示を出そうとしたら、男は車に乗った途端、うーん、そのまま走りだしたらしい、どこかで聞いたような話ですよね、うーん、本のセールスマンの話、リロイが大丈夫という合図を出したから道に出たら、ちょうどそこにアスファルトを運搬するトラックが来たという話、うーん、ひょっとすると本当に、あった、この小切手です、はい、バスト、そう、E・バスト、明らかに、正しい数字は一ドル五十二セントなんですが、もちろんバスト先生にはまだ、前回の間違った小切手を返していただいていません、実は今、保険会社の調査員も彼のことを探していますし、他にもいろいろな人が彼を探しているようです、『指環』のオペラの件を誰も引き継いでいないようなので私たちも彼に連絡を取ろうとはしているのですが……

――ちょっと待ってください、学校のテレビに登場して、財団の人の前で汚い言葉を連発したおかげで学校が助成金をもらえなくなった、あの男のことですか、ホワイトバック校長、ギブズに劣らぬ重罪ですよ、ギブズの友達とかいう男も同じ……

――ええ、はい、あのプロジェクトは、うーん、もちろん、あれは春季芸術祭に向けて準備していたのですが、例の役、うーん、自転車の反射板とかを体に付けていた生徒も今は、つまりその、保健室にいる状態ですし、養子縁組機関が介入しない限りは当分学校を欠席することになるかもしれませんし、もちろん……

――うちの子も出るんですよ、ホワイトバック校長、国旗掲揚の召集らっぱを吹くことになっていて、私は本当に楽しみにしているんです。

――ええ、はい、もちろんです、春季芸術祭が、うーん、新しい文化センターがそれまでに完成するかどうかは、もちろんパレントゥチェリは森林の伐採が終わったあの土地に喜んでアスファルト舗装をするでしょうが、伐採作業のときにグランシーの、うーん、つまりグランシーが発見されたわけで、しかし、建築業者の方は新聞に中傷記事が載ったときからずっと建築計画の承認が下りるのを今か今かと待っているのです、高速道路法案の中で予算は既に認められていますからね、巨大な抽象彫刻作品を置くための土地収用計画も既に承認されていて、はい……

――どこかで聞いた話だが、ちょっとした文化センター風の建物が既にそこにあるらしいじゃないか、連中が森の木を切ったら中から出てきたって聞いたぞ、ホワイトバック、本、楽譜、壁には芸術的な写真、芸術祭とやらはそこで開いたらどうだ、少佐の息子さんもあそこなら……

――いいか、ヴァーン、一体何の話です、ホワイトバック校長、私にはさっぱり……

――ええ、はい、ヴァーンさんがおっしゃっているのは、うーん、森の陰に建っていた納屋兼スタジオみたいな建物のことです、どうやら若者たちが勝手に入り込んで薬物をやったり、セックスしたりするのに使っていたらしい、警察が薬品袋を見つけたんです、床には本や楽譜が散らかっていて、壁にはスプレーで、うーん、卑猥な落書きがしてあったとか、しかしもちろん……

――写真もあったぞ、ホワイトバック、少佐の息子さんが喜びそうな……

――ええ、はい、いえ、部屋のあちこちに写真が貼ってあったそうなんです、うーん、女性の写真、うーん、露出の多い、うーん、新聞が使っていた表現では、大胆な露出をしている写真だそうです、うーん、もちろん、私が理解するところでは、納屋の所有者は管理不行き届きということで出頭を命じられているのだと思いますが、接収手続きは既に、うーん……

――私が知りたいのは、さっきからヴァーンがうちの息子に対する嫌みを言っていることの意図だ、ヴァーン、どういうつもりか知らないが、もしも……

――悪く思わないでくれ、少佐、ただ、おたくの息子さんが学校のテレビを通じて地域の皆さんに見せた映像のことを考えると、なかなかの……

――ええ、はい、ハイドさんが今日ここにいらしたのもその話をするためだと思いますし、もちろん仮に……

――そうですよ、大体私には何でこんな騒ぎになっているかよく分かりませんね、私も暇なわけじゃないんですが、事態がこれ以上ひどいことになる前にはっきりさせておきたいんです。うちの子供が郵便で申し込んだのは、空手に関する映画フィルムなんだそうです。そしてフィルムが届いたわけですが、家には再生装置がなかったから、論理的な行動を取った、そうでしょう？　ここに来て、学校の備品で再生したんです、それがそのまま地域一帯に放送されているなんてあの子に分かるわけがないでしょう……

――ええ、はい、もちろんです、私どもは、うーん……

――息子はそれが空手のフィルムだと思っていた、光にかざしたら、二人の小さな人間が何かをしている姿しか見えなかったそうです、子供に分かるわけがないじゃないですか、まさかそれが……

――ええ、はい、視聴者からの反応は大半が、うーん、電話や手紙で返ってきた反響を見る限り、大半の人はどうやら、新しい性教育プログラムの一環だと思ったようですね、そしてまた、うーん、高齢者の会からのお手紙によると、問題の扱いが非常に、このどこかに手紙が置いてあったはずなのですが、非常に刺激的だとお感じになったらしくて、そう、これだ、はい、「目が覚めるくらい率直な形で扱われている」とか……

――でしょう、これ以上、問題に深入りする必要がありますか？　実際、私に言わせれば、息子は地域社会に対して本当の貢献をしたんだと思いますよ、ヴォーゲルがミリー・アンプの人形を短絡《ショート》させるへまをしでかした直後ですからね、しかも、それがダンと相談した上での予定通りの筋書きだったと言い訳までして、本当だか嘘だか知りませんが……

――ええ、はい、ヴォーゲルね、もちろん……

――それに、学校の生徒のうちで何人があれを見たって言うんですか、ほぼ五年生だけでしょう？

――ええ、はい、もちろんです、たまたまそういう形に、うーん、たまたまパローキアル・スクールでもうちの学校放送を観ていたんです、はい、あちらの学校でもミセス、うーん、ダンの奥さんの蚕に関する富化《エンリッチメント》番組をテープに録画していて、中身を観て非常に、うーん……

——じゃあ、向こうが悪いんじゃないですか？　向こうは閉回路放送システムを持っているんだから、勝手にうちの番組を利用しようとした向こうの方が……

——ええ、はい、もちろん、きっとあちらも、まさかその、うーん、座位背面挿入性交を見せられるとは、つまりその、たしかヘイト神父は、うーん、意外な内容だったというふうにおっしゃっていました、どうやらその部分しかご覧になっていない様子でしたが……

——でも、人種の違うカップルだったんだよな、少佐？

——ええ、はい、おそらくヴァーンさんがおっしゃっているのは、うーん……

——ヴァーンが言いたいことはよく分かってますよ、もちろん人種は違っていました、いいじゃないですか、実際、うちの息子のおかげで、五年生たちが持っていた人種的偏見が少しでも健全な方向に……

——ええ、しかしもちろん、親御さんの中には、うーん、蚕に興味を持ってテレビを観ていた大人の中には、いささかその……

——息子のしたことについて話をするだけなら、ホワイトバック校長、どうしてわざわざ私をここに呼び出したんです、うちのオフィスは今、私が家庭科教育推進センターの契約を取ってきたということで大忙しなんですから、私も早く……

——ええ、はい、いえ、実は、うーん、ええ、はい、息子さんはどうやら、うーん、いろいろな素材を集めていらしたようで、うーん、このどこかにあったはずなのですが、はい、息子さんのロッカーからいろいろと見つかったんです、うーん、つまりその、空手の資料とは決して間違えたりしないようなタイプのものです、この下のどこかに、はい、いえ、これはジュベール先生引率の社会見学の写真で、向こうから送ってきたものですね、しかし、うーん、でも、でも、待ってください、でも、待ってください、もしもこれが社会見学の写真なら、うーん、彼女は何を、ダン、そこの切り抜きの下を見てもらえませんか、切り抜きの下に何があるか……

——でも、これですか……？

——そうだ、掲げて見せてくれ、ダン、さっき話していた通りだろ、ホワイトバック？　先ほど言いかけた単語は何だった、外陰部？　あるいはまさに、禁じられた穴*じゃないか。

——ええ、しかし、いえ、私……

——私の田舎では昔、毛まんじゅう《ヘア・パイ》と呼んでいたよ、うん、それも掲げて見せてくれ、ダン。その女、泡だらけのクラリネットを吹いているみたいじゃないか、なかなかのもんだ、なあ、少佐、ホワイトバックがジュベール先生にテレビ授業で使うように指示したというのはきっとこの写真だな、本当のアメリカの姿を説明するには最適……

——ええ、しかし、彼女、はい、そのせいで彼女は……

——慎ましい女性だと言っていたな、もちろん、彼女のことは責められない、実際、社会見学でそんな経験をさせてもらえるのなら、私もぜひ加えてもらいたいよ、ホワイトバック、もしも……

――ええ、しかし、いえ、それは、その写真は先ほどしまったつもりでした、その写真の山、そこに置いていたのをすっかり忘れていたら、偶然それがジュベール先生の目に入ってしまって……

――ヴォーゲルみたいな話だな、彼もさっき、今日は天気がいいから学校を休むと言っていたよ。

――ええ、いえ、ヴォーゲル先生はもちろん、もう学校には……

――彼は今頃、男子トイレに写真を貼りだしているんじゃないかな、トイレに行けば、案内して見せてくれるかも……

――いいか、ヴァーン、畜生、ホワイトバック校長、その雑誌をこっちによこしてください、息子は一体どこでそんなものを手に入れたんです。

――ええ、どうやら、うーん、イン・ディー・グルゲル・ヒナインゲシュトッセン*と書いてありますね、ドイツ語かな、ドイツの団体……

――おいおい、少佐、これがドイツ人の男根に見えるか？　私には最大級の黒人の男根に見えるね、ひょっとすると君の息子さんは子供たちの間でこれを回して、人種間関係をめぐる真に有意義な学習経験を与えようとしていたのかもしれないな。

――なあ、ヴァーン、ちょっと、ちょっと黙っててもらえないか？　こんなのはただの、黒人のアメリカ兵がドイツ娘といちゃついている写真って書いてあったんだろう、どんなものが送られてくるか息子に分かるはずがないだろ？　シュトッセン・イン・ディー・グルゲルって書いてあったら私でも意味が分からない、それよりも……

――ひょっとすると切手が欲しかっただけなのかもな。

――ああ、そうさ、息子は切手を集めてるからな、何だ？　何か言いたいことでも？

――待て待て、そっちに持ってるのは何だ、ダン、少し医療器具っぽいものに見えるが。

――いえ、これはただの、ただの新製品、性交用副木、準備段階から硬くするための……

――それは君にやるよ、ダン、少佐と私は少し古いタイプの人間だから、シュトッセン・ディー・グルゲル方式のままでいくことにするから、なあ、少佐？　なかなか男らしいじゃ……

――もういい、ヴァーン、もう、もうたくさんだ、ホワイトバック校長、この件に関する話はもう充分でしょう、私はオフィスに連絡しなきゃなりません、その電話をこっちへやってくれないか、ダン、ここから電話をかけるから。勤務時間が終わる前に責任者に電話をかけなくちゃならない、そこのコード、気を付けてください、ホワイトバック校長、そこ……

――ええ、待って、今どかしますから、ここの、うーん、写真を、はい、私が先ほどお話ししかけたのはこれのことなんです、社会見学の写真、うーん、ジュベール先生の社会見学です、はい……

——もしもし……？　ええ、デビドフさんをお願いします、私は……いえ、いえ、デビドフさんです、はい、私は……

——ジュベール先生の社会の授業ですよ、ヴァーンさん、生徒たちはハイドさんがお勧めのダイヤモンド・ケーブル社の株を買ったんです、勉強の一環として、うーん、本当のアメリカの姿……

——生徒たちの投票で決めたんですよ、ホワイトバック校長、その写真はぜひ使ってください、全員の投票でうちの株を買うことに、もしもし？　いえ、いえ、私はハイドと言います、急ぎの用件で……営業部門の、はい、緊急の用事で……デビドフです、はい、デビドフ……彼がどうしたって？　もう会社にはいないってどういう意味です、ええ、それは一体……いえ、いえ、ちょっと待って、じゃあ、モレンホフ、モレンホフさんにつないで……もしもし？

——ちょっと、そっちの写真を見せてくれ、ホワイトバック、この学校にも黒人がこれだけいるとは知らなかったな。

——ええ、はい、いえ、私もちょっと、うーん、つまりその、全員の顔が分かるわけではないのですが、もちろん……

——どれかの写真には息子が写っているかもしれない、ホワイトバック校長、息子は大体いつも、はい、もしもし？　ジニー？　うん、モレンホフはそこにいる？　私はハイドだ、緊急の用事で……いや、いや、営業部のハイド、うん、彼はそこに？　緊急の用事で……うん、このまま待たせてもらう、会社の年次営業報告書で大きく取り上げると言ってこの写真を撮ったんだ、ヴァーン、子供らは株式仲買人のところを訪れて、勉強のためにダイヤモンド・ケーブルの株を買った、なかなかいい光景だと、もしもし？　ああ、切らずに待ってる、うん……

——動物園みたいだな。

——ええ、はい、ヴァーンさんがおっしゃっているのはつまり……

——クラス全員が写っている写真を探してくださいよ、息子は多分国旗の横に立っているはずだ、大体いつも、もしもし？　モレンホフ……？　はい、私は……いえ、ハイドです、営業の、はい、私は……ずっとデビドフさんに連絡を取ろうとしてたんですが、はい……例の設備、はい、デビドフさんから直接持ちかけられた取引で……彼は何ですって？　待ってください……いえ、ちょっと待って……もちろんです、私がデビドフさんと直接話をして……ええ、でも、そうだとすると私はどうなるんです……？　それってつまり、エンド設備そのものが……ええ、でも、じゃあ私は一体……いえ、でも、じゃあ私は……はい、私は他にどうしたら……いえ、でも、私は他にどうしたら……

——おい、ちょっと顔色が悪いぞ、少佐、何か……

——信じられない。

──これか？　私自身も信じられなかったよ、でも、少佐、さっき君も息子さんは国旗の横にいるはずだと言っていただろ、でも……

──いや、私が言ったのはその話じゃ、え。何の話をしてるんだ？

──息子さんは今にも床にひざまずいて、黒人霊歌でも歌いだしそうな……

──よこせ、何の話だ、その写真をよこせ。

──私は君の奥さんに会ったことはないし、もちろん、誰が誰と結婚しようと自由だが……

──信じられない、ほら、写真を全部こっちへくれ、一体どうなって、いや、信じられない……

──ええ、はい、何だかその、うーん、何だか、うーん……

──これは一体どうなってる！　髪型で分かる、どの写真にも顔の黒い子が写ってる、でも髪型を見ればうちの息子だってことは明らかじゃないか、一体どうなってる、誰の仕業だ。誰の仕業か聞かせてもらおうじゃないですか！

──なかなか立派な人種的バランスじゃないか、ホワイトバック、クイーンズ区から黒人の子供をバスで連れてくるよりこっちの方がいい……

──ホワイトバック校長、これは一体、どういうつもりですか、これは一体……

──ええ、いえ、はい、もちろん、現在の黒人、うーん、つまりその非白人生徒の入学に関しては、ジャックのディスカウントストアのそばに暮らす朝鮮系の一家がいまだにその、うーん……

──畜生、ホワイトバック校長、私はジャックのディスカウント朝鮮人の話なんかしてるんじゃない、国旗の脇に立ってる子の話ですよ、顔を黒塗りしたこの少年……

──ええ、はい、それはもちろん、うーん、はい、ダンキンドーナツのそばに暮らすスタイさんの家族に六年生の子供さんがいるのなら……

──あれはスタイの息子じゃない、畜生、私の息子だ、髪型を見れば分かるでしょう？　うちの子供の顔がどうして黒人みたいに……

──少佐、おたくの会社は学校のためにいろいろとしてくれたそうじゃないか、だからこうしてそれに報いているのかも、何百万人の株主たちに配られる年次営業報告書の中にこうして法人民主主義に関するささやかなメッセージを織り込んだわけさ、恵まれない人々の集団、彼らがアメリカにおいて果たしている役割、実際、株を買うことで一票を手に入れたわけだろ、自由主義経済というものについて教える本当の授業じゃないか……

──恵まれないだと、恵まれないってどういう意味だ、それがうちの子供と何の関係が……

──ところどころ写真に手が加えられてる、実際、私が今までに見てきた恵まれない子供たちの写真の中でも、これはかなり堕落した連中に見える、おたくの息子さんなんかアルファタハ*の一員みたい、端にいるこの女の子は街娼みたいだし、こっちの子、手前で株券を掲げている少年だって、子供の顔にこれほど貪欲な表情が浮かぶのを見たことがあるか？ 間違いなく、なかなか有意義な学習体験になっているようじゃないか、本当のアメリカの姿を……

――ええ、いえ、ヴァーンさんがおっしゃっているのは、うーん、どうぞお掛けください、少佐、ダン、ちょっと、うーん、ちょっとした、うーん、はい、黒人の血ですね、ヴァーンさんがおっしゃるように、少佐、もちろんお子さんは少し、うーん……

――ひょっとすると、おたくの会社の誰かが気を利かせたのかもしれないな、少佐、君は近所であまり好かれていないようだから、新たな一面を見せてイメージアップを図ってくれたんじゃ……

――近所、うちの近所ってどういう意味だ、黒人とか過激派とか、私を叩いている連中は近所の人とは関係がない……

――いや、私が言ったのはそういう意味じゃないよ、少佐、違うんだ、近所に住んでいる、ちゃんと納税している白人たちのことだ、おたくのシェルターのでかい緊急用廃棄物処理システムのせいでみんなの新しい下水道料金が二倍になったって怒っているそうじゃないか。

――ああ、見てるがいい、見てるがいいさ、いざとなったら同じやつらがわれ先にとうちのシェルターに飛び込んでくるに決まってるんだ、見てるがいい……

――自分は歴史に置いて行かれたって感じたことはないのかな、少佐？

――置いて行かれた、歴史に置いて行かれたってどういう意味だ……

――君の大好きな民間防衛*とかいう考え方はフラフープの流行と一緒にどこかに行ってしまった、核シェルターのブームも終わったんじゃないかと考えたことはない？

――いいか、ヴァーン、民防がいつの間にか赤十字の情けない救援活動に成り下がったからといって、うちのシェルターを馬鹿にするのなら、あなたが歴史を語るとは笑わせるじゃないか、歴史なんて何も知らないくせに、あなたは何も知らないんだ、ワッツ、ニューアーク*、何も知らないくせに、私の車を壊して、私の家を空っぽにして、腕時計を奪って、時計を腕から奪って、どうして私が狙われてるか分かるか？ この地域でちゃんと目が開いているのは私しかいないから、私だけが守るべきものを知っているからだ、あのスタイ、保険屋のスタイ、黙ってじっとそこに座っていた男、私があのとき言ったことを覚えてるか、今では、私から百万ドルを奪おうとしているバジーの家族の味方だ、それにリロイ、何でもかんでも穴を開けて回っていたリロイ、おかげでダンが築いたすべてのシステムが台無し、ちょっと待って、ダン、どこに行く……

――ちょっと、ちょっと用事が……

――ええ、はい、少佐がおっしゃっているのは、ダンの教育評価《テスティング》のシステムが、う―ん、もちろんあれはリロイが……

――私が言っているのはやつらのことですよ、ダンを付け狙っている連中、私が言っているのは、ダンの奥さんを通じて私を狙っているやつらのこと、私から車を奪って、仕事を奪って、息子を奪って、さっきの写真はどこです、息子の写真じゃなくて、息子のところに送られてきた写真、黒人の上にブロンド女がしゃがんでいるやつ、見てくださいよ、あんなものを子供に送ってくるなんて、私が知りたいのはそこのところだ、君の奥さんはこの問題にどこまで関わっているんだ、見ろよ、私はそこのところをはっきりと訊いておきたい……

――でも、でも……

――最後に奥さんとやったのはいつだ、教えてくれ、最後に奥さんとやったのは、ヴァーン、黙ってろ、私の車、私の仕事、私の家、私の腕時計、あの事故だってやつらが仕組んだんだ、ダンを使って事故を仕組んだ、ダンの奥さんまで私を訴えてる、だから最後に奥さんとやったのがいつなのかを聞かせてもらいたい、事故のせいで夫が夫婦の儀式をしなくなったって訴えてる、その写真じゃない、あの写真を見ろ、あの写真を見ろ、夫婦の儀式だ、ダン、戻ってこい、連中は彼女を使って私を叩こうとしている、守るべきものを知っている人間は私一人しか残されていないから、危ない……！

――少佐、最後にもう一度だけ言う、黙って聞け、学校に残された守るべきものなんて、人間の中で最も卑しい可能性を促進しつつ、見てくれをよくするために作り上げられたシステムだけだ。ダンはホワイトバックを引き立てるために給料をもらっていた、そして、それがうまくいかなかったから首になった。ホワイトバックは私を引き立てるために給料をもらっていた、それがうまくいかなかったから彼も首というわけだよ、少佐、それが本当のアメリカの姿、しかし、私は君に手を貸すつもりはないぞ、緊急用廃棄物処理システムに銃弾を垂れ流している君がついにやつらに追い詰められるときが来たら、私は……

――いや、いや、少佐、あなたは、ヴァーンさん、待って、そこのものが倒れそうです、ダン、ダン、待って……

背後で、校長室と記された扉がうつろな音を立てた。彼は、壁の上部でいまだに安っぽい額に収められたままの、内気で真っ直ぐな視線を逃れ、冷蔵庫か何かそれと同様に有用で便利なものを勇気を出して買いに出掛けるときのような決意を感じさせる態度で、その無関心な顔に穏やかな非難の目を向けていた。校長室の前では*、廊下の反対側に向けられた時計の顔がチックで引きつり、未来を切り詰め、過去を二十秒引き延ばしていた。その先で、男子トイレと書かれた扉が開き、激しい水の音が漏れ聞こえた。

――やあ、ダンじゃないか、ダン、ちょうど会えてよかった。

——ああ、はい、私、ええ、こんにちは、指導員《コーチ》、知りませんでした、まだ学校に……

——出発前にトイレに寄っておこうと思ってね、今、どこかに向かうところか？

——ええ、はい、私、私は今ちょっと……

——お供しよう……彼は廊下を戻り、——昔のよしみで付き合うぞ、噂で聞いたんだが、あんたも失業中らしいじゃないか。

——ええ、でも、雇ってもらえる当てが、ひょっとしたらある会社に雇ってもらえるかもしれなくて……

——そこに就職が決まったら、友達のことも忘れないでくれよ、ダン、私も活動的な生活とはしばらくおさらばでうれしい限りだ、今は研究職を探してる、崇高な問題に頭脳を向けられる職場をな。学校なんて私には狭すぎる、ダン、あまりにも狭い。学校の廊下って汗の臭いがするだろ？

——いや、でも、私、これで失礼します、用事が……

——バラ色の頰を愛する者、*もうちょっと待っててくれないか？ 見詰められすぎて、色のあせない頰、しかし、ほら、俺がここに一人で立って外を見ていたら、今度は彼女が俺を警察に突き出すかもしれない……

——ええ、でも、申し訳ないのですが、私は……

——吊り包帯をしているあんたの手伝いをちょっとでもすれば、今度は、どこをじろじろ見ていたんだって言われかねない、さてと、よし、さあ、いいぞ、温かくしっとりした頰に白い手を当てて、*ほら、汗の臭いがしないか？ 空気が飽和しているときは、大嫌いだった場所の懐かしい匂いがするみたいに感じられるよな、大嫌いな場所というのは、初めてそこに来た日に分かるものだ、その瞬間のことを忘れちゃいけない、来た瞬間に嫌な場所だと感じたらその直感を信じるべきだ、さもなければ、いつの間にか過去に飲み込まれてしまうんだ、ダン、いったん過去のことになるとどうしても懐かしく感じられてしまう、そして、いざそこを離れるというときには……

——ええ、でも、私は、本当に用事が……

——少しさみしいものだ、彼女が振り向いたぞ、見ろ、こっちには気付いてない、あそこでハンドバッグの中を調べてる、そして一歩、金髪で作られた腕輪が骨を囲む、*一歩ごとに衣擦れの音が聞こえる、摩擦がなければ、あるのはぼろ布と骨だけ。うん、うん、分かった、扉は俺が開けよう、実際、誰かが教えてくれたんだが、正しくは、「わが顔を隠せ」じゃなくて「わが身を隠せ」*らしいな、でも、結局のところ、ありもしなかったことにけりを付けるなんて無理な話さ。彼女の純粋で雄弁な血が頰で語り、彼女の気持ちをはっきりと物語る、*ここだけの話だがな、ダン、俺はあの白い頰に一度だけ触れたことがある。「幸福の一瞬」*というのはロシア人の言葉だったかな。別れの杯を交わした後は、「風よ吹け、頰を破れ」*ってなものさ、しかし、それだけでも一生生きていくのに充分だと思わないか……？

そして男子トイレと書かれた扉がバタンと閉じて、ハンドバッグを光の方へ向けて中を覗いている彼女が見えなくなった。彼女はしばらくバッグの奥を探っていたが、硬貨がリズミカルに落ちる音に気付いて突然振り向いた。――あら、ＪＲ、私……

――あ、こんにちは、ジューバート先生……しかしその声の主は、電話のベルが鳴ると同時にガラスパネルの背後に消えた。――もしもし……？　短くなった鉛筆と紙切れが出現し、――僕です、はい、コレクトコールですね、はい、つないでください……折り鞄《ポートフォリオ》が膝の上に載せられて――もしもし？　はい、こんにちは、わあ、電話をくれてちょうどよかった、ねえ、僕……今どこ、ホテル？　それで……いいや、でも、ちょっと待って……いや、でも、ねえ、バスト先生、今その話を……いや、正装って何、銃とかも携帯してるってこと……？　いや、でも……いや、でも、うん、ホテルのスイートはたしかに借りてるよ、目的の一つは先生がピアノを使える場所を……いや、でも、そこが大事なところだよ、ねえ、ていうか、必要経費にできるだろ、会社の福利厚生費で支払えば税金対策に……いや、でも、ほら、ドアの前で警備をしている海兵隊員には、会社の重役だって言って中に入れてもらえばいいじゃないか、ていうか、どっちみちそのことも話そうと思ってたんだけど……彼が部屋にいるときはピアノを弾くのはやめておいてもらいたいんだ、ていうか、将軍によろしく伝えてくれるかな、歓迎します、何か必要なものはありませんかって……いや、でも……いや、でも、待って、ねえ、そういうことで……いや、でも、とにかくそうしてよ！　ていうか、大企業はみんなそうだろ、引退した将軍とか、元大将みたいな人を重役に招くのは……僕が呼んだなんて誰が言ったの、ていうか、僕は最初、どこかに広告を出そうと思ってたんだ、元大将求むってね、そうしてるうちにパローキアル・スクールに関する例の大きな記事が出て、ヘイト神父のお兄さんが星条旗の横に立っている写真を見たんだ、少将だったらしい、てことは大将よりも安上がりってことだろ、だから、ピスカターに頼んで彼に声を掛けてもらって……いや、うん、そこが大事なところじゃないか、ねえ、ていうか、彼らは他の将官や尉官を知っている、知り合いが今もワシントンにいるんだ、ペンタゴンとかのために何を買うかを決めるのはその人たちさ、ていうか、政府はカーボン紙とか輪ゴムとかを百万ドル分買ってるんだよ、分かる？　退役軍人病院で使ってる薬だって、僕らはよその会社よりずっと安く入札できるし……ああ、うん、だから僕が言っているのは……いや、知ってるよ、先生に話すのを忘れてただけさ、ていうか、そのノビリ社だけど、すごく安くで売りに出てたから、買収できるならしてみてもいいかも、あの会社はイタリアかどこかで薬を作ってるから、製薬特許とかいう面倒な問題がないんだ、だから、すごく安くで入札できる、納税者のお金を節約することにもなるんじゃないかな、だから、別に問題は……え、彼が……？　いや、でも……うん、でも、ていうか、どうしてクローリーがそれを知っているのかな……え、何……？　いや、うん、たしかに僕は知ってたよ、クローリーがずるがしこいやつだってことは……いや、でも、ちょっと待って、僕は……いや、でも、ほら、ねえ、ていうか、要するに、それは僕が考えたアイデアなんだけど、僕らが買収した会社の従業員がよその保険会社にお金を払っているのはおかしいと思うんだよね、だって、うちが保険会社を買い取ればみんな助かるんじゃないかって……いや、うん、もちろん掛け金は集めるよ、ていうか、それは……いや、うん、ねえ、ちょっと、あるパンフレットで読んだんだけどさ……いや、でも、聞いてよ、ねえ、僕、ねえ……？　バスト先生？　ねえ、僕……いや、分かってるよ、でも……いや、分かってるけど、今その話をしようと思ってたんだ、さっきも言ったけど、ヘイト将軍が僕らに力を貸してくれるかもしれない、レイ－X社の件、公定価格契約で損ばかりしている会社なんだけど、コストプラス方式の契約に変えてもらえば……いや、分かってる、でも……いや、でも、聞いてよ、ねえ……いや、でも、ほら、とりあえず説明を聞いてよ、オーケー？　政府に何かを供給する契約を請け負ったら……知らないよ、ていうか、とにかく政府が買いたがってるものを売るのさ、そこで将軍に手を貸してもらうわけ、コストプラス方式の何がいいかって言うと、生産原価に一定の利益を加算して売値を決められるってこと、だから、ていうか、こっちがお金をかければかけるほどたくさん儲かるんだ、ね？　ていうか、それがいちばん大事な……いや、うん、そうだけど……いや、僕が今までずっとコストを抑えろってことばかり言ってきたのは分かってるけど……いや、でも、ちょっと聞いて、ねえ、ていうか、電話会社の仕組みを知ってるかな、電話会社は費用があれこれかかるから料金を値上げしなくちゃならないって言うだろ、でも、お金を儲けたらまたそれをどこかに使わなくちゃならない、そしてその分の料金をまた値上げする、だから今じゃ、電話会社は政府よりも大きな企業に……いや、でも、待って、ねえ……いや、そういうつもりじゃないってことは分かってる、ていうか、今その話をしようと思ってたんだけど、ねえ……いや、たしかに僕は前にそう言ったよ、でも、ていうか、もう、あまり時間はかからないからさ、もうちょっとだけ……いや、うん、ていうか僕ら、僕らの会社、誰でもいいってわけじゃないんだから……いや、でも、ほら、そこが大事なところだよ、バスト先生、ね、どっちにしてもお金の問題じゃない、株をやったり取ったりしてるだけ、X－L子会社《しがいしゃ》の買収とか、企業価値は二十倍だよ、ね？　レイ－Xの株主に、レイ－Xの株と引き替えにX－Lの優先株を与えるんだ、ただし、X－Lの資本金はすごく少ないから、大きなてこ作用《レバレッジ》が得られて……いや、うん、僕もだよ、でも、ワイルズさんがそう言ったんだ、ね、あの人は……いや、でも……いや、分かってるよ、でも……いや、でも、ほら、連邦鉱山局から何か連絡はなかったかって僕も訊こうと思ってたんだ、だって……いや、ワンダーさんの具合は最近どうかっていうことも訊こうと思ってたんだ、だって……いや、でも、ほら、そのインディアン保留地の話もしようと思ってたんだ、だって、ひょっとして連絡がなかったかな、例のチャーリー・イエロー……いや、分かってる、でも待って、ねえ、ほら、その……いや、でも、ほら、あの葬儀屋の件はつまり、僕が思い付いたアイデアで、イーグル紡績の脇にある大きな墓地のことは……いや、でも、待って、ねえ、待って、ていうか、そんな説明を全部先生にできるわけないじゃないか、めったにこっちに顔も出してくれないのに、僕にどうしろって……いや、分かってる、たしかに僕はそう言ったけど……いや、分かってる、でも、ほら、今ちょうど、役員とか何とか、会社創立のために土台作りをしてるところだから、それもこれも株式発行のため、ね、それを他の資産と交換して、借り入れ能力を手に入れるためだよ……いや、待って、待って、分かってる、たしかにそう言ったよ、でも……いや、でも、まじやば《ホーリー・シット》、バスト先生、それって別に僕が考えたことじゃないよ、てか、そういうものなんだ！ それに、ていうか、結局僕が全部やらなきゃならないじゃないか、先生を助けてあげようと思ってやったことなのに、自分の仕事に専念させてあげたいと思ってやったことなのに、先生はちっとも……いや、うん、五千株分の株式《ストック》オプションもそうさ、株式が発行されたあかつきには十ドルで買える、その上……うん、一株当たり十ドルで五千株買えるんだ、その上……いや、でも、ちょっと待って、待って、ねえ、先生が五万ドルを持ってないのは分かってるよ、だから……いや、でも待って、ねえ……いや、でも……え？ 何の仕事？ でも、何、尻《アス》、何？ でも、そのアスコップ*ってところは何のために先生にラジオを聞かせるわけ、何のために人を雇って……え、著作権料を払わずにラジオで曲を流していないかどうかをチェックする？ でも、それだけで給料がもらえるんだったらどうして……いや、でも、待って、待って、そういう意味じゃないよ、ねえ、バスト先生？ 五万ドルの貯金が必要だなんて言ってない、そもそも最後まで話を聞いてないじゃないか、ねえ、だから……いや、だから要するに、株が十五ドルとか二十ドルとかに値上がりするまで待つんだよ、ね、それで、売ろうと思ったらオプションを行使するのさ、十ドルで何株か買って同時に二十ドルで売る……いや、そうはならない、だって……いや、だって、聞いてよ、僕が……いや、でも、そのことは前にも説明したじゃないか、給料をもらう形だと所得税がかかっちゃう、でも、オプションで儲ける分の税金は、十ドルからいくら上がったかの差額にかかるから……上がらなかったらってどういう意味、ていうか、僕は今、その説明をしようとしてたんだよ、そういう資産なんかを買い集めているのはそのため、そこが大事なところで……十年待つってどういう意味、どうして十年も……いや、でも……いや、でも、待って、ねえ、僕……いや、分かってる、たしかに僕はそう言ったけど、ねえ……いや、その件もはっきりしたことが分かったたって今言おうとしてたんだ、でも……いや、でも、財団を設立しようと思ったら、非課税でやろうと思ったら、特定の個人に助成金を出すことはできないって向こうが言ってきたんだ、僕が悪いわけじゃないだろ？　ていうか……いや、でも、ほら、だから……いや、でも、ほら、適当な団体が見つかったら、先生がそこに入って、助成金が団体に行くように手配すれば……いや、でも、先生が何か適当な団体を考えてくれるかと思ったんだ、よく知らないけど、前にどこかの楽団に入ってたのなら、その楽団に……いや、でも、待って、ねえ……いや、待って、待って、待って、ねえ、待ってよ……！　うん、いや、分かってる、ねえ、でも……いや、でも、ねえ、ちょっと待って、バスト先生、ていうか、まじやば《ホーリー・シット》、僕にどうしろって言うんだよ！　ていうか、先生を助けてあげようと思って僕が何かを考えるたびに、何だかんだと怒ってばかりじゃないか、うまくいかないのは全部僕のせいかよ、自分では何もしないくせに、こっちにも全然顔を見せないじゃないか、結局何から何まで僕がやることになる、先生が来てくれないから、僕が自分で出掛けなきゃならなくなる、ちんけなパン屋にだって行かなくちゃならない、どうしろっていうんだよ？　ていうか、やっとこうして電話をくれたと思ったら、今度はこっちの話を聞こうともしない、例のインディアンとか合併とかの話をしようと思っているのに、先生のためにお膳立てした株式オプション《ストック》の件だって、そうやって文句ばかり、だから今度は先生に助成金が出るように財団を作ろうと思ったら、またそれにも文句を言う、ていうか、先生はいつもあれが駄目、これが駄目って言うばかり、僕の方は何かをやろうと努力してるのに！　先生が駄目な理由をごちゃごちゃ言ってばかりだから、僕はいつも、それがうまくいくようにあれこれやってるんだよ！　ていうか、先生が仕事に専念できないって文句ばかり言うから、じゃあ、専念できるように互いに協力し合おうって僕は言ったんだ、なのに、郵便が届いたって先生はそれを開けもしない、だから電動手紙開封器を買ってあげた、それでも先生は手紙を読まない、先生が電話だけのためにあの食堂にいちいち行かなくてもいいようにと思って特殊電話を設置したのに、そもそも電話に出ることさえしない、だから、作曲中は電話に出ないでいいように、今度はそこに留守番電話を取り付けた、百三十九ドル五十セントだよ、けど、僕がどれだけのことをしてあげたって、先生はちっとも……いや、うん、それってどういう意味……僕はそんなことしてないよ、ねえ、ていうか、仮にしてたとしても、どうしてみんなが……オーケー、だからどうだって言うんだ！　ていうか、そういうものじゃないか！　ていうか、僕は……いや、分かってる、たしかにそう言ったよ、でも、今はみんなが僕を利用しようとしてる、ていうか、ピスカターは僕を馬鹿だと思って……いや、さっきだってこの電話はピスカターからかと僕は思ったんだ、あいつは僕らをだまそうと必死になってる、ジャマイカで法人登録をするとかいうでまかせ、あいつは僕を馬鹿だと思って……いや、分かってる、たしかに法人登録は僕が頼んだことだけど、必要経費だって言って請求書を送ってきたんだ、飛行機代が三百十八ドル、ホテルの宿泊費が二百二十九ドル五十セント、そんなくだらないでまかせに僕がだまされると……飛行機、飛行機ってどういう意味、あそこなら地下鉄で行けるだろ、それにあんな土地でホテルに泊まるなんて……え？　島ってどういう意味、ジャマイカってあの乗換駅のあるところ*……いや、でも、いや、でも、ピスカターはそんなことは一言も……オーケー、でも、僕がそんなことを知るわけがないだろ、ていうか、だからこそ先生の助けが必要……いや、でも、オーケー、でも、ていうか……いや、オーケー、たしかにそうかもしれない、ねえ、でも……いや、うん、でも、どっちみちその必要はないよ、だって、そういうことは例のポメランス代理店がやってくれるから、それに、いいことを思い付いたんだ、僕は最近あちこちからインタビューとかを申し込まれてるんだけど、この前、テープレコーダーを買って、声を再生するときにテープをちょっと押さえるっていう技を開発したんだ、すると回転速度が落ちて声が低くなる、分かる？　例えば、五十歳の男の声みたいに聞こえるのさ、ね？　だから、僕が先生にテープを送るから、それを……いや、でも待って、ねえ……いや、分かってるけど、もう一つだけ大事な話があるんだ、一秒で終わるから、例のインディアン、チャーリー・イエロー・ブルックから先生に電話はあったかな、ねえ……？　いや、あの人とその弟はあの大きな保留地の出身で、鉱物が眠っているあの土地の採掘権は……いや、でも待って、待って、ねえ、待って、誰がそんなことを言ったって……いや、でも、採掘権なんて誰が言ったんだよ、ねえ、ほら、あそこの森林を買い取っただけさ、ていうか、その兄弟から採掘権をリースすれば彼らを手助けすることにもなるし……いや、聞いてよ、本当の話さ、ねえ、だってそのインディアンたちの中には本当に金に困っている人がいて、保留地の一部を売って金にすることまで考えているんだから……え？　ああ、オーケー、とにかく僕たちが彼らから採掘権をリースすれば、貧乏なインディアンも少しは助かる、人助けみたいなものさ、ね、だからちょっと考えたんだけど……いや、アルバータ&ウェスタンが所有する土地のすぐ隣だよ、ね？　僕らが鉱物採掘権を持っている土地の近く、あの巨大な緑の州の……いや、五大湖の中でミネソタ州とアイダホ州の両方が接している湖の北側……どこの話？　いや、だって、ねえ、ネブラスカ州はカンザス州と接してて、ユタ州か何かの隣のはずさ*、とにかく僕は考えてたんだけど、先生がそのアスコップの仕事を引き受けるんだったら、小さなトランジスターラジオをポケットに忍ばせておいて……いや、分かってるよ、でも、イヤホンを片方の耳に入れておけばどこでも聴けるし、そのまま会議にだって出られる、怪しまれたって……うん、補聴器だって言っておけばいいんだよ、ね？　だって、ちょっと考えたんだけど、どこかの地方局のラジオを聞かせるためにアスコップが先生に地方出張をさせるかもしれないだろ？　そうすれば必要経費も負担してくれるかも？　ていうか、トライアングル社の飛行機であちこち飛び回れるようになるまでの一時的な手段としてね、だって、先生が次にインディアン保留地に出掛けるときには……いや、いや、待って、ねえ、待って、インディアン保留地に出掛けることがあったらっていう仮定の話をしただけだよ……いや、うん、待って、いや、いや、たしかに僕はそう言ったけど……いや、でも、ねえ……いや、でも、待って、一つだけ話しておきたいことがあったんだ、ゴルフ練習セットみたいなのは届いたかな……バスト先生？　ねえ……？　ねえ、バスト先生……？　扉がガタガタと音を立てながらゆっくりと開いた。――あ、ああ、こんにちは、ジューバート先生、僕、電話が終わるのを待ってたんですか？

――ええ、それにしても一体……

――いえ、電話を待っている人がいるって知らなかったんです、ていうか、誰もいないと思ってた。

――ええ、他には誰もいないわ、ところで私は今、電話をかけるのに小銭の持ち合わせがないんだけど……

――はい、ちょっと待って、十セントでいい？　ちょっと、ちょっと待って、やば《ホーリー》……パネルが再び音を立てて閉じた。

――もしもし……？　ジッパーを引っ張ると折り鞄《ポートフォリオ》全体が持ち上がり、Dという汚れたイニシャルをなぞるように取り出されたハンカチの束が送話口まで移動した。――デビッド何……？中腰に構えたままの背中では、セーターの破れ目から、しわになったシャツの裾がはみ出ていて――え、それが名字……？　はい、今、電話に出ている私がそうです、でも、あの、今はちょっとばたばたしていて、え……ポメランスの会社で働いてる？　はい、オーケー、でも……いいえ、でも、ちょっとお尋ねしますけど、まずはピスカターさんに相談したらどうですか……え、ピスカターさんが今、そこに？　電話口に出してもらえます……？　いいえ、今訊いたのは、声が聞きにくいですか、だから、ピスカターさんを電話口に……いいえ、ええ、その、その件はバスト君に尋ねてもらえませんか、彼は『ビジネスウィーク』も『フォーブズ』も、両方とも読んでますから、それよりピスカターさんを……いや、ええ、あの、簡単な略歴ならこちらから送ります、ていうか、私の略歴ですか？　でも……いえ、はい、その、今ちょっとばたばたしているので、とりあえずピスカ……オーケー、分かりました、ランチを食べながら会社のイメージ戦略とかロゴとかを相談したいってことですね、でしたらバスト君を……いいですか、私はその件については心配していません、バスト君の言う通りにしてください、それよりピス……いえ、はい、いいですか、あなたをアップタウンのオフィスに呼びたいと思えばきっと彼からそういう連絡が入るはず、最近、ホテルのスイートを借り上げたので……いえ、ええ、いいですか、今はまだ将軍が……いいですか、その件については心配していません、ミッドタウンのオフィスは閉鎖することにしたんです、でも……でも、秘書のヴァージニアだけには残ってもらいたいと思っています、それで、私はすぐに次の会議があるので、とりあえずピスカターさんを……？　いいですか、ピスカターさんを電話口に……もしもし？　ノニー？　さっきの男は一体どこで拾ってきたんですか、口の利き方がまるで……いえ、オーケー、今はやめておきましょう、とりあえず案をまとめて書き送るように伝えておいてください、私は今ばたばたしているので、とりあえず例の話を……いや、それは今ここにあります、ちょっと待って、これ、この、私のデスクの上にあるこれは……ちょっと待ってって言ったんですよ……！　折り鞄《ポートフォリオ》が危険な角度に傾き、テープが破れると同時に、「メイン州ジャガイモ未来《さきもの》」と「ヘッジング・ハイライト」が床に落ち、隅から隅まで文字を書き込まれた罫入りの紙が引っ張り出されて——やば《ホーリー》……オーケー、もしもし？　オーケー、じゃあ、資産という見出しの下、最初に百二十万ドルの借り入れ金……いや、オーケー、引き出すわけじゃありません、それを返済することで会社の信用を築くんです、ね、それが新聞に載れば皆が信用してくれて……いや、このワイルズさんという人、彼が銀行の頭取もやっているんです、とにかく、そうやって現金残高にその数字を出しておいて、ワンダー醸造とかからの収入で利子を払う、ちょっと待って、ところで、あの会社がビール製造に使っている水の検査は終わったんですか……？　いや、そうなんですけど、もしも……いや、でも、もしも水の中にそういうミネラル分が混じっていたようなら、会社としては減耗控除*が受けられるように手続きをしないと……使い果たしつつあるってどういう意味？　ていうか、減耗ということで節税できるのなら、手続きをしない理由は何も……オーケー、じゃあ、そうしてください、役所に判断してもらってください、それからもう一つ……どこ？　そこに書いてあるのは鉱物資産が二千万ドルってこと、だって私たちは……オーケー、でも、会社は鉱物採掘権を持っている、実際に二千万ドル分の鉱物とガスがそこに埋蔵されているかもしれない……いいですか、オーケー、いいですか、そこが大事なところです、いいですか、それが仮にでまかせだったとしても、淡々と採掘を進めればいい……何のためだろうとそんなのは関係ないでしょう！　税金控除のためですよ、無形資産の控除、採掘費用の控除、控除してもらうのは当然のこと……はい、オーケー、今、急いでいるんです、だからとりあえず、インディアンとのリース契約についてはバストさんと話が済んでます、だから、詳しいことは彼がそちらにうかがったときに直接話してください……いえ、だから、彼はそのインディアン放流地、保留地に行って、面会する予定があるんです、チャーリー・イエロー……オーケー、そんな連絡はもらってないって、だからどうだと言うんですか、バストさんはすごく忙しいんです、どうしていちいちそちらに電話をかけないといけないんですか、それなら逆におたくが……女の子に何て言われたですって……？　オーケー、いいですか、電話会社が何かミスをしたからってどうして彼の責任になるんです？　次回は辛抱強く何回でも電話をかけてください、例の財団と助成金の設立に当たってあなたと彼には仲良くしてもらいたいんですから……いえ、その件は私から話しました、彼も楽団か何かに加わるようなことを言っていました、私としても長期にわたる低金利のローンを早く立ち上げたいですからね……いえ、その商品未来《さきもの》の件、リスクヘッジした未来《さきもの》を担保にして銀行から借り入れをすれば資本回転率をもっと上げられるでしょう……え？　何の話だか、え……？　オーケー、いいですか、ちゃんと聞こえてます？　いいですか。私たちはあなたのために働いているわけじゃありません。あなたが私たちのために働いているんです、分かりますか？　オーケー、だから、未来《さきもの》に関して何か違法なことをしてほしいと言っているわけじゃないんです、ね、私は自分がしたいことをあなたに説明する、それを実行する方法を考えるのがあなたの仕事、それだけのこと、ていうか、商品未来《さきもの》取引会社を別に設立する必要があるんだったら、そうしてください、さて、もう会議が始まる時間を過ぎているので……いいえ、いいですか、そのホッパーさんのことですけど、何度も電話されても困るんです、南アメリカの方に売却することになった機織り機の件でまだ腹を立てているようですが、組合のボス、ショーターの息子さんにはあの地域全体でワンダー醸造のビールを一手に独占販売する権利を与えてやりました、返品に対する割戻金《リベート》のことはバンキー*に任せてあります、損失を繰り越しするためには会社がつぶれちゃ困るから……いえ、いいですか、私が知りたかったのは、例の大量に仕入れた繊維について、さっさと廃棄して損失を計上するのがいいか、それとも香港かどこかに送ってセーターか何かを作らせて輸入するようにした方がいいかという問題です、その形にした場合でも、税金のかからない損失として繰り越しができるのかってこと……え？　いえいえ、ちょっと、ちょっと待って、待って……ガラスを叩く音が繰り返され、手の幅だけ扉が開いて、――わあ《ジー》、すみません、ジューバート先生、ちょっと待ってください、僕……

――ええ、いいのよ、でも、一体何の話を……

――オーケー、でもちょっと待って、僕……扉がガタガタと音を立てて閉まり、――いいですか、私は急いでいるんです、とにかく、ノニー、ていうか、違法行為をするように指示されたなんて二度と言わないでくださいよ、私たちが何のためにあなたを雇ったと思っているんです！　ていうか、違法なことをしたいのなら弁護士を雇う必要はありません、ていうか、まじやば《ホーリー・シット》、ここをどこだと思ってるんです、ロシアだとでも？　まったく自由のない国？　法律は法律、違法なことをする必要は何もない、援助計画の一環として南アメリカに機織り機を売ることを許可する法律があるんですから、その通りにすればお金がこっちに戻ってくる、そうやって節税するのは私たちが考えた抜け道というわけじゃない、そうでしょう？　ていうか、例えば十万ドル、いや、百万ドルを試掘費用に使うとしましょう、無形資産の採掘費用、その八十パーセントが税控除を受けられるのは私たちが考えたことじゃないでしょう？　石油か天然ガスか何かが見つかったら、そこから先は、二十二パーセントの減耗控除を受けて資源を掘り尽くす、それだけのことでしょう？　ていうか、そういうことが正確に書かれている法律の条文を探してくるのがあなたの仕事、私たちは条文通りにことを進めるだけ！　オーケー？　オーケー、話はそれだけです、二十パーセントの急速償却のことはちゃんと調べておいてください、借り入れが可能なら雑誌『彼女《ハー》』の印刷設備のどこかで使えるかもしれない、そして工場を売れば現金が少し手に入るかも、それと、ウェスタン・ユニオンの資料は集めてもらえましたか……？　オーケー、分かってます、とりあえずそれをこちらへ送ってください、例の映画会社、エレボス社とベン・レヴァという男の件はどうなってますか、それと、あの貯蓄貸付組合*のことは……オーケー、オーケー、それから、あなたがこっちへ転送してくれた連邦取引委員会《FTC》からの手紙の件。X－L社が木から作ったマッチが簡単に折れて危険だという苦情が出ているという話？　オーケー、いいですか、その路線で宣伝をするようにムーニーハムに伝えてください、安全性に配慮して折れやすい新設計にしたことにするんです、森でたばこを吸うときとかに……いえ、はい、そうですね、値上げをしましょう、ていうか、新たに改良を加えたわけだから当然でしょう……？オーケー、もしもそんなことになったら、なかったことにする、ていうか、そのことについても話そうと思っていたんですが、どっちみち私たちは紙マッチの製造に一本化する予定なんですよね、印刷能力を限界まで使って……さまざまな製品の広告を印刷するに決まってるじゃないですか、何だと思ってるんです！　ていうか、そもそも、つぶれかけた紙マッチ会社を何のために買収したと思ってるんです！　それで、まずは例の新しいアスピリンの広告から始めるように指示してください……分かってます、今、その話をしているじゃないですか！　今のままで製造を続けさせるんです、それをそのまま宣伝に生かす、緑色の新製品だってコマーシャルするんです。新製品は緑……！　オーケー、本当のことでしょう？　意味なんてどうでもいい！　「新製品は緑」に淡々符*を添える。それだけで……緑に淡々符を添えるって言ったんですよ！　それだけで……さっきもそう言いましたよ……！　それだけで……さっきもそう言いました……！　扉が勢いよく開き、――うわ《ジー》、ジューバート先生、僕……

――うん、別に構わないんだけど……彼女は目に当てていたハンカチを下ろして振り向き――でも、一体何を……

――いえ、はい、これはただの、ちょっとお友達の手伝いをしようとしてるだけで……

――それに、一体どうして汚れたハンカチを受話器に……

――いえ、はい、風邪の季節が近づいているからですよ、先生も同じでしょう？　先生だって……

――私のこと？

――目が潤んでるのは風邪のせいじゃないの、きっと受話器からバイ菌をもらったんだよ、誰かの、やば《ホーリー》、やば《ホーリー》、ちょっと待って、自分で拾うから……

――ねえ、どうしてこんなたくさんの荷物を持ち歩いているの？　こんなにたくさん……

――いえ、待って、自分で全部拾う、折り鞄《ポートフォリオ》が破れちゃったせいで荷物が……

――あなたがアラスカについて書いたレポートもこの中に紛れているかもしれない、でも、これじゃあ探しているものが見つかるはずがないわ、古い新聞の切り抜きとか、いろいろな書類がごちゃ混ぜ……

――いえ、でも、ジューバート先生、これを見たことないんですか？　ダイヤモンド・ケーブル社の株式公開買付、教育関連事業で一気に独占を目指すっていう記事？　これを教室でみんなにも見せようと思ってたんだけど……

――ああ、ええ、初めて見たわ、ええ、みんなにも見せてあげて。

――それから、アラスカのレポート、あれはもう一回最初から書かなきゃならないかもしれないけど、ちゃんと提出はします、そういえばさっき、十セント硬貨が要るって言ってましたっけ？

――いえ、実はワシントンに電話するのに小銭が必要なんだけど……

――え、首都のワシントンですか？　番号通話*ですね、じゃあ、最初の三分は八十セント、その後は一分ごとに二十、三分以上話します？

――さあ、話が長くなるかどうかは……

――これで五十、七十五……湿った硬貨が手渡され、――八十、それか、ジューバート先生、二十分以上しゃべるようなら基本料が五十五セントに下がって……

――いえいえ、急いでるから、ありがとう……彼女は電話ボックスの中で身をかがめ、足元で荒い息をしながら「ヘッジング・ハイライト」を拾う手から両足を引っ込めて扉を閉じ、手を伸ばしてダイヤルを回し、洟をすすり、再び扉を揺すって半分まで開け、手を伸ばし、コインを投下した。――はい、もしもし？　モンクリーフさんにつないでいただきたいのですけれど、はい、娘からだとお伝えいただけますか……？　彼の……ええ、彼の娘、エミリーです、はい……はい、お待ちします……彼女は待った、そしてまた、書類、パンフレット、封筒を拾い集めている彼を扉で挟みそうになって、――もしもし、お父様……？　ああ……ああ、失礼しました、父が電話に出たのかと……はい、分かりました、その会議はあとどれくらい時間がかかりそうですか？　急ぎの用事なので……ああ、いえ、それなら結構です……いえ、それ、それなら結構です、はい。ありがとうございました……そしてしゃがみ込んだ彼女の視線の先には電話のかけ方を説明するパネルがあって、そこには「ファック」という言葉がナイフの刃で乱雑に刻まれていた。彼女のハンカチが上がり、次に、ガラスパネルの反対側から彼女のドレスの胸元をじっと覗き込むようにしている人影が目に留まり、彼女は扉を開けて、息をした。

――やあ、先方《パーティー》にちゃんと電話はつながった？

――いえ、でも、いいの、でも、あなたに借りたお金は……

――いや、いいんだ、でも、電話の相手のことを先方《パーティー》って言うの、お祝いのパーティーみたいで変だと思わない？　腕いっぱいの荷物が持ち上がり、振り向くのと同時に少し山が傾き、

――ジューバート先生も外に出る？

――いえ、私は、ええ、そうしようかしら、列車に乗ろうかな……

――ねえ、ていうか、先生に訊きたかったことが二つほどあるんだけど、と彼は半歩後ろをついて歩き、――もうすぐ僕らも未来《さきもの》をやるのかな？

――何をやるですって？

――授業の中でってこと、ジャガイモとか豚肉とか銅とかの未来《さきもの》、僕はちょっと考えてたんだけど……

――ああ、いえ、そういう複雑な問題を扱う時間はないと思う……

――いや、でも、すごく面白いんだよ、ジューバート先生、もう株式市場とかのことは分かったからさ、アメリカにおける僕らの役割《シェア》とか。だから今度は、そういう未来《さきもの》とかに挑戦して、肉なんかを買って、違うことの勉強を……

――肉を買うって一体、何の話をしてるの。

――冷凍豚肉のことだよ、豚肉未来《さきもの》を買って、リスクヘッジの方法とか、農家の人を援助する方法とかを勉強したらいいんじゃないかと思って、無料のニュースレターを取り寄せるだけでいいんだ、ちょっと待ってね、これを持ってってください……

――それに、クラスのみんなにまたお金を持ってきてって頼むわけにはいかないから……

――いや、でも、そこが便利なところで、どっちみちお金はあまりたくさん必要ないよ、十五パーセントとか、五パーセントとかの証拠金で売り買いができる、だから、実際にお金を出すのは仲買人で、ちょっと待って、これだ、ね？　このニュースレターがあったらいろいろな専門用語の勉強ができるよ、ていうか、ところどころ難しすぎて意味が分からないんだ、「私たちは長期の脇腹肉《フレンドリー・トゥ・ベリーズ》も応援いたしておりますが、まずは慎重に買い下がり方針＊で買ってまいります」……

――いえ、授業の中でそういう込み入った話をするつもりは……

――オーケー、でも待って、じゃあほら、こっちのパンフレットに書いてあることでちょっと先生に訊きたかったことがあるんだ、「銀行融資」っていう見出しの下のところ？　ヘッジ

対象商品を担保とする銀行ローンを通じてレバレッジを導入し、会社の資本回転率を引き上げるって書いてあるでしょ？　これって、どこかに豚肉みたいな商品を預けておくってことなのかな？　それとも、こっちは未来《さきもの》をヘッジするだけで、銀行の方が豚肉を……

——ねえ、悪いんだけど、これは自分で持ってくれない、JR？　JRは彼女の腕を携帯用書き物机みたいに使って、そこに抱えきれないほどの荷物を置き、さらに肘までついていた。——正直言って、今の話は私自身にもよく理解できないわ、尋ねるならグラン、いえ、誰か別の先生に……

——今、何て言いかけたの、グランシー先生のこと？　彼は荷物の左右に両腕を回し、——グランシー先生にはもう誰も質問できないと思うよ、そうだ、買ったばかりのキャデラックの話は聞いたかな……

——ええ、大変なことだったわ、いろいろと大変な……

——だよね、でっかいエル・ドラドだったんだ、と彼は廊下で半歩後ろに下がり、——あの車、人が乗ったら車体が上下に動くんだよ、だから、グランシーみたいなすごく太った人が乗っても地面と車体との隙間が変わらないんだ。それに、対向車が来たら自動的にヘッドライトが下がるんだって。ていうか、いろいろと大変な機能が付いてる車だよね……と彼は半歩前に進み出て、——ねえ、ジューバート先生は考えたことある、どんなものにもそれを作って売ってる大金持ちがどこかにいるってことを？

——そんなことしかあなたの頭にはないの？

——うん、例えばあそこ……彼は行く手を遮り、背中で扉を押し開けて、外からの風を呼び入れて、——たった今も、冷水機長者とか、ロッカー長者とか、電球長者なんかがどこかにいる、そしてその電球のことを考えたら、ガラス長者とか、電球をねじ込むところを売ってる長者とか、あ、待って、ちょっと待って……誰もいないが煌々と明かりのともった廊下の先にあるボックスの中で電話が鳴って、——ちょっとここで待っててくれない、ジューバート先生……？　しかし彼女はその脇を通り抜けて扉を押し開けたので、彼は左右に一歩ずつよろめき、そこに風とともにチョコレートバー〝三銃士《スリー・マスケッティアーズ》〟の包み紙が舞い込んで、——ねえ、ちょっと、ちょっと、オーケー、ちょっと待って、一緒に行くから……と彼は外の階段に立っていた彼女に追突した。

——ちょっと立ち止まって！と彼女は彼の肩に腕を回して、——立ち止まって、よく見て……！

——何を？　何を見れば……

——夕日、空、風、時には立ち止まって、何かをじっと見るってことがないの？　周囲の音に耳を傾けるとか？

——ああ、僕、ていうか、うん、僕……彼は腕いっぱいの荷物を彼女の体との間に抱えたまま、彼女の腕の中で身を固くして、——うん、ていうか、日が暮れるのがすごく早くなってきたよね……

――ええ、ほら、顔を上げて、ちゃんと空を見て！　あの空で大金を稼いでいる人がいると思う？　しかし彼女自身の視線は、手の中にある存在の驚くべき卑小さを確認するかのように、肩をつかんでいる自分の手に向けられていた。――どんなものでも、必ずそれでお金儲けしている大金持ちがいるのかしら？

――ああ、うん、いや、ていうか……

――それにほら、あそこを見て。月が昇ってくるわ、見えない？　あれを見ていると……

――え、あそこ？　彼は彼女の腕から逃れて、見やすい位置に移動し、――いや、でも、あれは、ジューバート先生、あの光ってるのはただの、ちょっと待って……

――いえ、もういいわ、気にしないで……

――いや、でも、ジューバート先生……？　彼女の背後から風が吹き、彼にその後を追わせているように見えた。二人の前で、駅の明かりに向かって木の葉が渦を巻いた。――てか、先生にちょっと訊きたかったんだけど、また近いうちに社会見学に行く予定ある？

――ええ、次はパン屋さんよ、と彼女は後ろを振り返って言った。――世の中にパン長者がいることは間違いなさそうね。

――いや、でも待って、また博物館とか美術館みたいなところに行く予定がないか訊きたかったんだ……彼は再び彼女の横に並んだ。――前にもニューヨークに行ったでしょ……

――メトロポリタン美術館ね、行く予定はないわ、家庭科の授業であそこの衣装コレクションを見学しに行く予定はあるけど、あなたはクラスが違うから……

――僕もついていったら駄目かな？　ていうか、すごく興味が……

――あなたが？

――うん、ていうか、すごく興味があるんだ、昔の服とかが飾ってあるんでしょ、僕はすごく興味が……

――まさか、つまらないことを言わないで、あなたは裁縫を習ってないでしょ、あれは電車の光？

――え、あの光？　違うよ、あれはハイウェイの明かりさ、ねえ、ジューバート先生？　自然史博物館って聞いたことある？

――もちろん、でも……

――やっぱり、ふうん、とにかく、ちょっと考えたんだけど、僕らはアラスカとかエスキモーとかのことを勉強したでしょ？　彼は早足で彼女に追いつき、横に並んだ。――で、僕らの持ってる「われらが荒野の友」っていう本があるでしょ？　あの中に、博物館に展示されている物の写真が載ってるんだ、剝製にされたエスキモーの写真。だから、ちょっと考えたんだけど……

――え？

――だから、実物を見るために社会見学に、待って、そこ、水溜まりだよ……

――何て言ったの？　何を展示してるって？

――先生はあの写真を見てないの？　エスキモーの剝製、彼らの生活ぶりとか工芸品とか、一体どうしたの……

――あなたは本当にそんなことを考えてるの？　そんなこと、そんなことを考えられるわけ？　誰かがエスキモーの人を捕まえてきて、そして……

――ああ、うん、いや、ていうか、ていうか、本当に生きているみたいな展示物の写真なら他にもあったよ、オオカミの剝製とか……彼の声は彼女の胸に埋もれて消え、彼の頰は真っ赤に燃えた。彼女は彼を一瞬強く抱きしめたが、彼は身をよじってそこから離れ、息を継いだ。――やば《ホーリー》……と片方の膝を地面についで空いた方の手で顔をぬぐい、――けど、どうしたの、ていうか、どうしてみんないつも……頭上を走る列車の音がして彼の言葉はそこで途切れ、――けど、ねえ？と彼は彼女の背中に向かって呼び掛けた。

――いえ、じゃあね、さようなら、もう待てないから……

――うん、行っていいよ、ジューバート先生、この新しい靴紐、何回結んでもほどけるんだ、でも、ねえ？　社会見学のときに会った、眼鏡をかけた小柄な男の人のこと覚えてる？　誰に対しても偉そうにしてたやつ？

――ええ、デビドフさんね。歩道に上がる段差につまずいた彼女が後ろを向いてそう返事をすると、少年はまるでヘッドライトに飛び込もうとしているかのように道にしゃがんでいた。

――あの人はデビドフさんっていうのよ……彼女はコンクリートの階段の前で一度立ち止まってから上り始めたが、最後の一段を残したところで急に足を止め、息をのんだ。――あ……！　そして風に向かって駆けだしたとき、列車がうなり声を上げながらプラットホームに入ってきて、*――ジャック……？

ぎりぎり手が届かないところで立ち止まった彼の片方の腋には、『競馬ガイド』にくるまれたくしゃくしゃの新聞が挟まれていた。上着は振り返るときに風で膨らみ、肩をすくめているように見えた。――エイミーじゃないか！

――ああ、いえ、あなたは今……と彼女は立ち止まった。

――失礼するわ……

――いや、いや、待って、エイミー、聞いてくれ、説明するから聞いてくれ……彼は慌てたように新聞を振りながら彼女に近づいた。――重勝を取ったんだ、エイミー、だからそれを祝うために一杯やった、ちゃんとした説明だろ、まさか君がここで出迎えてくれるとは思ってなかったんだ、聞いてくれ……

――違うわ、ジャック、私はあなたを出迎えに来たわけじゃない、次の電車で街に向かうところ、さっきは電車の音が聞こえたからてっきり……

――電車には上りもあれば下りもある、俺にそう教えてくれたのは君じゃなかったかな、覚えてる？　家まで送ってやるよ、エイミー、聞いてくれ……

――また街まで電車で戻るってこと？　つまらないことを言わないで……彼女は後ろを振り向き、無目的に広がる闇の中に消えていく光を目で追って、――今、ここに着いたばかりなのに。

――簡単な用事を片付けに来ただけさ、エイミー、学校に何冊か置いてた本を取りに行って、バックバイト校長*に教員の仕事なんてくそ食らえって言ってやって、そこからまた新たなスタートを切ろうと思ってた、聞いてくれ……

――ジャック、あなたの話は聞きたくない！　彼女は既に看板の前までたどり着き、「ヘイト神父御用達」と落書きされたパンを風除けにしていた。――電車が来たわ、お願いだから……

――「逃げる」と言った教皇のこと*、覚えてるか？　あれも君から聞いた話だ……

――ジャック、危ない！

プラットホームが揺れ、彼は「元気バリバリ、おまえもビンビン」にぴたりと体を寄せて、――逃げる……

――駄目、お願い、ついて来ないで、ジャック、お願いだから……！

――逃げる……

――駄目、駄目、やめて、やめて、危ないから、やめて……！　ジャック、あなた、ほら、ほら、ここに手でつかまって……

――切符はある？

――そこに座り込まないで、ジャック、足が、ジャック、足が大変！

轟音とともに橋台が通り過ぎた。――ハーディー・サッグズの話はまた今度聞かせてやるよ、でも、反対の足なんだよな、いいから聞いてくれ……

――ほら、あなたも、あなたも手を貸して、扉が、私の力じゃ……

――こういうときは蹴るのがいちばん、ほら……激しい音とともに足が抜けて、――窓際、窓際の席、窓の外に広がる美しい自然を眺めたい、どうした？

――どうしたじゃないわ、びっくりしたのよ！　彼女は指先で目を押さえながら席に座った。

――きれいな手をしてるな、エイミー、聞いてくれ……

――お願いだから……彼女はその手を下ろして膝の上のバッグを開き、ハンカチを探り、――膝、その膝、ちゃんと動くの、ジャック？　真っ直ぐに座ってほしいんだけど……

――切符代を出すだけだ、畜生……片方の足が前の座席のちょうつがいにねじ込まれて、――ポケットに手を入れようと……新聞が床に落ち、しわくちゃになった札束を持った手が出てきた。

――ジャック、どうしたの、そんな大金、どこで……

――さっきも言っただろ、重勝を取ったんだ、エイミー、これで人生を新たにやり直す、レインダンスとミスター、百十二ドル四十セント、ミスター・フレッド、賭け率《オッズ》は六倍、はいよ、これでいいかな、親切な車掌さん。

——ジャック、やめて、あなた、車掌さんに百ドル渡してもお釣りがあるわけないでしょ、あなたは……

——親切じゃないってわけか、じゃあ、こん畜生、もっと大きな札をくれてやる、これでどうだ……

——ねえ、やめて、ここに五ドル札があるわ、他のお金はしまってちょうだい、ポケットにこんな大金を入れておくのはやめた方がいいと思う。

——俺が重勝を取ったから怒ってるのか？　喜んでくれると思ってたんだが……

——馬鹿なことを言わないで、私はただ。そんな簡単な話じゃないの、それだけのこと。

——以前、俺が小銭を稼いだときにもそう言ってたよな、エイミー、そんな簡単な話じゃないって、努力した人にだけチャンスは訪れるって、ちょっとすまない……彼は頭を下げて新聞を追い、——プロテスタントの倫理、と彼は床に向かって言い、それから突然、真っ直ぐに起き上がって——でも、きれいな膝をしてるな……と言いながら自分も脚を組んでそこに新聞を広げようとしたが、それは無駄な努力だった。

——それに喉は一体どうしたの、ひどい声……

——ちょっと気管支炎気味かな、ペニシリン注射でもして人生をやり直すか、新聞はチャンスであふれてる。ほら。モノグラム入りの玄関マット、十六ドル九十五セント、どうだ、彼がそのページを振り回したとき、列車が震えながら駅に入った。

——モノグラム入りの玄関マットを敷いたらたちまち、みんなの尊敬の的、どうだこれ。

——ジャック、お願いだから、言いたいことがあるのならはっきり……

——いや、いや、聞けよ、いいか、嫌になるほどたくさんのチャンス、やる値打ちのないことを何でもかんでもやるチャンスがこんなにあるっていうのは歴史上初めてのことだ、問題はこの玄関マットを買うのにまず十六ドル九十五セントが必要だってこと、よく考えて生きるために森に入って生活をしたソロー*だってプロテスタントの倫理からは逃れられなかった、そこから逃れる最初の人間になるんだ、エイミー、よく考えてモノグラム入りの玄関マットを作る、ちょっとすまない……彼女の膝に急に力が入り、彼から離れた。——今までに見たことがないほどきれいな膝だ、外の景色を眺める方がこれよりいいって言うのか？

——ええ、そう思うわ、と彼女が言って、振り向いた先では、汚れた窓ガラスの向こうに家が並び、その裏に洗濯物が吊されていたが、やがてそれが商店に変わった。

——ドライクリーニングの店でも開こうかな……彼は腰を前にずらして両方の膝を前の座席に付けようとしていたが、それをあきらめて両足を通路に投げ出した。——人生をやり直すんだ……

——ドライクリーニングをしたって人生をやり直すことにはならないわ、ジャック、そのスーツはひどく傷んでるから、クリーニング屋に出したって……

——そうじゃない、エイミー……彼はまた新聞紙をめくる作業に再び取り掛かり、——俺は時々君が教壇に立っている姿を観てる、問題は、大人はみんな子供のときからやりたかったことをしてると生徒たちが思い込んでるってこと、くそプロテスタントの倫理、そこから逃れなきゃならないのにどうしても逃れられない、それなら最初から、クリーニング屋になりたいと思う子供を育てればいい、そう思わないか……列車はまた次の駅に着き、あえぎ、ぎこちなく停まった。——子供は大きくなって、いつか結婚して、子供をもうけて、モノグラムを欲しがる……

——ジャック、正直言って、あなたが何の話をしているのかさっぱり分からない、言いたいことがあるのなら……

——じゃあ、もう一度説明しよう、いいか、プロテスタントの倫理だ、人は自分の存在を正当化しなくちゃならない、林語堂*みたいな中国人になって百万ドルを稼いだ場合だって同じこと、問題はプロテスタントの倫理を正当化できるかってことさ、クリーニング屋になりたいと思っている子供が大きくなったときに……

彼女は汚れた窓ガラスに顔を向けたまま、咳払いをした。——あなたは大人になったら何になりたかったの。

——幼い子供。

——大人になったらって言ったでしょ!

——覚えてないよ、エイミー、前にも話しただろ、別に大人になりたいとは思ってなかったって……そして再び新聞がめくれ始めて、——じゃあまた、別の仕事を探すことにするか……通路に投げだした脚の上で新聞のしわを伸ばしていると、足の先が通行人のズボンの裾を蹴り、丸首の喉元まで黒い梳毛《サージ》をまとったその男が二人の前の空席に腰を下ろした。——けっ、畜生。

——ジャック、足を引きなさいよ、邪魔になるじゃ……

——新しい靴だから?

——ええ、とにかく、通路に足を出してたらみんなの邪魔に……

——一人きりにさせてくれないんだよな、誰もいないカウンターの席に座ってたら、別の客がすぐ隣に座りやがるんだ、空いてる席なら他に二十もあるのに、すぐ隣に座りやがる……逆方向に向かう列車の衝撃が二人の乗る列車を包み、去っていった。前方の扉が車両の揺れに合わせて音を立てながら半分開き、半分閉じ、列車は看板の前を通り、工事が終わって即入居可と書かれたアパートを通り過ぎ、来たるべき日に備えて車列を作る貸しおむつ屋のトラックの前を抜けた。——貸しおむつ屋を始めてもいいかな……

――ジャック、もうそれ以上、わけの分からないことを言うなら……

――生まれてこの方、ずっとチャンスを待ち続けてきた、心の準備ができている人にだけチャンスが訪れるって言ったのはパスツールだ、俺は生涯ずっと心の準備を重ねてきた、なのにいざチャンスが訪れたら、まだそれを受け入れる心構えができていなかった……

――それにちゃんと真っ直ぐに座ることもできないのなら、私は……

――黒のスーツを手に入れてただ飯を食ってればいいってか、問題はもう手遅れだってこと、一度もなりたいと思わなかったものになるのさえ無理だってこと。彼女が立ち上がると、彼は体を前に傾け、前の座席を手でつかんだ。――プロテスタントの倫理から逃れるんだ、受胎した瞬間からクリーニング屋になることを夢見る子供を作る、条件付けなんてほとんど無用だ、ステラ、次に体を重ねるときに二人ともドライクリーニングを頭に思い浮かべるだけ、ドライクリーニングがするっと中に入る感触があるはず、ドライクリーニング、ドライクリーニング、どうした……彼女の膝は既に片方が彼の前を通り過ぎ、もう片方も、彼が前の座席に押し付けたこぶのような膝を強引にすり抜けた。彼は新聞を大きく広げ、紙の隅をわざと前の座席の丸首に当ててから、また新聞を折り畳んだが、彼が目をやることのなかった通路の反対側では、汚れた窓ガラスに映った彼女が顔を少し上に上げていた。真っ直ぐに前を見据えたその目からは、まるでもともとそういう性質を持っているかのようにゆっくりと涙があふれていた。ガラスに近い側の目が涙の行方を追い、下に落ち、彼女がバッグを開き、丸めたハンカチの中からサングラスを取り出して、それをかけると、列車が震えながら停車し、発進するたびに、レンズにその震える風景が映った。通路には買い物袋、傘、きれいに折り畳まれた新聞が混雑の中で行き交い、やがて静かになった。通路の反対側にある汚れた窓の向こうでは、裏に非常階段を備えたビルが増えてきて、列車が下がるとビル群が上昇するように見え、列車が上がると下降し、やがて強烈なパンチのようなトンネルが列車を包んだ。彼女はすり足で扉に向かう列の最後尾に並んで待ち、扉をくぐり、その一分後に戻ってきて、新聞を引っ張った。

――ジャック？　起きて……

――さっきから起きてるよ、誰が勝った？

――立ってよ、もう列車を降りないと駄目。

――エイミー？

――列車を降りないと駄目、立って。

――いや、君をディナーに連れて行こうと思って乗ったんだぞ……新聞が床に落ち、山になった。――フレンチのレストラン、ディナーをごちそうするって約束してたのに、結局、行けなかったから……

――ごちそうなんていいから、ジャック、とにかく列車を降りないと。今からどこに行くの?

——君をフレンチのレストランに……

——それに、大金をポケットに入れたままで街をうろうろするのはよくないわ、ほら、こっちに来て……

——たくさんの人たちが輪になって歩いている、*ありがとう? スミルナの商人たるユージェニデス氏がポケットいっぱいに干しぶどうを詰め込んで、どうだ?

——お願いだから……

——何? 彼女の半歩後ろにいた彼が腕をつかんだ。——昔は完璧に暗記してたのに……

——ジャック、私は、私はこっちに行くわ、用事が……

——雨?

——ええ、しとしと降ってる、あなたは今からどうするの!

——これから何をするかは考えない、*どれかの列車に乗らなくちゃならないこともない、雨が降っていれば家にも帰らない……

——ジャック、お願いだから静かにして、喉がそんな状態なのに、雨の中をふらふら歩くのはよくないわ、誰か知り合いを呼ぶことはできないの、それともホテルに行く?

——荷物も持ってない人間をホテルが泊まらせてくれるかな?

——ジャック、誰か知り合いはいないの? タクシーが来たわ、あなたの好きなところで降ろしてあげるから……

——駄目だ、エイミー。俺は運転ができないし、乗せてもらうのもごめんだ。

——けど、こうして雨の中に立っているわけにもいかない。

——俺は運転ができないし、乗せてもらうのも……

——あなたが運転するわけじゃないんだから、さっさと乗って!

——窓側の席がいい、外の風景が見られるから……タクシーが「ガール・オ・ラマ、生演奏」と「独身女性限定パーティー」の前を通り過ぎ、勢いよく停車すると、彼は座席の隅にくずおれた。

——運転手さん?と彼女はガラスの仕切りに身を乗り出して、

——次は百十丁目までお願いします、東……

——みんなで映画に行こう、どうだ。

——さあ、と彼女は言って、座席に深く座り直した。——街に知り合いがいるでしょうから、その人のところに行って……

——アイゲンは知り合いと言えるかもしれないが、俺を嫌ってる。

——嫌ってるなんて馬鹿なことを言わないで。その人はどこに住んでるの。

——やつがあのスーツケースの蓋を開ければ、ゲロした犯人が嫌いになるのは当たり前さ。

——いえ、でも、誰か家に泊めてくれるお友達が……

——友達なんていない、エイミー、友達は君だけだ、ごめん、これは君の足?

彼女は足を引き、彼から身を遠ざけて、窓の外を見ていたが、やがてタクシーが停まると、制服を着たドアマンが車の扉を開けた。――分かったわ、ジャック、とりあえず、私の腕を取って、お願いだから……

――着いた? ホテルに行くんじゃなかったのか、ルームサービスはどうなった。

――ええ、ホテルじゃないわ、お願いだから行儀よくして。

彼は彼女の腕をつかんだまま半歩後ろをついていってエレベーターに乗り込み、半歩先に立ってエレベーターを降りた。彼女が鍵を回すと、もたれていた彼の体重で扉が内向きに開き、彼女がスイッチに手を触れると玄関ホールが明るくなった。

――ここが俺の部屋?

――いいえ、入って、どうぞ……

――こぢんまりしたいい部屋だ、柄のカーテンを掛けて、コンロを取り付ければ……

――ジャック! お願いだから……!

――すまん……彼は大きな白いソファに向かって駆けだして、――ブルーミングデール*の家具コーナーみたいだな、ここに住んでるのかい?

――ここは、ここはただの部屋……彼女はソファにバッグを置いて、肘掛けに腰を下ろし、サングラスを外して靴を脱いだ。

――さあ、とりあえずここに座って、泊めてもらえる友達のことを思い出して、ジャック、ぴょんぴょん跳び回ってないで、座って!

――靴が濡れてるんだ、濡れた靴を脱ごうとしてるだけ……

――じゃあ、さっさと座って脱いだらいいでしょう! ジャック、私、私はすごくいらいらしてるの、早く温かいお風呂に入って眠りたい、濡れた服を着たままでここにじっとしてたら駄目よ、どこか泊めてもらえるところが、ねえ、何してるの、やめて、お金がポケットから落ちてるじゃないの、もう、私が拾うからいいわ、私が拾うから!

――そこらで中華料理屋を探そう、エイミー、そして適当なものを持ち帰りにして……

――中華料理屋なんてない! いい加減に、あなたは好きなようにすればいい、私は……

――君も何かを食べたいだろうと思って……

――デリカテッセンが欲しいなら、電話機の下のメモ帳に電話番号が控えてあるから、お好きなように……!

彼はソファの背から精いっぱい身を乗り出し、扉の向こう、誰もいない廊下の先を覗いた。――エイミー……? 水が流れる音以外には何も聞こえなかった。彼の動きは緩慢に変わり、白いカーペットを横切って白い電話の前まで進んだが、部屋の中を動き回るその足取りはまるで重力に抗するかのように慎重で、左右不釣り合いだった。やがて彼は玄関にやって来た出前に応対し、部屋に戻ると、注意深くそれを床に置いて四つん這いになり、空《から》にした紙袋をソファ・クッションの下に片付けた。

——ジャック……？　どこに、何してるの、これは一体何！

——エッグロール・パストラミ、マカロニサラダ、サーモン、フルーツゼリー……

——でも、これ、カーペットの上に広げるなんてありえない、これじゃあ……彼女はソファの端に腰を下ろし、ローブの膝元を直した。

——草上《そうじょう》の昼食みたいだろ、脱いでもいいぞ、一緒に＊……

——ああ、お願いだから、ほら、もうこぼしちゃってるじゃないの、そこ……

——何だかを中に詰めてある、確かそんな説明だった、一体何を詰めてるんだ、ピクルス、七面鳥のロール、ライスプディング、待てよ、これはきっとギリシア風サラダだ、キノコが入ってるんじゃないか？

——どうしてそんなことをしてるの。

——ただちょっと、食事をしようと……

——ジャック、どうしてこんなことをするの！

——何だ。俺はちょっと食事を……

——この振る舞いは一体何！　いつもこんなことばかり、ずっと、道化師みたいなことばかり、ジャック、私には耐えられない、あなたみたいな人が、ジャック、あなたみたいな人が、あなたにはもっと、そんな行動を見ていると本当のあなたが持っている才能を忘れそうになる、あなたが、あなたが本気になったら……

彼はエッグロールを手にしたまま、ソファの肘掛けにもたれかかっていた。——分かったよ、と彼は視線を上げずに言って、エッグロールにかぶりつき、——君も食べたかったら、どうぞ……

——それに、いじけて黙り込むのもやめて、あなたは……

——分かったって言ってるだろ！

彼女はしゃがみ、ローブの胸元を押さえながら、もう片方の手を伸ばした。——これは何……

——ライスプディング……彼がそこから上げた視線は彼女の腕をたどって、ローブの胸元に移動すると、影の中で、解放された乳房が垂れ下がっていた。彼は咳払いをして、エッグロールをかじった。

——ライスプディングはどう。

——結構おいしい、ジャック、喉はどうしたの、医者には診てもらった？

——ペニシリンを処方してもらったけど、まだ薬は受け取ってない。

——どうして。

——さっき処方箋を出してもらったばかりだからさ！

——ええ、分かった、と彼女はより静かな口調で言った。——でも、できるだけ早く、薬を配達してくれる薬局に電話をかけましょうか、そうすれば……

——いや、薬のことは自分でできる。彼は自分の二つの膝の間から身を乗り出して、サーモンに手を伸ばした。——要る？

——何それ。

——スモークサーモン。

——いいえ、要らない、ライスプディング以外は見た目が何だか……

——ギリシア風サラダはやめておいた方がいい。

——ええ、でも、それ、何だか知らないけど、それはコーヒーテーブルの上に置いてくれないかしら、ずいぶん油っぽい感じだから。ジャック、もしよかったら……

——ほらよ……彼はそれを彼女に手渡し、立ち上がった。

——スコッチはない？　畜生、たばこを忘れたな……

——いえ、ないわ、ここには何も……

——電話を借りてもいいかな？

——ええ、もち、もちろん……

彼は彼女に背を向け、スーツを着た背中を丸めてダイヤルを回し、やがて受話器を下ろしてから振り向き、靴に足先を入れた。——ダウンタウンに暮らしている友達の奥さんが出て行ったんだ、と彼は靴を履きながら言った。——アパートはやつが一人でいると、奥さんと子供がいたときの二倍もがらんとして感じられる、それできっと電話の音も聞こえないんだろう。

——また後で電話したらいいじゃない、ジャック、それで、もしよかったら……

——これはどうしようか？　彼はまた床に座ってフルーツゼリーを食べようとしていた。

——とりあえず、コーヒーテーブルの上に、ジャック、少し時間を置いてからまたお友達に電話をするのなら、今のうちにシャワーでも……

——別にここから電話しなくちゃならないわけじゃない、やつのアパートにはどこからでも電話をかけられる……彼はまた床に座り、マカロニサラダにくっついていた百ドル札を拾い上げ、どこで汚れをぬぐおうかと考えているかのようにじっとそれを見ていた。——ホワイトローズっていうバーで友達が行方不明になった、やつもきっと同じ男を探してる、今から行けば店で二人に会えるかもしれない、と彼は言って、玄関の方へと後ずさりした。

——ジャック、馬鹿言わないで、外は雨よ、それに喉がその状態じゃ……

——雨と喉、俺が雨に濡れるのは今日が初めてだとでも思ってるのか、十一歳のガキだとでも？　君が教えてる六年J組にいる十一歳の子供だとでも……

——行動は十一歳みたいだけど。

——え、何だって！　どういう、さっきは友達に電話しろって言って、今度は電話をするなって言う、さっきはどこか泊まるところを自分で探せって言ってたのに、今度は雨が降っているから外に出るなって言う、今の俺にはここがどこだかも分からない、あそこのソファ、きっと二千ドルはするだろうな、ブルーミングデールのショーウィンドウに飾ってありそうだ、ここは一体どこ、知ってるのか？　家の中は空っぽ、こっちは小部屋、ここが玄関だろ、ベッドがあるぞ、一体俺にどうしろって……

――いえ、いえ、お願いだから、そこの扉は閉めて、そこは、そこは小部屋、そこは……

――へえ、じゃあ、俺にどうしてほしいのかをさっさと……彼は扉を閉めて廊下に戻り、彼女の前に立って、――何、俺、何、ちょっと、なぜ泣いてるんだ、俺が何をしたって……

――いえ、あなたは、あなたは関係ないの……彼女はローブの胸元を引っ張って涙をぬぐった。

――いや、でも、エイミー、頼むよ、一体……

――あなたには関係ないって言ったでしょ！と彼女は急に立ち上がり、丸見えになった白い乳房をさりげなく黄色いローブで隠した。――ここに泊まっていきたければ好きにして、それとも、ホワイトローズに行きたければ勝手に行ってお友達を、誰だか知らないけどその人を探したらいい、でも、どう見てもおかしなそのスーツは今すぐ脱いで温かいシャワーを浴びてね、肺炎にかからないうちに。

――分かった、と彼はその場で立ち上がって、誰に向かってというのでもなく言った。――分かった……そしてソファに腰を下ろし、また片方の靴を脱ぎ、そこでプラスチック製のスプーンを見つけ、それを突き刺す対象を探し、マカロニサラダに手を伸ばして何口か食べてから、後ろを振り返り、部屋の入り口に誰もおらず、扉が開け放しになっているのを見て、急に立ち上がった。左右不釣り合いな足取りで静かに部屋を出て、誰もいない廊下を進み、明かりの消えた半開きの扉の前を通り過ぎ、明かりの点いた前方の扉に向かい、中に入って扉を閉じようとしたが完全には閉まらず、振り向いて力尽くで閉めようとしたがそこでいったん手を止め、ゆっくりと閉めた。扉の内側には膣洗浄器がぶら下がっていた。それから彼は便器の方へ向き直り、もう片方の靴、上着、ズボン、シャツを脱ぎ、一つの山にして、それをシャワーの蒸気にさらした。シャワーを終えた彼は、ＥＭＪ*というモノグラムの入ったラベンダー色のタオルを見つけ、それを体に巻いて、明るい廊下に出た。一歩、また一歩と歩く足音は柔らかいカーペットによって消され、明かりの消えた扉の前で立ち止まる音も、扉に手をかける音も聞こえなかった。

――ジャック？

彼は緩みかけたタオルを腰のところでつかみ直し――ちょっと、毛布、毛布があったらと思って……

――どこへ行くの。

――ソファで寝るのに、毛布が欲しいと思って、一枚もらっても……

――馬鹿なことを言わないで。

――え？　エイミー……？　彼の体が震え、暗闇に向かって扉をさらに押し、――エイミー？　何も見えや……

――見えなくてもいいでしょう？　肘をついて起き上がった彼女の体重と、ベッドの上に座った彼の体重でバネがきしんだ。

――ああ……《ゴッド》

――そんなに、ジャック、そんなに力を入れないで、息ができない……

――エイミー、何てこった、俺、何て……彼女の頭が枕の上に戻り、彼の頭がその喉元に埋もれ、髪、唇とたどり、耳の細部を探った。動かしていた手は止められ、しばらくじっとしていたが、また動きだした。その様子はまるで、恐怖におびえる生き物が動きを止めるかのようだった。やがて、乳房のところで捕まっていた手がまた束縛を逃れ、山を下り、ゆりかごのようになった骨の隆起を上り、完璧に滑らかなその場所を越えて割れ目をたどり、二つに割れた指先が味と匂いに取り囲まれ、ピンクから紫がかった茶色に盛り上がる場所で、ただ一つの感覚を持つ秘部をつかみ、深みに飛び込んできた指に対して突然すぼんだ熱が開くと同時に、彼女の膝が彼の上に重くのしかかった。熊手のような爪を持つ彼女の手がゆっくりと彼の手から離れて上へと移動し、また戻り、また上がったかと思うと、そこにあった硬いものの上で、何の驚きも見せずに閉じられて、別の場所で続く激しい筋肉の突きに合わせてリズミカルに動きだした。それは長さを目いっぱい使いながら、彼女が動かす手の中に緊張と力を押し入れるようにして上に身を乗り出し、離れたが、小さな手はそれでもその全体を包み込み、やがて体ごと投げられたかのように彼が仰向けになったときにも手は冷静に期待を込めながら動き続けたが、失敗した彼女の手を別の手がつかみ、まるで土から根を引き抜くようにして体を離した。彼女は体を持ち上げて、こだまを響かせる彼の胸に耳を当て、こわばった腕に胸を押し付けつつ反対側の肩に手を伸ばし、

――いえ、いいのよ……とささやいて体を抱き締めた。彼女の頭の後ろに回された手は、髪の毛の中で震えながら、上下する胸に頭を引き寄せた。彼女の唇が皮膚をこすり、口づけをしたが、彼の手はそれに動じることなく、一息つくごとに胸はさらに大きく上下したが、やがて硬い胸板が柔らかい頬の力に負けた。髪に埋もれていた手に突然力が入り、閉じていた彼女の冷たい唇に柔らかく温かな舌が割り込んでくると、彼女は体を起こして顔を引き離し、彼の首元にしがみつき、そこに顔を埋めて――いいから……とささやき、――もういいから、と肩を丸ごとのみ込もうとするかのように半分彼の上に身を乗り出し、

――誰にでもあることよ……とささやいた。彼女の脚の温かな重さがこわばった彼の脚に載っていたが、彼が身をよじって背中を向けると、彼女は暗闇の中でその肩に口づけをして、ぬくもりを求めるかのようにそこにしがみついた。やがて、重みで自然にそうなったかのように脚が離れると、彼女は体を離すときにベッドのバネが音を立てないように息を潜め、見捨てられ

た上掛けを直し、ぬくもりを求めて自分の脚を引き寄せた。

　彼が目を覚ますと*、ベッドには自分一人しかいなかった。彼は体を起こし、引かれたカーテンから伸びる影を覗き込むようにして言った。――エイミー……？　しかしそれは単に山になった毛布だった。彼は再び寝そべって、両手で顔を上から下にぬぐい、じっと天井を見詰めた。それからいきなり起き上がり、閉まっていた扉を引き開けて廊下に身を乗り出して耳を澄まし、左右に目をやってから大股でバスルームまで進んだが、そこで見つかったのは、シャワーカーテンのレールにだらしなく掛かっているシャツとパンツだけだった。彼は急いでパンツを穿こうとして尻の部分を破き、静寂の広がるキッチンにその格好で入り、冷蔵庫を開けると、そこには蜂蜜の入った瓶と、穴が開けられた部分から錆が出始めている缶入りのトマトジュースがあった。二つの電球に照らされた整理だんすの前を通って、一歩ごとにさらにゆっくりと廊下を戻り、扉の前で立ち止まって――エイミー……？と呼び掛けた。それから咳払いをして、廊下にあるクローゼットの扉を開けると、中身の入っていないカメラケースが一つ、そしてもう一つ、合皮のパーティー用パンプスの上にもカメラケースが転がっていた。寝室に戻って、そこにあるクローゼットを開けると、ポケットから裾まで破れた汚いレインコートがあったので、それを羽織り、片方のポケットからつぶれたジタン*の箱を、次に反対のポケットからサーデイス*のマッチと重さのない五リラ硬貨*二枚を取り出し、再び廊下を戻って、白い電話を持ってコードをぎりぎりまで伸ばし、白いソファの後ろで床に腰を下ろしてダイヤルを回した。――アイゲンさんにつないでくれ、部署は……内線番号は覚えてない、部署は広報……彼が火を点けたジタンは乾燥していたために勢いよく燃え上がり、――もしもし？　アイゲンさんはそちらに……？　どこから戻ってないって？　ちょっと待って、それはどういう意味、今日は戻らないかもしれないってどういう……でも、今って一体何時？　待って、それはいいから、いいかな、これはちょっと、緊急というわけじゃないんだが……個人的な電話、そう、バターフィールド八番*、一の、待って……彼の声が急にささやきに変わり、――彼にはまた後でこっちから電話する……彼は受話器を下ろし、その場で背中を丸め、頭上に立ち上る狼煙《のろし》を息で吹き散らした。

　扉が閉まった。――ジャック……？　彼は肘から先の腕を上げていた。――まあ、びっくりするじゃないの！　そんなところで一体何を……

　――いや、別に、ただ電話をかけていただけ……

　――でも、どうしてそんなところに隠れて電話をしてるの？　それに何、その格好は一体何……

　――さっき起きたばかりだ、今が何時かも分からない、いや、ここがどこなのかさえ知らない、誰があそこの玄関から入ってくるかも分かりゃしない、それなのに自分の服さえ見つからないから……

――ダウンタウンに行かなきゃならない用事があったの、ジャック、遅くなってごめんなさい、と彼女は彼に近づき、立ったまま手に持っていた荷物をソファに置いた。――留守の間にあなたが出て行っちゃうんじゃないかと心配で心配で……

――どこに行くって言うんだ！　こんな格好でどこへ行く！　自分の服が見つからない、これはクローゼットで見つけた服、俺の服は一体……

――昨日着てたスーツならここにはないわ、ジャック、クリーニング屋に出したから、でも、あれはどうしようもないと思う、まさかあれをもう一度着ようと……

――いいか、俺は外に出たい、用事を片付けるんだ、ホワイトバック校長に話がある、待ってくれ、俺の金《かね》はどこ、俺の金はどこにやった！

――あれは全部、鏡台の引き出しの中、ジャック、学校には今朝、私が電話をしておいた、あなたは今日休むって伝えた、それに、今から出勤するにしては時間が遅すぎる、キッチンでコーヒーを淹れるわ、お願いだから座ってて、新聞も取ってきた……

――いや、でも、ここ、ここに長居はできない……彼は振り向き、――エイミー……?と一瞬立ち尽くし、それから床に座って新聞に手を伸ばした。彼女がトレーを持って部屋に戻ってくると、彼は新聞の下になっていたクリーニング屋の袋を手にしていた。

――それだとあなたにはかなりきついかもしれない、と彼女はトレーを置きながら言って、彼の隣に座った。――でも、とりあえずはそれで間に合うかなと思って。

――でも、誰の、どこで手に入れたスーツ、一体誰の……

――夏に私たちがクリーニングに出してからずっと店に預けっぱなしだったの、それで今日、あなたのを店に持っていったついでに……

――でも、誰の、誰がクリーニングに出したって、私たちって誰？　誰のスーツなんだ？

――本当のことを言うと、今はもう誰のものでもない、もともとは……

――誰のものでもないなんてありえない、誰のものでもないってどういうこと？

――元は夫が着てた、ただのスーツ、申し訳ないけど、夏用だから生地はただのポプリン*……

――なるほど結構、それでその旦那が今すぐにでも玄関から入ってきて、俺たちと一緒に朝ご飯を食べるってわけ？

――馬鹿なことを言わないで、彼は今外国にいる、ジャック、このジュースは全部飲まなくていいわ、薬を飲むために持ってきただけだから……

――旦那はわざわざ部屋をきれいさっぱり片付けてから出掛けたのか？

――あなたが何を言いたいのか分からないけどはっきり言っておくわ、私たちはもう夫婦じゃない、ここには私のものは何もなかった、さあ、このジュースで薬を飲んで。

彼は後ろにもたれかかり、レインコートの破れた裾で膝を隠しながらつぶやいた。――何の薬、男性ホルモン《テストステロン》？

――テストって何？　ペニシリンよ、あなたが昨日着てたあのぼろぼろのスーツのポケットに処方箋が入ってたわ、ジャック、正直言うと私、どうしてあんなにたくさんのごみをいつも持ち歩いてるの。

――ごみじゃない、あれは、どこにやった、あれも全部捨てたのか？

――いいえ、全部ここに入ってる……彼は彼女の背中がアーチを作り、コーヒーテーブルの下の棚に手を伸ばすのを見た。

――まったく、見てよこれ、ごみ以外の何ものでもないでしょ？　それにこっちも？　それから古い新聞の切り抜き、汚れすぎててほとんど読めやしない。

――ああ、それは、それは何でもない、ああ、行動主義者のB・F・スキナーというやつのせいで話がややこしくなったんだ、あいつがいろいろと幼稚なアイデアをうまくまとめたものだから……

彼女はその紙を丸め、――じゃあ、こっちは？　自然の対称性について？

――ああ、うん、それは……彼は前に身を乗り出し、――これはイータ中間子の崩壊プロセスに関する研究、これをきっかけにして素粒子に対する見方が大きく、要するに……

――だから、これは取っておく分なの？

――問題はこの、鉛筆ある？　まあいい、イータ中間子というのは粒子でもあり、反粒子でもある、電荷はなくて、物質か反物質かを区別する手掛かりもない、どんな種類の粒子もそれぞれ鏡像関係にある反粒子を持っているはずなんだ、質量とスピンが同じで、正負が逆の等しい電荷、ここで研究者たちが問題にしている反応においては、同じエネルギーが生まれるはずなのに、通常の粒子の方が反粒子よりも多くのエネルギーを生んだんだ、おかげでこの宇宙の中で俺たちの暮らす一角においては基本的な対称性が欠けているんじゃないかという問題が……

――それと、テーブルから足を下ろしてくれない、ジャック、ちょっと邪魔で……

――靴が片方しか見つからない、うん、でも、ほら、反物質からできている銀河がどこかにあって、普通の物質からできている俺たちの銀河とのバランスが取れているのかもしれない、俺はこのレポートのコピーを取るつもりだった、『フィジカル・レビュー・レターズ』誌掲載*だったかな？　コピーを取るつもりで……

――けど、ジャック、この切り抜きの日付、四年近く前じゃない、古くてもう役に立たないんじゃない……そしてその切り抜きはごみの山に加えられ、B・F・スキナーと計時係《クロッカー》ロートンの勝ち馬予想の仲間となった。――それから、これは何……？

・決して踏み迷うことなく時間通りに訪れる偶然
・ネズミが思い描く天使としてのコウモリ
・私たちは時に、他人と似ていない以上に、自分自身とも似ていないということ
・あたりには、まるで小人が握手をしているかのように、友好的な空気が漂っていた
・生命なきものの、完璧なまでの堕落（E・M・フォスター）
・万物がその周囲を回る軸として、イポリット・テーヌは「女のあそこ」を挙げた
・誰が誰を使うのか？（レーニン）
・帽子もかぶらず、服は乱れ、ただくじけることのない気力だけ携えて、創造主の前に差し出された魂（K・マンスフィールド）
・はっきりと目で見ているのに、それをどうにもできないということ（ヘラクレイトス）*
~~まるで地球の根っこが腐り、冷え、水浸しになったかのよう~~（キーツ）
・レディー・ブルート：それは単なる誤訳かもしれない*
・大人になるのは難しい、実際、その試練を生き延びる者は数少ない
（ヘミングウェイ？）
・他の予定を立てるのに忙しくしている間に降りかかるもの、それが人生だ
・完遂した物事に対して感じるメランコリア
・打ち負かし、生かすも殺すもこちらの自由となった敵、それゆえかつてなくいとおしく思える相手への切なる思い（T・E・ロレンス）
・われわれが自分自身と似ている以上に、パスカルは他人と似ている
・結び目に息を吹きかける女には用心しろ*
・芸術作品には始まりと中間と終わりがあるが、人生には中間しかない
・よそ者がマーンの町で最初に会った男に「ここの族長は誰か？」と尋ねれば、たとえそれが子供であっても、「私がそうだ」と答えると言われている（C・M・ダウティ『アラビア砂漠』）
~~なるほど私は熱狂のあまり、何かの間違いで、悪くないフレーズをいくつか生んだことがあります。しかし~~*
・物語の最後に、人類にあいた一種の大きな穴と化すゴーゴリ作品の登場人物*

——それもごみ、と彼はつぶやき、ソファの上でさらにだらしなく座り、靴を履いていない足を組んだまま、膝を彼女の膝に押し付けた。

——でも、あなたが書いた字じゃないでしょ？

——ああ。

——じゃあ、誰が書いたの、すごく達筆、誰が……

——ただのごみじゃないか？　さっさと捨ててくれ、ごみの一つ一つにいちいちコメントを……

——もう、ほんとに……！　彼女は立ち上がったが、目はまだ紙切れを見詰めていた。

——分かったよ、俺の字だ、昔に書いた俺の……

——帽子もかぶらず、服は乱れっていうの、すごくいいわ、それにコウモリ、と彼女が彼の横で立ち上がって言った。——ここではパスカルが二回引用されてる、ね？　それにテーヌ、これってまさか同じ人？　批評家のテーヌ？

手元を覗き込むように近づいた彼の膝が彼女の膝に当たり、彼の手が膝の内側に回り込んで、上へと移動した。——そうだったら何かまずいことでも……？　彼の親指が突然、温かな部分をなでた。

——私たちがフランス文明の講義で習った中にそんな話は出てこなかった、ジャック、お願い、そういうのはやめて……と彼女は急に彼から離れ、——じゃあ、これは捨てないでおく？

——ちょっとしたアンソロジーでも企画しようかと思ってたんだ、それか、と彼はまただらしなく座り、——一ダースというテーマに関する本？　十二章から成る本を書いて、題辞《エピグラフ》を添える、どうかな。

——以前、書いている本の話をしてくれたわね、確か……

——十二冊の本を書いて、それを……

——ジャック、お願い！　やめて、列車に乗ってたときと同じその態度、それって、それってまるっきり……

——まるっきり何だ！　列車でも話しただろ、俺が今までに何をやったか、生涯ずっと準備ばかりをしてきた、いざというときになって何ができるかと言えば、七種類のこぎれいな字体が綴れるだけ、それが何の役に立つかと言えば、せいぜい他人の言葉を間違って引用するだけのこと……

——ジャック、馬鹿なことを言わないで！

——何が馬鹿なことだ、俺は……

——とにかくあなたには似合わないわ、ジャック、あなたがそんなふうに言うのを聞きたくない、まるで自分には今まで何もできなかったみたいに……

——へえ、じゃあ、昨日のことはどうだ！　昨日の晩のことはどうなんだ！

——え、昨日の晩がどうしたの。

——昨日の晩だって、生涯ずっと準備をしてきたんだ、チャンスさえあればいつでもって、その貴重な一回のチャンスを……

――馬鹿なことを言わないで、昨日のあなたはお酒も飲んで疲れてたし、何も……

――チャンスを無駄に……

――ジャック、やめて！　お願いだから、ジャック、そんなふうに頭を抱えてないで、そのスーツを着てみてくれない……？と彼女はトレーを手に取り、――一緒に散歩に出掛けようかと思ったんだけど……と彼女はトレーを持ったまま廊下に向かい、彼のもとを離れた。彼が頭から手を放すと、その目は、膝元に丸めて置かれた紙を見ていたが、やがてクリーニング屋の袋に手を伸ばし、カーペットの上でそれを引き寄せた。――公園沿いならそろそろ街灯がともる頃だし、と彼女がキッチンから呼び掛けた。――ジャック？　そこの窓から月が見える？隅が大きく欠けてる月？　母がよく言ってたわ、妖精たちがあの影の部分で……

聞こえるのは流れる水の音だけで、二人の背後で扉が閉まった後には静まりかえっていたが、やがてドアのベルが短く鳴り、次に長く鳴り、破裂するように短く響き、降り積もった闇を電話のベルが貫き、もう一度、もう一度それが繰り返され、カーペットが敷かれた廊下の先のどこかで配管が首を絞められた。

――すっかりお腹が空いたわ、あなたは？　明かりを点けてくれる？　そのスーツを着たあなたを見たときのラリーの顔ときたら、私、死ぬかと思ったわ、ドアマンなんて住人の服をろくに見てないと思ってたら大間違いよ、ジャック、クリームソースのかかったロブスターは好き？　あなたが酒屋さんに行っている間に買った冷凍物なんだけど、ロブスターの身はあまり入ってないみたいだわ、ジャック？　駄目、買い物袋を抱えているから今はキスできない、一杯だけ飲む？　食事の前に？急いで用意するわ、駄目、いいから。新聞があるわよ。急いで用意する……彼は彼女の後をついていってグラスを取り、ソファに戻ってズボンのウエストを緩めてだらしなく座っていたが、トレーを見て少し体を起こした。――そこの新聞をどけてくれない、ああ、それからコルク抜きが要るわね……

――俺が取ってくる……

――いえ、座ってて……彼はまた腰を下ろし、背後で明かりが消えそうになるのを感じて後ろを振り返った。――まともなろうそくじゃないんだけど、これしか見つからなかったの、と彼女は言いながら、かがみ込むようにして二人の前にそれを置いた。――何？

――何でもない。君の喉。俺は君の喉を見ていたんだ。

――ジャック、お願いだから、さっさと夕食を……

――何も見えやしない……彼は短いろうそくを手前に寄せた。彼がその上にしゃがんでたばこに火を点けた頃にはもう、それは水溜まりのようになった蠟の上に浮かぶ炎だけになっていた。

――あなたの喉はどうなの？　たばこは喉によくないわ……

――たばこはこれしか持ってない、君も買ったんじゃないのか、出掛けるときに持ってたあの小さい紙袋の中。

――あれはあなたのために買った咳止めドロップ、そのたばこはどこで見つけたの？

――あのレインコートの中さ、ウエストの細さを保つために癌を育ててたんだろう、と彼はウエストを緩めながら言って、深く座った。――おしゃれな男だったんだな。

――ああ、彼はただ、趣味の悪いソックスなら四十足は持ってたんじゃないかしら、フランスで買ったもので、すごく丈が短くて、上の方に小さなロゴが入ったゴム入りのソックス、脚を組んだら死人みたいに白いすねが覗いてた、でも、さすがに本人にそんなことは言えないから、洗濯のときに行方不明になったみたいなふりをしなくちゃならなかったわ、全部処分するのに何か月もかかった。彼はいつでも勝負に勝たないと気が済まなかったから、私は彼を敵に回しながら、彼が勝つのを手助けした。

――そんなのは、女なら誰でも知っていることじゃないのかな。

――いいえ、でも、私はまだ若かった、彼は一生懸命だったけど、勘違いをしてた、私の結婚相手がどうあるべきかを私の家族がどう考えているか、彼は彼なりに考えてたんだけど、そこには大きな勘違いがあった、ジャック、お願いだから、やめて……

――あ、え……彼の手が自分の重みで下に落ちた。――英語がほとんど話せないイタリア人に肖像画を描かせた貴婦人の話を聞かせてやろうか。女は絵を見て、胸襟を開いた感じがしないって言うんだ。画家はその単語を知らないものだから、早速辞書で調べたら、胸元の襟のことって書いてあった、だから次に婦人に会ったときに……

――その手の話は好きじゃない。

――ああ。

――でも、そんなふうに……

――何、ルシアンのやつは、よその男が君の胸襟を探るのを嫌がった？

しかし彼女は彼と距離を保ったまま、その場に座り、のけぞるようにして後れ毛をねじると、むき出しになった喉が波のような光に照らされ、しばらくして彼女がこう言った。――いいえ、いいえ、彼は嫉妬深いタイプじゃなかった、私が買ったローネックの服を彼が返品したのも、私がそれを着たときの男たちの反応を嫌がったわけじゃなくて、彼自身がみんなにどう思われるかを考えてのことだった、妻の服装を通じて自分が世間にどう思われるかってこと、でも、彼はパーティーに行くといつも私に、デコルタージュを着ている女性とか、乳首が透けるようなシャツを着ている若い子とかに目を向けさせたわ、彼がどういうつもりなのか私には分からなかった、一度は私、葉巻を買うことまでしたの、途中まで吸っただけで吐きそうになったから、そこで消して灰皿に置きっ放しにした、彼が帰宅したときに目に入るように、なのに彼は何も言わなかった……彼女は消えかけたろうそくの最後の明かりの中で、ねじれた髪を口元に当てた。――そして結局、結局、何をやっても面白くなくなった……

――この部屋、何か音楽を聴けないのかな。

――ええ、うち、うちでは音楽は聴かない、コンサートには行くけど、家では聴いたことがない……彼の手が彼女の手を握り、二人の体が近づき、やがて肩が触れ、彼の手が彼女の温かな喉をなで、唇が彼女の耳にとどまり、暗闇の中で彼女が彼の方へ顔を向けた。突然、彼が真っすぐに体を起こした。――今のって、男の人とキスしてるみたいだった？

――エイミー、一体何を、待って……！と彼は立ち上がり、彼女の後を追って、明かりの点いた廊下を進んだ。――畜生、エイミー……？　バスルームの扉が閉じて彼を遮り、彼は寝室に引き返してベッドとベッドの間で明かりのスイッチを探し、上着を脱いで、床に放り出した。

――ほら、やっぱり！　彼女は黄色いローブの前をはだけ、鼻の下に髪の先を当てて、寝室の入り口に立っていた。――髭みたいに見えない？

彼は視線を落とし、咳払いをして、――分かったからやめてくれ、やめないと、俺がその髭をむしるぞ……

――ジャック……彼女はローブの前を閉じたが、ガラスの方を向いてまた動きを止めて――やっぱりそう見えるわ！

――分かったからやめてくれ！

――変よね、と彼女は振り返りながら言って、ローブの前を緩く押さえたまま二つのベッドの間に入り、彼がズボンを脱ごうと格闘しているのと反対のベッドに腰を下ろして横になった。

――男が男にキスをするって、何だか気まずい気がしない？

――ああ、気まずいだろうな。

――でも、女が女にキスするときほどじゃない……彼女は隣に来た男から胸をかばった。彼は彼女の温かな喉をなで、唇は耳にとどまり、舌が突然、入り組んだ耳の細部をなぞり、ローブの下では手が胸から胸へと移動し、やがて彼女がうつぶせになるとその両胸がつぶれた。彼がその背中から黄色をはいで白をすっかりむき出しにした。彼の手の中から彼女の手が現れ、強健な骨を測定するようにたどりながら獲物をなでるみたいに通り過ぎ、遠いところからストロークを始めた後、また、さらにゆっくりと上りだし、指先をすぼめ、形を探るようだった指が確証を得ると、既に手で覆いきれないほどになっていたそれを端から端まで肉付けした。彼が膝立ちになるとともにそこから離れた手が、背中に乗った彼の膝へ、枕に伏せた顔にかかった髪を掻いてから下り勾配へ、さらに下へと移動し、そこで止まった。彼の息が突然近づき、そのぬくもりが反対から返ってきた。蕾のような熱を彼の舌が貫き、深みにとどまっていると、可能性に対してそこが徐々に開かれ、流れるような感触に対して広がりを見せ、貫入しようとする動きをのみ込み、それが失われるのではないかという恐れが急に現実味を帯びてさらに腰が上がり、彼の攻撃的な視線によってもっと高まり、膝と膝が組み合い、完璧な対称性の中で深く突き上げると、彼の方へ波が押し寄せ、両側に置かれた彼の手はまるで波を抱えているかのようで、彼女の雄弁な血液が頰の中で何かを語り、やがて彼の全体重が彼女の上に預けられ、その顔が彼女の肩に乗り、枕の中であえぎ声を発する彼女の顔を探ったが、やがて二人とも息が落ち着き、うつぶせになっていた彼女がゆっくりと彼に体を向けて、彼の濡れた唇に激しく口づけをした。

彼は膝に手を伸ばし、ぽりぽりと掻いた。――ここにはノミがいるみたいだ。

――馬鹿なことを言わないで。冗談でしょ?

――ノミは人気《ひとけ》のない場所が好きなんだ、分厚いカーペットとか、と彼は言って、突然、後ろを向いたかと思うと、唇から一本の巻き毛をつまみ出した。

――ジャック、ねえ、やめて、お願いだから、と彼女は彼の手をつかんで遠くへ押しやり、――まさか見つけたの? どうやって入ってきたのかしら、どうしたらいい?

――とりあえず全員を集めて、訓練を施して、ちっちゃなサーカスでも始めるかな。

――もう、本当はそんなもの、あるわけないのに。あるの?

――何が、ノミのサーカスが? ノミのサーカスを聞いたことがない?

――もちろん、聞いたことならあるわ、私が言ったのはそういうこと、あれって単なるお話でしょ。あまり掻きむしらない方がいいんじゃない?

彼が掻くのをやめて手の先を見ると、指の間につまんだピンク色の肉が紫色に黒ずんでいた。――ロレンスの仲間の老戦士、アウダ*になったみたいな気分だ……

――私にとってはいとおしい……彼女の頭が彼の胸に乗り、彼女の乳房がつぶれた。

打ち負かした敵を愛慕するかのように、しなびた尾根を爪がなぞり、静かに落ち着いた血管の色をたどっていたが、それが一瞬で形の定まらない湿った唇と舌に代わり、同様に突然、上に移動してきた唇が彼の肩に押し当てられて、彼が身動きできずにいる間に、彼女がささやいた。――明かりのスイッチ?

――たばこを一本吸おうかと思ってたんだけど、と彼は言いながら明かりを消した。

――要らないでしょ、と彼女は手を伸ばして彼の肩をつかみ、――ジャック? 見たことあるの? 本当に?

――たばこを?

――ノミのサーカスよ、まさか本当に、ノミに小さな衣装を着せたり、台車を引っ張るように調教したりするわけないわよね? そんなことをして何の意味が、誰がそんなことをするわけ?

――するのは例えば、ほら……彼は暗闇の中で咳払いをして、――例えば、ほら、やる価値のあることをやって失敗するのを恐れている人とか……

——でも、本当にそれをしている人なら、それはたしかにする価値があると信じてしているはずだわ、と彼女は彼から顔を背け、——最初からやる価値がないと分かっていたことをやろうとして失敗する、それこそが唯一、たちの悪い失敗だと思う。違う？

　そのとき彼が何をささやいたにせよ、その言葉は失われた。彼が体を横向きに起こして、手を膨らみまで移動すると、その手はまるで演台の上に置かれたかのように、一晩そこにとどまった。白い斜面の間にある割れた余白に沿って置かれた手のそばには説教が綴られ、会衆が夢に群がった。

——ジャック？

　彼は顔に差す太陽の光*を払うように片方の肘をついて、彼女の顔を影に入れた。——いつから目を覚ましてたんだ？

——コーヒー、要る？　ジャック、駄目よ、お願いだから、私はそろそろ起きる……

——今までに見たことがないほどエレガントな喉だ……

——ありがとう、あなたの喉は、ペニシリンは飲んだ？　声は全然……

——俺が言ってるのは喉の粘膜の話じゃない、畜生、エイミー……？

——リビングルームにする？　こっちの方が日当たりがいいけど……？　そして彼女がトレーを持ってリビングに入ると、

——誰に電話を？　それにジャック、そのパンツ、お尻が破れそうよ？

——もしもし？　アイゲンさんを頼む、広報課の。ドレッシングガウンを着た方がいいか？

——え、あの汚らしいレインコートのこと？　彼女はカップをテーブルに置いて、——この切り抜きは要るの？

——全部捨てたんじゃなかったのか、もしもし？　アイゲンさんだ、うん、広報……もういないってどういう意味、待って、待って、じゃあ誰か別の……広報課は丸ごとってどういう……？　いや、いや、じゃあ、家の方に電話をかけてみる……

——何があったの？　彼女は彼にカップを手渡し、——そのお友達って、あなたが話していた例の……

——どうやら現実から逃げるための最後の砦を失ったらしい、会社の広報なんてやつがそもそもやりたいとさえ思っていなかった仕事だけど、それをやる道さえ絶たれたようだ、やつは……

——そのお友達って、あなたが話していた例の、事故に遭った人、目をけがした人なの？

——シュラムのこと？　彼は皿に手を伸ばした。——違う。これは何。

——名前はたしか蝶ネクタイ《ボウ・タイ》、中に何かが入っているお菓子なんだけど、かなりまずい、ジャック、そのお友達に何があったの、ずいぶん心配そうだったわね。

――やつはちょっと、何でもない……

――その人、大丈夫なの？

――大丈夫、ああ、やつは大丈夫だ……！　彼が前に乗り出していた体を元に戻すと、菓子のかけらが彼女のローブにぽろぽろと落ちた。――シュラムは死んだよ、エイミー、生きていくことに耐えられなかった、やつは死んだ。

――まあ……！　コーヒーがこぼれ、彼女が濡れたローブを引っ張り、縁を持って膝から上を拭いた。――ジャック、ごめんなさい、そんなつもりじゃなかった……

――別に謝ることはない、何も言う必要はないさ、結局のところ、やつは生きていくことに耐えられなかっただけ。

――でも、その人、また別の事故に遭ったわけ？

――最近、俺たちがやったことの中で、あれだけは事故じゃない……彼は、背後に畳まれた彼女の脚にもたれかかり、――でもそのうち、くそ事故に遭っている時間さえなくなるんじゃないか……

――ジャック、お願いだから、汚い言葉を……

――ああ、畜生、エイミー、どうせ俺は何をやっても駄目さ、そもそもやる値打ちのないことばかりなんだから、それか、やる値打ちはあるんだって、せめてそれが終わるまでの間信じようと努力はしてるんだ……彼女が彼の上に体を乗り出してカップを置くと、彼がまた彼女にもたれかかった。彼女のローブがはだけて、彼が白いひだに沿って菓子のかけらをたどり、――でもただ、ただ、それがあまりにも長くなりすぎて、本当のことだとは信じられなくなる……彼はひだを逆にたどり、――シュラムはよく、あのアパートの窓辺に立って、自動車の壊れたフェンダーを荷台いっぱいに積んだトラックが通り過ぎるのを見ながら、その車を運転していたやつは何か本当のことをしていたんだと考えていた、それに俺がさっき電話した相手、アイゲンは……

――でもジャック、それはシュラムの話でしょ……彼女は下に移動した彼のこめかみを手でなでて、――あくまでもシュラムさんの話、あなたのことじゃない……

――さっき俺が電話した相手、アイゲン、やつは一度小説を書いたことがある、一部ではとても重要な作品と評価された……そこで彼が言葉を句切ると、彼の舌が、彼女が直した胸の下のひだに沿ってかけらを追い、――結局、周りで起きているすべてのことがくそリアルに感じられるようになった、おかげで長い間、物事をじっと見ていられなくなって、まったく文章が書けない有様さ……

――でもジャック、それもあなたの話じゃないわ……

――締め出し症候群《ティアシュルス》の世代、思考停止状態に陥って、しまいに……

――でもそれは、あなたの話じゃないわ、ジャック、他人の話！　彼女は彼から離れ、ソファの肘掛けにもたれた。――そういう話は聞きたくない、そんなの、そんなの馬鹿げてる……

と突然、彼女は彼の上から手を伸ばし、カップを重ねて――私、私は本当に、そういう話はもう聞きたくない、これを片付けるのを手伝ってくれないかな、出掛けたいんだけど?

――出掛ける?

――ええ、あなたのスーツを買わなくちゃ、それに、それにちょっと外の空気を吸いに、それで、この切り抜きは要るの……

――捨てたんじゃなかったのか……そして彼女が彼の上で手を伸ばすと、彼女の胸が彼の唇を押さえる格好になった。

――いえ、私……彼女の手が空っぽのままゆっくりと戻り、

――要るのかと思って……

――何のために、くそ、もう手遅れさ……

――ジャック、分からないの? 彼女がまたソファに深く腰を掛けたとき、その手、両方の手が上がり、彼を抱き締めた。彼の唇が黒っぽい円をなぞり、ざらざらした縁を舌がたどり、

――ジャック、そういう言い方を続けていれば、最後には私もそう思うようになると思ってるわけ……? 彼の手の重みがゆっくりと彼女の脚をソファの背もたれに押し付けて――それに私は面白いと思ったわ、コウモリの話、ネズミと天使の話……彼の手の重みが消え、指先がまるで偶然であるかのように柔らかな広がりに触れて――他のも、物理学や反物質の話、私にはよく分からないけど、でも……

――あれは馬鹿げてた……彼の空いた手が下りて膝をつかみ、彼女ににじり寄った。彼女の手が彼の方へ走り、爪が彼の方へと伸び、彼は手を伸ばしてローブをはいだ。――すべては考え方が逆立ちしてしまっている、対称性を証明してから、それを美しい神と呼ぶ、エイミー、いかなる不死の手、いかなる目が*恐ろしき対称から成る汝《なんじ》の体を作りしか……唇は彼女の膝で沈黙を強いられ、そこから下方へ移動した。彼の手で今動いているのは隠れた指先だけで、彼女の手が持ち上がって、彼のその手をぎゅっと握りしめた。

――でも、私が理解しようとすまいと、そんなことはどうでもいいと思う、大事なのは好きな話をしているあなたの声を聞くこと……彼女の手が近づき、絞り上げられた滴に親指が触れ、糸を引いて――それだけは確か……彼の唇が動くと、彼女が急に体を開き、手がさらに近づいて血管と色をむき出しにした。彼の膝が彼女をまたぎ、電話機を落とした。電話が鳴ったときにはまだ、まるで彼女が突然ジャンプをするか、突然いなくなるか、そのどちらかに備えるかのように彼がまだその体をしっかり抱き締めていた。彼女の腕が自由になり、上がり、肩を動かして彼の膝を押しのけ、両脚をひねるように下ろして、落ちた電話に手を伸ばし、受話器を逆向きに取った。――もしもし? 膝をそろえ、受話器を持ち直した。――もしもし……?

――やれやれ……彼はソファの縁に戻った。

――ええ、ビートンさん……? いえ、いえ、何でもない、私、花瓶を倒しただけです、何か……はい、でも、昨日は……

でも昨日、私がそちらのオフィスにうかがったときは、おっしゃっていましたよね、おそらく、おそらく……でも、私は前からこうなるんじゃないかって言ってましたよね！　裁判所命令とか、老いぼれのユード判事なんかに頼っていたらこういうことになるって……あの判事は老いぼれで、アル中で、今までにもたくさんの弁護士が泣かされてきたのをあなただって知ってるはず……！　彼女は膝をこじ開けようとしている手をつかみ、――え？　いえ、腹は立てています、ええ、もちろん腹は立っています、もし他に誰もやってくれる人がいないのなら仕方がありません、私が自分で向こうに行って……え、その件じゃない？　じゃあ、何のことで……今すぐですか？　そちらのオフィスに来てくれって、ああ、もう……！　彼女は受話器を片方の乳房に押し付け、反対の乳房から彼の顔を引き離した。――もう、お願いだからやめて！　そして彼女はローブの前を直した。――はい、もしもし？　はい、もちろん、私は大丈夫です、私は……ええ、怒ってるって言ったじゃないですか、ジョン伯父様にはあなたの方から……私が管財人に指名されたときにどんな了解があったと……いえ、伯父様とは今、話をしたくない、どんな約束があったのかなんて私にとってはどうでもいいと伝えてください、もしも子供の父親を破滅させるだけのためにあの会社の株を全部売らせるという用事さえなければ、伯父が私を会社に呼ぶ必要だってないんですから、私に署名をさせて、財団の持っている株を売らせようとしているだけ、やめてってば！　ごめんなさい、何ですか……？　いえ、伯父にもそう伝えてください、株式公開買付が終わったときに財団がどうするかについても私はどうでもいいと思っています、伯父と父が考えるのはいつだって……いえ、何も聞いていません、オフィスに電話をしたときも、しばらくワシントンに戻る予定はないって言われただけで……ああ、私がもう教師を辞めたことは父も知っているんじゃないですか？　私がひたすらここで誰かからの電話を待ってるってことは……でも、あれは私の信託財産でしょ？　父がそうしたいなら勝手にすれば……！　いえ、ごめんなさい、でも、とりあえず電話だけでもくれたら、ええ……そして彼女は立ち上がり、ローブの前をきっちりと閉じた。

――いい加減にしてよ、ジャック、いい加減にして！　どうしてそんなふうに、大事な話だって分からなかった？　時々あなたのことが、あなたのことがよく分からなくなるわ！

――え、どういう……彼は立ち上がって、彼女の方へ一歩歩み寄り、立ち止まり、シャツをきれいに整えようとしたが乱れはほとんど直らず、――待って、どこへ……

――私はシャワーを浴びる、あなたもそうしたら。

――ああ……彼女を追おうと彼が歩きだすとシャツがはだけて、――オーケー、じゃあ一緒に……

――私の後にして、ジャック。それから髭剃りが買ってある、咳止めドロップと一緒に紙袋に入ってる、髭は剃ってほしいわ。

――エイミー、すまない、エイミー……彼は彼女と見詰め合っていた視線を落とし、声も同様に落として――愛とは「すまない」と謝れること*……とつぶやいて、ウィンクをした。

　彼女はそこを見て、ローブの合わせ目から覗く盛り上がりのてっぺんにある黒っぽい円を隠し、――本当にもう！　笑い事じゃないわ、ジャック、全然面白くなんかない！　そして彼とすれ違うときに、ローブの襟で目をぬぐった。

　流れる水以外には何の音もしなかった。彼はソファに戻り、手を下に伸ばしてぽりぽりと掻き、足首を膝に載せて、まるでそこに生命の痕跡があるかどうかを確かめるみたいに吟味した後、テーブルの上にあった紙袋とその中にあった箱を破いて開け、取り出した咳止めドロップを歯で思い切り噛み砕き、手書きのアラベスクに手を伸ばし、手の中で「自然の対称性の破れ？」を丸め、さらにそれをくしゃくしゃにしながら、電話の前まで行って受話器を取り、ダイヤルを回すと、紙くずが掛け布の上に落ちた。――トム……？　ああ、そうだ、聞いてくれ、一体どうなってる、さっき会社の方に電話をしたら……俺が？　いや、どういう意味だ、俺はどうもしてないぞ、俺は……重勝を獲ったんだ、ああ、その日の夜におまえにも電話をしたんだが、つながらなくてそのままにしてた、俺はずっと……いや、分かってる、畜生、すまない、トム、聞いてくれ、シャツは買って返す、お詫びに新しいスーツケースとシャツ五十着を買うから、何てったって俺は重勝を……え、シェパーマン？　見つけたって……？　いや、さっきも言ったけど、俺の方は時間がなくて……いや、分かってる、でも、畜生、いいか、シュラムの件が片付いたと思ったら、今度はシェパーマンか、俺は……俺のため、俺のためってどういう意味だ、どうしてそんなことを……え、じゃあ学校に電話して、俺がもう辞めたって聞いたのか……？　畜生、そうさ、辞めたんだ、ああ、甘くてすてきな国で、もっときれいな緑色の乙女を見つけた*、なあ、俺の弁護士からそっちに電話が行ってないか？　電話がかかってくるとしたらそこくらい……彼女が同意したって？　娘に面会する権利も含めて？　ありがとう、でかした……いくらの値打ちがあったって？　でも……ああ、驚いたな、いや、くたびれた家族経営の会社だ、そこまで高いとは思わなかった……でも、そんなに値打ちがあるなんて、それは最悪で最高の知らせだな、俺は二週間ごとに保護監察局に郵便為替をずっと送り続けてきたんだ、彼女はその金を哀れな教科書セールスマンの援助に使いやがった、やつは洗濯物まで彼女のところに持ってきて洗わせてたんだ、俺があの家に行くたびに、いまいましいシャツが物干しロープに吊されてた……え、今？　いや、俺はアップタウンのどこかにいる、ブルーミングデールの家具コーナーみたいな部屋……九十六丁目のアパートじゃない、畜生、違う、あそこにはしばらく前から行ってない……オフィス用品ってどういう意味だ、いや、俺は……バスト？　いや、俺が知る限り、あいつは作曲に取り組んでいるだけで……いや、でも俺は隣の部屋を使わせてもらおうと思っただけだ、シュラムの部屋……

いや、そういう意味じゃない、違う、仕事のためだ、あの本の続きをもう一度書くため……いや、分かった、うん、でも待って、例のゲームのアイデア、あの件を思い出してくれたか……？　いや、あの晩、あの部屋で話した室内ゲームのアイデアだよ、トム、畜生、覚えてないはずないだろ、他の誰かに百万ドルのアイデアを横取りされないうちに……いや、ここまで出てるんだが、ぎりぎりのところで思い出せない、思い出すのはベビー・ジーターと三人のくそ患者のこと……誰から電話があったって……？　おまえの家の電話番号をステラに教えた記憶はないのにな、うん、で、その用件は……いや、何てこった、いや、俺はやっと今、そこから立ち直りかけているところ、甘くてすてきな国で……今晩？　俺、いや、それは無理だ、俺からそっちに電話はするけど、それは無理……シェパーマンの件な、うん、でも電話はする……と彼は電話を切り、向き直って、破れた下着を爪先で持ち上げ、カーペット敷きの廊下を静かに進み、シャツの前を開けたまま、寝室の戸口に立つ彼女の後ろに体を寄せた。彼女はシャワーで濡れたままの温かな頬に片方の手を当て、反対の手でタオルを差し出した。

——次はあなたがシャワーを使って、タオルも……

——エイミー……

——お願いだから……嘆願するような彼の熱い息から彼女は肩をそむけ、シャツの間から下の方で嘆願するように顔を覗かせているものから手を遠ざけた。

——でも、エイミー……

——ジャック、分かってよ！　私はとにかく、とにかく外の空気が吸いたいの、さっさと準備して、スーツを見に行きましょう、それとシャツ、引き出しの中は見た？

——ああ、分かったよ！　彼は引き出しを一つ引き、ガタガタと音を立てて閉じ、次を引いて、——やれやれ……彼は中に手を伸ばし、——これは君の知っている人？

——え？　ああ、それは、違う、戻しておいてくれる？

——人の気持ちが分からないタイプの女だな、ルシアンみたいなやつがお似合い……

——戻してって言ったでしょ！　お願いだから、ジャック、私……

——でも、この髭*はいい感じだ……彼が後ろを振り向くと、扉から入ってくる彼女の足元から湯気が上がるのが見え、邪魔にならないよう脇へよけると、彼女は一瞬後、パッケージに包まれたシャツを持ってきた。彼がそのシャツを広げ、濡れた体で戻ってきたとき、彼女はガラスに向かってアイシャドーを引いていて、彼はその後ろに立った。——すまないが、そこの引き出しを見せてもらっていいかな？

——シャツなら手に持ってるじゃない、何を……

——ああ、見ろよ、畜生、サイズが十、これを着ろって？　サイズ十、え、どうした……

——何でもない、何でもない、でも、どうしてもっと普通に、洗濯屋だって間違うことがある、別のを探したらすむことなのに、どうしてそんなふうに……

——ああ、畜生、だから引き出しを開けさせてくれって言ったんだよ！　彼はまたガタガタと引き出しを開け、——別のを一着、と彼は言って、派手なラッピングを破き、襟をつかんで吊して、——やれやれ。

——ジャック、私……

——ああ、見ろよこれ！　きれいにのり付けして、アイロンをかけてある、けど、前が思い切り破れてる、きれいで透明なパッケージ、「プロが仕上げたシャツをどうぞ！」、畜生、分からないのか、どうして俺が、俺はマイナス思考だってか、何かにつけて俺がマイナス思考をするのにはうんざりだって、でも、どこを見たってこんなことばかり、洗濯してきれいにパッケージされたシャツ、プロが仕上げたって書いてあるのに、前が思い切り破れてる……

——そこのスカーフを取ってくれないかしら……

——どこかの黒人娘が日給三ドルで立ち仕事、シャツにスチームアイロンをかけながら、グランドセントラル駅発の通勤列車が窓の外を走るのを眺める、かたやパッケージをデザインしたプロとやらはラーチモントの自宅に帰る途中で百万セットを売りさばく、女はシャツの前を破いても、うまく折り畳んで、きれいにラッピングをする、だから誰も気付かない……

——あなたの準備ができるのをリビングで待ってるわ……そしてリビングで、——ジャック、あのお金は持ってきた？　今のうちに銀行に預けた方がいいわ、待って、私、ちゃんと鍵を持ったかしら……二人が家を出ると、扉がカチリと閉まり、やがて白い電話が鳴った。それはまるで部屋の反対側から差し込んだ日光にベルが反応したかのようだったが、やがて電話置き場は影になり、部屋が真っ暗になり、——さっきのは電話の音かしら？　部屋の電気は点けっぱなしにしたつもりだったんだけど……

——わざとだったのか、出掛けるときに俺が消したよ。荷物はどこに置く？

——どこでも、適当に。どこに置いてもいい。

——エネルギーの無駄遣いを見たらどうにも我慢できないんだ、アップタウンにある例のアパートではいつもお湯が……

——あなたは何を見ても我慢できないのよ、あなたの目から見たら何でも……

——何かをリアルだと感じるための唯一の方法、それが続けば……

——トリプラー*のエレベーターであんなことをしたのもそれが理由だって言うの？　ジャック、はっきり言わせてもらうけど……

——酒を取ってくる、君も要る？

——うん。私は寝室にいる、服を着替えたいから……

しかし彼がグラスを手に、氷の音を立てながら寝室に入ったとき、彼女はまだベッドの縁に座って自分の手をじっと見ていた。――さっきは話したくないようだったけど、話をする気になったかな、エイミー？

――ジャック、一体全体どうしてあんなことをしたの？　あのご老人は変な目で私たちのことを見てた、一体全体どうして、ありがとう……彼女はグラスを受け取り、一口飲んで、――鏡に映ったあなたの顔が私にも見えたわ、口はぽかんと開けて、目は寄り目、ジャック、何なの、いえ、私は怒ってるわけじゃない、理由を知りたいだけ、何であいうことをするのか理由を知りたい！

――エイミー、聞いてくれ、いいから聞いてくれ……彼は彼女の向かい側にあるベッドに座り、グラスの半分を飲んで、――俺は時々、とりあえずこのくそジャケットを脱がせてくれ……と彼は立ち上がって上着を脱ぎ、酒を飲み干してから、彼女の隣に腰を下ろした。――つまり、そのままの文脈《コンテクスト》では解決が見いだせそうもない状況というのが時々あるだろ、分かるかな、俺の言ってること分かるか？　そういうときにできるのは、できる唯一のことは、そこに自分から関わって文脈《コンテクスト》全体を変えるだけ、それはまるで、それはたまに俺の頭の中でちょっとしたゲームみたいな形で始まる、エイミー、君はすごく、今日の君はどこに行ってもいまいましいほどエレガントだった、誰もがうやうやしく接してきた、銀行の連中だって君の足にキスをしそうな態度だし、バーグドルフ・グッドマン*の女店員もそうだ、それを見ていたら俺は……

――ジャック、あれはたまたまみんな私の父の知り合いだったからで……

――いや、でも俺はとうとう、トリプラーのエレベーターの中で力尽きた、肘までしか袖のないちんちくりんのサマースーツ、ネクタイもなし、シャツはずたずた、それに、それにあのズボン、すると羽振りのよさそうなあの爺《じい》が俺たちのことをじろじろ見てた、君に声を掛けようとしているみたいだった、それで俺はやつより先にその場《コンテクスト》の主導権を握ってやろうと思った、君は育ちのいい金持ちのお嬢様、九十ドルの靴を履いた爺には、お嬢様が俺を買い物に連れ出したと思わせるんだ、家族の中におつむの足りない中年男がいて、今日はお嬢様がそいつを買い物に連れ出して、新しい服を、エイミー？　彼女が顔をそむけた途端に彼がしゃがんで、――俺は時々馬鹿をやらかす、俺は君に夢中だけど時々、普段と同じ調子で間違ったことをやってしまうみたいで、俺は……

――ジャック、そういうことは言わないで！と彼女は立ち上がり、彼の脇を通り過ぎた。彼も慌てて自分のグラスを満たして部屋に戻ると、彼女は体にシーツを掛けて横になり、天井をじっと見ていたが、それは、次の言葉で彼が取り戻した元気を奪い去るようなまなざしだった。――あなたがあのスーツを着たまま店から出てこられたらよかったのにね、すごく格好良かったわ、ジャック、できあがるのが待ち遠しい。

——俺にとっても待ち遠しいよ、と彼は言いながら、ウエストを緩め、ボタンを外し、彼女の横に腰を下ろしてシーツを引っ張った。

——とりあえずシャツは買えてよかったけど、どうして十着くらいまとめて買わなかったの、うわっ！　ジャック、ちょっとそれは……彼女は彼が白い隆起の上に置いたグラスをつかんでいた。——お腹《フレンドリー・トゥ・ベリーズ》に優しくない……！　すると四角い氷が揺れ、グラスの中で音を立てた。

——お腹《フレンドリー・トゥ・ベリーズ》がどうしたって？

——脇腹肉《フレンドリー・トゥ・ベリーズ》も応援というのはくだらない話、うちのクラスの男の子が持っていたニュースレターみたいな冊子に商品先物のことが書いてあったのを思い出しただけ。「私たちは長期の脇腹肉《フレンドリー・トゥ・ベリーズ》も応援いたしております」って書いてあった、それって……

——俺にだってお腹《フレンドリー・トゥ・ベリーズ》に優しいことができるのを見せてやろうか……

——いえ、やめて……彼の唇が隆起をとらえ、グラスから滴る水を舌が求めたが、その額を彼女が押さえた。——私たちも豚肉を扱ったらどうかって彼は言うの、私は何の話をしてるのって訊き返したわ、例の質素な子、ヴァンサントさんの家の男の子、笑い事じゃないのよ、本当に。彼は本気なんだから、すごく、彼はどんなものにもそれを作って売ってる大金持ちがいると思ってる、それしか見えてないの、本当に、すごく悲しいことだけど。

——言いたいことは分かるよ、俺はあいつに一ドルの借りがある。

——そうなの、私もあの子に八十セント借りてるわ、もしもあの子、もしも彼が妙なことばかりに熱心になったりしなければ、別に悪いことじゃないんだけど、ちょっと、やっぱりちょっと……

——悪いことじゃないってどういう意味、歯ブラシみたいな髪型の子、ハイドの息子と一緒に郵便局に行ってるのを見たことはある？　局留めの郵便を受け取っているあの二人を見たら、軍産複合体というのがどういうものか、一瞬で理解できる。

彼女は彼の頭を引き上げた。——そのことはもう考えたくない。本当のことを言うと、そもそも私があの仕事をやったこと自体、ずいぶん自分勝手だった、教員の仕事を引き受けたのは単に自分の周りの環境を少し変えたかったからなの、と彼女は彼の肩に向かって言い、その肩を爪でなぞった。——最初は、こんな私でも何かできると考えてたんだと思う、でも、ああ、何もかも遠い昔のことみたい、あのとんでもないホワイトバック校長、あのかわいそうなディセファリス先生とぞっとするようなその奥さん……彼女の手が肋骨を測り、移動を続けて髪に指を絡めた。

——二流の職場には二流の連中が集まるというだけのことさ、何も……

——それにあのかわいそうなグランシー先生、それからあの哀れなヴォーゲル先生だって……

——いや、うん、ヴォーゲルは、実を言うと、ヴォーゲルがいなかったら俺も教員としてあそこまで長続きしなかったと思う、あいつとはたまに、電信を使って人間を転送する技術の可能性みたいな話をしたことがあって……

——ジャック、あの人は頭がおかしかったんでしょ？　何かを問うていた彼女の手が止まり、その手のぬくもりの中で物体が形を変えた。——本当にかなりおかしくなってたんじゃない？

——多分今でも……と彼は体を横にして近づき、——でも実際には少し、技術的な問題がある、組織内の生命をいかにして維持するかということだ、生物の活動レベルを下げた上で体を分解して、別の場所で再構成するようにしたら……

——ねえ、ジャック、お願いだから……彼女の手が止まり、再び動き、満たした。

——やつは蒸気機関の発明についても面白い考え方を持ってた、と彼は言った。その手は、反対を向いた彼女の脇腹を伝い、斜面を下ってぬくもりを求め、——ずいぶんと君に入れ込んでもいた……

——ああ、知ってる、だから悲しかったの、でも、でも、もっと基本的なことなの、ジャック、あんなことを考える子供がいるなんて、さっき話した子、ＪＲ、彼は博物館の写真を見たんだって、ジャック、そしてそこに写っているエスキモーを剝製だと思ってる、笑い事じゃないわ……彼女の指が隆起を握り、——それに、あのかわいそうなバジーみたいなことが起きたり、もう一人の子みたいに実際に銃で撃たれるという悲劇的なことがあったり、私は思い出さないように自分に言い聞かせるんだけど……

——いいか、実際に起きなければあんなことは事故だと言えたかもしれない、でも、限界に達してたんだ、エイミー、あれは一種の必然だった……

——いえ、その話はしたくない、全部同じことよ、その話も、剝製のエスキモーも、電線で人を送る話も、私はその手の話は……

しかし彼はまた横向きになり、体を密着させた。——でも、一つだけ聞いてくれ、君には勘違いしてもらいたくない、今日エレベーターの中で俺は、知的障碍者を装ったのは……

——ジャック、その話はしたくない……彼女の手は滑らかな動きを取り戻し、——私には勇気が足りないみたい……

——でも、もし俺がふざけてたと思ってるのなら、実は、実は俺には寄宿学校に通っていた頃、そういう知り合いがいたんだ、実家はすごい金持ちなのにクリスマスに交換するのは三パーセントの収入印紙、そいつは切手集めが趣味だったから俺が手伝ってやっていた、実家は金持ちだから、やつのことを障碍を抱えたお荷物だと思っていなければ薔薇をデザインしたイギリス領ギアナの二セント切手だって買い与えられたはずなのに、ところがト長調のメヌエットを聴くときになると俺たちには聞こえない何かが明らかにそいつには聞こえてた、誰にも分からないことをあいつだけが知ってた、俺は今でもあの曲を聴くと喉が締め付けられる気がする。あれほど孤独で優しいやつは他にいない……彼女は彼を抱き寄せ、黙らせた。彼女はまるで自分の表情、あるいは無表情を隠すためであるかのように彼の顔を引き寄せたが、その目はじっと天井を見詰めたまま、指は上下し、空いた方の手は彼のこめかみをなでた。――だって、エイミー、俺は君に勘違いしてもらいたくないんだ……彼女は喉元にキスをする彼を抱え、膝を上げて、彼の背後で足首を絡め、肩に爪を食い込ませた。彼女の頭がベッドの縁から出て、次には肩がはみ出し、二人で上下すると同時に、二つのベッドに挟まれた床に落ちた。彼女は脚を広げ、彼の突きに抗して体を起こそうとし、なおもあらがうが、やがて彼の喉元に食い込んでいた爪から力が抜けると、そこからあえぐような息が漏れ、彼女の名前らしきものが聞こえた。

――ジャック。重いわ。

彼は波打つシーツの上で起き上がろうとする彼女に手を貸し、その背中を膝で支え、グラスに手を伸ばした。――いちばんいいタイミングにくそ電話がかかってくるんじゃないかって、いつも心配しなくちゃならない……

――ジャック、そんなことを言うのはフェアじゃない、夕食のときに話したでしょ、いろいろとあるんだって、私がどうにかしないといけない家族の問題とか、だから父からの電話を待ってるの……

――どうやら夜道で出会いたくないタイプの人みたいだな……

――違う、馬鹿なことを言わないで、父はそんな人じゃない、ただ、よそよそしいだけ、私と話すときはいつもちゃんと耳を傾けてくれる……彼女は彼の膝に深くもたれて、――立ったまま人の話を聞きながら、鼻の形を整えるの、大学のときにフットボールをやってて鼻の骨を折ったんだって、気温が高くなるとそのときに病院で注入した何かが柔らかくなるらしくて、あ、気持ち悪い話みたいに思うかもしれないけど、そんなことはないの……彼女は自分の脚の上に載せられた彼の足に沿って爪を走らせて、――しっかり話に耳を傾けてくれる、でも、あるとき私は気付いたの、父は何か別のことに注意を向けているってことに気付いた、何て言うか、私が小さかったとき、父と話をしようと思ってそばに行ったら、テレビでフットボールの中継を見ていたことがあった……彼女は汗で顔に張り付いた髪を搔いた。――母はいつも言っていたわ、あの人は誰かが負けるのを見たくてテレビを観てるんだって……そして突然、彼の脚に挟まれていることに気付いたかのように、――ジャック、私、今まで、あんなことをしたのはあなたとが初めて、ちょっと空気が悪いみたい、窓を開けて……しかし背後の脚が彼女を抱え寄せ、唇に張り付いた最後の髪の毛を取り除いて口づけし、そこから髪、鎖骨とたどり、肩から離れてまた床に寝そべり、天井を見上げた。まるで、そんなことはまったく起きなかったかのように。そして髪の毛を巻き込み、息も継がずに轍《わだち》をたどる動きは無数のひだを伸ばしながら胸の谷間に達した。――ジャック……？

――何。

――ジャック、私がちょっと、私が少しの間出掛けなきゃならない用事があったとしたら、あなたはその間に帰ったりしない？　あなたはどうする？

――俺は今、あの本のことを考えてる、例の、あの本にもう一度取り掛かろうかと……

――本当に？　実は尋ねるのが怖かったの、ひょっとして本当の話じゃなかったんじゃないかと思って……彼女の手が下を探り、――一度はたしかにその話をしてくれたけど……

――いろいろなことを扱っている本なんだ、あれは、本が完成する前に、それが何を扱っているかなんて説明するのは無理、どんな本であれ、説明するのが無理だからこそ読む価値がある、本を読むことが問題を解くことになる。

――馬鹿な質問だったわ、ごめんなさい、人はどうしてもつまらないことを……

――いや、扱っているのは一人の男の話、それから戦争……

――戦争？　でも、私は……

――それから一人の将軍、そいつは、鼻の形を整えている君の父親みたいに、高い場所から戦闘を見下ろしている、人が抱く父親像とか神のイメージとかが入り交じっているのがその男なんだ、ファウストを見捨てた神のような……

――あなたが戦争に行ってたとは知らなかった、私はその本が扱っているのは、扱っているのは芸術の話だと思ってた、と彼女は言って、彼が三角に立てた膝にもたれた。――でも、どっちでもいいわ、もしもあなたが本当に、本当にまた本の執筆を再開するのなら、ね、ジャック？と彼女は彼の方へ体を乗り出して、――ステラって誰？

彼が肘を立てて体を起こすと、彼の脚が彼女の乳房を両側から押さえつけ、既に股間に隆起していたぬくもりが隠れ、急に動きが止まった。――ステラ？

――列車でその人のことを話していたでしょ、その人って誰なのかなと思って……

――彼女は、彼女はただの……

――学校に来ていたあの女の人？　毛皮を着た？　あのときあなたは彼女のことをディセファリスさんだって紹介してくれたけど、あれは嘘だと思ったわ、理由は分からない、でも、すごくきれいな人だった、ね。

――見た目は、うん、だけど……彼はまた寝そべり、彼女の体を眺めた。彼女の手の動きは止まり、そこから逃げ出し、あばら骨をなでた。――社会見学であのひどい食堂に行ったときのことを覚えてるか、あそこでエドワード・バストに会っただろ、ステラはエドワードの従姉《いとこ》なんだ、彼女が学校に来たのは……

——もちろん彼のことは覚えてる、実は私の知り合いが彼に仕事を依頼したりもして……彼女の指先が元の場所に戻り、——その人は、芸術家に救いの手をさしのべるタイプからはほど遠いんだけど、まあ、彼に手を貸してあげたことには感謝してる、だってバスト先生はとても……

——何だか、そこら中にいる人間がみんなあいつに手を貸してやっているみたいだな、問題は本人が何をやっているかだ。

——でも、それってどういう意味？

——正直言うと俺も知らない、噂を聞いただけだが、やつが仕事をしているアップタウンのアパートには事務用品があふれかえっているらしい……

——変なの……彼女は視線を落とした。指先が上向きに胸を伝い、手を喉元に当てて、——あの名刺、あれは一体何なのかさっぱり……

——問題は、あいつが一つのことに打ち込む集中力がないように見えることだ。

彼女はささやいた。——残念ね。膨れ上がっていたぬくもりは冷め、激しく色付いていたものが白く変わった。彼女は体をかがめて彼の肩に手を伸ばし、リング状にしわの寄ったものに湿り気をすり寄せた。——あの人、いとおしいのよね……と彼女は彼を起こそうとして、——ジャック！

——何……

——ほら、首を回して……と彼女は彼の腕をつかみ、反対を向かせた。——どうして、まさか、私のせい！

——ちょっと、何なんだ……

——背中がちょっと、ジャック、血が付いてる、まさか私がやったのかしら、背中に深い引っ掻き傷、私のせい？ 彼女はさらに彼の体を引き寄せて、——うん、ずっと下まで、ジャック、痛かったでしょ、まさか私……！と彼女が彼の胸に体を預けると、彼の腕が彼女を抱き締め、その腕が背中から徐々に下がって、彼女の膝を引き寄せ、鏡の中で急に上昇したその斜面を登った。彼女の手が何かを探してそこに近づき、彼の手が膝を広く開け、脚を少し伸ばさせた。鏡に映った曲線と直線は白く滑らかなまま、彼は膝に手を置いたまま、色づき始めたそこが彼女に向かおうとするのをじっと見詰めていたが、やがて二人の動きは緩慢になり、彼女の片方の脚が伸びきって、他方も真っ直ぐに伸び、鏡に映るのはベッドのパネルとランプだけになった。彼女の手が上がると、暗闇で鏡の中が空《から》になった。

——ジャック？ 傷の上に何かを塗る？ ごめんなさいね、ジャック。私の体、重い？

彼はただ彼女を抱き寄せて言った。——俺は……そして咳払いをして言った。——俺は君を愛してる、そう言って彼女を抱き締めていたが、やがて彼女の体重が軽くなり、彼女が反対を向いた。彼は日の光の中でシーツを持ち上げ、中を覗いて咳払いをしてから、シーツを元に戻し、そこから出てコーヒーを飲んだ。それは一晩置きっ放しだった割には悪くなかった。一日、あるいは数日経った割にはいいニュースはなかった。彼は急に新聞を束にして日付を確認すると、ソファの肘掛けから身を乗り出して——畜生……とぼやき、コーヒーをこぼしながらダイヤルを回し、——もしもし……？　ああ、ああ、そうだ、いいか、俺……いや、今日、あの子に会いに行く約束の件だが、俺は……え？　昨日ってどういう意味、いや……いいか、合意は合意で何も変更するつもりはない、俺はただ……分かったよ、俺が悪かった！　いいか、ちょっとだけあの子と話をさせてくれ……いいか、今はそんな話はしたくない、話し合いは決着が付いたって弁護士たちが言ってるのなら、それを蒸し返すつもりは……あの調停案に従えば、おまえはあの子にブーツさえ買ってやれない？　え……いや、分かってる、あの子の給食代もおまえは出してやれない、俺があの子に送ってやってる小遣いを借りないと何の支払いもできないって言うんだろ、いいから、さっさと……いいか、湯沸かし器だとか何だとか、おまえのくだらない話は聞きたくない！　とにかく少しの間、電話であの子と話をさせてくれ……ああ、そうか、じゃあまた来週って彼女に伝えておいてくれないか？　来週、好きなブーツを買いに連れて行ってやるってあの子に伝えるだけのことがそんなに面倒なのか？　それと、俺が謝ってたって言っておいてくれ……*

そして彼はそこに座ったまま、耳から離した受話器を一瞬じっと見詰めてから、乱暴にそれを戻した。

——ジャック、何なの……彼女はローブの前を合わせながら部屋に入ってきて、——あんなふうに乱暴に受話器を置いたりして、あなただって知ってるでしょ、私は大事な電話を……

——え、待って、どういう意味？　君にかかってきた電話じゃない、今のは、話を聞いてたのか？

——え、いいえ……彼女はゆっくりと腰を下ろして、——目が覚めたら、あなたが電話で話している声が聞こえたから、父さんからなんじゃないかと思って、私、ごめんなさい、ちょっといらいらしてるだけなの……

——ああ、今のはお父さんからじゃない、お父さんの名前が何だか知らないけど、違うことは確かだ、第一、この家にかかってきた電話に俺が出たら嫌だろ？

彼女は一瞬、彼のことを見てから立ち上がった。——ええ……

——電話をかけてきた人が君のことを勘違いしたら嫌だろ、どこへ行く。

——コーヒーはもう残ってない？　部屋に戻ってきた彼女は受け皿を使わず、カップをそのまま置いた。——そのシャツ、もう少し前を留めたら？　そして座りながら、——ジャック、これはあなたが？

——え、と彼はつぶやきながら、ずれたボタンを正しいボタン穴に留め直して、――あのイギリス人はこれだけで自殺したんだよな、留めたり外したりするボタンが多すぎるって遺書*を書き残したあの男……

――ジャック？

――昔、ボタンが大嫌いだっていう友達がいた、ボタンという言葉を使うのも嫌だって言って、五十三と呼んでた、何？

――クッションの下に紙袋を入れたのはあなた？

――ああ、すっかり忘れてた、うん、と彼は未経産の影に向かって目を上げ、唾を飲み、――最初の日の夜に……

――でも、一体何のために……彼女はローブの前を合わせ、深く座り直した。

――俺は紙袋は捨てない主義なんだ、エイミー。取っておいたら何かまずいことでも？

彼女は彼に目を向けたまま、カップを持ち上げた。――どうしたの？と彼女はカップの縁から彼を見ながら一口飲んだ。

――ジャック、私たちのこと、それとも私のこと？

――違うんだ、ただ、分からない、だってエイミー、君はまだ三十歳にもなってない、まだそれに近くもない、かたや俺の方は……

――でも、どうしてそんなことを考えたの、ジャック、くだらない！　年の差が何だっていうのよ？

――分からない、ただ、時々君の言うことが、ちょっと……

――ちょっと何、何のこと……

――分からない、例えばちょっと、そう、バスト、エドワード・バストのこと、君は彼がいとおしいとか……

――だってあの人、いとおしいじゃないの、ジャック、まさかあなた、あなたはそこまで冷たい人なの、ジャック、冗談でしょ、彼は私より年下なのよ。第一、私は彼のことをよく知らない、でも彼はとても誠実な人、内気でひたむき、それに、それに彼の周りに漂うあの絶望感には心を動かされる、あの人はすごく、あなたが言いたいのは若いってこと？

――分からない、君はまだ三十にもなってない、だから俺は、俺は……

――でも、どうして何回もそんなことを言うの、ジャック、私が三十歳の男を望んでいるとでも？　それなら私は自分でそういう人を探すわ、ジャック、私は三十歳の男を探しているわけじゃない、三十歳の男なんて何も経験していない、顔にも全然深みがない、私はいつも年上の人と付き合ってきた……

――やっぱり。

――え？

――何でもない……彼はたばこに手を伸ばし、咳止めドロップしか見つからず、箱を振って一粒取り出した。

――ねえ、やっぱりってどういう意味？

――何でもないさ、ただ、最初の晩、ベッドで俺が、君が誰にでもあることだって言ったとき俺は……

――でも……彼女の持つカップがゆっくりと下がり、――でも、どうしてそんなこと言うの？

——分からない、エイミー、俺はただ……

——分からないじゃないわ、私を見て、ジャック、どうして。

——分からない、さっきも言っただろ、ただ突然……

——分からないじゃないわ、私を見て、私がそんなことを言ったからあなたは私が誰とでも寝る女だと思ってるわけ？　年上の男と？　そう言いたいの？

——分からないって言っただろ、エイミー、俺にはさっぱりだ、電話のこととか、その、バスルームのドアに掛かってる膣洗浄器のこととか、俺にはさっぱり……

——それで、あれが私のだと思ったわけ？

——え、何……ようやく彼が顔を上げて視線を合わせた。

——いや、待って、聞いてくれ……

——嫌よ、やめて……

——エイミー、聞いてくれ、俺はそんなつもりで言ったんじゃ……

——やめて！

——いや、でも聞いてくれ、泣くんじゃない、聞いてくれ……

彼女はローブの襟を引っ張って目の下をぬぐった後、そのまま手を放しただけだったので、胸元が少しはだけたままになった。——本当にがっかりよ、と彼女は言ってそのまま顔を上げ、天井を見詰めた。——いえ、もうやめて……

——いや、でも、エイミー、俺は……

——やめてって言ったでしょ！　彼女は彼の頭をぐいと引き上げた。——私には分からないわ、ジャック、正直言ってあなたのことが分からない！　ついさっきあんな失礼なことを言ったと思ったら、次の瞬間にはまたセックスしようとしてる、あなたのことがさっぱり分からない！　彼はシャツの前を合わせ、何かを探すように天井を見詰める彼女の横で同じようにした。するとと彼女が言った。——私に何か訊きたいのなら訊けばいい、そんなふうに、私にはあまり勇気がないってさっき話したけど、正しくないと思ったことは一度もやってないわ、なのにあなたの口ぶりときたら、まるで私が……

——いや、分かった、畜生、エイミー、俺はそんなつもりで言ったんじゃない、ていうか、よくあることだろ、嫉妬なんて、俺はただ……

——だってそんなの馬鹿みたいだもの、ジャック、そんなの馬鹿みたい、それに的外れ、完璧に人畜無害な青年に焼きもち？　年上の男たちと次々に寝てるとか、そんなことしてないのに、でもそうだとしたらどうだって言うの、今までに私が人を愛したことがあるかどうかじゃなくて、どんな理由で愛したかでもなくて、誰に愛されたかったかでもなくて、私が今までに誰と寝たか、これから誰と寝そうか、あなたが言っているのはそういうことじゃないの？　違う？

——いや、でも、分かってほしいんだが……

――ジャック、あなたはそんなことのために私に愛されたいの？　それだけのことなら他の男にも代わりが務められるのに？　男が女を愛する理由として、女にとっていちばん嫌なのがそれ、そんなことのために愛されてると気付いたら女は、やめて、ジャック、駄目、やめて……

――でも、エイミー、俺は……

――前にあなたは、女心は分からないと言ってたでしょ、ジャック、私にはそれが耐えられなかった、それがあなたには分からないの！

彼は身を寄せてきた彼女を抱え、一緒にソファに座った。彼はローブの裾で、自分に真っ直ぐ向けられた彼女の一方の目をぬぐい、次にもう一方をぬぐい、――俺は、ひょっとしたら分かっているのかも……彼が彼女を抱き寄せると、二人の顔がすれ違い、二人はそのまま抱き合った。

――ジャック、これ、これ絶対痛いでしょ、と彼女は彼の首を見ながら言った。――この傷はかなり深い、絶対痛かったはず、本当にごめんなさい……彼女の手が彼のシャツをつかみ、彼女の息が彼の肩から下へ流れた。――ジャック、やめて、お願い……

――いいじゃないか……彼の唇が、まとわりついてくる黒い髪の生え際をなぞった。

――だって、あなたは、あなたの態度は……

――お腹に優しくない《フレンドリー・トゥ・ベリーズ》、畜生、エイミー、そんなのフェアじゃない……彼の舌が腹のくぼみまで逃げ、――長い目で見れば、俺がいちばんお腹に優しい人間だってことを証明してみせる……しかし彼女の手は彼の頭を腹から引き離した。――長期の脇腹肉《ベリーズ》を信頼すること、脇腹肉は元来フレンドリーな商品だから、胸肉がフレンドリーかどうかは不明……彼はその下を愛撫し、――脇腹肉よりはるかに大胆な値動きのため、予測は困難……彼の唇は乳輪まで坂を上り、――シンプルすぎて定義は不可能……彼の舌が触れた場所では色の輪が粟《あわ》立ち、――むさぼり尽くすのも不可能、絵の具や言葉を使った百万の汚らわしい試みもそれに届くことはない……彼の歯がその頂点を捕まえて、――崇高なまでに愚か、常にその先には……そして、彼は激しく噛み砕いた。

――ジャック、どうしたの……！

――胸には気を付けろってさっきも言っただろ。

――いえ、でも……彼女は胸に手を置き、――一体何を……彼は彼女に息を吹きかけた。――咳止めドロップ。

――もう！と彼女は彼の頭を引き離した。――いい加減にしてよ……！

――いや、大丈夫さ、ほら、全然大丈夫、何も問題ない、未経産、一経産、複経産、どこにもそんな痕跡はない、ほら、見ろ……彼の唇が上を横切り、――あるのは絶景のみ。

――やめて、ジャック、そういう……

――馬鹿なこと？　え、未経産？　子供を産んだことがないというだけの意味さ、それだけのこと、一人だと一経産、二人以上なら複経産、いや、君はきれいだ、と彼はローブがはだけた彼女の肩に言った。彼は彼女と一緒に床に倒れ、横に並び、半分背後に回る格好で彼女の脚を片方、自分の脚の上に引き上げた。

——胸ってそれほど重要なものなの、本当に?と彼女は、彼の方を振り向きもせず、彼の肩から頭をずらして言った。

——彫刻家の言葉を信じるならそうだな……彼の手は膝から上へと移動し、突き当たりに達するとそこで止まってさりげなくひだを開いた。——美とは機能性の裏付けだと言った彫刻家*……

受話器を取ろうとする彼の手を、彼女の空いた方の手が押さえ、——いえ、いいの、と彼女はささやいて、下から盛り上がってきた隆起を受け入れる場所を探るようにひだを開こうとするもう一方の手のところに戻した。隆起はまだ、骨に沿ってブレスレット状の黒っぽい毛に迫り、冠部は摩擦とともに硬さを増し、硬さが失われそうになると上下の動きが徐々に速まってまた立ち直ったが、電話のベルが鳴った瞬間に尻の動きが突然止まった。彼女の手は硬さが失われないようそれをしっかりと握り、反対の手が上に伸びて受話器を取った。——もしもし?と首を絞められているみたいなささやきに近い声で言った後、——もしもし……? はい、私……はい、ずっと電話を待ってたの、私……違います、でも、お父様、私……だって、お父様ならすぐにあの子の居場所を探す手助けをしてくださるかもしれないと思ったから……いいえ、でもその話はしました、ジョン伯父さんにも連絡するように彼には言いました、だって、伯父さんがあの人を追い詰めたりしなければこんなことにはならなかったんだから……いいえ、私からは、今後も連絡するつもりはありません、伯父さんが私を会社に呼んでいるのは、書類に署名させることだけが目的だから……お父様、それが大事な書類であろうと私には関係ありません、伯父さんにとっては大事、お父様にとっては大事、でも私にとっては大事じゃありませんから……! 彼女の爪が握っていたものに食い込み、彼女は慌てて重心を傾け、退散しようとする獲物をしっかりつかんで、——私にとって何が大事かってことを考えてくれる人が一人くらいいてもいいのに……! はい、今すぐ行きます、今すぐ私が……はい、私の信託財産から、そのくらいのお金なら……でも……はい、でも……でも、私のお金でしょ? 私の? お母様だって……分かりました、やめます、やめておきます、もしも用事がそれだけなら……私の方は何もないわ、いえ、他には何も、他に何かって……いえ、それは初耳です、またですか……? お父様、私が誰と一緒のところをワイルズさんが見たのか、そんな話はどうでもいいわ、私はとにかく……はい、彼にとって何が大事なのかってことも誰かに考えてもらいたかった……! 私……とんでもない、いいえ、私は取引なんてしません、これは間違いなくただの犯罪ですから、じゃあまた!

彼女は受話器を耳から離し、そこから響く彼女の名前をソファの肘掛けに聞かせていたが、やがて彼が手を伸ばし、受話器を戻した。彼女の手が彼の手の中で拳を作り、張り詰めた隆起から尻が離れ、突然、体勢を変えた彼女の体が、起き上がった彼の横に降り、当惑の声は彼の喉元で失われた。彼女の手が彼をつかみ、腕が彼を下へ抱き寄せ、古い傷の上に新しい傷の付いた彼の肩に脚を絡めた。彼は手で彼女の突きを押さえ、膝立ちになって、まるですべてを受け止めさせようとするかのように、萎えかけた直立とくぼみを向かい合わせ、最後にまとめて賭け金を回収しようと、過ぎ去った瞬間に対する権利の主張を一瞬ごとに引き延ばし、ついに二人は手遅れとなり、絶望したみたいに大きく体を震わせ、体重が戻った。彼は彼女をすぐそばで、既にいなくなったかのように見詰めた。そして彼女は、彼を見てはいられないかのように目を逸らした。――ジャック？　今、何時だと思う？

――見当も付かない。彼の手が彼女の肩を抱いた。――お父さんはきっと今頃、鼻をもむのに忙しいだろうな。

――ああ、今の電話はただの、ただの……

――ジョン伯父さんって人も魅力的な人物のようだ。

――いえ、伯父さんは、伯父さんはただの威張り屋、昔からそれで周囲が許してきたからずっと変わらない、大昔から……

――いいことを考えた、その伯父さんの家に俺たちも引っ越そうじゃないか、そうすれば威張り屋の伯父さんも変わるかも……

――あんな家に引っ越したら、あなたがおかしくなっちゃうわ、ペラム*にあるがらんとした大きなお屋敷、私は母が亡くなってからは一度も行ってない、伯父さんは五十年前からいつも同じ列車で通勤して、中でトランプゲームをしてる、なぜだか分かる？

――勝負事が好きなんだろう……

――ええ、小銭稼ぎ、十セント硬貨を稼ぐため、なぜだか分かる？　伯父さんは昔からフランクリン・ルーズベルトのことが大嫌い、今でも嫌ってる、ルーズベルトのせいでアメリカが駄目になったと信じてる、だからルーズベルトの顔が刻まれた十セント硬貨が発行されるとすぐに集め始めたの、硬貨を世の中に流通させないためにね、本当の話よ、伯父さんのスーツには十セント硬貨を入れる専用のポケットがあって、一日の終わりには、お釣りでもらったり、トランプで稼いだりした硬貨をポケットから箱に移してる、今でも毎日……

――やれやれ、それはすごいな、マーチ・オブ・ダイムズ*の募金隊を彼の家に差し向けたら、がっぽりと……

――私は母が亡くなってから、伯父の家には行ったことがない、あれは、私はその頃まだ学生だったんだけど、たまたまそのとき伯父の家にお客さんが来ていた、きれいな磁器を作っている人、母は火葬が終わったところだった、そうしたら伯父さんが夕食の席で父に言ったの、もしも母の遺灰をその人に渡せば立派な大皿を焼いてもらえるって、人間の灰は瀬戸物作りに最適なんだって言って、でも、でも、どうして皿だなんて、どうして皿だなんて……

――エイミー……

――どうして伯父さんは皿だなんて、伯父さんは母とは面識がなかった、でも、いくら何でも、母のことを皿だなんて言わなくたって……彼女の手は彼の手を片方の乳房からもう一方へと導いたが、その胸はまったく上下に動いていないようだった。――ジャック、あなたが通っていたのはどこの学校？　寄宿学校っていうのはどこのこと？

――それは北にある小さな学校、コネチカット州ハートフォード*の近く、誰も聞いたことのない学校、今ではもう、多分学校自体が……

――ジャック？　彼女は彼の横で立ち上がり、彼の顔に掛かった髪を払って、――銀行はまだ閉まっていない時間よね？

――銀行？　俺は……

――だって私は出掛けなくちゃならないの、ジャック、少しの間、出掛けなくちゃならない、片付けないといけない用事があって、交通費が要るんだけど貸してもらえる？

――ああ、貸すなんてけちなことは言わない、やるよ、うん、けど……彼の手が上がり、しがみつくかどうか迷っているうちに、さっきまでそこにあった脚が消え、最後のキスを待ち受けた形で口を開けたまま立ち上がり、彼の脚も一つの場所から別の場所へと移動する機能を取り戻した。――けど、どこへ……

――いえ、貸してくれるだけでいい、ちょっとジュネーブに……

――ジュ、ジュネーブ？と彼はカーペットの上まで移動して、――今これからってこと？

――ええ、飛行機会社に電話してもらいたいんだけど、と彼女は彼に向かって呼び掛けて、――私はシャワーを浴びるから、それで、ジャック、時間も尋ねておいてくれる？

――今が何時かより、今日が何日かだ、と彼はつぶやき、受話器を取って、かゆい場所を探すかのようにぽりぽりと掻き、ダイヤルを回し、ボタンを留め、困惑した声で用件を済ませ、立ち上がり、――しまった、今日が何日か訊くのを忘れた……

――分かった？と彼女は鏡の中の自分を見ながら訊き、目を細めながら彼に近づいた。――それから飛行機代は？

――今から三時間後、と彼は言った。彼のすぐ後ろには、床に落ちたタオルに拭き残された白い水の滴があった。――ファーストクラスで片道四百六十五ドル、だけど、エイミー、一体何が……

――思ったより高いわね、と彼女が言うと同時に、アイライナーが少しもぶれることなく目の下をなぞった。――ジャック、お願い……逆の目の下でアイライナーが止まり、両方の目が上を向いて、鏡の中の彼と視線を合わせた。――とりあえず私がどうにかしないといけない用事なの、今行かなかったら、場合によってはもう二度と……すると彼の視線が手とともに下に落ちたが、アイライナーはまだ止まったままだった。それはまるで、ベッドの縁に腰を下ろしたことで鏡の中から消えた彼の目は、自分の手を見詰めているだけだと分かっているかのようだった。――キッチンに買い物袋があると思うんだけど、こっちに持ってきてくれない？　お願い……？

彼は買い物袋を持って部屋に戻り、半分に裂けた輪郭に沿ってウエストを留め、腰を下ろした。彼女は両胸を出したままスカートを丸めて買い物袋に放り込み、片方ずつ靴を履き、それと同じ機械的な手つきで乳房を片方ずつ窮屈そうにブラジャーに収めた。――エイミー、聞いてくれ、一体どういう、いつ帰ってくる予定なんだ、俺たちの関係は……

――二、三日、はっきりとは分からない、何週間か、かかるかも、ジャック、戻ってきたらどこに連絡すればいい？

――さあ、分からないな、俺は、ここに慣れてきたっていうか、何だかここで生まれたような気がする、この部屋はどうするつもり？

――馬鹿なことを言わないで、ここは、ここはただ空き部屋にしておくだけ、多分会社の節税か何かで借りている部屋だから……彼女は靴を片方履き、――でも、あなたに連絡ができる電話番号とかないの？　紙にメモして、バッグに入れておいてくれない？　中にペンが入ってるから……

――俺に連絡がつく番号なんて、アイゲンの家の番号くらい、それしか心当たりがない……彼は靴を片方履き、バッグに近づいた。

――それと、あなたのペニシリン、そこの引き出しに入ってる……

――もうないよ、全部飲んだんだ、いまだに自分の体が温め直した死体みたいな感じがする。

――ジャック、ちゃんとお医者さんに診てもらってね？　体調がよくならなかったら、ね、約束してくれる？　彼女は最後のボタンを留めながら振り向いて、――ジャック、それは持ってっちゃ駄目！

――雨が降るかもしれないから、借りていこうかと……

――お願いだから、クローゼットに戻して！　要るのならトリプラーで買えばよかったんだわ、今からでも買いに行けばいい、店の前で降ろしてあげるから……

――エイミー、聞いてくれ、エイミー……

――駄目、ジャック、お願い！　私には勇気がないって話したでしょ、ジャック、私が今行かなかったら、私、とにかく片付けないといけない用事なの、そこの買い物袋を取ってくれる？　マスカラがなくなったみたい……

――でも、畜生、俺は君を信用してないわけじゃない、俺が信用してないのは人生、くそ人生では何が起こるか……

――ジャック、お願い、お願いだから、私が留守にする間、本の執筆に打ち込むって、本当に今日から取り掛かるって約束して、もうくだらないことを考えるのはやめて、やる値打ちのないこととか何とか……

――でも、エイミー、君がいなければ俺のくそ人生は、太陽の下でこんな自分の姿を見たりしたら、君だってこんな俺のどこがいいと思ったんだか……

――ジャック、そういう言い方はやめて！　彼女は再び鏡に顔を近づけ、片方の目の下の線を直し、次に反対を直した。――私があなたを愛している理由は、あなたには決して理解できない、と彼女が言って、一瞬だけ動きを止めて彼を見てから目を逸らし、鏡の前を離れると、鏡の中にはランプと、二つのベッドの頭板の間にある空っぽの隙間だけが残った。彼は扉から腕を伸ばした。――他に何を買ったの？

――スコッチ、まだほとんど飲んでない……

――ジャック、あまりお酒は飲まないでね？

――ああ、俺、うん……彼は咳払いをし、彼女の後ろに回って、白いソファの前で立ち止まり、床に落ちた黄色いローブを拾って、破れ目を広げて見せた。――これは持って行かない？

――え？　彼女は玄関横の扉を開いたところで振り向き、そこから先へ進まないための口実を探すのを邪魔されたかのように顔を上げ、少し乱暴に扉を閉じた。――あ、それ？　いえ……彼女は玄関扉を引き開け、――あなたはそれ、私のローブだと思ってたの……？　二人が外に出ると、扉がバタンと閉まった。彼は彼女の半歩前を歩いてエレベーターに乗り、出るときは半歩、一歩後ろを歩いた。二人がタクシーに乗り込み、制服を着たドアマンが車の扉を勢いよく閉じると、彼は座席の隅で彼女の頬骨の輪郭を見詰めた。透き通るような肌、長い指がサングラスを出す長い指、喉の曲線。――すぐだから銀行に寄ってもいいけど、ジャック、本当に借りておいていいの？

――ああ、そうだ、俺も一緒に行こうか、二回往復するくらいの金はあるから……

――馬鹿なことを言わないで、運転手さん、ちょっと待ってくださる……？

そして彼女の後を追って、銀行から出てきた彼は――少なくとも、往復の飛行機代くらいは引き出しておけばよかったのに、エイミー、畜生、君はまさか……

――ジャック、馬鹿なことを言わないで、運転手さん、次はトリプラーに寄ってもらえます？

――いや、でも、エイミー！

――駄目、ジャック、お願い……彼女は彼の手をつかみ、座席に押さえつけ、彼と反対側の窓の外を見た。彼はそんな彼女の耳を、まるで耳たぶの繊細な渦の形を詳細に記憶に刻もうとするかのようにじっと見詰めていた。――今日みたいな日に、そんなみすぼらしいポプリン生地のスーツを着させておくわけにはいかない、新しいスーツが約束通りに用意できてるといいけど……タクシーはゆっくりと歩道脇に付けた。

――エイミー、いいか……

——雨まで降り出したわ、ジャック、お願い、お願いだから体には気を付けて、それから、そんなに乱暴に、ジャック、お願いだから、息ができないじゃないの……

——こっちに戻ったら、エイミー、いいか、戻ったらすぐに連絡を……

——それからジャック、レインコートも買うのよ、あ、スーツができていることを祈るわ……彼の手を握る彼女の手が白くなっていた。——私、私、新しいスーツを着たあなたが見たかった……

——エイミー……！　バタンと閉まったドアを追うように彼は一歩踏み出した。信号が変わると、彼が脇に抱えた紙袋の中の瓶が肘に脅され、クラクションに促され、突然、黄色いバンパーにせかされて、彼は歩道に上がり、控えめな梳毛《ウーステッド》と新品の靴とともにショーウィンドウの中に並べられたこぎれいなシャツと、ガラスに映った自分の姿とを見比べた。

——ギブズさん《ミスター》？　ギブズさんじゃないですか？

——え？

——私のことは覚えていらっしゃらないかもしれませんが、ビーミッシュです。シュラムさんのアパートの件で。私、人違いじゃありませんよね……？

——オヤ《アイ》、ビーミッシュ《ビーミス》、ハイ《シ》！＊　ヒトチガイデス《ノ・エス・ミ》、ソンナコトハドウデモイイ《ノ・ペロ・ケ・インポルタ》、ホントウニ《ヴェルダド》。アナタノコトハオボエテイマス《ポルケ・メ・アクエルド・デ・ティ》、ハイ《シ》、ブロンドノビジョ《セニョール・イ・ラ・ルビア》？アナタノオクサンデスカ《エス・テュ・セニョーラ》？　ザンネン《コニョ》……？

——やれやれ、私、すみません、いや……

——リッパナオシリ《ケ・クロ・ムイ・リコ》、オシリニポケットガツイテイルミタイ《ミラ・コモ・ティエネ・エル・クロ・エン・ロス・ボルシロス》……！

——いやいや、すみません、やれやれ、シュラム夫人、行きましょう、深入りしない方がよさそうです……

——オッパイモリッパデス《イ・エル・ペチョ・タン・ブエノ・タンビエン》、デモオモイヤリニカケテイル《ペロ・ファルタ・シンパティア》、ツイデニサワッテモイイデスカ《メ・ペルミテス・トカル・アデントロ》、オクサン《セニョーラ》？

——いやいや、何てこった！　失礼します、はい、ここで渡ってしまいましょう、シュラム夫人、急いで、信号が青のうちに、ダンカンさん、遅れないで付いてきてくださいね？

——マッテ《エスペラメ》！　マッテ《エスペラメ》！

——今の男、私たちの後を追ってきていませんよね？　一体何なんでしょう、ダンカンさん、付いてきていますか？　シュラム夫人、お詫び申し上げます、申し訳ありませんでした、はい、こちらに参りましょう、あの男はいなくなりましたか？奥様、私のせいで奥様を危ない目に遭わせるところでした、それにしても、今の男はギブズさんによく似ていました、ギブズさんというのは遺言執行人のお一人なのですが、おっと！　タクシーだ、ダンカンさん、タクシーを呼び止めてもらえませんか、シュラム夫人がご自宅へお帰りになるので、奥様、改めてお詫び申し上げます。もうお一人の方の遺言執行人であるアイゲンさんから書類がまだ届かないものですから、ギブズさんにお声を掛ければ話が早く進むと思って勇み足になってしまいました、それにしても驚くほどそっくりでした、しかもまたトリプラーの店の前で！　では、失礼します、また書類がまとまりましたら送らせていただきます、いやいや、ダンカンさん、待ってください、どちらへいらっしゃるつもりで……

——奥さんをご自宅までお送りしようと……

——いえ、奥様はもう大丈夫ですから、ダンカンさん、こちらに付いてきてください、ウォルドーフはここから一街区《ブロック》ほどしか離れていません……*

——私をシュラム夫人と引き合わせてくれるというお話だったと思うんだが。

——ある意味ではそうです、ダンカンさん、はい、しかし、夫人は単なる遺産受取人というだけのお立場ですから、信号が青のうちにここを渡ってしまいましょう、あなたの利益を最大限に生かすためには、会社に直接関わっている人物と話すのがよいかと……

——私は早いところ夫人とねんごろになって、ゼーンズヴィル*に戻りたいんだが。

——お気持ちはよく分かります、はい、すぐそこがウォルドーフです、それから、万一、今こちらにＪＲ親会社の首脳がどなたもいらっしゃらないようなら、デビドフさんがアポイントを取ってくれると思います、しかし、彼に会う前に一言だけ申し上げておかなくてはなりません、こちらの入り口から入りましょう。デビドフさんはこちらの会社の広報顧客担当責任者にすぎないのですが、事業に関してはいろいろな権限を握っているらしくて、少し上からものを言っているとお感じになるかもしれません、そのときはとりあえずご辛抱ください、エレベーターはこちらです、はい、スイートの部屋番号はどこかに控えてあったはずです。どうやら親会社の皆さんは、この地区の幹部を定期的に集めて会議をなさっているようで、私もトライアングル製紙買収に絡んで顧問弁護士として雇われているのですが、正直に申し上げると、会社の全貌はまだ私にはさっぱり分かっていません、会社はずいぶんといろいろな事業に関わっているみたいで、このフロアになります、はい、こちらへどうぞ。実は現在、状況が、私もついて行けないほど大変な勢いで動いているのですが、状況は常に変化するものですからね、ダンカンさん、次の扉になります、武装したガードマンがいる部屋の先。私はやや古いタイプの人間ですが、すべてが地位から契約へと衰退していくのは世の常だとあきらめています、あ、鍵が掛かっていますか？　ノックしてみてください、はい、すべての鍵は衰退にあると私は思っています、地位から契約への衰退もその一例……

——どうぞ入って、ルームサービスか、ヴァージニア？

——いえ、違います、こちらは、ああ、ビーミッシュさん、デビドフさんとお会いになる約束がありましたか？

——電話でその旨のメッセージを彼に伝えるよう、あなたにお願いしたはずなんですが……

――ブリズボーイさんを連れていらっしゃるというお話ですね、そうそう、デビドフさんにそうお伝えしたのを忘れてました、とにかく、デビドフさんは今、奥で電話中です、他のお客様はお食事中ですが、お待ちになる間、サンドイッチかお酒か何かを召し上がります？

――いや、やめておきます、ヴァージニア、ありがとう、こちらはダンカンさん、急いでいらっしゃるのでよろしく、ここで待たせてもらいましょう、ダンカンさん……

――彼女と引き合わせてくれるだけでよかったのに。

――はい？　ヴァージニアと？　それはどうかと思いますよ、ダンカンさん、彼女はしばらく前からこの会社にいるようですが、あなたの問題を解決するような立場の人ではありません、しょせんは秘書か受付係みたいな役割ですから、しかも、特に優秀というわけでもありません、今、こちらを向いているのがデビドフさん、もうすぐ電話が終わると思います……

――何ですって……？　おっしゃる通りです、将軍、その通り《アファーマティブ》、はい、そうです、名誉法学博士です、あちらでは……何のです？　文学の名誉学位？　直ちにあちらに問い合わせるようにいたします、おそらく……ひょっとするとあちらは、将軍が何を描かれたのかよく分かっていなかったのかも……ライフ誌ですね、ええ、しかしもちろん、それは何年か前の話で……はい、政府との共同研究について将軍がお骨折りになったことは大学の方もよく承知しているはずです、はい、しかしレイ－X社の研究開発部門の新しい責任者がただいま注力しているのは、ヴァージニア、そちらのブリズボーイさんのコートをお預かりしなさい、失礼しました、はい……？　はい、レイ－Xと政府との間の契約は完了しました、後は商品を開発するだけ……フリジコムと呼ばれるものです、はい、新たな方法を用いて……見積もり超過の問題ですね、もちろんです、ヴァージニア、フリジコムの説明資料を持ってきてくれないか、将軍に電話で読んで差し上げるから……ああ、書類を取りに副官をよこしてくださる、はい……文書についてはこちらでも凄腕弁護士がチェックをしています、はい、うちの社長《ボス》は几帳面ですから……今朝の電話で、はい、社長《ボス》は……はい、私も時々思います、電話だと聞き取りづらいことがあって、でも、こちらにはメモがありますので……社長の手書きです、はい、そうですよね、しかし……できます、はい、ヴァージニア、社長からもらったこの最後のメモをヘイト将軍のためにタイプで清書してくれ、写しは八通頼む、そこにいるビーミッシュも一通必要だろう……はい？　はい、もちろんです……その通り《アファーマティブ》だと申し上げたんです、はい、失礼いたします、あ、それからヴァージニア、その書類は送る前に私に見せてくれ、前回私の口述をタイプしてもらったときには、「東洋風《オリエンタル》」とあるはずのところが「歯科用《デンタル》」になってたからな、歯科用スクランブルエッグじゃあおかしいと思わないか、な、ホテルのスイートに臨時の本部を置いて会社を切り盛りするのがいかに大変か分かるだろ、しかも重役はここに一人もいない、ブリズボーイさん、あ、それからヴァージニア、あそこの隅に座っている黒人、もしも新たな電話を設置しに来ているのなら、さっさと取り掛かるように言ってくれ、やつの会社だってぼーっと座らせるために給料を払っているわけじゃない、あいつは何を見てるんだ、昔のレイ―X社のカタログか?

――暇そうなんで私が渡したんです、デビドフさん、写真がいっぱい載ってるし、あの人は英語が読めないみたいなんで……

――へえ、彼は一体何者なんだ、ここで何をやってる、それからヴァージニア、そっちに行ったついでに、青い長椅子の下にある箱を覗いてくれ、健康パッケージプランと書いてあるファイル、こちらのブリズボーイさんがご覧になりたいはずだ、墓地とタイアップするアイデア、それで思い出した、ブリズボーイさん、前もってお詫びを申し上げておきます、ワーグナー葬儀社チェーンがJR社ファミリーに加わるという件でマスコミから電話で問い合わせがあったときに、私は例のインディアンのことで忙しくしていたもので、簡単なメモを渡してヴァージニアに対応を任せたんです、ところが、私がメモの中で葬祭(funeral)を略して祭(fun)と書いたせいでマスコミが誤解して、老人ホームと墓地をセットにした計画に風俗店《マッサージパーラー》のチェーンも付け足すみたいな話になってしまいまして、どうにかしないとまずい状況です、後であなたの方から声明を出してもらえませんか、文章は今作らせています、ビーミッシュ、ヴァージニアは社長が起業したときからの長い付き合いだというのは分かっているし、ミッドタウンのオフィスを畳んだときに私が彼女を切らなかったのもそれだけが理由だし、私は彼女が会社の内情をよく分かっていると思ってた、彼女はアップタウンのオフィスで働かせた方がいいって君からバストさんに言ってもらえないか、私とは馬が合わないみたいだ、あのプリントドレス姿で前にかがんだときに部屋の半分がまぶしくなる感じ、分かるか、電話に出るたびにイヤリングを外して、終わったらいちいち付け直す、私が言いたいこと分かるだろ、ビーミッシュ、ここには若い娘《こ》が必要だ、ブリズボーイさんとちゃんと話ができる娘、今度は何だ、ヴァージニア?

――扉のところにいる人のことですけど……

――もしもあの男が例の兵隊なら、フリジコムのパンフレットの写しを渡しておいてくれ、それから、正式に配る前に君の方でも最終チェックを頼むよ、ビーミッシュ、あ、それからヴァージニア、社長《ボス》からのメモのこと、タイプで清書するように言ったメモ、あれは写しを二通頼む、一通はこのビーミッシュに渡して、で、写しはどこ?

――さっき取り掛かろうとしたところなんですけど、デビドフさん、でも扉のところの人がバストさん宛の大きな荷物を持ってて、ゴルフ練習セットだって言ってるんですが……

――ほら、分かるだろ、ビーミッシュ、ピアノならまだ分かる、でも今回は、ゴルフコースをこの部屋の中に作るなんて、ヴァージニア、アップタウンの本部の住所を彼に伝えて、向こうにコースを作ってもらうようにしてくれ、バストさんはあっちで過ごす時間の方が長いんだから、あの人は社長《ボス》の命令で、財団の音楽補助金プロジェクトに全力を注いでる、だから私がここで山火事処理を任されてる、まあ、あの様子じゃあ、ここの仕事は切り盛りできないだろうな、例のアスラカ開発計画のことを私が説明したときだってぽかんとした顔でここに突っ立って、何も分かってない様子だった、まるであの補聴器で宇宙からの放送を聞いているみたいに、あの音楽プロジェクトで二十ポンド*はやせたんじゃないかな、あの人は明日向こうに行かなくちゃならないからその前に、ヴァージニア、ピスカターに電話をしてくれ、会社のロゴが決まったかどうかを確かめるんだ、社長は飛行機の尾翼にロゴを描くようにとおっしゃってる、バストさんがワンダーさんの葬式に参列するのに間に合わせたい、君にももう話したかもしれないが、ビーミッシュ、バストさんは私たちがお膳立てをした例のインディアンの野外ショー《ページェント》に行く前に、その葬式に立ち寄ることになった、待って、ピスカターに電話がつながったのなら私から直接話を、誰？

――この電話は……

――もしも一〇《テン》・四〇《フォーティー》さんからだったら、ここに来るように伝えてくれ、早くしないとムーニーハムに逃げられてしまう、ブリズボーイさんも参加なさいますか、うちの人事課の者がこの地区の責任者を集める予定なんです、意思決定のための研修会みたいな感じ、社長《ボス》が彼をその責任者に任命して、相手は誰だ、ヴァージニア？

――ホテル支配人のオフィスからバストさんにお電話です……

――今すぐにでもこちらにいらっしゃるかもしれないと伝えてくれ、バストさんは、私が出よう、もしもし……？　いえ、デビドフです、何か……いえ、違います、バストさんじゃなくて、このスイートの請求書はポメランス共同事務所宛にお願いします、その後、こちらからクライアントに請求しますので……はい？　ヘイト将軍のスイートってどういう意味ですか？　そんな請求はうちに回さないでください、ＪＲ社にも請求しないでください、いえ、将軍は……将軍はたしかに重役の一人です、はい、ですが、私どもがこのスイートを引き継いで、将軍が廊下の先に移動したときからは、おたくの広報係が名誉宿泊客として引き受けたはずです、三つ星の将軍を宿泊させることでホテルに箔《はく》が付くとかいう話で……三つ、いえ、三つ星です、退役の際に一階級昇進していますから三つ星……彼が軍の物品販売を担当してるなんて、私からおたくの広報係に言ったりはしてませんよ、そんなことは訊かれてもいませんから、それで一体……将軍がいつまでここにいるつもりか私は知りません、でも、追い出す前によく考えた方がいいですよ……はい、失礼します、扉のところにお客さんがお見えなので、ヴァージニア、こちらのブリズボーイさんにお見せするファイルは用意できた？

——すみません、デビドフさん、今のうちに申し上げますが、こちらはブリズボーイさんではありません、ダンカンさんです、今日の用件は……

——ダンカン？

——ダンカンさんです、はい。トライアングル製紙の買収の件です、ダンカンさんが受けた説明によると、ダンカンさんの会社はトライアングル社に対して負債を抱えていてそれが理由でＪＲ親会社、つまり御社が関心をお持ちだとか、しかしながら……

——心配ご無用です、ダンカンさん、ここにいるビーミッシュは時々人違いや勘違いをやらかすんですが、万事何も、ヴァージニア、寝室にいるスキナーを呼んでくれ、寝室に用意してある見本《ダミー》をご覧に入れます、ダンカンさん、なかなかの見物《みもの》ですよ、扉のところにいるのは誰……

——バスフルートの演奏家だと言っています、口髭を生やした男で……

——私たちには今、もっと大事な話がある、彼には大舞踏室に行くように言ってくれ、それからスキナーには例の女性を連れてくるように、カリキュラム管理の第一人者、ダンカンさん、彼女の計画をぜひご覧ください、月曜のニューヨークタイムズで大々的に発表された内容が一目で分かります、電話は誰から？

——デビドフさん、今のうちに申し上げますが、何か誤解があるようです、こちらのダンカンさんが経営なさっているのは、壁紙生産でトップを走っている会社*で……

——壁紙ね、あまり面白くないギャグだ、ねえ、ダンカンさん、あ、ヴァージニア、その電話、例の二人のインディアン青年からだったら、その場から動かないように言ってくれ、誰かを迎えにやるからって、今彼らと連絡が付かなくなったら社長《ボス》がかんかんに、で誰……

——どこかの雑誌社だそうで、用件は……

——私は今、会議中だと伝えてくれ、それと、スキナーをここへ、待って、電話を私に、もしもし……？　いえ、おりません、誰が……彼からの声明を電話で受け取ったって、何の声明……待って、昨日の夜はどこに電話をかけたんですか、彼はしばらく前から出張で……バストさんもここにはいません、彼はアップタウンの事業本部で仕事をしています、私たちがここでやっているのは会社の広報活動、マディソン街にある建物のリース契約が成立するまでの臨時オフィスです……現時点ではおそらく、バストさんより私の方が買収計画に深く関わっているからです、今、目の前にトライアングル関連の取引をお膳立てした弁護士が座っていますよ……あの、バストさんがもうＪＲ親会社の幹部じゃないなんて誰が言ったんです、おたくらマスコミの悪いところは、ちゃんと裏を取らずに仲間内の噂を信じていること……え？　彼はここのところずっと、財団補助金の件で忙しくしているからです、新聞発表《プレス・リリース》に目を通す時間もないんです、ヴァージニア、交響曲作りを支援するＪＲ財団に関する新聞発表《プレス・リリース》の写しを一通持ってきてくれ……え？　じゃあ、何の用件でこちらに電話を……噂、だからさっきも言ったでしょう、おたくらマスコミの悪いところは……今年はそれが八十万ドル、そりゃあ、誰でも資本損失《タックス・ロス》を利用したいと思うでしょう、でも、会社をつぶすつもりはありませんよ、ええ、あの雑誌社を買収するのは、垂直統合計画の一環なんです、木材パルプの原材料から、トライアングル買収を通じて紙の生産へ、そしてさらに防衛産業よりも急速に拡大しつつある分野、出版事業までを一つ屋根の下に集めようという計画、雑誌『彼女《ハー》』の売り上げは、固定資産はリースバック、ダンカン社の設備とも重複します、今ちょうど私の目の前にダンカンさんがいらっしゃいます、彼がすべてのラインを引き継ぐ、過去の出版リストも新刊も信望がある、子供向けの百科事典から教科書出版、そして刷新したばかりの女性雑誌、今その見本《ダミー》を作成中です、まったく新しいコンセプトで……タイトルは『彼女《シー》』に変更します、ええ、私からはそれだけしか言えません、まったく新しいコンセプトで……それも見ました、はい、タイム誌の連中はタイトル変更で私たちの会社が失敗すると思っているみたいですが、きっとやつらの鼻を明かして……だって、それは思考回路が十九世紀の段階で止まっているからですよ、定期購読を一件増やすのにどれだけ金がかかると思っているんですか、新たな定期購読者を増やそうと思えば……はい？　紙でできた服の話なんて誰がしたんですか……いえ、イーグル紡績の地域代表がこっちに来ていますので私から確認してみます、また後でお電話ください、ヴァージニア？　あそこでメロンを食ってるホッパーさんに、紙の服を作る計画があるかどうか確認してくれ、そんな話を耳にしたことはあるか、ビーミッシュ？

――いえ、でも、私が思うに……

――君が悪いと言ってるんじゃないから安心しろ、紙に関して何でも噂を信じるのは私も同じだ、例の電力会社は土地を取り上げられて、採掘権も奪われそうになっているらしい、ヴァージニア、スキナーを早くここに呼んでくれ、紙の消費量が国民総生産《ＧＮＰ》に対して三倍の伸びを見せている件について社長が報告を求めてる、バストさんがセキュリティアナリストを相手にしゃべるときの材料にするんだ、超一流のスピーチライターに原稿を書かせて、それを電話で読み上げる、電話で発表したとかいう声明はきっと、このビジネスウィークのインタビューがその出所だな、トライアングル製紙の買収金額は非公開、噂では簿価よりもかなり低い価格、彼のことをニューヨーク州南部に住む抜け目のない人物と呼んでいるが、本当のところ、四百五十万ドルまで値切ったのはここにいるビーミッシュ、鼻を明かされたピスカターは今頃、君のせいで会社から追い出されることになるんじゃないかとびくびくしているかも……

——私？　やれやれ、その件について私は何も……
——社長《ボス》もこの記事をきっかけに、君が何かを企んでいると思ったのかもしれない、二十万ドルほどにのぼる『彼女《ハー》』誌の受取勘定を今年度でも八十万ドルに達しているトライアングル社資産の営業赤字に組み込んで、四百五十万ドルから差し引く、そのうち三百万ドルは、イーグル紡績の社員に年金基金を買い戻させた資金で補填する、独自のルートで紙を仕入れているX－Lリトグラフ社は一株二十九ドルで普通株を五万発行しているから百四十万ドル超、結局、百三十万ドルの赤字をちゃらにして少しお釣りが来る、この収支を君にも承認してもらった上でマスコミに発表したい。

——それだとちょっとぎりぎりすぎますね、それに、会社資産の精査がまだ……

——このリッツ・ブライト・リーフ社、これは心配しなくても大丈夫、いまだに機密扱いになっている例の米国農務省《USDA》実験プログラムが始まるまでは資本損失《タックス・ロス》として静観しているとおたくのお偉方に伝えてくれ、でも、上院議員との話がつき次第、商品名を君と相談するように社長《ボス》から言われた、ヴァージニア、その電話は誰、上院議員に連絡を取りたいんだが、その電話がそうか？

——いいえ、この電話はルームサービス係からです、誰か燻製ニシンを注文しました？

——多分奥の部屋にいるムーニーハムだろう、酒を我慢するためにそういうものを食べるんだ、医者が彼に酒をやめさせるために、一日五本映画を観るように言ったらしいんだが、スケベな映画を観すぎたせいでまたぞろ、ヴァージニア、お代わりを入れるって言って彼のグラスを取り上げて、コーヒーを飲ませてやってくれ、一〇《テン》・四〇《フォーティー》さんが来るまでにはしゃきっとしてもらわないと、変わった名前だろ、コンピュータ管理会社からの派遣社員だからさ、ものを計測することに関する本を書いている男らしい、スキナーが春に出版を予定している本だ、ヴァージニア？　出版リストを持ってくるようにスキナーに言ってくれ、紙の注文をまとめたい、そう、それで思い出した、ビーミッシュ、社長から何か言われてないか、トライアングル社の不良在庫のリサイクルについて？

——いえ、でも、私が思うに……

——あれは売り払わないといけない、変わったデザインのトイレットペーパーとかも含めて、それから社長の最後のメモ、あそこにある大きな給水塔にペインティングを施して、巨大なトイレットペーパーみたいに仕立てろという指示だ、われわれが送った航空写真にオレンジ色のクレヨンでイメージ図が描き込んであった、法律的な問題がないことを確認したいそうだ。

——法律的な問題はありません、しかし、思うに、トライアングル製紙工場の近隣に住んでいる人たちは、巨大なトイレットペーパーみたいなものがそこに現れたらうれしくはないだろうと……

――それは心配ご無用、私は異議なし、端から端まで線が手書きされた例の紙、あれなんかズボンの裾を縛るのに使えばい い、社長《ボス》がお望みなのは問題ではなく解決なんだ……

――デビドフさん、すみません、でも、今日はそのためにダンカンさんがいらしてるんです。トライアングル製紙買収の過程で御社が急いで問題を処理しようとしたために、ちょっとした混乱が生じたらしくて……

――概要説明のためにスキナーに来てもらった方が手っ取り早く済みそうだ、単語一つで話が済むところに二十個の単語を使うのが弁護士だからな、このビーミッシュに条件やら譲歩やらの話をさせたら二十分経ったって何が何やら、こちらへどうぞ、ダンカンさん、あ、それからスキナー、昔、おたくで販売部長をしていたスキナーを改めてあなたに紹介する必要はありませんよね、ダンカンさん、彼からあなたに概要を説明させましょう、必要に応じて私が補足します。

――やれやれ……

――私がダイヤモンド・ケーブル社を辞めたとき、スキナーにはここの役員になってもらった、彼は銀行から経営管理契約をオファーされたんだ、こちらのダンカンさんが管財人として設立した銀行、一万ドルの株式《ストック》オプション付き、そこでスキナーが考えたのは、ロングアイランドシティにある三百万か四百万ドルくらいの会社に対する共有権《ジョイント・テナンシー》、建て直しに苦労している会社で、そこの弁護士がこの後ここに来て、いろいろな数字を見せてくれることになってる、スキナーがつい最近結婚した相手の女が、前の夫との離婚にあたって和解金としてその会社の株を五パーセント分手に入れたから、それをＪＲ社の貸付に対する担保にしてオプションを行使した、通常の購入価格と将来の値上がり分を考えたら、今、ダンカンさんの頭の中はきっと……

――私の頭の中は、早く誰か女を紹介してもらいたいってことだけ……

――はい、デビドフさん、すみません、お話の途中ですが、私たちはそろそろ戻らないと……

――心配ご無用、指示を出す人間がいない場所で業務を切り盛りするのがどれだけ大変か見ていってください、あちこちで起きる山火事の消火、タイム誌の特集記事にわれわれがこけるとか書かれたりして、こちらのダンカンさんが将来の稼ぎを心配なさるのもごもっともだ、ぜひ見ていってください、タイトルリストはどこかな、超有名批評家からのコメントとか、超一流作家の作品を読んだせいでさすがの超一流批評家も面食らってる、でも、それってよくあるパターンですよ、これでもただの壁紙だって言うのか、ビーミッシュ？

私は腐ったジンを選んだ*　幻滅しながらも党に逆らう勇気がなかった共産主義者の物語。

……傑作を書こうと意識しすぎで才能が空回りしているのが残念。もう少し野心を抑えた作品であれば「有望」と呼

べたかもしれない。少しでも読者が得られれば、それは作者の幸運だと言えるだろう……

——グランドヴィル・ヒックス

おい、さえずる者どもよ　われわれが恐怖を捨て、自分の持つ真の力に目覚めるよう喚起するシリアスな作品。

……アメリカの外にある世界が非常に不完全かつ表層的に描かれているため、読んでいるとまるでこの作者はその実態をまったく知らないのではないかとさえ感じられる……

——M・アクスウィル・ガンマー

燃えるR・I・クーンズ　ある小さな南部共同体での暴力。人種問題を事実に即した形でデリケートに扱う。

……胸の悪くなるこの本の中には、優しさも真心も、単なる品格さえ、ひとかけらもない……

——S・T・アーリングノーフ

争う十のこだま　感情に訴える繊細な小説。
……感情に訴える繊細な小説……
——B・R・エンデンギル
……文学的事件、と言えなくもない……
——ニューズリーク・マガジン誌

オニオン・クレストGI　刺激的な戦争小説。強気な発言ばかりするウィスコンシン州（タマネギの名産地）出身の軍曹とともに出掛ける冒険。

……作者自身の狭く偏った視点から語られる物語は個人的不満を綴るばかりで、説得力がない……

——ミルトン・R・ゴス
……この作品もまた、魂を探し求める現代人の、長くて憂鬱な話……

——ボルチモア・サン紙

ニジェール・コンティ　ゴッゾーリ家との好色な恋愛ロマンス、そしてエジプトで活動するイタリア人諜報部員。

……この上ない節操の欠如……

——クリケット・レビュー

音速の虎　人気の肘掛け椅子探偵イーサン・フロームの鋭い推理がニューイングランドの片田舎に潜む殺人鬼を追い詰める。

……すごく楽しい読み物……

——D・オロビアー

——なかなか魅力的なタイトルが並んでいますね、デビドフさん、しかし……

——計測に関する一〇《テン》・四〇《フォーティー》氏の新刊はまだ準備中、百ドルの前渡し原稿料で新しいスーツを買ったばかりってところだ、それとヘイト将軍の回顧録、スキナーが超一流のライターを将軍に付けた、ヴァージニア、ゴールさんに連絡を取ってくれ、ゴールさん自身も芝居の上演が決まり次第、新しい西部小説《ウエスタン》を書いてくれることになってる、タイトルは愛国の血、ひょっとすると将軍からゴール氏をお借りしないといけなくなるかもしれない、社長《ボス》が長めの伝記を書きたいとおっしゃってるからそちらを手伝ってもらうかも、会社の成功物語に乗じて自分の成功物語も発表する、同時にその逆も、社長《ボス》はいよいよ世間に顔を出そうとしてるわけだ、タイミングの見極めが絶妙だな、でも、単語の綴りは誰かにチェックしてもらった方がよさそうだ、ヴァージニア？　ゴールさんを捕まえてくれないか？　もうここに来ているはずの時間なのにな、例のインディアンたちが演じる野外劇の台本のことで、それからフロントに電話をして、インディアンの若者二人を見掛けなかったか尋ねてみてくれ、バーを覗いた方がいいかもしれない、ブルック兄弟を呼び出すように言うんだ、あ、それからスキナー、執筆者向けの契約書を用意しておいてくれ、君も知っての通り、社長《ボス》は法律の一言一句にこだわる方だからな、ビーミッシュ、法律家お得意の曖昧な物言いがないことを確かめたいそうだ、広告の方はライターたちに任せて……

――その点については心配する必要はないと思います、デビドフさん、その部分は出版社の手に任されていますから、風紀を乱すような広告を出さない限り……

――本の広告の話じゃない、本の中の広告だ、スキナー、レイアウトの見本を用意してくれ……

――すみません、まさか本の本文の途中に広告を入れるというお話ではないですよね？　契約上の異議が唱えられることはないかもしれませんが、しかし……

――どこの会社の広告かは気にしなくていい、巻末と中央見開き《センターフォールド》はＪＲ社ファミリーの広告だ、他は広告代理店の判断に従って商品やサービスと関係ありそうな部分に挿入する、レイ－Ｘが義肢の生産にラインを貸しているのと同じこと、スキナーはどこ、健康パッケージプランの計画概要を持ってくるようにさっき言ったのに、老人ホーム、葬式サービス、墓地販売なんかをセットにするプランなんだが……

――いえ、いえ、デビドフさん、すみません、私の話を誤解なさっているようです。契約上の義務という問題は別としてですね、作者の手になる創造的作品と無関係の広告ページを恣意的に書籍に挿入するというのは、どう考えても……

――事態は君が考える一歩先を行ってるんだぞ、ビーミッシュ、オニオン・クレストＧＩには既にワンダー醸造の広告が入ることが決まってる、次の増刷のタイミングにはさらに趣向を凝らして……

――しかし、作家がですね、デビドフさん、書き手の方が……

——彼らにとってもこの上ない幸運さ、こちらのダンカンさんに訊いてみるといい、芸術だの文学だのとご託を並べている連中が本当に言いたいのは原稿料の前払いをたんまりよこせってこと、例えば十五ドルの値段で二千部売ることに決まったら、連中は批評家が悪いとか、テレビが悪いとか、何でも人のせいにする、でも制作費ってものが必要だ、シェイディーヌーク*で本屋の店番をしているおばあさんも芸術だの文学だのとご託を並べる一方で本代の半分を懐に入れてる、大衆向けに安いペーパーバックが出て文化を広めたら急に慌てふためく、おかげで今ではペーパーバックまでハードカバーの値段で売られてる、テレビの特番の制作費用はどこから出てる、ニューヨークタイムズ紙がつぶれないのはどうして、ヴァージニア、この辺に置いてあったニューヨーカー誌はどこ……

——さっきの兵隊さんが借りていきました、デビドフさん、何でも、将軍の言い付けで写真が要るとかいう話で……

——私は昨日、詳しく調べたんだ、ビーミッシュ、段組《コラム》は全部で五百四十、そのうち二百が文章で、他は全部広告、ほとんどカタログだけど、カタログにしてしまうと郵送料の面での優遇措置が失われてしまう、だから結局、電話帳みたいに分厚くて退屈な雑誌が出来上がる、一ページめくるごとにキャデラックやウィスキーの写真が入ってなければ息が詰まりそうな……

——お話は分かりました、デビドフさん、私も雑誌はよく読みますから、ただし、二年ほど前に登場した四コマ漫画はなかなかおもしろかった記憶があります、ところで、ダンカンさんが現在置かれている苦境に話を戻しますが……

——心配ご無用です、将来の値上がり分と購入価格との差額がはっきりしないのがやはり不安だとおっしゃるのでしょう、だからこうしてスキナーに説明用の資料を用意させたんです、ダンカンさん、私がダイヤモンド・ケーブル社から引き抜いた超一流のカリキュラム管理専門家の女性が、教科書部門を拡大して、広告収入を得ることを決めています、広告代理店の連中が今どんどん契約を取り付けていますから……

——デビドフさん、まさか、お話を遮って申し訳ないのですが、学校で使う教科書に広告を載せるとおっしゃっているわけではありませんよね……？

——私が言い出したことじゃないよ、ビーミッシュ、社長《ボス》直々のご提案だ、われわれは扱っている本でそれを実践するというだけのこと、社長《ボス》はムーニーハムの会社を買収したときに、紙マッチからそのアイデアを思い付いたらしい、そもそも社長《ボス》自身が紙マッチを見て、会社とか製品とかプランとかサービスとかの名前を覚えていたそうだ、補聴器から葬式に至るまで、キャンパーや喫煙者や麻薬常習者は誰でもそれを目にする、証拠が欲しいか、それなら新発売のアスピリンの例を見ろ、「緑です！」っていう直球勝負のキャッチコピーで一晩で市場を席巻したぞ、そこに見本がたくさんあるから、帰りに二つ三つ持っていってくれ、そこ、上着に気を付けて、ダンカンさん、べッドの上にバターを塗ったロールパンが置きっ放しになってます、そのコーヒーも片付けた方がいい、例の女性が、電話は誰だ、ヴァージニア？

――ハイドさんです、デビドフさん、ハイドさんが……

――ちょっと待つように伝えてくれ、噂の女性が今来たんだ、ダンカンさんを五十セントで案内してくれる、彼女から説明を……

――デビドフさん、すみません、でも、プロジェクトがこれ以上先に進む前に、いくつかの重要な法律的問題について考えておいた方が……

――心配ご無用、ビーミッシュ、ピスカターもカリフォルニアから戻ってきた、各州の教科書購入システムも調べてある、州でまとめて教科書を購入して、安くあげるという方法、行政機関にもコスト意識があるんだな、そういうことも把握してる、各地区の教育委員会はドミノの牌《パイ》みたいに横並びだから、教育関係の税金が上がりそうだという噂が納税者の間で広まれば、ちょっと待って、ヴァージニア、例の教科書の説明資料はどこ、そろそろ発送するって言っていたけれど、発送はキャンセルだ、タイトルに間違いを見つけた、聖なる（sacred）とあるべきところが恐なる（scared）になってた、リーダーズダイジェスト誌で笑いものにされたいのか、こちらの若き女性は今、教育費高騰で困っている人々に手をさしのべようとしているところで……

――恐怖の心理、能力、読み書きのレベル、その手のごみ《ジャンク》、と彼女がパンを口に入れながら登場した。ベッドの上で彼女の膝元に置かれたコーヒーカップに口紅が付いているのと同じように、バターの塗られたロールパンも、かじられた部分に口紅が付いていた。たばこを持った手が震えながら上がり、彼女はコンタクトレンズの入った無関心な目をダンカン氏に向けた。

――問題は子供じゃないんです、子供は数学の授業中にチェリオスのシリアルやリースのピーナツバターの広告を見つけたら喜ぶに決まってる、問題は子供じゃない、親なんです、親は小さな頃からテレビに慣らされてる、恋愛ものとかドキュメンタリーとかミステリーとかの間に挟まる広告と言えば、流しが詰まったときのお助け用品とか、制汗剤とか……

――でも、ミス、ミスター・デビドフ、まさか制汗剤みたいなものの広告を教科書に……

――心配ご無用だ、ビーミッシュ、彼女がダンカンさんのために立てた計画によれば、すべての商品は学年ごとのレベルに合わせて……

――ガム、シリアル、キャンディーバー、その手のごみ《ジャンク》は低学年、自転車、スポーツ用品、レコードなんかは七年生、八年生以上、フランス語3と代数上級で制汗剤とかタンポンとか……

――面白いアイデアがあるんだ、九年生の代数のために考えたアイデア、農務省が栽培の許可を出して、商標登録ができたらの話なんだが、葉っぱから立ち上る煙が文字になってるんだ、分かる？　私はメアリー・ジェーン＊、私を飛ばしてってね。分かりやすいメッセージだろ、スキナー、タイトルページはある？　ダンカン＆スキナーの出版社マークの下、ここにモットーを入れるんだ、「教室に世界を、世界に教室を」、このスキナーが考えたアイデアだ、子供向け百科事典の刊行開始を発表するために、有名な教育者であるトマス・デューイを引っ張り出すことができた、新たな緊急プロジェクトさ、販売員がサンプルの第四巻を持ってローラー作戦で街の家を一軒一軒営業に回ってできるだけたくさんの注文を集める、そのお金で残りの九巻を制作するんだ、一単語あたり半セント、広告スペースも入れる、販売経路にシェイディーヌークのおばあさんは入らないから費用を抑えられる、教育を受ける権利をスーパーマーケットで売る、そうすれば手頃な値段で、何だこれは、ヴァージニア……

――先ほどおっしゃっていたメモの清書です、八通……

――まただぞ、カーボン紙の挟み方が逆だ、社長はアップタウンの本部にコピー機を設置させたみたいだが、ここにも絶対必要だな、あ、それからヴァージニア、今回はカーボン紙を間違いなくセットしてくれ、前にも話したと思うけど、上下左右の余白は四分の一インチ＊だ、社長がテレビで見て、余白は四分の一インチにするよう全社に通達を出した、紙の節約だよ、そもそも出版部門が社内で最優先されているのもそのため、こういう紙だって本を印刷するのに使えるんだって社長はおっしゃってる、印刷機は動かすより寝かしておく方が金がかかると聞いてからは、二十四時間印刷機を動かしたがってる、だからスキナーがこちらの女性に二つの仕事を兼業させるようになった、『彼女《シー》』の見本誌作り、アメリカの女性《ギャル》というものをまったく新しいイメージでとらえ直して……

――しみ、いぼ、醜い血管、むだ毛、たるんだウエスト、垂れた胸、かさかさの肌、痔、その手の……

――そんな雑誌が売れるとはとうてい……

――広告だよ、ビーミッシュ、広告を売るんだ、間違いのない読者に雑誌を無料で送る、『彼女《ハー》』みたいな雑誌を出版するのは、広告で博打をするようなものだ、四ドル払う定期購読者を一人増やすのに五ドルを使うような真似をしていたらよそと同じようにつぶれてしまう、『彼女《シー》』がヒットすればきっとみんなが真似をするだろう、間違いのない読者に広告のターゲットを絞る、ボートを持っている人はボートの雑誌を無料で読むようになる、若者や独身者には無料のエッチな雑誌、カメラ好きには無料の写真雑誌、購読者リストさえ手に入れば、ダイレクトメールの送料も雑誌として五パーセント引き、他の費用はすべて、広告を出している会社が払う……

――ほうれい線、神経過敏、頭痛、太ものたるみ、貧乳、油性肌、割れ爪、枝毛、その手の……

――ターゲットを一つ一つ絞り込む、われわれはノビリ社の薬を処方している小売店を通して、ドラッグストアの顧客リストを買う、彼女が広めたこのアイデアは結構使えるぞ、ダンカンさんにもスキナーの計画を見てもらったら……

——ええ、それは……

——いえ、こちらです、ダンカンさん、こちら、さあ、ついに……！

——ええ、それは……

——ついに！ 個人個人に合わせた、老人ホームから墓場までのプラン、葬式から墓場、それに加え、製薬会社と老人ホームのタイアップ、扉のところに誰か来た？

——私はてっきり、誰か女性と引き合わせてもらえるものだと……

——ダンカンさん、よく分かります、はい、しかし今は、ソファにいる男性陣に加わった方がいいと思います、デビドフさんと話ができそうな状況になったら私がお呼びします、おっしゃるように誰かと引き合わせてもらうために……

——扉のところに誰かがいたような気がするんだがな、ヴァージニア、もしも例のインディアンの青年たちならじっとしているように伝えてくれ、それからソファにいる連中から酒を取り上げてくれ……

——扉のところにいたのはその人たちじゃありませんでした、デビドフさん、あれはミスター……

——あ、それからヴァージニア、私がさっきからかけようとしている電話、あれはどうなった、上院議員の……

——でも、ハイドさんがまだ電話口で待ってらっしゃいますが……

——ハイドが電話をふさいでいる間にも、こっちに電話をかけてくれているかもしれない、ビーミッシュ、そこを出たら扉を閉めてくれ、奥の連中にはまた仕事の続きをやらせよう、月曜の特集記事の背後に何があるのかをこちらのダンカンさんのお目にかけたかっただけだから、ダンカンはどこ……

——ダンカンさんには、私たちがもう少し集中して話ができるようになるまで、ソファにいる人たちのところに行くように私から提案したんです……

——それについては心配ご無用、ただ彼の目の前では話したくなかったことが二つ三つある、彼にはしばらく向こうで時間をつぶしててもらおう、スキナーの株式《ストック》オプションのことを君かノニーの方で確認しておいてくれ、ダンカンはもう蚊帳の外だということを念押ししたいと社長がおっしゃってる、スケベなおやじ、普通ならあんな男を出版社の社長には……

——でもデビドフさん、彼が今日ここに来たのはまさにその問題を……

——それについては心配ご無用、スキナーとあの女《ギャル》なら金を手に入れられる、あの二人はある訴訟をやっているから、株の購入代金が調達できる、彼の目を見ただろ、それに彼女の笑顔、自動車事故さ、各自百万ドルの損害賠償請求、裁判の決着が付くまでには、親会社が彼にローンの返済を迫って、オプションを巻き上げることができるだろう、そのために経営を彼に任せる必要があったんだ、でも、それさえ終われば用済み、何だこの箱は、ヴァージニア、彼は五体満足でここから出て行けるのが幸運なくらい……

――例のインディアンの服装《コスチューム》、レンタルするようにおっしゃってたものが届いたんです、彼に着させるとおっしゃっていた服……

――ただのインディアンじゃない、族長《チーフ》、インディアンの族長の服だ、実際に持って行く前に確認した方がいい、まさか彼を普通の格好で向こうに行かせるわけにはいかない、ほら、これはとりあえず机から下ろしてくれ、もしもし？　ハイド？　ちょっと待っててくれ、いや、座ってろ、ビーミッシュ、ダンカンの前でこの話はしたくなかったんだが、社長《ボス》は例のフォーブズ誌の記事をご覧になった、鉱物採掘についてわれわれの利害がよそと衝突しそうだという話、社長《ボス》は事を急ぐようにおっしゃってる、ダイヤモンド社から引き抜いた例の超一流営業マンを現地に向かわせた、エンド設備社売却に携わっていた男だ、ハイド……？　ここにはまだ顔を出してない、うん、バーの方でも呼び出してもらったんだがな……いや、君は自分の車があるのなら彼らのことは放っておいて一人で出発してくれ、連中は彼と一緒に会社の飛行機に乗せるから……え？　一マイルあたり六セント、全社統一のガソリン手当だ、うん、社長《ボス》直々の指示、君の車がキャデラックなのは社長《ボス》のせいじゃない……車の中の臭いが取れないって何の臭い……それはエンド設備社から発送された荷物が今あっちに向かっているからさ、君の到着が荷物より遅くなったら、連中が勝手に箱を開けてしまうじゃないか、トースターとヘアドライヤーの区別も付かないやつらだぞ、洗濯機の蓋を開けて何をやらかすか……だから広報のカメラが準備できるまでの間、それを食い止めておくんだ、贈呈式の用意ができるまで……いや、野外劇が始まる前に彼が贈呈式をする、連中はその後で儀式をやって、彼はそこでは賓客扱い……いや、社長《ボス》じゃない、違う、社長《ボス》は行けない、ずっと出張だったんだ、昨日の夜、電話があったばかりで……だから代理に行かせる、向こうの機嫌を損ねないようにしないと、うん……バスト、そうだ、君はまだ会ったことがないと思うが……え？　若い、うん、でも、同一人物のはずはない、こっちのバストは社長《ボス》とのお付き合いが長いから……それについては心配ご無用、私が処理する、でも、社長《ボス》のご要望で私はここにいなくちゃならない、山火事を消して回る必要があるからな、問題は起きないはずだ、すべてはちゃんと……いや、すべてはちゃんとこっちでお膳立てしてある、歴史に基づいた野外劇、超一流の有名脚本家も雇った、やつらが自分たちの歴史に誇りを持てるような話になってる、その脚本家が一からやったんだ、連中に質問をしたってらちが明かなかった、白人が言語を奪いに来ると大いなる魂が警告をしたとかそんな戯言ばかりだからな、結局、彼はいろいろな新聞から背景情報を集めるところから始めなきゃならなかった、話はこうだ、連中はある保留地を明け渡す協定に署名させられて、今押し込められている保留地まで冬のさなかに裸足ではるばる移動することを強いられる、話を盛り上げるため、そこにちょっとした飢饉、レイプ、コレラを持ち込む、そして彼らの一体感を演出する、彼らは部族の魂に鼓舞されてこの幸せな狩猟場を守ろうと立ち上がる、彼らが今居座っている土地、天然ガスと鉱物が眠る土地だ、話は新聞発表《プレス・リリース》でも紹介されてる、向こうに着いたら資料が君を待っているはずだ、前日の夜に記者の連中に資料を配ってほしい、そうすれば……それについては心配ご無用、そのために彼らに金を払っているんだから、うちの広告代理店の者を派遣するから君の手を煩わすことはない、でも、役の分担ははっきり指示してあるから……いや、脚本の最終稿は今到着待ち、それについては心配ご無用、役の割り振りはチャーリー・イエロー・ブルックにやらせればいい……何が心配だって？　どうして……いや、どうして連中が君を襲うんだ……いや、連中の大半はそもそも弓なんて見たこともない、こっちのスポーツ用品店から向こうに高級なアーチェリー一式を送ってもらわなきゃならなかったくらいだ、カヌーだってパドルのどっち側で漕ぐのか分からないって言うから超一流カヌー選手を派遣しなくちゃならなかった……いや、ブルックだ、イエロー・ブルック、小川《ストリーム》じゃない、チャーリー・イエロー・ブルックとその……それはきっと演説の草稿を見たんだろう、I・P・デイリーの書いたイエロー・ストリームっていう本＊から社長が思い付いたジョークさ、それで向こうを笑わせて和やかな雰囲気を作るという考えだったんだが……私も同じ印象だな、余計なことは言わない方がいいかも……君の何？　ああ、息子さん、息子さんを連れて行きたいってことか、いいんじゃないか、勉強になるかも……アメリカの真の姿？　われわれが守るべきものを息子さんに見せてやるといい、うん、写真にも入れてやりなさい、写真は芝居が始まる前に頼むぞ、撮影班は飛行機で行かせる、地元新聞のカメラマンが二人とUPIの通信員が一人、写真は電送してくれ、あ、それからハイド、連中がバストさんの写真撮影《シューティング》＊を始める前に補聴器を外すように言ってやってくれないか、いい写真が欲しいんだ、バストさんと上院議員の写真、そこにブルック兄弟も入れる、羽毛飾りとか現地の雰囲気もたっぷり盛り込んだところに補聴器があると場違い……それについては彼に説明はまだしてない、ずっと別のプロジェクトに専念なさっていたから、すっかりお疲れだよ、もともと特に元気なタイプじゃないが、誰かが彼に少し刺激を与えてテンションを上げさせないと駄目かも……それについては心配ご無用、じゃあそういうことで、あ、それからハイド……？　切りやがった、二十分間も電話をふさいだ挙げ句に、向こうから電話を切りやがった、受け取り側でも備品の送り状を確認するように伝えたかったのに、社長《ボス》から君にも話があっただろ、ビーミッシュ？　例の備品は定価で償却するって？

――いえ、その取引に関して私は……

――ウォールストリートジャーナル紙に書かれてた皮肉、読んだか、タイフォン・インターナショナル社はあの協定で古い在庫だけ抱え込ませてエンド社を切り捨てたという話、私がここに来る前のことだ、多分クローリーが考えたことだろう、バストの話によると、あんな会社を社長《ボス》が買った唯一の理由はただ安かったってだけのこと、だからこっちでも持て余してた、そこで私がインディアンたちのことを思い出したってわけさ、あんなものは全部やつらにくれてやればいい、そうしてやつらを例の賃貸契約に関して味方に付けるんだ、ついでに費用は損失として処理、でも、社長はいつだって損失を利益だとお考えだ、だから定価で費用の計上をしたいとおっしゃってる、ノビリ社の倉庫にずっと眠っていたあの薬と同じように……

――数字についてはこれから確認が必要ですが、その話題が出たついでに率直に申し上げますと、本計画に関して、私は懸念を抱いています。私のことを古い人間だと思ってくださって も構わないのですが、あの土地に眠っているかもしれない鉱物や天然ガスの採掘権を手に入れるだけのために、土地のインディアンたちに対して恩恵を施すふりをするというのは、非常にあくどいやり口だと思います、まるでチューインガムのコマーシャルをしながら、その裏で……

――われわれがやらなくてもいずれ誰かがやるんだ、ビーミッシュ、やつらはテント小屋ごとあそこから出て行くように銃で脅しをかけられてる、五体満足であの保留地から出て行けたらそれだけでも幸運だ、こうやって歴史劇を演じさせて、やつらを団結させて、マスコミに取り上げさせて、やつらの権利を確立すれば、アスラカの子会社との鉱区使用料交渉にがっちり食い込むことができる、何かがあったときのための貯えもできる、フォーブズ誌の記事は見たか、ブロークンボウの決闘*とかいう記事？　これもまた多分電話でクローリーから引き出した言い回しだろう、昨日、アルバータ&ウェスタンの土地の件で君と電話で話したって聞いたぞ、鉱物採掘権のことで……

――話しました、はい、鉱物採掘権そのものをめぐる裁判には時間も費用もかかりそうですから、それを避けるために、以前、あちらから示された鉱物採掘権に対する申し出をこちらが受け入れるならば、先方としても、今おっしゃった電力会社の土地をさらに高い価格で買う用意があるとのことです。クローリーさんは特にバストさんのことを気に懸けています、彼にかなりの興味をお持ちの様子で、時間のかかる複雑な問題から早くバストさんを解放したいとおっしゃっていました、そしてクローリーさんはJR社幹部と競争相手であるスタンパーさんの両方とかなりの金額の取引をしているようですから、あくまで単なる仲介役として……

――スタンパーを引き込んだのは単に体面を整えるだけのためだ、ビーミッシュ、クローリーのハンティング仲間、二人が撮ったハンティング映画を観たか、必死に逃げ惑う百万頭のシマウマ、あれを観ていたら自分の尻にも縞模様をペイントして走りたくなる、彼は缶ビールを手に、警察からの電話に応えながら、キャデラックでテキサスを走り回ってる、昔の奴隷小屋をお客さん用のおしゃれなコテージに改装してる、新しい課税評価を見て、腹を立てた挙げ句にコテージを燃やしてしまったそうだ、大きな子供みたいなものさ、いつまで経っても四年生レベル、社長《ボス》は六年生の教育課程を終えてないってバストから聞いたことがあるが、正直言うと、それが本当に思えるときもある、ワンダー醸造の水を検査して微量のスマルト鉱が見つかったときには、それを減耗控除に組み入れろって言いだしたせいで、コバルトの安全性レベルについて食品医薬品局《FDA》の厳しい指導が入った、今度は突然、ミリケン上院議員が地元産業を保護するんだって言いだした、羊とインディアンしかいなかった彼の州がコバルト、ニッケル、ヒ素を大量に埋蔵しているかもしれないってわけで現地を視察して、自分の委員会に次官を呼んでタイフォン社と結んだ契約について根掘り葉掘り聞き出そうとしてる、ガンディアにコバルト精錬工場を作ってそれを余剰品として買い戻す計画のことだ、つまりタイフォン社としては、アメリカが必要とするコバルトを供給する一方で、一緒に出てきたニッケルや何かを別口でピティアン・オーバーシーズ社が販路を持っているところに売ろうとする企みさ、この問題において相手方というのはそのタイフォン社だ、ビーミッシュ、私自身モンクリーフとずっと一緒に仕事をしていた、なかなか手強い相手だぞ……

——ええ、私はそこまで考えていませんでした、まさか……

——タイフォン社はコバルトがあるところをすべて押さえたがってる、ピティアン社がタイフォン社に圧力をかけてるんだ、ガンディアで分離独立を目指すウアソ州をめぐる戦争、鉱物精錬工場なんかも含めて町全体が会社みたいなところさ、防衛大臣のデイ博士《ドクター》が先頭に立って共和国独立を宣言した、するとこの小さな新興国の国民に対してブルースが上院で民族自決の支持を表明、紛争不介入を訴えて、ガンディアからの物品輸入を禁じる法案を出した。ノワンダ政権は分離を認めず、相手構わずに支援を求めてる、だからミリケンがブルースの法案に賛成して、ノワンダ政権を支持する国連決議を後押しした、目が覚めたらいつの間にか中国やアルバニアとお仲間になってたってわけだ……

——デビドフさん、何度も口を挟んですみません、でも、今のお話はたしかにとても興味深いのですが、ちょっと話が逸れてきているような気が……

——今から脇腹肉《ベリーズ》の話をしようとしてたところだ、バストから話は聞いた？

——バストさんですか？　脇腹肉《ベリーズ》の話……？

——豚の脇腹肉《ポーク・ベリーズ》、冷凍だか干し肉だか私はよく知らない、社長《ボス》の知識だって多分私とどっこいどっこいだろう、社長《ボス》は小遣い稼ぎに脇腹肉にも投資してる、取引はクローリーに任せてるんだろう、もしもノワンダが簡単に折れずに、鉱物輸出でがっぽり稼いで、今回の紛争を解決したら、熱電対製造のためにロジウムを必要としているレイ－Xが政府と契約した固定価格で買える、社長《ボス》がヘイトにあれだけ圧力をかけてペンタゴンの研究契約を取ったのはそれが目的だ、レイ－Xはペンタゴンの威光で借り入れができた、超過費用は後で政府から取り立てたらいい、唯一の問題は製品を調達すること、一〇《テン》・四〇《フォーティー》さんを通じて既に超一流の研究開発者を引き抜いてある、二人は何年間か一緒に仕事をしたことがあるそうだ、学術的な分野で一流の業績を残している人物だ、自分の頭脳を思い切り羽ばたかせることのできる職場を探していたらしい、フリジコムに関する新聞発表《プレス・リリース》に全部書かれているはずだ、あ、ヴァージニア、フリジコムの新聞発表の文章を探すように言ったのはどうなった、市議会が騒音問題解決法としてのフリジコムに興味を持ってる、ワシントンと相談しなきゃならない、セキュリティアナリストとの打ち合わせが必要だ、モイスト大佐に電話を頼む、彼の新しい電話番号を調べてくれ、ヘイトの指示で彼は調達部門に異動になった、あ、それからヴァージニア、例の黒人がまだあそこに座って絵を見ているぞ、もう用事は終わったんじゃないのか、英語も分からないようだし、一体何語を……

――ひょっとしたらフランス語かもしれません、デビドフさん、ただ私は、フランス語がどんな響きなのかも知らないから……

――奥にいるスキナーの女《ギャル》を呼んでくれ、彼女ならフランス語で用件を聞き出せるだろう、入る前にはノックしろよ、あ、それからヴァージニア、香港からの配送に関する書類に造花って書いてあるけど、これはきっとセーターの間違いだ、イーグル紡績から繊維を送ったのがセーターになって返ってくるはず、あそこで何かを食ってるホッパーを呼んでくれ、食事が長すぎる、電話は誰、モイスト？

――いいえ、バストさんはいないかとお尋ねです、音楽家たちの件で……

――電話番号だけ訊いておけ、バストが戻ったらこっちから連絡させるって、あ、それから……

――でも、バストさんは……

――分かった、私が出た方がよさそうだ、バストより私の方が、もしもし……？　いえ、彼は今、え……その件については心配ご無用です、とりあえず金額だけ教えてください、私の方が話が早いかも……演奏を全部録音するんです、ええ、ボストン・ポップス・オーケストラみたいな超一流バンドを雇った方がいいって彼には話しました、一括契約みたいにして全部込みで……バストさんが何て言ってたんです？　ボストン・ポップスに何の不満が……どんな音楽を演奏しても象が何してるみたいな音になるって……？　いえ、いえ、彼の指示通りにしてください、彼の方が……待って、リハーサルの時間がどうしたって……レコーディング・セッションのために稽古をしなかったら一体どうやって……基本となる三時間セッションで一人九十ドル、それを一回やればもう……え？　一回のセッションで使える録音は十五分って、どうしてそんなことに……分かりました、例えば二十分使えたとしたら、例えば六十分使えたとしたら、え……最大で十五分、さっきの話だとリハーサルはしないってことなのに、じゃあ、残りの時間は何をやって……いえ、いいえ、彼に言われた通りにしてください、彼の方が……九十五人で計算すると、一回のセッションで八千五百五十ドル……八千六百四十ドルってどういう意味、五かける九は……九十六って、九十五人というのがバストさんの指示だったってあなたがついさっき……指揮者は報酬が二倍？　それで結局……どのくらいの長さなのか私は知りません、ええ、彼はまだ……ええ、交響曲だと長さはどのくらいなんですか……大体の長さでいいですよ、四十五分、それならおたくの三時間セッションの三回分ですね、一回が八千六百四十ドルだからおよそ二万六千ドルあればまかなえそうな……スタジオのレンタル代はなし、おたくのメンバーを雇うお金の合計……オーケストラ、ええ、それを足し算して……え？　楽器のレンタル代、どういう意味です、おたくのメンバーは楽器も持ってないと……いいですか、私が著述家《ライター》の仕事をもらうのに鉛筆を持たずに職場に行きます？　一体全体……ケトルドラム、いいえ、ケトルドラムなんて持ってませんよ、ケトルドラムの演奏はしませんから、ケトルドラムの演奏をするのなら当然ケトルドラムを……美しく青きドナウを演奏するたびにボストン・ポップスがケトルドラムをレンタルすると思いますか？　一体全体……いえ、彼が何を言ったにせよ、それは気にしなくていいです、またこちらから連絡差し上げます、ほらな、ビーミッシュ、私の言いたいことが分かっただろ、地元のバンドなんて雇うからこんなことになる、櫛《くし》とトイレットペーパーで演奏会をやった方がましなくらいだ、ちょうど今ここに来たついでに、組合による例の差し止めの件でホッパーと話をしてくれ、社長《ボス》が紡績機を南アメリカに売り飛ばそうとしたときにショーターが起こした裁判の差し止め命令、ホッパーがワンダー醸造の経営権をどら息子に与えたせいで会社はてんやわんやだ、社長《ボス》は会社の買い取りを迫られる前に和解することをお望みだ、バストに調整役を任せるかもしれない、イーグル関係のことは彼がいちばんよく知ってるからな、さっき向こうから声が聞こえた気がするが……

——たしかにピアノの音が聞こえた気がしますけど、でも……

——きっと、私たちがダンカンを寝室に案内している間にここに来たんだろう、ほらな、ふらふらしている重役たちのために店を切り盛りする苦労が分かるだろ……

——でも、バストさんがここにいらしているという意味ですか？　向こうの部屋？　ピアノの演奏中？

——向こうの部屋でピアノ演奏中、な、店の切り盛りがいかに大変か……

てもらっていいですか、すぐに終わりますから……

——ちょうどよかった、少し向こうの部屋で彼とお話をさせてもらっていいですか、すぐに終わりますから……

——私なら邪魔はしないね、ビーミッシュ、あの部屋に入って扉を閉めたら、社長から電話がかかってくるか、火事が起こるかでもしない限り、邪魔はしない、プロジェクトを片付けなきゃならないから大変なプレッシャーがかかっているところなんだ、この助成金を獲得すれば免税法人という財団の立場に法律的な問題がなくなる、彼が財団から金を借りた場合でも、ヴァージニア、モイストに連絡するように言ったのはどうなった……

——湿気《モイスト》ですか？

——モイスト、モイスト大佐だ、大佐に電話するように言っただろ、イーグルの問題ではバストさんの手を煩わせる必要はないぞ、ビーミッシュ、私一人でも処理できるかもしれない、あの土地は全部、公園と高速道路用地として町に譲る方向で社長はお考えだ、全部寄付として損金扱い、もしもそれで人物評価が充分に高くなるならの話だ、その点についてはホッパーの力も借りたらいい、ベッグとかいう女が株主訴訟でまた面倒を持ち込んできたら、株主の利益のための行動だと説明しておけ、もしも彼が免税の傘にしがみつきたいなら費用削減のために拠点を南に移すしか手はない、ショーター率いる組合員連中はそれが気に入らない、やつらにはジョージア州で仕事が待ってるぞと言ってやれ、税控除の利く維持費用の下で安い設備を入れて、次から次に入れ替えるんだ、資本財、減価償却積立金を待つ必要もない、そっち方面のことは君に確認しておいてほしいと社長《ボス》はおっしゃっていた、細かな文言まで気になさる方だから……

——法律が私の専門です、デビドフさん、法律、それなのに、はっきり申し上げますが、こう何度も何度も法律の文言文言と繰り返して、しかもしばしば法律の精神に真っ向から背く形でそんなふうにおっしゃるのを聞いていると、率直なところ……

——法律家はそのためにいるんじゃないのか、ビーミッシュ、そうじゃなければ君は今頃鉛筆でも売っているはずだ……

——そうかもしれません、でもそうだとしても、今お話しになった件については、会社の活動動機があまりにも後ろ向きなことばかりですよね、減価償却積立金や減耗控除、損失の翌年度持ち越しや税金控除……

——それが大物の思考回路ってものさ、ビーミッシュ、だからこそ社長《ボス》の今の地位があるし、私たちがこうしてちまちまと下働きをしてるんだ、単刀直入に要点をつかんで指示を出す、中には粗っぽすぎて馬鹿なんじゃないかと思えるようなものもある、電話だと半分ほどしか話が分からない、電話を切った後、一時間かけて断片をつなぎ合わせないといけない、時には私も同じことを考えるよ、社長《ボス》は文句を言う係、私たちは仕事をする係、でも、その電話はモイストか、ヴァージニア？　いや、ほら、貸してくれ、もしもし、大佐……？　あ、はい、そうです……いえ、いえ、違います、はい、違います……はい、将軍、いえ、そういうことは二度と起こりません、はい……はい、承知しております、あなたが大佐だったのは大昔、一九四……はい、私は……アルデンヌ攻勢の際の、サンフィアクルですね、はい、私は……ドイツ軍の計画をくじいた功績をボックス将軍が独り占めにしたと、はい、承知しております、彼は……ブラッドリーとアイゼンハワーは事態の展開をまったく予期していなかったと、はい、あなたの回想録を読んだ人たちはきっと、歴史に真の光が当てられることを……あなたの回想録です、はい、その件でお電話をくださったのではないのですか？　うちの方でも超一流の……はい？　ああ、大学の件ですか、はい、私どもは……あなたのお名前ですべての手配は整っております、私どもは……あなたのお名前で、はい、もちろんです、さようです、私どもは……はい？　大学自体の名前をですか……？　はい、ええ、いえ、私どもは……はい、分かります、はい、しかし大学の方は……コネを使って、はい、しかし一部の関係者は……フットボールのチーム、はい、しかしながら、フットボールチームを応援する熱心な卒業生たちの気持ちとしては、大学の名前の響きが……いえ、ヘイト大学という名前にすると、音の響きのせいで誤解される恐れが……アメフトにふさわしい攻撃的な精神、そうですね、しかしながら、チアリーダーのことを考えると……男女共学になるんです、はい、それで、チアリーダー……はい？　はい、そのようにいたします、はい、それで今、もしも一分だけお時間をちょうだいできるようでしたら……一分だけです、はい、前回お渡ししたメモの件ですけれども……はい？　次に社長と話す機会がありましたらそのように伝えます、はい、それで一分ほどお時間をちょうだいできましたら……はい？　雑誌ですか……？　はい、見つかり次第、すぐにお送りします、それで、あの？　一分ほどお時間を……もしもし？　ヴァージニア、この受話器を戻してくれ、次に彼から電話があったら、こっちから昔の雑誌を何冊か送ると伝えておいてくれ、奥にある愛国雑誌なら何でもいい、で、これは何……

――ホテルの請求書です、デビドフさん、ついさっきベルボーイが持ってきました、ホテルとしては……

――タイプで清書して、請求は広告代理店の方に回しておいてくれ、バストさんがまたここから出て行く前に彼の裁可が欲しい、どうした、待て、ビーミッシュ……

――別の約束があるんです、デビドフさん、そちらに行かなければなりません、あなたとお話をするにはどうやら電話がいちばん効率がいいみたいですから、また後でお電話で……

――それについては心配ご無用、こっちの山火事はすぐに消せるから、電話代は節約した方がいい、社長がいちばん最近回覧したメモは見たか、諸費用の削減、まずはバストさんがお手本だ、一株十ドルで五千株の株式オプションを手に入れる、今朝の始値は十五ドルと八分の一、誰でも会社に必要経費を請求できる、鉛筆二十本を買っても、地下鉄利用代金を払っても身《み》銭《ぜに》を切る必要はない、その電話は誰だ、ヴァージニア……

――ワシントンのモイスト大佐につながりました……

――今回は間違いないだろうな、ついさっきは君のせいで冷や汗をかいたぞ、もしもし？　あ、それからヴァージニア、大佐……？　フリジコムの新聞発表文を持ってくるように言っただろ、もしもし、モイスト？　フリジコムに関する新聞発表だ、おたくの秘書《ギャル》に書き取るように言ってくれ、うちの顧問弁護士がここにスタンバイしてる、君なら最高情報責任者と直に話を付けられると見込んだんだ、社長《ボス》はお急ぎだ、できるだけ早く……え？　いや、私はデビドフ、デビッド……そう、今、秘書が探してるから待ってくれ、ここには今、重役がいないから店は私が切り盛りをして……え、社長《ボス》がそっちに直接電話を……？　待って、数は、六千のブレーキパッド、値段は？　一つ百四十九ドル、きっとバストさんには話が通してあるんだろう、それがどうした……いや、倉庫代の請求って何、ロングアイランドの倉庫、それは彼に直接確かめないと分からない、何も聞いてない、待って、肘の下にあった、準備はいいか……？　日付、ニューヨーク発、国防総省と、大文字JR社ファミリー傘下にあるレイ、ハイフン、X社が今日、共同で発表したレポートによると、点《コンマ》、騒音問題解決を目的として現在開発中の過程《プロセス》、点《コンマ》、名付けてフリジコムは、点《コンマ》、いつか私たちの日常生活において、点《コンマ》、レコード、点《コンマ》、本、点《コンマ》、さらには個人的な手紙に取って代わるかもしれない、丸《ピリオド》、新段落。現在も機密扱いのフリジコム過程は、騒音に悩まされている地域に、鉤括弧開く、細片間隔、鉤括弧閉じる、で騒音吸収スクリーンを設置することによってその削減を約束する最新の科学的進歩として大都市から注目されている、丸《ピリオド》、液体窒素を利用する複雑な過程が音速より速いスピードで作動し、点《コンマ》、大気中に放出される前の騒音を急速に冷却し、点《コンマ》、熟練した職員が比較的容易に扱うことのできる騒音細片に変換する、丸《ピリオド》、細片はその後、点《コンマ》、収集され、点《コンマ》、遠く離れた地域または海に廃棄されるが、点《コンマ》、その場所は溶解の際に発生する擾乱《じょうらん》の被害を受けうる人がいない地域に定める、丸《ピリオド》、新段落。フリジコム過程の開発は国防総省との契約の下、点《コンマ》、進められているが、点《コンマ》、最近刷新されたレイ、ハイフン、X社の研究開発部門の華々しき新リーダー、点《コンマ》、ミスター、いや、ドクター・ヴォーゲルは、点《コンマ》、軍事機密との関わりがあるという理由でプロジェクトに関する取材には応じなかった代わりに、点《コンマ》、その技術を自由企業体制と現代科学技術との連携によって鍛えられた両刃の剣にたとえ、点《コンマ》、人類の向上という大義によって軍事と芸術との間にある障壁を一刀両断にするものだと述べた、丸《ピリオド》。ヴォーゲルは、点《コンマ》、もともと装置のヒントになったのは、点《コンマ》、地名、ベネチアは凍った音楽だという、人名、ペイターの言葉だったとした上で、点《コンマ》、音楽や文学といった領域においてフリジコム、括弧開く、冷たさを意味するラテン語とコミュニケーションを合成した名前、括弧閉じる、が果たしうる重要性を強調した、丸《ピリオド》、溶解過程が完成した折には、点《コンマ》、コンサート、点《コンマ》、オペラ全編、点《コンマ》、朗読会、点《コンマ》をフリジコム過程で保存することをヴォーゲルは夢見ており、点《コンマ》、今では古典として切り捨てられ、点《コンマ》、読書および二百ページ以上の紙をめくるのに要する多大なエネルギーのために大部分が読まれずにいる長めの小説に及ぼしうる影響を強調した、丸《ピリオド》、新段落、ちゃんとメモしてるか？　この約束された科学的大躍進の応用に関しては、点《コンマ》、一部の科学者の間で、点《コンマ》、いささかの懸念が表明されているが、点《コンマ》、ドクター・ヴォーゲル自身はそれを単なる、鉤括弧開く、人の精神、やっぱり人はやめて人類にしよう、人類の精神を自由に羽ばたかせる時代の延長、鉤括弧閉じる、と呼んでいる、丸《ピリオド》。氷山の一角のように、点《コンマ》、外部の者にはレイ、ハイフン、Xの活動の一部しか見えない、丸《ピリオド》、ドクター・ヴォーゲルの指示の下で繰り広げられているプロジェクトとしては他に、革命的な、いや、過激な、待って、いや、単に新しいにした方がよさそうだ、新しい輸送手段があるが、点《コンマ》、その研究は弊社と近隣にある大規模な大学との間で結ばれた秘密の契約の下で防衛、失礼、国防総省の支援を受けており、点《コンマ》、いまだに最重要機密に指定されている、丸《ピリオド》、鉤括弧開く。この研究は実証するのにかなりの大胆さが必要なだけで、点《コンマ》、アイデア自体は基本的に単純なものです、鉤括弧閉じる、とドクター・ヴォーゲルは情報の詳細を尋ねられた際にコメントした、丸《ピリオド》、鉤括弧開く、それが実現すれば、超音速旅客機など路面電車みたいに思えてくるでしょう、鉤括弧閉じる、新段落。アメリカの人気玩具メーカーの一つであったレイ、ハイフン、Xは最近、点《コンマ》、電池とトランジスターを使用した製品で培った専門技術を医療分野に応用し、いや、注力しにしよう、補聴器、点《コンマ》、心臓ペースメーカー、点《コンマ》、および他の補綴器具の製造において大手下請け業者となり、点《コンマ》、人類の向上という大義のために、いや、ここは削除して、となっている、丸《ピリオド》、で終わりにしよう。大文字ＪＲ社ファミリー傘下に新たに加わった重要なメンバーとして、点《コンマ》、レイ、ハイフン、Ｘ社は熱電対の大手製造業者としての操業を続ける、いや、を続けるはやめて、も続けるにしよう、丸《ピリオド》、念のため、君の秘書《ギャル》に復唱させてくれ、ちょっと待って……

——いや、本当に人と会う約束があるんです、デビドフさん、そちらの件は……

——すぐにそっちに戻るから、ビーミッシュ、この件を片付けておきたいだけだ、モイスト……？　電話がつながったついでに訊かせてもらうが、君のところのトイレットペーパーは足りてるか……いや、いや、自宅じゃなくて陸軍、陸軍の方、こっちの子会社の一つが在庫を抱えているから……ロールタイプ、うん、それが何か……いつの分まであるって……？　ああ、大量脱走でもない限りか、今一瞬、大量脱糞って言ったのかと勘違いして……電話口で何を読み上げるって……今、そんな時間はない、それはうちの顧問弁護士に確認してくれ、ミリケン上院議員からの電話を待っているところなんだ、こうしている間にも電話をかけてきているかも……いや、ゴルフの試合って何の話……社長《ボス》はそれほどゴルフが好きじゃないと思う、多分副官を送り込むつもりだろう、バストさんは結構、分かった、アップタウンのオフィスにはゴルフ練習セットが届いたみたいだから……その週、彼のスケジュールには何も入ってない、うん、何か問題があったら、彼の方から上院議員会館のオフィスに電話を……それについては心配ご無用、それは大丈夫だ、ビーミッシュ、この新聞発表を私と一緒にもう一度チェックしようか、そうすれば……

——いえ、いえ、すみません、デビドフさん、私、それは先ほど一通り聞きましたが、法律的な問題はないと思います、そんな契約が存在するならですけれども。もちろん、実際のプロジェクトの詳細については存じませんが、私の聞き間違いでなければ、音を冷凍で固形化するというのは明らかに、子供でもだまされないような……

——反論はしないよ、ビーミッシュ、科学者の考えることなんて信じがたいことばかりだからな、人を半分に切断するレーザービームを研究しているやつだっている、研究している本人にはきっと自分が何をやっているか分かっているんだろう、かつてジュリアス・ヴェルヌが小説にした月旅行だってそうさ、明日には月面を散歩して、ハムサンドイッチを食べてから地球に戻って、ソフトドリンクと切手を売り歩くってことになるかもしれない、社長は会社の宣伝活動として夢物語を一つ取り込んだってわけ、この秘密の輸送手段だって全貌が明らかになったときには、待って、おい、待って、ヴァージニア、ドアに張り付いているスキナーをどかせろ、ピアノの音を聞くために張り付いているんだろうが、ピアノならここにいても聞こえる、そうだろ、ビーミッシュ……？

——ええ、実際、ほれぼれしていたところです、曲の感じだとビゼ……

——鍵はどこだ、あった、外の廊下の先にある洗面所の鍵、これを渡してやれ、ヴァージニア、やつは知らないのか、バストさんがいらしているときはあそこがロックされているって……

——でも、まさか、デビドフさん、すみませんが、まさかピアノがトイレの中においてあるという意味じゃ……

——脚を外さないとあそこに入らなかった、でも、あそこで弾いていれば部屋の中はうるさくないから……

——でも、何てことを、バストさんはさすがに嫌がっているでしょう？　トイレの中でピアノなんて……

——言いたいことは分かるよ、ビーミッシュ、私たちはみんな彼を応援しているんだが、彼はそれほど協力的なわけじゃない、こうしてプライバシーを与えて、清潔で明るい場所を提供して差し上げても、音響について文句をおっしゃる、私たちは財団のプロジェクトのために商売をしているっていうのに、ろくにイエスかノーかの判断さえなさらない、代わりにここにいる私が決断をしなければいけないのさ、今度社長《ボス》と話をする機会があったら君からも社長《ボス》に一言口添えしてもらえないか、重役を二人ほど増やすお考えらしいんだがどちらも私の知らない名前だ、四億ドルに迫る会社の売り上げを支えているのはつい最近、広報を担当するために雇われた人物だってことを君から社長《ボス》に伝えてもらえたら、ちょっと待って……

——ゴールさんからお電話です、デビドフさん、用件は……

——誰？

——著述家《ライター》のゴールさんです、毛深くて、歯並びの……

——例のインディアンの台本をここに持ってくるように伝えてくれ、そうしないと、いや、受話器を私に貸せ、もしもし？　うん、ちょっと待って、あ、それからビーミッシュ、二つほど大事な話、さっきも話した商標の確認をするようにと社長《ボス》がおっしゃっていた、それからピスカターが設立した運輸会社の給料支払い、ちょっとだけ待っててくれ、もしもし？　うん、例の台本だが何をもたもた……そいつはいつそっちを出た、もうこっちに着いていてもおかしくないのに、待って、あ、ヴァージニア、スキナーの女《ギャル》がさっきの黒人と何か話しているだろ、ひょっとしたらあの男が配達屋《メッセンジャー》なのかもしれない、さっきからずっとあそこにいたのに何やってたんだ、絵本を渡したせいで用事を忘れたんじゃないのか……え？　どうして彼にも台本が必要なんだ、誰も……ここにはウォールデッカーなんて名前の人間はいない、ああ、ここに現れたらそうするよ、それについては心配ご……いや、でも、社長《ボス》のプロフィールに何をそんなに手こずってるんだ、こっちはスキナーの準備もできているのに……それはそっちの問題だ、君が著述家《ライター》なんだから、確かな情報は全部私がまとめて渡したはずだ……それについては心配ご無用、じゃあ、適当にぼかしておいたらいい、最初は埋め立て土砂の事業、その後、政府との取引をするようになった、イーグル紡績に目を付けて資本を蓄積、経営権を手に入れて……それはまずいだろう、いや、全社的に極力費用を押さえた経営というところを強調してくれ、その……チームプレイヤーというイメージは違うと思う、うん、家族のような一群の会社と一緒にプレイするという感じ、部門ごとの自治を重んじつつ税収益には目を光らせるという……それも知らない、アラバマ実業学校《ビジネスカレッジ》を出たとも聞いたが、まともに小学六年生までの課程さえ終えてないって副官が口を滑らせたこともある、おそらくその程度の……強調していい、いや、強調していいぞ、教育市場に大きな波紋を巻き起こしたいからな、ダンカン社も買収した、大事な問題にいきなり取り組むってことだ、百科事典や教科書の値段に大きな波紋を巻き起こす、自分が受けられなかった教育を他の子供たちに受けさせるために……そういう表現はまずいな、うん、福祉の問題には異議を唱えた、弱い立場の人に対する同情、社長《ボス》は今のアメリカを作り上げた昔ながらの考え方が悪かったとは思っていない……ああ、図書館に行って、昔の大統領の演説でも調べてみたらいい、プロテスタントの労働倫理とか、自由企業体制を語るゼネラルモーターズの社長とか、実利的なプラグマティズムの方向性、物事はいかにあるべきかでなく、実際いかにあるかを見る、どうやったらうまくいくかという考え方、両刃の剣みたいに……いや、リベラル系のマスコミからは既に中傷を受けている、こっちが彼のイメージを世間に広めようとしたら、まだ広まらないうちから先を見越して潰しにかかっている……え？　ああ、それなら十年といわずこの三か月に注目したらいい、あ、それから例の薬の寄付、あの東南アジア市場における大々的な薬の寄付についてもちゃんと取り上げてくれ、人道的活動として何かの賞をもらうに値する行為なんだから……何を持ってないかって……いや、家族がいるとしても私は聞いたことがない、社長《ボス》とヴァージニアとは長い付き合いで、信頼関係もあることだし、ひょっとしたらひょっとするかも……え、彼女の？　いや、それは特に世間に公表するようなものじゃない、彼の写真だってこっちにはない、バストさんがいつもおっしゃっている通りに、社長《ボス》は写真を撮る時間もないほど忙しいって言っておいたらいい……誰、バスト？　取り立てて言うほどのものじゃない、環境保護《コンサベーション》学校出身、趣味で音楽をやってる、遺伝かな、社長《ボス》の話だとお父様は立派な作曲家なんだが、それでは食べていけないから鉄道会社に車掌《コンダクター》*として勤めているらしい……それについては心配ご無用、とにかくそれを清書して、至急ここに届けてくれ、分かったかな？　簡単なプロフィールをまとめているだけなんだ、ビーミッシュ、『彼女《シー》』に短いものを載せたいと社長《ボス》がおっしゃってね、これを予告として後日、長い伝記を出版するって寸法さ、社長《ボス》がお持ちの成功のオーラを雑誌に盛り込みたいとお考えなんだ、成功というのは女《ギャル》どもの好物だからな、彼の成功の秘訣はお金を使わないこと、むしろ赤字を抱えた会社を引き受けること、あ、ヴァージニア、あそこの帽子をかぶった男、今入ってきた人、名前がウォールデッカーじゃないか確認してくれ、今は時間に追われててもうあまり君の相手はできそうにないよ、ビーミッシュ、何か気に懸かっていることが他にあれば……

——はい、ぜひとも、はっきりさせておきたいことが……

——君がさっき話していた給料支払いの問題、うん、小切手の支払いはＪＲ運輸会社からの引き落としになってる？

——いいえ、実を言いますと、私はまだ小切手を受け取っては……

——社長《ボス》がノニーに設立させた子会社、ガルヴェストン*で競売に出た船体を落札したらしい、入札額の十五パーセントの小切手をすぐに振り出せってことだ、できるだけたくさんの社員をあの会社に勤めていることにしろ、そして政府から出てる六パーセントの運輸補助金を獲得して……

——デビドフさん、繰り返しになりますけれども、そうした手法の合法性にはかなりの疑義がありそうですし、関連事項をよく調べなければならないかと……

——ビーミッシュ、社長《ボス》が君に望んでいるのは法律面のチェックで……

——会社の給与総額の六パーセントに相当する政府補助金を手に入れる目的で、たった一隻の船を元手に運輸会社を設立するというのは……

——言いたいことは分かるよ、ビーミッシュ、大手の小麦業者がやっているのに比べれば小さなジャガイモにすぎない、ノニーによると、どうやら例の脇腹肉《ベリーズ》関係で何かを企んでいるみたいだ、アメリカの船舶を使った商品輸出規制について調べるように言われているそうだから、最終的にはノビリのパナマ支社傘下に収められることになるかもしれない、あそこを買収したのは多分、租税回避地《タックス・ヘイヴン》として積み替えに使うのが唯一の目的だろう、どうせ向こうには倉庫しかないんだし、あ、それからヴァージニア、ノビリ・パナマへの例の手紙、タイプし直してくれ、今回はちゃんとストレプトヒドラジドという綴りを間違えずに今日中に投函、食品医薬品局《FDA》がノビリ社の薬を一つ、アメリカ市場からはじき出しやがった、抗議しろって社長《ボス》から連絡はあったか、ビーミッシュ？

——いえ、でも、新聞で読んだ気がします、子供が服用すると耳が聞こえなくなる可能性があるということですから、さすがに社長さんも販売を継続しようとは……

——それそれ、その薬、あれは製造を中止しなきゃならない、だから、在庫分を売り切ったら以後の入荷はないってパナマから海外の各販売代理店に通知を出してもらいたい、その電話は誰だ、ヴァージニア……？

——でも、それはしかし、一体全体……

——将軍です、デビドフさん、将軍から……

——さっき言ったじゃないか、将軍から電話があったら、もういい、出るよ、もしもし、はい……？　はい、かしこまりました、はい、私どもは……高層ビル管理と産業マーケティングの二誌をお送りしましたが、写真は……申し訳ございません、最善を尽くします、はい、私どもは……将軍は今晩お発ちになるのですね、はい、しかし、二十一日までにはお戻りになるご予定で？　私どもは……いえ、生徒たちが社会見学でアップタウンを訪れる日付は……はい、メモはしてあります、しかし、アイデアは社長《ボス》が出したものです、長年温めてきた企画で……私どもの教科書プロジェクトと連動して、はい、弊社はこの分野で攻め込んでいるところなんです、攻撃は最大の防御……はい？　あ、はい、いえ、そういうつもりでは……今のは単なる言葉の綾で、別にその……はい、今後は気を付けます……はい、アップタウンの弊社本部を生徒たちが訪れる予定になっています、はい、社長《ボス》は大変それを誇りに思っていて、ぜひその子供たちを著名な幹部が出迎える形にしたいと……いえ、実を申しますと、私もあちらに出向いたことはございません、しかし……同じようなことは以前にもやった経験があります、はい、写真屋を手配して……いえ、子供たちには弁当を配ろうかと……社長《ボス》がそこに行くかどうかは聞いておりませんが……はい……はい、そういたします、はい……はい？　切りやがった、あ、ヴァージニア、あそこのダンカンを落ち着かせろ、放っておいたら……

――ダンカンさんもこれ以上辛抱できなくなったのだと思いますよ、デビドフさん、正直申し上げて、私もそろそろ……

――いや、あの人は単に、待って、ダンカンさん？　すみません、そこのお手洗いはふさがってるんです、廊下の先、兵隊が立っているところを通り過ぎて、二つ目の扉まで行ってください、掃除道具入れの横です、奥の部屋にスキナーがいますから、彼から鍵をもらってください、他に片付けなくちゃならない用事はあったかな、ビーミッシュ、細々した法律用語は省いて、要点を言ってくれ、バストさんが今すぐにでも出ていらっしゃるかもしれない、彼に確認したいことがいくつかあるんだ、誰かから電話がかかってきたら、ヴァージニア、とりあえず、その電話は誰……

――ピスカターさんにお電話です……

――ピスカターは今、待って、私が出る、彼が今何をやっているか、こっちは知らないからな、もしもし……？　ここにはいません、ええ、彼は今……デビドフです、はい、デビ……コーヘン、ああ、ネペンテス社*の件で、はい、今日は十六まで値上がり、多分社長《ボス》は注目していると思います、発行株数の約十九パーセント、支配権を手に入れたいだけなので……待って、いや、ノビリ社の在庫整理のために作った健康パッケージプランにその老人ホームを組み込むお考えなんです、今日、ここに来ているホッパーが墓地を提供、ブリズボーイが葬式を引き受けて……え、将軍《ゼネラル》ってどの？　また別の将軍《ゼネラル》が話に絡んできたら……ああ、それなら先に言ってくれ、コーエンか、うん、それなら先にそう言ってくれれば、まだ療養中じゃなかったのか、こっちも一人弁護士を雇った、今ここに待機している、これからおたくが示した数字を検討する予定だ、ピスカターにはダン&ブラッドストリート海外企業調査レポートでおたくの財務状況を調べさせた、おたくは少し債務超過気味に見えると社長《ボス》に報告が上がってる、新たに別の会社の支配権を手に入れようとするのはあまり賢明ではないと……それについては心配ご無用、ああ、貸付に対する担保として引き受けただけだ、スキナーという男が出版社の株式《ストック》オプションを獲得するのを手助けする、彼にはここで経営陣に加わってもらってる、超一流の……知らない、うん、共有権者《ジョイント・テナント》、彼が最近結婚した女《ギャル》の話だ、離婚のときに慰謝料の一部としてその株を譲り受けたと……誰の名前、女の？　いや、私はその新聞は見てない、社長《ボス》は多分記事をお持ちだ、切り抜きを集めるのがお好きだから……ピスカターのメモを見ただけ、うん、特に気にしてないようだった、おたくが死に体の会社の株を持っているという話はしていた、二十年前から続いている裁判と国税庁《IRS》との悶着、よくある話さ、特に気にしていない様子だった……え？　いや、何が……彼が？　でもどうして……大変だ、うん、それは気の毒に思うよ、コーエン、しかしそこまで深刻に受け止めるとはな、株式を公開する会社なんて毎日いくつもあるんだし、何も変わりは……簿価は別に変わったりしないだろ、何をそんなに……いや、そういうつもりで言ったんじゃない、コーエン、話で聞く限りその男はいいやつみたいじゃないか、ゼネラルロール社っていうのは何を作ってるんだ、ここのJR親会社が興味を持つようなものを作っているようなら……紙製品の製造を拡大してる、うん、おたくが組んでいるというネイサン・ワイズというのは一体、そこの会社も連続した紙の生産を……？　何を作ってるって……？　今君が言った言葉はちゃんと聞こえた気がするけれども、それはまた全然別の話みたいだが……避妊薬《ピル》が登場したからその会社は傾いたってこと？　在庫の数は何十万グロス……？　たしかに、うん、でもおたくはその会社とどういうつながりが……え、自動演奏ピアノの内部に？　機構の一部に羊の薄膜が使われているとは知らなかった、うん、うちの傘下にある醸造所がイースト濾過過程で使っているのは知ってたんだがな、そこのジョージ・ワンダー社長が最近亡くなった、ミリケン上院議員の親友だ、議員は今その会社に興味を……誰、ミリケンの家族？　ネイサン・ワイズの少数株主か、きっと避妊薬《ピル》が登場したことも知らずに、どうしてそんなことになったのか不思議に思ったんだろう、でも、何か新しいアイデアを絞り出してくるかも……今はその上院議員からの電話を待っているところだ、うちのJR親会社が彼の故郷にある法律事務所を雇って、新製品開発に目を光らせているところ……私は知らない、うん、今ここにいるうちの弁護士と直接話をしてもらわないと、お二人で存分に法律用語を交えて話をしてくれたら、待って、どこだ、ヴァージニア？　ビーミッシュはどこ、ついさっきまでここに座っていたのに、廊下のトイレに行ってしまったんだろう、コーエン、また彼から君に連絡をさせるよ、あ、それからヴァージニア、ミリケン上院議員につないでくれと言った電話、あれはどうなった、あそこの若い男、下の方までボタンを外して何をやっているんだ……

――例の配達屋《メッセンジャー》です、デビドフさん、ゴールさんから預かったものを届けてくれました、受け取りに署名をしてほしいってあそこで待っているんです……

――ああ、どこにやったかな、鉛筆も見つからない、それをさっさと渡せ、彼にはここから出て行ってもらえ、母親の愛人を殺してきたみたいな風貌だな、帽子をかぶった男、あれがウォールデッカーか、ここに顔を出すという話だったが……

――いえ、あの方は私立探偵だそうです、デビドフさん、あなたにお尋ねしたいことがあるとかで……

――何を知りたいか訊いておいてくれ、ピアノの音が止まったな、バストさんがそろそろ部屋から出てくるかも、スキナーの女《ギャル》はあの黒人からちゃんと話が聞けたのか？

――彼女の話によると、あの人はマルウィというところから来たそうです、どこかにある国の名前らしくて、用件は……

――みんな何かの用件があってここに来てるんだ、さっさと用件を聞き出すように彼女に言ってくれ、あ、それからヴァー……

——あの方はシェパーマンさんを探していらっしゃるそうです……

——このタイミングにその話とは最悪だな、以前、芸術家を援助しようとしたことがある、そうしたらこうやって墓場まで追いかけてきやがる、私はあの狂人と手を切るために前の仕事を辞めなきゃならなかった、それでもまだここまで追いかけてきたんだな、二トンある錆びた鉄の塊を抽象彫刻だと言って売りつけるつもりだ、仲間を集めてビラ配りまでしてる、そこらにいる黒人はみんな芸術家、他のことは何もできない連中が突然芸術に目覚めたってわけだ、あの男には待つように伝えろ、バストさんのアタッシェケースをお持ちしろ、ヴァージニア、鍵が壊れてる、書類が落ちてる、いらしたときには気付きませんでしたよ、バストさん、奥の部屋では今、出版について話し合ってます、でも、もうお出掛けですか、いくつかご相談したいことが……

——一つどうしても片付けてもらいたいことがあります、デビドフさん、私はさっきからずっと……

——はい、座ってください、ケースはここに置いて、ヴァージニア、これはどかして、何だこれは……

——さっき用意するように言われた健康パッケージプランのファイルです、そのときは……

——バストさんにそれを渡すのは時期尚早だ、ブリズボーイから葬式代の見積もりが届くのを待っている段階だし、おそらくその前に、ホッパーの墓地代を確認してからってことになるだろうから……

——デビドフさん、できるだけ早くはっきりしておきたいことが一つあるんです、僕は疲れてて、まだやらなきゃならないことが山ほど……

——お疲れですね、へとへとですか、その新しい服を着ているところをお見かけするのは初めての気がします、雰囲気がすっかり以前と変わりましたね、ユニセックスな服装、あなたが財団のプロジェクトに専念できるよう、私もいろいろと山火事の処理をしているところです、楽譜はそれで全部ですか?

——はい、それで、レコーディングの準備をするための電話を待っているんですけど……

——それについては心配ご無用、電話は私が応対しました、オーケストラはそろえてあります、あとはレンタルスタジオを押さえるだけ、曲の長さとセッションの回数さえ教えていただければ……

——曲の長さは二時間八分。

——二、時間……?

——と八分、うん、それで……

——交響曲ってせいぜい四十分ほどのものじゃないんですか、そんなに長い作品だとは、二時間と、それだと四、八、九回のセッションが必要、八八《はっぱ》、六十四、八九《はちく》、七十二、六九《ろっく》、五十四、およそ七万七千……

——ええ、それと、その話が出たついでに、バスフルートも探し始めるように向こうには伝えてあるんです、バスフルート奏者はあまりいないので、もしも見つけることができたらここに……

——バス、フルート奏者？

——ええ、探すのが大変なんです、比較的新しい楽器なので……

——それについては心配ご無用、多分彼らよりも先に私の方で見つけて差し上げられると思います、あ、ヴァージニア、バスフルート奏者を探したい、フロントに電話をかけてくれ、大舞踏室を覗くように言うんだ、バスフルート奏者がいるかもしれない、ケトルドラム奏者は要りませんか？

——二人、はい、他に打楽器ではスラップスティック、シンバル、ウッドブロック、マリンバ……

——リストをこのヴァージニアに渡してくださった方が話が早そうですね、何が何人必要かを……

——ええ、はい、バイオリンが十六人、チェロが十人ほど、それからホルン、ほら、これがホルンのパートで……

——ホルン？

——フレンチホルン、八人です、はい、それからこれ、ここでワーグナーチューバが入ってくる……

——多分どこかで借りられるでしょう、どこかに行って楽器を全部借りてこなきゃならない、大体の見積もりを出さないといけません、また一つ、補助金について新聞発表を出したいんですよ、今回は金額を添えて、社長が期待しているよりも多めの金額、でも、多少なりとも注目を集めたいですよね、そうすればボストンみたいな有名バンドを雇えたかもしれない、失礼、ヴァージニア？　その電話はミリケン上院議員から？　今日一日何度も私に連絡を取ろうとしているはず、なのに、あちこちから山火事が舞い込んできてこのざまだ、店を一人で切り盛りするのは、誰……？

——それから、ほら、ここ、パイプオルガンの伴奏も書いたんですが、もしも……

——お電話はビーミッシュさんからです……

——ビーミッシュ？　一体全体、失礼、バストさん、貸してくれ、もしもし、ビーミッシュ？　私は今ここでバストさんと……ダンカン、うん、ついさっき廊下の先の……別のダンカンってどういう意味だ、彼は……彼に尋ねようと思ってたんだ、トライアングル社に対するダンカン社の負債のこと、五年前からの紙代、うん、スキナーからは何も……そう、壁紙だ、スキナーからは何も……え、本当か？　すべては私がここに来る前に決まってたことだから、ここにいらっしゃるバストさんにいちいち確認を取らないといけない、でも、何となくそれは……何となくそれはまた、クローリーの考えたことっぽいな、ダンカン一族のややこしい話は今話している時間はない、うん、その話はこちらのバストさんとしてくれ、その借金は頭金として吸収したいというお考えだろう、将来の利益で収支を整える、もしも……それについては心配ご無用、紙を使ったものなら何でもオーケー、あ、ヴァージニア、廊下の先を覗いてくれ、ダンカンさんがいないかどうか、バストさんがお話をなさりたいそうだ、ダンカン社の買収に関して少し勘違いがあったようです、バストさん、ビーミッシュは一時間前からここに座って私を相手に延々と法律家トークを繰り広げていたくせに結局、要点は言わずじまい、挙げ句に後から電話をかけてきて、社長が買いたいとおっしゃった出版社、イザドーラ・ダンカン社、さっきトイレに行った小柄な男、あれは壁紙を作っていると言いだす始末、トライアングル社に対する昔の借金は帳消しにして、将来の利益で埋め合わせをする方法を考えればいい……

――ええ、たしかクローリーさんと私でそんな話をしました、はい、彼はその会社のことをよくご存知だったみたいで……

――やっぱりクローリーか、私の言った通りでしょう？ それもまたクローリーの考えたことだろうってビーミッシュに言ったのをお聞きになってたでしょう、私はあの男のことをよく知ってるんです、バストさん、彼に株を任せたらもう、ジャグリング並みの手さばきで……

――あ、ああ、はい、出掛ける前に一つ思い出したことがあります、あの、お金のことですが、その……

――それについては心配ご無用、支払いがせかされているわけじゃありませんから、でも、ヴァージニアにタイプで清書させました、ヴァージニア、例の清書した請求書はどこ、バストさんが確認なさりたいそうだ、あったぞ、はい、ただちょっと、この請求を新しい運輸会社の方に回すのか、それとも親会社の方に回すのかをうかがっておきたいのですが……

――え？

――請求をどこに回したらいいのかを、私の声は聞こえてます？ その機械、電池が切れかかっているんじゃないですか、とりあえず親会社に請求を回した方がいいと思うんです、弁護士連中が細かな問題をはっきりさせるまでの間は一応……

――でも、それは一体何なんです？

――二千ドルを超える請求についてはすべてあなたの承認を得るようにと社長《ボス》がおっしゃったんです、お聞きになっていませんか、最初は二百ドルを超える請求っておっしゃったんですが、それだとバストさんの手が腱鞘炎になってしまうって私から申し上げたんです、このいちばん上の請求は『彼女《シー》』のプロジェクトに関するもの、あくまで予備的な見積もりで……

――しかし、一万四千、タイトルの変更としか書かれてませんけど、一万四千……

――社長《ボス》は単刀直入なメッセージがお好きです、ええ、雑誌のタイトルを『彼女《ハー》』から『彼女《シー》』に、受動的なイメージから能動的なイメージへ変える、まったく新しいコンセプト、潜在読者について詳しく調査した結果です、現代女性の自己イメージはずいぶん変わってきています、寝っ転がって正常位みたいな、昔ながらの受動的な『彼女《ハー》』とはスパッと縁を切る、新たなコンセプトで、今度は女性が体を起こして騎乗位になる、次の項目はホテルの部屋代、これは……

――ここのホテルのことですか？　でも、これ、このホテルの料金すべてをひっくるめて、さらにそこに十五パーセントが足してありますけど、これは……

――代理店手数料、広告業界の標準実施要領通りのパーセンテージです、バストさん、まさか私たちを飢え死にさせるおつもりじゃないでしょう、社長《ボス》の方針が変わらない限りは……

――ええ、でも、でもスイートの料金は、僕がここに来たときには会社に請求が行っていたはず……

――頭痛の種を取り除いて差し上げましたよ、ホテルの方から先ほど電話がありまして、将軍にはホテルの賓客として廊下の先の部屋に移ってもらう形にしました、社長《ボス》が全社を挙げてローコストでの操業を推し進めていらっしゃるのですから、私どもとしては喜んでホテルの厚意に甘えて……

――ええ、分かりました、でも今度は、この七、これ、二万七千ドルって書いてあるんですか？

――会社のロゴを作るプロジェクトです、はい、最優先に進めるようにと社長《ボス》からのご指示がありました、でも、料金の方は負けてもらっているので、世間的に見ると割安なんですよ、チェース銀行とか、コダックとか、大手企業がロゴにいくら払ってると思ってるんですか、こちらとしては会社のイメージをドカーン！と広めたいわけです、ロゴを見た途端に、あ、これは当てになる、信頼できる会社だって思ってもらいたい、例えばほら、ワンダー醸造のビール瓶だって、レイ－Ｘの新製品の広告だって、名前だけだと大したインパクトはありませんけど、親会社のロゴがそこに添えられていたら、これは信頼できる、当てになる会社だってことがお客さんに伝わる、株主と信頼関係を築くこともできる、株主はどこかでそのロゴを見掛けるたびにぬくもりを感じる、まるで家族を亡くした人が外に出掛けて……

――ええ、でも、二万七千……

――帳簿上は有形資産です、話はいい方向でまとまりつつあります、それは社長が考えたデザインです、代理店が調査チームを送り込んできて、子会社の肉体労働者から頭脳労働者まで幅広く本格的な聞き取りをしていきました、それぞれの子会社がＪＲ社ファミリーの新メンバーとして新しい立ち位置を見つけるための調査、いくつかガイドラインが定めてあります、子会社社員から見た親会社のイメージを利益というモチーフと結び付ける方向性、はやりのブロック体の文字は避けるという方針、ＩＢＭとかＩＴＴとか、墓石みたいに見えるでしょう、もっと生き生きしたロゴがいい、自分がそこに所属しているという真の誇り、会社のイメージを伝えるロゴ、投資した金から利益を生み出すために汗水流している人がたくさんいること、そのおかげで世の中が回っていることは株主だって充分承知しています、この一覧表はあなたにチェックしてもらうために代理店がまとめたものです、お忙しそうだったのでお邪魔はしませんでしたけど、はい、それが、代理店のチームが描いたスケッチ*で……

——これが……?

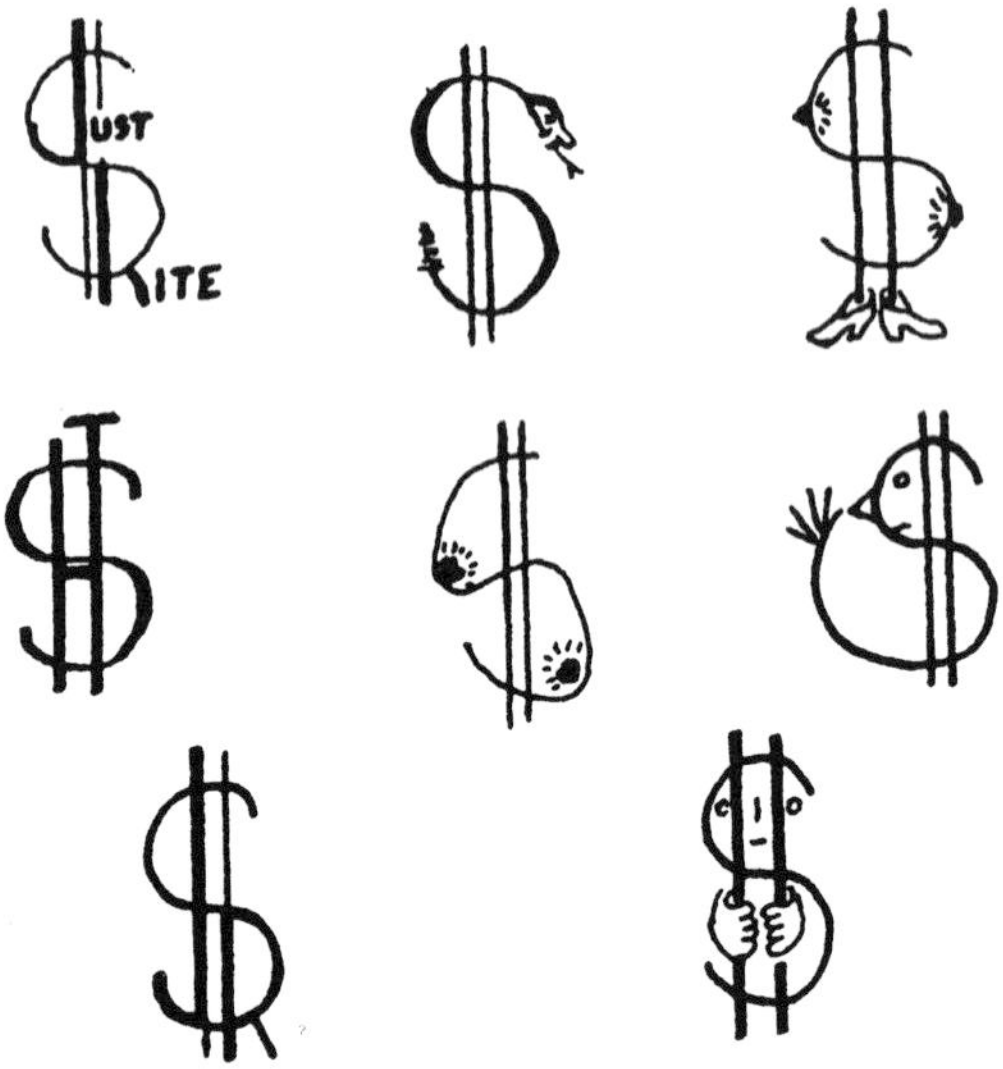

——いくつか的外れな図案も混じっています、代理店の連中が締め切りに間に合わせようと必死だったんでしょう、でも、会社の本当の雰囲気は伝わってきます、本格的な聞き取り調査の結果ですね、おっぱいのデザインはちょっとやりすぎかもしれません、ウーマンリブのメッセージまで織り込もうとしたんだと思います、もちろんところどころに怒りみたいなものも感じられますが、会社を買収すればそういうのは付き物です、自分の未来が台無しにされたと感じて腹を立てる人間もいます、私は左上が気に入りました、ちょっと説明過剰な気もしますが、キャッチフレーズは「ちょうどいい《ジャスト・ライト》」にしました、会社の広告で今後ずっと使っていきます、利益というモチーフを強調しつつ、それをあまりくどくならない程度に留める、何だかんだ言っても、大事なのはドルマークに込められた愛国的な意味合いです、社長《ボス》は旗も掲げたいとおっしゃっていました、それもあなたの承認を得るようにと……

——え、一体全体、これを……?

——じゃあ、この左下の、いや、左上の、はい、あなたはこのロゴを選ぶだろうと思っていました、私と好みが似てますね、会社のアイデンティティーがロゴからこっちに向かって飛び出してきそうな感じがします、あなたの承認を得る前でしたが、五十万個の紙マッチを製造するようX－Lにゴーサインを出しておきました、全国どこでも立派な市場のあるところにこのロゴを広めるんです、親会社のイメージを築き上げる、本屋とかそういう場所、愛煙家《ヘビースモーカー》がたむろする場所、アップタウンの本部にも一箱送りました、コーヒーテーブルの上に紙マッチを並べておいてください、社長《ボス》は社用機の尾翼にもロゴを入れたいとおっしゃっていました、明日、あなたが飛行機で飛び立つまでにということで、会社のマークを世の社員たちに知らしめたいとのことで……

――ちょっと待って、デビドフさん、どこ、どこの飛行機の話を……

――ラガーディア空港、あなたは葬儀の前の日に向こうに行っておきたいだろうと思ったんです、早めに向こうに行って、事前の準備とか……

――ええ、でも、葬式って誰の、待って、いや、僕が指示を出さないといけないレコーディングがある、あのレコーディングは僕がいないと……

――それについては心配ご無用、私が話をした若い音楽家は自分のすべき仕事を知っています、お帰りになる頃にはすべて片が付いています、社長《ボス》は私をここに残らせて、山火事処理をさせるお考えです、そうでなければ向こうまでご一緒したいところですよ、社長《ボス》ご自身も行きたいとおっしゃっていた、でも、今は忙しくて手が離せない、社長《ボス》の代理として親会社のＣＥＯであるあなたが行けば向こうだって気を悪くしたりはしません、家族のように一体となった会社というイメージを打ち出す、カンフル剤みたいな感じ、ミリケンを味方に付けて、そこからまた前に進む、あなたがミリケンと知り合いだとは意外だって社長《ボス》がおっしゃってましたよ、あ、ヴァー……

――あのですね、僕は知りませんよ、僕がミリケン上院議員と知り合いなんかじゃないことは彼だって知ってるはずだ、そもそも誰の葬式の話を……

――あなたが少しリラックスするには最高の機会だと思ったんですがね、向こうは友好的な雰囲気です、面倒なことじゃありません、故人を悼んで少し酒でも飲んでから話をすればいい、ただ、ワンダーの年齢にはあまり触れない方がいいかもしれません、ミリケン自身はきっと百歳にはなっていると思います、おそらく彼の方から来週、上院で投票が行われる予定の高齢者ケア法案の話が出るでしょうから、彼から圧力をかけるように頼んでください、そんな法案が成立したらこっちの健康パッケージプランが台無しだ、それと引き替えに、酪農州で子供たちに無料で牛乳を提供するという計画を支持するのもいいかもしれません、今日もずっと彼と連絡を取ろうとしてるんですが電話がつながらなくて、彼を連れ出して、飛行機で一杯やって、農務省《USDA》の計画がどうなっているか聞き出すのもいい、たばこ栽培を大麻に切り替える政府予算のことです、リッツを赤字から救い出す、ビーミッシュはさっきまでここにいたんですが、登録商標について相談する前に逃げられてしまいました、これに関してはもたもたしていられない、あなたが何かいいブランドの名前を考えているんじゃないかと社長《ボス》はおっしゃっていました、社長《ボス》が今までに思い付いたのはエースという名前だけ、代理店の連中はメアリー・ジェーンがいいと言って社長《ボス》を説得しようと……

――ええ、いえ、待って、あの、聞いてください、デビドフさん、私も彼からの電話でそんな話を聞かされました、まったく馬鹿げた話です、政府が農家にマリファナ栽培を促すなんて、そもそも栽培を許可するはずもない、そんなことを上院議員に頼み込むのは……

――お言葉を返すようですが、それは話が逆立ちしていると思いますよ、バストさん、大事なのは等級分類と課税の問題、既に目の前に大きな市場があるんです、大きな利益がどんどん湧き出している、酒の密造業者が昼間から堂々と店を開いているようなものです、政府がちゃんと等級を分類して、大企業が販売に参画して、医学的研究を支援して、新聞の社説とか新聞発表《プレス・リリース》とかで大衆を教育して、常習者を味方に付けて、法案を通して、連中を失業させる、マリファナ栽培をしていたって酒の蒸留をしているのと同じこと、大企業は既にブランドネームを登録してる、ぐずぐずしている時間はありません、早速、広告を考えて、ダンカン社にそれを回して、いつでも対応できるように……

――分かりました、デビドフさん、分かりましたよ！　その件、その件はまたJRと話します、それで、話を戻しますけど、お金は……

――出張のための小遣いですか、はい、百ドルくらい？　あ、ヴァージニア、小口現金からバストさんに百ドルお渡しして、ついでに私にも五十ドル、後でマスコミ関係者たちを飲みに連れ出す予定があるんだ、社長《ボス》は家族のイメージを前面に出しておいでだからな、ワンダービールのイメージソングも作曲中だそうですね、ちょうどいい《ジャスト・ライト》というフレーズをそこに入れたいと社長《ボス》がおっしゃるかもしれませんよ、あ、それからヴァージニア、私の五十ドルは代理店の方に付けておいてくれ、バストさんの分は親会社の方に、学費のこともあなたと相談するようにと社長《ボス》から言われてます、バストさん、親会社が学費を支払ったらあなたが税金の控除を受けられなくなるとかで、ご自分で支払うようにとのことです、そうすれば控除を受けられますから、社長《ボス》は本当にあなたのことを考えておいでだ……

――ええ、はい、そうですね……

――ところで、あなたがどこかの学校からお受け取りになった例の小切手、一万五千二百五十ドルでしたっけ？　あれについては今調べているところです、支払いが止められているんです、向こうの銀行で何かのトラブルがあったらしくて、頭取と話をしたいと言ったら、頭取は銀行を辞めてワシントンに行ったって言うんですよ、どうやら組織の改編があったみたいで……

――ええ、そう、だからあなたが手配してくれた例の借金、あれに関して僕がクローリーさんと話をした結果……

――今朝、彼の秘書《ギャル》から電話がありました、はい、あなたの方の金額を確認したいということでした、彼がご家族から預かっている何かの株を担保にして貸付をするのと同時に、一株当たり十ドルで五千株のオプションを手に入れる話ですね？

——伯母たちの持っている株です、はい、クローリーさんがそれを預かってくれていて……

——五千株を担保に借り入れをして借金を償還するといいですよ、そうすれば伯母様たちの株が戻ってきます、ＪＲ社の昨日の始値は十四ドルと四分の一でしたから、市場価格で七万一千二百五十ドル、担保余裕限度は八十パーセントなので手元に入るのが五万七千、五万で借り入れを返済すれば約七千から手数料を引いた金額が残る、よさそうな話じゃないですか？　出張からお戻りになる頃にはそのお金がここであなたを待ってるってわけです、あ、ヴァージニア、ここに届いた大きな箱、あれはどこ、バストさんが持って行かれるぞ、もしも明日、アップタウンのオフィスから直接お出掛けになるなら、一緒に例の台本のコピーもお渡しして、あれはどこ、ついさっき君が私のところに持ってきたと思うんだが……

——そこにあるのがそれです、デビドフさん、先ほど配達屋《メッセンジャー》の方《かた》が……

——え、これ、あ、じゃあこの上に台本を入れて、うん、さっき話したウォールデッカーさんはまだお見えにならない？　あ、それから……

——でも、でも待って、ヴァージニア、この箱の中身は何？

——インディアンの衣装一式です、バストさん、これを向こうで……

——族長《チーフ》の衣装です、箱が大きいのは羽根飾りのせい、本物という保証書付きです、レンタルで三百ドル、ちゃんとした式典で、社長《ボス》の代理ですからね、周りもみんな羽根飾りを付けているというのに恥ずかしい格好で出掛けるわけには……

——恥ずかしい！　でも、式典って一体……

——それについては心配ご無用、すべてこの台本に書いてありますから、ワンダーの葬式が終わった後に、飛行機の中でミリケンと一緒にお目通しいただければ結構です、うまく彼をその気にさせて、式典に参加させてください、あなたと一緒に演台に上がらせるんです、エンド社の男を現地に行かせて、器具の扱いについてはお手伝いをさせます、そいつは超一流のセールスマンで……

——待って、いや、待って、デビドフさん、ていうか、この出張自体、僕には何の話だかさっぱり……

——それについては心配ご無用、お手数をお掛けしないように余計なご相談はずっと控えて……

——心配なんかしてるんじゃありません！　とりあえず、何がどうなっているのかを……

——でも、やば《ホーリー》、ていうか、あの、バストさん、私だって代わりに出張に出掛けたいくらいです、葬式やらインディアンの儀式やら、でも、ここで留守番をしてろというのが社長《ボス》のご指示ですから、あなたの楽団《バンド》の手配をして、録音の準備を整える、そういう山火事消火が私に任された仕事です、できるだけあなたや社長《ボス》のお手間を減らすように努めています、配達屋《メッセンジャー》役だって喜んでやらせていただきますよ、でも、メッセージの内容まで私が書き換えるわけにはいきません、時にはあなたの弁護だってしているんです、社長《ボス》はあなたのためにいろいろと力を尽くしてるっていつもおっしゃる、親会社のＣＥＯとしての責任だそうです、一株当たり十ドルで五千株のオプション、私がそれとは多少違った意見を持っていたって、しょせんは広告代理店から派遣で送り込まれただけの人間ですし、ここで店の切り盛りをするだけでもご覧のような状態です、山火事、電話、あそこのソファに居座っている厄介な連中、これじゃあ私一人で何もかもやっているみたいなもので……

——デビドフさん、聞いてください、僕が言っているのは……

——デイブ、デイブと呼んでください、そろそろファーストネームで呼び合ってもいいんじゃないですか、バスト、それで、社長《ボス》が一筋縄ではいかない方だということは私にも分かっています、大体、どこの社長でもそうですよね、そうじゃなければ社長になれるわけがない、でも、うちは社長《ボス》の声明を書き起こす超一流のスピーチライターを雇った方がいい、少しライターの力を借りた方がいいですよ、私自身も社長《ボス》とはほとんど連絡が取れません、昨日の夜はマスコミの誰かが連絡を取ったらしい、彼から電話で『彼女《シー》』について話がありました、これが声明の原稿、おそらくセキュリティアナリストから電話があるだろうから、これを読んで聞かせろということです、また電話するという話でしたが、今のところ連絡はありません、どのみち、電話があっても、アフガニスタンからの国際電話みたいに聞き取りづらい声で、殴り書きみたいな内容を伝えられるだけ、途中途中は私が補わないといけない、アンペックスとキャンベル・スープとユニオン下着とフランクリン・ミントを調べろとの伝言です、ＳＳＳとかいう保険会社を例の健康パッケージに組み込むようにとのことです、チャンピオン合板社とエレボス映画社、ウェスタン・ユニオンの買収は私が思いとどまらせたんですが、今度はウォルト・ディズニー社が安く売られているのを見つけてきて、そっちを調べろとのことです、電話での口ぶりでは、ミッキー・マウスを自由にこき使いたいとか、その上、ロシアの方はどうなってるんだってお尋ねでした、手元にロシア帝国債をお持ちらしい、ミッキー・マウスを担保にして手に入れたんだそうです、でも、私は社長《ボス》が馬鹿だとは言いませんよ、バスト、本物の馬鹿ならあの立場まで登り詰めているはずがありませんから、要所要所で勘が利いてるんでしょう、でも、私のおかげでうまくいっている部分も少しはあるんじゃないかと……

——分かっています、はい、でも、とにかくまず座って……

——減耗控除を受けられる会社が欲しいと社長が言いだして、

ノニーにアスラカ開発社を設立させました、エネルギー危機に対応する法律ができて今はガス田開発で税金控除を受けるチャンスです、ミリケンの故郷にある法律事務所にはアスラカ社の顧問を依頼してあります、ミリケンは今、地下核実験実施に関して原子力委員会と接触している、向こうで彼とあなたがゴルフをする約束が取り付けてありますから、そのときに話をしてください、他に私に何ができるって言うんですか、ゴルフバッグを持てとでも？　羊の薄膜の件にもミリケンが関わっています、鉱物、ガス、材木、インディアンの問題だってある、ていうか、まじやば《ホーリー・シット》、バスト、私にどうしろって言うんです！

――ええ、はい、ええ、お願いですからとりあえず座ってください、デビドフさん、僕は……

――ええ、私もそんなつもりじゃ、ただ、ものには限度ってものがあります、向こうにいるムーニーハムに時間と経費の見積もりを訊いてみてください、住民がX－Lリトグラフ社に対する訴訟を起こしそうだから、それをやめさせるために汚染物質を取り除きたい、でもそれにどれだけお金と時間がかかりそうかと尋ねたって、まともな返事は返ってきません、目玉から毛が生えてくる夢を見たって言いだすのが関の山、私の気持ちも分かるでしょう、何、どうしたんです……

――ちょっと、ちょっとあなたの足を、それは拾った方が、さっき箱を下に置いてしまったせいで……

――足？　ああ、ああ、最初のページが汚れちゃいました、ぬぐえば大丈夫、結構、几帳面なんですね、バスト、私も以前、小説を書いたことがあります、あなたみたいに芸術の才能がある人のことが少しうらやましいですよ、私にはそんな贅沢に浸る余裕がありません、小説も結局完成しませんでした、椅子に座ってじっくり取り組むことができなかった、だからこそ社長《ボス》は二つの仕事を掛け持ちしているあなたに感銘を覚えるんでしょうね、会社の仕事と音楽という娯楽と、でも、私がここに来てから感じていることなんですが、ちょっと会社のことがおろそかになっているんじゃないですか、バスト、注意力が散漫になっているというか、その原因はひょっとすると音楽の方の……

――いや、それは、今、辞めようかと考えているところなんです、つまり会社の方を、僕は……

――え、辞めるって、会社を辞める？　あなたと社長《ボス》との間にコミュニケーションの行き違いがあるのは知ってましたけど、そこまでこじれているとは、バスト、あなたは……

――いや、それとはちょっと違うんです、単なる行き違いじゃなくて、その、僕は……

――よくあることです、どこか別の会社からもっといい条件のオファーがありましたか、ヘッドハンターがそこら中を嗅ぎ回ってますからね、不満のにおいを当人よりも先に嗅ぎ付ける連中です、うちが有能な一〇《テン》・四〇《フォーティー》氏をここに雇い入れたのと同じことです、人より先に売り買いをするのと同じこと、社長《ボス》はもうそれをご存知で？

――ええ、はい、予想はしていると思います、ていうか、そもそも僕が関わっているのは彼に今回だけ手伝ってくれと言われたからで……

――事業を軌道に乗せたってことですね、ヘッドハントされるのもうなずけます、お二人の力であっという間に会社を築き上げたのは公然の秘密です、でもまだ会社は離陸したばかり、もちろん今日明日に手を引くのは無茶です、すぐに辞めるのならオプションを手に入れられるはずがありません、おそらく社長《ボス》はピスカターと話をして、あなたが株をすぐに売ったりしないようにオプションを……

――いや、ていうか、だから借金をするしかないと思って……

――それについては心配ご無用、あなたがすぐに売らないようにするための単なる予防策ですから、すぐにノニーと話を付けます、私は弁護士じゃありませんから、あなたを追い詰めるような真似はしません、私が最近まで働いていた会社に嫌なやつがいたんです、ビートンという弁護士、父親が一緒に弁護士事務所をやっていたのがブルース上院議員の弟さんと、それからワシントンでロビイストとして動き回っているフランク・ブラック、要するに親の七光りで会社に雇われている男なんです、それがへまをしでかした、会社を辞める前日に社長がオプションを獲得したことに関して、直後に会社が少数派《マイノリティ》裁判を起こされた、結局、はした金を払って和解を……

――ええ、でも、僕には……

――アップタウンには私もお供した方がいいですよね、社長《ボス》も交えてあらゆることを三人で相談しましょう、バスト、社長《ボス》は十六ドルまで下がったところでダイヤモンド・ケーブルに注目しだしたらしいじゃないですか、これもまたクローリーが考えたことかもしれない、彼はダイヤモンド社の専門家ですからね、公開買付でタイフォン社が手を引いたときに多分彼は空売りしたんでしょう、あのときはケイツ老人が鞭を入れたというのに、大株主になっているどこかの家族財団《ファミリー・ファンド》が動かなかったらしい、でも、シティー・ナショナル銀行が金を出して、クローリーやワイルズみたいな連中が五パーセントの利ざやのために社長《ボス》をカモにしようとすれば、価格が下がったときに……

――ええ、でも、聞いてください、デビドフさん、例の株式《ストック》オプションについては……

――退社を考えているのなら、バスト、社長《ボス》も交えて三人で早く話をした方がいい、例えば今、取締役を増やそうとしているところですよね、私が聞いたことのない名前が二つほど挙がってる、アーカートともう一人、ティーツ？　全国重役名簿で名前を探したけど二人とも載ってませんでした、社長《ボス》はそんな人たちをどこから探してきたのか……

――いや、ええ、二人は私が探してきたんです、彼からは誰でもいいって言われて、人数は法律で決まっているから頭数《あたまかず》だけ……

——私がここで店の切り盛りをしている姿を君も見たでしょう、バスト、君からも一言、ディナーの席で口添えをしてくれるとありがたいんですけど、これは何、ヴァージニア、エンジエルズ・イースト、エンジェルズ・イーストって何……

——あちらにいらっしゃる、頭のはげた男性、デビドフさん、あちらの方のお名前がウォール……

——デッカーか、よし、これを彼に渡して、私は今会議中だと言っておいてくれ、あ、それからヴァージニア、ソファにいる連中には、バストさんと私が一緒にアップタウンに行ったと言っておいてくれ、社長《ボス》のご指示で……

——いや、ちょっと、僕は、いいですか、僕は……

——実は時々、気まずく感じていたんですよ、バスト、私は社長《ボス》に直《じか》に会ったことが一度もありませんからね、プロフィールをまとめるにしても本人に会っていれば少しは実際の感触が得られる、彼のイメージを世に広めるチャンスです、大物としての姿を売り込むチャンス、Ｘ－Ｌの汚染問題だってそうじゃありませんか、よき企業市民として一面を飾るのが正解だ、ところが彼は例の小利口なボーイスカウト野郎にご立腹、学校の理科研究の一環で川の水を調べたらカラーインキが検出されたって言っている男、訴訟を起こしたいなら勝手にやらせればいい、子供を法廷に立たせたらいい、尻ぬぐいはノニーにやらせろっていうのが社長《ボス》の方針です、待って、コートは着てこなかった?

——はい、でも、聞いてください……

——じゃあ、私はコートを取ってきます、すぐに戻ります、要はムーニーハムを法廷に立たせろってことです、最後はきっとＸ－Ｌに罰金刑が下る、損害額の三倍プラス訴訟費用、浄化作業が完了するまで生産ラインは停止、あなたか社長《ボス》が現地に行って、汚染物質は偶然に漏れたもので詳細は調査中と宣言して、調査費用を五千ドルか六千ドル提供する、よき企業市民のイメージ、問題の野郎に五十ドルの賞金と感謝状を渡して、レストラン・チェーンのハワード・ジョンソンでパーティーを開いて、問題の調査をやった生徒たちと理科の先生と在郷軍人会と森林火災撲滅のマスコットをそこに招いて、すべてを丸く、何、何かなくしました?

——いえ、たしかその辺にサンドイッチが少しあったような気がして、ちょっともらっていこうかと……

——連中が平らげたんでしょう、待って、皿の向こう側に何かある、君の後ろだ、ヴァージニア、それは何……

——ケチャップの付いたカッテージ・チーズです、でもホッパーさんが葉巻の火をそこに押し付けて消したので……

——いやいや、ルームサービスに電話を頼む、バストさんのために注文を、ハムと、ハムとチーズのサンドイッチでいいですか?

——いえ、僕は、気にしないでいいよ、ヴァージニア、あの、デビドフさん、僕はもう行かなくちゃなりませんから……

——もう少し待ってて、ビーフ・ウェリントンでも食べながら社長《ボス》も交えて三人で相談しましょう、いい店がありますから……

——いえ、でも、聞いてください、彼はいません、アップタウンにも、マンハッタンにもいません、デビドフさん、彼は……

——昨日の夜はいらしたみたいですよ、まだいらっしゃるかもしれない、それについては心配ご無用、とにかく君と一緒に行きます、アップタウンのオフィスは一度も見たことがないんです、こっちに設置する予定の設備も向こうにあるようならいくつか見てみたい、例えばシュレッダー、テレコピア400*、それで思い出したけど、ヴァージニアは向こうのオフィスでも使えるかもしれない、気立てはいいし熱心です、何かのトラブルで立ち往生しているときにもうまく電話の応対をしてくれる、クローリーにも話したんですが、待って、ヴァージニア、マスコミ連中の接待はキャンセルだ、今夜はうちの付けにしてどこかでただ飯を食うように伝えてくれ、あ、それからヴァージニア……

——でも、待って、あれ、待って、あそこ、あの、向こうにいる女の人、誰なんです……

——スキナーの女《ギャル》、会ったことなかったのか、バスト、超一流のカリキュ、何か問題でも、ヴァージニア、何か……

——いいですか、僕はもう行かなくちゃ……

——彼女はコンタクトレンズをグラスの水に漬けていたとおっしゃってます、デビドフさん、グラスを持って行ったのはムーニーハムさんかもしれないんですが、よく見えない状態だったので……

——ああ、うん、じゃあすぐに探して、彼女にはちょっと待つように言ってくれ、どこに行ったかな、待って、バストさんにちょっと待つように言ってくれ、すぐに行くって、カウボーイハットの男、何だ、カウボーイハットとブーツ、あれは一体……

——あちらがブリズボーイさんです、デビドフさん、あの方《かた》は……

——ああ、うん、彼には、スキナーの女《ギャル》には落ち着くように言ってくれ、誰がそのグラスの水を飲んだか突き止めて、待って、入り口にいるバストさんを引き留めて、すぐに行くって、もしも一〇《テン》・四〇《フォーティー》氏が姿を見せなかったら、スキナーに言って……

——でも、もういらしてますよ、デビドフさん、その、ディ何とかさんとおっしゃる方、皆さんと一緒にソファに座ってらっしゃいます、こちらのお話の邪魔はしたくないとおっしゃって、それと、廊下の先にあるトイレにいらしたダンカンさんのお話によると、スキナーさんは掃除道具入れのそばで強盗に襲われたとか……

――スキナーという名前の男に関するジョークを聞いたことがあるか、若い女を食事《ディナー》に誘った話？

――さて、よくお聞きくださいね、*われわれの実生活における役割と企業合併の際の攻撃的な感情を理解するのにこれが役立つかもしれません、さて、ミスター……

――いやいや、スキナーじゃなくてタッパー、タッパーが若い女を夕食《ディナー》に誘い出した、時刻は九時……

――ムーニーハムさん、こちらにお掛けください、ホッパーさんはこちらに、さて、この寸劇の中で、私は道化の役をやりますので、ムーニーハムさんはねずみの役を……

――時刻は九時十五分前、二人は食事《ディナー》の席に着く、十時十五分前には女の中《アップ・ハー》に収まってた、あれ、食事《ディナー》と韻を踏まないぞ……

――よくお聞きくださいね、ホッパーさん、あなたが猫の役、私は道化ですよ、で、猫を飼おうって私が言います、するとムーニーハムさん、あなたがねずみの役だってことを忘れないでくださいね、それで、猫を飼うのはやめようって言うんです、食べられるのが怖いから……

――タッパー、そうだ、タッパーが女を夕食《サパー》に連れ出すんだ、九時十五分には夕食《サパー》の席に着いて、十時十五分前には女の中《イン・ハー》に収まってた……

――さて、私があそこまで行って、猫が入ってこられるように扉を開けよう、そして私が猫を呼んだら……

――スキナーじゃなくて、食事《ディナー》が*……

――ええ、さあ、ムーニーハムさん、あなたは今ねずみの役ですからね、忘れないでください、そしてあなたは私たちの内緒話を盗み聞きする、でもって、道化が気付かないうちにねずみが入ってきて、猫が入ってくる前に扉を閉めてしまう……

――待って、ちょっと待って、あれ、どこ、あ、ヴァージニア、バストさんはどうなった、フロントに電話をして、あそこの扉を、ブリズボーイはどこ……

――誰……？

――あ、バストさん、待って、バストさんですよね？　部屋をこっそり出て行く*のが見えたので……

――僕は、先に教えてください、あなたは誰です……

――ええ、荷物を持つのをお手伝いさせてください、エレベーターを使いますかぁ？　で、バストさんですよね、俺はブリズボーイ、ワーグナー社の……

――ええ、はい、あの、ブリズボーイさん、僕は今から出掛けるところです、僕は、アップタウンに行かなきゃなりません、話している時間は……

――はい、ご一緒します、エレベーターが来ました、タクシーの中でじっくりお話ししましょうよ、誰かがあなたの荷物を持つ手伝いをしないとねぇ、新しいアナリストを母さんが見つけてくれました、住所は九十五丁目、だから俺もとりあえず

……

――ブリズボーイさん、聞いてください、今日の僕はそろそろ堪忍袋の緒が……

――ああ、分かります、バストさん、品のない連中でぎゅうぎゅう詰めのあのスイートルーム、俺はちらっと見ただけですが想像が付く、互いの話だってろくに聞こえやしない、話さなきゃならないことはたくさんあるのに、出口はこっちですかぁ？ オフィスには何度も電話をかけたんですが、受付の女の態度がひどくて、とんでもないことばかり言うものだから、もうこれじゃあ、らちが明かないと思ってぇ……

――ええ、はい、聞いてください、僕は急いでるんです、荷物のことは気にしなくてもいいですから……

――このでっかい荷物をあなたに持たせたまま放っておけって言うんですかぁ、それは無茶だ、一体全体、中には何が入って……

――ああ、これ、これはただの、インディアンの衣装、僕は……

――インディアンの衣装、すっごーい！ へえ、何だかんだ言っても面白そうな会社じゃないですかぁ、あ、タクシーだ、運転手さん？ 運転手さん……？

――ブリズボーイさん、お願いです、僕は、ブリズボーイさん、いいですか、僕のことは放っておいてあなたはあのタクシーに乗ってください……

――どの車も、人が前に飛び出しでもしない限り止まりそうもないですねぇ、回送中《オフ・デューティー》の表示ばかり出してどいつもこいつも失礼千万、休業中《オフ・デューティー》だから何もしないなんて母親がいますか？ あ、待って、止まった、止まりましたよ……いやいや、後ろに乗ってください、前には箱を置きます、運転しているのも野蛮人だからお似合いだ、さてと。真っ直ぐアップタウンに向かってください、運転手さん、ジャングルの縁まで、あ、失礼、あなたの膝がそこにあったんですねぇ？ 何てかわいい格好を……

――ええ、はい、僕、たしか何かの話をしたいとおっしゃってましたね、会社の話か何か……

――ええ、まったくわくわくしちゃう、何から話しましょうか、ＪＲ社ファミリーさんからお誘いがかかるとはねぇ、母さんは願ってもないお誘いだと言ってます、実はうちの家族の中で母さんは母親らしい存在だったことがないんです、アーサー伯父さんが頼りにならなかったせいでね、もちろん、先ほどお目にかかった実際のファミリー企業のメンバーについてこまましたことを母さんに話すつもりはありません、もちろんあなたは別です、母さんは電話で話したＪＲさんのことをちょっと品がないと言ってたくらいですから、ゼーンズヴィルから来ていたあの〝脚と胸〟男に会ったらどんな顔をするか、想像が付きます、でも……

――え、誰……？

——壁紙の人です、誰かとメニューの話をしていたんですが、相手が「私はいつもハムと卵《ハム・アンド・エッグズ》」って言うのを聞いて、自分は「脚と胸《レッグ・アンド・ティッツ》が好物だ」って切り返してました、すっごく下品、アーサー伯父さんにちょっと似た感じ、どうやら彼は、カフスボタンの目立つあの偉そうな小男に五十セントで女を紹介してもらうことを期待してたみたいですよ、紫色の口紅を歯にまで塗った女を、だから俺はあなたを見つけたとき、自分みたいに若い人が他にもいると分かってすごくホッとして……

——ええ、はい、僕、ブリズボーイさん、僕はあなたがもっと年配の人物なんだろうと想像してました、クローリーさんの話によると、おたく、おたくは二人兄弟でやってた会社だということで、片方が亡くなられたときにその未亡人が……

——ああ、クローリーさんというのは株屋のことですね、ええ、しゃべり方が熊そっくりの人、違うんです、死んだのは俺の親父で、アーサー伯父さんは経営から手を引きたがってます、母さんも俺も伯父さんが辞めてくれたらどれだけうれしいか知れません、ピスカターさんがうまくそんなふうに持っていってくれるとありがたい、ピスカターさんもかなり下品な人ですよねぇ？　できれば彼に伝えておいてもらえませんか、電話のたびに母さんをワーグナー夫人と呼ぶのはやめてほしいって、まるで作曲家夫人のコジマみたいじゃないですか、もちろん会社の名前はそこから取ってきたんですけどね、パリのオペラ座でダイジェスト版じゃない五時間のトリスタンとイゾルデを母さんが鑑賞するのに何回付き合わされたと思います、拷問みたいですよ、ブリズボーイ社という名前だと軽すぎるって母さんが言うから、じゃあ、カロン社*はどうだって俺は言ったんです、結局、母さんの意見で、それだとちょっと凝りすぎだ、ワーグナーだったらもっと品のいい客層を惹き付けるかもしれないってことになりました、でも当然みんな、作曲家の名前みたいにワーグナーって発音するわけじゃなくてワグナーって呼んでますけどね、おたくのＪＲさんも、ありがたいことに短く終わった電話の話の中で、ワグナー、犬がしっぽを振るみたいにワグ《ワグ》、ワグって言い続けてました、すみませんが前に乗り出して仕切りのガラスを叩いてもらえませんか、あの、運転手さん……？　運転手さん？　俺たちは別に急いでいるわけじゃない、ここで急に事故統計のデータになるのはごめんですよ、そういえば、母さんの話だと、あなたと俺の間で統計について話をしろとＪＲさんがおっしゃっていたとか……

——ええ、はい、僕にはあまり……

——ＪＲさんは去年一年で二十億ドルが葬儀に費やされたと聞いて大喜びをしていたと母さんは言ってました、とりあえず彼には、死亡率は着実に上昇していると伝えておいてください、アメリカでは、建国以来まだ一億八千万件しか葬儀は執り行われていませんが、来る四十五年間に見込まれる葬儀だけで二億件ですよぉ！

——ええ、はい、僕、彼もきっと喜ぶでしょうね、はい、彼は……

――フォートローダーデール地区*ではうちが六件に一件の葬儀を請け負ってます、母さんにはさらにシェアを広げるようにせっつかれていて、六件に二件にしろって言われてます、つまり三件に一件ってことですよね？　アメリカには今、二万の葬儀屋がありますが、最大の系列《チェーン》でも業界の一パーセントもカバーしていません、お聞きになりたいのはこういう統計データですか？　というのも、たった一パーセントでも、一九七〇年から一九八〇年までの間に死亡率は二十パーセント増えると見込まれていますから、恐ろしく無駄なコストを省けば充分にやっていける、既にうちの方でも設備を効率よく使い回す方向でやっています、霊柩車を一度に十台出したり、その後、全車を一斉に休ませたりってことのないように、だから、母さんはＪＲさんが提案したパッケージプランに飛びついたってわけです、それにしても、社長さんはいつも鉛筆でメモを書いてるんですか？

――ええ、はい、彼の場合は大体いつも、彼は……

――ひねくれた年頃、若さゆえですか、ええ、分かります、でも、おたくの老人ホームの名前はすてきなものを選びましたね、たまたま『南風』を読んでいた人がいたんですが、あれもすごくすてきな本じゃないですか！　もちろん、あのネーミングもＪＲさんのアイデアなんでしょうけど、肝心のネペンテスという綴りを間違えている*のはさすがに……

――ええ、はい、彼は多分、その本を読んでもいないし、聞いたこともないと思います、はい、たまたま老人ホームの株を買っただけのことで……

――ええ、ずいぶんと老人たちに対する思いやりが感じられますよね、邪魔者扱いされた老人を巨大でしけた公立病院に押し込めるなんてとんでもないことです、だいいちそんなのは社会主義の臭いがする、ご老人たちの私的なケアは自由企業体制が面倒を見るべきです、彼らのおかげで今日のアメリカがあるのですから、それから、母さんの話によると、おたくと親しい上院議員が先頭に立って老人福祉を訴えているそうじゃないですか、それがうまくいけば入所代金の踏み倒しみたいに惨めな事態は起こらない、もちろん、うちの葬儀社をお薦めする看板を目立たないように出すというアイデアも母さんは気に入ってました、でも、部屋の中というのはやめた方がいいと思いませんか？　ええ、来客用出口のそばとかはどうでしょう、ベッドには愛しい老人が眠っている、会うのはこれが最後かもしれない、ステンドグラスを思い起こさせるデザインを少し取り入れて、霊柩車の絵と簡単なメッセージを添える、「目的地に着くまでが楽しいのだ」*ってね、これはアーサー伯父さんが考えたんです、変でしょう、だから、母さんと俺は、「あなたの用意が整えば、ワーグナー社はいつでもオーケー」というのを考えました、いや、「皆さん」の方がいいかしら、「皆さんの用意が整えば」、もちろん「主の用意が整えば」というのも考えたんですけど、それだと誤解される可能性もあって、まるで神様が人をさらいに来るみたいにも感じられると思いません？　それとも……

——ええ、僕はあまり……

——いや、もちろんそうでしょう、母さんはいつだって控えめな表現がベストだと言ってます、老人ホームのロビーに小さな売り場窓口をたくさん作って、さまざまな健康パッケージプランを売るっていうＪＲさんのアイデアについてはあまりいいと思っていないようですよ、義肢、介護サービス、葬儀、墓地、墓石、何だか博覧会の催し物みたいじゃないですか、もちろん葬儀屋協会はご立腹、葬式にまつわる法律を慌てて作ろうとしてます、うちに対しては態度が冷たい、でも、黒人は昔からずっと独自の埋葬団体を使って葬式をしてきたんだから、最後の瞬間を前もって計画しておく権利は誰にだってあるはずだ、いざというときに手持ちがなくて恥ずかしい思いをしなくて済むんだから、それでパッケージ費用の試算は出ましたか？

——いえ、それに僕は……

——売り出すパッケージプランの数が多くなりそうですものね、ええ、でも、たくさんの種類がないと、結局、ロシアでやっているような大量埋葬みたいなことになりかねない、ＪＲさんは若い既婚者というマーケットを取り込もうとしているって母さんは言ってました、ずっとずっと先のために費用を払っておくシステム、平均九百七十五ドルという中には、今だと納骨所、墓石、墓地、花、埋葬、衣装、聖職者の費用は含まれていませんが、当然、最後のサプライズパーティーが開かれるときまでそれを預かって、ずっと自由に使えるわけだし、人の流動性が高い時代だから、とても近づけないような場所で亡くなることだってあるわけで、どうやらＪＲさんは結局、巨大な墓地に誰も埋葬されないことを当て込んでいるような感じですね、ユニオンとかいう場所にあるという墓地、ごめんなさい、今のはあなたの足でしたか？

——いえ、それ、それは僕のケースです、どかしますから、ちょっと……

——ああ、傷が付いていないといいんですけど、新しいブーツのかかとがひどく尖っているから、お手伝いさせてください、ニューヨークのタクシーはスリリングなほど効率的ですが、中はずいぶん狭いですね、俺の帽子もここだと、気を付けて、大事な書類が下に落ちてます……

——ええ、それ、クローリーさんがケースを開けるときに留め金を壊したせいで、もう……

——まさに熊みたいな人ですね、母さんも言ってました、あ！　全部楽譜、音符がぎっしり書き込まれてる、あ、ちょっと見せてください！　あなたがお書きになったんじゃありませんよね？

——ええ、いえ、楽譜は僕が……

——へえ、見せてください、ええと、この楽節、すっごくすてきじゃないですか、楽器は何です？

――それは、ハープシコードのパートです、そこは……

――んんんんんん、んんんんんんんんん！　すてきだ、うん、ちょっとラモー*が入ってますね、んんんんん……

――ええ、彼、彼の曲、「羽虫」*、あの雰囲気を……

――うん、うまく捉えてますよ、何だか体中がちくちくしてきました、これは何かしら、あ、これは不気味だ……！

――ええ、はい、それ、それはコントラバス、でも、墓地の話なら多分ホッパーさんと話をした方がいいと……

――ええ、母さんはとにかくだだっ広いんだって言ってました、ユニオンフォールズとかいう場所の近くで、何千ヘクタールもあるんだとか？　おたくがその利用権を取得したそうですね？　んんんんんん、んんん、んんんん、ふんんん……

――ええ、正確には近くというわけではないんです、墓地は会社の敷地のど真ん中に……

――んんんんんん、ふんんんん、ふんんんん、ふんん、ふんん、すっごーい、うん、母さんはJRさんから千二百ヘクタールって聞いたそうです、JRさんは当然、土地があれば金儲けに使わずにはいられないんでしょう、福祉に甘えている貧乏な人の埋葬はそもそも誰もやりたがらない、ちゃんとした埋葬は単に高い身分に伴う義務でしかない、行政はわずかなお金しか出しませんからね、でも、JRさんが電話で話していた案では、ご遺体を規定の深さで縦に並べて埋める垂直方式ということらしいですが、あれを聞いて母さんは呆気にとられてました、黒人と白人を交互に重ねたドボシュトルタ*みたいな状態を想像したようです、ていうか、そんな話をしてたら食べたくなってきませんか？　今からちょっと……

――いえ、いえ、僕は……

――ハンガリーの人が作るお菓子は独創的ですよね、でも、違うんです、JRさんがおっしゃってた垂直方式というのは多分、背の高い記念碑を作る業界に参入したいという話、一年で三十万ドルの取引があるって最近知ったらしい、でも、大理石を使った化け物みたいな記念碑は完全に時代遅れだってあなたから彼に教えてあげてください、維持費が法外なんです、墓石は地面と同じ高さで平らなのがいい、芝刈り機が当たることもありませんから、あ、これもすごい、んんん、んんんん、んんんんん、んんんんん、んん、んん、ん、とにかくすごい、バストさん、あなたには障碍があるのに、こんなことを言っては失礼ですが、でも、ベートーベンが交響曲第二番を作曲した頃に書いた痛ましい遺書、自分にはまったく何も聞こえないのに、周囲の人にはフルートの音が聞こえるっていう残酷な状況、バストさん、あなたは自殺なんて考えちゃいけませんよ、絶対にね……

――いえ、あの、僕、そんなことは全然、僕、運転手さん……？

――自分の中にあるものをすべて出し切らないうちに自ら命

を絶つことを考えるなんて、駄目です、駄目、約束してくださ
い……
——ええ、はい、僕、失礼、はい、九十五丁目に着いたみた
いです、運転手さん……？
——ああ、それからＪＲさんとやらにこれも伝えておいてく
ださい、棺桶業界に参入するのは無駄だって、仕入れてから売
るまでのタイムラグが死ぬほど長いから、とても……
——はい、運転手さん？　この角で停めてもらえます？
——それで、演奏はいつ聴けるんです。
——分かりません、ブリズボーイさん、僕はまた出張に行か
なきゃならないので……
——ええ、ここはもう本部のすぐ近くなんですよね、そこに
もピアノを隠し持ってるんじゃないですか？　母さんが住所を
書いてくれたんです、俺が後でそっちにひょっこり顔を出すか
もしれませんよ！
——いや、それはちょっと、いえ、ピアノは隠してあります、
はい、ピアノは、演奏はできません、ええ、はい、次はまたホ
テルでお会いしましょう、ミスター・ブリズ……
——楽しみです、ええ、俺はザ・タワーズ・アット・ロッ
テ・ニューヨーク・パレスのスイートに泊まってます、部屋に
ピアノはありませんけど、すぐに用意させます、さようなら、
アウフ・ヴィーダーゼーエン、バストさん、オ・ルヴォワール、
家族《ファミリー》に加えてもらってとてもうれしいです、あ！　タクシー代
は俺が払うつもりだったんですけど、母さんからは五十ドル札
しか渡されなかったから……
——いえ、別に、別にいいんです、はい、待って、帽子が、
気を付けて、そこ、はい、さようなら……運転手さん？　九十
六丁目まで行ってもらえますか*、二番街と三番街の間……
——本物のカウボーイなんて初めて見たな、あれはどこの
人？
——多分、そう、フロリダ、はい、彼はフロリダから……
——フロリダの人？
——フロリダです、はい……うん、次の街区《ブロック》の真ん中あたり、
大きなリムジンの後ろにつけてください、正面が煉瓦の建物
……
——ごみ置き場のところ？
——ええ、車の向きを変えて、待って、気を付けて！
——前のポンコツ車をどかしてくれ、おいおーい！
——ええ、じゃあ、僕はここで降りた方がいいですね、はい、
お金はこれ、ありがとうございました、すみませんがそっち側
から箱を押してもらえませんか、風が……
——リムジンがポンコツにおかまを掘っちまった、おいおー
い！
——チクショウ《コニョ》！*
——ジブンガナニヲシタカミヤガレ《ヤ・ミ・ラ・ケ・ア・セ・ス》、チクショウ《コニョ》！
——チクショウ《コニョ》、ブレーキガアルダロ《ティエネス・エル・フレノ・トゥ》、ヤレヤレ《アイ・マドレ》……

――失礼……彼は箱とケースを風に飛ばされないようしっかり抱えたまま、ＺＳ*と記されたナンバープレートの車から飛び散ったガラスの破片をまたいで、建物の入り口まで進み、ひどく慌てた制服姿の運転手とすれ違った後、中に入った。そこで光っている電球は、自分を温める以外には何の目的も持っていないように見えた。

――あの、待って、この住所を探してるんですけど、手伝ってもらえませんか？

――え……？

――この住所、くそ会社のオフィスがここにあるはずなんですが、ごみ置き場しかないみたいで、ＪＲ社ってお聞きになったことは？

――いえ、でも、その住所は誰から聞いたんです……

――経済部の編集者から聞いたんです、バストさんにインタビューしてこいって、その名前を聞いたことは？　きっと変なやつですね、郵便受けには鉛筆でＪＲ社って書いてあるのに……

――ああ、はい、それ、それなら分かります、はい、今やっと頭の中で結び付きました、きっと五階に住んでるロドリゲスさんですよ、フリオ・ロドリゲス、イニシャルがＪＲだから会社の名前も同じように……

――あのねえ、お兄さん、こっちが話してるのは五億ドルの、いや、まあいい……

――その男が作っているのは多分サンダル、ええ、もしも話がしたいのなら、友達と一緒に外にいますよ、道路に車が停まってます、今、事故があったみたいで……

――もういい！

――携帯用ラジオを持っている男ですよ……彼は暗い階段を上り、リノリウム敷きの傷んだ廊下を進んで、扉の前にできた山にケースと箱を加え、ちょうつがい一つでかろうじて留まっている扉を持ち上げると、中から水が跳ねる音と流れる音が聞こえた。彼は片方の膝をつき、モノグラムが記されたドアマットの上に散らかった靴跡だらけの郵便を拾いながら敷居をまたぐと、突然そこに石鹸の泡が跳ねかかった。

――バスト？　帰ったの？

――うん、これは一体……

――てか、これ見て、という声が聞こえた方向では、バスタブからむくむくと沸き立つ泡の上に彼女の顔と膝だけが覗いていた。――てか、まじで、泡立つ力が半端ない……

――ああ、うん、気を付けて、郵便に泡がかかっちゃうじゃないか、一体どこからこの……

――プラスチックのカップに入ってたの、近所の部屋のドアノブに引っ掛けてあるのをアルが見つけて集めてきた、そしたら一緒に試供品の箱が付いてて、やめて、もう……！　彼女の膝の間に溜まった泡の山から別の頭が出現した。――泡が跳ぶじゃん……

——でも、それって君が、いや、彼が隣近所のドアノブに掛かってたものを掻き集めてきたってこと？

——別にいいじゃん、てか、この部屋、カップがないんだもん、で、石鹸の方は捨てようと思ってバスタブに放り込んだらこんなことになったわけ、てか、泡立ちパワー半端ない、箱に書いてあった宣伝文句の通り、ねえ、てか、一緒に入る？

——いや、今はやめとく……彼は箱を一枚重ね白五百変わり種《ノベルティ》ロールの上の安全な場所に置き、水のほとばしる流し台の下までさらに二つの小包を引きずり寄せ、扉を持ち上げながら閉め、ケースを持ったままバスタブの前を通り過ぎると、ソファの上にはギターが置かれていて、座る場所は残っておらず、さらにその向こうにも、——この奥にある郵便の山は何？

——アルが郵便配達の仕事をゲットしてきたの、連休の前くらいかな、で、薬《クスリ》をやった後、頭を冷やすためにここに寝に来て、郵便はそこに放り出したままになってる。

——へえ、でも、ここには置かないでくれ、それからこっちの黄色い大きな箱は一体どこから……

——それはあんたのゴルフ練習セット、てか、まだ届いたばかりだけど。

——ゴルフの練習って何、そんなものを注文した覚えは……

——てか、この場所で誰が何を注文したかなんて分かるわけない、てか、いろんな企業からあんたがもらってるプレゼント、古いパーキングメーターから作ったランプとか、デラックスバーベキューセットとか、次々にわけの分からないものばかり届く、しかも電話の取り付けに来た黒人と一緒にラリってる最中とか、別の人はテレコピアとやらを設置しに来た、それからまた別の電話、だからいっつも電話が鳴りっぱなし……

彼は〝二枚重ね三十六箱〟を越えて戻り、——待って、アル、僕が出る……と足場を確かめ、〝クイックエーカー筒型容器〟の上に手を伸ばし、邪魔物のない側の耳に受話器を当てて、——もしもし……？　いえ、私はバストです、そちらは……BS、どちら様……？　ええ、はい、JR本人は今、席を外しています、はい、どちら様……

——泡を飛ばすのやめてよ、てか、入るか出るか、どっちかにして。

——あ、BF？　レヴァ？　はい、失礼しました、レヴァさん、何か……エレボス映画社ですか？　いいえ、何か……

——待って、じっとしなさいよ、前はこんなところにいぼなんかなかったわ、痛い？

——ええ、はい、僕はあまり映画を見に行かないので……

——てか、ここの血管、今にもぶち切れそう。

——あ、あ、はい、ええ……はい、聞こえてます、はい、百六十八で売るということですね、でも僕の方では彼からその話を聞いていないので……では、あなたが取引に興味をお持ちだと伝えておきます、ミスター……え？　女の子？　いえ、どこに……

――てか、あんた、何で割礼してないの？

――あ、そちら、あ、そちらにもテレビ電話があるんですか……？　いえ、いえ、僕、たしかにそちらの姿が画面に出てます、ええ、はい、失礼します、レヴァさん、どうも……

――あ、うわ……〝新改良マゾーラ食用コーン油一パイント缶二十四個入り〟の上に泡の飛沫がかかった。

――多分、はい、多分どこかで混線してるんだと思います、はい、失礼します、彼の方から電話するようにと伝えておきます、失礼します、ミスター……混線先をたどれるかどうかですか、僕には分かりません、はい、失礼……いえ、失礼します、レヴァさん、時間がありませんので、いえ……

――待ってよ、そのシャツ、あたしが使うんだから、何でそこに掛けるわけ、そんなことしても電話が鳴るのを止められないのに……

――だって、今、電話してきた人、テレビ電話を持っている人から電話があったら、向こうの画面に、いや、待って、アル、悪いけど、体を拭くときに郵便物の上に立たないでくれるかな？

――だって床が超汚いんだぜ。

――それは分かってる、でも、うん、ほら、新聞を広げたらいい、それか、ほら……と彼は玄関まで行って扉を持ち上げて開き、モノグラム入りのドアマットを引きずり入れて、――これを……

――アルはギターを持ってきてるんだ。

――うん、さっき見たよ……彼は彼女の前を通り過ぎて冷蔵庫のところまで行き、――待って、誰がこんなものを入れたんだ、キエフ風チキンカツレツ……

――あんた宛に誰かが送ってきた、オーブンに入れるだけって書いてあるけど、オーブンの中は郵便物でいっぱいだし、冷蔵保存って書いてあるのに他にどこに入れろって言うわけ。

――うん、でも、株券の上に置いたらつゆが垂れるだろ、それにこれ、見てくれ、五線紙を清潔に保管しておく場所はここしかないっていうのに……と彼はいちばん上の一枚を丸め、用紙の山からいくらかを取って〝風味豊か〟の上でケースを開け、一息入れてからタイトルリストを取り出し、内ポケットから出した殴り書きのメモを加えてから、山積みにされたスタンダード＆プア会社格付けの上でさらの五線紙を広げ、――畜生！と突然その一枚を丸めながら――見ろ、新品の五線紙なのに、見ろよ、油だらけ……

――例のマッシュルームのせいだね、オイル漬けだから。

――それは分かってる、だからあれはムーディーズの上で食べるように決めたんだろ、そこの赤い本、あれ、ないぞ、僕の鉛筆はどこにやった……彼は粉々になった鉛筆の切れ端を床から拾って、――畜生、何でこんな……

――アルがあんたのために鉛筆を削ろうとしたんだ、という声が扉のところから聞こえた。彼女は手を袖に通そうとしていた。――てか、あんた宛に届いた電動コーヒーミル、アルはあれを電動鉛筆削りだと思っちゃったわけ、てか、お手伝いをしようって善意で……

――ああ、うん、いいかな、とりあえず彼には何も触らないでくれって、とりあえず僕はこれを仕上げたいんだ、頭の中にメロディーが残っているうちに、最後のホルンのパートを書いてしまいたい、そこのインクを取ってくれないか？　彼はシャツの前ボタンを留めていない彼女の手からそれを受け取るとすぐに目を逸らし、後ろに向き直ってペンを探し、走り書きされた五線紙を広げ、〝風味豊か〟の上に腰を落ち着けてペン先をなめ、空《から》の五線の上に身をかがめた。ペンが紙の上で止まり、曲線を描き、黒く塗りつぶし、止まった。彼の顔は紙に近づき、唇が開き、閉じ、そこから音が漏れ、息が漏れ、ペンが止まった。男の爪先が楽譜に迫り、全米会社年鑑に沿って進み、ギターのネックを握り、つま弾いて……ビーン、ビーン……――ねえ、アル、ごめん、僕は今、作曲を……

――ごめんなんて謝らなくていいよ、どうぞ好きなことをやってくれ……

――うん、でも、そのギターが……

――いや、好きなことをやってくれ、てか、それがいいと思うぜ、みんな自分の好きなことをするのがいい、てか、みんなが好きなことをするのがいいと俺は思うな、ビーン、ビーン、ビーン……――てか、それ何。

――何って。

――今書いた矢印みたいの。

――え、これ？　これはディミヌエンド、まさか、楽譜は読めるんだろ？

ビーン――どうして楽譜を読みたいなんて思うのさ、てか、俺は楽譜を読むんじゃなくて演奏する、それが音楽ってもんだろ？　てか、俺は自分の音楽をやるわけで、何のために楽譜を読む必要があるのさ。

――え。

――なあ、俺は心が感じるままに演奏するんだぜ、よその誰かに俺の気持ちを書いてもらうわけじゃない……ビーン、ビーン、ビーン――てか、俺がおとなしく座って演奏して、よその誰かがそれを静かに聞くってわけでもない、俺は自分のサウンドを作るのさ……ビーン。

――ああ、うん、いいね、でもほら、僕は今、作曲に集中……

――それと、グレイヴストーン*の連中をここに連れてきて、練習したいってアルが言ってんだけど、なかなかライブハウスで演奏させてもらえないんだよね、コネがなくてさ、知り合いがいないと無理みたい、てか、あんたなら力を貸してくれるんじゃないかと思ったんだけど？　てか、あんたはいつも欲しいものを手に入れてるみたいだし、それってコネがあるからでしょ、グレイヴストーンのみんなは全部自力でゲットしなきゃならないわけよ。

――うん、でも、いや、でも、そっちの事情がそうだとしても、僕が音楽業界で持っているコネなんて……

――何なの、グレイヴストーンって名前が問題なわけ？　てか、あんた、どっちみち名前は変えた方がいいよ、グレイヴストーンって名前をずっと使い続けるのは無理、どうせ誰にも知られてないんだし、ね？

――じゃあ、何か考えてくれよ……

――てか、メンバーは四人だから墓石《グレイヴストーン》っていうより墓地って感じじゃん、ちゃんと名前を考えないとライブの世話なんかしてもらえるわけがない、時は金なり、ミヤオ主席はどうなってんの、あんた、ニュージャージーには行った？

――てか、今日って何曜日？

――今日が何曜日かなんて、あたしが知るわけないじゃん、てか、あんたがニュージャージーに行く日が木曜日、でしょ？ 彼女はバスタブに向かってしゃがみ、サンダルを取り出して投げた。――てか、急ぎなよ、あんたからもアルに言ってやって、そろそろオフィスが閉まる時間じゃないの？

――ああ、うん、今何時なのかな、役所が閉まるのは大体……

――今、五分過ぎ。

――何時五分過ぎ。

――何時五分過ぎか、あたしに分かるわけないじゃん、てか、とにかく五分過ぎなのは確か、でも、あそこに大きなオフィス用の壁掛け時計があったって、手前に箱が積んであるから三時を過ぎたら次は九時になるまで今が何時か見えやしない、勘弁してよまったく、毎日あの保健所がミヤオ主席を捕まえて、こっちが引き取るのに四ドル払わされるんだ、てか、急ぎなよ、待って、赤カプセル《レッズ》*をちょっと置いてって……二人は〝十二オンス瓶二十四本詰め、割れ物注意！〟を越えたところで立ち止まり、――ねえ、これ何、コカイン《コーク》？　やった、ラッキー……彼女は玄関まで彼を見送り、扉をガタガタいわせて元に戻し、暗い中、サンダルをパタパタ鳴らしながら奔流を通り過ぎてゆっくりと戻り、シャツの前を合わせてポケットに封筒を突っ込んだが、手を放すとまたシャツの前が開いた。郵便物の山の上にあったギターを横に押しやってそこに腰を下ろし、H－Oの箱に足を載せた。――てか、ニュージャージー州とかコネチカット州とかは面倒くさいのよね、アルも大変なんだ、毎回わざわざ向こうまで行ってサインをしないと生活保護がもらえない、小切手を郵便で送ることさえしてくれないんだから、ね？　ニューヨーク州は小切手を送ってくれるのにさ、でも、そのニューヨーク州の生活保護費を全額使わないとニュージャージーとかコネチカットまで行けやしない、あんたとそっくりの立場ね。

――そっくりって何、僕とそっくりってどういう意味、何の話……

――あんたが今やってるビジネスがそうじゃん、いつも耳でラジオを聞いて別の仕事もやってる、歌を聴く仕事、流れてくる歌をメモしなくちゃいけないんでしょ、てか、リストを作ればいいのに、てか、あたしがリストを作ってあげようか。

――あの、僕がこれをやってるのは、別の仕事を仕上げたいからだ、どうして僕とアルがそっくりだなんてことに、ていうか、彼だって世間のみんなと同じように働けばいいのに……

――冗談やめてよ、みんなと同じようにって誰と同じように、てか、誰かがどこかで「明日は晴れて暖かいでしょう」とか言って天気予報士として給料をもらってるわけでしょ、こっちがブリザードの中で尻《けつ》まで凍ってたって関係ないのよね、てか、実際何かをやってる人がいるのかな、大体仕事を見つけた人はまず、どうやってサボるかを考えるもんだよね、てか、あんただってどうよ、郵便が届いて電話がかかってプレゼントをもらって、それをビジネスって呼んでるけど、それと別に、徹夜してどこかのバンドのために曲を書いて四百ドルをもらおうとしてる、曲を自由に演奏するためのお金って言ってたっけ？ やっぱ、同じことじゃん、あんたはそっちから援助を受けて、アルは福祉の援助を受けてるんだから同じだよ、てか、二人とも音楽をやってる仲間なのに、あんたは彼に冷たいよね。

――うん、でも、でもほら、分からないかな……

――てか、アルの方は音楽について語り合おうとわざわざここまでギターを持ってきてるのに、あんたはろくに話をしようともしない。

――うん、でもほら、分からないかな、僕はとにかくこれを仕上げたいんだ、それが終われば……

――なら、さっさと仕上げればいいじゃん、誰も邪魔してるわけじゃないんだし、てか、みんなあんたの手伝いをしようとしてるんだよ、てか、あたしだって荷物を受け取ったり、人が来れば応対したりしてる、捜査官《コップ》とかインディアンとかいろいろ……

――でも、何、インディアンって何、誰の話……

――てか、インディアンじゃなければ鼻中隔湾曲症*の男、うちのお兄ちゃんも同じ病気だった、あたしがうせろ《ロスト》って言ったら、もう迷子《ロスト》なんだって言ってた、それと財務省の捜査官《コップ》、あんたの友達のグリンスパンを探してるんだってさ、それに電話も……彼女が〝三十八オンス瓶十二本入り、燃えない、煙も出ない、においもない〟の上に置かれた破れた茶色の紙袋に手を伸ばしたとき、大きく股が開き、シャツの前も大きく開いた。

――ほら、これ……

――ああ、うん、あの、ありがとう、もしもアルがあの、テープに録音するための付属部分《アタッチメント》を壊したりしてなければ、いちいち電話に出なくても……

――てか、今その話をしてんだけど、てか、そうやって耳に差してるラジオを録音するのにあの付属部分《アタッチメント》が使えるかもしれないってあんたが言ってたから、アルが工作を手伝おうとしたわけだし、壊れたのはあんたがバッハの録音をしようとしたときなのに、何もかもアルのせいにしたりして、せっかく力を貸してくれた彼のことを……

——うん、分かった、もういいよ、ねえ、これ、これは何て書いてあるの、将軍《ゼネラル》って誰？　彼は鉛筆で書き込みをされた茶色の紙を差し出して、——ゼネラル・ボール？

——ボールズだかボルだか、あたしが知るわけないじゃん、だからあたしも言ったんだよ、将軍《ゼネラル》って誰なんだって、そしたらゼネラル何とか社だって、で、それとは別に総評議会《ゼネラル・カウンシル》だか何だかがあるんだってさ。

——最高顧問弁護士《ゼネラル・カウンセル》？　どこの、でも、どこの会社の……

——さあね、カウンシル・ゼネラルだったかも。

——でも、総領事《コンスル・ゼネラル》だとしたら、どこの……

——その人は英語も通じなかったんだよね、しゃべってたのは多分フランス語、だからあたしが知ってる唯一のフランス語をしゃべったらすぐに切られちゃった、それから合衆国商務省からも電話があった、それはメモも取らなかったけど、あんたを何かのディナーに招きたいんだってさ、だからメニューは何だって訊いたら知らないって言うんだよ、まったくどんなディナーなんだか。

——ああ、うん、分かった、うん、これは何、バート、ビートン？

——うん、今日、二回電話してきたよ、めちゃホモっぽいしゃべり方、てか、あんたと早く話がしたいってさ。

——うん、知ってる、うん、僕、またこっちから電話する、仕事の区切りが……

——それと、どこかの上院議員のオフィスから電話があった、てか、めちゃお金に困ってるらしくて、選挙資金の寄付について相談したいんだって、二くらいお願いしたいって言うから、じゃあまた二ドルくらい送るように伝えとくって答えたら、いや、どうも勘違いしておられるようだとか抜かすんだよ、万だって言うわけ、二万ドル、だからそっちこそ勘違いしてるんじゃないかって言ってやった……

——ああ、うん、あの、まあ、今後はもう君がわざわざ電話に出なくてもいいかもね、うん、こっちのは何、スタンパーって書いてあるけど？

——スタンパーね、まったく、あんなに口の汚い人とは会ったことがない、てか、完全なくそったれ……

——うん、でも、話の内容は、ＢＧＭのことを……

——あんたと話がしたいんだって、何かの権利がどうとか、折り返し車に電話してくれだってさ、だからてめえの車なんか知るかよって言い返してやった、あんなに口の汚いやつは初めて、てか、あんたにはビジネス仲間《アソシエイト》がいるでしょ、他の人が電話してきたときにそれがあんたのボスだって言ってた、脇腹肉《ベリーズ》を長期で持っておくビジネス、あんたとボスがやってるのって変な仕事ね。てか、あんたは置いといて、ボスがやってる仕事。あの人の声って毛布の中からしゃべってるみたい。

——彼から電話があった？　え、彼は何て……

——とにかくよくしゃべるよね、てか、言ってることを全部メモするように言われたからメモはしたよ、それじゃなくて別の紙の裏……

——え、これ？　エボスって何……

——エルボス、エルボスって書いたの、映画会社だって言ってた、大赤字らしいわ、けど、めちゃうれしそうだった、どこかにメモしたんだけどな……彼が持っている書類に向かって彼女が手を伸ばすとその膝が大きく開き、彼の手が震えた。——このへん……

——エベ……彼は咳払いをして視線を上げ、茶色い紙を見た。——エレボス、ああ、これ、きっとさっき電話をかけてきた男だ、レヴァさん……

——二八《にはち》の赤字らしいよ、桁は何だろ、百万かな、二千八百万ドルを使って大きな映画を撮るんだけど、毎月百万ドルの赤字なんだって、その割に、めちゃうれしそうな声だった。

——ああ、うん、税金、法人税のことを考えるとそうなるのかもね、だって……

——あたしには説明しなくていいよ、けど、すごいお金のかかった映画だよね……と膝が元に戻り、——その下のメモは、今日のニューヨークタイムズを読んでくれっていう伝言、どこかで起きてる戦争の記事、アメリカがその国からラジウムとかを買ってるんだけど、彼はそこの学校を買うんだって、例の下品な人形と銀行ローンを送ってきた弁護士と話をしてほしいらしいよ、てか、食事にしようよ……膝が下りて、——てか、お腹空いた。

——ああ、うん、どうぞ食べて、僕は先にこれを仕上げて……

——外の郵便はあたしが入れようか？

——うん、どうぞ、僕は先に……

——それと、小包もあたしが開けていい？

——うん、どうぞ……それからまたペンが動き、曲線を描き、インクを瓶で補充し、止まって、リストにタイトルを付け加えた。彼の顔はまたさらの五線紙に近づき、開いた唇を舌がなめ、閉じ、開いて音の断片が漏れ、紙が破れる音が響いた。奥ではずっと激しく水が流れ、箱や音楽速報の山の上からは水が滴る音が聞こえた。

——**お届けしました。アメリカの立派なお屋敷からも多数。大切に保管された家宝もたくさんありました。**

——てか、要るのかな、こんなもの。

——けど何、それは何……

——電動ネクタイラックだって、分かんない？　この小さな車輪みたいなところに色ごとに並べるって書いてある、ここにボタンがあって、くるくる回る中から好きなのを選べるらしいよ、ただの粗大ごみね、これ見て。

——でも、それは何、まるで……

——箱に書いてある通り、ステーキ見張り番《ウォッチャー》、てか、ステーキや厚切り肉を完璧な焼き加減に仕上げるようプログラムされた半導体コンピュータだって、てか、ほんとにこんなものにお金出す人がいるんだね。

——ああ、うん、多分、多分どこかの会社からはがきが届いてるんじゃないかと思うんだけど……

——てか、大金だよ、本当に必要なものを人にあげたら侮辱だと思われると心配なのかな、要らないものばかり……両腕いっぱいに抱えた郵便がソファの上に雪崩を起こし、——まったく世の中、どうかしてる。

——そうだね、けど、ねえ、僕は早くこれを仕上げてしまいたいから……

——何か次の用事があるわけ。てか、このくそ部屋はもう……

——他社のマウスウォッシュとは全然違います、その違いはいわば、美しいベートーベンのソナタと耳をつんざく轟音との……

——あ、うわ。

——どうかした、駄目だよ、待って、それは開けないで……

——この箱は見覚えがないな、てか、誰がこんなもの送ってきたの！

——待って、駄目、ねえ、試着するのはやめてくれ、丈が長すぎる。羽の先がほら……

——けど、うわ、本物の羽なわけ？

——うん、いや、さあどうかな、けどほら、汚れたら困るよ、待って、待って、その格好のまま動き回ったら、それ、何持ってるの……

——グレープジュースのカップが邪魔、ほら、早く受け取ってよ、落としちゃうから……

——置いて、ほら、ムーディーズの上に置いて、何なんだそれ。

——エンチラーダ、こっちはレムラードソース*、容器に書いてあるじゃん、見えないの。

——そろそろもっとましなものを、危ない、グレープジュース！　そろそろもっとましなものが食べられるかと思ってたんだけどな、食費として五ドル渡したんだから……

——うん、でも、この缶詰だって九十九セントって書いてあるし、レムラードソースの方も……

——そうじゃなくて、外に買い物に行って、まともな食べ物を……

——てか、同じことじゃん、だって五ドル分を食べてること に変わりないんだし、缶詰の金額を足して、ケッパーとか、そこのおしゃれなカタツムリも合計したらそれくらいだよ、てか、そうでもしないとミャオ主席を保健所の手から救うためのお金が貯まらない……彼女は羽をなびかせながら郵便を脇へ押しのけた。――こんなにたくさん羽が付いていて、インディアンの人たちって普段邪魔じゃないのかな、肌にちくちく……

――ああ、普段は着ないんだ、着るときはほら、そのシャツの前ボタンをちょっと留めれば……

――だってパンティーが濡れたんだもん、バスタブがあんなだから、てか、濡れたパンティーなんて穿けないじゃん……しかし彼女はボタンを留め、指に付いたソースをなめ、封筒を破いた。――香港から千グロスの造花各種が届くって。

――香港の誰、造花って何、僕は……

――ここに書いてあるのは、倉庫設備の関係で、あんたが輸送費として入札した三、五、九、七、一……

――ああ、うん、とりあえず、とりあえずそこに置いて、気を付けて、それは小切手っぽいから。

――テキサス湾エネルギー社の配当だってさ、十五セント、こっちにもあるよ、パシフィック・テレホン社。三十セント。

――ああ、うん、それは、それは製氷皿のところに入れるから……

――これが噂の株ってやつ、ウォール街の？　こんなの見るの初めて……

――いや、でも、それは一株分の配当で、普通はもっとたくさんの株を、待って、それを捨てたら駄目だ、それは……

――え、一緒に入ってたこのごみ屑のこと？

――うん、それは、会社が株と一緒に送ってくる文献《リテラチャー》は大事に置いておかないと……

――文学《リテラチャー》？　てか、あんたはこういうのを文学《リテラチャー》って呼ぶわけ？

――いや、いや、僕じゃなくて、みんながそう呼んでるんだ、そういう、四半期決算とか……

――値下がりして、水で薄めたようなこの株、帰属利子加算後に十六パーセントというめざましい株価の上昇、これが文学、あたしに言わせればこんなのはでたらめ……紙が破れ、――うわ。

――何……

――電話代の請求書、千八百七十六ドル、てか、こっちの支払いは二千ドル近いのに、入ってくる金額は今のところ四十五セントしかないわけ……

――いや、うん、電話代の請求は、それは僕が個人的《パーソナル》に払うわけじゃない、それは……

――じゃあ、こっちのは自分でちゃんと対応した方がいいよ、私信《パーソナル》、親展《コンフィデンシャル》って書いてあるから、経営幹部紹介所からだよ、近い将来、他の一流会社で副社長レベルの仕事に移ることをお考えなら魅力的な候補がいくつかございますだって、今の仕事は辞めたいって言ってたよね、作曲に専念したいからって

……

――ああ、うん、切りが付き次第辞めようと……

――いつもそうだよね、何かができ次第ってそればっかり、これはどう、病んだ会社を立て直すための経営シンポジウム、議長《チェア》を務めてもらえませんかだって、大した議長《チェア》だこと。そもそもE・バーストって誰、てか、無料の報告書を買いませんかっていう同じ郵便、宛先はE・ガスト、E・バスト、B・ベスト、そんなのが七、八、九、十一通、同じ郵便が十一通だよ、どれも名前が少しずつ間違ってて……

――ああ、うん、多分、リストにある名前をチェックするよりも、全部に送っておく方が安上がりだと思ってるんだろうね、どこかで買った名簿をそのまま使って、ちょっと、危ない、ソースがそこに付いちゃうじゃないか……

――まったく、E・バースト、E・ガスト、てか、こんなにたくさん、開封するのだって大変……

――電動手紙開封器があるじゃないか、そこの下……

――え、あたしの指がちょん切れても構わないってこと？　てか、何、てか、アイゲンって人がここを自分宛の郵便の転送先にしてるの知ってた？　最近もまた新聞を送ってきた、それに本も、壊れたおもちゃの入った箱も、この調子だと部屋があっという間に……

――ああ、いや、彼の郵便はオーブン棚のいちばん*上に置いてる、グリンスパン宛の郵便と一緒にしてある、待って、そこと一緒にしたら駄目だ、そっちはアルが放り出した未配達の郵便だから、いつまでもそこに置いておかれたら困るよね、さっさと、それは何、外国から届いたものみたいだけど……

――宛先はJR社ファミリー……紙が破れ、――親愛なる奥様へ。勝手ながら、あなたの知らないよその国から手紙を書かせてもらいます。どぞ、びくりしないでください。あなたの夫から手紙をもらいました。うちの家族は苦しいです。夫はすごく病気で、直る見込みがなくて、死にそです。どか、服と下着とピジャマを送てください。すごい古いやつでいいです。捨てる前のやつでもいいです。もすぐすごい寒い冬が来ます。私たちは、ずと寒いです。私の祈りが届きますように。あなたは貧しい人の気持ちが分かるから。神様があなたに百倍のお礼をしてくれます。どぞよろしく、哀れな、てか、**Srskić** って名前、どうやって発音したらいいわけ*……

――ああ、僕、僕も知らない、けどそれ……

――てか、デラックスバーベキューセットをこの人のところに送ってあげたらいいんじゃないの、ステーキを焼くくそコンピュータも一緒に……

――あのさあ、僕は……

――この人の旦那には下着もないんだよ、直る見込みもない病気、昨日届いた電熱タオルスタンドも送ってあげればいいじゃん、ピジャマを干すのに便利だよ、ついでにネクタイもくるくる回させてあげたらいい、スルクさんの奥さんにはデラックスバーベキューセットを使ってもらって、半導体コンピュータで完璧な焼き加減のステーキを……

——あのさあ、畜生、僕にどうしろって……

——それに、貧しい人の気持ちが分かるあんたが、病気の会社を立て直すやつの議長《チェア》もやったらいい、きっとみんな、びくりするよ、ここほどひどい病気の会社、あたしは見たことないんだから、大したくそ議長《チェア》だわ、まったく。

——ああ、うん、ねえ、そういうのは僕の手には負えないよ、ていうか、畜生、頼むから、ほっといてくれ、僕はこの曲を……

——うん、さっさとやればいいじゃん、グレープジュースは要る？　ところで、エンチラーダってどこの国の料理だっけ、超まずいね。

——多分メキシコ……

——てか、メキシコ人がいつも酔っ払ってるのも納得……

——**私どもの銀行は貯蓄銀行系列では規模が最大で……**

——あ、へえ。これ、面白い郵便だよ。

——**わずか二百ドルをお預けいただくだけで、さまざまな品物の中からお好きなものをプレゼント……**

——金玉のことをデンマーク語で何て言うか知りたい？

——え、え、いや、僕は……

——ボルシェポーゼン。こういうのを全部覚えたら……

——ねえ、僕はデンマーク語で金玉なんて言いたくないよ、ところでそれは何、誰からの……

——てか、この手紙に書いてあるんだもん、御社は海外にもビジネスを広げていくおつもりですか、もしもそうなら、誤って商品に下品な名前をつけたりしないように用心しましょう。年間購読料わずか三百ドルでさまざまな言語における下品な単語のリストをお送りします。これさえあれば、ディッペルドゥッターというような名前の商品を売り歩くような真似をしなくて済みます……

——ねえ、僕らがその、ディッペル何とかを売ったりすることはない、デンマークでものを売るなんてこともないし……

——うん、でも、ほら、これを購読してれば世界中どこでもナンパができる、てか、デンマーク人の若い子のそばに近づいて、フーモルカエプを持ってるからクッセしてほしいって言えばいいんだよ、女の子がドローベファンガーを使うならオーケーって答えて、あんたはドローベファンガーを買いに行って、どこかでフォー・エト・ラップする。何て言ったか分かる？

——いや、でも、僕、大体想像は……

——ねえ、バスト？

——何？

——てか、あたしたちがしてるとこ見たことある？

——してるって、誰が何を……

——てか、裏の窓から、あたしとシュラムがしてるところ、てか、前にあんたの友達が黒髪の女としてるところを一緒にあの窓から見たじゃん。

——ああ、僕、僕は、一度たまたま、窓の外を見たときに……

——たまたまって、この部屋でたまたま外を見るなんてことありえないよ、本の山に載ってるランプの笠《シェード》と書類を越えていかないと外なんか見えない。

——いや、うん、僕、ていうか一度、アイゲンさんの部屋の明かりが点いてるかどうか確かめようと思って、ちょっと話がしたかったから……

——え、あたしたちがやってるところを見たわけ？　てか、怒ってるわけじゃないよ、てか、あの黒髪の女には負けてないもん、どこ行くの。

——ちょ、ちょっと指にソースが付いちゃったから、手を……

——それと、あの人の持ってた絵をどうしてそこに置いてるの。

——え、あの、バルドゥング？　ああ、ちょっとそこに、ただ置いてるだけ……

——てか、ああいう尖ったディッペルドゥッターが好みなわけ？

——え、あの、あの女性の胸？　僕は……

——ううん、ディッペルドゥッターは乳首、胸は、待って、ブリスター、ほら、あたしの方がいい感じじゃない？

——ああ、うん、ああ、君の方が大きいね、うん、で……

——違うよ、座って、あの人って有名な絵に描かれてるくらいだからすごい美人なわけでしょ？　でも、ブリスターは丸くてこぢんまり、丸くて小さな茶碗って感じ、それに見て、違う、ここに座って見て、この下、こっちはあたしの方が負けてるかも、てか、体重はどれくらいかな？　このへんとか？　このへん細いよね、てか、あんたもやせてるけど、足をちょっと、ここらへん、そのズボン、ぴちぴちだね、明日にでももっと大きなサイズのを買いに行ってあげる、腰回りがきつそう、それに、うわ、前がもっこりして……

——ああ、うん、うん、今はちょっとだけ……

——なら、脱ぎなよ、てか、きついなら脱げばいいのに。

——え、僕、僕……

——ふうん、嫌なら脱がなきゃいいし。てか、ゴルフ練習機をセットしたらどう、さあ、くそ電動ネクタイラックのスイッチを入れて、動かしてみたら……

——いや、いや、僕はただ、ただ、玄関の扉が……

——え、あの爺さんが来るんじゃないかって心配なわけ、うちの妻《づま》、うちの妻《づま》が、ご主人さんとか言って？　爺さんが来たって別に、一緒にやったらいいんじゃないの、ゴルフの練習がしたいのなら……

——いや、いや、待って、僕は……

——あ、危ない、そこのものがひっくり返りそう、気を付けて、イヤホンのワイヤーが引っ掛かる、外しておいたら？　てか、そんなに慌てなくたって……

——いや、けど、見て、このままだと羽が……

——てか、ここはもっと引き締まってるのが理想なのよね、あんたのここみたいに、何、痛かった？

——いや、でも……

——てか、これがきっとボルチェね、これがポーセン、てか、世界中の言葉で何でも言えるように勉強したら……

——うん、でも、ほら、羽が、とりあえず脱いでもらえないかな……

——うん、でもほら、てか、大きな湖のことを詠《うた》った詩があったじゃん、女の人の名前は何だったっけ、あれなんかさ……

——ああ、ミネ、ミネハハ、ハイアワサ＊の中に……

——違う、こっち、それ邪魔、違う、違う、こうよ、てか、超狭いんだけど、それ邪魔、てか、あたしの胸の方がやっぱ、まじでそっちの尖ったディッペルドウッターの方が好みなの、あ……

——誰のこと、ミネ……

——違う、彼女よ、その……

——いや、僕……

——あ、そう、そんな感じ、そう……

——こう……？

——うん、あ、あ、そう、うんそう、そんな感じ、うん、待って、あ……

——でも、待って、ちょっとこれが邪魔……

——あ、そう、うん、あ……ちょっと待って、もっとこっち……そうじゃなくて、そうじゃ、あ……！　あんたって、あんたって、体はそうでもないのにあそこはでかいのね、あ……！　うん、うん、そう……駄目、痛い、もっと優しく、あ、あ……

——ぼ、僕、もう……

——待って、駄目、ああ！　あ、あ、あ……ああ。


——**お客様の預け入れに対する利息は業界最高、ぜひこの機会に、町でいちばん大きな貯蓄銀行にお越しください**……


——あ、うーん。

——い、痛くするつもりは……

——待って、何か取って、拭かないと、待って、邪魔……と彼女は茶色い紙に手を伸ばし、——かわいそうなあたしのフィッセちゃん……

——あの、僕、痛くするつもりは……

——てか、待って、とりあえずこれを、うわ、さっきあんたが書いたばかりの紙、エンチラヴィーで汚れちゃった。

――ああ、大丈夫、僕、また書き直せばいいから……
手が上に上がり、爪で引っ掻いた。――ねえ、次は何する。
――え、何も、そのページを別の紙に写して、また仕事に
……

――てか、あんたって全然おしゃべりしないよね。ほんとつまんないんだけど？　他のみんなは、アルもそうだけど、いろいろおしゃべりするのに、あんたと二人でいるとあたしばっかりしゃべってるじゃん、ね？

――うん、でも、ていうか、おしゃべりのことなんか考えてないで、仕事に集中しようとしてるときには……

――てか、あんたはいっつも仕事に集中しようとしてて、おしゃべりしようとしないよね、性欲が溜まってるときだけは別みたいだけど、つまんない人。

――つまらない人で結構！　ていうか、ていうか、作品が面白ければそれでいい、僕自身はつまらない人間で結構！　ていうか、誰もがみんな面白い人間になろうとしてる、そうなりたい人はなればいい、僕は、僕はただやらなきゃならないことをやっているだけ、それも将来やりたいことのため……

――じゃあ、シュラムはどうなわけ、てか、シュラムとはよく話をしてたんでしょ、さっきも言ってたじゃん……

――いや、実はそんなに、僕、彼の方が大体しゃべってて、僕は……

――てか、あの人は全然しゃべらなかったじゃん、あの人と一緒にいるときどんな感じだったか知らないでしょ、次の瞬間に何をやらかすか分からないんだよ、うまく最後までイけなかったときとか、ベッドから飛び降りて、鉛筆をつかんで投げたりしてた、てか、だからあんたがここに置いてる尖った鉛筆が嫌いなのよね、分かる？

――ああ、それは大変だったね、僕は知らなかったんだけど、君はあのとき現場にいたんだってね……

――ねえ、その話はしたくない！　羽が脱げて山となり、手が上がって股を掻いた。

――いや、僕、そんなつもりじゃ……

――じゃあ、そんな話はやめて……彼女は立ち上がり、その手が上がってシャツのポケットを探り、――てか、また電話、いっつも鳴ってばかり……

――うん、僕が出る……彼は〝二枚重ね二百枚三十六箱入り〟のそばでコカインをやっている彼女の脇を通り、〝クイックエーカー〟の上に登り、――もしもし……？　あ、ブリズボーイさん、はい、もしもし……今ですか……？　あ、いえ、すみません、いえ、今はちょっと……いえ、いえ、本当に今はちょっと、いえ、僕、今晩は仕事が溜まっているので……ええ、お互いに、はい、ありがとうございます……じゃあまたその折に、お電話ありがとうございました、失……はい、失礼します、お電話あり……アウフ・ヴィーダーゼーエン、はい……

彼女は山を下りる彼の後を追った。――何でまた服を着てん

の、てか、どっか出掛ける？

——いや、仕事を再開するだけだけど、この格好だと落ち着かないっていうか……

——徹夜？　彼女はくしゃくしゃになった毛布を引っ張った。

——いや、これだけ仕上げたら僕、ていうか、君、大丈夫？

——大丈夫に決まってるじゃん、何よ、てか、まるでヨットになったみたいな気分……

——ああ……彼は〃風味豊か〃の上に戻り、空《から》の五線を記した新しい紙を広げた。

——アメリカでいちばんすてきなお宅からお届けしました

……

——そのラジオだけどさあ、水の音には慣れたんだけど、海の近くに住んでいると思えばいいからね、でもそのくそラジオ、てか、アルがモップの握りにガムをくっつけて、それをそこの隙間に突っ込んで適当に動かしてれば局を変えることだけはできるようになったんだけど、どうにかしてくんない？

彼が山を下りたときには、彼女の目はよそを向いていた。彼はそこを見詰めて立ったまま、シャツの胸に息を吹きかけていたが、やがて〃風味豊か〃に再び座り、空《から》の五線の上に身をかがめた。ペンが曲線を描き、止まり、ページがいっぱいになり、一度か二度、見直すと丸一小節が抜けているのに気付き、紙を丸め、視線の先で息づかいとともにゆっくりと上下する胸に目をやり、穴の開いたランプの笠《シェード》を脇にどかしてそこに光が当たらないようにし、唇をなめ、唇が開き、閉じ、また開いて音が漏れ、突然勝ち誇ったようにペンが紙をつつき、彼は新しい紙を探し、手で顔をぬぐい、影になった胸が上下するのを見詰め、唇をなめ、ペン先をなめ、インクに浸し、いっそうゆっくりと新しい紙を探していると電話が鳴った。

——無理、無理、やめて！　やめて、お願い、無理……！

彼は立ち上がり、彼女の頭に手をやり、もっこりしたズボンの股にその頬を抱き寄せた。——大丈夫だよ、何も、何もしなくていいから……

電話が再び鳴った。

——やめて……

——大丈夫……彼はずっしりとしたそのぬくもりを自分の震えに押し付け、次のベルに備えた。突然、温かいものが彼の手の甲に広がり、彼は彼女の頭を下ろし、毛布の端をつかんで血をぬぐい、次のベルとともに〃クイッククエーカー〃に登った。

——もしもし……？　あの、駄目です、駄目、今忙しいから……分かりましたよ！　じゃあつないでください、オペレーターさん！　もしもし……？　もちろん、僕に決まってるだろ、他に誰が……誰？　アルが？　いや、いや、アルはただの、ただの管理人、まあ管理人みたいな男さ、時々部屋まで入ってきて……うん、分かってる、彼が電話に出るのはおかしな話だ、ところで、何の用で電話してきたんだ、今何時、お菓子屋はもうこの時間に開いてないだろ……ああ、分かった、聞くよ、何の用だ……ああ、その出張にはちゃんと行くって言っただろ？何の用なんだ、デビドフさんからも……出張費ももらった、うん、百四十八セント、ドル、ありがとう、だから、用件はそれだけ……はいはい、デビドフさんは本当にすてきなやつだって、それを言うためにわざわざ僕に電話を？　僕は今……どこから？　向こうでは誰にも会ってない、マルウィから来た人、いいや、マルウィなんて聞いたことも……どこの戦争、ニューヨークタイムズは読んでない、うん、新聞は全然……取引ってどの、どうしてその人が僕と取引の話を……うん、あの、マルウィを原産地とすればロジウムを持ち出せるとその人たちが言うんだったら、一体何が問題……誰が何を中国に売るって？　脇腹肉って何、何の……いいか、僕にはそれが何の話だかさっぱり分からない！　君にだって分かってないだろう、すてきなデビドフさんからミリケン上院議員に話を通してもらったらいいじゃないか、中国との貿易のこととか、輸出許可のこととか、どうしてマルウィ貿易委員会から来た人物と話をしなかったんだ、そうすれば話が片付いたかもしれないのに……でも、知らなかったってどういうこと、彼は何でも把握してますって顔を……うん、分かってる、彼は僕と違って会社の重役じゃない、なら、重役にしたらいい、彼なら喜んで……うん、もちろん、もっとたくさんの報酬を払わなくちゃならなくなるな、それは当然……うん、知ってる、でも君が副官とか呼んでるその男は君に会ったこともない、哀れなアーカート爺さんだってそうだ、それに、それにあのティーツってやつもそう……うん、分かってる、僕が紹介した、でも、目立つ姿の老人と、金のためなら自分のおばあちゃんの命を差し出すような人を探してるって君が言うから……うん、分かったよ、でも、一人十ドルだろ、そんなお金で誰が引き受けてくれると、全国重役名簿を見たって……怒ってるわけじゃない、さっさと仕事に戻りたいだけ……ホッパーさんには会った、うん、でもそんな話は、待って、ひょっとして造花はホッパーさんのところに送るもの……？　ただの注文書、うん、何百万本という数だ、うん、とにかくここに届いたら困る、君から誰かに指示を……いや、ブリズボーイさんの泊まっているホテルに届けるなんて駄目だ、彼は本物の、本当に熱心な人だけど……うん、今後十年で死亡率は二十パーセント上がるって君に伝えるように言われたよ、そう伝えたらきっと喜ぶだろうって答えておいた、そんなことより……

——ごめんください、ご主人……？

——待って、待って、誰かが玄関に……うん、彼女が全部、紙に書いてくれた、待って、誰かが玄関に……彼は山を下りて〝二枚重ね二百枚〟を通り過ぎ、ソファの上で陰鬱に上下している体の下に手を伸ばした。

——ごめんください？　ご主人……？

——帰ってください！　彼は山に戻り、電球の下で〝マゾーラ食用コーン油一パイント缶二十四個入り〟の上で茶色い紙のしわを伸ばした。――誰でもなかった、何でもない、そんなことより……君からの電話、うん、彼女が全部紙に書いてくれた、それと、レヴァさんから電話があった、B・F・レヴァ、取引する気がなくはないそうだ、僕からはとりあえず……ああ、うん、それならそれでいい、本人にそう言えばいい、僕に向かって大きな声を出すなよ、彼が何様のつもりなんだか知らないけど、取引する気がなくはないって彼が言ったんだ、本人にそう言ってやればいい、それか、ピスカターに言ってやればいい……ああ、何かいい方法を考えるようにって既にピスカターに話がしてあるのなら、僕にどうしろって……うん、ここにある、株の簿価は六、待って、百六十八ドルで……さっきも言ったじゃないか、彼女が全部紙に書いてくれたって……どうしてって、少しかすれてしまってるからさ、それが理由、どうしてそんなふうに、もちろん、彼女は信頼できる人だよ、彼女は……何、会社に対する忠誠ってどういう意味！　彼女はろくに……いや、いや、いいか、そこまで考えてくれるデビドフさんはとても親切だと思う、でも、要らない、この部屋にヴァージニアは要らない、うん、ここは万事……うん、それは分かってる、でも、ここではヴァージニアの手伝いは要らない、それよりも、夜中にあれこれの数字を確認したいだなんてどういうつもりだ、僕は……タイムズの？　いつ、今日……？　いいや、僕は誰彼構わずインタビューを引き受けたりしてない、うん、それに……うん、いいか、どうしてそんなことをしたんだ、デビドフさんが広報担当だろ、こういうときのために彼を雇ってるんじゃないか、彼は結構怒ってたけどな、それもこれも、君が声明をカセットテープに録音して誰彼構わず聞かせているせいだぞ……いいや、もちろん彼は知らないさ、スローでテープを再生して大人みたいな声に変えて電話で聞かせていることなんて、そもそもテープの声だってことも気付いてない、とにかく、君がいつも突然電話してくるから彼は怒ってるんだ……いいや、USニュースにすてきな記事が載ったという話は知らない……その記事も見掛けてない、うん、でも……うん、新しい会社のロゴはとてもすてきだ、どういたしまして、さて、話がそれだけなら……うん、それは聞いた、でも、その件については君の方が僕よりもよく分かってるだろ、ビートンさんから電話があった、スタンパーからも、でも、たしか君の話だと、トライアングル社から引き抜いたすてきな弁護士、ビーミッシュさんがそっちの問題は片付けてくれるってことだったと……うん、けど、彼は弁護士なんだろ？　とにかく、君が向こうで雇った弁護士事務所、ミリケン・マッジ何とか、あそこがガス会社の代理人ということになってるんだから、ガスの採掘とかアラスカ開発に関わることについてはビーミッシュさんとミリケン上院議員との間で話をさせたらいい……え？　誰が名前を変えたんだってどういう意味、誰も名前を変えたりしてないぞ……それは君が人に渡すメモの中で綴りを間違えてたからさ、誰もそれに口出しする勇気はないから……いいか、アラスカの綴りくらい僕だって知ってる、でも君が間違えてアスラカって書いたせいで……僕はそれが君のミスだって知ってるからさ！　会社の登録をするときに君が書いたメモを、ピスカターが僕のところに送ってきたんだ……うん、君の綴り間違い……そう、だから……じゃあ切るよ、いつまでも長電話しているわけには……え？　最後にもう一つって何……いいか、さっきもその話をしただろ、ちゃんと行くって言ったじゃないか？　ちゃんと……いや、いや、待って、待って、バスで行けってどういう意味、どうして……将軍が乗っていった？　将軍が飛行機を使った……？　うん、でも、将軍が社用機を好きなときに使っていいだなんて誰がそんな許可を出した……レイ－X社のすてきな研究開発契約を取ってきてくれたって、それはそうだけど、だからって、勝手に社用機を使って、テキサスのどこかにある三流大学の名誉学位をもらいに行っていいことにはならないだろ……いいか、すてきな不動産取引なんて話は聞きたくない、いや、それなら郵便でまた、アラバマ州の学位を買えばよかったじゃないか、いつもやってることだろ……ああ、分かったよ！　でも、だからといってバスに乗れとはひどい話、僕は普通に……いや、うん、待って……いや、いや、待って、待って、インディアンが何人《なんにん》だって……いや、待って、あの、本当にそれが今晩ここに電話してきた理由？　チャーリー・イエロー・ブルックとその弟さんがどこかのバスステーションで僕を待ってるって、それを言うために……何時に会う約束だって……？　うん、たしかに葬式に間に合うように行くって言ったけど……いや、でも、二十、二十四時間そのブルック兄弟と一緒にバスに乗れってには……仲良くなるチャンスってどういう意味、向こうに着いた頃にはもう……いや、ちょっと待って、これが最後だからっていつもそればかりじゃないか！　本当に最後なんだろうな……うん、分かってる、でも……僕が株式《ストック》オプションを行使したってクローリーさんから連絡があったら何がどうまずいんだ、僕がオプションを行使したって別に……いや、僕がそれを売ろうとしてるなんて誰が言った、僕はただ……分かった、うん、分かってる、でも……うん、僕の仕事は、もういいよ、うん、分かったから、音楽助成金の件では感謝してないとは言ってないだろ、でも、問題はそこなんだよ、今だってこれが最後だからって言ってるくせに、どこかの株を二十万株だとか、出張から戻ったらブーディ何とかさんと会って、一緒にゴルフをやってほしいだとか、そんな話ばかり、僕は全然ゴルフを覚えたがってないかもしれないって考えたことはないのか……？　分かった、うん、分かった！　でも、でも、会社に対する忠誠なんて話は二度と僕にしないでくれ、それと、学校に関するニュースだとか、社会見学に関する計画だとかを聞いている時間は僕にはない、そんなことはデビドフさんに……うん、僕は楽譜を全部ホテルに預けていく、デビドフさんにはそう伝えてくれ、録音の手はずは彼が整えてくれると……ああ、それならそもそも、僕が出張から戻った頃に電話をしてくれればいいじゃないか、用事はデビドフさんに……え？　さっきも言ったじゃないか、百ドル……いいや、でも、待って、往復の交通費が八十八ドル五十五セントなら、残りはたったの……あの、もう、もう疲れすぎて何も言い返す気にならないけど、もしもその二人が切符を持ってバスステーションで待っているのなら、だからバスで行くしかないって言うのなら、どこのステーションなのかをさっさと教えてくれ……どこだって？　あの、説明はいい、どこのくって言っただろ！　警察署《ポリス・ステーション》なのかを教えてくれ、僕が引き受けに……ああ、行って何のつもりだ、バスで二十四時間だぞ、二人のインディアンと一緒に……ああ、うん、君もな、切るぞ、さようなら……どういたしまして、ああ、切るぞ、さようなら！

——バスト……？

——うん、今行く……彼は立ち止まり、流し台でシャツの裾を濡らした。

——てか、そこにいるのはあんた？

——うん、大丈夫？　君、寝てる間に鼻血を……彼が濡れたシャツを下に伸ばすと、彼女が急に振り向いたせいで白い胸が大胆にこぼれ、彼の膝に薄紅のしみが付いた。

——あれれ……

——悪い夢を見てたみたいだよ……彼は唇をなめ、息がかかるところまで身をかがめて毛布を引っ張り、それを掛け直したが、彼女は急に背中を向けた。今、凸凹のなくなった白い体の先には暗い割れ目が見え、最初に彼の目が、次に手がそこに向かいかけたが、ためらい、ソファの谷間から彼女の声が響くと慌てて手が退却した。

——一緒に寝る？

——いや、僕、それはできない……彼は咳払いをして、両手で毛布を掛け直して振り返り、スタンダード&プアの上に新しい五線紙を広げ、ほとんど目を上げることなく次々に紙に向かった。やがて朝日が昇って、*穴の開いたランプの笠《シェード》の後ろにブラインドの影が筋状に現れ、彼がインク瓶のキャップを閉じる頃には〝二枚重ね二百枚三十六箱入り〟の背後に伸び、〝マゾーラ食用コーン油一パイント缶二十四個入り〟を越え、流し台の奔流を照らした。彼がその前でシャツを脱ぎ、クッキー缶の蓋を立てかけて、プラスチック製のディスプレイ台から髭剃りを取ったとき、玄関でノックの音がした。

——おい……？　壊れていることをよく知っている手つきが扉を揺らし、——バスト？　誰かいるか……？

——いや、誰、あ、あ、ギブズ先生……

——朝早くに失礼、起こしたかな？

——あ、いえ、大、大丈夫です、はい、どうぞ……

——しまった、水道が壊れてることを忘れてた、ビクトリアの滝の下で暮らしてるみたいだな。他に問題はない？

——はい、特に、何も問題は、はい……

——ちょっとその顔、正直言わせてもらうが、ひどい顔してるぞ。

――ええ、はい、僕、あまり寝てないんです、ずっと仕事してて、今からまた出掛けなくちゃならないし……

――ああ、俺に構わず髭を剃ってくれ、俺のことは構わなくていい……彼は背中でもたれかかるようにしてドアをはめ直した。――書類を探しに来たんだ、ここなら少しは仕事ができるかと思って、邪魔かな？

――いえ、いえ、大丈夫です、でも、ちょっと待ってくださいね……

――ずいぶん散らかってるな、物の置き場所も少し変わったみたいだ、ここから先に行くのは大変……

――ええ、はい、また物が、アイゲンさんの箱と新聞が届いたんです、その分はあそこに……

――多分、今日中にもっと届く、一晩中向こうで荷造りを手伝ってたんだ、これはやつのじゃないな？　何なんだこれ。

――あ、いえ、はい、それは、それはただの電熱タオルスタンド、それと、あ、そっちは、はい、そっちはバーベキューセットで……

――でも、こんなものどこから、これは何、これはどこから持ってきた、何、粉石鹼？

――ええ、はい、洗剤です、はい、ただの、試供品、アパートに配られたもので……

――このへんに青いフォルダーがあったはず、見掛けなかったか？　以前書いてた本にもう一度新たな気持ちで取り組もうと思ってな、バスト、何もかも新たな気持ちでやり直すんだ、今回は本気でやろうと思う、その話はまたいつか聞かせてやる、ぜひ君の意見を、何、何だこれ、電話か？

――あ、それ、はい、ええ、それ、一種のテレビ電話です、たしかそんな名前でした、はい、それは……

――でも、そんなものがどうしてここにある？　それに何、その下にあるのは何……

――ええ、はい、それを使うのは例えば、ていうか、実際には使ってないんですけど、書類を電話で送る装置で、ただの、それよりギブズ先生、ちょっとお時間いいですか……

――ずっとここで作曲をやってるんだと思ってたぞ、バスト、どんなものができたか聞かせてもらおう、この環境で、うわ、びっくりした、失礼……！

――ええ、はい、今言おうと思ってたんですけど、その女《ひと》は……

――てか、何じろじろ見てんのよ……毛布と一緒に膝が上がり、――てか、女の裸を見たことがないわけ？

――え、え、ああ、わりと最近見たけど、名前は……

――ええ、はい、ローダ、こちらはギブズさん、ローダのことは覚えてらっしゃいますね、あのことがあった日に……

――はじめまして、バスト、すまん、気にするな、邪魔をするつもりはなかったんだ、俺はまた後で出直すから……

——いえ、帰らないでください、僕、僕はもう出掛けるところなんで……

——はじめましてって何、てか、片方だけ靴を履いてここに来た晩のこと覚えてないの、警官《ポリ》も来て、みんなで悲しんだ夜のこと？　それと、バスト、出掛ける前にお願い、その赤い箱を一つ、バスタブの中に放り込んでおいてくれる？　で、そこからどいて……

——ローダ、そうだったな、うん、はい、どうぞ、髭剃りをしてくれ、バスト……彼は注意しながら〝風味豊か〟に腰を下ろし、——俺はここに座って、ローダとおしゃべりしておくから……

——てか、そんなのを鏡代わりにして髭を剃ったら傷だらけになるよ、てか、足元の缶に気を付けて、てか、グレープジュース要る？

——いや、要らない……

——なら、あたしに缶をくれる？　それと、そこの赤いカップ、違う、この缶じゃない、てか、見てよ、これがグレープジュースに見えんの？

——正直、そうは見えないけど、君が取ってって……

——これはエンチラヴィー、てか、エンチラヴィーの何が気に入らないわけ、てか、何かこれをくるむトルティーヤの代わりになるもの持ってない？

——俺？　俺は結構、要らない、ていうか、さっきここに来てから、部屋のあちこちに女性風の気遣いが感じられることに驚いてるんだ、すごく居心地がいい、そこの布巾ラックに干してあるパンティーとか、窓際に置きっぱなしの汚れたカップとか、壁に掛けられたバスト君の学位記が油まみれになっているところとか、熱心な若い歯医者のオフィスみたい、部屋に漂う貴婦人の香りは柑橘系の入浴剤、それに、そう、君の後ろにあるのは何、床の上に……

——てか、何すんのよ、てか、何って何、インディアンのかぶり物に決まってるじゃん、他に何に見えるわけ？

——ギブズ先生？　構いませんか、その、僕、先生が前にここに置いていったシャツを勝手に着させてもらってるんですけど……

——どうぞどうぞ、首のサイズが違うせいでちょっと死人みたいに見えるけど、それと、そのズボン、一体どこでそんなもの手に入れたんだ。

——てか、この人の格好の何が悪いわけ、てか、自分はどうよ、年季の入ったサマースーツを着たりして、しかも他人のやつ。

——ああ、うん、いいんです、ギブズ先生、ゆっくりお話ししている時間はありません、今何時か分かります？

——十分よ、てか、何時十分かは訊かないで、それと、出掛ける前に小銭をちょっと置いてってくれない？　剝製にされないうちに保健所に引き取りに行かなきゃならないから。

——けど、たしか、前にあげた五ドルは……

——五ドル、てか、あんたに買ってあげた新品の剃刀は三ドル九十八セント、ズボンは十八ドル、その上着だって、どうせそこに小切手をいっぱい持ってるんだから、お友達に現金化してもらえばいいのに。

——ああ、うん、もしも、すみません、ギブズ先生、これは僕が受け取った配当の小切手なんですけど、あ、待って、この小切手、ここの家賃として六十一ドル四十セント、アイゲンさんの話だと……

——けど、全額払ってもらわなくてもいいんだ、バスト、だってここは俺たちが……

——いえ、いえ、いいんです、そういうふうに処理してあるので、それに、厳密には僕が払っているわけではなくて……

——え、でも、誰、JR運輸会社って何者。

——ええ、はい、それはただの、ただの、説明している時間がないんです、ギブズ先生、説明するとなるとかなり、膝をどけてもらえますか、そこの楽譜を取らなきゃならないので……

——え、この紙の山？　やれやれ、何、これがおまえの、何これ？　オラトリオ？　疲れた顔してるのはこのせいか、そりゃ無理もない、バスト、すごいな、オラトリオを仕上げたのか？

——いえ、ええ、その、オラトリオ、正確にはオラトリオじゃなくて、その、ただの、小編成オーケストラのための組曲になる予定なんですが、正確には仕上がってるわけじゃなくて、まだ……

——小編成オーケストラか、なるほど、ベルリオーズ並みの楽節がありそうだな……

——はい、でも、これはそれとは違うんです、これは、これは朝まで取り組んでた別の曲で……

——ねえ、その人のことは放っておいてよ、てか、その説明しだすと長くなるんだって、何かが仕上がるまでは何かに取り掛かることができないとか、結局、それをどっちもやってないのは、今やってることが終わり次第、やらなきゃならない別の何かがあるからだとか、てか、この足をどかしてほしいんだけど……

——うん、悪いけど、そこの荷物を取ってもらえないかな、インディアンの……

——お嬢さんに毛布を渡してやった方がいいんじゃないか、バスト、その格好じゃ、町行く人たちが……

——何、バスタブに行くだけよ、てか、どこ行くと思ってんの。

——あ、それからギブズ先生、もしもここにしばらくいらっしゃるのなら、電話が鳴ったとき、仕事の用件みたいだったら、大体が仕事の用事なんですけど……

——それってつまり、あの電話がちゃんと使えるっていう意味？

——ええ、あ、あれはまた違います、あそこには何かを掛けておいてください、ていうか、あれはテレビ電話なので、誰かがお風呂に入っていたりすると、電話番号はそこに書いてあります、ピスカターさんに電話するように伝えてください、弁護士です、別の番号もそこに書いてあります、レヴァさんという人、もしもエレボスという映画会社に関して彼から電話があったら、ちょっとこの箱を持つのを手伝ってもらえませんか、これ、僕……

——おい、バスト、俺はおまえのためなら何でもやってやるつもりだが、畜生、今、二分だけ座って何がどうなってるのか説明することもできないのか？　ビジネスだとか、配当金の小切手だとか、一体何が……

——小切手は製氷皿に入ってます、はい、それを現金に換えて、彼女に渡してもらえませんか、出張から戻ったら全部説明します、あ、それから、アルには絶対、電話に出させないで、彼は……

——アルって誰、待って、なあ、いつ戻る、一体今からどこに行くんだ？

——ちょっと、ちょっと約束してしまった用事があって、ギブズ先生、僕、それを片付けないと、ちょっとこの扉を持ってもらえませんか……

——ああ、うん、でも、聞いてくれ、バスト、他にも話したいことがあるんだ、やれやれ、それは補聴器？

——ええ、いえ、その話はローダから聞いてください、失礼します、ありがとうございました、ギブズ先生、行ってきます……

——行って、行ってらっしゃい……彼の体重と扉の重さが拮抗し、やがて扉が音を立てながら元の位置に収まった。——やれ……やれ。

——ねえ、流し台の横にある赤いカップを一つ取ってくれない？

——グレープジュースが入ったやつ？　なあ、一つ訊きたいんだけど……

——それをあたしに掛けてくれないかな、てか、泡立ちパワーがめちゃすごいんだよね、一緒に入る？

——一緒って、バスタブに？

——バスタブ以外にどこに入るっていうわけ……

——いや、あの、ローダ、俺がここに来たのは仕事をするためなんだ、バストが一人でここに閉じこもって作曲をやってるんじゃないかと心配だった、そうしたらこの有様、あんなに具合の悪そうな顔をしているバストは見たことがない、あんなに具合の悪そうな人は他にも見たことがない、あいつが耳に入れてた補聴器は一体何なんだ。

——あれは耳掛け式の小型ラジオ、てか、副業のための道具、ラジオ局が流している曲を全部メモしてるの、ミュージシャンが著作権料をごまかされないようにするために……

——でも、何、それが副業なら本業は何、ていうかあいつ、常に耳ではラジオを聞きながら作曲をしてるのか？

——今、作曲してるのは四百ドルを手に入れるための音楽、そのお金を使って別の曲を作りたいんだって、てか、ピアノを弾いて曲の雰囲気を確かめようにもどこかのホテルみたいな場所に行かないとそれができないらしいよ、てか、ここでも試し弾きしようとしたんだけど、ピアノの鍵盤が一部分しか使えなかったの、てか、そうやってるうちにまた新しい荷物が届いて、ピアノの上に積んだりしてたら、もうくそピアノがどこにあるのかも分かんなくなっちゃった。

——分かった、でも、そのことと何の関係があるんだ、やつの、そのビジネスとやら、ＪＲ運輸会社とか何とか……

——それが副業、副業の副業、てか、まずそこの郵便を見てよ、全部で五十社くらいあるんじゃないかな、電話がかかってきたってどこからだか分かりゃしない、ねえ、ちょっと手を貸してくんない、バスタブから出るときに足が滑りそうだから。

——ああ、いいよ、でも……彼は咳払いをして、——気を付けて、さっき彼が言ってた弁護士、ピスカターってやつは……

——それは会社が雇ってる弁護士、ねえ、体を拭くからそこのシャツを取ってくれない？　それと、彼の上司《ボス》からも電話があるけど、あんなにキモい声は聞いたことがない、そこのモカシンをこっちに投げてくれない？

——ああ、なあ、よく考えてみると、俺がそんなことを訊くのは余計なお世話だったかも……

——てか、その上司《ボス》、電話をかけてくるたびにいろいろな用事を言い付けるから、とてもいちいち覚えてられ……

——分かった分かった、訊いたのが間違いだった、俺はここに仕事をするために来たんだから……

——じゃあ、さっさとやればいいじゃん、誰も邪魔してないんだし、てか、何しにそこに登ってるわけ……

——探しもの、青いフォルダーを探してるんだ、それとメモを入れた箱、トゥッツィーロール*の箱、表にトゥッツィーロールって書いてある、見たことは……

——青いフォルダーならどこかにある、前に見たことがあるけど、トゥッツィーロールの方は、てか、掘り返したら出てくるかもしれないけど、危ない！　そうなるのよね、雪崩が……

——畜生……

——てか、生き埋めになる前にこっちに来て、約束通り、この小切手を現金にしてくれないかな？

——おい、俺はそんな約束……

——てか、百万ドルの小切手ってわけじゃないんだよ、てか、あんたの足元、そのレインコートをこっちに投げてくれない？

——分かった、ちょっと、待って、このフィルム缶を持ってくれ、そうしないと、ほら……

——小切手は冷蔵庫の中、てか、あの人はいつもそこに……

——うん、でも、待って、何、やれやれ、何だこれは……

——全部、投資関係の文献《リテラチャー》、てか……

——いや、これ、このキエフ風チキンカツレツ、昔から伝わる宮廷料理の定番か、ここから滴が出て一面べとべと……

——それは彼のところに届いたプレゼント、要冷蔵って書いてある、てか、製氷皿の中を見てみて。

——でも、これ全部？ これを全部現金にしろっていうのか、USスチール、何これ、四十セント？ 国際製紙、四十三セント、何これ、一株ずつ？ ゼネラルテレホン、四十セント、タイフォン・インターナショナル……

——てか、あたしに訊かないでよ、とりあえず全部合計してくれる？

——コロンビアガス、四十七、エルパソ天然ガス、銘柄に統一性が皆無だな、ウォルト・ディズニー……

——それから、それとは別に、ソファの下に四十五セントがある……

——ウェスタンユニオン、これ、裏書きがないじゃないか、ていうか、こんなもの……

——え、裏にサインがないってこと？ じゃあ、あんたがサインしておいてよ、×印*でもいいからさ、たかが三十セントのために何よ、アブラハム・リンカーンのサインでもないといけないわけ？

——一ドル八十セント、二ドル十セント、二ドル三十セント、ほら、全部まとめて五ドルやるよ、ほら……

——五ドル？ てか、買い物行くから、タクシー代が要るんだけど。

——今？ その格好で？

——その格好って何、てか、透けて見えるとでも？

——いや、でもそれ、凍えるぞ、パンティーはあそこに掛かってる……

——パンティーをどうしろっていうわけ、メーシーズ百貨店に返してこいって？ それと、あんたの服も見つくろってきてあげようか、あんたのスーツ、昔の映画から飛び出してきたみたい、今日は大売り出しらしいから、あんたにも何か……

——売り出ししてたって手持ちが五ドルなら一緒さ、けど、メーシーズに行くのなら……

——人混みよ、人混み、安売りしてるからお客さん百人に対して店員は一人、しかも店員は客をじろじろ見ないように教育されてる、てか、ねえ、あんたの探してる青いフォルダーってあそこにあるやつのこと？ 違う、冷蔵庫の向こう、コーンフレークの箱の上……

——何でこんなところに、うん、これがなくなったら俺は本当に、何だこれ、一体これは……

——ああ、うわ、てか、その上に冷凍ピザが置いてあったから……

——冷凍、冷凍ってどういう意味、チーズとトマトとでべとべとじゃないか、畜生、そこのシャツをこっちに投げてくれ、畜生、まったく、畜生、君もバストもここで寝泊まりしてるのなら、少しは……

——何よ、少しは何、てか、バストはさっきあんたに家賃を渡してたじゃないの？ それにあんた、彼に対する態度もずいぶんと無礼だったし、てか、前にあんたに会ったとき、あんたがこの部屋に来た晩だって、酒の瓶を振り回して、靴は片方しか履いてなかった、それが今日は別人みたい、てか、まともな人みたい、ね？

——ああ、うん、聞いてくれ……

——てか、自分はどこからともなくふらっと現れておいて、トゥッツィーロールを探す間、おまえらはじっとしてろって失礼な話、チーズとトマトまみれになった大きなフォルダー、戦争と平和みたいに分厚い紙の束、てか何……

——いいか、それは、それは、いいか……彼は手をぬぐい、〝十二オンス瓶二十四本詰め、割れ物注意！〟の上に腰を下ろした。——この本の執筆を再開する機会が来るのをずっと待ってたんだ、ようやくそのチャンスが来た、以前書いていたときは、特に仕上げる必要性を感じてなかった、書きたいと本気で思うほどの情熱もなかった、でも今は違う、だからこうして、だから俺は今、畜生め……彼は膝立ちになって、手を伸ばした。

——もしもし、はい、はい、誰……？ 待って、おたくは誰、何の用で……ムッシュ・バスト、ああ、いや、カレハルス《イルネパラ*》……

——シッタコトカ《ジュメンフー*》って言ってやったらすぐに向こうから電話を切るよ……扉がガタガタといい、ぶら下がった。——ほんじゃあ、出掛けてくるわ。

——ナンデス《コマン》……？ ワルモノチョウカン《ルコミッショネルドゥマルウィ》？ ナンデス《コマン》？ クニノナマエデスカ《セストンペイ》……？ はい、分かりました、オーケー《ボン》、間違えただけだ、畜生、ヨウケンハ《ケスクヴー》……ダレ《キモワ》？ ワタシハ《モエジュシュ》、うーん、ワタシハ《ジュシュイ》カレノジョシュ《ソネイデ》、ハイ《ウィ》、バストサン《ムッシュ・バスト》ハイマフザイデスガ《エパルティメイジュ》……イソギノヨウジ《ユルジュン》、ハイ《ウィ》、デハワタシガ《メイジュ》……ドノカタログ《ドゥケルカタログ》……？ アカトミドリ《ルージェヴェール》、ナンノ《ドゥクア》？ レイーX？ ここにはないみたいだ、いや、ココニハナイ《ジュネ》……イソギデスネ《クヴゼットプレシ》、ハイ《ボン》、カレガモドッタラソウツタエマス《ジュルディレオムッシュコンディレ》……あ、はい、あの、キイテ《エクテ》、畜生、どうしろって言うんだよ、ヨウケンハ《ケスクヴー》……ナンデス《コマン》？ オカイドクデス《ドゥボネヴァン》、ハイ《ウィ》、デモ《メ》、ていうか、スベテオカイアゲ《アシュテトゥ》……？ ハイ《ウィ》、はい、カカクハオウダン《プリコンヴェヌ》、デモ《メ》、シカシザイコヲゼンブオカイアゲデスカ《ルランヴァンテアトゥタンティエ》……？ イチドニゼンブ《トゥタランスタンメーム》、はい、調べてみます……ダレ《キモワ》？ ワタシノナマエハ《ジュマペル》、うーん、ハイ《ウィ》、ワタシノナマエハグリンスパン《ジュマペルグリンスパン》、ハイ《ウィ》、ミスター・グリンスパン《ムッシュ・グリンスパン》……ハイ《ボン》、デハマタ《シヴー》……アトデ《プリュター》、ハイ《ボン》、ドウイタシマシテ《パデクワ》、やれやれ……

彼は手をぬぐいながら山を下り、斜めになった扉をはめ直してから、流し台の奔流でシャツの裾を濡らし、ソファに移動して青いフォルダーの表面を拭いた。——ここでは何一つ仕事なんて……座って紙を開き、余白を拭き、手を止めて、——望むらくはすべての読者《ろくしゃ》が……彼は咳払いして、——望むらくはすべての読者がこの歴史から警告を受け取り、時の翼に進歩の印を刻まれんことを……彼の両足が全米会社年鑑の上に載った。――巧妙で繊細な分別という病んだ亡霊に追い立てられたフランク・ウルワース*が逃げ込んだ場所は、待てよ……彼は手を伸ばし、短くなった鉛筆を掘り出した。――巧妙で繊細な分別という病んだ亡霊に追い立てられた挙げ句、彼にとっての最善が住人にとっての充分であるようなペンシルベニア州ランカスターという町に逃げ込んだフランク・ウルワースは、十セントの品をずらりと並べることで成功を確かなものとした。それは彼の頭の中では、十セント分だけ民主主義が向上することを意味していた。同様の思想は当時、あらゆる場所で見られた。アリストテレスの講義メモにおいて、人はあらゆる面で同等であるという孤独者の妄想と見なされているその考えは、いい感じじゃないか、全然難しくない。蒸気の警笛で目を覚ました民主主義は、科学技術を貪欲に取り込みながら、いや、待てよ、蒸気の警笛で目を覚ました民主主義は、人間が犯す失敗を内在的な瑕疵《かし》に帰する科学技術を後押しした。そしてアメリカは、実用性の追求が必ずしも自由で崇高な魂を生むことにはつながらないとする、かの哲学者の主張に正面からあらがう形で繁栄を見た。芸術は一八九〇年代までに治療法という装いでハルハウス*に避難し、いや、一八九〇年代までに芸術は、治療法という装いでハルハウスに現れていた。変わることのないスペンサーの法則を発見し、「さっさと事実を示せ！」「反駁できない事実を示せ！」と大声で唱えるジャック・ロンドンのような人から逃れられる場所はそこしかなかったからだ。よそではまた、文学に分類されている言葉の奔流が『街の女マギー』*を踏みつけにした。ジョン・デューイはまず自然との触れあいを探ったが、待てよ。よそではまた、いや。またよそでは文学に分類されている言葉の奔流を……短い鉛筆が線を引き、矢印がトマトの染みを迂回して、――十年前に出版してたらどうなってたか、畜生、とにかくタイプで清書しないと、たばこはどこだ……彼はポケットを探った。――「さっさと事実を示せ！」、これじゃあまるで、ていうか、これがスペンサーの法則みたいじゃないか？　変わることのないスペンサーの法則を発見し、大声で唱える、畜生、誰もスペンサーがそんなことを言うとは思わない、「さっさと事実を示せ！」、こんなことはくどくど書くまでもない。さて……煙が上った。――よそでは文学に分類されている、いや。これらはよそでは文学に分類されており、そうしたものが『街の女マギー』を踏みつけにした、ここは能動態か、他の事象とあいまって、いや……煙が上り、たばこは最後にエンチラーダの中に落ち、彼の頭は後ろにもたれた。――そうしたものが……

煙は斜めになったブラインドから〝一ポンドH－O、二十四個入り〟と〝燃えない、煙も出ない、においもない〟の上に差す光の平面を漂い、製本された音楽速報の高原を横切り、〝預け金がない場合《ノー・デポジット》、返金はありません《ノー・リターン》〟に登り、時計の弧でつまずいた。そこでは長い針が短い針を追い、抜き、下り、消えた。彼は急に体を起こし、――畜生、この部屋じゃ落ち着いて何もできや……と〝二枚重ね二百枚三十六箱入り〟を通り過ぎて、――もしもし……？　いません、はい、バストさんは今朝こちらを発ちました、そちらは……グリンスパンさん？　いえ、彼もいません、はい、そちらは……ああ。ああ、そうですか……？　それで、グリンスパンと直接話したと言ってたんですか……私にはよく分かりません、はい、ピスカターさん、実を言うとその、うーん……いえ、いえ、フランス語です、はい、私も先方と話したんですが……私が？　電話で応対したのはグリンスパンです、はい、私は別の用事でここに来ているだけです、ここなら落ち着いて仕事ができるかと……私はバストさんの手伝いをしているだけです、はい、たまたま電話を取っただけで……ラジウム？　いえ、そんな話は……ああ、ロジウムの話は出ませんでした、ええ、X線装置《レイ》のカタログがあると言ってました、赤と緑のカタログ、在庫を全部買いたいと……レイ－X、そうでした、はい、赤と……在庫は全部、古いもの？　それについて質問はありませんでした、気にする様子もありませんでした、細かな仕様も読めてないんじゃないかと思いましたけど、値段しか読めないような口ぶりでした、すぐにでも……値引きをしてほしいという話もありませんでした、とにかくすぐに欲しいとかで……カタログに載っている分、はい、載っている分を全部、カタログ掲載商品、在庫は全部売りました、すぐにでも手に入れたいということで、ただ、どこに行けば受け取れるのかと……どこの倉庫ですって……？　分かりました、はい、そう伝えます、失礼します……どういたしまして、はい、失……は？　いえ、いえ、バストさんがその話をしていました、レヴァさんから電話があるかもしれないって、でも、細かいことは聞いていません、今朝、ひどく慌てて出掛けていったので……ええ、はい、あの、私も今忙しいので、できれば……すみません、はい、でも、そういう込み入った話は……誰、B・F・レヴァ？　最低の映画監督……いくらの赤字ですって……？　つまり、おたくの会社の赤字見込みがそんなに……誰です、バストが？　いえ、繊維会社の節税効果に意味がなくなるとかいう話は何も聞いてません、待って、いいですか、ピスカターさん、その話は結構です、私は今別の仕事をやっている最中で……ええ、私は……分かりました、はい、五つのスタジオがあって、簿価はいくら……え、維持費だけでですか……？　分かりました、じゃあ、全部をまとめて、維持費に使っている二百五十万ドルの現金支出をやめてしまえばいい、いちばん大きなスタジオだけ残して四つを簿価よりずっと安くで売り払う、例えば二百十万ドルで売る、そうすれば税額控除が約四千万ドル、レヴァがこの調子で赤字を出し続ければ……問題は株主のリストを手に入れること、一株当たりの簿価を百六十八ドルとしておけばいい、大事なのは取引が活発なこと、株主たちはきっと損失に目を光らせてる、でも、私は全体の話をよく知りませんからね、何も責任は……無理です、はい、さっきも話しましたが、私は別の仕事をしているので……バストさんの手伝いです、はい、でも彼からそんな話は全然……その話は聞いてません、畜生、あのですね、ピスカターさん、助言はしてるじゃないですか、でも、別の仕事をやっているところなんです、今ちょうど……いつ終わるかなんて分かりません！　さあ、そろそろ……どういたしまして、はい、失……分かりました、はい、失礼。

彼はぶつぶつとぼやきながらたばこを掘り出し、火を点けてからソファに腰を下ろして、――四千万ドルの税額控除だと、畜生、おとなしくここで作曲をしてるものだと思ってたのに、一体全体あいつは何を、どこまで進んだんだったかな……彼はフォルダーを拾い上げ、エンチラーダの缶をムーディーズの上に置いて、――こんなところじゃ仕事が一向にはかどらん、くそ電話なんて鳴っても取らなきゃいい、ワイルドはベルンハルト夫人が彼と同じく不格好な黄色いレインコート姿で写真に収められたという事実には慰めを覚えたものの、アメリカほど機械が美しく感じられる国は他にないと感じていた。彼は昔から、強さと美しさが同じ種類のものだと信じたいと思っていた。アメリカでさまざまな機械を目にしたとき、その願いが叶った。シカゴで揚水ポンプ場を見たとき初めて、私は機械の驚異を実感した。上下する鋼鉄の竿、対称的に動く巨大な歯車。それは今までに見たことがないほど美しくリズミカルなものだった。ここに分かりやすく示されているワイルドの美的経験は、人間は絶対に自由であり、完全に平等であるという主張と並行するものである。この巨大な歯車の対称的な動きが人を同質化し、いや、いや、待てよ、ここに分かりやすく、待てよ。より審美的でないレベルにおいて、ワイルドの経験は、畜生、並行している、並行するものである、待てよ。より審美的でない例で言うなら、そうした対称的な動きは、動きは、いや、いや、別の場所だ。別の場所では、そうした対称的な動きは……彼は灰をエンチラーダに落とし、全米会社年鑑の上で左右の足をこつこつとぶつけた。人間は絶対に自由であり、完全に平等であるという主張と並行するものである、この巨大な歯車の対称的な動きが、対称的な動きが、畜生、対称的な動き……彼はそこに座ったまま足でリズムを取り、――一体全体、出典はどこだ……彼はギターのネックをつかみ、つま弾き、しっかり持ち直して和音を弾き、――あいつのじゃないな、チューニングが完全に狂ってる……彼はギターを抱え、弦を一本ずつ弾いてねじを締め、――持ち主は音痴か……彼はつま弾き、和音を鳴らし、ねじを緩め、一本を弾き、和音、一小節を演奏し、――グラナドス*の曲はどんなのだったかな……彼は一からやり直した。そしてまた一から。長針が〝預け金がない場合《ノー・デポジット》〟からそっと現れ、短針を追い越し、秒針がその両方を追い越して〝返金はありません《ノー・リターン》〟に消え、また現れ、また消えた。――さっきはいい言葉が浮かんでたのに、畜生、ここで仕事をしようとしたって一向に……
彼は〝二枚重ね二百枚〟を通り過ぎて足を踏ん張り、手を伸ばして、――もしもし……？　いえ、待って、私は……待って、違います……あの、私はバストさんじゃありません、彼は留守です、今……ランチ？　でも……それは残念、はい、でも……ええ、あの、プイィフュイッセとサーモンのムースですか、それなら注文する前に電話をしてくれればよかったのに、バストさんは出張で……スイートルームにグランドピアノを用意なさったんですね、分かりました、彼に伝えます、失……は？　私？　いえ、ありが……はい、お誘いありがとうございます、でも……いえ、今日のランチは先約がありまして、今から出掛けるところなんです、失……はい、分かりました、オ・ルヴォワール……彼は慎重に腰を下ろし、――こんな生活、大変だな……彼は赤いカップを拾ってバスタブの奔流ですすぎ、流し台の奔流でそれを満たしてティーバッグを入れ、ムーディーズの上にカップを置いてたばこを探した。――次はまた何が起こるか分からない、簡単な一文くらいは片付けてしまおう、どこまで進んだかな、これは十年前に出版してたら本当に、ここだ、失望した、と、ここに分かりやすく示されているのは、この美的、いや、待てよ、ここはどうしたっけ、別の場所、そうだ。別の場所で直接にさまざまな機械の驚異と親密に接したことは、人間は絶対に自由であり、完全に平等であるという主張と平行、並行するものである、この巨大な歯車が人々の間にある差異を均質化し、やがて、畜生。より高尚でないレベル。より高尚でないレベルにおいて、直接にさまざまな機械の脅威と、驚異と、畜生、畜生……！　彼はカップに手を伸ばし、――何か食わないと、ムーディーズの上に戻すときにカップを倒し、――何か食わないと、エネルギーが要る、たばこはどこに置いたかな。さて。より高尚でないレベルにおいて、そうした対象、対照的、対称的な動きは……彼の頭が戻り、視線が〝二枚重ねフェイシャルティッシュ黄色〟を登り、斜めになったブラインドから面状に差す太陽の光を突き抜け、そこに立てかけられたバルドウングに留まり、――そうした対称的な動きは……そして火を点けられないまま唇からぶら下がっていたたばこが下に落ちた。

――**ヨーロッパの香り漂うマウスウォッシュ……**

――何だ……彼は急に体を起こし、正面から顔に差す太陽の光を手で遮った。

――**あなたの個性を光らせます。お口にいいこと……**

――個性を光らせるだって、畜生、個性なんてとうの昔に死滅してる……彼は立ち上がり、――たしか今、たしか今、玄関に誰か……？　彼はバスタブの奔流の前を通り過ぎて、――ここじゃあ一分間休むことさえできないのか、はい？

――バスさん……？

――ちょっと待って……彼は扉を開けて――うわ、何なん

だ！　彼の目は、胸元が大きく開いた服に釘付けになったまま、

——留守、彼は留守、何……

——エレボス映画社の依頼、ここに来て、バスさんのお相手をしろって言われたの、だから来た。

——あ、ああ、分かった、けど……

——いないわけ、バスさんは？

——ああ、今は、でも、そんなことより……

——あたし忙しいんだけど？　いつ戻る。

——分からない、けど、待って、待って、どこかで見たことのある顔だ、そう、引き出しの中、男のシャツが入った引き出しの中で見た*……

——馬鹿言わないで、引き出しの中に入ったりしたことない、バイバイ……

——そりゃそうだ、しかも口髭が生えてた、うん、前に見たとき、君は口髭を生やしてた……

——どうかしてんじゃない、バイバイ……

　彼はたばこを掘り出し、火を点けてから、扉を閉じ、——まさか今の、畜生、何てこった……ちょうどバスタブを越えたところで、——今度は何だ、畜生……彼は足を踏ん張り、——もしもし……？　待って、　誰……ああ、　ハイ《ウィ》。ハイ《ウィ》、カンリョウシマシタ《セフェイ》、ゼンブ《トゥ》……ザイコハゼンブデス《ランヴァンテアコンプレ》、ハイ《ウィ》、カタログニアルモノハ《メムクダンルカタログ》、ソノ《セ》、倉庫にある、畜生、倉庫って何て言うんだ。ヒューストンノミナトニアズケテアル《デポゼオポルドゥヒューストン》……チガウ《ノン》、チガウ《ノン》、ツマリ《コム》、ヒューストン《ユーストン》、テキサスノ《アンテクサス》……ナニ《コマン》？　いや、イヤ《ノン》、ソレハシュウ《セトゥンエタ》、テキサス《テクサス》……ハイ《ウィ》、ホカモゼンブ《トゥレステ》、うーん、ジュンビカンリョウ《プリペ》……オカネ《アルジョン》、ハイ《ウィ》、シハライホウホウハ《オンプペィエラ》……エエ《ラ》、ハイ《ウィ》、テキサスノ《アンテクサス》、オタクノキボウガ《メムシヴ》……おいおい、キケ《エクテ》、畜生、とにかく金を払え、そうすれば送ってやる、送る用意はできてる、ジュンビカンリョウ《トゥプリペ》、ハイ《ウィ》……どういたしまして、はい、ドウイタシマシテ《パドクワ》、ミスター《ムッシュ》、一体全体何がどうなってるんだ、どいつもこいつもやけに興奮しやがって……


——**いちばん大きな貯蓄銀行にぜひお預け入れを……**

——何てこった、俺の体がアンテナみたいになってるじゃないか、ここにいるとちょうど電波が……彼がしゃがみ、〝一ポンドH－O、二十四個入り〟を山から引き出すと、そこに隠されていた割れたガラスのようなものが床に落ちた。——一体何だこれは……彼はそれを拾い、光にかざし、また別の一枚を光にかざし、——シマウマの写真なんて誰が撮った、畜生、これを片付けないと……彼はフォルダーに手を伸ばし、H－Oの上に身をかがめ——このシンプルな一文を片付ける、たった一文。ここに分かりやすく示されているのは、いや、より高尚でないレベルにおいて、こうした対称的な動きは、畜生、うん、畜生、元のままで何がまずい。ここに分かりやすく示されているワイルドの美的経験は、人間は絶対に自由であり、完全に平等であるという主張と並行するものである、いいじゃないか、何がま

ずいんだ、人々の間にある差別、差異を均質化し、声に出して読むために書いた文章じゃないからな、人々の間にある差異を均質化し、やがてホレイショー・アルジャーが亡くなる頃には、機械を扱うのはもっぱら子供ばかりとなり、そこら中におんぼろディック*がいた。当時は、十歳から十五歳の子供、七人の一人？　のじゃなくて、にだな、七人に一人が賃労働に従事していた。アメリカ合衆国陸軍の三十倍の人数だ。カートライトの力織機の改良と、缶づみ、缶詰機械の進歩と、ガラス、問題はくそ、やがてだ。人々の間にある差異を均質化し、やがて、待てよ、縮める、縮めるを使おう。差異を縮め、やがて機械を扱うのはもっぱら子供ばかりとなり、そうだ、カートライトの力織機の改良と、缶づみ、缶詰機械の進歩と、ガラス産業の進展によって、百九十編の物語でアルジャーが描いたような労働を、莫大な数の子供たちが等しく強いられることとなった。彼らはまさに、美徳は常に富と名誉によって報いられると教え込まれ、そう信じることで心慰められた世代であった、いいじゃないか、何も問題ない、十九世紀は上昇を志向する人類の歴史において最も魅力的な一章であったと、時代の生き証人の一人、ニューウェル・ドワイト・ヒリス牧師*も述べている。ニューウェル・ドワイト・ヒリス牧師なんて一体どこで見つけてきたんだ、まったく、出典をいちいちチェックしていたらとても、メモを探さないと駄目だな。史上初めて、政府、発明、芸術、産業、宗教などが貴族のみでなく、万人に奉仕したのである。数千万の人々が上昇志向の行進に加わり、一体どこが問題だ、全然難しくない、どうしてどいつもこいつも口をそろえて難しいなんて言うんだ。そして、その数千万人が行進の先にある世界を目にした、いや、行進の先に見た世界は、マーク・トウェインがガラスの目を通して見た暗い世界と同じだった。片目の男、片目の男たち、いや。そして、その数千万人、その数千万人が……彼は前屈みになってスライドを一枚拾い、──こんなにたくさんのシマウマは見たことがない……そして別の一枚を拾い、さらに別の一枚、最後にはスライドを山ごと掻き寄せ、再び〝燃えない、煙も出ない、においもない〟にもたれ、暗くなっていく光に一枚一枚それをかざした。──アンテロープ、エランドかな、こんなスライド、どこから持ってきたんだ……

　先を行く短針を長針が追い、〝返金はありません〟の中へと消えた。──畜生！と彼は体を起こし、──どこまで行ったかな。そして、その数千万人が、そう、そして、その数千万人が行進の先に見た世界は、片目の男、片目の男たち、いや。そして、その数千万人が、鉛筆はどこだ、きっとまた三年か四年したらここも明確にしないといけなくなる、三千万か四千万……余白に図形が現れ、──だけど、どれだけたくさん発行された株なんだ、数が分からないと……彼はしばらく足でリズムを取っていたが、急に体を起こし、〝カー〟*の下に鉛筆書きされた番号を見つけ、ダイヤルを回した。──もしもし？　ピスカターさんはそちらに……はい、私はグリン、ピスカター？　聞いてください、はい、いいことを思い付きました、エレボスの……誰の話です？　どこのボス、おたくの？　ここに？　いえ、私はここのボスのことは……マスコミに発表する声明って、そんなものは読んでません、私はそもそも……いえ、今朝も話したでしょう、何かをリースするなんて話、バストさんからは聞いてない……いいですか、その小委員会の話もまったく聞いてません、レイ－Xの在庫、物が何なんだか知りませんけど、今晩受け取りに来るそうです、支払いは現金で……その件も知りません、いいですか、今電話したのはエレボスの……集団訴訟《クラス・アクション》、いえ、そんなことは言ってませんでした、今電話したのはエレボスの件でいいアイデアを思い付いたからです、ちょっとの間、話を聞いて……レヴァ、いえ、レヴァから電話はありません、少し前に母の日のプレゼントを送りましたけど……じゃあ、もういいです、はい、忘れてください、失礼、お邪魔しました……分かりました、じゃあ、少しの間、話を聞いてもらえます？　エレボス社が普通株を何株発行しているか、ご存知ですか……？　いえ、でも……株の簿価は百六十八ドルです、はい、でも……いいですか、株主のリストを一人ずつ確認していくのは時間の無駄です、それよりも手っ取り早く、一株当たり八十五ドル、九十ドルで買い取りたいという希望を出すんです、そうすれば値崩れする、損失が出てるという噂が広まってますから、少数株主はおびえて、株を売ってしまおうとあなたのもとに殺到しますよ、ひょっとすると五十ドル、六十ドルまで値が下がるかもしれない……誰、レヴァ？　どうして彼が、大きなスタジオは残すんでしょう？　彼には勝手に駄作を作らせておけばいい、おかげで会社としてはたくさんの税額控除を……どういたしまして、はい、失……クローリー、いえ、クローリーとかいう名前の人から電話はありません、失礼、私は……いいですか、お手伝いしたいのは山々ですけど……いえ、私……いえ……知りません、はい、さあ……いえ、いいですか、私……いいですか、さっきも話しましたけど、そのローンの話は知りません、議決権信託*の噂だか何だか知りませんが、ピスカターさん、私は今、大事な仕事に取り掛かってるんです、だから……は？　分かりました、はい、じゃあ、短いものであれば伝言を預かりますよ、何……はい、香港からセーターの輸送、何が……え、過積載……？　飛行機を飛ばす用意はできてるとパイロットが言っているなら、過積載だろうが何だろうが……ああ。保険会社に追加で払う掛け金が儲けよりも多くなりそう、なるほど、彼にはそう伝えておきます……いえ、私……いえ、さっきも言いましたけど、私は……それと何……？　いえ、彼がいつ戻るかは知りません……いえ、ちょっと待って、聞いてください。手間を大きく省く方法を思い付きました、あのですね、香港の工場の近くに、ただでニューヨークまで行きたいと思っている女の子がきっといると思います、そんな子を一人見つけて小遣いをいくらか渡す、セーターの小売価格は合計でいくら……結構、それで会社を受取人として女の子に二十五万ドルの保険金を掛ける、墜落した場合に備えての保険、そうすれば……いえ、どうってことありません、どういたしまして……どういたしまして、はい、失……はい、失礼します！　畜生、隙を見せたらどんどん付け入ってくる、何を探しにここに来たんだっけ、辞書だ……

　山に登ろうとして〝マゾーラ食用コーン油一パイント缶二十四個入り〟に足を掛けると、フィルムの缶が崩れた。――この分だと、箱の中身を全部確かめないと駄目だな……しかし彼は、天地無用の箱で手を休め、いちばん上の本を取り出してそこに腰を落ち着け、のんびりとページを繰り始めた。やがて彼は頭上の電球に手を伸ばし、時折、たばこを探し、フィルム缶を灰皿に使い、ゆっくりとページをめくり続けていたかと思うと、急に起き上がり、一四九ページに空《から》になったたばこの箱を挟んだ。――やつにこっちから電話をかけるんじゃなかったな、グリンスパンは青酸を飲んで自殺したことにしよう……彼は〝クイッククエーカー〟の上に体を乗り出して、――もしもし……？　何……？　答えはジョン・アダムズ*、うん、それがどうか……え……？　あの、俺はそんなもの……おい、畜生、無料のダンスレッスンなんて要らない、余計なお世話だ、失礼！

　秒針が〝預け金がない場合《ノー・デポジット》〟から上がり、何もない弧を半周して〝返金はありません《ノー・リターン》〟に消えた。――そうこうしているうちに日が暮れたじゃないか……彼はH－Oの上に沈み、青いフォルダーに手を伸ばした。――たばこがない、そんなはずは……彼はまた立ち上がり、ポケットを探って、――何か食わないとな、外に出掛けるか、まあ、夜の方が仕事がはかどるだろう、昼は邪魔が多い、あの女もまだしばらくは戻らないだろう、畜生！　彼は〝クイッククエーカー〟に戻り、手を伸ばしてダイヤルを回した。――トムか？　うん、聞いてくれ、俺は……九十六丁目だ、うん、聞いてくれ、ここには電話があるってことに今気付いた、前にも言ったが、あの女にはおまえの家の番号を教えてある、だから今度、彼女から電話があったら……いや、彼女がまだ戻ってきてないのは分かってるが……え、バストがここに電話を設置したことを知ってたのか……？　いや、待て、おい、もしも今そんな手続きをしてるんだったら、おまえにかかってくる電話も全部ここに転送するようにしたらいいじゃないか、今何かトラブルがあったら俺はもう……今日は一日、何も食ってない、たった一文を仕上げることさえできてない、玄関に人が来たり、いろんなところから電話がかかってきたり……いや、ちょっとだけやつの手伝いをしてやろうと思っただけ、あいつは副業を二十個くらいやってるんじゃないかな、今朝までここにいて、両腕いっぱいに楽譜とインディアンの頭飾りを抱えて出て行った、俺は本当に集中して仕事がしたいんだ、俺は……いいよ、ああ、今すぐおまえに読んで聞かせてやってもいい……え？　ああ、いや、うん、正確に言うと、執筆をしてたってわけじゃない、うん、タイプが見つからないんだ、シュラムのタイプをここに持ってきたはずなんだが……最初の部分を見直してる、うん、聞きたいなら今読んでやってもいい……ああ、分かってる、トム、でも……たしかにもう何度も聞かせたことがある、うん、でも少し変更したところがあるんだ、だから……たしかに俺はそう言った、だけど……いいか、それは分かってる、でも畜生、メモがないと出典が確かめられない、今日だってメモを探してたら半日がつぶれた、部屋中いろんなものが山積みになってて、まるでカフカの……最後に送った荷物？　まだ届いてない、うん、あれはシュラムのところに送り返すんじゃなかったのか、ここはもう置き場所が……いや、今から食事に出掛けようと思ってたところだ、俺も体調が悪くてな……本当か？　どの歯だ……神経をやられてるんだろうな、それはどうしようも……分かるよ、ああ、それだと何にも集中できないよな……分かってる、ああ、それはどうしようも……分かってる、ああ、なあ、俺は出掛けないといけない、何か食わないと……誰がそんなことを、おまえの弁護士か、それとも向こうの弁護士……？　向こうの弁護士の金もおまえが払わなくちゃならないってか、それはそういう仕組みなんだ、どうしようも……いや、それは分かってる、出て行ったのは彼女の方だ、なあ、トム……あの子がおまえの息子だってことは分かってる、うん、でも……なあ、おまえは今後、責任だけを背負うんだ、親としての権威はなしで責任だけ、夜中に消防車で出動する消火係みたいなもの、俺はもう出掛けないと、トム、俺は……誰？　ああ、いかにもやりそうなことだな……ドイツ系の間抜けな出版屋だろ、知ってるよ、いかにもやりそうなことじゃないか、なあ、俺は何か食わないといけない、一日中ここで仕事をしてて、何も食ってない、夜の方が仕事がはかどるかもしれん、待ってくれ、いいか、例の電話のこと……ああ、彼女がそっちに電話をかけてくるかもしれない、何かがあったら、俺は向こうの電話を止めたから……分かってる、うん、なあ、俺は立派な歯根管を持ってる、必要になったらいつでも……二百ドルか三百ドル、どの歯かによるな、いつでも連絡を……分かってる、うん、いつかは治まる、じゃあな……

扉が開き、足で郵便の奔流が押し込まれ、最後に残されていたいくつかは廊下から蹴り入れられた。彼が扉を閉じると、落下する水の子守歌を遮るのは時折響く電話のベルだけとなったが、やがてまた扉が震え、開いたままちょうつがいからぶら下がった。サンダルの足音がパタパタとバスタブの横、〃二枚重ね二百枚〃の前を通り過ぎ、ソファの前にできた郵便の山に袋の中身が加えられた。動いていた人影はそこに腰を下ろし、静止した。

――による腫《は》れと痛みを素早く解消したいなら……

電話のベルが〃マゾーラ食用コーン油一パイント缶二十四個入り〃、〃預け金《ノー・デポジット》がない場合、返金はありません《ノー・リターン》〃、ムーディーズ、H-O、音楽速報、ランプの笠《シェード》、紙袋、アプルトン、〃一枚重ね白五百変わり種《ノベルティ》ロール〃とソファの上の雪崩に分け隔て

なく呼び掛け、やがて静まると、

――アスラカ開発はアメリカのご家庭に世界のエネルギーをたっぷりとお届けするため、昼夜を問わず働いています。アスラカはJR社ファミリーの誇り高きメンバーです。商品、サービス、皆様と交わす人類向上のお約束。JRならちょうどいい《ジャスト・ライト》。JR。アメリカの家庭を支えるアメリカの会社……

サンダルが暗闇からパタパタと歩きだし、空《から》になった郵便の袋がずるずると〝二枚重ね二百枚〟の前を通り過ぎ、扉の外に出た。バスタブに流れる一分当たり三ガロンと流し台に流れる二ガロンの水の音が、開いたままの玄関から廊下に響いていた。

――くそ玄関は閉めたはずなのにな、バスト？　誰かいるか？　あの娘の名前は、ええと、ローダ……？　彼は扉を閉じ、郵便を乗り越えてソファまで行き、紙袋を落とした。――邪魔が入らないうちに早いとこ仕事を再開だ、さっさと再開、畜生、十年前に出版してたらきっと、あれ、明かりはどこだ……と彼は穴の開いたランプの笠《シェード》を手に取り、紐を引き、たばこを求めて紙袋の中を探った。――さてと。どこまで、どこまで進んでたかな、ヘーパイストスの三脚器、違う、もっと手前、数千万、ここだ、くそ数千万、ここだ。その数千万人が行進の先に見た世界は、マーク・トウェインがガラスの目を通して見た暗い世界、何、どうなってるんだ、畜生……彼が手を伸ばしてランプを揺さぶると、再び明かりがともった。――マーク・トウェインがガラスの目を通して見た暗い世界と同じだった、うん、鋭い、これだ、うん、鋭い、その鋭い目が見据えていた暗い世界と同じ、畜生、鉛筆はどこだ、鋭い、畜生、畜生！　くそコンセントが緩んだか、まったく畜生め！　最低だな、また点いた、どこまで進んだ、一文を仕上げるどころか、これじゃあまともに一単語も先に進まない、畜生……長針が短針を追い抜き、弧が暗くなった。――今夜一晩で仕上げられたかもしれないのに、やっと静かになって、まさか、嘘だろ、おい、いいところなのに……彼は立ち上がり、――ひょっとして、まさか、彼女が帰国したのか……

彼は〝クイッククエーカー〟を通り過ぎて、――はい、もしもし？　どちらにおかけ……？　バスト、おい、畜生、バストさんはここにいない、一体……え？　バスト君から電話？　つないでくれ、うん、オペレーターさん、どこから……バスト？　一体どこから……おいおい、違う、アクロンがあるのはオハイオ州、インディアナ州じゃない、この夜中に何だ、一体何をやってる……いや、いや、構わん、電話してくれてよかった、どうせ俺も……え？　ああ、聞いてるよ、何だ……クローリーって人からの電話はない、うん、でも……待って、誰に何を話すのを忘れてたって……？　テープができたらすぐに彼に送ってほしいって、何のテープ……分かった、大丈夫だ、うん、ちゃんとやっておく、聞いてくれ、電話があったんだ、ピス……いや、いや、おまえの知り合いのピスカター、今日一日、何回も電話がかかってきた、おまえの会社の株が危なくなってるらしいぞ、レイ－X社と政府との間で結ばれた研究開発契約を担保に大きな借金をしたことが原因だそうだ、噂によると……問題はそこだ、いいか、俺はよく知らんが、今朝誰かが電話をかけてきて、在庫を丸ごと買って……いや、俺、グリンスパンだ、うん、グリンスパンがここに立ち寄って、電話の応対を手伝ってくれたときに、店ざらしになってた在庫を全部その相手に売るって話になって……今言おうとしてるのはその話、商品が何なのかさっぱり分からん、在庫としか言わなかった、レイ－Xにかかってるプレッシャーが少しましになるかもしれないとピスカターが言ってた、何かの上院小委員会が実現可能性に関する調査を始めるらしい、契約に対する費用超過のチェックだ、ピスカターはおたくの社長《ボス》に噂を否定させようとしてる、他の債権者たちがやつの株を議決権信託にしろと言いだすかもしれない、元の貸付を保護するためにな、新しい貸付は……ああ、畜生、バスト、俺はそんなことは知らん、だから訊いてるんだ、エレボス社との取引に間に合わせようとしているのかもしれない、税額控除のために赤字の会社が欲しいのかもな、噂によると、どこかの紡績会社が廃業して、損失の翌年度繰り越しができなくなるからだとさ、跡地は町の野球場と高速道路になるらしい……イーグル、そう、集団訴訟《クラス・アクション》が起こされる見通しだと言ってた、おたくの社長《ボス》が優先株を普通株に変えて会社の実権を握ったやり方が問題になってるそうだ、バスト、俺はよく知らんが……ここに電話はかかってきてない、ピスカターはマスコミに電話をかけて声明を読み上げてるらしい、おまえがどこかのインディアン保留地で手に入れようとしてる石油と天然ガスの採掘権貸借の件……ああ、畜生、バスト、俺だってそうさ、おまえはここでおとなしく作曲に取り組んでるものだと思ってたのに、こっちが訊きたいくらいだ、一体何を……いつか改めて説明をだって、結構、じゃあ、それまでの間どうすれば……バスト、畜生、いいか、俺の判断に任せるって何だ、何も知らない俺にどうやって……別に、おまえに腹を立ててるわけじゃないぞ、畜生、いいか、どういたしまして、でも、そんなことより……俺の仕事？　一日中、取り組んでるよ、ああ、順調だ、絶好調だ、俺は……プラスチック製の何？　よく聞こえない……待て、正午には誰の葬式に行くって、バスト……？　彼女は今、ここにいない、ああ、待て、葬式って誰の……ああ、分かった、畜生、待てよ、彼女……何？　待て、待て、バスが出るって何の話だ、バスト？　バスト……？　まったく、畜生！

彼が腰を下ろすとフィルムの缶がその後に続き、床に落ちて蓋が開いて中から飛び出したフィルムが目の前で陽気に転がり、Ｈ－Ｏで座礁した。彼は一瞬、そこに身を沈め、——片付けるぞ、畜生、今夜一晩で最初の部分を仕上げられたかもしれないのに……彼は穴の開いたランプの笠《シェード》の闇の下に手を伸ばし、ソファまで戻って毛布を引き上げ、奥から響く奔流と、もっと近いところから滴がしたたるように聞こえるラジオの声に耳をふさいだ。

——大事な家宝、その多くは名家の……

ついに光が差して、*何かの邪魔になるのを遠慮するかのように慎重にブラインドの板を一枚一枚に分け、吹っ切れたかのようにその幅が広がった。何も動くもののないその場所では、秒針だけが弧を巡り、やがて長針が〝預け金がない場合《ノー・デポジット》〟から上り、何度か失敗した後にようやく、短針を引っ張り上げた。

——怠け者の現金から生まれる儲けを有意義に使わず、ただどぶに流してしまうのはもったいない……

彼は肘を立てて体を起こし、——誰、誰だ！

——お届け物です……

——ちょっと待て……彼は毛布と格闘し、扉を開けて、——ダウンタウンからの荷物？　中まで運んでくれ、それで、ここ、バスタブの蓋を閉めて、この上に置いて。

——どういうことです、その上に置くって。

——上に置くんだよ、何か問題でもあるか、ここに置いてくれ……彼はバスタブの前を歩きながら蓋を閉めた。——俺は忙しいんだ、さっさと……

——窓の外を見てみてくださいよ。

——何、あのトラック？　あんなにでかいのは見たことないな、で、誰に届いた荷物だ。

——バストさん宛、ＪＲ社、トラックいっぱいの荷物です、これが送り状、伝票番号は三、五、九、七……

——何を言ってる、見せろ、おい、プラスチック製の造花が十万本、ここに置けるわけがないだろ、まったく、一体全体……

——だから今、そう言ってるじゃないですか、で、どこに置いたらいいんです。

——要らないんだよ、な、元あった場所に返したらいい、それか、待って、俺が電話する間、その辺を車で一周してきてくれたら……

——香港からの荷物ですよ、それにあの巨大トラックでその辺を一周しようと思ったら一時間はかかる、何でそんなことを……

——結構、結構、一時間でも二時間でもかけて一周してきてくれ、香港に帰ってもいいぞ、とにかく俺は要らん……彼は扉をつかみ、そのまま扉をちょうつがいからぶら下がらせていたが、やがて配管の走る暗い廊下から戻ってきて、明かりの中でトイレットペーパーの入った四角い箱を確認した。——「この調子で頑張ろう」、どこから来たんだこれは、バストのはずがない、でもバストに違いない……それは丸められて床に落ち、

——畜生、午前がまた半分つぶれた、ろくに何にも取り掛からないうちに……

　彼はティーバッグの浮かぶ赤いカップを手に移動し、それを赤いカップの横に置いて、ムーディーズの上にティーバッグを出した。——今日一日で目を通すぞ、畜生、仕上げないと、また昨日みたいなことになったらもう、どこだマッチは……彼はエンチラーダの缶を手の届くところまで引き寄せ、——どこまで進んだんだったかな、どこ、ジョン・デューイはまず自然との触れ合いを探った、待てよ、畜生、もう畜生、一ページ飛んでるじゃないか……彼はくっついた二枚の紙をはがした。——探った、紙がくっついてる、このくそチーズのせいだ、自然との触れ合いを探った、リアルな事物、それらを操作する実際のプロセス、それらの社会的必要性に関する知識、何て下手な文章なんだ、下手すぎて、途中で途切れてても全然気付かない。さてと。ウィリアム・ジェイムズは切り貼りしたコラージュを哲学にまで発展させたが、それと同じケンブリッジの家において、E・L・ソーンダイク*は地下室で実際に動物を扱って『動物の知性』という本を著し、現代の公立学校における教育評価《テスティング》の基礎を築いた。それは、例えば鶏の知的行動のように、自然から直接に得られた手法であり、反駁不能なものであった。それに比肩されうる当時の動きとしては、F・W・テイラー*がペンシルベニア州ベスレヘムの鉄鋼工場で始めた、労働者の動きと時間の厳格な管理がある。労働者たちは、ますます拡大するフランク・ウルワースの店舗において容易に手に入り始めた安値の商品と同様に分類され、評価された。メリー・ベーカー・エディ*が豊富な資金で現世に誇示した霊的世界の素材もまた、確信を持って分類と体系化がなされている。他方、靴製造機械の企業合同《トラスト》は組織力を強め、靴製造機械業界の未来にとって、靴製造機械そのものに劣らぬ重要性を持つようになった。ナイアガラには失望した*、滑らかにつながってる、声に出して読んでもなかなかいい……

　両足が全米会社年鑑の上でこつこつとぶつかり合い、彼はマッチを掘った。——滑らかにつながってる、丸一ページ飛ばして気付かなかったなんてありえないな、くそ一ページ飛ばして気付かないとは、ここは全部削除した方がいいのかもしれない、その方が早いかも、畜生……彼の足が下りて、——そんなことを言いだしたら、結局、何も残らないってことなる、でも、問題はタイトルだ、出発地点が大事……彼は前に身を乗り出し、フィルムのロールを手に取って、——最後はタイトルをくそピリオド一つにまで縮めるか、知的な読者にはそれで要点が伝わるかもな……彼は腕をいっぱいに伸ばしてフィルムを光にかざし、——信じられん、ドイツ側が撮った映像か、まるで戦場カメラマンのためにわざわざ戦争を起こしたみたいな……そしてまた腕をいっぱいに伸ばして別の部分をかざし、さらにまた別の部分を見ると、彼の足元にフィルムの山ができた。——ヒュルトゲンの森の戦い*、シュラムの持ち物か、こんなものを持ってたなんて知らなかったな、畜生、電話は取らないぞ、いちいち相手をしてられるか、いや……と彼は立ち上がり、——ひょっとしたら……

　フィルムがもつれながら彼の後を追い、〝十二オンス瓶二十四本詰め、割れ物注意！〟に登るとき足に絡んだ。――もしもし……？　バストさん、いえ、違います、彼は……誰？　レヴァ？　まさか映画監督のＢ・Ｆ・レヴァ……？　彼は腰を落ち着けた。――光栄です、レヴァさん……電話番号は合ってます、はい、レヴァさん、バスト君から聞いていましたよ、あなたから電話があるかもしれないって……今朝の新聞ですか、まだ見てません、ええ、何か面白い記事でも……？　エレボス、はい、もちろんです、レヴァさん、エレボス映画社を知らない人はアメリカには……一株六十ドルで買いたいという広告？　え、いいえ、私は八十五ドルか九十ドルって言ったはずなんですけどね、レヴァさん、きっとあちらが勘違いをして……私のアイデアです、はい、ちょっとだけここで仕事の手伝いをしているので……何ですって？　ええ、もちろんです、Ｂ・Ｆ・レヴァの名前を知らないアメリカ人はいません、レヴァさん、世界的にも……冗談、いえ、冗談じゃありませんよ、レヴァさん、誰だって……そんなふうにお受け止めになるのは残念です、レヴァさん、有名だと申し上げたらお喜びになると思ってたんですがね、アメリカ人なら誰でも知ってますよ、あなたの映画が安い……いえ、いえ、安っぽいアイデアって言おうとしたんです、レヴァさん、予算のことではなくて……何ですか？　バスタブ……？　ああ、そちらにもテレビ電話があるんですね……？　いえ、いえ、たまたま今、ここでロケをやってるんです、レヴァさん、うちでもちょっとした映画を撮ってましてね、エストニア系の難民一家に関する物語、父親は盲目のダイヤモンド加工師、娘は……あ、そうですか？　はい、はい、私にもあなたのふっくらしたお顔が見えてます、ところで、前から思っていたんですが、レヴァさん、あなたってドイツ系なんですか？　それともハンガリー系……？　いえ、いえ、そういう意味じゃありません、違います、ただ、愚かしいほどの俗っぽさとかいう部分で何となく……どうしてそんなことをおっしゃるのか分かりませんね、レヴァさん、私どもとしてはあなたのお手伝いをしているわけで、あなたを充分に信頼しているのは当然の……一株六十ドル、はい、いいですか、レヴァさん、誤解なさっているようですが……信頼です、はい、本物の信任投票ですよ、レヴァさん、うちの会社はしっかりと当てにできる長期的な税額控除案件を探してる、あなたが必ず低俗なベストセラーを見つけ出して、それに対して最高額の報酬を払って、大金を投じた駄作を発表し続けるという確信を持っているんです、つまらなくてくだらない作品をコンスタントに作るなんてとても貴重な人材ですよ、Ｂ・Ｆ、これは全部褒め言葉、あなたのような本物のプロはどこにでも転がっているわけじゃありません……何ですって？　そんなふうにお受け取りになるとは心外です、Ｂ・Ｆ、何だかんだ言っても、勝つか負けるかなんて問題じゃありません、大事なのはどんなプレーをするかです、違いますか、あなたなら……おっしゃる通りです、はい、B・F、はい、たしかにあくどいやり方です、B・Fと呼んでも構いませんか？　昔からあなたの名前を聞くたびに、イギリス人が使うBFという言い回し*が思い浮かぶんです、ご存知ですか……いや、ろくでもないくそったれ《ブラディーファッカー》じゃない、あれ、知りませんか……何ですって？　ああ、グリンスパンと言います、はい、グ、リ、ン……今まであなたに向かってこんな口の利き方をしたやつはいないって？　ああ、じゃあ……そちらの会社で一緒に仕事をしてほしい？　それはご親切にどうも、B・F、でも……こっちでも仕事を抱えてましてね、それを仕上げないと、はい……はい、いつでもどうぞ、B・F、いつでも……彼はとぐろを巻いたフィルムを足から振り払いながら山を下りた。──本当にこのまま日が暮れそうだ、何だ今のは、誰かいるのか？　そこにいるのは誰……彼が扉を開くと、足元で郵便が雪崩を起こすと同時に、暗い階段に靴音が響いた。──畜生、臆病者、戻ってこい……！

　階下で扉が大きな音を立てて閉まり、彼はしゃがんで、新しい郵便を他と一緒にまとめ、──雨でも、暑くても暗くても*、速やかに回る郵便配達人は止められない、速すぎる、スピード違反だな……彼は郵便を拾い集め、──足の踏み場がなくなる前に荷物を整理しないと……彼はフィルムの軌跡をソファまで伸ばし、肘掛けのない側辺を越させた。──郵便ならもう、ここに山ほどある、一体どこから来たんだ。エース手洗いランドリー、西八十丁目二十二番地、一体どうしてこんな郵便がここに届いてる*、ミス・オルガ・クルプスカヤ、四百十三番地、ウエストサイド宛の郵便はここに集めよう、G・バースト、住所はここ、誰だこれ、グリンスパン宛はグリンスパンの山にひとまとめ、作家トマス・アイゲン、いまだにiの上の点を丸にする娘っ子がいるんだな、裸の写真でも送ってくればあいつが直接家まで挨拶に行くかもな。雑貨店《ボデガ》、これはウェストサイドの山、グリンスパン、コネチカット州道路局、面白そうだ、エドワド・バスト殿、差出人はビートン、ブルースとブラック、何だかスパニッシュ・メイン*みたいな響きだな、電話会社、グリンスパン、ブリタニカから問い合わせの手紙、バスト、返信用封筒、ヘンリー・ストリート・セツルメント*、誰だこの安っぽいやつは、鉛筆で住所を書き直してるじゃないか、電話会社、E・ガースト、新しい山を作らないと……

　長針が短針をさらに高い場所へ追いやった後、〝返金はありません《ノー・リターン》〟に向かって落ちた。──セニョーラ、これはウェストサイドの山、トマス・アイゲン、家庭裁判所、やつには電話した方がいいな、これはここ。さて。ここじゃあ何もできやしない、どこまで進んだんだったかな、数千万、ここだ。その数千万人が、そこら中が山だらけ、座る場所も残ってない、数千万人が、片目の男たち、片目の、待てよ、畜生、昨日の夜、明かりが消えたときには鉛筆があったはず、片目の男たち、いや、あの、あの、ああ、畜生！　彼は両手で顔を覆ったまささやいた。――俺はどうしてこんな状態で仕事をしてるんだ、くそメモを先に探しておけばよかった、メモを見ながらやろう、畜生め、メモを見ながらやらなきゃしょうがない、くそメモを探すぞ……彼は〝一ポンドH－O、二十四個入り〟に足を掛け、――トゥッツィーロール、見覚えがある、トゥッツィーロール十二本……彼は〝燃えない、煙も出ない、においもない〟の上に登り、――これは一体どうなってる……

手紙、紐、靴磨き用の布、接着剤、リバティーヘッドの二・五ドル硬貨、*――畜生、少しは値打ちがあるかもな……たばこ用のライター、ヒラルダの塔*の風景、スナップ写真、――こんなに小さかったんだな、あの子……現像されていないフィルムロール、切り抜き、タイプで清書されて錆びたクリップでまとめられた紙、――『ローズの読み方』、まったく、こんな本を書こうとしていたことさえ忘れてた、五年前に出版してれば……彼はそこに手を伸ばし、〝預け金がない《ノー・デポジット》場合〟にもたれた。――若いけれども子供とは言えないローズは場違いに美しく、それを自覚していた。静かに座っていた彼女は、ずっと前からいたかのようにそこに長居することで自分の独立心を見せていた。そして、人の心はいつも読めるが言葉は理解できないことがあると彼女が白状したのは、次々と男たちが言い寄ったせいに違いないが、それでも彼女は男たちの虚勢を素直に受け止め、その増長を妨げるようなことはせず、やがて彼女が自然に距離を取り始めると、男たちのうぬぼれは遥かな高みから勝手に崩れ落ちて粉々になり、あまりにも数多いその破片を拾い集めると、そこには繊細な工夫が凝らされていることが見て取れるのだった。あまりにも数多いその破片。名前を言えば姿が頭に思い浮かぶ、*あるいはくっきりとした輪郭が、若い男の目に一瞬浮かぶ、彼女が「行け、うるわしのバラよ」*を何度も読んだと聞いた途端、すぐにどこかに消える。何人の男が彼女をくどき、花束を持って家を訪れ、くじけて自宅に戻り、本に向かったことか。ツルゲーネフの『その前夜』のエレーナは夜中の二時に家を飛び出し、また別の場面では友人にお茶を出している。一時にはベッドに戻り、一人眠れずに明け方まで悶々とした後、また別の場所で、グリュックの『オルフェオ』に出てくる地下世界に目を向けないよう彼女に嘆願するのをあきらめた別の人が、ダイヤルを回し、自らの震える手を見詰め、やがて、結び目に息を吹きかける女には用心しろ、*そして丸一時間かかって、あなたの愛情を砕いたのは正解だったと悟る、*でも、どうしてあなたは私を階段から蹴り落としたのか？ いや、本の主人公として彼らが望んだような女性像とは違う、この大衆、彼女がどれだけ人間的かを理解できないやつら、戦闘と殺戮の後のアウダのようだ、切なる思い、畜生、この部屋じゃ一文に目を通すことさえできない、たった一文さえ……

彼は服から埃を払いながらしゃがんだ。――とんでもなく汚い部屋、もしもし……？ いいえ、どちら様……昨日の夜、オハイオから電話がありました、テープの件であなたから電話があるかもしれないと言ってましたが……いえ、オハイオ、オハイオ州のアクロン、何かのテープの件であなたから……いえ、知りません、クローリーさん、オハイオで誰が何をしてるのか私は知りません、葬式が何とかって言ってましたから、多分みんな……証拠金なんて話は言ってませんでした、私が聞いたのは、ちゃんとあなたにテープを……ただのお手伝いですよ、はい、ここで片付けておきたい仕事があったので、ついでに、じゃあそろそろ……誰です、レヴァ？　今朝電話がありました、はい、すごく喜んでましたよ、早い者勝ちということです、会社は彼を信じていると伝えておきました……ピスカターが何と言ってたって……？　いや、待って、たしかに考えたのは私ですが、私が決めたわけじゃなくて……いえ、どこの大統領《プレジデント》、どこの、ああ、会社の社長《プレジデント》、バストの会社ですね、いえ、来てません、ええ、ここには……電話もありません、はい、でも……出資者が危ないって、クローリーさん、会社の財政状況なんて私は知りませんよ、そもそも私は……今朝の始値が二ポイント下がってた？　そんなことは知りません、そもそも私は……待って、聞いてください、私は……いいですか、私は彼の居場所なんて知らない、ああ、マスコミに発表する声明なんて聞いたこともない、ガス田探索、汚染裁判、採掘権、議決権信託、証拠金、何もかも全然知らない、全然、私はここで別の大事な仕事をしてるんだってさっき言ったでしょう……はい、彼から電話があったらあなたに連絡するように言っておきます、商品先物取引で証拠金が足りなくてあなたが困ってると伝えます……予想できたことでしょう、需要と供給の曲線を描いたら分かること、ギャップがどんどん大きくなるにつれて、畜生、部屋の中にクモの巣まで張ってやがる、需要供給曲線を描けば……トウモロコシの値動きを見るんですよ、豚肉百ポンドの価格がトウモロコシ一ブッシェルの十一倍を超えたら、トウモロコシは豚の餌になる、十一倍を切ったらトウモロコシは豚に食わせるよりも売った方がいい、だからしっかり注意して見てれば……それは無理、いや、さっきも言いましたけど、別の仕事をやってるんです、だから……いや、ただそのテープ、おたくに届いたか確認するようバスト君から言われてて……あ、そうですか？　分かりました、届いてると伝えておきます、では失礼、仕事が……何ですか？　いえ、覚えますから言付けたいことをおっしゃってください……大平原の広大さと紫色の雄大な山並みを思い起こさせる曲の盛り上がり、はい、忘れませんよ、じゃあ失……別世界の偉容を思い起こさせるホルンとケトルドラムの朗々たる音色、忘れませんよ、じゃあ忙しいので失……はい？　映画について残念なニュースがある、でも約束は守る、報酬は間違いなく送る、ですね、伝えておきます、はい、彼もそれを聞いたら喜ぶでしょう、はい、失……それはどうも、はい、お褒めの言葉をどうも、クローリーさん、でも、私は今、別に仕事を探しているわけじゃありませんので、とにかく、そういうのは専門じゃありませんから、失……いえ、ちょっと、何というか、たまたま脇腹肉と長期的な付き合いがあるというだけのことで、はい、失礼します……

　彼はソファに戻り、尖った鉛筆を蓋のない瓶に差した。——おしゃれな特選カタツムリ、腐った帝国の料理か、くだらん、どこまで進んだんだったかな、あの馬鹿から電話がかかってくる前は……彼はフォルダーを手に取り、〝風味豊か〟に腰を下ろして、——せっかく調子に乗ってたのに、馬鹿野郎が割り込んできて、ホルンの朗々たる音色だと、千万、ここだ、ガラスの目を通して、片目の男が見たのは、暗い、畜生、せっかくいい文章が思い浮かんでたのに、待てよ、見える方の目、よし、見える方の目……彼は鉛筆の先をなめ、——見える方の目が覗き込んでいたのは、かつてアリストテレスが思い描いた世界である。そこでは、すべての楽器が他者の意志を予想し、あるいはそれに従うことで自らの役割を果たしたならば、ダイダロスの立像やヘーパイストスの三脚器のように世界の一部となることができる。詩人はその状態を、畜生、チーズとトマトがこんなところに、詩人はその状態を、各人が自らの能力に応じて、タイプで全部清書しないと駄目だ……彼は穴の開いた缶に手を伸ばし、——うわ……！　顎から紫色がしたたり、——畜生、何て部屋だ……彼は立ち上がってズボンの前を手で払ったが、徐々にその動作が緩慢に変わり、やがてそこに立ったまま、ブラインド越しに道路を見下ろしていた。——ろくでなしどもめ、クラブハウス代わりの車を道路の反対まで押していくために五人がかりでタイヤの修理、うらやましいな、何も考えることない連中のエネルギーときたら、大したもんだ……彼は〝風味豊か〟の上にゆっくり座った。——問題は俺のエネルギー不足……彼の視線が留まった窓の桟《さん》に洗濯ばさみが落ちた。〝預け金がない場合《ノー・デポジット》〟と〝返金はありません《ノー・リターン》〟との間で長針が頂点に達し、短針を抜いた。——また半日つぶれた……彼の頭がゆっくりと〝フルーツループ七オンス二十四箱入り〟にもたれると、太陽の光がさらにゆっくりとその場所から去った。

——**最近、お口にいいことしましたか？**

——何だ何だ……彼は体を起こし、片方の手を上げた。

——**ヨーロッパ風のマウスウォッシュはひと味違います**

……

——どうにかしてやる……彼は立ち上がり、音楽速報の高原に登り、モップの持ち手を握り、裂け目に耳を当ててモップを上下に動かした。

——**お口にいいことやりましょう……**

——お口にいいことやりましょうだと、畜生……

——**お口に休暇《バケーション》をあげましょう……**

――お口に休暇だと、畜生、これでどうだ！

痛い痛い痔も小さくなります……

――畜生！

腫れと痛みをたちまち緩和し……

――こん畜生、こん畜生！　彼はモップを奥まで突っ込み、上下させた。

――が今日のアメリカを形作りました。ですからぜひ、お近くのスーパーマーケットで、このわくわくする子供向け百科事典の第一巻をお買い求めください……

――こん畜生め！　こんな場所で……彼は四つん這いになり、背中を天井に付けた。――考えをまとめる、考えをまとめようにも、くそ、こんな場所でまともな思考ができるかってんだ、畜生、何とか決着を付けたいのに、畜生……！　彼はモップを引き抜いて、音楽速報一八九九年編、特別増刊、一九〇二年編、一九一一年編、一九〇九年編の横に置こうとした。――物を置く場所もありゃしない……一九〇三年編、一九〇八年編、――一冊で二十ポンドはありそうだな……

――商品。サービス。皆様と交わす人類向上のお約束……

――この野郎……彼は本を持ち上げ、〝パッド十個入りパック二十四袋詰め〟、〝世界で最も愛されているケチャップ57ニダース入り〟、〝キャップを戻せるトニックウォーター〟*を引っ張った。――くそ、あのアイロン台、何とかあそこまで……彼が〝ナンバー1ビーフグレービー缶四十八本入り〟を引っ張ると、本が山から滑り落ちた。――無理だ、畜生、どこにも置き場所が……

――いちばん大きな貯蓄銀行に……

――畜生、あのアイロン台……彼がじわじわと力を加え、一気に引っ張ると、二度目で箱が破れ、中の書類が流れ落ちた。――まったく、畜生め……彼は流れを追い、〝トゥッツィーロール十二個〟の破れた側面を押さえ、紙片が糊付けされた紙を一枚一枚ゆっくりと拾い、――まったく何百枚あるんだ……最後に彼は破れた段ボールを引き寄せて、H－Oの上に座り、――最初は一八七六年、全部戻さなきゃならない、畜生、どうして俺は、見ろよこのざま、何をやろうとしてたんだ俺は！　長針が短針の後ろに迫り、やがて彼の背後で秒針が勢いよく弧を描いた。彼はH－Oの上にしゃがんで、次々に紙をめくっていた。――ANI、LEM、参考資料の略号だらけ、どれを指してるんだか思い出せない、また全部調べ直さなきゃならないのか、畜生、どれだけの労力が……

1920
『サックバット』（ロンドン）第1巻第2号
個人的表現手段としてのピアノーラ／アルヴィン・ラングドン・コバーン
彼によると、芸術家にとってピアノーラは一つの道具。1日2時間の練習を1年続けることでマスターできる。中途半端なピアニストが最も厄介なライバル。常にまったく同じ演奏をする蓄音機録音との違い　（ピアノーラの指は2分の1インチ沈む）「芸術は新たな条件を受け入れ、それを最大限に利用しなければならない」

1790年以来で23度目の不況（回復は1923年）
ヘンリー・フォードの反ユダヤキャンペーン　wcr65頁以下／KS146頁
麻雀が米国で人気（不景気ゆえ）
ロボット（英訳1923年）　エンリコ・カルーソー最後の舞台

「オー、リトルタウン・オヴ・ベスレヘム」
「アイルランドの母」
ホルストの惑星
エルガーのエニグマ変奏曲

1920年、ジェシー・L・ラスキーはハリウッドに行って、映画に対する劇批評家と文学者の敵意と戦った。メーテルリンク、モーム、ガートルード・アサートン、エリノア・グリンは1920年にハリウッドへ。「ハリウッドに自分たちが呼ばれたのは、単に外見をよくするためのお飾りにするためだったことに作家たちはすぐに気付いた」。彼らは怒りと後悔を覚えつつ去った。「メーテルリンクが最初に書いたシナリオは、幼い少年が妖精を見つける話。それに対する私の反応はとてもおとぎ話にふさわしいとは言えないものだった」（サミュエル・ゴールドウィンの記述）
ルドルフ・ヴァレンティノについてエリノア・グリンの言葉。彼は私が指示を与えるまで、女の手の甲——手のひらでなく——にキスをすることさえ考えたことがなかった！

格下げされる音楽教育の水準（民主化）LEM38頁 —— 脅威としての音楽家　精神的な片寄り LEM63頁　高い理想 73頁
アメリカで10歳から15歳の子供1,060,858人が賃労働。製造業・機械工業が185,337人、繊維工業が54,649人
ボーイトの『メフィストーフェレ』でベニャミーノ・ジーリがデビュー
フィラデルフィアの放送局KDKAが最初の定期的ラジオ放送を行った。

カレッジボードが音楽の試験を実施
難しすぎ。中止。LEM163頁
修士学位の数については同上167頁参照

オペラ歌手ネリー・メルバが英国チェルムズフォードで歌声をラジオ放送。ペルシャでも聞くことができた
アメリカ全土で5,000台のラジオ
ニューヨーク、ウォール街の爆破テロ事件　WA141頁
犯行についてはOY59頁
サッコとヴァンゼッティが殺人罪で告訴　WA141頁　1921年、1927年のメモも参照
海外でデモ　OY68頁
チャールズ・ポンジについてはAF144頁　逮捕についてはAF149頁
ガストン・B・ミーンズが司法省に雇われる　AF181頁
過激な反組合派はアメリカンプラン、オープンショップを推進　労働組合を破壊
カポットとボストン交響楽団を参照
トータルで3411件のスト発生

芸術のための芸術は時代遅れ　同上192頁
音楽教師の数 130,265人　同上198頁

芸術長官についてはLEM60頁
1920年代には19世紀の完璧主義は時代遅れ 61頁
1920年代の音楽教育 186頁
1920年代の音楽によるパヴロフ的条件付け 203頁

元日、A・ミッチェル・パーマーが共産主義者や組合関係者を逮捕。FLA40頁。
ジョン・リードは共産主義の指導者として、不在のまま起訴された。ロシアにいた彼は、帰国を望むがチフスにより、モスクワで死亡。享年33。モスクワの労働組合センターで一週間正装安置された。
ベストセラー　ゼイン・グレイ『森の男』、『楽園のこちら側』、『本町通り』、『エイジ・オブ・イノセンス』
1920年に初めて女性が投票 —— 禁酒法成立に寄与 ← 憲法修正18条
傷ついた音楽家
アル・カポネがシカゴのジョニー・トーリオと組む
ギャングの組織犯罪の基礎
OY174-79 & 183頁
AT&Tの特許 USPS 73頁 ダイヤル電話導入
イーストマン　フィルム独占 USPS 275頁
ユージン・オニール『皇帝ジョーンズ』
連邦法に関する5KWのエッセイ（67頁）
マンノウォー号ベルモントステークスで2分14秒1/5の記録
1と3/8マイルのコース
フォード　1分 KS42頁　フォード所得 KS284頁
離婚率 100組に対して13.4組 OY81頁
シカゴホワイトソックス
起訴
マヤコフスキー　自分自身に宛てた新たな詩 Bd 137頁
シカゴの劇場でストライキ
プロボクシング　ニューヨークで合法化（ウォーカー上院議員提案）

彼はさらにゆっくりと紙をめくり、やがて、薄れゆく光を求めて窓縁に体を寄せて、——きっと俺は自分にもできると思ってたんだ、ディドロ*みたいに、やれやれ、よくもそんな自信を……

洗濯ばさみが落ちている窓枠に、上から吊られた紐が下りてきて、先に付いたガムの塊がぴょんぴょんと上下した。彼はそれを見詰め、別の紙を拾ってそれをじっと見た。——当時はこれができたんだ、畜生、当時はささっとできた、十年前は何のプレッシャーもなく書けた、でも今は……？

ガムの塊が洗濯ばさみの上で跳ねるのを見ていると、電話が鳴った。——畜生、もしもこれが彼女だったら……彼はゆっくりと立ち上がり、〝二枚重ね二百枚〟を越え、一瞬ためらってから手を伸ばした。——はい、もしもし……？　彼は咳払いをして、——いえ、ここにはいません、はい、ああ、あなたでしたか、ブリズ……邪魔ってことはありません、はい、大丈夫です、バスト君はまだ出張から戻っていませんが……あ、そうですか？　バスト君とビジネス上の付き合いがおありなんですね、それは失礼、もっと違う種類のお付き合いなのかと……いえ、いえ、何もその、仲が悪そうな感じがしたという意味ではなくて、逆に……いえ、こっちの話です、ブリズボーイさん、バスト君に限ってそんなことはないでしょうから……いえ、あなたがこちらの社長と直接話をしても、それは構わないと思いますよ、そうした方が……ここに？　すみません、それは無理です、はい、私……待って、いえ、誤解なさっているようだ……あのですね、ブリズボーイさん、社長に電話をつなぐことができるんだったら喜んでそうしますけど……社長がどこにいるのか知らないんです、はい、ていうか、その会社が何をやっているのかさえろくに……健康プランそのものをフランチャイズ化する計画に関する新聞発表なんて見てません、でも、そもそも新聞に書いてあることが全部本当だとは……何の噂ですって……？　いえ、少し株価が下がったという話は聞きましたけど……ああ、たしかに変な会社《ファン・カンパニー》ですね、ブリズボーイさん、私が知りえた限りではとても……お母様に何とおっしゃるって……？　やれやれ、それはまずいですね、はい、あの、じゃあ……あのですね、バスト君が戻るまで待った方がいいんじゃないですか……ええ、当然そうだと思います、権利の曖昧な保留地にインディアンたちが住み着いているという噂があるからといって、彼が……もちろんインディアンの衣装は持って帰るはずです、はい、正装をするとかいう話で、芝居とは言ってませんでした、でも、バスト君はいろいろな方面の才能があるようなので……たしかにそうですね、はい、じゃあ……いえ、いえ、それはやめた方がいい、わざわざここまで来て彼の帰りを待つなんて、いつ戻るのかも分からないですし……いえ、いえ、ご親切にどうも、でも私は……はい、失、アウフ・ヴィーダーゼーエン、というか、はい……

ガムの塊が洗濯ばさみの上で跳ね、引き上げられ、落ち、薄暗がりの中でまた的を外し、また引き上げられた。彼は窓縁に戻り、そこに立った。握り締めた拳が白く変わり、片方の手が他方をつかんだ。ガムの塊が跳ね、引き上げられた。――まるでロバート一世*だな、畜生。彼が窓を上にスライドさせて開き、拳を外に突き出し、ガムを洗濯ばさみにぎゅっと押し付けると、洗濯ばさみは一瞬で視界から消えた。彼は窓を勢いよく引き下げ、閉めた。――こんな部屋はもうごめんだ……〝トゥッツィーロール十二個〟につまずいた後、書類をまとめてそこに詰め込み、脇に抱えて〝燃えない、煙も出ない、においもない〟の後ろを登り、扉がちょうつがいから斜めにぶら下がったままになっていた玄関から外に出て、扉を閉めた。その後、暗い廊下で足を引きずる音がして、ノックの音が響いた。

――ごめんください、ご主人さん……？　それからまた水道以外の音はなくなった。やがて、また扉に体重がのしかかり、闇の中で音を立てて内向きに開いた。彼は荷物の間を縫うように〝二枚重ね二百枚〟を通り過ぎ、郵便物が山積みされたソファの空いたスペースに倒れ込んだ。彼の手はまるで今日という日をつかもうとするかのように、あるいはそれを阻止するかのように窓桟に向けて差し出されていたが、そこにまた何かが現れた。

窓の桟にピンクのヘアカーラーが落ちてきて、縁まで転がった後、止まった。彼は体を半分起こして肘を突き、次に起こることを待った。そして体を完全に起こして、無精髭の伸びた顎に手をやった。長針が〝預け金がない場合《ノー・デポジット》〟から登り、短針を追った。――畜生、取り掛からないと、どうしても、取り掛からないと……彼は〝燃えない、煙も出ない、においもない〟にぶつかり、全米会社年鑑の上にあったティーバッグの浮かぶ二つのカップを手に取り、――昨日の晩、持ってきてどこかに置いたはずだ、取り掛かる前に一杯やらないと……彼は戻ってきて、水の入ったカップをムーディーズの上に置き、もう一つのカップの上で瓶を傾けた。カーラーが転がっている窓桟に、上からするすると紐が現れ、ガムの塊を上下させた。彼はその様子を見詰め、一方のカップの中身を飲んだ後、他方を飲み、青いフォルダーを取ってじっと眺め、ポケットを叩いて中を探った。――外に行って、たばこを買わないと、何かを腹に入れて、戻ってから仕事に取り掛かるか……彼は玄関を出た後、扉を斜めにぶら下がったまま開け放していったが、しばらくするとこつこつというノック、ドンドンという音、罵声、最後には重い荷物が扉にぶつかる音が響いた。

――おい、何これ、てか、中に入れねえじゃん。

――てか、山を乗り越えていくに決まってるじゃん、ほら、そこ、手伝ってやったら、足元、箱ごと入れるから手伝ってよ……モカシンがすり足で歩く音、サンダルのパタパタがバスタブと〝二枚重ね二百枚〟の横を通り過ぎた。――今朝は練習だって言うからここに連れてきたのに、楽器も持ってきてないなんて……

――なら、ハミングで合わせたらいいさ……郵便袋の中身がソファの端にこぼれ、ギターが現れた。

――てか、まだ頭がラリったままだからハミングどころじゃないじゃん。彼女はソファから郵便を落として床の山に加え、くたびれた紙袋を落とし、横にあった箱を開けた。――おいで、猫ちゃん、猫ちゃん、てか、まじで尻《けつ》の周り、毛が剃ってある、縫った跡が見えてアメフトボールみたい、おいで、猫ちゃん、猫ちゃん、猫ちゃん……

ビーン。――おい、やるぞ、ハミングしろ……ビーンビーン……

――てか、ちゃんと友達のことを見ておいてやらないと、あ、うわ、見た、猫ちゃんが軽々と箱の上を飛び越えたよ？　あの人、てか、あの電話、警報器みたいな音、猫の足をどかさないと、てか、帰ってきた途端に電話って、ほら、猫の足をどかしてよ！　もしもし……？　留守です、あんた誰……あたしを何だと思ってんの、彼が飼ってる猫だとでも？　てか、バストさんに伝えてほしいのなら、さっさと言えばいいじゃん、てか、あんた誰……てか、おたくの一族の歴史なんて聞きたくない、要するにどこかの銀行屋さんってこと？　で、もっとたんぽが必要ってわけね、たんぽって何……で？　株の値段が十二と八分の一まで下がったからってあんたは痛くもかゆくも……銀行が痛いってどういう意味、てか、どうしてバストがあんたを助けなきゃならないわけ、てか、あんたが金に困ってるにしたって、バストが五千二百八十ドルを用意できるとでも思ってるの……？　てか、バストが……？　てか待って、ねえ、人が銀行に金をあげるなんて話は聞いたことがない、銀行がお金をくれるものなんじゃないの、金を持ってるのは銀行の方なんだから……いや、ねえ、てか、たんぽ価値が下がってるだか何だか知らないけど、八十パーセントの証拠金とかいう話はやめてくれる、五千二百八十ドルを払わなかったらおたくが彼の株を売るって言うんでしょ、てか、あんたがここの製氷皿の中身を見たらきっとびっくりだと思うわ……違う、あの、てか、あの、あんたは銀行屋さんなんでしょ、違う？　だから、そんなに金に困ってるんだったら、自分のところの金庫室を覗いてみたらいいじゃん……うわ、最悪。

ビーン。――てか、ハミングしろよ……ビーン、ビーン……

――てか、仕事の電話をかけないといけないからさあ、悪いけどギターを、うわ、信じられない、また電話。もしもし……？　その人ならいないけど、何の用……ねえ、若い女から彼に電話がかかってくるなんて……へえ、じゃあ、そのワイルズさんとやらが自分で電話をかけてくればいいんじゃないの、ダイヤルを回すこともできないわけ……もしもし？　ねえ、おたくの秘書さんに今、バストさんはいないって言ったばかりなんだけど……誰？　どこの大統領《プレジデント》、てか、わけの分からんないことを……え、彼の会社の社長《プレジデント》？　つまり、ここの会社の……ねえ、彼のお腹《ベリーズ》に対するポジションがどうなってるかなんて知るわけないじゃん、てか、ねえ、ワイルズさん、あんたとバストの関係って……ねえ、議決権信託とか買収とか、何も知らない、てか、商品取引がやばいって言ったって、バストに証拠金が払えると思う？　てか、さっきもその話を……ううん、銀行に行けばいいじゃん、みんなもそうしてるんだし、ね、さっきも同じ話をしてきた人がいたけど、銀行の金庫を見に行けば済むことじゃん、何のために銀行があると……うわ、最悪。てか、みんな礼儀ってものを知らないのかな。

――てか、ハミングしろよ……ビーン、ビーン、――ハミングしろよ、おい……

――もう、電話をかけなきゃいけないのに番号はどこだっけ……彼女は山を下りながら足を踏ん張った。――ズボンは手に入れたけどサイズがきつすぎる……彼女は布巾掛けからぶら下がっているデニムに手を伸ばし、〝十二オンス瓶二十四本詰め、割れ物注意！〟に沈み、留め具に引っ掛かっているデニムを引っ張った。――てか、見てこれ、ちょっと引っ張っただけで破れた、てか、今時のものは何でもかんでもすぐに破れたり壊れたり……彼女は格子縞のズボンから足を抜き、――まったくもう、このくそ電話、どうなってんの……彼女はむき出しになった膝で立って、――もしもし……？　ねえ、どこに電話かけてんの……ううん、電話番号は合ってるけど、その人は留守、何……誰？　会社のスポークスマンって何、あのさあ……いや、あの、てか、おたくは新聞社の人なんだよね、で、あたしに何の用、あたしに訊くより……だから、天然ガスを掘るために四百二十キロトンの爆薬を仕掛けてるっていうんでしょ、で、あたしにどうしろって……てか、環境保護団体が求めた差し止め命令が下される前に急いで原子力委員会の同意を取り付けたって、今そう言ったのはあんただよね、それであたしから何を聞き出したいわけ……いや、あの、てか、新聞社にニュースを教えるって変でしょ、普通は新聞社の人にニュースを教えてもらうんだから、てか、新聞ってそのためにあるんじゃないの、地下での爆破が危険かどうか知りたかったら新聞を読めばいいじゃん……

――何、何だ、トムか？　来てるのか……

――てか、ふざけてんの？　てか、一つの州が丸ごと吹き飛ぼうがどうしようが関係ないね、なくなって困る人なんか一人も……

――一体全体何なんだこれは……彼は新聞の束を床に下ろして中に押し入れ、格子縞を脱いだ尻と対面した。彼女は受話器を戻しながら振り向いた。――畜生、何でこんなものがここにあるんだ。

――てか、あたしらが戻ってきたときにはもう、そこにあったんだけど……

彼は靴箱が落ちてこないように箱を二つ重ねた。――玄関に置いたら邪魔になるって、待てよ、あたしらってどういう意味。

ビーン。

——アルともう一人のバンド仲間、リハーサルのためにここに……

ビーン、ビーン、ビーン、ビーン。

——ンンンンンンンンン……

——まったくもう……彼は箱を叩きながらバスタブと〝二枚重ね二百枚〟を通り過ぎ、——一体全体……

——ねえ、今話したじゃん、あと、他のメンバーが来たら……

——ンンン、ンンン、ンンン、ンンン……

ビーンビーンビーンビーン……

——まったくもう、いいか、無理、もう畜生め！　彼はしゃがんで赤い手袋とクリップと糸の絡んだ操り人形を拾い、——他のメンバーが来たらって何の話、何のメンバーだ、畜生……

——あと二人だけ、みんなでリハーサルを……

彼は壊れたオルゴール、車輪のない車、三本脚の羊を手に取った。——なあ、アル、俺はここで仕事をしてるんだ……続いて、紫色のクレヨン、片腕がないことに対する穏やかな驚きを残る腕で表現している聖母、らっぱを握っている腕を拾い、

——な、畜生、分かるか、アル？

ビーン。——ああ、どうぞお好きなことをやってくれ、みんながやりたいことをやるっていうのは俺も大賛成……ビーンビーン、——てか、世の中、そうあるべきだと思うなあ、みんな自分の好きなことを……

——一つ教えておいてやるよ、アル、俺が今やりたいことをやったら、おまえはボコボコになってここから出て行くことになる。さあ、この荷物をここから……

——ねえ、てか、アルは今アイデンティティーの危機を迎えてるから、あんまりいじめないでよ……

——そりゃ大したもんだ、大事にしないとな、好きなことをやればいい、でも、とにかくどこかよそでやってくれ、待って、よこせ、畜生、それをこっちによこせ……

——ねえ、てか、そんなもの、くれてやればいいじゃん、てかそれ、そもそも何……

——患者、他に何に見える、畜生、手を放せ！と彼は、小箱を持ちターバンを巻いた人形を頑な拳からひねり取った。——仲間を連れてくるならクリスマスの前夜にしろ、俺がベビー・ジーターと三人の患者の話を聞かせてやる、とりあえず今は二人をここから追い出せ……彼が軽やかな足取りの後を追ってバスタブの前まで行くと、彼女はそこで立ち止まって格子縞から反対の足を抜き、サンダルのパタパタの後に続いて扉まで進んだ。彼はそこで新聞の束を引きずり入れた。

——てか、あんたが今朝までこの部屋にいるとは思わなかったんだよね……彼女は丸めたデニムを脇に抱え、格子縞のズボンを広げた。——てか、バストはまだ戻ってないわけ？

新聞の束に押された〝クイッククエーカー〟が斜面を滑り、ランプの笠《シェード》の間に落ち、彼は後ろを向いて箱を引っ張った。

——最後に聞いた話によると、オハイオにいるということだったけどな……

——あ、へえ。てか、それってどこ。彼女は格子縞を掲げた。——あたし、バストのズボンがきつそうだったから大きめのを持ってきたんだけど、あんたもズボンが必要みたい。てか、それどうなってんの。

彼は天地無用の上に箱を持ち上げ、さらに二つを流し台より奥まで引きずり入れた。——どうなってるってどういう意味。

——てか、自分の格好を見た方がいいよ、てか、前にアルが腎臓の検査を受けたとき、紫色のおしっこをしたことがあった、あんたのズボンの前も紫色になってる、顔も黒くなってる、てか、前に会ったときから一度も髭を剃ってないんじゃないの……

——箱を中に入れたら、すぐに顔を洗って髭を剃る、このくそ部屋に来るたびに箱をあっちへやったりこっちへやったりで……

——ちょっと、気を付けて、あんたのせいで箱が破れたじゃん、投げないでよ！

——どこが、中身は一体……

——何に見えるわけ、てか、紙マッチに決まってるじゃん、百万個くらい入ってる、てか、破れてるって言ったでしょ、投げないでよ、ね？ ほら、見てよこれ、そこら中に中身が……

——分かった！ 隅を空けてくれ、そこに押し込んでくれないか？ 誰が紙マッチなんかを……

——てか、そもそもどの荷物も誰が送ってくるんだか分からないし、あんただって箱をあっちへやったりこっちへやったり、意味分かんないし、トゥッツィーロールの箱は見つかった？

——え、俺の、いや、俺のメモ、いや、タイプライターを探してる、メモを全部タイプで清書し直さないといけない、メモのあちこちにチーズやトマトが付いてしまったんだ、おまえとバストのせいで……

——あたしとバストって何、てか、シュラムのタイプライターだったら茶色い本のすぐ横にあるじゃん、てか、仕事しにここに来たってさっきは言ってたくせに……

——ああ、うん、畜生、見ろよ！ こんな状態で仕事ができるか、簡単な文一つさえ仕上げられないうちに誰かが玄関をばんばん叩いたり、馬鹿の軍団がリハーサルのためにずかずか入ってきたり、電話が鳴ったり……

——てか、それなら電話は放っておけばいいじゃん……彼女は丸められた新聞を広げていた。——出なけりゃいいのに。

——ある電話を待ってるから出ないわけにはいかないんだ……彼はアップルトン・アメリカ人名事典の上に束を載せた。——大事な電話を待ってるから、おいおい、今度は何だ……

——ねえ、てか、一つ用事があるから電話をかけさせてよ、ね？

彼女が反対を向いて上に手を伸ばし、ダイヤルを回すと、彼の視線も上を向いた。――この仕事に切りを付けようとしているのだって、突き詰めれば理由は同じ……

――もしもし？　新聞に広告出してたのはおたくですか……もしもし？　てか、友達に新聞広告を見せてもらったんだけど、女の子を募集してるっていう……いや、でも、報酬はいくら、てか……いや、でも、てか、何をすればいいの、派手な宣伝って……え、今すぐ？　てか、行けるけど……誰に頼むって？ちいさいツに……チ？　ッチ……？　いや、てか、ホテルの場所は知ってる、すぐに行く……彼女は〝十二オンス瓶二十四本詰め、割れ物注意！〟に沈み、モカシンの紐を縛った。――ねえ、ズボンを持ってきてあげたんだから、五ドルくれない？

――五ドルって何、ズボンは俺に持ってきたんじゃないだろ、俺はそんなこと頼んでない、いいか、俺はトリプラーにスーツを預けてある、そうじゃなければこんな格好を……

――てか、そんな格好でトリプレットに行ったりしたら警察に通報されるよ、てか、これは十一ドル九十七セントする品なんだ、値札を見てよ、タクシー代が要るんだから、今すぐ面接に行くって約束しちゃったし……

――畜生、ほら、五ドルだ、持ってけ……彼は最後の新聞の束を片付けて真っ直ぐに立った。――さあ、おい、待てよ、何、今ズボンを俺に売ったじゃないか、何でまた穿いてるんだよ。

――てか、借りてるだけよ、面接に行かなきゃならないって言ったでしょ、コマーシャルみたいな感じじって言ってたから、何かやらされるかもしれないし……彼女は股を大きく広げて、〝十二オンス瓶二十四本詰め、割れ物注意！〟から拾い上げた格子縞にまた足を突っ込んだ。――メーシーズ百貨店のショーウィンドウの中で馬と怪しいことをするとか……

――そんなことまでしてメーシーズが顧客を増やそうとしてるのか……彼は最後の束をアップルトンの上に載せ、扉を持ち上げるようにして閉めた。――今までに獲得したまともな客はどうするつもりだ……

――てか、昔一度、ラグをあの店で買ったことがあるんだけど……？　彼女は反対の足を突っ込み、立ち上がってズボンを引っ張り上げた。――で、届いてみたら、色がダサかったから返品した、それなのに何度も何度も請求書が届いたのよね、手紙も書いたし、店にも行ったけど、請求は止まらなかった……彼女は座り、裾の余りを内側に折り込んだ。――それから一年ほどして仕事を探してるときに、メーシーズに行ったらラグの代金が未払いのままだって言われて、就職させてもらえなかった、それが最後、あの店に行ったのはそのときが最後……彼女は留め金と格闘し、――てか、万引きすればそういう問題が起こらずに済むでしょ、頭のおかしなおばちゃんが売上伝票を書く手間も省けるし、請求書や弁護士の手紙も要らなくなるし、誰にとっても話が簡単、てか、何か問題あるのかな……

――説得力があるな、うん……彼はシャツを脱いだ。――グリンスパンも電力会社相手に同じようなことをやってる……彼は水がほとばしる流し台の上に身を乗り出してクッキー缶の蓋を覗き込んだ。――畜生……

――あ、うわ、てか、ちょっとあっち向いて……彼女はレインコートを羽織りながら近寄り、立ち止まった。――てか、あのセックス、やっぱ激しかったんだね。

――何を、何を考えてそんなことを……

――てか、あんたにあたしが考えてることが分かるわけないよね、あんたがブラックベリー摘みをやってたんだと私が思うと思う？　背中にしばらく前の爪の痕がばっちり残ってるよ、あの娘《こ》、ぎゅってしがみついてたもんね、あれ誰、あの黒い髪の女？

彼は肩から背中に向かってぶっきらぼうに傷をなぞる指に身震いし、急に振り向いて流し台にもたれた。――だけど、何のこと、どうしてそのことを……

――てか、何よ、てか、あのときセックスしてた黒い髪の女に引っ掻かれたのって訊いただけじゃん……彼女は玄関まで行き、――てか、あの女、よっぽどあんたのことが気に入ったんだね……

彼はゆっくりと流し台の方へ向き直り、その縁をつかんだ。――まったく、何なんだ……手が突然上がって肩をつかみ、首をひねって必死にその後ろを見ようとした後、同じくらい突然に、頭を奔流の下に突っ込み、起き上がるときに蛇口に頭をぶつけた。――畜生……と顔をぬぐい、フィルム缶を踏んづけ、濡れた手を伸ばして、――もしもし……？　いや、彼は……たしかにこの番号に登録するって言ってた、でも本人は今いない、誰から……誰？　アイゲン夫人か、コレクトコールは受けない、ああ、俺は……なあ、オペレーターさん、アイゲンさんには奥さんから電話があったと伝えておく、でも……駄目だと言っただろ！　失礼……

ガムの塊が窓桟で跳ね、上がり、また落ちた。彼は空《から》のカップの上で瓶を傾けた。――マリアンから励ましの言葉をもらうなんてまっぴらごめん……彼は青いフォルダーを持ってＨ－Ｏの上に腰を下ろし、再び空《から》にしたカップを横に置いた。――ちょっと肩の力を抜かないとな、タイプで清書する前に残りに目を通そう、どこまで、片目、見える方の目、そうそう、見える方の目が覗き込んでいたのは、かつてアリス、三脚器、ここだ、ヘーパイストスの三脚器、詩人はその状態を、各人が自らの能力に応じて神々の集まりに加わり、もしも同様に、杼《ひ》が布を織ったり、ピックが竪琴を弾いたりするのに導きの手が不要になり、工場主任が使用人を必要とせず、主人に奴隷が不要となったら。というのも、ワイルドが芸術のためにレッドヴィルのならず者どもに立ち向かった話は、彼がヨーロッパでくすぶる堆肥に加わった後も長い間、笑いのネタとなったからだ。もちろんそこにはペイターの芸術論も、もちろんペイターの芸術論がその後押しを、駄目だ。立ち向かった話、駄目だ。というのも、そしてまた、というのも、立ち向かった話は……

長針が短針を頂上まで追い上げ、〝返金はありません《ノー・リターン》〟に沈んだ。ガムの塊が跳ね、また落ちた。――いまだにヨーロッパでくすぶっていた、いや、発火した堆肥、火の点いた堆肥、いや、くそ辞書はどこだ……彼はカップの上で瓶を傾け、それを持ち上げながら窓に近づき、空《から》にしてムーディーズの上に置いて、ガムの塊が跳ね、また上がるのを見ていた。彼はゆっくりと手を伸ばして窓を上にスライドさせ、顎を窓桟に載せてそっと息を吹きかけた。カーラーが揺れた。ガムの塊がためらい、落ち、上がり、的を外した。カーラーが縁まで転がり、また元の位置まで戻り、ガムの塊が上がった。長針が〝預け金がない場合《ノー・デポジット》〟から上った。窓桟の縁でカーラーが震え、消え、ガムの塊があてどなく揺れ、ゆっくりと上がって視界から消えた。

――ここで何かをやろうとしても、畜生……彼は歩きながらシャツをつかみ、――これじゃあ肺炎にかかってしまう、もしもし……？　いや、あの、ちょっと、一体誰に……今ここに会社のスポークスマンはいません、はい、失……遠隔移動《テレトラベル》ですか、初耳ですね、さあ……フリジ、何です？　あの……いえ、聞いてください……いいですか、それが環境に与える影響について声明を出すとかいう話は全然知りません……海に投棄することで海洋生物に影響があるかもって言われても、そもそも音の破片って何、何の話だかさっぱり……ええ、はい、あの、もしも研究開発部門のトップが上院軍事委員会でそう証言したのなら、それ以外に何が訊きたいんです、もしも俺がマグロだったらって……俺はマグロじゃないんだ、分かるわけが……大統領《プレジデント》って誰の話、会社の社長《プレジデント》が？　ここに？　そんなわけ……ああ、社長からおたくに電話があったのなら……いいか、社長からおたくに電話があって、直接声明を聞いたのなら、何のためにまたここに電話を……あのなあ、ホンジュラスなら俺が行きたいくらいだ、だから……だから知らないって言ってるだろ、畜生、じゃあ……ノー・コメントだ、うん、じゃあな……！

彼は〝風味豊か〟に座り込み、カップの上で瓶を傾けた。

――くそ電話には出なけりゃいいんだ、トムに電話すればどうにかしてくれるかな、くそ、やつの番号に電話をかけたらここの番号に電話しろって言われるだけか……彼は空《から》になったカップを置いて、――さてと、というのも、そしてまた、というのも、立ち向かった話は、畜生、トマトとチーズがこんなところに、そもそもいつのピザなんだ……彼は親指の爪でチーズの塊をワイルドから取り除き、噛み、ぺっと吐いた。――何か持ってくればよかったな、畜生、ピアニストを撃て、とにかくこのくそ一文の終わりまで仕上げないと、ピアニストを撃て。というのも、立ち迎かった話、畜生、畜生！　顔を覆った両手が白くなり、ずり下がった指先がまぶたを押さえ、爪を立て、すっかり手が下がるとその目は正面をじっと見据えていた。――くそタイプライターはどこだ、そもそも最初に清書すべきだった……彼は全米会社年鑑の背後からケースを引き寄せ、年鑑の上に載せ、蓋を開けた。最初から全部タイプし直すぞ、畜生……彼はマニラ紙のフォルダーから滑り落ちそうになっている染みだらけのフォルダーを押さえた。――どこにやったかと思ってたらこんなところに……彼はフォルダーを開け、紙をめくり、それを手にしたままH－Oに沈み、また一枚めくり、たばこを見つけ、エンチラーダの缶を引き寄せて灰を落とし、〝燃えない、煙も出ない、においもない〟にもたれ、灰を落とし、前に身を乗り出して瓶を傾け、太陽の光がある場所に戻り、一枚めくるごとに光は紙の上を片側から反対側へと徐々に移動し、やがて光が完全に消えて、電話の音で立ち上がった彼が〝風味豊か〟の上に手をついた。――今出るよ、畜生……四度目のベルと同時に〝二枚重ね二百枚〟にもたれかかった。

――はい、もしもし……？　まだ戻ってない、はい、失……あ、そうですか？　つないでください、はい、伝言するように言われたのはどんな内容だったかな、もしもし？　伝言は何でしたっけ、ケルンとホトルのいろいろな朗々……誰……いえ、いえ、全然、ボスだか社長だか知りませんが、ここには来てませんし、電話もありません、はい、まったく音沙汰……何ですって……？　そんなことはないでしょう、クローリーさん、彼はきっと……いや、いや、そんなことはないと思いますよ、あなたのように立派な方を破滅に追いやるとか、まさかそんなこと、たかがわずかの証拠金を出し惜しんで、一応、彼の会社だってそれを補うくらいの株式は……終値が四ポイント？　それはひどい、一体……何をしたって……？　誰が宣誓供述書を、ピスカ……そりゃひどい、みんな今、疑心暗鬼になってるんですね、ピスカターが宣誓供述書を提出して裁判所の召喚に応じるって言ってるんですか、債権者たちが彼の株を押さえようとしてるわけだ、つまりこういうことですよ、クローリー、地位《ステータス》から契約への堕落、現代はそういう時代ですから……話を聞いた印象では、裁判所に出頭させるために彼の株を盾に取っているみたいじゃないですか、話を聞く限りでは、会社を奪い取ろうとしているみたいだ、そう聞こえます、この国全体がどうかしてるんです、みんなが疑心暗鬼になってる、ところでクローリー、ホンジュラスに旅行する予定はありませんか……？　ホンジュラスです、はい、向こうで彼と鉢合わせるかもしれないと思っただけです、新聞社から聞いた話ですが、彼が今ホンジュラスにいるという噂があるらしいから、待って、聞いてください……いえ、いえ、静かに……この電話、何か変なノーズが聞こえませんか？　ノイズ……？　彼は受話器を持ち上げ、振り、送話口のねじを緩め始めた。――え？　どうしてです、ホンジュラスはいいところですからね、買う気でいるのかもしれません、広大な平原、紫色の、もしもし……？　聞こえてます……？　聞こえない……彼は外れた蓋を顔に近づけ、配線の下に爪を入れてひねった。――畜生、盗聴器か……彼はそれを取り出し、――もしもし？　送話口を元に戻して、――もしもし、クローリー？　野郎、切りやがった……

彼は盗聴器を放り投げ、〝二枚重ね二百枚〟で体を支えながらかかとで踏みつぶし、座った。――部屋のあちこちに盗聴器が仕掛けられているのかもな……瓶が水平に傾き、彼はわずかに残る光にそれをかざして、――畜生……彼はカップを持ち上げ、――何だ、今何かが動いたな、畜生、何かが動いたぞ、まるで……彼は〝燃えない、煙も出ない、においもない〟に手をかけて立ち上がり、――はあ、畜生め！　彼は座ってライターを拾い、ヒラルダの風景、接着剤を手に取って、――くそ、もしも彼女が……彼はまたH－Oで体を支え、その上に座り、――何をやってたんだっけ、タイプ、そうだ、タイプで清書、くそ、何かをタイプで清書しようと……彼は全米会社年鑑を引き寄せ、瓶に手を伸ばし、横にある〝燃えない、煙も出ない、においもない〟の中を探り、――さて……彼はRのキーを打った。

愛する人のために、ぜひ信託貯蓄の口座を……

――盗聴されてたまるか、畜生、よし……彼はカップを空《から》にして、背中を丸め、タイプした。――畜生、アポストロフィーが見えやしない……ローラーが回転し、また回転し、一回ごとにそれが緩慢に変わり、やがて彼は急に立ち上がって、穴の開いたランプの笠《シェード》を揺すり、ソファの上にあったぼろぼろの買い物袋を開けたとき、明かりが点いた。――カタツムリを食ってるのは知ってたが、今度はキャットフードか……？　ランプが消え、また点いた。――鶏肉、部位、首、背中、パルミチン酸塩、不活性化植物ステロール、コリン、塩化物、ピリドキシン、やめといた方がいいか、あれ、どこだ、たばこはどこ……ランプが消えた。

　明かりが戻ったとき、彼は〝風味豊か〟の上に座り、何もない窓枠を見ていた。彼は瓶に手を伸ばした。秒針が〝預け金がない場合《ノー・デポジット》〟から飛び出し、〝返金はありません《ノー・リターン》〟に飛び込んだ。彼が突然立ち上がり、〝燃えない、煙も出ない、においもない〟を探り、接着剤をリバティーヘッドの二・五ドル硬貨の上に絞り出していると明かりが消えた。明かりが戻ったとき、彼は硬貨を窓枠に押し付けていた。窓を勢いよくスライドさせて閉め、〝二枚重ねフェイシャルティッシュ黄色〟に肘をついて体を支えた。――まさか、まさか、くそ、彼女からだったら……二度目のベルが鳴った。彼はズボンの前を見て、手で払い、H－Oにつまずいてバスタブに手をつき、もう一度ベルが鳴るのを待った。――もし、もしもし……？　くそ、おまえか、トム？　彼《かの》、彼女から電話は……？　いや、いや、ただ、その通りだな、ただちょっと……いや、俺のいない間に電話があったってことはありえない、うん、一日中ここにいたからな、シュラムのタイプライターが手に入った、行方不明になっていたのが見つかったんだ……え？　メモ？　俺のメモは見つかった、部屋が散らかっててメモが見つからないっていう話を前にも……シュラムのメモ？　タイプライターの中って……古いマニラ紙のフォルダー、何が上にこぼれたって……？　気を付けて探しておくよ、トム、タイプ原稿がないか注意しておく、それにしても何てものをこぼして……何でもない、うん、足、足が滑っただけ、何……？　酒か、二杯だ、うん、ここに来てから三杯、ずっと……ああ、畜生、いいか、俺は……たしかにそう言ったよ、うん、でも、畜生、いいか、トム、彼女は……いいか、そんなことを言うな、いいか、トム、前にも言ったが、俺は体調がよくないんだ、俺は……いや、何……それは初耳だな、何……いや、どっちの目だ……いや、でも、あの、もしもそれが……それは聞いたことがある、いいか、トム、網膜剝離ってことなら真剣に……それはやめとけ、うん、目のいい医者を見つけて、視力のいい医者じゃない、いい目医者、いい医者なら……何を？　誰に電話、ここに？　ああ、かかってきたぞ、うん、今朝、コレクトコールでここにかけてきた、結局、電話はつないで……子供を訪問《ビジテーション》する権利か、洗礼者ヨハネの母のところに聖母がやって来たとかいう訪問《ビジテーション》みたいな言い方だな、待て、いいか、前に話したゲームのアイデアのことだが……いや、ちょっと、胎内の子が踊ったという一節を思い出したんだ、聖母マリアがエリサベトを訪れたときに、待てよ、畜生《クライスト》、いいか、今日の曜日は……！　違う、違う、今日だよ、今日は……日付はどうでもいいんだよ、くそ、曜日、曜日！　何曜日って名前があるだろ、月曜日とか火曜日とか……畜生。

――息子と面会するために裁判所に許可を願い出る？　ジャック……？

電話がコードでぶら下がった。彼の足がまた滑り、また〝十二オンス瓶二十四本詰め、割れ物注意！〟に足を掛け、ズボンの前を見詰め、それを手で払い、バランスを立て直して、受話器に手を伸ばし、〝クイッククエーカー〟にしがみつき、また手を伸ばして受話器をつかみ、再び空いた方の手でダイヤルを回した。――もしもし？　ああ、聞いてくれ、俺……分かってる、うん、でも聞いてくれ、俺は……分かってる、うん、今日が何曜日かくらい知ってる、だから今……たまたま思い出せなかっただけ、畜生、ど忘れしただけだ！　いいから俺の話を……いや、嫌だね、俺からあの子にそんな話をするなんてごめんだ、うん、俺は……いいか、おまえから来週って説明すればいいだろ、来週、新しい長靴を買ってやるっておまえから話してやればいい、簡単な話……俺があの子と話してる時間なんてないからだよ、それが理由！　いいかよく聞け！　俺は、一度でいいから俺の言うことを、一度でいいから俺の話を、一度でいいから、勝ち負けなんかじゃなくて……？

急に消えた夕明かりの中、窓桟のところでガムの塊が先に付いた紐がするすると下りてきた。彼はよろめくように穴の開いたランプの笠《シェード》にもたれ、〝風味豊か〟に腰を下ろし、――畜生、俺は何を、畜生……

——アメリカの家庭でも、世界の健康を共有しましょう。ポイントはずばり。緑です！　ノビリの研究所から生まれた素晴らしい新製品。私たちはＪＲ社ファミリーの誇り高き……

——てか、郵便も取り込んでないじゃん……扉が震えて内向きに開き、封筒を掻き分けるように女が入ってきて、その足がビジネスジャーナル、現代梱包技術《モダン・パッケージング》、フィナンシャルワールドを蹴飛ばし、——外に馬鹿でかい箱があって動かせないんだけど。あんたいるの……？

——書斎にいる、早く来てくれ、聖書用語索引《コンコーダンス》に襲われた……

——てか、真っ暗な中で何やってるわけ、てか、電話はどうなってんの、受話器がぶら下がったままなんだけど……彼女はその横を通るときに片方の腕を自由にして、受話器を戻した。

——電話がかかってきたから受話器を取った……ランプがちかちかしてから点灯し、ガムの塊がまた動きだし、硬貨の上で陽気に跳ね、引き上げられた。——電話があって、無料のダンスレッスンを受けられることになった……

——てか、めちゃ大事な電話がかかってくるんだけど……彼女は郵便の尾を引きながら歩き、レインコートを脱ぎながら、そのポケットから缶、瓶、布の塊を取り出した。——てか、例の仕事の件で、すぐにまた連絡するって言ってたから……彼女はジッパーを強引に引っ張った。

——かわいらしいワンピース、君がかわいらしいワンピースを着るとは意外だな……彼は空《から》のカップから目を上げ、Ｈ－Ｏの上に置かれた瓶に手を伸ばした。——どうして服を脱いでるんだ、かわいらしいワンピースを……

——てか、ここ汚すぎ、座るところもないし、てか、その仕事、きれいな格好をしてこいって言われて二十ドルを渡されたんだけど、ちょっと、これ持っててくんない？

——お相手の馬はずいぶんときれい好きなんだな、どうして……

——駄目駄目、床に置かずに手に持っててよ……彼女は肩を揺すってシャツを羽織り、——あたしは個人的な悩みを抱えた秘書の役なんだってさ、妊娠しちゃったとか何とか、そういう感じ、よく分かんないけど……彼女は彼の足をまたいで布巾掛けにドレスを掛けて、——てか、それであたしが窓から飛び降りようとしてたらそこに偉いさんが来て、あたしを救うってわけ、あの部屋、あんたにも見てもらいたかったな、てか、あれは必見ね、星条旗とかが飾られてて、まるっきり右翼。

——そりゃ残念、馬だって言ってたのに、実は偉いさんか……瓶が傾き、震え、——でも、星条旗は悪くない、さすがはメーシーズ、上品な客が多い……

——てか、馬馬ってさっきから何、てか、あたしが言ったのは選挙戦レース、政治絡みの話だって言っただけ、てか、あたしを履ったシーボさんって人、まるっきりマフィアそのものって雰囲気で……彼女は掛け違えたボタンに手を止め、――てか、悩みを抱えて窓から飛び降りようとしてるあたしを一人の政治家が助けてくれる、それでヒーローになるってわけ、てか、その勇気ある行動によって彼が国民を大切に思っていることを見せつける、人生という戦いに立ち向かう勇気を再びあたしに与えてくれる、それでギャラは百ドル、てか、このランプ、どうなってんの……彼女はそれを揺すり、山を回り込んで〝七オンス二十四箱入り〟を引っ張り、――こっちにももう一つランプがある、バストに送られてきたやつ、てか、二十五セントある？

――今朝、五ドルやっただろ……

――このランプをあんたに売ろうと思ってるわけじゃないよ……彼女はそれを引き出し、ムーディーズの上に立てた。――てか、このランプはパーキングメーターでできてるから、一時間点けようと思ったら二十五セント要るの。

――じゃあ、五セントやるから十二分でいい、そこの瓶には気を付けろよ……

――駄目、てか、五セント硬貨は分厚いからここの投入口に入らない、だから、わお、今日一日でこれ一瓶飲んだの？

――グリンスパンが来たからな、やつは酒飲みなんだ、あそこ！　見た？　畜生……

――え、何、何を見たって……

――そこのアメフトボール、時計の手前の箱、明かりが戻るまで待とう、古いアメフトボールが〝預け金《ノー・デポジット》がない場合〟から、ほら！　見た？

――てか、あれ、猫ちゃんじゃん、子猫、てか、ミャオ主席、おいで、猫ちゃん……

――どうして猫が部屋の中に、しかもアメフトボールみたいな縫い目が……

――じゃあ、どこに連れて行けって言うわけ、てか、缶切りはどこ、エンチラヴィーのためにここに置いてたはずなんだけど……彼女がいきなり姿勢を変えて、ソファの下を覗くと、シャツの裾が上がった。彼は急に唾を飲み込んで、唇をなめ、カップを唇に持って行きそこねて中身を手の甲にこぼした。――あった、缶の上に置きっぱなし、てか、ぐちゃぐちゃじゃん、たばこの吸い殻とエンチラヴィーが混ざっちゃってる、ごみを廊下に出すのは当たり前、それくらいのことができないの？

――小柄な老婆がやって来て、猫をおびき出すためのマグロの缶詰を片付ける……

――てか、マグロ缶なんてこの部屋にないし、前にそのおばあちゃんが缶詰を横取りしようとしたときは、小さな緑色のトラックに乗せられて、どっかに運んで行かれそうになってた、猫ちゃん、猫ちゃん……

――今の世の中、最後はみんな、緑色のトラックに乗せられてどっかへ……

――違う、てか、毎晩ごみ回収に来るトラックのこと、てか、バストの会社が契約したサービスらしいよ、彼の話だと、猫ちゃん、猫ちゃん、猫ちゃん……彼女は蓋を開けた缶を床に置き、側面を叩いた。

――バストのサービスが契約した会社だって、そういえば、電話に仕掛けられた盗聴器《バグ》を見つけた、きっと同じやつの仕業……

――てか、今してるのはその話、てか、この部屋汚すぎ、朝起きたら虫《バグ》に噛まれてそう、おいで、猫ちゃん……

――虫に噛まれるって、それはトコジラミ《ベッドバグ》、俺が言ってるのは電話を盗聴する機械、そこの床に転がってるのがそれ、電話から外して踏みつぶした……

――え、あれ、外したの？　てか、何でそんなこと、てか、またあの人が修理に来るじゃん、猫ちゃん、猫ちゃん……？

――あの人って誰、何を……

――例の黒人、電話会社の人、てか、電話の取り付け工事をする人なんだけど、副業で盗聴器の取り付けもするんだって、てか、電話の声が何も聞こえなくなったら彼に連絡が入って、また別のを取り付けに来るらしいよ、てか、お腹空いた？

――いや、それほどでもない……彼は床に置かれた缶詰に向かって忍び寄る影から足をどかした。――アメフトボールがものを食べるのは今まで見たことがない、邪魔しないのが正解かな……

――何でそんなこと言うのよ、凍り付いちゃってるじゃん……彼女がソファの端に膝をついて体を回し、郵便物の間から瓶と缶を探り出すとシャツの裾が上がった。――てか、人の尻ばかり見てないで、顔を見たらどう？　それに二十五セント硬貨は見つかったの、このくそランプは点いたり消えたり、何も見えやしない……彼女は前屈みになって透明なパックを歯で破いていた。――あんたも要る？

――え、何が……彼はカップの上で瓶を傾け、振った。

――何がじゃないよ、あたしだって何だか知るわけない、てか、チーズ類加工食品って書いてあるだけ、分かるわけが……

――待て待て！　くそ……

――何なのよ、それはグレープジュース、てか、グレープジュースをカップに入れてあげただけじゃん、何を騒いで……

――今のが最後のウィスキーだったのに、最後のウィスキーにジュースを混ぜるなんて一体全体……

――じゃあ、これでグレープウィスキーができたってことね、てか、そこまで酔っ払ってたらどうせ味なんて分からないでしょ、これは何……彼女はそれを持ち上げ、蓋を開けて、――ラビオリ、ラビオリ、要る……？　ランプが点滅し、彼女の背後でガムの塊が跳ね、ゆっくりと上がって視界から消え、彼女は指をなめ、封筒を破いた。――アイゲン様へ、先日開かれた全米ペンクラブ入会審査委員会において、貴殿の入会が認められたことを謹んでお知らせいたします……

——待て、何だそれ……彼はカップに向かって咳払いをして、

——今のは何の話……

——何って、手紙に書いてあることを読んだだけ、てか、バストとあたしが一緒に食事するときはいつもそうしてるんだけど……彼女はシャツの裾から手を入れて脇腹を搔き、——てか、他にすることもないし。

——いや、あの、問題はその、アイゲンは結構神経質なやつで、大事な手紙は自分で開けないと……

——てか、封が開いてたって一緒じゃん、どっちも郵便なんだし……紙が破れ、彼女は指をなめ、瓶を置いた。——こちらは下の契約書に記された管財人がこれこれの理由により作成することを求められた定期報告書です、バストに届く郵便はどれもくだらない、てか、こんなの読みたがる人の気が知れない、キッシンジャー、納税通知書、米国鉱山局、幹部のための節税対策、インディアン管理局、インチキ省、インチキ局……彼女は足元の山を掘り、——てか、どこかにニシンの缶詰があったと思うんだけど……

——グリンスパンに訊いてみろ、やつが全部整理してたから、整理してあったのにどうしてまた混ざってるんだ……

——ねえ、この缶、開けてくんない？　てか、昔は缶詰に鍵みたいなのが付いてきたのに、なくなったんだよね、あった、これはどう、グリンスパン様へ。貴殿がアメリカ国民として深刻な懸念を抱いていらっしゃること、そして、今日の重大問題に関して意見を表明なさる際には念入りかつ知的な思索を欠かさないことは存じ上げております、われわれが知る共和国の存亡は、貴殿のご意見のように独立した、最高レベルにおける表現の自由にかかっているのであります、つきましては、同封の文面を貴殿ご自身の筆で便箋に書き写していただき、速やかに身近な連邦議会議員にお送りくださいますようお願いいたします、拝啓、私は一市民として、下院決議第三五九七号と、ブルース上院議員が提案する同主旨の上院決議を支持する強い意見を表明いたします、両決議はガンディアにおける内戦への不干渉を支持するものであり、ウアソ州が独立した主権を持つ国家として可能な限り早期に、危ない！　ほら、こぼれてる……

——いまいましい猫め、何を……

——だから言ってるじゃん、猫ちゃんが窓桟でジャンプしただけだって、放っておけばいい、見て、何あれ、あれ何、てか、窓の外、何かが紐の先にぶら下がってる、ぴょんぴょん跳ねてるよ、ほら……

彼はカップを真っ直ぐに持ち直し、再びH－Oの上に座った。

——一回引っ張り上げて、仕掛けを変えたらしい、ガムが二つになったみたいだ……

——てか、あそこ、二・五ドル硬貨が落ちてる……！　彼女がサッシを揺すり、窓をスライドさせて上に開けると、同時にシャツの裾が上がり、つやつやしたピンク色の塊に向かって彼女の横から前足が乗り出して、——くっついてる、下にくっつ

いてて取れないよ、これ……ガムの塊が踊るように上がり、落ち、前足が飛び出した。——ねえ、このくそ猫を捕まえててよ、あたしの頭の上、あたしの髪が、わあ……！　紐がぴんと張り、また引き上げられ、彼女は体を引っ込めて窓を下ろした。——くそガムを操ってるのは誰、てか、例の、いつもここの玄関に来るうちの妻《つま》のやつかな、だとしたら、今度ここに来やがったら……彼女は〝二枚重ね二百枚〟を通り過ぎて、——誰よ！

——こんばんは、奥様……扉がガタガタと開き、——夕食のお邪魔ではありませんでしたでしょうか、こちらのお宅の奥様で間違いございませんか？

——ねえあんた、あたしが男に見えるとでも……

——一目で分かりました、間違いなく立派な教育をお受けになった方ですね、ではきっと、お子様たちにも同じように立派な教育をとお考えに……

——子供って何、あのさあ……

——奥様、もしも私の目に狂いがなければ……と彼は視線を上げて、——もしもお子さんがまだいらっしゃらないということであればそれは旦那様の重大な過失です、起訴されて当然ですね、ははは、もちろん旦那様も奥様と同じように、育ちのよい、教養豊かな方に違いありません、すてきなお宅は今ちらっと拝見しただけですが、ぜひともこちらに私どもの新しい子供向け百科事典を棚に並べていただきたいと思います、奥様、旦那様と同様に教養あるお友達やご近所様がご覧になればきっと……

——ねえ、その足をどかしなさいよ……

——失、失礼、奥様、せりふが途中やめになると、また最初からやらないといけなくなります、同様に教養あるお友達やご近所様がご覧になればきっと、感銘をお受けになるに違いありません、そこで本日は、出版記念先行特別価格で私どもの新しい子供向け百科事典セットのご紹介に参りました、今回の大変お得なお買い物をご決断いただくために、先行発売されました第四巻を何と十日間、完全無料で試し読みしていただくことができます、奥様も旦那様も、このすてきなお宅でどうぞじっくりお手に取ってご検討ください、家族でご覧になるもよし、お友達にお見せになるもよし、どうぞその手触りを、すみませんがこの扉を、足が痛いんですけど、どうぞこの装丁のきめ細かな手触りをお試しください、耐久性も美しさも通常の革とは比べものになりません、各巻ともに贅沢な金箔の型押し、今回の先行特別価格では、とうていありえない完璧な装丁でお届けいたします、どうぞ奥様、旦那様、実際にお手に取って……

——ねえ、ちょっとこっち来て助けてよ！

——素晴らしい装丁と使用した紙にご注目ください、高品質な印刷技術、カラーのイラストもたっぷり盛り込んだ上に、どの巻にも詳細な図表、グラフを添えてありますので、どなたでも楽しく、各国の歴史、文化、文明、政府、歴史、芸術、文学、そして、そして、科学の世界を旅することができる作りとなっております、はい、基本的にはお子さんの知的欲求に刺激を与え、それに応える方向で執筆、編纂されていますけれども、ただぱらぱらと眺める方にも、想像の中で世界を旅する方々にも、本格的な研究者の方にもご満足いただけるものでございます、と申しますのもその内容は、世界の名だたる学者さんたちによる数千時間に及ぶ周到な研究に基づいておりまして、あ、あ、ひょっとして、こちらのお宅の旦那様でいらっしゃいますか……?

――想像の中で世界を旅するくそ人間の一人だよ、そう見えるだろ、さあ、さっさとそこから足をどかせ……

――奥様、奥様、お見かけしたところ、大変進歩的なお考えをお持ちでいらっしゃるようですね、私どもの出版社はまさにあなたのような方に向けて新たに刊行が始まります魅力的な雑誌『彼女《シー》』の定期購読特別予約もただいま受け付けております、予約金は完全無料、いち早くこちらの雑誌を手に入れればお友達やご近所様がうらやましがることは必至……

――こいつのくそ足が扉の下に挟まってるせいで……

――ありがとうございます、では、お名前をお教え願います、奥様でも旦那様でも結構です、それとこちらにご署名を……

――ちょうつがいが一つ外れてるんだから、下向きに体重をかけて、押せばいいじゃん……

――ありがとうございます、特別価格で提供させていただいておりますこちらの商品ですが、では、お宅様よりもご近所様の方がご興味をお持ちかもしれません、失礼ですが、旦那様、そちらにお預けした第四巻をお返しいただけ、うぐ……

――もっと強く、ほら、もっと強く、ぴたっと閉まるまで、ふう……彼女は彼の前に立ってバスタブを通り過ぎ、――てか、何でそんなものもらっちゃったのよ、てか、ただでさえこの部屋は物があふれてるのに、また余計に一冊本をもらうなんて……彼女は穴の開いたランプの笠《シェード》を拳で叩いて明かりをともした。――けど、あの二・五ドル硬貨、もったいないと思わないの、てか、ラビオリはどこ、食った?

――いや、いや、俺はグレープウィスキーで結構……彼は〝燃えない、煙も出ない、においもない〟で体を支えながら座った。――すてきな第四巻を熟読させてもらおうか……

彼女は床から瓶を拾い上げて、――てか、ラビオリの何が気に入らないわけ……指をなめ、紙が破れ、――てか、それなら外に食事に行きなよ、親展、このたびランチョ・アシエンダ不動産で二周年記念ディナーを開催するにあたって、あなたのお名前で無料ご予約を承っております、フルコースディナーをお召し上がりいただいた後は、楽しい映画をご覧ください、服装はインフォーマル、場所は宴会室、てか、あたしまじで行きたいんだけど……

――おまえも俺もズボンがない、これで行ったら、立ち上がったときにみんなに笑われるぞ……

――服装はインフォーマルだって、まじで行ける、てか、自分の格好を見なよ、てか、あたしが出掛けるときにちょうど髭を剃り始めてたのに、帰ってきたときもまだ髭が剃れてなくて、酔っ払って座り込んでるってどういうこと。

――いや、ずっと、ずっとタイプを打ってた、タイプライターが見つかったんだ、だからタイプを……

――タイプって何を。てか、あんた、来もしない大チャンスを百年待ってるって感じだよね、汚いフォルダーとトゥッツィーロールの箱に入ったメモを見つけたときにはもうみんな死んでるよ、あたしが帰ってきたときだって酔っ払ってそこに座ったまま、ガムの塊をじっと見てたんだから……

――トゥッツィー、メモ、メモが見つからないとタイプで清書することもできない、タイプライターが見つかったからずっとタイプを……

――見つからないって何、すぐ後ろにあるじゃん、てか、じゃあ、何をタイプしてたわけ。てか、そのタイプライター、紙が入ってないよね、ほら……ローラーを回そうと身を乗り出したとき、彼女の股が大きく開いた。――座りなよ、てか、ほら、紙が入ってない、何にも、危ない！　そこが崩れる《ティッピング》……

――え、俺は、崩れる《ティッピング》、崩れる《ティッピング》じゃない、タイピング、タイプで清書し直してたんだ、俺、畜生……

――ほらね、言ったでしょ、崩れる《ティッピング》って、ね？　それに、その箱、表にトゥッツィーロールって書いてある、てか、あんたが見つけなくても、メモの方があんたを見つけてくれたじゃん……

――くそ……彼はゆっくりと元の位置に戻り、片方の足を前に出して書類を掻き集めた。――畜生、このパンドラの箱がいつまでも俺につきまとってくる、何千時間かけたと思ってるんだ、十六年、十六年も一緒に暮らしてきた、そろそろ本屋に並んでいる頃かと思っても、家に帰れば相変わらずメモの山が待ってる、十年前に出版してれば……

――ねえ、気を付けて、破れてるよ……

――十六年だぞ、病人と一緒に暮らしているようなもんだ、十六年、部屋に戻るたびに、出掛ける前の状態のままそこで俺を待ってる、そして杖を振り回して騒ぎやがる、ふっくらした枕に変えろ、段落を削れ、文を付け足せ、手を握れ、温かい牛乳をよこせ、コンマを入れろ、外の空気と、ついでにたばこを吸って帰ってきたら、またそこで待ち構えてる、部屋の中でどこにいてもいつも視線が追ってくる、そして杖を振り回す、だからどうしてほしいのかを察してやる、枕をふっくらさせて、包帯を変えて、音読して、文の構造を組み替えて、顎のよだれを拭いて、新しい段落を立てて、それでもずっと視線が追ってくる、一週間、一か月、一年そんな状態が続いて、別のアイデアも思い浮かぶ、でも友達が訊きやがる、あいつの具合はどうだ、そろそろ退院かってな、悪い知らせを聞きたがってるわけじゃない、こっちも何も言わないわけにはいかない、嘘だっていいんだ、にこにこしながらもうぼちぼち出版だって答える、そのまま日なたを歩いているうちに、家に帰れば原稿が出来上がってるんじゃないか、留守の間に自分で立ち上がって、勝手に玄関から出てくるんじゃないかっていう気になってくる……

――ねえ、あそこの二・五ドル硬貨だけど……彼女はまた座り、その手は大きく開いた股を掻いていた。――下に貼り付けちゃったわけ？

――言っただろ、こっちに戻ってこい、危ない、片方の目が黄色、反対の見える方の目は緑、二つの考えを合わせて一つのアイデアを作り出そうと……彼はH－Oの上でバランスを取り、青いフォルダーに手を伸ばした。――友達連中がだんだんと腹を立て始める、いい加減、外に連れ出せって言うんだ、ちょっと体が不自由な病人みたいに、細かいことなんかどうでもいい、とにかく汚い格好でいいからさっさと服を着せて外に連れ出せってな、でも家に戻れば原稿が待ち構えてる、ふっくらした枕に変えろ、文の構造を組み替えろって……

――ねえ、どうなのよ？　二・五ドル硬貨は下に貼り付けちゃったわけ？

――言っただろ、物語、物語……彼の手の下で紙がめくれ、

――というのも、物語は、ここだ、というのも、くそ、目が、顎のよだれを拭いて、杖を振り回して、どうしてほしいのかを察してやって、畜生、というのも、というのも、鉛筆、鉛筆はどこだ、畜生、文章が、文の構造を入れ替えないと、早く、鉛筆……

――やったんでしょ、硬貨を貼り付けたんでしょ……

――文の構造を入れ替えるんだ、ほら。というのもワイルドが、ヨーロッパでくすぶる堆肥に加わった後も長い間、芸術のために彼がレッドヴィルで立ち向かったならず者の物語は笑いのネタとなっていたからである、もちろんヨーロッパではペイターの成功哲学も広まりを見せていたのだが、ここアメリカではまさに芸術の領域で、発明が、成功の条件としての失敗の可能性さえ排除しつつあり、最大の努力でさえ充分とは認められず、一つの音も外すことなく演奏を続けることが可能となった今、ピアニストを撃ちたい衝動にあらがえる者が果たしているだろうか？　どうだ。

――どうって何。あのさあ、あたしは……

――え、気に入らない？

――いや、ていうか、分かんない、てか、さっぱり意味が分かんない。

――くそ、問題は声に出して書かれるために読まれた文章じゃない*ってこと、じゃあ、自分で読め、ここからだ、ほら。

――え、ここ？　芸術のひひ、批評において唯一の合理的な手法は、今は亡き時代遅れの猿《チンプ》、ワイルドが述べたところによると……

――間抜け《チャンプ》、くそ、間抜けだよ、猿《チンプ》じゃない、よこせ……

――猿《チンプ》って書いてあるんだもん、ほら、チ、ン、プ……

――間抜け《チャンプ》、時代遅れの間抜け《チャンプ》、スティーヴン・クレインが

ワイルドのことを猿と呼ぶはずないだろ？

——さあね、そんなこと知るわけない、危ない、てか、それあたしの足首なんだけど……

——猿《チンプ》、馬鹿にしやがって、ワイルドが嫌いなんだろ、馬鹿にするために……

——嫌いって何、何の話だかさっぱり分からないのに、好きも嫌いも……

——ピアニストを撃てって話だよ、さっきも言っただろ、自動演奏ピアノに演奏者は必要ない、だからピアニストを撃ち殺しても大丈夫、さっさと読めよ、畜生、ここにそう書いてあるだろ、ほら、まさに芸術の領域で、発明が、成功の条件としての失敗の可能性さえ排除しつつあり、そこにそう書いてある。

——何て書いてあるって、てか、自動演奏ピアノとかいう話はどこに書いてあるわけ？

——発明、発明ってそこに書いてあるだろ、畜生、それは当然、自動演奏ピアノのこと……

——てか、あたしが言ってるのはそのことなんだよね、てか、ピアノならピアノって書けばいいんじゃないの？　それと、これが本のタイトル、唖然《アゲイプ》、唖然《アゲイプ》（agape agape）？　これがタイトル？

——馬鹿言うな、ほら、ペー（pē）、eの上に横棒があるだろ、πη《パイイータ》、ペー、アガペー、分からないのか？　パイイータ、ペー？

——てか、ピイータだかピエタだか知らないけど、あたしは……

——言ってない、ピエタなんて言ってない、それは全然違う、それじゃあ本なんて何の役にも立たない、いいか、何の努力もせずに本を読んだって何も得ることはできない、分からないことがあれば調べるんだよ、無料の百科事典が目の前にあるじゃないか、調べてみろ、ａｇ、ａｇ、ｇｌａｓｓ《グラス》、ｇｏｌｆ《ゴルフ》、違う、この巻じゃない……

——てか、ねえ、そんなのどうでも……

——そこが大事に決まってるじゃないか、どうでもいいって何だ、アガペーが唖然《アゲイプ》としてる、そこが大事、じゃあ、別のことを調べてみろ、ゴルディオスの結び目、ただぱらぱらと眺める方にもどうぞ、ゴルディオスの結び目《ゴーディアン・ノット》*だ。中国での輝かしい武勲にちなんで、チャイニーズ・ゴードンという名でも知られるチャールズ・ジョージ・ゴードンは後に、勇者としてハルツームの防衛に当たった。それを踏まえて、ゴードンの難事《ゴーディアン・ノット》という表現が生まれた、何だこれ！

——危ない！　窓を割るところだったよ、てか、あんたのせいでミャオ主席がすっかりびびっちゃった、おいで、猫ちゃん、てか、何で事典を投げつけたりするのさ、おいで、猫ちゃん、猫ちゃん……

——まったく、畜生、こっちが何を言ったって、何を書いたって、もう手遅れ、誰も彼も仲良くお食事《ラブ・フィースト》*、ピアニストを撃て、石の部屋で、狂った指が笑いの弦を弾く、*畜生、俺が生まれたのはこのごみ屋敷みたいな世界だったのか……

――ねえ、気を付けてよ、それあたしの足なんだけど……

――畜生、何年も費やして、やる価値のあること、畜生、いつも視線が追ってくる、だんだんと憎らしくなってくる、それでもまだ待ってる、くそ杖を振り回す、何も起こらない、包帯が乾いてほどける、牛乳が腐る、世界が脳天気に通り過ぎる、友達がついに、気まずくて何も訊かなくなる、家に帰って扉を開けたら、憎らしいやつがじっとこっちを見詰めてる、やつがどこに行きたいかが分かる、こっちが行き先を決めているつもりだったのに、実はやつの行きたい場所に……

――気を付けて、寝転がらないでよ、足、痛いんだけど、おいで、猫ちゃん……

――文の構造を組み替えて、枕をふっくらさせる、何をやっても無駄、やつは杖を振り回す、何をやっても無駄、段落を削って、喉元に手をかけて、思い切り首を絞める、最後のピリオドまで憎らしくなる！

――待って、やめて、それ、破いたらまずいんじゃ……

――十年経過、手遅れ、ピアニストはもう足がふらついてる、既に撃たれたも同然、脳天気な連中はピアニストの脇を素通りだ、急ぎ足で向かう先はどこでもない場所、誰も本のことなんて気に懸けない、本に書いた通りになった、今では誰でも知ってること、憎らしい本！

――てか、みんなそういう本を読みたがってるんじゃないの、既に知ってることが書いてある本、てか、だから本ってどれもインチキなんじゃないの、あたしの足が抜けないじゃん、もたれないでよ、痛《いた》っ……彼女はモカシンを履いた足を引き抜き、H-Oの上に座り込んだ彼から脚の長さ分だけ距離を取って、ソファの端に垂らした。――てか、この部屋にあるくだらない本、これだけでも充分すぎるのに、それと別にもう一冊本を書いてくれなんて誰があんたに頼んだわけ？

――俺は約束したんだ。

――約束って誰と、大事な電話を待ってるって言ってたけど、これがそのお相手かもよ？

――電話には出るなと言っただろ、電話なんて……

――きっと無料ダンスレッスンの勧誘ね、てか、そこまで嫌ってたら何もできないじゃん。

――だからできないって言ってるだろ！　だからいつまで経っても……

――何よ、いつまで経っても何……彼女の手が、曲げられた膝から下りて、ぽりぽりと掻いた。――てか、あたしも前はモデルになりたいなりたいって言ってたのよね、十歳の頃とかミリー・ザ・モデルみたいなくだらない漫画ばっか読んでたし、当時からそこの絵みたいなディッペルドゥッターを持ってたから、大きくなったら有名モデルになるんだと思ってた。もしもなれなかったら自分の人生はゼロだと思って頑張ったわけ、で、大きくなってモデルの仕事を探し始めたら、鼻の形が悪いとか、おっぱいがでかすぎるとか言われてすっかりめげたわ、てか、あたしはゼロなんだって思い知らされた、あたしとエッチしようとする連中はいくらでもいたけどね。てか、有名モデルにも会って、その人はあたしに力を貸してくれるって言ってたんだけど、やっぱあたしの体目当てだった、それでやっと考えるようになったの、やれやれ、どっちが本当のあたしなんだろうって、それからあたしは変わった、十歳の頃から持ってた夢は夢として変わってない、今でもあたしの目の前にある……彼女の手が落ちて、乾いた丘を掻いた。――てか、本を書くべきはあたしなのかもね？

――ついでに教員になったらいい……彼女が急に立てた膝とぶつかりそうになった彼の手は、カップを持ったままで危うく衝突をかわした。――やれやれ、どっちが本当なんだろうって、その調子で講義をしたらどうだ、ネオプラトニズムの再興、新しい学派ができそうじゃないか……

――てか、それ、あたしをからかってるつもりなんだろうけど、あたしが書く本の内容はインチキじゃないからね、あたしの友達連中に訊いて確かめてもいいよ。

――君のささやかな本、タイトルは『姿を変えても同じ敵』、百万部くらい売れるかも……

――ねえ、わけの分かんないこと言うのはやめて、てか、あたしが本を書いて、もしも百万部売れたら、それっていい本ってことだよね？　てか、みんなが読むような本はあたしにも書けると思うんだけど……手の動きがかゆみを抑えるリズムから思索的なテンポに変わり、――てか、あんたみたいにインチキで大げさな言葉を使わなくたって、あたしの言いたいことはちゃんと……

――ならやってみろ、畜生、キリスト教徒のみんなに身ぐるみはがされて、*牡蠣《かき》の殻で切り刻まれるぞ、好きなように、くそ！　彼は吸った空気をカップに戻し、空《から》になったカップを〝燃えない、煙も出ない、においもない〟の上に落とし、足で書類を掻き集め、――タイトルを付けてやる、シンプルな言葉でな、新品同様、どうだ、『アガペー、唖然《アゲイプ》』、未使用のタイトル、どうだ。

――てか、さっきも言ったけど、そんなタイトルは誰も欲しがらないって、誰にも意味が分からないし……力の抜けた膝が伸びた。――てか、やる？

――もう少し膝を伸ばせ、意味なんて誰でも知ってる、本の表紙は何かの絵にしろ、帯の宣伝文句はイポリット・テーヌ*に書いてもらえ、そうすれば百万部くらい……

――ねえ、やるの、やらないの？

――言っただろ、俺は、どうして……

――どうしてって、他にすることなんてないじゃん……掻く指が止まり、――てか、他に食うものもないし、吸うものもないし、あんたはそこに座って月明かりの中でこの汚い本を読むつもり？

――言っただろ、手遅れさ、ああ、妖精にエネルギーを吸われてしまった。

――妖精って何！　彼女が身を乗り出して、穴の開いたランプの笠《シェード》を叩くと明かりがともった。――ねえ、あたしとしたいの、したくないの。

――言っただろ、畜生、手遅れなんだよ！　だからアガペーが唖然《アゲイプ》としてる、馬鹿な小物連中がエネルギーを使い果たしてしまった、そう言っただろ？

――もういい……シャツのズボンを外していた彼女は寝そべるようにしてポケットの中を探った。――大した妖精ね。

――いや、そういうことじゃ、俺が言ってるのは……

――もういいって！

――俺が言ってるのはただ何か、ただ何かしがみつくことができるものを探そうとして……

――しがみつきたいなら勝手にしがみつけばいい！　彼女は伸びをしながら白い紙の束を差し出した。――お得意のトゥッツィーロールにしがみついてたらいい、どうせ最後には……

――最後も何も、終わりは全然……彼は肘を突き出し、足を引き寄せて、――君はせいぜいその鼻を利かせて未来を予想するがいい、朝、目が覚めたら鼻血が出ているようなその鼻で……

――てか、誰だってそうじゃん？　てか、コインを窓枠に貼り付けたり、タイプライターに紙を入れずにご立派な本を清書したり、どうせあんたは、あんたはシュラムと同じように……

――え……彼は全米会社年鑑に手をついて腰を浮かし、――何だと、シュラムがどうしたって……

――知らなくていいよ。

――何、シュラムがどうした……

――知らなくていいって！　危ない、てか、こぼれるからやめてよ……

――待て待て、おい……彼は〝風味豊か〟につまずき、――じっとしてろ、いいか……

――音が聞こえるじゃん、くそ電話、ほら、出なさいよ。

――言っただろ、間違い電話だ、話を聞け！

♫

――ねえ、電話はそっちじゃないよ、反対……

――早く、窓の方へ行け、おまえがアンテナになってる、静かに……！　彼が音楽速報の高原に達すると同時に、〝キャップを戻せるトニックウォーター〟が〝燃えない、煙も出ない、においもない〟の上にひっくり返った。――もっとそっちへ、静かに！

——電話に出たいんだけど、だって大事な用事が……

——動くな……！　彼は〝パッド十個入りパック二十四袋詰め〟と〝ナンバー1ビーフグレービー缶四十八本入り〟の間に立っていた。——そこでストップ！

——ねえ、あたしは出るよ、大事な用事の電話かも……

——畜生！

——以上、ブルックナーの交響曲第八番の抜粋をお届けしました、提供は……

——畜生め、痛っ……！　彼は頭を押さえながら山を下り、特別増刊、一九〇九年編を叩き、足を滑らせて〝世界で最も愛されているケチャップ57二ダース入り〟に寄りかかり、蹴り、モップの持ち手を握って、——畜生め！

——教育と科学技術がめでたく結婚を果たし、両刃の剣を作り上げました……

モップの持ち手が踊り、彼はそれを下に突っ込み、押した。

——交響曲を丸ごと放送することもできない、スケルツォさえまとめて放送できない、畜生め……！　音楽速報一九一一年編が反対側に滑り、彼はひねり、押し、〝パッド十個入りパック二十四袋詰め〟を蹴り、一方の膝をそこに押し付け、他方を〝ナンバー1ビーフグレービー缶四十八本入り〟に当て、さらに沈み、突然崩れてきた〝世界で最も愛されているケチャップ57二ダース入り〟を肩で支え、片手を自由にした。——うぅ！倒れてきた特別増刊が脇腹を直撃し、——畜生……！

——事典がアメリカのご家庭に、世界の知識をたっぷりとお届けします。お求めは最寄りのスーパーマー……

——ちょっと、何やってんのよ、上にいるの？　てか、もう部屋ごと床が抜けそうなんだけど、何してんの。

——ピアニストを撃ってやった。

——さっきの電話、あの人のボスだったよ、バストのボス、まじですごくあせってた、下りてきたらどうよ？

——下りられない。

——あのさあ、そのボス、グリンスパンさんがここに来てるって聞いたんだって、話をしたいらしいよ、てか、相手は誰でもよくて、とにかく話をしたいみたい……彼女はひっくり返った〝キャップを戻せるトニックウォーター〟を乗り越え、モカシンをその上に載せて後ろにもたれた。——彼と話をしてやったらどうなの、あんたはグリンスパンと知り合いなんでしょ……彼女はしわになった紙を指先で叩き、拾い上げ、——てか、すごくテンパってて、キーキー言ってたよ、笑ってんのか泣いてんのか分からない感じ、猫ちゃん、猫ちゃん、猫ちゃん？てか、キモいよね、あの人、猫ちゃん、猫ちゃん？　そこにいる？　ミヤオ主席、そこにいる……？　彼女の空いた手は、下ろした先をぽりぽりと掻いた。——主席はびびりすぎてて、もう一か月くらい姿を見せないかもね。てか、何してんのそこで。

——すてきな第四巻を熟読してる……革で装丁された特別増刊の折れた背が〝預け金がない場合《ノー・デポジット》〟の上を疾走して時計にぶつかり、秒針が〝返金はありません《ノー・リターン》〟へと逃げ去った。——想像の中で世界を旅してる、完全無料でわくわくするような旅行……紙が破れた。——どなたでも世界の音楽が無料。どうだ。

——てか、ほんとに言ってやりたいくらい。頭のおかしな十歳の子供がモデルになりたいと思ったからって、別に実際、大人になってそんなものになる必要なんて全然ないって、やっぱ、あんたよりあたしが本を書いた方がよくない？

——クラシック作品が好みの人にお薦めなのは、スカルラッティ、バッハ、ハイドン、ヘンデルなどが作曲したオラトリオやフーガ、どうだこれ。

——あたし、友達にはモデルになるって宣言して、学校を出た後、すごく頑張って、花嫁学校みたいなところで化粧とか何とかを習ったんだけど、何回ヴォーグを買っても全然載ってないってみんなが怒ったんだよね、あたしってやっぱゼロみたいって。

——不幸なシューベルトはロザムンデの甘い調べで語り掛ける。巨匠の中の巨匠、ベートーベンは熱情や美しい交響曲第五番で、聞く者、演奏する者をともに魅了する……

——で、結局、考えてみたら、モデルになろうと頑張ってる間ずっと、あたしはなりたい、なりたいっていつも言ってたモデルってものを憎んでたわけ、分かる？

——ショパンは夜想曲でポーランドの運命を嘆き、ポロネーズで同胞の勇気をたたえた……

——てか、方法を忘れちゃうんだよね？　偉そうな将軍とか、くそみたいな社長とか、銀行のやつらとか、無表情な牧師とか、間抜けな政治家とか憎むじゃん、そうしたら、マリファナ吸ったときみたいに忘れちゃう。どうやって憎んだらいいのかを忘れるんだよね。

――好みが違う人には、偉大なるワーグナーがある。ワルキューレの騎行で魂を雲より高く引き上げ、広大なる天堂《ワルハラ》へと導く。あるいはニーベルングの指環で、ライン川の冷たい緑の淵に招き入れる……

――てか、結局、今の自分でいいんだって気付いた、で、いつもなりたいなりたいって言ってたモデルのことはやっぱ大嫌いなんだって分かった。てか、あたしは頑張ってるつもりだったけど、頑張る分だけ本当の自分が嫌いになった、分かる？

――ピアノーラは万人がピアノを演奏するための方法である。

――てか、みんなが読むような本ってあたしでも書けると思わない？

――万人。というのも、手と足が使える人であれば誰でも、ほんのわずかな努力でピアノーラを使いこなせるからだ。

――てか、あたしの言いたいことはちゃんと伝わると思わない？

――演奏者は、適切なタイミングで正しい音を出す方法について思い悩む必要がない。そうした部分は、穴の開いたピアノロール紙が正確に実行するからである……

――ねえ、あんた、あそこに硬貨を貼り付けたでしょ……？

彼女は紙をしわくちゃに丸めながら前に身を乗り出し、――てか、このくそランプ……彼女はそれを引っ張った。下に落ちた手は、精いっぱい腕の先で暗闇の中を探っていたが、やがて彼女は体を起こした。――ねえ、水の音を聞いてよ、てか、何かふわふわ浮かんでる感じがしない？　ねえ、まだそこにいるの？


――アメリカの立派なお屋敷からも多数。大切に保管された家宝もたくさん……

――てか、近づいてきたよ、音を聞いて。ね？　てか、あたしたち、誰にも気付かれないまま溺死んじゃうかも、音を聞いて！　近づいてるよ、見えないんだけどそこにいるの？　ねえ、足が抜けないよ、助けて！　てか、全体が傾き始めてる、助けて！　どこ、おいで、猫ちゃん、猫ちゃん、すごい嵐が来るよ、バスト、上にいるの、助けて！　足が抜けない、助けて！　足が、てか、深すぎてもう、すごく温かい、てか、もう水浸し、あ、うわ、ああ、うわ……流し台とバスタブの奔流が暗闇の中で激しさを増したように思われ、窓に当たる雨音でさらに膨れ上がったが、やがて、窓が明るくなり、太陽のない灰色の朝を迎えた。* ――ねえ、鼻血が出ちゃったんだけど、何か持ってきてくんない……？　彼女は肘をつき、顔に手を当てて返事を待った。――ねえ、そこにいるの……？　彼女は足に絡みついた布を蹴飛ばし、一歩進むたびに、下に落ちた封筒、切り貼りされたメモ、社用便箋、現代梱包技術《モダン・パッケージング》、フィナンシャルワールドの上にきらきら光る水しぶきを跳ねかけ、〝キャップを戻せるトニックウォーター〟の衝突をまたぎ、〝二枚重ね二百枚〟を通り過ぎて、濡れたシャツを拾って鼻に当てた。——うわ、誰がこんなところに、ねえ、この下に埋もれてるの……？　空いた方の手が泡の山を掻き分け、上がってシャツを持ち、落ちて股を掻いた。彼女は片足をバスタブの縁に上げ、モカシンを脱いだ。——誰、あんたなの……？

扉が震えた。——お届け物です……

——勝手にそこらへんに置いてって……

扉が内側に開き、ぶら下がった。——あの、前にも来たんですけど、トラック一台分の荷物です、それよりおたく、どこにいるんですか……

——どこってここに決まってんじゃない……彼女は肩から泡の山を落として、——てか、何じろじろ見てんの、届け物があるならさっさと届けてよ……

——プラスチック製の造花千グロスが下にあるんですよ、どうやってここに運べって言うんですか……

——あんたが運べなんて誰も言ってないでしょ？　てか、それはあんたが考えなさいよ、配達するのはあんたの仕事、配達学校で教わったやり方で配達すればいいでしょ……？　突然、濡れたシャツの塊が泡の中から現れ、ぷつぷつのあるピンク色の乳首をこすり、——てかさあ、そんなところに突っ立ってチンポ握ってないで、電話に出てくんない？　違うよ、そっちじゃなくて、あんたの後ろ、そこの上……

——あ、ああ……もしもし……？　何の用、誰……？

——ねえ、誰、てか、あたしに電話だったら、大事な用件だから……

——ボスはどこだって誰かが言ってるよ、裁判所に出頭するはずの時間だってさ……

——引っ込んでろって言ってやって、てか、大事な電話がかかってくることになってるんだから、うわ、てか、メーシーズのウィンドウって何だろうね？

——おいおい、何、おたくは一体誰、ここで何をしてるんだ、一体ここは……

——ねえ、電話に出てるに決まってる、見たら分かるじゃん、てか……

——でも何、ジャックはどこ、一体何が……

——ジャックの居場所なんて知るわけない、てか、ジャックって誰、じゃあ、あたしは何なわけ、ただの付け足し？

——誰が何だって、待て待て、おたくは誰……

——ええ、あなたがグリンスパンさん？　今日は召喚状を持ってきたんですが……

——おい、畜生、私はグリンスパンじゃない、私はアイゲン、それで、ここは一体どういうことに……

——え、じゃあ、そこで電話しているのがグリンスパンさん《ミスター》？　失礼します、合衆国地方裁判所ＢＭＴ南地区の命によりあなたを召喚いたします、それと、あなたがバストさん《ミスター》？　あなたにも召喚状が出ています……

――てか、よく見てよ、あたしが男に見える？　てか、出てって、みんなここから出てって！

――分かりました、おたくもバストさんではないんですよね？　ここに召喚状が……

――その通り、うん、ここから出て行ってくれ、そこのあなたも、電話は置いて、さっさとここから、扉、気を付けて！　あれ、どこ、ここで何をやってるんだ、どこに、待って、君は、名前はローダだったかな、君は……

――だったって何よ、てか、何じろじろ見てんの、何してるように見えるわけ、てか、ほら、電話は切って、受話器を戻して、大事な電話がかかってくるんだから、それと扉、何かで内側から押さえるようにしないと、さっきの人が荷物を持ってくるかも……

――何の荷物、誰が……

――配達の人、てか、造花を千個届けるって言ってた、てか、ほら、階段の下の方でがんがんやってるのが聞こえるでしょ……

――ああ、あれは、違う違う、あれは大丈夫、別人だ、ジャックと私の友達、大きな画架《イーゼル》を運んでるから……

――あんたとあの人のお友達、なるほどね、てか、そこのシャツ取ってくんない……

――やつなら大丈夫、この部屋に画架《イーゼル》を持ってくるわけじゃない、画家なんだ、仕事ができる場所を少し前から探してて、とりあえず隣の空き部屋に荷物を、ほら、手を貸そうか……

――ねえ、シャツを取ってって言っただけなんだけど。てか、バスタブから出るくらいのことは一人でできるし。

――ああ、私はただ、ほら……

――てか、ねえ、てか、体を拭くのも一人でできるって。

――何なんだ、私はただ……

――何でもないって、てか、手伝いは要らないって言ってるだけ、分かった？

――いや、でも、何……

――そこは自分で拭けるって言ったでしょ！

――どうしたって言うんだ、何をそんなに……

――何でもないって言ってるじゃん、とにかくその手を、あ、ほら、電話だ、嘘じゃないよ、てか、電話に出るんだから邪魔しないでよ……

――いや、待って、畜生、私が出る、ちょっと……

――てか、大事な電話がかかってくることになってるから……

――もしもし……？　いません、はい、誰……ああ、あなたか、ええ、ジャックはずっとあなたから連絡が来るのを待ってました、彼は……ちょっと前に出て行きました、うん、でも、こっちからあなたに連絡するときはどこに……やつはそれが待ち遠しくて……ええ、その話はやつから聞きました、何だか……え？　いや、私はア、イ、ゲ、彼から聞いてると思ったんですが……トマス、そう、トム、多分ジャックから名前を聞いたことが……いえ、そうなんですが、あの家は出るつもりです、というのも、私の妻が、何ですって……？　いえ、ここはアップタウンにあるアトリエみたいな部屋で、あなたがアメリカを発った後、やつはここを仕事場にしてたんです、私もここを電話の転送先にしています、妻が連絡を取ろうと思ったときに……いや、最近はありません、はい、何年か前に書いたものがペーパーバックで再版されて、ちょっとした賞をもらったりはしましたが、え……？　あ、ああ、あなたが言ってるのは彼の本ですか、はい、はい、ここのところ取り組んでいるみたいです、あなたがいなくなってからはかなり本気でやってるらしい、いろいろと苦労も……いや、そういうことじゃないと思います、やつの場合は自分で計画を立てて着実にやっていくという習慣がないから……いえ、でも、どんな書き手にもスランプってものはありますし、私もやっとスランプを抜け出したところです、このたび仕事を辞めたら、まるで長く患っていた病気がやっと治ったみたいな気分、でも、まだ少し、え……？　ああ、今まだ空港、帰国したところなんですか？　それはお疲れ……ジュネーブって言ってました、ええ、ご家族に何かがあったんだと思うと彼は言ってました、片付いたと聞いたら彼も喜ぶでしょう、いろいろなことが軌道に乗りだしたら、弁護士からも話を聞いてますが、きっと私も……

——ねえ、早く切りなさいよ、あたしは大事な電話を……

——何ですか……？　ああ、もち、もちろんです、はい、私……彼にそう伝えます、あいつは……必ず、はい、じゃあ、いつかお目にかかるのを楽しみに……もしもし？

——ねえ、てか、あたしは大事な電話を……

——ああ、聞こえてる、いいか、今のはジャックがずっと待ってた電話なんだ、彼にとっては大事な……

——彼にとっては会いたくない相手の人、てか、今の話、全部聞こえてたし。

——何を聞いてたんだ、馬鹿を言うな、彼がまともでいられるのは今の人のおかげ……

——いや、あの人、全然まともじゃないし、てか、あの人が絶対に会いたくない相手がいるとしたら、それは今の女、てか、あたしのズボンをどこかにやったのは誰……

——ああ、畜生、あいつはどこにいるんだ、体調が悪いっていつもこぼしてるから、医者に診てもらえって言ったのに、なあ、あいつ、昨日の夜も飲んでたのか？　あいつは今どこに。

——さっきも言ったけど、居場所なんて知るわけない、てか、格子縞のズボンが見つからない、ひょっとしたらあいつが穿いて医者に行ったのかも、てか、昨日の夜、箱に埋もれたまま、まだあの下にいるのかも。

——部屋中散らかり放題、足の踏み場も、この大量の紙マッチは何、何があった、部屋中、本と郵便だらけ、なあ、どうしてこうなった、私は子供のおもちゃをここに送ったのに、どうしてこんなことに……

——ねえ、てか、どっちにしろ全部壊れてるし、そんなもの……

——いや、でも、見ろよ、そこら中、フィルム、紙、缶、まったく、あそこにいるのは猫？

——あ、わあ、溺死んだんじゃないかって心配してたんだ……

——で、で、で、できしんだって何？

——難破みたいな、てか、昨日の夜はすごい嵐で、ここは難破したみたいな状態だったから、猫ちゃん、猫ちゃん……

——なあ、何の話をしてるんだ、ここは……

——だからぁ、あたしは難破しそうになったんだって！

——分かった、もういい、私はただ……

——もういいって何、ここで何があったと思ってんの。

——神のみぞ知るだな、ひょっとしたらジャックが……

——神様が何を知ってるわけ、てか、一つだけ教えておいてあげるけど、あいつは難破の中ではまったく役立たず。猫ちゃん、猫ちゃん……？

——分かった、いいか、ここに私の大事な手紙が届いているかもしれない、それと、大事な書類、畜生、ここには貴重な書類がたくさん置いてあるんだ、私の本の原稿も、横が破れているあの箱、〝風味豊か〟って書いてあるやつ……

——ねえ、あそこは想像の中で旅をしている人が……

——それとフォルダー、あるものを探してる、私がやりかけた仕事、古いマニラ紙のフォルダー、一面に紅茶の染みが付いてて、どこかに置き忘れたままになってると……

——古いフォルダーなら一つだけ見たことが、待って、危ない、危ない、てか、自分の足元、そこの紙、折り畳んだ紙……

——え、これ？ けど、これ何……

——ねえ、こぼさないでよ、てか、うわ、まだ残ってたとは知らなかった、足をどかして、ねえ、まったく足を置く場所も……

——じゃあ、足を上げればいいだろ、私はここに何があるのかを、畜生、どうしてこんなことになった！ あいつの本のために集めたメモ、どうしてこんなことに……

——あたしが何したって言いたいわけ、てか、あいつがここに座って自分の足でメモを掻き集めたんだよ、あたしにどうしろって言うの、てか、あいつはこのメモを憎んでたけど。

——憎んでただと、馬鹿なことを、やつがまともでいられるのはこれのおかげなんだ、彼はまたこの本の執筆を再開した、彼にかかってきたさっきの電話、あの女《ひと》が……

——何、あの女が何、てか、さっきも言ったけど、あの人はまともじゃないって、本を憎んでるのもその女のせい！ てか、電話が鳴ったらいつも、間違い電話ですって言うんだよ、大事な電話がかかってくるとか言ってたけど、それはもうかかってきた、無料ダンスレッスンを獲得したっていうのがあの人にとっては大事な電話、さっきあんたは、その女が彼の刺激になったみたいなことを言ってたけど、逆にあの人にとってはプレッシャーだった、彼女のせいでいかれちゃった、彼女には会いたくないんだって！

――話を聞いてると、まるで焼きもちを……

――てか、あんたは偉大な小説家なんでしょ、なのに分かんないの？　てか、あの人は本の執筆がうまくいかなくて悩んでるところに無料ダンスレッスンが当たって、気分はもう、手助けは要らないって言ったでしょ、もしも……

――いや、落ち着け、私はただ、さっきの女性は上品な感じの人だったと言いたかっただけ、あいつの口ぶりだと、甘くてすてきな乙女*みたいで、ロマンチックな人を想像してたんだが、実際は少し冷たいというか、少し……

――冷たい？　てか、前にあの人がセックスしてた黒髪の女でしょ？

――え、あいつ、君にそんな話を……

――別に話をしなくても、シュラムの部屋で女とやってるのがそこの窓から丸見えだったし。てか、あの女が上品だとか、もし本気で言ってるんだったら、ねえ、てか、まじだからね、やめてくれる……

――いや、落ち着け、いいか、私はただ、ただ、君みたいな女の子と二人でいると、親密になる段取りや責任みたいな古くさい慣習はかなぐり捨てて、もっと自然で健康的な衝動に……

――ねえ、こぼしちゃうじゃん、てか、その手を……

――何だ、何……

――何、まさかこれが雪にでも見えるわけ？*　てか、その手が邪魔……

――コカインには媚薬効果があるという話を聞いたことが……

――これはびはく効果とは関係ないよ、ねえ、その指が邪魔だって……

――いや、落ち着け、そんなに、そんなに興奮するな、私は……

――興奮するなって何、じゃあ、その指は何をしようとしてんのよ、ほら、まじだからね、あたしは……

――どうしたって言うんだ、私はただ……

――どうもしてないって言ったでしょ、くそ、とにかくその手が邪魔なんだって……

――じゃあ、じゃあこれは……

――あ、うう、うう、てか、やめてって……

――どうしたって言うんだ、何でそんなに……

――ねえ、あたし、てか、やめてって、てか、電話、痛い、まじだからね、大事な電話が……

――何だ、畜生、何を……

――ねえ、やめてって言ってるじゃん！

――勝手にしろ、畜生！　電話でも何でも……

——てか、そこ、通してよ……！

——シュラムにやらせて、ジャックにもやらせて、どうして私だけ……

——もしもし……？　あたしです、はい、てか……いつでもそちらのご希望で、シーボさん、てか、今からですか……？　いや、今からってことなら、すぐそっちに行きます、とりあえず……細かいチェック柄のドレスに着替えて、はい、用意してあります、すぐにこっちを出ます……スイートルームですか、どこの……？　はい、今すぐ行きます……

——シュラムにやらせて、ジャックにもやらせて、誰にでも、バスト、多分バストにもやらせておいて、どうして私だけ……

——ねえ、てか、そこどけてよ、あたしの邪魔はしないで、てか、このドレスを着なきゃならないんだから……

——減るものじゃないだろ、減るものじゃないのにどうして駄目なんだ、みんなにはやらせておいてどうして……

——ねえ、ずっとそこに突っ立ってるつもりなの……

——何で駄目なんだ、君は、君は何、ラシーヌの芝居に出てくる発明家の若者か*、親密さもなし、責任もなし、凹でも凸でも、どっちの性にも使える存在……

——あんた、あんたってほんと、最低の人間ね……

——ぶくぶくの顔に汚れた手*、ジャックは詩の残りの部分を聞かせてくれなかったのか？　そもそも君を相手にあいつが何かの引用を聞かせてくれたこと、そもそもあいつが君とまともにしゃべったことがあるのか？　さっき電話をかけてきた女に焼きもちを焼きすぎて何も分からなくなってるんじゃないのか、あまりに頭が悪すぎて、人と親しくなるにはセックスするしかないと思ってるんじゃないか、何かの話をするよりもセックスする方が簡単、そういう思考回路、機械みたいな性欲処理、君のやってることは……

——てか、それって、あんたって最低ね……

——違うのか、何も考えない、何の情熱もない、世界の大きさはせいぜい、せいぜい食欲と同じサイズ、だからそんな薬《クスリ》がないと生きていけない、そうでもしないと何も感じられないのさ、セックスだってもう、顔を洗うのと同じ機械的な作業、感情なんてゼロ、機械で牛乳を絞るのと同じこと……

——なら、あんたもそういう道具を買えばいい！　てか、そんなところに突っ立ってないで、毛の生えたプラスチック製のやつを買ってきて、中にお湯を入れてやればいい、あんたが欲しがってるのはそういうものなんでしょ、そんなのがいいなら……

——シュラムにとっても皮肉な話だな、あいつも……

——ねえ、あっち行ってよ、てか、シュラムと何の関係が……

——シュラムが望んでいたもの、やっぱり君には何も分かってない、いいか、シュラムが望んでいたのはあらゆる意味で信頼が置ける女性、そんな人を必死に求めてた、いったん見つけたのにまた失ってしまったらそこから先とても生きてはいけないような女性、だから、あいつは代わりに君を見つけた、安全策さ、責任もない、親密さも要らない、情熱もない、会話もない、ただセックス、またセックス、遠慮は要らない、そこには割れ目があるだけ、自分の存在証明として通りすがりの誰にでも差し出す割れ目、あいつはそんな君に対しても嫉妬を覚えた、なのに、なのに君はあいつの相手をしてやらなかった、あの晩、やつがここに戻ってきたとき、君はあいつの相手を……

——ねえ、てか、てか、あの人が部屋の中で何をするかなんてあたしに分かるわけないじゃん、てか、あんたでしょ、あんたこそ彼が何をするか知っていて……

——いや、いや、私はやめるように説得した、あいつは君が部屋にいると思ったんだ、私はあいつを説得した、あいつは君が待ってると思ってここに帰ってきた、なのに君は……

——やめるように説得したなんて嘘、てか、あんたの話は責任逃れ、てか、あんたの説得を聞いた後、あの人は窓から飛び降りて、血まみれの包帯姿でここの階段を上がってきて……

——どうしてそんなことを、待てよ、君はここにいたのか……

——ほっといてよ、手を……

——あいつが戻ってきたとき、君はここにいたのか、そうだろ！

——ねえ、破れるからやめてよ、てか、あたしは仕事に出掛けなきゃならないの、ドレスを破かないで、それに痛い……

——いたんだろ、な！

——いたら何だって言うのよ！

——え、え、いたのなら……

——ねえ、その手を、もう、あたし、あの人が足を引きずりながら階段を上がるのが聞こえたのよ、手すりの間から姿を見た、血だらけ、包帯の下は目のあったところに穴が開いてて、息、息遣いが、すごい息遣いで、どうすればよかったって言うの、ほら、破れるから手を離して……

——どうしてなんだ、どうしてそのとき……

——手を離してって、もう！　あたし、あたしは暗がりにいた、彼は階段を上がってきて、あたし、あたしは思わず、彼が部屋に入るまで踊り場の暗がりに隠れてた、怖かった、だって怖かったの、あたしはそっと扉の前を通って階段を下りた、だって、まさかあんなことになるなんて、あんただって、あんた、痛いよ……

——どうしてそのとき……

——まさかあんなことになるなんて思わないでしょ！　もう、ちょっと、ちょっとあたしから離れてよ、痛い……！

——今度は、今度は泣き真似か、上等じゃないか、せいぜい……

——もう、あたしから離れてよ、あんた、あんたってまるで、まるで墓場泥棒みたい、最低……

――何だと、いいか、君は……

――いや、てか、あんたはまさに墓場泥棒だわ、てか、さっきからあたしとやりたがってるのはあたしがシュラムの女だったからでしょ……

――何をまた、何も分かってないくせに……

――いや、てか、人のことを馬鹿だって決めつけて、自分だって何も知らないくせに、行く場所だってないくせに、てか、あの人の、やめてって！　あの人の継母のことはどうなの、あの人が本当にやりたかった相手は継母、だから、あんたもそっちとやればいい、なのにここに来るなり……

――黙れ、いいか、君には何も分かってない、さっきからそんなものを吸ってハイになってるから、自分が何を言っているかも……

――ハイだってさ、てか、たしかに飛んでる、空を飛んでる気分、てか、ここに来るなり、紅茶の染みの付いたフォルダーはどこだ、あたしから離れて！　染み付きフォルダー、どこかに置き忘れたかもしれない、染み付きフォルダーが誰のものかくらいあたしだって知ってるのに、あのフォルダーにはあの人が書いたものが全部入ってるのよ、あんたにはもう……

――おい、おい、黙れ、落ち着け、いいか……

――あんたにはもう、あれしか残されてない、あたしの尻と染み付きフォルダーだけ、そうでしょ、てか、さっき電話で相手の女に自分は大御所作家だぞみたいなことを言ってたよね、ジャックは昔からずっと親友だみたいな話、でも実は彼を下に見てる、馬鹿にしてる、自分も同類なのに、さっきの女は冷たい人だって言ってたね、でも、あたしは彼の背中の傷を見た、てか、まさに情熱と親密さ、あたしには何も分かってないってあんたは言うけど、あれはまさに無料のダンスレッスン、あんたは彼のことを信用してない、あんたたちは誰のことも信用してない、みんなすっかりびびってるんだ、てか、あの人の頭は本のことでいっぱい、つまらない自己評価が下がることを恐れてる、だからあんたたちは誰一人として……

――なあ、ローダ、ちょっと、ちょっと落ち着け、まず顔を洗って……

――てか、何で急にあたしを名前で呼ぶのよ、近寄らないで、てか、あたしだってちゃんと話をしてくれる相手が欲しかったんだと思わないわけ、セックスした後もまだあたしを好きでいてくれるような相手が？

――なあ、そんな状態で出掛けたりしたら駄目だ、待て、そんな状態で仕事に行ったら駄目だ……

――まじだからね、レインコートを取らせてよ、てか、そこ邪魔、まじだからね、邪魔だからどいて……

――もういい、出て行け……

――てか、電話に出なさいよ、またあの女がかけてきたのかもよ、てか、あんたにも無料ダンスレッスンをさせてくれるかも……

――出て行け！　で、で、二度と帰ってくるな、二度と帰ってこなくていい……！　彼は二つの奔流の間で息を整えてから向き直り、フィルム缶につまずきながら手を伸ばして、――もしもし……？　いえ、ご用件は……インディアンの蜂起って何の話だか、いえ、多分、間違い電話……間違い電話だと言ったんです！　彼は〝二枚重ね二百枚三十六箱〟まで移動して、――今度は何だ……と足に絡まるフィルムをふりほどいて、――もしもし……？　彼はいません、はい、どちら様……誰の弁護士……？　待って、あの、多分、人違いですよ、ここに住んでいるギブズさんは総司令部《ゼネラル・ヘッドクォーターズ》で働いた経験は……あ、ああ、ゼネラルというのは会社の名前、はい、はい、昔、小さな家族経営の会社で働いていたと……アイゲンです、はい、彼とは長い付き合いで……エンジェル夫人？　さあ、聞いたことがありませんね、待って、そうだ、それってステラのことですか？　はい、彼は今……はい、普段は大体そうなんですが、でも……はい、私から彼に急ぎの用だと伝えます、でも、彼がいつ戻るかは分かりません、ここのところ……いえ、話は聞いたことがあります、でも、詳しくは……いえ、いえ、多分、彼は株券に署名だけして、元の奥さんに一時金として渡したんだと思います、私も実は同じような形で、何です……？　いえ、それはないと思います、はい、円満離婚という感じではありませんからね、元の奥さんが娘の親権を取ったせいで彼としてはかなりつらい立場なんです、息子を連れて出て行っておきながら、子供との面会をいちいち取引に使う私の妻と同じようにね、そんなの考えられます？　昨日も二人に会いに行ったんです、私がまだ離婚するなんて思っていない頃に賃貸契約した家ですよ、え……？　あ、ああ、はい、はい、ちょっと話が……はい、どんな事故です……はい、もちろん……彼が戻ったらすぐに、はい、そちらに電話するように伝えます、お名前は……な、一、四、七、メモしました、はい、お名前はコー……ああ、ヘンじゃなく？　はい、伝えます、失礼します……しかし、〝十二オンス瓶二十四本詰め、割れ物注意！〟まで進んだところで再び、――はい、もしもし……？　待って、いえ、待って、どちらに電話を……もしも誰が？　裁判で親権を主張って、あの、どちらに電話を……いえ、いいですか、間違い……いいか、畜生、間違い電話だって言ってるだろ！

　そして彼はダン企業年鑑と課税ジャーナルを掻き分け、スライドをばりばりと踏みながら、再び雨が当たり始めた窓に近づいて、〝キャップを戻せるトニックウォーター〟の中身を〝燃えない、煙も出ない、においもない〟に移し、山を作り、広げ、持ち上げ、積み、仕分けして、――グリンスパン、アイゲン、バスト、バスト、ガースト……？　瞬きもせず沈黙する猫の後ろで長針が上がって短針を追い、〝返金はありません《ノー・リターン》〟に沈み、〝預け金《ノー・デポジット》がない場合〟からまた現れた。――Ｅ・バースト？　グリンスパン、バーサ・クラップ、どこに、まったく、何もかもぐちゃぐちゃ……穴の開いたランプの笠《シェード》を光が満たし、消え、またともった。それはまるで、頭のいかれた電気の目が窓ガラスの外に広がる暗がりを見張っているかのようだった。窓桟ではガムの塊が跳ね、水を散らしていた。タイプライターがかたかたと音を立て、止まり、また音を立て、静かになった。長針が〝返金はありません《ノー・リターン》〟に沈んだ。彼はそっと近寄り、やにわに窓を上げ、踊る紐をつかんで強く引いた。

——お年寄りの方々が堂々と、実り豊かに社会に貢献し続けることができるよう、有意義な手段を提供いたします。今月は高齢者月間……

頭部を操る二本目の糸が絡んでいたのをほどき、手に取った手板《コントローラー》を横に倒すと、人形が頭でもつれた糸を掻き分けた。彼はもつれた糸を背中までたどり、人形を持ち上げ、肩の糸を歯でほどき、手板を振り、前に傾けて背中の糸を引くと、人形が両腕をだらりと垂らしたままゆっくりと〝風味豊か〟の上に座った。脚は無関心に引き寄せられると同時に、残っていたもつれから自由になり、一気にムーディーズを飛び越え、小さなラオコーン*像のような格好で課税ジャーナルの上を歩んだ。

——ちょっとここで待ってろ、フレディー、中がどうなってるか分からないからな、ローダ？　誰かいるか……？

——ジャック？　操り人形が糸と絡みながら下に落ち、壊れたオルゴールと赤いミトン、体の一部を失った聖母と羊に加わった。——おまえか？

——トム、来てたのか？　電話はあった？　なあ、フレディー、ちょっとの間、ここで待ってろ、この箱を中に入れるからな、箱を入れるのを手伝ってくれないか、トム？

——ああ、でも何、そこにいるのは誰なんだ……

——中で話す、箱を部屋に入れてくれ、気を付けて、壊さないように、これもまた紙マッチが入ってるようだ、そこの角を持って、流し台の向こうまで、なあ、トム、あいつとは仲良くしてくれ、寄宿学校に通っていたときの友達だ、ちょっと頭が弱いが、すごくいいやつなんだ……

——でも、どうしたんだ、どうしてここに連れてきた……

——グランドセントラル駅の外でたまたま会った、びしょ濡れだったんだ、見ろ、俺のことはすぐに分かったみたいで、やつの方も十歳のときからちっとも変わってない、見ろ、俺にどうしろって言うんだ、あのまま放っておけるか？　駅の外にあるブロンズ製の銘板、雨の中に立って自分の家族の名前がそこに刻まれているのを見てた、おそらく今でもあのあたりの土地はフレディーの一家が所有してるんだろう、あいつはどこか別のところに預けられているみたいだけどな、フレディー？　いや、入れ、入ってこい、濡れてても気にしなくていい、俺だって濡れてる、ほら、その濡れた上着は脱げ、それはどこで手に入れたんだ、背中にボブ・ジョーンズ大学*って書いてあるぞ、待て、その買い物袋に気を付けろ、食料品を買ってきたんだが、袋の底が抜けそうだ、ほら、とりあえず、待て、見ろ、誰が受話器を外しっぱなしにしたんだ……

――私だ、ジャック、私が受話器を外した、一つ電話が終わったと思ったらすぐにまたかかってくるからな、インディアンの蜂起だとか、誰だかが親権をめぐる裁判に出廷する時間だとか、一体ここはどうなってる、私が今朝来てみたら……

――いや、でも、畜生、もしも彼女から電話があったらどうするつもりだ、いつから受話器を外してる、もしも彼女がここに電話をかけようとしたら……

――電話ならあった、いいからちょっと話を聞け、彼女からは今朝電話があって、その時点ではまだ……

――エイミーから？　電話が？　畜生、どうして先にそう言わないんだ！　今どこにいる、何て言ってた……

――その時点ではまだ空港にいた、また電話すると言ってた、おまえこそどこに行ってたんだ、私は……

――そのことだけどな、俺は、待て、畜生、彼女が電話をかけ直してもこっちの受話器が外れてたらつながらないじゃないか、向こうの連絡先はどこ、連絡先を何か……

――それは言ってなかった、ジャック、彼女は帰国したばかりで、おまえに会う前に片付けなきゃならない用事がいくつかあるとだけ言ってた、一日か二日かかるかもって、とりあえず、帰国したってことと、万事順調だってことを伝えるようにって……

――一日か二日！　くそ、一日か二日、いいか、俺、おまえに話しておかなくちゃならないことがある、トム、待て待て、フレディー、ほら、新聞をこっちに、バスタブに蓋をして、買い物袋は底が抜けないうちに下に置け、たばこを買ってきたぞ、トム、くそ雨の中で三マイル*歩かされた、ダウンタウンでタクシーを拾ったらラジオでグルックの『オルフェオ』が流れてたから、フレディーも喜んで聞いてたのに、ケ・ファロ・センザ・エウリディーチェ*っていうところで持ち合わせを確かめたら、自然史博物館前で降りなきゃならない羽目になった、チップが八セントだったせいで運転手が嫌な態度を取りやがったから、俺は土砂降りの中でわざと後ろのドアを開けっ放しにしてやった、タクシーは気付かずに走りだしてドアはバスの後ろにぶつかって外れたよ、畜生、このスーツを見ろ、二百ドルだぞ、二時間前に買ったばかりなのに、もう中古品みたい、いいか、おまえに話しておきたいことがある、トム、俺は今日の午前中ずっと……

――待て、あいつは大丈夫なのか、まったく、おまえたち二人ともびしょ濡れだし、ほら、ジャック、あの男、あいつはどこに行くつもりだ……

――あいつは大丈夫、だよな、フレディー、ほら、入れ、気を付けろよ、こっちだ、買い物袋はここに、そうだ、この箱に腰を下ろせ、濡れたスニーカーは脱げ、彼にはとりあえずシュラムの部屋に泊まってもらおうと思ってる、戻る場所が見つかるまでの間は……

――それは無理だ、うん、あの部屋にはシェパーマンがいる、私が彼を……

――シェパーマンだって、あいつ、一体どこにいたんだ。

――公共職業安定所の列に並んでた、自暴自棄になってる、探偵に後を追われて、荷物も狙われてて、私にどうしろって言うんだ、あのまま放っておけるか？

――いや、でも、くそ、もしもあいつが……

――ていうか、私は少し責任を感じているんだ、ジャック、会社が買ったあいつの巨大キャンバス作品、セルクの婆《ばばあ》はシェパーマンが描いた作品はすべて自分のものだと言い張った、だから彼はあそこに立てこもって抗議したんだ、何年も前にまだ人物画を描いていた頃から一枚の絵をずっと大事に隠し持っていたらしくて、今はそれを仕上げようと必死になってる、ついにその時が来たんだそうだ、今朝、がらくたとジャガイモ二袋を持って引っ越してきたばかり、あの婆はやつの銀行口座まで止めやがった、彼は最近、怪物みたいな抽象彫刻を作った、デビッド・スミス*的な怪作だ、だから私がそれをある会社にこっそり売って金に換えて、やつにジャガイモ代として十ドル渡して……

――くそ、いい話を聞いた、あのな、俺にも十ドル貸してくれ、トム、それか二十ドル、二十ドルだ、俺も同じ目に遭ったんだ、連勝で獲った金をエイミーに言われた通り、安全のために銀行に預けてたんだが、くそ国税庁に見つかって差し押さえられちまった、へつらうような顔した行員が二万八千ドルに対する抵当にするんだって抜かしやがって、一体どこから出てきた数字だかわけが分からん、俺の財産を狙ってる連中の面《つら》を拝ませてもらいたいね、いいか、俺にも二十貸してくれ、彼女からまた電話があったらすぐに会いに行かなくちゃならない、それとおまえに大事な話だ、トム、今日の午前中はずっとそれを、どうしたんだ……

――この人の足が、畜生、ジャック、いいか、ここにあった郵便を仕分けするだけで二時間かかった、そこの山は全部ウェストサイド宛の郵便、あんなものがどうしてここにあるんだ。そこの奥には郵便袋まであったぞ、少し片付けようとは思ったんだが、ジャック、まったくここは、ここはまるで難破船みたいじゃないか、おまえは仕事をしてるんだと思ってたのに、一体ここで何をしてた、おまえのメモも見つけたぞ、例の……

――トム、あのメモはもう、あまり大事じゃなくなった、今その話をしようと……

――え、例の本が大事じゃなくなった？　まさか、あの女が言ってたのはそのこと……

――ああ、ちょっと話を聞いてくれ、俺は……

――畜生、おまえこそ私の話を聞け、おまえには分からないのか、彼女は言ってたよ、おまえはあの本を憎んでるってな、おまえはあの本を仕上げられない、つまらない自己評価が下がるのを恐れてるんだって、だから私たちはみんな……

——いや、でも、どうして、電話でそう言ってたのか？　くそ、彼女は他に何て言ってたんだ、さっきは帰国したばかりだとしか言わなかったって言ってたくせに……

——いや、その女じゃない、私が言ってるのはローダ、ローダだ、おまえが、あの子は何なんだ、ここに引っ越してきたのか？　私が今朝ここに来たら、玄関は開いてるし、私の後ろからは令状送達人がやって来るし、ローダは素っ裸のまま風呂の中で……野郎が電話に出てるし、オーバーオールを着た間抜け

——いいか、トム、彼女はただの、ちょっと変わってるけど性根は悪くない、あれで結構かわいい子なんだ……

——かわいい子？　ローダがかわいい子？　あれは、まったく、あれは豚だぞ、ジャック、ここに座ってぽりぽり、ぽりぽり、着てるのは古いシャツ一枚だけ、股を広げてここに座って、古いシャツを一枚だけ羽織ってここに座って、私に迫ってきた、一体どういうつもりで……

——首尾よくいってよかったな、トム、いいか、まじめな話……

——え、彼女と首尾よくって？　それじゃあ、畜生、それじゃあまるでお湯を入れたプラスチックの道具を相手にしてるのと一緒だ、おまえこそ、彼女とやっているときどんな気分だったのか教えてくれないか？　おまえは黒髪の女と会いたくないんだってな、彼女がそう言ってたよ、だから電話にも出たがらないんだって……

——違う、いいか……

——彼女が何をしたいかおまえには分からないのか？　焼きもちを焼いてるんだよ、おまえには半分知的な関係を結んでる女がいるからな、ローダが知ってる男女関係は一種類しかない、彼女が男に差し出せるのはそれしかないからだ、股を広げてここに座って、何かを吸う、あれはコカインか？　彼女は今朝、コカインでハイになったまま仕事に出掛けていったよ、あれじゃあとても……

——トム、仕方ないと思わないか、あんなガキ、幻覚と理想の区別が付かないような世界で生きている連中だぞ、彼女にはとても……

——へえ、おまえともっときれいな緑色の乙女がいちゃいちゃしてるのを、セックスしているのを彼女が見たっていうのも幻覚か？

——そんなことを言うはずがない、馬鹿げてる、あの女は……

——だから今そう言ってるだろ、あの女の言うことなんてはなから信じちゃ駄目だ、おまえがシュラムの部屋で黒髪の女とセックスしてるのをそこの窓から見たってあの女は言ってた、なかなかの見物《みもの》だったと……

——そんなはずはない、俺たちは一度も、待てよ、あのブロンドのことか、ああ、地下鉄に乗ってたブロンド、ペンシルベニア駅で知り合った、一度だけ黒いかつらをかぶってここに来

*たことがある、くそ、とにかくそんな話は関係ない、とにかくまず俺の話を……

——ジャック、あの女はおまえを破滅させようとしてる、なのに関係ない？　シュラムを破滅させたのと同じように私たち全員を破滅させようとしてる、なのに関係ないだと？

——いや、あの、いいか、おまえだってよく分かってるだろ、シュラムを破滅させたのはあの女じゃない、おまえだって分かってるだろ、シュラムを破滅させた原因、ここで床に座ってハート・クレインの詩を口ずさんでいたシュラムの姿、愛によってねじくれていない者たちの住む広大なる世界……

——あの女はやつを止めることができたんだ、そこが重要なところさ、それと、世界じゃない、宇宙だ。広大なる宇宙がある……

——トム、畜生！　くだらん話は後回しだ、いいか、大事な話が……

——いや、おまえこそ私の話を聞け、あの女はあの夜ここにいた、知ってたか？　ここでシュラムを待ってた、あいつが帰ってきたとき、廊下で待ってた、ついにあの女がそう認めた、今朝、ここで泣きながらそう認めたんだ、あの女は……

——待て、あのときいたなんてはずはない……

——隠れた、あの女は隠れたんだ、あいつの姿を見て階段の暗がりに隠れた、そしてあいつが部屋に入るとこそこそ出て行った、あの日、私が言った通りじゃないか！　あの女には止めるチャンスがあったんだ、な？　あの女は……

——トム？

——何だ？

——シュラムのことで、誰もおまえを責めたりしてない。

——どういう意味、それはどういう意味だ、誰も責めてないって、誰が私を責めてる！

——今言っただろ、トム、誰も責めてない。

——それならどうしてそんなことを言った、なぜそう言ったんだ、おまえだってよく知ってるだろ、あの夜、私がシュラムを帰らせたのは彼女がここにいると思ったからだ、最後の頼みの綱だって、あいつはトルストイを引用して言ってた、心で感じているものと自分にできることとの間には何か大きなずれがあるって、なのにあの女は自分の手であいつの首を絞めたも同然、あの女の股が綱の結び目になったも同然……

——畜生、おい、分からないのか、そんな問題じゃない！　あれは、あれはもっと根が深いだろ？　あいつがやろうとしてた仕事が、仮にそれが無理だとしても、そもそもやる値打ちのあることなのかという問題だろ？　けがをしたあの足を引きずりながら、そこから単なるくだらない戦車戦以上の物語を生み出す、くだらない将軍以上の物語を語る、くだらない戦争を必死にあがなう、それがあいつの……

——ああ、あいつのフォルダー、見たことあるか？　古いマニラ紙のフォルダー、あの夜、おまえがビーミッシュに向かって振り回していた古いマニラ紙のフォルダー？　ジャック？

――え？

――おまえに話さなくちゃならないと思ってたんだ、私はこのごみの中から、ビーミッシュの手紙を見つけた、おまえも私も遺贈を受け取る前にシュラムの遺産に対して遺産税を六十八ドル支払わなくちゃならない、あ、それで思い出した、シュラム夫人に渡すとビーミッシュに約束した書類、今朝、上着のポケットに入れっぱなしだったのを見つけた、すっかり忘れてた、おい、どうした。

――何でもない。なあ、何か食いたくないか？

――食う？　何か私に話があったんじゃないのか。

――話っていうのはただ、今日の午前中はずっと病院で検査を受けてたっていうだけで……

――それならなぜ動揺してる、病院に行けって言ってたのは私だろ？　で、どこの病院に……

――俺が行ったのは……

――私も病院に行けばよかった、会社の保険が利いている間に、この、下のところの痛みがなかなか……

――待て、目はどうなんだ、トム、先に目のことを教えろ。

――目？

――網膜剝離、言ってただろ、網膜剝離だって……

――あ、ああ、そのことは前に話しただろ、多分、自然に治ったんだ、医者に電話したら、そんな話は聞いたことがないって言ってたけど……

――それから歯、そう、歯のことを訊こうと思ってたんだ、それで思い出したが、歯痛についてパスカルの有名な逸話*があったな、で、歯の具合は？

――私の歯……

――おでこのその、怒っているみたいに見える血管も、まさかそれも……

――おい、ジャック、一体何を言おうと……

――俺はもうすぐ死ぬって言おうとしてるのさ。

――もうすぐ、どういう意味……

――俺は白血病なんだそうだ、もう長くはない、それだけのこと。

――いや、おまえ、誰がそんなことを……

――血液検査、ラボ、医者、病院のやつら全員さ、白血球の数が何十億……

――いや、でも、おい、そんな馬鹿な、いきなりそんな……

――何だ、そんな馬鹿なことは起きないってか、世間のみんながハイウェイで焼け焦げたり、心臓発作を起こしたり、癌にかかったり、ふけを落としたりしてる、たまたま俺が引いたくじが……

――なあ、ジャック、俺の前で深刻な話を茶化すのはやめろ、おまえは……

――ああ、畜生、深刻な話なのは分かってる！　俺は茶化してなんか、明日の朝、念のためもう一度病院に来いとは言われたが、まったくもう……

——でもそれが本当なら、どうして病院はおまえをそのまま帰したんだ、やめろ、おい、フレディー、ジャック、操り人形は触らないようにあいつに言ってくれ、あれは……

——別にいいじゃないか、トム、あの人形はもう壊れてるんだし……

——いや、でも、さっきから直そうとしてたところだ、今度息子に会うときに持って行ってやろうかと思って、昔から使ってるなじみのおもちゃを見たら子供もちょっと安心感を覚えるかもしれない、昨日、息子と話をした、あんなにつらい経験は初めてだった。元妻《あいつ》は俺から息子に話せって言うんだ、俺は言ってやった、おい、畜生、出て行ったのは誰だ、おまえが出て行ったんじゃないか、おまえから話せってな、息子はじっとそこに立ってた、あの子、あの子は後ろを向いて、家を出た、おぼつかない足取りで、ジャック、私も家を出た、あの子はすぐ外に立ってた、私は中に連れ戻した、泣いてたよ、ただ一言、一言だけ、パパが、パパがさみしくてかわいそうって、今でもそれを思い出すだけで……

——トム、もうどうしようも……

——マリアンの態度はまるで、私はレンタカーで二人に会いに行ったんだが、彼女の態度はまるで勇敢な夫を戦争で亡くした未亡人みたい、既に息子の寝室の壁紙まで張り替えてた、ダウンタウンに住んでたときは四年間ずっと子供部屋の掃除さえしなかったのに、今では一晩で壁紙を変えて、ベッドを買うからお金を出してくれないかだって、息子は、ジャック、息子は私の写真を四枚、小さな子供用ベッドの横に四枚並べて張ってた、私は息子がすぐそばにいるのが当たり前だとずっと思っていたから、くそ、私は昨日の夜、バーに寄った、二、三杯飲んだところで、そばに立っていた男の靴紐がほどけているのに気付いた、危うく胸ぐらをつかんで、靴紐を結べって怒鳴るところだった、私はもうダウンタウンのあの部屋は出るつもりだ、ジャック、昨日の夜はその後さらに二、三杯飲んでから帰ったんだが、夜中の三時にソファで目が覚めて、飛び起きて子供部屋の様子を見に行った、そうしたら、そうしたらあるのはベッドだけ、私は、一杯くれ、どこだ、どこにある、そこに何がある。

——そこって。

——窓の外、窓の外を見てただろ。

——ただ外を見てただけさ、トム。くそ窓の外を見てるだけ。

——そうか。おまえにはもう話したかな、元妻《あいつ》は早くもあの家に文句を言ってるよ。冷蔵庫がでかすぎる、中のものが見つからないって。ダウンタウンに住んでたときは冷蔵庫が小さすぎる、何も買い置きができないってこぼしてたのに。でも、ある晩、彼女が冷蔵庫の奥に仔牛のグレイビーソースを隠しているのを見つけたことがあって、どこに行くんだ……

――何か食い物を作る、仔牛のマレンゴ風煮込み*でも作ろうか、どう思う、フレディー？　一日中何も食ってない、フレディーが最後に食ったのがいつなのかも、畜生、糸が絡んでるじゃないか、一体、ガムがくっついて、ほら、待て、おまえの靴下、何でガムがこんなところに？

――誰かが窓の外にガムをぶらぶらさせてたから、ひったくってやった……

――トム、何でそんなことをした。

――何でしたかだって、いらついたからさ！　人がここで、ここで仕事をしようとしてるときにいらいらさせるから……

――いや、でも、そこまでしなくてもいいだろ、トム、上階《うえ》のやつだってただ、それしかやることがないのかも、あのコインを狙うのだけが生きがいなのかも、どうして放っておいてやれない……

――コインって何、何の話だ、ジャック、どうして放っておけなんて、鶏のマレンゴ風を作るって言ってたけど、そもそも……

――仔牛のマレンゴ風だ、トム、仔牛のマレンゴ風。

――分かったよ、仔牛のマレンゴ風！　そもそも、一体どうするつもりだ、オーブンの中は郵便物が詰まってるぞ、ガスも止められてる、一体どうやって……

――フリーズドライだ、トム、コンロは不要、フレディー、お湯を加えるだけ、お湯なら捨てるほどある、乾いたこいつをお湯の中に入れるだけ、あっという間に仔牛のマレンゴ風の出来上がり、日本人が作る水中花みたいなもんだ、ついでにグレープジュースもあるぞ、悪くない食事じゃ……

――畜生、ジャック、おい、何をやろうとしてる、ていうかまず、どこまでが本当なんだ、検査を受けて、明日また来いって言われて、それで……

――貧血、リンパ節の腫れ、天文学的な白血球数、どこまでが本当だったらおまえは納得するんだ！　死亡者は毎年三万人、慢性白血病、急性白血病、慢性なら一年か二年は生き延びられる、友達に二十回くらい別れを告げる余裕があるだろうな、俺のはもっと足が速そうだ、あっという間にゴールしそう……

――濡れた服のままでそこに座ってる理由がそれなのか……

――フレディーと一緒にここに座って、くそグレープジュースを飲んで、くそ仔牛のマレンゴ風を食うのさ、なあ、フレディー、高層ビル管理っていう雑誌を朗読して、ギターで少し合唱して、電話が鳴るのをじっと待つ、ほら来た、彼女だ……！

――そこの郵便に気を付けろ！　畜生……

――はい、もしもし？　もしもし……？　いえ、誰……何を探してるって……？　あの、会社の広報に電話してくれ、そうすれば……いや、え、ここ？　いや、あの……今はやめた方がいい、うん、ここは……いや、いや、ちょっとその、爆破予告があったんです、だから……ええ、建物の中にいる人間は今、全員退去するように言われていて、だから失……すみません、時間がないんです、はい、失礼……

――今のは何、私が受話器を外してた理由が分かったか？

――知るかよ、バストがどうとか、学校の社会見学で会社の本部を見学したいけど見つからないとか、なあ、トム、いつから受話器を外してた、彼女からまた電話があったかもしれないのに……

――二度目の電話はなかった、さっきそう言っただろ、ジャック、おまえにかかってきたのはコーエンとかいう弁護士からの電話、私がおまえの居所を知ってるかもしれないとエンジェル夫人から聞いたって言ってた、なあ、それはそうと……

――いや、でも、待って、何の用事か言ってたか？

――おまえが持ってた株が何とかって言ってたな、その女《ひと》の父親の会社の株をおまえが持ってたのがどうとか、それから、その女の旦那が事故に遭っただか何だか、なあ、それはそうと……

――え、ノーマン？　何があった、あいつに何が……

――事故に遭ったとしか聞いてない、なあ、それはそうと……

――いや、でも、ステラ、ひょっとしてまたステラから電話があるとか言ってなかったか、それか……

――それは訊かなかった、おまえはあの女からの連絡を嫌がってると私は思ってたからな、前にいろいろ悪口を言ってただろ、マリアンと比べたりしてさ、刃物を突きつけて、早く成功者になれって要求したとか、自業自得だな、ジャック、おまえは……

――だからそこなんだ、違う、ステラが何を求めているかは全然分からない、そして最後に、彼女は別に何も求めてなかったと気付く、何も期待してないんだ、だからこっちも自分を高めようという気持ちを失ってしまう、俺はそのことを、例の本、だからあの本が、くそ、どう言えばいいんだ……

――分かってるよ、なあ、それはそうと、ゴールという人から私に電話はなかったか？

――俺はただ、ない。

――若い作家《ライター》、私が書いた芝居を渡して読ませてやったんだが、妙なことにそれ以来何も音沙汰がない、見せてくれ見せてくれって熱心に言うから、若い世代の新鮮な目で読んでもらおうと思ったんだ、そいつは私があの会社を辞める直前にオフィスに現れて、私の小説の大ファンだって言ってた、あの会社の秘書が私にどんな質問をしたか、おまえに話したことはあったかな、ジャック？　キャロルっていう女、私が前に本を書いたという話を聞いたらすごくびっくりした顔をして、まずはお決まりの質問、何の物語か、長さはどのくらいか、書くのにどれくらい時間がかかったか、その次に何を訊いたと思う？　どこに行くんだ……

――グレープジュースを取りに行く。グレープジュースは要るか、フレディー？

――ジャック、グレープジュース、グレープジュースって何なんだ、スコッチくらいないのか？

――グレープジュースはグレープジュースだ、トム、癖になる味、何度も飲んでるうちに……

――いや、なあ、ちょっとそんなことがあったからってグレープジュースばかりを飲んで、一体どういう……

――ちょっとそんなことって何だ、トム。そんなことってどんなこと。

――それはその、さっきおまえが言ってたこと、病院で言われたことさ、それ以外に何が……

――いや、俺の話は聞いてないんだと思ってた。

――どういう意味だ、当然ちゃんと話は聞いてる、だからこそ、おまえがずぶ濡れのままここに座ってグレープジュースを飲みながら電話を待つのを見て、放ってはおけないだろ……

――彼女から電話があったときに酔っ払った状態で会いに行きたくはないからさ、分からないのか！　酒なんか飲んだら説明できなくなる、彼女に、この本のこと、本を完成させるのは無理、もう書くこともできないって言わなくちゃならない、くそ、彼女のおかげでせっかくやる気になったのに、俺にはもう……

――待て、今のは何、静かにしてくれ……

――何……

――いや、何かが聞こえた気がした、玄関に誰か来たみたいな音、私はたばこを持ってこなかったかな？

――そこ、おまえの下……

――ああ、それでキャロルの話をしてたんだよな？　何て言ったか？　彼女はその本が面白いのかって訊いたんだ、あなたが書いた小説って面白いんですかって、小説家にそんなことを訊くやつがいるか？　面白いんですかって訊く？

――まあ、訊かないな、トム。考えられるか、フレディー？　小説家に……

――いや、妙な話だが、オフィスの中ではある種の秩序みたいなものが感じられて、今ではあれが懐かしい気がする。微妙な親密感も、そのキャロルっていう女の子が私の机の端に座る雰囲気とか、馬鹿みたいだけどな。丈の短い黄色のドレス、だからあんな座り方をしたんだろう、彼女はいつも私と同じところを見てた、私、ジャック、私は昨日、デビッドと一緒に森を散歩したんだ、顔を上げたら木の上の方、枝が折れたところが見えた、唇をこじ開けたみたいな長い楕円形の傷痕、くそ、今朝のコーヒー、紙パックから牛乳を注いでたら、中身がどばっと出てくるその様子が、ジャック、おまえに話しておきたいことがあった、私、昨日の夜、帰りに三番街の信号で停まったときのことだ、若い女が近寄ってきた、車に近寄ってきて、十ドル払えば車に乗ったままその場でフェラをしてくれるって言うのさ、私の手持ちは二十ドル札一枚だけだった、すると女はすぐそこのアパートに住んでるから妹に両替してもらうって言うので、二十ドル札を渡して待ったんだ、アパートをじっと眺めながら彼女が出てくるのを待ってた、十分はそうしてただろうな、でも最後は結局……

——勘弁してくれ、トム。

——勘弁って何だ、何を……

——気にするな、なあ、何か食い物は要る？

——いや、おい、待てよ、勘弁してくれって何だ、ジャック、私はなかなか人に言えないような話をしたんだぞ、それなのに勘弁してくれって……

——気にするなって言っただろ、畜生、食い物は要るのか要らないのか……

——いや、おい、待てよ畜生、例の本、例の本のことか？ 病気のせいでまたあの本を書かないための口実ができたって言うのか、今までだって……

——口実って何だ、トム！

——私が言ったのはただ、いいか、ていうか、客観的な話だぞ、ジャック、正直に向き合ってみろ、トルストイの『生ける屍《しかばね》』に出てくるみたいな話にするんじゃない、おまえが死ねば世界がその損失に気付くとかいう話はやめろってこと、「俺は何も書かない、世界は自分の力ですべてを理解するべきだ」なんてほざいてたって……

——それさえ俺から取り上げるのか、トム、俺の最後の希望さえ取り上げるのか。

——分かった、いいか、ここを片付けているときに何を見つけたか分かるか？ おまえのメモだよ、その本のためのメモ、ここにまとめて入れておいた、あちこちに足跡が付いたり、破れたり、見ろよ、ジャック、見つける前からもう終わってたんだよ、病院に行く前から既に……

——そこにあった糸と同じ、畜生、紐の先に付いたガムの塊が雨の日も晴れの日も上からぶら下がってきてコインを取ろうとする、おまえはそれさえ放っておけないんだからな、そうだろ、トム。

——いや、おい、待てよ……

——腹は空いたか、フレディー？

——いや、待て、聞けよ、分からないか、私、ジャック、私は昨日の夜、食堂に行った、カウンターに一人で座ってたら何だか、チーズサンドイッチの焼いたやつ、それを食べてたら何だか、自分の中にある別の頭がサンドイッチを食ってるような感じがした、別人がくちゃくちゃやっているみたいなうつろな音が聞こえるんだ、老人の頭、私の中にある老人の頭がくちゃくちゃ食っているみたいな感じ、周りの人にも音が聞こえてるんじゃないか、ひょっとしたら見えてるんじゃないかと心配できょろきょろしたくらいさ、なあ、分からないか……

——なあ、そんなことより……

——たばこの端を濡れた歯がくわえてるだろ、ていうか、私の言いたいことが分からないのか……

——なあ、トム、この仔牛のマレンゴ風は要るのか要らないのか。

——いや、私は、要らない……

——おまえはどうだ、フレディー？　おまえは、待て、外は何をやってるんだ……

——あれは、玄関に誰かが来ているみたい……

——外は派手な葬式だ、黒いキャデラックが三台、四台、来るのがちょっと早すぎだな、どかせ、ほら、ムーディーズも邪魔だ、ここに座れ、フレディー、テキノイガイガメノマエヲ《ヴェア・パサル・ロス・カダヴェレス・》トオルノガミラレル《デ・スス・エネミゴス》*、どうだ。

——ジャック？　玄関に人が来てるぞ、話を聞いた方がいいんじゃ……

——玄関前に座っていれば、いつか敵の遺骸が……

——連邦保安官補だと言ってるぞ、ジャック、召喚状を持ってきてる……

——中に入れてやれ、どうぞ中へ、保安官殿、足元のカップを取ってください、一杯どうです、グレープジュース、そこの缶を持ってきてくれないか、トム？

——待って、ちょっと、お名前を、すみません、誰か今お風呂に入ってるんですか？

——いや、いや、誰も入ってませんよ、よかったらお風呂もどうぞ、さあ、そんなところに立ってないで、トム、保安官殿にそこの小さな箱を一つお渡しして……

——ジャック、いい加減にしろ、おい、この人は連邦保安官だぞ……

——ドロービーです、名前はドロービー、それで、お二人のどちらがその、ここに書類があるんですが、ちょっと待ってください、アーカートさん？　ティーツさん？　バストさん？　あるいは……

——あの、保安官、私の名前はアイゲン、トマス・アイゲン、作家です、こいつはギブズ、何の事件なんだか知りませんけど、私たちには……

——あまり興奮しないでください、落ち着いて、ダウンタウンにあるこちらの会社の取締役に対して証券取引委員会《SEC》からいくつか尋ねたいことがある、見せてもらいたい書類があるということで……

——ボズウェル・シスターズのダウン・オン・ザ・デルタだ、みんな気に入ってくれるかな、なあ、トム？　昔は泥だらけの川が私の遊び場だった、ドゥドゥ……

——静かにしろ、ジャック、あの、保安官、あなたが言っている会社がどういう会社か知りませんけど、私たちはまったく……

——JR社、そういう名前じゃなかったかな？　ここに書類が、うん、そうだ、ね？　JR社、隣の部屋、あそこもおたくの……

——俺ならあそこには行かないな、保安官、あそこには恐ろしい雪男が……

――ジャック、静かにしろ……

――ジャック、急げ、ジャック、飛べ、*畜生、玄関にまた誰か来てるぞ……

――あいつのことは気にしないでください、保安官、ちょっと嫌なことがあったせいで動転して、わけの分からないことを言ってるだけで……

――職業柄、いろんな人に会いますからどうってことはありませんよ、でも、もしよろしければ電話を貸していただきたいんですが……

――電話は駄目だと言ってやれ、トム？　ここの電話は着信専用だ、畜生、この扉はそろそろ、ちょっと待て、トム？　着信専用、電話代の請求書を見せてやれ、ちょっと待てって言ってるだろ！

――ギブズ先生？　ひょっとして……

――ああ、ちょっと、バスト……！

――お邪魔してすみません、ギブズ先生、僕はちょっと……

――いや、いや、おい、待て、扉を……

――どうしてひそひそしゃべってるんです、何か……

――アパートに入る前に言っておく、中には連邦保安官がいる、それで、待て、引き返した方がいい、くそ、何があった！

――いや、僕は大丈夫です、保安官が何の用件で、爆弾のことですか？

――爆弾って何、保安官は君が関わってる会社の役員に対する召喚状を何枚も持ってる、何がどうなってるか俺に説明を……

――でも、郵便を確認したいんです、僕宛に何か来てませんでした？

――重さにしておよそ六十ポンド分、それよりも……

――でも、クローリーさんのことは、クローリーさんにテープが届いたかどうか分かります？　届いていれば向こうから……

――喜んでたよ、ああ、朗々とした異様さが感じられる*と言ってた、それと、畜生、いいか……

――でも、報酬を小切手でくれるという約束だったんですけど、何かそのことを……

――送ると言ってた、うん、何かのプロジェクトがうまくいかなかったらしいが、約束したことはちゃんと守ると言ってた、さあ、それで一体何がどうなって……

――ジャック？　誰か来てるのか……

――誰でもない、ただの、ただの郵便屋だ、トム、すぐに終わる、なあ、バスト、通りの向こう側からこの部屋の窓を見てろ、保安官が出て行ったらすぐに俺が合図を……

――それが無理なんです、はい、たまたま知り合いに会って、みんなが下で待ってるんです、ギブズ先生、もしも先生が……

――まさかあの葬式じゃないだろうな、いいか、聞け……

――いえ、まあ、ある意味そうですけど、いったん車で家に帰って着替えを持ってこようと思ってるんです、しばらく先生が保安官の相手をしていただけますか、下の車が出るまで、それからギブズ先生、なくなると困るから、僕の代わりに郵便の中から小切手を探してもらえたら……

――探しておいてやる、ああ、でも、畜生、おまえに大事な話があるんだ、俺は、危ない、待て、一体何なんだこれは？

――お弁当の注文はこちらですか？

――くそ、さっさと中に置いてくれ、バスト？　おまえ大丈夫か？

――いや、あんまり、でも、郵便を調べてもらえますか、ギブズ先生、それとお弁当を一つもらえます？

――ほら、二つ持っていけ、まったく、ひどい顔色だ、そんな状態じゃあ、ケースに気を付けろ、もうぼろぼろで壊れそうじゃないか、階段、足元に気を付けろ……！

――ジャック？　誰なんだ、これは一体……

――弁当だ、トム、弁当をいくつか注文した、仔牛のマレンゴ風はみんなの分がなさそうだからな、この調子だと、ここだ、ここに置いてくれ、おい、床に置けばいいんだよ、サインはおまえがしてくれるか、トム？　別の客が来たようだ……

――こんにちは、私はベイリーと申します、召喚……

――どうぞ入ってください、さあさあ、はい、ここで弁当を一つ取って中の方へ、奥にみんなが……

――とうとう扉が完全に外れたぞ、ジャック。

――置く場所はないから、もたせかけておけ、はい？　何かご用？

――電話機の細工をしに来ました。

――細工をするってどういう意味。

――盗聴器です、盗聴器の設置、盗聴器が外れてるって会社の方に言われたんで、代わりを取り付けに来ました、ていうか、お嬢さんはどこ？

――お嬢さんは出て行った、ほら、早く、さっさと機械を設置してくれ、大事な電話を待ってるところなんだ、俺は今、待って、ベイリー、こっちだ、そっちから回るとランプの笠《シェード》が邪魔になる、さあ、入って、ドロービー保安官にご挨拶を、保安官にも一つ弁当を持ってきてくれないか、トム？

――やあ、ビルじゃないか、元気か。

――おう、ビル、おまえもここの件で？

――民事訴訟さ、ここを見つけるのは無理だとあきらめかけてたよ、対象者は見つかったか？

――ここにいるのはティーツとアーカートかな、召喚状はどこだっけ、あそこにいるのがバストかも……

――昨日の新聞に載ってたバストの写真を持ってきたぞ、顔はほとんど分からないな、羽根飾りをかぶってるせいで、でも……

――あの、保安官、さっきも言いましたけど、私の名前はアイゲンで、こいつは……

——窓のそばにいるのは誰だ、ビル、何かの雑誌に載っていたっていう社長の描写を聞いてきたんだが、鋼《はがね》色の目、ブルドッグのような顎……

——畜生、ちょっと待てよ、あいつが？　ていうか、あの顔を見てくれよ、保安官、この三十年あいつのいる場所では何も起きてないって顔をしてるだろ、全然世間擦れしてない顔、あんな顔をした重役がいるか？　意地の悪そうな感じがこれっぽっちもない、他の悪いやつらに利用されることならあるだろうがね、保安官、ドイツ帝国の改値加刷《かいちかさつ》切手*と交換で国立公園記念切手セットを手に入れたみたいな……

——おい、ジャック、おしゃべりはいいから……

——あんな顔は見たことないだろ、保安官、期待とは違う希望、あんな顔は見たことないだろ、諦念とは違う受容……

——会社の記録《レコード》にも差し押さえ令状が出ています、本、手紙、メモ、録音された電話の音声……

——今ちょうど、あそこにいる黒人が盗聴器を取り付けてるよ、タイミングがばっちりだ、ベイリー、レコードなら探してやる、ちょうど今、ボズウェル・シスターズのレコードをこちらの保安官に約束したところだし、でも……

——ジャック、おい……

——デルタの底で、私は遊んだ*、ああ神様、時々親に叱られた……

——畜生、ジャック、歌はやめろ、この人たちは真面目に仕事してるんだ……

——俺はおもてなししてるだけだぞ、トム、本も探してるのか、何か特別なやつかな、保安官？　音楽速報なら二十年分がそろってる、小説はいかが、割といいのもあるぞ、ちょっと掘り返さないと出てこないけど、ブロッホとかどうかな、ベイリー？　この前はブロッホの『夢遊の人々』を見つけて、午後は丸々ずっと読みふけって……

——この様子だと、まず消防検査官を呼んだ方がいいかもな、それで、部屋を丸ごと封鎖する令状を取ろうか、ビル、他にどこかの役所が関わってるのか？

——おそらく国税庁のティッピーもだ、郵政監察官も呼んだ方がいい、ここを見ろ、ビル……

——あの、ちょっと待って、保安官、ここには私の大事な郵便物が……

——この山は何だ、E・ガースト、B・ベスト、R・ガスト、どれも偽名っぽいな、そう思わないか、ビル、それにしても、こんなごみ屋敷を見たのはスクンジーリ兄弟の件以来だ。

——小さな部屋にも宝の山、『ベニスの商人』の言葉だったかな*、なあ、ベイリー？　その前後のせりふを読んで聞かせてくれないか、多分、そこのH－Oの箱に一冊入ってるはずだ、今のうちにここの山を調べても構わないか、保安官、無料ダンスレッスンを申し込んだから返事が届いてるかも……

——まじめな話ですけど、保安官、突然やって来て、ここにあるもの全部を押収するなんて無茶ですよ、ここには私の大事なものが……

——あいつがいじってる箱、トム、三人の患者の差し押さえ令状を持ってるかどうか訊いた方がいいぞ、なあ、あの夜、二人で考えたゲームのことを覚えてるか？　覚えてれば、この国を虜《とりこ》にして百万ドル稼げるぞ、いいことを教えてやろう、もしもおまえがどんなゲームだったかを思い出してくれたら著作権料は全部おまえに譲ってやる……

——いや、まじめな話、保安官、ここに置いてある私の書類、原稿みたいなものですけど、それにはすごい値が付くかもしれない、あなたたちが追っている事件とはまったく関係ないものです、あなたの後ろにある箱、そこには私が書いた本の原稿が入ってます、それともう一つ、私がずっと探してたフォルダー、メモと原稿、それは私とは別の男の……

——興奮しなくてもいいですよ、全部きちんとリストにしますから、待って、静かに、ほら、ビル、聞こえたか？

——**毎日この時間にニュースをお届けしているのは、『彼女《シー》』、現代女性の必読雑誌……**

——向こうから聞こえてるみたいだ、ビル、誰かがその下に……

——そのことも話そうと思ってたんだ、保安官、昨日の夜、ここで船が座礁した、荷物が傾いたときに船客給仕係《キャビン・ボーイ》が下に閉じ込められたかも、外の騒ぎはまだ続いてるか、フレディー？　たくさんの子供たちと、超巨大トラック、間に挟まれた葬儀屋、まだ帰らないでくださいよ、保安官、お弁当にまだ手を付けてないでしょう、中身は何かな、ハムとチーズのサンドイッチ、バナナカップケーキ、ピクルス、帰るんじゃないだろうな、トム？

——ポケットの中の書類を思い出した、うん、これを渡さないと……

——隅に置いてあるゴルフ練習セット、あれを広げてみようか、パー4、池ぽちゃあり、ゴルフはどうだ、ベイリー？

——いや、まじめな話、この書類、シュラム夫人に渡さないと、それから保安官？　さっき言ったフォルダーのことですけど、もしも見つけたら、私はある遺言の執行を任されていて、そのフォルダーは遺産の一つなんです、普通のマニラ紙のフォルダーで、表は染みだらけ、とにかく注意して扱ってください、ひょっとすると夫人が欲しいとおっしゃるかもしれませんから、ジャック、私は、保安官、私は出て行っても構いませんよね？　さっき読み上げてた名前には心当たりがありませんし……

——召喚状に応じて出廷しない場合は逮捕状を出すだけのことですよ、聞こえるか、ビル、ずっと下の方から声がしてるみたいだが……

――社ファミリーです。続きましてはお天気情報。ミッドタウンは日が差して、気温は九度になるでしょう。毎日この時間、皆様にお天気情報をお届けしているのは、『彼女《シー》』、現代に生きる女性のために作られた雑誌……

――待て、出て行く前に一つだけ……

――ああ、十ドル欲しいって言ってたな、忘れてた、うん、ちょっと待て……

――俺も忘れてた、俺が言いかけたのはそうじゃなくて……

――五、十、ほらこれで、私がずっと持ち歩いてたこの書類は、夫人には不要かもしれない、でもとりあえず渡しておこうと思うから……

――彼女に会うんだな、うん、きっと感謝してくれるだろう、一緒にあのフォルダーも届けられないのが残念だ、あれを見せればシュラムがすごいことをやりかけていたのが分かってもらえるのにな、世界を粉々に蹴り砕いていたかも……

――よく分からないな、何を言ってる、おい、そういう言い方はやめろ、おまえ、彼に敬意を、死者に敬意を払うのはいいが、くそ、死体袋に入れられたあの姿を見ておいて、これじゃあ悪夢に敬意を払っているみたいじゃないか……

――最高の悪夢を見させてもらったな、好きにしろ、ていうか、おまえがあいつの記憶の後見人だ、くそ、おまえもいろいろと力を貸したんだからな、ごみと一緒に全部かっさらっていく権利はおまえにある、あいつが持ってた夫人の写真も持って行ったらどうだ、あの立派な客間にいるおまえの姿が目に浮かぶ、黄昏の中、彼女の白い顔がおまえに迫ってくる、そしておまえの手を握る、小娘じゃなくて未亡人、ひょっとすると、シュラムのことはあなたより私の方がよく知ってると言うかもな、あいつの最後の言葉を知りたがるかもしれん、生きるよすがとしてちゃんと教えてやれよ、悪夢を見るなら最後まで見ろ、夢から覚めたときには……

――覚めたときには何だ、何が言いたい……

――俺が言いたいのはただ、ズボンの前がもっこりしてるから落ち着かせた方がいいってこと、それだけ。

――何だと、畜生、どうしておまえは……彼は二つの奔流の間で立ち止まり、――ジャック、畜生、何でおまえはそうなんだ……彼は空いた方の手で扉の枠をつかみ、戸口の光に背後から照らされながら、――私には、私にはおまえが分からない……

――そうだろうな、トム……という声に追われながら廊下の暗がりに出た彼はそこで向き直り、手すりを頼りに階段を下り、上の闇から声が響くと急に一段飛ばしで駆け下りはじめた。

――そうだろうな……彼は建物の玄関までたどり着いたところで一度ズボンを上げ、内ポケットに手を入れてそこに見つけた書類がもたらした絶望的帰結にしがみつき、雲が重く垂れ込めている空の重さに脅されたかのように覚悟を決めた様子で外に出た。*

——あの、すみません、道を尋ねたいんですが……

——この階段で二階に上がって突き当たりの部屋、扉は開いてる……

——そこのトラックをどかしてもらえないか？　完全に道路をふさいでしまってるから……

——俺の車に勝手に子供が乗ってるぞ！

——すみません、ちょっと通してもらえませんか……

——気を付けろ、おまえらどこを見てそのポンコツを人力で移動させてるんだ、頭がおかしいのか、危ない！

——チクショウ《コニョ》……！

——おやおや、今度は誰が死んだんですか？

——すみません、私は新聞記者なんですけど……

——ねえ、バスト先生、僕たち、映画に行くの？

——いや、どこにも行かないよ、さあ、車に戻りなさい、ほら、引率の先生はどこ……

——すみません、私は新聞記者……

——子供たち、その車から離れろ、さもないと……

——待って、ここに停まってるのは社会見学の子供たちが乗る車じゃ……

——これは個人用リムジン、ほら、あの子を降ろして……ドアが開くと、奥に縮こまっている人影が見えた。ぼろぼろの折り鞄《ポートフォリオ》が落ちそうになっている膝は錨を降ろしたまま震え、ピカピカに磨かれた補助席のちょうつがい部分にスニーカーがねじ込まれていた。——出ろ！

——個人用のリムジンがどうしてこんな場所に、僕が聞いた話では……

——母さんに会いに来たんだ、それが目的、さあ、あの子とあのごみの山を外に出してくれ、さっさとしないと……

——オーケー、オーケー、やば《ホーリー》……

——映画に行くんだよね、バスト先生、ねえ、待って、どうしたの、その格好……

——さっきも言っただろ、車に戻るんだ、ほら、ＪＲ、急げ……

——オーケー、仕方ないじゃん、待ってよ、ちょっとの間、これ持っててくれない……

——無理、うん、手がふさがってる、その、いちばん手前の車に乗りなさい、他のみんなは別の二台に乗って、急げ！

——見ろ、カウボーイが来たぞ、おーい！

——静かにしなさい、とにかく言われた通りに、いや、まさか、嘘だろ……

——バスト先生も一緒に乗ってくれる？　てか、先生に訊きたいことが山ほどあるんだけど……

——ああ、うん、こっちも訊きたいことが山ほどある、とにかく早く乗りなさい、弁当が落ちそうだからまずこれを……

——待って、気を付けてよ、僕の……

――ああ、早くドアを閉めて！

――いや、でも、やば《ホーリー》、てか、何をそんなにあせって……

――二十六時間ずっとバスに揺られっぱなし、風邪も引いてる、ずっと何も食べてない、僕の後ろを見てくれ、あの男はまだいる？　カウボーイの格好をした……

――ごみ入れの横に立ってるよ、僕らの車の横にあるごみ入れを見てる、あれは誰、てか、僕らは今、何やってるの、これ……

――こっちが訊きたいよ！　ディセファリス先生《ミセス》、ぱっと姿を見たときにはジュベール先生かと……

――いや、でも、ここどこ、社会見学に行くことになって、デビドフさんがリムジンとかを手配して、ウォルドーフまで行ったんだ、そこで将軍に案内してもらうはずだったのに、将軍はいなくて、デビドフさんもどこかに行ってて、結局、僕らは追い出されちゃって……

――運転手さん、とりあえず、あれ、運転手はどこ、どこに行った……

――だから、ディセファリス先生《ミセス》が会社本部の住所を訊いて、しばらく移動して、このごみ入れの前まで来たところで車を停めて、あの雑貨店《ボデガ》って書いてある汚い店に入って電話をかけたら、爆破予告があったって言われたんだって、ちょうどそこにバスト先生が変な格好で向こうから歩いてきたんだ……

――ちょっとの間、黙ってなさい、運転手はどこ、それと先生《ミセス》はどこ、とりあえず先生を……

――え、ディセファリス先生《ミセス》のこと、先生はもうタクシーで行っちゃったよ、とっくに……

――行っちゃったってどういう意味、どこに……

――あの、先生《ミセス》はインドに用事があるんだ、避妊の方法とかを教えるんだって、ジューバート先生がいなくなってからディセファリス先生が社会の担当で、いつも言ってるよ、インドの人はみんなすごく貧乏で、他にすることもないから……

――ストップ、うん、ストップだ、じゃあ、ディセファリス先生《ミセス》は君たちをここまで連れてきて、車から降ろした後、自分だけインドに……

――じゃなくて、先生は政府かどこかとの面接があるんだってさ、だからついでに僕らをここに連れてきた、新しい校長先生、スタイ校長先生と話して決めたことらしいよ、デビドフさんは会社の新企画を宣伝するのにいい機会だって言ってた、学校を買収するっていうアイデア？　だから、写真屋さんもここに来ることになってるし、弁当も配達される予定だし、案内役はバスト先生に決まってるんだけど、道にはポンコツ車とごみ入れが並んでるし、向こうから現れた先生は変なスーツを着て、ズボンは破れてるし、目には隈ができてて、デビドフさんからちゃんと話を聞いてないの……

――そんな話、なあ、分からないのか、僕はついさっきまで、もういい、とにかくここを離れよう、ほら、そのドアから出て、運転手を呼んできてくれ、他の車にも後を付いてくるように……

――このトラック、トラックが邪魔で、待って、そっちのドアを開けてよ、あ、あの人が来る、カウボーイの格好した人……

――僕が言った通りにしなさい！

――窓をノックしてるよ、待って、開け方が分からない、くるくる回すやつがないよ、どうやって開けたら、うわ、ねえ、ボタンがある、これを押すだけで……

――畜生、触るな……！

――バストさん、会えてよかった！　おやおや、どうしたんです……

――ちょっと、おたく誰……

――運転手を呼べと言っただろ！

――けど、どうしたんです、大丈夫？

――ええ、大丈夫です、はい、ブリズボーイさん、申し訳ないのですが、今ちょっと急いでるので……

――けど、これは何の騒ぎです、たちの悪いいたずら小僧がたくさん、バストさん、大事な話が一つあるんですよ、首にされたって母さんから電話があったんです。とにかく怒ってましてね、そもそも健康パッケージプランのフランチャイズ計画に関するピスカターさんからの手紙、あれだけでも腹を立ててたんです、もちろん何かの間違いだとは分かってます、当然バストさんだってそんなのは黙ってないだろうって俺は言いましたよ、あなたも今結構大変な目に遭っているみたいですね、母さんは新聞にもいろいろとんでもないことが書かれているのを読んだりしてて、俺のスイートルームにも朝からずっとマスコミの連中が押しかけて来ててぇ、もちろん、あなたに関する悪口なんか一言も信じないって言ってやりましたよ、あなたがわざとそんなむちゃくちゃなことをするはずはありませんからね……

――ええ、はい、すみません、ブリズボーイさん、実は僕もまだ細かいことはよく分からなくて、でも……

――ああ、ですよねぇ、はい、みんな、恐ろしく礼儀知らずな連中ばかり、「マスコミ関係の紳士たち」なんて表現を考えた人はきっと頭がどうかしてたんでしょう、あんなことを言いだしたのはキプリングですかね、*「もしも《イフ》」っていう彼の詩ほど耐えがたいものはない、俺にはどうせあんなの無理ですしね、マスコミの相手なんかしてられません、カフスボタンを付けたあの軽薄男みたいな才能は俺にはありませんから……

――デビドフさんのことですね、はい、ところでひょっとして彼の居場所を……

――ああ、ですよね、はい、彼は喜んであの仕事をしているみたいだし、会社のスイートルームで見掛けた彼の姿をあなたにもお見せしたかったですよ、シェヘラザードに負けない勢いで次から次に話をでっち上げた挙げ句に、軽い足取りで裁判所に向かいました、マスコミのやつらはその後ろ姿に向かってジャッカルみたいに吠えてましたよ、今日、いろいろな事業の問題に関連してJR本人が出廷することになっているとか何とか、もちろんあいつらは実父確定訴訟にかこつけて、げすな興味から騒いでるだけです、私がいちいちこんなことを指摘する必要もありませんけど、でも、オフィスの机の上であのヴァージニアの巨体が暴れている姿を想像するのは何ともぞっとしません、JR社ファミリーにとってはうれしくないイメージを……

――ええ、はい、すみません、ブリズボーイさん、僕にはお話がよく……

――でも、あなたが全部を把握してないのは無理もありません、バストさん、ひどい風邪をお召しのようだし、マスコミのやつらはみんな意地悪で、小うるさい電話をかけておきながら対応が悪いって文句を言うし、俺はおたくのグリンスパンさんって人と電話で話しましたけど、すごく親切な人でしたよ、おかげでこの場所を簡単に見つけられました、この変わった玄関がそうですよね？　母さんからその厄介な電話をもらった後、急いでアナリストのところに行ったんです、この愉快な一角のすぐ近くにあるんですよ、ついでにちょっと話を聞いてみようと思って……

――いや、僕が言おうとしたのは、僕はずっと出張に行っていたから、あまり細かいことは……

――ああ、出張ね、はい、もちろんそうです、一刻も早く詳しく話を聞かせてもらいたいなあ、新聞にも愉快な記事が載ってましたよ、酔っ払いに追いかけ回されたそうですね、醸造会社の男が銃を持って樽の間であなたを追ってきたとか、その目が無事で本当によかった、まったく気の短い連中のせいで大騒ぎだ、ありがたいことに、インディアンの扮装をしたあのすてきな写真はとても写りがよかったですね、俺も野外劇が好きなんです、もちろんすぐに母さんにもあの新聞を送りましたよ、安心させるためにね、新聞にはここのところ嫌な記事が出てましたから、おたくの株が四ドルまで下がったところで取引停止になったときなんか、ついにクローリーって人がいかれちゃって、あの人、破産するって噂です、ずいぶん厳しい世の中だ！　あの人のオフィスはいいところですよね、ところで……

――いや、あの、僕らは、さっき子供の一人に運転手を呼ぶように言ったから、そろそろ……

――あの子ね、うん、今、運転手とこっちに向かってます、でももちろん、あなたは一緒に行かない方がいいんじゃないかしら、かなりの熱がありそうだし、でも、裁判は待ったなしですからね、バストさん、一つだけ約束してください、間違ったことをやっている会社と心中しちゃ駄目ですよ、俺は決して裏切りを勧めるわけじゃありません、ただ、JRとかいう人物はやっぱり胡散《うさん》……

――ええ、はい、僕らは、運転手さん？　そろそろ車を……

――ちょっと待って、その前に……

——母さんも俺もあなたを信頼してますから、おやおや、誰か一人乗ってきましたよ……

——ええ、はい、全員そろいました、運転手さん、出発してください、じゃあ失礼……

——ご自分の作品もね、ここのところ自分の時間がなかったでしょう、でも……今か今かと楽しみに待ってますよ……やる価値のあることをしようとしている人は俺の知り合いの中であなた一人だから……

——ねえ、やば《ホーリー》……

——コンサートグランドピアノのこと……？　シャンボール・ミュジニー*はきっとあなたの口にも合うと……体を大事に……

——ねえ、見て、あの人、車の横を走って付いてきてる、*あれじゃあひかれちゃうよ、やば《ホーリー》……

——『亡き子をしのぶ歌』のすっごくすてきなレコードを見つけたんです、チェコで録音されたもので……

——はい、失礼します、失礼……

——頼りになるのはもうあなたしかいません、オ・ヴォワール、オ・ヴォワール*……

——いや、でも、あれは一体誰なの、ねえ。

——少しの間、黙ってろ。

——分かったよ、うん、でも、てか、誰なのかな……

——誰でもない！　あれは、あれは別に誰でもない……

——オーケー、ていうか、怒んないでよ、ねえ、さっきどうしてあんなに時間がかかったか分かる？　あの巨大トラック、僕らの車を出られなくしてたやつ、あれは何のトラックだったと思う、どうしたの、まだ目が痛い？

——うん。

——とにかく、何だったかっていうと、一万本の造花を運んできたんだって、僕らが香港の倉庫オークションで買ったやつだよ、色がおかしいから大安売りになってたんだ、分かる？

——分からない。

——水仙が赤かったり、薔薇が青かったり、中国人は図面で形を見るだけで、僕らと違って花の現物を知らないから、馬鹿みたいな色に仕上げちゃったのさ、ていうか、そのトラックの運転手もわめき散らしてたよ、トラックの荷物は香港から届いたプラスチックのごみだって、ひょっとしたら、イーグル紡績に回すつもりで僕らが注文したセーターが届いたのかなと思ったけど違ってた、ていうか、あれはまだなのかな？　ていうか、どっちみち両方ともユニオンフォールズ行きの荷物なんだけどね、それにしても何をわめいてたんだろう、ＪＲ社の住所はここのはずだとか、ＪＲ社のこの住所に大量の荷物を届けるんだとか……

——家賃の安い部屋を望んでたのは君だろ！

——うん、でも、やば《ホーリー》、ていうか、やば《ホーリー》……

——ひと月六十一ドル四十セント、どんなオフィスを期待してたんだ、六十一ドル四十セントだぞ！　僕がどんな場所で……

――いや、でも、いや、でも、ていうか、やば《ホーリー》、ていうか、あれがそうなわけ、あれが本社？　あの、あのごみ置き場……？

――ああ、何だと思ってるんだ、僕がどんな場所で……

――いや、でも、いや……

――パーク街を真っ直ぐ南に向かえばいいですか？

――パーク街を南に、何街でもいい、運転手さん、どうでもいいから……

――いや、でも、待って、ねえ、バスト先生、それじゃあ戻ることになっちゃうよ、どうして……

――僕が家に帰るには南に向かうしかないから、それが理由だ、僕は……

――いや、でも、僕らは……

――僕の手持ちはちょうど三十七セントしかない、それが理由だ！　この服を早く脱ぎたい、風邪を引いて熱があるから、頭が割れるように痛いから、それが理由だ！　昨日は一睡もしてない、何も食べてない、その弁当をこっちにくれ、その白い箱……

――いや、でも……

――もう一つはやるよ、食べろ、さっさと開けて食べろ、君の分だ、税控除を受けられる四十八セントの弁当、君の好きなデビドフさんが注文した弁当だ、社会見学とやらのための、それにしても何でこんなことをやってるんだ、今日のことだって、どうしてこんなことをしてる！

――それはただ、ただ、いいアイデアだと思ったから……

――ああ、それは勘違い、全然いいアイデアじゃない、そもそも……

――見たかったんだよ、僕は！　僕は、僕はただ、本部を……

――分かった、分かったから、ほら、足を下ろしなさい、ハンカチは持ってる？

――うん、ちょっと、ちょっと待って……

――いやいや、君だよ、自分に使いなさい。洟をするのはやめて、ハンカチを使うんだ。

――僕はただ、いつも、ていうか、前からこんなふうになればいいなって思ってたんだ、先生と、先生と僕がおっきなリムジンに一緒に乗って街を、こんなふうに街の大通りを走る……

――ああ、僕ら、僕らは、ほら……

――いや、僕、ていうか、先生と僕って……

――言いたいことは分かったから、ほら、サンドイッチを食べなさい。

――でも、オーケー……ねえ？

――何。

――あそこ、おっきな白い建物、あれ何……

——クラブかな、大使館かな、知らないよ、どうしてそんなことを。

——ただちょっと、前から思ってたんだけど、僕ら、僕らって、何でもない。先生、そのピクルス要る？

——要らない。

——じゃあ、これを半分上げるから交換して……

——交換じゃなくていい、やるよ！

——オーケー、ていうか、そんなことで怒んないでよ、僕はただ……

——そんなことで怒ってるんじゃない、ピクルスなんてどうでもいい、僕の話をまったく聞いてなかったのか？　僕がどこに行ってたとか、向こうで何が起きてるかとか、知らないのか、そもそも君は新聞を……

——だから、さっきからその話を訊こうとしてるのに、先生が邪魔ばっかりするんだもん、ていうか、先生があのすてきなインディアンの格好をして写真に写ってたあの大きなイベントのこと、ちょっと待って、ここにあるんだけど……

——ほら、それが昨日の新聞、ていうか、それを読めば……

——いや、でも、ていうか、これにかかった経費のことなんだけど、この年取った族長《チーフ》、先生にパイプを渡してる男が着てるインディアンの服は子供用の安物だよね、飾りに使ってあるのは鶏の羽根でぼろぼろ、それから後ろに立ってるこの間抜けな人は誰、この人まるで……

——それはミリケン上院議員、それで、そっちは見た通り、ぼろぼろの鶏の羽根、僕はデビドフが三百ドルでレンタルしたおしゃれな格好で行ったのに、チャーリー・イエロー・ブルックの父親は写真を撮るっていうのに汚いジーンズ姿で現れたんだ、そうしたら、これじゃあ本物のインディアンに見えないって設備担当の馬鹿野郎が言って、馬鹿息子を駄菓子屋に行かせたのさ、その子が買ってきたのは子供サイズのインディアン・コスチューム、そのせいで大きな騒ぎが……

——知ってるよ、ここに書いてある、すてきな話だね、パドルの音、矢のうなり、ハウイー！という伝説的な叫び声に合わせて、歴史を再現する大がかりな芝居が始まる、それはまるで忘れられたキャンプファイアの炭のように、過去からくすぶり続ける部族の希望と団結に再び火を点ける……

——いいか、そのすてきな話とやらは騒ぎが起きる前に書かれたものだ、写真もそう、彼らの我慢が限界に達して爆発する前に撮られたものだ、分からないか？　それは君のお気に入りのデビドフが台本を元に書いたマスコミ向け資料、こうなればいいなっていうあいつの希望であって、実際に起きたことじゃない、前の日の夜にマスコミに配られた資料、当日の新聞に記事が載るように……

——いや、でも、爆発ってどういう意味、芝居ができなかったってこと？　ていうか、カヌーの漕ぎ方とか、弓矢の射方とか、連中が全然できないから大金をはたいて教えたのに？　僕らの努力は、部族の魂に火を点けたり、彼らが狩りをする土地を守ったりすることの援助にならなかったわけ？　それで、インディアンの人たちは自分たちの歴史も知らないくらい間が抜けてるから、僕らがお金を払って一流の人に話を書いてもらって、彼らに歴史の勉強をさせてあげないといけないわけ……

――結果はまさにそう、部族の魂に火を点けてしまった、今話してるのはそういうこと、彼らは台本を読んだとき、つまり、レイプとか飢饉の話、条約で決まっていたはずの保留地から追い出されて、今いる土地まで冬のさなかに千マイル歩かされた先祖の話を読んだとき、弓のうなり、デビドフにはあの音を聞かせてやりたかったな、ストーブとか洗濯機とか、その手のがらくたが並んでいる場所で……

――いや、でも、待って、ねえ、ちょっと待って、やば《ホーリー》、まじやば《ホーリー・シット》、ていうか、洗濯機一台でも小売価格なら百九十、九十七、ありえない、ていうか、彼ら、そんなのありえない……

――いや、ありえたんだ、そもそも誰もその可能性に気付かないなんて……

――いや、でも、ちょっと待って、ていうか、ていうか、大昔に先祖が雪の中を歩かされたからって、高価な贈り物を壊していいことにはならないだろ、僕らは昔いろいろあったから、今度は力を貸そうとしてるだけなのに！　ていうか、いや、ちょっと待って、ここにこう書いてあるよ、ほら、ここ、人類の向上を作り出した、ちょっと待って、ここ、人類の向上という大義のために両刃の剣を作り出したのである。一気に未来から過去を切腹、切断するその剣は、具体的には空腹、空前の贈り物の数々という形で届けられた。ＪＲ社ファミリーの子供会、子会社《しがいしゃ》であるエンド設備によって提供されたさまざまな電化製品は……

――そこだよ、ポイントは、あそこには電気がないんだ！　そもそも誰もそれに気が付かないなんて……

――え？

――電気、向こうには電気がないんだ！　あのインディアンたち、あの保留地には電気がない、たったそれだけのことを調べもしないで……

――電気がないってどういうこと、ていうか、電気がない人なんかいないよ、ていうか、スイッチを入れれば誰だって……

――そう、あのハイドの馬鹿、君が設備の配達役を任せたハイドさんもそう考えたのさ、彼が書いた挨拶、彼らに文明を届けるとか、君のところにもその写しが届いてるだろ、このごみのどこかに混じってるはずだ、読んでみるか？　市場《しじょう》だの、生産ラインだの、本当のアメリカの姿だの、くだくだ言っているうちにインディアンたちが彼を追いかけ始めて……

――いや、でも、いや、でも、ちょっと待って、そのハイドって……

――彼はヘアドライヤーを振り回して、捕まえられるものなら捕まえてみろって叫んでた、そして本当に捕まったんだ、するとあのろくでもない息子が突然……

——いや、でも、待って、バスト、待って待って、それって、そのハイドさんってまさか、やば、その息子《ホーリー》ってまさか……

——ナイフとロープを身に着けて、召集らっぱを吹いてた、髪がもっと長ければ頭の皮をはがれてたかも……

——いや、でも僕、僕と同じ学校の子じゃ、あのハイドさんじゃないよね？　どうしてそんなことに……

——ああ、君が雇ったんだろ？

——いや、ていうか、ていうか、あいつのお父さんがあの会社に勤めてるとは、僕は……

——あの息子、あの子も向こうに行くって君は知ってたんだろ？　友達じゃないのか？

——いや、でも、いや、ていうか、お父さんと一緒にとても大事な任務に出掛けるとは言ってたよ、アメリカが守るべきものについてエッセイを書くとか、でもどこ、何があったの、どこでそんなことが……

——最後には、シャベルを持って身構えた状態で捕まった、お父さんは今、人質に取られてて、君が身代金を支払わない限り解放してもらえない、身代金は三千万ド……

——ドル？　あの人のために三千万ドル？　ていうか、向こうは僕らを何だと思って……

——二十年間のリース代金として君が既に同意してる三千万ドルだよ、それを今、現金でよこせって言ってる、チャーリー・イエロー・ブルックがおんぼろのキャデラックで僕をバス停まで送ってくれた……

——いや、でも、ちょっと待って、ていうか、それはもう約束したはずだよ、歩合の形で収益から払うって、ていうか、どうしていきなり今払えなんて言うのさ、まだ全然儲けが出てないのに……

——君が彼らに見せたすてきな歴史劇がすべての原因さ、彼らは真冬に千マイル歩かされた話を聞いたせいですっかり動揺した、新たな政府の方針でまた元の条約にあった保留地に送り返されて、今いる土地が売りに出されるんじゃないかと不安になったんだ、彼らはただ、土地を買い取る金を欲しがっているだけ、だからお金さえ与えれば……

——お金さえ与えればってどういう意味だよ！　ハイド、あの中年男に三千万ドルの値打ちがあると……

——いや、あの人にいくらかでも値打ちがあるとは思ってない！　そうじゃなくて、彼らは既に自分たちのものになっているあの土地を買わなきゃならない、かたや、君はもう望みのものを手に入れてる、そうだろ？　リース権を？　三千万ドルを支払うことにも同意してるんだから……

——いや、でも、今すぐ全額払うのとは話が違うよ……

——いつもと同じことをすればいい、借りるんだ、いつもそう言ってるじゃないか、資産を作って、それでまた借り入れをするって、三百万でも、五百万でも、一千万でも同じことだろ、すべては単なる数字、そうだろ？　紙に書かれた単なる数字、そもそも、二回に一回は桁を区切る点がどこに付くかさえ分かってないのに……

——いや、でも、まさかまだ向こうの人に約束したわけじゃないよね？　つまりその、三千万ドルをまとめて払うとか……

——もちろん約束したさ、チャーリー・イエロー・ブルックに、うん、僕は彼に約束を……

——いや、でも、ねえ、ちょっと……

——ねえ、ちょっと、じゃないよ、君は最初からずっと言ってるじゃないか、先生はあれをしてくれない、先生は興味を持ってくれない、先生は責任を取ってくれない、でも今回、僕はやるべきことをやった、彼と約束したんだ、僕は約束を守る……

——いや、でも、とにかく、それはいいよ、先生はそんな約束を守らなくてもいい、だって、そもそも先生にはそんなことを忍可する権限がないんだから……

——どうして権限がない、僕はこの会社、この混沌とした組織の執行役員《エグゼクティブ・オフィサー》だろ、誰にも権限を与えてもらわなくたって……

——いや、でも、ね、先生はもう違うんだってば。

——違うってどういう意味、僕はずっと会社の……

——だって、先生は首になったんだもん、それを伝えようと思ってずっと待ってたんだ、ていうか、先生のせいで何もかもがひどいことになっちゃったからさ、ていうか、僕がずっとその尻ぬぐいをしてたんだけど、ていうか、ミスをするのはいつも先生なんだよね、でも、いつもそうやって問題を起こしてみんなに迷惑をかけてるんだったら、当然最後は……

——ストップ、いや、ストップだ、一体全体、その足を下ろしなさい、どういう意味、出張の間、僕に首だと伝えるのを待ってたって？　インディアンとの取引がうまくいくかどうか様子を見て、今度は僕がミスをしたというのを理由にして、僕がまたあそこに戻る前に首にするって言うのか、そうすれば三千万ドルを払わなくて済むから、おい、今、そんな破れた新聞を出さなくていい、そんなものは見たくない、とにかく返事はどうなんだ、僕が言っている通りなのか？

——いや、ちょっと待って、決めたのは……

——ていうか、誤解しないでくれ、首になったことはとてもありがたい、こんなにありがたいことは他にないくらいだ、今回限りだからって君の手助けをするのはもうこりごり、そもそも最初から……

——いや、でも、僕じゃないんだ、バスト先生、先生を首にしたのは僕じゃなくて、他のみんな……

——君はいつも自分じゃないって言うんだよな、いつも誰か他の人のせいにする、じゃあ一体、他のみんなって誰、誰なのか説明を……

——怒った債権者の人たち、先生が株を売ったせいで何もかもが台無しになったって怒ってる、さっきから僕はその話をしようとしてたんだ、銀行の人たちとか……

――株を売ったってどういう意味、僕がやったのは……

――ていうか、ノニーに尋ねてみたらいいよ、僕が前から何度も言ってたことが一つだけあるとすれば、それは絶対に法律に違反しないこと、オプション行使の決まりとか社則とかで先生は絶対に違反はしないと思ってた、ていうか、所得税のことで先生が損しないように僕はいろいろうまい工夫をしてたのに、先生がすぐに株を売ったせいで、先生の給料に直接税金がかかる形になっちゃっただろ？ 訴状によると、先生は一株十一ドル五十セントで売ったんだってね、てことは全部で五万七千五百ドル、つまり、五万四千ドルを超えてる、だから税率は五十三パーセント、二万七千ドルが徴収されるんだよ、地方税でそれだけ、それに加えて面倒な州税があって、その上、連邦税が……

――待って、僕が知ってる範囲で君がやってくれてたのは節税対策、いつもそればかり……

――いや、でも、弁護士関係の費用もそれ以外にかかるし、ていうか、ことわざではいつも、困ったときの友達こそ本当の友達って言うけど、だとすると僕はすごい友達ってことに……

――それは違う、そのことわざはそんな意味じゃない、困ったときの友達というのは困ってる方の友達じゃない、困っている人を助けるのが本当の友達という意味……

――分かってるよ、うん、だって、先生は今、五万七千ドルを持ってて、僕はすごく困ってるんだから……

――いや、いいか、ストップ、いいか、よく聞きなさい、どうして勘違いをしてるのかな、さっきも言ったじゃないか？ 僕の手持ちは三十七セントだって？ どうして僕が株を売ったと思い込んでるんだ、あれはお金を借りるために担保に使っただけ、僕のために君が蓄えてくれてたっていう給料、あれだけでどうしろっていうんだ、たった四ドル、君のお気に入りのデビドフが僕にしてくれた唯一まともなことはあの算段だけ、クローリーさんと相談してお金を手に入れる方法を考えてくれた……

――いや、でも、オーケー、どっちでも同じことだよ、つまり、五万七千ドルでどこかに株を売ろうが、銀行に担保として預けて先生が五万七千ドルを借りた後で銀行がまた五万七千ドルで売ろうが同じこと、ていうか、先生は今でも五万七千ドルを持ってるわけでしょ……

――持ってない！ 一度も手にしてないよ、いいか……

――それと、そのオプションの件、あれだって先生を助けてあげようと思ってしたことなんだよ、なのに先生は電話で僕に向かって怒鳴ったりして、オプションを行使するための五万ドルはどうやって手に入れたわけ……

――借りたんだよ、そしてすぐに返済した、他にどうやって……

――いや、でも、ていうか、もしも株を売ったんじゃなければ、どうやってすぐに返済なんてできるの、それを訊いてるんだよ！　ていうかとにかく、株を買うためのお金は銀行で借りられないっていう法律があるし、先生だってあの株は売らないって電話で言ってたじゃん、ていうか、だからみんながすごくがっかりしてるんだよ、分かる、バスト先生？　ていうか、会社のやることについて先生は信頼してなかったってこと、僕らはお互いをうまく利用できると思ってたのに、先生には会社に対する忠誠心ってものが全然……

――いいか、第一に僕は会社の株を売ってない、株を売るように銀行に指示したこともない、第二に、株を買うために銀行から借り入れもしてない、お金は伯母たちから借りたんだ。僕は伯母たちの株を担保にしてオプションの株を買った、それを担保にして七千ドルを借りた、それがデビドフさんが必要だと言ってたお金、そして残りの五万ドルで、クローリーさんのもとに預けてある伯母たちの株を買い戻した、僕がやったのはそういうこと……

――それってクローリーさんの名義になってる口座のこと？

――着きましたよ、お客さん。

――だって、もしもそうなら、その伯母さんたちは用心した方がいいよ、ねえ……

――ちょっと待って、どうしたんです、運転手さん？　どこ、ここはどこ……

――ペンシルベニア駅です。

――どうしてここに、僕らが行きたいのは……

――指示に従っただけですよ、こちらの団体さんはペンシルベニア駅にお連れするという話でしたから……

――いや、ロングアイランドまで連れて行ってくれると思ってたんだけど、僕らは……

――だって、大金を借りるためにクローリーやワイルズや他の仲買人がその担保を必要としてたのなら、連中は……

――静かにしててくれ、運転手さん？　いいですか、僕らをロングアイランドまで乗せてってください、請求書は同じところに回せばいい、会社の方に……

――それはできません、私にそんな権限は……

――ああ、それなら僕が与えますよ、僕が権限を与えます！

――それはできません、あなたの権限を受け取る権限が私には……

――だってさあ、連中は今、商品取引で証拠金が足りなくてすごくピンチなんだ、脇腹肉《ベリーズ》の値段が急落したせいで……

――静かにしてくれ！　いいですか、あなたは知らないかもしれませんけど、今ここに乗ってるのは、待って、お金は持ってる？

――ああ、うん、あるけど……

――よかった、運転手さん？　じゃあ、現金で払います、いくら払ったら……

——それはできません、私たちはフランチャイズ契約に基づいて仕事をしてるので……

——どうして駄目、どうして最初からそう言わない！　さあ、降りるぞ、ほら……

——このカップケーキの残りは要る？

——持って降りろ、荷物は全部持って、うん、忘れ物のないように……

——オーケー、ちょっとこれを持っててくれないかな、僕は……

——今は何も持てない、ほら、その箱をよこしなさい、それから床の上にあるもの、それは何……

——うわ、なくしたら大変、例のテープレコーダーだよ、ところで電話に付いてたテープは外したの、ねえ？　だって……

——肘置きの上のバナナも持って行っていただけますか？

——だって、ピスカターの話だと、電話のテープも全部押収されるらしいから、その前に録音されている内容を確認しておかないと……

——そこのバナナを取れよ、畜生め！　ほら、他のみんなはこっち、こっち……

——映画に行くんですか、バスト先生？

——動物の頭をたくさん飾ってる部屋、またあの人のところに行きたいんだけど、ねえ？

——うなぎとプロレスする女の人は……

——どこにも行かない、家に帰るんだ！　さあ、ほら、もっと固まって……！

——だって、例の貿易の方もまずいことになってて、どうにかしないといけないんだよね、レイ-Xがガンディアから輸入することになってたロジウムが手に入らなくなった、戦争が始まったせいであの国からの輸入を禁止するっていう馬鹿な法律ができちゃったんだ、ガンディアの隣にある貧乏国のマルウィから貿易代表団が来てて、出張前に先生とウォルドーフで面会する予定になってたんだけど……

——こっちだ、ちゃんと固まって……！

——脇腹肉《ベリーズ》は中国に輸出する許可が下りないから、まずそのマルウィに輸出して、そこから中国に輸出する形にすればいいかも、それで一パーセントの手数料をもらう、そのお金でガンディアのロジウムをマルウィで採れたものとして輸入する、そんなに速く歩かないでよ、ねえ？　荷物を落としそう……

——ほら、こっち、みんな、急げ……！

——そんなことを考えてたら、今度はそのマルウィが同じ馬鹿な戦争に巻き込まれて……

——固まりなさいって言っただろ！

——それから、上院でやっている例の話し合い、中国やロシアなんかと貿易をするとかっていう話、ブルース上院議員があれを打ち切っちゃった、おかげで脇腹肉が暴落、クローリーとワイルズと仲買人たちは商品取引で大損したものだから僕に対して腹を立ててる、証拠金が足りないんだって、僕にはそんなお金はないんだけどね、だからあの人たちは、ねえ、ちょっと待ってよ……

——そのプラットホームだ、急げ、あと四分で列車が出る、どこに行った、あいつはどこに……

——JRはあそこで新聞買ってます、あたしもキャンディー買っていい？

——駄目だ！　列車に乗りなさい、あいつは僕が呼んでくる、一体何を、すみません、失礼、一体何を、すみません……

——あ、ねえ、バスト先生？　小銭を持ってないかな、僕の財布は……

——新聞は返しなさい！　早くしないと列車が……

——けど、新聞はもう取っちゃった、先生は三十七セント持ってるってさっき……

——もう、畜生、ほら！　さあ、早く……

——うわ、あのおばあちゃん、先生のせいで転びそうに……

——どうでもいい、急げ！

——ねえ、待ってよ、ねえ、靴の紐が、やば《ホーリー》……

——押すのをやめなさい、そこ！　ちゃんと固まって……

——うわ、乗り遅れるところだった、危うく靴が……

——さっさと座りなさい。そっちのみんなも早く座って……

——先生は窓際がいい？　それとも……

——どっちでもいいから早く座って！

——オーケー、とりあえずじゃあ、足をこっちにやるから、この新しい靴紐のせいだよ、危うくスニーカーをなくすところだった、先生、もうちょっとそっちに行ってもらえないかな……

——これ以上動けない、自分の足を席から降ろしたらどうなんだ、とにかくおとなしく……

——じゃあ、足はどこに置けばいいのさ！

——床に置いたらどうなんだ！　それから、この膝も邪魔……

——でも、電話のテープを聴きたいからテープレコーダーをここに置かないと……

——いいか、テープを聴きたいなら別の席に移動しなさい、僕は……

——いや、でも、テープは押収される前に聴かないといけないよ、そうしないと何が録音されてるか分かんないじゃん。ていうか、前に先生が僕に送ってくれたテープ、エース開発の採掘権に関して内務省から連絡があって困ったことになってるって僕が話してる最中で、急に歌声が入るテープがあったよね、フィッシャー布巾《ディッシュクロース》の歌をお届けしましたって言ってたやつ、*外国の歌みたいな……

——あのテープは空《から》だと思ってた！　僕、僕はがらくたみたいなあの携帯ラジオから流れる曲を録音しようと思ったんだ、でも、そんなのはどうでも……

──だって、押収されたら聞けなくなるからさ！　だって、ベッグばあさんが僕まで訴えてるからさ、何もかも押収しようとしてる、僕らがイーグル紡績を乗っ取ったって訴えてる、イーグル社が損失を出してるから株主の利益を守るためにジョージア州に移転しようと思ったら、その計画がけしからんとかで……

──おい、書類を落としてるぞ……

──待って、この下のところ、ていうか、僕らはユニオンフォールズの町を助けてあげようと思ってるんだよ、大きな墓地のことだって、イーグル紡績の土地を公園と高速道路にしてあげようとしてるのに、ベッグばあさんが恩を仇で返すのさ、僕のやり口は卑怯だって他の株主連中に言いふらしてる、優先株を普通株に変えて会社の支配権を握ったあのやり方がね、待って、これだ、ほら、ベッグの訴訟はイーグル社の元株主によって起こされた株主代表訴訟である、待って、いや、これは先生の分だ、どこにやったかな……

──僕のって何、何の話……

──ベッグばあさんは先生にも腹を立ててるんだ、ほら、一九三四年成立の証券取引法、第十節b、および、規則十bの五に違反だってさ、はつぬの、はつふ……

──発布だ、見せろ！　何だこれ、僕のことも訴えてるってこと？

──ひったくらなくてもいいだろ、ていうか、新聞見てないの？　それはピスカターが僕に送ってくれた分で……

──待ってくれ、その女《ひと》が君を訴えてるからって僕には何の関係も、僕はただ現地に行って、おいしくもないキャンドルサラダを食べただけで……

──いや、でも、先生は別の件でも訴えられてるよ、ねえ、株主を守るために僕が会社の実権を握ってJR社の株が上がったでしょ、あのとき会社の株を売ってればよかったんだよね？　あの人たちは株が下がった後、五ドルと八分の一とかで売ったりするから、ベッグばあさんみたいな人は怒ってるんだ、前もって内部《インサイド》の事情を知ってた先生だけが十一ドル五十セントで売り抜けたってね……

──内部って何の、僕は……

──会社の内部さ、だからインサイダー取引の裁判って言うんでしょ、ね、だから先生は……

──内部《インサイド》？　とんでもない、どうして僕が内部に、そもそも内部なんかないのに！　どうしてそんなインチキを、内部って言うなら君の頭の中しかないじゃないか、君の発表する声明とか、君がマスコミ相手に電話で流すテープの音声とか、処女鉱物、ガス田発見、明日の健康プラン、未来の旅行手段、向こうまで僕を追ってきた記者もいたよ、その男は音を凍結させる計画があるそうですねとか言ってたけど、一体どういうつもりで……

──いや、でも、待って、それは新聞に載ってた話で、ねえ、ちょっと……

——いいか、そのごみを今またほじくり返さなくていい、分からないか、そんなものはもうただの……

——いや、でも、さっきからその株主を守るって話をしてるんだけど、株価を維持したいんだよね、セキュリティアナリストみたいな人たちはレイ－Xに厳しい罰則が科されるって大騒ぎしてる、ロジウムが手に入らないのに固定購入価格の契約を結んでるのが駄目なんだって、それと製品のリコール、心臓ペースメーカーが故障して移植のやり直しが迫られてる、手術費用や入院費まで会社が負担しなけりゃならない、ていうか、そんな感じで出費がかさんでいるタイミングに、ほら、見て。フリジコム、現在開発中の、待って、液体窒素を利用する複雑な過程が音速より速いスピードで作動し、騒音を急速に冷却し……

——いいか、分からないのか？　そんなのはインディアン保留地の話と同じインチキ……

——え、すべてが台無しになったあの件と同じ？　いや、でも、どうしてこの大学で学生たちがヘイト将軍に石を投げたんだと思う、将軍が名誉学位を受け取りに行く機会に合わせて僕らはレイ－X社の隣にある大学に大きな土地を寄付したんだ、そして大学が研究予算をもらえるように大きな軍事契約を結ばせた、それに学生が怒ったってわけ、分かる？　例のブルース上院議員が軍事予算をチェックする秘密聴聞会を開いたんだ、約一千億ドルの巨大予算だよ、なのに、上院軍事委員会はわずか三千八百万ドルの予算超過で騒ぎ立ててる、細片の扱いに関してちょっとした技術的問題で手こずってるだけなのに、ねえ？　ねえ、バスト先生？

——何。

——話を聞いてないみたいだったから、ていうか、僕らがディセファリス先生を雇ったの、知ってた？

——いいや、別に興味も……

——ていうか、実は僕も知らなかったんだ、コンピュータ管理の人材派遣会社を通じて雇ったから、人が名前じゃなくて数字で呼ばれてたんだ、それで、うちが心理学のできる人材を探したら先生の番号とぴったりマッチしたってわけ、面白いと思わない、ねえ？

——そりゃ傑作……

——ね、ていうか、それがディセファリス先生だって僕が気付いたのは、テキサス州にいるすごい科学者のもとに行ってもらったときだったんだけどね、で、その科学者というのがヴォーゲル博士、驚いた？　新聞にも載ってたよ、騒音の細片に関する技術的問題が解決するまでは戻ってこなくていいって言っておいたんだ、それとあのすごい技術、その話をずっと先生に教えてあげようと思ってたんだ、ねえ、ほら。ここに書いてある、新しい輸送手段、国防総省の支援を受けており、いまだに機密のトップシークレット、だから電話で先生とその話をする

 こともできなかったのさ、ね？　ていうか、もうそのための子《し》会社《がいしゃ》を作ってある、遠隔移動《テレトラベル》って言うんだよ、名前の意味、分かるでしょ、ねえ？　ねえ、バスト先生？

——何、何……

——寝ちゃったのかと思った、ていうか、今、すごい話をしてるんだけど……

——ほら、車掌さんが待ってるじゃないか、さっさと運賃を……

——今回、僕らは一人一人往復切符を持ってるから、お金は……

——へえ、そう、僕は持ってないんだよ！　僕の分を払っておいてくれ。

——オーケー、怒んないでよ、ていうか、ちょっとの間、これを持っててくれない……？　紙切れ、ハンカチの塊、丸めた札がポケットから出た後、コインが現れ、——ねえ？　悪いんだけど……

——いいか、僕は君の新聞代を払ったから、あの三十七セントもらうない……

——いや、ていうか、十七セントくれたら、この二十五セント硬貨を砕かなくてもいいかなと思って、そうすれば……

——さっさと払え！

——分かったよ！　でも、待って、二セントくれないかな、そうすればこの五セント硬貨を砕かなくても、オーケー、オーケー！　そんなに怒んなくてもいいだろ、ていうか、この新聞代だって、必要経費で落とせばいいんだし、待って、待って、どこに行った……

——きっと……

——いや、でも、どこに行った！　やば《ホーリー》、きっと落ちたんだ、先生の足元にない、ねえ？

——きっと君が駅で落としたんだろう、また買えばいい、同じことさ……

——いや、でも、今日はいろいろとあるから、何があったかを知っておかないといけないんだ、つまり、例の裁判とか、ガス田開発のために地下でやる爆破のこととか、過激派のやつらが危険だ危険だって言いふらして、差し止め命令を求めてるから、どうしたの、ねえ、どうして震えてるの。

——そ、それは、さ、寒いから……

——どうして、寒いなんてありえない、だってすごい汗掻いてるじゃん……

——ほら、これ、君の荷物を僕の膝からどかしてくれないか、少し眠りたいから。

——え、眠りたい？　いや、でも、ちょっと待って、いろいろと相談しておきたいことがあるし、テープも聴かなきゃならないのに……

——よその席に移れって言っただろ、そっちでゆっくり聴けば……

——いや、でも、テープ聴くのは先生が手伝ってくれないと、ていうか、どれが誰の声だか僕には分からないし、ていうか、僕は新聞を読むのが専門で、声明を出したのは会社のスポークスマン、匿名でいたいって本人が言ったらしくて誰なのか僕にも分からない、名前なんか関係ないんだってさ、もしもその州が丸ごと吹き飛んだって誰も何とも思わないってそいつが言ったら、ミリケン上院議員がぶち切れて、おかげで僕らは……

——いいか、僕はそのときこっちにいなかったんだ、僕に分かるわけが……

——いや、でも、問題はそこなんだよ、バスト先生、例えば、爆破予告のことだって誰が言いだしたのか分からない、会社のスポークスマンっていってももう誰が誰だか僕には分からない、このグリーンスパンさんもそう、ていうか、ピスカターさんによると、バスト先生が出張に行っている間のお手伝いをしている人らしいけど、僕はそんな話は聞いてない、しかもグリーンスパンさんは、僕らが税金対策に使おうと思ってたレイ‐X社の在庫を全部売っちゃったらしい、知ってた？

——いいや、その人が在庫を誰に売ったかも僕はまったく……

——僕も知らないんだ、ていうか、ピスカターさんにも訊いたんだけど、相手がフランス語をしゃべってたってこと以外は分からないんだって、きっとフランスの人なんだろうね、全部小売価格で買って、しかも現金で支払いをしたらしい、だから最初はピスカターさんがうまくやったのかと思ってたんだ、あの人、トライアングル社との取引でも自分がうまいことを考えたみたいなことを言ってただろ、あれも実はビーミッシュのアイデアだったんだよ、だから、ちゃんとこのテープを聴けば本当のことが分かるかも……

——分からないのか、僕はこっちにいなかったって言ってるだろ？　僕が知ってる音声は出張に行く前までの分だけ、そのテープは君に渡そうと思ってこのごみと一緒にずっと持ち歩いてた。何が録音されてるかは知らないし、まだ録音装置が電話にセットしてあるかも知らない、僕がアパートに戻ったら連邦保安官が何人も来てて、召喚状を振り回してた、誰かが車の窓から首を突っ込んできて、君がみんなを首にしてるとか健康プランをフランチャイズしてるとか裁判がどうとかって言うし、クローリーは破産だとか、僕には何の話だか……

——でも、さっきから僕はその話をしてるじゃないか！　ていうか、クローリーとその仲買人仲間たちが僕にマジ切れしてるんだ、僕らが銀行から大金を借りるのをあの人たちが世話してくれたんだけど、それと同じ銀行から今度は自分たちが証拠金を借りないといけなくなったって怒ってる、おかげで次に、債権者が自分の身を守ろうとして大声を上げ始めた、それで、仕方がないから僕は持ち株を議決権信託に預けて、彼らに決断を任せた、そうすれば僕らが古い借金を取り立てられることはなくて、新しい借金を片付けられるからね、そのタイミングに先生が会社の株を売ったからみんなが怒ったんだ、ていうか、そこでＪＲ社は取締役は全員解任、新しい人たちを雇うことになった、僕もしはいにん*とかで彼らに訴えられて……

——だからそれが僕のせいだと、そう言いたいのか？

——いや、うん、まあちょっとは……

——僕の株を売ったのは銀行なのに、そのせいで僕が首になって、さらに誰かが僕を訴えてる、その間に君は担保用の資産を買うお金を借りにあちこちを回ってる、な、やめろって前にも言っただろ？　最初の段階で？　もっと！もっと！って言ってないで、いったんやめて誰かに手伝ってもらえって。ものはたくさん手に入れれば入れるほど、さらにもっと欲しくなるんだ、今となっては自分がどれだけのものを持っているかも分からないだろ、ていうか、誰も信じないだろう、君みたいな、とても誰も信じないだろうな。

——いや、でも、そういうものなんだもん！　ていうか、どうせプレーするなら勝つためにプレーしろってこと、勝ったら勝ったで、今度は勝ち続けろってこと！　株式仲買人も、証券引受業者も、銀行も、やることはみんな一緒、何パーセントかの手数料を取るんだ、利子もそう、みんな知り合い同士で、みんな専門家みたいな顔して互いに助言しながら取引をまとめてる、それを全部やめさせるなんて僕にできるわけがないだろ！

——君がそこまでけちじゃなければ、もう少しまともな人たちを雇っていれば……

——オーケー、だから僕だって大事なルールをいくつか書き留めてるよ、一つは、利口な部下を雇うこと、でも指揮は自分で執ること、*もしも部下がすごく利口だったらどうしてその指揮が執れるのさ！　ていうか、さっき話したグリーンスパンさんなんかすごく利口だからみんなが雇いたがってる、市場《しじょう》のトレンドをよく把握してるってクローリーさんも言ってた、だから雇いたいんだって、レヴァさんもグリーンスパンさんを雇いたがってるらしいよ、だから僕も何回も電話をしてるんだけど、ずっと受話器が外れてるから、全然……

——なあ、この書類の山を早く僕の膝から……

——オーケー、待って、先生に見てもらいたい経済コラムがあるんだ、ＪＲ社の急成長を支えた黒幕はグリーンスパンかもしれないって書いてある、ていうか、僕の知らない人なのに！　それに、新しい取締役たちがグリーンスパンを雇いたがってるっていう噂もあるんだって、エレボス社関係の財務処理を考えたのが彼らしいよ、僕はその件でもしはいにんで訴えられてるんだけど、ねえ、ねえったら？　ちょっとくらい……

——これじゃあ膝さえ動かせないじゃないか、うん、とにかくこの書類を……

——いや、でも、全然話を聞いてくれてないよね、バスト先生、ていうか……

——じゃあ聞かせてくれ、どういう意味だ！　訴えられてるってどうして……

――さっきも言ったじゃないか、僕もよく知らないけどしはいいにんだよ、ていうか、ピスカターさんがそう言ってた、待って、どこかな、ちゃんと全部メモしたんだけど、何でもかんでも思い付く限りの問題で訴えてる、ほら、ね、次の四半期の利益見込みが過大なんだって、ＪＲ運輸の利益見込み、アメリカの船を使った輸出にはいろいろな規則があって、僕らは脇腹肉を運ぶ船を作ろうとしてたんだけど、何でもそれがしはいいにんらしいよ。

――僕は知らない、何の話をしてるんだかさっぱり分からない、いいか、今、何かの手を打つことができるのはピスカターだけだ、だからさっさと彼に連絡を……

――いや、でも、もう彼にはやってもらったよ、ていうか、あの人は宣誓供述書を提出した、彼の話だと、それで僕に対するれいじょうが出るらしい、れいじょうって何だか偉い人の娘さんみたいだよね、それから、間抜けな新聞記者の話によると、僕がホンジュラスに行ったかもしれないってさっき話した会社のスポークスマンが言ったんだってさ、僕はホンジュラスなんて聞いたこともないけど、それで、その新取締役たちは例の株を議決権信託に付すよう裁判所に申し立てた、そうすれば僕が今日、財産を守るために出廷すると思ったんだろうね、ユード判事はきっと裁判を延期してくれない、ていうか、まじやば《ホーリー・シット》、裁判所なんて行けるわけないじゃん！

――裁判所！　でも、君、ねえ、これはふざけていられることじゃないのかも、いいか……

――だから、さっきからそう言ってるじゃ……

――いや、でも、どうする、ピスカターは何て言ってた、警察だって突然やって来て、僕らを逮捕するわけにはいかないだろ、僕はそもそも……

――いや、待って、ね、いろいろ含めて全部ってことだよ、ね、株主たちが言ってるのは、先生がみんなをだましたってこと、自分の利益だけ考えて行動したってこと、今日の件だってそう、僕は何でも会社のためにやってるから逮捕されないのさ、ていうか、有限責任っていうのはそういうことじゃないの、ね？　新しい取締役たちがしはいいにんとかいって僕に怒ってるけど、僕は会社のため、株主のために行動してるから責任は限られてるんだ、会社が自分のために行動しているようなものさ、会社を刑務所には入れられないだろ、ていうか、書類の束を刑務所に押し込むわけにもいかないし……

――じゃあ、僕は刑務所に行くかもしれないけど、君は何も心配しなくてもいい、裁判所に行く必要もないってことか、君は単に……

――いやいや、今その話をしてるところだよ、聞いてよ、ねえ！　ていうか、僕が裁判所に行かずに、判決が出ちゃうと、株が全部取り上げられて、支配権を失っちゃう、そうなったら僕は……

――うん、でも、それはつまり、そうなればすべてが終わる！　すべてが終わるんだ！

――いや、でも、ちょっと待って……

――今日この時間、君は裁判所に行ってるはずなんだろ？　そして実際は行ってないだろ？　だから裁判には負ける、株は失う、すべてを失う、あらゆる混乱とおさらば、やっと縁が切れる、どうして早くそう言ってくれなかったんだ！

――オーケー、でもちょっと……

――オーケーって、どういう意味だ、オーケーって、最高のニュースじゃないか、どうして早くそう言ってくれなかったんだ、くだくだと別の話を、でも一体どうした！　今日はその裁判があることは分かってたのにこっちの社会見学に来るなんて、まるで何事もなかったみたいに……

――いや、でも、今日裁判があるなんて知らなかったんだよ！　ていうか、こっちをサボったらスタイ校長先生が怒るだろ、校長先生とデビドフさんが前もって社会見学の予定を組んでたんだ、会社の宣伝も大事、教育長のティーケルさんから学校を買ったんだもん、ティーケルさんが自動車事故で死ぬ前のことだけどね、学校は将来、会社のショーケースみたいな形に……

――いい加減にしろ！　学校を買うなんてありえない話だし……

――いや、その、一応、それは住民投票で決めることになってて、待って、これも新聞に載ってた記事なんだけど、税金が学校に使われてることに腹を立ててる人たちがいて、住民投票をすることになったんだ、それで決まればＪＲ財団が学校を引き受けて、ＪＲ社が土地と建物を買い取って九十九年のリースバック契約を結ぶ、運営費も払うんだけどそれはどっちみち税控除が受けられる、ね、そして子会社《しがいしゃ》のＤ＆Ｓ*の教科書や他の教育機器のショーケースみたいにするのさ、ね？　どうかしたの……

――荷物が邪魔で……

――ていうか、学校って昔からインチキなことばっかりで、現実の社会とは全然関係ないことをやってるよね？　だから、ホワイトバック校長先生が辞めたときにスタイさんを支部長として雇うことにしたのさ、ていうか、もともと保険会社に勤めてた人だから、いろいろなもののことが分かってるんだ、ね？　例えばすごくすてきなアイデアがあるんだけど、成績の評価としてくだらない記号を書く代わりにお金を渡す、秀《A》なら一ドル、優《B》なら五十セント、良《C》は二十五セント、可《D》はご褒美なし、そして不可《E》なら罰金五セントってことにする、待って、何するのさ、ねえ……

――とにかくこの膝をどかしてくれ、僕は席を移る、とてもそんな話は聞いていられない……

――いや、でも、ちょっと待って！　ていうか、何……

――もう終わったってさっき君も言ってたじゃないか！　何もかも終わり、いい加減に……

——いや、でも、話はまだ終わってないよ、僕らは反訴するんだ、ねえ！　つまり向こうが訴えるならこっちも訴えるってこと、ていうか、そういうことになってるんだよ！　ていうか、反トラスト法とかを使うんだ、向こうは議決権信託を使って僕からすべてを奪おうとしてるんだから、ねえ？　ねえ、どうしたの……

——気分が、気分が悪くて……

——顔が真っ青だ、ねえ、待って、先生の膝が、待って、僕の荷物が、ちょっとだけこれを持っててくれないかな、後ろにもたれて、ていうか、みんなで僕に意地悪しようとしてるんだよ！　古い借金を使って新しい借金をさせようとしてる、僕らは資産を作ろうとしてるのに、先生、顎によだれが垂れてるよ、ねえ、なのにあの人たちは会社が債務超過だって言って、投票権信託を設定しようと、だから僕はとらわれの債権者、貧乏揺すりはやめてくれないかな、大事な新聞記事を探そうとしてるのに、ほら……

——僕は、いや……

——オーケー、待って、僕が読むから聞いてて。JR社は傾きかけた織物工場の残骸から出発した、身内経営の小さな会社であったが、ほぼ一晩のうちに数百万ドル規模の多角企業へと化けた。ところがここのところ、信用危機に直面している。その甚大なる影響は産業界および金融界に波及していることが本日報告された、これはつまり火曜日のことだよ。製紙業をはじめとするさまざまな業界に果敢に挑む、そう、ここだ、よく聞いてて、ね、果敢に挑む精神と収益の匂いに惹き付けられた投資家たちは、待って、僕のことはどこに書いてあったっけ、どこかこのへん、たしか印を付けておいたんだけど、情け容赦のない経営者であるばかりか、ほら、これ、僕のことだよ、税に関しても抜け目がない、そしてまた、千里《ちさと》、千里眼《ちさとめ》とも称すべき勘の持ち主であり、ほら、これも僕、問題の核心に鋭く切り込むとともに、競争が始まる前に収益の答えを見つけ出す、この続きは、続きはどこ、待って、印も付けたのに、どこ、ブルドッグみたいな口元って書いてあったはず、ここには真実がある、どうしてここに印を付けたんだっけ、待って、いや、待って、これは先生のことだよ、ね、聞いてて。聞いてる？

——早く荷物をここから……

——オーケー、ちょっと待って、聞いて、ねえ。ここには詩人の言葉よりも多くの真実がある、音楽には野蛮人を鎮める魅力があるのと同じように、点、点、点、親しい関係者によると、お騒がせセレブのブーディ・セルクはアジア人シタール奏者と別れ、新進デザイナーのハリー・ボッシュがデザインした派手なドレスを肌に直接まとい、上品な青年実業家エドワード・バストとの新しい出会いを心待ちにしている。エドは企業買収に駆け回る一方で、その合間にピアノの演奏もこなしている。噂によると、その父親はロングアイランド鉄道の有名な車掌《コンダクター》であり、副業でちょっとした作曲もこなす人物だったらしい。しかし、最近のエドは得意な算術を生かし、また近いうちに別の企業買収を……ねえ、待って、何を……

——何だかもう、気が遠く……

——いや、待って、真っ直ぐに座って、デビドフが送ってくれた写真もあるんだよ、何かの雑誌に載ってたって、この下のところ、この女の人、見て、ほら、ギリシアの島々で楽しく過ごした後の姿だって、うわ、すごく豊満な、危ない！　咳で唾が……

——もう気が遠く……

——ていうか、唾がだらだら、やば《ホーリー》、ねえ、待って、早く飲み込んでよ、大事な書類を片付けないと、唾は早く飲み込んでよ、ねえ、ハンカチを出そうか……彼は体を縮こまらせ、太陽の光に輝くエーゲ海を背景にした筋肉質な尻を丸めたハンカチでぬぐい、唇をなめ、——大丈夫、ねえ？　ねえ、バスト先生……？

列車は突然、震えながら停まり、彼は書類の山をしっかり抱え、爪先を前の座席のちょうつがいにさらに深く突っ込み、膝を高くした。——ていうか、何かにつけてそんなに怒んないでよ、ていうか、ここにまで唾が付いちゃった、勘の持ち主って書いてあるところ……ハンカチの塊がそこを拭いた後、ぎゅっと握られたまま、手の甲をぬぐい、洟を拭いた。彼は山の下でさらに身をかがめ、短冊状に破り取られた新聞記事とページごとちぎり取られた雑誌の記事をめくり、——確かな本能で市場の鼓動を察知し、全社的な観点から顧客の要望を掘り起こそうとする、ほら、これも僕のことだよ、ねえ、しかし、経営者たちの間で最も高く評価されているのは、彼の傑出した管理能力である、ね、それから、こっちには紙の帝国って書いてある、紙の帝国って呼ばれてるんだって、ていうか、始まりはこの意外な買収、イーグル紡績を買収したところからスタートして、次はX－Lリトグラフを買収して、どんどん製品の種類を増やす一方で、その広告を紙マッチに載せて知名度《しめいど》を高めて、トライアングル製紙とダンカン社を買収するときには材木の採れる森林地を買った、ね？　前にも言ったよね、でしょ？　子会社《しがいしゃ》のD&Sは僕に本を書けって言うんだよ？　百万ドルの作り方っていうタイトルにしたいらしい、本当は儲けてるだけだから、百万ドルの儲け方ってタイトルの方が響きがいいと思うんだけど、そっちの方が威厳があると思わない？　一種の伝記、多少、脚色を加えるんだって、例えばゴルフのスコアは八十台とか、出版社の人がいろいろ手伝ってくれるらしいよ、ていうか、デビドフさんの話だと、僕の代わりに向こうの人が書いてくれるとか……？　そして彼の肘が高い背もたれの上に載り、そこからぶら下がった手の親指はすぐにほじる穴を探した。——ヴァージニアが『彼女《シー》』に書いた文章と同じこと、デビドフさんの話だと、女性読者向けに男らしいイメージにしたんだって、それも誰かがヴァージニアの代わりに書いたんだよ、間近で見た社長の姿ってことでね、創業のときからこの成功に至るまで彼女はずっと僕のそばにいるから、僕のサクセスストーリーを載せることで雑誌にも成功のイメージが付け加えられると思ったんだ、ね？　ていうか、新聞にも書かれてたけど、パレードの先頭に立って、ちょっと待って……

　列車が揺れ、滑るように前進し、停まった。空いた方の手がダンスのステップに逆らうように肘を越えて、山を押さえ、破り取られた短冊の一つを取った。――ねえ、聞いて。彼、これは僕のことだよ、彼と一緒に長年働いてきた男たちによると、その人柄を特徴付けるのは、何かの問題が生じたとき、完全に満足できる解決策が出るまで必死に取り組む大変な集中力と猛烈な執念……親指はさらに深く掘り、少しの間、外に出てきた指先を目が確認した。――そこからはこんな人物像が浮かび上がる、ここだよ、ねえ、こんな人物像が浮かび上がる。すなわち、パレードが向かう先を誰よりも先に見据え、静かにその先頭に立ち、皆を導く男である、これ、格好良くない？　既に激震を、ていうか激震って何、引き起こしている彼のキャリアにおいて、大きな障、障害と言えるのは、ね、まだ習ってない言葉が時々出てくるんだ、障害と言えるのは、彼の言葉にはっきりと表れている謙虚さである。例えば彼は、自分の成功を正体不明の謎めいた力のおかげだと言う。それはJR社ファミリー自体が持つクリエイティブな生命力のようなものだ、ていうか、ほら、僕はこんな言葉遣いをしたことないんだよね、分かる？ね、でも、こう続くんだ、しかしながら、一晩のうちに彼の会社の株を最も魅力的な銘柄に変えた収益予想を語る際には、その目は当然、誇りに輝き、ねえ？　バスト先生……？

　彼が前に身を乗り出すと、自由になった手が二人の間に落ち、ぽりぽりと掻き、上がって、セーターのほつれた袖の先で洟をぬぐった。残された唇は汚れた窓と彼との間で力なく揺れる横顔に向かって震えていたが、窓外の薄闇の中をよぎる光に見とがめられたかのように、急にその唇が閉じ、まなざしがためらった。――オーケー、じゃあもう、聞かなくてもいいよ……！彼は背中を丸め、親指は鼻の穴に戻った。――でも、この手紙に書いてあることも聞かなくていいのかな、芸術に対する援助をしたことで夕食会に招かれてるんだけどな、ていうか、先生がいつも音楽音楽ってうるさいからそのための助成金を僕が作ったことに対するご褒美だよ、先生のために僕はいろいろやったんだから、うわ、どこにやったかな……折り鞄《ポートフォリオ》のポケットがさらに少し裂けた。――時下ますますご清祥のことと、こっちにも違うやつがあるよ、こっちはノビリ社が抱えてた古い薬を僕らがアジアに寄付したことに対するご褒美、バストさんが他の用事でお忙しいようなら自分が代理で出席しますってデビドフが招待状に走り書きしてる、ていうか、僕を差し置いてどういうつもりなんだろう、場所はどこかな、ブラザーズ・キーパーズ夕食会と授賞式、これって僕の賞だよね……？　親指が野蛮に穴を掘り、――みんなはいっつもこういう夕食会に行ってるのに、僕だけ一度も……

　列車が揺れながら停まり、プラットホームでうなり、隣の静寂を再び揺すった。――ねえ、このカップケーキの残りは要る……？と彼はそれを取り、スニーカーをさらにしっかりと前の座席のちょうつがいにねじ込んで膝を上げ、ぽりぽりと掻いて、――彼は今日《こんにち》のアメリカを作り上げた伝統的な思想と価値観にその身を捧げている……彼は手を下ろし、破り取られた雑誌のページからパン屑を払った。――物静かで穏やかな声をした謙虚な男。濃い眉をしたその顔はあまり感情を見せることなく、深くくぼんだ目は驚くほど澄み、まるで催《もよお》し、催眠術師のようだ。そこにたたえられた鋼《はがね》のような冷徹さは、厳粛で、内に秘めたるものを感じさせる。しかし時に、その目が人なつこいぬくもりに光り輝き、ブルドッグのような口元から少年みたいな笑顔が……彼は手元の紙に顔を近づけ、アイシングのかかったパン屑を吹き飛ばして、――こぼれる。彼は最近のインタビューで自らの成功哲学を「そういうことになっているんだ」と端的に説明しているが、その源となった子供時代の環境と影響についても記者は尋ねてみた。教科書価格という難関に大胆に切り込んだ子会社《しがいしゃ》の挑戦、一家に一セットを目指す遍《へん》何とかな子供向け百科事典、そしてJR親会社が間もなく発表する予定になっている教育界における革命……親指が上がって穴を掘り、空いた手が先ほどまでの行《ぎょう》をたどり直し、――濃い眉をしたその顔はあまり感情を見せることなく……彼は洟をすすって顔を上げ、前に身を乗り出して、隣で揺れている体の向こうにある汚れた窓ガラスとその向こうの闇を覗き、その唇が――濃い眉……とつぶやくと同時に、顔をしかめて眉を中央に寄せ、――青い鋼のような冷徹さ……とともに眉が離れ、列車があえぐように停まり、また動いた。――しかし時に、その目が、何だっけ……？と眉が必死に上下して、――人なつこいぬくもりに光り輝き、これだ、ブルドッグのような顎から……と細い顎が前に出て上を向き、絶望的な歯科矯正の見本のように突き出した。ガラスの向こうにあるプラットホームであっかんべえをする顔が突然、そのすべてに取って代わった。――やば《ホーリー》、着いちゃった、*まじやば《ホーリー・シット》、起きて、バスト先生、起きて！

――何、何だ……

――急いで、起きて、着いたよ、みんな降りちゃった、うわ、あいつめ、ねえ、待って、降りなきゃ！　急いで、荷物を持って……

――置いていけばいい、僕はそんなもの……

――置いてっちゃ駄目だよ、ねえ！　待って、荷物をまとめて……

――おい、肩を貸してくれ、気分が……

――ねえ、待って、降りるよ！　先生、大丈夫、ねえ？　うわ、寒い、ちょっと待って……彼が「元気バリバリ、おまえもビンビン」の裏で両腕に抱えた荷物を持ち直している間に、列車はわびしい夜闇の中へ遠ざかっていった。彼は「ヘイト神父も食べてます」と落書きされたパンの看板の前でもう一度立ち止まり、短冊状の紙を折り鞄《ポートフォリオ》の中に詰め込み、ジッパーを引っ張った。――うわ、僕はこの風がいちばん嫌いなんだ……二人はそのまま進み、コンクリートの階段を下りた。――先生、大丈夫、ねえ？　ていうか、荷物を少し持ってくれないかな、立ち寄りたいところが、まじやば《ホーリー・シット》、閉まってる、ほら、駄菓子屋さん、閉まってるよ！

――駄菓子は要らない、タクシーはどこ。

――いや、じゃなくて新聞、新聞が買えない、ていうか、これじゃあ分からないよ、裁判がどうなったか、それとあの地下の……

――分からなくても構わない、タクシーはどこだ！

――タクシーは停まってない、バスもないよ、ねえ、待って、ていうか、先生は何があったか知らないの？　昔からあった銀行が街から来た新しいのに変わって、ゴットリーブの借金を回収することにしたんだ、ゴットリーブはその支払いができなかったから、彼がやってたエース運輸の資産が差し押さえられちゃった、タクシーもスクールバスも全部、ていうか、その銀行が実は、待って、どこに行くの……

――どこに行くって決まってるじゃないか、僕は自分の……

――いや、でも、待って……通りを急ぐ彼の背後で落ち葉が渦を巻き、車のヘッドライトが、前方で歩道に上がる男の上に少年の影を投げかけた。――ねえ、バスト先生？　ていうか、街から来たその新しい銀行っていうのが実は、ちょっとくらい話を聞いてよ！　その銀行っていうのが実は、僕らをはめようとしてる銀行の新しい支店なんだ。ていうか、あっちは絶対に負けない、銀行はいつも勝つのさ、ていうか、僕らはいいように利用されて、クローリーも利用されて、みんな利用されて、でも銀行は利用されない、向こうはいつも決まった利子を取って儲けるんだ、ていうか、こんなことなら僕も最初から銀行を……と彼はつまずき、――ていうか、ここじゃあ暗くて書類が読めないんだけど、ねえ……？

車が通り過ぎ、一瞬だけ、一つに重ねられた二人の影が、前方にある海軍記念碑の砲弾を持ち上げるように見えた。――ていうか、銀行、どこのでもいいから銀行を手に入れることを考えればよかったよ、ねえ？　新聞にも書いてあったけど、親会社、つまり僕だけど、親会社が大きな現金準備額を持ってるSS信用金庫を狙ってるんだって、これはつい最近、新聞で読んだんだけど、僕も同じことを考えてた、新聞にはいつも親会社、親会社って書いてあるんだ、つまり僕のこと、僕が親ってことさ！　ね、まだビジネスを始めたばかりなのにね、ねえ、今ある問題が解決したら、他にもいろいろ計画を考えてるから……彼の歯がかたかたと鳴り、――ていうか、銀行とか、いろんな種類の銀行《バンク》をやれたらいいなと思ってるんだ、普通の銀行、血液銀行《バンク》、目の銀行《アイ・バンク》、骨髄銀行《バンク》、何、どこ行くの……

――座らないと、僕、気分が……

――待って、こっちに来て、こっちなら風が当たらないから、ねえ……彼は崩れかけた記念碑の砲弾の縁につまずいて、——ちょっと荷物を置かせてね、待って、少しの間ここで休憩する？

——うん、僕、僕はめまいが……

——オーケー、そういえば先生が持ってるテープのことだけど、あれも聞こうよ、うわ、先生のために手に入れたこのすてきなアタッシェケース、本当に壊れちゃったね、あれはどこだっけ、全然見えないや、何、ちょっと待って、たしかここに一本……

——**本当のアメリカの姿、そしてすべてをまとめる要《かなめ》となる存在、というのも、誰にとっても何かがあるというのでなければ何もうまくいかないのは当然のことだから……**

——ねえ、これが僕の作ったテープだよ、ニュージャージーのオレンジとかいう町の八年生がアメリカの役割《シェア》を買うことになったらしくて、演説を聞かせてほしいんだってさ、できれば先生の意見を、ねえ？　演説を聞いてくれる？

——聞かない！

——オーケー、どっちみち、別のを先に聞こうと思ってたんだ、電池がもう切れかけてるし、先生のはどこかな、車のヘッドライトが当たらないと何も見えないね、みんなは僕を利用してすべてを奪おうとしてる、まだビジネスを始めたばかりなのに、あれあれ、これはちょうどはまるはずなのに、待って、逆に入れてたよ、とにかく問題が片付いたら、うわ、健康プラン自体をフランチャイズ化しようと思うんだ、エンド設備の方の取り引きも、のれん*がどれだけの金額に上るか計算が終わったら、ワイルズの話によると、チェース・マンハッタン銀行に知り合いがいるらしいからその人に頼んで、ほら、聞いて……

——**ノビリ社がカプセル薬を作るのに五セントの費用がかかる、その使用期限が来たら薬は廃棄して五セントの控除を得る、でも売値なら二十五セントだから寄付をすれば五セントの薬で二十五セントの寄付控除が得られる……**

——座ってよ、ねえ、電池が切れかけてるんだから、ちゃんと今、聞いてくれないと……

——**税率区分は五十パーセントだから、五セントのカプセルを寄付するごとに儲けが十セント、ルルル、ソウダ《ヤー》、アア《アッハ》、ソウダ《ヤー》、ワタシハミステラレタ《イッヒ・ビン・フェアロー》*……**

——ねえ、何、まただよ！

——待て、聞け……！

——**イヤ《ナイン》、ナンジハスクワレタ《ドゥー・ビスト・エアコーレン》*……**

——これも先生の歌、これもだよ！　ていうか、まじやば《ホーリー・シット》、僕がしゃべってる最中なのに、痛！　何、肩をつかまないでよ、何、痛！

――いいから聞け！　少しの間黙って、静かに聞くんだ！

――**イヤ《ナイン》、ナンジハワタシヲニクンデイル《ドゥー・ハッセスト・ミッヒ》……！**

――いや、でも、まじやば《ホーリー・シット》、バスト先生！　このテープはさあ……

――何のテープだろうと知ったことか！　忘れてた、録音してることも覚えてなかった、僕は、じっとしてなさい！　よく聞いて。一回でいい、一回でいいから、ちゃんと聴いて……

――いや、でも、ま《ホー》……

――それと、まじやば《ホーリー・シット》って言うのはやめろ！　いつもそればかり、本当に神聖《ホーリー》なものを聴きたければテープを巻き戻せ、一度でいいから、黙って聴いてみろ、至高の……

――いや、でも、ほら、ねえ、寒いよ、ていうか、暗い中でこんな場所に座り込んで、そんなものを……

――寒いのは僕だって同じだ！　寒いし、めまいはするし、ここに座って君がのれんの値打ちとか、友達がどうとかいう話を聞かされてたら吐き気もする、僕らに友達なんていないだろ！　会社にはのれんなんて掛かってないのに、そんなものに値打ちなんてどれだけあると……

――いや、待って、ねえ、ていうか、まじやば《ホーリー・シット》、僕だって別にみんなに好かれてるとは思わないよ、僕がのれんって言ったのは、有形の純資産価値に上乗せされる無形の値打ちのこと、エンド設備の買収では僕らは口車に乗せられてのれんに高いお金を払わされたんだけど、痛！

――そんなことはどうでもいい！　僕が今言おうとしてるのはそんなのはどうでもいいってことだ、いいか、今はとにかく五セントの税控除や有形の純資産なんて話は忘れて、偉大な音楽に耳を傾けろ、バッハのカンタータだ、ヨハン・セバスチャン・バッハのカンタータ第二十一番、畜生、JR、僕の言いたいことが分からないか、僕が言いたいのは、つまり、その、形のない宝があるってこと、な？　あの夜、君に言いたかったのもそういうこと、覚えてるか？　リハーサルから戻る途中、あの感覚、『ラインの黄金』の素晴らしさ、覚えてるか？

――ああ、僕、うん、ていうか、あれはまだやってるよ、ディセファリス先生《ミセス》が……

――自分が高められる感覚、あの音楽を聴いていると感覚が、僕の言っていることが少しでも分かるか？

――ああ、うん、僕、ていうか、嵐の場面とかだと、ディセファリス先生《ミセス》の美術の授業で紙を切って大きな雲を作ってる、それを洗濯ロープでつないで、頭からかぶるんだ、嵐の音は、パイ焼き鍋の中でビー玉を転がして出す、結構リアルな感じで……

――本物の嵐に似ている必要なんてない、僕は今そのことを言ってるんだ！　音楽は、音楽はただの効果音じゃない、音楽でしか表現できないことがある、文字に書くことも、洗濯ロープに吊すこともできないものが……

――オーケー！　とにかく、ていうか、とにかく肩をつかまないでよ、テープの巻き戻しは終わったよ、僕にどうしろって……

――じゃあ、ちゃんと聴け！　いいか、しっかり聴くんだ、二つの声、ソプラノとバス、一種の会話になってる、魂とイエスとの……

――オーケー、オーケー！　ていうか、先生がしゃべり続けてたら、聴こうにも聴けない……

――分かった、じゃあ聴きなさい！と彼の手が破れたセーターの肩から落ち、反対の手と組み合わさって顔を覆い、道路からの光を遮った。

――オーケー、聴いたよ、ていうか、雨が降りだしたみたい、そろそろ……

――最後まで聴け！　彼は体を折るように咳をして、震える手を反対の手で押さえ、引き寄せた膝に頭を寝かせた。二人を囲む空《から》の砲弾の中を風が巡り、落ち葉を巻き上げ、落とし、元に戻した。

――ねえ？　オーケー、聴いたよ、ていうか、今のが終わりだよね……

――それで終わり？

――うん、ていうか、今ので終わりだと……

――感想はそれで終わりかって言ってるんだ。オーケー、聴いたよ？

――ああ、僕、うん、ていうか、何……

――いいか、聴いてたのなら言ってみろ、何が聞こえたか言うんだ。

――ああ、僕、ていうか、その……

――何が聞こえたかさっさと言え！

――ああ、とにかく、だってさあ。

――だってさあって何だ！　何が……

――だって先生はきっと怒るんだもん、ていうか、もう怒ってるし！　ていうか、僕、僕が何を言っても先生は怒るんだ、誰かが怒る、ていうか、なぜか知らないけど、いつもみんなが僕に腹を立ててるんだよ！　どうしろって言うのさ、ねえ、待って、ちょっとここで休むんじゃなかったの、ていうか、僕……

――もうどうでもいい！

――いや、でも、待ってよ、ねえ！　ていうか、この荷物、僕……

――放っておけ、もうどうでもいい！

――いや、でも、もしも差し押さえにあっちゃったらまずいよ、学校のロッカーに戻さなきゃ、全部……

――いい加減に、畜生！　いい加減にしろ、そんなものはごみだ、ただのごみ、最初からずっとそうだった、全部ごみ！　純資産とか、五セントの税控除とか、勘の持ち主とか、全部、まだ分からないのか？

――いや、でも、ねえ？　バスト先生？　待って、前が全然見えないよ、僕、ねえ……？　彼は落ち葉を蹴散らして歩道の残骸を探し、――ていうか、何て言ったの、さっきの、勘の持ち主、ていうか、それのどこがごみなのさ！

――ごみはごみ、全部ごみだ！　最初から分かってたんだ、イーグル紡績をいきなり乗っ取ったときからそう、誰より驚いてたのは君自身だ、君はＸ－Ｌ社を買い取らなきゃならなくなったときも何を作ってる会社かってことさえ知らなかった、リトグラフって何って訊いてたよな、アメリカ中にくそ紙マッチをばらまいたときだって、新聞記事か何かで読むまで自分が何をやったか気付いてなかった、保険会社を買収したときも現金準備額が目的だって新聞記事で読んだんだよな、本当のところは、社員がよその会社に保険料を払い込んでいるのが君の気に入らなかっただけ、君は片方の手で給料を渡すと同時に、反対の手でお金を取り戻したかった、それが真実だ！　君が結局、手を付けなかったあの材木もそう、採鉱権か何かの関係で手に入れただけ、そもそも場所さえ知らなかった、詐欺みたいな原野商法だからな、紙切れ同然のイーグル紡績株を買ったのが抜け目のない動きって報道されたのも同じこと、勘の持ち主というのも同じ、牛みたいなヴァージニアが語る君の姿というのも嘘っぱち、君にも全部嘘だって分かってるだろ！

――いや、オーケー、でも、ねえ、聞いてよ……

――オーケーじゃない！　あの記事、合間にピアノの演奏、僕の父は有名な指揮者《コンダクター》だ、いいか、ロングアイランド鉄道の車掌《コンダクター》で有名人なんてありえないだろ……

――いや、でも、前に先生が自分でそう言ったじゃん、ねえ、それに……

――それに何だ！　僕はそんな変なことを言った覚えはないし……

――いや、でも、それに、話を最後まで聞いてくれないじゃないか、ねえ、待って、やば《ホーリー》、スニーカーが水浸しになっちゃったよ、ねえ、待って！

――何を、何を待てって言うんだ！　何の話を最後まで聞けばいい！　上品な青年実業家のお話か、いいか、そんなのは全部嘘だって分かってるだろ！

――いや、でも、待って、嘘だってことは分かってるよ、ねえ！　ていうか、いいことを思い付いたんだけどさ、列車で僕が先生に読んであげた女の人のこと、裸の写真が出てたやつ、ゴシップ記者が先生との交際をでっち上げた女の人、ねえ、バスト先生？　ていうか、今回だけでいいからさあ、遠隔移動《テレトラベル》のことを頼むよ、あれさえ成功すればもう大丈夫だから、それで、あの女の人はもうすぐダイヤモンド・ケーブル社の株を二十万株手に入れるんだって、ねえ、バスト先生？　もしも彼女が株を手に入れて、先生が彼女と結婚すれば、公開買付するときに投票することができるよ、ね？　それが終われば普通に離婚したらいい、ね、バスト先生？　危ない……！　ヘッドライトが草の伸びたハイウェイの路肩をよぎり、舗装されていない横道の轍《わだち》が見えた。――くそ、もう！ 思い切り水をかけられたよ、僕の、ねえ、待って、全然見えない、先生、さっきの話、聞こえた？ 今回だけだから、ねえ？ それが終われば、次はウェスタン・ユニオン電信会社を買収して、電線を使った旅行に乗り出す、みんなは僕を丸裸にできると思ってるみたいだけど、そうはいかない、僕のビジネスはまだ始まったばかりなんだ、ていうか、これから銀行を手に入れて、エネルギー会社を手に入れて、大きなガス田と鉱床を手に入れて、インディアンとうまい取引をして、教育市場にも参入、うぅ！ うぅうぅうぅ……！ 片膝を立ててしゃがむ彼の髪を風が逆立てた。ヘッドライトが彼の上に大きな影を作り、通り過ぎると同時に影も消えた。――うぅ……

――おい、どうした。

――歩道が傷んでるから、尖ったところに足首をぶつけちゃった、ていうか、何もかもびしょ濡れになってきた、やば《ホーリー》、ていうか、このテープレコーダーだけでも持ってくれないかな、歩くたびに脚にぶつかって……

――分かったよ、でも、どこまで！ 君は何を……

――ていうか、さっきは前にいる先生のことも全然見えなかったんだ、僕の話は聞こえた？ ていうか、今回だけだからさあ、いや、待って！ ていうか、何、じゃあ、何のためにあんなことをやってたわけ！

――さっきから僕はそれを説明しようと……

――何、教えてよ、何！ ていうか、先生はいつも、空がきれいだろとか、この音楽を聴けとか言ってて、僕が何か言えば怒ってばかり……

――僕は何が聞こえたか言ってみろと言ったんだ！ それだけのこと、僕は……

――何、自分が高められるのを感じたとか、そういう……

――僕の言葉を使うんじゃない、自分の感想を言え！ 自分に何が聞こえたかを言ってみろ！

――何が聞こえればいいのさ！

――そういう問題じゃない！ 何かが聞こえればいいとかいう問題じゃない、さっきから僕が言ってるのは……

――じゃあ、どうしてわざわざ聴かせたり……

――聴かせるためだ！ 君に感じさせるため、何かを感じ取る姿勢を……

――オーケー、オーケー！ ていうか、最初に聞こえたのは高い音楽、ね？ その後、女の人が歌いだす、くそったれ《アップ・ユアーズ》、くそったれ《アップ・ユアーズ》って、次に男の人が歌いだす、くそたれ《アップ・マイン》た、その後、少しせりふがあって、今度は女の人が、くそたれ《アップ・マイン》た、くそたれ《アップ・マイン》たって歌って、男の人がくそったれ《アップ・ユアーズ》って歌って、そんな感じで、くそたれ《アップ・マイン》た、くそったれ《アップ・ユアーズ》、くそったれ《アップ・ユアーズ》、くそたれ《アップ・マイン》*たって行ったり来たりする、僕に聞こえたのはそんな音楽さ！ ていうか、もう一回聴いた方がいい？

――もういい！

――やっぱりね、怒ると思った……

――もう一度君に聴かせたいとも思わないし、僕自身ももう二度と聴きたくない！　君が手を触れると何もかも台無しだ！

――待って、待って、ねえ、やめて……！

――君のせいで僕が次にこの曲を聴くときは変な歌詞が、何もかも、誰も彼も！　君が手を触れたものは何もかも……

――蹴らないでよ！　壊れちゃったじゃん、何でそんなこと……

――いいじゃないか、何もかも壊して何が悪い！　チャーリー・イエロー・ブルックはあの壊れかけのキャデラックの中でビールの大瓶を振り回しながら言ってたよ、大地はお母さんだって、トウモロコシは神様だって言ってた、そして水のこと、水、僕に感謝してた、ムーニーハムは心臓発作を起こす前にオムレツを食べながら泣いてた、ジョージ・ワンダーは警官に銃を取り上げられたとき、僕にしがみついて言ったんだ、バスト君、あんたを信頼しとる、味方はあんたしかいない、わしはビール造り以外のことは何も分からん、なのにやつらはわしからそれを取り上げようとしとる、わしにはそれしかないんだ、バスト君、味方はあんたしかおらんって、そして、あの哀れなブリズボーイ、俺たちの頼みの綱はあんただけなんだって、君のせいでみんな破滅さ！　ユニオンフォールズも、墓地以外は全滅、バンキーは単純なやつだから、あの紫色のプラスチック製水仙を売り歩いてみんなを助けようとしてる、何もかも、どこへ行っても、君のせいですべて台無し、音楽も、偉大な音楽ならあらゆるものを超越していると思ってたのに、君みたいな、君にも何かが伝わると信じてた、少しでも、君の中に少しでも感性が残されていればそれが一瞬目覚めるかもと思ってたのに、聞いてるのか？　一瞬たりともだぞ！

――うわ、先生にはいろいろしてあげたのに……

――いろいろやってくれたな、どこへ行っても何から何までよくやってくれた、僕、あのおんぼろラジオもそう、まともな音楽を流してたラジオ局が一つだけ残されてた、ある夜、そこから雑音が聞こえた、甲高い耳障りな雑音、ポピュラーなスタイルの新しい音楽番組、提供はＪＲ社ファミリーです、アメリカにふさわしい、ふさわしい神聖なる大便《ホーリー・シット》をお届けします！

――いや、でも……

――いや、でもじゃない！　あれも君だ、違うか？　あれも君の考えたこと、そうだろ？

――オーケー、何がそんなに……

――オーケーじゃない、すべてが問題だ！　何もかも腐ってる、完璧な例じゃないか、君にでも分かるだろ！　安っぽくてうるさいだけの馬鹿みたいなラジオ局ばかりの中で、偉大な音楽を流してた唯一の局、君はそれを見つけて、安っぽくてくだらないものに変えた、他と同じこと、君は、泥と雑草と壊れた便座の散らばるこの場所に花が一輪でも咲いてたら、君はそれを見つけ出して踏みつけるんだ、君が手を……

——オーケー、待ってよ、ねえ、それは僕のせいじゃ……

——君が手を触れた途端、そこに残されていた力が、どうして放っておけない、どうしてそのままにしておけないんだ、美しいものを求めている人はまだいるのに、空腹を満たすよりも交響曲を聴きたいって人もいるのに、今でも、君には女がくそたれた《アップ・マイン》と言っているようにしか聞こえないところで、壮麗にああ《アッハ》、違う《ナイン》と歌うソプラノを聴き取る人がいる、君はそんな人たちの足元にも及ばない、だから逆に、そんな人たちを自分のレベルにまで引きずり下ろすんだ、何でもかんでも汚したり、愚弄したり、安っぽくしたり……

——でも、交響曲を演奏するのに三十分かかるのが僕のせいだって言うの！　ていうか、安っぽくするって言うけど、あの取引は二百万ドルかかってるんだ、ていうか、あんなつまらないラジオ局なんて誰が買いたがるのさ！　ていうか、あれはポメランス広告社のせいだよ、あいつらが決めたんだ、こっちは夜に一時間の枠が欲しいって言っただけ、向こうは金額を示して、偉そうに番組の編成権は局にあるとか言うんだ、交響曲を流すだとか何だとか、ていうか、先生が言うようなお腹の空いてない人たちのために一曲流すのに三十分かかるってなったら、一時間でCMを何本流せるのさ、逆にこっちの音楽なら一曲が三分、ていうか、局が何を流そうと僕はどうでもいいんだ！　こっちは一時間に対してお金を払ってるんだよ？　ていうか、交響曲を五分で聴けて、僕らがお金を払ってるのに見合うだけたくさんCMを入れられるのなら、局がどんな音楽を流そうと知ったことじゃない！　ていうか、偉大な音楽を流すお金は誰が払ってるの、お腹が空いてないその人たちが払ってるわけ？　政府が国民全員にラジオを聞けって強制してるロシアみたいに？　ていうか、あのラジオ局はすごい赤字を出してるから、どっちみち長続きはしないよ、だから僕らが買収して助けないといけない、ていうか、他にどうしろって言うの！　仕方ないじゃん！

——分かった、分かった！　いいか、僕は……

——いや、でも、まじやば《ホーリー・シット》、バスト先生、ていうか、仕方ないじゃん！　ていうか、そのインディアンのことだって、トウモロコシを神様だと信じてるのは僕のせいなの、向こうに電気がないのも僕のせい？　土地の賃借契約が成立しなかったせいで彼らがあそこに居座り続けて、他の誰かにすべてを奪われたら、それも僕のせい？　僕がやらなくてもいずれ誰かがやることを、人より先にしたらいけないの？　ていうか、どうしていつも、みんな僕に向かってキレるのさ！　リッツたばこの株主を助けようと思って、マリファナを販売できるようにする法律をミリケンに作らせようとしたら、ビーミッシュが怒って仕事を降りちゃった、僕が初めてやろうとしたってだけの理由だよ、教科書に載せる広告のこともそう、ていうか、ビーミッシュはあの件でも怒ってた、あんなことをしようとしたのは僕が初めてだから気に入らなかったんだ、その後、今度は僕がみんなと同じように健康プランをフランチャイズにしようとしたら、それでも怒った、ていうか、老人ホームとか葬式とかを全部、僕らから買わないといけない契約にして、こっちは好きな金額を請求して、好きなときに搾り取れるようにしたかったのに、だって、フランチャイズってそういうことだろ！　ていうか、ビーミッシュはトライアングル製紙の給水塔を巨大なトイレットペーパーみたいに塗り替えたことにも怒ってた、それに、百科事典もリサイクルに回したらいかがでしょうかってやけに丁重に言うんだ、ていうか、あれには三十万ドル注ぎ込んだのにだよ、どこかの誰かが偉そうに、事典の説明がでっち上げだってクレームを言ってきたんだってさ、どの項目がそうなのか知らないけど。ていうか、一単語五十セントなら当然あの程度だって、事典の執筆をしたチームの一人は言ってた、僕にどうしろって言うわけ、事典をリサイクルに回して、印刷屋や製本屋やセールスマンを失業させて、イーグル社の人たちみたいに怒らせろって言うの？　ていうか、イーグル紡績を畳むって言ったら、貯め込んでた有休が使えなくなるのは困るってあいつらはストをして裁判をやる気だよ、だから、組合を黙らせるために、リーダーをやってたビリー・ショーターの馬鹿息子にワンダー醸造の独占販売権を譲ってやったら、全然うまくいかなくて結局、五万ドルで販売権を買い戻すことになった、僕にどうしろって言うわけ！　ねえ……？　足首が、前も全然、ねえ？　バスト先生……？　彼は草むらの中に肩を深く入れ、荷物をしっかりと抱え直して、轍の刻まれた泥道で背伸びをし、――先生が見えなかったよ、ねえ、ちょっと待って……彼は判読不能な記号で入り口を指し示す錆びた鉄柱にもたれ、立ち止まった。

――ていうか、今の話、聞いてた？

――いや、僕はそんなことより……

――ていうか、先生は僕が何でも台無しにするって言うけど、僕の話を全然聞いてくれないじゃん！　バンキーっていう人のことだって、先生は僕がだまして、墓場で造花を売らせたみたいに言うけど、とんでもない、あの人が何したか知ってる？　ていうか、先生は単純なやつだって言うけど、僕らがイーグル紡績を乗っ取ったときに、あいつのお父さんには特別なサービスをしてやった、不具合のある生地の処分を一手に任せたんだよ？　そうしたら、ある会社に生地を売るたびに割り戻し《リベート》を普通の二倍も渡して、他の会社よりもはるかに取引が多くなって、だから、僕はそのからくりを、待ってよ……！　草むらが彼の背後で閉じた。――どうしていつも同じ会社に駄目な生地をそんなにたくさん渡すのかと思って調べてみたら、そんな会社は存在してないことが分かった！　ていうか、あいつはばれないように嘘の会社を作って、たくさんの割り戻し《リベート》を振り込んでたってわけ、本物の会社との取引みたいに偽の会社に生地を渡して、割り戻し《リベート》はそっくりそのまま懐に、聞いてよ！　ていうか、人が話をしてるのに……

――話は聞いた！　君は、畜生、その経験から何も学ばなかったのか？　そんな振る舞いを見て……

——ていうか、今その話をしてるじゃないか！　ていうか、法律を破って盗みを働かなくたって、何でも手に入る、都合のいい法律が必ずあって、何でも合法的に手に入れられるんだ！　だから、僕は誰でもせずにいられないことをしてるだけ、なのにみんなが……

——いや、どうして、どうして、誰でもせずにいられないことをしてるだけなんて話になるんだ！　さっきからそのことを……

——違う、いや、違うよ、先生、ていうか、先生こそ歌を聴け、何が聞こえるか言えとか言って、正直に何が聞こえるかを話したら勝手にキレて、僕が聴くべきものを聴いてないって機械まで壊して、空がいかにきれいかってお説教、あの夜もそうだった、ジューバート先生が僕の腕をつかんで空を見ろって、あそこを指差したんだよ？　木の向こう、光に照らされたあの白くて丸いやつ、僕は先生に抱き寄せられて、おっぱいに押し付けられたせいで息もできなかった、あそこに昇ろうとしてる月が見えるかって指差しながら訊かれた。月の長者がいるかって。だから僕、僕は身をよじった、するとそのときも先生が怒ったんだ、もういいわ、気にしないでって、ていうか、どうしてみんな僕のことを……

——でも、当然だろ、分からないのか君には、どうして身をよじって逃げたりした！　ジュベール先生が何を言おうとしたか分からないのか……

——え、先生、あれはカーヴェルアイスクリームの屋台の屋根ですよって言えばよかった？　アイスを売ってる長者がいないと思ってるのって言った方がよかった？　バスト先生もジューバート先生も、もういいとか言いながら、自分の望みのものを手に入れてるじゃないか！　ていうか、僕が何もかも、誰も彼も台無しにしたって先生は僕を悪者にするけど、バンキーがどうしてあんなことをしたか知ってる？　ていうか、あの馬鹿はダンスのレッスンに一万九千ドルを払うって契約を結んだんだ、あんなやつ、刑務所に行けばよかったのに、でも、僕が助けてやった、造花販売のフランチャイズをやらせたんだ、自然環境を保護して掃除の手間を省くため、墓地に生花を供えることはできませんって看板まで用意させた、それもこれもあいつにダンスレッスンのお金を払わせるため、ていうか、先生によく似た感じで、それなのに先生は……

——僕に似た感じって何だ、何が言いたい……

——音楽のことだよ、ていうか、そうに決まってるじゃん！　ていうか、オーケー、先生はあいつと違って何かを盗んだわけじゃないし、風車だらけみたいな変な格好でそこらをうろついてるわけでもないよ、でも、あの人の場合はくだらないダンスレッスンをどうしても受けずにはいられなかったって言ってて、先生も大きなオペラを作らずにはいられないって言ってるじゃないか！

――でも僕は、それとこれとは全然……

――百個の楽器が先生のために一斉に演奏をして、それをテープに録音した、そうでしょ、違う？　それをせずにはいられない、それが自分の存在理由だって言ってたじゃないか、だから、同じだろ、僕にはどっちもわけ分かんないけどさ！　ていうか、誰かに言われたわけでもないのに何かをやらなくちゃならないと思うって部分は同じだよ、僕の目にはあそこにアイスクリーム屋の屋根が見えるけど、ジューバート先生の目には月が昇るのが見える、僕は何をしたらいいのか頑張って探ろうとしてるけど、先生はそれをごみだと言う。この新聞には勘の持ち主って書いてあるのに、先生に言わせるとごみなんだよね？　僕はパレードの先頭に立って、激震を引き起こして、有名人としてのキャリアを着々と歩んでる、ていうか、オレンジとかいう町の八年生にも演説を聞かせる、勝つためにプレーするのが大事だ、ただしビジネスはゲームとは違うってね、やるべきことはやらなくちゃならないし、ていうか、先生に言わせればごみだけどね、ちぇ、ていうか、先生だって、しなくちゃならないことをしてるだけだって言ってたのに、違う？

――でも僕は、この音楽は、いいか、さっきから言ってるように……

――いや、いいんだ、僕は先生も一緒だって言いたかっただけ。ていうか、バスト先生は別にみんなにお礼を言って回る必要はないよ、でも、僕らはお互いに助け合えるんじゃないかって前に言ったよね、ていうか、クローリーさんも言ってたけど、例の音楽はすごく大事なんだって、先生が必死に取り組んでるやつ、ていうか、先生は郵便も全然開けないし、電話も出ないし、それでも僕は怒んなかった、それはどうしてかっていうと、前からずっと大きな計画を考えてたからなんだよ、ねえ？　ていうか、僕だけのじゃなくて、二人の計画なんだけど……

――いいか、さっきから僕が言おうとしてたのはそのことだ！　僕、チャンスが、僕にはチャンスがあったのに、そこで……

――いや、でも、僕もさっきからそのことを言おうとしてたんだよ！　ていうか、最初からずっと言おうとしてる話、どこかの銀行からまとまったお金を借りたいんだ、でも全然貸してくれない、しかも最後はみんな、銀行にカモにされる、ていうか、こんなことなら最初から自分で銀行を手に入れたらよかった！　ていうか、経費削減って言ってるうちに丸裸にされちゃった、オフィスだってあのごみ置き場みたいなところだし、出張は長距離バスだし、お金を使えば使うほどたくさん入ってくるやり方なんて知らなかった、ていうか、最初からコストプラス方式を狙えばよかった！　ていうか、この小冊子《ブックレット》、無駄遣いした分の一部を受け取ることができるってちゃんと書いてないんだ、連邦通信委員会《FCC》とか公益事業委員会《PSC》とかの管理規制団体がちゃんとお金儲けを手伝ってくれる。ていうか、先生もさっき言ってたけど、僕はまず、馬鹿な社員全員に保険をかけるために、保険会社を買収して現金準備額を手に入れるべきだった、どうせ保険は社員を守るわけじゃないけど、ね？　間違って内臓を取り出された人の話だって、守られるのは患者じゃなくてお医者さん、たくさん取り出せば取り出すほどお医者さんはお金がもらえる、ていうか、お医者さんとか病院とか、そういう人たちが保険に守られる、好きなだけお金を受け取ることができる、だってお医者さんたちはロビーがすごいんだもん、ていうか、ロビーって何か知らないけど、ねえ！　どこかのホテルにあるロビーのことかな、そこに座ればすごくくつろげるってこと、ていうか、何もかも分かんないことだらけ、思った意味と反対ってことばかり、先生が言いたいのはそういうことかな、ねえ？　バスト先生……？

——いや、それは、いいか、そんなことをしても無駄、僕は降参、僕には何も……

——いや、でも、勝手に降参したら駄目だよ、ねえ、待って！　ていうか、やっといろんなことの仕組みが分かってきたのに、ねえ？　ていうか、今回ちょっと僕がしくじったからって、全部が全部、僕らのせいってわけじゃない、広報の連中がやったことだもん、ね？　ていうか、株の暴落とか、デビドフや広報のやつらのへまなのに、みんなで僕のせいにしてるだけ、ていうか、広報の仕事も派遣会社に任せずにちゃんと自分たちでやりさえすれば、ねえ、バスト先生？　先生がタキシードを着て重要な晩餐会に出ている姿が新聞に載ってたよね、大物政治家がうろうろしてるようなパーティーにいつも行ってるでしょ、ねえ？　ゴルフも一緒にやってたね、ビリー・グレ、ねえ？　待ってよ、ていうか、この雨、雪に変わってきたみたい、ねえ、バスト先生？　ていうか、聞いて、待って、明日また小切手を受け取りに学校に行くんでしょ、その前にお金が要るんじゃないの、ねえ？

——要らない……！

——だって、全然見えないんだもん、ていうか、じゃあ、どうするの、ねえ、ねえ？　だって、僕考えたんだけど、ねえ、バスト先生？　ていうか、よくあるパターンで、先生も講演のツアーをやったらどうかな、ね？　先生が何かやると必ず失敗するけど、講演のツアーなら大丈夫、すてきな大学でやったらいいよ、そして最後は本にまとめて、テレビに出て、お金を稼ぐ、そうしてパーティーに参加しながら、次にやることを考えるんだ、ね？　列車で読んであげた落とし物は拾い得《ファインダーズ・キーパーズ》の夕食*会も、あれに行けるんだったら、ていうか、僕は一回も行ったことないんだよ！　彼はつまずき、濡れた草と缶を蹴ると、缶が崩れかけたハイウェイの路肩に転がった。——最初の頃に先生が土産話を聞かせてくれたユニオンフォールズの夕食会もそう、ね？　パイナップルの穴にバナナを立てて、隙間にピーナッツバターとマシュマロを詰めたやつ？　ていうか、あれが頭から離れないんだ……彼は腕を上げて、濡れた袖で洟をぬぐい、——ねえ？　だって、ベッグばあさんの裁判とか、もしも僕らがうまく切り抜けられなかったら、破産しちゃうことになるかも、ね？　たった七十五ドルでも、どういう状態になったら破産するのか、そこからどう立ち直るのか、どこかに広告が取ってあるんだけどな、ねえ？　ていうか、そこに書いてあったんだけど、成人年齢である二十一歳に達していますか、個人破産したのですか、それなら私たちがお手伝いいたします、来るときは徒歩、帰りは自動車でどうぞ？　それから、ていうか、そこでお金を借りて、僕が列車の切符代に貸してあげた十ドルと利子の分として、僕に返してゼロからやり直したらいい、ね？　ていうか、明日、先生が小切手を受け取りに学校に行くときに、僕もその広告を持って行ってあげるよ、ね、聞いて……という声が風に乗って、濡れた草むらの上に響き、──僕は政府の小冊子《ブックレット》も持ってる、学校で習ったみたいな、昔の入植者に与えられた自作農場が今でももらえるんだって、ねえ？　六十五ヘクタールが無料だよ、自分で開墾して耕すだけ、それも明日持って行ってあげる、オーケー？　それから、ねえ、バスト先生？　ていうか、いつか……風が声を草むらに散らし、突然、風に負けない大きな声で──みんなに作ってもらったテープはいつか聴いてよ、ねえ……？　ホルンとかケトルドラムとかの請求書のことだけど……とにかく聴いてね、さっき先生が僕に聴かせた音楽に負けてないから……ねえ？　どうせ僕の耳には、聴くべきものが聞こえてないけど……？　風が吹きつけ、自身の声以外を消し、やがて轍に裸で放り出された枝を騒がせた。

道はさらに次の轍、歩道の残骸へと続き、錆びた車のマフラー、汚れたマットレスの山、木々の間に舞う、破れたペナントのような紙、むき出しになってはいるが弦は張られたままのピアノの鉄枠が泥の中に現れた。一瞬の光を浴びたピアノはまるで、孤独の中で情熱的な変形のクライマックスを迎え、ベッドのばねを化石に変えながらベッドと融合しているかのように見えた。前方に広がるつやつやした闇の中に轍が消えたところで、海辺の戯画《パロディー》を光がなめ、止まり、そこに加わった懐中電灯の煌々とした明かりが収まり、歩く男のぎくしゃくした終止符に変わった。*

──すみません。こちらの男性がバストさんのお宅を探しているんですが、ご存知……

──僕も同じです、家はどこ！

──ちょっとすみません、おまわりさん、そちらの方《かた》は……

──待ちなさい、あなたは誰、何を……

──いや、僕、僕は住人、僕がバスト、エドワード・バストです、僕も今……

──バストさん、やっと会えた！　あなたのこと、私はコーエンと申します、弁護士をやっておりまして……

──でも、家はどこ、うちの、家も、スタジオも、何もかも、どこに……

──私も困っているところなんです、バストさん、はい、私の記憶では、この角を曲がってすぐ、ずっと続く生垣の陰にあったはずなんですが、こちらのおまわりさんの話だと、ここは新しい文化プラザらしくて、残念ながら私たちは二人とも勘違いをしているのかも……

──生垣、そう、生垣、生垣はどこ、木立はどこ、僕の、待って、そこのおまわりさん、あなた、あなたあのときここに来たおまわりさんの一人ですよね、あの夜、納屋、スタジオに来た人、ちょうどこの場所に大きな部屋があって、あなたも部屋の中にいました、大きな石造りの暖炉、今車があるところにピアノがあった、窓とドアに板を打ち付けてしまった方がいいって、あなた、本、床のそこら中に本が散らばっていて、どこかのガキが忍び込んだんだろうってあなたが言ってた、覚えてないん……

──そんな通報は毎晩ありますよ、所轄に言って記録を確認しましょうか、通報があったかどうか……

──そんなことより、僕の家はどこです!

──私の知っていることは先ほど説明、ちょっとちょっと!分かりました、じゃあ、署まで……

──うう!

──いえ、待って、おまわりさん、お願いです! バストさんは足を滑らせただけ、どうやらかなり興奮してますね、後は私が面倒を見ます、私は弁護士で、この人と大事なお話があるんです、私、大丈夫です、どうも、こちらです、バストさん、ありがとうございました、おまわりさん……

──とにかくその人をここから連れ出してください。

──大丈夫、はい、どうも、いえ、こちらのドアからどうぞ、バストさん、気を付け……

──あなた誰。

──私、私はコーエンと申します、バストさん、どうぞ乗って、しばらく前からあなたに連絡を取ろうと手を尽くしてたんです、多分、伯母様たちから私の名前をお聞きに……

──伯母さんたちはどこ!

──分かりません、バストさん、見当も付きません、今日は一日ずっと、伯母様たち、あるいはあなたに連絡を取ろうとしてたんです、お宅の電話が外されたと聞いたものですから、それで結局、実際に車で来てみたというわけでして、さあ、どうぞバストさん、乗ってください、びしょ濡れですよ、雨の中に突っ立っているわけにはいきません、雨もみぞれ混じりに、そうです、はい、手を離してくださいね、ドアを閉めますから……

──木立はどこ。

──コートが後ろのシートに乗っています、羽織ってください、体が冷えると、はい、足をどかしてもらえますか、運転の邪魔に……

──あれは何! あの、変な……!

──あれは、はい、金属製の巨大彫刻みたいなものです、実はあれのために今、警察がここに来てるんですよ、あの中に子供が一人閉じ込められていて、今、保険会社の返事を待っている段階で……

――あれは！

――どれです、ああ、ショッピングセンターですね、はい、あんなものが近所に建っていた記憶はないんですが、バストさん、閉めて！　ドアを閉めて、駄目じゃないですか、大けがしますよ、お願いですから、おとなしく……

――生垣、生垣はどこ、花も、ダリヤと菊の花畑、どこ、あれはどこ……

――シートに深く掛けてください、バストさん、はい、方角はこっちで合ってますよね、実は大変残念なお知らせが……

――停めて、車を停めて……！

――バストさん、みぞれの降りが激しいですよ、車を降りない方が……

――吐きそうだ、早く停めて！

――待って、待って、はい、はい、停めますから、いえ、そのボタンを押して、そう、ボタンを下に、そう、はい、もう少し体を外に乗りだした方が、そうそう、はい、コートの袖にかからないように少し、そう、そう、はい、大丈夫ですか、急ぎましょう、はい、ここは教会の真ん前ですから、何か誤解されるかも、本当にもう大丈夫？　はい、ちょっと、ちょっとその前に、待って、待って、これを、ハンカチを持ってないので、待って、ちょっと、待って、車磨き用の布ですけど、これで口元を、本当にもう大丈夫ですか？　もう少し足を、ドアをもう少ししっかり閉めさせてくださいね、気分はよくなりました？　コートをちゃんと肩に掛けておいてくださいね、はい、シートにしっかりもたれてもらえますか、前が見にくいもので……

――あそこだ！　停めて、あそこ！　あった！

――何、何があったんです、何……

――家、停めて、今、通り過ぎた！

――バストさん、お願いです、いちいち何度も停まってたら、おとなしくしていてくださらないと運転が……

――見えた、今、通り過ぎた、見えたんだ！

――そこを押して、ドアのロックを確認してください、バストさん、私はお宅の場所を勘違いしていたかもしれません、さっきの角を曲がってすぐだと思っていたのですが、カトリック教会のすぐ隣でなかったことは断言できます、実際、伯母様たちはずいぶん教会を嫌っていらっしゃるような口調で……

――あなた、弁護士なんですか、コーエンさん？

――ええ、私、はい、おっしゃる通り、今日もその用事で……

――破産処理をやったことは？

――ええ、ええ、はい、お決まりの手続きです、バストさん、でも、今日ここに参りましたのは緊急の用件があったからでして、あなたの従姉《いとこ》の夫であるエンジェル氏のことで、まだお聞き及びではないと思いますが……

——ゼロからやり直し？

——何ですって？　ああ、ああ、破産の件、はい、ある意味、そういうことですね、バストさん、しかし、従姉様の夫であるエンジェル氏は今、病院にいらっしゃいます、私、何があったかまだご存じないと思いますが……

——何があったんです、待って。シカゴで飛行機事故、十六人が死亡？

——いえ、いえ、飛行機事故では……

——シカゴで飛行機事故、十六人が死亡、新聞で見た、僕の話を信じてない？

——いえ、いえ、はい、でも、それとは別の話で、エンジェル氏は今、銃弾による負傷で昏睡状態にあります、そして、あなたの従姉であるエンジェル夫人、ステラさんのことですが、あの方は今、警察に……

——ゼロからやり直し？

——バストさん、ひょっとして、というか、バストさんでいらっしゃいますよね、違いますか？　エドワード・バストさん？

——途中は伸ばさないでエドワド、エド……

——途中は伸ばさない、エードワードじゃなくて、エドワード、もちろん、はい、失礼しました、初めて、しかもああいう特殊な状況でお会いしたものですから、間違って無関係な人に声を掛けてしまったのかと思いまして、失礼、お願いですからこの足をどかしてください！　ここに足があると運転ができません、それで結構、はい、さっきの場所にあなたを置いていったら、そしてあなたが本当にエドワード・バストさんだったら、あの警官と、いや、ちょっと、気を付けて！　もう少しで車が道路から、それにしてもひどい咳、はい、かなり具合が悪そうですね、また、また吐きそうなんじゃないですよね？　何とか、ほら、コートを肩まで掛けて、震えてますよ、ヒーターの温度を上げましょう、ほら。従姉、バストさん、従姉のステラさん、エンジェル夫人の話の続きですがね。ご理解いただけると思いますが、大変大きなショックを受けていらして、最初のショック、もちろんその現場を見つけたときのショックが大きくて、その後、警察の事情聴取、現場の写真撮影、家宅捜索という試練もあって……

——板を打ち付けてしまえ。

——何ですって？

——金玉を凍らせずに落ち着いてエッチできる場所、窓とドアに板を打ち付けてしまった方がいい。

——バストさん、少し私の話を、私が話しているのはエンジェル夫人、従姉のステラさんのことなのですが、私が最後に見たときには硝煙反応検査のためのサンプルを手から採っているところでした、結果は当然、白に違いありませんが、そうは言っても……

——天気がこんなだから、どこか落ち着いて……

――そうは言っても、旦那様の生存確率はかなり低いようですし、当然ながら、こういう事件においては殺意を伴う傷害や故殺の可能性も視野に入れた捜査が行われるわけで、容疑が晴れるまでは……

――コーエンさんは弁護士なんですよね？

――ですから、弁護士だと申し上げてるじゃないですか、バストさん！　そして私は、これは非常に深刻な状況でして、私としても精いっぱいお手伝いをさせていただいているんです。私が最後にお会いしたとき、エンジェル夫人は証人と容疑者との中間みたいな微妙な立場に置かれていましたので、私の判断で、あなたを呼びに来た次第で、あなたにいらしていただいて少し話ができれば……

――いちいちみんなにお礼を言って回らなくてもいい？

――いえ、そんな必要は、バストさん、私が申し上げたのは、あなたがエンジェル夫人と落ち着いて話をしてくださったら、より確実に夫人の身柄が解放されるのではないかということです。そうでもしなければ、身柄を押さえるだけの証拠もないままに尋問されてしまいます、できれば落ち着くまでベルビュー精神病院に十日間入らせてもらいたいのに、下手をすると……

――ゼロからやり直し？

――バストさん、いい加減に、いえ、ちゃんと座ってください！　助手席で横になることはできません、まず私の話を……

――ひょっとして怒ってるんですか、コーエンさん？

――え、それは、いいえ、怒ってるわけじゃ、でも……

――ていうか、どうしてみんな、いつも僕に対してキレるんだ！

――そんな、そんなことはないと思いますよ、バストさん、しかし、この風とみぞれの中で車を運転するのはかなり大変なので、できれば……

――雨が降ろうがあられが降ろうが、火が降ろうが雪が降ろうが、山を裂き、海を、パイ焼き鍋の中でビー玉を転がさなきゃ、窓とドアに板を打ち付けないと、その話は彼女から聞いた？

――いや、私、お聞きしていないと思います、バストさん、夫人は、私が伯母様たちとお電話でお話ししたときの印象では、あなたはちょうど出張にいらしていたようなのですが、実はいくつかお伺いしたいことがありまして……

――靴の販売、その話は聞いた？　トリブ、トリブ何とかって場所、うんこ《マック》が海まで流れ込む場所……

――バストさん、今の、今の状況でそのお話は……

――インポート・エクスポート、バーミズクイックという名前の村で作られている曲がった……

――どうやら、エンジェル夫人との面会は延期した方が賢明なようですね、現在、夫人の置かれている状況が状況ですし、私としても当然、伯母様、お願いですから！　足元に気を付けてください、伯母様たちにお目にかかった際の経験から当然、一族の皆さんが精神的な安定性にやや問題を抱えていらっしゃることを意識するべきだったのですが……

——脇腹肉が下落したせいでみんなが怒った、ていうか、それのどこがしはいいにんなんだ。

——分か、分かりません、バストさん、少しゆっくりなさってはどうですか、ひょっとするとラジオで何か音楽を……

——音楽は野蛮人を鎮める、点、点、点、野蛮人の女と結婚すれば、女はきっと……

——頭を後ろにもたせかけると楽ですよ、はい、私とあなたには共通する趣味が、膝、バストさん、膝をどかしてもらえませんか、美しい音楽という共通の趣味が……

——女はきっと、汚れたわが種族を高めてくれる、デンマーク語で股間を何と言うか聞きたいですか、コーエンさん？

——いえ、特に聞きたくは、それより、それより音楽があれば、はい、私が嫌いなものが一つあるとすればそれは無秩序なんです、バストさん、私は意外《サプライズ》なものが苦手で、たいていのラジオで流れているのは猫が盛《さか》っているみたいな曲ばかりでしょう、あれが嫌いで、わざわざFMの入るラジオを取り付けたんです、ほら、ほら、聞いて！　これ、ヘンデルですよね、これがいい、でしょ、うん、イェフタ？　ヘンデルのイェフタ、このところは覚えています、はい、子供の頃、ここはソプラノがうせろ《ゲラウェイ》！って歌っているように聞こえて、うせ、駄目、駄目、やめて！　やめて！　もうちょっとで、何であんなことをしたんです！　もうちょっとで、危うく死ぬところでしたよ、いや、足を下ろしてください！

——くそったれ《アップ・ユアーズ》、コーエンさん。

——でも、その、その足、フロントガラスを危うく……

——くそたれた《アップ・マイン》、くそたれた《アップ・マイン》、ナンジハワタシヲニーーーー《ドゥー・ハーーーッ》クンデイル《セスト・ミッヒ》！

——いえ、いえ、いいですか、バストさん、やめてください、歌はやめてください！　運転が、いや、いや、おとなしく座っていてくださらないと、運転ができませんから……

——互いに助け合いましょう、コーエンさん、七十五ドル稼いでみませんか？

——え、え、何の話……

——破産手続きをやったことは？

——バストさん、私は……

——信頼とうんこは全然違うことだよ、コーエンさん。

——なるほど、はい、たし、たしかにね、バスト……

——全然違うことだ。

——たしかにそうです、はい、でも今まで、そんなふうに考えたことはありませんでした、それよりも……

——そんなふうに考えた方がいいよ、コーエンさん、来るときは徒歩、帰りは自動車、二つは全然違うことだ。

——分かりました、はい、バストさん、さあ、ゆっくりシートにもたれて、そうしないと……

——それは何、それ！　それ、その白いもの、丸くて白いやつ……

——エアコンを調節するただのつまみです、さあ、それより……

——つまみ長者もきっといるんだろうな、きっとそうですよね、コーエンさん、ねえ？　一度会うだけでいい、今回だけ、向こうに色目を使わせて、後は普通に離婚すればいい、ね？

——はい、そうですね、バストさん、そんな感じでオーケーです、シートにもたれて……

——落とし物は拾い得《ファインダーズ・キーパーズ》大賞をもらって、夕食会に行こう、荷物はアメリカの船で運ぼうか？

——このまま直接、エンジェル氏が搬送された病院に行こうと思います、きっとあなたも入院が認められるでしょう、こちらを、コートを羽織ってください、ずいぶん、ずいぶん震えていますね、どこかな、さっきの布、汗もひどい、はい、はい、エンジェル夫人にはベルビュー精神病院に入っていただくのがいいと思っていました、あなたもその方がいいかもしれませんが、でも、もう一回車に乗り降りするのは大変そう……

——向こうで銀行を開きませんか？　抜け目のない会社、パレードの先頭に立って銀行を開く、バーミズクイック初の国営銀行、預け金《ノー・デポジット》がない場合、返金《ノー・リターン》はありません、ね？

——そうですね、バストさん、はい、はい、もうすぐ着きますから……フロントガラスの内側を拭いた彼の手が下に下りて、アクセルを一緒に踏もうと伸びてきた邪魔な足をどかし、再び上がってガラスを拭いた。通り過ぎるまばゆい光が徐々に頻度を増し、やがてトンネルの内側に並ぶ照明に代わり、許可を表す緑色の光、赤色の警告を経て、バー、ドライクリーニング、お食事の看板の後に、緊急車両入り口が見え、*——あ、ここだ、私たち、あっ……！　彼が急いで中に入った後、ガラスの扉はしばらくそのまま閉まっていたが、その様子はまるで、到着の際に慌ててぶつけたフェンダーのへこみを反射することを楽しんでいるかのようだった。やがてその扉が大きく開き、人が出てきた後から車椅子が付いてきた。——待って、はい、彼はまだ眠っていると思いますから、車椅子を、私が……

——いや、私が抱えます、軽そうじゃないですか、毛布だけお願いします……扉はまた反射を楽しむことに戻り、屋内の声を跳ね返した。——この方《かた》はまず受付ですか？

——木々の生える場所に……

——この方、今、何て言いました？

——彼、いえ、いえ、受付は必要ありません、入院の手続きは済ませました、看護師さん、お名前は……？

——この人が新しい入院患者？　ご本人の口から病状を詳しく聞かせてもらえますかしら……

——それは無理だと思います、かなり熱が高いようで、ここへ来る途中でもわけの分からないことを口走って、普段ならしないようなとんでもない言葉遣いを……

——心配ご無用ですよ、私は動じません、先日まで公立学校で保健室に勤めていましたから、そうそう、さっきお尋ねになっていた、集中治療室にいた男の人、エンジェルさんでしたっけ？　容態は変わっていないみたいで、こめかみから入った弾丸は脳の中に留まっているらしいです、もしも少しお時間があるようなら、担当者から説明を……

——いえ、それはできません、私は第十九管轄に行かなくてはなりません、もしも彼に、容態に変化があったらお知らせください、それと、バストさん？　失礼します、私は帰らないといけません、明日、来られるようならまた顔を出します、そのときに少し具体的なお話を……

——じゃあ、行きましょうか、バストさん？　その先の病室まで……

——帰るときは徒歩、来るときは自動車。

——はいはい、濡れた服は脱ぎましょうね、それから、寝付きをよくするための薬を何か、ジョー？　先生を呼んで、三一九号室、念のため酸素テントもお願い……車椅子が丸いガラスの入った扉をくぐり、エレベーターの静けさを経た後、自然界では見掛けることのない緑色に塗られた廊下を進んだ。——さあ着きましたよ……

——木々の生える場所。

——変なこと言わないでください、木なんて生えてませんよ……手とシーツが羽ばたくように動き、カートとトレーがかたかたと音を立て、やがて、壁に取り付けられている電球が暗くなり、あっさりと昼が夜に、夜が昼に変わった。

——私のいた場所に比べればここは夢の国ですよ、前にもその話はしましたっけ……

——ちょっと待って、もしもし……？　その方なら三一九号室にいらっしゃいます、はい、少々お待ちいただけますか、担当看護師のワダムズがここにおりますので、彼女から説明を……

——お電話代わりました……？　あ、こんにちは……昨日の夜、はい、でも、私は今朝から日勤も入ってるんです、あの方は特に問題ありません、ここに運び込まれてからまだ一度も目を覚まして……今ですか？　彼と？　いえ、今、テントの中にいらっしゃいますけど、とてもそんな……いえ、酸素テントです、コーエンさん、息をするだけでも大変そうなので、電話で会話するのはとても……そうですね、はい、かなりひどいです、両側性肺炎に神経衰弱に……は？　栄養失調もそうです、よく分かりませんが、二、三日食べてないのかも、こういうケースでは合併症が心配ですね。ところで、もう一人の患者さんの方はどうですか……いえ、あなたのお友達、集中治療室にいる……二人も入院患者を抱えて大変ですね、コーエンさん……分かりました、コー……大丈夫です、コーエンさん、失礼します、とにかくこの病院は夢の国みたい、前に勤めていた学校なんて……

――三一九号室も昼食は不要？

――ええ、点滴中だから、けど、そろそろ様子を見に行った方がいいかしら、まだしばらくここにいてね、面白い話を聞かせてあげるから、中学校の配管に何が詰まってたか……彼女は絶望的な色の廊下を進み、「酸素使用中、禁煙」と書かれた透明シートに肩を入れ、白いシーツの中で血色の悪い男の脈を探り、彼女が部屋を去ると、壁に取り付けられている電球とは無関係に、昼が夜になり、夜が昼になった。

――とにかく、昨日言いかけた話だけど、今時の中学校ってどんなのか想像できる？　今の中学って、待って、もしもし……？　あ、こんにちは、コーエンさん？　私です、はい、順調です、あれからまだ目は覚ましていませんけど……いえ、検査結果はだんだんと、でもまだ……いえ、でも、大事な話をしなくちゃならないと言われても、まだ目が……もちろんです、コーエンさん、それでもう一人の患者さんの方はどうなんですか、二人も入院患者を抱えて大変ですね、きっと……分かりました、コーエンさん、失礼します。病室に様子を見に行ってきた方がよさそう、まだしばらくここにいてよ、いつも相手構わずおもちゃのピストルを突きつけていた子の話はまだしてなかったわよね……彼女は廊下を進み、「酸素使用中、禁煙」と書かれた透明シートに肩を入れ、――具合はどうですか、バストさん……？と懐中電灯を照らし、脈を探り、――毎日少しずつよくなってますよ……と一日が終わり、安定した光とともに、変わらない一日がまたやって来た。*

――何度も言うけど、私が前に勤めていたところと比べると、ここってちょっと退屈じゃない？　もしもし……？　どなたのことを……？　いえ、それは三一二号室ではないと思います、三一二号室は子宮摘出の患者さんなので……七時から八時の間です、はい、失礼します、それでもって、中学校の女子生徒に尿のサンプルを提出させたときの話だけど、待って、もしもし……？　あ、こんにちは、コー……ずっとよくなりました、はい、酸素テントは外れましたよ、きっとあなたと話をなさりたいんじゃ……ええ、でも、よく分からないことをしゃべっています、一ドルがeで、五十セントがdで、二十五セントが……はい、その後、トウモロコシが神様だとか、ここには電気がないとか、公人としての生活しかできないとかおっしゃったかと思うと、今度は古代の噴水に関する詩の話、最近行った場所の話、向こうの習慣の話、私にはさっぱり……分かりました、コーエンさん、それでもう一人の……大変ですね、二人も……分かりました、コーエンさん、失礼します。その患者さんはどういう……

――術後の患者さん、三一九号室。

――よかった、話し相手ができてバストさんも喜ぶわね。

――どうかな……？と彼らはベッドを押しながら廊下を進んでいき、――それは会ってのお楽しみ。

――バストさん？　目は覚めてますか？　お友達を連れてき

ましたよ……？　しかし、乱れた寝具の中から聞こえるのはおならの音ばかりで、それも徐々に落ち着いて夜を迎えた。

　ブラインドが音を立てて上がると同時に見えてきた灰色の空は、部屋の光に照らされているように見えた。——お坊ちゃまたち、今朝の具合はどうですか？　バストさん？　お目覚めですか？

——そいつはさっきまた眠った、あんたの名前は。

——看護師のワダムズです、お二人とも顔は洗いましたか？

——新聞を持ってきてくれ、この一週間、新聞は読んどらん、それは今、何をしとるんだ。

——脈を取るんですよ、毛布から腕を出してもらえますか？

——毛布の中を探ってみろ。

——子供みたいなことを言わないでくださいね、昨日の夜、バストさんとお話しできましたか？

——わしを父親と勘違いしとったようだ、昔みたいに何でも切り倒して、オレンジとかいう町をよくしようと言っとった。

——ただのうわごとです、私は彼の家に誰かが忍び込んだという話を聞きました、犯人は誰ですかって尋ねたら、あなただと言ってましたよ！　それから、わびしい荒野を詠んだ気味の悪い詩を暗唱したかと思うと、次は、私が魔女だという噂を聞いたから首の周りの傷痕を見せてほしいって言うんです、夜になるとねじを回すみたいにして首を外すという噂を聞いたんですって。

——それはきっと本当の話だな、ワドルズ*、ためしに今晩、巡回のときにぜひ……

——子供みたいなことを言わないでくださいね……

——わしはちゃんと世話をしてもらいたいだけで、何も下心は……

——お世話はちゃんとしますよ、心配ご無用、じゃあ、新聞をお持ちしますね……

——バスト？　起きとるか……？　彼は静かになり、シーツの擦れる音がやがて、新聞をめくる音に変わり、さらにトレーがかたかたと音を立て、——バストはランチにも起きそうにないな。これは何、魚の目？

——タピオカです。

——魚の目だな……かたかたというトレーの音が、一人で漏らすさまざまな安堵の表現に変わり、やがて新聞をめくる音が沈黙を破った。——バスト？　起きとるか？　元気を出すために新聞の記事を読んでやる、新聞は不幸な事件だらけ、人の不幸を読めば誰でも元気が出る、これなんかどうだ。警察に対する妻の証言によると、夫は先週から帰宅していないとのこと。クローゼットに潜んでいた妻はその日、夫が念入りに化粧をし、女性のようないでたちで出掛けていくのを目撃した。数分後、ノックの音を聞いて玄関に出ると、夫の妹を名乗る人物がそこにおり、近くを通りかかったので挨拶に寄ったと言った。夫は、くだらないことはやめて家に入ってという妻の言葉に動じることなく、急にきびすを返してその場を去り、以来、何の連絡もないらしい。夫のシャツをしまっている引き出しの奥でさまざまなシルクの下着を見つけたときに最も腹が立った、とティーツ夫人は出来事を振り返る。彼女自身は結婚してからずっと倹約のため、木綿と化繊の下着しか買ってはいけないと言われていたためだ。ティーツ氏は現在、裁判所に召喚されており、その所在が……

——今日、おまるは使いましたか？

——二人分のおしっこでも余裕で入りそうじゃないか？　少し待ってもらえるかな、まだ行かないでくれ、ワドルズ、硬くなったみたいだからちょっと……

——はいはい……

——まったく興ざめな女だな、あれは、いいか、今度はこっちの記事。鋼鉄製の巨大彫刻サイクロン・セブンに閉じ込められてから丸五日となる小学校四年生の勇敢な児童は、今日も辛抱強く、芸術界と保険業界の両方に対する重要な判例となるべき判断が裁判所から届くのを待っている。総じて口の重い地元の消防署関係者らはアセチレンバーナーを手に、いつでもその彫刻から少年を救助できるよう待機している一方で、問題の彫刻は大衆空間に対する風刺と評され、最も傑出した現代美術作品と呼ばれている。保険会社の弁護士たちは寝食を忘れ、論争に直接、間接に関わる保険のおびただしい数の条項に含まれる健康と事故、生命と財産の解釈についての訴訟覚え書きを集めている。昨日の時点では、示談による和解が噂されていたが、現代下顎芸術連盟《モダン・アライズ・オブ・マンディブル・アート》（ＭＡＭＡ）と名乗る団体の介入によってその可能性は低くなった。ＭＡＭＡは、「人と宇宙との関係を表す独特な暗喩《メタファー》を故意に破壊しようとする行為」に対する差し止め命令を求め、たとえわずかでも芸術作品に手を加えることは、恣意的な力線の配置を破壊する行為だと主張する。サイクロン・セブンは因習的レベルの美を超える存在であり、誇るべき人類の威厳を自由という形で男性的、攻撃的にたたえるものだというのである。抗議を行う人々は、サイクロン・セブンの立つ広大な文化プラザの敷地に降り注ぐ冷たい雨とみぞれをものともせず、少年の両親の友人や隣人が急いで用意したテントから石を投げれば届くほどの距離にピケを張り、バスト？　この写真を見ろ、まるでこの男の子は生きたまま彫刻に食われているみたいじゃないか、これは何だ、ワドルズ。魚？

——夕食です。

——魚だ。

——バストさん？　夕食の時間ですよ、起きて食べましょうね。

——元気を出せ、バスト、おまえさんはまだ最悪ってものを知らん。最悪という言葉はこの魚を食うまで取っておいた方がいい、昨日の夜、わしに言ったことを覚えとるか？　墓地に生花を持ち込むなって？　おまえさんの年ではまだ失敗というものを知らんはずだ、何もせんうちから自分は失敗者だなんて言うもんじゃない、親父さんは息子を選び間違えたとか、自分は親父さんの才能を受け継いどらんとか言っとったな、わしは壁紙作りの商売から足を洗いたいと思いながら十四年が経った、どうだ、親父さんがおまえに対して抱いとったあれこれの期待？　タキシード姿の写真が新聞に載ったって？　わしにはそんな経験はないし、どうすればそこまで行けるのか見当も付かん。一つ、わしの息子の話を聞かせてやろう。子供なんて信頼できんとごみの中で気付いたとおまえさんは言っとったが、わしが今からしゃべるのもそんな話だ。十年前、ろくでなしどもがこの国をどん底に突き落としたあの戦争のとき、息子は海外で出会った若い娘を連れて帰ってきた、もちろんそのお腹には既に赤ん坊がおった、何だか魚のせいで吐き気がしてきたな。息子はしまいに、それは自分の子供じゃないかもしれないと言った、わしもその娘の顔を見た瞬間からそんなことだろうと思っとった、だが、息子はそれでも構わんと言うんだ、とにかく誰かを救いたい、誰かを愛したい、アメリカ軍が向こうで吹き飛ばした手や足を少しでも償いたい、だから誰の子でも構わない、誰の子か分からなくてもいいんだって言って、その娘と結婚した、生まれてきた赤ん坊は真っ黒けな肌をしとったよ、どう思う？　今、小学校の二年生だ、肌は真っ黒け、わしの言いたいことが分かるか？　わしは壁紙作りの仕事から足を洗うのに十四年かかった、世間のみんなは勝つことがすべてだと言う、同じろくでなしどもに訊いてみるがいい、この国をあの戦争に導いたのは誰だって、この国をどん底に突き落としたのは誰だ、あの看護師はどこ、ワドルズ？　さっさとこのトレーを下げてくれ、こんなまずいものは今まで食ったことがない。

——薬は飲みましたか？

——薬って何だ、さっさとこのトレーを下げろ。

——薬はその白いカップに入ってます、はい、お飲みになったんじゃないですか、水酸化マグネシウムで効果がなければ、浣腸が必要かもしれません。

——ベッドをちょっと下げてもらえんか、あれはソースだと思ったから魚にかけて食ったぞ、そこの新聞を取ってくれ、他人の不幸が読みたいんだ、なあ、バスト？　ワドルズは浣腸のことで頭がいっぱいだな、核シェルターのブームを覚えとるか？　ロングアイランドで家の庭にシェルターを作った男の話が載っとる、廃棄物処理装置があまりにも大がかりなせいで、周辺一帯の下水処理が大変なことになって、連邦からの補助金がもらえなくなる可能性が出てきたから、みんなが批判しとるらしい、公衆便所に変えろってな、見ろこれ、きっと立派な便所になるぞ、なあ、ワドルズ、ロングアイランドに行ったことは？　記事によれば、あのあたりは地下水位が高いから一帯の土から栄養がなくなりつつあるそうだ、被災地に認定してもいいくらいかもな、わしなら一目見ただけで分かる……

——バストさんも食事は終わりましたか？

——あの魚を食っても死なないようなら、どんな目に遭っても大丈夫だ、脈は確認しておいた方がいいぞ、もしもまだあるようならな、こっちは上院小委員会の記事、いまだに勝つことがすべてと思っとるやつらの話、わしを壁紙の仕事から追い出したろくでなしどもの会社がやっとるプロジェクトに関する聴聞会のことが書いてある、聞け。ブルース上院議員を座長とする小委員会において、プロジェクトが抱える問題についてヴォーゲル博士が証言を行った。博士によると、残る問題は騒音すなわち「音声の破片」の扱い、およびその解凍プロセスにおけるタイミング調整に関するもののみであるらしい。現段階ではあまりにも野心的とヴォーゲル博士が評するテストにおいて、ベートーベンの交響曲第五番は予想よりもはるかに扱いが難しく、解凍技術には信頼性が欠けていた。研究チームのリーダーである博士は左腕にギプスをはめ、顔の一部を包帯で覆った格好で小委員会に現れたが、自身と三人の技術者が負った今回のけがは、第一楽章が予定にない形で四秒解凍されてしまった際に生じたものだと説明した。事故の原因は主に、当該作品の冒頭部の音響的性質であり……

——足を動かしてください、シーツがずれてます、バストさんには一言も聞こえていないと思いますよ、また眠っちゃったみたいですから。

——その男は人付き合いがいいんだ、話もよく聞いてくれる、なあ、バスト、そこのオレンジジュースを取ってくれないか、バストは飲まないみたいだから。次のテストはヴィクター・ハーバート*の『赤い水車』の抜粋を用いて行われる予定。この曲であれば、解凍プロセスにおいて不測の事態が発生した場合でも人員に被害がおよぶ可能性は低いとヴォーゲル博士は見ている。理由が明らかにされないまま国防総省によって始められたフリジコム計画は現在、いくつかの都市において騒音問題研究との絡みで進められており、従来の記録媒体では避けられなかった摩擦音がまったく生じないことから、レコード業界の注目を集めている。ヴォーゲル博士は証言の最後で、左の頬を打たれたら右の頬を差し出せということわざを冗談めかして引用したが、その意図は、軍関係者の熱い注目を浴びている革命的輸送法に関わる極秘プロジェクトをめぐって、当初の見積もりを超える費用が注ぎ込まれ、実現可能性が疑われている問題に言及したものと思われる。情報筋によれば、博士が夜、突然テキサスに発つことになったのは、新たな実験が始まったことと関連しているものと、そんなところで何を探しとるんだ、ワドルズ。

——何でもありません、変なことを言わないでください、服が乱れていないか確かめているだけですよ。

——もう少し奥を見てくれれば、びっくりするようなものが潜んどるぞ。

——いいえ、ほら、ダンカンさん、子供みたいなことはやめましょうね……

——わしはさっさと体を治して、ゼーンズヴィルに戻りたいだけ、少しベッドを下げてくれんか……?という声が混乱した新聞の下から聞こえた。彼女が病室を出て、扉を閉めるときにはまだ、声はこう言っていた。――面白い記事があるぞ、バスト? 起きとるか? ある政治家が若い女をオフィスの窓から突き落としたという記事、彼の証言によると、女は空を飛べると言っていたらしい……

彼女が廊下を歩いていると、――あなたに電話、内線の二番よ、多分いつもと同じ弁護士さん……

――もしもし、コーエンさん……? はい、ずいぶん具合はよくなりましたよ……いえ、眠っている時間はまだ長いんですけど、体調はかなり……いえ、いえ、見舞客は来ていません、でも今、同じ病室に面白い人がいて、結構仲良く……明日ですか? はい、もちろんです、コーエンさん、はい、ではまた明日……

＊

静かなエレベーターから丸いガラスの入った扉をくぐり、緑色の廊下を進んだ。午前の陽光に敗北した緑色は、午後に向かってまた弱り始めていた。

――透熱《ジアテルミー》装置の修理の方? 装置はそこの……

――いえ、いえ、違います、私はある患者のお見舞いに来たんですが、ワダ……

――今は面会時間ではありませんよ、看護師のワダムズですか……?

――あ、こんにちは、コーエンさん、やっと来ていただけましたね、こちらです。もう一人の患者さんの方はいかがですか。

――今、集中治療室に寄ってきたところです、具合は、もちろん容態に変わりはありません、手術に踏み切ることもできませんが……

――そうなんですよね、なかなか決断ができないこともあります……

――ええ、はい、バストさんの具合はどうですか、体調は……

――ああ、お元気ですよ、二、三日もしたら退院できるはず、今朝も目を覚まして、尖った鉛筆を五十本用意してほしいっておっしゃってました、一日中スケッチばかりしていて、いえ、こちらです、でも、その前にバストさんのお友達をご紹介します……

――スーパーマーケットで叩き売り状態、トライアングル製紙のスポークスマンはその原因を在庫管理の不手際だと説明した、これもわしを壁紙作りの仕事から追い出したのと同じろくでなしの野郎どもだ、どう思う……

――バストさん……?

――変わり種《ノベルティ》雑貨を集めた店や通信販売で売られることを想定したトイレットペーパー一万六千ケースが全国のスーパーの棚に並んだ、それは変わり種《ノベルティ》タイプと呼ばれるトイレットペーパーの一種で、さまざまな下品なメッセージがミシン目ごとに書かれており……

——バストさん、ほら、お客様ですよ！

——連中はこのトイレットペーパーを、ゼーンズヴィルのわしらのところにもケースごと送ってきた、どんなメッセージが書いてあるか聞かせてやろうか？

——バストさん、お体が回復されたようで何よりです、お顔の色も……

——あなたは誰。

——お友達のコーエンさん。

——お友達のコーヘンさんだとさ、バスト、鉛筆を持ってきてくれたのかもしれんぞ、それで、トイレットペーパーに何て書いてあったかというと……

——ええ、一緒にここまで車で来たのは覚えてらっしゃらないかもしれませんね、バストさん、起き上がってらっしゃる姿を見て安心しました、それと、今、それは何をしてるんですか……

——無伴奏チェロ曲を作っとるらしい、鉛筆がないからクレヨンで書いとるんだ、死ぬ前に完成させたいんだとさ。

——何を馬鹿なことを、死んだりしませんよ、そんなことより……

——へえ、じゃあ、鉛筆を五十本渡してやったらどうなんだ、誰がいつ死ぬかなんて誰にも分かりはしない、ワドルズ、あんたがスケッチブックと紫色のクレヨンしか渡さんせいで、楽器一つの曲くらいしか書けんじゃないか、尖った鉛筆を五十本渡してやれば協奏曲が書けるのに、わしにももっと新聞を持ってきてくれ……！

——バストさん？　私からエンジェル夫人のことを聞いたのは覚えてらっしゃらないかもしれません、従姉のステラさんのこと？　夫人はまだ、まだちゃんとお話ができない状態で、昨夜、ダウンタウンでお目にかかった際には、病院で診察を受けてはどうかと私から……

——コーヘン、腰を下ろす前に、そいつの向こう側のナイトテーブルに手を伸ばして、溲瓶を取ってくれんか？

——は、はあ、はい、失礼、バストさん、いえ、作曲はお続けください、ちょっとだけお邪魔します、はい。さてと。伯母様たちのことですけれども、バストさん、どちらへ行かれたのかずっと探していたのですが、ひょっとすると、インディアナに戻られたのではないでしょうか？　あちらの地方新聞をずいぶん熱心にお読みになっていたのをふと思い出しまして、新聞名をたまたま覚えていたので、私どもと連絡を取るようにって広告を載せてもらいました、それと、改めてあちらにいる弁護士、レンプさんでしたっけ、とも連絡を取ろうと手を尽くしています。現在、伯母様たちの立場が非常に緊急性を増して……

——コーヘン、これを戻してくれるかな？　気を付けて……！　袖口にちょっと付いてしまったな、でも、乾けば分からんだろう、こっちの記事を読んでやろうか……

——失礼します、バストさん、そちらの手ぬぐいをお借りできますか、はい、さて、はい、エンジェル氏が現在置かれている状態および奥様の状態のために、遺産処理における伯母様たちの立場に影響が及ぶ可能性も考え、また、ご家族で経営なさっている会社の株をもともとどなたがどれだけお持ちだったかを確認する中で分かってきたことですが、伯母様たちは証券類の大半を売買一任勘定でお預けのようで、不首尾な取引によって既にかなりの損失を出しておられる、そして、残された株は仲買人が業者名義で保管していたために、おそらく仲買人が多額の借り入れをした際に担保として差し出していたと見られ、現在、その借り入れは返済の見込みがまったくないので……

——こんな記事が出てるぞ、二人の不法入国者がいて、一人は新しいキャデラックを五ドルで手に入れた、もう一人は八十フィートのヨットを十ドルで買った、どうだ。

——まったくないので、ところでその、バストさん？　連絡はまったくないのでしょうか、その、お父様から？

——そのことならわしから聞かせてやるぞ、コーヘン。

——何ですか？

——ところでちょっと？　コーヘン？　エンじゃなくてヘン？　あんたは弁護士？

——ええ、ええ、そう、そうです、私が……

——なら、この話はどうだ、こんなことがあったら町を訴えられるかな、通りを歩いていたら若い女が近づいてきて、五ドルですてきなサービスをしてくれると言う、でも、わしは持ち合わせが十ドル札しかなかった、すると女は何と言ったと思う？　上階《うえ》に姉さんがいるから両替してもらうって言うんだ、わしもそこまで馬鹿じゃない、一緒に行くって言ったのさ、ところが階段を途中まで上がったら真っ暗け、そしてバーン！　その結果がこのざま、脾臓破裂、肋骨三本骨折、そして……

——正直申し上げて、町を相手に裁判を起こして勝てる可能性はないと思います、お名前は……

——ダンカン、イザドーラ・ダンカン、どこかで耳にしたことが……

——聞き覚えのあるお名前ですね、はい、でも、申し訳ありませんが……

——わしはさっさと体を治して、ゼーンズヴィルに戻りたいだけ。

——なるほど、はい、無理もないことです、さて、バストさん？　何をお話ししてましたっけ、エンジェル夫人、そうです、はい、私が考えていたように、硝煙反応は出ませんでした、もちろん凶器からも指紋は出ませんでした、銃身が八角形の古い二十二口径、過去の遺物みたいな銃です、エンジェル氏が子供の頃に手に入れたものでしょう。私はもちろん、引き金を引いたのは社長ご自身だということを疑ってはいませんでした、あなたはご存知ではないかもしれませんが、社長は最近、かなり落ち込んでいらしたんです、でも、あれだけ独立心をお持ちになった方なので、まさか……

——銃で自殺しようとした結果が完璧な脳葉切断《ロボトミー》みたいになった男の話が新聞に載っとったぞ、あれは読んだか、コーヘン？　銃をこめかみに当てて撃った後、銃を置いてその場から立ち去ったそうだ、弾は頭を貫通して、完璧な脳葉《ロボ》……

——大変興味深いお話です、ダンカンさん、はい、しかし、できれば、とても大事な話をしているところなので、できれば少しの間……

——銃を置いてその場から立ち去ったそうだ、自分が今何をしたかも覚えてなくて、頭は少し馬鹿になったらしいが、それでも死ぬよりは……

——いえ、作曲はお続けになって結構ですよ、バストさん、私が少し声を抑えるようにします、社長のような経歴と気性をお持ちの方であればもちろん、自分が立ち上げに力を尽くした会社が遺産税を支払うために株式を公開しなければならないとなれば、内心忸怩たるものがおありだったでしょう、バストさんのご存じない最近の出来事もいろいろとありましたし。バストさん、聞いてらっしゃいますか？　はい、とにかくその、事故、事故後は、生産中止とレイオフを避けようとぎりぎりの努力をする中で、私は株式を全面的に公開することなく税金を支払うために、社の株式の約二十パーセントを売る交渉を行っていました、エンジェル氏にとっては株式の全面公開が問題だったわけですから。残念ながら、交渉が進むにつれて、社長は徐々に警戒なさるようになった、株式の一部を売れば、それをきっかけに会社が乗っ取られるのではないかと恐れていたんです、多くの業界に手を出している大きな会社が既に触手を……

——声が小さくてよく聞こえんぞ、コーヘン。

——ええ、いえ、こちらの話なので、お邪魔にならないように……

——わしを壁紙作りの仕事から追い出したのと同じろくでなしどもの話のようだな。

——なるほど、はい、何を話してましたっけ、実際、その会社は既に株を五パーセント持っている、いわば足がかりは得ているのです、彼らはそれをスキナーという人物に対するローンの担保として手に入れました、スキナーは出版社立ち上げの際にその借り入れをしたのですが、オプションを行使できなくて……

——それはあの女を夕食《サパー》に連れ出したのと同じスキナーか、コーヘン？

——お願いですから、私には何の話かさっぱり……

——九時四十五分に女子《おなご》を食事《ディナー》に連れ出した男、それはもう女の中《アップ・ハー》とか何とか、紫色の口紅が歯にまで付いている女、違うか？

——私には何の話かさっぱりです、私、先ほど申し上げた男は管理運営受託という形でささやかな和解金を受け取って、別の会社を始めたようです、バストさん、結局、ゼネラルロール社はレイオフを行うことになったわけで、その件については当然あなたも心を痛めていらっしゃることと存じますが、少しだけうれしいニュースもございまして、私は先の交渉の際に、エンジェル社長に仕えていた愛想のいい二人の若い女性の名前をちらっと出したのですが、それがきっかけとなって、スキナーの新会社に二人が雇われることになったのです、あちらであれば二人の才能が存分に発揮……

——八時四十五分、それはもう女の中《イン・ハー》とか何とか、よく覚えとらんが……

——なるほど、はい、そうかもしれませんね、さて、その五パーセントの株の件です、バストさん、はい、どうやらそれがこのスキナーの手に入ったらしい、もともとゼネラルロール社に勤めていた男がその元妻に対して離婚慰謝料として株を譲ったようで、それは本件と直接関係ないのですが、譲り渡した時点での株価は合計でおよそ十二万ドル、その男が最初に株を受け取ったときはおそらく七千ドルか八千ドル程度でしたでしょうから、会社がいかにめざましい成長を遂げたかがそこに示されていますが、差額によって生じる二万五千か三万ドルの税はその男に課せられるものなので、もちろん会社には関係ありません。実際、問題は現在の株価ということでもありません、目下の状況において株価はかなり波乱含みではあるのですが、それよりも、誰が会社の支配権を握るかということの方が、何ですか？　バストさん？　いえ、今、今何かおっしゃった気がしたのですが、私の声は聞こえてますか？　あなたが権利を主張なさるおつもりなのかどうか、私はまだ確認していないわけですが、その点はいかがでしょう？　と申しますのも、法律に従うと……

——合法的に何でも手に入るのに、どうして法律を破る必要があるんです。

——お願いです、そんな大きな声を出さないでください、ね、そういうつもりで申し上げたわけでは……

——一本取られたな、コーヘン。

——ダンカンさん、お願いですから話の邪魔を……

——法律に違反しておいて、その後で、法律を変える、その場合はどうなるのかな、こんな記事があるぞ。国の委員会がマリファナの私的使用合法化に向けた提言をするらしい、どうだ。われわれはまさに、禁酒法が撤回されたのと似た状況に近づきつつある、とカリフォルニア大学犯罪学教授のジェイムズ・ケアリー博士は述べている……

——お願いです、ダンカンさん、お願いですから、それとこれとは何の関係も……

——それはそうだ、コーヘン、話はまだ終わってないからな、提言があったからといってまだ完全な合法化というわけではない、例えば、マリファナを栽培したり、友達に譲ったり、携帯したり、人前で吸ったりすればやはり刑務所行きだからな、さあ、どう思う。各種の研究によれば……

——ダンカンさん、お願いです！　私がバストさんとお話ししようとしている内容は、マリファナなんかと何の関係も……

――つまり、立場によるってことだろ、コーヘン？ 保守の多数派はドラッグに関する刑罰は友人なんかとの間の売買に限定すべきで、商売としての売買は除外すべきと主張しとる、シーグラム酒造とかナショナルたばこ社とか、わしを壁紙作りの仕事から追い出したろくでなしどもみたいな会社には商売を続けさせろっていう考え方、そうだろ、コーヘン？ この記事はどうだ、ヒューストンで潜入捜査官にマリファナたばこを売った罪で、若い公民権活動家が三十年の懲役を食らっとる……

――ダンカンさん！ 私はあなたがおっしゃっているような事件には関わっていません、ここに来たのは単に、いろいろ込み入った大事なご家族のお話をバストさんとするためです、おしゃべりをなさりたいなら別の相手を……

――家族の問題を相談したいってか、コーヘン、じゃあ、わしの妻が何をしたか教えてやろう、わしは節税を考えて、商売の一部を妻の名義にしとったんだが、わしが会社を畳もうと思ったときに、妻はわしの言うことを聞かなかった、なあ、どう思う。十四年間、何も欲しがらず、何も手に入れなかった女だぞ、妻には家も建ててやった、部屋から部屋にハンドバッグを持って移動するようなでかい家だ、離婚もしてくれんし、わしを脱税で国税庁に売りやがった、探偵にわしの行動調査をさせて、自分はユダヤ人弁護士を雇っとる、どうだ、わしの弁護を担当してくれんか。

――いえ、遠慮します、いえ、私がお手伝いするようなことは何も……

――ユダヤ人弁護士と戦うには別のユダヤ人弁護士を雇うしかないと昔から噂に聞いとる、わしが壁紙ビジネスを辞めようと思い始めてから十四年になるが、最後に何をやったか知っとるか？ 紙の供給元から請求が来ても、支払いをせずに貯めに貯めたんだ、そうしているうちに別の会社が製紙会社を乗っ取って、貯めていた未払い金を帳消しにする代わりに儲けの一部を払い続ける羽目になった、ろくでなしどものせいでわしは壁紙作りの仕事から追い出されたんだ、どう思う。

――大変興味深いお話です、はい、明らかに、ユダヤ人弁護士のお手伝いは必要ありませんね、さて……

――ここに載っとる面白い記事を一つ聞かせてやろう、五ドルでキャデラックの新車を買った不法入国者の話だ、テキサスの百万長者の一人が死んで、所有していたキャデラックとヨットの処分がいい加減なやつに任されたってこと、今度は何の用だ、ワドルズ。

――さあ、お出掛けですよ、ダンカンさん、X線の撮影です、車椅子をベッドの横に寄せますから、足をどかしてください……

――できるだけ手早く済ませてくるからな、コーヘン、それまで……

――いえ、いえ、私のことは気にせず、どうぞごゆっくり、ダン……

――ダンカンさん！

――驚かせてやるって約束してただろ、ワドルズ？　逃げるなよ、コーヘン、他にもあんたに尋ねたいことが……

――ええ、どうも、やれやれ。さて、バストさん、やっとこれで集中して、何をお探しですか、紙、こちらにありますよ、私が取りましょうか、どうぞ、はい、作曲を続けながらでも、私の話は聞いていただけると思います、そういうわけで、バストさん、現在の状況におきましては、一族の中でお話しできるのは、そして問題についてご相談できるのはあなたお一人のようで、最終的な結論における現実的または潜在的な利害にかんがみて、あなたであれば状況を明確にするお手伝いをいただけるものと確信しておりますので、手短にご説明申し上げます。ご存知かどうか分かりませんが、エンジェル氏の身に事故が起きる以前から、ゼネラルロール社の支配権に関連して、氏とステラさんの間には不信感が生まれていたようです。お二人の間に不信感が生まれた原因はもちろん知りようがございませんが、私はエンジェル氏と何度も連絡を取っておりましたし、先日あのような不幸な事件があったことを考えますと、私の理解が正しければ、社長の不信の原因は例えば、問題の金額の多さから推測されるようなただの貪欲と解される種類のものではなくて、もっと分かりやすいタイプの不安と申しましょうか、社長のような、その……

――経歴と気性……

――経歴と、はい、はい、お話には付いてきていただいているのですね、それで……

――付いていってるわけじゃありません、ただ聞いているだけ。

――はい、私が申し上げたのもそういう意味で、なるほど、はい、とにかく、エンジェル社長の遺言作成をお手伝いして、かつ、執行人としても名前が記されている私としてましては、もちろん、あなたの従姉であり彼の妻であるステラさんが仮に相続除外されているとしても、遺言の内容を勝手に漏らすわけにはいきませんが、妻として資産の一部について権利を主張するのは当然のことです、ちなみに社長の資産は税金を納めた後、会社株式のおよそ十八パーセントに上りまして、夫人が父上から明らかに相続なさる権利をお持ちの株と合わせますと全部で十八パーセント、プラス、父上がお持ちだった株の半分、それに対して、複合企業《コングロマリット》*が所有する二十五パーセント、伯母様たちとジェイムズ氏がお持ちの株が二十七パーセント、ジェイムズ氏、つまりあなたのお父上です、しかし仮にジェイムズ氏があなたのお父上であるとなれば、その場合には当然、あなたの従姉であるステラさんはお父上の遺産を丸々お受け取りになれるわけなので、社長が生き延びることができなかった際の資産とそれを合わせますと、会社の支配権は確実に……

――ダンカンさんはこちらですか。

――え？　何ですか？　あ、ああ、ダンカンさんならここにはいらっしゃいません、あなたは、いいえ、ダンカンさんは先ほどたしか、X線撮影に……

――保険について話があるのでオフィスに電話するようにと伝えておいてください、すぐにお戻りになりますか？

――いや、すぐにはお戻りにならないだろうと私は固く信じています、そんなことより、伝言を頼まれましても、私はダンカンさんとは何も……

――お入りになっている健康プランの件でオフィスに電話するようにと伝えるだけで結構です、夕食までに、いいですか？　それまでにはお戻りになりますよね？

――そうでしょうね、はい、さて、バストさん？　はい、さて、問題の、問題のエンジェル社長の件です、はい、どこまで、どこまで話しましたっけ……

――生き延びることができなかった際の……

――社長が生き延びることができなかった際の、はい、もちろんその場合、夫人が約三十一パーセントの株を手に入れることになります、他で予想外の展開がなければの話ですけれども、と申しますのはもちろん、あなたご自身のお立場のことで、その問題をはっきりさせるために私は永遠とも思われる時間を費やしてあなたに連絡を取ろうと努力を重ねてきたわけですが、先ほども触れた複合企業《コングロマリット》の意向次第ではるかに複雑な事態に至りかねません、大規模な事業清算ともなれば関係者による組織再編について裁判が起こされて長引く可能性が高くなります、既に明らかになっている市場への影響は言うまでもありません、株価はかつてない暴落、回復の見込みは今のところありません、何といっても信頼を失いましたから、小規模投資家が一斉に逃げ出してしまいましたね、市場アナリストたちの分析によると、原因は新聞で先週大きく取り上げられた会社の現状にあります、この状態ですからあなたはきっとまったくご存じないかと存じますが？　バストさん？　今、今、何かおっしゃいましたか……？

――鉛筆持ってます？

――え、え、はい、はい、気が付かなくて失礼しました、もちろんです、これをどうぞ、はい、ついでにちょっとお伺いしたいことがあるのですが、バストさん、つまり、右手がしていることを左手が知らない場合もあったりしますので念のために確認させてください、最近のニュースで自然と私の耳に入ってきたのですが、あなたと同じ名前を持った謎の会社経営者の活動が少なくとも一つの訴訟を引き起こしていて、ある混乱のただ中で撮影された写真も私は目にしたのですが、残念ながら、インディアン風の羽根飾りをかぶっているせいで顔立ちがよく分からなくて……

――新聞が欲しいっていうのはこの部屋ですか？

――何です……？　あ、ああ、そこのベッドです、多分、はい、どうも。ええ、それでですね、バストさん、交渉の際にふと、一つの可能性が私の頭をよぎったのですが……

――一ドル十セントになります。

――え、は？　ああ、なるほど、分かりました、はい、はい、どうも、先ほどお話しした会社同士の交渉の際に、一つの可能性が私の頭をよぎったのですが、名前が同じという偶然がきっかけとなって、ゼネラルロール社が握っているネイサン・ワイズ社の長期的な利権を切り離すことを考えたのではないかということなのです、というのも、ネイサン・ワイズ社の元の株式保有者の一人である上院議員が支持している法案は、アジア亜大陸に暮らす子だくさんな隣人たちの家族計画をお手伝いする内容でして、アメリカ国内では人類の歴史的ジレンマを効果的に扱う薬が人気を得たためにネイサン・ワイズ社は大量に自社製品の在庫を抱えていたわけですが、法案が成立すれば、その在庫を小売価格で処分できるのです……

――まだおるか、コーヘン？　よかった……

――やれやれ、私、ずいぶん早かったですね……

――技師の眼鏡が壊れてな、どう思う、気を付けろ、ワドルズ……

――なるほど、ええ、はい、さっき新聞が届きましたよ、ダンカンさん、面白い記事がたくさん載っていると思います、あなたが新聞をお読みになっている間に私とバストさんは固定資産についてのお話を済ませてしまいますね、さあ、バストさん、ネイサン・ワイズ社の分離によって、会社に残されるのはアストリア工場とその付属物のみとなります、あなたはご存じないかもしれませんが、私が会社の法務を担当するようになるずっと前から続いている裁判がございまして、以前は祝祭楽器社《ジュビリー・ミュージカル・インストルメント》と呼ばれ、現在はＪＭＩ産業と名乗っている会社との裁判なのですが、それが最終的に解決すれば、次はデータ加工とパンチカード産業における大規模な損害に関連する訴訟の諸問題が生じてくると思われます、焦点は、ジャカード織機に用いられている技法を情報の保管と検索に応用するアイデアで、自動演奏ピアノと同じように穴の開いたカードを使って……

――「うん、この調子で頑張ろう！」＊、あの話か、コーヘン？　さっき、変わり種《ノベルティ》タイプのトイレットペーパーに何て書いてあったか訊いてただろ、そう書いてあったんだぞ？

――なるほど、はい、それは、それはどうも、ダンカンさん、それでバストさん、あなたのお立場の話に戻ります、特に先ほどお話しした可能性との関連で申しますと、もちろん厳密に金銭的な側面のみを考えれば、問題の遺産に対する相続権を主張するのは当然のことでして、それを担保にして借り入れを行うことも可能だったわけで、特に、最近の法律改正で成人年齢が引き下げられたためにあなたは独立した個人として行動できるようになったわけですから……

――ゼーンズヴィルに戻ったらあんたにもその変わり種《ノベルティ》トイレットペーパーを送ってやろうか、コーヘン？　会社のトップは各地域のリーダーに何ケースかずつ送ったんだ、励ましのメッセージというわけだな、気張っている最中に……

――いえ、結構です、はい、間に合ってます……

――誰にでも送ってやる、何箱でもあるんだ、さっさと体を治してゼーンズヴィルに戻れさえすれば……

――本当に、早くそうなることを心からお祈りしています、ダンカンさん、さて、バストさん、初めて伯母様たちと対決、対面いたしましたとき以来、問題の解決を妨げている大きな障害を整理したいと思うのです、それさえ取り除ければ、論理的で申し分のない結論が……

――なあ、コーヘン、その話の前に……

――ダンカンさん、お願いです！　さっき、さっきもあなたのために新聞代を払って差し上げたんですよ、そうすればしばらくあなたが黙って新聞をお読みになって、こちらでも大事なお話ができるのではないかというかすかな希望を抱いて……

――それはご親切にどうも、わしも今黙って新聞を読もうかと思っていたところだ、新聞代はいくらだったかな。

――それはもういいです、しばらく静かにしていてくださるだけで……

――あと、そこのナイトテーブルに手を伸ばして、おまるを取ってもらいたいんだがね。

――私、はい。バストさん？　現在の状況におきましては……

――もう帰るのか、コーヘン？

――そうですね、はい、この後、ダウンタウンの方にも行って、同じようにむなしい用事を片付けなければなりません、ダンカンさん、これをどうぞ、はい、おそらく明日またこちらに伺うときにはあなた方のいずれかが退院なさっているでしょう、私としてはどなたが退院なさっていても構わないのですが……

――待って、五ドルでキャデラックを買ったこの不法移民の記事を持って帰るんだったら、破り取ってやるぞ、遺言やら遺言執行人やらの話をしとったようだが、この馬鹿な百万長者なんかどうだ、妻を執行人にしたのが運の尽き、ヨットもキャデラックも……

――いえ、結構です、ご親切にどうも、ダンカンさん、アメリカ法大全にはそんな話がいくらでも載っていますよ、失礼します、お休みなさい、バストさん、また明日……

――鉛筆をありがとう、コーエンさん。

――コーヘン？　明日は尖った鉛筆を持ってきてやれよ、今の作品には尖った鉛筆が五十本要るらしいぞ、たった一本じゃミニサイズのサーフボードに乗るみたいなものだ。バスト？　これを聞け、アイオワ州ダベンポート。昨年のクリスマスにニューヨーク州スカーズデールの屋敷から姿を消していた裕福な出版社幹部の妻が本日、コーヒーショップのウェイトレスとして働いていたことが判明した。夫人は夫が金銭的困難に陥っていて、それを言い出せずにいると考え、その苦境を救うため、密かに働いていたらしい、これなんかどう思う。フロリダ州ボカラトンで開催されている出版業界の大会に参加していた夫は年に六桁の報酬を得ており、妻が小額紙幣と硬貨で貯えていた九百十六ドル十一セントは葉巻代にしかならないと述べた。妻の貯えが発覚したのは、プライバシー皆無の状態で暮らしていた週四ドルのアパートが火事に遭ったのが原因、何の用だ。

——あなたがダンカンさん？　保険の件、健康プランの件でオフィスに電話するようにとのことでしたよ、お入りになっているのはこちらの保険だけですか？

——何か文句があるのか、わしを壁紙作りの仕事から追い出したのと同じ連中がやっとる保険だが……

——興味深い保険なんです、今までに見たことがないタイプのもので、老人ホームに入るまでは保険金が支払われないみたいです。

——何でわしが老人ホームに入らなきゃならんのだ。

——保険金を受け取りたい場合には、十一ページ、十二ページ、ここにいろいろな条件が書いてあります、待って、虫眼鏡を持ってきましたから、当社が認める老人ホームのケア、第十六条第二十項Gに定める特定の処方箋薬と義肢、専用霊柩車による搬出、プラスチック製の棺《ひつぎ》、ご自分で種類をお選びいただける無料のプラスチック製花束、のどかで美しいユニオンフォールズの村を見下ろす四×八フィートの個人用墓地区画……

——待て、その新聞をわしによこせ、いや、その下、そっち、ろくでなしどもめ、これを見ろ、老人ケア法案が通った、今回、老人ケア法案が成立したってことは……

——でも、カルテによるとあなたの年齢は……

——じゃあ、わしが老人と認定される年までここに居座るっていうのはどうだ、ワドルズ？　この女をここからつまみ出せ、話を聞いていると腹が立つ、それからこんなものはさっさと下げろ、何だこれは。フルーツゼリー？

——夕食ですよ。

——フルーツゼリーだ。

——バストさん？　書類は全部こちらに移動して、ここにトレーを置きますね、今日は一日、忙しかったんじゃありませんか。

——とりあえず、部屋を出て行く前に経済面をわしによこせ、ワドルズ、食事をしながら読むからな、一日に二回吐くなんてどうなっとるんだ、なあ、バスト？　人生、何があるか分かったもんじゃない、ダウ平均は四百五十三まで下がったそうだ、ついにすべてが破滅に向かっとる、どう思う、ある朝、目を覚ましたら何もかもなくなっとるんだ、わしが言っとるのはそんな話、バスト、まだ何もやらんうちから自分を失敗者だなんて言うもんじゃないぞ。一つの国を丸ごとひどい目に遭わせて、三万、四万の若者を死なせたって、戦費を払うために税金を上げるまでは戦争じゃないふりを続けるやつらだっておるんだ、いまだに勝つことがすべてだと信じとるろくでなしども、やつらは失敗が怖いんだ、こりゃ今朝の魚よりまずい、こんなものを食ったのは初めてだ。税金について嘘をついて、連邦予算をごまかす、そんなことを数年間続けて、個人の借金は収入の二倍の速さで膨れ上がった、その上、利率も三倍、ペダナレス川の畔《ほとり》に木を植えて、戦費は世界銀行や三十億ドル規模の財団から借り入れ、そして旦那には九万ドルの小遣いを与えて、奥さんはダベンポートにある週四ドルのアパートに暮らしながらその日もらったチップを数える、わしが言っとるのはそういうことだ、バスト、百万ドルを稼ぎたかったら金のことなど何も分かってなくていい、分かってないと駄目なのはお金に対する人々の恐れだ、要するにそういうこと、おまえもカリフラワーの上に載っとるフルーツゼリーを食ってみろ、な？　こういうことをするからどっちもろくに味わえんのだ、インフレ、インフレって世間が騒いどるのは知っとるだろ、あれがなければ戦争は続けられなかった、そうでなければ、稼いどるのは一ドルなのに二ドルの借金を返せるわけがない、この記事もまた別のろくでなしだ、聞けよ。わしを壁紙作りの仕事から追い出したのと同じろくでなしどもの入り組んだ法人の再編に関わっとる銀行や投資家が支援する二億ドルを政府が融資保証する問題について、本日の上院公聴会後、強い口調で抗議を……

——お二人とも終わりましたか？

——わしはまさに終わりだ、ワドルズ、これ以上は絶対に一口も食えん。

——そんなことはおっしゃらないでくださいね、ダンカンさん、この後、浣腸をすれば具合がよくなりますから。

——コーヒー？

——コーヒーはいけません、ジュースでしたらお持ちしますけど……

——浣腸の種類のことだぞ、ワドルズ、コーヒー浣腸、分かっとるか？コロンビアコーヒー、聞いとるのか？　ろくでなしどもの会社が置かれている多くの州で失業者が増える可能性に言及しながら、どこまで読んだかな、ここだ、ブルース上院議員は株主に迫る脅威とその高まりを強調し、現在の株価下落にともなって小規模投資家が逃げ出すことで、致命傷に近い打撃が国家にも及ぶであろうと、ろくでなしどもときたら次から次によくやるもんだ、あれは誰の言葉だ、マーク・トウェインか、政治家なんて阿呆だ、まともなやつはおらんとかいう名言*があったな？　ブルース上院議員は政府の規制によって妨げられることのない大規模な資本形成の決定的重要性を訴え、ろくでなしどもの要《かなめ》として自由企業体制に対する人々の信頼を回復することが大事であると述べた。いまだに勝つことがすべてだと信じとる連中の戯言《たわごと》だ、企業の株価収益率が高くて、株価が上がっとる間は規制緩和だの民業圧迫だの二重課税だのと騒ぎまくって、挙げ句にすべてが台無しになったときには、融資保証をしてくれって政府に泣きついてくる、そしてまたぞろ、同じことを始めるってわけだ……

——さあ始めますよ、ダンカンさん、まずは……

——何だそれは、ワドルズ。コーヒーにしろと言っただろ。

——ただのミネラルオイルですよ、嚙み付いたりしませんから、横になったまま体をそちらに向けて、力を抜いて……

——ヘイマーケット事件*以来、この国には自由企業体制なんて存在せん、大規模な資本形成を脅かしそうなものが現れた途端に、うぅっ……

——入りましたよ、後はそのままじっとしているだけです、できるだけ我慢してくださいね、はい、おしまい……

——大規模な資本形成を脅かしそうなものが現れた途端に、やつらは融資保証をしてくれってわれ先に政府に泣きつくんだ、ダベンポートの四ドルのアパートで女がちまちまとへそくりして夜に数えているチップにまで課税する、それもこれもやつらの尻、尻……

——はい、おしまい、そのままじっとしててくださいね……

——やつらの尻ぬぐいのため、本当は勝つことじゃなく、失敗がすべてなんだと知っとるのはその女だけだから、わしは、いつまで我慢できるか分からんぞ、わしは……

——その調子ですよ、もう少し辛抱してください……

——収入よりも借金が二倍の速さで増える、化学物質の値段、今日のこの記事、見たか？　人体の中にある化学物質の値段、三ドル五十セントだそうだ、以前は九十八セントと言われとった、わしが、わしはもう、そろそろ売り時かもしれん、インフレにブレーキをかけようものなら、証券市場が総、総崩れ、信用収縮で、もう無理……

——もう少しの辛抱です……

——信用収縮で大規模、大規模な流出が……

——待って、おまるを！　おまるを！　あぁ……

——気分が、何だか気分が悪い、ワドルズ……

——もう仰向けになっていいですよ、大丈夫です、シーツだけ交換させてもらいますね。

——とりあえずその、そこの新聞を取ってくれ、バストに読んでやろうと思っとった記事がある。

——バストさんは今日一日お忙しかったんですよ、ダンカンさん、そもそも目が覚めているのかどうか……

——バスト？　起きとるか？　勇敢なる四年生の話に興味があるだろ、聞けよ。今朝、文化プラザに隣接するサイクロン・セブン前で、ホットコーヒー、フランクフルト、変わり種雑貨《ノベルティ》などを売る露店業者が、プラカードを掲げてデモを行っていたMAMAの団体と衝突し、投石をともなう騒動が短時間ながら発生した。丸八日目となる現場では、疲れを見せる地元消防署員がガスバーナーを手に、勇敢なる子供を救出しようと、丸八日だと、そんな馬鹿な、今日は何曜日だ、ワドルズ。

——さあ、水曜だったかしら。ほら、足を動かしてくださいね……

——残りの新聞はどこだ、待てよ、バスト？　これなんかどうだ。最近、とある家庭に入り、住人と一緒に暮らしていたホームレスの老人が本日、危篤状態で発見された。世話をしていたのは二人の幼い子供で、数日前に転倒した老人に、メープルシロップと焼き石膏の混合物を与え続けていたものと見られる。両親が不在の理由は不明だが、近隣住民および、夫妻がともに勤務していた近くの学校の責任者から集めた情報を総合すると、夫妻はその老人を互いに相手方の父親だと勘違いしていた模様で、しばらく前から……

——ダンカンさん、早く休んでください、明かりを消しますよ、バストさんももうお休みのようですし……

——バストはなかなかの聞き上手だ、なあ、バスト、それこそが人に好かれる秘訣だぞ、アメリカ人にとっては人に好かれることがすべてだからな。わしは昔、デール・カーネギー・トレーニングを受けたことがある、そこで誰も信じるなと習った、自分自身も信じてはならん、どう思う、ろくでなしどもが自分の手足を吹き飛ばされて、国の経済まで台無しにしておいて、みんなに好かれたかっただけだって言い訳する、わしは昔カトリックだったと言っても信じてくれんだろうな？　まじめに告白したいことがあれば、こそこそとスラムに出掛けてフランシスコ修道会士に告白をする、やつらはあらゆる話を耳にするんだ、レイプ、近親相姦、家庭内での盗み、こないだの晩、自分にはチャンスがあったのにへまをしてしまったとあんたは言ったとったろう？　駄菓子屋で万引きしたとか、わしはその手の告白をした、すると修道会士が聖母マリアの名前を五回繰り返す、この前、あんたに息子の話を教えてやったが、信じとらんだろ？　あれは新聞で読んだ話だ、だから、あんたに話して聞かせた、バスト、自分に自信を持て、それだけでいい、それで行き詰まったときは、神様がもう片方の靴を落としてくれるのを待てばいい、わしらにできるのはそれだけ……

——さあ、明かりを消しますから、寝てくださいね、ダンカンさん、体を休めた方がいいですよ……

——さっさと体を治してゼーンズヴィルに戻りさえすれば……

——心配ご無用です、私たちが治して差し上げ……

——お休み、看護師さん。今のが最後のおならだ。

——お休みなさい、朝になったらまた来ますからね……そして壁のソケットの明かりが徐々に暗くなり、夜がゆっくりと降り積もった。

——バスト？　起きとるか？　バスト？　手伝ってくれんか？

——え、何です。ダンカンさん？

——見つからんのだ、手伝ってくれんか？

——はい、でも、ちょっと待って、はい。何、でも、そこに手を伸ばして、何を取ろうとしているんですか……

——ラクダが針の穴をくぐるほどじゃない。*

——は？

——隣のベッドにいる連中、あいつらの話がわしには分からん、プエルトリコ人か?

——ダンカンさん、この部屋には他に誰も……

——ビールをわしら二人で分けようか? 一緒に飲んでくれるか?

——あ、ああ、はい、でも……

——あんたは兵役に就いたことがないだろう、バスト?

——ええ、僕、はい……

——わしが壁紙作りの仕事から足を洗うのに十四年かかった、最初の給料日にディクスで徴兵された、最初は十セントをかけたさいころ賭博、ろくでなしどもがやってきて一ドル、五ドル、十ドルと賭け金を吊り上げたからわしはそれをやめて、また別のさいころ賭博を十セントで始めたら同じことが起きた、そんなことばかり続いて、気が付いたときにはわしの周りでみんながさいころ賭博をやっとった、すべてわしが始めたこと、どう思う。どう思うって訊いたんだ。

——ええ、僕、その結末は残念でしたね、でも僕は……

——いつもそうさ、バスト、決まってそうだ、人生、何があるか分かったもんじゃない、わしらがヒュルトゲンの森で過ごした最初の夜のことだ、マーティーがわしらに向かって大声で叫んだ、おまえら、ドイツ人の死体を見たくないかってな。月明かりの中、その夜は月が出とった、頭の半分が吹き飛んだ死体がズボンを下ろした格好でそこにしゃがんどった、それから五日間、わしは大便ができなかった、自分の箱を手に入れるんだぞ、バスト? 箱を手に入れろ、家に電話をして、三ドル二十八セントをもらっとけ。昼は食べたか?

——あ、ああ、はい、僕らは……

——夕食は何かな。

——あ、僕ら、僕らはさっき……

——金は持っとるか? 見せてみろ……

——ダン、ダンカンさん、看護師を呼んだ方がよさそうですね……

——今の値は三百五十、売り時だ、わしは娘を亡くした、その話はしたかな、バスト? あんたもわしも、さっさと体を治して西部に入植しよう、娘はどんな単語でも正しい綴りを覚えとった、どう思う、娘は虫垂炎の手術をしたとき、ピアノを習っとったんだ、やつらが何をやるか分かったもんじゃない、そもそも炎症を起こしとるのは娘の虫垂でさえなかったんだ。わしは娘に花嫁人形を持って行ってやった、とにかくそればかりを欲しがっとったからな、花嫁人形、娘はピアノでいつも音を外して、何度もやり直しとった、アリースのためにとかいう曲、わしが正しいメロディーを聴かせてもらうことは結局一度もなかった、音を外したり、何小節か飛ばしたりして最初からやり直し、いつかちゃんとした形で聴けると信じとった、正しいメロディーを聴かせてもらえると、うちの近所に昔、デリカテッセンがあった、アリースのデリカテッセンという店、だから曲名を覚えとるんだ、娘が弾いとる曲が今でも耳に残っとる、わしが聴きたいのはあれだけ、あれだけでいい、わしには今でも聞こえる、聞こえるだろ？　聞こえるだろ……？

——はい、ナースコールのボタンを押したのはどなた？

——僕です、看護師さん、ダンカンさんの様子が、ダンカンさんは大丈夫かなってちょっと不安になったから……

——もう寝ていいですよ、ダンカンさんのことは私に任せてください……懐中電灯の光が跳び、落ち、閉じ、白から白を探り、素早く移動し、停まり、——早く寝てくださいね、ダンカンさんが邪魔することはもうありませんから……という声が光とともに聞こえ、消え、後には暗闇と、壁に取り付けられた明かりだけが残され、やがてその明かりが朝の光で掻き消された。*

——ダンカンさん？　起きてます？　どこかの水に反射した太陽の光が天井で震えていた。——あそこの光、鼓動を打ってるのが見えますか？　あれ、僕の鼓動だと思うんです、さっきからずっと、ここに寝転がったまま見てたんですが、最初はよく分かりませんでした。別に光の正体を探ろうとしてたわけじゃないんですよ、ダンカンさん？　僕が何を怖がってるか、分かります？　じっとここに寝転がって見ていたんです、あれは僕の足元に置いてあるグラスの水に反射した光、僕はあなたがおっしゃってたことを思い出して、やる値打ちのないことはたくさんあるなあと考えてました、そして突然、何もやらないことにしたらどうだろうって思ったんです。僕はずっとそれを恐れていた、僕はずっと、自分が作らなければならない曲があると信じていたんですが、突然、それをやめたらどうなんだろう、曲を作る必要なんてないのかもしれないって思ったんです、そんなことは今まで考えたことがなかった、ひょっとしたらそんな必要はないのかもって！　ていうか、ひょっとしたら、すべてはそこが問題だったのかもしれない、僕がこんなことになったのもひょっとしてそれが原因なのかも、いろいろと考えてたんです、あなたもおっしゃってましたよね、みんなただ、ただ、やる値打ちがあるみたいに勝手に思い込んで目の前のことをこなしているんだ、そうでなければ、何もやらないっていう話、そう思わなければ何もやり遂げることができない、そうでなければ今の自分はいないって、ダンカンさん？　どこだ、看護師さん？　ワダムズさん、そこにいるのはワダムズさん……？

——お二人とも、まだお顔も洗ってないんですか？

——ええ、でも、ダンカンさん、ダンカンさんはまだ眠っているんだと思います、昨日の夜は、具合が悪そうだったので看護師さんを呼びましたけど……

——ダンカンさん……？

——今、いろいろ話していたところなんです、僕が、待って、どうしてカーテンを閉めてるんですか……

——ジョー？　そこの車椅子をこっちに持ってきてくれる？

——待って、どこに連れて行くんです、起きてるんですか？　ダンカンさん？　今思い出したんですけど、病院にピアノはありませんか、ワダムズさん？　娘さんが以前、弾いてくれたっていう例の曲、ちゃんとした形では一度も聴いたことがないっておっしゃってましたよね？　それ、多分、僕の知ってる曲だから……

――いえ、こっちよ、ジョー、バストさんをサンルームにお連れして、いいですか、バストさん？

――ええ、ええ、いいですよ、はい、でも、朝食がまだ終わってません、ていうか、何か……

――サンルームの方に何かお持ちします、足を下ろしてください、いいですよ、お友達のコーエンさんからお電話がありました、従姉さんをこちらに連れてくるそうです、旦那さんが集中治療室にいらっしゃる方、ほら、後ろに下がって、そうそう、いいですよ、しっかり後ろにもたれてくださいね、ふらふらする感じはありませんか？

――大丈夫、はい、大丈夫です、でも何、待って、待って、ダンカンさんは起きてます？　娘さんが昔練習していたっていう曲のことを話したいんですけど、ダンカンさん？　それって多分、僕の知っている曲です、後で弾いてあげますよ、多分それはベートーベンのピアノ曲で、エリーゼ……

――さっさと行って、ジョー、急いで……彼女は二人の後を追い、――そしてすぐに戻ってきて……しかし彼女は扉を出たところで立ち止まり、ティッシュを手に取ってから廊下の先に向かった。――先生《ドクター》はまだお見えになってない？

――え、何かあった。

――三一九号室の患者が亡くなってるのに夜勤の人が放りっぱなし、今、忙しい？

――私の担当は三一一号室のオペ前患者、これがまたたちの悪い老人で……

――私と交代してくれない？

――え、三一九号室と？　うん、何か……

――私、とにかく、いいところもある人たちよ……

――心配ご無用、でも、三一一号室の患者はどう転んでも好きになれない人よ、気を付けて、私が聞いた話だと、この病院の理事の一人らしいけど……

――ありがとう……彼女は扉の前で立ち止まってティッシュ*を使ってから、扉に体重を掛けた。――おはようございます、そろそろ準備は……

――ここに電話を二つ設置するように言ったはずだが、どうなっとる。

――電話ならベッドの脇、そこに一つありますけど、もしも……

――外に直接つながる電話を二台設置しろと言ったはずだ、交換台といちいちやり取りしとったら、それだけで半日が無駄になる……

――わけの分からないことを言うのはよしなさい、ジョン、入院と言ったってプラグを交換するだけのことでしょ、看護師さん、あたし、受付の人にバナンクスを持ってくるように言ったんだけど、どこ。

――さあ、奥様、私は何も……

――ここは病院じゃないの？　病院なのに薬がないわけ？

――いえ、奥様、病院だからといって、医師の処方なしにお見舞い《ビジター》の方に薬をお出しするわけには……

――ビジター！　外来《ビジター》だって診察するでしょ、薬は誰が出すの、薬が出せないなら引っ込んでなさい、インプラント手術は誰の担当、ハンドラー？　ハンドラー医師を呼んでちょうだい……

――畜生、ゾウナ、騒ぐのなら自分で別に病室を取れ、ビートンは一体どこにおるんだ、三分前には来てないとおかしいはずなのに。

――巻き爪で病院に個室を取るなんてごめんだわ、ここには三年前、子宮卵管X線撮影で来たけど、そのときも部屋が気に入らなくて、汚い緑色の壁を塗り直させて、カーテンを自前に換えて、ぞっとする調度を取っ払うまで目をつむってた、見てこの椅子、まるでおまるに座ってるみたいな感触。

――たしかに見た目もおまるだな、ゾウナ、どばっと来るのを待っとるみたいだ、おい、何か用か。

――そろそろガウンに着替えていただけますか、私たち……

――先にくそシャツを脱がんとガウンが着られんだろ？　ほら、そこの、来たか、ビートン？　このシャツはクローゼットに掛けておけ、それからここの責任者を捕まえろ、名前は何だったかな、それで電話を二つ設置させろ、そこの若い女、わしに手を貸せ、くそ機械を埋め込むために一日を無駄にしたのに、今度はそれを取り替えるためにまた一日が無駄、この会社のことを調べておくように言ってあったな、ビートン、ブルースが例の研究プロジェクトについて公聴会をやっとるはず、もしもプロジェクトがこの機械並みに役立たずなようなら、あそこの会社はおもちゃ作りだけを続けておればよかったんだ、おい、おまえ《ガール》、手を離せ！

――調査はいたしました、はい、あれはまったく荒唐無稽……

――昔懐かしラガディ・アンディのお人形みたいな体だこと、あの会社が作り続けているのは今でもおもちゃよ、あなたは何を勘違いしてるの、ガウンを着るのを手伝ってやりなさい、ビートン、あの会社が作ったおもちゃの心臓が何て言ってるか、ちょっと聞かせてもらおうかしら……

――ゾウナ、畜生、黙れ、わしはそんなことを訊いたんじゃない、ビートン、調べて何が分かったかを訊いたんだ、この靴を脱がせてくれんか？

――はい、かしこまりました、今は上院議員の事務所関係者からの電話を待っているところです、その人物は遠隔移動《テレトラベル》実験のオブザーバーとしてテキサス州の研究所に派遣されていて……

——気を付けろ、畜生！　靴と一緒に足までもげるだろ……

——はい、申し訳ございません、その男の話によりますと、現地でプロジェクトのトラブル処理に当たっていたＪＲ親会社の人事部長が今日の午前中に、実用性に関する予備評価に参加する予定となっていて……

——哀れな男、そいつはどこに送られる。

——あの会社は電話会社から中継回線を借り上げています、受信地点はメイン州*のどこかですが詳細は明かされていません、おそらく陸軍基地かと思われます、会社の研究チームの責任者はシステムの長距離移送能力を最初の段階から示しておきたいと息巻いていて……

——わしが新聞で読んだ話では、フリジコム計画とよく似た曲芸じゃないか、あのときは国防総省に環境影響評価を書かせて、漁師どもを黙らせたんだ、車のクラクション程度で試しておけばいいものを、くそ面倒な曲をいきなり使ったりするもんだから……

——そうです、はい、私もそう指摘しました、委員会が聞かされているのも責任者の説明だけで……

——向こうでその責任者に会ってこいと言っただろ？　ちゃんと本人の口から、おい、この靴はクローゼットにしまっておけ……

——承知しました、実は偶然本人に会ったんです、上院議員会館のトイレで一緒になりまして、私のズボンに小便を、彼は顔に包帯を巻いていたので前が見にくかったのだと思いますが、短い会話をしている間にズボンをびしょ濡れにされました、率直に申し上げて、あの男が正気でないことは間違いありません、ケーブルを使って人間を転送するというアイデアも荒唐無稽としか……

——むしろ少しばかりプライドに小便をかけられたんじゃないのか、ビートン、畜生、おまえもわしと同じく科学者なわけじゃない、テレビだって何年か前までなら荒唐無稽に思えたはずだが、今となっては決して手放すことができん、カラーテレビを観たことはあるか？　次から次に阿呆どもが大声でわめく姿がカラーで千マイル先まで送られておる、それならいっそ、阿呆本人を遠くまで送ることができても不思議はあるまい。

——それはそうかもしれませんが、しかし……

——昔はちゃんとした人たちが旅をして、阿呆どもはじっとしとったものだが、今では誰も旅をせん、わしもベレンガリア号がなくなってからはどこへも出掛けておらん、ほら、これもクローゼットに掛けておけ。今ではちゃんとした人たちはじっとしておって、阿呆と下働きの連中ばかりが荷物みたいに使い走りをやらされる、どこへ向かわされとるのかも知らず、どこから来たのかさえ分かっとらん、そういうやつらを歩兵連隊みたいに一列に並ばせて、電信で送ってみるがいい、本人たちも違いに気付きはせんだろう、会社再編の間、様子を見るのは無料《ただ》だ、ダイヤモンド・ケーブル社がこれにどう関係してくるか分かるか？　やつらがダイヤモンド社に目を付けたのは、わしが株式公開買付を急いどるのが原因らしい、このプロジェクトが何らかの成果を得たら、わしらは反トラスト法に引っ掛かるから、もどかしい状況で立ち往生させられることになる、さっきの若い娘はどこへ行った。

――あたしのバナンクスを取りに行ったわ、何の役にも立たないビートンはここに座ったまま……

――いえ、奥様、薬ならお持ちしています、少々お待ちを、この中に……

――じゃあ、さっさとよこしなさいよ、そんなところに突っ立ってぼーっと……

――畜生、ゾウナ、ビートンはおまえの世話係じゃないぞ、今朝はここまで誰に連れてきてもらったんだ、ここなら誰にも邪魔されることはないと思っとったのに……

――今日はビートンに連れてきてもらったの、これを開けて、ビートン。

――ビートン、今後はどこか別の場所で薬をただでもらうようにそこの女に言っておけ、ブーディの後見人としてその女が握っとったダイヤモンド社の二十万株、あれはもう自由になったからな、わしも今後、その女のわがままをいちいち聞く必要は……

――わけの分からないことを言うのはよせってそこの男に言ってやりなさい、ビートン、自由になったって一体どういう意味なのかしら。

――言葉通りの意味さ、そこの女はブーディのことを何と呼んどったかな、イングランド銀行だったか？　どこもかしこも法律がぐだぐだになっとる、おかげで、十八歳のガキどもまで何でもできるようになった、裁判やら投票やら契約やら、ブーディもどこぞの黒人と結婚するそうだ、おまえもいかさま弁護士を探しておけよ、この靴下をさっさと脱がせろ、ビートン、だからゴシップ記事には注意しろと言っておいたんだ、これもダイヤモンド社を買収するための罠かもしれん、それか、もっとあからさまな貪欲さから来た行動なのかもな、あいつ、名前は何だったかな、バストか？　あれは黒人だろ？

――それは違うと思います、彼らの活動が初めて私どもの目をひいたとき、新聞に掲載されていた写真の画質が悪かったためにそのような誤解が生まれたのでしょうが……

――黒人だろうが白人だろうが、例の二十万株以外の目的でブーディと結婚するやつはおらん、そうだろ？　あの娘に手を出せる距離まで近づいた男なら誰でも……

――ビートン、あの株の匂いを嗅ぎたかったら私の尻にキスをすればいいってそこの男に言ってやって、右と左、両方の尻にね、ブーディは施設に委ねるんだって言ってやって、書類はもう作ってあって、後はユードが署名すれば……

――今週の土曜が葬式だろ、どうやって死人から署名をもらうんだってそこの女に訊いてやれ、昨日の新聞に載っとったわ、奥さんと娘さんがスコッチを飲んどる姿がな、遺産税のことを考えたら恐ろしくて、飲まずにはいられないと……

――早く、言ってやりなさい、ビートン。

――はい、奥様、書類は先週作成いたしました、知事、ユード判事の署名はいただいてありまして、同じ日の午後に判事は……

――失礼します、後ろにもたれていただけますか、そして腕を……

――看護師さん、水をちょうだい。

――畜生、ゾウナ、看護師はおまえの世話係じゃ……

――看護師さん、どうしてその男《ひと》にラジオをくくりつけてるの、どこかに出掛けるわけでもあるまいし、それより水をちょうだい。

――これは体外ペースメーカーです、奥様、手術の間……

――身の回りのことを何から何までやってもらわないと気が済まんのか、畜生、ゾウナ、例の黒人娘はどうした、ここは病院だぞ……

――あたしだって知りたいわ、あの娘《こ》はどこなの、ビートン、水をちょうだい。

――デレセレアはまだ刑務所で……

――刑務所で何をしてるの、売春してたわけじゃないことはあんたが証明したんじゃないの？　あの娘は道順を訊いてただけだと証明できるって言ってたじゃない、わざわざ市バスの変な停留所標識を法廷に持ち込んだって、あの娘は刑務所で一体何を？

――彼女は念入りな医学的検査を受けて、社会復帰のための訓練中です、美容師のトレーニングも受けて、ヘアカットや爪の手入れを入所者同士でやったり、シャワーを浴びたり、テレビを観たり……

――一体どういうつもり、あたしは明日十二時にランチの約束があるのよ！

――そのことは私からも伝えました、はい、奥様、するとその途端に態度を変えて、有罪を認めると言いだしたのです、彼女は……

――何てこと、何て恩知らずなの、ほら、よこしなさい、こぼしそうじゃないの、まったく何を考えてるのかしら、どうせ何も考えてないけど、ヴィーダのところの娘も昨日の夜はひどかった、もう少しでパーティーが台無しに……

――ヴィーダの開くパーティーなんて最初からろくなもんじゃない、大いなる無駄遣い……

――あんたは目の前でヴィーダの娘が倒れても、ただ突っ立ってただけのくせに、ヴィーダが持ってた最高級クリスタルのグラスも床で粉々、世話焼きな人が警察に電話をしたら、絶対に動かさないようにって言われて、結局、テーブルクロスを掛けられた格好で検視官が来るまで……

――クリスタルのグラスにはどうせ保険が掛けてあったんだ

ろ？　何かが床に落ちる音は聞こえた気がした、ちょうどハンドラーとしゃべっていたときだ、今日の手術はあいつが担当だからな、そうだろ、看護師？　ついでに手術台に上がったときにあいつと相談したいことがあるんだが……

――埋め込み《インプラント》手術ですか？　はい、でも、その前に注射をしますから、手術台で話をするのは……

――じゃあ、ビートン、おまえに任せる、ハンドラーは今困っとるらしい、税金対策に赤字企業を探しとったら、クローリーに『エンジェルズ・イースト』という芝居を後援するように勧められたという話だ、出来が悪くて一晩で打ち切りになるのは確実と見られとったのに、いざ開けてみたら、チケットは売り切れ、上演は当分続きそうだ、あの劇場は消防法や衛生法、労働組合や契約で何かのずるをしとるに違いない、わしの知らん連中だが、悪党か阿呆か、その両方だな、昨日の夜もネクタイさえ締めとらん野郎がヴィーダの屋敷でわしに噛み付いてきた、連打《パウンド》が反発やら拒絶やらに遭って、大衆が離れたとかいう話、何のことかと思ったら、どこぞの死んだ詩人*の話だった、そいつはどうにか屋敷から追い出してやった、ただ酒をちょっと飲んだくらいでヴィーダの悪口だぞ、おたくの旦那は文学を裏切った、この前から話に出とるやつらの側に寝返ったってな、あの銀行はダンカン株の管財人になっとるだろ、わしはそんな話は全然聞いとらんぞ、銀行は一体どうやってダンカンの株を手に入れたんだ。

――私が集めた情報によりますと、彼らはトライアングル製紙を買収する際、不良債権を抱えたまったく別のダンカン社を利用したようです、そちらのダンカン社はオハイオにある壁紙製造業者でして、会社の名前が似ているせいで取り違えがあったものと……

――話が逆だな、わしには分かるぞ、壁紙というのはいい業種だ、予算が組める、どんなに品のない柄でも関係がない、モーテルの部屋とか、どれだけ壁紙が売れると思う、本なんて占い師でもいなけりゃ予算の見込みが立たん、売れん九冊を救う一冊が現れるのをじっと待つだけ、そんなものがビジネスと呼べるか？

――はい、実は、たくさんの出版目録と教科書を抱えるダンカン出版の実権を彼らが握った主たる目的はどうやら、それらを広告に利用しようと……

――安物ペーパーバックなんて五十万部刷ったって三十万部はそのまま断裁した方が早いくらいだ、だからわしは出版業界が好かん、ただの無駄、売り上げに対するコストが計算できん、未知の要素が多すぎて無駄ばかりだ……

――はい、知事、彼らはまず原価要素の重要性を削りました、無駄になる分は回収不能勘定にした上で、出版業界の伝統的な慣習を無視して、抱えているタイトルのすべてを広告素材に利用するという暴挙に……

――広告を出すのは当たり前だろう、広告を出さずにどうやって物を売るんだ。

――いえ、本の中にということです、本そのものの中に広告を入れるんです、教科書とか小説とかに広告欄が入る、いちばんいいスペースは自分のところの子会社の広告、でも、ほとんどは品のない広告、私が方々から集めた情報によりますと、びっくりするような広告掲載代金です、それが、いえ、失礼、ブリーフケースに資料が入っているのですが、はい、これです、それによって出版界、特に教科書業界に激震が走っておりまして、著名な執筆者などを含めて非常に激しい反発が起きています、中には……

――何かにつけていつでも反対反対と言っとる連中だ、作家なんてそんなやつらばかり、やつらさえ騒がなければ世界は平和にビジネスを続けられるってもんだ、あの会社がやらなければいつか別の会社がやるだけのこと、これは何の数字だ、わしは眼鏡を持ってきとらんぞ……

――そちらは、あ、はい、それはあの会社が出版する予定の子供向け百科事典になります、予約販売は非常に順調なのですが、不正確な記述が多いということで、著名な学者が何人か、販売中止を呼び掛ける事態に……

――編集に関するおまえの意見など訊いとらんぞ、ビートン、これは何の数字かと訊いたんだ。

――こちらの数字が初期事業費ですが、およそ三十三万ドル、販売促進費が二十六万六千、印刷製本が六万六千、そして、はい、リサーチと編集の費用が六百六十ドルです、はい、これでは当然ながら……

――ビートン、それは何、そこの雑誌、こっちによこしなさい。

――どこの、あ、これですね、奥様、はい、こちらは彼らが出している雑誌、『彼女《シー》』です、以前『彼女《ハー》』と呼ばれていた雑誌を彼らが買収して、名前を……

――そんなところに突っ立ってぐだぐだ言ってないで、さっさとよこしなさい、表紙に写っている女はエミリーみたいね。

――おい、わしにも見せろ、ずいぶん安っぽいことに目をつぶればたしかにエイミーに似とるが……

――安っぽくて冷たい感じの女、ちょっとやそっとじゃ……

――こちらはカッツさんのお部屋ですか？

――そいつは何の用だ。

――あなたがカッツさん？

――カッツさんって何だ、そいつをここからつまみ出せ。

――お待ちください、名前をもう一度お願いします、誰に……

――三一一号室、注文があったんで電話の取り付けに来ました、名前はここにある通り、ｃａｔｅｓ。カッツ。

――どうぞお入りください、はい、手早く取り付けをお願いします……

――電話はこっちだ、畜生！ 足でしゃべると思っとるのか？　つまらん百科事典が一つ増えることで何かが変わると思うか、ビートン？　その阿呆、ダンカン出版の販売部長、名前は何だ、そいつはダンカンを辞めて、自分の会社を作ったんじゃなかったのか？

――スキナーのことですね、はい、たしかにそうなのですが……

――スキナー映画《フリックス》、それが会社の名前よ、スキナー映画《フリックス》、何を作る会社だと思ってるの、靴紐を作るとでも？　映画を作ってるのよ、『二人のセクシーガール』、ヴィーダのかかりつけの精神科医が……

――その会社が何を作ろうとわしの知ったことじゃない、ゾウナ、黙っておれ、どうしてその連中がこの問題に関わっとるのかを訊きたいだけだ。

――眼鏡を掛けた豚みたいな小男が昨日の夜、名刺を配って回ってた、女物の下着を扱ってるそうよ、あの男が精神科医の役を……

――畜生、ゾウナ、黙れ！　株式《ストック》オプションをもらって、出版社を立ち上げたんじゃないのか、ビートン？　どうしてそれが映画会社に……

――もともとはそうなのです、はい、Ｄ＆Ｓ社の子会社ということで、ところが、業界誌の記事によりますと、スキナーの新会社から出版された小説、『愛国の血』という西部小説なのですが、それが『神の拳銃』*というタイトルで別の会社から出版されていることが判明したのです、同じ作家が別のペンネームを使って出版したもので、そちらは今、ある映画の製作者から盗作で訴えられておりまして、映画の方のタイトルはダーティー……

――噂のことなど訊いとらん、わしが訊いたのはどうしてその連中がこの問題に関わっとるのかだ！

――はい、スキナーはＤ＆Ｓ社のオプションを行使するために、別会社の株を担保に借り入れをしておりまして、ローンの返済が滞った結果、彼らが担保を取り上げてオプションを行使、そしてスキナーは実権を失って……

――おまえから何かを聞き出そうと思ったら、いちいち歯を抜くみたいに大変だな、担保に使った別会社の株って何だ。

――おそらくそれはゼネラルロール社という会社の五株です、アストリアにある小さな会社で、会社が作っているのは……

――紙の人形《ペーパードール》を作っていようがそんなことはどうでもいい、しばらく前にゼネラルロール社が遺産税代わりに収めた二十株もそれと同じ連中が手に入れたはずだ、おまえはここにぼーっと座って、壁紙やつまらん百科事典の話をしとるが、あいつらは最初からずっとこれを狙っとったんじゃないのか、身内だけで株を握っとった会社、二十五株も持ったら実権を握るかもしれんだろ、そんなに難しい理屈か、ビートン？

――ええ、はい、いえ、しかし、そこはあくまで小さな会社で……

——たとえおまえの親指ほどしかない小さな会社だとしても、そんなことは関係ない、あの会社は昔からＪＭＩと特許権を争っとる、おまえは法律雑誌を読まんのか？　ダラスの担保取引でスタンパーがＪＭＩ株を手に入れたのは何のためだと思っとる、中古のジュークボックスを百万台欲しがっとるのだとでも？　ＪＭＩを握れば、パンチカード産業を手に入れたも同然、おい、そこの娘、そこのプラグを差せ、ビートン、ダイヤモンド・ケーブル社の株価を調べろ。

——はい、でもそれは、看護師さん、それは何……

——モニターです、患者さんの心臓の動きを確認するためのモニターで、ペースメーカーの動作を……

——クォートロンを設置しろと言ったはずだ、あれはどうなった。

——クォー、何ですって？

——クォートロンだ、畜生、クォートロンも知らんのか……

——現在の株価が分かる装置なんです、看護師さん、それをここに設置することに……

——小さいテレビみたいなやつですか？　それなら廊下にありますよ、モニターと干渉するかもしれないから使わないようにって言われたんです、さあ、横になってじっとしててくださいね。

——何だと、株価も分からんままこんなところに寝転がってろってか、おまえがここに来る前、ダウ平均はいくらだった、ビートン？

——二百八十です、今日も市場が開いた途端、また売りが殺到しているようですが……

——二百八十、まったく、まさにお買い得のチャンス、痛《いた》！

——小さな針ですから、じっとしててください……

——もしもし、オペレーター、今、回線開通の確認をしているんですが……

——今回の手術は患者様の年齢のこともあって、あくまで念のためでして、もしもペースメーカーに不具合がありましたら困りますので……

——だからこのゼネラルロール社のことをよく調べておけ、聞いとるか、ビートン？　身内だけで株を持っとる会社にはありがちなことだ、株が四方八方に分かれてしまって、株主どもが互いに首を切り付け合う、この二十五株のせいできっとそうなるだろう、審問官の発言が出るまでにはっきりさせておけ、スタンパーはＪＭＩに勝算があると見とったようだが、わしらはＪＭＩが勝ってもゼネラルロール社が勝ってもいいように……

——この写真はエミリーとは全然違う、これはとんでもない女、看護師、あれは何の臭《にお》い。

——分かったのか、ビートン？

——ある程度、はい、ある程度までは、はい、しかし、ＪＭＩ側にいるスタンパー夫人の協力はいかにして得ましょうか、夫人はここのところ非常に喧嘩腰で……

――あの女がそんなことを知る必要はない、そうだろ？　ダラスの担保取引はクローリーがやったこと、仲買人名義でＪＭＩの株を買ったんじゃないのか？

――ええ、そうですが……

――ブリーフケースをどかしていただけますか、患者様が急に動いたときに……

――脇腹肉で困っとるクローリーをわしらが救おうとしたときにあいつが銀行との取引で担保にした、他の仲買人名義の株に混じっとるはずだ、そこの若い女、何をしとる、電話はどこだ、モンティにはここにすぐ電話するように言ってあったはずなのに……

――それはさっき運ばれてきた荷物よ、看護師、開けてちょうだい。

――プッシュ方式のトリムラインの電話にしましょうか、カッツさん？　色はアンチーク風のベージュ、アクア……

――アンチークだと、まったく、そんなところに突っ立ってくだらん質問ばかりしおって、さっさとくそ電話を取り付ければいいんだ！

――ちゃんとお客さんに確認を取るというのが会社の決まりで……

――あの、どれでもいいですからさっさと取り付けてください、いちばん早く取り付けられるやつでいいです。でもって話の続きですが、遺産担当の弁護士が帳簿の提出を求めていて、スタンパー夫人は……

――こちらは患者様宛に届いた熟成チーズです、臭いがかなり……

――何も知らないのね、スティルトンチーズよ、送り主は誰。

――送ったのは私です、奥様、知事の好物だということは存じ上げておりますので……

――患者様は今、お召し上がりにはなれませんよ、これから……

――あたしは食べてもいいわよね、看護師？　皿を持ってきて。

――広域電話サービスの設置です、オペレーターさん？　認可番号は三、五、九、七……

――ナイフと皿を持ってきてって言ったでしょ！

――まったく、誰かこいつにスプーンを持ってきてやれ、それと水差しごと水を、ビートン？　わしは会計検査官の報告が聞きたい、わしが手術台に上がるまでに全部片付けておけ、聞いとるか？

――広域電話サービスです、オペレーターさん、契約者の名前はカッツ、綴りはｃ、ａ……

――ビートン！

――じっと横になっていてくださるように患者様に言っていただけますか、興奮しすぎると……

——かしこまりました、先ほど私が申し上げようとしたのは、スタンパー夫人が今後、裁判に訴える兆候があるという……

——勝手に訴えさせておけ、離婚の方も裁判になっとるんだろう？　スタンパーの阿呆は結婚六か月であの女に言ったんだと、おまえはどうするか知らんが俺は釣りに行くって、そのままインド洋にお出掛け、そうしたらあの女は書き置きを残して家を出た、あなたはどうするか知りませんけど私は離婚しますって、クローリー相手に裁判をやりたいならやらせればいい、どれだけ蕪《かぶ》を絞ったって血なんて一滴も出やせんのだ、弁護士どもは利口だから、どうにか引き留めるだろう、そうしているうちに国立公園利用計画は実現する、百万頭のシマウマが駆け回るだけの馬鹿な映画、環境保護活動に見えるようにうまく偽装した計画、クローリーは阿呆だから自分でも計画を信じ込んどったようだ、新しい法案についてフランク・ブラックに電話するように言ってあったよな？

——はい、しかし、彼は現在、ロビイストとして司法省に登録するよう消費者団体から強く迫られているところですので、その件は少し時間を置いてからになさった方がよいかと、せめてX－Lリトグラフの問題が決着するまで……

——連中がアメリカ全土を乗っ取るまで待てと言うのか？まったく、ビートン、おまえもずいぶん間が抜けてきたな、消費者団体というのは物を買うやつらのこと、何も買わない連中は消費者とは言わん、市場経済ってものを何だと思っとるんだ、そいつらにはもう一度ちゃんと法律に目を通せと言ってやれ、第三百八十条、あいつをロビイストにする必要はない、わしらはロビー活動費も支払っておらん、そうだろ？　あいつに支払っとるのは法律相談の依頼料、X－Lリトグラフの上訴請求を何だと思っとるんだ、ティーパーティーだとでも？　公害訴訟で損害と訴訟費用の三倍の罰金、ムーニー何とかという酔っ払い野郎、あいつは抗弁にも現れんかった、下級審判決を破棄させろとフランク・ブラックには言ってある、同意判決*を引き出せってな、おまえも弁護士だろ、何のための弁護士だ？

——それはそうですが……

——毎度そのですがばっかりだな、とにかくやつに連絡を取れ、聞いとるのか？　新しい下院法案さえ通れば、スタンパーたちがまとめたガスパイプライン合弁企業に反対する環境保護団体の戯言の司法審査を阻止できる、アスラカ社が出してきたオファーを早くこちらも受け入れないと、やつらがつまらん爆破実験をやったせいで感傷的な連中がお漏らししとるからな、あの若い女にハンカチを持ってこさせろ、さっき電話の取り付けをしとった猿はどこへ行った……

——ベッドの下です、私の考えでは多分、彼は……

——おまえの考えなど訊いとらん、さっさと電話を取り付けさせろ、おまえがさっきから振り回しとる書類は何だ。

——はい、JR社について会計検査官の報告書が見たいとおっしゃっていたので……

——時間は無駄にできん、いますぐ全部読んで聞かせろ、ちゃんと数字が整理できたのかどうかが知りたい、銀行で聞いた話では、こんないい加減な会計処理は見たことがないということだった、社長自身が二回に一回はくそ小数点の位置を二つ間違うようなざまだ、証券取引委員会《SEC》はちゃんとやつを詐欺で押さえとるんだろうな。

——いえ、私が理解するところでは、会社側が意図的に数字をごまかしたという証拠は見つからなかったようです、というのも、自社に不利な間違いが有利な間違いと同じくらい混じっていて、よくある不正会計の手法とは全然……

——会社に会計士はおったんだろう?

——はい、しかし、どうやらこの規模の取引は経験したことがないらしく、ただ、会社の広報を担当していたポメランス共同事務所所長の義理の弟というだけの理由で雇われたようです、その広告代理店もJR社顧問弁護士のピスカターの弟がやっている会社になります、ポメランス共同事務所は今、JR社に対して多額の債務履行を求めて裁判を起こしていて、兄であるピスカターがポメランスの弁護を担当しているので、事態は非常に……

——くそ噂話を聞かせろなどとは言っとらんぞ、ビートン、そんな話は適当にあしらっとけ、これは一体何だ、薄っぺらいティッシュ、洟をかんだら穴が開く、わしはハンカチをよこせと言っただろ？　そのコートにちゃんとしたリネンのハンカチが入っとる、そこの若い女、例の株主宛の手紙を持ってこいと言ってあったな、今日投函予定の手紙、まだできとらんのか？

——最終原稿がこちらにございます、お読みに……

——噂話で時間を無駄にするな、さっさと読んで聞かせろ。

——看護師、カッツさんのことは放っておいて、あたしにクラッカーを持ってきて。

——広域電話サービスが開通した、オペレーターさん、試しにつないでもらいたいんだけど、あ、やあ、ドリスか？

——ビートン、何をもたもたしとる。

——はい。JR社と主たる債権者を集めた金融合弁企業との間で、社の負債および資本再構成に関する原則的な合意がなされ……

——そこは知っとる、次の条項に進め。

——よお、おまえ、長距離電話の担当じゃなかったっけ……

——貴殿の会社の新経営陣は……

——畜生、ビートン、ベッドの下におるやつは何をやっとる。

——カッツって、今、ここのベッドで寝てる男のことか、ワシントンから電話が……

——ビートン！

——ほら、電話をこっちに！　もしもし……？　はい、知事は今……私はビートンです、はい、知事はこちらにいらっしゃいます。モンクリーフ様からです、先方は今……

——受話器をわしの耳に当てろ、畜生！　それじゃあ聞こえんだろ？　モンティ……？　いや、そっちはちゃんと机の中を片付けたんだろうな……？　いや、あと何分かしたら手術だ、ここにはビートンがおる、畜生、もっと近づけろ、ハンカチが遠いと洟がかめんだろ？　え……？　ここには今ビートンがおる、ブルースに連絡を取ろうとしとるところだ、あいつは債務保証だけのことに何を手間取っとるんだ、さっさと……わしはまだ聞いとらん、ケーブルを使った転送計画の件は報告を待っとるところだ、もしも何か成果が得られたら、ダイヤモンド・ケーブル社の株式公開買付を……問題はないだろう、ゾウナならここにおる、五ポンド*もあるスティルトンチーズをいつものように優雅にお召し上がりになっとるよ、ブーディの件はちゃんと手が打ってあるそうだ、ちょっと待ってろ、ビートン？　わしは書類を読むのをやめろと言ったか？　やめろと言われない限りは読み続けろ、聞いとるのか？　モンティ……？

――はい、新経営陣は、直ちに破産処理をして会社を解散する代わりに、破産法の第十一条に基づいて債権者との話し合いを求めることを提案いたしました。第十一条に基づく手続きにおいては、債務者である会社は資産を保有し、事業を継続しながら……

――そんな話は全部新聞で読んだ、モンティ、くだらん戯言だ、今までインタビューは一度もさせとらんのだろう、今さらインタビューを受ける理由はない、小物の政治家をいじめることが得意なやつらだ、新しいスキャンダルが見つからなければ、古いスキャンダルを蒸し返してきやがる、先週、やつらがわしについて書いた記事を見たか？　タイフォン社とピティアン社との設備管理契約を取り上げて、同じ顔ぶれが両方の役員を兼任しとると書き立てやがった、百年も歴史をさかのぼってビタールート・ストライキ*の話を蒸し返しとった、何でもかんでも持ち出す左翼マスコミめ、スマルト鉱契約のためにおまえが辞職しようとしとると思わせる印象操作だ、契約は契約、何の文句がある、こっちは何も後ろ暗いところはないことをはっきりさせようとしとるだけ、わしらが向こうに建てた精錬所、余剰資産としてタイフォン社に売り戻すことになった、今頃は馬鹿な戦争をやめて工場も操業を始めとるはず、あの国は企業城下町みたいなものだ、労働力は隣の……え？　隣の国、ああ、マルウィから流れてきとる、いっそのことマルウィを併合してしまえとわしはブラウフィンガーに言ったんだ、そうすれば……いや、いや、そうすればゾウナも助かると言おうとしただけだ、ゾウナが家の前に車を停めるのにマルウィの車が邪魔になると言っとるからな、いちばん簡単な解決だろ、ちょっと待ってろ、それは何だ、ビートン？

――JR社の普通株と九パーセントの劣後転換社債*との引き換えを停止いたします。これまでに発行した有価証券は、社が条件を満たさなくなったために上場廃止され……

――モンティ？　今ここでビートンが債務再構成の話をしとったせいで、ちょっとおまえの話を聞いてなかった、畜生、ビートン、受話器を耳に近づけろ、顎に耳があると思っとるのか？　何だって……？　併合、さっさとマルウィを……一体どうしてそんなことになった、抵抗はないと言っとったはずだ、あの国の連中はパチンコさえ持っとらんとブラウフィンガーは言っとった、だからマルウィの連中がウアソ軍に抵抗するはずは……え、まったく……え、まったく、大量殺……え？　哀れなやつらだ、そんなものをどこで……本物だと思ったって？　そもそもどこで仕入れたんだ、そんな馬鹿な話は今まで聞いたことが……知らん、畜生、こうなればアンゴラかどこか、別の国から労働力を持ってくるしかないだろう、ちょっと待ってろ、今度は何の用だ。

——ここにサインをお願いできますか、カッツさん？

——ああ、ああ、こっちにください、私がサインします。はい。その日……

——モンティ？　この電話はまさか盗聴されとらんだろうな……

——九パーセント劣後転換社債に適用される管財人となるシティー・ナショナル銀行はデフォルトを宣言し、未払い元本残高の支払いを要求するとともに、未払いの利息を……

——醸造所の上流のどこかに鉱床があると思っとったわ、そこからコバルトが流れ出して、ビールの泡立ちがよくなっとるんだ、あの阿呆ども、鉱物減耗控除の手続きなんぞするから手の内が丸分かりだ……それは分かっとる、だが、わざわざ大声で触れ回る必要はないだろう？　タイフォン社の契約のことだけでおまえはつるし上げられとる、すべての根っこにあるのはコバルト備蓄の話だ、そんなことを口に出したら、またぞろ左翼新聞が……辞表が効力を持つのは明日以降だろ？　辞職前に手当たり次第、書類に極秘のスタンプを押してしまえ。絶対に……経営陣か、いいや、わしは全然知らん、経営は順調だったようだ、おそらく資本金を増やそうとしたのが原因だろう、ちょっと待ってろ、ビートン？　醸造所売却に関する条項は？

——はい、次の条項になります……

——じゃあ、さっさと読め。

——はい。ワンダー醸造は平常通りの操業を続けております。JR社はこの子会社の売却について既に何件か、問い合わせをいただいています。第十一条に基づく処理ということで、細かな点で困難はあるものの、特に大きな問題は……

——その条項は削除しろ。モンティ……？　いや、とりあえず放っておけ……わざわざおまえが手出しをしなくていい、うむ、そいつは銃を持って醸造所の周辺で警官を追い回して逮捕されたんだろ、今は放っておけばいい、ブルースが債務保証の件を確定させたら、パイプライン会社に売却する計画と絡めて利用価値が出てくるかもしれんからな……スタンパーが死ぬ前にしとった元のオファーを受け入れるんだ、そう、アルバータ・ウェスタンの土地の採鉱権……どれだけ安かろうとかまわん、誠実なオファーであることは間違いないだろ？　まさかわしらが……あいつの会社は既に研究、調査、聞き取り、環境影響評価、環境団体との訴訟に四千万ドルを費やしとる、それなのにパイプはまだ一インチも敷けてないんだぞ……一セントの支払いまで金融企業連合が保証しとるからだ、アスラカ社も丸ごとやつらに売ってしまえ、あの会社に言うことを聞かせ続けるにはそれしかない……証券取引委員会《SEC》だと、どうして証券取引委員会が邪魔をするんだ、ＪＲ親会社の資本再構成をする、債権者を説得する、株主を救う、そのためには資本金を集めないといかんだろう？　キャッシュフローレベルの見積りがこの紙類総合商社を支えるんだ、トライアングル製紙を中心としたいくつかの衛星会社、当然……分かっとる、ああ、伐採もまだこれから……ああ、やれやれ、ビートン？

——破産法に基づいて、無担保債権者との対応を提案する書類を裁判所に提出しました。それによると、会社に対する……

——ビートン！

——請求は、はい、何でしょう？

——採鉱権について何か知っとるか？　モンティの話では、法的効力は認められんという判決が出たらしいが……

——はい、スタンパーさんからの最初のオファーを彼らが断った際、すぐにも行動しろと知事がおっしゃったのをご記憶かと存じます。そのとき私がご説明申し上げましたように、採鉱法は明らかに砂鉱採鉱を想定しておりますので当然、その前提として大量の水がその土地を流れていなければならないのですが、今回採掘権が主張されている一帯は非常に乾燥していて……

——モンティ？　またビートンのご説明が始まったぞ……それは分かっとる、ああ、ビートンは……それは分かっとる、畜生、忘れとっただけだ、メモを書き残したら済むことだろ、そこの仕事を辞める前にポジションを変えればいい、あの土地がばらばらに切り売りされたら困る、アルバータ・ウェスタンの土地はそのまま……それは分かっとる、ああ、ただあのインディアン保留地が……くそブルック兄弟は逮捕されたんだろう？　昨日の新聞には、あの二人がインディアン局から引っ張り出される写真が載っとった、保留地で例の騒ぎを起こした勢いで暴れとったとか……ＦＢＩが何だって……？　自動車の盗難、ＦＢＩなんて何の役にも立たん、盗難車を買う馬鹿な自動車屋はいくらでもおる、だが連邦保安官に手を出したら最後だ……裁判所でも、あの土地に対するやつらの権利は認められんかったんだろう？　土地管理局を相手にすればいいのに、アスラカ社とＪＲ社を訴えて、土地のリース料と損害賠償を求めとる、会社にとっては最高額の損害賠償、左翼マスコミは騒動をあおる、馬鹿な映画を見すぎとる陪審員は全面的にインディアンの味方をするかも……やつらが裁判に勝てば、その金で土地買い取りの入札に加わるだろう、やつらの一人が電話でそう叫んどるのを聞いたことがある……え？　まったく、馬鹿言うな、わしは盗聴なんて許可もしとらんし、命令もしとらんぞ、モンティ、わしをそこまで馬鹿だと思っとるのか……知らん、ああ、たまたまどこかからテープが現れただけ、アップタウンにあるやつらの本部の電話だ、ビートンでも場所は突き止められんかった、ゾウナから腕っ節の強い探偵を二人借りて、断片的な情報はたくさん集まったが、何が何だか……何の話だって……？　知らん、ああ、テープを聞いたのはビートンだ、また後で電話する、アップタウンで雇われとる口の悪い秘書の話を延々と聞くだけでも大変なんだぞ、例のテープは持ってきたか、ビートン？

——九パーセントの劣後転換社債の、はい、知事、保有者は社債額面千ドルごとに普通株八株を受け取るものとし……

——インディアン局がどうしたって？　いちいち大きな声を出させるんじゃない、ビートン、受話器が遠いせいだぞ……保護だ、ああ、政府による保護、カスター将軍がリトルビッグホーンの戦いで殺されたときからずっと、インディアンどもはアメリカ政府が食わせてやってるんだ……やつらは小銭でも満足するかもしれん、そのつもりで対処しろ、上訴裁判所には一歩も近づけるな、ことが始まる前に動きを阻止しろ……よし、うむ、ブルースに電話がつながったらわしがちゃんと話を付けておく、スタンパーの指示で試掘をやっとった連中はあそこには質の悪い石炭しかないと言っとった、例のエネルギー委員会のユダヤ人と話をするようにわしから言ってやった、そんな石炭でもガス化すれば使い物になるかも……誰、スタンパーの会社が？　ビートンはここにおるが、いや、そんな話は聞いとらんぞ……それはまずい、ああ、おまえがまだワシントンにおるうちに、とにかく土地管理局を口説いてJR社との九十九年間の土地リース契約に署名させろ、目立たなければ目立たないほどいい、さっきビートンから聞いた話では、スタンパーの奥さんが一悶着……クローリー？　何が……そんなことをやっとったのは知っとるが……それは今回の計画と全然関係ないぞ、モンティ、うむ、スタンパーはクローリーに国立公園狩猟地化計画をぶち上げさせて、エバーグレーズ国立公園を手に入れようとした、四万ヘクタールの採掘権、その上にセミノール族やらミカスキ族やらが居座っとる、隣の土地はマイアミに水道水を供給しとる、死にかけた引退老人ばかりの町、トイレの水を流すくらいしか楽しみのない連中、あの土地を国が誰かにリースしたら老人どもはインディアンたちに頭の皮を剝《は》がれるかもな、畜生、ビートン、わしの耳をつぶすつもりか？　前にもおまえに言っただろ、クローリーには何も分かっとりゃせん……それは仕方のないことだ、あの泣き虫はわしにも電話をかけてきた、このままじゃ破滅だってな……それは分かっとる、モンティ、だが、このタイミングにあんな無茶をやらかしたら、投資家としての信頼はがた落ち、脇腹肉なんて最初から手を出すべきじゃなかった、そうだろ？　取引所も危機にあるのに、どさくさに紛れて二千八百万ドルの証拠金を払ってくれると信じとる、二、三百万ドルならお膳立てしてもらえるかもしれん、出資した顧客に一ドルあたり八セントか十セントを払い戻して納得させるしか……他に選択肢はないんだ、モンティ、二、三十万ドルの端金《はしたがね》しか出資してない連中には破産してもらう、銀行だって難儀しとる、クローリーが仲買人名義で預けとった担保は全部取り上げた、ワイルズがそこから救い出した分はエミリー・ケイツ財団とフランシス・ジューバート財団に移してある、市場はどんどん崩壊に向かっとる、少しでも早く手を打って、両財団に払い戻しをした方がいい……ワイルズを助けんわけにはいかんだろう？　やつが裏書き保証しとる金額が半端じゃない、ワイルズとクローリーにそんな嫌疑が掛けられたら、すべてがドミノ式に倒れてしまう、証券取引委員会《SEC》はお漏らし寸前、「顧客を知れ」のルール*についてあの二人はお叱りを受けた、お馬鹿な二人は公聴会で、ＪＲ社の社長には会ったことがないと証言した、ＪＲ社のお馬鹿役員どもまでが社長に会ったことがないと抜かして……

――申し訳ありませんが、患者様の腕をまたお借りできますか、あまり興奮なさいますと……

――誰だって……？　ああ、社長をよく知っとるという人物は一人だけだった、おまえがタイフォン社にうろちょろさせとった間抜け野郎、タイフォンをよそに譲り渡そうとしとったやつ、デビッド何とか、広告マン・オブ・ザ・イヤーに選ばれたそうだ……ＪＲ社でもまたやらかしとる、今回は社長を悪者に仕立てて、ノビリ社関係の公聴会に社長を召喚しようとしとる、召喚に応じなければ、おそらく次は連邦食品医薬品局の出番……背任で訴えられとる裁判に抗弁のために出廷することもなく、会社を丸々明け渡したんだろう？　そんなやつが、間抜け野郎を助けるために姿を現すと思うか？　実父確定訴訟にも抗弁のために出廷することはなかった、女の写真が新聞に出とったな、社長が裁判に出廷しさえすれば、陪審はその姿を一目見ただけで、即座に社長の勝ちが決まっただろうに……知らん、クローリーはホンジュラスと言っとった、あの国を丸ごと買うつもりらしい、大した神経だ、銀行におるわしのところにも電話をかけてきたことがある、雨樽の底でしゃべっとるような声だったから、何を言っとるのかさっぱり……いいや、何かの取引の件、何かの件で助けてほしいと言っとった、今回だけ助けてほしいとか、何かのチェーンを立ち上げるんだとか、ＪＲ社ファミリーにあと必要なのは銀行だけで、チェース・マンハッタンに友達がおるとか何とか……電話はさっさと切ってやった、ただ、いちいちマスコミに電話をして声明を発表するのだけはやめろと教えてやった、親会社が占有継続債務者になったと言うんだ、自分が親だ、反訴するんだとさ、かと思ったら、会社の印鑑を返してもらいたいだけだと言って……わざわざそんなことをする必要はない、うむ、連邦保安官がアップタウンのオフィスを封鎖して、ウォルドーフの部屋も押さえてある、ゾウナの雇った馬鹿探偵はどこかの学校のロッカーに隠されていた資料を見つけたらしい、しかし……誰に電話をしたって……？　いや、まったく、そんな話は……どうやらあいつらは法律に書いてあることに逐一従っただけみたいだ、畜生、モンティ、国税庁の話では、やつの社会保障番号は駄菓子屋で売っとる財布に入れてある記入例のカードと同じだそうだ、そんな番号を馬鹿正直に記入したやつを大がかりな詐欺の容疑で訴えられるか？　やつを相手にしたただ一件の裁判は例の、いちばん初めに紡績工場を乗っ取るときにやつがやった短期決済株式転換に関するものだ、あれでへそくりを失ったという株主が起こした裁判、町はもうゴーストタウンだ、金になりそうなものはくそ墓地くらいしか残っとらん、あの会社が工場を解体して、税金逃れのために織機を南米に輸出したからな、その上、安物の設備でジョージア州に新しい工場を作って、設備費は税控除可能な維持費として支出、あまりにも安物だから壊れた途端、修理もせずに中古車屋の敷地に山積み、税金の控除額を最大限に生かすために大量のセーターをくそ香港から輸入、裁判なんか起こしたってやつは痛くもかゆくもない、そうだろ？　株主向けにあいつが用意していた声明だって……そんなものはさっさと手放せばいい、あの墓地はたまたま馬鹿げた健康プランに組み込まれとっただけ、例の葬儀屋とセットのフランチャイズ、ビートンと仲良しのカウボーイ、ジョージア州の中古車屋が訴えると言っとるなら勝手にやらせればいい、格好のカモだ、くそフランチャイズを訴えさせればいい……さっきも言っただろう、あいつは司法長官にまで電話をして、自分はただ役員の一人を……そういうものだとやつは言うんだ、さっきからそう言っとるだろ！　やつは役員の一人を助けたいらしい、ビートン、ちょっと待ってろ、ビートン？　これは何の裁判だ、相手は誰、今、この件を話しとるんだ、役員の名前は何。

——第五点。百ドルまたはそれ以下の債権を保有、またはその額まで債権を減額することを選択する一般の無担保債権者……

——ビートン！　ゾウナのげっぷがうるさくて何も聞こえやせん……

——に対しては全員に全額を現金で支払う、はい、バスト氏に対する裁判はインサイダー訴訟です、親会社の株を売却したことに関する……

——インサイダー訴訟だ、モンティ、よくある手口で銀行相手にずるをしたってこと、バストは担保として株を預けて、株価の底が抜ける前に、自分の代わりにわしらに株を売らせた、そうして手の込んだやり方でオプション行使の制限を回避した、一体どうしてクローリーは早まってオプションを行使させたんだ、それは集合代表訴訟《クラス・アクション》なんだろう、ビートン？

——株式発行については、はい、そちらの裁判とJR社社長に対する裁判はともに、同じ原告による集合代表訴訟《クラス・アクション》になります、紡績工場の資産は公園と高速道路用地として譲渡されておりまして、ユニオンフォールズの町における社会保障負担が急増していることに対して住民の間で不満が高まって……

——そんな町のこまごました話は訊いとらん、ビートン、今からは質問したことにだけ答えろ、聞いとるか？　モンティ？読むのをやめろとわしは言ったか、ビートン？

――いえ、普通株八十万株の株式発行については、一般の無担保債権者全員に比率に応じて配分する……

――どっちの集合代表訴訟《クラス・アクション》も勝てそうにないな、うむ、おそらくどちらも簡単に敗訴、切手代を考えろ、アイゼン事件判決*に基づいて潜在的請求者全員に通知できるほど多額の切手代を出せるやつはおらんだろう、ルーズベルトが余計なことをやりだして以来、あの裁判で初めてまともな判断が示された格好だな、それは何だ、ビートン？

――二十四株に対して一株という形で普通株の逆分割を行った上、株主の賛同を得て、上記の……

――今のところは削って、二十株に対して一株にしろ、半分の金額で人気をあおれ、くそ受話器をわしの耳に戻せ、何の話だ、モンティ……？　いいや、そんなことをして何の意味が……やつは取引から排除した、それだけのこと、そんなことをしても何の意味も……ああ、まったく、いいや、そんなことをしても経営者団体のイメージが悪くなるだけ、それが理由だ！　証券取引委員会《SEC》が民事訴訟だと、資産は全部管財人に預けとるじゃないか？　バストとJRと何とかいう野郎は、上場会社の経営から排除されたんだろう？　証券取引委員会が課すことのできる最も厳しい罰だ、違うか？　刑法犯で告発なんかできるわけないだろ、モンティ、そんなことをすれば、株でちょっとでも損をした馬鹿連中がみんな議員に手紙を書いて大変なことに……いいや、でも、くそ、だからそこが大事だと言っとるだろう！　民事訴訟なんて弁護士同士がランチを食いながら言葉尻を争うだけのこと、だが、下手に議会に圧力をかけるとやぶ蛇になる、刑事規定を問題にして新法を作ったりしたら大変、経営者クラブにおるのはトレイを持った黒人だけになる、あの二人はもう主要市場での取引から排除したんだ、そうだろ？　もう一人そこに加えたからって何の得がある？　連邦刑務所は既に、ハーバード・ビジネス・スクールみたいになり始めとる、逆に町には黒人が走り回って、人の喉に切り付けとる、それなのにどこの新聞も取り上げるのは連邦刑務所に送られる白人の話ばかり、痛《いた》っ！　何を……

――お願いします、あなたのせいで患者さんが興奮なさっているじゃないですか、間もなく手術ですよ、この注射で落ち着かないようなら……

――そこの電話をこっちによこせ！　モンティ？　子供扱いしおって、手を離せ、他に五十も目を配らなにゃならん会社があるのに、この一社だけ特に手取り足取りしなくちゃならんのか、一社だけで時間の食いすぎだ、おまえがさっさとニューヨークに戻って資本再構成計画を監督するものと思っとったのに、タイフォンで手いっぱいだな、ピティアンのことはしっかり頼むぞ……それは知らん、多分、カトラーがどうにかするだろう、近々裁判が起こされる、どうせ猿みたいな野郎が作った会社だ、きっと……いいや、全然、あれ以来、全然……彼女からは一言も連絡がない、ああ、JR社の雑誌に写真が出とるのは見たが……おまえは何も聞いとらんのか、ビートン？

——大変厳しく困難な状況にあって、長らくのご辛抱をいただき、新経営陣一同感謝申し上げます、敬具、はい。

——エミリーとは話したのか、あの二人が戻ってきた後？

——はい。実は、それに関連して少しお耳に入れたい話がございまして……

——ビートンはエミリーと話したと言っとる、もう少し時間が経って落ち着いたら……そんなことは分かっとる、だが、子供は取り戻したんだろう？　わしもエミリーがそんなせこい真似をするとは思わなんだ、まあ、カトラーとくっついたのなら、カトラーからちゃんと言って聞かせればあの娘も……ジュネーブに発つ前に委任状に署名しなかった唯一の理由がそれだ、誰にも指図はされたくないと、ビートン！　そこでくそ電話が鳴っとるだろ、いちいち言われないと電話にも出んのか？　ひょっとしたらブルースかも、モンティ……？

——はい、しかしこれは内線専用電話ですから、もしもし……？

——エミリーがフレディーのくそ後見人だってことくらい、おまえに言われんでも知っとるわ、モンティ、万一手違いがあったら、委任状には署名もない、他の理事には何も手出しができん、エミリーが両方の財団の実権を握ることになる、財団の資産すべて、だが、まさか手違いが起こることはないだろう……？

——では大佐は今、メイン側の受信地点にいらっしゃるのですね、はい、それで……そうなんですか？　では、いつ……

——三回の配当は最初から見送る予定だっただろ？　四回連続で見送らない限りは投票権はなし、四回目の配当さえ払えばすべての実権はこちらが握ったまま、ビートン、その点は間違いなく……誰、フレディー？　フレディーについて何か聞いとるか、ビートン？

——それはつまり、再構成の作業がうまくいかなかったと、失礼、いいえ、知事、カトラー夫人が新聞に人探しの広告を……

——まだ行方不明のまま、らしいぞ、モンティ、ああ、しばらく前にトリプラー百貨店のエレベーターでフレディーがエミリーと一緒におるのを見掛けた気がするとワイルズは言っとったが、きっと勘違いだろう、新聞に人探しの広告を出したとビートンは言っとる……前の家に例の酔っ払いを連れ込んだときにドアマンがご注進に及んだんだろう……ジューバート、さあな、わしは知らん……どうせ金で追い払ったんだろう、頭のおかしな男め、弁護士を雇うにも金が要るからな、スイスの銀行で仕事を見つけて、軍資金が用意できたらノビリ社株を買い戻しやがった、でもJR社が株価を十九まで吊り上げた挙げ句に極東のマーケットで在庫を処分したせいで、ノビリには何も残されて、え……？

――転送中に行方不明って、そんな馬鹿な……

――同じ阿呆の仕業、まったく手に負えん、しかも在庫をただで配ろうとした、有効期限の切れそうな薬を大々的に寄付、小売価格で控除しようとしとったらしい、国税庁はそれを許さんかった、控除は八万以下に抑えろという指示だ、卸売価格なら二百万近いはず、おかげで太平洋地域では闇市場に同じ薬があふれて、期限が切れて、会社に返品が殺到、卸売価格で買い戻した結果、会社はすっからかん、ただ一つ残されたのはゾウナの飲んどる抗鬱薬、例の特許裁判に負ければ、やつらに残されるのは、食品医薬品局《FDA》の許可が下りとらん緑色のアスピリンだけ……ブルースがどれだけの成果を出すか次第だな、ビートンは今、電話でくだらん噂話をしとる、こっちはブルースに連絡を取ろうとして……え、ブルースに電話をした……？

――でも、あの男《ひと》、でも、列車で……？

――それはきっとあのホワイト何とかってやつだ、そうだろ？　ホワイトフットだったかな？　わしらが送り込んだ間抜け野郎、わしらが銀行を乗っ取ったときに、頭取だったあいつを連邦通信委員会《FCC》に送り込んだ、あいつが何を……あいつと仲良しのイタリア野郎か、州金融委員会のメンバー、窓から若い女を突き落としたやつ……連絡が付いたらわしからブルースに訊いてみる、話をはっきりさせる、ああ……

――いえ、いいえ、何か進展がない限りは結構です、大佐、失礼します、お電話ありがとうござい……

――このくそ受話器を戻せ、ビートン、わしはピーピーいう音を聞きながら横になりたくはない。今のは誰だ。

――はい、先ほどのお電話は……

――株主宛の手紙はどうなった、たばこ会社売却の話がなかったようだが。

――はい、その条項はシュラム夫人の弁護士によって削除されました、リッツたばこ社の株は大半がトライアングル製紙買収の際に譲渡されることはありませんでしたが、夫人は遺産受取人として同様にトライアングル製紙の株をお持ちで、リッツ社の収益予想は、エースとメアリー・ジェーンという新たばこブランドの導入にともない、販売促進費用が大量に投入されていることもあって、天文学的な金額となっており、過去の記録はまったく参考にならないものと……

――わしらを脅す算段だな、わしらとしても節税効果のある損失はこれ以上失いたくない、何をぼんやりそこに突っ立っとる、わしはブルースを捕まえろと言わなかったか？　露天掘りに関する新法がどうなっとるか確認しろ、モンティの話では、スタンパーの手下どもが既に質の悪い石炭を掘り始めとるらしい、くそインディアンどもが居座っとったあの土地だ、石炭をガス化して発電する、なのに阿呆どもに洗濯機を破壊させてどうする、あの件には注意を払えと言ってあったはずだな？

――注意は払っておりました、はい、しかしどうやら保留地周辺では電気を使う予定がないようで、失礼、ここは電話線が絡まっていますね、四百マイル*先にある町に電気を供給する予定になっています、発電所そのものもその町にあって、保留地を流れる水はすべてパイプラインで石炭を運ぶために使われることになりますので、インディアンたちが保留地で生活を続けようと思えば、唯一の作物であるトウモロコシの畑を灌漑するために、水を背中に担いで相当な距離を移動しなければならないことに、失礼、もしもし？　先ほどからブルース上院議員にお電話をつないでほしいとお願いを……何ですって？　ありがとうございます、はい、できるだけ早くお願いします、まだもう数分であれば知事もここにいらっしゃいます、はい、失礼します。間もなく上院議員からこちらにお電話がいただけるそうです、現在、議会で兵器調達予算に関する点呼投票を行っているところで……

――レイ－Ｘのプロジェクトの結果が出るまでそっちは先延ばしにしろと言ってあったはずだ、遠隔《テレ》何とかの件で電話がかかってくる予定だとおまえは言っとったな。

――はい、先ほどの電話がモイスト大佐からでした、大佐はメイン州の受信地点で待機していたのですが……

――そっちは一体どうなっとるんだ、インディアンがトウモロコシに水やりするとかつまらん話ばかりぺらぺら、それでちゃんとやつを送ることができたのか？

――それが、はい、少なくともテキサス側では送信に成功したとのことです、ところが受信地では再構成過程に深刻な問題が起きたとのことで、最悪の場合、旅客が行方不明、ないしは伝達過程で消散した可能性があり、追跡のために別の人間を送りたいとの要請が出されているものの、まだ志願者が……

――阿呆どもめ、もう一つのプロジェクトと同じ結果か、車のクラクションを送ればそれで済んだものを、送信先もテキサスの隣のアーカンソーにしておけばよかったんだ、研究チームのリーダーは何をやっとる、そいつを送ればいいだろう。

――おっしゃる通りです、はい、しかし、それも手遅れのようで、男はテキサスの施設を出て、列車で受信地点に向かっており、到着は三日後の予定……

――三日後なら兵器予算には手遅れ、どちらの防衛計画もご破算、ＪＲ社は無価値だ、今さらあの会社を手に入れても、残っとるのは固定価格の熱電対契約くらいか、ボックスを捕まえろ、あいつともう一人の例の将軍を引き合わせろ、ＪＲ社の重役になっとったやつだ、二人に話をさせて……

――ヘイト将軍ですね、はい、しかし失礼ながら、二人の間には強い感情のもつれがございますので、それはうまくいかない可能性がございます、ボックス将軍はアルデンヌ攻勢の際にサンフィアクルでブラウフィンガー将軍の侵攻を食い止めた功績を独り占めに……

――そいつも他の阿呆どもと一緒にブルースの委員会に引っ張り出されたんじゃないのか？

――いいえ、ヘイト将軍はウォルドーフのスイートルームを一歩も出たくないとのことで、質問書の提出を許可されました、将軍はホテルに対して部屋代の支払いを拒否していて、請求はＪＲ社に回すように言っており、ＪＲ社はホテル側が将軍を広告塔にするために無料客として招待したのだと主張しています、将軍は回想録の執筆を始めており、部屋にファイリングキャビネットを……

――あの阿呆めのせいで株が下がった、ろくでもない学生活動家どもが大学当局に株を手放させたからだ、そうだろ？　のこのこ大学に顔を出して、ＪＲ社がインチキな不動産取引をやって得をさせてやったんだから自分の名前を大学名に使えと抜かして、石を投げつけられたって話だろ？

――私が理解しているところでは、将軍は自分が芸術分野において成し遂げた実績に敬意を表する意味で大学に改名を求めたようです、あわせて自分が描いた絵画のコレクションを大学に寄付しています、それらの絵画には「ノーマン・ロックウェルにも劣らない才能だ」とする通信教育学校の評価が添えられていて、それに応じてかなり高額の寄付として控除に使おうという意図だったみたいですが、同じ通信教育で学ぶ学生は皆同様の手紙を受け取っていたようですし、法律も改正されましたから当然、国税庁がそんな評価を認めるわけもなく……

――何、何の法律が改正されたの、ビートン、何の話。

――まったく、うるさいぞ、まだそこにおったのか？　塩の柱に変わったのかと……

――材料費のみ控除が認められるという法律です、奥様、絵の具、筆、キャンバス……

――あたしはあの汚らしい珍品にかなりのお金を払ったのに、控除できるのはあの猿が使ったペンキ代だけってこと？　あんたがそこに間抜けな顔で突っ立ってる間に法律が変わったって……

――いえ、いえ、奥様、違います、ええ、奥様は収集家として市場評価額をそのまま控除なさって構いません、あなたのいとこ様であらせられる美術館の理事ともこの件については相談済みですが、この法律は芸術家本人に適用されるもので、例えば仮にシェパーマン氏が自身の絵画を美術館に寄付しようと思った場合、実際に製作に用いた材料の費用しか控除が認められないのです、これは作家についても同様で、作家の場合は紙、消しゴム、タイプライターのリボン……

――あの猿はどう転んだって自分の作品を寄付するわけが……

――畜生、ゾウナ、黙ってろ、おとなしくチーズを食ってろ、おとなしく無料《ただ》の薬を飲んでろ。駐車スペースは取り戻したんだろ、他に何の文句が……

――駐車スペース、あれをどう使えって言うの、あそこに座っとけって？　あんたが運転手のニックを首にしたせいで……

――あいつを首にしたのは、おまえの雇った馬鹿探偵どもから、いつもおまえの車がJR社の前に停まっとると報告があったからだ、やつが何をしとったかという情報はまだ断片的ではっきりせん、立ち小便か？　馬鹿探偵はあそこのごみもチェックしとるんだろう、何か手掛かりは、ビートン？

——手掛かりは見つかっていないようです、彼らはK466のナンバープレートが付いた車の所有者を二日間、ブルックリンで探したのですが、結局、その数字はモーツァルトの協奏曲を示すものだと判明しました、もちろん彼らが集めた盗聴テープは……

——そんな話は訊いとらんと言っただろ、畜生、テープは持ってきたのか？

——はい、しかしながら、つまりその、テープは本当に断片的でして、一言、二言何かをしゃべったかと思うと、長い沈黙があって、そこにはずっと水の音が入っているので、何が起きているのか聞き取りづらく……

——とにかく再生しろ、畜生、もしもエミリーがどこかに姿を現したら、それでテープにエミリーの声は入ってたのか？

——しかし、しかし、いいえ、どうして、どうしてです、そのような可能性は……

——あの子はJR社と深く関係しとっただろ、やつらの雑誌にもでかでかと写真が載っとった、違うか？

——ああ、いえ、違います、あれは……

——あれはエミリーじゃないわよ、さっきも言ったでしょ、あれは反吐の出そうな、看護師、クラッカーを持ってきてってさっき言ったでしょ、あんなに胸の悪くなる雑誌は今までに見たことがない、太鼓腹、垂れ乳、便通に効くポーズだって、反吐の出そうな女が全身タイツを着てヨガのポーズ、ほら、そこの人にこれを見せてやりなさい、ビートン。ほら、それがエミリーに見える？

——こちらです、たしかに、たしかに表面的な類似はあるのですが、おそらくこの女性はJR社人事部長の奥様で、その人事部長というのが今回行方、遠隔移動《テレトラベル》の試運転に参加した人物です、彼が社内での影響力を行使して奥様のためにこのポジションを獲得したものと思われます、インドへの援助計画についても……

——このポジションってどれ、いちばん上のを見せてやりなさい、ビートン、首吊りの体位、エミリーがそんな格好をしてるのを想像できる？　あの子を吊り上げるなんてとてもじゃないけど……

——例の酔っ払いとアップタウンの家にしけ込んどったんだろ？　あの男とはちゃんと別れたんだろうな、ビートン？

——ドアマンからの情報によると、夫人がアメリカにお戻りになってからは姿を見せていないと……

——モンティはまだ怒っとる、エミリーは勝手にこっちを発ったからな、まあ、カトラーの言うことを聞いて少しはおとなしくなるだろうとわしからは言っておいた、あの子だって……

――カトラーはエミリーよりたちが悪いわ、あいつは金文字入りの招待状がなければエミリーのパンツに手を掛けるはずがない、どうしてあの子がカトラーを選んだと思ってるの、あの子はいまだに心の冷たいお馬鹿さん、馬鹿だからあの男を選んだ、あの子が帰国した後、あなたは会ったの、ビートン？

――いえ、彼女、私はお目にかかっていません、奥様、電話ではお話をしましたが……

――電話の声も冷たいお馬鹿さんだったでしょ？　あたしのことを何て言ってたか聞いた……

――大変冷たい感じではありました、はい、奥様、実際、夫人の心は凍り付いていると言っても過言では……

――二人の結婚祝いに五十セントで何かを買ってこい、ゾウナ、ランチョンマットとか、今さらあの子に何を期待しとる、ハンカチはどこだ、畜生、ビートン、さっき言ったはずだぞ……

――それと、探偵をあたしのところに戻してちょうだい、あんたに借り出されたせいで猿を見失っちゃったじゃないの、もしもあいつに何かがあったらすぐあたしに知らせなさいよ、ビートン、あいつの価値は二倍になるかもしれないっていうのに、あたしは指をくわえて……

――はい、奥様、もちろん彼が死亡した場合、本人が所有している残りの作品については遺産として、奥様がこれまでの彼の作品で確立なさった市場価値で評価され……

――残る作品がどこにあろうと、全部あたしのもの、あいつが持ち逃げしたがらくたはどうなるの、あそこにもあたしのお金が注ぎ込まれてるのよ。

――はい、奥様、作品の大半は売却済みで、私どもも直ちに銀行口座を凍結いたしましたが……

――それが行き着いた先もこれまた、さっきから話に出とるがらくたに二万ドル払って、それと別に九万ドルをどこかのくだらん楽団に払っとる、その金をとりあえず差し押さえさせろ、ＪＲ社だ、ゾウナ、やつらが設立したくだらん芸術財団、そのビートン、財団が違法なことをやってないかを調べ上げて……

――お金を差し押さえさせろですって、ビートン、そんなことをしたらあなたを差し押さえてもらいますよ、そこのカッツさんも差し押さえてもらうおうかしら、あたしは……

――まったく……

――お願いです、申し訳ありませんが出て行っていただけませんか、このままでは患者様が……

――ビートン、そこの男に言ってやって、もしもそんなことをしたら訴えてやる、ひからびたラガディ・アンディ人形、心臓はブリキ製、本人になりすましてるってことで訴えてやる、そいつはカッツのなりすまし、本当は誰でもない、古い部品の寄せ集め、そもそも存在してない男、八十年前から少しずつ体の部品を失ってる、最初はオルバニーの夜航船で親指の爪をなくして、昔のクラスメートの馬鹿医者、ハンドラーがそれ以来ずっと解体作業を続けてる、まず虫垂切除、そのとき脾臓に穴を開けたから脾臓も切除、次は胆嚢、虫垂炎だと思ってたけど実は最初から胆嚢炎だった、その姿をごらんなさい、私の声が今聞こえているのもどこかの誰かの内耳のおかげ、角膜移植もそう、一体誰の目を通して世界を見ているんだか、ブリキ製の心臓が入ったゼンマイ仕掛けのおもちゃ、死ぬときにはきっと、犬の脳みそと黒人の腎臓が入ってることでしょうね、こんな人、法廷に連れて行きさえすれば、そもそも存在してないって宣告してもらえるはず、不在、非存在、存在無効、どうしてそれができないの、ビートン？

——はあ、それは、それは珍しい裁判になると思います、奥様、これまでに判例もなさそうですし、判決が出るまでにも相当な時間が……

——まったく、ビートン、そこの女を黙らせろ、そしてくそ電話を取れ！

——患者様は間もなく手術です、お願いですから、興奮を……

——もっと耳に近づけろ！　誰……ブルースか？　債務保証の投票ごときに何を手こずって……誰が？　それくらいのことはうまく駆け引きしろ、畜生、砂糖製造援助法案の投票と引き換えにしたらいいだろ？　経済全体がみるみる悪化しとるのに……おまえのスピーチは読んだ、ああ、いいスピーチだ、だが、ダウの下落を一刻も早く……分かっとるわ、畜生、まずはやつらの債務を再構成しなけりゃならんだろ？　スマルト鉱の件が片付いたらモンティに任せようと思ったんだが……まったく、そんなことは全然関係がないだろ、あんな話は……おまえだって政治家の端くれ、あんな話はただの戯言だと分からんのか？　左翼マスコミが騒ぎ立てとるだけ、手当たり次第に中傷記事を書きやがる、モンティがスマルト鉱の契約書を書いたのは政府に参加する前の話、そうだろ？　契約書を作成する段階では株主のために行動するのが当たり前じゃないのか？　タイフォンの社長として株主のために最善の取引をする、やつがやったのはそれだけのこと、お国のために仕事をすることになれば収入は減るのにそれでもワシントンに行ったんだ、左翼マスコミに周囲を嗅ぎ回られた挙げ句に公職を追われた、だからワシントンにはろくなやつが集まらんのだ……政府は向こうにあるスマルト鉱精錬工場を余剰資産と宣告した、契約書に書いてある通り、そうだろ？　そもそもやつらには何の関係もないこと、国家安全保障の問題、コバルト備蓄必要量は決まっとる、今だって工場は動いとらんと駄目なはず、ただ問題は……労働力、マルウィからの労働者が大量に殺されてしまった、何であんなことになる、ディーの手下がマルウィを接収するはずだった、なのに軍が侵攻してみたら完全武装で迎えられたというじゃないか、ディーの軍はパニックを起こして一気に連中をなぎ倒した、ところがマルウィのやつらが持っておったのは全部おもちゃの武器、どれもこれもプラスチック製のおもちゃ、そんなものをどこで……そんなことは知らん、畜生、ガンディアもどうなっとることやら、ノワンダが姿を消すと同時に共産主義体制は崩壊したらしい、おそらくミリケンが陰で糸を、電話だ、畜生、ビートン、いちいち言わないと電話も取らんのか？　あの阿呆は出しゃばりやがって、介入を支持する国連決議を後押しするような……何だ？

——はい……？　いいえ、ここは病院です、どちら様で……

——誰だ、ミリケンか？　ちょっと圧力をかけてやらんとな、やつの法律事務所はアスラカ社の顧問を引き受けたんだろう？　やつらに州の一部を吹き飛ばされて腹は立っとるだろうが、有権者が一人でも犠牲になったわけじゃあるまい？　羊が何頭かとインディアンがおるだけの州、別に腹を立てるほどのことじゃ……誰、あそこに居座っとったやつらのことか？　条約は破棄だ、土地管理局の権限であそこの土地を九十九年間……だが、政府の土地に違いないだろ？　裁判なんてくそ食らえ、仮にやつらが勝っても、やつらの後見役としてインディアン局が金の出入りはすべて管理しとるはずだろ？　やつらには弁護士費用が必要だ、今後十年は裁判が続くからな、インディアン局に不法侵入、盗難車による州境越え、セールスマン殺害、その息子も入院中、ヘアドライヤーで連邦保安官を襲ったやつもおるらしいじゃないか、この弁護費用を足し算した上に、元の条約上の保留地に関する、破産したセメント会社との裁判費用も加えたら、財布はすっからかん……あの土地に残りたいやつがおるなら残って働けばいい、質の悪い石炭を掘り出す計画があるらしいから仕事には困らんだろう、だからこの……いいや、その件はビートンに任せてある、今ここで猿みたいに……数字が不完全なのは分かっとる、畜生、だからこそ今、何……？　それは初耳だ、ちょっと待ってろ、ビートン？

——私は今まで一度も、はい、少々お待ちください……

——ビートン！　ＪＲ運輸会社の資産が知りたい、六パーセントの助成金に関する照会、その電話の相手は誰だ。

——こちらの電話は、少々お待ちくださいと先ほども申し上げたじゃありませんか！　はい、知事、資料はこちらにございます、その会社では親会社と同じ従業員たちが雇われていたようですが、これまでに判明した会社の資産は一つだけ、これです、はい、建造中の船が一艘、造船番号は三五九七、現在は損傷した状態で、ガルヴェストン川河口から一六・六マイルの地点に横たわっており、約四マイル……

——ブルース？　ビートンが今、数字を確認しとるところだ、どうやら連中が最後の最後に離れ業をやろうとしとったらしい、ＪＲ社ファミリーの社員、清掃係も含めて全員の給料をレイ－Ｘ社から出そうとしとったんだろう、コストプラス方式契約に間接費まで組み込むやり方だな、従業員リストを見たら国民の半分がＪＲ社に勤めとるようだった、あいつらは……分かっとる、畜生、銀行だって同じだ、わしらがいつまでもあの会社の面倒を見る必要はないだろう？　タイフォンなら引き受けられるかと思ったんだが、ビートンの話では反トラスト法に引っ掛かりそうだとか、もう一つの問題は国防総省、既に経費が超過しとるから……ああ、まったく、じゃあそれは誰のせいなんだ！　国防総省のプロジェクトだろ？　国防総省の契約じゃないのか？　すべてはそっちとの契約、費用超過も何もかも国防総省に引き受けさせろ、株主には何の責任も……陸軍が戦争権限法に基づいてやればいいだろう？　レイ＝Xの優先株を買い占めろ、海軍が二、三年前にロングアイランドの防衛備品工場を買い取ったのと同じようにな。配当なし、投票権なし、普通株転換不可能の株、会社は税引き後利益から五年間で償却……ああ、何のために投票を先延ばしにしろと言ったと思っとるんだ、武器調達予算は莫大だぞ、数百万レベルの出費がちょっと紛れ込んだって誰も気付きは……

——申し訳ありませんが、そろそろ電話をお切りいただけますか？　患者様は……

——水、誰かあたしに水を……

——畜生、ビートン、それをこっちに持ってこい！　ブルース……聞こえなかった、うむ、誰が……そんなことをやっとる時間はない、やぶ蛇だ、さっきもモンティと電話で話した、テレビチャンネルに関する問題、要するに申請者が何者かってのが大事だ、例の桃《ピーチ》みたいなイタリア系野郎がやった曲芸、おそらく大統領の座を狙ってのことだ、刑務所送りにならないようなら、あいつを裁判官にしてやれ……誰に電話を？　まったく、まさか、あいつの指名を誰かに頼むなんてごめんだ、第十司法管轄区をくれてやったらいい、あの選挙区に行くだけで充分、マッキンレーの時代からあの土地では一括投票方式*が認められとるからな……そんなことは分かっとる、畜生、だが、あいつはテレビチャンネルの申請を出したフロー＝ジャン社とつながっとるだろ？　あいつとホワイトフットだか何だかいう阿呆、あの銀行を赤字から救い出して、ホワイトフットには連邦通信委員会《FCC》の席を与えてやった、阿呆の口を黙らせるためだ……ああ、まったく、干渉するなだと、わしに向かって言っとるのか、誰かが話をまとめんことにはどうにもならん、当然だろ、畜生！　世界で起きとる面倒の大半は、何もやることのない阿呆どもが原因だ、そいつらが外を出歩かないようにするには何かをやらせるしかない、それにしてもわしはうんざりだ、飼い主の手を嚙む犬の話は聞き飽きた、聞いとるのか？　連中は給料さえもらえれば、それが価値のある仕事だと思っとる、小銭を稼いで、車を周囲に見せびらかして、お屋敷を買って、裏庭にプールを作って、モーターボートを買って、子供にピーナツバターを食べさせて、自分一人の力で成功したみたいに思い込む、おまえはわしが裏のプールに入っとるのを見たことがないだろう？　わしが休暇を取っとるのを見たことがなかろう？　誰かがみんなのために四六時中働いてすべてをまとめねばならん、さもないと、みんなホワイトハウス前の芝生でテント生活をする羽目になる、そうなれば、コクシーが率いた失業者のデモ隊など子供の遠足みたいに思えるだろう、まったく、ブルース、わしに向かって干渉がどうのこうのと抜かすんじゃない！　政治家は何の決断もできん、片方の手で儲けを受け取りながら、反対の手を相手構わず差し出して、阿呆どもと握手しとるからな、いまだに八方美人、まったく、わしも八十年前に同じ選択をしていれば今の地位はなかっただろう、畜生、それをこっちによこせ！

――ほらほら、子供みたいな真似はよしましょうね、手を離してください……

――ほら、看護師さん、電話は私に、もしもし？　上院議員ですか？　はい、知事は間もなく手術です、今……後でこちらからお電話するようにですね、はい、そのようにいたします、失礼します……

――早く、水を……！

――用意ができたらすぐに行く！　ビートン？　その前の電話は誰だ。

――再びレヴァ氏からでした、用件は……

――支払いは止めさせたか？

――いいえ、手遅れでした、クローリー氏が既に交渉を……

――焼け石に水、交渉したってクローリーには何の得もないだろう？　そもそもあのくそ音楽はどこから持ってきたのか権利関係を調べろ。

――いいえ、あれは特別に作曲を依頼したものだそうです、しかし……

――ブリーフケースをここからどかしていただけませんか？　今から……

――わしの足に気を付けろ！　それで、そのレヴァは何の用だ。

――新経営陣の指示でエレボス社に解雇されたと怒っているんです、グリンスパン氏が地位を保証してくれたのに、話が違うと……

――映画一本に三千万ドル注ぎ込むだけじゃ足りなくて、その上、映画音楽に六万ドルを払いやがって、やつを首にしたのはわしだ、畜生、そのグリンスパンとやらに会社を任せようと思っとったんだ、ＪＲ社にくそ映画会社を買わせたのはそもそもやつなんだからな、そうだろ？　やつが考え出した策略、ひょっとしたらかなり頭が切れるのかもしれん、ややこしい事態を切り抜けるのに役に立つかも、そいつのことを調べておくように言ってあったな？

――はい、実は、その男がＪＲ社の急成長を裏から操った黒幕なのではないかという噂もありまして、かなり複雑なキャリアを歩んだ人物のようです。昨日の新聞によりますと、共通焦点に関するグリンスパン理論を確立し、機械化と芸術に関する大著を執筆、百科事典販売の仕事をしながらハーバードを卒業して、証券や不動産の形で大学に多額の寄付を行っていますが、遺言を検認した際に、国税庁と電力会社の双方から……

——遺言だと？　畜生、そいつは死んだのか？

——私が受けた報告によりますと、ユカタン半島で急死したということです、死因は白血……

——死んだのか、役立たずめ！　畜生、ビートン、何を……

——ジョー、手伝いをお願い、ベッドのそっち側に回って……

——水は……？

——まったく、畜生、ビートン？　どこにおる、わしが手術しとる間に株主宛の手紙を出しておけ、ビートン、聞いとるか？　例の特許で裁判をやっとる同族会社の所有権についても調べておけ、手術室から戻ってくるまでに資料を準備しろ、聞いとるか？　くそＪＭＩ株を急いで処分しろ、聞いとるか？　予想外の判決が出たら、ＪＭＩ株を持っとるやつらはその同族会社相手にまた上訴をするだろう、ちょっとした間違いで大きな損失が生まれかねん、わしらの手にあるＪＭＩは処分しろ、聞いとるか、ビートン？　一体どこに……

——お願いです、患者様、横になっていただかないと……

——どけ、あいつはどこだ、ビートン？　そこじゃあ顔が見えん、こっちへ来い、ＪＭＩは処分するんだぞ、聞いとるか？

——いいえ。

——そして同族会社の調査を、今何て言った？

——二つの財団が現在保有している資産は命令に基づいて凍結されました。

——一体どういう、どうして早くそれを言わん！　何を……

——お尋ねにならなかったからです。

——ああ、まったく、今それを尋ねとるだろうが！　誰の命令だ！

——カトラー夫人です。

——カトラー夫人、エミリーのことか？　まったく、何を……

——はい、今朝、夫人からお電話がありまして、両財団について支配権が確定するまでの間、資産の凍結を命令なさいましたので……

——支配権、エイミーが、まったく、誰が支配権を握っとるかは分かりきっとる、配当はいつだ、第四回の配当には気を付けろと言ってあったはずだな？

——はい、気を付けておりました。

——ああ、畜生、じゃあそれはいつなんだ！

——約二十分前になります。実を申しますと、夫人は今頃、他の理事と会議を開いているところかと存じます、当然のことながら、今回も配当は出ませんでしたし、夫人は委任状を弁護士に渡してもおりませんので、お兄様とお子様の投票権も夫人に付与されることとなります……

——わしが今、配当を宣言する、聞いとるか！

——いえ、この腕をしっかり押さえて、ジョー、腕を押さえて！　すぐに麻酔が効いてくる……

――夫人はお二人の後見人として……

――四回目の配当、今宣言する、聞いとるか！　聞いとるか？

――ジョー、先生を呼んできて、心室性期外収縮《PVC》を起こし始めてる、出て行っていただけませんか、患者様は今……

――はい、私、出て行きます、すぐに、トイレはどこです……

――部屋を出て左、すぐ左……

――あ、それから看護師さん、こちらのご婦人……彼は白衣の衣擦れを掻き分けるように扉を出ながら、――とても苦しそうです、こんな顔色の婦人は見たことがありません*……

――聞いとるのか……！

トイレの扉がきしる間に、彼は最初の波に襲われ、いちばん手前の洗面台に手を伸ばし、必死に縁をつかみ、肩で息をしながらそこにじっとしていた。

――すみません、これ、これお使いになります？

――え？　ああ、どうも……手が上がり、濡れたタオルを受け取って、――すみま、ありがとうございます、すみません、私、驚かせたんじゃ……

――いえ、大丈夫です、実は、僕も今同じようにもどしたところです、何かお手伝いは？　看護師さんを呼びましょうか、それとも……

――結構！　いえ、結構です、もう、もう大丈夫ですから……

――ああ、はい、それなら……扉が再びきしんだ。

――危ない！　カートいっぱいに積まれた食事用トレーがまだがちゃがちゃと鳴る中で、――退院当日にカートにひかれたりしないでくださいよ、バストさん、足元がまだふらつきますか？　お友達のコーエンさんが先ほどいらして今も病室でお待ちです*、そのスーツ、なかなかお似合いですよ……そして彼の後を追うようにカートを押しながら緑色の廊下を進んで、――さあ、バストさんがいらっしゃいましたよ、コーエンさん。バストさん、あなたのベッドは今からシーツを交換しますから、空いているそちらのベッドにお掛けいただけますか？　そのスーツ、なかなかお似合いだと思いませんか、コーエンさん、上着はダブルだからボタンを留めた方がいいですけど。最新ファッションとはいきませんが、病院に連れてこられたときの服は縮んでしまってもう着られませんからね、ねえ、バストさん。

――ええ、でも、この服、いただいても構わないんでしょうか、僕……

――きっとあなたに着てもらえて喜んでいると思いますよ、バストさん、あの方《かた》はあなたのことが大好きだったんですから、私たち看護師にも、あなたのためにあれをしてやれ、これをしてやれっておっしゃってたし、いつも新聞をあなたに読んで聞かせてらっしゃったし……シーツが波打つように床に落ちた。

――とても個性的な方でした。

――でも、ええ、でも、どうしてあんなことに！

――また興奮しすぎないでくださいね、バストさん、ああいうふうに突然お亡くなりになることも時にはあるんです……二枚目のシーツが後に続き、山になった。――誰のせいでもありません。逆に、そろそろ潮時かな、ご本人もすべてを終わらせたいんじゃないかなという感じがするのにしぶとく生き延びるケースもあります、集中治療室にいらっしゃるお友達みたいに、奥さんがお見舞いにいらしてたとおっしゃってましたね、コーエンさん、おそらく患者さんはそのことさえ分かってらっしゃらないと思いますけど。

――ええ、ええ、誰が見舞いに来ても彼には分かっていません、はい、もうすぐ奥様がこちらにいらっしゃるはずです、バストさん、おそらく奥様は、今回の試練がいかに大きなダメージを奥様に与えたか、少し心の準備をなさっておいた方がよろしいと思います。奥様は今回行き過ぎた責任感をお感じになって、それが当初、私を逮捕しなさいと警察に訴えることにもつながったわけですが、いまだにそのお気持ちが後を引いているようで、冷淡にも見える落ち着きを取り戻していらっしゃいますがそれも表面だけのことかもしれませんし、ある種の状況に対する反応は少し、少し常軌を逸したものになることもございます、特にお父上の遺産に関してご一族の中でまだ解決していない部分が話題になったときなど。あなた自身のお立場をできるだけ早く明確になさって、伯母様たちの状況がよりはっきりとすれば……

――いや、でも、ちょっと待って、伯母さんたち、あの二人は今どこに……

――ええ、今ご説明申し上げようと思っていたところです、ようやく分かったことなのですが、お二人ともいつの間にか例のインディアナ州の町にお戻りになっていたようで、今は老人ホームにいらっしゃいます。実は今朝もそこに電話をかけて、お二人と話をしようとしたのですが、ちょうどそのとき、施設の二階でぼやがあって、*二人は中にいないと言われました、それと私から一つお詫びしなければならないことがあります、バストさん。あの夜、見掛けたのはたしかにあなたのおうちでした、驚かれたのは当然のことです。ご自宅が接収されたとき、ポキプシーの新聞のみに競売広告が掲載されたためか、州公共事業部がオルバニーで競売を開いた際、応札したのはシーボ氏ただ一人でした、たしかカタニア舗装という名前の会社の社長です。さらに詳しく調べてみたところ、落札価格は一ドル、しかも、シーボ氏はヘイト神父の代理として競売に参加したらしく、神父はかなりの費用をシーボ氏に払って教会の隣まで建物を運んだようで、私たちがあの夜見たのはそれだったんです、現在は青少年センターとして利用……

――でも、そんな、一体どうして……

――たしかに伯母様たちがお望みになっていたような展開とは違うかも知れません、バストさん、でも、あなた、伯母様たちも、建物が保存されていると知ればお喜びになるかも……

――いや、でも、一ドルって！　一体どうして……

――不公正に思われるかもしれません、ええ、私も同感です、しかしながら、このようなケースにおいて州は少しでもお金をもらえれば何も文句は言わないんです、建物をよそに移す義務は購入者にありますので、州としては解体費を節約できるわけですから、実際、屋敷の裏にあった納屋兼スタジオの建物は州の負担で解体されましたし、あ、奥様、エンジェル夫人、どうぞ中へ、失礼しました、そこに立っていらっしゃることに気付きませんでした、どうぞ中へ、こちらにお掛けください、はい、バストさんと私が今ちょうど話していたのは……

――こんにちは、エドワード。二人の話は聞かせてもらいました、コーエンさん、どうぞ続けてください。

――と申しましても、もう特に話の続きはございません、ですが、私がその発見に至った皮肉な状況を少しだけ。先ほどお話ししたようなことが判明したのは、とある富裕な女性がきっかけでした、その方が行っている慈善活動の一つが、著名なアメリカ人芸術家のスタジオを保存することで、ご自分が後援なさっている文化センター計画のためにバスト屋敷が取り壊されるという話をたまたま耳にしたのだそうです、そのご婦人はニューヨーク・フィルハーモニック・オーケストラの理事でもあるのですが、急にジェイムズ・バストに関心をお持ちになったのには理由がございまして、ジェイムズ氏をオーケストラの新指揮者として現在の亡命状態から呼び戻すという決断がなされたからなのです、そうすれば、オーケストラが今陥っている財政的な危機を救うことが……

――お話の途中に失礼します、コーエンさん、こちらの楽譜はどこに置きましょうか、バストさん。バストさん……？

――え。

――お書きになった楽譜の束です、どこに……

――それは、それは捨ててください、そんなもの、捨ててください。

――でも、あれだけ一生懸命書いていらしたのに、あれだけ頑張ったものをそう簡単に捨てるわけには……

――言ったでしょう、捨ててください、ほら！　僕にください、自分で捨てますから！　こんなもの、こんなもの……

――でも、あれだけ一生懸命書いていたのに、それにダンカンさんだってきっと……

――いいですか、ダンカンさんはもう、僕は今朝ダンカンさんに、もうやる必要がないって言ったんです、作曲なんてやらなくてもいいって……彼は片方の足で紙をごみ箱に押し込んでいた。――僕はそもそも作曲なんてする必要なかった、ただ今まで疑ってみたことがなかったんです、僕の存在意義はそれしかないと思ってた、でも彼が、自分のやっていることにはそれなりの価値があると誰もが思ってると思ってた、彼もそう、ところが彼は、何もやる価値はないって僕に言ったんです、やり終えるまで何も価値はないって、やり終えたとき初めて価値が生まれる、たとえそれが価値のないことであっても、だって僕らにできることはそれしか……

——バストさん、お願いです、落ち着いてください……

——お願いですなんてなし、お願いですと言う余地は残ってないんです！　僕はそれだけひどいことをやってしまった、みんなは僕がやろうとしていることに価値があると思ってくれていたのに、僕はやらなかったんですから……！　彼はしゃがんで、ごみ箱から足で掘り返した紙を拾い、今度は拳で押し込み、——僕、僕は最初にあなたから言われたことをしておけばよかった、コーエンさん、あのとき遺産の半分を相続する権利を放棄する書類だか何だかに署名をしてしまっていれば、何もかも……

——いえ、しかしバストさん、それは、権利放棄証書の目的を誤解なさっています、あれはただの、もちろん現時点では何の関係もない問題ですが、もしも今からでも権利を主張なさろうとお思いなら……

——失礼、ええと、エンジェル夫人……？

——はい、私、私です、先生《ドクター》、何か……

——集中治療室にいらっしゃる旦那様のことですが、ええ、一つ折り入って……

——え、何です、何があったんです！

——いえ、いえ、どうぞお掛けください、いえ、旦那様、旦那様の容態に変化はありません、今、奥様が大変おつらい立場でいらっしゃるのは承知しております、エンジェル夫人、ですが、病院として一つお願いがございまして、どうか慎重にご検討を……

——で、何なんです！

——ええ、ご承知のように、もちろん私どもとしても精いっぱいの治療をいたしますが、旦那様が一命を取り留められない可能性もかなり現実的となっておりまして、突然、そのような事態が起こるかもしれず、状況は予断を許しません。とはいえ、外傷部位を除けば、お体は大変よい状態にあった、よい状態にあるようで、内臓が損傷を受けた兆候はまったく見られませんので……

——それって、それってつまり、回復の見込みが……

——いえ、いえ、残念ながらそういうことでは、あのですね、エンジェル夫人、万一、重要臓器の移植が行われるとなった場合、その、提供者《ドナー》の絶命後速やかに決断がなされなければなりません、ですので、奥様に前もって許可をいただくことができれば、いざというとき直ちに……

——お断りします。

——念のために申し添えますと、つい先ほど手術室に運ばれた患者さんがいらっしゃって、その方の命はまさに臓器移植次第……

——お断りします！　放っておいてください、その件はお断りします！

――先生《ドクター》、私、私はご夫妻の弁護士です、詳しいお話は私が伺いますので、どうぞ外の廊下で……

――ステラ……

――放っておいてって言ったでしょ！　もう充分でしょ、エドワード、もう充分にやったってさっき言わなかった？　あなたは彼のことを軽蔑してた、あなたは……

――僕が！　僕はそもそも彼のことなんて何も知らない、あの夜、納屋で会ったあの夜、今でも暗闇の中で割れたガラスを踏む彼の足音が聞こえる、君は彼の声を聞いても少しも動じなかった、何もかも壊されて、割られてた、僕は君を見つけたとき……

――あなたまさか、私がやったと？　私がガラスを割って、いろいろなものを壊したと……

――皿の話じゃない、君が皿を割ったと言ってるんじゃない！　そんなものはどうでも、皿なんてどうでもいい、そうじゃなくて、君はガラスを割って納屋に入った、勝手に侵入して、何もかも破壊した、二階でも、君が懐中電灯を照らしてる姿が今も目に浮かぶ、君がベッドの上にいる姿が今も目に浮かぶ、君の喉が見える、君の声が聞こえる、あなたから、あなたから誘惑しなくてもいいって、君の手の感触も……

――破壊、もちろん、私は破壊してやったわ！　あなたまさか、私があなたを求めているとでも思った？　あなたまさか、あの日、山の中で、私がこっそり見られているのに気付いていなかったと思ってるの？　私が小川に沿って歩く間、ずっと後を尾《つ》けられていて、水着を脱ぐときも、藪の中からじっと見られていたのを知らなかったとでも？　あの馬鹿げた妄想、突然の嵐のような溜め息に胸を震わせながらとか何とか、*ロマンチックな悪夢、私について勝手に膨らませたイメージ、あんなもの、あんなもの全部、破壊してやった！　あの納屋、次に扉を開けるときまでアイデアや空想、それに妄想が誰にも邪魔されず、未完成のままで潜んでいられるあの納屋、ジェイムズの才能を受け継いでいないんじゃないかという不安、だからあなたはお金で我慢することにした、しょせんはお金なのよ、音楽なんて全部ごみ箱行き！

――いや、君、君はまさに、ステラ、君は、あの人が言っていた通りだ、うん、君はまさに魔女だ、君は……

――誰がそんなことを言ったの、誰！

――君の喉、そう、その傷痕、暗闇の中で感じたその味を僕は覚えてる、ガラスを踏み砕く足音、君が彼を破滅させた、君は昔から彼を破滅させようと……

――ジャックでしょ、そんなことを言ったのはジャック……

――誰、ジャックって誰、破滅させる相手は誰でも同じこと、君はジャックも破滅させたんだ、そう、君は……

――ジャックは今どこ！

――彼、今の居場所は知らない、彼、僕が仕事をしていたアップタウンのアパート、彼もあそこで仕事を仕上げようとしてた、でも、僕は彼からそんな話を聞く必要はなかった、うん、僕も知ってたんだ、君が子供の頃から知ってた、君の破壊力については昔から噂を聞いてた、伯母さんたちがいつも話してたよ、君はあの人を嫌ってたから、作り話をして、噂を広めたって、そうだろ、ある夏、君がまだ子供だった頃、タナーズヴィルの夏、君は僕の母を嫌ってた、君のお父さんに対してあんなことをしたから、そうだろ！　あの女《ひと》は君のお父さんを捨てて……

——あなたのお父さん、そうよ、あなたのお父さんのもとに走ったから！　あの女《ひと》が父を捨てて、ジェイムズと結婚したいって言って、仕事に差し支えるからって断られたとき、そしてあなたが生まれて、やっぱり結婚したいって言って、それでもまた仕事の邪魔になるからって彼に断られたとき、突然、騒ぎになった、そして全部私のせい、みんなが全部私のせいにした！　あの恐ろしい女、タナーズヴィルで夏の縁日があった日、あのテント、私は運勢を占ってもらうためにテントに入った、中はすごく暗かった、女はスカーフとイヤリングを身に着けて、メークもすごく濃くて、衣装とアクセサリーのこともあったから、本物のジプシーだと思って私は興奮してたの、くだらないお世辞も言われて、テーブルには水晶玉もあった、本当はただひっくり返しただけの金魚鉢、女はその中を覗いて言ったわ、あなたはとても不幸だわ、お嬢ちゃんって、それを聞いて私は告白した、自分が何を言っているのかも分からなかった、女は知らないうちに私に次々と質問をした、父のこと、あなたのお父さんのこと、ネリーのこと、私が見てきたこと、私が耳にしたこと、何もかも、終わったときにも自分が何を話したのか分かってなかった、お代をいただきますって言う女に十セントを渡したとき、指が見えた、一本の指の先が欠けてた、それを見て正体が分かったわ、なぜか怖かった、私はテントから外に出て、転んだ、車の陰で吐いている私をあなたのお父さんが見つけて家に連れ帰った、誰も何があったか知らなかった、誰も事情を知らないのに、みんなが私のせいにした、みんなよ、だから私は誰も信用しないことにした、二度と！

——でも、僕、何のことだか僕にはよく……

——彼女が自殺したからよ！　ネリー、あなたのお母さん、自殺したでしょ！　あの人、ジェイムズに結婚する気がないって分かると彼女は遺書を書いた、ジェイムズをあなたの後見人に指定する遺書、すると彼はジュリア伯母さんに言った、その後アン伯母さんにも言った、私の父がスキャンダルで傷つかないように、実は密かに彼女と結婚してたんだって、ねえ、これでも……

——あの、失礼します、エンジェル夫人？　今、先生《ドクター》と話をしてきました、これですべて大丈夫だと、大丈夫ですか？

——ええ、私は大丈夫！　私、水を一杯もらえるかしら。

——もちろんです、はい、私が、さあ、さあどうぞ、お顔の色が……

――ありがとう。それで、お話というのは何ですか、コーエンさん。

――ええ、はい、もちろん、もちろん例の遺産の件です、エンジェル夫人、しかし、お二人とも精神的に大変な時期ですし、ここも落ち着いてお話しできるような場所ではありません、実は、先ほど看護師長から聞かされた話によると、この病室はすぐに別の方がお使いになるかもしれないのだそうです、ただし、少なくとも一つだけお二人に助言申し上げたいことがあります、お二人の立場が異なるのは承知しておりますが、間もなく出るＪＭＩとの裁判結果を待つ間、今だけは一族としての連帯を見掛けだけでも保っていただきたい、ゼネラルロール社の支配権を最終的に誰が握るにせよ、上級審でまたＪＭＩ社が激しく挑みかかってくることは必至だからです。実際、先ほど申し上げたように、私が伯母様たちと直接連絡を取ろうとしていた理由はそこにあるのです、伯母様たちの弁護士をなさっていたレンプ氏は約十六年前にお亡くなりになっていて、お二人が抱えていらっしゃる他のさまざまな問題を解決するお手伝いは現在、私がやっています、例の株式仲買人の破産を受けて今、一ドルあたり六セントか七セントを回収できる見込みが……

――待って、誰の話、クローリーさんですか？　破産ってどういう意味……

――彼の会社です、はい、単純破産、会社は解散です、たしか既にお話ししたと思いますが、クローリー氏が手数料を得るだけのために慌てて売買を繰り返す間に、伯母様たちの口座は大きく縮小していて……

――でも、僕は彼に貸しがある、四百ドルの貸しが残ってる、彼は小切手を送ると言ってたんだ、もし仮に、彼の銀行口座も差し押さえられるんですか？

――それは何とも言えません、バストさん、ひょっとしてそれが個人口座なら、まだ可能性が、失礼。看護師さん……？

――ジョー、車椅子を持ってきて、バストさんを玄関までお連れしてちょうだい、書類に代署はしていただけましたね、コーエンさん、慌ただしくて申し訳ありませんが、この病室がすぐに必要なんです、それからジョー？　すぐに戻ってきてね、部屋の掃除を隅から隅までやらなくちゃならないから、ベネチアンブラインドも、もしも患者さんが目を覚ましたら、多分、壁も塗り替えろっておっしゃると思う。

――ジョー、待って、待って、そのごみ箱……

――お願いです、バストさん、私たちは急いでるんですから……

――急いでるのは僕も同じですよ！　いえ、上にあるこの書類だけ……

――でも、何……

――今の僕にはこれしかないから！　ほら、車椅子なんて僕には必要ない、小切手が届いているかどうかを確認するために、早くアップタウンに行かなくちゃならないんです、もう待ち遠しくて……

――すみません、バストさん、病院の決まりなんです、それからジョー、車椅子を押して差し上げて、あの患者さん、彼女は緑色が大嫌いなの、カーテンの色も変えなくちゃならないでしょうね、この病院の理事の一人だものね、前にも一度入院なさったことがあって、ただの卵管通気法検査だったんだけど、一棟丸ごと改装する羽目になったわ。

――エンジェル夫人、さあ、コートは私が取ってきます、一連の件に関連するバストさんの立場についてお話ができ次第、お二人のどちらかから連絡をいただけるとありがたいのですが……

――もう話すことなんて何もない！　何も残ってない、そうだろ？　ステラ？　いや、いや、僕は他人がやっていることに手を出して、さんざん失敗をしてきた、他の人にさんざん損害を与えてきた、今後は自分のことだけをやる、今後は失敗をしても自分が困るだけ、僕にください、その書類、待って、その書類を僕に……

――それからジョー、あの患者さんは、食器は自分用のものを持参するって厨房に伝えておいて、食事も外から取り寄せるって、お手伝いさんが宝石と化粧道具を持ってくる、鏡台も持ち込む、とりあえず今掛かってるカーテンの色だけ確認して、きっとまたネグリジェを買いにお手伝いさんをサックス百貨店に行かせて……

――ついに退院ですよ、バストさん、もうすこし入院が長引けばクリスマスツリーが見られたかもしれません。またいつか顔を見せてください……

――ええ、はい、お世話になりました、いろいろと……車輪が回って廊下を進み、接近してくる大きなベッドをかわした。そこに横たわっている人はシーツの下で微動だにせず、ベッドは丸窓のある扉の向こうに消えた。車椅子は静かなエレベーターに入り、ガラスの扉をくぐった。――ありがとうございました、コーエンさん、失礼します、それからステラも、さような……

――私は一緒に行く。

――どうして、何のために！　僕らはもう……

――ジャックのため。今からジャックのところに行くんでしょう？

――うん、でも、分かった、僕はこの先でバスに乗るから、君は……

――バスですって、馬鹿言わないで、コーエンさん、あそこのタクシーを呼んでもらえませんか。何かあったら自宅に電話をください。

――もちろんです、はい、エンジェル夫人、旦那様のご容態に変化があればすぐに……

――容態の変化を待つ必要なんてありません、そうでしょう？　私があの人の代理として行動することで何か問題が生じるのなら、現在の状況のままでも私に必要な権限を与える書類を準備できると思うんだけど？

――あ、はあ、はい、そういうことでしたら……

――それからついでに、ええ、これ以上伯母様たちの手を煩わせるには及びません、夫の株と父の遺産を合わせれば過半数を占めるから、私が下す決断を妨げるものはありませんよね？　例えばさっきあなたが言った、昔から続いている裁判の件、結果が出たらすぐに知らせてください、コーエンさん、遅滞なく次の適切な行動を取らなければなりませんから、ゼネラルロール社が万一敗訴した場合、上訴の準備をすぐにする必要があります、もちろん負けるとは思っていませんけど、ここまでの話はお分かりいただけましたか？

――あ、はあ、はい、エンジェル夫人、もちろんです、はい、はい、どうぞ、扉は私がお開けしましょう……

――それと、繰り返しになりますけど、ありがとうございました、いろいろと助かりました。運転手さん？　アップタウンに向かってください、九十六丁目だったわよね、エドワード？

――うん、そう、二番街と三番街の間、うん、九十六丁目の二番街と三番街の間までお願いします、*運転手さん……彼は揺れるタクシーの中で抱きかかえるように書類を持ち、膝をそろえ、まるでその背中、後頭部を見詰められているのを意識しているかのようにシートの前端まで身を乗り出して窓の外を眺めていたが、肘を置いていた膝を組み直すと同時に視線を下げた。

――そのズボン、どうにかしたら、エドワード、途中でお店に寄って、服とコートを買ってもいいし、コートも持ってないんじゃ……

――要らない！　僕、僕は大丈夫……彼は書類を体から離し、シャツをズボンにたくし入れ、再び膝をそろえて身を乗り出した。――君は知ってたの、あの人、父さんが帰ってくるって知ってた？

――そういう提案はした。

――へえ……彼は窓の方を向いたまま背中を丸め、横を追い抜いていく巨大なトラックの側面を見ていた。そこには五人の小人が描かれ、「僕らは小さいままだけど、ビジネスだけは大きくなった」と書かれていた。次に見えたのは、洟をかんでいる無帽の女、合衆国郵便、デュモール宅配便、ガラスに鼻先を押し付けている茶色の犬。

――今、何て言ったの。

――何も、何も言ってない……！　バスが強引に割り込んで、タクシーが進路を譲り、矯正局の車が見え、ハンカチを丸める女性、エース写真サービス、緊急車両、――この角で……アメリカ棺桶社、XLタクシー、――運転手さん……？

――あなたにはまだ分かってない、そうでしょ！　あなたは彼が、何が起こるか彼が知っていたと思っているの？　いろいろな事態に果敢に立ち向かう彼にはどれだけの勇気が必要だったか……

——運転手さん！　そこ、その救急車の後ろに停めてもらえます……

——どこです、ごみ箱の並んでるあたり？

——そうです、はい……彼は書類を抱え、ドアに手を伸ばして、——ここです、はい……彼は車を降り、ドアを開けたままで言った。——君はここで待ってて、僕が中の様子を見てくるから……

——私もそのつもりだった。

——ああ、うん、もしも彼が、ギブズ先生が上にいたら、何か伝えておいてほしいことがある？

——何も。何もないわ！　うん、どうせあなたには分からない、そうでしょ！　自分勝手に苦しんでいた方が、自分が引き起こした苦しみ、取り返しの付かない苦しみに向き合うことより楽なのよ、エドワード、あなたには分からない、私が、エドワード？　ねえ、もういい……！

ドアが内側から引かれて危うく転びそうになりながら彼は向き直り、歩道に向かって後部扉を開けている救急車と焼けた車体との間を抜け、正面入り口をくぐってリノリウム敷きのフロアを進み、一段飛ばしで階段を駆け上がり始めたところで、——すみません……！と一歩下がり、二歩下がって、階段前まで戻り、狭い階段を端から端まで使って下りてくる白衣の一団を待った。

——そこの扉を押さえておいてもらえますか？　そうです、もう少し、もっと広く開けてもらえません？

——はい、いえ、いえ、これが限界です……

——待って、そっちを少し下げてくれ、ジム、これなら窓からロープで下ろすべきだったな。

——ロープは四階分しかないんだ、無理だろ。

——旦那《ミスター》？

——それでいい、もう少し頑張れ、そうそう……

——旦那《ミスター》、私も病院まで乗せていってもらえますか、旦那《ミスター》？

——病院には行きませんよ、そうだ、オーケー。通れたか？

——でも、うちの妻《づま》が、旦那《ミスター》、一緒に乗せてもらえますか、どこに行くんです？

扉がガタガタと音を立てて閉じた。彼は金属製の冷たい親柱を握り、今度は手すりに手を添えながら一歩ずつ階段を上がり、廊下の突き当たりまで進むと、ちょうつがいが完全に外れた扉が斜めに壁に立てかけられていた。——ごめんください。彼は扉をノックし、——ギブ、あ、アイゲンさん、こんにちは、ギブ……

——まったくもう、どこに行ってたんだ、入れ、今電話中だ。

——僕はさっきまで病院……

——え……？

——さっきまで病院……

——いいか、くそ合意書を書き直せって言ってるわけじゃないぞ、私が頼んでるのは明日の午後じゃなくて今日、あの子に会わせてくれないかって、ただそれだけのこと、私はここのところずっと……いいや、そんなことは分かってる、でも……何に慣れてないって……？　いいや、いいか、待て、聞いてくれ、私が自分の息子に会うってだけなのに、まるでそれが特別な計らいをしているみたいな言い方はよしてくれ。君は……分かった、別に二人でどこに行こうといちいち君に報告する必要はないだろ、あの女《ひと》はとても優しくて……あの子が何をしたって……？　いいか、もちろん私はそんな話をしたことはない、私が誰か別の人と結婚して子供がたくさんできたらきょうだいが増えるなんて、そんな話はしてない、そんなことより……それは私がシュラムの遺産処理を手伝っているからさ、それだけのこと！　あの女《ひと》はとても優しくて……いいや、どこで……いいや、私は知らない、いいか、もしあの子が引っ越しのときに持って行きたがってたのなら、どうして置いていったんだ、他のものは全部持って行ったくせに……ああ、ブルックナーと二重鍋は置いてったんだったな、*そんなことは分かってる！　いいか、まぐさ桶のおもちゃだな、見つけたら持って行ってやるよ……ああ、畜生、分かってる、クリスマスにはあれが欲しいと言ってるんだろ？　何……だってくそ裁判所命令にそう書かれているから、そうだろ？　クリスマスはみんなで一緒に過ごさなくちゃならないって、だろ？　なあ、聞いてくれ、デビッドはそこにいるのか？　いるのなら……ああ、ちょっとの間だけ、家に入るように呼んでくれたら……？　分かった！　いいか、じゃあ、どのタイミングに電話をしたらいいのか教えてくれ、いつだったらあの子と……私はずっとこの電話番号の場所にいるわけじゃないからだ、ああ、ここには用事を片付けに来ただけ、宅配で書類が届いたらすぐに……ああ、とにかくあの子に、パパから電話があったってことだけ伝えておいてくれないか？　また後で電話する……分かった、また電話するよ！　じゃあな！　畜生……！

——でも、アイゲンさん、その人、誰……

——あばずれ。

——ええ、でも、僕が言ってるのはその、そこにいる人、あそこで僕をじっと見ている男の人、それと、そこにいる中国人の女の子、箱に腰を下ろして……

——ああ、誰だと思ってる！　香港から来た女の子さ、おたくの会社のためにセーターを運んできたんだそうだ、帰りの切符もなし、書類も持たず、英語もしゃべれない、もうすぐ入国管理局が迎えに来る、不法入国者として収容されるんだ、ていうか、ここがどうなってるか君は知ってるのか、バスト君？　連邦保安官や郵政監察官や国税庁職員が紙切れ一枚一枚に管轄を言い争って、私も今まで自分の書類を持ち出すことができなかった、貴重な原稿がそこら中に散らばってて、まあ、燃えてなくならなかっただけ幸運と思わなきゃならないな、おたくの紙マッチが部屋のあちこちに散らばってる、見ろ！　消防署から五通の召喚状、公衆衛生局の人が呼ばれて、冷蔵庫を覗いた途端に……

——ええ、でも、あの、本当は僕のじゃないんです、あのマッチ、あれは……

——JR社だか何だかのロゴが入ってたぞ、君が働いてた会社じゃないのか？　それに、JRってやつがここに何度も電話をかけてきてる、何を言っているかほとんど聞き取れない、なあ、この箱、ちょっとそっち側を持ってくれないか？　バスタブの向こうまで押し込みたいから、本人は風邪を引いたせいだって言ってた、君と直接会うことはできないけど、学校には郵便で小切手を送るように言っておいたらしい、君が当てにしていた小切手だそうだ、君が怒ってないか、君の身に何が起きたのかって心配してたぞ、いや、待って、もう少し奥まで押してくれ、そうしたらテープで蓋をしてしまおう。弁護士、記者、幹部人材派遣会社、自由人権協会、酔っ払った将軍、君と連絡を取りたがってる誰かさん、ていうか、ここがどうなってたか知ってるか、バスト君？　インディアンの司法扶助財団、どこかのテレビのくだらんトークショー、君が給水塔をペンキで塗り替えたどこかの町の環境美化委員会が何かの賞をくれるそうだ、食事会にも招待したいらしいぞ？　クローリーという名前の人からは何度も電話、それから電話会社も、ていうか、くそ電話会社の請求は一万一千ドルを超えてるそうじゃないか？

——いや、でも、待って、待って、そのクローリーさんですけど、小切手の話をしていませんでしたか……

——君に貸したスライドがどうとか言ってたな、怒った様子で、借りたものを返さないとはけしからんって、ほら、バスタブの上のフォルダーを取ってくれ、別の箱の下になっているのがやっと見つかったんだ、二度と、違う、そこの染みだらけのフォルダー、なあ、この後どこかに行くのか、今、急いでる？

——あ、いいえ、ええ、実は行くところがどこにも、ええ、とりあえず小切手が届いてないかと思ってここに……

——それならよかった、じゃあ、頼みたいことがある、電話がかかってきたらすぐ、フレディーを指定の場所まで送っていってくれないか？　新聞に人探しの広告が出てたんだ、妹さんが彼を探してる、いつから探してたんだろう、詳しいことは弁護士に調べてもらってる、折り返し電話がかかってくるのを待ってるところだ、私が自分で送っていってもいいんだが、ちょうど今、配達屋《メッセンジャー》が来るのを待ってないといけないから、そこの箱を取るのを手伝ってくれないか？

——ああ、はい、でも僕が訊きたいのはその、あそこ、奥にいるのがフレディーさん……

——ああ、大丈夫だ、心配要らない、あそこの点いたり消えたりしているランプの電球を外せば問題ない、あいつはそれが母親からのメッセージだと勘違いしただけ、私が縛る間、箱の蓋を押さえておいてくれないか？　ラジオを銃で撃つ騒ぎがあってからはずっとおとなしくしてる、ジョーンズ家の若造たちが外のクラブハウスで火事を起こしたときも動じなかった、フレディーが取り乱したのは、バスタブの中で溺れ死んだ猫が見つかったとき、工事の人が来て水を止めたときに、なあ、私がここのフィルム缶を押さえておくから、その間にそこの箱を引き出してくれないか？　最近、ここから膝のところまで痛みが走るようになって、今以上にひどくなったら困るんだ。

——ああ、はい、でも、そのフレディーですけど、どこから来た人なんですか、そもそも誰……

——もう少し引っ張り出してくれないか？　ある日、雨に濡れているところをジャックがここに連れてきた、寄宿学校で一緒だった男らしい、それからずっとここにいるんだ、そこのテープを取ってくれないか？　ジャックとフレディーはどこかからゴルフ練習セットを見つけてきた、向こうの本と箱の上に広げてある、ジャックがそいつにゴルフを教えてるんだ、食事はいつもフリーズドライの鶏のマレンゴ風、飲むのはいつもグレープジュース、とにかく私としては彼を無事に家族のもとに送り届けたい、早くしないとまたジャックが、待って、私がテープを貼るからこの蓋を押さえておいてくれ、それと、誰だ……

——はい、でも、ギブズ先生はどこに……

——こんちは……？

——やれやれ、誰だ……

——グリンスパンさんいる？*　ゼネラルモーターズに言われて、ここに来たよ……

——やつは今、いや、でもとりあえず入って、さあ……

——あたし忙しい。彼、いつ戻る？

——なあ、やつはいない、いなくなった、死んだんだ、でも入って、私が……

——死んだ？　それ残念、うん、あたし、それしない。さよなら。

——やれやれ、一体どこから来たんだろう……

——さあ、分かりません、でも、そんなことよりグリンスパンさんの身に何があったんです……

——話せば長くなる、ジャックがやつの死亡記事を新聞に載せたんだ、それからほら、バスタブの上の箱を取ってくれ、ひょっとするとこれを全部その中に入れられるかもしれない、ブリタニカがついにやつの正体を突き止めた、百科事典一セットを二十ドルに負けるのと引き換えに正体を探ってたんだ、ジャックはグリンスパンを最優等の成績で卒業させるため私たちに替え玉で試験を受けさせた、事典の編集者たちは二十年前から彼を追ってた、でもその努力は水の泡、電力会社は盗電を見つけて、グリンスパンを詐欺で追ってる、国税庁はやつがいつどこでどれだけ競馬で儲けたか、腕の長さほどあるリストを作って持ってきた、年配の女は強制収容所の同窓会にやつを誘いに来た、コネチカット州高速道路局も道路建設中に家族と思われる墓を見つけたと言ってここに来た、待て、気を付けろ、私が電話に出る、さっき話した電話かもしれない、もしもし……？

うん、うん、了解……了解、うん、今ここに知り合いがいて、すぐに彼を送り届けてくれるそうだ、彼女は何か言ってなかったか……おとなしくそこに座ってる、暴力を振るうようなことはなかった、ただ、バッハのメヌエット、ト長調がアスピリンのコマーシャルで遮られたときは、調査官の銃を奪ってラジオが壊れるまで撃ちまくったが……私もそう思う、身柄が妹さんのもとに戻れば、うん、彼は……今は、うん、ここにいる知り合いが彼をそこまで送っていってくれる、ちょっと待っててくれ。なあ、今すぐフレディーを送ってきてくれるか？　七十丁目あたりの……

――ええ、はい、その、僕宛の手紙が届いてないか確認が終わったらすぐに……

――奥を調べろ、アップルトンの第三巻、ＧＲＩＮ－ＬＯＣの中、ジャックが何かを挟んだって言ってた。もしもし？　大丈夫だ、うん、郵便を探してるだけ、見つかったらすぐに出発できる、それで……それは伝えておく、ああ、それで例の件はどうなってる、今朝電話した件、例の……あいつとウォールデッカーってやつを訴える件、そう、いいか、話を総合すると大体こういうことらしい。私はゴールというその若い男に自分が書いた脚本を渡した、単に読ませてやろうと思っただけだ、なのにやつはその脚本をエンジェルズ・ウェストっていう出版社に額面千五百ドルの株と引き換えに売り飛ばした、その出版社もまた、エンジェルズ・イーストって会社に額面十万ドルの株と引き換えに売り飛ばして、それが帳簿上、九万八千ドルの儲けとして記載されていたわけだ、それで……いいや、実はどちらもウォールデッカー、そこが重要なところさ、エンジェルズ・イーストもエンジェルズ・ウェストもどちらもウォールデッカーの会社、そして……いいや、でも、実際に上演が行われた、そこが大事なところなんだ！　三日間、興行が続いて、チケットは完売、でも突然、後援者が口を挟んで、何の説明もなしに興行は打ち切りに……待て、いや、軽犯罪って何だ、やつらは……いや、名誉毀損、懲罰的損害賠償、いくらでもあるじゃないか、それ全部だ、うん、後援者も含めて全員、それから、別件で一つ、私……いや、いや、これは今日の新聞に載っていた広告の話、ベビー・ジーターと三人の患者っていうロックバンドがコンサートを開くって……いや、ジーザスじゃなくてジーター、それで、私はそのバンド名を使わせたくないから、裁判所に差し止め命令を請求してくれ、やつらは一体どこからその名前を……やつらにその名前を使う権利はないからさ、あの名前は私のものだ！　私は……別に私の名義でどこかに登録してあるわけじゃない、いや、でも、あれは、あの名前には個人的な思い入れがある、あれは私と私の息子のものなんだ、その大事な名前を汚されたくない……誰、息子か？　いいか、畜生、息子は四歳だ、ロックバンドを作るわけがないだろ、それどころか……その子だ、うん、デビッド、私の一人息子、そう、それで思い出した、うん、例の後見人認定証はいつもらえるんだ、そろそろ……記録がないって何の……？　いや、いや、私はあの次の朝に六十八ドルの小切手を遺産管理人に送った、ギブズから小切手が届いた記録がないのならあいつは多分まだ送ってないんだろう、あいつは、それなら私が立て替えておいた方が話が早そうだ、あいつの支払いを待っていたらいつになるか分からない、やつは元妻に和解金として渡した株のことで国税庁にも追われてるし……やつはそんなこと全然考えてなかった、うん、せいぜい数百ドルか数千ドル相当だと思っていたのさ、昔働いていた小さな同族会社で餞別代わりに渡されただけの株、ところが会社はその頃からずっと儲けを全部内部留保に回していた。やつが扶養料として株を譲ったときに国税庁が割り込んできて、長期資本利得《キャピタルゲイン》税を約二万八千ドルと算定した、あいつはその間、現金を一セントも目にしていないのに……そう、それは分かってる、でも……彼はここにいる、でも今は電話に出られない、彼は……いいか、電話に出たって何の役にも立たないだろ！　今日の午後、娘に会うときにブーツを一足買ってやりたいって言うから彼に二十ドル貸してやったばかりだ、あいつはそこまで金に困ってるのに……ああ、もちろん、君が遺産処理を任された登録弁護士だってことは分かってるよ、ビーミッシュさん、でも……御影石だ、うん、高価だったことは知ってる……たしかに奥さんは当惑してる、うん、でも彼女が悪いわけじゃない、今朝も朝食をとりながらその話をしたけど……何の手紙、アーリントンから？　いや、いや、新聞に載っていた記事を読んだだけ、あの墓碑銘は、お国のために戦い、アーリントンに埋葬されたすべての人々に対する冒瀆だとかいう記事……ああ、でも、だからって彼を訴追することはできないだろ？　あいつは遺言の中で執行人に指名されてるわけだし、シュラムの遺志をただ遂行しただけだと言うだろうから……分かった、うん、今晩もう一度彼女と話してみる、君が出張に出掛ける前にその点ははっきりさせておく……え、例のたばこ会社の株？　多分、奥さんは当分手放さないつもりだと思う、うん、もちろん、ここのところ株価がみるみる持ち直しているから喜んでいる、じゃあ、明日また連絡する、失礼……それはここにメモした、うん、手間を取らせて悪いね、じゃあまた。バスト君？　郵便は見つかった？

——ええ、でも、でも、あの、隣の部屋にいるのは誰……

——畜生、窓から離れろ！

——ええ、でも、あの部屋、何があったんです、誰、部屋の中のものが全部……

——何があったように見える、老人が勢いよく扉を閉じた途端に天井が崩れ落ちたんだよ、老人が、待て、待て、君の下、紙袋と一緒に押し込まれてる書類、そう、それ、私の、いや、いや、畜生、しわくちゃじゃないか、きれいに入ってたのをあいつがぐしゃっと全部詰め戻したんだな、ほら、それ、それは捨ててしまってくれ、待て、そこの箱、二枚重ねフェイシャルティッシュ、違う、流し台の上にある箱、中は空《から》か？　その箱の中に捨てておいてくれ、ひょっとしたらあいつはまた要ると言いだすかもしれない、一体全体、何を書こうとしてたんだかもよく分からないが、待て、待て、どこに行く……

——シュラムさんの、隣の部屋にギブズ先生が誰かと一緒にいるのが見えた気がするんです、僕は先生に話しておきたいことが……

——ああ、畜生、さっきも言ったじゃないか？　やっとあいつを落ち着かせたところなんだ、何年も前からあいつが取り組んでいた肖像画、ある晩、家を訪ねてきた老人を中に連れ込んで二十四時間モデルを務めさせた、ゆでたジャガイモばかり食べさせて、ようやく絵が完成した途端に老人が脱走した、乾きっていない絵の具に漆喰の粉が付いた、やっと落ち着かせたところなんだ、ジャックが付きっきりでブロッホの『夢遊の人々』を読んで聞かせてる、二時間前から三十五ページで止まったまま、君が今行ったらまたあいつが騒ぎだすに決まってる、胸ぐらを摑まれて大声を浴びせられるぞ！　私は見たが、あの部屋はすごいことになってたんだ！　なあ、向こうは君がフレディーを連れてくるのを待ってる、郵便が見つかったのならさっさと……

——いえ、でも、ギブズ先生と話したいことがあるんです、ある人が階下《した》で彼を待っているから、女の人が階下に停まっているタクシーで彼のことを……

——畜生、どうしてあの女、ていうか、どうして君が彼女のことを知ってる？

——ああ、ええ、彼女は……

——分かった、私から話しておく、話しておくから君はさっさと……

——いいえ、でも、もし今、先生が階下に下りていかなかったら、きっと彼女は……

——いいから、私には全部分かってる、あいつには私から言っておく！　さあ……

——でも、なぜ……

——なぜって、あいつは血液の再検査を受けたから、まだ五十年は生きるって言われた、だからさ！　白血球数が異常に多かったのは喉の炎症を抑えるために飲んでいたペニシリンが原因だった、最後に彼女から電話があったとき、やつは話をする気がなかった、だから声を聞いた途端に年取った黒人召使いになりすました、はい、はい、ギブズの旦那は女遊びが過ぎますです、バーミズクイックってところに引っ越したって伝えるように言われましたです、そっちに小さな工場を作って暮らすです、それ以来、やつは電話に出ていない、いいか、住所はこれ、ここに妹さんがいる、名前は、畜生、どこにやった……

——でも、ていうか、まだよく分からないんですけど……

——いいか、バスト君、君は分からなくていい、誰も君が理解することを求めてない！　君がさっき流し台の上の箱に放り込んだ書類、やつはあれに大変な労力を注ぎ込んだ、でも誰も君にそれを分かってほしいと期待してはいない、やつがそこに何を見ていたのか君が理解することは期待されてない、ここにある箱、私たちがそこに何を見ていたか、隣のアパートにある絵、あれは素晴らしい、漆喰まみれの今の状態でも素晴らしい、やつは床にひざまずいて漆喰の破片を一つ一つ取り除いてる、やつがそこに何を見ていたか、誰も君に分かってほしいとは思っていないんだ！ ジャックが何を見ていたか、シュラムが何を……

――アイゲンさん？

――誰一人として！ だって君なんてただの若者……

――小切手を現金に換えてもらえませんか？ 四百ドル分の小切手がここにあるんですけど、これは不渡りかもしれません、それとは別に全米作曲作詞出版家協会《ASCAP》から二十六ドル五十セント、学校から一ドル五十二セント、それから、破れてますけどテキサス湾エネルギーから十五セント。タクシー代のために現金が欲しいんです。

――畜生、ほら、これを持って行け、待て、これが住所だ、カトラー夫人、君が来ることはドアマンに言ってあるそうだ、リチャード・カトラー夫人*、あのあたりは高級住宅地だからチップが期待できるかもしれないぞ。フレディー？ さあ行こう、この青年が妹さんのところまで送ってくれるそうだ、妹さんが向こうで待ってるって……

――それと書類が、前に僕はここに書類を置きっ放しに……

――ああ、畜生、どんな書類だ。

――どんなって、普通の書類です、アイゲンさん、ただの紙にクレヨンで……

――待て、そこ、その下、それか？

――はい、はい、あった、ほら。すごく普通の書類でしょ。

――ああ、分かった、さあ……

――ただの、ただの鶏の足跡みたいじゃありませんか、ほら。でも、僕にはこれが聞こえるんです。

――ああ、分かった！ さあ……

――ていうか、僕が聴いているものを演奏者が聴いて、彼が聴いているものを客に聴かせるまでは、こんなのはただのごみ、そうじゃないですか、アイゲンさん、この部屋にあるすべてのものと同じ、ただのごみ、あなたやギブズ先生やシュラムさん、あなたたち全員が見ていたすべてのもの、そんなのはただのごみだ！

――いいか、頼むから、畜生、とにかく君は、やらなければならないことをやってくれ、さっさと……

――そうなんです、僕はやらなければならないことをやることにしたんです！ そう、それから、ギブズ先生に伝えておいてもらいたいんですが……

――伝えておく……！ 彼は勢いよくかがんで、〝風味豊かなワイズ・ポテトチップス！〟をバスタブの上に持ち上げ、しばらく中を覗き込んでから縛り、また別の、糸のもつれた操り人形と紐のない赤のスニーカーとラッパを構える腕と脚のない羊と乱暴に手足を切り取られた聖母の入った箱に蓋をしながら、――ろくでなしども《バスターズ》め、若いろくでなしども《バスターズ》……とつぶやき、テープに手を伸ばし、途中で受話器を取って、――畜生、もしもし？ はい、ちょっと待ってて……と言って手を離すと、受話器は〃新改良マゾーラ食用コーン油一パイント缶二十四個入り〃の上にぶら下がった。――はい……？

――入国管理局です、こちらに……

――女の子ならそこにいます……彼は〃新改良マゾーラ〃にもたれかかり、威勢よく入ってくる制服に道を譲った。

――やっと捕まえた、ていうか、まじやば《ホーリー・シット》、今まで一体どこに……

――アイゲンさん？

――え？ そうですが、何か……

――デュモール宅配便です、荷物の引き取りに伺いましたが、電話くれたのはおたくさん？

――やっと来たか、うん、じゃあそこの……

――うわ、ちょっと待って、お兄さん、こんなにたくさん積めないよ……

――いいか、私はお兄さんじゃない、おたくさんでもない、全部運べなんて言ってない！ そこの箱だけ、それとバスタブの上の山、それを東六十四丁目まで運んでくれ、シュラム様方、このいちばん上に書いてあるのが住所、私は向こうに先回りして待っておく、待って、待って、そのフォルダーは私が預かる、二度となくしたくないから……彼が〃一枚重ね白五百変わり種《ノベルティ》ロール〃を脇へどけると、身動きできないほどたくさんのナイロン製セーターを着込んだ女がそこを通り過ぎた。制服を着た黒髪の男は緊張した軽蔑の眼を床に向け、紙マッチ、コマ送り用の穴《パーフォレーション》のあるフィルムに連なる灰色の四角、逃走する縞を写したガラスの四角を踏んだ。

――メリカの本当の姿、僕らには守らないといけないものがある、僕らはいつだってみんなを助けてあげる、みんなも僕らみたいにするべきなんだ、ね？ でも、ていうか、本当にあの人本人が僕に手紙を書くと思う、ねえ……？

――紙マッチ、いくつかもらっていいですか、お兄さん？

俺……

――一つどうぞ、千個でもどうぞ、くそ。ついでにトイレットペーパーも要らないか？

――いや、ちょっと……

――ほら、給料をもらってるのならさっさと本来の仕事に取り掛かってくれないか？ 畜生、どうして、どうしてみんな黙って、自分の仕事をしないんだ！ じゃあ、向こうで会おう。

――僕のところには次々と手紙や依頼が舞い込んでる、だ

って覚えてるでしょ、例の本、成功とか自由企業体制とかについて本を書くように言われた話、ね？　それとあの日、列車で読んであげた話、パレードの先頭に立って、人前に顔を出す話？　だから、ていうか、ねえ、一ついいことを考えたんだけど、ねえ、聞いてる？　ねえ？　聞いてるの……？

訳注

二一　**お金……?と、かさかさした声**　【場面】ニューヨーク州南東部ロングアイランド南西岸にある町マサピーカ郊外のバスト家。

二一　**父さんは一度もオーストラリアに…**　バンクーバーはカナダの都市だが、勘違いしている。

二一　**コーヘン**　アンとジュリアはコーエンの名を間違って発音し続ける。

二一　**アンダーソンヴィルの刑務所**　アンダーソンヴィルはジョージア州南西部の村で南北戦争時に北軍兵士の捕虜収容所があった（一八六四―六五）。言及されているのがその捕虜収容所かどうかは不明だが、時代的にはありえる。舞台地図Ⅰ⑩参照。

二一　**被相続人**　法律用語で、財産などを相続される側の、例えば死亡した人のこと。この文脈においてはトマス・バストを指す。

二二　**ゼネラルっていうものだから…**　おそらく、「ゼネラル」という語に「将軍」の意味があるため。なお、general の実際の発音は「ジェネラル」に近いが、ゼネラルモーターズやゼネラルエレクトリックなどの社名が定着しているので、本書では「ゼネラル」の表記に統一した。

二二　**あら、そこまで昔じゃありませんよ…**　コーエン氏が言っているのはスペイン内戦（一九三六―三九）のこと。メイン号爆破事件がきっかけで起きたのは米西戦争（一八九八）。

二五　**遺書あるところには道がある**　「意志あるところには道がある」ということわざをもじっている。

二六　**スーザの楽団**　ジョン・フィリップ・スーザ（一八五四―一九三二）は米国の作曲家で「マーチの王」と呼ばれる。

二八　**はい、どうも、どうぞ**　話を中断して、ボタン付けに対する礼を言い、はさみを渡すために声を掛けている。以下、この小説では同様に、ちょっとした言葉遣いによって状況描写が行われる。

二八　**タナーズヴィル**　舞台地図Ⅱ③参照。

二九　**あの子**　エドワードのこと。以下、代名詞などが誰を指すか曖昧であることで勘違いが起こり、プロットが展開する部分もあるので、訳者が代名詞を人名に置き換えることは極力控える。

二九　**ヒューバート対クラウティアの判例**　英米法の判例は「(原告名) 対 (被告名)」という形で言及される。なお、この小説の中で言及されている判例の多くは実在する。

二九　**金槌を叩いてる音、聞こえた?**　ここで物音が聞こえていることに注意。空耳ではない。

三〇　**有力《ポテント》**　「ポテント」という語には「性交能力がある」の意味もあるので、コーエンはここで少し引っ掛かっている。

三一　**モーリス・ラヴェル**　フランスの作曲家（一八七五―一九三七）。

三一　**準州**　州に準ずる領土のこと。アメリカ合衆国西部に現在ある州はもともと、多くが準州だった。

三一　**キース興行**　アメリカ・ボードヴィルの父と呼ばれたベンジャミン・フランクリン・キース（一八四六―一九一四）が設立した興行系列。

三一 **カイ……ロ？**　コーエンの頭にはエジプトの首都が浮かんでいるようだが、カイロという町はアメリカ国内にいくつかある。避寒地としてはジョージア州のカイロである可能性が高い。舞台地図Ⅰ⑪参照。

三一 **『ピロクテーテース』**　ピロクテーテースはトロイア戦争でヘラクレスからもらった毒矢でパリスを射殺した弓の名手。ソフォクレスはその物語を劇にした。

三二 **エイブラハム&ストラウス**　ニューヨーク市ブルックリンにある百貨店。

三三 **解放**　法律用語としては単に親権から解き放たれるということだが、「奴隷解放」という文脈で用いられるのと同じ語なので、あたかも強い束縛が存在していたかのように聞こえる。

三五 **コーヘンさんはさっき眼鏡を壊しちゃったのよ**　三二頁下段参照。

三五 **ひょっとしたら何かすごい偶然の成り行きで私たちが……**　【ネタバレ】実際、レンプ屋敷はこの後、老人ホームに改装されて、アンとジュリアは入居することになる。

三六 **どこか西部の方の政治家**　【ネタバレ】おそらくミリケン上院議員。

三六 **ティンブクトゥ**　アフリカ中央部マリにあるイスラム教の中心地だった町の名。転じて僻遠の地の意。

三七 **彼が出掛ける音**　二九頁で聞こえた「金槌みたいな音」のこと。ちなみに、その時点でボタン付けは終わっていた。

三八 **カイドウズミ《クラブアップル》の木**　リンゴの仲間で日本原産。直径一センチメートルほどの赤い小さな実がたくさんなる。

三八 **いい曲のためには悪魔でもお金を払う**　聖歌よりも民族音楽が人気があることを嘆いて「どうして悪魔がいい曲を独り占めするのか」と言ったロウランド・ヒル牧師の言葉と、「踊る者は笛吹きに金を払わなければならぬ」（得をする者が金を出さなければならない）ということわざを混同している。

三八 **イボタノキ**　生垣に多い木。

三九 **銀行の正面**　【場面】マサピーカにある銀行の前。

四一 **教員用駐車場に入ると……**　【場面】マサピーカにある中学校。

四二 **第二法則**　ギブズが問題にしようとしているのは熱力学の第二法則、通称「エントロピー増大の法則」。

四三 **静止している物体が静止し続けようとする傾向**　この生徒が答えようとしているのはニュートンの運動法則。ニュートンの運動法則は三つの部分から成り、第一は慣性の法則、第二は物体に作用する力と加速度との間の比例関係、第三法則は作用・反作用の法則。

四三 **ディセファリス先生《ミスター》**　「二つの頭を持つ」(dicephalous)をもじった名。

四三 **ドアを引き開け**　この時代にはまだ、学校など公共の建物は扉が内向きに開き、店などは外向きに開くことが多かった。したがってここは、学校が徐々に商業にのみ込まれていることを皮肉った細部。三〇五頁上段も参照。

四三 **ドアは彼が中に入った後……**　【場面】校長室内。

四三 **ホレイショー・アルジャー賞**　苦学力行の人を表彰するため毎年数名の米国人に与えられる賞。ホレイショー・アルジャー（一八三二—九九）は米国の小説家で、少年向きの苦学力行物語を多く書いた。

四三　自信、すなわち個人や集団への自己信頼こそ…　第三十四代アメリカ大統領アイゼンハワーの、やや意味が分かりにくい言葉。校長室にアイゼンハワーの写真と言葉が飾ってあるらしい。

四四　心理《サイコ》　校長は言葉に詰まっているのだが、「精神病質者《サイコ》」と言っているようにも聞こえる。

四五　教育評価《テスティング》を調整《テイラー》できさえすれば　【補足説明】ホワイトバック校長は非常に抽象的で漠然とした表現を頻用する。

四五　町の中で人におもちゃのピストルを突きつけて…　四〇頁下段参照。

四五　それが一部、性格診断の予想と一致しないものがある　【ネタバレ】リロイがデータカードに悪質ないたずらをしていると思われる。

四六　グラッドストン・バッグ　主に旅行用の大きく口の開く大型トランク。

四七　後ろに迫ったピンストライプの脅威　【補足説明】ペッチ議員のこと。議員を校長室に通した際に一緒に入ってきたスキナーが部屋から追い出される。

四七　その種の自信を喚起するためのキャンペーン…　先にあったアイゼンハワーの言葉をそのまま使っている。

四七　セデル　キリスト教の聖金曜日は復活祭の前の金曜。ユダヤ教のセデルはユダヤ人のエジプト脱出を記念して過ぎ越しの夜に行う祝宴で祝日ではない。

四七　パローキアル・スクール　宗教団体経営の私立学校で、通例はカトリック。

四八　用務員の給料　【ネタバレ】リロイが不正に高額の給料を要求しているらしい。

四八　フィルムストリップ　コマごとに切っていない映写用スライド。

五一　関連《コンジャンクション》、関れ《コンジャンク》、連《ジャンク》…　ペッチは言葉の一部を繰り返しているだけだが、「ごみ《ジャンク》」と言っているように聞こえる。

五一　ハイウェイ建設基準に関してとだけ書いておいたらいい　【補足説明】ガンガネッリはペッチと同じ法律事務所の共同経営者《パートナー》。ペッチ州議会議員はハイウェイ建設基準改正に関して、カタニア舗装社社長のパレントゥチェリから賄賂を受け取ったらしい。

五三　二ポンド　約九百グラム。

五四　ミス・ラインゴールド　「ラインゴールド」ビールを造っていたリープマン酒造は毎年ミス・ラインゴールドを選んでいた。ワーグナーとは無関係。

五四　「お腹を空かせた目」　「お腹を空かせた目」というのはテレビのこと。好奇心に満ちた視聴者に迎合するテレビ業界をそう揶揄する著作が一九六二年に出版されている。

五五　高さが三百五十フィート、根元の太さが三十フィート　それぞれ約百七メートルと九メートル。

五五　六千九百万ヘクタール　ちなみに、アメリカ合衆国の国土面積は九億八三四〇万ヘクタール、連邦政府所有地は二億六七九八万ヘクタール。

五五　ガラス越しにじっと屋内を覗き込んでいた　【場面】マサピーカにあるユダヤ教寺院。

五六 **ピンオークの木**　ブナ科の落葉高木。切れ込みの大きい葉が特徴。

五六 **ラインの乙女さん**　ヴォークリンデ、ヴェルグンデ、フロスヒルデの三人。

五七 **手の甲の傷**　ジュベール先生のハイヒールに踏まれた傷。

五七 **いつもの緑色の車**　ちなみにスキナーの車は緑色。

六一 **「バッファロー・ギャル」**　十九世紀半ばからあるカントリーの楽曲。

六二 **デシフ**　この子供のように発音した場合、ディセファリスの名前は「梅毒《シフィリス》」と響き合っているように感じられる。

六二 **その中古車は垂れ下がった枝の間に飛び込んでいた**　【場面】TVスタジオに向かう車の中。

六二 **ショッティーシュ**　遅いテンポのポルカに似たドイツのダンス。車が速度を落とさずに右折しているので、運転者の体が大きく振られている。ディセファリスは車の運転が荒い。

六二 **バハイ教**　十九世紀イランに起こった宗教で、すべての宗教真理の統一と世界人類の統合とを強調する。

六三 **スモーキー・ベア**　山火事防止、環境保護のシンボルとなっている熊のキャラクター。ここはその着ぐるみ。

六三 **ハイドがスモーキー・ベアから顔を上げた**　【場面】校長室内。

六五 **忠誠の宣誓**　公職に就く者などに求められる、反体制活動をしない旨の宣誓。

六五 **誰にでもある笑いの国…**　ディズニー映画『南部の唄』（一九四七）に使われた歌の「エブリバディ・ハズ・ア・ラフィング・プレイス」。

六五 **平土間にも天井桟敷《さじき》にも受ける内容**　「万人受けする内容」ということ。

六五 **ゴットリーブ**　同じ綴りの名前だが、ドイツ語ではゴットリープ、英語ではゴットリーブと発音する。

六八 **アリ**　ドイツ製のカメラ、アリフレックスの通称。

六九 **だって信頼とうんこは全然違うことだから**　モーツァルトが従妹に宛てた一連の「ベーズレ書簡」はこのような卑猥で尾籠《びろう》な表現であふれている。モーツァルトが言っているのは、「何かを信じることとほらを吹くことは別物」といった意味とも考えられるが、「うんこ（shit）」という単語を公の場で口にしたことが以後の展開に影響するので、ややぎこちないがそのままの訳とした。

六九 **テレビの前にいる一人の子供**　エドワードは本文六三頁上段のアン・ディセファリスの言葉「一人の子供に話しかけてる」を文字通りに受け取っている。

七〇 **白髪の男**　作家マーク・トウェインのこと。トウェインの本名はサミュエル・ラングホーン・クレメンス。

七〇 **アレグロ・アッサイ**　「極めて速く」の意。

七五 **朝いちばんに唱える先生の穿孔**　「先生の穿孔」は「宣誓の践行」の言い間違い。原文では「定められた宣誓（プレスクライブド・オープニング）」を「禁じられた穴（プロスクライブド・オープニング）」と言い間違えている。アメリカの公立学校では毎朝、教員主導で「私はアメリカ合衆国の国旗に忠誠を誓います。そしてその国旗が象徴する共和国、神のもとに統一され、すべての人に正義と自由をもたらす、不可分の国への忠誠を誓います」という忠誠の誓いを斉唱してその日の授業を始める。「神のもとに」という語句は反共的な時代（一九五四年）に付け加えられた。

七六 **ダンの方が詳しいんじゃないかと**　ダン・ディセファリスはパンチカードを用いたデータ処理の専門家だから、「穿孔＝穴を開けること」に詳しいという意味。

七六 **テレシネ**　フィルム映像をテレビ画像に変換する装置。

七六 **リグレー**　リグレー社は世界最大のチューインガムメーカー。

七八 **第四編《タイトル・フォー》**　一九六五年の初等中等教育法は全八編から成り、第四編は教育に関する調査機関に対する多額の助成金交付を是認する内容。

七九 **あんたはズボンの尻にも穴が開いてるぞ**　ハイドは暗に「君の頭には穴が開いている（君はいかれている）」と言っている。

七九 **人は自分の耳で聞く音楽に合わせて歩めばいい…**　「なにゆえわれわれはむやみに成功を急ぎ、またそのように死にものぐるいな企てをしなくてはならないのか？　人が彼の仲間と歩調をともにしないとすれば、それは多分彼らと違った太鼓手を聞いているからだ。人は、いかに遠くとも、またどんな調子のものであっても、自分の耳で聞く音楽に合わせて歩むことだ」。Ｈ・Ｄ・ソロー『森の生活』の最終章からの引用。

七九 **この絹のくず《ウェイスト》の発酵する臭いは非常にくさいので**　絹を精練してセリシンを除去する方法の一つに、発酵を利用した「腐化練り」と呼ばれるものがある。

八〇 **アイゼンハワーの主治医が記者会見でこう言ったんだ**　アイゼンハワー大統領が任期中の一九五五年に心臓病で倒れて入院した際、その状態が良好であることをアピールするために、主治医が記者会見で「便通があった」ことに言及した。大統領は後にそれを知り、愕然としたという。

八〇 **「言葉の言い回しよりも思想に焦点を当て」**　ここと直後の鉤括弧内はアイゼンハワーの言葉の引用。

八一 **スタジオの廊下を歩くときにも**　【場面】マサピーカのＴＶスタジオ。

八二 **クレメンティ**　イタリアのピアニスト・作曲家（一七五二―一八三二）。

八三 **あー、うん、家に着いたよ**　【場面】マサピーカにあるディセファリスの家。

八四 **耳に聞こえないためにさらに美しいメロディー**　キーツの詩「ギリシアの古壺にささげる歌」の一節「耳に聞こえる音楽は美しい。だが耳に聞こえない音楽はさらに美しい。さあその静かな笛を吹いてくれ、人の耳にではなくもっとしんみりと、歌のない歌を魂に聞かせてくれ」より。

八五 **まつげを外しながら**　六三頁上段でアンがバストに対して「まつげは本物よ」と言ったのは嘘だったことが、ここで判明する。

八七 **獲物の背後まで迫ったバスト**　【場面】マサピーカ。ＪＲとバストがバスト家まで歩く。

八七 **原始バプテスト派教会**　バプテスト保守派で伝道や日曜学校に反対する。

八七 **ジューバート先生《ミセス》**　学校の生徒たちはジュベール（Joubert）と

いうフランス風の名字をジューバートと発音する。

九〇　**サンマルコ大聖堂**　ベネチアにある大聖堂。

九〇　**そこから彼は敷地に入った**　【場面】バスト家。

九二　**汚い言葉遣い**　コーエン氏が三〇頁下段、三三頁下段において法律的な意味で用いた「私生児《バスタード》」「狂人《ルナティック》」などの語は日常語としてはかなり強い感情的ニュアンスを伴っている。

九三　**新モントーク劇場**　同名の劇場はアメリカ国内にいくつか存在したが、これは一九〇六年、ニューヨーク市ブルックリンにオープンしたもののことか。

九三　**ピアノロール**　自動ピアノで演奏を再現するために用いる、多数の穴のあいた紙ロールのこと。

九四　**アストリア**　ニューヨーク市クイーンズ区の北部。舞台地図Ⅲ14参照。

九四　**サン＝サーンス**　フランスの作曲家（一八三五—一九二一）。

九四　**パデレフスキー**　ポーランドのピアニスト、作曲家、政治家（一八六〇—一九四一）。

九四　**スタインウェイの招きで…**　パデレフスキーがスタインウェイの招きで訪米したのは一八九一年。フーバーが大学の資金集めのためにカリフォルニア州サンホセに同氏を招いたのは一八九六年。

九四　**スクリャービンとマダム・ブラバツキー**　スクリャービンは神智学の影響を受けたロシアの作曲家（一八七二—一九一五）、マダム・ブラバツキーは神智学協会の創設者（一八三一—九一）。ちなみに二人とも、死因は腫瘍ではない。

九五　**感謝祭**　十一月の第四木曜日。作品内の現在が一九七二年なら、十一月二十三日。一九七四年なら十一月二十八日。

九七　**クライスラー**　ウィーン生まれの米国のバイオリン奏者（一八七五—一九六二）。

九七　**バイロイト**　ワーグナーが晩年を送ったドイツ南東部の町で、ワーグナー歌劇を上演する夏の音楽祭で有名。

九七　**テレサ**　テレサ・カレーニョはベネズエラのピアニスト（一八五三—一九一七）でピアノ・ロール録音を多く残している。

九七　**彼女の結婚相手**　テレサ・カレーニョの二番目の夫オイゲン・ダルベールはピアニスト・作曲家（一八六四—一九三二）で生まれも育ちもイギリスだがドイツ人だと自称した。

九七　**マーサ・ワシントン・ソーイング・テーブル**　一九二〇年代に流行した引き出し付きのコンパクトな縫い物テーブル。

九八　**グロリア・トランペッターズ**　ブルックリンにあるセント・ジョーンズ教会で式の音楽を演奏するトランペット奏者のグループ。

九九　**街**　本書で「街」と表記したのはニューヨーク市の中心部であるマンハッタンのこと。その他の「まち」は「町」と表記した。

一〇〇　**彼は追ってくる匂いを振り切って**　【場面】バスト家の裏のスタジオ。

一〇〇　**ラオコーン**　トロイの木馬の計略を見破ったために子供とともに二匹の海蛇に巻き殺されたアポロの神官。ヴァチカン美術館にその場面を模した大理石製の彫像がある。

一〇一　**目には魂のすべてが深く兆し**　アルフレッド・テニスンの詩『ロックスリー・ホール』（一八四二）の引用。この詩は故郷に帰って昔の恋人や青春期の空想を思い出す独白体で書かれている。

一〇二 **『エグモント』** ゲーテの悲劇（一七八八）。

一〇三 **何かの死体のように伸びているもつれたゴム** 使用済みのコンドーム。

一〇四 **突然の嵐のような溜め息に胸を震わせながら** テニスンの詩の続き。主人公の愛の告白に対して、胸を震わせた従姉《いとこ》は「私はずっとあなたを愛していました」と答える。

一〇六 **駅に着くと** 【場面】マサピーカの駅。

一〇六 **株価収益率** 株の時価と一株当たりの利益との比率。

一〇六 **彼女の手の中のもの** 【補足説明】手に持っているのはラインゴールドビールの缶。垂れ下がっているのはコンドーム。

一〇七 **正直に言うとな…** 【補足説明】ギブズは即興でうまい嘘をついたり、いいアイデアを思い付いたりするのが得意。

一〇八 **雑草の生えたわだちとノラニンジン《アン女王のレース》を通り過ぎ…** 【補足説明】小説冒頭からここまでが同じ一日の出来事であったことに注意。

一〇八 **駅のプラットホーム** 【場面】マサピーカからマンハッタンへ移動。

一〇八 **そういえば、私はお礼も言ってなかったわね、全部拾ってもらったのに** 四一頁上段参照。

一〇九 **マヌーバー** 「巧みな措置」「計略」「曲技」などの意。エドワードの説明は間違っていない。

二一一 **ＡＷＧ** 「アメリカ針金ゲージ」の略。

二一四 **トリニティ教会** 舞台地図Ⅲ⑯参照。

二一五 **二十番地にある高いペディメント** ブロード通り（ウォール街）二十番地にはニューヨーク証券取引所がある。舞台地図Ⅲ⑲参照。ペディメントとは、ギリシア・ローマ建築でコーニスの上の三角形の部分。

二一五 **見学者用ギャラリー** 三階にある。

二一五 **チッカーテープ** 電信を通じて株式相場などを受信・記録する紙テープ。

二一六 **財務省の階段を率いる立像** ＮＹ証券取引所の斜め前（ウォール街二十六番地）にあるフェデラル・ホール国立記念館（市庁舎、財務省分局、税関として使われた建物）の前にはジョージ・ワシントンの像がある。舞台地図Ⅲ⑰参照。

二一六 **豪華なシャンデリア** 証券取引所からブロード通りを渡ったところにあるモーガン保証信託会社（ウォール街二十三番地）は大理石の建物で一階の窓から巨大な水晶のシャンデリアが見えることで有名。舞台地図Ⅲ⑱参照。

二一六 **今君たちが立っているこの場所** 一九二〇年九月十六日、モーガン保証信託銀行前でＪ・Ｐ・モーガンの暗殺を謀った爆弾が爆発し、三十人を超える死者、三百人を超える負傷者を出した。

二一六 **連邦準備銀行** 連邦準備銀行は証券取引所から二百メートルほど北にある。舞台地図Ⅲ⑮参照。

二一七 **実際の株式仲飼人** 原文では「実際の株式仲買人（real live stock broker）」という表現の中に「家畜（live stock）」という言葉が隠されている。

二一八 **クーズー** アフリカに分布する大型アンテロープ。

二一九 **ワラント債** ワラント債とは新株引受権付社債ともいい、この社債を保有している投資家は一定期間中に一定の価格で新株式を買う権利が与えられる。
二一九 **供給と需要**　「需要と供給」という語順が一般的だが、デビドフはなぜか逆に言う。
二二〇 **ハーテビースト**　アフリカ産のアンテロープの一種。
二二〇 **未来取引**《さきもの》　いわゆる「先物」は英語で、「未来」を意味するのと同じfutureという。以下、JRはこの種の取引を中途半端に理解したままだと思われるので、主に彼が「さきもの」と口にする部分を中心に、未来《さきもの》と表記する。
二二一 **オプション**　一定期間内に所定の価格で株を購入できる特権。
二二一 **やば**《ホーリー》　「やばい」「くそったれ」の意味で「ホーリー・シット」と言うのはJRの口癖。
二二二 **山火事**　デビドフはトラブルを「山火事」と呼ぶ。
二二二 **マイナスの記号と二と八分の一って書いてある**　この時代の株価は「何ドル何セント」ではなく、「〇ドルと八分の△」という形で表された。また、市場関係者は「ドル」と言わず、「ポイント」と表現する。
二二三 **マンリヒャー**　狩猟用ライフル。
二二四 **手がどっちもなかったぞ**　手も顔もない男は本作の所々に出現する。傷痍軍人か。
二二四 **彼女はそこに着くまで窓の外を見詰めていた**　【場面】タイフォン・インターナショナル社（ミッドタウン）。舞台地図Ⅲ8参照。
二二四 **「ダーダネラ」**　一九一九年作のブギウギの曲。この時代、エレベーターの中で音楽が流れているのは珍しいことではなかった。
二二六 **ダニエル・ブーン**　アメリカ西部開拓の先駆者（一七三四―一八二〇）。
二二九 **アルデンヌ**　フランス北東部、ルクセンブルク西部、ベルギー南東部にまたがる森林丘陵地帯で第一次・第二次世界大戦の激戦地。
二二九 **誰がオプションを手に入れたのか**　【ネタバレ】誰かがたくさんのオプションを手に入れていることにJRはここで気付いた。その誰かとはモンティ・モンクリーフ社長であり、この取引には社則違反がある。
二三〇 **スマルト鉱**　方砒コバルト鉱の砒素の乏しい変種。
二三三 **ボン**　西ドイツの首都（一九四九―九〇）だった都市。
二三三 **ジェファーソン・デイビス**　南北戦争当時の南部連合大統領を務めた政治家（一八〇八―八九）。
二三四 **軍事委員会**　米国議会上下院にそれぞれ設置されている常任委員会。
二三四 **カレヲオサエル**《アウフ・イーム・ジッツェン》　原文ドイツ語。ブラウフィンガー将軍がケイツの指示をドイツ語で復唱している音声。
二三六 **獄税庁**　原文では「国税（Internal Revenue）」を「地獄の収入（Infernal Revenue）」と言い間違えている。
二三七 **議決権なしの優先株**　無議決権優先株式と呼ばれるものは、株主総会での議決権がなく、役員選任など経営に直接関与できない代わりに、配当を優先的に得られる利点がある。
二三八 **例のイタ公**　【補足説明】ペッチのこと。
二三八 **サムソンがデリラを**　古代ヘブライの怪力男サムソンは、愛人デリラにだまされて盲目にされた。直前の「目の見えないやつが目の見えないやつの手を引く」という喩えは、マタイ福音書一五の一四を踏まえたもの。
一四一　ＪＭＩ　既出（本文三六頁上段）「祝祭楽器社」の略称。
一四三　なあ、この映画、前にもどこかで見なかった？　生徒たちが指摘するように、ビデオの内容は学校で見ていた既出（六三―六四頁）のものと同じ。
一四五　ラインマン　フットボールでスクリメージライン上に位置する選手。
一四七　紐靴《ブルーチャー》　舌革と爪革とが一枚革の紐靴。
一四九　自動販売式食堂《オートマット》　ロッカーのようなショーケースに入った品物別の料理を、自動販売機のように硬貨を投入して買い求めるスタイルの簡易食堂。
一四九　「カントリー・ガーデン」　オーストラリア生まれの米国のピアニスト・作曲家パーシー・グレインジャー（一八八二―一九六一）作のヒット曲。
一四九　お弁当の代わりに自動販売式食堂《オートマット》に行くのよ　【場面】タイフオン社近くにある自動販売式食堂。
一五一　パラディドル　ジャズで左右のスネア・ドラムを交互に連打する打法。
一五三　一九五〇、あとちっちゃいＤ　一九五〇Ｄ、通称ジェファーソン・ニッケルと呼ばれる、希少価値が高い硬貨を二人は探している。
一五三　彼女は受話器を耳に戻し、窮屈そうに中に閉じこもった　ここで電話番をしている女性がヴァージニア。太っているのが特徴。
一五四　インディアンの頭のコイン　インディアン・ヘッド・ニッケルと呼ばれる五セント硬貨（一九一三―三八）の中でも、一九一三年の前半に製造されたものは価値が高い。
一五四　いいよ、七〇年、七二年　この一節から、小説の舞台が一九七二年以降であることが分かる。
一五五　ガーゴイル　屋根などにある怪獣の形をした雨水の落とし口。
一五七　『ピロクテーテース』【補足説明】ジェイムズ・バスト作曲の（未上演の）オペラ『ピロクテーテース』（三二頁下段参照）を知っていることは、ギブズの深い教養をうかがわせる。
一五七　失敗続きの三十七年　ジョルジュ・ビゼー（一八三八―七五）は三十七歳で亡くなった。
一五七　錆びた緑色のテーブルにチェック柄の布を広げ…　この続きも含めて、Ｔ・Ｓ・エリオットの詩「ヒステリー」の引用。
一六〇　小春日和《インディアン・サマー》　九月から十月にかけての夏の戻り。
一六一　胸の震えが止められれば大丈夫…　既出の詩「ヒステリー」の引用。つまり、直前の「ある偉い人」とはＴ・Ｓ・エリオット。
一六二　結び目に息を吹きかける女には用心しろ　クルアーンの引用。
一六三　スローミン　この食堂を拠点にしている私設馬券屋。一五三頁下段では、電話で呼ばれている。
一六三　今度はどこ行くの　【場面】ミッドタウンの映画館へ行った後、マサピーカへ移動。
一六七　ジェッターコースター　「ジェットコースター」の言い間違い。
一六九　ビジネス・チャンスっていうのを切り張りした　前頁を参照。大見出し「ビジネス・チャンス」。フランチャイズ、洗濯屋店員、営業マンの募集が並ぶ。左上余白の計算は、クローリー社で見掛けたダイヤモンド社株二十九万三千株の時価の計算（一二二頁、一二八頁参照）。ＪＲは計算を間違えている。右上の手書き文字は「火曜、荒野の友、エスキモーの項を読むこと」（宿題のメモか？）、右下は「＄、十日分のボーナス支給、シカゴ、私書箱一〇四〇ａ」と読める。
一六九 **私たちは御社のニューヨーク支部として…** 左列下から三つ目の広告。
一七〇 **「投資写真集《グロッシー》」** 既出の「投資用語集《グロッサリー》」（一一五頁下段参照）の読み間違い。
一七一 **明かりのともったプラットホーム** 【場面】マサピーカ。
一七三 **死なずに済んでラッキーだったな** 【補足説明】列車の運転が下手だったことに言及。
一七三 **息と一緒に吸い込まれた、一時的な回復** Ｔ・Ｓ・エリオットの「ヒステリー」の引用。
一七三 **ずうずうしい連中の批判を受け入れて** イェイツの詩「作品が無に帰した友へ」の引用。
一七四 **い、い、あげまし** ギブズは酔っ払っていて舌が回らない。
一七四 **一つ階段を上がる、何と険しい道か…** ダンテの『神曲』「天国編」一七の五八。
一七七 **ドージェ・プロムナード** 「（ベネチア）総督の遊歩道」の意。
一七九 **ディスカウントってそういうことでしょ？** ＪＲが言っている「ディスカウント」は、商業手形などによる利子天引き融資のこと。
一八〇 **八ドル七十四セント** 九ドル六十セントの九割は八ドル六十四セントなので計算間違いか。
一八〇 **九ドル四十六セント** 一人当たり七十二セントの十三人分なら正しくは九ドル三十六セント。
一八一 **中に入ると足元でガラスが砕ける音がした** 【場面】バスト家のスタジオ。
一八一 **ピストンの『ハーモニー』** ウォルター・ピストンは米国の作曲家（一八九四―一九七六）、著作に『ハーモニー』（一九四一）など。
一八七 **『ディドとエネアス』** イギリス・バロックの作曲家ヘンリー・パーセル（一六五九―九五）の代表作。
一八七 **山を裂き、海を荒らせ！ 稲妻を落とし** テニスンの『ロックスリー・ホール』第一八六行の引用。
一八七 **僕の言うことを信じて、従姉《ねえ》さん！** 『ロックスリー・ホール』第二四行。
一八七 **彼女が振り返ったとき、闇に胸を震わせながら** 『ロックスリー・ホール』第二七行からの不正確な引用。
一八七 **ひょっとすると僕の主は疲れているのかも…** 『ロックスリー・ホール』第五三行。
一八七 **彼は君を自分の飼い犬より少しましな存在だと思うだろう…** 『ロックスリー・ホール』第四九―五〇行。「彼」とは、語り手の元恋人である女性の現在の夫を指す。
一八七 **雨が降ろうがあられが降ろうが、火が降ろうが** 同第一九三行。
一八八 **車の明かりは生垣の隙間を見つけ、そこをすり抜けた** 【場面】マサピーカからマンハッタンへ移動。
一八八 **「フィル・ザ・フルーターズ・ボール」** パーシー・フレンチ作曲のポピュラーソング。

一九〇　ディーリアス　英国の作曲家（一八六二―一九三四）。
一九一　『ワーグナー　人と作品』　アーネスト・ニューマンの書いた伝記（初版一九一四年）。
一九三　例のまた息を吹き返したジュークボックス会社　【補足説明】既出の祝 祭 楽 器《ジュビリー・ミュージカル・インストルメント》社のこと。
一九四　ブラッサイ　ハンガリー出身のフランスの詩人・彫刻家・写真家（一八九九―一九八四）。
一九五　中に入った途端に　【場面】アストリアにあるゼネラルロール社の工場。
一九五　眼鏡が壊れてたらしい　ロングアイランドにあるバスト邸を訪問した際に眼鏡が壊れた（三二二頁下段参照）。その後に事故に遭ったらしい。
一九八　デイトン　オハイオ州南西部の都市。舞台地図Ⅰ7参照。
一九九　金《かな》くずってなるはずのところがこれじゃあ…　原文では「金属の廃物《スクラップ》」のsが落ちて「金属のくそ《クラップ》」というミスタイプ。
二〇一　キンヨウ《ヴェルネス》、ドヨウ《サバド》、ニチヨウ《ドミンゴ》　原文スペイン語。
二〇一　二十ポンド　約九キログラム。
二〇一　ここで待ってて…　【場面】ゼネラルロール社の工場。エンジエル社長は留守。
二〇二　ナニモナイ《ノ・ティエネ・ナーダ》　原文スペイン語。
二〇三　エンジェル社長？　奥様からお電話です　【場面】ゼネラルロール社。社長が戻る。
二〇七　彼は建物を出てから勢いよくドアを引いて閉めた　【場面】アストリアからマンハッタンへ移動。
二〇七　ウェスタン・サンドイッチ　ハム、たまねぎ、ピーマン入りのオムレツを挟んだサンドイッチ。
二〇八　アストリア・ジェンツ　一九五〇―六〇年代にクイーンズ区にいたギャング団。
二〇九　ふさわしい詩句　自由の女神像の台座部分に刻まれている、エマ・ラザラスの詩「新しい巨像」のことか。
二〇九　ここは黎明期の世界みたいだな　エンペドクレスへの言及。七二頁下段も参照。
二一〇　おい、ここ、ここだ　【場面】ペンシルベニア駅からマサピーカへ移動。
二一〇　第八態（首吊りの体位）…　十六世紀に刊行されたセックスマニュアル本（マホメッド・エル・ネフザウィ『匂える園』）の一節。
二一五　回転《ロール》プレイ　同音の「役割（role）」と「回転（roll）」とを勘違いしている。
二一五　タンボボ　原文では「タンポポ」（dandelion）をdandelineと言い間違えている。
二一六　郵便局で車を停めたとき　【場面】マサピーカの郵便局。
二一七　この単語　一七〇頁下段から一七一頁上段を参照。
二一七　だまし屋《キダー》、角笛吹き《ホーンブロウアー》　ともにかつてあった投資銀行の名。
二二二　ポートフォリオ　保有する各種有価証券の明細一覧。もともと折り鞄を意味する言葉なのでJRは二つの意味を混同する。
二二三　あの男が言ってたあの十五セント　一四四頁下段参照。
二二四　落ち葉が吹き寄せられ、ドアに向かい　【場面】学校。
二二五　私がおごりますよ　ヴォーゲル指導員《コーチ》はしばしばふざけて、トイレを飲み屋にたとえる。

二二七 **おたくの会社のコマーシャル…**　スタイ氏は保険会社の代理人《エージェント》。一家の大黒柱を失った家庭を象徴する映像を用いたコマーシャル。

二二七 **洗濯機のことでもめたのが原因で大統領を銃撃した例の男**　リー・ハーヴェイ・オズワルドがケネディ大統領を殺害したのは、洗濯機のことで妻ともめたのが遠因だとする説がある。

二二七 **子《し》会社《がいしゃ》**　原文では、「子会社（subsidiary）」を subsiderary と言い間違えている。

二二七 **精神遅滞児のはずです**　原文では「精神遅滞児（retards）」を retreads と言い間違えている。

二二八 **彼をくびにした途端に外野の連中が…**　野球とフットボールとバスケットボールなどの比喩が入り混じっている。

二二八 **彼には終身在職権どころか大学の卒業証書もありませんよ**　エドワードは大学卒ではなく、おそらく音楽の専門学校卒。

二三〇 **ダイヤモンド・ケーブル、うちの親会社です**　ハイドはエンド設備という会社に勤めており、ダイヤモンド・ケーブル社はその親会社にあたる。七七頁下段で「ダイヤモンド・ケーブル社はうちの会社」という意味の発言をしているが、それは厳密には間違いだったことがここで判明する。

二三〇 **僕たちはアメリカの中での僕らの役割《シェア》を…**　【補足説明】これはもちろん、ハイドの息子の発言。彼は銃の名「マンリヒャー」(mannlicher）を誤って「人間を舐《な》めるやつ」（manlicker）と記憶している。動物の名も「ハーテビースト」の記憶間違い。

二三一 **私はブラーフマンが歌う歌…**　ラルフ・ウォルド・エマーソンの詩「ブラーフマン」の誤引用。

二三三 **あの内気で小さな教会は…**　トリニティ教会の土地はもともとイングランド王から無償で払い下げられたもので、ずっと非課税の扱いとなっている。

二三三 **あの女の帽子の中に小便してやる…**　【補足説明】カタニア舗装社社長のパレントゥチェリが弁護士（ガンガネッリ）に向かって電話同士でしゃべっている。「あの女」とはフレッシュ先生のこと。

二三五 **紙上損失《ペーパー・ロス》**　市場価格下落による帳簿上の損失。

二三五 **街区《ブロック》破壊商法**　ある街区内への黒人の転入をだしにして白人に不動産を安く売り急がせて後で高値で転売する手法。

二三五 **朝鮮系は白人《ホワイト》とは違いますよ、ブラックバック校長**　「ホワイト」と「ブラック」が入れ替わる言い間違い。

二三六 **僕の旅行《トリップ》です**　【補足説明】おそらくバジーから買った薬物でトリップした経験を語っている。

二三八 **切符を持ってきた男の子に払い戻しをしてやった**　【補足説明】ＪＲは切符を引き取る際、代金として九ドル四十六セントをバストに渡しているので、九十四セント儲けたことになる。

二三九 **立ち止まるなよ、おい、こっちだ**　【場面】マサピーカ。

二三九 **忍可者**　原文では「認可」（authorize）の綴りが間違って arthurize になっている。

二四〇 **発明ノート**　発明品に関する一定の書式を持った「発明の記録」と呼ばれる書類で、特許認可に当たってアメリカでは出願日よりも発案日が重視されるため重要な資料となる。

二四〇 **世界は自らの牡蠣《かき》なのだ**　シェイクスピアの『ウィンザーの陽

気な女房たち』の一節に由来する熟語で、「この世はその人の思うまま」という意味。

二四一 **自分の名前の綴りまで間違えてるぞ**　名刺の名前が間違って印刷されている。原文ではEdwardとあるべきがEdwerd。「代理」もrepresentativeとあるべきがrepresentiveになっている。

二四三 **うちの家の前にあった土砂の山**　【ネタバレ】八九頁で客士買い取りの看板を見たJRが電話番号を控えていることに注意。二三一頁下段でハイド少佐は家の前にあった土砂の山がなくなったと発言している。どうやらJRが客土として売ったというのが真相らしい。

二四三 **「クロエ」**　一九二七年の曲で、そのパロディーをスパイク・ジョーンズが一九四〇年代に作った。

二四三 **彼は縁石に乗り上げた車をよけ**　【場面】マサピーカからニューヨークへ移動。

二四四 **ハイ《ヤー》？**　原文ドイツ語。ここからギブズはドイツ人のふりをして車掌を煙に巻く。

二四四 **カミニヨイシヒト《ゴット＝トルンケナー・メンシュ》…**　ドイツの詩人ノヴァーリスは哲学者スピノザを「神に酔いし人」と呼んだ。また、「馬鹿が相手では神々でも歯が立たぬ」はシラーの詩の一節。

二四五 **ここの電話の番号**　アメリカの公衆電話には多くの場合、ピンク色の日本の公衆電話のように番号が割り当てられており、他から電話をかけることができる。

二四五 **手の中の三枚のコイン**　【補足説明】前頁上段で三十一セント（十セント硬貨三枚と一セント硬貨一枚）を持っていたが、先の電話で十セント硬貨一枚を使い、残りは十セント硬貨二枚と一セント硬貨一枚。

二四五 **ベルビュー病院**　マンハッタンにある米国で最古の公立病院。舞台地図Ⅲ⓫参照。

二四六 **シャーリー・テンプルの映画**　『テンプルの福の神』（一九三六）。

二四六 **そして二人が通り過ぎるとき**　【場面】マンハッタン。

二四六 **「騎兵隊突撃の詩」**　クリミア戦争をうたったテニスンの詩（一八五五）。

二四六 **半リーグ、半リーグ、半リーグ進め**　「騎兵隊突撃の詩」の引用。一リーグは約三マイル（約四・八キロメートル）。

二四六 **クロイスターズ**　中世美術作品を集めたメトロポリタン美術館の分館でマンハッタン北部にある。舞台地図Ⅱ❽参照。

二四八 **ゼネヴァ**　ルシアンはスイス人なので「ジュネーブ」の発音が標準英語とは異なる。また、外国人（スイス国籍）なので、やりとりもややぎこちない。

二四九 **もう一つのベッドではねがきしみ、布団が動いた**　【補足説明】フランシスが両親の寝室に来て、父のベッドに入った。

二四九 **デコルタージュ**　首と肩があらわなドレス。

二四九 **音もなくドアが開いた**　【場面】タイフォン・インターナショナル社。

二四九 **軽騎兵隊序曲**　フランツ・フォン・スッペ（一八一九―九五）作曲。

二五〇 **「ピーナッツ売り」**　ポピュラーソングのタイトル。

二五〇 **ウェルギリウスのよう**　ダンテ『地獄篇』への言及。すぐ後に言及されるグラッドストン・バッグ風のブリーフケースはスキナーの持ち物。

二五一 **ここのロビーの壁画を描いた例の一流画家** 【補足説明】ロビーの壁画はシェパーマン作。

二五一 **例の何ですって?** 「少数派裁判《マイノリティ》」とは「少数株主裁判」の意だが、背景知識のないエイミーには「少数民族裁判」の意味に聞こえる。

二五三 **もしもし……?** 【場面】クローリー兄弟社。操作ミスで電話がクローリー社につながった。

二五四 **かなりいい結果** 【補足説明】後出(二九九頁上段)で百七十八株の保有と判明する。百七十八株が六倍に分割されて千六十八株、それを四十四ドルで売って四千六百九十二ドル。

二五四 **別の伯母** 【補足説明】シャーロットのことか。

二五五 **この折り鞄《ポートフォリオ》は僕の、僕の友人《アソシエイト》のもので** 「アソシエイト」には「共同経営者」の意味もある。「ポートフォリオ」には「保有する各種有価証券の明細一覧」の意味もある(既出)。

二五五 **ダインズ・レター、ムーディーズ中間報告、バリュー・ライン投資情報** いずれも有名な投資情報誌。

二五五 **僕が現金がなくて困ってた…** 【ネタバレ】学校からバストに支払われるべき給料の小切手がなかなか正しい金額で発行されない。用務員のリロイが悪質ないたずらをしているのが原因。

二五六 **W・デッカー** 「二階建てバス《ダブルデッカー》」のしゃれ。

二五七 **ニトログリセリン** 狭心症治療薬。

二五七 **紙切れ《かべがみ》** 無効有価証券を俗に「壁紙」という。

二五八 **ロット** 株の通常取引単位のこと。百株のことが多い。

二五八 **部屋にいる他の聴衆** 【補足説明】部屋に飾られた剝製に言及。

二五八 **集合代表訴訟《クラス・アクション》** 株主代表訴訟など共通点を持つ一定範囲の人々を代表して一人または数名の者が全員のために訴える訴訟形態。

二五九 **みんなアンテロープ** 部屋に頭部の剝製が飾られているハーテビースト、インパラ、後出のディクディクなどはどれもアンテロープ(レイヨウ)の仲間。

二六〇 **たしかその筋ではジャンプ・カットって呼ばれる段階** 【補足説明】クローリーの言う「ジャンプ・カット」は「ラフ・カット」の勘違いか。

二六一 **資本損失《タックス・ロス》** 課税対象利益から差し引くことができる損失。

二六二 **現金《キャッシュ》ポジション** 正味資産総額に対する現金の割合。

二六三 **一九〇ページが開いたままになっている『移動祝祭日』** 当時一般的だった版の『移動祝祭日』一九〇ページには、ヘミングウェイに向かって作家のF・スコット・フィッツジェラルドが自分の才能不足を告白する場面がある。

二六三 **亀頭冠増大リング** 変わった刺激を加えるためにペニスに装着するイボイボ付きのゴム製の輪。

二六四 **売買一任勘定** 株式市場における売買を代理業者の自由裁量に任せる勘定。

二六四 **ピンクシート** 未上場株式・銘柄のこと。

二六四 **ビートンです** 【場面】タイフォン・インターナショナル社。

二六六 **モノアミン酸化酵素阻害薬** 抗鬱薬・血圧降下薬。

二六六 **処方薬を区別するために用いられている専門用語** 「エシカル

(ethical)」には「倫理的」と「処方箋なしに販売できない」の両義がある。

二六八「赤い雄鶏《コック》」とかって添えられたあの写真　「コック」には「陰茎」の意味もある。ルシアンは元ダンサーの女性との浮気をタブロイド紙に暴露されたらしい。

二七〇 疲れた顔をしてるな、エイミー　【補足説明】実際にはエイミーが父に掛けた言葉（一三五頁下段参照）。

二七一 十九セントであれ…　英語の表現では、「一千九百万」は「十九の百万《ミリオン》」となる。

二七二 百二ドルで会社が買い戻す約束で額面百ドルの新規発行優先株を認可し、受け取る　【補足説明】既出（一二一頁上段）の二十九万三千株のことだとすれば、そのまま会社に買い戻させても五十八万六千ドルの利益になる。

二七二 バッグを開け、眼鏡を取ろうとして、違う方を取り出し　【補足説明】バッグには視力矯正用の眼鏡とサングラスが入っている。

二七四 ケネコット　チリにあった米系の銅製造会社で一九七二年に国有化された。

二七五 ウォルドーフ・アストリア・ホテル　ニューヨークにある高級ホテル。舞台地図Ⅲ❻参照。

二七五 あのスイートルーム　【補足説明】ボックス将軍はウォルドーフホテルのスイートルームに居座っている。

二七六 酒を飲ませろ《タイ・ワン・オン》　「酒に酔っ払う（tie one on）」と「台湾（Taiwan）」をかけた下手なしゃれ。

二七七 TDY、CIPAP　TDYは「一時的軍務」、CIPAPは「任務遂行のため個々の判断で必要な措置を講じることを許された人物」、ともに軍の略語。

二七九 アクロン　舞台地図Ⅰ❸参照。

二七九「僕を閉じ込めないで」　ミュージカル映画『ハリウッド玉手箱』（一九四四）に使われた曲（Don't Fence Me In）。邦題は「僕は気ままに」だが、エレベーター内でかかる曲のタイトルとして皮肉が利いている原題を直訳した。

二七九 警官でごった返すロビーを通り抜け　【場面】タイフォン社からマサピーカへ移動。

二八一 おいう、おいも　「おいぅ（Youg）」、「おいも（Youc）」は原文でもかなり不思議な言いさし表現。それぞれ「おい、ぅせろ」「おい、戻って来い」と言おうとしている。

二八一 校長室と書かれたうつろな扉をむなしく叩いてから中に入った　【場面】校長室。

二八一 それはグロスって言う意味です　【補足説明】grという略語（二一九頁上段）が「グロス＝十二ダース」の意味だという説明。したがって、JRが注文した九千グロスは百二十九万六千本。今回届いたのはその一部と考えられる。

二八二 ここの四年生が座り込みストライキをやってるって情報　【補足説明】二三八頁下段参照。

二八三 教養エン、うーん、富化番組《エンリッチメント》　校長は一瞬、「教養娯楽《エンターテインメント》」と言いかけて、言葉を換えたように聞こえる。

二八三 順序対の同値類の順序対の同値類によって数を定義して　グランシーは自然数の集合論的構成を論じているが、明らかに小学生には難しすぎる。

二八三 一クォート　約〇・九五リットル。

二八四 ダマスコに向かうサウロみたい　使徒言行録九で、サウロは主の呼び掛けを聞き、回心する。

二八八 エドワード・マクダウェル　米国の作曲家（一八六一―一九〇八）。七〇頁下段でエドワード・バストが名前を途中まで言っていたのがこの作曲家。

二八九 十五ドル　【補足説明】二二九頁上段に、本来の給料は百五十二ドル十五セントと記されている。

二九〇 ケープ・コッド・コテージ様式　英国植民地時代の建築様式。一階建てか中二階建ての木造小型住宅で傾斜の急な切妻屋根と中央の大きな煙突を特徴とする。

二九二 二人の背後　【場面】学校（JRとハイド少年）。

二九三 何かのショー　「賞」の聞き間違い。

二九三 さらに三度、耳をつんざくような音で電話が鳴った　【場面】バスト家。

二九四 リンカーン　リンカーン（一八〇九―六五）は米国第十六代大統領（任期一八六一―六五）。直前で言及されるディック伯父とアンダーソンヴィルについては二二頁下段を参照。

二九四 アン　【補足説明】アン（Ann）・ディセファリスからの電話。エドワードの伯母アン（Anne）・バストとはファーストネームの綴りが違うが発音は同じ。「コーヘン」と「コーエン」と似たパターン。

二九四 遠くからサイレンが響き始め、高まり、消えた　【ネタバレ】この頃、学校で交通事故が起きている。

二九五 何とかの姉妹《シスター》だって名乗ってた二人の変な女　【補足説明】教会関係のシスターか。

二九六 何ヘクタールも広がってた花畑、全部真っ黒だわ　【補足説明】道路の拡幅のため、花畑はアスファルトで舗装された。

二九七 あの養護施設　【補足説明】ルーベンのいたユダヤ人孤児収容施設のことか。

二九九 買った（bought）の綴りがｂｏｔになってるわ　ｂｏｔはよく使われる略記で、誤記ではないが、この姉妹はそれを知らない。

二九九 それが千六十八株という意味なら、ありえないわ…　【補足説明】既出情報（二五四頁下段）によると、千六十八株で正しい。元の百七十八株が株式分割で六倍に増えた。

二九九 アンペックス　米国のオーディオ、テープ等のメーカー。

二九九 かわいいアルトの声の女の人　【補足説明】おそらくエイミー・ジュベール。

二九九 ルイーズ・ホーマー、グルックの『オルフェオ』　ルイーズ・ホーマーは米国のアルト歌手（一八七一―一九四七）。ドイツの作曲家グルック（一七一四―八七）が作ったオペラ『オルフェオとエウリディーチェ』は一七六二年初演。

三〇〇 三百フィート　約九十メートル。

三〇〇 外の匂いよ　【補足説明】アスファルトの匂いか。

三〇一 便座の指す方向にはバーゴイン通りがあり…　【場面】校長室。

三〇一 モード・アダムズ　ピーター・パン役で大当たりした米国の女優（一八七二―一九五三）。

三〇二 **先月の水曜だった日付が今月は土曜に当たってた**　【補足説明】十一月の予定を決めるのに十月のカレンダーを見るとこの結果になる。なので今は十一月と考えられる。

三〇五 **譲渡性定期預金**　証書を金融市場で自由に売買できる定期預金のこと。

三〇八 **クー・クラックス・クラン**　米国の人種差別主義的秘密結社。

三〇八 **教育ママの会**　原文では、団体（Citizens Union on Neighborhood Teaching）の略号がCUNT（女性器）。二八五頁下段で言及があった「市民の会」と同じ。

三〇九 **階段を上がり、プラットホームに出ると…**　【場面】マサピーカからニューヨークへ移動。

三一二 **ヒーローサンドイッチ**　細長いパンを縦に切って、ハムや野菜などを挟んだ大型のサンドイッチ。

三一五 **アケダクト競馬場**　ニューヨーク市クイーンズ区にある。

三一五 **重賞**　（通例、第一と第二の）二レースを一組にして、両方の一着馬を当てる方式。

三一六 **聖書にあるみたいに**　ヨハネによる福音書五の八。

三一八 **プラットホームで列車が停まる**　【場面】ペンシルベニア駅、続いて自動販売式食堂。

三二〇 **伝言をお預かりしましょうか？**　【補足説明】　バストの名刺に書かれていたのはこの自動販売式食堂の公衆電話の番号。ギブズからの電話を隣で取った大柄な女は、オフィスを持たない会社の受付代行・伝言預かりサービスをここで行っているヴァージニア。

三二〇 **ねえ、あんた《バディー》……とキャッツアイの指輪が**　【ネタバレ】バディーというのはティーツの口癖。キャッツアイの女は女装したティーツか。

三二〇 **ボタンの切り替えによって沈黙が召喚され、回線を満たした**　【場面】タイフォン・インターナショナル社。

三二五 **よし、C-PAPの指示は入ってる…**　以下の略語はいずれも軍事用語で、一般の英語話者には通じにくいもの。AFBは「空軍基地」、NLTは「最長で」、AMDは「空中移動記号」、WRIはライツタウン、FRFはフランクフルト、TDYは「一時任務」、RPSCTDYは「任務完了次第所属基地に帰還」、GSは「参謀幕僚」、CGは「総司令官」、AMCは「陸軍資材司令部」、AMCAD-AOは不明、CICは最高司令官。

三二七 **回線は死んでいた**　【場面】アイゲンのアパート。

三三四 **パパはプーさんにする？**　二人がやっているのは、クマのプーさんのキャラクターを使った一種のすごろく。プレーヤーは袋の中から順番にカード（六色）を引き、その色に塗られた次のマスまで駒を進める。

三三八 **ナナの目には涙が浮かんでいました…**　J・M・バリー『ピーター・パン』からの引用。

三四三 **特別な配達人だったわ、トムに届け物だって**　【補足説明】デビドフが手配した軍用移送の書類が届いた。

三四五 **背中と肘を掻き分けながら玄関に向かった**　【場面】九十六丁目のアパート。

三四六 **君《ミスター》**　「ミスター誰それ」あるいは「サー」ではなく、単に「ミスター」と他人に呼び掛けるのは失礼とされる。そのため、ギブズは警官に突っかかっている。

三四八 **オールドストラッグラー** 「老いた密輸人（オールドスマッグラー）」というのが正しい名前。「オールドストラッグラー」は「老いた努力家」の意。

三五〇 **新学期セール** アメリカでは通常、新学期セールは九月。

三五〇 **トマレ《アルテラ》、ダレダ《キヴァラ》** 二つのフランス語のせりふはともに、ビゼーの『カルメン』第二幕からの引用。

三五二 **一晩だけトムをグリンスパンにしておくれ** エリザベス・アカーズ・アレンの詩「私を揺すって眠らせて」の引用ともじり。原詩では、「一晩だけ私を子供に戻しておくれ」。

三五二 **モーニングテレグラフ紙** 一八三九年から一九七二年までニューヨークで刊行されていた日刊新聞。劇評と競馬記事が主だった。

三五二 **そこでは四角い窓に切り取られた光が…** 【補足説明】ギブズとアイゲンが架空のグリンスパン名義で借りているこの部屋は、シュラムの部屋と隣り合わせになっており、奥の窓から互いの部屋の中が見える位置関係。

三五三 **まさに一つ星の民主主義** テキサスの州旗には星が一つ刻まれている。一八三六―四五年の間、テキサスは共和国として独立していた。

三五四 **そこにドン・ホセが現れる、あの場面** ビゼーの『カルメン』第二幕。

三五四 **野蛮人と結婚** 『ロックスリー・ホール』一六八行の引用。

三五四 **ルーカス・クラナッハ** ドイツ・ルネサンスの代表的画家（一四七二―一五五三）。

三五四 **バルドゥング** ハンス・バルドゥング（一四八四頃―一五四五）。バルドゥングはドイツ・ルネサンスの画家、版画家。

三五五 **温かいアヒルの卵みたいな胸をした女の話** オーストラリアの作家ロバート・クローズ『ラブ・ミー・セイラー』（一九四五）のこと。この作品は猥褻として出版社と作家が訴えられたことで話題になった。

三五五 **野蛮な女と結婚し、おまえの浅黒き肌をさらに高めよ** 『ロックスリー・ホール』の引用。

三五六 **カレワラのこと、フライアとブリーシンガメンのこと** カレワラはフィンランドの民族叙事詩。フライアは『指環』にも登場する愛と豊饒の女神で、ブリーシンガメンという首飾りを身につけていた。

三五六 **アガペーの尽きた作家…** アガペーはキリスト教において、神の人間に対する愛。直後の「宇宙をぎゅっと丸めて一つのボールにして」はT・S・エリオット「J・アルフレッド・プルーフロックの恋歌」の引用。

三五七 **ピアノーラ** 米国製自動演奏ピアノの商標。

三五七 **燃えない、煙も出ない、においもない** 「燃えない、煙も出ない、においもない」はピュア・ウェッソン食用油のキャッチフレーズ。

三五九 **われは死からよみがえりしラザロなり…** T・S・エリオット「J・アルフレッド・プルーフロックの恋歌」の引用。

三五九 **しかし、私のことは放っておいてください…** イェイツの詩劇『踊り子のための四つの劇』の引用。次の「どけ、どけ……行かなければならないから」も同様。劇中で、イエスによってよみがえったラザロは、再び静かで孤独な死を求め、イエスの前から去る。

三六〇 **うちの妻《づま》** 原文ではドイツ訛りの英語で、「ワイフ」を「ヴァイフ」と発音している。

三六一 **フルーツループ** ケロッグ社製シリアルの一種。

三六一 **光がブラインドのゆがんだ羽根を冷やし…** 【場面】九十六丁目のアパート。翌日。

三六二 **ベートーベンがチプリアーニ・ポッターに言ったのと同じ** ベートーベンは弟子のポッターに、「ピアノのない部屋で作曲してはならない。試しに弾きたくなることがあるから」「作品が出来上がったらピアノで弾いてみなさい。オーケストラが常に使えるとは限らないから」と助言したと伝えられている。

三六四 **あらゆる芸術が絶えず音楽の状態にあこがれている** 「あらゆる芸術は絶えず音楽の状態にあこがれる」というのはイギリスの批評家・小説家ウォルター・ペイターの言葉。

三六五 **フランク・ウルワース** ウルワース（一八五二―一九一九）は大手雑貨小売りチェーンを創業したアメリカの実業家。しかし、三百ドルを借り入れてユーティカに出した最初の店は二か月ほどでつぶれた。

三六五 **『エクレクティック・リーダーズ』** 十九世紀から二十世紀にかけて米国の小学校で多く用いられた教科書シリーズ。

三六六 **われわれの中で善良な方の人間は互いを思いやる** ベートーベンがテレーゼ・ブルンスヴィック（彼の恋人とされる数多い女性の一人）に書き送った手紙の引用。

三六六 **美術館の広い階段を上り** 【場面】メトロポリタン美術館。

三六七 **エバーグレーズ国立公園** フロリダ州南部にある自然保護区。舞台地図Ⅰ13参照。

三六九 **EDはエドワードの略** EDという略語は勃起不全という意味にも取れる。

三七一 **キャンドルサラダ** ろうそくに見立てたバナナを中心に据えたフルーツサラダ。

三七一 **地下室をリペアし、地下室を修理《リペア》した** 英語の「リペア（repair）」には「修理する」の意と「訪問する」の意があり、ここでは明らかに後者の意味だが、JRは前者の意味に解している。

三七三 **加却償速法** 次頁上段にある加速償却法の間違い。

三八〇 **除外** JRは「控除」と言いたいらしい。

三八〇 **文献《ぶんこん》** 原文ではJRが「文献（literature）」という語を literture と間違っていて耳障り。JRの発音には「ごみ（litter）」という語の響きが感じられる。

三八四 **眼下を通り過ぎるいくつもの頭を砂州の高みから眺め** 【補足説明】川岸からカバの群れを眺める比喩。

三八八 **漁夫王《フィッシャーキング》** アーサー王の物語に登場する王。ロンギヌスの槍によって癒えない傷を負った王と同様に、王国そのものも病み、肥沃な国土が荒野へと変わる。ヌアザはケルト神話に登場する王で、合戦中に腕を切り落とされたために王位に就き損なうが、腕の完治とともに王位に就く。

三八八 **傷というのは…** ヴォーゲルの顔にある傷跡と漁夫王の傷と世界の荒廃を重ねているらしい。

三八八 **光るダイヤルの針が五十、四十、五十五を指し**　速度計の数字。ここでの単位は毎時マイルなので、換算するとそれぞれおよそ時速八十キロメートル、六十四キロメートル、八十八キロメートル。

三八九 **ヒナギク《ディジー》は誰にも言わない**　「ヒナギクは誰にも言わない（告げ口をしない）」という歌が二十世紀初頭に流行った。「谷から摘んできた／ヒナギクの甘い花束／私にキスをして／ヒナギクは誰にも言わないから」と歌う。

三八九 **そして扉が銃声のような音とともに閉じた**　【場面】ディセフアリスの家。

三八九 **スターライト・ルーフ**　ウォルドーフ・アストリア・ホテルにあるイベントスペース。

三八九 **カスター隊の全滅**　一八七六年にカスター将軍率いる騎兵隊がリトルビッグホーン川の近くで先住民の連合軍と戦い、全滅した。

三九四 **手に入ったのは八十五セント**　【補足説明】へそくりが正確には五ドル札九枚と一ドル札四枚だったと考えると計算が合う。

三九四 **モーゲンソー**　ヘンリー・モーゲンソーは米国の政治家、財務長官（一八九一―一九六七）。

三九五 **天秤の体位**　既出の性典『匂える園』で紹介されている体位の一つで、「女が床に尻をつけて座り……男も同様の姿勢で、男茎と玉門が向き合うように座る……お互いの腕をつかんで、身体を前に屈んだり後ろへ反り返ったりして揺れ動く」というもの。

三九七 **ウィンザー公爵**　エドワード八世（一八九四―一九七二）。一九三六年に英国王となったが結婚問題で王位を捨てた人物。おしゃれなことで知られる。ネクタイの結び方〝ウィンザーノット〟も彼にちなんだ命名。

三九八 **一度も外向きに開いたことのないガラス扉**　【場面】学校

三九九 **ニューコメン**　トマス・ニューコメン（一六六三―一七二九）は英国の発明家。ピストンが大気圧で動く蒸気エンジンを発明した。

三九九 **彼女がコルセットを落とさなければ…**　トップレディー作詞の賛美歌「ちとせの岩よ」（一七六三年作）の冒頭に、「ちとせの岩よ、わが身を隠せ／裂かれし脇の血しおと水に罪もけがれも洗いきよめよ」とあることから、尻の〝割れ目〟を暗示する発言。歌は一八三二年に楽譜が刊行されて人気を呼んだ。ヴォーゲルは作曲年と刊行年を勘違いしているのかもしれない。

三九九 **歌は終われど、病は終わらず**　アービング・バーリン作詞作曲の「歌は終われど、メロディーは終わらず」（一九二七）をもじった言葉。

四〇〇 **四角いパッケージに収められた丸**　【補足説明】コンドームのこと。

四〇一 **ユダヤ教のゴールドスタイン師は割礼が下手くそ**　ユダヤ教では男児に割礼を行うが、その処理が下手な場合に「小便が真っすぐに排出されない」などというあざけりの対象となることがある。

四〇二 **いずれの院も、他の院の同意がなければ…**　アメリカ合衆国憲法第五条第四項。

四〇二 **議員は、反逆罪、重罪および…**　合衆国憲法第六条第一項。

四〇六 **または、現に侵略を受け…**　合衆国憲法第一章第十条第三項とそれに続く部分。

四〇七 **第六項。大統領が…**　合衆国憲法第二章第一条第六項。

四〇九 **反逆罪、収賄罪その他の重大な罪…**　合衆国憲法第二章第四条（第二章最後の条項）。

四〇九 **コンスティテューションの長さは二百四フィート**　生徒が調べたのは米国のフリゲート艦コンスティテューション号（一七九七年進水）の全長。約六十二メートル。

四一〇 **弾劾事件を除き、すべての犯罪の裁判は…**　合衆国憲法第三章第二条第三項。

四一〇 **に援助と便宜を与えてこれに加担する場合にのみ…**　合衆国憲法第三章第三条第一項。

四一一 **二十四インチ**　約六十一センチメートル。

四一一 **州内の暴動に対して各州を防護する**　合衆国憲法第四章第四条。第四章の最後の条項。

四一三 **ピンクニー、チャールズ・ピンクニー…**　ギブズは合衆国憲法本文に続き、末尾に添えられている署名を読み上げている。

四一六 **もう一つの人影はロッカーの並ぶ前で突然しゃがんで**　【場面】学校。ＪＲが電話で取引をする。

四一七 **どっちの……？**　【補足説明】イーグル紡績を引き継いだ銀行の頭取がフレッド・ホッパー。その息子がバンキー・ホッパー。

四一九 **ピスカター**　「ピス」には小便の意味がある。「スカトロ」には糞便の意味がある。

四二〇 **ノニー**　アーノルドの愛称だと思われる。なお、「ノニーノニー」は日本語の「ちょめちょめ」に近い語句で、性器など口に出すのがはばかられるものを指す表現。

四二五 **株式公開買付**　【補足説明】タイフォン社がダイヤモンド・ケーブル社の株式を公開買付しているらしい。六年Ｊ組がこれに応じれば、わずかに利益が出る。

四二七 **エスキモーは今では荒野に隔離されてはおらず…**　【補足説明】五四頁上段でアメリカ・インディアンについて説明したときとほぼ同じ表現が用いられている。ジュベール先生は本人も認めている通り（二七一頁上段参照）、指導書に書かれた言葉をほとんどそのまま機械的に繰り返しているらしい。

四二七 **ナヌークの絶望的な戦い**　エスキモーの生活に取材したドキュメンタリー映画『極北の怪異（極北のナヌーク）』（一九二二）への言及。

四二七 **郵便局から戻ってくる**　【場面】学校。

四二八 **ブレンハイムの戦い**　英将マールバラ公がフランス軍に大勝した戦（一七〇四年）。

四二八 **ベネチアは凍った音楽だ**　【補足説明】六五〇頁下段でウォルター・ペイターの言葉と分かる。

四二八 **「ハワードの聖なる血糊」**『一八一二年』にはフランス国歌「ラ・マルセイエーズ」の旋律が使われている。ヴォーゲルが思い出そうとしているのはメリーランド州の州歌。そこには「愛国の血糊」「ハワードの」「聖なる」などの語が用いられているが、「ハワードの聖なる血糊」という語句は出てこない。

四二八 **カーライル夫人だったっけ？…**　スコットランドの批評家・歴史家のトマス・カーライルは結婚初夜にベッドで待つ新妻に手も触れずもじもじしていたため、妻に笑われ、寝室を出て行ったという逸話がある。『衣装哲学』（一八三三—三四）はカーライルの風刺的評論。

四二九　一時間の周回コースにおいてゴールの十分手前にある唯一の手　原文ではhandで、明らかに時計の針を指す。体のパーツがばらばらに散らばっているのがこの作品のモチーフなので、故意にそのまま「手」と訳した。

四三四　別の世界に行って、そこに住む二次元の人間と出会う　おそらくエドウィン・アボット『フラットランド――多次元の冒険』への言及。

四三五　いい加減にして、と彼女は言って運転席に座り…　【場面】マサピーカからニューヨークへ移動。

四三六　ムーングロウかと思ったら、くそチャイコフスキーの曲じゃないか　ギブズによると、一九三四年作曲で一九五〇年代に流行した「ムーングロウ」は、チャイコフスキーの序曲『一八一二年』のメロディーに似ているらしい。

四三九　その疲れた頭飾りを取って…　ジョン・ダンのエレジー第十九番「寝床に入る恋人に」の引用。

四四〇　そして同様に暗い部屋の中を歩きながら　【場面】エンジェル家のアパート。

四四〇　ベルク　アルバン・ベルクはオーストリアの作曲家（一八八五―一九三五）。無調音楽を経て十二音技法に進んだ。

四四二　電話がまた鳴り、もう一度鳴り、長々と鳴り続けた　【場面】ゼネラルロール社の工場。

四四三　髪を黒く染めたときのジョーン・ベネット　アメリカの女優（一九一〇―九〇）。少女の頃はブロンドだった。

四四五　遺産税　死者の遺産を分配する前に課せられる税で、相続人に課される相続税とは異なる。

四五二　アナタノコドモヲコロス《マータ・ア・スース・ニーニョス》　原文スペイン語。

四五二　明かりのともった建物玄関まで歩いた　【場面】九十六丁目のアパート。

四五三　『原子力科学者からの報告』　核兵器などに関する学術雑誌。

四五五　溺死《できし》んじゃう　ローダは「溺死する」という意味で、「溺死ぬ」「溺死んじゃう」などと言う。英語では普通、「溺れる」の意味を受動態で“be drowned”と表現するが、ローダは“drownd”という独自の能動態動詞を使う。

四五九　カクテルオニオン　極小種のタマネギ。

四六四　お兄さんのディックディック　ディクディクは既出の通りアンテロープだが、「ディック」は男性器の意味を持つ俗語なので、ここは一種の言葉遊び。

四七〇　バストが階段を上がってきたとき　【場面】九十六丁目のアパート。バストが戻る。

四七〇　トゥインキー　クリーム状のフィリングの入ったスポンジケーキ。

四七五　人知のおよばぬ洞窟を抜け　コールリッジの長詩『クーブラ・カーン』の引用。

四七五　明るい川の出会う胸元　トマス・ムーアの詩「川の出会う場所」の引用。

四七五　モンガヒラ　正しくは後出の通り「モノンガヒラ」。

四七五　廊下に肉、瓶入りのワイン、扉の脇には生きた川　R・L・スティーブンソンの詩「結辞」の引用。
四七六 **レインダンスとミスター・フレッド** 【補足説明】競馬馬と騎手の名。
四八〇 **ウィアノの美しいコース** マサチューセッツ州にある。舞台地図Ⅱ❷参照。
四八〇 **ソルジャー・フィールド** シカゴにある球技場。舞台地図Ⅰ❺参照。
四八一 **真福八端** イエスが山上の垂訓で説いた八つの幸福のこと。
四八一 **燃えているのに燃え尽きない柴** 出エジプト記三の二－四参照。
四八一 **『機械学概論』** 一七七四年に編纂された著作。数学者のアドリアン＝マリ・ルジャンドルらが寄稿している。
四八一 **地主の娘ベスは…** アルフレッド・ノイズの詩『ハイウェイマン』の引用。恋結びは、かつて恋人たちが愛の証として身に着けたリボンの飾り結び。
四八一 **香水の黒い奔流が彼の胸で逆巻く** 『ハイウェイマン』の続き。
四八二 **「チャプマンのホメロスを一読して」** ジョン・キーツの詩。
四八二 **畜生、今行くよ…** 【場面】九十六丁目のアパート。もともとシュラムが暮らしていた部屋。
四八二 **紛争を解決しようじゃないですか、裁定っていうのかな** いわゆる「さや取り売買」は裁定取引とも呼ばれる。
四八三 **親交家《け》とシュラムのある** 正しくは「シュラム家と親交のある」。酔っているために言い間違えたもの。
四八三 **ピール・アンド・カンパニー** イギリスの靴屋。既製靴の販売に加え、オーダーメードでは多くの著名人の注文を受けたが、一九六五年に廃業した。
四八四 **アーリントン墓地** ヴァージニア州東部にある国立墓地。独立戦争以来の戦没者や米国への貢献者が埋葬されている。
四八六 **逆転したヒッポリュトスみたいな気分** エウリピデスの『ヒッポリュトス』で、テセウスの若妻パイドラは自分の継子ヒッポリュトスに恋をする。
四八六 **東六十何丁目の辺り** マンハッタンの中心に近い地区。舞台地図Ⅲ❺参照。
四八八 **地位から契約への堕落** リチャード・ホフスタッター『アメリカの社会進化思想』への言及。
四八八 **「締め出し症候群《ティアシュルス》」** 適齢期の間に結婚し損なうことを恐れる「中年の危機《トアシュルース》」(原義は「扉が閉まること」)にならった造語。「締め出し症候群」はより一般的に、間に合う年齢で何かをやり損なうのではないかと恐れることを意味しているらしい。
四八八 **トビラヲトジヨ《シュルース・ディー・ティア》、マドカラハイレ《デア・コメン・イン・デア・ヴィンドウズ》** ドイツ語の詩を模した戯れ歌。
四九一 **「皆は大きな戦に勝利した公爵を褒め称え」** ロバート・サウジーの詩「ベレンハイムの戦い」の引用。
四九一 **「しかし、それで結局……とピーターキンが訊いた」** 先の詩「ベレンハイムの戦い」の続き。
四九二 **「テキノトチニネムル《エス・ルート・イム・ファイデスラント》」** 原文ドイツ語。
四九二 **『魔女に与える鉄槌』** 十五世紀に異端審問官によって書かれた魔女に関する論文。
四九三 **『ポールとビルジニー』** ベルナルダン・ド・サン・ピエールの

小説（一七八八年）で、牧歌的な純愛物語。ビルジニーは最後に波にのみ込まれる。

四九四 **狂った指が笑いの弦を弾く**　イェイツの詩「作品が無に帰した友へ」（既出）の引用。

四九五 **六十かける八十じゃなくて、六かける八の墓地**　単位がインチだとして換算すると、それぞれ一五二×二〇三センチメートルと一五×二〇センチメートル。単位がフィートなら一八×二四メートルと一八〇×二四〇センチメートル。単位が混在しているか、ギブズが数値を見間違えている可能性が高い。

四九六 **「物が馬上にあり、人を駆り立てる」**　エマソンの詩「ウィリアム・H・チャニングに捧げる頌歌」の引用。

四九七 **タマナシッテイッタンダ《ディーチェ・シン・コホーネス》、ボケ《コニョ》**　原文スペイン語。スペイン語では「五人のジョーンズ《シンコ・ホーネス》」と「玉無し《シン・コホーネス》」がほぼ同じ音になるのを利用して、ギブズがジョーンズ家の男を挑発している。

四九七 **交差点手前のアパート**　【場面】ダウンタウンにあるアイゲンのアパート。

四九九 **ソロモンが裁いた母親の話**　ある子供を「自分の子供だ」と主張する女が二人現れたとき、ソロモン王は「子供を二つに切って半分ずつ分け与えよ」と命じる。そのとき、子供を相手に譲ってもいいからそんなことをしないでほしいと嘆願した女が母親と認められるという話。列王記上第三章参照。

五〇四 **『道化師』**　ルッジェーロ・レオンカヴァッロのオペラ（一九八二）。

五〇四 **魔女が乙女を上の部屋に連れて上がる場面**　『魔女に与える鉄槌』への言及。

五〇四 **男が写真と手紙を女のもとに届ける場面**　コンラッド『闇の奥』の終わりで、語り手マーロウはカーツ夫人に夫の遺品を届ける。そして、カーツの最後の言葉は実際には「恐ろしい、恐ろしい」であったが、妻の名前だったと嘘をつく。

五〇六 **カール・マルクスの言葉**　四一頁下段に記されていたギリシア語風の言葉は、カール・マルクス『ゴータ綱領批判』からの引用で「能力に応じて働き、必要に応じて受け取る」の英訳（FROM EACH ACCORD...）をそのままギリシア綴りに変えたもの。

五〇六 **十かける二十フィート**　約三×六メートル。

五〇七 **まぐさ桶のおもちゃ**　馬小屋でイエスが入っているまぐさ桶の周りにマリアとヨセフらが集まっている情景を再現したおもちゃやセット。

五〇七 **ハヌカー祭**　ユダヤ暦のキスレブ月（グレゴリオ暦の十一から十二月）の二十五日から八日間行われるユダヤ教徒の祭。

五〇七 **ベビー・ジーターと三人の患者**　赤ん坊《ベビー》のイエス《ジーザス》と三人の賢者（東方三博士）というフレーズを子供が聞き間違えて覚えたか、もじったかしたらしい。

五〇八 **ラフ《RAPH》**　モーニングテレグラフ紙の断片で、紙名の一部テレグ「ラフ」と記された部分。

五〇九 **ニカイア公会議**　第一回ニカイア公会議（三二五年）ではイエスの神性について二つの派閥が激しい論争を交わした結果、神性を認めるアタナシウス派が正統、アリウス派は異端とされた。

五一一 **一人でベッドに横たわるあなたが夜中に目を覚ましたとき…**

T・S・エリオットの詩「アゴーンの断片」の不正確な引用。

五二一 **最高の悪夢、そして訪れるフーハー、フーフー**　エリオットの詩の続き。

五二二 **ZSナンバーのリムジン**　ゾウナ・セルクの車。

五二二 **歩道に飛び降りると**　【場面】タイフォン・インターナショナル社。

五二八 **彼女は部屋に入って**　【場面】タイフォン・インターナショナル社。会長室。

五二九 **セイブルック**　コネチカット州の町。舞台地図Ⅱ**5**参照。

五二九 **蒸気浴箱《スチーム・キャビネット》**　頭を外に出して入る、気密の蒸し風呂。

五二二 **諸経費《オーバーヘッド》**　光熱費、賃貸料、税金、その他一般管理費など。

五二二 **ヴィーダ**　【補足説明】ダンカンの妻で、ゾウナの元級友。

五二八 **インディアン同化政策を否定するとかいう第二十六共同決議**　共同決議とは上院・下院の両方で採択された決議のことで、法的効力は持たない。ここで言われているのは、一九七一年の第二十六共同決議の内容。

五二九 **ビークマンプレース**　マンハッタンのミッドタウン。舞台地図Ⅲ**7**参照。

五二九 **DPL**　外交官が車のナンバープレートにつける記号。

五三〇 **第八十三回議会**　一九五三年の米国連邦議会のこと。インディアン固有の権利を奪って保留地解体をもくろむ連邦管理終結政策が打ち出された。

五三〇 **百ポンド**　約四五・四キログラム。

五三〇 **マッキンレーがまだお札の肖像に使われとった頃**　第二十五代アメリカ合衆国大統領マッキンレーの肖像は一九二八年から一九四六年まで五百ドル札に用いられた。

五三六 **権原会社**　権原（不動産などの財産権）を調査したり、保険を請け負ったり、不動産取引に近い業務を行ったりする会社。

五三七 **ちょうど彼がバス……**　ビートンが「トイレ」の意味で「バスルーム」と言いかけたのに対して、ケイツ知事は「風呂」の意味の「バス」だと思い込んだらしい。

五三九 **もしもし、もしもし**　【場面】クローリー兄弟社。

五四〇 **アスラカ**　JRがアラスカの綴りを間違えている。

五四一 **複モルデント**　モルデントはある音から二度下がり、また元の音に戻る装飾音。複モルデントはその反復のこと。

五四二 **『トリルビー』**　イギリスの画家・小説家であるデュ・モーリエの書いた小説（一八九四）。

五四三 **タマラック**　フロリダ州南東部の都市。舞台地図Ⅰ**12**参照。

五四三 **彼女《ハー》**　クローリーが意図しているのは『彼女《ハー》』という名の雑誌のことだが、バストにはそれが通じない。

五四五 **熱電対**　異種金属の接合を用いた感温素子。

五四六 **コストプラス方式契約**　生産原価に一定の利益を加算する方式。

五四六 **チャンピオン・ホームビルダーズ**　プレハブ住宅・移動式住宅の最大手企業。

五四九 **ナトマス社**　アメリカの石油・天然ガス会社。

五五二 **先ほどまでこちらにいらした**　【場面】校長室。

五五三 **リージョン・オブ・ディーセンシー**　映画を「品位」に基づいて格付けするカトリック教会内の組織。

五五三 **そちらの用件が終わるまで待ちます**　【補足説明】「そちら」とはビートンのこと。今、ビートンはジュベール夫人を呼び出すために学校に電話をかけるのと並行して、銀行の問題でホワイトバックに電話をかけているが、両方とも校長室につながっている。

五五八 **その原因はリロイだったことが判明しました**　四五頁上段などで知能検査の結果がおかしいという話が出ているが、実はリロイが成績処理のカードに悪質な細工をしていたのが判明したということ。

五六二 **ラサール**　一九二〇―三〇年代の米国の自動車。

五六五 **禁じられた穴**　既出箇所で「先生の穿孔」と訳したのと同じ表現。

五六六 **イン・ディー・グルゲル・ヒナインゲシュトッセン**　ドイツ語で「喉に挿入」。

五六九 **アルファタハ**　パレスチナ解放機構の一派。

五六九 **民間防衛**　非常事態に際して市民の生命財産を守る民間防護活動のこと。

五六九 **ワッツ、ニューアーク**　ともに一九六〇年代に人種問題に関わる暴動が起きたアメリカの都市。

五七〇 **校長室の前では**　【場面】学校（校長室の外）。

五七一 **バラ色の頰を愛する者**　トマス・カルー（一五九五―一六四〇）の詩の引用。

五七一 **温かくしっとりした頰に白い手を当てて**　ウォルター・サヴェージ・ランダー（一七七五―一八六四）の詩の引用。

五七一 **そして一歩、金髪で作られた腕輪が骨を囲む**　ジョン・ダンの詩「聖遺物」の引用。

五七一 **正しくは、「わが顔を隠せ」じゃなくて「わが身を隠せ」**　既出（三九九頁下段）、トップレディー作詞の賛美歌「ちとせの岩よ」の歌詞のこと。

五七一 **彼女の純粋で雄弁な血が頰で語り、彼女の気持ちをはっきりと物語る**　ダンの詩「魂の遍歴について」の引用。

五七一 **「幸福の一瞬」**　ドストエフスキーの「白夜」の引用。

五七一 **「風よ吹け、頰を破れ」**『リア王』第三幕第二場のせりふ。

五七四 **アスコップ**　ＡＳＣＡＰ（米国作曲家作詞家出版社協会の略称）の聞き間違い。

五七六 **ジャマイカってあの乗換駅のあるところ**　ＪＲが言っているのはニューヨーク市クイーンズ区にあるジャマイカ駅。舞台地図Ⅱ❾参照。ピスカターが訪れたのは西インド諸島にあるジャマイカ国。

五七六 **ネブラスカ州はカンザス州と接してて、ユタ州か何かの隣のはず**　ＪＲの地理的説明は不正確。カナダのアルバータ州はたしかにアイダホ州の北にあるが、アイダホ州は五大湖に面していない。音の似ているオハイオ州は五大湖の一つエリー湖に面しているが、ミネソタ州が面しているのはスペリオル湖で異なる。ＪＲは五大湖を一つの大きな湖と思い込んでいる可能性がある。ネブラスカ州はカンザス州の北隣にあるが、ユタ州とは離れている。

五七八 **減耗控除**　鉱物などの天然資源は採掘につれて減耗するが、それを補充するため、利潤の一定割合を新しい探鉱投資などにあてる目的で税控除すること。

五七九 **バンキー**　フレッド・ホッパーの息子。

五八〇 **貯蓄貸付組合**　預金を原資として住宅購入希望者への貸付を固

定金利で行う地域的な金融機関。

五八〇 **淡々符** 「感嘆符」の間違い。

五八一 **番号通話** 相手を指定してかける「指名通話」に対して、電話番号を指定してかけるのが「番号通話」で、一般に前者よりも後者の方が安価。

五八二 **買い下がり方針** 「買い下がり」は株価などが下がるにつれて買い株数を増やしていく手法。

五八五 **列車がうなり声を上げながらプラットホームに入ってきて** 【場面】マサピーカからニューヨーク、エイミーのアパートへ移動。

五八六 **バックバイト校長** ホワイトバック校長の言い間違い。「バックバイト」という語には陰口という意味がある。

五八六 **「逃げる」と言った教皇のこと** 二十世紀初めの教皇の一人がベッドの脇に駅の写真を飾り、故郷に思いをはせながら「逃げる」と繰り返し唱えたという話がある。

五八七 **モノグラム** 頭文字などを複数組み合わせて図案化したもののこと。

五八八 **林語堂** アメリカやドイツでも学んだ、中華民国の文学者・言語学者・評論家（一八九五―一九七六）。

五九〇 **たくさんの人たちが輪になって歩いている…** T・S・エリオット『荒地』の引用。

五九〇 **これから何をするかは考えない…** T・S・エリオットの詩劇『闘士スウィーニー』の引用。

五九一 **ブルーミングデール** ニューヨーク市にある高級デパート。

五九二 **草上《そうじょう》の昼食みたいだろ、脱いでもいいぞ、一緒に** 『草上の昼食』はエドゥアール・マネの代表作の一つとされる絵画。「現実の裸体の女性」を描いたことで物議を醸した。

五九四 **EMJ** エミリー・モンクリーフ・ジュベールのイニシャル。

五九六 **彼が目を覚ますと** 【場面】エイミーのアパート。翌日。

五九六 **ジタン** フランス製の紙巻きたばこ。

五九六 **サーディス** ニューヨークのブロードウェイ劇場街にあるレストラン。

五九六 **重さのない五リラ硬貨** アルミ貨なので重みがないのか。

五九六 **バターフィールド八番** マンハッタンにあった電話交換局の番号のこと（二八－八）。この番号は、コールガールを主人公とする映画『バターフィールド8』（一九六〇）にも用いられた。

五九七 **ポプリン** 薄地のコットンで、しばしばワイシャツなどに用いられる。

五九八 **『フィジカル・レビュー・レターズ』誌掲載** 内容的には、一九五六年にヤンとリーが同誌に発表した「パリティ対称性の破れ」に関する論文のようだが、次の「四年前」という発言とは合致しない。

五九九 **はっきりと目で見ているのに…** 神々のなすわざについて、「それをはっきりと目で見ているのに、どうにもできない。人間にとってこれ以上の苦痛はない」とヘロドトスが『歴史』で述べている。ヘラクレイトスというのはギブズの間違いか？

五九九 **レディー・ブルート：それは単なる誤訳かもしれない** サー・ジョン・ヴァンブラ（一六六四―一七二六）の書いた喜劇『じらされた女房』（一六九七）の引用。聖書に基づく、「私たちは悪に報いるに善をもってしなければならない」という発言に対する返答。
五九九 結び目に息を吹きかける女には用心しろ　一六二頁下段参照。同場面でギブズが持っていたのと同じメモだと推測される。
五九九 なるほど私は熱狂のあまり…　引用元はジョン・キーツが書いた手紙で、「自分はまだ若くて知識も充分ではないので、文学で食べていけるような状態ではない」という旨の内容。
五九九 物語の最後に、人類にあいた一種の大きな穴と化すゴーゴリ作品の登場人物　『死せる魂』第六章のプリューシキンのこと。
六〇四 ロレンスの仲間の老戦士、アウダ　『アラビアのロレンス』に登場するホウェイタット族の族長。
六〇五 顔に差す太陽の光　【場面】エイミーのアパート。翌日。
六〇七 いかなる不死の手、いかなる目が…　ウィリアム・ブレイクの詩「虎よ、虎よ」の冒頭部。
六〇九 愛とは「すまない」と謝れること　エリック・シーガル原作の映画『ある愛の詩』（一九七〇）でヒロインが主人公に言うせりふ「愛とは〝すまない〟と謝る必要がないこと（Love means never having to say you're sorry）」をもじっている。日本では「愛とは後悔しないこと」と訳された。
六〇九 甘くてすてきな国で、もっときれいな緑色の乙女を見つけた　キプリングの詩「マンダレー」の引用。
六一〇 この髭　【補足説明】二四九頁下段でエイミーが肖像写真に描き加えた髭。
六一一 トリプラー　八〇年代までマディソン街にあった老舗衣料品店。
六一二 バーグドルフ・グッドマン　マンハッタン五番街にある高級百貨店。
六一八 彼は日の光の中でシーツを持ち上げ　【場面】エイミーのアパート。翌日。
六一九 留めたり外したりするボタンが多すぎるって遺書　ジャン・コクトー『大胯びらき』に、同様の遺書を残して自殺するイギリス人の話がある。
六二二 美とは機能性の裏付けだと言った彫刻家　米国の彫刻家ホレイショ・グリーノウ（一八〇五—五二）。
六二三 ペラム　ニューヨーク市ブロンクス区の北東部。
六二三 マーチ・オブ・ダイムズ　ルーズベルトがポリオ対策のために創始した財団。ダイムは十セント硬貨のこと。
六二四 コネチカット州ハートフォード　舞台地図Ⅱ4参照。
六二七 オヤ《アイ》、ビーミッシュ《ビーミス》、ハイ《シ》！…　原文スペイン語。
六二八 ウォルドーフはここから一街区《ブロック》ほどしか離れていません　【場面】ウォルドーフ・アストリア・ホテル。
六二八 ゼーンズヴィル　オハイオ州南東部の都市。舞台地図Ⅰ6参照。
六三一 二十ポンド　約九キログラム。
六三二 壁紙生産でトップを走っている会社　壁紙という語には「紙切れ同然の株券」という意味があるので、「壁紙生産でトップを走っている」という言葉が「赤字を出しっぱなし」という皮肉に聞こえる。
六三五 私は腐ったジンを選んだ…　ここに並ぶ本のタイトルはいずれもほぼ、ギャディスのデビュー長編『認識』の原題THE RECOGNITIONSの文字を並び替えたアナグラムになっている。批評の一部も『認識』について書かれたもの。

六三八 **シェイディーヌーク** この名を持つ町や村はアメリカに複数存在する。舞台地図I❹参照。地名の意味は「秘密の（陰になった）僻地」。

六四〇 **メアリー・ジェーン** メアリー・ジェーンはマリファナを意味する俗語。JR社はマリファナたばこの販売を計画している。

六四〇 **四分の一インチ** 約六ミリメートル。

六四三 **I・P・デイリーの書いたイエロー・ストリームっていう本** I・P・デイリーは「私は毎日おしっこをする（I pee daily）」と同じ響き。「黄色い小川《イエロー・ストリーム》」から小便を連想させる下ネタの定番。

六四三 **写真撮影《シューティング》** シューティングには「銃撃」の意味もある。

六四四 **ブロークンボウ** ネブラスカ州の町。

六五四 **車掌《コンダクター》** エドワードが「父は指揮者《コンダクター》だ」と説明したのをJRが「車掌」と勘違いした。

六五四 **ガルヴェストン** テキサス州南東部、メキシコ湾の入り江にある港町。舞台地図I⑮参照。

六五六 **ネペンテス社** ネペンテスとは、古代人が飲んだという悲嘆や苦痛を忘れさせる薬のこと。ここでは老人ホームを経営する会社の名前。

六六二 **代理店のチームが描いたスケッチ** いずれもドルマーク（$）を図案化している。$にJとRの文字を組み合わせたのが左下の図案。そこに短いキャッチフレーズみたいなものを織り込んだのが左上の図案で、「ジャスト・ライト」は「ちょうどいい」の意味。中段左端はSHIT（くそ）の四文字を組み合わせている。中段右端の鼻の先に手を広げるしぐさは、しばしば相手を侮辱するジェスチャーと受け止められる。

六七〇 **テレコピア400** テレコピアはファックスの一種。

六七一 **さて、よくお聞きくださいね…** 【補足説明】一つ前の発話から、同じスイートルームにいる別の三人の会話。ダン・ディセファリス（一〇《テン》・四〇《フォーティー》）がロール・プレイイングを指導しているのと同じ席で、酒に酔ったムーニーハムが話を聞かずに下品なジョークを語っている。

六七一 **スキナーじゃなくて、食事《ディナー》が** 酔っ払っているせいでお決まりの押韻ジョークが混乱している。定番の形は次のようなもの。「昔、スキナーという男がいた。彼は若い女を食事《ディナー》に連れ出した。八時半にはまだ、二人は食事中。九時四十五分、それはもう女の中《イン・ハー》。スキナーではなく、食事《ディナー》が。スキナーは食事《ディナー》の前に女の中《イン・ハー》に入っていた。彼は初心者《ビギナー》ではなかった」というのが前段、「昔、タッパーという男がいた。彼は若い女を夕食《サパー》に連れ出した。八時半にはまだ、二人は食事中。九時四十五分、それはもう女の中《アップ・ハー》。入っていたのは夕食《サパー》ではなく、タッパーでもない。スキナーという名前の男」というのが後段。

六七一 **部屋をこっそり出て行く** 【場面】ウォルドーフ・アストリア・ホテルからアップタウンへ移動。

六七三 **カロン社** 「カロン」は死者の魂を乗せて冥府の川を渡すと言われる渡し守の名前。

六七四 **フォートローダーデール地区** フロリダ州南東部の保養地。

六七四 **肝心のネペンテスという綴りを間違えている** ノーマン・ダグ

ラス『南風』（一九一七）はネペンテスという名前の島が舞台になっている。
六七四 「目的地に着くまでが楽しいのだ」 旅行に出掛けたりする際に、「（目的地に着いてからばかりでなく）そこに着くまでを楽しもう」という意味でしばしば使われる言い回し。
六七六 ラモー ジャン＝フィリップ・ラモーはフランスの作曲家（一六八三―一七六四）。
六七六 「羽虫」 正しくは、「羽虫」を作曲したのはラモーでなく、フランソワ・クープラン（一六六八―一七三三）。
六七六 ドボシュトルタ 数層から成る薄いスポンジケーキの層の間にチョコレートクリームを挟んだハンガリー起源の菓子。
六七七 運転手さん？ 九十六丁目まで行ってもらえますか 【場面】九十六丁目のアパート。
六七七 チクショウ《コニョ》！ 五人のジョーンズ《シンコ・ホーネス》たちの発話は原文スペイン語。
六七八 ZS ゾウナ・セルクの頭文字。
六八一 グレイヴストーン アルの率いるバンドの名前で、「墓石」の意味。
六八二 赤カプセル《レッズ》 鎮静剤・催眠剤の赤いカプセルのこと。
六八三 鼻中隔湾曲症 鼻内を左右に仕切っている板状の構造が曲がっているために、呼吸に悪影響がある状態。
六八六 エンチラーダ、こっちはレムラードソース エンチラーダはスパイスの利いた肉をトルティーヤで巻いたメキシコ料理、レムラードはマヨネーズをベースにして香料や刻んだピクルスを混ぜた冷たいソース。

六八八 グリンスパン宛の郵便と一緒にしてある エドワードはアイゲンとグリンスパンを同一人物だと思っている。
六八八 Srskić って名前、どうやって発音したらいいわけ この名前は前半に母音がないので、英語話者には発音しにくい。通常は、スルシュキッチと発音する東欧系の名前。
六九一 ミネハハ、ハイアワサ 『ハイアワサの歌』はロングフェローの物語詩。ミネハハはハイアワサの妻。
六九七 やがて朝日が昇って 【場面】九十六丁目のアパート。翌日。
七〇二 トゥッツィーロール チョコレート味の棒状飴。
七〇三 あんたがサインしておいてよ、×印 読み書きのできない人が×印を書いて署名の代わりにする慣習がある。
七〇四 ムッシュ・バスト、ああ、いや、カレハルス《イルネバラ》 ここからギブズの発話はフランス語。
七〇四 シッタコトカ《ジュメンフー》 六八四頁上段で「あたしが知ってる唯一のフランス語」と言っていたのがこれ。
七〇五 フランク・ウルワース 既出（三六五頁上段）の実業家。
七〇五 ハルハウス 一八八九年、近代社会福祉の母といわれるジェーン・アダムズが、イリノイ州シカゴに設立した施設。文学、歴史、芸術などの教室が設けられた。
七〇五 『街の女マギー』 スティーヴン・クレインの小説（一八九三）。
七〇七 グラナドス エンリケ・グラナドス（一八六七―一九一六）は、スペインの作曲家、ピアニスト。
七〇九 男のシャツが入った引き出しの中で見た 二四七頁下段、六一〇頁参照。

七一〇 **おんぼろディック**　おんぼろディックはホレイショー・アルジャーが書いた物語『おんぼろディック』（一八六七）の主人公。ホレイショー・アルジャーについては四三頁への注を参照。

七一〇 **ニューウェル・ドワイト・ヒリス牧師**　作家、哲学者でもあった人物（一八五八―一九二九）。

七一〇 **〝カー〟**　クイッククエーカーという文字の末尾。

七一一 **議決権信託**　保有株式を受託者に信託し、議決権などを受託者に行使させること。

七一二 **答えはジョン・アダムズ**　二九三頁下段でバスト家にかかってきた電話で尋ねられたのと同じクイズ（「アメリカ合衆国の第二代大統領は誰?」）の答え。

七一六 **ついに光が差して**　【場面】九十六丁目のアパート。翌日。

七一七 **E・L・ソーンダイク**　アメリカの心理学者・教育学者（一八七四―一九四九）。ウィリアム・ジェイムズのいるハーバード大学に進学し、動物を用いた研究を行った。博士論文は『動物の知性』。

七一七 **F・W・テイラー**　アメリカの技師で経営学者（一八五六―一九一五）。科学的管理法を発案した。

七一七 **メリー・ベーカー・エディ**　クリスチャン・サイエンス教会の設立者（一八二一―一九一〇）。

七一七 **ナイアガラには失望した**　オスカー・ワイルドの言葉。「ナイアガラには失望した。多くの人もナイアガラには失望しているはずだ。アメリカでは花嫁が皆、新婚旅行でナイアガラに連れてこられるが、あの驚くべき瀑布の光景は結婚生活における最初の大きな失望の一つになるのだろう」。

七一七 **ヒュルトゲンの森の戦い**　一九四四年九月十九日から一九四五年二月十日までにわたり、ドイツ・オランダ国境の、ヒュルトゲンの森において行われたアメリカ軍とドイツ軍の戦い。

七一九 **イギリス人が使うBFという言い回し**　ギブズの頭にあるのはおそらく「ろくでもない馬鹿《ブラディー・フール》」だが、「親友《ベスト・フレンド》」と誤解する余地もある。

七一九 **雨でも、暑くても暗くても…**　アメリカの郵便配達と結び付いてしばしば言及されるモットー（公式のものではない）「雪でも雨でも、暑くても暗くても、定められた順路を速やかに回る郵便配達人を止めることはできない」を踏まえた言葉。

七一九 **一体どうしてこんな郵便がここに届いてる**　【補足説明】アルがこの部屋に放り出した未配達の郵便。

七一九 **スパニッシュ・メイン**　カリブ海周辺大陸沿岸のスペイン帝国地域で海賊の多かった水域のこと。

七一九 **ヘンリー・ストリート・セツルメント**　マンハッタンのロウアーイーストサイドにある非営利団体。芸術プログラムや社会サービス、ヘルスケアなどを行う。

七二〇 **リバティーヘッドの二・五ドル硬貨**　一八四〇―一九〇七年発行の金貨。

七二〇 **ヒラルダの塔**　スペインのセビリアにある大聖堂の鐘楼。

七二〇 **名前を言えば姿が頭に思い浮かぶ**　ここから段落の区切りまで、ギブズが自作小説に関連して思い浮かぶことを独りごちていると思われる。

七二〇 **「行け、うるわしのバラよ」**　エドマンド・ウォーラー（一六〇六―八七）の詩。男の〝私〟が薔薇に向かって「私の好きな人のところへ行って、こんなふうに伝えてくれ」と語り掛ける内容。
七三〇 結び目に息を吹きかける女には用心しろ　既出一六二頁下段。
七三〇 どうしてあなたは私を階段から蹴り落としたのか？　アイザック・ビッカースタッフェの詩「忠告」の引用。
七三三 トニックウォーター　風味を加えた炭酸水。
七三五 ディドロ　フランスの哲学者・美術批評家ドゥニ・ディドロ（一七一三―一八四）は、百科全書を編纂した。
七三六 ロバート一世　スコットランド国王（在位一三〇六―二九）となった人物（一二七四―一三二九）。イングランドに対する戦いに挑む前、クモが巣をかけようと何度も試み、最後に成功するのを見て勇気づけられたという伝説がある。
七四四 声に出して書かれるために読まれた文章じゃない　酔っているせいで、「声に出して読まれるために書かれた文章じゃない」を言い間違えている。
七四五 ゴルディオスの結び目《ゴーディアン・ノット》　ゴルディオス王が結んだ結び目を解く者がアジアを支配すると言われていたが、アレクサンダー大王はそれを剣で切断した。
七四五 仲良くお食事《ラブ・フィースト》　ユダの手紙一の一二。
七四六 石の部屋で、狂った指が笑いの弦を弾く　イェイツの詩「作品が無に帰した友へ」（既出）の引用。
七四七 キリスト教徒のみんなに身ぐるみはがされて…　キリスト教徒により虐殺された、ローマの数学者・天文学者・新プラトン主義哲学者であったヒュパティア（?―四一五）のこと。

七四七 イポリット・テーヌ　五九九頁の手書きメモで既出のフランスの批評家。
七五一 やがて、窓が明るくなり、太陽のない灰色の朝を迎えた　【場面】九十六丁目のアパート。翌日。
七五六 甘くてすてきな乙女　六〇九頁下段参照。ギブズが詩を引用する形で実際に言ったのは「甘くてすてきな国で、もっときれいな緑色の乙女を見つけた」。アイゲンの記憶では少し言葉が入れ替わっている。
七五六 まさかこれが雪にでも見えるわけ？　【補足説明】ローダはコカインを吸おうとしているらしい。
七五七 ラシーヌの芝居に出てくる発明家の若者か…　「ラシーヌの芝居に出てくる若者がセックスマシーンを発明した。凹でも凸《コンヴェックス》でもどちらの性《セックス》にも使える機械。しかも掃除《クリーン》は超簡単」という下品な五行詩がある。
七五七 ぶくぶくの顔に汚れた手　キプリングの詩「マンダレー」（既出）の引用。「俺はチェルシーからストランドまで五十人の女中と歩いた／その女たちはやたらに愛を語る、でも、何を知っているというのか？／ぶくぶくの顔に汚れた手、おやおや！　何を知っているというのか？／俺には、甘くてすてきな国に、もっときれいな緑色の乙女がいるのだ！」。
七六一 ラオコーン　一〇〇頁上段と訳注を参照。
七六一 ボブ・ジョーンズ大学　サウスカロライナ州にある私立大学。人種差別的、保守的な校風で知られている。
七六二 三マイル　約五キロメートル。

七六二　ケ・ファロ・センザ・エウリディーチェ　第四幕の有名なアリア。「エウリディーチェなしにどうしたらいいのだ?」。

七六三　デビッド・スミス　アメリカの抽象彫刻家（一九〇六―六五）。

七六五　黒いかつらをかぶってここに来た　【補足説明】二〇三頁下段、二一〇頁上段参照。

七六六　歯痛についてパスカルの有名な逸話　フランスの哲学者ブレーズ・パスカル（一六二三―六二）はあるとき、歯痛に苦しみ、それを忘れるために数学の研究に打ち込み、サイクロイドの問題を解いたと言われている。

七六八　仔牛のマレンゴ風煮込み　マレンゴという村でナポレオンの料理人によって作られたと言われ、通常は鶏肉を用いる。

七七二　テキノイガイガメノマエヲトオルノガミラレル《ヴェア・パサル・ロス・カダヴェレス・デ・スス・エネミゴス》　「玄関前に座っていれば、いつか敵の遺骸が目の前を通るのが見られる」というスペイン語のことわざの一部。

七七三　ジャック、急げ、ジャック、飛べ　「ジャック、すばしこく、ジャック、急げ、ジャック、飛びこせ、ろうそく立てを」というマザーグースの歌を踏まえたもの。

七七三　朗々とした異様さが感じられる　七二一頁下段では「大平原の広大さと紫色の雄大な山並みを思い起こさせる曲の盛り上がり、（中略）別世界の偉容を思い起こさせるホルンとケトルドラムの朗々たる音色」。「偉容」を「異様」と記憶違いしている。

七七五　改値《かいち》加刷《かさつ》切手　出来上がった切手に印刷を加え、元の額面を変更した切手のこと。

七七五　デルタの底で、私は遊んだ…　ボズウェル・シスターズ「ダウン・オン・ザ・デルタ」の歌詞。

七七五　小さな部屋にも宝の山、『ベニスの商人』の言葉だったかな　正しくはクリストファー・マーロウ『マルタ島のユダヤ人』にあるせりふ。

七七八　覚悟を決めた様子で外に出た　【場面】九十六丁目のアパートの外。

七八〇　あんなことを言いだしたのはキプリングですかね　「マスコミ関係の紳士たち」というのは人口に膾炙した言い回しで、そのまま題名を取った『新聞記者（Gentlemen of the Press）』（一九二九）という映画もある。ただし、この表現を考えたのは実際にはラドヤード・キプリングではない。詩「もしも」は有名な作品で、最後は「もしも君が、自分の美徳を崩すことなく人々と話をすることができるなら／そして庶民の気持ちを見失うことなく王とともに道を歩むことができるなら……この世界はもう君のもの、そこにあるすべてのものも／それのみならず、君は一人前になるのだ」と結ばれる。

七八二　シャンボール・ミュジニー　ブルゴーニュの赤ワイン。

七八二　あの人、車の横を走って付いてきてる　【場面】マンハッタンからマサピーカへ移動。

七八二　オ・ヴォワール、オ・ヴォワール　フランス語の「さようなら」は「オ・ルヴォワール」だが息が切れているせいか、正しく発音できていない。

七九一　フィッシャー布巾《ディッシュクロース》の歌をお届けしましたって言ってたやつ　ドイツのバリトン歌手、フィッシャー＝ディースカウ（一九二五―二〇一二）のこと。

七九六 しはいにん 「背任」の間違い。

七九六 利口な部下を雇うこと、でも指揮は自分で執ること 一四五頁下段〜一四六頁上段参照。

七九八 D&S 主に教科書を扱う出版社ということなので、以前のダンカン社だと思われる。そこにスキナーが加わって、ダンカン&スキナー(D&S)という社名になったのかもしれない。

八〇二 やば《ホーリー》、着いちゃった 【場面】マサピーカ。

八〇四 のれん 店などを売るとき、一緒に無形の財産として評価される信用のこと。

八〇四 ソウダ《ヤー》、アア《アッハ》、ソウダ《ヤー》、ワタシハミステラレタ《イッヒ・ビン・フェアロー》 原文ドイツ語。バッハのカンタータ第二十一番「われは憂いに沈みぬ」の歌詞。

八〇四 イヤ《ナイン》、ナンジハスクワレタ《ドゥー・ビスト・エアコーレン》 カンタータの続き。

八〇八 くそったれ《アップ・ユアーズ》、くそたれた《アップ・マイン》 「ああ《アッハ》、そうだ《ヤー》」を「くそったれ《アップ・ユアーズ》」、「ああ《アッハ》、違う《ナイン》」を「くそたれた《アップ・マイン》」と聞き間違えている。

八一四 落とし物は拾い得《ファインダーズ・キーパーズ》の夕食会 ブラザーズ・キーパーズの間違い。八〇一頁下段参照。

八一五 歩く男のぎくしゃくした終止符に変わった 【場面】マサピーカ。エドワードがコーエンと出会う。

八二一 緊急車両入り口が見え 【場面】病院。三一九号室。

八二三 変わらない一日がまたやって来た 【場面】病院。数日後。

八二四 ワドルズ ダンカン氏はワダムズ看護師の名前をワドルズと間違え続ける。

八二七 ヴィクター・ハーバート アメリカ合衆国に帰化したアイルランド人作曲家(一八五九―一九二四)。

八二八 ではまた明日 【場面】病院。また数日後。

八三四 複合企業《コングロマリット》 【補足説明】JR社ファミリーのこと。税金の支払いのために売られた二十株とギブズが持っていた五株をともにJR社が手に入れたらしい。

八三六 「うん この調子で頑張ろう!」 トライアングル製紙のトイレットペーパーに書かれた言葉。七一六頁下段で部分的に言及がある。原文では "On the hole business is very good"。"On the whole business is very good"(「全般に商売は順調」)を同音でもじって "On the hole"(「トイレの」穴の上で商売は順調)と遊んでいる。ダンカン氏は「穴」という言葉からこの話を想起している。ここでは下品なだじゃれと「穴」の両方を踏まえた翻訳は困難なので、だじゃれのみを生かした。

八三九 政治家なんて阿呆だ、まともなやつはおらんとかいう名言 トウェインの言葉ではなく、詩人e・e・カミングズの詩の一節。

八四〇 ヘイマーケット事件 一八八六年五月にイリノイ州シカゴのヘイマーケット広場で起きた、労働者と警察との衝突。

八四一 ラクダが針の穴をくぐるほどじゃない 「金持ちが神の国へ入るより、ラクダが針の目を通り抜ける方がやさしい」という聖句を踏まえている。

八四三 やがてその明かりが朝の光で掻き消された 【場面】病院。翌日。

八四四 彼女は扉の前で立ち止まって 【場面】病院。三一一号室。

八四六 メイン州 舞台地図I❶参照。

八四九 どこぞの死んだ詩人 エズラ・パウンド(一八八五―一九七

二）のこと。

八五一 **『神の拳銃』**【補足説明】五一六頁上段参照。

八五四 **同意判決**　裁判所の承認を得て、訴訟当事者が解決に合意すること。

八五六 **五ポンド**　約二三〇〇グラム。

八五六 **ビタールート・ストライキ**　一八九〇年にモンタナ州であった労働争議。

八五六 **劣後転換社債**　企業が破産・解散した際に、元本や利息の支払い順位が後回しにされる特約が付いた社債で、一定条件のもとで株式に転換できるもの。

八六〇 **「顧客を知れ」のルール**　投資について助言する者は顧客と直接面会して身元や知識を確認しなければならないという倫理規則がある。

八六二 **アイゼン事件判決**　一九七四年のアイゼン事件連邦最高裁判決で、集団代表訴訟には「判別可能なクラスメンバーへの個別通知が必要で、その通知費用は原告が負担する」という原則が示され、集合代表訴訟に歯止めが掛けられた。

八六五 **四百マイル**　約六四〇キロメートル。

八七一 **一括投票方式**　同じ党の候補者に一括で投票する方式。

八七四 **こんな顔色の婦人は見たことがありません**　【ネタバレ】　ゾウナ・セルク夫人が急に苦しみだした原因については、二六六頁上段を参照。直前にゾウナにある薬を手渡したのも、チーズをこの病室に送ったのもビートンであることに注意。

八七四 **今も病室でお待ちです**　【場面】病院。三一九号室。

八七五 **ちょうどそのとき、施設の二階でぼやがあって　老人ホーム**はレンプ屋敷が改装されたもの。同施設の火災避難装置については二九七頁上段参照。

八七八 **突然の嵐のような溜め息に胸を震わせながらとか何とか**　一〇四頁上段参照。

八八二 **九十六丁目の二番街と三番街の間までお願いします**　【場面】九十六丁目のアパート。

八八四 **ブルックナーと二重鍋は置いてったんだったな**　四九九頁上段参照。

八八六 **グリンスパンさんいる?…**　原文では強いフランス訛り。売春婦らしい。

八九〇 **リチャード・カトラー夫人**　この時代の英語では既婚女性の名前を挙げる際、夫の姓名に「夫人《ミセス》」の称号を添えるのが正式。そのため、エドワードはこれがエイミーと同一人物であることに気付かない。

訳者あとがき

私たちが本当の意味で革新的な小説に出会うことはめったにない。二十世紀以降で言えば、ジェイムズ・ジョイスの『ユリシーズ』、ウィリアム・フォークナーの『響きと怒り』、ガブリエル・ガルシア＝マルケスの『百年の孤独』、W・G・ゼーバルトの『アウステルリッツ』などは間違いなく、そうした意味で傑出した作品だろう。そして今、読者の皆様が手になさっているのもまた、それらに劣らぬ革新的・独創的・画期的作品だと私は信じている。

本書はウィリアム・ギャディス著『ＪＲ』の全訳である。オリジナルのハードカバーは William Gaddis, *J R* (New York: Alfred A. Knopf, 1975) だが、その後、ミスプリントなどを修正したペーパーバック版 (William Gaddis, *J R* [Penguin, 1993]) がペンギン社から出版され、以後は他社から再版された場合も活字を組み直すことはしていないようなので、翻訳にもその版を用いた（序文は割愛）。あわせてドイツ語訳とスペイン語訳も参照した。ニック・サリヴァンによる朗読版（英語）は三十七時間四十六分にわたり見事に声を使い分ける大変な労作であり、登場人物の声音や口調を決める上でとても参考になった。

ウィリアム・ギャディスとその代表作『ＪＲ』の名を日本の読書人に最も広く知らしめたのは、推理作家で読書家としても知られた故殊能将之氏のブログ記事（二〇〇二年八月六日付）かもしれない。当該の文章は既に『殊能将之 読書日記』（講談社）として書籍化されているが、そこにはこう書かれている。

——Money? のひと言で始まる本書のテーマはずばり「金」。ＪＲという高度資本主義社会のハックルベリー・フィンを主人公にした**金融ブラックコメディ**であり、ものすごくおもしろい。

ただし、同時にものすごく読みにくい小説でもある。

おそらくこれほど簡潔に『ＪＲ』の本質を説明する日本語の文章は他にないだろう。殊能氏は本書のあらすじも、面白く、かつ端的に紹介しているのだが、それは当の『読書日記』でお楽しみいただくとして、ここではもっと教科書的に、作家と作品を紹介することにしよう。

作者ウィリアム・ギャディスは一九二二年、ニューヨークに生まれた。生まれ年が近いアメリカ人作家には、ビート作家のジャック・ケルアック（一九二二―六九）、カート・ヴォネガット（一九二二―二〇〇七）、『キャッチ＝22』のジョーゼフ・ヘラー（一九二三―九九）らがいる。ギャディスはハーバード大学に入学、学位は取らずに退学して、その後、一九五五年にデビュー作『認識』を発表した。該博な知識と入り組んだプロットを盛り込んだ九五六ページから成るその大作は出版当時、難解なために多くの読者を得ることはなかったが、徐々にカルト的人気を集めて、ドン・デリーロ、トマス・ピンチョン、ジョゼフ・マッケルロイなど、一九三〇年代生まれの革新的作家たちに決定的な影響を与えたとされる。

ギャディスはその後しばらく、『ＪＲ』に登場する作家アイゲンのように企業内で文書を作成したり、各種助成金を受けたりなどして食いつなぎ、結局、第二作『ＪＲ』を発表したのは『認識』刊行から二十年が経過した一九七五年のことだった。したがって、本書のエピグラフで『ヘンリー五世』を引用して、「もう一度あの突破口へ突撃だ」と記しているところには、ギャディスの万感の思いがこもっているだろう。重厚なデビュー作とはかなり趣が変わった『ＪＲ』は全米図書賞を受賞し、「読まれざる大作家」としてカルト的な評価が高かったギャディスの実力がここで広く認められた。

第三作の『カーペンターズ・ゴシック』（原著は一九八五年出版、日本語訳は二〇〇〇年に本の友社から刊行）は、文体面では『ＪＲ』に似ていて、二六二ページとコンパクトな分量で読みやすいが、トーンはずっと暗い。

第四作『フロリック・オブ・ヒズ・オウン』（一九九四）では、またユーモラスな口調が戻ってきて、再び全米図書賞を受賞している。他に全米図書賞を二度以上受賞した作家がソール・ベロー、ウィリアム・フォークナー、フィリップ・ロス、ジョン・アップダイクなど、錚々《そうそう》たる顔ぶれであることを見れば、むしろこれほどの作家が日本であまり知られていないことの方が驚きだろう。

ちなみに『フロリック』は、ところどころに求人広告やメモ書きが挟まっている『ＪＲ』をさらに過激にしたみたいに、主人公が書いている芝居の脚本や、主人公が巻き込まれる裁判の判決文や供述録取書が、それぞれの書式・フォント・文体を再現しつつ、数十ページにわたって引用されており、形式面での遊びはさらに大胆に進化している。

ギャディスは一九九八年に亡くなった。遺作となる中編『アガペー、アゲイプ』とエッセイ集は二〇〇二年に死後出版され、書簡集や伝記も研究者の手でまとめられている。

風間賢二氏など同時代アメリカ小説の動向に詳しい人々が一九八〇年代からピンチョンらと並べてギャディスの名を挙げていたのを除き、これほどの大作家が日本であまり紹介されずにいた大きな理由の一つはおそらく単純である。すなわち、翻訳に手間がかかるということだ。どの作品も大部であるばかりか、文体が非常に特殊で、発話の途中で遮られることも多く、特に日本語のように語順が英語と大きく異なる言語に訳すのは難しい。しかし、それはしょせん技術的な問題であり、大半は何らかの形で解決可能だ。

ここからは、『ＪＲ』について語ろう。ちなみにこの作品の原題は、正確にはJとRの間にスペースが入る。本名がジェフリー・ジェイコブ・エイブラムズである映画監督が通称でＪ・Ｊ・エイブラムズ（J. J. Abrams）と名乗っているように、主人公の少年のファーストネームとセカンドネームがＪＲ（J. R.）と略されているのである。ただし、この小説においてはアメリカ合衆国を表す略称も通常のU.S.A.でなくＵ Ｓ Ａと、ピリオドの代わりにスペースを入れて表記されており、同じことを日本語表記で再現する意図でスペースを入れてもあまり意味はないと思われるので、中黒（・）もスペースも入れずにＪＲとした。なお原文では、省略を示すピリオドばかりでなく、引用符もイタリック体も使われておらず、代わりに語頭の大文字や小頭文字《スモールキャピタル》が使われているのだが、代替手段が限られた日本語の中では、鉤括弧や引用符をある程度使わざるをえなかった。表記におけるこれらの特異性について、ギャディスは「実際の発話に現れない記号は極力、文面に出さない」という意図であったと後に述べている。

『JR』の舞台はニューヨークで、一九七〇年代前半のある年の秋の数か月にわたる出来事を扱っている（より正確には一九七四年と思われるのだが、著者がぎりぎりのタイミングで設定を一九七二年から一九七四年に変えたらしく、細かく見れば微妙な部分もある）。厄介なのはそこで描かれる「出来事」だ。物語の中では、まさに無数の出来事がさまざまなレベルで起きる。実際、冒頭から一〇八頁までは同じ一日のことが書かれているのだが、情報密度が高いためにどれだけの時間が経過したか見失ってしまう読者もいるだろう。

しかも会話が中心の本文はいちいち立ち止まって細かい事情を説明してはくれない。人物の紹介もない。会話の言葉も切れ切れで、言いよどんだり、言い直したり、邪魔が入ったり、聞き手が勘違いしたりで、とにかく初読ではぼんやりした主筋とこまごました断片とが充分に結び付かない。その断片を組み立てていくのが本書を読む（あるいは文学作品一般の）醍醐味だと言える。より日常的なたとえで言うなら、この読書体験は、喫茶店や電車で隣に座った人たちの会話を聞いてその背後にある人間関係と出来事を想像するのに似ている。

「どうしてもっと平たく書けることを平たく書かないのか」という反応ももちろんあるだろうが、しかし説明の言葉があることで面白みがなくなるということも私たちの周囲にはよくある。例えばジョーク。ジョークは普通そのオチをくだくだ説明したりはしない。ジョークの解説を聞かされることほど興ざめなものはない。ギャディスの小説も同様にこちらが積極的にオチを理解してこそ面白いのだ。解説の必要なジョークを言う芸人は駄目だと言って芸人を批判することはエンターテインメントに対する健全な態度として許されるだろうが、積極的解釈が必要な小説を書く小説家を同じ理屈で批判することはできない。

これは情報の密度という点でも傑出した技法だ。例えば、車に乗るステラとギブズの間でこんな会話が交わされる（本書四三六頁）。

——ラジオなんて要らないでしょ？

——くそライターを探してるんだ。

酔っ払ったギブズが車のパネルにあるシガレットライターを探している。彼はカーラジオのつまみもライターのつまみも区別できないほど酔っている。他方で、ステラはそんなギブズを冷たくあしらっている。会話の言葉だけで、二人の動作や状態、心情が必要充分に示されているわけだ。

かつて、小説家・劇作家のサミュエル・ベケットが「現代の混乱を受け止められる形式を見つけ出すこと。それが今日の芸術家の使命だ」と述べたことがあるが、ギャディスはこの『JR』においてまさに、その形式を見つけているのではないだろうか。

とはいえ、この小説は非常に複雑に入り組んでいるので、いくつかの重要な筋をここで私が簡単に整理したとしても、それほど大きなおせっかいとは言えないだろう（以下のあらすじをまとめるに当たっては、現代文学研究者でギャディスとも親しかったスティーヴン・ムーアの著書を参考にした）。

小説はまず、ゼネラルロール社（自動演奏ピアノ用のロールを製造する会社）のオーナー、トマス・バストが遺言を残さずに亡くなったことを受けて、遺産の相続と会社の所有権（全部で百株）をめぐる問題が持ち上がっているところから始まる。トマス所有の四十五株のうちの半分は娘のステラが相続し、その夫ノーマン・エンジェルの所有する二十三株と合わせて、エンジェル夫妻は会社の支配的持ち分を得ようとする。しかし他方で、現在海外にいるトマスの兄ジェイムズ（作曲家、指揮者）が持つ株を、ジェイムズとトマスの二人の未婚の姉アンとジュリアの所有する二十七株と合わせれば、支配的持ち分に近づく。そこに不確定要素として関わってくるのがエドワード・バストとジャック・ギブズである。エドワードはジェイムズとネリー（トマスの二番目の妻）との間に生まれた婚外子だが、エドワードが誕生した当時、トマスとネリーはまだ婚姻関係にあったため、ステラが相続する予定の株の半分を要求できる可能性があり、そうなれば会社の支配的持ち分はジェイムズ側が握ることになる。ジャック・ギブズはステラの元恋人で、以前、退職金代わりにもらった五株を今でも持っている。計算高いステラはエドワードに相続権を主張させないように仕向ける一方で、ギブズの株のありかを突き止めようとし、ノーマンの株さえわが物にしようとする。

この小説の主筋に大きく関わるもう一つの家は、マンハッタンの上流階級のモンクリーフ家だ。タイフォン・インターナショナル社社長モンティ・モンクリーフの美人の娘エイミー・モンクリーフは、財産目当てで結婚相手を探していたスイス人ルシアン・ジュベールと結婚するが、二人の仲はうまくいっていない。エイミーにはギブズと同級生だった兄のフレディーがいるが、彼には知的障碍がある。タイフォン社の会長はエイミーの大伯父ジョン・ケイツ州知事である。タイフォン社は小説中に登場する多くの会社（ダイヤモンド・ケーブル社、ノビリ製薬、エンド設備など）の株を保有し、その資産の多くは二つの財団（一つはエイミー名義、もう一つはエイミーの息子フランシスの名義）によって資本の流用を制限されている。ここで登場する「財団」とは、毎年一定額を慈善団体などに寄付することによって免税の地位を得つつ（この二つの財団の寄付は一族の経営する病院に回されている）、家族を理事とすることで有利な資産管理ができる制度である。ダイヤモンド・ケーブル社の株の多くを所有しているのは、ジェット機で世界を飛び回る超有閑上流階級のティーンエージャー、ブーディ・セルクである。彼女の母親ゾウナ・セルクは、モンクリーフ家の古くからの友人だ。

　エイミー・ジュベール、エドワード・バスト、ジャック・ギブズの三人はロングアイランドにある中学校の教員だ。校長のホワイトバックは地元の銀行の頭取でもある。ホワイトバック校長はいろいろな人物をうまくなだめるのに大忙しだ。口うるさい教育委員（例えばタイフォン社傘下にあるエンド設備社員のハイド少佐）や地区教育長のヴァーン・ティーケルや地元政治家や建設業者や右翼団体「教育マナーをまもる市民の会」や最新教育機器の採用実態を調査する財団からの客などが次々に校長の元を訪れている。

　このとんでもない学校に通っているのがＪＲ・ヴァンサントだ。ＪＲのいちばんの友達はハイド少佐の息子（名前は出てこない）で、二人は共通の趣味としてダイレクトメールや通信教育勧誘メールを交換したり、集めたりしている。派手なビジネス・チャンスを狙うＪＲの情熱とハイドの息子の馬鹿な愛国主義がちょうどお似合いの組み合わせとなっている。成功は独立心と勤勉とによって得られるとする脳天気なアメリカ的物語をパロディーにするかのように、ＪＲは成功の道を突き進み始める。ＪＲはわらしべ長者のように徐々に投資の規模を拡大し、あっという間にＪＲ企業グループを築き上げ、アメリカ経済のあらゆる側面（バスト一族のゼネラルロール社やモンクリーフ一族のさまざまな会社を含め）に関わっていく。

　こうしたビジネス上の取引や一族の中での紛争からできるだけ距離を置こうとしているのが五人の芸術家たちだ。彼らは芸術作品を作るために余計な雑音を排除しようと懸命に努力している。ギブズは十六年前から取り組んでいる『アガペー、唖然《アゲイプ》』の執筆を再開しようとし、ギブズの友人トマス・アイゲンはタイフォン社での広報の仕事と破綻しかけの結婚生活というストレスの中で南北戦争に関する劇を仕上げようとしている。シュラムという作家はトラウマ的な第二次世界大戦経験を本にしようとして行き詰まっている。画家のシェパーマンは自分の作品がゾウナ・セルクの倉庫にしまいこまれていることを不満に思っている。エドワード・バストは彼らよりも一世代若いのだが、彼らと似たような苦境にある。最近音楽学校を卒業したばかりのエドワードは、テニスンの詩『ロックスリー・ホール』を基にした歌劇風組曲を完成させる時間とお金を手に入れるために、いやいやながらJRの社長代理を務めることとなる。

この小説には章や節の区切りはまったくないが、全体をおおよそ三つに分けることができる。『JR』は緊張の高まった状態から始まる。株式市場には混乱が生じており、バスト家ではトマスの死によって遺産に関する紛争がくすぶり始め、エドワード・バストとギブズとアイゲンはそれぞれの職場でストレスを感じており、どこの夫婦も危機的状態にあり、エイミーは別居中の夫が息子を誘拐するのではないかと心配し、公職に就いた彼女の父は利益相反に抵触しそうな取引をマスコミが嗅ぎつけるのではないかと心配し、JRの学校では教員がストライキに突入しようとしている一方で、財団からの援助が打ち切られるかもしれないという危機にある。小説の始まりから三分の一のあたりでこれらの軋轢《あつれき》が沸点に達する。シュラムが自殺し、マリアンがアイゲンと離婚するとギブズに告げ、タイフォン社のロビーから絵を撤去しようとするゾウナ・セルクをシェパーマンが止めようとして騒動を起こし、JRはダイヤモンド・ケーブル社を相手にモンクリーフ一族が社則に違反しているという訴訟をちらつかせて（法廷外で持ち株の百倍の額で和解して）会社を軌道に乗せ、バストは仕方なくJRの会社の役員という立場を受け入れ、野生動物映画のために二時間分の「シマウマの音楽」を作曲する仕事を引き受け、ローダという口の悪いティーンエージャーと同居することになる。

小説の始まりから三分の二あたりで物語は次のクライマックスに達する。ギブズは運よく競馬で大勝し、エイミーとつかの間の情事を楽しみ、JRは小さなトラブル処理は元タイフォン社広報課勤務（この時点では広告代理店からの派遣社員）のデビドフに任せて順調に会社を経営している。しかし、アイゲンは仕事と家族を失い、ルシアンがフランシスをジュネーブに連れ去ることでエイミーの恐れていたことが現実となり、妻と仕事を失ったノーマン・エンジェルは子供の頃に遊んだライフルで自殺を図る。

小説の最後の三分の一ではＪＲの会社が暴走し始めて手に負えなくなり（十余りの会社、数千人の従業員、一つ以上の町を巻き添えにしながら）、バストは精神的に衰弱し、先住民が保留地で反乱を起こし、アフリカでは内戦が起き、株式市場が崩壊する。

かくしてこの作品では、男どものスケベっぷり、金持ちたちの強欲、法律家たちのまどろっこしい言葉、芸術家たちの独善などがこれでもかと言うほど誇張され、笑いのネタにされている。しかし、ここは愚者ばかりが集う地獄（天国？）というわけではない。そこには救い、あるいは救いの可能性が垣間見える。物語の最後ではいくつかのスレッドが、絶望か希望か、どちらに転がるか分からないまま宙づりにされている。それを事細かに訳者が解説するのはさすがに気が引けるので、それらのうち、非常に重要でありながらしばしば見落とされてきた、バナンクスとチーズとを用いた完全犯罪的もくろみについてのみ訳注に記した。

雑多なものをぎっしり愉快に詰め込んだ様子は、絵画にたとえるなら、十五―十六世紀のネーデルラントで活躍した奇想的な画家ヒエロニムス・ボスの諸作に似ている。ギャディスがデビュー作でボスやブリューゲルの贋作者を主人公に据えているのは、偶然ではない。ボスは常に人間の根源的な愚かさや醜さを描く一方で、絵にはいつもユーモアと幻想があふれ、奇妙な怪物が跋扈し、隅々にまで迷宮的な意匠が凝らされている。ギャディスはまさに同じことを見事に小説においてやり遂げている。ぱっと見ただけではごちゃごちゃとした絵面《えづら》に惑わされ、その面白味を（果ては大筋さえ）見落としてしまうかもしれないが、少しの間立ち止まり、細部の一つ一つをじっくり見ていると、あちこちで滑稽なミニドラマが繰り広げられ、随所にボス的なモンスターが潜み、笑いと解読を誘っていることに気付いていただけるだろう。

ただし、そうしたモンスターや推理小説めいた伏線の多くは巧妙なだまし絵のように埋め込まれているため、少し読者の目が慣れるまでは見つけにくいと思われる。『ＪＲ』のように手の込んだ力作は当然、再読、再々読され、次々に浮かび上がる仕掛けに感嘆するというのが一つの大事な接し方だろうが、他方で、この作品はいわゆる「難解」「難渋」な小説とは決定的に異なるコメディーであり、あまり肩に力を入れずに読んでも、それはそれで充分に楽しめるはずだ。そこで本訳書には、一読目でも読者が迷子にならないよう、特に前半を中心に詳しめの訳注を添えたので、必要に応じて参照していただきたい。あらゆる読者を対象にした語句の説明に近い内容はそのまま記し、それ以外の、場面が変わる箇所、細かく読むべき箇所、ネタバレになるものについては【場面】【補足説明】【ネタバレ】という注記を添えた。また、登場人物一覧と舞台地図も、原著にはないが、添えることにした。人間関係はすべて作品内の情報から分かることであり、それを再構成するのも（一部は少し複雑だが）本書を読む楽しみの一つなので、あくまでも参考までに、必要に応じてご覧いただければありがたい。この小説を精読したときの面白さが少しでも伝わりますように。

一九七五年に発表されたこの小説は今でもまったく色あせていない。いや、むしろ、世界のそこら中がアメリカになってきた（グローバル化してきた）今日、時代が、あるいは世界が、この小説に追いついてきたとさえ言えるかもしれない。ＪＲは公衆電話を学校に設置させて正体を隠しながら投資活動を行うが、今ならインターネットと携帯電話を通じて同じことをするだろう。二〇〇一年、アメリカではエンロン事件があった。二〇〇八年にはリーマンショックがあった。その他にも、現在のグローバルな経済システムの非情さや醜さはあらゆるところに姿を現しているが、システムそのものはまさに『ＪＲ』が戯画化している通りのものである。二〇〇六年の日本でも、ある著名な投資家が「お金儲けは悪いことですか？」と脳天気に言い放って注目を集めた。今日、アメリカをはじめとする一部の国のリーダーの言動や表情に顕著に見られるナイーブな貪欲さは、明らかにＪＲと通底している。

『ＪＲ』は、私が長年、非常に思い入れがあって最も翻訳したかった作品であり、その夢がかなえられたことはまさに望外の幸せです。その当人が言うのはかなり厚かましいですが、かつてトマス・ピンチョン『重力の虹』（一九七三年）の邦訳が原著刊行から二十年を経た一九九三年という区切りのタイミングに国書刊行会から出版されたことに比肩する出来事だと思います。くしくも本年はギャディス没後ちょうど二十年になります。今回の翻訳にあたっては、企画から編集・校正にいたるまで、国書刊行会の伊藤昂大さんにさまざまな面でお世話になりました。ありがとうございました。

実は今、私の手元に、ギャディス本人がサインをした『ＪＲ』の原著があります。これは、私が二〇〇〇年に

『カーペンターズ・ゴシック』を翻訳刊行したとき、恩師である喜志哲雄先生にお送りしたところ、そのお礼にということで譲っていただいたものです。先生は、『JR』刊行直後の一九七六年にギャディスが来日した際、京都で作家と直接お会いになっておられます。その貴重なサイン本が座右にあることが、どれほど翻訳の励みになったかしれません。喜志先生、ありがとうございました。

また、私が現在こんな幸せな仕事ができるのも、ひとえに、京都大学文学部と大学院で各種の刺激的な作品に触れさせてくださった若島正先生のおかげです。約二十年前、とある学会の帰りにバスでご一緒した際に私が「いつか『JR』の翻訳をしたい」と言ったとき、「ギャディスを日本で紹介するには、うまい水先案内が必要」と助言していただいたことを今でもはっきり覚えています。昨年刊行の拙著『実験する小説たち』やこの訳書がそのお言葉に応えられているかどうかは心もとない限りですが、精いっぱいの努力はしました。この春（二〇一八年三月末）でご退職とのこと、誠にお世話になりました。この訳書は、僭越ながら、若島先生に捧げたいと思います。

京都大学大学院文学研究科の高柳翼君には、ギャディスの愛読者というよしみで、本書七二四頁（ギブズの情報整理用のメモをコピーしたページ）の解読をお手伝いいただき、多くのことを教えてもらいました。素晴らしい調査能力と知識に感銘を覚えました。ありがとう。二〇一六年度に大阪大学大学院言語文化研究科の演習でともに『JR』を読んでくれた、安保夏絵さん、小倉永慈君、久保和眞君、桑原拓也君、西村瑠里子さん、平川和君、舞さつきさん、三宅一平君（五十音順）にも感謝します。私と一緒に手強い現代小説を読もうという精鋭院生が多数集ったあれほど幸福な一年は、私の教員人生でもう二度となさそうな気がします。ありがとう。

また、いつものことながら訳者の日常を支えてくれるFさん、Iさん、S君にも感謝しています。ありがとう。

二〇一八年三月

訳者略歴
木原善彦（キハラヨシヒコ）
1967年生まれ。京都大学大学院修了。大阪大学大学院言語文化研究科准教授。著書に『UFOとポストモダン』（平凡社）、『ピンチョンの『逆光』を読む』（世界思想社）、『実験する小説たち』（彩流社）、訳書にウィリアム・ギャディス『カーペンターズ・ゴシック』（本の友社）、トマス・ピンチョン『逆光』、リチャード・パワーズ『幸福の遺伝子』『オルフェオ』（いずれも新潮社）、ハリー・マシューズ『シガレット』、ハリ・クンズル『民のいない神』、ベン・ラーナー『10:04』（いずれも白水社）、デイヴィッド・マークソン『これは小説ではない』（水声社）など。

JR

ウィリアム・ギャディス　著
木原善彦　訳

2018年12月29日　初版第1刷　発行
2023年 6 月30日　初版第3刷　発行
ISBN　978-4-336-06319-9

発行者　佐藤今朝夫
発行所　株式会社国書刊行会
〒174-0056　東京都板橋区志村1-13-15
TEL　03-5970-7421
FAX　03-5970-7427
HP　https://www.kokusho.co.jp
Mail　info@kokusho.co.jp

乱丁・落丁本はお取り替えいたします。
印刷・製本　中央精版印刷株式会社
装幀　水戸部功

J R FAMILY OF COMPANIES